Wolfgang und Heike Hohlbein

UNTERLAND

Eine phantastische
Geschichte

Ueberreuter

Die Deutsche Bibliothek – CIP-Einheitsaufnahme

Hohlbein, Wolfgang:
Unterland : Eine phantastische Geschichte /
Wolfgang und Heike Hohlbein. – Wien : Ueberreuter, 1992
ISBN: 3-8000-2364-4

J 1903/1

Umschlag von Jörg Huber

Druck und Bindung: Ueberreuter Buchproduktion, Korneuburg
Printed in Austria
15 14 13 12 11 10 9 8

Das Fest

Es war ein Gesicht wie aus einem Alptraum; einem jener Alpträume von der ganz besonders unangenehmen, hartnäkkigen Sorte, die normalerweise von Schüttelfrost und Krämpfen begleitet kommen und im Grunde schon ins Reich der Fieberphantasien gehören: Große, blicklose Glotzaugen, die nur aus von dünnen roten Adern durchzogenem Weiß bestanden und weder Pupille noch Iris hatten, starrten aus gut zwei Meter Höhe auf Michael herab. Die dazugehörige Nase war so breit, als hätte jemand mit einem Vorschlaghammer draufgehauen (und das gleich fünfundzwanzigmal), und darunter befand sich ein halbmondförmiger, fast lippenloser Mund, der von fauligen, nichtsdestoweniger aber nadelspitzen Zähnen nur so starrte. Und um das Maß vollzumachen, sah die Haut, in die all diese Scheußlichkeiten eingebettet waren, wie ein seit einem Monat in der Sonne faulender Emmentaler Käse aus und war von giftgrüner Farbe. Kurz: es war ein Gesicht, das direkt aus einem Horrorfilm übelster Machart hätte stammen können.

Genaugenommen tat es das auch.

Zumindest stammte es aus den Werkstätten der gleichen Leute, die solche Filme ausstatteten. Es bestand aus Draht, Silikon und Kautschuk und einer Menge Farbe, und es gehörte zu einer weit über zwei Meter großen Scheußlichkeit, die aus dem gleichen Material bestand und keinen Deut hübscher war als ihr Antlitz.

Aber hübsch oder nicht: Abgesehen von dem Geruch – der Ghoul roch nach Kunststoff, Ölfarbe und Kleber –, war die Figur so realistisch, daß Michael einen halblauten Schrei ausstieß. Er wäre wahrscheinlich nicht einmal mehr sehr überrascht gewesen, wäre das Monstrum ganz plötzlich aus seiner Starre erwacht und hätte die Hand ausgestreckt, um ihn zu berühren. Hastig und ohne daß er selbst etwas gegen die Be-

wegung tun konnte, wich er zwei Schritte von der Figur zurück, und eine Stimme hinter ihm sagte:
»Ganz schön realistisch, wie?«
Wenn du wüßtest, wie realistisch! dachte Michael. Laut sagte er: »Er ist zu groß«, und drehte sich erst dann zu dem Mann herum, der diese Worte gesprochen hatte.
Es waren sogar *zwei* Männer, die hinter ihm standen. Den einen kannte er nicht und hätte ihn, falls er ihm bekannt gewesen wäre, vermutlich auch nicht erkennen können, denn sein Gesicht wurde fast vollkommen von einer klobigen Fernsehkamera verdeckt, deren Objekt direkt auf Michael gerichtet war. Den anderen kannte er dafür um so besser. Er war ein schlanker, fast hagerer Mann in jenem schwer zu schätzenden Alter zwischen vierzig und fünfzig, mit dunklem, vollem Haar, das an den Schläfen allerdings schon ein wenig grau zu werden begann. In seinem Gesicht war ein Zug, den manche als edel, andere aber vielleicht auch als grausam bezeichnet haben würden, und seine Augen waren dunkel und sehr wach, Augen, denen man ansah, daß ihnen nicht die kleinste Kleinigkeit entging. Dieser andere war Wolf.
Er blickte Michael freundlich, aber auch ein wenig verwirrt an, und Michael seinerseits fragte sich verblüfft, warum um alles in der Welt er gesagt hatte, der Ghoul sei zu groß. Gleichzeitig fiel ihm das grüne Lämpchen auf der Oberseite der tragbaren Kamera auf. Das Gerät *lief.* Mit ein wenig Glück konnte er sein eigenes schreckensbleiches Gesicht samt der ihm so vorschnell herausgerutschten Worte morgen auf allen Fernsehschirmen des Landes bewundern. »Ich meine, er ... er ist so groß«, stotterte er, eine Ausrede, die nicht einmal dann überzeugend geklungen hätte, hätte er sie nicht hervorgestammelt. In Wolfs Ohren klang sie wahrscheinlich einfach nur dumm. Und in denen von Millionen Fernsehzuschauern, dachte Michael betrübt, wohl erst recht. Außerdem war es nicht die Wahrheit. Tatsache war, daß die-

ser Gedanke im gleichen Moment, in dem er den Ghoul erblickt und seinen alllerersten Schrecken überwunden hatte (woher, zum Teufel, wußte er überhaupt, daß man ein solches Wesen *Ghoul* nannte?), so deutlich in sein Bewußtsein getreten war, als stünde jemand hinter ihm, der die Worte laut aussprach: Er war zu groß. Form und Farbe stimmten, aber Ghoule wurden nicht so groß. Selbst ausgesprochen kräftige Exemplare erreichten allerhöchstens anderthalb Meter.

Das Schweigen begann allmählich unangenehm zu werden, und in die Verwirrung in Wolfs Augen mischte sich noch etwas. Michael wußte nicht, was, aber es war deutlich, und es verstärkte die Unbehaglichkeit des Moments noch. Trotzdem war es schließlich Wolf selbst, der die Situation rettete, indem er sich um ein ganz genau berechnetes bißchen zu übertrieben räusperte und ein breites Grinsen auf sein Gesicht zauberte. Gleichzeitig hob er die Hand, legte sie Michael in einer kumpelhaften – und diesem alles andere als angenehmen – Geste auf die Schulter und nahm sie gleich wieder weg, um sich in der gleichen Bewegung Michaels Vater zuzuwenden und ihn zu begrüßen. Auch der starrende Glasblick der Kamera löste sich endlich von Michael und schwenkte auf der Suche nach einem lohnenden Objekt über die durcheinanderschwatzende Menge im Garten. Michael atmete innerlich auf. Das schreckensbleiche Gesicht eines Jungen, der beim Anblick eines zwei Meter großen Kautschukmonsters fast in die Hosen gemacht hätte, gab vielleicht doch kein abendfüllendes Motiv ab.

Die illustre Gesellschaft, die den Garten der riesigen, weißgestrichenen Villa bevölkerte, war da schon weit interessanter. Michael kam aus dem Staunen nicht mehr heraus – und fühlte sich mit jedem Augenblick weniger wohl in seiner Haut. Auf der Einladung hatte etwas von einem *geselligen Beisammensein* in *kleinem Kreis* gestanden. Nun ja ... Michael schätzte, daß sich allein hier draußen im Garten an die zweihundert Gäste aufhielten, und es waren eine Menge Gesichter darunter, die Michael aus dem Fernsehen oder von den Titelblättern großer Illustrierter her kannte. Hätte er auch nur geahnt, was ihn erwartete, hätten sein Vater und er die Einladung ganz bestimmt nicht angenommen. Und das war wahrscheinlich auch der Grund, warum Wolf die handgeschriebene Einladung ganz bewußt so abgefaßt hatte, daß sie glauben mußten, sie wären zu einem kleinen Grillfest geladen und nicht zu einem ausgewachsenen Presseempfang, auf dem sogar das Fernsehen präsent war. Aber nun waren sie einmal hier, und Michael sah keine Möglichkeit mehr, einen Rückzieher zu machen. Alles, was sie tun konnten, war, gute Miene zum bösen Spiel zu machen und zu versuchen, mit halbwegs heiler Haut aus der ganzen Geschichte herauszukommen und –

Michael wurde sich ganz plötzlich des Umstandes bewußt, daß er in einer Art und Weise über seine Situation nachdachte, als befände er sich in Gefahr oder zumindest unter lauter potentiellen Feinden. Das genaue Gegenteil war der Fall. Angesichts all der versammelten Prominenz war es ziemlich wahrscheinlich, daß er sich inmitten einer ganzen Armee bewaffneter Leibwächter befand, und der Gastgeber selbst gab sich seit einem Jahr alle Mühe, seine Freundschaft zu gewinnen.

Trotzdem: der Umstand blieb, daß Michael sich nicht wohl fühlte. Und das lag nicht nur an der versammelten Prominenz, dem Silikon-Kautschuk-Ölfarben-Ghoul oder der Fernsehkamera. Da war noch etwas anderes. Etwas, das ... Nein, er wußte es nicht. Da war das Gefühl einer kommenden Gefahr, unsichtbar und anscheinend durch nichts begründet, aber so deutlich wie das Gefühl vor einem nahenden Gewitter. Etwas stimmte hier nicht, dachte er zum wiederholten Mal. Etwas ... würde passieren. Nichts Gutes.

»Michael?«

Die Tatsache, daß sein Vater ihn am Arm berührte, sowie der

leicht gereizte Unterton in seiner Stimme machten Michael klar, daß er ihn nicht zum ersten Mal ansprach. Hastig drehte er sich herum und sah seinen Vater fragend an.
»Sag mal – träumst du?« Die Stimme seines Vaters klang verärgerter, als es angesichts einer so kleinen Nachlässigkeit verständlich schien. Vermutlich war er nervös und fühlte sich hier ebenso deplaciert wie sein Sohn. Irgendein eifriger Diener hatte ihm ein Sektglas in die Hand gedrückt, und er hatte die andere lässig in der Tasche seines (geliehenen) Smokings vergraben. Er sieht trotzdem ziemlich verloren aus, fand Michael.
Zu seiner großen Überraschung war es Wolf, der ihm zu Hilfe kam.
»Wahrscheinlich war er einfach überrascht«, sagte er und blinzelte Michael verschwörerisch zu. »Ich gebe auch zu, daß ich ein bißchen geschwindelt habe bei meiner Einladung. Aber ich hatte Angst, Sie würden sonst nicht kommen.« Er wandte sich wieder Michaels Vater zu, und aus seinem Verschwörerblick wurde ein schon beinahe unverschämtes Grinsen. »Ich hätte durchaus Verständnis dafür. Ich für meinen Teil *hasse* diese Cocktailpartys.«
»Ich auch«, beeilte sich sein Vater zu versichern.
Wolf nickte wissend und fuhr fort: »Jedermann haßt diese Empfänge, glauben Sie mir. Sehen Sie sich nur um. Im Grunde stehen alle nur herum und versuchen, möglichst unauffällig so aufzufallen, daß sich die wichtigen Leute am nächsten Tag ja an sie erinnern oder ihr Name wenigstens ein paarmal in den Zeitungen oder im Fernsehen genannt wird.« Er seufzte.
Michael war nicht ganz sicher, ob er verstanden hatte, was Wolf meinte. Trotzdem sagte er: »Wenn das stimmt, dann frage ich mich, warum die Leute immer wieder zu diesen Partys gehen.«
Sein Vater starrte ihn aus großen Augen an, und er sah plötzlich gar nicht mehr mißbilligend, sondern regelrecht *entsetzt*

aus, daß sein Sohn es gewagt hatte, eine solche Frage zu stellen.

Auch Wolf blickte ihn eine Sekunde lang verwirrt an – und begann zu lachen, nicht sehr lange, aber schallend und überzeugend echt. »Eine gute Frage, Michael«, sagte er. »Eine wirklich gute Frage. Ich werde sie einigen meiner Gäste stellen, wenn sie mir wieder einmal erklären, wie öde diese Partys doch sind.«

Michaels Vater räusperte sich verlegen. »Bitte entschuldigen Sie meinen Sohn«, sagte er. »Er ist manchmal –«

»Aber er sagt doch die Wahrheit«, unterbrach ihn Wolf. »Wenn ich ehrlich sein soll, habe ich mir diese Frage auch schon ein paarmal gestellt. Aber ich hatte niemals den Mut, sie laut auszusprechen.« Er nippte an seinem Sekt.

Michaels Vater beeilte sich, dasselbe zu tun, aber obwohl er sich alle Mühe gab, Wolfs Gesten bis ins kleinste Detail nachzuahmen, wirkte es bei ihm aufgesetzt, ja beinahe albern. Das hier war eine fremde, vielleicht sogar ein bißchen feindselige Welt, begriff Michael. Sie hätten niemals hierherkommen sollen.

Um das schon wieder unbehaglich werdende Schweigen zu unterbrechen und irgend etwas zu sagen, deutete Michael auf den Plastik-Ghoul und fragte: »Wozu ist er gut?«

Wolf maß die giftgrüne Silikonscheußlichkeit mit Blicken, mit denen andere vielleicht einen Wurf ganz besonders niedlicher Katzenbabys betrachtet hätten. »Ein Prachtstück, nicht?« fragte er stolz. »Die Modellbauer haben sich selbst übertroffen. Ich meine: Ich habe gewußt, daß sie gut sind, aber nicht, daß sie *so* gut sind.«

»Ja, ja«, sagte Michael. Schon die bloße Nähe der Figur machte ihn nervös, mehr noch: sie machte ihm ein wenig Angst. »Aber wozu sind sie gut?«

In Wolfs Augen erschien ein amüsiertes Glitzern. »Das wird nicht verraten«, sagte er. »Wenigstens jetzt noch nicht. Nur soviel: Ich habe für den heutigen Abend noch eine Überraschung vorbereitet, bei der unser grünhäutiger Freund da eine wichtige Rolle spielen wird. Und du übrigens auch.«

»Ich?« fragte Michael überrascht. Er sah seinen Vater an. Dieser wandte rasch den Blick ab, aber nicht rasch genug, daß Michael der Ausdruck auf seinem Gesicht entgangen wäre.

»Aha«, sagte Michael düster, »so ist das. Das war dann wohl eine kleine Verschwörung, wie?«

Der Vater betrachtete plötzlich höchst interessiert seine Schuhspitzen, während sich Wolf übertrieben bemühte, den Zerknirschten zu spielen. »Erraten«, sagte er. »Aber nur eine klitzekleine. Ich meine, ich mußte schließlich ganz sicher sein, daß du heute abend auch kommst.«

»Warum?« fragte Michael.

»Das wird nicht verraten«, antwortete Wolf. »Dann wäre es ja keine Überraschung mehr, nicht wahr?«

Michael resignierte. Er kannte den Schriftsteller gut genug, um zu wissen, daß es völlig sinnlos war, weiter in ihn zu dringen. Mit einem letzten schrägen Blick auf den Plastik-Ghoul wandte er sich ab, aber er konnte Wolfs höhnisches Grinsen beinahe *fühlen,* auch wenn er nicht mehr zu ihm hinsah.

»Ich hoffe, dein Vater und du seid mir nicht böse«, fuhr Wolf nach einer Weile fort. »Aber ich muß noch ein paar andere Gäste begrüßen und ein paar – Vorbereitungen treffen. Ich komme später noch einmal zu euch. Fühlt euch inzwischen hier wie zu Hause.« Sprach's und verschwand in der Menge, die ihn so spurlos und schnell verschluckte wie ein Heringsschwarm einen einzelnen Fisch.

Michael blickte ihm kopfschüttelnd nach. Wolf war und blieb ein Angeber – wenn auch einer mit einem unbestreitbaren Gefühl für Effekte. Er hätte kaum mehr – oder auch weniger – sagen müssen, um Michaels Neugier noch weiter anzufachen. Dessen Beunruhigung allerdings auch.

»Du machst ein Gesicht wie sieben Tage Regenwetter«, sagte sein Vater kopfschüttelnd. »Was ist nur los mit dir? Die allermeisten deiner Freunde würden ihre rechte Hand dafür hergeben, heute abend mit dir zu tauschen, ist dir das eigentlich klar?«

Und ob das Michael klar war! Immerhin war Henry Wolf nicht einfach nur ein Schriftsteller, nicht einmal einfach nur ein berühmter Schriftsteller, sondern vermutlich der im Augenblick berühmteste, zumindest aber *erfolgreichste* Schriftsteller des Landes. Michael hatte längst den Überblick verloren, aber Wolfs neuester Roman stand jetzt seit mehr als zwanzig Wochen unangefochten auf Platz eins der Bestsellerlisten, und Übersetzungen in ein gutes Dutzend Sprachen waren in Vorbereitung.

Und dieser Mann hatte alles nur Erdenkliche getan, um ihn, einen ganz normalen Schüler der neunten Klasse, sozusagen als Ehrengast zu einem seiner Presseempfänge einzuladen! Die meisten seiner Klassenkameraden hätten vermutlich alles gegeben, um mit ihm tauschen zu können. Er hatte wahrlich keinen Grund, unzufrieden zu sein.

Das war er auch nicht.

Er war nervös, verunsichert, und er hatte ein bißchen Angst. Er konnte nicht einmal sagen, wovor, aber er hatte sie, und sie hatte irgendwie mit diesem Ghoul zu tun, wenn auch vermutlich auf eine vollkommen andere Art, als er jetzt schon ahnen konnte.

Seinem Vater waren die Blicke, die er dem Plastikungeheuer zuwarf, keineswegs entgangen. Jetzt drehte er sich halb herum und betrachtete die Figur zum ersten Mal wirklich aufmerksam – was an sich schon erstaunlich genug war, wie Michael fand. Sein Vater war ein Mensch, der – wie er selbst nicht oft genug erwähnen konnte – mit beiden Beinen fest auf dem Boden der Tatsachen stand. Eine Phantasiefigur wie diesen Ghoul hätte er unter normalen Umständen keines Blickes gewürdigt. Um so erstaunlicher fand Michael deshalb das, was er nach einem langen, prüfenden Blick auf das grünschimmernde Ungeheuer sagte.

»Erstaunlich«, murmelte er. »Und irgendwie beeindruckend, trotz allem. Es ist zwar scheußlich und absolut lächerlich, aber trotzdem eine beeindruckende handwerkliche Arbeit.« Er nickte, um seine Worte noch zusätzlich zu bekräftigen. Aber er wäre natürlich nicht der gewesen, der er nun einmal war, hätte er nicht hinzugefügt: »Obwohl es natürlich eine Schande ist, wertvolle Rohstoffe, Energie und menschliche Arbeitskraft für einen solchen Unsinn zu verschleudern.«
Michael war klug genug, nichts dazu zu sagen. Die Anzahl der hitzigen Diskussionen, die er mit seinem Vater gerade über *dieses* Thema geführt hatte, mußte mittlerweile vierstellig sein. Aber heute war wirklich nicht der richtige Moment, diese liebe alte Tradition fortzusetzen. Also hielt er lieber die Klappe und sah sich statt dessen zum wiederholten Mal im Garten um.
»Da hinten ist noch eins von diesen Dingern«, sagte sein Vater plötzlich. Er hob den Arm, und als Michael gehorsam in die Richtung blickte, in die seine Hand wies, erkannte er tatsächlich eine zweite übermannsgroße Gestalt. Sie stand neben dem Swimming-pool, in dem trotz der nicht einmal üppigen Außentemperaturen noch ein paar Partygäste planschten, und wurde von einem offensichtlich eigens dafür aufgestellten Scheinwerfer schräg von unten angestrahlt, was sie noch größer und unheimlicher erscheinen ließ, als sie sowieso schon war. Anders als das Ungeheuer neben ihnen war es braun und geduckt, und sein Gesicht wirkte roh und irgendwie unfertig, wie die Skulptur eines Bildhauers, in die die ersten, noch rohen Gesichtszüge hineingemeißelt worden waren, der aber sämtliche Feinheiten noch fehlten. Seine Hände waren dreifingrige, schreckliche Pranken, stark genug, um Felsen zu zermalmen, und im Gegensatz zu dem Ghoul war *diese* Gestalt zu klein.
»Das ist kein Ghoul«, sagte er automatisch. »Das ist ein Troll.«
Sein Vater blinzelte, und Michael stellte sich – nicht zum er-

sten Mal an diesem Abend – in Gedanken die Frage, woher, zum Teufel, er nun *das* wieder wußte. Er fand allerdings auch diesmal keine Antwort auf diese Frage.
Gottlob war sein Vater diplomatisch genug, nicht weiter auf dieses Thema einzugehen, sondern deutete zum Haus hin. »Komm«, sagte er, »gehen wir ins Haus. Du hast mir so viel davon erzählt, daß ich vor Neugier platze, wenn ich es nicht bald selber sehe.«
Sie begannen sich durch den völlig überfüllten Garten in Richtung Haus zu drängeln. Michael korrigierte seine Schätzung, was die Anzahl der Gäste anging, um ein gehöriges Stück nach oben. Außerdem war noch mehr Prominenz anwesend, als er bisher geglaubt hatte: Schauspieler, Musiker, Regisseure – Filmleute eben, soweit Michael das beurteilen konnte. Plötzlich hatte er eine ungefähre Vorstellung von der *Überraschung*, von der Wolf gesprochen hatte.
Er hätte gerne einen Umweg um den Pool herum gemacht, um den Troll genauer in Augenschein zu nehmen, aber sein Vater fieberte tatsächlich vor Ungeduld, Wolfs Haus von innen zu sehen. Michael selbst war schon vier- oder fünfmal hiergewesen und hatte seinem Vater, der sich ebensosehr für Kunst wie Architektur interessierte, in der Tat viel davon erzählt. Kein Wunder also, daß er es jetzt kaum noch erwarten konnte, es einmal mit eigenen Augen zu sehen.
Es war auch tatsächlich ein prachtvolles Haus – das mit Abstand größte, aufwendigste und sicherlich teuerste private Wohnhaus, in dem Michael jemals gewesen war, um ehrlich zu sein. Das Erdgeschoß bestand im Grunde nur aus einer einzigen großen Halle, an deren Wänden einige kostbare Bilder aus Wolfs Privatsammlung hingen. Henry Wolf war ein vermögender Mann. Das war er schon gewesen, bevor sein Roman die Bestsellerlisten erklomm. Um so weniger Verständnis hatte Michael dafür gehabt, daß er dieses Buch überhaupt geschrieben hatte.
Michael schätzte, daß sein Vater eine gute halbe Stunde lang

von Bild zu Bild eilte, wobei er beim Anblick eines Gemäldes, das nur aus ein paar haardünnen schwarzen Linien auf einer ansonsten unbemalten Leinwand bestand, in regelrechte Verzückung geriet. Michael teilte diese Begeisterung nicht ganz. Aber er tat seinem Vater den Gefallen, wenigstens so zu tun, als gefiele ihm das, was er sah.
»Manchmal fragt man sich wirklich, wer verrückter ist«, sagte eine Stimme hinter ihm. »Die, die diese Bilder malen, oder die, die Unsummen dafür bezahlen.«
Michael blickte über die Schulter zurück und schaute in ein Gesicht, das ihm völlig unbekannt war. Dann sah er die tragbare Fernsehkamera, die der junge Mann lässig in der linken Hand trug, und wußte, wem er gegenüberstand.
»So?« fragte er einsilbig.
»Wahrscheinlich bin ich ungerecht«, sagte der Fernsehmann. »Außerdem verstehe ich nicht die Bohne von Kunst. Mir gefallen sie einfach nicht.«
»Mir auch nicht«, sagte Michael.
»Na, dann haben wir ja schon zwei Dinge gemein«, sagte der Reporter.
»Zwei?« Michael runzelte die Stirn. »Was ist das zweite?«
Sein Gegenüber warf einen raschen, fast verstohlenen Blick über die Schulter zurück, ehe er antwortete: »Ich finde diese sogenannte Cocktailparty unglaublich öde.«
»Warum sind Sie dann hier?« fragte Michael.
Der junge Reporter schlug mit der flachen Hand auf die Kamera, die er in der anderen trug.
»Weil es mein Job ist. Und du?« Er legte den Kopf schräg, blinzelte und fuhr fort, ohne Michaels Antwort auch nur abzuwarten: »He! Jetzt erkenne ich dich erst. Du bist doch der Junge, der damals –«
»Ja, ja, genau der«, unterbrach ihn Michael. »Der, der damals dabei war.«
Seine Stimme mußte wohl ziemlich gereizt geklungen haben, denn der andere runzelte tief und lange die Stirn, dann sagte

er ganz ruhig: »Ich bin nicht hinter einer Story her, wenn es das ist, was du befürchtest. Ich wollte nur höflich sein.«
Michael blickte ihn einige Sekunden lang scharf und sehr aufmerksam an, aber er konnte keinerlei Anzeichen von Spott oder gar Lüge im Gesicht seines Gegenübers erkennen.
»Ich glaube Ihnen«, sagte er. »Entschuldigung.«
Der andere winkte ab. »Geschenkt.« Er lächelte flüchtig. »Ich schätze, daß dir der ganze Rummel mittlerweile gehörig auf die Nerven geht.«
»So ungefähr«, sagte Michael. Er war immer noch vorsichtig. Er glaubte dem anderen, aber er *hatte* schlechte Erfahrungen mit der Presse gemacht. Es war besser, vorsichtig zu sein.
»He!« rief der Reporter plötzlich. »Ich mache dir einen Vorschlag. Im Moment habe ich nichts zu tun. Warum gehen wir nicht nach draußen und unterhalten uns ein bißchen?«
Das konnten sie genausogut hier drinnen, fand Michael. Anderseits: Sein Vater stand gerade mit leuchtenden Augen vor etwas, was Michael verdächtig an einen alten Lappen erinnerte, auf dem der Maler seine Pinsel saubergerieben hatte, ehe es sich irgendwie in einen Bilderrahmen verirrte. Von Wolf war keine Spur zu sehen, und von den anderen Gästen hier in der Halle kannte er keinen einzigen – allerdings schienen nicht wenige davon *ihn* zu erkennen. Die Blicke, getuschelten Bemerkungen und deutenden Finger, immer dann, wenn sie glaubten, er merke es nicht, waren ihm keineswegs entgangen.
»Warum eigentlich nicht?« sagte er.
Sie verließen das Haus, nachdem der Reporter seine Kamera auf einem freien Stuhl abgelegt hatte. Auf dem Weg nach draußen kramte er eine halbvolle Zigarettenschachtel und ein gelbes Einweg-Feuerzeug aus der Tasche, aber Michael fiel auch auf, daß er die Zigarette erst in Brand setzte, als sie das Haus verlassen hatten.
Sein fragender Blick war offenbar nicht zu übersehen gewesen, denn der Reporter informierte ihn nach einem sehr tie-

fen, fast gierigen Zug aus seiner Zigarette: »Drinnen im Haus ist Rauchen streng verboten. Und auch nicht sehr ratsam. Es sei denn, man legt Wert auf eine eiskalte Dusche.«

»Wieso?« fragte Michael verständnislos.

Der junge Mann machte eine wedelnde Bewegung nach oben, in Richtung auf eine gar nicht vorhandene Decke. »Das ganze Haus ist mit Rauchmeldern und automatischen Sprinkleranlagen nur so gespickt. Dein Freund scheint eine panische Angst vor Feuer zu haben.«

»Er ist nicht mein Freund«, sagte Michael. Die Worte waren ihm fast gegen seinen Willen entschlüpft, und sie taten ihm auch im gleichen Moment schon wieder leid – aber der junge Mann neben ihm schien nicht im mindesten überrascht. Er nahm nur einen weiteren Zug aus seiner Zigarette und nickte wissend, während Michael sich in Gedanken mit den übelsten Schimpfworten belegte.

»Du magst ihn nicht, wie?« Der Reporter sog wieder an seiner Zigarette und schnippte die Asche zu Boden. Ein einzelner, winziger Funke löste sich von ihrem brennenden Ende und vollführte eine Art Tanz in der Luft, ehe er erlosch. Der Anblick faszinierte Michael irgendwie, mehr noch: es war, als – *erinnere* er ihn an etwas.

Erst nach einigen Sekunden wurde Michael klar, daß man sein Schweigen durchaus als Zustimmung auslegen konnte, und er beeilte sich, den Kopf zu schütteln. »Nein, das ist nicht wahr. Ich betrachte ihn nicht gerade als meinen Freund, das ist wahr, aber ich habe auch nichts gegen ihn. Das ist ein Unterschied, wissen Sie?«

Diesmal sah ihn der Reporter eine ganze Weile nachdenklich an. Er sagte nichts mehr, aber sein Blick machte deutlich, daß er eben *nicht* wußte, was Michael meinte. Was an sich kein Wunder war – Michael wußte es ja selbst nicht ganz genau. Das hieß: Natürlich wußte er es, aber es war ihm in all der Zeit – immerhin mehr als einem Jahr – nicht gelungen, das, was er in Wolfs Nähe wirklich empfand, in Worte zu fassen.

Und wie konnte er auch? Es war schwer möglich, etwas, was man nicht einmal in Gedanken klar formulieren konnte, in wohlgesetzte Worte zu verpacken. Tatsache war, daß irgend etwas in dem Verhältnis zwischen ihm und Wolf nicht so war, wie es sein sollte. Ganz und gar nicht. Vielleicht war das, was er empfand, einfach der Unterschied zwischen Vorstellung und Wirklichkeit. Wolf und er hatten zusammen ein lebensgefährliches Abenteuer erlebt, eine Woche voller Ereignisse, die sie zusammengeschweißt hatte, weil der eine einfach immer auf den anderen angewiesen gewesen war, damit sie sich gegenseitig das Leben retten konnten. Soweit war die Geschichte in Ordnung – aber wo stand eigentlich geschrieben, daß zwei Menschen, die gemeinsam einer Gefahr getrotzt hatten, fortan auch für den Rest ihres Lebens untrennbare Freunde sein mußten?

Michael hatte (wie offensichtlich auch der Rest der Menschheit, seine Eltern und Wolf eingeschlossen) ganz automatisch angenommen, daß es so sein mußte. Aber das stimmte nicht. Sicher, damals, nachdem man sie herausgeholt hatte und als sich die Presse und die anderen Medien mit Sensationsmeldungen, Reportagen und Interviews regelrecht überschlugen (einer dieser Hirnis hatte sich tatsächlich nicht entblödet, in einem Artikel die Theorie aufzustellen, Wolf und er wären in Wirklichkeit gar nicht in den alten Katakomben umhergeirrt, sondern von Außerirdischen entführt worden, die sie eine Woche lang in ihrem UFO gefangengehalten und ihnen anschließend falsche Erinnerungen aufgepfropft hätten!), da waren sie praktisch ununterbrochen zusammengewesen und sogar ein paarmal gemeinsam im Fernsehen aufgetreten. Aber nichts ist so vergänglich wie die Sensation von gestern. Ihr ohnehin zweifelhafter Ruf verblaßte sehr bald, und im gleichen Maße, in dem die Öffentlichkeit aufhörte, sich für den berühmten Schriftsteller und den etwas weniger berühmten Jungen zu interessieren, die gemeinsam eine Woche lang in den alten Katakomben unter der Stadt verschüttet gewesen waren, kühlte seine Sympathie für Wolf auch ab. Es war nicht etwa so, daß er etwas gegen Wolf hatte – aber er begann sich in seiner Nähe in zunehmendem Maße unwohl zu fühlen. Michael konnte keinen konkreten Grund für dieses Gefühl nennen, aber es wurde immer stärker. Es war ihm manchmal, als erinnere er sich an etwas, das zwischen ihnen vorgefallen war, ohne daß er hätte genau sagen können, was. Aber es war etwas sehr Unangenehmes, als hätte Wolf ihn in einem sehr, sehr wichtigen Punkt belogen oder ihn im Stich gelassen oder verraten ...

Nein, er wußte nicht, was es war. Das Gefühl war da, aber der *Grund* für dieses Gefühl fehlte. Verrückt.

Und ganz schlimm war es geworden, nachdem das Buch erschienen war. Natürlich hatte Michael gewußt, daß Wolf ihre gemeinsamen Abenteuer in einem Buch verarbeitete – schließlich war er Schriftsteller, und welcher Schriftsteller hätte sich eine solche Geschichte wohl entgehen lassen? Aber er hatte nicht ahnen können, in welcher Form Henry Wolf ihre unfreiwillige Odyssee durch die Unterwelt zu verarbeiten gedachte. Und als er es erfuhr – natürlich hatte Wolf es sich nicht nehmen lassen, ihm ein druckfrisches Exemplar des Romans in die Hand zu drücken (natürlich, wie es der Zufall wollte, in Begleitung eines Fotoreporters) –, als er es also gelesen hatten, da war er, ja, regelrecht wütend geworden. Und er konnte auch da nicht sagen, warum. Es lag nicht daran, daß »Unterland« so gut wie nichts mit dem zu tun hatte, was ihnen wirklich widerfahren war. Das hatte er beinahe erwartet. Schon deshalb, weil ihnen im Grunde nicht viel passiert *war.* Sie waren eine gute Woche lang durch die alten Katakomben unter der Stadt geirrt, die wie durch einen bösen Zauber immer um die gleiche Distanz größer zu werden schienen, die sie gerade zurückgelegt hatten, und das war alles. Sicher war es gefährlich gewesen, aber die Gefahren hatten auf Namen wie *Dunkelheit, Kälte, Hunger* und *Klaustrophobie* gehört, und das war nun wirklich nichts, womit

man einen vierhundert Seiten langen Roman füllen konnte. Michael hatte geahnt, daß Wolf das eine oder andere dazuerfinden würde.
Was er nicht gewußt hatte, war, daß »Unterland« zu einem waschechten Fantasy-Roman geworden war. Wolf hatte die dunklen, feuchten Katakomben, durch die sie eine Woche lang geirrt waren, mit Trollen und Irrlichtern gefüllt, mit Ghoulen, Steinfressern und bizarren Dämonenwesen, und als wäre das alles noch nicht phantastisch genug, hatte er schließlich eine komplette Kultur dort unten erschaffen, ein Volk, das seine Urzeiten dort lebte und nichts von der Welt über seinen Köpfen wußte, so wie diese umgekehrt nichts von dem Universum unter ihren Füßen ahnte.
Und beim Lesen dieses Buches war etwas sehr, sehr Seltsames geschehen. Wie die meisten Jungen seines Alters liebte Michael Fantasy- und Science-fiction-Geschichten heiß und innig. Das Buch hätte ihn begeistern müssen, zumal noch dazu er selbst – oder doch zumindest ein Junge namens Michael – eine wichtige Rolle darin spielte.
Das genaue Gegenteil war der Fall.
Der Roman machte ihn wütend. Er verletzte ihn, und er machte ihn so zornig auf seinen Verfasser, daß er sich zwei Wochen lang weigerte, auch nur ein Wort mit Wolf zu reden, geschweige denn einen Kommentar abzugeben.
Das Verrückte daran war nur: Er wußte nicht einmal, warum.
Michael verjagte den Gedanken, vergrub die Hände in den Hosentaschen und begann in gemächlichem Tempo vom Haus wegzuschlendern. Der Reporter folgte ihm, sagte aber nichts mehr, sondern beschränkte sich darauf, in Michaels Nähe zu bleiben und schweigend auf seiner Zigarette herumzukauen. Vielleicht, dachte Michael, hatte er sich ja in ihm getäuscht und er war tatsächlich nur mit ihm herausgekommen, um seiner Sucht zu frönen.
Sie erreichten den Swimming-pool. Die meisten Gäste hatten wohl mittlerweile eingesehen, daß es tatsächlich zu kalt zum

Schwimmen war, und standen bibbernd und in große Frotteetücher eingehüllt am Beckenrand. Nur ein einziger junger Mann trollte noch im Wasser herum, aber auch er würde es nicht mehr lange aushalten. Selbst Michael, der Jeans, Pullover und darüber noch eine Jacke trug, fand es allmählich kühl hier im Garten. Er warf dem Frischwasserfanatiker im Becken noch einen letzten stirnrunzelnden Blick zu und näherte sich dann dem Objekt, das ihn eigentlich veranlaßt hatte, das Haus noch einmal zu verlassen.
Es war der Troll. Aus der Nähe betrachtet, wirkte er beinahe noch lebensechter und bedrohlicher als von weitem. Auch er war über zwei Meter groß, dabei aber so massig, daß er beinahe viereckig wirkte. Seine Haut hatte eine sehr sonderbare Farbe, irgendwie zwischen Schwarz und Dunkelbraun und einfach nicht genau zu bestimmen, und ein Gesicht war praktisch nicht vorhanden. Wie bei seinem grünhäutigen Freund auf der anderen Seite des Gartens hatten die Augen keine Pupillen, sondern waren einheitlich gefärbt, nur daß sie nicht weiß waren, sondern vom tiefsten, drohendsten Schwarz, das Michael jemals gesehen hatte. Und noch etwas war unheimlich: Obwohl Michael genau wußte, daß auch dieses Ungeheuer nur aus Draht und Kunststoff bestand, glaubte er die unvorstellbare Kraft, die der Koloß ausstrahlte, beinahe zu spüren. Und die *Gefahr.*
Wieder konnte er ein Schaudern nicht ganz unterdrücken. Und es blieb auch dieses Mal nicht unbemerkt.
»Ganz schön scheußlich, dieses Ding«, sagte sein Begleiter, sog an seiner Zigarette und blies dem Troll eine übelriechende Qualmwolke ins Gesicht. »Ich bin gespannt, wie sie sich auf der Leinwand machen.«
Ein bißchen von dem Qualm drang auch Michael in die Augen. Er hustete demonstrativ, wischte sich mit dem Handrücken die Tränen aus den Augen, die ihm der beißende Qualm hineingetrieben hatte, und in diesem Moment –
Lag es vielleicht an dem Qualm, an seiner Nervosität oder

dem unguten Gefühl, das er hatte, seit er hergekommen war? Gleichwie: für eine einzelne Sekunde, aber sehr deutlich, glaubte er zu sehen, wie sich das Steingesicht des Trolls angewidert verzog und lodernde Wut in den Augen des Wesens aufblitzte. Der Eindruck verschwand so rasch, wie er gekommen war, aber er war so erschreckend, daß Michael den Troll zehn Sekunden lang anstarrte. Erst dann, dafür aber schlagartig, kam ihm zu Bewußtsein, daß der Reporter etwas gesagt hatte.

»Was haben Sie gesagt?« fragte er keuchend.

Das Entsetzen in seiner Stimme mußte wohl sehr deutlich zu hören gewesen sein, denn der Fernsehmann blickte ihn ziemlich verwirrt an, ehe er seine Worte wiederholte: »Ich sagte, ich bin gespannt, wie sie sich auf der Leinwand machen.«

»Leinwand?« stammelte Michael. »Soll ... soll das heißen, daß ... daß ...«

»Soll das heißen, daß du es nicht weißt?« unterbrach ihn der andere.

Michael warf einen raschen Blick in das unfertige Troll-Gesicht. Diesmal war er ganz sicher, daß es bloß Einbildung war, daß so etwas wie ein schadenfrohes Grinsen die narbigen Lippen verformte. »Daß ich *was* nicht weiß?« fragte er ungeduldig.

»Daß es verfilmt wird.«

»Daß *was* verfilmt wird?« fragte Michael, obwohl er die Antwort ziemlich genau zu wissen glaubte. »›Das Unterland‹.«

Der Reporter seufzte hörbar und verdrehte die Augen. Er sagte es zwar nicht, aber die Frage: *Bist du eigentlich so blöd, oder tust du nur so?* war deutlich in seinen Augen zu lesen. »Eine große amerikanische Filmgesellschaft hat ihr Okay gegeben, das Buch zu verfilmen. Wolf bastelt schon am Drehbuch, soviel ich weiß.« Er machte eine weit ausholende Geste. »Was glaubst du wohl, was all diese Filmprominenz hier tut? Die sind bestimmt nicht gekommen, um ein paar Grillwürstchen zu schnorren.«

»Nein«, murmelte Michael. »Aber das . . . das darf nicht sein. Ich meine, er . . . er darf das nicht. Der Film darf nicht . . .« Er begann zu stammeln, brach schließlich ab.
»Wie?« fragte der Reporter. Seine Stimme klang noch immer durchaus freundlich, aber in seinem Blick war plötzlich etwas Lauerndes, fand Michael.
Nervös schaute Michael den Reporter an, dann den Troll, trat von einem Bein auf das andere und zermarterte sich den Kopf nach einer passenden Ausrede. Unnötig zu sagen, daß er selbst nicht genau wußte, *warum* er das gesagt hatte. Er wußte nur eines: daß dieser Film nicht gedreht werden durfte. Auf gar keinen Fall.
»Also ich persönlich halte auch nichts von diesen Monsterfilmen«, fuhr der Reporter fort, nachdem er begriffen hatte, daß Michael nicht antworten würde. »Aber ich muß gestehen, daß diese Figuren wirklich gut gelungen sind. Man kann richtig Angst davor kriegen.« Er warf seine Zigarette zu Boden und trat sie mit dem Absatz aus, wobei er einen kleinen runden Krater in dem gepflegten Rasen hinterließ.
Michael spürte den Blick des Reporters wie eine Berührung auf sich ruhen, und ob der Mann das nun von Anfang an vorgehabt hatte oder nicht – so auffällig, wie er, Michael, sich benahm, *mußte* der Mann einfach eine Story wittern.
Michael zwang ein Lächeln auf seine Züge und wollte eine entsprechende scherzhafte Bemerkung machen, als er aus den Augenwinkeln eine Bewegung gewahrte, die seine Aufmerksamkeit in Anspruch nahm. Irgend etwas im Schwimming-pool hatte sich bewegt, ein rasches, lautloses Zucken, als hätte der Schwimmer darin eine hastige Bewegung gemacht, die das Wasser in Unruhe versetzte. Nur daß nun auch der letzte Schwimmer den Pool bereits verlassen hatte. Und es war auch nichts hineingefallen. Das Becken war beleuchtet, das Wasser glasklar, so daß man mühelos bis zum Grund sehen konnte. Andererseits schien Michael nicht der einzige zu sein, dem die Bewegung aufgefallen war. Mehrere

Gäste blickten stirnrunzelnd auf die glasklare Wasseroberfläche hinab, einer sah sogar Michael fragend an und nahm dann mit einem Achselzucken sein unterbrochenes Gespräch wieder auf.

Die Situation schien immer unwirklicher zu werden. Er sah Dinge, die nicht da waren, nahm Bewegungen wahr, die es nicht gab, und erinnerte sich an Vorgänge, die er niemals erlebt hatte ... Was war hier los?

»Vielleicht gehen wir besser ins Haus«, schlug sein Begleiter vor. »Du siehst nicht so aus, als würdest du dich besonders wohl fühlen.«

Das war die Untertreibung des Jahres, fand Michael. Aber er widersprach nicht, sondern eilte quer über den Rasen wieder zum Haus zurück.

Die große Halle war wesentlich voller als noch vor einer Viertelstunde. Es begann zu dämmern, und wen Dunkelheit und Kälte nicht hereingetrieben hatten, der wurde vielleicht von dem gewaltigen kalten Buffet angelockt, das die Mitarbeiter eines Partyservice gerade auf einem riesigen Tisch neben der Treppe aufbauten. Michael entdeckte seinen Vater am anderen Ende der Halle vor einem Bild, das ihn an das Gekrakel seiner dreijährigen Nichte erinnerte, allerdings nicht so hübsche Farben hatte, und begann sich mühsam durch die Menge auf ihn zuzubewegen. Mehr als einmal mußte er Hände und Ellbogen zu Hilfe nehmen, um überhaupt von der Stelle zu kommen – das Haus war wirklich *groß,* aber Wolf hatte auch tatsächlich eine *Menge* Gäste eingeladen. Michael war etwas außer Atem und hatte auf mindestens ein Dutzend Zehen getreten, als er endlich neben seinem Vater anlangte. Wenigstens mußte er sich nicht mehr auf die Suche nach Wolf machen. Der Schriftsteller stand neben seinem Vater, nippte an einem Glas Sekt (Michael war sicher, daß es noch immer dasselbe war wie vorhin) und beantwortete mit bewundernswerter Geduld alle Fragen, mit denen Michaels Vater ihn bezüglich des Bildes löcherte. Er war ein

guter Schauspieler, aber es gelang ihm trotzdem nicht ganz, seine Erleichterung zu verbergen, als er Michael erkannte.
»Oh, hallo!« sagte er. »Da bist du ja wieder! Hast du dich ein wenig umgesehen?«
»Warum haben Sie mir nicht gesagt, daß Sie einen Film drehen?« fragte Michael vorwurfsvoll.
»Einen Film? Woher . . .?« Wolf blinzelte, legte die Stirn in Falten und seufzte dann tief. »Ich verstehe. Der Kameramann, nicht wahr? Ich habe euch zusammen rausgehen sehen. Wie ärgerlich – jetzt ist die Überraschung natürlich beim Teufel.«
»Eine schöne Überraschung!« sagte Michael zornig. »Sie hätten es mir sagen müssen. Es darf keinen Film geben! Das Buch war schon zuviel!«
Michaels Vater sah plötzlich aus, als würde ihn jeden Moment der Schlag treffen, aber falls Wolf Michaels unverschämter Ton überhaupt auffiel, so beherrschte er sich meisterhaft. »Was hast du dagegen?« fragte er im Ton sanfter Verwunderung. »Es ist nur die logische Konsequenz. Das Buch ist ein riesiger Erfolg. Warum sollte der entsprechende Film nicht ein ebensolcher werden?«
»Aber Sie haben das doch gar nicht nötig!« sagte Michael. Ein Gefühl, das seiner Vorstellung von Verzweiflung ziemlich nahe kam, begann sich in ihm breitzumachen. »Sie müssen doch Millionen an dem Buch verdient haben!«
Wolf zog eine flüchtige Grimasse. »Schön wär's«, seufzte er. »Aber selbst wenn – ich habe dieses Buch nicht um des Geldes willen geschrieben. Und ich werde auch den Film nicht machen, weil ich *Geld* damit verdienen will.«
Das stimmte. Michael wußte, daß Wolf schon vermögend gewesen war, *bevor* er anfing, Bestseller zu schreiben, und das war ja gerade das schlimme. Wenn er sich in den Kopf setzte, irgend etwas zu tun, dann tat er es normalerweise, und es gab nicht viel, das man tun konnte, um ihn davon abzubringen. Schon gar nicht, wenn man ein Schüler der neunten Klasse

war, der sich ein ganzes Jahr lang alle Mühe gegeben hatte, auf der Hand, die Wolf ihm in Freundschaft entgegenstreckte, nach Kräften herumzutrampeln.

»Sie dürfen diesen Film nicht machen«, sagte er. Es klang so hilflos, wie Michael sich fühlte.

Wolf sah ihn einen Moment lang traurig an. »Schade«, sagte er dann. Das Bedauern in seiner Stimme klang echt. »Ich hatte gehofft, daß wir doch noch Freunde werden. Weißt du, ich hatte sogar vor, dir eine kleine Rolle in dem Film anzubieten.«

Michael wollte etwas sagen, aber Wolf schnitt ihm mit einer Geste das Wort ab und fuhr in verändertem Tonfall fort: »Nun ja, das ist bedauerlich, aber noch immer kein Grund, sich zu streiten, nicht wahr? Warum reden wir nicht später noch einmal darüber, in aller Ruhe?«

»Da gibt es nichts zu bereden«, sagte Michael ruhig. »Sie dürfen diesen Film nicht drehen.«

»Aha«, sagte Wolf. »Und warum nicht?«

Michael antwortete nicht darauf, ganz einfach deshalb, weil er es nicht *wußte,* und Wolf sah ihn noch eine Sekunde lang schweigend und voll ehrlich empfundenem Bedauern an, ehe er sich ohne ein weiteres Wort umwandte und in der Menge verschwand.

»Bist du verrückt geworden?« fragte sein Vater. Er flüsterte, aber das tat er zweifellos nur, um nicht loszubrüllen. »Was fällt dir eigentlich ein, so mit dem Mann zu reden?«

»Er darf diesen Film nicht drehen«, blieb Michael stur.

»Ach – und warum nicht, wenn ich fragen darf?«

Michael zog die Unterlippe zwischen die Zähne, wich dem Blick seines Vaters aus und schwieg. Plötzlich hatte er keine Lust mehr, hier zu sein. Sie hätten nicht herkommen dürfen.

»Sie sollten nicht ganz so streng mit dem Jungen sein.« Michael wandte überrascht den Kopf und runzelte die Stirn, als er sah, *woher* die unerwartete Schützenhilfe kam. Und es war nicht nur unerwartete, sondern auch uner*wünschte* Schützenhilfe. Zum einen war Michael es gewohnt, seine Auseinandersetzungen – vor allem mit seinem Vater – allein auszutragen. Zum anderen mochte er es nicht, *Junge* genannt zu werden. Und drittens war er jetzt sicher, daß der Reporter sich nur an seinen Rockzipfel gehängt hatte, weil er hoffte, doch noch irgendwie an eine Story zu kommen.

Er tauschte einen bezeichnenden Blick mit seinem Vater. Wenn der Journalist glaubte, Kapital daraus schlagen zu können, in einem Streit zwischen ihnen Partei zu ergreifen, würde er sein blaues Wunder erleben.

»Ich meine, vielleicht hat er ja einen *Grund,* auf den Gedanken an einen Film mit solchem Entsetzen zu reagieren, nicht wahr?« Der Reporter schlenderte näher. Er lachte, aber seine Augen blieben ernst dabei, und auch das Lachen verschwand beinahe sofort wieder. »Warum erschreckt dich der Gedanke an einen Film so sehr?« Er hob die Hand und drohte spielerisch mit dem Finger, als Michael widersprechen wollte. »Ich habe dich beobachtet. Du bist zu Tode erschrocken, als du diese Plastikmonster gesehen hast.«

»Und wenn es so wäre?«

»Nichts«, antwortete der Journalist. »Ich mache mir nur so meine Gedanken, das ist alles. Deine Reaktion auf diese Figuren, dein Entsetzen, als du erfahren hast, daß es einen Film geben wird ... Und dazu kommt dein etwas angespanntes Verhältnis zu Wolf ... Ich meine, wenn man bedenkt, was ihr zusammen erlebt habt, müßtet ihr eigentlich Freunde bis an euer Lebensende sein.«

»Tja, aber das sind sie nun einmal nicht«, sagte Michaels Vater ruhig und sehr kühl. »Und wenn Sie jetzt unbedingt irgendwelche Vermutungen anstellen wollen, dann können Sie das gerne tun – aber vielleicht lassen Sie meinen Sohn und mich inzwischen in Ruhe. Wir haben ein paar private Dinge zu bereden.«

Der Reporter hatte Mühe, eine scharfe Antwort zu unterdrücken. Aber er schreckte offensichtlich davor zurück, sich auf einen offenen Streit einzulassen, bei dem er ohnehin nichts gewinnen konnte. Mit einem letzten eisigen Blick auf Michael und seinen Vater drehte er sich um und stapfte davon. Michael blickte ihm nach, schüttelte den Kopf und seufzte tief. Trotz allem war er dem Reporter dankbar, denn dieser hatte mit seiner Einmischung nicht nur den Unmut seines Vaters auf sich gezogen, der sich sonst höchstwahrscheinlich auf Michael entladen hätte, sondern auch verhindert, daß ihr kleiner Disput weiter eskalierte und zu einem richtigen Streit wurde – was Michael wirklich bedauert hätte. Das Verhältnis zwischen ihm und seinem Vater war sehr gut. Sie stritten sich so gut wie nie. Hätte es nicht die schon fast regelmäßigen hitzigen Diskussionen über Wolf und Michaels Benehmen diesem gegenüber gegeben, dann wäre zwischen ihnen vermutlich nie auch nur ein scharfes Wort gefallen. Der junge Mann hatte Michael also tatsächlich einen großen Gefallen getan – wenn er es vermutlich auch nie erfahren würde.

»Ich möchte gehen«, sagte er.

»Ich auch«, pflichtete ihm sein Vater bei. »Aber jetzt noch nicht. Laß uns noch eine Stunde warten.« Er registrierte Michaels Stirnrunzeln und schränkte seine eigenen Worte ein: »Eine halbe, okay? Es wäre zu unhöflich, wenn wir jetzt so einfach verschwinden würden. Warten wir bis nach dem Essen – einverstanden?« Er deutete mit einer Kopfbewegung auf das Buffet, das jetzt wohl jeden Moment eröffnet werden würde, und nach kurzem Überlegen stimmte ihm Michael zu.

Sein Vater hatte recht: Es hatte keinen Sinn, ihren Gastgeber vor den Kopf zu stoßen. Außerdem würde es nur Anlaß zu weiteren wilden Spekulationen geben, die sie dann vielleicht am nächsten Tag in der Zeitung lesen konnten. Der Reporter war zwar beleidigt abgezogen, aber in Hörweite geblieben.

»Also gut«, sagte Michael und fuhr nach einer Sekunde mit

einem Grinsen und einer Geste auf das Buffet fort: »Außerdem ist das Zeug da viel zu schade, um es ganz dieser Bande von Angebern zu überlassen.«

Sie lachten, hakten sich unter und stürzten sich gemeinschaftlich in die Schlacht um das kalte Buffet.

Tatsächlich kam es Michael hinterher wie ein kleines Wunder vor. Was weder Wolfs Überredungskunst noch den strengen Blicken seines Vaters gelungen war, das vollbrachten das gute Essen, die Zeit und die illustre Gesellschaft, in der er sich befand. Denn trotz aller spöttischen Bemerkungen und Gedanken: natürlich *war* es aufregend, all diesen Berühmtheiten, die man sonst nur vom Fernsehschirm oder der Kinoleinwand her kannte, so nahe zu sein. Nach einer Weile jedenfalls legte sich nicht nur seine Besorgnis, sondern Michael begann die Situation wirklich zu genießen. Er war weit davon entfernt, sich köstlich zu amüsieren, aber er erhob auch keinen Einspruch, als die verabredete halbe Stunde vorüber war und sein Vater keine Anstalten machte, sich zu verabschieden.

Es mußte mindestens zehn Uhr sein, vielleicht auch schon später, als sich plötzlich irgend etwas an der Geräuschkulisse des Raumes änderte. Die Stimmen wurden nicht wirklich leiser, aber die Gespräche schwirrten jetzt nicht mehr wild durcheinander, sondern klangen irgendwie disziplinierter, und die Musik hatte ganz aufgehört. Aller Aufmerksamkeit konzentrierte sich auf die breite Treppe, die zu den oberen Stockwerken hinaufführte, eine kühne Konstruktion aus Beton ohne Stützen und Geländer. Auf halber Höhe war jetzt eine Gestalt erschienen, die Michael erst auf den zweiten Blick erkannte: Wolf.

Der Schriftsteller hatte seinen maßgeschneiderten Smoking gegen etwas vertauscht, das wie eine Mischung aus barbarischer Ritterrüstung und Eskimobekleidung aussah. Auf seinem Kopf saß eine Kappe aus schwerem, dickem Leder, aus der eiserne Stacheln ragten, und um die Hüften trug er einen

ledernen Gürtel, in dem ein kurzes Schwert mit breiter Klinge steckte.
»Eins muß man ihm lassen«, sagte Michaels Vater neben ihm. »Er hat einen Sinn für Dramatik. Das ist eine Figur aus seinem Roman, nicht wahr?«
»Anson«, bestätigte Michael – und fragte sich zugleich verblüfft, woher er diesen Namen wußte. Der Name Anson gehörte zu dieser Rüstung und dem schweren Fellmantel, das wußte er einfach. Aber er wußte genausogut, daß dieser Name *nicht* aus Wolfs Roman stammte.
Zum Glück hatte sein Vater »Unterland« nie gelesen, so daß er nur beiläufig nickte und sich im übrigen ganz auf die Gestalt konzentrierte, die mit gemessenen Schritten die Treppe herunterkam und auf halber Höhe stehenblieb.
Das Licht wurde blasser und erlosch dann ganz bis auf einen einzelnen, scharf abgegrenzten Strahl, der auf Anson – beziehungsweise Wolf – gerichtet war. Der Effekt war erstaunlich. Obwohl Wolf in ein schon fast unangenehm helles Licht getaucht war, wirkte er plötzlich düster, klein und irgendwie bedrohlich, ein struppiger schwarzer Schatten, der nicht mehr zu einem Menschen zu gehören schien. Michael schauderte. Sein Vater hatte recht: Wolf *hatte* einen Sinn für dramatische Auftritte. Auch wenn diesen hier vermutlich irgendein hochbezahlter Regisseur vom Fernsehen entworfen hatte. Einige Augenblicke lang herrschte atemlose Stille in der großen Halle, dann begannen die ersten Gäste zögernd zu applaudieren. Nach einer Weile nahm das Klatschen zu, bis es sich zu einem donnernden Applaus gesteigert hatte, den Wolf mit einem Lächeln über sich ergehen ließ.
»Gottlob haben sie halbwegs schnell reagiert«, flüsterte sein Vater. Michael blickte den Vater fragend an, und dieser fuhr mit einem gequälten Lächeln fort: »Ich schätze, er wäre auch noch fünf Minuten lang dort stehen geblieben und hätte auf den Applaus gewartet.«
Michael war überrascht. Es war das erste Mal, daß sein Vater

eine Bemerkung machte, die darauf schließen ließ, daß auch er den berühmten Henry Wolf nicht als auf dem Olymp thronende Gottheit ansah.
Der Applaus verklang, als Wolf bescheiden die Hände hob und um Ruhe bat. Leise Synthesizer-Musik setzte ein, das Licht, das Wolf anstrahlte, änderte sich ein wenig, so daß er nicht mehr ganz so unheimlich wirkte und man sein Gesicht deutlicher erkennen konnte.
»Ich danke Ihnen, meine Freunde«, begann Wolf. Auch mit seiner Stimme stimmt etwas nicht, dachte Michael. Sie war elektronisch verändert, so daß sie hohl und verzerrt klang, als spräche er im Inneren eines Tunnels. Oder aus einer Kloschüssel.
»Ich freue mich, daß Sie so zahlreich hier erschienen sind, um mit mir zusammen den großen Erfolg –«
Michael hörte nicht mehr hin. Er wollte, konnte es aber einfach nicht. Für einen Moment war ihm, als begänne die ganze Welt sich um ihn herum zu drehen, er hörte ein Rauschen und Dröhnen, das binnen Sekunden so sehr anschwoll, daß es jedes andere Geräusch übertönte – es war sein eigenes Blut, sein eigener hämmernder Herzschlag. Der Boden unter seinen Füßen schien zu wanken. Er starrte Wolf an, aber er sah nicht Wolf, sondern Anson, und er sah nicht die Treppe, sondern den Höllensteg, Millionen und Abermillionen sich emporwindender steinerner Stufen, die hinauf in die höchsten Höhen der Hölle führten. Gelähmt starrte er Anson an – und plötzlich war es, als würde ein Schleier von seinen Gedanken gezogen. Nein, kein *Schleier,* ein massiver Deckel aus zwei Meter dickem Stahlbeton, unter dem seine Erinnerungen bisher verborgen gewesen waren. Plötzlich wußte er, was in jener Woche unter der Erde *wirklich* geschehen war, und er wußte auch, was geschehen *würde,* wenn man diesen Film tatsächlich drehte –
Vorbei.
Michael glaubte regelrecht zu hören, wie der tonnenschwere

Deckel wieder auf seine Erinnerungen fiel und sie einschloß. Sie waren fort. In seinem Kopf war wieder nichts als die Erinnerung an eine Woche, die sie durch Dunkelheit und feuchtkalte unterirdische Gänge geirrt waren. Nur für eine Sekunde hatte er *gewußt,* was wirklich geschehen war, und wenn dieses Wissen jetzt auch nicht mehr da war, so wußte er doch, daß damals mehr geschehen war, viel, viel mehr als das, woran er sich zu erinnern glaubte.
»Was hast du?«
Es war die Stimme seines Vaters, die Michael wieder in die Wirklichkeit zurückriß. Mühsam wandte er den Kopf, blickte ins besorgte Gesicht seines Vaters.
»Du siehst aus, als hättest du ein Gespenst gesehen! Ist dir nicht gut?«
»Es ist . . . nichts«, murmelte Michael. Die Welt drehte sich noch immer um ihn, aber es wurde schon besser. Aus der Furcht war bloße Unruhe und ein sich verstärkendes Gefühl von Verwirrung und Hilflosigkeit geworden. »Es ist wirklich nichts«, sagte er hastig. »Ich . . . habe mich vor einem Schatten erschrocken, das ist alles.«
»Lüg mich nicht an, Junior«, sagte sein Vater. Er lächelte, aber der Ton, in dem er diese Worte sprach, strafte dieses Lächeln Lügen. Michael schluckte ein paarmal. Wenn sein Vater ihn *Junior* nannte, dann war die Sache verdammt ernst. Michaels Gedanken überschlugen sich. Er brauchte eine passende und überzeugende Antwort, und er brauchte sie *schnell.* Sein Vater würde sich jetzt nicht mehr mit Ausflüchten zufriedengeben.
Aber er brauchte keine Ausrede mehr zu finden, denn in diesem Moment geschah etwas, was den Vater nicht nur für den Augenblick seine Frage vergessen ließ. Es begann ganz harmlos. Spektakulär, aber harmlos.
Das Licht im Raum änderte sich wieder. Es flackerte, wurde ein wenig heller, dann wieder dunkler und hatte plötzlich einen deutlichen Stich ins Grüne, ein unheimliches, irgend-

wie *bösartiges* Licht, wie man es aus Horrorfilmen kannte oder manchmal auf der Geisterbahn erleben konnte. Aller Aufmerksamkeit – auch die Michaels und seines Vaters – richtete sich wieder auf Wolf und die Treppe.

Auf dem Gesicht des Schriftstellers erschien ein feines, fast triumphierendes Lächeln. Plötzlich tauchte hinter ihm eine gigantische, grünleuchtende Gestalt auf, ein zwei Meter großer Koloß mit Augen, die wie halbgeronnenes Eiweiß aussahen, und einem wahren Raubtiergebiß. Und der Ghoul trat nicht etwa aus einer verborgenen Tür oder duckte sich aus einem Schatten hoch – er erschien im Bruchteil einer Sekunde und im wahrsten Sinne des Wortes aus dem Nichts unmittelbar hinter Wolf und streckte seine gewaltigen Pranken nach ihm aus.

Wäre eine Bombe in der Halle explodiert, der Schock hätte im ersten Moment wohl kaum größer sein können. Michael starrte ebenso fassungslos wie alle anderen auf die gigantische grünleuchtende Gestalt, die urplötzlich hinter dem Schriftsteller aufgetaucht war. Für eine Sekunde hielt buchstäblich jeder im Raum den Atem an.

Dann stieß jemand einen kurzen, schrillen Schrei aus. Ein Glas zerbarst klirrend auf dem Boden, und Michael konnte regelrecht spüren, wie sich die ganze Menschenmenge im Raum wie ein einziges großes Wesen bewegte, das Atem für einen Schreckensschrei und die darauffolgende Flucht holte. Bevor jedoch die Panik ausbrechen konnte, hob Wolf besänftigend beide Hände und machte eine weit ausholende Geste.

»Meine Freunde!« rief er. Seine Stimme war noch lauter geworden. Er mußte ein winziges Mikrofon tragen, denn die Worte schienen gar nicht aus seinem Mund zu kommen, obwohl sich seine Lippen bewegten, sondern drangen aus einem Dutzend verborgener Lautsprecher, so daß sie den ganzen Raum erfüllten. »Meine Freunde, *bitte!* Es gibt keinen Grund, zu erschrecken! Sehen Sie, hier! Es ist ganz harmlos!« Wolf drehte sich halb um seine Achse, streckte die Hand aus, und Michael riß erstaunt die Augen auf, als er sah, daß Wolfs Finger einfach den Körper des Ghouls durchdrangen.

»Bitte, sehen Sie selbst. Es besteht kein Grund zur Sorge. Unser Freund hier ist nichts als eine holographische Projektion. Ein wenig Laserlicht und ein paar Spiegeltricks, mehr nicht.«

»Idiot«, sagte Michaels Vater ruhig. Michael konnte ihm nur beipflichten – und den Blicken nach zu schließen, die ihn aus einigen der Gesichter ringsum trafen, war er mit seiner Meinung nicht allein. Wolfs kleiner Gag hätte durchaus ins Auge gehen können. Michael konnte sich auf Anhieb ungefähr eine Million Orte vorstellen, an denen er lieber gewesen wäre als hier, wenn in der total überfüllten Halle eine Panik ausgebrochen wäre.

Ein solcher Gedanke schien Wolf jedoch entweder gar nicht zu kommen oder störte ihn nicht besonders. Er sah kein bißchen betroffen aus. Im Gegenteil. Sein Gesicht leuchtete vor Stolz, während er weiter auf den grünen Giganten hinter sich deutete. Unter heftigem Gestikulieren schwärmte er von den technischen Meisterleistungen, die nötig gewesen waren, um dieses holographische Monster zu erschaffen, von den Unsummen, die allein in die Entwicklung der für diesen Effekt völlig neuartigen Technologie nötig gewesen waren, und so weiter und so weiter ... Michael gab sich Mühe, seinen Worten zu folgen, aber es ging nicht. Vielleicht sagte er ja die Wahrheit, und das Ungeheuer war tatsächlich nichts weiter als eine geschickte Illusion aus Laserlicht und Computertechnik. Aber das spielte keine Rolle. Wolf war im Begriff, etwas durch und durch Entsetzliches zu tun. Er mußte ihn daran hindern!

»Was hast du vor?« fragte sein Vater, als Michael einen ersten, zögernden Schritt in die Richtung der Treppe machte. Michael blieb stehen, warf einen unsicheren Blick zu seinem

Vater zurück und registrierte zugleich, daß der Fernsehjournalist sein Gespräch unterbrochen hatte und stirnrunzelnd zu ihm hersah.
»Ich . . . ich weiß nicht genau, wie –«
»Aber *ich* weiß«, unterbrach ihn sein Vater bestimmt, »daß wir jetzt besser nach Hause gehen – ehe du wirklich noch Schaden anrichten kannst.«
Michael widersprach nicht, obwohl er schon wieder eine innere Stimme zu hören glaubte, die ihm zuflüsterte, daß es ein Fehler war, jetzt zu gehen. Die Erklärung, *warum* das so war, blieb sie ihm allerdings schuldig, so daß er keinen Grund angeben konnte, noch zu bleiben; ganz davon abgesehen, daß ihm der Ton in der Stimme seines Vaters klarmachte, daß er, gleich welchen Grund er angab, diesen sowieso nicht würde gelten lassen. Er *wollte* jetzt gehen, und sie *würden* jetzt gehen, basta.
Theoretisch.
Sie hatten den Ausgang noch nicht zur Hälfte erreicht, als die Tür aufgestoßen wurde und der Troll hereinkam. Ein Schwall eisiger Nachtluft begleitete ihn, und hätte Michael nicht gewußt, daß dies bei einer holographischen Projektion schwer möglich war, hätte er geschworen, den Boden unter den stampfenden Schritten des Kolosses zittern zu fühlen. Die Programmierer, die diese Illusion erschaffen hatten, waren jedenfalls gründlicher gewesen als die Erbauer des Plastikmonsters draußen im Garten: *Dieser* Troll hatte die richtige Größe. Selbst geduckt fand er kaum Platz in der großen zweiflügeligen Glastür.
Einige Partygäste applaudierten, aber bei aller Bewunderung schien ihnen der Anblick des schwarzen Kolosses auch ein wenig Respekt einzuflößen, denn Michael fiel auf, daß alle dem heranstampfenden Riesen Platz machten. Auch Michael wich instinktiv einen Schritt zurück. Der Troll bestand zwar nur aus Licht, aber der Gedanke, daß er einfach durch ihn hindurchgehen würde, war ihm trotzdem unbehaglich.

Wieder flackerte das Licht. Kleine gelbe Leuchtpunkte tanzten über die Wände und den Boden wie die Reflexe brennender Fackeln, und als Michael den Blick hob, sah er eine Anzahl kleiner gelber Flämmchen, die wie trunkene Leuchtkäfer unter der Decke der Halle entlangflitzten. Die Musik war verstummt, aber an ihrer Stelle erfüllte ein hoher, sphärenhafter Klang die Luft, ein Laut wie ferner Sirenengesang, fremdartig, bizarr und lockend zugleich.
Jemand begann zu applaudieren, einige Gäste taten es ihm nach, andere lachten oder riefen Wolf Komplimente für die gelungene Show zu, aber die meisten blickten einfach nur fasziniert abwechselnd den Troll und die tanzenden Flämmchen an.
Es waren keine wirklichen Flammen. Wenn man genau hinsah – was angesichts ihres hektischen Hin und Her allerdings gar nicht so einfach war –, dann erkannte man, daß es sich um winzige geflügelte Gestalten handelte, wie leuchtende Feen oder Elfen aus einem Walt-Disney-Film, nur daß ihre kaum handgroßen Körper aus gelben und roten Flämmchen gebildet wurden. Für einen Moment glaubte Michael sogar ein leises, glockenhelles Kichern zu hören.
Der Applaus nahm zu, und wie um sich vor dem Publikum zu verbeugen, sanken die tanzenden Flämmchen tiefer und zogen ihre Kreise jetzt unmittelbar über den Köpfen der Gäste, Gelächter kam auf, und jemand – der junge Journalist, der Michael auf die Nerven gegangen war – streckte die Hand aus und versuchte nach einem der Irrlichter zu greifen. Behende, wie es war, hätte es der Hand sicherlich ausweichen können, aber es ließ zu, daß der junge Mann es packte und für einen Moment die Hand darum schloß.
Als er die Finger wieder öffnete, leuchtete es nicht mehr in Gelb und Orange, sondern in einem kalten, blauweißen Licht, und man konnte es jetzt ganz deutlich als winzige geflügelte Elfengestalt erkennen, die wie eine kleine Ballettänzerin auf der Handfläche des Mannes herumhüpfte und zu-

gleich so anmutige wie komisch anzuschauende Sprünge darauf vollführte.
»Nein!« rief der Reporter begeistert. »Das ist ja allerliebst! Seht euch das an!«
Die Gäste begannen sich neugierig um ihn zu scharen. Gesichter beugten sich herab und blickten lachend und aus leuchtenden Augen auf die winzige Elfe, die die ihr gezollte Aufmerksamkeit durchaus registrierte und nach einer letzten Pirouette zu einem tiefen Hofknicks ansetzte. Beifälliges Gelächter und neuerlicher Applaus begleiteten diese kleine Vorführung.
Michael applaudierte nicht. Er lachte auch nicht, sondern schaute mit wachsender Unruhe zu Wolf hinauf, der aufgehört hatte, die Vorzüge seines holographischen Monsters zu preisen, und abwechselnd zum Troll neben der Tür und zu dem Irrlicht auf der Handfläche des Reporters hinsah. Er wirkte plötzlich gar nicht mehr stolz. Er sah nicht einmal verwirrt aus oder überrascht. Er wirkte schlicht und einfach *entsetzt.*
Und ganz plötzlich begriff Michael auch, warum.
Er drehte sich auf dem Absatz herum und schrie dem Reporter und den Leuten in seiner unmittelbaren Nähe eine Warnung zu. Wenigstens *wollte* er das. Die Zeit schien stehenzubleiben, die Luft schien zu klebrigem Sirup zu werden, die seine Bewegungen um ein Zehnfaches verlangsamte. Natürlich kam ihm das nur so vor, aber Täuschung oder nicht, seine Warnung würde zu spät kommen, und falls nicht – vermutlich würde sowieso niemand auf ihn hören. Die winzige Feuerelfe tanzte mit anmutigen Sprüngen über die Hand des Journalisten und an seinem ausgestreckten Zeigefinger empor, und der junge Mann lachte, blies die Wangen auf und beugte sich vor, um das Irrlicht wie eine Feder von seiner Hand herunterzupusten.
»Nein!« schrie Michael mit sich überschlagender Stimme. *»Nicht! Sie gehören nicht zur Show! Seid vorsichtig!«*

Aber es war zu spät. Zwei oder drei Gäste blickten irritiert und auch ein wenig erschrocken in seine Richtung, aber der Reporter hörte seine Worte gar nicht, sondern pustete das Irrlicht von seiner Hand herunter. Das Geschöpf flackerte, drehte sich kichernd einmal um seine eigene Achse, blies die Backen auf, um unter dem beifälligen Gelächter der Zuschauer zurückzupusten – und blies dem Reporter eine Flammenwolke ins Gesicht.

Michael stand mindestens fünf oder sechs Meter entfernt und war somit nicht in Gefahr, aber er riß trotzdem instinktiv die Arme vor das Gesicht, als sich das winzige Geschöpf von einer Sekunde auf die andere in eine zischende Feuerwolke verwandelte. Aus dem Lachen der Zuschauer wurde ein Chor gellender Schmerzens- und Schreckensschreie, ein halbes Dutzend Leute taumelte plötzlich zurück, die Hände vor die Gesichter geschlagen, mit versengten Haaren und schwelenden Kleidern. Der junge Mann, der mit dem Irrlicht gespielt hatte, war zu Boden gestürzt und schrie aus Leibeskräften. Seine rechte Hand war versengt, sein Gesicht über und über mit Brandblasen bedeckt, und in seinem Haar glommen Funken.

Michaels Herz tat einen erschrockenen Sprung, als er sah, wie einer der Gäste nach einer Wasserkaraffe griff, um sie über den Verletzten zu entleeren. »Um Gottes willen – *nein!*« schrie er. »Kein Wasser! Das macht es nur schlimmer!«

Der Mann sah ihn völlig verstört an, aber wenn er auch sicher nicht verstand, was Michaels Worte bedeuteten, so verwirrten diese ihn doch genug, um ihn für eine Sekunde in der Bewegung innehalten zu lassen, und das war genau die Zeit, die Michael brauchte, um den Verletzten zu erreichen und neben ihm niederzuknien. Ohne darauf zu achten, daß er sich dabei selbst die Finger verbrannte, schlug er die glimmenden Funken in seinem Haar und auf seinen Kleidern mit bloßen Händen aus.

Mittlerweile hatten sich die vereinzelten Schreie und Schrekkensrufe zu einer richtigen Panik ausgewachsen – und als Michael aufsah, mußte er zugeben, daß für Wolfs Partygäste dazu durchaus Grund bestand. Auch die übrigen Irrlichter hatten aufgehört, einen lustigen Tanz über den Köpfen der Menge aufzuführen. Sie explodierten zwar nicht wie ihr Brüderchen, aber sie ließen sich immer wieder und wieder auf den Köpfen der Flüchtenden nieder, krallten sich mit glühenden Händen und Füßen in Haare und Kleider, sie dabei in Brand setzend oder zum Schwelen bringend, oder stießen wie winzige Jagdflugzeuge auf ihre Opfer herab und bombardierten sie mit kleinen, grell lodernden Funken. Ihre Angriffe beschränkten sich nicht nur auf die Menschen. Eines der Irrlichter hatte es offensichtlich auf Wolfs Bildersammlung abgesehen, es hüpfte von Gemälde zu Gemälde und verharrte auf jedem gerade lange genug, um ein Loch hineinzubrennen oder die Leinwand zumindest zum Schwelen zu bringen; ein anderes brannte rauchende Muster in die Tapeten und den Teppichboden; und ein drittes hatte es auf Wolfs Stereoanlage abgesehen, ein orangeroter Feuerball raste kichernd von Lautsprecherbox zu Lautsprecherbox und stanzte ein Muster aus rauchenden Löchern hinein. Das alles geschah gleichzeitig, und Michael nahm es praktisch nur am Rande wahr, während der allergrößte Teil seiner Konzentration darauf gerichtet war, den verletzten Reporter aufzurichten.

Der junge Mann war schwer, und er zitterte vor Schmerz und Schreck, so daß Michael es wahrscheinlich gar nicht geschafft hätte, wäre ihm nicht sein Vater zu Hilfe gekommen. Doch selbst zu zweit überstieg es fast ihre Kräfte, ihn aufzurichten und festzuhalten, damit er nicht gleich wieder zusammenbrach. Er war nicht einmal schwer verletzt – das Feuer eines Irrlichts ist hartnäckig, aber nicht sehr heiß. Seine rechte Hand sah übel aus, und die Brandblasen auf seinem Gesicht würden ihm ganz bestimmt eine Weile zu schaffen machen. Trotzdem waren die Wunden nicht lebensgefährlich, vermutlich nicht einmal besonders schmerzhaft, sah man von seinen angesengten Fingerspitzen ab. Er hat Glück gehabt, dachte Michael. Wäre er mit Wasser in Berührung gekommen . . .

»Wie geht es Ihnen?« fragte sein Vater.

Der junge Mann antwortete nicht, sondern versuchte stöhnend die Hände vor das Gesicht zu schlagen, aber Michaels Vater ließ es nicht zu, sondern schüttelte ihn so heftig, daß seine Zähne aufeinanderklapperten.

Die grobe Behandlung wirkte. Das Leben kehrte in die Augen des Reporters zurück, und obwohl er weiterhin leise vor sich hin wimmerte, konnte er jetzt wenigstens aus eigener Kraft stehen. »Was . . . was ist passiert?« stammelte er.

»Darüber reden wir später.« Michaels Vater warf einen nervösen Blick in die Runde. Obwohl seit der Explosion noch nicht einmal eine Minute vergangen war, hatte sich der Raum in einen Hexenkessel verwandelt. Die Gäste versuchten alle zugleich den Ausgang zu erreichen, und die Irrlichter flitzten immer schneller zwischen ihnen hin und her und setzten alles in Brand, was sie berührten. Es erschien Michael beinahe wie ein Wunder, daß bisher noch niemand ernsthaft verletzt oder auf andere Weise zu Schaden gekommen war. Aber das konnte sich rasch ändern, wenn nun zweihundert Leute praktisch gleichzeitig versuchen würden, durch eine Tür zu stürmen, die nicht einmal für vier breit genug war.

Die Überlegungen seines Vaters mußten wohl ganz ähnliche gewesen sein, denn er deutete mit einer Kopfbewegung in die entgegengesetzte Richtung, auf das große Fenster, das praktisch die gesamte Südwand der Halle einnahm. Den noch immer völlig benommenen Fernsehmann wie eine willenlose Puppe mit sich zerrend, liefen sie darauf zu.

Michael sah aus dem Augenwinkel, wie ein Irrlicht, einem flammenden Meteor gleich, über den Tisch hinwegfegte und dabei eine rauchende Spur in all den aufgefahrenen Köstlichkeiten hinterließ. Ein Glas fiel um, die Flüssigkeit darin,

irgendein Likör oder Schnaps, begann mit hellen, blauen Flammen zu brennen, noch während sie sich auf dem Tischtuch ausbreitete, und Michael blieb so abrupt stehen, daß er um ein Haar gestürzt wäre.
Er starrte voller Entsetzen auf die brennende Tischdecke. Die Flammen waren noch winzig und blau und erzeugten fast keinen Rauch, aber sie fraßen sich ganz langsam weiter, und indem sie größer wurden ...
»O nein«, flüsterte Michael. Und dann schrie er so laut und gellend, daß seine Stimme für einen Moment sogar den tosenden Lärm in der Halle übertönte: »Wolf! Die Löschanlage! Schalten Sie sie ab!«
Der Schriftsteller, der noch immer auf halber Höhe der Treppe stand und bisher wie gelähmt auf das Chaos hinabgeblickt hatte, fuhr wie unter einem elektrischen Schlag zusammen. Sein Blick suchte Michael, glitt dann weiter zum Buffet und zu der brennenden Tischdecke, und sein Gesicht verlor auch noch das letzte bißchen Farbe. Ein Ausdruck abgrundtiefen Entsetzens breitete sich darauf aus. Mit einem entsetzten Keuchen erwachte er aus seiner Starre und hetzte die Treppe hinunter, immer zwei oder drei Stufen auf einmal nehmend.
Auch Michael lief weiter – direkt in die Arme seines Vaters, der das Fenster erreicht hatte, nur um festzustellen, daß die fast fünf Meter hohe Scheibe aus unzerbrechlichem Panzerglas bestand. Den Reporter, der noch immer wimmernd seine Hand gegen den Leib preßte und gar nicht zu merken schien, was mit ihm geschah, hatte er einfach am Schlafittchen gepackt und schleifte ihn hinter sich her. »Zurück!« rief er. »Hier geht's nicht raus!«
Die Menschenmenge, die sich in panischer Flucht auf die Tür zugewälzt hatte, flutete soeben wie eine lebende Woge wieder zurück, denn den Weg zur Tür versperrte der Troll, riesig, breitbeinig, die furchtbaren Pranken erhoben und das Gebiß zu einem steinernen Grinsen gebleckt und tat etwas,

was eine Holographie eigentlich gar nicht konnte: Er packte jeden, der in seine Reichweite kam, und schleuderte ihn in die Menge zurück.

Der Troll war echt, ebenso echt wie die Irrlichter, und jetzt verstand Michael den fassungslosen Ausdruck auf Wolfs Gesicht, als er den Troll das Haus hatte betreten sehen.

»Was ...« Sein Vater riß mit einem Keuchton Mund und Augen auf. »Was geht hier vor?«

»Jetzt nicht.« Michael deutete auf eine Tür, die zwischen zwei beinahe mannsdicken Säulen aus imitiertem Marmor so gut wie nicht sichtbar war. »Durch die Küche – *schnell!*«

Wie um seinen Worten den gehörigen Nachdruck zu verleihen, stieß ein weiteres Irrlicht auf sie herab, funkensprühend und mit einem Geräusch, das sich wie ein Lachen anhörte. Michael zog blitzschnell den Kopf zwischen die Schultern. Der winzig kleine Angreifer verfehlte ihn, prallte mit einem hörbaren Geräusch gegen die Fensterscheibe und taumelte zurück, benommen, aber keineswegs außer Gefecht gesetzt. Zwei-, dreimal berührte er den Boden, hüpfte funkensprühend auf den Tisch hinauf – und landete zielsicher in einem der großen Bowlengläser, die auf dem Buffet standen.

Eine orangerote Stichflamme schoß in die Höhe. Das Bowlenglas zerplatzte, als hätte jemand eine Handgranate hineingeworfen. Glassplitter und kochende Bowle spritzten in alle Richtungen auseinander, und das Irrlicht raste schimpfend und kreischend davon, plötzlich kein blaues Fünkchen mehr, sondern ein lodernder Stern, der einen flammenden Schweif hinter sich herzog. Michael hielt instinktiv den Atem an – und das Wunder geschah: Die Stichflamme löste Wolfs Feuerlöschanlage nicht aus.

Dafür bewirkte sie etwas anderes. Unter den Gästen brach endgültig Panik aus. Die Menge, die gerade noch erschrokken vor der Tür zurückgewichen war, stürmte mit einem einzigen gellenden Schrei wieder zurück und schien selbst ihre Furcht vor dem Troll überwunden zu haben. Der schwarze

Gigant hob mit einem markerschütternden Gebrüll die Arme, aber er wurde einfach über den Haufen gerannt. Die großen Glastüren zum Garten zerbarsten in einem Scherbenregen, als der Troll von den Füßen gerissen und gegen die Scheiben geschleudert wurde, und die flüchtenden Männer und Frauen trampelten einfach über ihn hinweg.
Indessen wurde der Tanz der Irrlichter immer wilder. Der Teppich war von Dutzenden rauchenden Kratern übersät und sah aus wie nach einem Bombenangriff, und auch überall an den Wänden und in Wolfs kostbaren Gemälden waren glimmende Flecken entstanden. Wenn kein Wunder geschah – oder Wolf es rechtzeitig schaffte, die Anlage auszuschalten –, dann konnte es nur noch Augenblicke dauern, bis die Rauchmelder unter der Decke Alarm gaben und die Sprinkleranlage auslösten. Und was dann von diesem Haus noch übrigblieb, dachte Michael schaudernd, das konnte man wahrscheinlich im Umkreis von zwanzig Kilometern zusammenfegen.
Plötzlich war er es, der seinen Vater am Arm ergriff und losstürmte. Mit zwei, drei gewaltigen Schritten war er bei der Tür, auf die er gerade gedeutet hatte, riß sie auf und fand sich in einer supermodernen, sehr großen Küche wieder, die allerdings im Moment einen kaum weniger chaotischen Anblick bot als die Halle. Auch hier waren Irrlichter erschienen, zwei oder drei, die mit bösem Gesumm unter der Decke herumflitzten oder Jagd auf die Leute des Partyservice machten, die hier darauf warteten, das Buffet wieder aufzufüllen.
Michael achtete kaum darauf, sondern raste mit Riesensprüngen durch den Raum auf eine zweite Tür zu, von der er wußte, daß sie nach draußen führte. Zum ersten Mal war er froh, sich in diesem Haus auszukennen. Er betete, daß die Tür nicht versperrt wäre, und sein Gebet wurde erhört. Mit einem Ruck riß er sie auf, versetzte seinem noch immer völlig verdatterten Vater einen Schubs, der diesen an ihm vorbei ins Freie stolpern ließ, und drehte sich noch einmal um.

»Raus!« brüllte er, so laut er konnte. *»Hier fliegt gleich alles in die Luft!«*

Auch der Garten bot einen chaotischen Anblick. Die meisten Gäste hatten das Haus schon verlassen, aber aus der zerborstenen Glastür strömten noch immer Menschen, und unter ihren Füßen konnte er etwas Riesiges, Dunkles erkennen, das immer wieder vergeblich versuchte, auf die Beine zu kommen. Er wußte, daß der Troll so gut wie unverwundbar war und gar nicht in der Lage, Schmerzen zu spüren. Aber er war durchaus in der Lage, *Zorn* zu empfinden, und um so gefährlicher würde er sein, wenn er wieder auf die Füße käme.

Eine Hand ergriff ihn an der Schulter, zerrte ihn grob herum, und Michael schaute in das Gesicht seines Vaters, in dem sich Fassungslosigkeit, Furcht und Zorn mischten.

»Was, zum Teufel, geht hier vor?« herrschte er seinen Sohn an. »Was sind das für Dinger?«

»Jetzt nicht!« antwortete Michael gehetzt. »Ich muß Wolf finden!« Und dann tat er etwas, was er normalerweise nie gewagt hätte: Er schlug die Hand seines Vaters zur Seite, drehte sich um und wollte zurücklaufen. Genauer gesagt – er versuchte es.

Es war unmöglich. Die Menschenmenge, die jetzt aus der Tür quoll, riß ihn einfach mit sich. Mit rudernden Armen kämpfte er um sein Gleichgewicht, aber er war so in die flüchtende Menge eingekeilt, daß er gar keinen Platz hatte zu fallen. Er befand sich gute zwanzig Meter vom Haus entfernt, ehe es ihm endlich gelang, sich von der Menge zu lösen.

Sofort versuchte er, wieder zum Haus zu laufen. Der Strom der Flüchtenden nahm allmählich ab, so daß er nun besser von der Stelle kam, aber dafür wurde der Feuerschein hinter den zerbrochenen Fenstern heller. Er hatte nicht mehr viel Zeit.

Trotzdem rannte er weiter. Irgendwo hinter sich hörte er die Stimme seines Vaters, der seinen Namen schrie, aber er blieb nicht stehen, sondern griff im Gegenteil noch weiter aus. Er mußte Wolf finden. Er wußte nicht einmal, warum – aber er spürte, daß es wichtig war, unvorstellbar *wichtig* – nicht nur für Henry Wolf oder ihn selbst. Keuchend und mit hämmerndem Puls erreichte er die Tür und blieb stehen. Der Troll war nirgends zu sehen, aber Michael verschwendete nur einen beiläufigen Gedanken an ihn, als spüre er, daß das Ungeheuer für ihn keine Gefahr darstellte. Wo war Wolf?

Er sah ihn nicht, dafür aber ein Bild, das nahtlos in jeden Katastrophenfilm gepaßt hätte. Ein gutes Dutzend Irrlichter raste durch die Halle und versengte alles, womit es in Berührung kam. Fast sämtliche Lampen waren zerstört, vom oberen Ende der Treppe drang flackernder Feuerschein herab, und die Flammen begannen sich bereits die Stufen herunterzuarbeiten. Obwohl Michael gut zehn Meter von der Treppe entfernt stand, war die Hitze selbst hier schon so groß, daß er kaum noch atmen konnte. Die Luft flimmerte, und alles, das weiter als fünf oder sechs Meter entfernt war, verschwamm in den Konturen, als sehe man es durch eine verbogene Glasscheibe. Aus dem Teppich stieg dünner grauer Rauch auf, und bei der Treppe begannen sich die Tapeten zuerst schwarz zu färben und dann von der Wand zu rollen, ehe sie aufflammten und zu Asche zerfielen. Irgendwo im Haus ließ die Hitze Glas bersten, mit einem Geräusch, das an Gewehrschüsse erinnerte. Das Feuer breitete sich zwar mit unheimlicher Schnelligkeit aus, aber es wütete einfach noch nicht lange genug, um ein Haus von dieser Größe zum Einsturz zu bringen. Nein, Michael war nicht in unmittelbarer Gefahr, sah man einmal davon ab, daß man in einem lichterloh brennenden Haus *überall* in Gefahr war. Aber allmählich begann es unerträglich zu werden. Die Hitze nahm immer schneller zu, und Michael hustete fast ununterbrochen. Wenn sich das Feuer weiter mit so phantastischer Schnelligkeit ausbreitete, dann würde er bald in Gefahr *sein.*

Sein Vater schien das ebenso zu sehen wie er, denn er tauchte genau in diesem Moment hinter ihm auf, stieß unter Husten und Keuchen seinen Namen hervor und zerrte ihn kurzerhand am Arm mit sich, als Michael nicht sofort reagierte.

Und vielleicht war das auch gut so. Sie hatten die Tür noch nicht ganz erreicht, als Michael spürte, wie der Boden unter seinen Füßen ächzte. Das Prasseln der Flammen wurde für einen Moment lauter, auf eine so unheimliche Weise, daß es fast wie ein Schrei klang, dem enttäuschten Brüllen eines Raubtieres gleich, das sich im letzten Moment um seine schon sicher geglaubte Beute betrogen sah. Aus tränenden Augen erkannte er, wie die Flammen mit einem Satz vollends ins Erdgeschoß heruntersprangen und der Teppich so plötzlich Feuer fing, als wäre er mit Benzin getränkt.

Michael stolperte hustend und mit rudernden Armen ein paar Schritte weit vom Haus weg und japste eine Sekunde später schon wieder nach Luft, als ihn sein Vater grob am Kragen packte und in die Höhe zog.

»Bist du wahnsinnig geworden?« schrie er. »Was sollte das? Eine besonders originelle Art, Selbstmord zu begehen?« Seine Augen flammten vor Zorn.

Michael versuchte vergeblich, sich mit sanfter Gewalt aus dem Griff seines Vaters zu lösen, und schaute gerade noch rechtzeitig genug in seine Augen, um zu erkennen, daß er nur noch Sekundenbruchteile von der ersten Ohrfeige seines Lebens entfernt war.

»Wolf«, würgte er hervor. »Er ist noch da drin. Wir müssen ihn –«

Ein Geräusch erklang, wie es keiner von ihnen je im Leben gehört hatte, ein dumpfes, vibrierendes Grollen und Dröhnen, nicht einmal sehr laut, aber ungeheuer machtvoll, so, als stürzten weit entfernt Gebirge zusammen oder große Hohlräume, nicht ganz so weit weg, irgendwo unter ihnen in der Erde.

Michael und sein Vater blickten gleichzeitig zum Haus – gerade noch rechtzeitig, um zu sehen, wie ein Teil des Dach-

stuhls in einem gewaltigen Funkenschauer in sich zusammensank. Eine beinahe weiße Stichflamme schoß in den Himmel, und der Halbkreis, den die Partygäste um das Haus bildeten, wurde ein gutes Stück weiter gezogen, als sämtliche bisher noch heil gebliebenen Fenster in einem einzigen Augenblick zerbarsten und es Funken und glühende Glassplitter regnete. Durch das Stimmengewirr und das Prasseln der Flammen drang das Heulen einer Sirene, noch weit entfernt, aber näher kommend. Jemand hatte sehr schnell reagiert und die Feuerwehr alarmiert, aber sie würde trotzdem zu spät kommen. Man mußte kein Fachmann sein, um zu erkennen, daß das Haus nicht mehr zu retten war.
»Komm, ehe wirklich noch etwas passiert«, sagte sein Vater. Der Zorn war aus seiner Stimme verschwunden. Er zog Michael mit sich, aber jetzt wirklich nur noch mit *sanfter* Gewalt, und Michael widersetzte sich auch nicht mehr.
»Mir passiert schon nichts«, sagte er, folgte seinem Vater aber trotzdem, schon deshalb, weil das Gedränge vor dem Haus allmählich immer größer zu werden begann. Zitternd vor Aufregung sah er sich um. Wie durch ein Wunder schien niemand ernsthaft zu Schaden gekommen zu sein. Michael sah zwar viele mit blutenden Kratzern, Schrammen und angesengtem Haar, aber niemand schien wirklich schwer verletzt zu sein. Später erfuhr er, daß es tatsächlich keine Verletzten gegeben hatte – was einige der Partygäste nicht daran hinderte, ihre Anwälte mit Schadenersatzklagen in Millionenhöhe auf Henry Wolf zu hetzen. Im Moment blickte er jedoch nur in erschrockene, verwirrte und verängstigte Gesichter.
Und dann sah er Wolf.
Er befand sich nicht in der Menge, die sich um das brennende Haus drängelte, sondern nahezu am anderen Ende des Gartens. Und er war nicht freiwillig dort, sondern zappelte in den Armen einer gigantischen Gestalt, die fast so breit wie hoch war und sich steinern, aber doch rasch fortbewegte.

Wieder ertönte dieses dumpfe, polternde Dröhnen, und genau in diesem Augenblick begann sich das, was von Wolfs Villa noch übrig war, wie ein Kartenhaus zusammenzufalten. Polternd und krachend stürzten die Wände zusammen, und Funken stoben mehr als zwanzig Meter weit senkrecht nach oben. Einige der Funken sahen aus wie jene kleinen geflügelten Elfen. Der Anblick war schrecklich und bizarr zugleich, so daß selbst sein Vater für einige Augenblicke abgelenkt war, und Michael nutzte den Moment, um herumzufahren und mit weit ausgreifenden Schritten hinter dem Troll herzuhetzen.
Der Koloß steuerte auf den Swimming-pool zu. Wolf zappelte und wand sich in seinem Griff, gab aber sonderbarerweise keinen Laut von sich. Vielleicht schnürte ihm der Griff des steinernen Giganten die Luft ab.
Michael rannte schneller, obwohl er nicht die mindeste Ahnung hatte, wie er den Troll aufhalten oder gar Wolf befreien sollte. Der Troll *wirkte* schwerfällig, aber er war es ganz und gar nicht. Jeder seiner plumpen Schritte war gut dreimal so lang wie die Michaels, und er wußte, daß diese Wesen einfach nie ermüdeten.
Wahrscheinlich hätte er das Wettrennen verloren, wäre der Troll nicht plötzlich stehengeblieben. Er hatte den Swimming-pool erreicht und schien unschlüssig, was er jetzt tun sollte. Verwirrt blickte er auf die von unten beleuchtete Wasserfläche, bewegte sich von rechts nach links und wieder zurück und wandte plötzlich den Kopf, um Michael aus seinen grundlosen schwarzen Augen anzustarren.
In diesem Moment erkannte Michael ihn.
Es war Brokk.
Für die meisten Menschen sah ein Troll aus wie der andere, wie wohl auch für die meisten Trolle ein Mensch aussehen mochte wie der andere. Aber Brokk war etwas Außergewöhnliches. Michael hatte es schon gespürt, als er dem Drei-Meter-Koloß das erste Mal begegnet war, und er wußte, daß

er ihn immer, nötigenfalls auch unter Tausenden anderer Trolle, wiedererkennen würde – wer einmal in *diese* Augen geblickt hatte, der vergaß sie nie mehr.
Und vielleicht erkannte auch Brokk ihn. Auf jeden Fall verzichtete er darauf, Michael mit einer beiläufigen Bewegung zu zerschmettern, was er mühelos gekonnt hätte, sondern versetzte ihm nur einen Stoß, der ihn zurücktaumeln und unsanft auf dem Hosenboden landen ließ. Gleichzeitig stampfte er mit dem Fuß auf, daß der Boden bebte.
Das Zittern hielt an. Irgendwo tief unter der Erde schien etwas auf die Erschütterung zu antworten. Einer der unter der Wasseroberfläche angebrachten Scheinwerfer zerbrach, für eine Sekunde ließ der elektrische Funke eines Kurzschlusses den ganzen Pool blau aufleuchten. Gleichzeitig erschien ein Spinnennetz haarfeiner Risse und Sprünge in den Kacheln am Beckengrund.
Es war, als stöhne der Boden unter ihm auf vor Schmerz. Das ganze Becken schien sich ein Stück zu heben, dann mit einem berstenden Schlag zurückzusinken, und plötzlich gähnte dort, wo gerade noch sein Boden gewesen war, ein gewaltiges finsteres Loch, in das das Wasser sprudelnd hineinstürzte. Brokk wartete, bis das Becken leer war, was kaum länger als zwei Sekunden dauerte, federte wie ein Turner vor einem Sprung zweimal in die Knie – und verschwand, sein zappelndes Opfer wie ein hilfloses Baby in den Armen haltend, in der Tiefe.
Michael rappelte sich hoch, wankte an den Rand des Bekkens und blickte schaudernd hinab. Im Boden des Pools gähnte ein gut drei Meter messendes kreisrundes Loch, dessen Tiefe er nicht einmal zu schätzen wagte. Für einen Moment glaubte er eine Bewegung weit unten in der Tiefe zu sehen, aber das mochte ebensogut eine Täuschung sein; das Loch konnte fünf, genausogut aber fünfzig oder fünfhundert Meter tief sein oder auch gar kein Ende nehmen.
Anderseits: Bei allen phantastischen Fähigkeiten, über die sie

verfügten, konnten Trolle doch nicht *fliegen.* Er wußte, daß ihn gleich der Mut verlassen würde, wenn er auch nur noch einige Augenblicke zögerte. Also eilte er um das Becken herum, kletterte in fliegender Hast die jetzt schräg in ihren Haltern hängende Metalleiter hinunter und kniete neben dem Loch im Beckenrand nieder.

Er konnte den Boden noch immer nicht erkennen, aber er *hörte* etwas: das Geräusch, schwerer, stampfender Schritte, dann ein rumpelndes Grollen, das er nur zu gut kannte. Vorsichtig drehte er sich so herum, daß die Füße dem Loch zugekehrt waren, suchte mit den Händen nach festem Halt an den abbröckelnden Rändern des Loches und raffte jedes bißchen Mut zusammen, das er noch in sich fand. Dann ließ er die Beine langsam in die Tiefe gleiten, dann den Körper, hing am Rand.

Seine Füße stießen auf keinen Widerstand. Michael sah absolut nichts, aber er konnte spüren, wie gewaltig der Hohlraum war, der sich unter ihm auftat. Ein eiskalter Luftzug strich um seine Beine, und er hörte das geisterhafte Echo fallender Steine und tropfenden Wassers.

Michael schloß die Augen, zählte in Gedanken bis fünf – und ließ los.

Der Sturz schien endlos zu dauern, obwohl er in Wirklichkeit nicht einmal drei Meter tief fiel. Er landete in hüfthohem eisigem Wasser, das seinem Sturz die Wucht nahm, kippte vornüber und kam prustend und um Atem ringend wieder in die Höhe. Unter seinen Füßen spürte er Erdreich, Steine und zerbrochene Fliesen, und seine Auge gewöhnten sich überraschend schnell an das schwache Licht, das durch die Öffnung über seinem Kopf herabfiel. Schon nach ein paar Augenblicken erkannte er, daß er sich in einer Höhle befand, die sich unter dem gesamten Swimming-pool erstrecken mußte.

Der Boden stieg vor ihm steil an, so daß ein Drittel der Höhle nicht unter Wasser stand. Von Wolf und Brokk war

natürlich nichts mehr zu sehen, aber am anderen Ende der Höhle sah er die Öffnung eines halbrunden, vielleicht zwei Meter hohen Tunnels, der in steilem Winkel tiefer in die Erde führte. Er war gerade hoch genug, daß ein Troll sich auf allen vieren kriechend darin fortbewegen konnte.
Michael watete ungelenk aus dem Wasser heraus. Der Schutt unter seinen Füßen gab immer wieder nach, so daß er kaum von der Stelle kam und zweimal auf Hände und Knie fiel. Er wußte, daß seine Chancen, Brokk noch einzuholen, praktisch gleich Null waren. Trotzdem arbeitete er sich verbissen bis zur Tunnelöffnung vor.
Aber dann hielt er inne.
Es war nicht nur so, daß er sich kaum noch Chancen ausrechnete, den Troll einzuholen. Er hatte Angst, *daß* es ihm gelingen könnte.
Was sollte er tun, wenn er Brokk wirklich einholte? Daß Trolle Menschen normalerweise nichts zuleide taten, bedeutete nicht, daß sie es nicht *konnten.* Auch Irrlichter waren harmlose kleine Gesellen. Normalerweise. Die Dinge schienen sich geändert zu haben. Trotzdem – er mußte Wolf finden, ganz egal, wie groß das Risiko war.
Michael wollte einen Schritt machen und in den Troll-Tunnel eindringen, als er das Stöhnen hörte.
Wie versteinert blieb er stehen.
Das Stöhnen war leise, aber doch so deutlich, daß er sich nicht einmal eine Sekunde lang einreden konnte, es sich nur einzubilden. Jemand wimmerte leise, hier unten unmittelbar in seiner Nähe! Verwirrt und plötzlich voller Furcht drehte er sich wieder um und versuchte, die Dunkelheit mit Blicken zu durchdringen. In dem von oben hereinfallenden Licht sah er nur Schatten, und die einzige Bewegung, die er wahrnahm, waren Lichtreflexe auf dem künstlichen See, den das Wasser des Swimming-pools auf dem Boden der Höhle bildete. Aber das Stöhnen war deutlich zu hören und wurde jetzt sogar lauter.

Einer von den Partygästen, der in das Loch hinabgestürzt war und sich verletzt hatte?
Kaum. Er war ja dabeigewesen, als das Becken zusammenbrach, und wäre jemand nach ihm heruntergekommen, hätte er es gemerkt. Vielleicht hatte Brokk sein Opfer aus irgendeinem Grund fallen lassen, und es war Wolfs Stöhnen, das er hörte.
Michael wußte sehr wohl, wie winzig die Hoffnung war, an die er sich da klammerte. Aber selbst die haarsträubendste Idee erschien ihm noch besser als der Gedanke, dem Troll zu folgen. Außerdem hörte er das Stöhnen eines verletzten Menschen, der vielleicht sogar in Lebensgefahr war und dem er helfen mußte.
Da er kaum etwas sah, konnte er sich nur an dem orientieren, was er hörte. Das Stöhnen schien von der anderen Seite des kleinen Sees zu kommen. Bibbernd und mit zusammengebissenen Zähnen watete er durch das eiskalte Wasser. Das Stöhnen wurde lauter, und jetzt hörte er ein kratzendes Geräusch, das ihm noch zusätzlich einen Schauer über den Rücken jagte; es war ein Laut wie von Fingernägeln, die über eine Schiefertafel scharrten.
Er durchquerte den See, watete auf der anderen Seite wieder nach oben und glaubte eine Bewegung vor der gegenüberliegenden Wand der Höhle wahrzunehmen, ein formloses dunkles Bündel, das halb unter Geröll und Schlamm begraben lag und sich kaum wahrnehmbar regte.
Michael machte zwei, drei hastige Schritte, ließ sich auf die Knie herabsinken und erkannte nun, aus unmittelbarer Nähe, daß es sich um eine menschliche Gestalt handelte. Sie war über und über mit Schlamm bespritzt und von den Knien abwärts unter Schutt und zerbrochenen Fliesen begraben. Und ihr Gesicht war unter einer Maske aus Schlamm und Blut verborgen. Trotzdem wußte Michael sofort, wen er da vor sich hatte. Es war nicht Wolf. Es war auch keiner der anderen Partygäste.

»Hendryk!« flüsterte Michael fassungslos. »Aber das ist doch ... das ist doch vollkommen unmöglich!«
Der Junge stöhnte wieder. Seine Lider hoben sich flatternd, und obwohl seine Augen trüb waren – er schien wirklich schwer verletzt zu sein –, blitzten Erkennen und eine maßlose Erleichterung darin auf.
»Michael!« stöhnte er. »Die Herren der Tiefe seien gepriesen, daß ich dich hier antreffe!«
»Hendryk!« stammelte Michael. »Aber das ist doch ... wie ... ich meine, wie kommst du ... aber das kann doch gar nicht ... ich meine ...« Er brach ab, zu verstört, um auch nur einen klaren Gedanken zu fassen, geschweige denn auch nur ein halbwegs vernünftiges Wort hervorzubringen. Das Auftauchen der Irrlichter und des Trolls hatten ihm einen Schock versetzt, den er noch nicht einmal annähernd überwunden hatte. Hendryks Hiersein war ... unmöglich.
»Helfen«, stöhnte Hendryk. »Du mußt ... uns helfen. Mir und ... meiner Schwester.«
»Lisa?« entfuhr es Michael. »Lisa ist auch hier?!«
Hendryk versuchte den Kopf zu schütteln, aber er schien selbst dafür zu schwach zu sein. Michael fiel erst jetzt auf, daß seine Atemzüge von einem schrecklichen, rasselnden Geräusch begleitet waren, und zum ersten Mal kam ihm der Gedanke, daß der Junge wirklich *schwer* verletzt sein könnte, ja möglicherweise in kurzer Zeit hier in seinen Armen sterben würde.
»Rede nicht«, sagte er hastig. »Und beweg dich auch nicht! Ich hole Hilfe!«
Er wollte aufstehen, aber Hendryk streckte mit erstaunlicher Schnelligkeit die Hand aus und ergriff seinen Arm. »Nein!« stöhnte er. »Bleib! Du mußt ... mir zuhören!«
Michael zögerte, aber dann ließ er sich doch wieder niedersinken. Es gab ohnehin nichts, was er tun konnte. Die Ränder des Loches, durch das er heruntergekommen war, befanden sich in gut drei Meter Höhe – was entschieden zu viel

war, um sie mit einem Sprung zu erreichen. Er konnte nur warten, bis Hilfe kam.
»Nicht reden«, sagte er. »Jemand wird kommen und uns herausholen.«
Hendryk deutete ein Kopfschütteln an. »Helfen ...« wiederholte er mit schwächer werdender Stimme. Offensichtlich war er dabei, das Bewußtsein zu verlieren.
»Er hat ... entführt«, flüsterte Hendryk.
»Ich weiß«, antwortete Michael. »Ich habe es gesehen. Und ich fürchte, eine Menge anderer auch.«
»Zurück ... bringen«, hauchte Hendryk. »Großes Unglück kommt, wenn ... nicht wieder ...«
»Ich weiß«, antwortete Michael. Er war beinahe sicher, daß Hendryk gar nicht hörte, was er sagte, aber er fuhr trotzdem fort: »Ich ... ich werde versuchen, ihn zurückzuholen. Ich weiß noch nicht, wie, aber ich ... Mir wird schon etwas einfallen.«
»Schwester«, stöhnte Hendryk. »Sie haben ... entführt. Als Geisel ... du mußt ... helfen. Krieg.«
»Lisa?« wiederholte Michael erschrocken. »Sie haben auch sie entführt? Wer? Die Trolle? Und was meinst du mit Krieg?«
Aber Hendryk antwortete nicht mehr. Er atmete noch einmal tief ein, sagte aber kein Wort mehr, sondern nutzte sein letztes bißchen Kraft, um eine Bewegung anzudeuten, wie um etwas unter seinem zerrissenen Hemd hervorzuholen. Michael streckte die Hand aus und führte die Bewegung zu Ende.
Was er unter Hendryks Hemd hervorzog, war etwas, dessen Anblick ihn so unerwartet und schmerzhaft traf wie ein Schlag mit einem nassen Handtuch ins Gesicht. Es war ein kleines, in grünes Plastik gebundenes Ringbuch, in dem sich an die hundert eng mit einer winzigen, krakeligen Handschrift bekritzelte Seiten befanden.
Es war eine wirklich schlimme Handschrift. So schlimm, daß es auf der ganzen Welt vielleicht nur einen einzigen Men-

schen gab, der sie wirklich lesen konnte. Trotzdem bereitete es Michael keine Mühe, sie zu entziffern, denn dieser eine Mensch war er selbst.
Es war seine Handschrift.
Hendryk atmete noch einmal stöhnend ein und aus und verlor dann endgültig das Bewußtsein. Michael blieb neben ihm sitzen, reglos und den Blick starr auf das kleine Ringbuch geheftet. Selbst als kurze Zeit später ein Seil herabgelassen wurde und ein Feuerwehrmann an ihm in die Tiefe kletterte, registrierte er es kaum.
Der Anblick des zerfledderten Ringbuches hatte den Schleier über seinen Gedanken endgültig zerrissen, die Erinnerungen übermannten ihn mit solcher Wucht, daß er kaum noch mitbekam, was mit ihm geschah . . .

Im nachhinein war er nicht mehr so sicher, daß es wirklich eine gute Idee gewesen war. Es hatte wie eine gute Idee geklungen, und natürlich war die ganze Klasse einstimmig dafür gewesen, als sie darüber abgestimmt hatten – welche Klasse hätte das nicht, hätte man sie vor die Wahl gestellt, eine Besichtigungstour durch fünfhundert Jahre alte Katakomben zu unternehmen oder bei den Proben zu einer Ballettvorführung zuzusehen?
Aber manches, was als Idee gut klingt, erweist sich in der Praxis als ziemliche Katastrophe – und die Besichtigung der Katakomben schien zu dieser Art von *manchem* zu gehören. Dabei waren die *Katakomben* ganz in Ordnung. Die Katastrophe war Bergmann, ihr Geschichtslehrer.
Möglicherweise wäre die Entscheidung der Klasse nicht ganz so einhellig ausgefallen, hätten sie gewußt, daß Dr. Bergmann die Führung der »Expedition« übernehmen würde, ausgerechnet Bergmann, der berüchtigste Langweiler nicht nur der Schule, sondern wahrscheinlich der ganzen Stadt, wenn nicht des Landes. Michael und die einundzwanzig anderen hörten ihm jetzt seit einer guten halben Stunde zu, und die Frage, die Michael sich in dieser halben Stunde am intensivsten gestellt hatte, war die, wie man einen an sich so spannenden Stoff so langweilig aufarbeiten konnte. Eine Antwort darauf hatte er bisher nicht gefunden.
»... stammt übrigens aus dem Lateinischen, wie so vieles«, erklärte Bergmann gerade. »Die Christen pflegten ihre Toten damals in unterirdischen Gewölben vor den Toren Roms zu bestatten, die den Namen *Ad Catacumbas* trugen. Tja, und seither heißen alle ähnlichen Begräbnisstätten *Katakomben.*«
»Wie spannend«, murmelte Michael. Die Worte bezogen sich auf keine bestimmte Person, trotzdem zogen ein paar von seinen Klassenkameraden zustimmende Grimassen. Eigent-

lich war das, was Bergmann erzählte, durchaus spannend. Aber Dr. Bergmann war ein Mensch, der es fertiggebracht hätte, sogar die Nachricht von der Landung Außerirdischer auf dem Stephansplatz so interessant zu verkünden, daß die Zuhörer dabei einschliefen.

»Tatsächlich«, fuhr Bergmann mit seiner Schlaftabletten-Stimme fort, »dienten auch diese Katakomben bis ins späte achtzehnte Jahrhundert hinein als unterirdische Begräbnisstätte. Die Opfer der großen Pestepidemie im Mittelalter wurden hier begraben, jedoch auch Könige und hohe kirchliche Würdenträger, vornehmlich in der nebenan gelegenen Kapelle.«

Er deutete auf den Durchgang zu dem, was er gerade so hochtrabend *Kapelle* genannt hatte, einem großen, düsteren Raum mit einem steinernen Altar und einem Dutzend schmaler, ebenfalls steinerner Sitzbänke. Michael schaute automatisch in die Richtung – und begegnete dem Blick eines dunkelhaarigen, schlanken Mannes, der mit vor der Brust verschränkten Armen unter der Tür lehnte und Bergmann mit mühsam verhaltenem Spott musterte. Vielleicht war es auch etwas anderes, was er in den Augen des Unbekannten zu sehen glaubte, Michael wußte es nicht. Aber es war ein Ausdruck, der Michael irritierte und ihn zugleich *interessierte.*

Der Fremde schien seinen Blick irgendwie zu spüren, denn seine Aufmerksamkeit verlagerte sich für einen Moment von Bergmann zu Michael. Er lächelte. Es war ein sehr sympathisches, offenes Lächeln, und obwohl es normalerweise gar nicht Michaels Art war, sofort mit Fremden Kontakt aufzunehmen, lächelte er zurück. Er tat sogar noch mehr: Nach einem raschen Blick über die Schulter zu Bergmann zurück löste er sich aus der Gruppe und schlenderte auf den Mann zu. Beim Näherkommen fiel ihm auf, daß dieser ein kleines, silberfarbenes Etwas in der Hand hielt, das er bei genauerem Hinsehen als winziges Diktiergerät identifizierte. Zum ersten

Mal kam ihm die Frage in den Sinn, was der Mann hier tat. Die Katakomben waren eigentlich für den offziellen Besuch gesperrt. Woher Bergmann die Sondergenehmigung bekommen hatte, mit der Schulklasse hier herunterzugehen, war ein Rätsel.

Der Mann legte fragend den Kopf schräg, als Michael näher kam, und lächelte wieder. Irgendwie kam Michael sein Gesicht bekannt vor, aber er wußte nicht, wo er es schon einmal gesehen hatte. Er blieb stehen, sah den Fremden unschlüssig an und begann sich zu fragen, warum er überhaupt hierhergekommen war. Aber er mußte sich keine Ausrede einfallen lassen, denn der andere war zuvorkommend genug, das Gespräch von sich aus zu eröffnen.

»Hallo«, sagte er. »Ist das euer Lehrer?«

Michael nickte. Bergmann redete weiter, hatte aber offensichtlich noch nicht bemerkt, das sich eines seiner Schäfchen von der Herde entfernt hatte.

»Erstaunlich«, fuhr der dunkelhaarige Mann mit einem Kopfschütteln fort. »Ich frage mich, wie er das schafft.«

»Was?« fragte Michael.

»Eine so spannende Sache so langweilig zu erzählen, daß einem beim Zuhören die Füße einschlafen«, antwortete der Mann. »Ist er immer so?«

Michael grinste. »Ja. Sein Spitzname ist Morphi.«

»Das paßt.« Das Grinsen im Gesicht des Fremden wurde noch ein bißchen breiter und verschwand dann wie weggezaubert. Aber sein Ausdruck blieb vage freundlich und vage interessiert. »Was tut ihr hier unten?« fragte er. »Ein Klassenausflug?«

»Ja.« Michael schaute kurz zu Bergmann und den anderen zurück. »Aber ich habe es mir spannender vorgestellt. Und Sie?«

Die Frage schien den Mann zu irritieren und auch ein wenig zu ärgern. Aber nach einer Sekunde antwortete er doch. »Ich bin nicht zu meinem Vergnügen hier. Oder doch – kommt ganz darauf an, ob einem die Arbeit Spaß macht.« Er hob sein Diktiergerät. »Ich sammle Material, weißt du? Lokalstudien gewissermaßen. Für ein Buch.«

»Ein Buch?« Michael überlegte eine Sekunde – und dann wußte er, wieso ihm dieses Gesicht so bekannt vorgekommen war. »He, Sie sind dieser Schriftsteller, der letzte Woche im Fernsehen war!«

Er hatte ein bißchen lauter gesprochen, als vielleicht gut war. Sein Gegenüber verzog das Gesicht, und er hörte, wie Bergmanns Redefluß für einen Moment ins Stocken geriet. Er drehte sich zwar nicht zu Bergmann um, aber er konnte seine mißbilligenden Blicke regelrecht zwischen den Schulterblättern fühlen. Statt jedoch zu tun, was die allermeisten anderen an seiner Stelle getan hätten, nämlich zu den anderen zurückzugehen, trat er mit einem schnellen Schritt an dem Fremden vorbei wieder in die Kapelle hinein und dann ein Stück zur Seite.

Der Fremde folgte ihm.

»Wolf, nicht wahr?« fragte er. »Sie sind Wolf. Henry Wolf.«

»Sagen wir, das ist der Name, unter dem man mich kennt«, antwortete der andere. »Ja. Aber jetzt frag mich nicht, wie ich wirklich heiße. Das ist ein wohlgehütetes Geheimnis.« Er lächelte flüchtig, dann seufzte er, nicht flüchtig, sondern tief. »Ich bin gar nicht mehr sicher, daß dieses Fernsehinterview eine so gute Idee gewesen ist. Seither kann ich kaum noch aus dem Haus gehen, ohne angesprochen zu werden. Du siehst es ja selbst: nicht einmal im Untergrund ist man noch sicher.«

Ein paar Sekunden lang war Michael irritiert. War das nun Wolfs Art, auszudrücken, daß er ihm auf die Nerven ging und sich gefälligst davonmachen solle? Aber dann sah er das Glitzern in den Augen des Schriftstellers und begriff, daß er nur einen Scherz gemacht hatte.

»Sie schreiben ein Buch über die Katakomben?« fragte er.

»Über das Mittelalter«, verbesserte ihn Wolf. »Genauer gesagt: über die Pestepidemie. Interessierst du dich für Geschichte?«

Die ehrliche Antwort auf diese Frage hätte »Nicht die Bohne« lauten müssen. Aber natürlich interessierte sich Michael brennend für den Schriftsteller, der vor ihm stand, und so nickte er und sagte: »Ein bißchen.«

Sehr überzeugend hatte das wohl nicht geklungen, denn Wolf sah ihn ein paar Sekunden lang durchdringend und auf eine sehr sonderbare Weise an. Aber schließlich nickte er.

»Na ja. Dann weißt du ja vielleicht, daß diese Katakomben sehr, sehr alt sind. Viel älter als diese Kapelle hier oder der Teil, in dem deine Klassenkameraden sind. Einiges stammt noch aus der Römerzeit, und es gibt ein paar Historiker, die behaupten, daß die ursprünglichen Katakomben noch viel, viel älter sind. Vielleicht sogar älter als diese Stadt. Und ganz bestimmt größer, als man jetzt schon weiß.«

»Aber sind sie denn nicht ganz erforscht?« fragte Michael.

»Ach woher«, antwortete Wolf. »Vor ein paar Jahren hat man damit angefangen, sie mit modernen Mitteln zu untersuchen. Es gibt technische Gerätschaften, die verborgene Hohlräume aufspüren können, weißt du? Sie haben allein am ersten Tag ein halbes Dutzend Kammern entdeckt, von deren Existenz vorher niemand eine Ahnung hatte.« Seine Stimme hatte plötzlich einen ganz neuen Klang, fand Michael. Man merkte ihm an, daß es ihm Spaß machte, über das Thema zu reden – und er tat es auf eine Art, bei der es Michael Spaß machte, ihm zuzuhören. Wieso konnte Bergmann nicht so faszinierend erzählen?

»Und was war drin?« fragte er.

»In den zugemauerten Räumen?« Wolf blinzelte ihm fast verschwörerisch zu.

»Was soll schon dringewesen sein? Leichen.«

»Leichen?!«

»Skelette, genauer gesagt. In manchen auch nur noch Staub. Es müssen Hunderttausende von Toten gewesen sein, die sie hier heruntergebracht haben.« Er tat so, als schauderte ihn, und sah sich mit ebenso übertriebener Gestik um. Und auch Michael verspürte plötzlich ein seltsam unheimliches Gefühl. Zugleich fiel es ihm schwer, Wolfs Worte wirklich zu glauben.

»Hunderttausende?« fragte er zweifelnd. »Sind Sie sicher? Ich meine – das alles hier ist nicht sehr groß. Die Gänge müßten ja kilometerlang sein, um so viele Tote aufzunehmen.«

»Und wer sagt dir, daß sie es nicht sind?« gab Wolf lächelnd zurück. Er hob die Hand. »Komm mit. Ich zeige dir etwas.«

Michael zögerte noch einmal. Hätte er spätestens jetzt auf seine innere Stimme gehört und wäre zu Bergmann und den anderen zurückgegangen, dann wäre die Sache sicher anders – oder gar nicht – abgelaufen, aber er tat es auch jetzt noch nicht, und so war der Schritt, mit dem er Wolf aus der Kapelle hinaus und in einen schmalen Nebengang folgte, nicht nur einfach der in einen anderen Teil der Katakomben, sondern der erste Schritt hinein in eine vollkommen fremde, unbekannte Welt.

»Du bekommst doch keinen Ärger, wenn du dich von den anderen entfernst?« erkundigte sich Wolf.

Michael schüttelte den Kopf. »Bergmann merkt das nicht einmal«, behauptete er. »Er müßte bis zweiundzwanzig zählen, um es herauszufinden – und spätestens bei zwölf schläft er ein.«

Wolf lachte, aber wieder nur kurz, und Michael hatte das Gefühl, daß er es nur tat, weil er glaubte, es ihm schuldig zu sein. Der Mann interessierte ihn. Er war ihm durchaus sympathisch, aber irgend etwas an ihm störte ihn auch.

Der Gang, der wie alle Räume hier unten nur von einer nackten Glühbirne in einem Drahtkörbchen unter der Decke beleuchtet war, endete schon nach wenigen Schritten vor einem rostigen Eisengitter, das mit einem gewaltigen Vorhängeschloß gesichert war. Wolf winkte ihm noch einmal, ihm zu folgen, dann ließ er sein Diktiergerät in der Jakkentasche verschwinden und zog in der gleichen Bewegung einen altmodischen Schlüssel mit einem gewaltigen Bart hervor, mit dem er das Schloß öffnete. Michael riß erstaunt die Augen auf.

»Ich dachte, dieser Teil der Katakomben wäre gesperrt«, sagte er.

»Ist er auch.« Wolf grinste, steckte Schlüssel und Vorhängeschloß ein und zog statt dessen eine Taschenlampe aus seiner offenbar unergründlich tiefen Jackentasche. »Es hat eben auch seine Vorteile, ein berühmter Mann zu sein«, fügte er augenzwinkernd hinzu.

Die Tür drehte sich in den Angeln mit einem Quietschen, das noch am anderen Ende der Stadt zu hören sein mußte – so kam es Michael jedenfalls vor. Wolf machte eine einladende Geste, trat hindurch und schob das Gitter wieder zu, nachdem Michael ihm gefolgt war. Erst dann schaltete er seine Taschenlampe ein.

Was Michael in dem gelben, scharf abgegrenzten Strahl sah, war faszinierend und enttäuschend zugleich. Enttäuschend, weil es sich eigentlich nicht von dem unterschied, was er auf der anderen Seite des Gitters gesehen hatte: einen leeren Gang mit gemauerten Wänden und gewölbter Decke, deren Steine von buchstäblich jahrhundertealtem Staub überkrustet waren. Aber auch faszinierend, denn der Staub, der fast knöcheltief auf dem Boden lag, machte klar, daß dieser Gang seit Jahren von keinem Menschen mehr betreten worden war. Und auch wenn ihm Wolf wahrscheinlich nichts Aufregenderes als ein paar alte Knochen zeigen würde – es hatte etwas von einer Expedition ins Unbekannte an sich, in diesen abgesperrten Tunnel zu gehen.

»Das alles hier«, begann Wolf, während sie sich im Schein der Taschenlampe langsam weiter in den Gang hineinbewegten, »hat früher ganz anders ausgesehen. Nicht so schön aufgeräumt und sauber wie jetzt. Noch vor fünfzig Jahren wärst du hier über Totenköpfe und Knochen nur so gestolpert, weiß du? Während der letzten Pestepidemie – und *so* lange ist das noch gar nicht her – wurde der Friedhof einfach zu klein, und so haben sie angefangen, die Toten hier unten zu stapeln. Im wahrsten Sinne des Worts. Hier, schau.« Der Strahl der Taschenlampe wanderte die Wand hinauf und blieb an einem offenbar erst in neuerer Zeit gewaltsam hineingebrochenen Loch hängen. Michael trat mit klopfendem Herzen näher und stellte sich auf die Zehenspitzen, um einen Blick in den dahinterliegenden Raum zu werfen.

Was er sah, war das, was er nach Wolfs Worten erwartet hatte. Aber der Anblick ließ ihn auch nicht annähernd so kalt, wie er es gerne gehabt hätte. Der Raum war angefüllt mit Knochen. Menschlichen Knochen. Hunderte, wenn nicht Tausende von Schädeln waren zu einer regelrechten Wand aufgeschichtet worden. Zahllose leere Augenhöhlen starrten Michael an, und in einigen von ihnen war Bewegung – Ungeziefer, das darin hauste, vielleicht auch nur Staub, den sie selbst aufgewirbelt hatten, oder wandernde Schatten, die vor dem Licht flohen. Es gab ein Dutzend natürlicher Erklärungen, und Michael war ganz sicher, daß eine davon zutraf. Aber das änderte nichts daran, daß er sich mit jeder Sekunde weniger wohl in seiner Haut fühlte. Sie hatten hier unten nichts verloren. Diese Toten lagen seit Hunderten von Jahren hier, und sie hatten kein Recht, sie in ihrer ewigen Ruhe zu stören.

»Ganz schön unheimlich, wie?« fragte Wolf in diesem Moment, als hätte er seine Gedanken gelesen. »Ich habe immer das Gefühl, als ob sie wüßten, daß wir hier sind – und nicht besonders erfreut sind darüber.«

Michael blickte ihn verwirrt an. Allmählich begann ihm Wolf unheimlich zu werden. Es war das zweite Mal, daß er praktisch wörtlich das aussprach, was Michael Sekunden zuvor gedacht hatte.

»Was ist das?« fragte er.

»Man nennt es Karner«, antwortete Wolf. »Wie euer Lehrer wahrscheinlich sagen würde: abgeleitet von dem lateinischen Wort *carnarium* –«
»– Schädelstätte«, sagte Michael.
Wolf blickte ihn anerkennend an. »Richtig. So eine Art Fleischkammer, wie sie es nannten. Die Idee wurde damals sozusagen aus der Not geboren. Während der letzten Pestepidemie war der Friedhof einfach überfüllt, und außerdem hatte man Angst, die an der Seuche gestorbenen Toten in der Stadt zu begraben. Also haben sie sie hier heruntergebracht.«
»Alle?« fragte Michael zweifelnd. »Aber so viel Platz –«
»– hatten sie gar nicht, ganz recht«, unterbrach ihn Wolf. »Aber weißt du, die Leute früher waren auch nicht dumm. Sie haben die Holzsärge mit den Toten einfach übereinandergestapelt, bis die Kammer voll war, und dann mauerten sie den Eingang zu. Danach gruben sie einen neuen Karner aus und so weiter und so weiter. Später, nachdem das Holz vermodert war – was bei der Feuchtigkeit und der Wärme hier unten kaum zehn Jahre gedauert hat –, öffnete man die alten Kammern und ließ die Gebeine platzsparend aufstapeln, so daß wieder Raum für neue Särge geschaffen wurde. Praktisch, nicht?«
Michael verspürte ein Frösteln. Praktisch war dieses Vorgehen vielleicht gewesen – aber auch durch und durch *entsetzlich.* Er versuchte sich vorzustellen, wie es gewesen sein mußte, *diese* Arbeit zu tun: die Toten aus den halbverfaulten Särgen herauszuheben und wie Sandsäcke an den Wänden entlang aufzustapeln, und das alles wieder und wieder und nicht bei elektrischem Licht, sondern beim unheimlichen Schein rußender Fackeln.
»Grauenhaft«, flüsterte er.
Wolf schwieg eine Sekunde, doch dann sagte er in einem Ton der Begeisterung, der ihn eine ganze Menge von Michaels ohnehin ins Wanken geratener Sympathie kostete: »Aber eine unerschöpfliche Fundgrube für jemanden wie mich, der

immer auf der Suche nach unheimlichen Geschichten ist. Und dabei habe ich dir das Beste noch nicht einmal gezeigt.«

»So«, sagte Michael einsilbig. Er war nicht mehr sicher, ob es wirklich eine so gute Idee gewesen war, mit Wolf mitzugehen. Wie fast jeder Junge in seinem Alter liebte er Geschichten über Gespenster und Dämonen, über Ungeheuer und Katakomben voller Toter, die nur darauf warteten, wiederaufzuerstehen und über die Lebenden herzufallen. Aber das hier war keine *Geschichte,* sondern die Wirklichkeit, und das *war* ein Unterschied. Alle diese Toten, deren Gebeine er im Schein von Wolfs Taschenlampe schimmern sah, hatten einmal gelebt, waren einmal richtige, lebendige Menschen gewesen. Es waren keine erdachten Schicksale, deren vermodernden Resten er gegenüberstand, sondern wirkliche. Michael hatte stets darüber gelacht, wenn ihm jemand erzählte, daß er auf einem Friedhof Angst habe oder sich in einem Haus fürchte, von dem er wisse, daß ein Mensch darin gestorben sei. Jetzt verstand er das plötzlich. Es erging ihm nicht anders. Sie waren im wahrsten Sinne des Wortes ins Totenreich hinabgestiegen, und das war ein Ort, an dem die Lebenden sowenig zu suchen hatten wie umgekehrt die Toten in der Welt der Lebenden. Er glaubte jetzt zu verstehen, warum Bergmann die Klasse nicht in diesen Teil der Katakomben geführt hatte. Auch er wollte weg von hier.

Trotzdem widersprach er nicht, sondern folgte Wolf, als sich der Schriftsteller umwandte und weiterging. Er wollte nicht als Feigling dastehen.

Was Wolf als »das Beste« bezeichnet hatte, war ein weiterer, auf den ersten Blick vollkommen leerer Raum, rund und vielleicht zwanzig Schritte im Durchmesser. In seiner Mitte befand sich ein ebenfalls rundes Loch von gut zwei Meter Durchmesser, das von einem brusthohen Geländer umgeben war. Der Anblick erinnerte Michael an einen alten Brunnen, aber etwas sagte ihm, daß es alles andere war als ein *Brunnen.*

»Was ist das?« fragte er mit zitternder Stimme.

Ein unheimliches Echo antwortete ihm. Die Luft hier drinnen war trocken, jeder Schritt wirbelte trockenen Staub auf, der zum Husten reizte und in den Augen brannte. Michaels Gedanken draußen vor dem Karner waren ja vielleicht noch verständlich, aber die Furcht, die er jetzt empfand, nicht mehr. Es war, als wäre außer Henry Wolf und ihm noch jemand (oder etwas?) im Raum, dessen Anwesenheit er so deutlich spürte, daß es ihm fast den Atem nahm. Er sollte nicht hier sein. Niemand sollte das. Langsam näherte er sich dem Schriftsteller, der das Geländer erreicht hatte und sich lässig dagegenlehnte. Der Strahl der Taschenlampe war nun in die Tiefe gerichtet.

Michaels Vermutung, was den *Brunnen* anging, war richtig gewesen. Es war kein Brunnen. Der Lichtstrahl fiel in einen gewaltigen, kuppelförmigen Raum von nicht zu bestimmender Tiefe, der vom Boden hinauf bis drei oder vier Meter unter die Decke mit menschlichen Gebeinen gefüllt war.

Es mußten Tausende sein, wenn nicht Zehntausende, die man offensichtlich einfach durch das Loch im Boden in den darunterliegenden Raum geworfen hatte, denn anders als die Skelette im Karner lagen diese nicht in geordneten Reihen da, sondern wild durcheinander, zerbrochen und zerschmettert, ein gewaltiger Knochenberg, der fünf, aber auch fünfzig Meter hoch sein konnte.

»Mein Gott«, flüsterte er. »Was ist denn das?«

»Die Pestgrube«, antwortete Wolf. »Weißt du, irgendwann einmal wurde es selbst in den Karnern zu eng. Die Särge verfaulten einfach nicht so schnell, wie sie neuen Platz brauchten, also kamen sie auf *diese* Idee.« Er schwang seine Taschenlampe hin und her, so daß der weiße Lichtkreis wie ein lebendiges kleines Wesen über den Knochenberg zu huschen begann. Der Effekt war der gleiche wie draußen im Karner, nur ungleich schrecklicher. Das wandernde Licht und die Schatten, die es vor sich herscheuchte, schufen eine grausige Illusion von Leben. Leere Augenhöhlen füllten sich mit Bewegung, knöcherne Hände schienen ihnen zuzuwinken, skelettierte Gestalten sich mühsam und drohend zu regen. Michael wünschte sich, Wolf möge aufhören, mit der Lampe herumzufuchteln, aber diesmal funktionierte der Trick mit der Gedankenübertragung nicht.

»Dieser Raum ist viel älter als der Rest der Katakomben«, fuhr Wolf fort. »Die meisten glauben, daß er aus der Römerzeit stammt, aber ich denke, daß er schon vorher da war. Sie fanden ihn durch einen Zufall, weißt du, weil irgend so ein armer Teufel durch den Fußboden stürzte und sich da unten den Hals brach. Und weil man sowieso gerade Platz brauchte . . .«

». . . haben sie die Toten kurzerhand da hinuntergeworfen«, sagte Michael schaudernd, als Wolf nicht weitersprach, sondern den Rest des Satzes unvollendet und unheilschwanger in der Luft hängen ließ.

»Ich fürchte, nicht nur die Toten«, sagte Wolf düster.

Michael starrte ihn aus großen Augen an. »Das meinen Sie nicht ernst!«

»Ich fürchte doch«, antwortete Wolf. »Angeblich hat man Pestkranke hinuntergeworfen, die noch nicht tot waren. Das sind nur Gerüchte, aber ich glaube schon, daß es so war. Es war eine verdammt harte Zeit.«

»Hart?« Michael hatte die Stimme erhoben. »Ich würde das eher als unmenschlich bezeichnen.«

»Sie hatten keine andere Wahl«, sagte Wolf. »Es klingt vielleicht brutal für einen Menschen unserer Zeit, aber du mußt dir vorstellen, wie es damals war. Es gab keine Krankenhäuser mit großen Isolierstationen, wie wir sie kennen. Es gab kaum Ärzte und im Grunde keine Medikamente, die diesen Namen wirklich verdienten. Sie mußten wohl so hart sein, um zu überleben.«

Vielleicht hatte Wolf sogar recht mit dem, was er sagte. Trotzdem fand Michael den Gedanken, daß sie *lebende Menschen* hintergeworfen hatten, schlichtweg unerträglich.

Wolfs Taschenlampe vollführte eine heftige, ruckartige Bewegung, der Lichtkreis fünf Meter unter ihm sprang mit einem Satz nahezu über den ganzen Knochenberg hinweg.
»Was ist los?« fragte Michael erschrocken.
Wolf antwortete nicht gleich. Sein Lichtstrahl beschrieb jetzt kleine, ruhige Kreise und Spiralen, und er blickte angestrengt in die Tiefe. Schließlich richtete er sich wieder auf.
»Nichts«, sagte er mit einem kleinen, nervösen Lächeln. »Für einen Moment dachte ich, ich hätte eine Bewegung gesehen. Aber ich muß mich getäuscht haben. Anscheinend habe ich schon Halluzinationen.«
Vielleicht, dachte Michael. Aber hatten sie wohl beide Halluzinationen, denn genau in diesem Moment sah auch er eine Bewegung. Und sie war ganz bestimmt *nicht* eingebildet. Die Knochen, auf die das Licht der Taschenlampe gerichtet war, zitterten. Ein unheimliches Rascheln und Schleifen wie von trockenem Pergament oder Laub war zu hören. Das Zittern des Knochenstapels wurde stärker. Es war, als ... als versuche irgend etwas, sich von unten an seine Oberfläche emporzuwühlen.
»Vielleicht ... eine Ratte«, flüsterte Michael.
Wolf schwieg. Auf seiner Stirn perlte plötzlich Schweiß, und seine Hände begannen zu zittern. Er sagte kein Wort, aber sie wußten beide, daß es keine Ratte sein konnte. Mit klopfendem Herzen beugte sich Michael vor. Das altersschwache Geländer ächzte unter seinem Gewicht, aber das registrierte er kaum. Seine weit aufgerissenen Augen waren starr auf den Knochenhaufen gerichtet.
Die Bewegung war jetzt ganz deutlich zu sehen. Aus dem Rascheln und Schaben wurde ein Kollern, und dazwischen glaubte Michael ein furchtbares splitterndes Geräusch zu hören.
Schließlich kam der ganze Knochenberg in Bewegung. Ein einzelner Schädel kollerte lautstark in die Tiefe und löste eine ganze Lawine aus Gebein aus, und sowohl Michael als

auch Wolf beugten sich weiter vor, bis ins Mark erschrocken, zugleich aber auch von einer solchen Faszination erfüllt, daß es ihnen unmöglich war, den Blick von dem unheimlichen Bild zu lösen. Das Geländer ächzte und zitterte spürbar unter ihrem Gewicht, und Michael dachte flüchtig daran, daß es vielleicht zu viel für die jahrzehntealte Konstruktion sein könnte. Aber sie hatte ein Menschenalter lang gehalten, also würde sie jetzt auch noch eine halbe Minute lang halten.
Was sie auch tat. Allerdings nicht viel länger.
Michael spürte, wie das Gitter sich unter seinem Gewicht durchzubiegen begann. Irgend etwas an der vom Rost zerfressenen Konstruktion brach, dann begann sich das ganze Gitter nach vorne zu neigen. Michael ließ das mürbe Eisen los und versuchte sich wieder aufzurichten, und zweifellos hätte er es auch geschafft, wäre nicht genau in diesem Augenblick drei Meter unter ihnen etwas geschehen, das Michael die Gefahr, in der sie beide schwebten, vergessen ließ.
Inmitten der Knochen entstand ein flacher Krater. Und dann erschien etwas im Zentrum dieses Kraters. Michael sah es nur für den Bruchteil einer Sekunde, kaum mehr als ein Lidzukken lang. Er sah ein Gesicht, grün und grau und von schwärenden Pusteln und Narben übersät, ein Alptraum von einem Gesicht mit riesigen rotgeränderten Augen ohne Pupillen, einer breitgeschlagenen Nase und einem geschlitzten Maul, in dem ein wahres Haifischgebiß blitzte.
Michael konnte hinterher nicht mehr sagen, wer es gewesen war, der mit seinem erschrockenen Zusammenzucken das Gitter vollends zum Einstürzen brachte und den anderen mit sich in die Tiefe riß. Vermutlich waren sie beide so erschrokken, daß sie nicht einmal den Versuch unternahmen, zurückzuspringen; und *als* sie es versuchten, war es zu spät. Michael stürzte, sich in der Luft überschlagend und einen lauten Schrei auf den Lippen, kopfüber in die Tiefe, sah Wolf unmittelbar neben sich fallen und griff verzweifelt ins Leere. Im Bruchteil einer Sekunde schossen ihm ein Dutzend Möglich-

keiten durch den Kopf, wie dieser Sturz enden könnte, angefangen von der simplen Aussicht, sich den Hals zu brechen, bis hin zu der, von Dutzenden spitzer Knochensplitter aufgespießt zu werden.

Doch keine von all den Schreckensvisionen, mit denen seine Phantasie ihn während der halben – aber dennoch *endlosen* – Sekunde des Sturzes quälte, traf ein. Der Aufprall war hart, aber nicht so schlimm, wie er erwartet hatte, obwohl er auf einen Berg fiel, der im eigentlichen Sinn des Wortes *knochenhart* war.

Eine Sekunde lang kämpfte er mit aller Macht gegen etwas Dunkles, Körperloses, das seine Gedanken umschlingen wollte, aber es fiel ihm nicht einmal sehr schwer, die Ohnmacht zurückzudrängen. Einen Moment lang lauschte er mit klopfendem Herzen in sich hinein, dann bewegte er vorsichtig erst das rechte, dann das linke Bein, dann den rechten und danach den linken Arm. Es ging. Es tat nicht einmal sonderlich weh. Sah man von einer Unzahl winziger Schrammen und Prellungen ab, schien er tatsächlich unverletzt davongekommen zu sein.

Neben sich hörte er Wolf schimpfen und auf das Schicksal und seine eigene Ungeschicklichkeit fluchen, und er schloß daraus, daß auch der Schriftsteller den Sturz auf den Knochenberg relativ unversehrt überstanden hatte. Menschen, die *wirklich* verletzt waren, pflegten nicht zu schimpfen wie die Rohrspatzen.

Als er die Augen öffnete, um sich nach Wolf umzublicken, gewahrte er sogar noch ein drittes, wenn auch etwas kleineres Wunder: Selbst die Taschenlampe leuchtete noch. Ihr Strahl war jetzt schräg gegen die gemauerte Decke einige Meter über ihnen gerichtet und nicht mehr rund und regelmäßig. Das Glas mußte zerbrochen sein, aber die Birne war heil geblieben.

Michael versuchte sich aufzusetzen, brach aber erschrocken mitten in der Bewegung ab, als der ganze Knochenberg unter

ihm zu zittern begann. Für eine Sekunde wagte er es nicht einmal, zu atmen.
»Bist du in Ordnung?« erklang Wolfs Stimme neben ihm in der Dunkelheit. Michael hörte, wie Wolf sich bewegte und dabei – genau wie er selbst vor ein paar Augenblicken – eine winzige Lawine aus Knochen und Gebein auslöste.
»Ich glaube schon«, antwortete Michael zögernd. »Mein Gott, was . . . war das? Dieses Ding?«
Wolf überging die Frage und begann erneut auf ihn zuzukriechen. Michael konnte ihn selbst nicht sehen, aber der Lichtkreis an der Decke begann immer hektischere Sprünge zu vollführen, das Zittern und Beben des Knochenberges hob wieder an, und die Luft war plötzlich von feinem mehligem Staub erfüllt, in den sich ein Großteil des Beinhaufens verwandelt hatte.
»Ist dir auch wirklich nichts geschehen?« Wolf tastete ein paar Sekunden lang wild mit den Händen über Michaels Körper, dann kam er auf eine bessere Idee und leuchtete ihm mit der Taschenlampe ins Gesicht. Michael kniff die Augen zusammen und widerstand im letzten Moment der Versuchung, die Lampe beiseite zu schlagen. Sie hätte dabei vollends zu Bruch gehen können.
»Mir fehlt nichts«, sagte er gepreßt. »Sogar meine Augen sind noch nicht geblendet. Bis jetzt jedenfalls«, fügte er nach einer Sekunde hinzu.
»Wolf schaltete hastig die Lampe aus. »Entschuldigung.«
»Schon gut.« Michael nahm die Hände herunter und sah sich um. Auch nachdem Wolf die Lampe ausgeschaltet hatte, war es nicht völlig dunkel geworden. Durch das Loch in der Decke fiel ein blasser Lichtschimmer, in dem sich die Umrisse des Beinberges aufzulösen schienen.
»Wir hätten uns beide den Hals brechen können«, sagte Wolf. »Meine Schuld. Ich hätte wissen müssen, daß das Gitter nicht mehr sicher ist. Schließlich beschäftige ich mich seit Wochen mit nichts anderem als diesem Rattenloch.«

»Was kann das gewesen sein?« fragte Michael. »Dieses ... *Gesicht?*«

Diesmal konnte Wolf nicht mehr so tun, als hätte er die Frage nicht gehört. Er versuchte es trotzdem. »Was ... meinst du?« fragte er ausweichend.

»Das Gesicht«, sagte Michael noch einmal. »Dieses ... *Ding*, das aus den Knochen aufgetaucht ist.«

»Ich weiß nicht«, antwortete Wolf schließlich. »Vielleicht ... ein Tier.«

»Ein *Tier?*« Michael hätte um ein Haar schrill aufgelacht. »Das glauben Sie doch selbst nicht!«

»Ich weiß es nicht«, beharrte Wolf. »Möglicherweise war es auch nur eine Täuschung. Oder einfach eine Halluzination.«

Michael konnte sein Gegenüber nur fassungslos anstarren. Eine *Halluzination?* Das Ding konnte alles gewesen sein, nur keine Halluzination. Und Wolf wußte das verdammt genau.

»Vielleicht sollten wir uns langsam den Kopf darüber zerbrechen, wie wir hier herauskommen«, sagte Wolf nach einer Weile. Er schaltete die Taschenlampe wieder ein, und der in der Mitte zweigeteilte Lichtkreis riß weitere unheimliche Details aus der Dunkelheit.

Der Knochenberg war weitaus größer, als es von oben den Anschein gehabt hatte. Der Raum war rund, mit einer kuppelförmigen Decke und einem Durchmesser von sicherlich dreißig Meter, wenn nicht mehr, und er war beinahe bis oben mit Knochen und Skeletten in allen nur denkbaren Stadien des Verfalls angefüllt. Im Laufe der Jahrhunderte war der Knochenhügel, der unter dem Loch in der Decke entstanden war, flacher geworden und hatte sich gleichzeitig ausgebreitet, so daß die Kammer ziemlich gleichmäßig mit Knochen angefüllt war. Außer diesen schrecklichen Details zeigte ihnen der Lichtstrahl jedoch nichts, obwohl Wolf ihn drei komplette Kreise beschreiben ließ. Falls diese Kammer überhaupt einen zweiten Ausgang hatte, dann lag er unter Tonnen von vermoderten Knochen begraben.

»Das sieht gar nicht gut aus.« Wolf schaltete die Lampe aus, und die Dunkelheit schlug wie eine schwarze Welle über ihnen zusammen. »Ich fürchte, wir müssen auf dem gleichen Weg wieder heraus, auf dem wir hereingekommen sind.«

»Warum haben Sie das getan?« Michaels Herz klopfte immer heftiger, und seine Stimme zitterte so heftig, daß die Worte kaum noch zu verstehen waren.

»Was? Das Licht ausgeschaltet?«

»Ja«, antwortete Michael gepreßt. Er hatte niemals Angst vor der Dunkelheit gehabt, aber hier unten, an diesem furchtbaren Totenort, lernte er sie kennen. Die Schwärze ringsum schien plötzlich voll unsichtbarer Schatten und Ungeheuer. Überall war Bewegung, die immer dann verschwand, wenn er versuchte, sie mit Blicken zu fixieren, und er hörte raschelnde, knisternde, kriechende Geräusche, die von überallher zugleich zu kommen schienen.«

»Ich will die Batterien schonen«, sagte Wolf. »Es ist ein Wunder, daß das Ding überhaupt noch funktioniert. Vielleicht brauchen wir sie, um Signale zu geben.«

»Signale?« Michael spürte, wie seine Furcht schlagartig noch ärger wurde. »Aber sie werden doch bald merken, daß wir weg sind!«

»Wenn deinem Lehrer auffällt, daß du weg bist, ja«, antwortete Wolf. »Was mich angeht, muß ich dich enttäuschen. Das Personal ist es gewohnt, daß ich manchmal stundenlang hier unten bleibe.«

Michaels Mut sank weiter. Dr. Bergmann würde nicht einmal merken, wenn die Hälfte der Klasse sich rote Pudelmützen aufsetzte und auf einem Fuß herumhüpfte. Sicher würde den anderen auffallen, daß er weg war – aber Michael bezweifelte, daß sie damit zu Bergmann gehen würden. Es wäre nicht das erste Mal gewesen, daß sich einer der Schüler während eines Klassenausfluges aus dem Staub machte und seine Freunde ihn so geschickt deckten, daß die Lehrer es nicht einmal bemerkten.

»He, keine Angst!« sagte Wolf, dem wohl aufgefallen war, daß er nicht unbedingt das Passende gesagt hatte, um seinen Schicksalsgefährten zu beruhigen. »Früher oder später wird schon jemand kommen. Wir können rufen und Zeichen mit der Taschenlampe geben.«

»Sie haben selbst gesagt, daß niemand Sie vermissen wird«, entgegnete Michael. »Und dieser Teil der Katakomben ist für die Öffentlichkeit gesperrt, nicht wahr? Es kann Wochen dauern, bis jemand hierherkommt.«

»Monate«, bestätigte Wolf. »Wenn nicht Jahre oder sogar Jahrzehnte. Wer weiß – vielleicht sind all diese Toten hier gar keine Pestopfer, sondern Touristen, die in das Loch gefallen und von niemandem vermißt worden sind.«

Michael starrte Wolf einen Moment lang verwirrt an, ehe ihm klar wurde, daß der Schriftsteller ihn auf den Arm nahm. Dann lachte er, und obwohl ihm im Grunde überhaupt nicht nach Lachen zumute war, war es ein sehr befreiendes, erleichterndes Lachen, in das nach einer Weile auch Wolf einstimmte.

Natürlich hatte der Schriftsteller recht. Sie befanden sich nicht wirklich in Gefahr. Früher oder später würde Michaels Fehlen auffallen, wenn sie in den Bus stiegen oder später in der Schule, wenn sie sich noch einmal in der Klasse trafen und Bergmann die Unglücklichen aussuchte, die ein Referat über den heutigen Tag halten durften. Und selbst wenn nicht bis dahin – allerspätestens seinen Eltern würde natürlich am Nachmittag auffallen, daß ihr Sohn nicht nach Hause gekommen war. Es konnte verdammt ungemütlich werden hier unten, und das unter Umständen für ziemlich lange Zeit, aber wirklich gefährlich war es nicht – falls wirklich nur sie beide hier unten waren.

Michael mußte wieder an das grüne Gesicht mit den schrecklichen Augen denken. Aber er wußte auch, wie wenig Sinn es gehabt hätte, Wolf darauf anzusprechen. Der Schriftsteller hatte die Erscheinung ebenso deutlich gesehen wie er. Er *wollte* es nicht zugeben, und Michael wußte auch, warum. Das Gesicht war nicht das eines Tieres gewesen. Und auch nicht das eines Menschen.

»Na, jedenfalls wird das eine spannende Episode für Ihren Roman«, sagte Michael nach einer Weile.

Wolf lachte nur. »O nein«, sagte er. »Solche Art von Büchern schreibe ich nicht . . . Sagtest du nicht, du hättest den Bericht im Fernsehen gesehen?«

»Sicher«, gestand Michael. »Aber um ehrlich zu sein, ich habe . . . nun ja . . .«

»Es hat dich nicht die Bohne interessiert«, seufzte Wolf. Er klang nicht zornig oder verärgert, sondern beinahe traurig. »Weißt du, das ist das schlimme heutzutage, die Leute interessieren sich nur noch für Action und Spannung. Mit Geschichte oder gar *Literatur* lockst du heute keinen Hund mehr hinter dem Ofen hervor.«

»Nein, nein«, sagte Michael hastig. »So ist das nicht! Es ist nur –«

»Still!« Wolf hob so hastig die Hand, daß der ganze Knochenhügel unter ihnen erzitterte, lauschte einen Moment und schaltete dann seine Taschenlampe wieder ein. Das Licht fiel auf ein schmales, von strähnigem Blondhaar eingefaßtes Gesicht, das im Loch in der Decke aufgetaucht war.

»Stefan!« rief Michael überrascht und erleichtert zugleich. »Dich schickt der Himmel!«

Stefan blinzelte und hob die Hand vor die Augen. Wolf senkte die Taschenlampe, so daß sie nun ihn und Michael beleuchtete, statt Michaels Klassenkameraden zu blenden, und auf Stefans Gesicht erschien der Ausdruck fassungslosen Staunens.

»Michael! Was um alles in der Welt tust du denn da? Komm da raus! Bergmann hat schon gemerkt, daß du nicht mehr bei der Klasse bist. Den trifft glatt der Schlag, wenn er dich da unten sieht!«

»Hör endlich auf, Blödsinn zu reden«, unterbrach ihn Michael gereizt. »Glaubst du vielleicht, wir wären freiwillig hier?«

»Seid ihr nicht?« fragte Stefan, blinzelte wieder und ließ sich am Rand der Öffnung in die Hocke nieder. Er war schon immer etwas schwer von Begriff gewesen. »Aber was tut ihr denn dann dort unten?«

»Beug dich noch ein bißchen weiter vor, und du findest es heraus«, antwortete Michael. »Und jetzt geh endlich und hol Hilfe. Wir brauchen einen Strick. Oder besser noch eine Leiter.«

Stefan verschwand, und Wolf schaltete die Taschenlampe wieder aus, obwohl jetzt eigentlich kein Grund mehr bestand, die Batterien zu schonen. »Sieht so aus, als hätten wir Glück«, sagte er. »Wie gut, daß dein Lehrer doch nicht ganz so verschlafen ist, wie du glaubst.«

»Gut?« Michael seufzte. »Sie kennen Bergmann nicht. Er wird mir eine Gardinenpredigt halten, die mindestens so lang ist wie Ihr letztes Buch.«

Wolf lachte, wurde aber sofort wieder ernst. »Hör mal«, sagte er. »Was den Ghoul angeht ... vielleicht sollten wir nicht darüber reden. Einigen wir uns darauf, daß das Gitter morsch war, okay?«

»Wie haben Sie dieses Ding genannt?« fragte Michael. »Ghoul? Was soll das sein?«

Wolf schwieg einen Moment, was Michael auch ohne Worte klarmachte, wie unangenehm es ihm war, daß er das Wort ausgesprochen hatte. »Eine Sagengestalt«, antwortete er schließlich. »So etwas wie ein Troll, eine Elfe, ein Zwerg – verstehst du? Ghoule sind angeblich Wesen, die unter Friedhöfen leben und ... Leichen fressen. Völliger Unsinn, natürlich, aber auf der anderen Seite ... es paßt in diese Umgebung, nicht wahr?«

»Und warum sollen wir dann nicht darüber reden?« fragte Michael.

»Kannst du dir vorstellen, was dein Lehrer sagt, wenn du ihm mit *dieser* Geschichte kommst?« fragte Wolf. Michael seufzte, und der Schriftsteller fuhr nach einer kurzen Pause fort: »Siehst du? Und mir geht es nicht anders. Die Zeitungen warten ja nur darauf, eine solche Geschichte zu drucken: Bekannter Schriftsteller sieht leichenfressenden Dämon in den Katakomben. Nein, danke.«

Das klang einleuchtend. Aber irgendwie spürte Michael, daß es nicht die Wahrheit war. Wenigstens nicht die *ganze* Wahrheit. Bevor er jedoch eine entsprechende Bemerkung machen konnte, hörten sie Schritte. Wolf schaltete die Taschenlampe wieder ein und richtete den Strahl auf die Deckenöffnung. Offensichtlich kamen Bergmann und der Rest der Klasse – obwohl Michael dies ein bißchen früh vorkam. Stefan war ja gerade erst weggegangen.

Das runde Loch blieb auch leer. Nichts tauchte inmitten des stauberfüllten Lichtkegels auf, aber das Geräusch der Schritte wurde lauter. *Wenn* es Schritte waren.

Wolf war sich offensichtlich auch nicht sicher, denn er nahm nach kurzem Zögern die Taschenlampe herunter und ließ den geteilten Strahl suchend in die Runde schwenken. Sie sahen auch jetzt nichts anderes als Knochen und uraltes Mauerwerk. Das Geräusch klang jetzt eigentlich gar nicht mehr wie Schritte, es war zu schwer und zu gleichmäßig. Dazu kam jetzt ein helles, rieselndes, schleifendes Rascheln, das Michael vielleicht am meisten angst machte.

»Was ist das?« fragte er.

Anstatt zu antworten, senkte Wolf die Taschenlampe weiter, so daß sie die Knochen unmittelbar zwischen ihren Füßen beschien.

Die Knochen lagen nicht mehr still. Eine zitternde, bebende Bewegung durchlief sie. Winzige Knochensplitter und Knöchelchen bewegten sich wie von Geisterhand, Staub und mikroskopische Körnchen rieselten in die Hohlräume zwischen den Gebeinen. Michael war, als begänne der ganze Teil des Knochenberges, auf dem Wolf und er standen, ganz

langsam abzusacken. »Was ist das?« fragte Michael noch einmal. Diesmal gelang es ihm nicht mehr, seine Panik zu verbergen. Der Boden zitterte immer heftiger. Aus dem Rascheln war längst ein Klappern und Klirren geworden, das seine Worte schon fast übertönte. Die Luft war plötzlich von trockenem Staub erfüllt, und dann konnte Michael regelrecht fühlen, wie tief unter ihren Füßen etwas zerbrach.
Es ging zu schnell, als daß sie noch irgend etwas anderes tun konnten, als einen entsetzten Schrei auszustoßen.
Der Boden unter ihren Füßen gab nach. Der gesamte Untergrund aus Knochen sackte unter Michael und Wolf weg, ein sich immer schneller und schneller drehender Strudel entstand, in den sie hinein- und in die Tiefe gezerrt wurden, ohne auch nur noch das geringste dagegen tun zu können. Michael wollte schreien, aber nicht einmal das war ihm möglich. Sein Mund war plötzlich voller Staub, er wurde hin und her geworfen, Knochensplitter stachen in seinen Rücken, seinen Leib, sein Gesicht, den Hals und einfach überallhin, und etwas Großes, Hartes knallte mit solcher Wucht gegen seinen Hinterkopf, daß er Sterne sah.
Gerade als er glaubte, es nicht mehr aushalten zu können, war es vorbei. Der furchtbare Druck hörte auf, dem rasenden Herumwirbeln folgte ein rascher, senkrechter Sturz und diesem wiederum ein Aufprall, der nicht annähernd so harmlos war wie der beim Sturz in die Pestgrube. Trotzdem war Michael noch geistesgegenwärtig genug, den Kopf einzuziehen und die Hände schützend vor das Gesicht zu reißen. Und das war auch gut so, denn in der nächsten Sekunde prasselte ein wahrer Sturzbach aus Schädeln, Rippen, Bein-, Arm-, Fuß- und Fingerknochen auf ihn herab. Daß er auch dieses Mal ohne größere Verletzungen davongekommen war, war pures Glück, denn einige der Brocken, die rings um ihn herunterprasselten, waren durchaus schwer genug, einen Menschen zu erschlagen, wenn sie aus solcher Höhe auf ihn herabfielen.

Es dauerte eine geraume Weile, bis das Bombardement so weit nachließ, daß er es wagte, die Augen zu öffnen und behutsam die Hände herunterzunehmen.
Das Wunder von vorhin hatte sich wiederholt. Er hörte Wolf neben sich abwechselnd fluchen und stöhnen, was bewies, daß auch er noch am Leben war. Und sogar die Taschenlampe brannte noch immer.
Das waren die guten Nachrichten.
Die schlechten waren, daß sie diesmal mindestens zehn Meter tief gefallen waren und sich in einem Gewölbe befanden, das sehr viel größer und sichtlich älter war als die Pestgrube. Die Luft war feucht und moderig, und im bleichen Schein der Taschenlampe bewegten sich staubverklebte Spinnweben, so groß wie Bettücher oder Segel. Michael hatte keine übertriebene Angst vor Spinnen, aber die Spinnweben bewiesen, daß es hier unten auch anderes Ungeziefer geben mochte, das nicht nur eklig, sondern wirklich gefährlich sein konnte. Ratten zum Beispiel.
Oder Ghoule.
»Lebst du noch?« erkundigte sich Wolf neben ihm.
Michael setzte sich vorsichtig auf und kroch auf Händen und Knien ein Stück zur Seite, ehe er antwortete. Durch das Loch in der Decke stürzten noch immer Knochen, von Zeit zu Zeit auch kleine Steinchen, und Michael verspürte wenig Lust, im allerletzten Moment doch noch von einem Nachzügler erschlagen zu werden.
»Ich glaube schon«, antwortete er. »Und Sie?«
Wolf bewegte sich lautstark irgendwo in der Dunkelheit links neben ihm. »Ein paar Kratzer . . . glaube ich. Anscheinend haben wir heute eine ganze Armee von Schutzengeln auf unserer Seite.«
Oder sämtliche Heerscharen der Gegenseite gegen uns, dachte Michael. Er sparte sich die Mühe, den Gedanken laut auszusprechen. Offensichtlich hatte Wolf eine sehr viel optimistischere Art und Weise, die Dinge zu sehen. Ihm war im Mo-

ment irgendwie nicht nach Optimismus zumute. Er fühlte sich nicht nur niedergeschlagen, er *wollte* sich niedergeschlagen fühlen. Auf eine gewisse Weise genoß er es sogar.

»Wissen Sie, wo wir hier sind?« fragte er nach einer Weile. Seine Worte kamen als mehrfach gebrochenes Echo zurück, was ihm zumindest sagte, daß sie sich in einem sehr großen Raum befinden mußten.

»Keine Ahnung«, antwortete Wolf, verbesserte sich aber nach einer Sekunde selber: »Oder doch. Eine *Ahnung* habe ich schon – aber das ist natürlich kein Beweis. Ich kann mich durchaus irren.« Er stand auf und ließ den Strahl seiner Taschenlampe langsam über die Wände gleiten. Michael sah grau verkrusteten Stein, noch mehr Spinnweben und Staub. Überall Staub. Auf dem Boden lagen nur die Knochen, die zusammen mit ihnen heruntergestürzt waren, woraus Michael schloß, daß diese Halle zuvor keine Verbindung zur Pestgrube gehabt hatte.

»Möglicherweise ist es genau das, was ich die ganze Zeit über vermutet habe«, fuhr Wolf fort. Seine Stimme klang plötzlich hörbar erregt.

»Und was?« fragte Michael.

»Der alte Teil der Katakomben«, antwortete Wolf. »Erinnerst du dich an das, was ich dir vorhin erzählt habe? Daß es Theorien gibt, wonach diese Katakomben in Wirklichkeit viel, viel größer sind, als man allgemein annimmt? Ich glaube, es sind keine Theorien. Wenn mich nicht alles täuscht, dann gehört das hier zu den alten Katakomben. Ich glaube, etwas Besseres als unser kleines Mißgeschick konnte uns gar nicht passieren.«

Michael war in diesem Punkt etwas anderer Meinung, aber er zog es vor, nicht zu widersprechen. Aus Wolfs Stimme sprach die Begeisterung des Entdeckers, und Michael vermutete zu Recht, daß es wenig Sinn haben würde, mit ihm zu diskutieren. Außerdem spürte auch er eine gewisse Aufregung. Der Gedanke, daß sie vielleicht seit Jahrhunderten die

ersten Menschen waren, die diese unterirdische Halle erblickten, ließ auch ihn vor Erregung erschauern.
»Hoffentlich hält die Decke«, sagte er.
Wolf hob seine Taschenlampe wieder. Diesmal ließ er den Strahl über die Ränder des Loches streichen, durch das der Strudel sie in die Tiefe gerissen hatte, und Michael erkannte, daß der Stein dort oben mehr als einen Meter dick sein mußte.
»Das sieht eigentlich recht stabil aus«, sagte Wolf. »Ich verstehe gar nicht, wieso es eingebrochen ist.«
»Vielleicht hat jemand nachgeholfen«, murmelte Michael.
Wolf löste den Lichtkreis der Taschenlampe für einen Moment von der Decke und richtete ihn direkt auf Michaels Gesicht. Michael blinzelte, hob die Hände vor die Augen, und Wolf bewegte die Lampe ein kleines Stück zur Seite, so daß sie ihn jetzt nicht mehr blendete.
»Sag mal, was soll das?« fragte Wolf. »Ich verstehe ja, daß du eine spannende Geschichte witterst. Schließlich war ich auch einmal so alt wie du – und außerdem lebe ich davon, mir spannende Geschichten aus den Fingern zu saugen. Aber du solltest dir ganz genau überlegen, was du sagst.«
»Wie meinen Sie das?« fragte Michael. Plötzlich war da ein neuer, unangenehmer Ton zwischen ihnen. »Wollen Sie mir drohen?«
»Aber woher denn«, antwortete Wolf mit einem wenig überzeugenden Lachen. »Ich will dich nur warnen. Weißt du – egal, ob das jetzt nun ein einzelner Raum oder ein ganzes Labyrinth ist, wir beide haben eine Entdeckung gemacht, die für ziemliches Aufsehen sorgen wird. Du tust dir selbst keinen Gefallen, wenn du anfängst, Geschichten von Ghoulen und anderen Ungeheuern herumzuerzählen.«
Das *war* eine Drohung, dachte Michael. Auch wenn Wolf es nicht laut ausgesprochen hatte: Er würde Michaels Beobachtung ganz bestimmt nicht bestätigen. Michael fragte sich nur, warum. Wolf hatte den Ghoul so deutlich gesehen wie er.

In diesem Moment drang eine Stimme von oben zu ihnen herab, so daß sie keine Gelegenheit bekamen, weiterzureden und womöglich vollends in Streit zu geraten.
»Heda! Michael! Herr Wolf! Seid ihr da unten?«
Das war Dr. Bergmanns Stimme, kein Zweifel. Michael hätte nie gedacht, daß er einmal froh sein könnte, ausgerechnet diese Stimme zu hören. Mit einem raschen Schritt trat er direkt unter das Loch in der Decke, hob die Arme und winkte. Wolf beleuchtete ihn mit seiner Taschenlampe, so daß er vermutlich auch von oben noch gut zu erkennen war.
»Wir sind hier!« schrie er, so laut er konnte. »Alles in Ordnung!«
»Was ist passiert?« rief Bergmann zurück. »Ist jemand verletzt?«
»Nein«, antwortete Michael. »Wir sind eingebrochen. Der Boden hat plötzlich nachgegeben, aber uns ist nichts passiert. Sie müssen Hilfe holen. Allein kommen wir hier nicht mehr heraus.«
»In Ordnung!« rief Bergmann zurück. »Bleibt, wo ihr seid, verstehst du? Rührt euch auf keinen Fall von der Stelle. Ich komme zurück, so schnell ich kann!«
Michael ließ die Arme sinken und wartete, ob Bergmann noch etwas sagte, aber er hörte nichts mehr. Der Lehrer war bereits fort. Schließlich wich er wieder ein paar Schritte in die Dunkelheit zurück, um nicht doch noch von einem Stein getroffen zu werden, was geradezu lächerlich gewesen wäre, jetzt, wo die Rettung sozusagen zum Greifen nahe war.
»Es wird eine Weile dauern«, sagte Wolf. »Aber sie holen uns raus, keine Angst.«
»Aber er muß doch nur einen Strick besorgen.«
»An dem du dann in die Höhe kletterst?« Wolf lachte. »Wofür hältst du dich? Für Tarzan? Nein. Wir brauchen eine Leiter, und zwar eine ziemlich lange. Mindestens zehn Meter. Ich fürchte, er wird die Feuerwehr rufen müssen. Das kann eine Stunde dauern. Oder auch zwei.« Er zögerte, dann fuhr

er fort: »Warum sehen wir uns in der Zwischenzeit nicht ein bißchen um? Immerhin ist das hier sozusagen unsere Entdeckung. Und so wie jetzt sehen wir es nie wieder. In ein paar Tagen wird es hier von Leuten mit Scheinwerfern, Kameras und Fotoapparaten nur so wimmeln.«
Michael hatte eigentlich gar keine Lust auf weitere Entdekkungen, aber Wolf wartete seine Antwort erst gar nicht ab, sondern wandte sich bereits um und ging auf die gegenüberliegende Wand zu, und da Michael noch sehr viel weniger Lust hatte, allein in der Dunkelheit zurückzubleiben, folgte er ihm.
Die Halle war sehr viel größer, als er bisher geglaubt hatte. Sie bewegten sich sicher vierzig, wenn nicht fünfzig Schritte weit von ihrer Mitte fort, ehe sie die Wand erreichten, und Michael erkannte, daß er sich auch getäuscht hatte, was die Dimensionen dieser Mauer anging. Was er aus der Entfernung für Ziegelsteine gehalten hatte, erwies sich, aus der Nähe gesehen, als zyklopische Steinquader, von denen jeder einzelne mindestens eine Tonne wiegen mußte. Michael fragte sich, wer dieses phantastische Bauwerk errichtet haben mochte, noch dazu fünfzig oder mehr Meter unter der Erde.
»Das ist phantastisch!« sagte Wolf begeistert. »Schau dir das nur an, Michael! Ich glaube, wir haben da etwas ganz Großes entdeckt.«
»Eher etwas ganz Altes«, sagte Michael. Er hustete demonstrativ. »Und Staubiges. Wer hat das gebaut? Die Römer?«
Wolf ließ den Lichtstrahl eine Minute lang über die Wand gleiten, bevor er antwortete. »Ich glaube nicht. Ich bin kein Fachmann, aber das hier sieht nicht so aus, als hätten es die Römer gebaut. Ich glaube, daß es viel älter ist.«
»Älter? Aber vor den Römern war doch hier praktisch nichts.«
»Nichts, wovon wir *wissen*«, verbesserte ihn Wolf. »Aber du hast natürlich recht. Eine Kultur, die so etwas erschaffen konnte, wäre nicht vollkommen spurlos verschwunden. Viel-

leicht haben es doch die Römer gebaut. Obwohl es vollkommen anders aussieht als jedes Stück römischer Architektur, das ich je gesehen habe . . .«
Er schien sehr verwirrt zu sein. Aber da war noch etwas in seiner Stimme, eine ganz besondere Art von Erregung. Nicht zum ersten Mal hatte Michael das Gefühl, daß Wolf irgend etwas vor ihm verheimlichte. Der Schriftsteller wußte sehr viel mehr über diese unheimliche unterirdische Welt, als er zugab.
»He!« sagte Wolf plötzlich. »Da drüben ist eine Tür!«
Michael blickte in die Richtung, in die der Strahl der Taschenlampe wies, und erkannte tatsächlich etwas, das man mit einiger Phantasie als Tür bezeichnen konnte: einen bogenförmigen Durchgang, hinter dem ein weiterer Raum oder vielleicht auch ein Gang liegen mochte.
Natürlich lief Wolf sofort darauf zu. Michael war noch immer wenig begeistert von Wolfs Entdeckerfreude, aber er folgte ihm auch jetzt. Es konnte ja nicht viel passieren, solange sie hier drinnen blieben.
Die Tür lag hinter einem Vorhang aus staubigen Spinnweben verborgen, der so dick war, daß es ein hörbares Geräusch gab, als Wolf ihn zerriß. Etwas Kleines, Schwarzes huschte auf zahlreichen Beinchen davon, und Michael fragte sich ganz automatisch, ob die Spinnen, die diesen Vorhang gewoben hatten, vielleicht ebenso monströs waren wie ihr Netz.
»Sieh dir das an!« sagte Wolf aufgeregt. »Schau doch nur!«
Michael trat neben ihn und beugte sich neugierig vor. Im Licht der Taschenlampe konnte er den Grund für Wolfs Aufregung unschwer erkennen.
In das uralte Holz der Tür waren Linien geschnitzt. Sie waren zum größten Teil von einer Staubkruste bedeckt, so daß sie kaum noch deutlich zu sehen waren, trotzdem gehörte nur wenig Phantasie dazu, Bilder und verschlungene Symbole auszumachen.
»Was ist das?« fragte er.

Wolf zuckte mit den Schultern. »Ich wollte, ich wüßte es«, sagte er. »Aber was immer es ist, es ist phantastisch. Es rückt unsere Entdeckung in ein ganz anderes Licht.«
»Ach«, sagte Michael.
Wolf ignorierte den spöttischen Unterton in seiner Stimme. »Ich bin kein Kryptologe oder so etwas«, sagte er, »aber selbst ich erkenne auf Anhieb mindestens vier verschiedene Schriften. Und sie stammen aus ganz verschiedenen Zeitaltern.«
Michael erkannte nicht einmal *eine* Schrift. Aber Wolfs Aufregung begann ihn allmählich anzustecken, auch wenn er versuchte, sich dagegen zu wehren. Neugierig beugte er sich weiter vor und blickte aus zusammengekniffenen Augen auf die Stelle, auf die Wolf mit ausgestrecktem Zeigefinger deutete.
»Hier! Das sind eindeutig *römische* Schriftzeichen.«
»Lateinisch«, verbesserte Michael ihn automatisch.
Wolf hörte es nicht einmal. »Ich weiß nicht, was sie bedeuten«, fuhr er aufgeregt fort. »Aber das hier, siehst du, das sind Runen, germanische Schriftzeichen, vielleicht sogar noch älter. Und diese Schrift hier« – Zeigefinger und Lichtstrahl wanderten ein Stück nach links – »habe ich überhaupt noch nie gesehen.«
»Was ist das da?« Michael deutete auf ein geometrisches Symbol, das zum Teil verblaßt war. Aber es gehörte nicht viel Phantasie dazu, es in Gedanken zu rekonstruieren.
Wolf sah es einige Augenblicke lang an, dann sagte er: »Das ist ein Drudenfuß.«
»Ein *was?*« fragte Michael.
»Ein Drudenfuß. Man nennt es auch Pentagramm. Ein Symbol, das in der Schwarzen Magie häufig verwendet wird, um den Teufel zu beschwören. Oder zu bannen, je nachdem, was man möchte.«
Wolf hatte schon wieder etwas Neues entdeckt und beugte sich mit verkniffenem Gesicht vor, um eine Anzahl kleiner,

grob in das Holz geschnitzter Buchstaben zu entziffern. »Das ist Deutsch!« sagte er schließlich.
Michael sah noch einmal hin, konnte aber nichts erkennen. Das sollte Deutsch sein? Für ihn sah es aus wie Chinesisch. Oder auch Marsianisch.
Wolf bemerkte seinen zweifelnden Blick und begann aufgeregt mit den Händen herumzufuchteln. »Mittelhochdeutsch«, erklärte er. »Fünf- bis sechshundert Jahre alt, wenn nicht noch älter. Weißt du, was das bedeutet? Daß diese Tür seit mindestens eineinhalb Jahrtausenden existiert.«
»Können Sie es lesen?« fragte Michael.
»Nicht wörtlich«, sagte Wolf. »Aber ich glaube, ich begreife den Sinn. Es scheint sich ... um eine Art Warnung zu handeln.«
»Eine Warnung? Wovor?«
»Das weiß ich nicht. Aber es paßt zu dem Drudenfuß. Und der Rest ...« Er zuckte wieder mit den Schultern. »Wenn du genau hinsiehst, erkennst du, daß die Schriften zum Teil übereinander liegen. Ich weiß nicht, warum, aber ich werde das Gefühl nicht los, daß sie irgendwie alle dasselbe bedeuten.«
Eine Warnung? dachte Michael. War das der Grund, aus dem es ihm so unangenehm war, diese Tür auch nur anzusehen? Er konnte nicht ein einziges dieser Schriftzeichen lesen, aber vielleicht beinhaltete diese Tür außer der sichtbaren noch eine weitere Warnung, die man nicht sehen, aber fühlen konnte. »Vielleicht ist es eine Warnung, die Tür nicht zu öffnen«, sagte er.
»Du meinst, sie haben sie immer wieder erneuert, jeweils in der Schrift, die die Menschen zu der entsprechenden Zeit lesen konnten?« Wolf beantwortete seine Frage gleich selbst mit einem Nicken und fuhr aufgeregt fort. »Ein kluger Gedanke. Und ziemlich einleuchtend. Ja, ich glaube, das könnte stimmen. Sie müssen furchtbare Angst vor dem gehabt haben, was hinter dieser Tür liegt. Ich bin gespannt, was es ist.«

»Sie wollen sie doch nicht etwa aufmachen?«
»Und ob ich das will«, sagte Wolf in einem Ton, als hätte man ihn gefragt, ob er noch an den Weihnachtsmann glaube. »Ich muß! Denkst du, ich lasse mir *diese* Entdeckung entgehen?«
»Aber es könnte gefährlich sein!« sagte Michael.
»Gefährlich?« Wolf lachte. »Unsinn! Was soll daran schon gefährlich sein?«
»Das weiß ich nicht«, sagte Michael nervös. »Aber Sie ... Sie haben selbst gesagt, daß ... daß auf der Tür lauter Warnungen stehen, und ... und es muß doch einen Grund geben, wenn die sich über tausend Jahre lang solche Mühe gegeben haben!«
Wolf lächelte. »Ich habe gesagt, daß es sich um eine Warnung handeln *könnte.* Außerdem: Bei allem Respekt vor unseren Vorfahren, aber sie waren ein ziemlich abergläubisches Pack. Allein mit dem Ding hier hättest du dich im Mittelalter zu einem Gott aufschwingen können.« Er wedelte mit seiner Taschenlampe, dann verzog er das Gesicht zu einem schiefen Grinsen. »Wahrscheinlicher ist allerdings eher, daß du auf dem Scheiterhaufen gelandet und als Hexer verbrannt worden wärst.«
Trotzdem war Michael mit jeder Sekunde immer weniger wohl bei der Sache. Niemand gab sich *tausend Jahre* solche Mühe, eine bestimmte Tür verschlossen zu halten, wenn er nicht einen verdammt guten Grund dafür hatte. »Sie sollten das wirklich nicht tun«, sagte er. Es klang ziemlich hilflos, und er fühlte sich auch so.
Wolf hörte gar nicht mehr zu, sondern war wieder mit der Tür beschäftigt. Er beschränkte sich jetzt nicht mehr darauf, sie konzentriert anzustarren, sondern streckte die Hand aus und berührte sie mit den Fingerspitzen, im ersten Moment so vorsichtig, als fasse er eine glühende Herdplatte an, dann etwas kräftiger. Ein Knirschen ertönte. Staub löste sich aus den Ritzen des uralten Holzes. Wolf zog erschrocken die Hand

zurück und grinste. »Siehst du?« sagte er. »Nichts passiert.«
Michael schwieg. Er *wußte* plötzlich, daß etwas Furchtbares geschehen würde, wenn sie diese Tür wirklich öffneten. Aber zugleich wußte er auch, daß es vollkommen sinnlos wäre, Wolf von seinem Vorhaben abbringen zu wollen. Vielleicht hatte er ja Glück, und Wolf bekam sie erst gar nicht auf. Die Tür war nicht nur sehr alt, sie machte auch einen äußerst massiven Eindruck.
Leider sah das nur so aus.
Wolf mußte sich nicht einmal sonderlich anstrengen, um das Schloß zu sprengen. Ein einziger kurzer Druck mit der rechten Hand reichte, und es verwandelte sich in einen braunen Sturzbach aus Rost, der raschelnd zu Boden fiel. Michael hielt vor Angst und banger Erwartung den Atem an, als die Tür knarrend aufschwang und der Strahl von Wolfs Taschenlampe in die dahinterliegende Dunkelheit fiel.
Er traf auf keinen Widerstand. Die Schwärze schien das Licht aufzusaugen wie eine Wüste den ersten Regentropfen, der nach tausend Jahren Trockenheit zum ersten Mal aus den Wolken fiel. Und das war alles, was geschah. Weder tat sich die Erde auf, um sie zu verschlingen, noch stürzten sich aus der Dunkelheit grünhäutige Dämonen auf sie. Hinter der Tür lag einfach ein weiterer finsterer Gang, und die einzige Bewegung, die er sah, war das Tanzen von Staub im Strahl der Taschenlampe. Michael hätte erleichtert aufatmen können. Aber er tat es nicht.
»Siehst du?« sagte Wolf. »Nichts, wovor du Angst haben müßtest. Es sei denn, du fürchtest dich vor der Dunkelheit wie ein kleines Kind. Kommst du mit?«
»Sie wollen doch nicht etwa da rein?!« fragte Michael entsetzt.
»Und ob ich das will! Aber du mußt nicht mitkommen, wenn du nicht willst.«
Michael suchte verzweifelt nach einer Ausrede, irgendeinem

triftigen Grund, der es nicht nur ihm, sondern auch Wolf verbieten würde, diese Tür zu durchschreiten. »Bergmann«, sagte er schließlich. »Wir haben versprochen hier zu bleiben. Sie werden gleich kommen, um uns abzuholen.«

»Es dauert noch mindestens eine Stunde, bis sie hier sind«, antwortete Wolf. »Außerdem habe ich nicht vor, eine Expedition bis zum Mittelpunkt der Erde zu beginnen. Ich bin nämlich nicht verrückt, weißt du?« Er deutete auf den Türrahmen, dann wieder in die Dunkelheit dahinter. »Ich werde auf jeden Fall nur so weit gehen, als ich diese Tür noch sehen kann.«

»Versprochen?« vergewisserte sich Michael.

»Versprochen«, sagte Wolf. »Ich bin kein Selbstmörder, weißt du? Ich habe eine viel zu lebhafte Phantasie, um mir nicht vorstellen zu können, wie es ist, sich in einem unterirdischen Labyrinth zu verirren, das vielleicht geradewegs bis nach Neuseeland reicht.«

Wahrscheinlich sollte das ein Scherz sein, aber Michael konnte nicht darüber lachen. Wolf hatte keinen Zweifel daran gelassen, daß er dort hineingehen würde, aber die Vorstellung, allein hier zurückzubleiben, erschien Michael noch schlimmer. Außerdem regte sich mittlerweile selbst bei ihm eine gewisse Neugier.

»Also gut«, sagte er. »Aber nur ein paar Schritte. So weit das Licht reicht.«

»Keinen Millimeter weiter«, versprach Wolf.

Nebeneinander traten sie durch die Tür. Der geisterhafte Schein der Taschenlampe eilte ihnen voraus wie ein kleines geschäftiges Tierchen, das den Weg erkundete, und Michael erkannte erleichtert, daß sie kaum in Gefahr waren, sich zu verirren. Hinter der Tür lag ein knapp drei Meter breiter und ebenso hoher Gang, dessen Boden und Wände aus den gleichen zyklopischen Felsquadern gefügt waren wie die Halle draußen. Und zumindest so weit das Licht der Taschenlampe reichte, war keine Tür oder irgendeine andere

Abzweigung zu sehen, und somit gab es auch keine Möglichkeit, sich zu verirren.
Die Wände waren auch hier staubverkrustet, darunter aber nicht glatt wie draußen, sondern mit Bildern und kunstvollen Reliefarbeiten verziert, die natürlich sofort Wolfs Interesse weckten. »Schau dir das an!« sagte er. »Das ist ja unglaublich. Mein Gott, das ... das muß Tausende von Jahren alt sein!«
Aufgeregt machte er einen Schritt auf die Wand und das Relief zu, und im gleichen Moment brach der Boden unter ihm ein, und er verschwand mit einem gellenden Schrei zum dritten Mal innerhalb kurzer Zeit in der Tiefe.
Michael warf sich instinktiv zurück, aber seine Reaktion kam zu spät. Der ganze Boden brach plötzlich ein, nicht nur da, wo Wolf gestanden hatte, sondern auf dem gesamten Stück von da aus bis zurück zur Tür, und Michael stürzte mit hilflos rudernden Armen hinter ihm her.
Der Fall war nicht sehr tief, aber diesmal landete er auf Stein, und der Aufprall war so hart, daß ihm die Luft aus den Lungen getrieben wurde und bunte Sterne und Farbkleckse vor seinen Augen tanzten.
Die Taschenlampe hatte wohl endgültig den Geist aufgegeben, aber es war trotzdem nicht vollkommen dunkel. Von irgendwoher kam ein blasses, unheimliches grünes Licht, in dem er seine Umgebung schemenhaft erkennen konnte.
Er lag inmitten eines Haufens aus zerbröseltem Stein und Staub, und neben ihm, breitbeinig und leicht nach vorne gebeugt, mit erhobenen Armen und zum Zupacken geöffneten Händen, stand eine Gestalt.
Die Gestalt war gewaltig, mehr als zwei Meter groß, unvorstellbar massig und so muskulös, daß Arnold Schwarzenegger gegen sie wie ein Hungerkünstler gewirkt hätte. Sie sah fast wie ein Mensch aus, aber es gab doch ein paar entscheidende Unterschiede. Anstelle von Füßen hatte sie gespaltene Hufe, und aus ihrem Rückgrat wuchs ein langer, schuppiger

Schwanz, der in einer stacheligen Quaste endete. Die Hände waren keine Hände, sondern gewaltige, mit Krallen bewehrte Pranken, und das Gesicht war breit und kantig. Die Ohren waren spitz wie die eines Fuchses, und aus der Stirn des Kolosses wuchsen zwei kurze, gebogene Hörner.
Michael sah sich dem leibhaftigen Teufel gegenüber. Daß er bei diesem Anblick endgültig in Ohnmacht fiel, konnte ihm wahrscheinlich niemand übelnehmen.

Das Tagebuch

Michael fand erst am nächsten Morgen wieder wirklich zu sich selbst. Obwohl er nicht ohnmächtig geworden war oder etwas Ähnliches, hatte er die Nacht in einem sonderbaren Zustand verbracht, der irgendwo zwischen Wachsein und Schlaf lag, und er hatte am nächsten Tag nur noch schemenhafte Erinnerungen an die Geschehnisse dieser Stunden. Jemand hatte eine Leiter in den eingebrochenen Pool heruntergelassen und ihn herausgeholt, und kurze Zeit später hatte man Hendryk geborgen und in den ersten der zahlreichen Krankenwagen verfrachtet, die mit heulenden Sirenen herangebraust kamen.

Sein Vater hatte darauf bestanden, daß auch er mit ins Krankenhaus fuhr, und nach kurzem Sträuben hatte Michael zugestimmt; wenn auch nur, um eine eher flüchtige Untersuchung über sich ergehen zu lassen und dann mit Nachdruck darauf zu bestehen, daß man ihn nach Hause entließ. Die Ärzte im Krankenhaus hatten sich allerdings nicht lange bitten lassen. Wolfs Villa war binnen einer halben Stunde bis auf die Grundmauern niedergebrannt, und das nahe gelegene Krankenhaus hatte sich plötzlich einer Flut von nahezu zweihundert Verletzten gegenübergesehen. Fast alle waren nur leicht verletzt, die meisten hatten lediglich ein paar Kratzer oder Verbrennungen ersten Grades abbekommen, aber auch diese leichten Verletzungen mußten versorgt werden, so daß die Ärzte froh um jeden Patienten waren, der ging, und Michael sich nur kurz nach Mitternacht zu Hause wiederfand. Zum ersten Mal überhaupt, solange er sich erinnern konnte, war er froh darüber, daß sein Vater ihn kurz ansah und dann selbstherrlich entschied, daß er müde aussehe und ins Bett gehöre.

Trotzdem fand er in dieser Nacht kaum Schlaf, sondern lag bis in die frühen Morgenstunden wach, ehe er endlich in einen unruhigen, von Alpträumen und Fieberphantasien geplagten Schlaf sank, aus dem er schweißgebadet und am ganzen Körper zitternd erwachte. Dämonen und Ghoule hatten eine Rolle darin gespielt und riesige unterirdische Höhlen, die über ihm zusammenstürzten.

Es war noch sehr früh. Durch die nur halbgeschlossenen Jalousien fiel graues Licht herein, und die grünen Leuchtziffern des Weckers auf seinem Nachttisch behaupteten, daß es noch nicht einmal sechs sei. Trotzdem waren seine Eltern bereits wach. Michael hörte ihre Stimmen im Erdgeschoß, und unter der Tür drang ein gelber Lichtstreifen herein. Er hatte noch fast zwei Stunden Zeit, ehe er aufstehen mußte. Aber statt sich wieder zurückzulegen und die Decke über den Kopf zu ziehen, wie er es sonst getan hätte, setzte er sich ganz auf und barg stöhnend das Gesicht zwischen den Händen. Er hatte Angst davor, wieder einzuschlafen. Er erinnerte sich nicht einmal genau, was er geträumt hatte, aber vielleicht war es gerade das, was ihm solche Angst machte. Für einen kurzen Moment war es ihm gewesen, als wäre in seinem Kopf eine Tür aufgegangen, eine Tür zu einem düsteren, bisher sorgsam verborgenen Teil seiner Erinnerungen. Er hatte nur einen flüchtigen Blick hindurchwerfen können, ehe sie wieder zugeschlagen war. Was um alles in der Welt war damals unter der Erde geschehen? Wo hatten sie Hendryk hingebracht, und wo war sein Tagebuch?

Der Gedanke elektrisierte Michael regelrecht. Er sprang auf, war mit einem einzigen Satz neben dem Stuhl, über den er am vergangenen Abend achtlos seine Kleider geworfen hatte, und begann diese hastig zu durchsuchen.

Er ahnte sofort, daß das Buch nicht mehr da war, denn der Kleiderstapel war einfach zu leicht. Trotzdem durchsuchte er genau und gleich mehrmals jedes Stück und griff in alle Taschen, selbst in die, die viel zu klein waren, um das Ringbuch aufzunehmen. Aber es blieb dabei: das Buch war nicht mehr da.

Für einen Moment drohte sich Panik seiner Gedanken zu bemächtigen. Das Buch durfte auf gar keinen Fall in falsche Hände geraten – und mit Ausnahme seiner eigenen waren ziemlich *jedermanns* Hände die falschen. Michael zermarterte sich das Gehirn. Wo war das Buch abgeblieben? Er erinnerte sich, es in Händen gehabt zu haben, als die Retter herunterkamen und ihn mit sanfter Gewalt von Hendryk wegzogen. Und danach ... danach ...

Nein, er erinnerte sich einfach nicht mehr. Er war fast sicher, es noch gehabt zu haben, als er heimkam. Verdammt, wenn er sich nur erinnern könnte!

Obwohl er wußte, wie sinnlos es war, durchsuchte er auch noch sein ganzes Zimmer, dann zog er sich an und ging ins Erdgeschoß hinab. Seine Eltern saßen in der Küche und frühstückten, wie sie es jeden Morgen taten. Aber anders als sonst war der Fernseher eingeschaltet, was nun wirklich außergewöhnlich war – sein Vater *haßte* es, schon am frühen Morgen fernzusehen.

Außerdem schienen seine Eltern kein bißchen überrascht, ihn zu dieser Zeit – die er normalerweise als *mitten in der Nacht* bezeichnet hätte – wach und bereits angezogen die Treppe herunterkommen zu sehen.

Im Gegenteil: Zwischen den Kaffeetassen seiner Eltern entdeckte er ein drittes Gedeck, auf dem Herd dampfte bereits ein Topf mit heißer Milch, und seine Mutter stand wortlos auf und schenkte ihm ein Glas voll ein. Michael enthielt sich jeden Kommentars. Er haßte heiße Milch aus ganzem Herzen, aber er hatte schon sehr früh begriffen, daß es weitaus weniger unangenehm (und schlichtweg *einfacher*) war, ein Glas dieser ekelhaften Flüssigkeit hinunterzuwürgen, als Morgen für Morgen die gleiche fruchtlose Diskussion zu führen. Also stürzte er sein allmorgendliches Glas Milch mit einer Todesverachtung und Schnelligkeit hinunter, die seine Mutter nur zu oft für Heißhunger hielt – und ihm prompt nachschenkte.

Heute rührte er das Glas allerdings nicht an, und vielleicht zum ersten Mal überhaupt sagte seine Mutter nichts dazu. Schließlich reagierte wenigstens sein Vater auf Michaels verblüfftes Gesicht.

»Du hast einen Lärm gemacht wie der berühmte Elefant im Porzellanladen«, sagte er mit einer entsprechenden Geste auf das dritte Frühstücksgedeck. »War nicht besonders schwer zu erraten, daß du herunterkommst. Du hast nicht besonders gut geschlafen, wie?«

Michael schüttelte andeutungsweise den Kopf und nippte an seiner Milch. Sie schmeckte immer noch scheußlich, aber so gewann er wenigstens noch eine Sekunde, in der er nicht antworten mußte. Dabei sah er sich verstohlen über den Rand des Glases hinweg um. Zumindest auf den ersten Blick konnte er das Tagebuch nirgends sehen. Vielleicht hatte er es unterwegs irgendwo verloren. Das wäre zwar ein herber Verlust, aber längst nicht so schlimm, als wenn es in falsche Hände geriete.

»Das kann ich gut verstehen«, fuhr sein Vater fort, nachdem er ungefähr zwei Minuten lang vergeblich darauf gewartet hatte, daß Michael antwortete. »Mir ging es auch nicht anders. Ich schätze, daß ich alles in allem nicht einmal eine Stunde geschlafen habe.«

Er legte eine Pause ein, was Michael aufsehen und ihn schräg von unten her anblicken ließ. Sein Vater schlürfte an seinem Kaffee und lächelte ihm zu, aber es war etwas in diesem Lächeln, das Michaels Nervosität noch verstärkte. Er wollte auf etwas ganz Bestimmtes hinaus.

»Das war aber auch eine aufregende Nacht«, fuhr er nach einer Weile fort. Dann deutete er auf den Fernseher. »Sie haben es gerade im Fernsehen gebracht, mit Bildern von der Katastrophe. Du erinnerst dich an den Reporter, der uns so auf die Nerven gegangen ist? Anscheinend ist er noch einmal ins Haus gelaufen und hat seine Kamera geholt. Jedenfalls hat er die ganze Katastrophe gefilmt. Wirklich beeindrukkend. Ganz übel kann einem bei dem Gedanken werden, was alles hätte passieren können.«

»Gab es ... viele Verletzte?« fragte Michael stockend.

»Nur ein paar Schrammen und leichte Verbrennungen, kaum der Rede wert«, antwortete sein Vater. »Aber das ist ein reines Wunder. So richtig klargeworden ist es mir erst vorhin, als ich alles noch einmal im Fernsehen gesehen habe. Das Haus ist regelrecht in die Luft geflogen. Die Polizei geht übrigens davon aus, daß es Brandstiftung gewesen ist, wußtest du das?«

Michael schüttelte den Kopf. »Woher?«

»Das frage ich mich auch«, antwortete sein Vater. »Aber anscheinend weißt du ja sowieso ein bißchen mehr über die ganze Geschichte als ich.« Er legte den Kopf schräg. »Wie hast du das gemeint, als du Wolf zugerufen hast, er soll seine Feuerlöschanlage abschalten?«

»Abschalten?« Michael versuchte zu lachen und spürte, daß es mißlang. »Aber warum sollte ich etwas so Dummes sagen?«

»Sag es mir«, antwortete sein Vater ruhig.

Es war gerade diese Ruhe, die Michaels Nervosität noch einmal zusätzliche Nahrung gab. Trotzdem beschloß er, den einmal eingeschlagenen Weg weiter zu folgen und alles zu leugnen.

»Du mußt dich getäuscht haben, ich habe ihm zugerufen, daß er sie wieder *ein*schalten soll.«

»Dann hast du ziemlich undeutlich gesprochen«, sagte sein Vater lakonisch. »Ich habe ganz deutlich *abschalten* verstanden. Und ungefähr drei Dutzend anderer Zeugen auch. Die Polizei hat sich übrigens auch schon danach erkundigt, warum du das gesagt hast.«

Michael staunte fast über seine Kaltblütigkeit. »Ach?« sagte er einsilbig.

»Ach«, bestätigte sein Vater. »Sie waren heute nacht schon im Krankenhaus. Ich konnte sie abwimmeln, aber sie werden

ganz bestimmt wiederkommen, wahrscheinlich schon heute. Sie haben eine Menge neugieriger Fragen gestellt.«
»So?« sagte Michael. Seine innere Stimme riet ihm, jetzt besser die Klappe zu halten, aber wie üblich hörte er nicht auf sie, sondern sah seinen Vater so fest an, wie er nur konnte, und fragte: »Worüber?«
»Dies und das«, sagte sein Vater. »Routine, nehme ich an. Sie haben auch mich verhört. Immerhin nehmen sie mit ziemlicher Sicherheit an, daß es sich um Brandstiftung handelt, und da stellen sie nun einmal besonders gründliche Nachforschungen an. Sie interessieren sich ganz besonders für Wolf. Und für einen gewissen Jungen, den man in einem Kellergewölbe unter dem Swimming-pool gefunden hat. Woher wußtest du eigentlich, daß er dort ist?«
Die Frage kam in einem so beiläufigen Ton, daß Michael sie um ein Haar ebenso beiläufig beantwortet hätte. Im letzten Moment besann er sich und sagte: »Das wußte ich nicht. Ich ... ich habe ihn rein zufällig gefunden. Ich bin in das Loch hineingefallen. Wer baut denn auch schon einen Swimming-pool über einem alten Keller?«
»Du bist hineinge*klettert*«, korrigierte ihn sein Vater. »Das haben mindestens fünfzig Leute gesehen.«
»In den Pool, ja«, antwortete Michael geistesgegenwärtig. »Aber in das Loch bin ich hineingefallen.«
Auf dem Gesicht seines Vaters mischte sich widerwillige Anerkennung mit allmählich aufkeimendem Ärger. Aber noch beherrschte er sich. »Und woher wußtest du seinen Namen?« fragte er mit nur noch mühsam beherrschter Stimme.
»Seinen Namen?« wiederholte Michael, um Zeit zu gewinnen.
»Seinen Namen«, bestätigte sein Vater. »Du hast ihn mindestens ein Dutzend Male ausgesprochen, während sie den Jungen in den Krankenwagen geladen haben. Hendryk. Ein ziemlich ungewöhnlicher Name. Fast so ungewöhnlich wie die Art und Weise seines Auftauchens.«

»Ich . . . erinnere mich nicht genau«, sagte Michael stockend. »Ich glaube, er hat ihn genannt, als ich ihn gefunden habe. Aber ich bin nicht ganz sicher. Ich erinnere mich wirklich nicht genau.«

»Wie praktisch«, sagte sein Vater. Michael kannte diesen Ton. Er pflegte den seltenen, aber berüchtigten Zornesausbrüchen seines Vaters vorauszugehen. Auch Michaels Mutter hielt für einen Moment mitten in der Bewegung inne und sah ihren Mann fast erschrocken an.

Doch die Explosion, auf die sie beide warteten, blieb aus. Sein Vater leerte mit einer plötzlichen Bewegung seine Tasse und stand dann ebenso plötzlich auf. »Wir reden später weiter«, sagte er. »Und dann möchte ich die Wahrheit wissen. Ich muß jetzt gehen, aber du bleibst hier. Geh auf keinen Fall aus dem Haus, verstanden?«

»Aber ich muß doch zur Schule!« sagte Michael.

»Am Sonntag?« Sein Vater runzelte flüchtig die Stirn und wandte sich zur Tür. »Du bleibst hier«, wiederholte er im Hinausgehen. »Ich bin in einer Stunde wieder hier. Spätestens in zwei.«

Er verließ die Küche. Michael hörte, wie er draußen Hut und Mantel vom Haken nahm und einen Augenblick später die Haustür ins Schloß fiel. Einen Moment später wurde der Wagen angelassen.

»Was hat er denn?« fragte Michael verwirrt. »Wo will er hin?«

»Zu Dr. Walther«, antwortete seine Mutter. Dr. Walther war der Rechtsanwalt von Michaels Eltern. Michael war ihm einoder zweimal begegnet, erinnerte sich aber nicht einmal genau an sein Aussehen.

»Um diese Zeit? Es ist nicht einmal sechs!«

»Sieh doch mal aus dem Fenster«, sagte seine Mutter ruhig. Sie machte eine entsprechende Kopfbewegung, und Michael stand auf und warf einen Blick durch die Ritzen der Jalousien nach draußen.

Im ersten Moment gewahrte er nichts Besonderes, aber dann entdeckte er gleich zwei Autos, die von ihren Besitzern nicht einfach nur am Straßenrand abgestellt worden waren. In dem einen brannte Licht, so daß er eine zeitunglesende Gestalt hinter dem Lenkrad erkennen konnte. Hinter der Windschutzscheibe des anderen glomm in regelmäßigen Abständen ein kleines rotes Licht auf. Jemand saß im Wagen und rauchte.

»Wer ist das?« fragte er.

Er drehte sich nicht zu seiner Mutter um, konnte aber hören, wie sie mit den Schultern zuckte. »Keine Ahnung, Journalisten, nehme ich an. Vielleicht auch Polizei.«

»Polizei?« Michael drehte sich nun doch vom Fenster weg und sah seine Mutter an. Sie musterte ihn ruhig, beinahe gelassen, aber Michael ließ sich von dieser äußerlichen Ruhe nicht täuschen. Anders als sein Vater ließ sich seine Mutter so gut wie niemals aus der Ruhe bringen, sondern schien im Gegenteil immer gelassener zu werden, je nervöser sie war. Aber natürlich kannte Michael sie gut genug, um den Ausdruck von Sorge in ihren Augen zu erkennen.

»Dein Vater hat dir vorhin nicht alles erzählt«, begann sie, und auch das war für Michael ein eindeutiger Beweis ihrer Nervosität. Wenn sie *dein Vater* sagte, statt einfach nur Vater oder auch Klaus, dann war es ernst. »Die Polizei war heute nacht schon einmal hier, kurz nachdem ihr gekommen seid. Sie haben im Krankenhaus nach dir gesucht, dich aber ganz knapp verpaßt.«

»Aber was wollten sie?« fragte Michael.

»Fragen stellen«, antwortete seine Mutter. »Wolf ist verschwunden, und sie scheinen zu glauben, daß du irgend etwas darüber weißt.«

»Wolf ist weg?« fragte Michael überrascht. »Seit wann?«

»Niemand hat ihn nach dem Ausbruch des Feuers gesehen. Aber eine Menge Leute haben gehört, wie du seinen Namen gerufen hast, ehe du in den Pool gestiegen bist. Und dann dieser Junge . . .« Sie zuckte mit den Schultern. »Ich kann es ihnen nicht verdenken.«

»Aber ich weiß wirklich von nichts«, blieb er beharrlich bei seiner Version, die in diesem Punkt nicht einmal gelogen war. Die Tür zu seinen Erinnerungen war wieder zu.

»Die Polizei scheint da anderer Meinung zu sein«, sagte seine Mutter. »Sie nehmen an, daß er sein Haus in Brand gesteckt und sich dann durch einen geheimen Gang unter dem Schwimmbecken davongemacht hat. Und dann finden sie ausgerechnet dich in diesem Tunnel, zusammen mit einem geheimnisvollen Jungen, von dem niemand weiß, wer er ist oder wo er herkommt. Du aber kennst seinen Namen. Das ist schon komisch, nicht? Ich kann verstehen, daß sie jetzt anfangen, Fragen zu stellen.«

»Aber ich weiß wirklich nichts«, sagte Michael. »Der Junge hat mir seinen Namen genannt, als ich ihn fand, das ist wirklich alles.«

»Ich glaube dir ja«, sagte seine Mutter in einem Ton, der klarmachte, daß sie ihm *nicht* glaubte. »Aber die Polizei muß eben jeder Spur nachgehen. Und die Sache mit diesem Jungen ist schon sehr geheimnisvoll. Sie haben vorhin ein Bild von ihm gezeigt. Er sieht seltsam aus, finde ich.«

Seltsam? Nun, das war vermutlich die Untertreibung des Jahrhunderts, dachte Michael. Wohlweislich sprach er diesen Gedanken nicht aus, sondern fragte nur: »Haben sie gesagt, wo sie ihn hingebracht haben?«

»Ins Krankenhaus. Warum?«

»Ach, nur so«, antwortete Michael ausweichend. Tapfer schluckte er den Rest seiner noch lauwarmen Milch und stand auf, ehe seine Mutter auf den Gedanken kommen konnte, ihm nachzuschenken. »Ich glaube, ich gehe doch noch einmal ins Bett«, sagte er. »Ich bin hundemüde. Länger als zwei Stunden habe ich bestimmt nicht geschlafen. Du kannst mich ja wecken, wenn Vater zurückkommt.«

»Das werde ich ganz bestimmt nicht tun«, widersprach seine

Mutter. »Hast du heute schon in den Spiegel gesehen? Du siehst aus, als hättest du ein Jahr lang nicht geschlafen. Geh rauf und schlaf dich richtig aus.«
Genau das hatte Michael hören wollen. Er war tatsächlich hundemüde, aber er hatte natürlich nicht vor zu schlafen. Dafür war jetzt einfach keine *Zeit.* Rasch ging er zur Tür und blieb dann noch einmal stehen, als wäre ihm im letzten Moment noch etwas eingefallen. »Sag mal, hast du mein Buch gesehen?« fragte er, die rechte Hand auf der Klinke und nur halb zu seiner Mutter herumgedreht, womit er Beiläufigkeit vortäuschen wollte.
»Was für ein Buch?« fragte seine Mutter. Sie hatte bereits begonnen, das Geschirr abzuräumen.
»Ein grünes Ringbuch«, antwortete Michael. »Ich suche es schon eine ganze Weile.«
»Oh, das.« Seine Mutter nickte und fuhr fort, Teller und Tassen in die Geschirrspülmaschine zu stapeln. »Ich glaube, du hast es im Wagen liegenlassen. Vater hat es mit hereingebracht.«
»Und wo ist es jetzt?« fragte Michael. Er hatte Mühe, weiter so zu tun, als wäre dieses Buch überhaupt nicht wichtig.
»Ich weiß es nicht«, antwortete seine Mutter. »Vater wird es wohl noch haben. Er hat die halbe Nacht darin gelesen. Was ist das überhaupt für ein Buch? Es scheint ja ziemlich interessant zu sein.«
Michael zuckte zusammen. *Sein Vater hatte das Tagebuch gelesen!* Das war beinahe das Schlimmste, was überhaupt hatte passieren können. »Nichts ... Besonderes«, sagte er stokkend. Er hatte Mühe, überhaupt zu reden, und spürte, wie ihm vor Schreck das Blut aus dem Gesicht wich. Hätte seine Mutter sich zu ihm herumgedreht, hätte sie die Lüge auf der Stelle durchschaut. Aber sie war noch immer damit beschäftigt, das Geschirr in die Spülmaschine zu räumen, und ehe sie sich vielleicht doch noch zu ihm herumdrehen konnte, verließ er die Küche und ging wieder in sein Zimmer hinauf.

Hinter den heruntergelassenen Jalousien in seinem Zimmer herrschte noch tiefste Nacht. Michael hob automatisch die Hand zum Lichtschalter, während er mit der anderen die Tür hinter sich schloß. Aber er führte die Bewegung nicht zu Ende. Für den Moment kam ihm die Dunkelheit hier drinnen wie ein Verbündeter vor, ein Ort, an dem er sich verbergen oder zumindest für eine Weile zurückziehen konnte, um seine Gedanken zu ordnen.

Und das erschien ihm im Moment dringend notwendig. Zwischen seinen Schläfen tobte ein Durcheinander von Bildern, Gedankenfetzen und Erinnerungen, das sich mit jedem Augenblick mehr zu weigern schien, einen Sinn zu ergeben. Er war kaum in der Lage, einen sinnvollen Gedanken zu fassen. Es war alles einfach zuviel gewesen.

Michael ging im Dunkeln zu seinem Bett, ließ sich auf die Kante sinken und stand nach kaum einer Sekunde wieder auf, von einer Unruhe erfüllt, die es ihm immer unmöglicher machte, still zu sitzen. Was war nur mit ihm los? Was war gestern abend geschehen, mit ihm – und vor allem: mit seinen *Erinnerungen?*

Hendryks Anblick hatte die Panzertüren vor seinem Gedächtnis für einen Moment aufgestoßen, aber sie hatten sich wieder geschlossen, ehe er den Raum dahinter völlig erkunden konnte. Es war verrückt: Er erinnerte sich an ein paar Dinge – an Hendryks Namen, die Tatsache, daß er eine Schwester hatte, an den Troll. Er hatte gewußt, daß Irrlichter nicht nur Lichter waren und man ihr Feuer nicht mit Wasser löschen konnte und daß es Ghoule nicht nur in Gruselfilmen und Romanen von H. P. Lovecraft gab. Das und noch eine Menge mehr. Aber nichts von all diesen Erinnerungsfetzen ergab wirklich einen Sinn.

Er ging zum Fenster, bog die Kunststoffjalousien einen Spaltbreit auseinander und spähte auf die Straße hinunter. Die beiden Wagen, auf die ihn seine Mutter aufmerksam gemacht hatte, waren noch immer da. Ein weiteres Rätsel.

Selbst wenn alles ganz genau so war, wie seine Eltern behaupteten, ergab die Anwesenheit der beiden Wagen keinen Sinn. Auch wenn die Polizei annahm, daß Wolf seine Villa absichtlich angezündet hatte und er, Michael, etwas darüber wußte, war es einfach zu *früh.* So schnell reagierten die Behörden nicht, und vor allem nicht auf diese Weise. Unauffällig am Straßenrand geparkte Wagen mit frierenden Kriminalbeamten in Regenmänteln kamen allenfalls in Agentenfilmen vor, aber nicht, wenn es darum ging, einen Schüler der neunten Klasse zu verhören, der vielleicht etwas über eine Brandstiftung wußte. Und schon gar nicht, wenn diese Brandstiftung erst vor wenigen Stunden passiert war. Die Nacht war noch nicht einmal vorüber. Bis die Sonne aufging, würde noch eine gute halbe Stunde vergehen –

Die Sonne.

Irgend etwas war damit. Und es war wichtig! Es hatte mit Hendryk zu tun, dem Unterling (schon wieder so ein Wort, das einfach da war), mit ihm und –

Und dann wußte er es.

Michael fuhr wie elektrisiert zusammen, starrte noch eine Sekunde lang aus dem Fenster und wirbelte dann auf dem Absatz herum, um aus dem Zimmer zu stürmen. Die Sonne! Großer Gott, *die Sonne!* Es würde ihn umbringen, wenn sie ihn dem Licht der Sonne aussetzten!

Er rannte auf den Flur hinaus und mußte all seine Selbstbeherrschung aufwenden, um nicht die Treppe hinunterzupoltern wie ein Dinosaurier in einer Glasbläserei, sondern auf Zehenspitzen zu gehen. Wahrscheinlich würden seine Eltern sowieso merken, daß er das Haus verlassen hatte, aber das spielte jetzt wirklich keine Rolle. Wichtig war nur, *daß* er es tat und daß er es *schnell* tat.

Während er mit angehaltenem Atem an der nur angelehnten Küchentür vorbeischlich, dachte er über seine Chancen nach, die Klinik noch rechtzeitig zu erreichen. Sie standen nicht sehr gut. Die halbe Stunde, die ihm noch blieb, ehe die

Sonne aufging, würde *vielleicht* reichen, um zum Krankenhaus zu kommen, wenn er wie ein Irrer fuhr. Aber damit allein war es nicht getan. Er mußte Hendryks Zimmer finden, irgendwie hineinkommen und Hendryk herausholen, und das alles, ehe es richtig hell wurde.
Aber Probleme wurden nicht dadurch gelöst, daß man über alle möglichen Gründe nachdachte, aus denen sie *nicht* zu lösen waren.
Er erreichte die Garagentür, schlüpfte hindurch und tastete sich zu seinem Fahrrad, ohne Licht zu machen. Natürlich stieß er sich im Dunkeln prompt das Schienbein an, hüpfte, mit zusammengebissenen Zähnen einen Schmerzensschrei unterdrückend, ein paar Sekunden lang auf einem Bein herum und stieß dabei gegen sein Rad. Sein Herz tat einen erschrockenen Sprung, als er spürte, wie es umzufallen begann. Blindlings griff er zu, bekam irgend etwas Hartes, Kaltes aus Metall zu fassen und packte es mit aller Kraft.
Der scheppernde Aufprall, auf den er gewartet hatte, blieb aus.
Michael atmete erleichtert auf, kippte das Fahrrad lautlos wieder auf seinen Ständer und überzeugte sich davon, daß es sicheren Halt hatte, ehe er es wieder losließ.
Das war knapp gewesen! Seine Mutter hätte schon taub sein müssen, um den Lärm zu überhören, den das Rad gemacht hätte, wäre es tatsächlich umgefallen.
Aber es war auch jetzt nicht vollkommen still.
Als Michael mit klopfendem Herzen in die Dunkelheit hineinlauschte, vernahm er ein sonderbares Kratzen und Schaben, es war ein Laut, der irgendwie gedämpft klang, als wäre er in Wirklichkeit sehr viel lauter, käme aber aus großer Entfernung. Im ersten Moment war es ihm nicht einmal möglich, die genaue Richtung zu bestimmen, aus der er kam. So leise es war, schien es doch die gesamte Garage zu erfüllen, und jetzt glaubte er noch etwas zu hören: etwas wie ein

Klopfen – oder war es das Fallen von Steinen? Und dann begriff er, woher das Geräusch kam.
Von unten.
Das Kratzen drang durch den Betonfußboden der Garage, kam aus dem darunterliegenden Keller. Vor Schreck hätte Michael um ein Haar das Fahrrad neuerlich umgeworfen. Hastig griff er fester zu, lauschte einen Moment mit angehaltenem Atem und zwang sich, das Problem mit Logik und vor allem *Ruhe* anzugehen.
Unter seinen Füßen bewegte sich etwas. Eine Ratte oder irgendein anderes Ungeziefer. Sein Vater hatte sich in den letzten Monaten mehrmals lautstark darüber beschwert, daß es Ratten im Keller gebe. Er hatte sogar Fallen aufgestellt (aus denen die Ratten den Köder herausgefressen hatten) und vergiftete Köder ausgelegt – die die gefräßigen Nager natürlich nicht anrührten. Es mußte eine Ratte sein oder vielleicht eine streunende Katze, die auf der Suche nach einem warmen Plätzchen für die Nacht in den Keller geraten war. Das war die Erklärung.
Die Erklärung war zwar einleuchtend, aber sie wies einen entscheidenden Fehler auf: Das Haus war nicht ganz unterkellert. Sein Vater hatte die Garage vor fünf Jahren eigenhändig angebaut, und unter dem Betonfußboden war nichts als massives Erdreich!
Michael schloß die Augen, zählte in Gedanken bis zehn und versuchte noch einmal, sich gewaltsam zur Ruhe zu zwingen. Es klappte nicht ganz so gut wie beim ersten Mal, doch dafür geschah etwas anderes: Das Kratzen hörte auf. Von einer Sekunde zur anderen war es wieder vollkommen still.
Trotzdem blieb Michael noch sekundenlang mit wild klopfendem Herzen stehen und lauschte, ehe er es wagte, wieder zu atmen.
Eine Ratte. Es mußte eine Ratte gewesen sein. Die kleinen Biester lebten ja schließlich nicht nur in Kellern, sondern wühlten sich auch durch Abwässerkanäle, Kabelschächte und

sogar massives Erdreich. Er war einfach übernervös, das war alles.

Mit ausgestreckten Händen bewegte er sich zum anderen Ende der Garage. Das Tor schwang beinahe lautlos auf, als er den Knopf drückte, und Michael bedankte sich in Gedanken bei seinem Vater dafür, daß er die Federn in regelmäßigem Abstand schmierte.

Es gab noch einen letzten gefährlichen Augenblick, als er das Fahrrad unter dem Küchenfenster hindurchschob. Aber das Glück blieb ihm treu. Seine Mutter schien mit anderen Dingen beschäftigt zu sein und bemerkte ihn nicht. Und selbst wenn, sie hätte ihn jetzt nicht mehr zurückhalten können.

Er schob das Fahrrad bis zur Straße, schwang sich in den Sattel und warf einen Blick hinüber zu dem Wagen auf der anderen Straßenseite. Wenn die beiden Männer darin nicht schliefen, dann *mußten* sie ihn einfach sehen. Aber das mußte er einfach in Kauf nehmen. Wenn sie versuchen sollten, ihm mit dem Wagen zu folgen, würden sie ihr blaues Wunder erleben. Er kannte genug Schleichwege, auf denen er ihnen mit Leichtigkeit entkommen konnte.

Seltsamerweise reagierten die beiden nicht, obwohl einer von ihnen genau in diesem Moment den Kopf drehte und genau in seine Richtung schaute. Vielleicht hatte sein Vater sich geirrt, und sie waren gar keine Polizisten.

Und der zweite Wagen? Michael schaute flüchtig hin, während er bereits kräftig in die Pedale trat. Er konnte die Insassen nicht erkennen, aber es mußten ebenfalls zwei sein, mindestens. Sie rauchten noch immer oder schon wieder: Michael konnte die glühenden Zigarettenspitzen wie winzige rote Kohlen in der Dunkelheit leuchten sehen.

Auch in diesem Augenblick war etwas, was nicht so war, wie es sein sollte. Michael vermochte auch jetzt nicht zu sagen, was es war, aber spätestens die Geschehnisse des vergangenen Abends hatten ihn gelehrt, auf seine innere Stimme zu hören, und so tat er etwas, was ihn im ersten Moment beinahe selbst überraschte. Obwohl ihm im Moment nichts so kostbar war wie Zeit, fuhr er nur so weit, um von den in den Wagen Sitzenden nicht mehr gesehen zu werden, sie selbst aber beobachten zu können. Das Glühen der beiden Zigaretten war noch immer deutlich zu sehen. Beinahe zu deutlich. Und noch etwas war nicht so, wie es sein sollte. Die beiden Zigaretten (wenn es denn welche waren) waren zu dicht beisammen. Die beiden Männer hätten schon die Köpfe gegeneinanderpressen müssen, um ihre Zigaretten so dicht nebeneinander, dazu auch noch so gleichmäßig, aufleuchten zu lassen. Im Grunde, dachte er beunruhigt, sah das Glühen überhaupt nicht aus wie das von brennenden Zigaretten. Vielmehr erinnerte es ihn an das Leuchten großer, rotglühender Augen . . .

Michaels Mund war plötzlich trocken. Seine Hände schlossen sich so fest um den Fahrradlenker, daß es fast weh tat. Jetzt, da sich der Gedanke erst einmal in seinem Kopf eingenistet hatte, glaubte er den Blick der rotglühenden Augen wie die Berührung einer glühendheißen, trockenen Hand zu fühlen. Noch vor ein paar Sekunden hatte er vom Fahrrad steigen und über die Straße schleichen wollen, um sich die kettenrauchenden Insassen des geheimnisvollen Wagens aus der Nähe anzusehen – aber jetzt hatte er nicht mehr die geringste Lust dazu. Und er war plötzlich auch gar nicht mehr sicher, daß das unheimliche Kratzen, das er gehört hatte, tatsächlich von einer *Ratte* stammte.

Er warf einen letzten Blick zu dem schwarzen Wagen auf der anderen Seite hinüber, dann gab er sich einen Ruck und trat kräftig in die Pedale. Daß seine »Flucht« bisher noch nicht bemerkt worden war, grenzte ohnehin an ein kleines Wunder. Er sollte sein Glück lieber nicht über die Maßen strapazieren.

Da es noch sehr früh (und außerdem Sonntag) war, herrschte auf den Straßen so gut wie kein Verkehr, so daß er gut vorankam und die verlorenen Minuten rasch wieder wettmachte. Trotzdem wurde der Weg zum Krankenhaus zu einem Wettlauf mit der Zeit, und er war bis zum letzten Moment nicht sicher, ob er ihn gewinnen würde. Und wenn, ob es etwas nutzte.

Je näher er dem Krankenhaus kam, desto stärker wurde die Frage in ihm laut, was, zum Teufel, er eigentlich in der Klinik zu erreichen hoffte. Er konnte nicht einfach hineinstürmen und am Empfang nach dem Jungen fragen, der am vergangenen Abend unter Wolfs Swimming-pool gefunden worden war. Und selbst wenn er verrückt genug wäre, es zu tun, würde man ihm sicherlich nicht antworten. Was er vorhatte – um ehrlich zu sein: er wußte gar nicht genau, was er eigentlich vorhatte –, war ziemlich sinnlos.

Aber er konnte Hendryk auch nicht seinem Schicksal überlassen, also fuhr er weiter, so schnell er konnte, bis der riesige Beton- und Glaskomplex des Krankenhauses vor ihm auftauchte. Es war jetzt beinahe hell. Das Licht war zwar noch grau, aber Michael mußte sich nicht herumdrehen, um zu wissen, daß die Sonne bereits über den Horizont zu kriechen begann.

Trotzdem näherte er sich dem Haupteingang nicht sofort, sondern schlug einen Bogen und versteckte sein Fahrrad im Gebüsch, ehe er langsam und so von der Seite, daß man ihn von drinnen noch nicht sehen konnte, auf die gläserne Pforte zuschritt.

Abrupt blieb er stehen.

Irgend etwas stimmte nicht. Unmittelbar vor den großen Glastüren des Krankenhauses standen zwei Streifenwagen. Das allein wäre vielleicht noch kein Grund zur Besorgnis gewesen. Vor einem Krankenhaus war ein Polizeiwagen nichts *so* Ungewöhnliches – aber neben diesen beiden Wagen stand ein dritter, und dabei handelte es sich um ein Auto, das Michael *hier* zuallerletzt zu sehen erwartet hätte. Es war ein weißer Ford, schon etwas betagt, aber in gutem Zustand, und er gehörte niemand anderem als seinem Vater.

Das ergab doch überhaupt keinen Sinn! Seine Mutter hatte gesagt, daß Vater zum Rechtsanwalt gefahren sei, und ganz davon abgesehen, daß Michael seine Eltern noch nie bei einer Lüge ertappt hatte: Was um alles in der Welt *tat* er hier?

Michael trat verwirrt einen Schritt zurück, prallte gegen jemanden – und schaffte es nicht mehr ganz, einen Schrekkensschrei zu unterdrücken, als er sich herumdrehte.

Er stand seinem Vater gegenüber.

»Hallo, Michael«, sagte er. Er sah mindestens ebenso erschrocken aus wie sein Sohn, sehr verwirrt und auch ein bißchen zornig, aber seine Stimme klang ganz ruhig. »Was tust du denn hier?«

»Ich ... ich bin ... ich meine, ich wollte ...« Michael stockte und zuckte schließlich hilflos mit den Schultern. »Nichts«, sagte er. Seine Gedanken überschlugen sich. Er versuchte erst gar nicht herauszufinden, was *sein Vater* hier machte. Dafür war im Moment einfach keine *Zeit.* Die Sonne war aufgegangen. Ihm blieben nur noch Minuten, vielleicht sogar nur Sekunden, wenn es nicht schon zu spät war.

»Nichts?« Die linke Augenbraue seines Vaters rutschte ein Stück nach oben, ein untrügliches Anzeichen für einen bevorstehenden Sturm, das den weiterhin ruhigen Klang seiner Stimme Lügen strafte. »Du schleichst dich um sechs Uhr morgen aus dem Haus und fährst durch die halbe Stadt, um *nichts* zu tun? Weiß Mutter, daß du hier bist?«

Michael schüttelte den Kopf. Er blickte zum Himmel. Die Sonne war aufgegangen, aber noch hinter den Dächern der Häuser verborgen. Vielleicht hatte er doch noch eine Chance.

»Bitte!« sagte er. »Ich habe jetzt keine Zeit für Erklärungen. Du mußt mir einfach glauben, daß es wichtig ist!«

Die rechte Augenbraue seines Vaters gesellte sich zur linken, aber Michael drehte sich herum und lief los. Sein Vater

würde wenig begeistert davon sein, daß er ihn einfach stehenließ, aber darauf kam es nun auch schon nicht mehr an.
»Wenn du Hendryk suchst«, rief Vater ihm ruhig nach, »dann kannst du dir den Weg sparen.«
Michael blieb abermals stehen, drehte sich herum und blickte völlig perplex zu seinem Vater zurück. »Woher . . . weißt du, daß ich seinetwegen hier bin?« stotterte er.
Sein Vater sah ihn einen Moment mit undeutbarem Ausdruck an, dann griff er in die Manteltasche und zog das Ringbuch heraus. »Das habe ich dem hier entnommen«, sagte er. »Unter anderem. Ich glaube, wir sollten uns einmal in Ruhe unterhalten, mein Sohn.«
»Ja«, sagte Michael, und das meinte er ernst. »Aber nicht jetzt. Ich muß sie warnen. Wenn du das Buch gelesen hast, dann weißt du ja auch, warum.«
»Ich sagte doch, du kannst dir den Weg sparen«, antwortete Vater. »Er ist nicht mehr da.«
»Nicht mehr da? Was –?«
»Er ist weggelaufen.« Sein Vater ließ das Ringbuch wieder in der Manteltasche verschwinden. »Vor einer guten Stunde schon. Sie haben ihn untersucht und seine Wunden versorgt, und plötzlich ist er aufgesprungen und davongerannt, ehe sie auch nur begriffen hatten, was los war.«
»Ist die Polizei deshalb hier?« Michael deutete mit einer Kopfbewegung auf die beiden Streifenwagen.
Sein Vater nickte. Ohne Hast ging er los und schlenderte auf seinen Wagen zu, und Michael folgte ihm.
»Ja. Sie haben das ganze Gebäude abgesucht. Aber er ist wie vom Erdboden verschwunden. Der Chefarzt ist ganz schön ausgeflippt, kann ich dir sagen. Ich glaube nicht, daß sie ihn finden.«
Michael fuhr sich nervös mit der Zungenspitze über die Lippen. Wieder schaute er nach oben. Die Sonne war jetzt als rotleuchtender Viertelkreis über den Dächern sichtbar, und obwohl sie gerade erst aufgegangen war, konnte er ihre wär-

menden Strahlen bereits auf dem Gesicht spüren. Es war ein angenehmes Gefühl. Für ihn und alle anderen hier war die Sonne ein Freund, ein Lebensspender. Für Hendryk bedeutete sie den Tod.
»Er wird sterben«, flüsterte er.
Sein Vater blieb stehen, blickte ihn fragend an. »Wovon redest du?«
»Von Hendryk«, antwortete Michael. »Er wird sterben, wenn die Sonne ihn erreicht.«
Er rechnete damit, daß sein Vater lachen oder zumindest den Kopf schütteln und eine entsprechende Bemerkung machen würde. Statt dessen wurde sein Blick nur noch nachdenklicher, und er fragte sehr ernst: »Wie meinst du das?«
»Das weiß ich nicht«, sagte Michael. »Ich weiß, es klingt verrückt, aber es ist so. Ich weiß nicht, warum, aber ich weiß, daß er in großer Gefahr ist. Die Sonne wird ihn umbringen.«
»Dann sollten wir keine Zeit mehr verlieren«, sagte sein Vater. »Komm!« Von seiner Ruhe war nichts mehr geblieben. Hastig zog er die Wagenschlüssel aus der Tasche und lief los, so daß Michael ihm folgen mußte, ob er wollte oder nicht.
»Aber wo willst du denn hin?« rief er verwirrt.
»Ich glaube, ich weiß, wo der Junge ist«, antwortete Vater. Er hatte den Wagen erreicht, riß die Tür auf und steckte den Zündschlüssel ins Schloß, noch während Michael um den Ford herumeilte und auf der anderen Seite einstieg.
»Du *weißt,* wo er ist?« fragte er ungläubig. »Aber woher denn?«
»Es ist nur eine Vermutung, aber ich glaube, ich täusche mich nicht.« Der Motor sprang an und heulte auf, als Vater das Gaspedal in übertriebener Hast fast bis zum Boden durchtrat. »Vielleicht ist es noch nicht zu spät.«
Der Ford schoß mit durchdrehenden Reifen los. Michael griff hastig nach dem Sicherheitsgurt und ließ den Verschluß einrasten, während sein Vater nach wenig mehr als einem flüchtigen Blick auf die Hauptstraße hinausjagte und den

Wagen auf die stadtauswärts führende Spur lenkte. Michael warf einen Blick in den Rückspiegel und sah, daß einer der beiden Streifenwagen ebenfalls losgefahren war und sein Blaulicht eingeschaltet hatte.

»Wohin fahren wir?« fragte er.

»Zu Wolfs Haus«, antwortete sein Vater. »Ich an seiner Stelle würde dorthin laufen, wenn ich vor Sonnenaufgang verschwinden müßte.«

Michael starrte seinen Vater an und fragte sich vergeblich, wieso er nicht selbst darauf gekommen war. Es war das einzige, was Sinn ergab. Für Hendryk war diese Welt hier oben so fremd und feindselig, wie es für Michael die Oberfläche eines fremden Planeten gewesen wäre.

Natürlich würde er versuchen, zurück in seine Welt zu gelangen, und zwar auf dem gleichen Weg, auf dem er heraufgekommen war. Vorausgesetzt, daß er sich unterwegs nicht verirrt hatte, konnte er es in einer Stunde durchaus geschafft haben.

Michael schaute in den Rückspiegel. Der Streifenwagen hatte aufgeholt und war jetzt keine zwanzig Meter hinter ihnen. Michael sah, daß der Beamte auf dem Beifahrersitz das Funkgerät abgenommen hatte und in den Hörer sprach.

»Vielleicht sollten wir ... doch etwas langsamer fahren«, sagte er zögernd. Die Tachometernadel bewegte sich verdächtig nahe an der Hundert-Kilometer-Marke. Wenn sie einen Unfall bauten und mit gebrochenen Knochen selbst im Krankenhaus landeten, würden sie Hendryk auch nicht helfen können.

Sein Vater lachte nur und gab noch mehr Gas. Der Streifenwagen blieb hinter ihnen, unternahm aber keinen Versuch, sie zu überholen oder auf andere Weise zum Anhalten zu bringen.

Zumindest einen Vorteil hatte es, daß sie mit fast dem Anderthalbfachen der zulässigen Höchstgeschwindigkeit durch die Stadt rasten. Sein Vater brauchte seine ganze Konzentration, um den Wagen zu lenken, und konnte so wenigstens keine weiteren Fragen stellen.

Sie brauchten nicht einmal zehn Minuten, um Wolfs Grundstück zu erreichen. Michael erschrak, als er sah, was von der prachtvollen Villa übriggeblieben war – nämlich so gut wie nichts. Das Haus war im wahrsten Sinne des Wortes bis auf die Grundmauern niedergebrannt. Nur einige wenige verkohlte Mauerreste waren stehengeblieben, kaum einer davon auch nur hoch genug, um Michael bis an die Knie zu reichen.

Es schien schwer vorstellbar, daß es ein normales Feuer gewesen sein sollte, das dieses Haus vernichtet hatte – und eigentlich war es das ja auch nicht.

Die Verwüstung beschränkte sich nicht nur auf das Haus. Was dem Swimming-pool widerfahren war, hatte Michael ja mit eigenen Augen gesehen, und der einst so gepflegte Rasen glich einem Acker, auf dem sich ein Dutzend betrunkener Bauern mit ihren Traktoren ein Rennen geliefert hatte. Selbst ein Teil der Einfriedungsmauer war niedergebrochen.

»Da ist er!« schrie sein Vater und spurtete los, noch ehe Michael ganz aus dem Wagen geklettert war. Michael rannte hinter ihm her, so schnell er konnte, trotzdem wurde der Abstand zwischen ihnen größer. Hinter ihm kam der Streifenwagen mit quietschenden Bremsen zum Stehen, und Michael hörte, wie die Türen aufgerissen wurden. Er achtete nicht darauf, sondern lief weiter.

Sein Vater kniete neben einer Gestalt, die verkrümmt auf dem zertrampelten Rasen lag. Offensichtlich hatte Hendryk versucht, den Pool zu erreichen, obwohl der Troll-Tunnel darunter ja zusammengebrochen war. Vielleicht hatte er das gar nicht mehr bemerkt, halb bewußtlos, wie Michael ihn gefunden hatte. Und ebenso offensichtlich war es bei dem *Versuch* geblieben. Michael verspürte einen eisigen Schrecken, als er sah, wie sein Vater den Jungen auf den Rücken drehte. Es war, als bewege er eine Gliederpuppe. Hendryk lag völlig

schlaff da, und für einige schreckliche Sekunden war Michael davon überzeugt, daß er nicht mehr lebte.
Gottlob irrte er sich in diesem Punkt. Hendryk schlug die Augen auf, preßte aber die Lider sofort mit einem schmerzerfüllten Stöhnen wieder auf die Augen, gerade als Michael bei ihm und seinem Vater anlangte. Michaels Herz tat einen erschrockenen Sprung, als er in Hendryks Gesicht blickte.
Der Junge bot einen furchtbaren Anblick. Seine Haut war nicht mehr blaß, sondern rot und verquollen, unter den Augen waren dunkle, fast schwarze Ringe zu sehen, und seine Lippen waren trocken und rissig. Sein Puls ging so schnell, daß Michael eine Ader an seinem Hals im hektischen Takt seines Herzens zucken sah, und er zitterte am ganzen Leib. Er trug jetzt nicht mehr die groben Leinenkleider, in denen Michael ihn gefunden hatte, sondern ein einfaches weißes Krankenhausnachthemd, das die Unterarme und auch die Beine bis zu den Knien hinauf frei ließ, und auch dort war seine Haut rot und wie verbrannt. Seine Füße bluteten.
Der Anblick war so schrecklich und traf Michael trotz allem so unerwartet, daß er wie gelähmt dastand und auf den Jungen niederblickte, unfähig, irgend etwas zu tun oder auch nur einen klaren Gedanken zu fassen. Und es war auch nicht er, sondern sein Vater, der Hendryk das Leben rettete. Einen Herzschlag lang starrte er ebenso fassungslos und schockiert auf den wimmernden Jungen hinab wie Michael, dann richtete er sich mit einem Ruck wieder auf, riß sich mit einer Bewegung, die so heftig war, daß einige Knöpfe davonsprangen, den Mantel vom Leib und breitete ihn wie eine Decke über Hendryk aus. Hendryk keuchte und krümmte sich noch weiter zusammen, schon die Berührung des Stoffes schien ihm unerträgliche Schmerzen zu bereiten, griff aber trotzdem mit ungeschickt tastenden Fingern nach dem Mantel und versuchte, ihn weiter über sich zu ziehen.

»Sein Gesicht!« sagte Michael. »Er darf nicht in die Sonne sehen! Wir müssen seine Augen schützen!«
»Ich weiß.« Sein Vater richtete sich wieder auf und wandte sich heftig gestikulierend und mit erhobener Stimme an die beiden Polizisten, die mittlerweile ihren Streifenwagen verlassen hatten und im Laufschritt herankamen. »Eine Decke!« rief er. »Bringen Sie eine Decke!«
Einer der beiden Beamten drehte sich tatsächlich mitten im Schritt herum und lief zum Wagen zurück, der andere kam weiter näher. Er trug ein kleines Funkgerät in der linken Hand und hatte die andere auf die Pistolentasche am Gürtel gelegt, und Michael war plötzlich gar nicht mehr sicher, daß er das nur tat, weil sie ihn beim Laufen behinderte. Sein Gesicht war ein einziger Ausdruck von Verwirrung, aber auch Vorsicht und ein wenig Zorn, doch er kam gar nicht dazu, ein Wort zu sagen, denn Michaels Vater fuhr ihn sofort an: »Eine Sonnenbrille! Haben Sie eine Sonnenbrille?«
Verblüfft blieb der Mann stehen, blickte erst Michaels Vater, dann ihn selbst und schließlich mit gerunzelter Stirn das zitternde Bündel zwischen ihnen an. Ganz automatisch nickte er.
»Geben Sie her!«
Die Stimme seines Vaters war so befehlend, daß der Polizist beinahe automatisch in die Jackentasche griff und eine Sonnenbrille herauszog. Erst nach einer Sekunde bemerkte er überhaupt, was er tat, und verhielt mitten in der Bewegung.
»Wieso –?«
»Später!« unterbrach Michaels Vater. »Geben Sie her!«
Der Polizeibeamte zögerte noch eine halbe Sekunde, und das schien Michaels Vater eindeutig zu lange zu sein, denn er riß ihm die Sonnenbrille einfach aus der Hand, ging wieder neben Hendryk in die Hocke und lüftete behutsam den Mantel, den sich der Junge mittlerweile selbst über das Gesicht gezogen hatte. Michael sah, daß Hendryk jetzt so heftig zitterte, als hätte er Schüttelfrost, und daß aus seinen aufge-

platzten Lippen Blut über sein Kinn lief. So behutsam wie möglich, aber sehr schnell, hob sein Vater mit der linken Hand Hendryks Kopf an und praktizierte mit der anderen die Sonnenbrille auf seine Augen. Hendryk keuchte erneut, ließ sich die Behandlung aber widerstandslos gefallen, obwohl er wahrscheinlich nicht einmal wußte, was da überhaupt mit ihm geschah. Michael bezweifelte, daß er ihn erkannt hatte, aber er schien instinktiv zu spüren, daß er und sein Vater hier waren, um ihm zu helfen.

»Beweg dich nicht«, sagte Michaels Vater mit leiser, aber sehr eindringlicher Stimme, »es wird gleich besser. Bleib ganz ruhig liegen.« Er deutete mit dem Kopf in die Richtung des Funkgerätes in der Hand des Polizisten. »Rufen Sie einen Krankenwagen. Schnell!«

Während der Polizist zwei Schritte zurücktrat und in sein Gerät zu sprechen begann – Michael fragte sich verblüfft, woher sein Vater plötzlich die Macht hatte, einen Polizisten herumzukommandieren wie ein Grundschullehrer die Schüler einer ersten Klasse –, kam der zweite Beamte zurück. Er trug eine zusammengefaltete Decke unter dem Arm, die ihm Michaels Vater ungeduldig aus den Händen riß und sie ebenfalls über Hendryk ausbreitete. Hendryk wimmerte jetzt nur noch ganz leise und bewegte sich kaum noch.

»Was ist mit dem Jungen los?« fragte der Polizeibeamte.

»Er hat einen Sonnenstich«, antwortete Michaels Vater. »Und den schlimmsten Sonnenbrand, den ich je gesehen habe.«

Michael bemerkte aus den Augenwinkeln, wie die Andeutung eines überraschten Lächelns über die Züge des Polizisten huschte, und sein Vater mußte es wohl auch bemerkt haben, denn er fuhr plötzlich herum und herrschte den Mann mit schneidender Stimme an: »Das ist ganz und gar nicht komisch! Falls Sie es nicht wissen: man kann an einem Sonnenbrand sterben. Wenigstens an einem *solchen.*«

Aus dem Lächeln auf dem Gesicht des Polizisten wurde ein

betroffener Ausdruck. Er setzte zu einer Antwort an, vermutlich zu einer Entschuldigung, aber Michaels Vater beachtete ihn schon gar nicht mehr, und sein Ärger war auch so schnell wieder verflogen, wie er gekommen war. Er sah sehr nervös aus und auf eine für Michael im ersten Moment schwer verständliche Art betroffen.

»Ich hätte es wissen müssen«, murmelte er plötzlich. »Verdammt, warum bin ich nicht von selbst darauf gekommen?«

»Worauf?« fragte Michael.

»Daß er hierher läuft. Es ist so naheliegend. Ich hätte wissen müssen, daß er versucht, an den Ort zurückzukehren, von dem er gekommen ist.«

Irgend etwas an dieser Formulierung und an der Art, wie sein Vater die Worte aussprach, brachte Michael darauf, an seine Erinnerungslücken zu denken. *Der Ort, von dem er gekommen ist*... Mit einem Mal war nicht mehr *er* es, der mehr über Hendryks Geheimnis und den Grund seines Hierseins wußte, sondern sein Vater, der über Dinge sprach, die Michael rätselhaft blieben.

Aber er stellte keine Frage. Jetzt war nicht der richtige Moment dafür, und er spürte auch, daß sein Vater ohnehin nichts gesagt hätte, nicht hier und jetzt schon gar nicht in Anwesenheit der beiden Polizeibeamten.

Der Mann mit dem Funkgerät kam wieder näher und machte eine Geste in Richtung Straße. »Der Krankenwagen ist unterwegs«, sagte er. »Fünf Minuten, höchstens zehn.«

»Ich hoffe es«, murmelte Michaels Vater. »Dem Jungen geht es ziemlich schlecht.«

Daß es Hendryk *schlecht*ging, war eine gewaltige Untertreibung. Wenn er jemals einen Menschen gesehen hatte, dem es *schlecht*ging, dann war es das zitternde Bündel unter der Decke. Plötzlich hielt er es nicht mehr aus, einfach still dazustehen. Er machte einen Schritt zurück, drehte sich ziellos einmal im Kreis und trat schließlich an den Swimming-pool. Vom Punkt, an dem Hendryk zusammengebrochen war, bis zum gemauerten Rand waren es nicht einmal zehn Schritte, und es erschien ihm wie ein ganz besonders böser Streich des Schicksals, daß es ihn zwar die vier oder fünf *Kilometer,* nicht aber dieses letzte kleine Stück hatte bewältigen lassen.

Aber vielleicht war das auch gut so. Das Becken war an dieser Stelle nicht einmal zwei Meter tief, doch Michael bezweifelte, daß Hendryk, fiebernd und geschwächt und halb blind, wie er hier angekommen war, es überhaupt geschafft hätte, hier hinunterzuklettern, ohne abzustürzen und sich dabei noch mehr zu verletzen. Und selbst wenn es ihm gelungen wäre, wohin hätte er gehen sollen? Aus dem scheinbar bodenlosen Loch, in das er gestern abend mehr hinuntergefallen als -geklettert war, ragten jetzt die obersten Sprossen einer Aluminiumleiter, die die Feuerwehr oder vielleicht auch die Polizei zurückgelassen hatte, und als zusätzliche, wenn auch nur symbolische Sicherheitsvorkehrung hatte jemand ein rot-weißgestreiftes Plastikband um den ganzen Pool gespannt. Michael konnte den Boden des von Brokk gegrabenen Tunnels jetzt ebensowenig erkennen wie gestern abend, denn obwohl die Sonne bereits hoch genug stand, so daß ihre Strahlen schräg in das Loch hineinfielen, schien irgend etwas das Licht aufzusaugen, als hätten die Trolle einen Teil der ewigen Finsternis, die ihre Welt beherrschte, mit heraufgebracht.

Nein – es gab dort unten nichts, wohin sich Hendryk hätte wenden können. Der Troll-Tunnel war eingestürzt und würde so gründlich verschwunden bleiben, als hätte er niemals existiert, und ohne ihn war der Weg ins Unterland unbegehbar. Michael fragte sich schon gar nicht mehr, woher er das wußte. Schaudernd wandte er sich wieder vom Swimming-pool ab und vergrub die Hände in den Hosentaschen. Er spürte erst jetzt, wie kalt es noch war. Auf der Fahrt zum Krankenhaus hatte er gefroren, und die wenigen Minuten, die er mit seinem Vater im Wagen gesessen hatte, hatten längst nicht gereicht, ihn wieder richtig aufzuwärmen. Sein

Blick blieb für einen Moment an den Gestalten seines Vaters und der beiden Polizeibeamten hängen, die sich über Hendryk beugten und alle drei irgendwie hilflos aussahen, streifte dann durch den völlig verwüsteten Garten und suchte das, was von Wolfs Villa übriggeblieben war. Erneut fiel ihm auf, wie gründlich die Zerstörung war. Das Haus war nicht einfach niedergebrannt, es war regelrecht *ausgelöscht.* Wo es noch vor wenigen Stunden gestanden hatte, gähnte ein geschwärzter Krater, aus dem sich hier und da immer noch Rauch in die Morgenluft emporkräuselte. Es gab erstaunlich wenige Trümmer. Das verzehrende Feuer, das die Irrlichter entfacht hatten, mußte wie ein Sog gewirkt haben, der das Haus regelrecht aushöhlte, so daß es schließlich wie ein Kartenhaus in sich zusammenbrach. Noch viel mehr als am vergangenen Abend kam es Michael wie ein reines Wunder vor, daß niemand ernsthaft verletzt oder gar getötet worden war. Vielleicht stimmte das aber auch nicht ganz. Er hatte gesehen, wie Brokk Wolf davonschleppte, und *in diesem Moment* war Wolf noch am Leben gewesen. Möglicherweise war das ein Zustand, der sich bald geändert hatte. Hendryk und der Troll hatten die gefahrvolle Reise aus ihrer Heimat hierher ganz gewiß nicht auf sich genommen, um Wolf einen Höflichkeitsbesuch abzustatten. Er mußte mit Hendryk sprechen. So schnell wie möglich.

Von weit her drang das Heulen einer Sirene durch die morgendliche Stille, und sowohl sein Vater als auch die beiden Polizisten blickten auf und sahen einen Moment lang in die Richtung, aus der es erklang. Auch Michael wandte automatisch den Kopf und sah einen weißen Passat sehr schnell und mit aufgeblendeten Scheinwerfern die Straße herunterkommen. Obwohl es ein Zivilwagen war, drehte sich auf seinem Dach ein flackerndes Blaulicht. Mit quietschenden Bremsen und mit zwei Rädern über den Rasen schlingernd, raste er die Einfahrt herauf und kam schließlich kaum zehn Meter entfernt zum Stehen. Die Türen flogen auf und zwei

Männer sprangen heraus, denen man auch ohne das Blaulicht auf dem Wagendach die Polizisten deutlich ansah. Michaels Verwirrung wuchs, als sein Vater aufstand, ihnen mit einer beruhigenden Geste entgegenging und halblaut, immer wieder auf ihn und Hendryk deutend, mit ihnen zu reden begann. Einer der beiden Streifenpolizisten gesellte sich zu ihnen, der andere blieb, wo er war. Michael wagte es, vorsichtig die Decke anzuheben und einen Blick in Hendryks Gesicht zu werfen.

Der Junge zitterte noch immer. Unter der viel zu großen Sonnenbrille konnte Michael seine Augen nicht sehen, aber er war trotzdem sicher, daß Hendryk bewußtlos war oder zumindest in einem Zustand, der einer Bewußtlosigkeit nahe kam. Seine Hoffnung, vielleicht doch einige Worte mit ihm wechseln zu können, schwand. Gleichzeitig wurde aus seiner Sorge um Hendryk panische Angst. Hendryks Gesicht wirkte jetzt nicht mehr blaß, sondern verbrannt, seine Lippen bluteten, und er murmelte vor sich hin. Michael streckte die Hand aus, um die Stirn seines Freundes zu berühren, zog sie aber wieder zurück, als ihm klar wurde, daß er ihm damit bloß Schmerz zugefügt hätte. Vorsichtig ließ er die Decke wieder sinken und stand auf.

Sein Vater unterhielt sich noch immer mit einem der beiden Polizisten. Der andere war zum Wagen zurückgegangen und sprach in sein Funkgerät. Das Heulen der Sirene war mittlerweile sehr viel lauter geworden. Michael blieb stehen, als er einen Blick seines Vaters auffing und begriff, daß das, was dort gesprochen wurde, nicht unbedingt für seine Ohren bestimmt war, und drehte sich statt dessen zur Straße um. Die Krankenwagensirene war jetzt sehr laut zu hören, und nur wenige Augenblicke später kam der Wagen in scharfem Tempo herangebraust. Er bog in die Einfahrt ein, zwei Sanitäter in roten Jacken und weißen Hosen sprangen heraus, noch ehe er ganz zum Stehen gekommen war.

Michael wich ein paar Schritte zur Seite, um die Männer

nicht bei ihrer Arbeit zu behindern, verfolgte aber aufmerksam jede Handbewegung, mit der sie Hendryk in die Höhe und auf eine zusammenklappbare Trage hoben, die ein dritter Rotkreuzhelfer auf den Boden gelegt hatte. Es war die übliche Prozedur, wie er sie tausendmal im Fernsehen mit angesehen hatte, mit der sie eine erste flüchtige Untersuchung vornahmen. Und doch hatten diese einfachen, routinierten Handgriffe plötzlich etwas ungemein Bedrohliches und Angstmachendes, betrafen sie doch jetzt jemanden, den er kannte und der ihm etwas bedeutete.

Als die Männer die Bahre zum Wagen trugen, begann Hendryk sich zu bewegen. Ein schmerzerfülltes Keuchen kam über seine Lippen. Die Sonnenbrille rutschte von seinem Gesicht und fiel zu Boden, und Michael sah, daß er sich getäuscht hatte: Hendryk war bei Bewußtsein, und in seinen Augen, obgleich trüb vor Fieber und Schmerz, war plötzlich Erkennen, als ihr Blick dem Michaels begegnete.

Michael war mit einem Satz bei ihm. Sein Vater rief in scharfem Tonfall seinen Namen, und einer der Sanitäter versuchte ihn mit einer erschrockenen Geste davonzuscheuchen, aber Michael ignorierte es und ging dicht neben der Bahre mit. »Hendryk!« sagte er. »Was ist mit dir? Warum bist du gekommen?«

Hendryk reagierte, vielleicht nicht einmal auf seine Worte, aber doch auf den vertrauten Klang seiner Stimme. Sein Blick bohrte sich in den Michaels. Seine Lippen versuchten Worte zu formen, brachten aber auch jetzt nur ein hilfloses Stöhnen zustande, und seine Hand kroch mit kleinen, mühsamen Rucken unter der Decke hervor, die die Sanitäter über ihm ausgebreitet hatten, und streckte sich nach Michael aus. Michael ergriff sie. Er schauderte, als er spürte, wie heiß und spröde Hendryks Haut war, wie rauhes Sandpapier, das tagelang in der Sonne gelegen hatte.

»Was soll das?« herrschte ihn einer der Krankenpfleger an. Er versetzte ihm einen Stoß. Michael kam ins Stolpern, aber

er ließ Hendryks Hand trotzdem nicht los. Irgend etwas war in Hendryks Augen, ein Flehen, das er nicht deuten konnte, das aber wie so vieles zuvor an seiner Erinnerung rührte. Hendryk wollte ihm etwas sagen, das spürte er ganz deutlich. Als Michael schließlich doch losließ, um nicht von dem mittlerweile reichlich aufgebrachten Sanitäter einfach zu Boden gestoßen zu werden, da öffneten sich Hendryks Finger, und etwas Kleines, Hartes, das er bisher darin verborgen gehalten hatte, glitt in Michaels Hand. Michael schloß instinktiv die Faust darum und blickte gleichzeitig direkt in das Gesicht des Sanitäters. In den Augen des Mannes funkelte es zornig, aber Michael erreichte, was er wollte: Sein Blick hielt den des Mannes gefangen, nur für eine Sekunde, aber doch lange genug, daß er den Gegenstand, den Hendryk ihm gegeben hatte, in der Hosentasche verschwinden lassen konnte, ohne daß der andere es merkte. Er blieb stehen und sah voll Besorgnis zu, wie die Männer die Trage mit Hendryk in den Rettungswagen schoben und die Türen schlossen. Die Sirene des Krankenwagens begann wieder zu heulen. Er setzte zurück, wobei er um ein Haar mit dem Wagen der beiden Polizeibeamten kollidiert wäre, wendete und fuhr dann rasch zur Straße zurück. Michael sah ihm nach, bis er hinter der nächsten Kreuzung verschwunden war.
Als er sich zu seinem Vater umdrehte, erlebte er eine Überraschung. Er hatte erwartet, daß er zornig sein werde, aber der Ausdruck auf seinen Zügen war kein Zorn. Er sah sehr ernst drein und sehr besorgt. »Alles in Ordnung?« fragte er, und Michael merkte, daß es nicht nur eine Floskel war, sondern daß der Vater wirklich befürchtete – ja, was eigentlich? Er antwortete nicht auf die Frage, und sein Vater schien das auch nicht erwartet zu haben, denn er lächelte nur sanft und irgendwie traurig und wandte sich wieder an den Polizeibeamten, der neben ihm stand und Michael ebenso aufmerksam wie er, aber viel unfreundlicher und um vieles mißtrauischer ansah. Er sagte nichts, sondern nickte nur, und zu Mi-

chaels Überraschung schien dem Polizisten dieses Nicken zu genügen. Nach einer letzten, endlosen Sekunde, in der er Michael mit Blicken durchbohrte, drehte er sich mit einem Ruck um und ging mit schnellen Schritten zu seinem Wagen zurück.

»Komm«, sagte der Vater, »laß uns nach Hause fahren. Wir können hier nichts mehr tun.«

Michael nickte, aber er rührte sich nicht, sondern sah wieder in die Richtung, in die der Krankenwagen gefahren war. Das Geräusch der Sirene war noch zu hören, ein leiser werdender, klagender Laut, der deutlicher als alle Worte ausdrückte, was Michael in diesem Moment empfand. Und auch sein Vater schien zu spüren, was in ihm vorging, denn er streckte plötzlich die Hand aus, legte sie in einer unerwartet vertrauten Geste auf seine Schulter und sagte: »Du kannst jetzt nichts mehr für ihn tun. Aber mach dir keine Sorgen, die Ärzte werden sich um ihn kümmern. Er ist in guten Händen.«

»Glaubst du, daß er es schafft?« flüsterte Michael.

Er sah seinen Vater dabei nicht an, aber er konnte dessen Unsicherheit spüren. »Ich hoffe es«, sagte der Vater und verbesserte sich dann: »Ich bin sicher. Seine Augen machen mir Sorgen. Aber vielleicht hat er Glück gehabt. Die Sonne war noch nicht ganz aufgegangen. Wenn er nicht direkt ins Licht geschaut hat, wird er es schaffen.«

Sie gingen zum Wagen zurück und fuhren los. Während der ersten Minuten saß Michael wie betäubt auf dem Beifahrersitz, und sein Vater war verständnisvoll genug, nichts zu sagen, sondern ihn ganz seinem Schmerz zu überlassen, was manchmal besser ist, als Worte des Trostes zu suchen.

»Woher wußtest du, daß er zu Wolfs Haus wollte?« fragte Michael schließlich.

»Ich wußte es nicht«, antwortete sein Vater, »es war nur eine Vermutung. Gottlob war sie richtig. Aber es lag auf der Hand – immerhin hat man ihn dort gefunden.« Er schüttelte

den Kopf, und sein Blick verdüsterte sich. »Ich möchte wissen, wie lange der arme Kerl schon in diesem Loch unter dem Schwimmbecken gefangen gewesen war. Dieser Wolf ist noch verrückter, als ich bisher geglaubt habe.«
Michael sah seinen Vater fragend an. Dessen letzte Worte hatten irgendwie nicht überzeugend geklungen, als habe er versucht, eine Erklärung für etwas zu geben, von dem er wußte, daß es in Wirklichkeit ganz anders war. Michael verscheuchte den Gedanken. Er begann wohl tatsächlich hinter jeder harmlosen Bemerkung ein großes Geheimnis zu vermuten. Und wie um sich von der Richtigkeit dieses Gedankens zu überzeugen, fügte er eine zweite Frage hinzu: »Woher hast du gewußt, daß er kein Sonnenlicht verträgt?«
Statt sofort zu antworten, ließ sein Vater das Lenkrad los und griff umständlich in die Manteltasche. Er zog Michaels Tagebuch heraus und warf es ihm mit einer schwungvollen Bewegung in den Schoß. »Ich habe es gelesen.«
»So?« fragte Michael einsilbig.
»Ich habe gar nicht gewußt, daß du ein solches Talent zum Geschichtenerzählen hast«, fuhr sein Vater fort.
»Meinst du nicht, daß es allmählich an der Zeit wäre, uns zu unterhalten?« fuhr sein Vater nach einer geraumen Weile fort.
Michael blickte weiter aus dem Fenster auf der Beifahrerseite, als gäbe es dort draußen außer der sonntagmorgendlichen Stille etwas ungemein Wichtiges zu sehen. Dabei wußte er sehr wohl, wie wenig ihm sein beharrliches Schweigen auf die Dauer nutzen würde. Wenn sein Vater sich einmal in etwas verbissen hatte, dann ließ er so gut wie nie wieder davon ab, ehe er auch die allerletzte Kleinigkeit herausgefunden hatte.
Um so erstaunter war er, daß der Rest der Fahrt in fast völligem Schweigen verlief. Manchmal spürte er, wie sein Vater den Kopf drehte und ihn ein paar Sekunden lang durchdringend ansah, aber er sagte nichts, stellte keine Fragen und

machte keine spitzen Bemerkungen, nichts von all dem, was Michael normalerweise in einer Situation wie dieser erwartet hätte. Michael hätte beruhigt sein können, hätte das Benehmen seines Vaters doch durchaus darauf schließen lassen können, daß er die Angelegenheit als erledigt ansah oder sie zumindest nicht für wert befand, darüber eine langwierige Diskussion oder gar einen Streit vom Zaum zu brechen. Aber irgend etwas sagte ihm, daß das nicht so war. Ganz im Gegenteil.

Es fing gerade erst an.

Sie waren noch zwei oder drei Blocks von zu Hause entfernt, als Michael schon wieder Sirenen hörte. Im ersten Moment glaubte er, es wäre abermals ein Krankenwagen, dann war ihm klar, daß sich der Ton von dem eines solchen unterschied. Es war das Heulen einer Feuerwehrsirene.

»Ganz schön was los, heute morgen«, sagte sein Vater mit gerunzelter Stirn, warf einen Blick in den Rückspiegel und fuhr ganz leicht zusammen. Rasch setzte er den Blinker und ließ den Wagen an den rechten Straßenrand rollen. Augenblicke später raste ein Feuerwehrwagen an ihnen vorbei. Michaels Vater fuhr weiter, aber das Stirnrunzeln verschwand nicht von seinem Gesicht, und er fuhr jetzt auch schneller. Michael verstand dieses Verhalten im ersten Moment nicht, aber dann begriff er, daß er es wohl deshalb tat, weil der Feuerwehrwagen in die gleiche Richtung fuhr wie sie. Natürlich war die Wahrscheinlichkeit, daß es bei ihnen brannte, verschwindend gering. Aber nach allem, was heute bereits passiert war, rechnete er offensichtlich selbst mit dem Unmöglichen. Und seine Besorgnis mußte ansteckend sein, denn auch Michael spürte eine immer größer werdende Unruhe, zumal sich das Heulen der Feuerwehrsirene nur noch ein kleines Stück entfernte und dann abbrach, was nichts anderes bedeutete, als daß der Wagen sein Ziel erreicht hatte.

Aus seiner Beunruhigung wurde schlagartig eisiger Schrekken, als sie in die Straße einbogen, in der sie wohnten, und

Michael sah, daß der Feuerwehrwagen tatsächlich vor ihrem Haus angehalten hatte. Aber es war nicht ihr Haus, das brannte. Es war überhaupt kein Haus, sondern ein vor ihrem Haus auf der gegenüberliegenden Straßenseite geparkter Wagen, der in Flammen stand.

Es war einer der beiden Wagen, deren Insassen ihr Haus beobachtet hatten, der, in dem er das Glühen der brennenden Zigaretten beobachtet hatte.

Das kann kein Zufall sein! dachte er. Jedenfalls glaubte er, es bloß gedacht zu haben, bis sein Vater nickte und mit leiser, besorgter Stimme sagte: »Das glaube ich auch nicht.« Er gab Gas und fuhr die letzten 200 Meter mit quietschenden Reifen. Er brachte den Wagen so hart zum Stehen, daß Michael in die Sicherheitsgurte geworfen wurde. Beinahe gleichzeitig sprangen sie aus dem Auto und rannten auf den brennenden Wagen auf der anderen Straßenseite zu. Aus den umliegenden Häusern waren Menschen herbeigelaufen, die den Feuerwehrwagen und das brennende Auto in einem dichten Kreis umstanden und ihr Bestes taten, um die Feuerwehrmänner an ihrer Arbeit zu hindern. Gerade in diesem Moment kam ein Polizeiwagen mit heulender Sirene um die Ecke.

Der Wagen war nicht mehr zu retten. Die Männer des Feuerwehrwagens machten sich nicht die Mühe, ihre Schläuche zu entrollen, sondern bekämpften die Flammen mit zwei großen Feuerlöschern, konnten aber damit nur noch verhindern, daß das Feuer sich ausbreitete oder brennendes Benzin über die Straße lief. Der Wagen war schon jetzt ein ausgeglühtes Wrack, bei dessen Anblick sich Michael wunderte, was darin überhaupt noch so hell brennen konnte.

Die Feuerlöscher stießen zischende weiße Wolken aus, die den Wagen einhüllten und die Flammen erstickten. Jedenfalls *sollten* sie das tun. Aber inmitten der brodelnden Wolke, die das Automobil einhüllte, blitzte es noch immer weiß und orange und rot auf, und immer wieder schossen züngelnde

Stichflammen in die Höhe. Die Hitze war so gewaltig, daß sich der Kreis der Neugierigen wieder weitete und auch die Feuerwehrmänner ein paar Schritte zurückwichen. Trotzdem hörten sie nicht auf, mit ihren Feuerlöschern gegen die Flammen vorzugehen. Und schließlich erwies sich die moderne Chemie der entfesselten Naturgewalt als überlegen. Die Flammen erloschen langsam und eindeutig widerwillig. Immer wieder leckte eine Feuerzunge aus den zerborstenen Fenstern des Wagens oder schoß eine Stichflamme fünf, sechs Meter weit in die Höhe, aber am Ende taten die Feuerlöscher ihre Wirkung. Die Hitze nahm rasch ab. Der Qualm, der aus dem brennenden Wagen stieg, wurde schwarz, dann grau und blieb endlich ganz aus, und statt prasselnder Flammen sah Michael im Inneren des Wagens jetzt nur noch ein dunkelrotes, rasch schwächer werdendes Glühen.

Trotzdem brachte ein Feuerwehrmann einen dritten Feuerlöscher herbei und versprühte auch dessen Inhalt über den Wagen. Michael war zu weit entfernt, um die Unterhaltungen der Männer zu verstehen, aber nahe genug, um deutlich in ihren Gesichtern zu lesen. Die Hartnäckigkeit des Feuers versetzte sie ebenso in Erstaunen wie ihn und alle anderen hier. Die Hitze, die den Wagen verzehrt hatte, war so groß gewesen, daß selbst der Asphalt in seiner unmittelbaren Nähe geschmolzen war. Das Autowrack stand auf gummilosen Felgen inmitten eines Sees aus geschmolzenem und wiedererstarrtem Asphalt.

Michael wollte sich an seinen Vater wenden und stellte erst jetzt fest, daß er nicht mehr da war. Er warf einen Blick über die Straße zum Haus hinüber – die Tür war aufgegangen und seine Mutter war herausgetreten und beobachtete das Geschehen mit schräg gehaltenem Kopf und einer Mischung aus Neugier und Sorge. Aber auch dort war der Vater nicht – er entdeckte ihn schließlich jenseits des Feuerwehrwagens. Er redete schon wieder mit einem Polizisten. Diesmal mit einem der beiden Beamten, die aus dem Streifenwagen gestiegen waren. Der andere versuchte ebenso tapfer wie vergeblich, die neugierige Menge zu zerstreuen oder wenigstens zurückzuhalten. Natürlich hatte er keine Chance. Für einen Gaffer, den er davonscheuchte, schoben sich zwei andere näher an den Wagen heran, ungeachtet der Hitze, des beißenden Qualms und der ätzende Dämpfe, die aus dem brodelnden Löschschaum emporstiegen. Auch Michael gesellte sich zu ihnen. Er glaubte ebensosehr daran, daß dieser Wagen nicht durch Zufall in Flammen aufgegangen war, wie er auch geglaubt hatte, daß er nicht einfach hier gestanden hatte und die beiden Männer in seinem Inneren nichts mit ihm oder den Geschehnissen der vergangenen Nacht zu tun hatten.

Als er näher kam, sanken jedoch seine Hoffnungen, noch irgend etwas Interessantes entdecken zu können. Der Wagen war völlig ausgeglüht. Das Metall war zum Teil geschmolzen und zu bizarren Formen erstarrt, und alles, was nicht aus Eisen oder Stahl bestanden hatte, war schlichtweg verschwunden: die Reifen, die Sitze, das Armaturenbrett samt Lenkrad, ja selbst ein Teil des Daches. Sogar der Boden war –

Michael sprang mit einem hastigen Satz auf den Wagen zu, wobei er sich rücksichtslos zwischen zwei Männern hindurchdrängelte, die sich dem Wrack neugierig genähert hatten. Ein zorniger Ruf erscholl, und eine Hand griff nach seiner Schulter, aber Michael ignorierte die Stimme und riß sich los. Die Hitze war noch immer so groß, daß es ihm die Tränen in die Augen trieb, aber er beugte sich noch weiter vor, um ins Innere des Wagens blicken zu können.

Nicht nur die Sitze und der ganze übrige Rest der Inneneinrichtung waren verschwunden. Ungefähr dort, wo der Fahrersitz gewesen sein mußte, gähnte ein gut einen Meter großes kreisrundes Loch im Boden des Wagens. Das Metall war schwarz und brüchig geworden, aber man sah trotzdem ganz deutlich, daß es nicht unter der Gewalt des Feuers zerborsten, sondern so glatt und präzise wie mit einem chirurgi-

schen Messer herausgeschnitten worden war. Und das kreisrunde Loch setzte sich auch unter dem Wagen fort.
Eine Hand schien nach Michaels Herz zu greifen, er spürte, wie es ihm eiskalt über den Rücken lief. Der Wagen hatte direkt über einem Kanaldeckel gestanden, doch auch dieser war nicht mehr da. Nur einige zerschmolzene Metallreste zeigten, daß der zentnerschwere Eisendeckel das Schicksal des Wagens geteilt hatte. Auch die metallenen Trittstufen, die in die Tiefe führten, waren verschwunden oder zu bizarren Gebilden zerlaufen, und die Wände des Kanalschachtes waren geschwärzt, hier und da sogar unter der unvorstellbaren Hitze geborsten.
»He, Junge! Geh da weg!« Eine Hand packte ihn am Oberarm und zerrte ihn grob drei, vier Meter weit von dem Wagen fort, so hart, daß er vor Schmerz aufgestöhnt hätte, hätte er den Griff überhaupt richtig zur Kenntnis genommen. Er registrierte weder den zornigen Blick des Feuerwehrmannes und die spöttischen Mienen der Umstehenden noch, wie sein Vater auf ihn zukam, ihn ansprach und schließlich bei den Schultern nahm und mit sanfter Gewalt über die Straße zu bugsieren begann, als er nicht antwortete.
Vorhin hatte er gedacht, daß die unheimlichen Geschehnisse noch nicht zu Ende seien, ja erst begännen. Jetzt wußte er es mit Bestimmtheit.
Sie hatten ihn gefunden.

Die Katakomben

Der Strahl der Taschenlampe schuf einen an den Rändern weich zerfließenden Tunnel aus Licht, durch den sie sich jetzt seit einer guten halben Stunde bewegten. Irgendwo, sehr weit entfernt und wie durch einen geheimnisvollen Zauber auch immer in der gleichen Entfernung bleibend, tropfte Wasser, ein heller Laut, als fielen kleine Eiskugeln auf Glas, und ihrer beider Atemzüge hatten sich, ebenso wie der Takt ihrer Schritte, fast unmerklich dem Rhythmus dieses Geräusches angepaßt. Die Dunkelheit war vollkommen, und das Licht der kleinen Lampe schien sie nicht wirklich vertreiben zu können, sondern sie im Gegenteil dort, wo es sie nicht erreichte, noch zu vertiefen. Michael hatte versucht, seine Schritte zu zählen, um wenigstens ungefähr zu wissen, wie weit sie schon in diese unterirdische schwarze Welt eingedrungen waren, sich aber schon nach wenigen Augenblicken verzählt und es nach dem dritten Anlauf vollends aufgegeben. Vermutlich waren sie nicht weiter als einen halben oder höchstens einen Dreiviertelkilometer weit gekommen. Der Boden des halbrunden, gemauerten Tunnels, in dem sie sich befanden, war mit Schutt und Geröll und den Trümmern der im Laufe der Jahrhunderte aus der Decke gebrochenen Steine übersät, so daß das Gehen schon schwer gewesen wäre, hätten sie hinlänglich sehen können. Sowohl er als auch Wolf waren mindestens ein Dutzend Male gestolpert.

Michael war felsenfest davon überzeugt, daß sie offenen – wenn auch nicht unbedingt *sehenden* – Auges in ihr Verderben liefen. Er hatte sehr wenig Hehl aus dieser Überzeugung gemacht, sie im Gegenteil sehr laut und mit immer weniger freundlichen Worten zum Ausdruck gebracht. Aber Wolf hatte darauf ebensowenig reagiert wie auf seine anfänglichen Versuche, an seine Vernunft zu appellieren, und so hatte Mi-

chael auch das schließlich aufgegeben. Während der letzten zehn Minuten hatten sie nicht mehr miteinander gesprochen. Sein Kopf tat noch immer ein wenig weh. Er hatte sich bei dem Sturz die rechte Schläfe angeschlagen, es hatte geblutet, die Stelle brannte, und sein erster und einziger Versuch, sie mit dem Finger zu betasten, hatte ihm gezeigt, daß über seinem Auge eine gewaltige Beule prangte. Vermutlich bot er jetzt einen ähnlichen Anblick wie das gehörnte Teufelsgesicht, dem er seine Ohnmacht zu verdanken hatte.
Der Gedanke erfüllte ihn sofort wieder mit einer Mischung aus Scham und Ärger, der zu gleichen Teilen ihm selbst wie auch Wolf galt, denn der Schriftsteller hatte sich die Gelegenheit natürlich nicht entgehen lassen, gleich eine ganze Anzahl spöttischer Bemerkungen vom Stapel zu lassen. Natürlich war es nicht der leibhaftige Teufel gewesen, in dessen Gesicht er geblickt hatte. Es war ein Dämon, aber er bestand aus Granit oder irgendeinem anderen, sehr harten Stein, und er war kein Geschöpf der Hölle, sondern eines vor vielleicht fünfhundert oder auch tausend Jahren gelebt habenden Künstlers. Als Michael aus seiner Ohnmacht erwachte, die, wie Wolf ihm versicherte, kaum eine Minute gedauert hatte, stellte er fest, daß sie sich inmitten einer ganzen Armee beinahe lebensgroßer steinerner Teufels- und Götzengestalten befanden. Und so zornig er auch war, sosehr ihm auch jeder Knochen im Leib und ganz besonders sein Kopf weh tat und so sehr er sich auch über Wolf ärgerte, die Entdeckung hatte ihn sofort in ihren Bann geschlagen. Die Kammer war viel kleiner als der Kuppelsaal oben – allerdings immer noch *groß* –, und selbst Michael erkannte auf den ersten Blick, daß ihre Erbauer nicht die gleichen gewesen waren, die die Pestgrube und den Raum darunter geschaffen hatten. Die Wände waren mit kunstvollen Reliefarbeiten bedeckt, die Michael nur zum allerkleinsten Teil wirklich deuten konnte, die aber allesamt eine beunruhigenden Eindruck auf ihn machten. Als Wolf einen Stein nahm und damit die Staubschicht vom Boden

kratzte, kam darunter ein filigranes Mosaik zum Vorschein. Schon allein dieses hätte vermutlich jeden Archäologen in Verzückung versetzt. Am erstaunlichsten aber waren die Teufelsfiguren. Sie stellten allesamt die gleichen quastenschwänzigen, gehörnten Geschöpfe dar, und doch sah keine aus wie die andere. Es gab Wesen mit schmalen, fast menschlich wirkenden Gesichtern, aber auch solche mit kantigen Fratzen, daneben schlanke, fast reptilienhafte Kreaturen, aber auch zwei oder drei muskelbepackte Kolosse, die aussahen, als müßten sie nicht extra nach einer Tür suchen, um ein Haus zu betreten. Manche standen aufrecht da, hatten einen Arm oder auch nur eine Hand erhoben, deuteten auf irgend etwas oder schienen in ein Gespräch vertieft, andere wieder waren geduckt, wie sprungbereit. Noch erstaunlicher als die Kunstfertigkeit, mit der ihre Körper und vor allem die Gesichter nachgebildet worden waren, waren ihre Haltungen. Michael hatte schon einige antike Statuen gesehen, und alle hatten eben wie *Statuen* ausgesehen: erstarrt, mit kalten, leblosen Zügen, zumeist einfach aufrecht dastehend oder – wenn sie einen Feldherrn, einen Krieger oder mythischen Helden darstellten – in der entsprechenden Pose, hoch zu Roß oder mit ausgestrecktem Arm auf irgend etwas deutend. *Diese hier* wirkten so lebendig, als wären sie tatsächlich einst lebende Geschöpfe gewesen, die durch einen furchtbaren Fluch mitten in der Bewegung erstarrt und zu Stein geworden waren. Im hin und her huschenden Licht der Taschenlampe war es Michael ein paarmal tatsächlich so vorgekommen, als bewegten sie sich, und es gehörte wirklich nur noch ein ganz kleines bißchen Phantasie dazu, in den granitenen Augen ein böses, kaltes Feuer glimmen zu sehen. Michael war beinahe froh gewesen, als Wolf, der wie ein aufgescheuchtes Huhn immer schneller durch die Kammer lief, seine Taschenlampe hierher und dorthin schwenkte und sich in wahren Begeisterungsstürmen über die *sensationelle Entdeckung* und den *unvorstellbaren archäologischen Fund* erging,

schließlich eine Tür fand, die in einen benachbarten leeren Raum führte. Auch hier waren die Wände bis auf den letzten Zentimeter mit jenen sonderbar fremden, sonderbar beunruhigenden Bildern übersät, aber es gab keine Dämonen.
Michaels Erleichterung hatte allerdings nur wenige Augenblicke vorgehalten, denn außer der Tür, durch die sie hereingekommen waren, gab es auf der anderen Seite einen zweiten schmalen Durchgang, und Wolfs Forscherdrang kannte nun keine Grenzen mehr. Hinter der Tür lagen die ersten Stufen einer schmalen, in erschreckend steilem Winkel in die Tiefe führenden Treppe, und Michael fand noch nicht einmal ausreichend Zeit, einen erschrockenen Ruf auszustoßen, als Wolf sie auch schon hinunterzusteigen begann.
Er hatte vergeblich versucht, ihn zurückzuhalten, hatte gebettelt, getobt, gefleht, aber Wolf war nur gerade lange genug stehengeblieben, um ihm mit wenigen unfreundlichen Worten zu erklären, daß er *diese* Entdeckung ganz gewiß keinem anderen überlassen werde. Außerdem, so hatte er argumentiert, bestünde überhaupt keine Gefahr, solange sie nicht an eine Weggabelung oder Abzweigung gerieten; sie bräuchten schließlich nur umzukehren und der Rettungsmannschaft, die unweigerlich irgendwann einmal herunterkommen müsse, wieder entgegenzugehen. Auf Michaels Einwurf, daß er genau das schon einmal behauptet habe, mit dem Ergebnis, daß sie jetzt hier unten seien und sich dabei beinahe den Hals gebrochen hätten, hatte er nur gelacht und gemeint, daß sie auf diese Weise schließlich auch wieder ans Tageslicht gelangen würden. Sie bräuchten nur lange und oft genug durch Fußböden und Decken zu brechen, bis sie schließlich in Neuseeland wieder herauskämen, wenn auch mit den Füßen voran. Daraufhin hatte Michael es vorgezogen, nichts mehr zu sagen.
Und jetzt waren sie hier, in einem Tunnel, der hundert oder noch mehr Meter tief unter der Erde lag und kein Ende zu nehmen schien. In diesem einen Punkt hatte Wolf recht: Sie

waren immer nur geradeaus gegangen und weder an einer Tür noch an einer anderen Abzweigung vorbeigekommen, so daß tatsächlich keine Gefahr bestand, sich zu verirren. Aber es bestand wohl auch keine Gefahr, noch irgend etwas zu entdecken. Der Tunnel war einfach ein Tunnel, zum Teil aus gewaltigen, tonnenschweren Felsquadern erbaut, zum Teil aus Ziegelsteinen, zum Teil auch mit gewaltigem, selbst schon beinahe zu Stein gewordenem Fachwerk aus Holz abgestützt, als wäre er über lange Zeit von völlig verschiedenen Handwerkern und mit dem jeweils einfachsten greifbaren Material erbaut worden, und das einzige, was er enthielt, waren Dunkelheit und Staub. Wolf sagte es nicht, aber Michael spürte, daß seine Entdeckerlust abzukühlen begann. Sein eigenes Argument, dieser Tunnel müsse schließlich irgendwohin führen, mochte richtig sein, aber dieses *irgendwo* konnte ebensogut noch fünfzig Schritte wie fünfzig Kilometer entfernt liegen. Vielleicht würden sie es auch nie erreichen, weil es sich ebenso wie das Geräusch des tropfenden Wassers immer im gleichen Tempo von ihnen entfernte, in dem sie sich darauf zu bewegten. Nach allem, was Michael bisher hier unten gesehen und erlebt hatte, hätte ihn auch das nicht mehr überrascht.

Michael war so sehr in seine eigenen, vornehmlich düsteren Gedanken vertieft, daß er gar nicht richtig mitbekam, wie Wolf plötzlich langsamer ging und dann ganz stehenblieb, so daß er an ihm vorbeiging und mit einem Male sein eigener Schatten einen Teil des Lichtstrahls auslöschte. Er erschrak ein wenig und drehte sich zu dem Schriftsteller um, bekam aber auf seinen fragenden Blick keine direkte Antwort. Wolf machte nur eine Kopfbewegung, schwenkte die Lampe, und Michael blickte wieder nach vorne.

Im ersten Moment sah er fast nichts. Wolf schien weitaus bessere Augen zu haben als er. Er sah nur, *daß* dort vorne etwas war, aber nicht, *was.*

Wolf ging nach kurzem Zögern – und spürbar langsamer als

bisher – weiter, und Michael wartete, bis er an ihm vorbei war und wieder die Führung übernommen hatte, bevor auch er sich wieder in Bewegung setzte. Der Lichtstrahl tanzte jetzt mit kleinen, hektischen Rucken über den Fußboden und die Wände vor ihnen, was vermutlich daher kam, daß die Hand, die die Lampe hielt, zitterte.

Was Wolf entdeckt hatte, war eine Tunnelkreuzung. Der Stollen, durch den sie sich bewegten, wurde in nicht ganz rechtem Winkel von einem anderen geschnitten, der ein wenig niedriger war und auch nicht horizontal verlief, sondern nach links leicht bergab, so daß er auf dieser Seite tiefer in die Erde hinein, auf der anderen nach oben führte. Der Weg geradeaus führte so weiter wie bisher. Wolf leuchtete unschlüssig mit seiner Lampe zunächst in den abwärts führenden linken Ast, dann – und zu Michaels Beunruhigung sehr viel länger – in den rechten, aufwärts führenden Tunnel, schließlich wieder nach vorne. Staub, den ihre Schritte aufgewirbelt hatten, tanzte im bleichen Licht wie ein Schwarm zorniger, mikroskopisch kleiner Moskitos, und für einen Moment mußte sich Michael gegen die absurde Vorstellung wehren, daß sie für die Störung einer seit Jahrhunderten andauernden Ruhe würden bezahlen müssen.

»Wir sollten umkehren«, sagte er. »Wirklich.« Seine Stimme klang hohl, verzerrt durch die bizarre Akustik dieser unterirdischen Tunnelwelt.

Statt sofort zu antworten, hob Wolf seine Lampe und streckte den Arm aus, als würde der aus der Dunkelheit gerissene Bereich des Tunnels vor ihnen, in den er mit zusammengekniffenen Augen hineinstarrte, auf diese Weise länger. Zwei oder drei Sekunden lang sagte er nichts, und Michael war beinahe sicher, daß er ungeachtet dessen, was er selbst gesagt hatte, auch jetzt noch weitergehen würde. Aber sein Eindruck, daß Wolfs Entdeckerfreude nicht mehr ganz so groß war wie zu Anfang, mußte wohl richtig gewesen sein, denn Wolf senkte die Lampe wieder, schwenkte sie mit einem eindeutig bedauernden Seufzer noch einmal nach links und rechts und nickte schließlich. »Du hast recht«, sagte er. »Ich hätte zu gern gewußt, wohin dieser Gang führt, aber es hat keinen Zweck. Wahrscheinlich sind sie schon zurück und suchen uns.«

Michael verkniff sich ein erleichtertes Aufatmen. Sicher war Wolf klar, wie ungern er ihm bis hierher gefolgt war, aber er brauchte schließlich nicht zu wissen, *wie groß* Michaels Angst tatsächlich war. Dabei war es nicht nur die Furcht vor der Dunkelheit oder davor, sich hier unten zu verirren. Nein, da war noch etwas. Etwas, dem er lieber nicht begegnen wollte. Auch wenn sein Begleiter es mit überraschender Beharrlichkeit weiter leugnete – sie hatten das entsetzliche Gesicht und die Krallenhand, die aus dem Knochenberg aufgetaucht waren, beide gesehen.

Sie begannen den Weg zurückzugehen, den sie gekommen waren, und fielen wieder in das unbehagliche Schweigen. Obwohl Michaels Blick stur geradeaus gerichtet war und sich wie der Ertrinkende an der Rettungsleine an dem nebeligen Tunnel festklammerte, glaubte er zu spüren, wie Wolf ihn ein paarmal lange und auf eine schwer zu definierende unangenehme Weise ansah. Er fragte sich, was hinter der Stirn des Schriftstellers vorgehen mochte. Michaels anfängliche Bewunderung für seinen Begleiter war längst dahin, Wolfs Sympathiekonto war nicht nur auf Null, sondern schon ein ganzes Stück ins Minus gerutscht. Er fragte sich, ob es nicht vielleicht mit dem, was hier geschah, wie mit fast allen großen Abenteuern war. Sie waren interessant und spannend und aufregend, solange sie nur im Kopf stattfanden, aber in der Realität waren sie gefährlich und mühsam und bestenfalls langweilig. Sie mußten ungefähr zehn Minuten unterwegs gewesen sein, als Wolf abermals langsamer ging und nach einigen Schritten wieder stehenblieb. Diesmal sah auch Michael sofort, was er entdeckt hatte.

»Aber das ist doch ... *unmöglich*«, flüsterte Michael entsetzt.

Wolf sagte nichts. Sekundenlang standen sie beide wie versteinert da und starrten das an, was der zitternde Lichtstrahl der Taschenlampe aus der Dunkelheit riß. Dann gingen sie wie auf ein Kommando gleichzeitig weiter und rannten schließlich die letzten Meter.

»Das kann nicht sein!« sagte Michael noch einmal. Er schüttelte immer wieder den Kopf, als müsse er die Wirklichkeit nur lange genug leugnen. »Das ist vollkommen unmöglich!«

Wolf schwieg noch immer. Aber er zitterte jetzt so heftig, daß er kaum noch in der Lage war, die Taschenlampe zu halten, und als Michael sich schließlich zu ihm umdrehte und ihn ansah, erblickte er in seinen Augen das gleiche fassungslose Entsetzen, das auch er verspürte.

Vor ihnen war eine Wand. Eine massive, bis unter die Decke reichende Mauer aus den gleichen metergroßen Steinquadern, aus denen der ganze Tunnel an dieser Stelle gefertigt war, kein heruntergefallener Steinbrocken, keine Schutthalde, sondern eine gemauerte Wand, ebenso alt und mit dem gleichen jahrhundertealten Staub bedeckt wie die Mauern rechts und links. Eine Wand, die vor zwanzig Minuten, als sie hier entlanggekommen waren, noch nicht dagewesen war.

»Wir ... wir müssen uns verirrt haben«, murmelte Wolf. »Vielleicht haben wir den falschen Tunnel genommen.«

Seine Stimme klang irgendwie hilflos, und obwohl auch Michael für einige Sekunden mit aller Macht versuchte, sich an diese Erklärung zu klammern, überzeugte sie ihn doch keinen Moment lang wirklich. Sie wußten beide, daß es nicht so war. Sie waren *vor* der Kreuzung stehengeblieben, hatten nicht einmal einen Schritt in den weiterführenden Tunnel gemacht, geschweige denn nach rechts oder links. Und sie waren *nirgendwo* abgebogen, weil es vor der Kreuzung gar keine Möglichkeit gegeben hatte abzubiegen.

»Diese Wand war vorhin noch nicht da«, sagte er.

»Unsinn!«

Wolf schrie es fast. Aber diesmal nahm Michael es ihm nicht übel, denn der Zorn in seiner Stimme galt nicht ihm, sondern war nur Ausdruck seiner Panik.
»Aber ich bin ganz sicher. Wir sind nirgendwo abgebogen. Da war gar keine Abzweigung.« Michael trat ganz nahe an die Mauer heran, hob die Hand, zögerte noch einmal, als hätte er Angst, daß irgend etwas Schreckliches geschehen würde, wenn er den Stein berührte, und tastete dann vorsichtig und mit spitzen Fingern darüber. Es war keine Illusion. Die Mauer war so massiv, wie sie aussah: eine Barriere aus tonnenschwerem, undurchdringlichem Stein. Unmöglich vielleicht, aber nichstdestoweniger real.
»Langsam!« sagte Wolf. »Immer mit der Ruhe. Laß uns das Problem logisch angehen.« Der Ton der Angst war aus seiner Stimme verschwunden, hatte einer Ruhe Platz gemacht, die aber so gezwungen klang, daß sie beinahe mehr über seine Erschütterung verriet als sein hysterischer Schrei zuvor. Michael sah auf und erkannte im bleichen Licht, daß aus Wolfs Gesicht jede Farbe gewichen war. Sein Blick irrte unstet umher, tastete über den Boden, die Wände, die Decke, Michaels Gesicht, seine eigenen Hände – überallhin, nur nicht über die Mauer, die ihnen den Weg verwehrte. »Wir müssen irgendwo abgebogen sein, es ist die einzige Erklärung.«
»Aber wir sind –«
»Es gibt keine andere Erklärung«, unterbrach ihn Wolf, und Michael sprach nicht weiter. Ja, er dachte jetzt, daß Wolf doch recht haben mußte. Nicht, weil er es wirklich glaubte, sondern weil er es glauben *wollte.* Wenn nicht alles, was er jemals über die Natur der Welt und den Lauf der Dinge darin gelernt hatte, falsch sein sollte, dann *mußte* es einfach so sein.
»Es muß an der Gangkreuzung passiert sein«, sagte Wolf. »Aus irgendeinem Grund sind wir nach rechts oder links gegangen statt wieder zurück.«

Aber der nach rechts und links führende Gang, dachte Michael, war viel niedriger und schmaler als dieser hier. Er sprach es nicht laut aus.
»Also los, gehen wir zurück!« befahl Wolf. Er drehte sich um, blieb noch einmal stehen und warf Michael einen zornigen Blick zu. »Und diesmal redest du mir nicht drein, sondern tust, was ich sage!«
Michael hatte ihm nicht dreingeredet. Genaugenommen hatte er überhaupt nichts gesagt, nur den Vorschlag gemacht, doch endlich umzukehren. Aber er widersprach auch diesmal nicht, und Wolf gehörte wohl zu den Menschen, die Schrekken und Zorn prinzipiell auf andere abluden. Michael hatte eine gewisse Erfahrung in dieser Hinsicht und wußte, daß Widerspruch alles nur schlimmer machen würde. Außerdem hatte er das sichere Gefühl, daß sie ihre Kräfte noch nötig haben würden und es sich nicht leisten konnten, sie in sinnlose Streitereien zu vergeuden.
Sie marschierten los. Obgleich sie schneller gingen als zuvor, achtete Michael diesmal sehr viel aufmerksamer auf ihre Umgebung, und auch Wolf ließ den Strahl der Taschenlampe immer wieder nach rechts und links über die Wände huschen, manchmal an einer Nische, einem Vorsprung oder einer Unebenheit verharren, um sich zu überzeugen, daß er auch ja keine Abzweigung übersah. Michael begann wieder seine Schritte zu zählen, und dieses Mal achtete er sorgsam darauf, sich nicht zu verzählen. Als er bei tausend angekommen war, begann sich ein neues, beunruhigendes Gefühl in ihm breitzumachen. Er hatte auf dem Hinweg nicht versucht, die Entfernung zu schätzen, aber sie waren kaum länger als zehn Minuten unterwegs gewesen, und diese Zeit reichte bestenfalls, um die Hälfte dieser Strecke zurückzulegen.
Bei tausendfünfhundert wurde aus seiner Beunruhigung Sorge, und als er beim Zählen eine Zwei vor die drei Nullen setzte, wurde diese Sorge schlagartig zu purer Angst. Er blieb stehen.

Wolf ging noch ein paar Schritte weiter, verharrte dann ebenfalls und fuhr mit einer zornigen Bewegung herum. »Was ist los?« schnappte er. »Worauf wartest du?«
Michael schüttelte den Kopf. Er nahm Wolfs herrischen Ton schon gar nicht mehr zur Kenntnis. »Irgend etwas stimmt hier nicht«, sagte er. »Wir sind schon viel zu weit gegangen. Wir hätten die Kreuzung längst erreichen müssen.«
Er konnte sehen, wie Wolf zu einer zornigen Entgegnung ansetzte, dann aber doch nichts sagte, sondern ihn nur betroffen ansah. »Aber das ist . . .«
»Ich bin sicher«, sagte Michael. Und Wolf mußte es wohl auch sein, denn er widersprach nicht, sondern sah sich nur aus schreckgeweiteten Augen in dem dunklen, stauberfüllten Gang um.
»Aber das ist völlig unmöglich«, murmelte er schließlich.
»Ich weiß«, antwortete Michael. Mehr, um sich selbst zu beruhigen und überhaupt etwas zu sagen, damit die Angst, die in dem Schweigen lauerte, nicht übermächtig wurde, fuhr er leise fort: »Vielleicht . . . vielleicht ist es eins von den Labyrinthen, die keinen Ausgang haben. Ich habe davon gelesen.«
»Quatsch!« sagte Wolf. Es klang nicht sehr überzeugend.
»Sie könnten es so angelegt haben, daß man immer im Kreis geht, ohne es zu merken«, spann Michael den Gedanken weiter. Die Erklärung war ungefähr genauso logisch wie die, daß die Wand tatsächlich aus dem Nichts aufgetaucht war, aber es *war* zumindest eine Erklärung.
Sie gingen weiter. Michael zählte in Gedanken weiter ihre Schritte, und Wolf leuchtete weiter pedantisch jeden Meter der Wände mit seiner Taschenlampe ab. Als Michael bei dreitausend angekommen war, begann er sich allmählich mit dem Gedanken abzufinden, daß dies – warum auch immer – tatsächlich nicht mehr der Gang war, durch den sie gekommen waren. Bei viertausend hörte er auf zu zählen.
Es war unmöglich, abzuschätzen, wie lange sie unterwegs gewesen waren, als die Kreuzung endlich wieder vor ihnen auf-

tauchte – eine halbe Stunde, eine, zwei oder auch zehn, das schien hier unten keine Rolle zu spielen. Der Tunnel hatte sich anfangs unmerklich, dann aber immer stärker verändert. Ziegelmauern und Felsquader waren eine Mischung aus nacktem Erdreich und gewachsenem Stein gewichen, und der Boden hatte in sanftem Winkel abzufallen begonnen. Der Gedanke war schrecklich, aber es hatte wenig Sinn, die Augen davor zu verschließen: Sie bewegten sich immer tiefer in die Erde hinein. Michael bedauerte längst, die Vermutung aufgestellt zu haben, daß es keinen Ausgang aus diesem Labyrinth gebe. Um so erleichterter war er, als sie endlich wieder die Gangkreuzung vor sich sahen. Obwohl der Boden hier so uneben und mit Steinen und Schrott übersät war, daß schon normales Gehen zu einem kleinen Abenteuer wurde, legten sie die letzten Meter nebeneinander im Laufschritt zurück.

Was sie an der Abzweigung entdeckten, überraschte Michael kaum noch, und Wolf wohl auch nicht, obwohl es genau so unmöglich war wie die Mauer und der plötzlich zehnmal so lange Gang. Es *war* eine Gangkreuzung, aber es war nicht die, an der sie vorhin gewesen waren. Geradeaus führte der Weg nur noch ein knappes Dutzend Schritte weiter und endete dann vor einer neuerlichen Wand, die diesmal jedoch nicht gemauert war, sondern aus natürlichem Fels bestand. Der Tunnel hörte hier auf. Zur Rechten führte eine schmale Wendeltreppe weiter in die Tiefe, während zur Linken ein hoher, sehr schmaler Tunnel schräg in die Erde getrieben worden war. Vielleicht war es auch gar kein Tunnel, sondern einfach ein Riß, der die Erde an dieser Stelle gespalten hatte. Fragend sah er Wolf an. Im Gesicht des Schriftstellers arbeitete es. Es war ihm anzusehen, wie schwer ihm die Entscheidung fiel. Und auch Michael fand keine der drei Möglichkeiten, die ihnen offenstanden, erfreulich: nach links, hinab durch den engen Spalt, nach rechts die Treppe hinunter oder den Weg zurück, der bestenfalls wieder vor einer Wand oder

aber in einem neuen, noch auswegloseren Labyrinth enden mochte.
»Es ist verrückt«, sagte Wolf hilflos. »Es ist . . . vollkommen verrückt.« Er schüttelte mehrmals hintereinander heftig den Kopf. »Das muß ein Alptraum sein.«
»Haben Sie jemals von einem Alptraum gehört, den zwei Leute gemeinsam träumen?« fragte Michael.
»Nein«, schnappte Wolf. »Aber vielleicht träume ich dich ja nur.«
»Oder ich Sie«, konterte Michael. Leiser fügte er hinzu: »Aber wenn, dann muß ich gestern abend etwas besonders Schlechtes gegessen haben.«
»Darüber unterhalten wir uns noch«, grollte Wolf. »Sobald wir hier heraus sind. Was schlägst du vor?«
»Seit wann hören Sie auf das, was ich vorschlage?« fragte Michael.
Wolf holte tief Luft, vermutlich um ihn anzubrüllen, aber der Streit, in den sich ihrer beider Angst entladen wollte, fiel aus, und die Entscheidung, welche Richtung sie einschlagen sollten, wurde ihnen abgenommen, denn in diesem Moment erscholl aus dem Schacht zur Linken ein dumpfes, mächtiges Poltern und Krachen. Eine gewaltige Staubwolke wirbelte empor, und eine Sekunde später hörten sie ein grauenhaftes Brüllen und Kreischen.
Wolf hatte die Lampe instinktiv in die Richtung geschwenkt, aus der der Lärm erscholl, und in ihrem blasser werdenden Licht erblickte Michael eine Gestalt, die geradewegs aus einem Alptraum entsprungen zu sein schien. Das Wesen war ein Stück kleiner als er, allerhöchstens anderthalb Meter hoch, aber so breit, daß es eigentlich gar nicht in den Gang hineingepaßt hätte. Sein nackter Körper strotzte vor Muskeln, sah aber trotzdem irgendwie schwammig und kraftlos aus, und seine Proportionen waren nicht die eines Menschen: die Beine waren zu kurz und zu stämmig, die Arme zu lang, wie die eines Affen, so daß seine Finger den Boden be-

rührt hätten, hätte er die Schultern auch nur ein wenig sinken lassen. Die Hände waren breite, flache Pranken mit nur drei Fingern, die klauenartig endeten, aber mit den stumpfen und breiten Nägeln eher zum Graben als zum Reißen geeignet erschienen. Seine Haut war von stumpfgrüner Farbe und sah nicht aus wie Haut, sondern wie geschmolzener und blasig wiedererstarrter Kunststoff, und das Gesicht unter dem nackten, kahlen Schädel und der praktisch nicht vorhandenen Stirn war breit und häßlich, mit riesigen Augen, die nur aus rotgeädertem Weiß bestanden und keine Pupillen hatten. Eine breitgeschlagene Nase und ein gewaltiges klaffendes Maul voller Raubtierzähne vollendeten das Schreckensbild.
Es war das Gesicht, das sie in der Pestgrube gesehen hatten!
Das Wesen schien durch ihren Anblick ebenso überrascht zu sein wie sie durch den seinen, und das Licht, das Michael allenfalls geblendet hätte, schien ihm Schmerzen zu bereiten, denn es stieß einen keuchenden Schrei aus, wich einen Schritt zurück und hob die Hände vors Gesicht. Vielleicht war es auch einfach nur erschrocken. Michael und Wolf warteten die Antwort auf diese Frage allerdings nicht ab, sondern fuhren auf der Stelle herum und rannten los, instinktiv die Richtung wählend, die sie als am wenigsten gefährlich ansahen – zurück in den Gang, der sie hierhergeführt hatte. Hinter ihnen erscholl wieder das zornige, ungeheuer *laute* Brüllen und dann das Patschen großer, nasser Füße, die die Verfolgung aufnahmen.
Michael rannte so schnell wie nie zuvor im Leben. Ein paarmal sah er sich im Laufen um, konnte aber hinter sich natürlich nichts als Dunkelheit erkennen. Doch das Brüllen erklang noch immer, und auch die patschenden Schritte der Alptraumkreatur waren deutlich zu hören.
Angst und Entsetzen verliehen ihm eine Geschicklichkeit, die er normalerweise gar nicht besaß. Auf dem Weg hierher war er schon beim normalen Tempo unzählige Male gestolpert und gestrauchelt, jetzt aber flog er nur so über Hindernisse

hinweg, über die er eigentlich unweigerlich hätte fallen müssen. Und auch Wolf hielt mit ihm Schritt. Wie von Sinnen rannten sie nebeneinander durch den Stollen, immer weiter und weiter und weiter, und selbst als das Patschen und einige Zeit später das Brüllen und Schnauben ihres Verfolgers verklungen waren, hielten sie noch nicht an, sondern stürmten weiter in die Dunkelheit hinein, bis Wolf schließlich nicht mehr weiter konnte. Er stolperte, prallte mit einem ungeschickten Schritt gegen die Wand und blieb keuchend und gegen den staubverkrusteten Fels gelehnt stehen. Michael lief noch ein paar Schritte weiter, hielt dann an und machte schwer atmend kehrt. Sein Herz raste, und er hatte Seitenstechen. Jeder Atemzug tat weh. Seine Knie zitterten so stark, daß er sich ebenfalls an der Wand abstützen mußte, um nicht zu fallen.

Eine Weile standen sie da und rangen nach Atem. Schließlich hob Wolf den Kopf, wischte sich mit der Linken den Schweiß von der Stirn und leuchtete den Gang hinab. Im bleichen Lichtstrahl der Taschenlampe tauchten Felsen, Steine und Erdreich aus der Dunkelheit auf, aber kein grünhäutiges Ungeheuer. Die Bestie hatte die Verfolgung aufgegeben. Wenn der kurze Eindruck, den Michael von ihr gewonnen hatte, nicht trog, dann waren ihre Beine ohnehin nicht geeignet, schnell und ausdauernd zu laufen.

»Großer Gott«, flüsterte Wolf, »was war das?«

Michael hätte eine Menge darauf sagen können. Genau jetzt wäre der Moment gewesen, Wolf zu sagen, was er von ihm allgemein und von seinen Fähigkeiten als Führer im besonderen hielt. Aber in ihrer Rage wäre der Triumph zu billig gewesen und hätte keinem von ihnen etwas genutzt, und so sagte er nichts, sondern zuckte nur mit den Schultern.

»Das war doch kein Mensch«, murmelte Wolf. Aus großen Augen starrte er Michael an. »Das ... das muß ... irgendein Tier gewesen sein«, sagte er.

Michael schwieg auch dazu. Wolf wußte so gut wie er, daß es

kein Tier gewesen war, zumindest keines, von dem irgend jemand auf der Welt schon einmal gehört hatte.
Sie blieben noch eine Weile, wo sie waren, bis sie wieder genug Kraft geschöpft hatten, um weiterzugehen. Beinahe überflüssig zu erwähnen, daß der Gang nicht mehr da war, durch den sie gekommen waren. Der Boden stieg jetzt immer stärker an und verwandelte sich nach zwei- oder dreihundert Metern in eine sehr breite, sehr steile Treppe, deren Stufen ausgetreten waren und ein bißchen zu hoch, um wirklich bequem darauf gehen zu können. Sie führte nicht sehr weit in die Höhe.
Als Wolf, wohl um sich davon zu überzeugen, daß sie nicht verfolgt wurden, zurückleuchtete, traf der Lichtschein der Taschenlampe noch die unterste Stufe, da war die Treppe zu Ende und mündete in einer gewaltigen Höhle, deren Decke, ebenso wie die gegenüberliegende Wand, irgendwo in der Dunkelheit verborgen war. Hilflos blieben sie stehen und sahen sich um. Schließlich deutete Wolf willkürlich nach rechts, und sie gingen los, wobei sie sich dicht an der Wand hielten, um sich nicht in der Weite des unterirdischen Doms zu verlieren. Es gab keine Möglichkeit, die Größe der Höhle zu schätzen, aber das lang nachhallende Echo ihrer Schritte verriet Michael, daß der Raum wirklich gewaltige Ausmaße haben mußte.
Als wäre alles, was ihnen bisher widerfahren war, noch nicht schlimm genug gewesen, begann nun auch das Licht ihrer Taschenlampe merkbar blasser zu werden. War ihr Schein ihnen bisher zwanzig oder dreißig Meter weit vorausgeeilt, so rückte die Dunkelheit nun wieder näher, und bald lag alles, was weiter als ein Dutzend Schritte vor ihnen lag, im Dunkel, und auch ihre unmittelbare Nähe war nun mehr von einem trüben, gelben Glimmen erhellt. Weder er noch Wolf sprachen es aus, um es wenigstens in Gedanken noch um ein weniges hinauszuzögern, aber ihnen beiden war klar, daß die Batterien der Lampe erschöpft waren. Vielleicht noch eine

halbe Stunde, vielleicht aber auch nur noch ein paar Minuten, und sie würde endgültig erlöschen. Michael wußte, daß das dann das Ende war. Ohne Licht hatten sie keine Chance mehr, jemals hier herauszukommen – falls es so etwas wie *heraus* hier überhaupt gab.
Wolf deutete wortlos nach vorn. Fünf oder sechs Schritte vor ihnen erkannte Michael den Eingang zu einem anderen Stollen, der von der Höhle wegführte. Es war ein zwei Meter hohes, halbrundes Tor, das von zwei lebensgroßen Statuen, den bekannten Teufelsgestalten, flankiert war. In einem Punkt unterschieden sie sich jedoch von denen, die sie gesehen hatten. Sie standen aufrecht da, tatsächlich wie Wächter, und sie waren mit langen, in einem Dreizack endenden Speeren und gewaltigen Keulen bewaffnet, die sie an einem breiten Gürtel um die Taille trugen. Sie mußten von der Hand desselben Künstlers geschaffen worden sein wie die, auf die sie oben gestoßen waren, denn auch sie wirkten so lebensecht und überzeugend, als wären sie nicht bloße Statuen, sondern irgendwann einmal tatsächlich lebende Geschöpfe gewesen. Zum ersten Mal kam Michael der Gedanke, daß sie vielleicht genau das gewesen sein könnten. Aber es war eine lächerliche Idee.
Michael schien mit seinen absurden Ängsten nicht allein zu sein, denn er sah, daß auch Wolf die granitenen Kolosse nicht nur mit bewundernden Blicken maß und so großen Abstand zu ihnen hielt, wie es möglich war.
Sie gingen nur wenige Schritte in den Gang hinein, dann blieb Wolf wieder stehen und hob seine Taschenlampe. Das Licht hatte noch eine Reichweite von höchstens fünf oder sechs Schritt. »Das gefällt mir nicht«, sagte er.
»Sollen wir zurückgehen?«
Wolf schien einen Moment ernsthaft über diesen Vorschlag nachzudenken, dann schüttelte er den Kopf und zog die Unterlippe zwischen die Zähne, um einige Sekunden lang darauf herumzukauen. »Nein«, sagte er schließlich. »In der

Höhle haben wir keine Chance, wenn die Lampe ausläßt. Aber dieser Gang gefällt mir nicht.«

Das dachte Michael ebenfalls. Auch ihm *gefiel* dieser Gang nicht, mehr noch: Er glaubte die Gefahr, die in ihm lauerte, deutlich zu fühlen. Vielleicht war der Gedanke, die hornköpfigen Kolosse, die diesen Gang bewachten, könnten mehr sein als steinerne Statuen, nicht ganz so absurd. Trotzdem war er es, der schließlich als erster weiterging, nicht Wolf.

Sie bewegten sich jetzt sehr schnell voran, um in der Zeit, die die Batterien der Taschenlampe noch vorhielten, möglichst weit von der Stelle zu kommen. Michael machte sich allerdings nichts vor. Selbst wenn dieser Gang unmittelbar und ohne weitere unangenehme Überraschungen zurück zur Pestgrube führte, reichte die Zeit einfach nicht aus. Sie waren Stunden unterwegs gewesen, um hierherzukommen, und sie würden Stunden brauchen, um den Rückweg zu schaffen. Dabei hatten sie nur noch Minuten.

Plötzlich erlosch das Licht. Erschrocken blieb Michael stehen. »Was ist los?« fragte er. »Was ist mit der Lampe?«

»Ich habe sie ausgeschaltet«, sagte Wolf irgendwo in der Dunkelheit vor ihm.

»Aber . . . aber warum denn?« stammelte Michael.

»Um die Batterien zu schonen«, antwortete Wolf. »Der Boden ist ziemlich eben. Wenn wir vorsichtig gehen, kann nicht viel passieren. Wir werden das Licht später noch dringend nötig haben.«

Das war sicherlich die Wahrheit. Trotzdem hätte Michael am liebsten laut aufgeschrien. Hier unten zu sein war schlimm genug. Aber *im Dunkeln* hier unten zu sein, das war *schlimmer* als das Schlimmste, was er sich je hätte ausdenken können.

»Wir sollten uns bei den Händen nehmen, um uns nicht zu verlieren«, sagte Wolf. Seine Finger tasteten über Michaels Arm, glitten daran herab und schlossen sich um seine Hand. Es war Michael unangenehm, von Wolf berührt zu werden.

Aber natürlich hatte Wolf auch in diesem Punkt recht, und so biß er die Zähne zusammen, ergriff seinerseits Wolfs Hand und ging im Gleichschritt mit ihm los.
Es war jetzt noch viel schwerer, die Zeit zu schätzen, die verging. Manchmal ließ Wolf die Taschenlampe für eine Sekunde aufblitzen, um sich zu orientieren, und je länger sie durch die Dunkelheit schritten, desto mehr übernahm Michaels Gehör, was seine Augen nicht mehr zu leisten imstande waren. Es war erstaunlich, wie vielfältig die Geräusche waren, die man in absoluter Finsternis hörte, und wieviel sie einem über die Umgebung verraten konnten. Michael glaubte mit Sicherheit zu hören, daß sie sich noch immer in dem schmalen, gemauerten Gang befanden. Die Echos ihrer Schritte waren in der Höhle ganz anders gewesen.
So wanderten sie durch die Finsternis. Sie hielten sich dicht an der linken Wand, an der sich Wolf mit der freien Hand entlangtastete, und zwei- oder dreimal, wenn seine suchenden Finger plötzlich ins Leere stießen, blieben sie stehen. Im Licht der Taschenlampe, die er bei diesen Gelegenheiten für kurze Zeit einschaltete, konnten sie sehen, daß der Tunnel von anderen Gängen gekreuzt wurde, wichen aber nie von der geradeaus führenden Strecke ab.
Schließlich – wie es Michael vorkam, mußten schon einige Stunden vergangen sein – blieb Wolf stehen, schaltete kurz seine Lampe ein und ließ den Lichtstrahl einmal im Kreis wandern.
Der Gang sah immer noch genauso aus wie dort, wo sie ihn betreten hatten, aber Michael wäre nicht überrascht gewesen, hätten sie festgestellt, daß sie sich im Kreis bewegt hatten oder vielleicht überhaupt nicht von der Stelle gekommen waren.
»Ich glaube, das ist ein guter Platz«, sagte Wolf und leuchtete zu einer Stelle an der gegenüberliegenden Wand, an der der Boden trocken und fast frei von Schutt und Steinen war.
»Wozu?« fragte Michael.

»Um uns auszuruhen«, antwortete Wolf. »Wir müssen rasten.«
»Rasten?!« Der bloße Gedanke, sich hier hinzusetzen und auszuruhen, womöglich sogar einzuschlafen, erfüllte Michael mit Entsetzen.
»Rasten«, bestätigte Wolf. »Es hat keinen Sinn, wenn wir weiterlaufen, bis wir vor Erschöpfung umfallen. Wer weiß, wohin dieser Gang führt. Möglicherweise brauchen wir unsere Kräfte noch dringend. Es kann sein, daß wir klettern müssen. Oder laufen.«
Auch das war richtig und ganz logisch gedacht, aber ebenfalls eine Vorstellung, die Michael erschreckte.
»Nur noch ein kleines Stück«, sagte er. »Irgendwohin muß dieser verdammte Tunnel ja führen. Vielleicht eine halbe Stunde.«
»Ja, oder zwei oder drei oder vier«, knurrte Wolf. Er hatte die Lampe wieder ausgeschaltet. »Nichts da! Du kannst ja weitergehen, wenn du willst, aber ich bleibe hier und ruhe mich aus.« Er ließ seine Lampe noch einmal kurz aufblitzen, war mit zwei Schritten bei der gegenüberliegenden Wand und setzte sich mit untergeschlagenen Beinen auf den Boden, ehe er das Licht wieder ausschaltete.
Mit gestreckten Armen tastete sich Michael zu ihm hinüber, zögerte noch eine letzte Sekunde und setzte sich dann ebenfalls. Auch er war müde und erschöpft. Die Wunden, die er sich bei seinem letzten Sturz zugezogen hatte, schmerzten noch immer, und seine Glieder schienen Zentner zu wiegen. Für einen Moment begann sich die Dunkelheit um ihn zu drehen, und er spürte, wie Entspannung und Schläfrigkeit ihn wie eine warme Decke einzuhüllen begannen. Vielleicht waren sie von dem Punkt, an dem sie vor Erschöpfung einfach zusammengebrochen wären, gar nicht mehr so weit entfernt.
Es spielte wirklich keine Rolle, ob sie hier oder an einem anderen Punkt der Katakomben haltmachten. Er hatte diesen

Gedanken noch nicht einmal ganz zu Ende gedacht, als er auch schon einschlief.
Jäh schreckte er aus dem Schlaf hoch, als eine Hand heftig an seiner Schulter rüttelte.
»Was –?«
»Still!« sagte Wolf neben ihm. Seine Stimme war nur ein Flüstern, gleichzeitig aber auch ein so erschrockenes, warnendes Zischen, daß Michaels Herz vor Schrecken wild zu klopfen begann.
Aus aufgerissenen Augen starrte Michael in die Dunkelheit. »Was ist los?« flüsterte er.
»Hörst du es nicht?« gab Wolf ebenso leise zurück.
Michael hörte im ersten Moment nichts außer dem dumpfen Hämmern seines Herzschlages. Er zwang sich mit aller Macht zur Ruhe, hielt schließlich sogar den Atem an, und nach einigen Sekunden hörte er tatsächlich etwas. Stimmen! Das waren Stimmen, die sich unterhielten. Er konnte die Worte nicht verstehen, aber es *waren* Worte, keine zufälligen Geräusche, die von fallenden Steinen oder Wasser verursacht wurden.
»Da ... da ist jemand«, murmelte er. »Das muß die Rettungsmannschaft sein! Sie sind gekommen, um uns herauszuholen!«
Er sprang auf, aber Wolf griff so hart nach seiner Hand und riß ihn zurück, daß er vor Schmerz keuchte.
»Du sollst still sein, verdammt noch mal!« herrschte Wolf ihn an. Er stand ebenfalls auf, ohne Michaels Hand loszulassen.
»Aber warum denn?« wunderte er sich. »Wir müssen rufen! Wenn sie uns nicht hören, dann –«
»– ist es vielleicht ganz gut so«, unterbrach ihn Wolf. »Wenn es wirklich eine Suchmannschaft ist, dann werden sie schon nicht davonrennen. Und wenn nicht ...«
»Aber wer soll es denn sonst sein?« fragte Michael, als Wolf nicht weitersprach. Er bekam keine Antwort. Aber das war auch nicht nötig. Er war jetzt hellwach. Er dachte an ein grü-

nes Gesicht mit Augen, die keine Pupillen hatten, und an Hände, die kräftig genug waren, einen Menschen in zwei Teile zu brechen.

Wolf rumorte eine kurze Zeit lang in der Dunkelheit neben ihm herum, ehe er sich endlich in Bewegung setzte. Michael hatte erwartet, daß er die Taschenlampe einschalten werde, aber sie gingen in völliger Dunkelheit in die Richtung, aus der die Stimmen kamen.

Die Stimmen wurden allmählich lauter, seltsamerweise aber nicht deutlicher. Es dauerte eine ganze Weile, bis Michael klar wurde, warum das so war. Die, die da redeten, unterhielten sich in einer Sprache, die er nicht verstand. Es war nicht einmal eine Sprache, die er *kannte.* Und nach einer Weile war er nicht einmal sicher, daß es eine *menschliche* Sprache war. Die Laute waren sonderbar, unheimlich und düster, ein Kläffen, Bellen und Knurren, trotzdem aber schienen es irgendwie Worte zu sein.

Je näher die Stimmen kamen, desto vorsichtiger bewegten sie sich. Wolf tastete sich wieder mit der linken Hand an der Mauer entlang, während seine andere Michaels Handgelenk umklammert hielt. Dann blieb er plötzlich stehen, stieß ein warnendes Zischen aus und ließ Michael los. »Warte hier!« befahl er. »Ich komme sofort zurück.«

Er ging, ehe Michael auch nur Gelegenheit fand zu protestieren. Er blieb tatsächlich nur etwa eine Minute fort, aber es war schrecklich. Völlig allein in der Dunkelheit fühlte sich Michael so hilflos und verloren wie niemals zuvor.

»Sie sind genau vor uns«, flüsterte Wolf, als er zurückkam. »Der Gang macht einen Knick nach links, und es gibt ein paar Stufen. Sei vorsichtig. Und ja keinen Laut!«

Michael streckte den Arm aus, fühlte rauhen, rissigen Stein und setzte sich widerstrebend in Bewegung, als ihm klar wurde, daß Wolf diesmal nicht die Führung übernehmen würde. Tatsächlich machte die Wand, an der er sich entlangtastete, nach wenigen Schritten im rechten Winkel einen

Knick nach links – und als Michael um die Ecke war, sah er vor sich ein graues, flackerndes Licht!
Es war nicht das Licht von Wolfs Lampe, aber auch kein Tageslicht, sondern ein unwirklicher, trüber Schein, der den Tunnel wie eine wolkig-leuchtende Flüssigkeit ausfüllte und sich auch sonst nicht benahm, wie sich Licht benehmen sollte. Es kam aus keiner bestimmten Quelle, leuchtete nicht gleichmäßig stark, sondern wogte wie matt leuchtender Nebel hierhin und dorthin, stieß gegen die Wände, prallte in kleinen Wirbeln zurück, und als Michael verblüfft die Hand ausstreckte und einen dieser Wirbel berührte, blieb auf seinen Fingern für Sekunden eine Schicht aus schimmerndem, körnigem Grau zurück, die sich feucht anfühlte und rasch erlosch, als hätte die Berührung mit seiner Haut ihr die Energie entzogen. Und das war noch nicht einmal das größte Wunder.
Wie Wolf gesagt hatte, gab es ein knappes Dutzend Stufen, die unmittelbar vor ihm in die Höhe führten und vor einem gemauerten Torbogen endeten, hinter dem das Leuchten zu sehen war. Der Schriftsteller hatte sich auf der Treppe zusammengekauert und spähte über die Kante der obersten Stufe hinweg in den Raum hinter dem Tor.
Auf halber Höhe zwischen Michael und Wolf saß etwas, Michael riß ungläubig die Augen auf. Das Wesen hatte eindeutig menschenähnliche Umrisse, war aber nur so groß wie seine Hand, saß auf einer Treppenstufe und ließ die Beine herunterhängen. Aus seinem Rücken wuchsen vier hauchzarte, an Libellenflügel erinnernde Schwingen, und auf seinem Kopf thronte so etwas wie eine winzige Zipfelmütze, die in einer leuchtenden, stecknadelkopfgroßen Kugel endete. Das pausbäckige Gesicht war geradezu grotesk niedlich. Das winzige Geschöpf ähnelte so sehr einer Elfe aus einem Walt-Disney-Film, als hätten die Zeichner damals genau dieses Wesen als Vorbild gehabt.
Michael beugte sich vor und begann langsam den Arm aus-

zustrecken. Die winzige Elfe – Michael bemerkte erst jetzt, daß sie wie in einem matten, bläulichen Licht erglühte – registriete die Bewegung, sah auf – und dann, Michael glaubte es kaum, obwohl er es sah, lächelte sie ihn an und streckte ihrerseits die Arme aus.

»Rühr es nicht an!« flüsterte Wolf.

Michael erstarrte mitten in der Bewegung, blickte eine Sekunde lang das kleine Geschöpf auf der Treppenstufe vor sich und dann wieder Wolf an, und etwas war in Wolfs Blick, das ihn die Warnung ernst nehmen ließ. Mit einem leisen Gefühl des Bedauerns zog er die Hand wieder zurück, trat einen Schritt zur Seite und begann sich auf Wolf zuzubewegen, als dieser ungeduldig winkte. Auch die Elfe hatte die Arme wieder sinken lassen. Einen Moment lang sah sie ihm noch mit unübersehbarem Bedauern nach, dann zuckte sie in einer possierlichen Bewegung die Schultern, stand auf – und schwang sich schräg in die Luft. Ihre Libellenflügel schlugen so schnell, daß sie fast nicht mehr zu sehen waren, und mit jedem Zentimeter, den sie weiter in die Höhe stieg, verstärkte sich das Licht, das ihren Körper von innen erglühen ließ. Sie flog ein kurzes Stück weit in den Gang hinein, aus dem Michael und Wolf aufgetaucht waren, und machte dann kehrt. Michael sah, daß sie einen Schweif winziger, rasch verlöschender Funken hinter sich nachzog und daß ihr Glühen mehr und mehr zunahm. Als sie wieder zurückkam und einen halben Meter über ihnen hinwegflog, da loderte sie wie ein winziger Komet, und Michael fühlte einen Hauch von Wärme. Außerdem hörte er ein glockenhelles, leises Lachen, das allein schon ausreichte, ihn das winzige Geschöpf sofort ins Herz schließen zu lassen. Bedauernd sah er der Elfe nach, bis sie durch das Tor am Ende der Treppe geflogen und verschwunden war.

»Hübsch, nicht?« sagte Wolf. Es klang nicht so, als fände auch er sie hübsch. Michael nickte, und Wolf fügte mit einem schiefen Grinsen hinzu: »Wenn du es angefaßt hättest,

hättest du jetzt nichts mehr, womit du jemals wieder etwas fassen könntest.«

»Wie ... was meinen Sie damit?« stammelte Michael.

Wolf bedeutete ihm mit einer hastigen Geste, leiser zu sprechen, antwortete aber trotzdem: »Ich meine damit, daß nicht alles, was hübsch und harmlos aussieht, auch hübsch und harmlos sein muß, du Dummkopf. Das war ein Irrlicht. Die Dinger sind so gefährlich wie eine abgezogene Handgranate. Laß dich nicht von ihrem Aussehen täuschen.«

Woher wußte er das? Michael setzte zu einer Frage an, aber Wolf gab ihm schon wieder heftig mit beiden Händen Zeichen, zu ihm zu kommen und sich wie er zu ducken. Er gehorchte. Auf Händen und Knien kriechend, bewegte er sich die letzten Stufen empor, bis auch er durch das Tor sehen konnte.

Die Treppe führte nicht in einen weiteren Gang, sondern in eine große, offensichtlich natürlich entstandene Höhle, die aber künstlich erweitert und ausgebaut worden war. Die beiden gemauerten Wände bildeten einen rechten Winkel und wiesen eine Anzahl großer, in gotischen Spitzbögen endender Nischen auf, in denen auf gut meterhohen Sockeln die Michael hinlänglich bekannten Dämonenstatuen standen. Licht und Schatten ließen nicht erkennen, wo Bewegung war und wo nicht. Ein Teil des Bodens war mit grauen, sechseckigen Steinen gepflastert, der allergrößte Teil der Höhle jedoch von Felstrümmern und Schutt bedeckt, und die Decke zeigte bloß den Ansatz eines gewaltigen Kuppelgewölbes, gerade ausreichend, daß man erkennen konnte, was dieser Raum einmal hatte werden sollen. Das alles jedoch nahm Michael nur flüchtig in sich auf. Seine Aufmerksamkeit war ganz auf die beiden zerlumpten Gestalten gerichtet, die über das Felsgewirr auf dem Höhlenboden stolperten. Es waren hochgewachsene, schlanke Männer, in graue Fetzen gehüllt und mit strähnigem Haar und schweißüberströmten, vor Schmutz starrenden Gesichtern. Der eine von ihnen trug einen meterlangen Knüppel in der Hand, der andere etwas aus stumpfgrauem Metall, das Michael nicht genau erkennen konnte, von dem er aber vermutete, daß es ein Schwert war. Sie wurden verfolgt, und ihre Verfolger waren eindeutig keine Menschen.

Michael begann in seinem Versteck vor Entsetzen zu zittern, als er das gute Dutzend riesenhafter zottiger Gestalten erblickte, das knurrend und geifernd hinter den beiden Männern herstürmte. Es waren nicht solche grünhäutigen Ungeheuer, deren Anblick Wolf und ihn so erschreckt hatte, doch sie sahen ebenso erschreckend und gefährlich aus. Michael konnte auf Anhieb zwei unterschiedliche Arten von Kreaturen erkennen: sieben oder acht weit über zwei Meter große Kolosse mit schwarzer, borkiger, wie erstarrt wirkender Haut und sonderbar unfertig wirkenden Gesichtern, in denen das einzig Lebendige die von einem unheimlichen Feuer erfüllten riesenhaften Augen waren. Ihre Hände waren wahre Pranken, groß wie Schaufeln und mit mehr als sechs Fingern, und die riesigen Füße zermalmten beim Auftreten Steine und kleine Felsbrocken. Die anderen Wesen hätten Menschen sein können, wären sie nicht so massig gewesen und hätten sie nicht solche Köpfe gehabt, gewaltige, knochenbleiche Schädel, mit schwarzen Löchern anstelle der Augen und weit vorspringenden Unterkiefern. Die Kreaturen waren bewaffnet mit Schwertern, Messern, eine gar mit einem Bogen, auf den sie im Laufen einen Pfeil auflegte und auf die beiden Männer abschoß, ohne jedoch zu treffen.

Michael blickte nach rechts und sah, daß Wolf der Verfolgungsjagd ebenso gebannt zusah wie er. Aber in seinem Gesicht standen nicht nur Schrecken und Staunen, sondern noch etwas, ein Ausdruck des Interesses, den Michael im ersten Moment nicht zu deuten vermochte. Und dann, endlich, wurde ihm klar, was er schon die ganze Zeit über geahnt hatte. »Sie haben das gewußt«, flüsterte er.

Wolf fuhr leicht zusammen und machte eine Bewegung mit

der Hand. »Still!« zischte er. »Willst du, daß sie uns hören?«
Michael schaute instinktiv wieder in die Höhle hinein. Die beiden Männer hatten den riesigen Raum gut zur Hälfte durchquert, aber es war deutlich zu sehen, daß die Verfolger aufholten. So plump die gigantischen Geschöpfe wirkten, sie bewegten sich doch ungleich schneller und eleganter fort, als es ein Mensch auf diesem Untergrund jemals gekonnt hätte. Eben noch hatte der Vorsprung der Fliehenden mindestens hundert Schritte betragen, jetzt war er auf wenig mehr als die Hälfte dieser Distanz geschrumpft, und er schmolz zusehends weiter.
Sie kamen ein wenig besser voran, als sie den Teil des Felsendomes erreicht hatten, der gepflastert war. Es gelang ihnen zwar nicht, ihren Vorsprung zu vergrößern, doch der Abstand zwischen ihnen und den Verfolgern schmolz auch nicht weiter, und diese Tatsache schien ihnen noch einmal Kraft zu verleihen, denn sie liefen schneller und stürmten nebeneinader und immer wieder Haken schlagend, wohl um nicht von einem Pfeil oder einem anderen Wurfgeschoß getroffen zu werden, auf die Wand mit den Nischen zu. Erst jetzt sah Michael, daß es dort drüben einen zweiten Ausgang gab, der offensichtlich das Ziel der beiden Männer war. Ohne zu zögern stürmten sie darauf zu und hindurch, und nur wenige Augenblicke später folgte ihnen die alptraumhafte Schar der Verfolger. Das Knurren und Geifern wurde leiser und verklang schließlich ganz. Michael hoffte inständig, daß die Männer den Ungeheuern entkämen. Aber er ahnte, daß sie es nicht schaffen würden. Gleichzeitig begann sich sein schlechtes Gewissen zu melden. Seine Logik sagte ihm zwar, daß es absolut nichts gab, was sie für die beiden Männer hätten tun können, denn zwei oder vier, das machte absolut keinen Unterschied angesichts des Dutzends gigantischer schwerbewaffneter Monster, aber er hatte trotzdem das Gefühl, daß sie es wenigstens hätten versuchen müssen.

»Das war knapp«, sagte Wolf. »Wenn sie uns entdeckt hätten, wäre es aus gewesen.«
Michael kroch auf dem Bauch zwei oder drei Stufen hinunter, ehe er sich aufrichtete und den Schriftsteller ansah. »Sie haben es gewußt«, sagte er, an seinen Gedanken von vorhin anknüpfend. Plötzlich war für ihn alles ganz klar. Wieso war er eigentlich nicht schon längst darauf gekommen?
»Was?« fragte Wolf. Er war kein guter Schauspieler, und vielleicht fand er es auch nicht mehr der Mühe wert, Michael weiter belügen zu wollen.
»Das alles hier«, antwortete Michael. »Daß es diese Katakomben gibt und diese unheimlichen Wesen.«
»Unsinn«, behauptete Wolf. »Glaubst du, ich wäre allein und nur mit einer jämmerlichen Taschenlampe ausgerüstet hergekommen, wenn ich geahnt hätte, was wir hier vorfinden würden?«
Obwohl das ein Argument war, das nicht so leicht zu entkräften war, stimmte es nicht, das spürte Michael. Und nach einigen Augenblicken zuckte Wolf mit den Schultern und gestand in fast beiläufigem Ton: »Ich habe es vermutet, ja. Ich habe vermutet, daß hier *irgend etwas* ist. Aber ich hatte ja keine Ahnung, *was* wir entdecken würden! Großer Gott, das ist ... das ist einfach phantastisch!«
»Was sind das für Geschöpfe?« fragte Michael.
Wolf zuckte abermals mit den Schultern. »Ich weiß es nicht.«
»Ich glaube Ihnen nicht«, erwiderte Michael. »Sie wußten ja angeblich auch nicht, was das für ein Geschöpf war, das wir in der Pestgrube gesehen haben. Aber sie wußten immerhin, wie man es nennt.«
Wolf lächelte flüchtig. »Ich habe es dir erklärt, oder? Sie sind eine Erfindung eines amerikanischen Schriftstellers, der schon vor fünfzig Jahren gestorben ist.«
»Für eine Erfindung kam es mir ziemlich lebendig vor.«
»Ich nehme an, er hat eines dieser Wesen gesehen, oder mehrere«, räumte Wolf ein. »Glaub mir, ich hatte wirklich keine

Ahnung. Ich hatte auch nicht vor, hier herunterzukommen. Ich wollte mich nur ein wenig umsehen, das ist alles.«
Michael glaubte ihm kein Wort. Wahrscheinlich stimmte es, daß Wolf nicht vorgehabt hatte, tatsächlich eine Expedition in diese unterirdische Welt zu starten, doch auf der anderen Seite war Michael endgültig klargeworden, daß sein unfreiwilliger Weggefährte offensichtlich immer nur gerade so viel zugab, wie er unbedingt mußte.
Doch er kam nicht dazu, seine Zweifel laut auszusprechen, denn in diesem Moment hörten sie abermals ein Geräusch, und als er den Kopf hob, blickte er in das Gesicht einer riesigen zottigen Gestalt mit bleichem Knochenschädel!
Er schrie gellend auf. Wolf sprang so hastig in die Höhe, daß er auf den ausgetretenen Stufen das Gleichgewicht verlor und sofort wieder stürzte, und der zottige Gigant machte einen stampfenden Schritt die Treppe herunter und hob beide Hände.
»Was tut ihr hier?« fragte er herrisch. Die Stimme klang dumpf und verzerrt, aber sie war eindeutig die Stimme eines Menschen. Auch seine Hände waren die eines ganz normalen Mannes und ebenfalls sein Gesicht. Denn er hob den grausigen Dämonenkopf in diesem Moment mit den Händen mit einem Ruck hoch, und Michael begriff, daß der Mann diesen riesigen, nicht menschlichen Totenschädel wie einen Helm aufgehabt hatte. Das Gesicht, das darunter zum Vorschein kam, war bärtig und düster und beherrscht von zwei stechenden grauen Augen, die Michael und Wolf auf eine Art ansahen, die sofort klarmachte, daß sie einem Mann gegenüberstanden, der über nahezu uneingeschränkte Macht verfügte. Auch die Gestalt des Mannes war nicht so fremdartig, wie es Michael im ersten Moment vorgekommen war. Massig und breit wirkte er wegen seines zottigen Mantels aus schwarzem Fell, darunter trug er grobe schwarze Hosen und Stiefel und etwas, was wie ein altmodisches, grob gewobenes Kettenhemd aussah. Als er noch eine Stufe herunterkam,

klaffte der Mantel ein wenig weiter auf, und Michael sah, daß er an einem breiten Ledergürtel um die Hüften ein Schwert trug, das länger war als die Arme seines Besitzers.

»Was ihr hier tut, habe ich gefragt!« herrschte der Bärtige ihn an. »Wißt ihr nicht, daß es verboten ist, sich hier aufzuhalten?«

Michael nahm seine Worte gar nicht zur Kenntnis. Mit einem unendlich erleichterten Seufzer stand er auf und ging dem Mann im schwarzen Fellmantel zwei Stufen entgegen, so daß er mit ihm auf der gleichen Stufe stand. Trotzdem blickte der andere weiter auf ihn herab, denn er war ein wahrer Riese. Klein hatte er nur neben den schwarzen Giganten gewirkt, die die beiden Männer verfolgt hatten. »Gott sei Dank, Sie sind ein Mensch!« sagte Michael erleichtert. »Ich hatte schon Angst, daß wir nie wieder hier herausfinden.«

Der andere runzelte die Stirn, dann erschien ein verblüffter Ausdruck auf seinem Gesicht. »Ihr ... ihr seid nicht von hier«, murmelte er. »Ihr kommt von *oben!*«

Das letzte Wort hatte er geschrien. Dann ging alles so schnell, daß Michael nicht einmal dazu kam, irgend etwas zu tun, sondern einfach wie gelähmt dastand. Die Rechte des Bärtigen löste sich von dem Knochenhelm, den er bisher in beiden Händen gehalten hatte, und glitt mit einer blitzschnellen, fließenden Bewegung unter den Mantel. Metall klirrte, als er das Schwert aus dem Gürtel zog und mit einem zornigen Knurren hoch über den Kopf hob. Wolf sprang mit einem keuchenden Schrei in die Höhe, und der Fremde zögerte. Nur einen Bruchteil einer Sekunde lang schien er unschlüssig zu sein, welchem seiner beiden Gegner er sich zuwenden sollte, und dieses winzige Zaudern reichte aus. Wolf sprang mit einem Satz auf ihn zu, senkte den Schädel und rammte dem Riesen die Schulter in den Leib. Er war kein sehr großer Mann und kein sehr kräftiger. Wäre sein Angriff nicht so völlig überraschend erfolgt oder hätten sie nicht auf einer Treppe gestanden, wäre sein Gegner vermutlich niemals ins Wanken gekommen. Aber die Angst schien ihm übermenschliche Kräfte verliehen zu haben. Der bärtige Riese kippte mit einem überraschten Laut nach hinten, ließ Schwert und Helm fallen und versuchte eine Sekunde lang mit rudernden Armen sein Gleichgewicht zu halten. Er schaffte es nicht. Schwer stürzte er nach hinten, schlug mit der Schläfe auf einer Stufe auf und blieb stöhnend und halb besinnungslos liegen.

»Lauf!« schrie Wolf und stürmte los.

Michael erwachte endlich aus seiner Erstarrung und rannte mit weit ausgreifenden Schritten hinter ihm her. Blindlings stürmten sie in die Höhle hinein, durchquerten sie und stürzten auf den jenseitigen Ausgang zu. Daß sie damit geradewegs hinter den schwarzen Ungeheuern und den Gefährten des Bärtigen herliefen, wurde Michael bewußt, aber ein Blick über die Schulter zurück zeigte, daß der Fremde sich bereits wieder halb erhoben hatte. Er hockte auf Händen und einem Knie da und schüttelte benommen den Kopf, es konnte nur noch Sekunden dauern, ehe er die Kontrolle über seinen Körper völlig zurückerlangt hatte. Was er dann tun würde, war nicht schwer zu erraten.

Sie stürmten in den Tunnel hinein, der von dem gleichen wolkig-grauen Leuchten erfüllt war wie die große Höhle, und Michael sah, daß es schon nach wenigen Dutzend Schritten eine Abzweigung gab. Wolf warf sich nach rechts und verschwand in dem dorthin führenden Tunnel, und Michael mobilisierte noch einmal all seine Kräfte, um schneller zu laufen und zu ihm aufzuschließen.

Sie rannten, bis sie einfach nicht mehr weiterkonnten und keuchend und nach Atem ringend gegen die Wände sanken. Zwei- oder dreimal hatten sie weitere Kreuzungen erreicht und waren willkürlich nach rechts oder links abgebogen, und einmal waren sie eine Treppe hinabgestürmt, die in engen Spiralen fünfzig Stufen weit in die Tiefe führte.

Michael sank zitternd vor Erschöpfung in die Knie und verbarg das Gesicht in den Händen. Er hatte keine Ahnung, ob es ihnen gelungen war, ihren Verfolger abzuschütteln, aber selbst wenn er in diesem Moment wieder hinter ihnen aufgetaucht wäre – er hätte einfach nicht die Kraft gehabt, auch nur noch einen Schritt zu tun. Wolf erging es ebenso. Auch er war zu Boden gesunken und atmete keuchend und schwer. Es dauerte fünf Minuten, bis Michael die Kraft fand zu reden.

»Wer war das?« stieß er hervor. »Was sind das für Leute? Er . . . er hätte uns erschlagen, wenn Sie ihn nicht zu Boden gestoßen hätten.«

»Ich weiß es nicht«, flüsterte Wolf. Der Ausdruck in seinen Augen konnte nicht bloß gespielt sein. »Ich habe nicht einmal gewußt, daß es hier unten Menschen gibt.«

»Aber vorhin sagten Sie, daß –«

»Verdammt, ich habe vermutet, daß hier *irgend etwas* ist«, unterbrach ihn Wolf, nun wieder in seinem gewohnt gereizten Ton. »Ich habe ein paar alte Geschichten gelesen. Gerüchte. Irgendwelches verrücktes Zeug über unbekannte Katakomben, die unter der Pestgrube sein sollten. Aber doch nicht *das hier!* Ich habe nicht die geringste Ahnung, was das für Leute sind. Und weißt du was? Ich bin auch nicht besonders scharf darauf, es zu erfahren.«

Michael schaute ihn noch eine Sekunde lang prüfend an, dann wandte er den Kopf und blickte in die Richtung, aus der sie gekommen waren. Er lauschte. Nichts. Offensichtlich war es ihnen tatsächlich gelungen, ihren Verfolger abzuschütteln. Michael fragte sich nur, für wie lange. Er würde ganz bestimmt nach ihnen suchen. Und er würde es ganz bestimmt nicht allein tun.

»Wir müssen hier raus«, sagte er bestimmt.

»Was für eine geniale Erkenntnis«, knurrte Wolf. Trotzdem stand er mühsam auf, blickte eine Sekunde lang unschlüssig in beide Richtungen und marschierte dann ohne ein weiteres Wort los. Michael folgte ihm, aber er hielt jetzt einen grö-

ßeren Abstand. Nun, da sie wieder sehen konnten, war es nicht mehr nötig, einander an den Händen zu halten, und die Nähe des Schriftstellers war ihm jetzt noch unangenehmer geworden. Auch das war etwas, das er in zunehmendem Maße zu begreifen begann: daß gemeinsame Gefahren aus Fremden nicht unbedingt Freunde machen mußten. Vielleicht nicht einmal Verbündete.
Der Gang, durch den sie sich bewegten, unterschied sich deutlich von denen der ersten Stunden ihrer Odyssee. Sie stießen jetzt immer öfter auf Abzweigungen und Kreuzungen, bewegten sich Treppen hinauf und hinunter, durchquerten mehrere große Räume. Einmal erreichten sie eine Tür, hinter der keine Höhle war, sondern ein mindestens fünfzig Meter breiter, bodenloser Schacht, über den eine geländerlose steinerne Brücke führte, die allerhöchstens einen Meter breit war. Michael starb innerlich tausend Tode, als sie darübergingen, aber er biß die Zähne zusammen und kämpfte tapfer seine Furcht nieder. Und irgendwie schafften sie es. Ein paarmal fanden sie unzweifelhafte Spuren von Leben: Knochen, an denen noch kleine Fleischfetzen hingen und die die Spuren gewaltiger Zähne aufwiesen; eine Feuerstelle, deren Asche allerdings schon erkaltet war; einen verkohlten Stock mit lederumwickeltem Ende, der wohl als Fackel gedient hatte. Einmal hörten sie auch wieder jene unheimlichen, nicht menschlichen Stimmen, und ein anderes Mal war Michael fast sicher, nicht sehr weit entfernt ein Klopfen und Hämmern zu vernehmen, das zu gleichmäßig war, um natürlichen Ursprungs sein zu können. Schließlich blieb Wolf wieder stehen.
»Was haben Sie?« fragte Michael.
Er bekam keine Antwort. Wolf deutete nur ein Kopfschütteln an und machte gleichzeitig mit der linken Hand eine ungeduldige Bewegung, still zu sein. »Hör doch!« sagte er schließlich. »Hörst du nichts?«
Michael lauschte. Nein, er hörte nichts. Wie schon einmal

stellte er fest, daß Wolf ein besseres Gehör zu haben schien als er. Aber der Schriftsteller schien sicher zu sein, sich das Geräusch nicht nur einzubilden, denn mit einem Male hatte er es sehr eilig und stürmte mit so weit ausgreifenden Schritten los, daß Michael beinahe Mühe hatte, den Anschluß nicht zu verlieren. Er war so aufgeregt, daß er nicht einmal mehr besondere Rücksicht darauf nahm, leise zu sein, und an zwei oder drei Abzweigungen, an denen sie vorüberkamen, einfach vorbeistürmte, ohne ihnen mehr als einen flüchtigen Blick zu gönnen. Michael lief hinter ihm her, so schnell er konnte. Selbst wenn sein Hörvermögen ebenso scharf wie das des anderen gewesen wäre, hätte er jetzt wohl ohnehin nichts anderes vernommen als seine eigenen keuchenden Atemzüge und die lang anhaltenden, vielfach gebrochenen Echos ihrer Schritte.
Endlich blieb Wolf wieder stehen und hob die Hand in einer Aufmerksamkeit heischenden Geste. Und jetzt hörte Michael es auch.
Im allerersten Moment vermochte er es nicht zu identifizieren, obwohl er genau wußte, daß es ein Geräusch war, das er eigentlich hätte erkennen müssen. Dann ...
»Das ist ...!«
»Schienen«, bestätigte Wolf. »Das sind Räder, die über Schienen rollen! Wir haben es geschafft!«
Michael verstand überhaupt nichts mehr. Verwirrt blickte er den Schriftsteller an.
»Ja verstehst du denn nicht?!« sagte Wolf aufgeregt. »Das ist die U-Bahn! Wir müssen ganz in der Nähe eines U-Bahn-Schachtes sein! Komm!«
Und damit stürmte er auch schon weiter. Und jetzt, da Wolf es ihm gesagt hatte, erkannte Michael das Geräusch ebenfalls ganz deutlich. Kein Zweifel: Das waren eiserne Räder, die über einen Schienenstrang ratterten. Sie mußten sich ganz in der Nähe eines U-Bahn-Schachtes befinden. Der Umstand, daß sie stundenlang über Treppen und schräge Rampen vor-

nehmlich in die Tiefe gestiegen waren und sich mindestens zwei-, wenn nicht sogar drei- oder vierhundert Meter unter der Stadt befanden, kam ihm in diesem Moment gar nicht zum Bewußtsein. Er war viel zu erleichtert, vielleicht doch noch einen Ausweg aus diesem entsetzlichen Labyrinth gefunden zu haben. Mit weit ausgreifenden Schritten und ebenfalls jegliche Rücksicht fahrenlassend, rannte er hinter Wolf her. Und dann blieb Wolf stehen; so plötzlich, daß Michael es gar nicht bemerkte und an ihm vorbeigestürmt wäre, hätte Wolf nicht blitzschnell den Arm ausgestreckt und ihn zurückgerissen.

Der Tunnel endete vor ihnen, aber auf der anderen Seite des gemauerten Torbogens, vor dem sie standen, war kein U-Bahn-Tunnel, sondern eine natürliche Höhle, deren Größe nicht einmal zu schätzen war. Das Geräusch der U-Bahn war noch immer zu hören, aber vor ihnen bewegten sich große Schatten, die zwischen den Felsen auf dem Höhlenboden wie schnüffelnde Hunde herumsuchten.

Aus Michaels Schrecken wurde eine abgrundtiefe Enttäuschung, gepaart mit einer sonderbaren, ziellosen Wut. Die Höhle war gewaltig, viel größer als die, in der sie das erste Mal die schwarzen Ungeheuer gesehen hatten. Nicht weit entfernt von ihnen gab es einen weiteren, von einem gemauerten Torbogen eingefaßten Durchgang, und dahinter erkannte er ein blasses, hartes weißes Licht und hörte jetzt ganz deutlich, daß das Rattern und Schleifen von dort kam.

»Ob sie uns suchen?« flüsterte er.

Wolf deutete ein Achselzucken an. »Uns oder die beiden anderen armen Kerle – was spielt das schon für eine Rolle?« Er überlegte einen Moment, dann deutete er mit einer fahrigen Geste in den Gang zurück. »Warte hier.«

»Was haben sie vor?« fragte Michael erschrocken.

»Vielleicht finde ich einen Weg«, sagte Wolf. »Sie scheinen ziemlich beschäftigt zu sein. Und die Felsen sehen aus, als gäben sie mir genügend Deckung. Bleib hier. Wenn ich in fünf

Minuten nicht zurück bin und du keinen Lärm hörst, dann komm nach.«
Michael hätte auf Anhieb ungefähr fünfhundert Dinge nennen können, die er lieber getan hätte, aber Wolf wartete wie üblich seine Antwort nicht ab. Seine Vorschläge schienen wohl prinzipiell den Charakter von Befehlen zu haben. Während Michael noch vergeblich nach einem plausiblen Grund suchte, warum er auf gar keinen Fall hier zurückbleiben dürfe, bewegte Wolf sich bereits geduckt in die Höhle hinein und huschte von Deckung zu Deckung. Michael sah ihm eine Weile zu, wobei er widerwillig eingestehen mußte, daß Wolf sich mit einem Geschick und einer Behendigkeit bewegte, die er ihm gar nicht zugetraut hätte. Dann verschmolz die Gestalt des grauhaarigen Mannes mit den Schatten, und er zog sich wieder einige Schritte weit in den Gang zurück. Mit klopfendem Herzen und von einer immer größer werdenden Unruhe und Furcht erfüllt, ließ er sich an der rauhen Wand zu Boden sinken, zog die Knie an den Leib und bettete für einen Moment den Kopf auf den Armen. Wie schön wäre es, dachte er, jetzt einfach die Augen zu schließen und einzuschlafen, um am nächsten Morgen in seinem Bett wieder aufzuwachen und festzustellen, daß dies alles nur ein böser Traum gewesen war. Wenn nur wenigstens Wolf zurückkäme!
Wie auf ein Stichwort hin erschien er. Allerdings auf andere Weise, als Michael es erwartet hatte. Er stürmte mit Riesenschritten durch den Torbogen, gestikulierte dabei wild mit beiden Armen und schrie etwas, das Michael nicht verstand. Doch zu verstehen brauchte er es gar nicht erst, denn in der gleichen Sekunde sah er die zwei mißgestalteten Kolosse, die kaum ein Dutzend Schritte hinter Wolf herangerast kamen, und sprang entsetzt auf die Füße.
Er rannte wieder. Trotzdem konnte er Wolf nicht einholen, und im ersten Moment sah es sogar fast so aus, als schmelze sogar der Abstand zwischen ihm und den beiden unheimli-

chen Verfolgern zusammen. Trotz ihrer Größe und scheinbaren Schwerfälligkeit bewegten sich die beiden Giganten auf eine fast elegant anmutende Art und Weise, und ihre Größe – Michael schätzte sie auf annähernd drei Meter; sie mußten die Köpfe senken, um nicht gegen die gewölbte Decke des Ganges zu stoßen – ließ jeden ihrer Schritte doppelt so lang ausfallen wie seine eigenen.
Nach und nach fielen die beiden doch zurück. Allerdings nicht sehr weit, und Michael bezweifelte auch, daß Wolf und er dieses mörderische Tempo noch lange würden durchhalten können. Zu allem Überfluß erschienen jetzt auch noch einige weitere Gestalten hinter den beiden Kolossen. Es waren Menschen, Männer in den schwarzen Mänteln und mit den schrecklichen Schädelhelmen. Sie holten rasch auf, und trotz des Helmes und des Mantels glaubte Michael in ihrem Anführer den Mann zu erkennen, der Wolf und ihn überrascht hatte. Einen Augenblick später hörte er seine Stimme und war sicher.
»Bleibt stehen!« schrie er. »Ihr habt keine Chance! Gebt auf, und ich verspreche euch . . .«
Was immer er ihnen versprechen wollte, Michael zog es vor, nicht weiter zuzuhören, sondern jedes bißchen Kraft, das er noch hatte, lieber darauf zu verwenden, noch schneller zu laufen. Wolf stürmte blind weiter und Michael hinter ihm her. Für einen Moment gerieten die Verfolger außer Sicht, und als Michael sich das nächste Mal umdrehte, da schien es, als wären sie tatsächlich ein Stück zurückgefallen. Der Mann mit dem Schädelhelm schrie ihnen noch immer nach, aber Michael verstand seine Worte jetzt nicht mehr.
Wieder erreichten sie eine Abzweigung. Wolf stürmte diesmal nach rechts, an der nächsten nach links, dann noch einmal, und plötzlich stolperten sie nebeneinander aus dem Gang heraus – und direkt in die Höhle von vorhin hinein. Sie waren im Kreis gelaufen!
Trotzdem schien es, als hätten sie noch einmal Glück. Es gab

hier keine schwarzen Ungeheuer und auch keine Männer mit Schädelhelmen. Alle, die sich in der Höhle aufgehalten hatten, mußten sich ihren Verfolgern angeschlossen haben.
Wolf deutete auf den Durchgang auf der gegenüberliegenden Seite, hinter dem noch immer das weiße Licht zu sehen war. Sie kamen jetzt weniger schnell von der Stelle, denn der Boden war nicht mehr eben, sondern mit Geröll und Schutt bedeckt. Hier und da ragten scharfkantige Steine wie Speerspitzen hervor, so daß das Laufen zu einem gefährlichen Abenteuer wurde. Aber sie nahmen darauf keine Rücksicht mehr. Nach wenigen Augenblicken erreichten sie den jenseitigen Ausgang der Höhle und stürmten hindurch.
Und zum allerersten Mal, seit dieser Alptraum begonnen hatte, begann Michael wieder Hoffnung zu schöpfen.
Wolf hatte sich nicht getäuscht. Auf der anderen Seite des Durchganges setzte sich das Labyrinth nicht fort. Das weiße Licht, das sie gesehen hatten, war nichts anderes als der Schein großer Neonlampen, die unter der gefliesten Decke einer gewaltigen, von Menschen bevölkerten Halle brannten. Auf der gegenüberliegenden Seite führte eine breite Rolltreppe in die Höhe, und Michael konnte die doppelten Geleise der U-Bahn-Strecke erkennen.
Der Anblick gab ihnen neue Kraft, sie rannten noch schneller als zuvor und begannen zugleich mit überschnappenden Stimmen um Hilfe zu rufen.
Seltsamerweise reagierte keiner der gut drei Dutzend Männer und Frauen darauf, die die U-Bahn-Station füllten. Obwohl einige von ihnen direkt in ihre Richtung blickten, blieben sowohl ihre Schreie als auch ihr verzweifeltes Gestikulieren völlig ohne Wirkung. Und noch etwas war sonderbar. Im allerersten Moment war es Michael gar nicht aufgefallen, aber plötzlich bemerkte er, daß die U-Bahn-Station nicht näher zu kommen schien. Sie rannten und rannten, aber das Bild am Ende des Tunnels schien sich im gleichen Maße von ihnen zu entfernen, in dem sie es zu erreichen suchten.

Und dann war es ganz verschwunden.
Diesmal reagierten sie beide zu spät. Wolf rannte in vollem Lauf gegen die Wand, die plötzlich da war, wo ein Lidzucken zuvor noch der Durchgang zur U-Bahn-Station gewesen war, und eine halbe Sekunde später prallte Michael von hinten gegen ihn und schmetterte ihn ein zweites Mal gegen die Mauer. Wolf brach mit einem schmerzhaften Keuchen zusammen, und auch Michael stolperte zwei, drei Schritte mit hilflos rudernden Armen zurück und fiel schließlich schwer nach hinten. Der Aufprall war so hart, daß er vermutlich das Bewußtsein verloren hätte, hätte er nicht genau gewußt, daß das dann wirklich das Ende gewesen wäre. Stöhnend und bunte Sterne vor den Augen rappelte er sich hoch, stolperte auf Wolf zu und half ihm, ebenfalls in die Höhe zu kommen. Der Schriftsteller wirkte benommen. Aus seiner Stirn begann eine gewaltige Beule herauszuwachsen.
Hastig blickte Michael über die Schulter zurück. Von den Verfolgern war noch nichts zu sehen, aber er konnte ihre Schreie und ihre stampfenden Schritte schon wieder hören.
»Schnell!« sagte er. »Weiter! Sie kommen schon wieder näher!«
Ob Wolf seine Worte begriff oder nur auf den Klang seiner Stimme reagierte – er setzte sich zitternd wieder in Bewegung. Michael war klar, daß sie praktisch verloren waren. Sie mußten wieder aus dem Gang heraus, und das bedeutete, daß sie den Verfolgern direkt entgegenlaufen mußten. Doch dann fiel sein Blick auf eine Abzweigung auf der linken Seite, von der er ganz genau wußte, daß sie vorhin noch nicht da gewesen war. Aber warum auch nicht? In einem Labyrinth, in dem Wände aus dem Nichts erschienen, konnten sie ebensogut auch spurlos verschwinden.
Ohne eine andere Wahl zu haben, liefen sie hinaus und fanden sich auf einer steil nach unten führenden Treppe wieder. Sie war sehr lang, hatte hundertfünfzig, vielleicht zweihundert Stufen und wurde gegen Ende immer schmaler, ihre

Stufen immer höher, so daß sie am Schluß eher *kletterten* als hinunterstiegen. Am Fuß der Treppe schaute Michael in die Höhe. Unter der Tür am oberen Ende tauchte ein gewaltiger, geduckter Schatten auf.
Ihre Flucht ging weiter. Das Labyrinth wurde immer verworrener. Manchmal kreuzten vier, fünf Gänge gleichzeitig den Stollen, die sie teils ignorierten, manchmal aber auch wahllos in sie hineinstürmten. Schließlich erreichten sie eine weitere gewaltige Höhle, und es schien, als ob ihre Flucht damit endgültig ein Ende gefunden hätte.
Der Boden des riesigen Felsendomes lag mehr als zwei Meter tiefer als der des Ganges, und sie merkten es beide zu spät. Wolf stürzte mit einem kreischenden Schrei nach vorne, und nur eine halbe Sekunde später folgte ihm Michael. Wäre der Boden auch hier mit Felsen und tödlichen Lavaspitzen gespickt gewesen, hätten sie es kaum überlebt.
Als Michael sich nach einigen Sekunden benommen aufrichtete, sah er, daß sie sich in einer riesigen, nahezu kreisrunden Felsenarena befanden, deren Durchmesser mindestens 150 Meter betragen mußte. Nur ein kleiner Teil des Bodens war Stein, den weitaus größeren nahm ein schwarzer See ein, der vielleicht zwanzig Meter von ihnen entfernt begann und bis fast ans andere Ende der Höhle reichte. Ein kühler Hauch, den Michael selbst über die Entfernung hinweg deutlich spüren konnte, stieg von seiner Oberfläche hoch, und manchmal kräuselten winzige, symmetrische Wellen das Wasser, als bewege sich etwas in seinen dunklen Tiefen.
Er hörte ein Stöhnen neben sich und wandte den Kopf. Wolf lang verkrümmt zwei oder drei Meter neben ihm.
»Sind Sie verletzt?« fragte er.
Wolf nickte. »Ja«, sagte er gepreßt. »Aber ich glaube, es ist nichts gebrochen.« Daß er Schmerzen hatte, war seinem Tonfall zu entnehmen. Trotzdem versuchte er auf die Füße zu kommen – und es gelang ihm. Aber sein Gesicht wurde grau, und aus seiner Brust drang ein tiefer Laut, der Michael

schaudern ließ. Zitternd hob er die Hände, fuhr sich damit über das schweißnasse Gesicht und hob schließlich den Blick. Zu der Qual auf seinen Zügen gesellten sich Schrecken und Niedergeschlagenheit, als er den Ausgang erblickte. Dieser befand sich zwei Meter über ihnen in einer Wand, die zwar nicht spiegelglatt war, die hinaufzuklettern aber weder er noch Michael die Kraft besaßen. »Sind sie noch hinter uns her?« fragte er.

Michael zuckte die Schultern. Er wußte es nicht. Während der letzten Minuten ihrer Flucht hatte er die Schritte ihrer Verfolger nicht mehr gehört, aber sie hatten ja bereits erlebt, wie wenig das bedeutete. Außerdem war er nicht mehr sicher, daß die schwarzen Ungeheuer nur auf ihre Augen und Ohren angewiesen waren, um sie zu finden. Voller Schaudern dachte er daran, wie er sie vorhin in der Höhle gesehen hatte: weit nach vorne gebeugt und am Boden schnüffelnd wie riesige Hunde.

Wolfs Blick verdüsterte sich noch weiter. Ohne ein weiteres Wort drehte er sich um und humpelte langsam und bei jedem Schritt leise stöhnend auf den See zu. Michael folgte ihm.

Aus dem kühlen Hauch wurde ein Schwall eisiger Luft, der ihnen entgegenblies, als sie das Wasser erreichten. Michael blickte schaudernd auf die schwarze, matt spiegelnde Fläche. Sie lag jetzt ruhig da, aber er war trotzdem keineswegs sicher, daß in diesem See nicht irgend etwas war. Wenn in dem Labyrinth Ghoule und schwarze Ungeheuer hausten, welche unbekannten Schrecken mochte dann dieses Wasser bergen?

»Kannst du schwimmen?« fragte Wolf plötzlich.

Michael blickte ihn fast entsetzt an. »Ja«, sagte er. »Aber Sie wollen doch nicht im Ernst –«

»Hast du eine bessere Idee?« unterbrach ihn Wolf. Er deutete auf sein Bein. »Sehr weit laufen kann ich nicht mehr. Ganz davon abgesehen, daß wir hier schwerlich auf demselben Weg wieder herauskommen werden, auf dem wir hereingekommen sind.«

»Aber Sie wissen doch noch nicht einmal, wie groß dieser See ist«, protestierte Michael, »oder wohin –«
»Es ist kein See«, unterbrach ihn Wolf.
Michael blickte Wolf verständnislos an und schaute dann auf das Wasser.
»Sieh dich genau um«, sagte Wolf. »Vielleicht kommst du von selbst darauf. Und denk an das, was wir gerade gesehen haben. Die U-Bahn.«
Tatsächlich fielen Michael jetzt ein paar Kleinigkeiten auf, die ihm im ersten Moment entgangen waren. Die Höhle unterschied sich in mehr als einem Punkt von denen, die sie bisher gesehen hatten. Sie war tatsächlich kreisrund, und der Boden, den er im ersten Moment für staubbedeckten Stein gehalten hatte, war nicht Stein, sondern Beton. Aus dem gleichen Material bestand auch die Einfassung des Sees, und hier und da konnte er die rostigen Sprossen einer eisernen Leiter erkennen, die offensichtlich tiefer ins Wasser hineinführte.
»Was ist das?« fragte er.
Statt direkt zu antworten, hob Wolf die Hand und deutete auf die andere Seite des Sees hinüber. »Siehst du den Tunnel dort drüben?«
Michael strengte seine Augen an, und nach einigen Sekunden erblickte er tatsächlich ein kreisrundes, mit einem Metallgitter abgeschlossenes Tunnelloch, aus dem sich ein dünner Wasserstrahl in den See hinein ergoß.
»Das ist ein Auffangbecken«, sagte Wolf. »Frag mich nicht, wie, aber wir sind in die Kanalisation geraten. Das hier muß ein Teil des Abwassersystems der Stadt sein.«
Michael schaute sich mit einer Mischung aus Staunen und Unglauben weiter um. Tatsächlich schien alles, was er sah, Wolfs Behauptung zu bestätigen. Außer dem einen großen Kanal gab es noch mehrere kleine, die, aus verschiedenen Richtungen kommend, in den See mündeten, und auf der anderen Seite der Wasserfläche glaubte er sogar so etwas wie eine Tür zu erkennen, war aber nicht sicher, ob sie

wirklich dort war oder ob er sie nur sah, weil er sie sehen wollte.

»Wir müssen dort hinüber«, sagte Wolf.

»Schwimmen? In diesem Wasser?« Verzweifelt versuchte Michael noch einmal an Wolfs Einsicht zu appellieren. »Aber das ist ganz unmöglich«, sagte er. »Wir müssen Hunderte von Metern tief sein!«

»Woher willst du das wissen?« fragte Wolf.

»Aber wir sind doch immer nur nach unten gegangen!« sagte Michael. »Das kann nicht –«

»Die U-Bahn hast du auch nicht angezweifelt, oder?« unterbrach ihn Wolf. Dann aber schüttelte er den Kopf, wie um seinen eigenen Worten nachträglich etwas von ihrer Schärfe zu nehmen. »Ich verstehe es ja selbst nicht«, sagte er. »Aber hier unten ist offensichtlich nicht alles so, wie es aussieht.«

Das war auch kein Trost, fand Michael. Aber er begann sich nun selbst einzureden, daß Wolf vermutlich recht habe. Auch ohne dessen verstauchten Fuß wären sie wahrscheinlich nicht mehr auf dem Weg aus der Halle herausgekommen, auf dem sie diese betreten hatten. Von den Verfolgern ganz zu schweigen. Schaudernd ließ er sich dicht am Rand des Bekkens in die Hocke nieder, streckte die Hand aus und tauchte Zeige- und Mittelfinger ins Wasser – um sie sofort wieder zurückzuziehen. Es war kälter, als er erwartet hatte. Selbst ein guter Schwimmer konnte sich, davon war er überzeugt, in *diesem* Wasser nicht länger als ein paar Minuten halten.

Aber die Entscheidung wurde ihm abgenommen. Hinter ihnen erscholl ein zorniges Brüllen, und als Michael und Wolf gleichzeitig herumfuhren, erblickten sie eines der riesigen schwarzen Geschöpfe, das geduckt unter der Tür erschienen war. Ohne auch nur eine Sekunde zu zögern, sprang es die zwei Meter in die Höhle herab und mit Riesensätzen auf sie zu. Hinter ihm erschienen ein zweiter schwarzer Koloß und dann nebeneinander zwei Männer in Fellmänteln und mit Schädelhelmen.

Während Michael noch verzweifelt nach einem Ausweg suchte, handelte Wolf bereits. Mit einer Bewegung, die Michael ihm mit seinem verletzten Bein gar nicht mehr zugetraut hätte, stieß er sich ab und sprang, ohne noch eine Sekunde zu zögern, ins Wasser. Mit einem gewaltigen Platschen durchbrach er seine Oberfläche, war für einige Augenblicke verschwunden und kam dann fünf oder sechs Meter vom Ufer entfernt wieder in die Höhe. Er keuchte. Sein Gesicht war kreidebleich, sein Atem bildete grauen Dunst vor seinem Gesicht. Er warf Michael noch einen letzten, beinahe flehenden Blick zu, dann kraulte er los, direkt auf das Abwasserrohr auf der anderen Seite des Sees zu.
Der Schwarze war fast heran. Michael hatte noch keines dieser Wesen so nahe vor sich gesehen. Er erkannte, daß sein Körper von Millionen winziger glänzender Schuppen bedeckt war. Sein Gesicht ähnelte mehr dem eines Menschen, als er bisher angenommen hatte, und in den nachtschwarzen Augen funkelte eine Intelligenz, die nicht die eines Tieres war, aber auch nicht die eines Menschen. Und Zorn. Ein unvorstellbarer, unlöschbarer Zorn, der nicht nur ihm zu gelten schien. Und der Michael klarmachte, was ihn erwartete, wenn er in die Hände dieses Giganten fiel.
Der Blick in die Augen des Riesen brachte die Entscheidung. Michael ließ sich einfach nach hinten fallen, gerade als die riesigen Pranken des Ungeheuers vorschossen und ihn zu packen versuchten. Er überschlug sich halb in der Luft und tauchte dann ins Wasser.
Er hatte Kälte erwartet, nicht aber *das.* Es war, als fände er sich von einer Sekunde auf die andere nackt in einem Schneesturm wieder. Sein Herz setzte für einen Moment aus und schlug dann mit schweren, fast schmerzhaften Schlägen weiter. Die Kälte tat weh, saugte jedes bißchen Kraft aus seinem Körper. Hilflos drehte er sich zwei-, dreimal unter Wasser um seine eigene Achse, ehe er ganz instinktiv mit Händen und Füßen zu paddeln begann. Irgendwie kam er wieder

nach oben, durchbrach die Wasseroberfläche, rang verzweifelt nach Luft und versuchte Arme und Beine zu bewegen, die plötzlich schwer wie Blei geworden waren. Seine Muskeln begannen sich in der Kälte zusammenzuziehen, ihm war, als zerrten unsichtbare Hände an seinen Beinen. Woher er die Kraft nahm, überhaupt noch Schwimmbewegungen zu machen, wußte er selbst nicht, wußte nur, daß seine Kräfte nicht lange reichen würden.

Trotzdem brachte er es zuwege, den Kopf zu drehen und zum Ufer zurückzublicken. Das Ungeheuer war stehengeblieben und sah ihm unschlüssig nach, und auch der zweite Riese und die beiden Männer hatten mittlerweile den Rand des Beckens erreicht. Auch sie versuchten nicht, ihnen zu folgen. Einer der beiden Männer gestikulierte heftig mit den Armen und rief ihm etwas zu, immer nur ein Wort, das er aber nicht verstand, während die zwei Schwarzen mit zornigem Knurren am Ufer auf und ab zu laufen begannen. Vielleicht konnten sie nicht schwimmen, vielleicht aber fürchteten sie dieses Wasser ebenso sehr, wie er es getan hatte, und wußten, warum.

Er schaute sich suchend nach Wolf um und zwang seine schmerzenden Arme und Beine in einen gleichmäßigen, schnellen Rhythmus. Der Schriftsteller war schon ein gutes Stück vor ihm, schwamm aber jetzt langsamer. Die Kälte forderte wohl auch von ihm ihren Tribut. Es gelang ihm, Wolf einzuholen und an seiner Seite zu schwimmen. Sein Gesicht war kreidebleich, seine Lippen hatten sich blau gefärbt.

»Verfolgen sie uns?« stieß er hervor.

Michael warf abermals einen Blick zum Ufer zurück, dann schüttelte er den Kopf.

»Vielleicht können sie nicht schwimmen«, keuchte Wolf.

»Und wenn sie es doch können?« fragte Michael. »Was tun wir dann?«

Wolf versuchte zu lachen, brachte aber nur ein Krächzen zustande. »Schneller schwimmen«, antwortete er.

Sie sprachen nicht weiter, sondern verwandten jedes bißchen Kraft darauf, dem gegenüberliegenden Ufer zuzustreben. Michael war nicht sicher, daß sie es schaffen würden. Zwar war der See nicht so groß, wie es im ersten Moment den Anschein gehabt hatte, so daß sie nun schon fast die halbe Distanz bis zu dem Abwasserrohr hinter sich gebracht hatten, aber die Kälte wurde immer schlimmer. Es fiel ihm jetzt immer schwerer, sich über Wasser zu halten. Seine Beine wollten immer wieder nach unten sinken und den Rest seines Körpers hinter sich herziehen. Dann begriff er, daß es nicht die Schwäche war. Obwohl das Wasser an der Oberfläche völlig unbewegt schien, gab es dicht darunter eine Strömung. Sie war noch schwach, wurde aber allmählich stärker, und es kostete Michael immer mehr Mühe, ihr zu widerstehen.

Auch Wolf begann immer heftiger zu keuchen. Sein Gesicht war vor Schmerz und Anstrengung verzerrt, und er schwamm jetzt immer langsamer, war mit seinen Kräften am Ende. Bisher hatte Michael sich nur Sorgen darüber gemacht, wie er es schaffen würde, das jenseitige Ufer zu erreichen, aber plötzlich wurde ihm klar, daß vielleicht er es war, der Wolf würde retten müssen, nicht umgekehrt.

»Ich schaffe es nicht«, sagte Wolf. »Ich kann nicht mehr.«

»Unsinn!« widersprach Michael. »Es ist nicht mehr weit! Sie schaffen es.«

Wolf schüttelte den Kopf, ging unter und kämpfte sich noch einmal an die Wasseroberfläche empor. Seine Arme und Beine machten nur noch träge Bewegungen, die ihn aber kaum von der Stelle brachten. »Schwimm allein weiter«, sagte er. »Wenn du herauskommst, dann ... dann erzähle allen, was wir hier ... gesehen haben. Sie müssen herunterkommen und ...« Seine Stimme versagte. Er atmete noch einmal tief ein, legte alle Kraft in einen letzten, weit ausholenden Zug, mit dem er noch einmal zwei oder drei Meter weit von der Stelle kam, dann ging er unter.

Michael schrie erschrocken auf, starrte eine Sekunde lang

hilflos auf die Stelle, an der der Schriftsteller verschwunden war, sog die Lungen mit Luft voll und tauchte ab.
Die Strömung wurde stärker, kaum daß er einen halben Meter unter Wasser war. Er konnte so gut wie nichts erkennen. Wolf mußte irgendwo vor ihm sein, vielleicht nur zwei oder drei Meter entfernt, aber er konnte ihn einfach nicht sehen. Trotzdem blieb er noch zwanzig, dreißig Sekunden lang unter Wasser und tastete blindlings umher, bis seine Lungen nachdrücklicher nach Luft zu verlangen begannen und er wieder in die Höhe strebte.
Jedenfalls hatte er es versucht.
Ganz plötzlich wurde ihm bewußt, wie stark der Sog geworden war. Es war keine sanfte Strömung mehr, die an seinen Beinen zupfte, sondern ein Strudel, der ihn wie mit einer stählernen Faust umklammert hielt und ihn umbarmherzig weiter nach unten zerrte, sosehr er auch dagegen ankämpfte. Mit verzweifelten, immer schnelleren Schwimmbewegungen versuchte er sich nach oben zu kämpfen, aber es gelang ihm nicht. Seine Lungen schrien nach Luft, und das Wasser war hier in der Tiefe noch kälter. In seiner Brust wurde der pochende, brennende Schmerz mit jedem Herzschlag stärker. Noch Sekunden, und er würde den Druck einfach nicht mehr aushalten und einatmen, und das war dann das Ende. Vielleicht war es dieser Gedanke, der ihm noch einmal die Kraft gab, mit aller Gewalt gegen die Strömung anzukämpfen. Michael reckte die Arme empor, trat verzweifelt Wasser – und spürte, wie er freikam! Die Wasseroberfläche, die wie ein silberner Spiegel nur einen Meter und doch unerreichbar weit über ihm glänzte, kam wieder näher.
Und dann geschah etwas Entsetzliches. Die eiserne Faust packte wieder zu. Michael wurde mit einem Ruck in die Tiefe gezerrt, überschlug sich unter Wasser drei-, vier-, fünfmal, bis er ganz die Orientierung verloren hatte und blind durch ein Meer aus Schwärze, Kälte und Atemnot trieb. Sein Mund öffnete sich. Silberne Luftblasen stiegen in die Höhe

und zeigten ihm die Richtung, die oben war. Er schluckte Wasser, hustete das letzte bißchen Luft aus, das noch in seinen Lungen gewesen war, und spürte, wie Bewußtlosigkeit wie eine schwarze Hand nach seinen Gedanken griff und sie einzuhüllen begann.
Wie durch einen Nebel sah er etwas Silbernes, tausendfach Zersplittertes glänzen. Die Wasseroberfläche! Seine Sinne mußten schon so verwirrt sein, daß er nicht mehr zwischen unten und oben unterscheiden konnte, denn der silberne Spiegel schien unter ihm zu sein. Aber er war auch schon so benommen, daß er gar nicht mehr zu einem klaren Gedanken fähig war. Ganz instinktiv und bereits halb bewußtlos schwamm er auf die Wasseroberfläche zu, obwohl ihm sein Gleichgewichtssinn immer nachdrücklicher zu erklären versuchte, daß er sich weiter nach unten kämpfte. Im buchstäblich allerletzten Moment durchbrach er die Wasseroberfläche und riß den Mund auf, um gierig nach Luft zu schnappen.
Und begann zu stürzen.
Es ging so schnell, daß er gar nicht begriff, was überhaupt geschah. Die Welt um ihn herum drehte sich mehrfach, dann schlug er mit solcher Wucht auf dem Boden auf, daß ihm die Luft, die er gerade erst eingeatmet hatte, mit einem keuchenden Schrei wieder aus den Lungen getrieben wurde. Er schmeckte Blut, hörte das Dröhnen seines eigenen Herzens, das wie ein kleines, völlig außer Rand und Band geratenes Hammerwerk in seiner Brust tobte, und begann vor Kälte am ganzen Leib zu zittern. Es dauerte lange, sicherlich Minuten, ehe er wieder die Kraft fand, die Augen zu öffnen und sich umzusehen.
Und dann verging noch einmal Zeit, sehr viel Zeit, in der er einfach auf dem Rücken lag, nach oben starrte und nichts anderes tat, als an seinem Verstand zu zweifeln.
Er hatte sich nicht getäuscht. Das silberne Funkeln der Wasseroberfläche war tatsächlich unter ihm gewesen – wie hätte er sonst aus dem Wasser kommend *in die Tiefe* stürzen kön-

nen? Es war völlig unmöglich und widersprach jeder Logik: Aber etwas mehr als drei Meter über ihm, wo eigentlich der rauhe Fels der Höhlendecke hätte sein müssen, schimmerte eine schwarze Wasserfläche.
Langsam stemmte er sich auf die Ellbogen hoch und stand auf, ohne den Blick auch nur eine Sekunde von der unmöglichen Decke aus Wasser zu wenden, die sich über ihm spannte, soweit sein Blick reichte. Alle möglichen Erklärungen für das Unmögliche, das er sah, schossen ihm durch den Kopf, und eine war so falsch wie die andere: eine gewaltige Luftblase am Grunde des Wassers; ein böser Scherz, den ihm seine Sinne spielten; eine Luftspiegelung. Sicherlich hätte er mit einiger Phantasie eine Erklärung finden können, wäre eben nicht der Umstand gewesen, daß er *aus diesem Wasser herausgefallen* war.
Irgendwann riß er seinen Blick von der Wasserfläche über sich los und drehte sich herum, um nach Wolf Ausschau zu halten.
Er entdeckte ihn nur fünf oder sechs Meter neben sich. Er schien ohne Bewußtsein zu sein – aber er stand trotzdem auf eigenen Füßen, wenn auch nicht aus eigener Kraft. Zwei der schwarzen Giganten hatten seine Arme gepackt und hielten ihn wie eine Gliederpuppe zwischen sich, und gerade in diesem Moment trat ein Mann in einem dunklen Fellmantel auf Michael zu. Seine rechte Hand hielt ein mehr als meterlanges Schwert. Er näherte sich Michael bis auf zwei Schritte, dann blieb er stehen, schob die Waffe umständlich wieder in den Gürtel zurück und hob dann beide Hände an den Schädelhelm. Unter dem Helm kam ein Gesicht zum Vorschein, das Michael schon einmal gesehen hatte. Diesmal lächelte es – aber es war ein Lächeln, das Michael einen Schauer über den Rücken laufen ließ.
»Ich habe euch doch gesagt, daß ihr uns nicht entkommt, oder?«

Dwiezel

Vater hatte kein Wort über Michaels sonderbares Betragen angesichts des ausgebrannten Wagens verloren, sondern Michael nur vor sich her und ins Haus bugsiert, seinen Mantel wortlos in Richtung Garderobe geworfen und war ins Wohnzimmer geeilt, um zu telefonieren. Dabei tauschte er einen Blick mit seiner Frau. Michael beachtete es nicht, sondern stand stumm und erwartungsvoll noch einige Sekunden in der Diele, bis ihm klar wurde, daß weder sein Vater noch seine Mutter im Augenblick irgendwelche Fragen zu stellen gedachten. Erleichtert, noch einmal davongekommen zu sein und vielleicht doch noch eine Chance zu haben, sich eine etwas glaubwürdigere Ausrede einfallen zu lassen, trollte er sich in sein Zimmer, schloß die Tür hinter sich und trat ans Fenster. Er stand eine ganze Weile da und beobachtete die Vorgänge auf der anderen Straßenseite. Der Qualm hatte sich verzogen, und die Feuerwehrleute, die jetzt nichts mehr zu löschen hatten, unterstützten die Polizeibeamten dabei, die Neugierigen zurückzuhalten. Mittlerweile waren zwei weitere Streifenwagen gekommen, deren Besatzungen das Autowrack mit grün-weißen Hütchen und einem Plastikband in den gleichen Farben absperrten. Michael hatte wenig Erfahrung in solchen Dingen, aber es kam ihm doch sonderbar vor. Logisch wäre gewesen, einen Abschleppwagen zu holen und das Wrack zu entfernen, ehe sich noch jemand daran verletzte. Aber vermutlich hatten auch die Polizisten den ausgebrannten Kanalisationsschacht gesehen, und wenn Michael auch sicher war, daß sie bis zum Sankt-Nimmerleins-Tag herumrätseln würden, was denn nun hier wirklich passiert war, so waren diese Begleitumstände doch ungewöhnlich genug, um eine Untersuchung zu rechtfertigen. Womit sie es hier zu tun hatten, das war etwas, vor dem selbst ein Sherlock Holmes kapituliert hätte, denn es gehörte zu jenen Dingen, die nichts mit Logik oder wissenschaftlichem Denken zu tun hatten. Das war es auch, was ihn beunruhigte: daß sie *nichts* finden würden und daß Polizeibeamte nun einmal zu jenem Menschenschlag gehörten, der es schwer hinnahm, auf eine Frage keine Antwort zu finden. Irgendwann würden sie anfangen, zwei und zwei zusammenzuzählen, und auch wenn sie in diesem Fall dabei wohl eher auf siebzehn denn auf vier kamen, war die Verbindung zwischen Michael auf der einen und Wolf und den Geschehnissen der vergangenen Nacht und vor einem Jahr auf der anderen Seite doch zu deutlich. Er würde sich eine verdammt gute Geschichte einfallen lassen müssen.

Wenn er wenigstens sein Tagebuch gehabt hätte! Aber sein Vater hatte das kleine Ringbuch wieder an sich genommen. Daß er es ihm zugeworfen hatte, war nur eine der dramatischen Gesten gewesen, die er so liebte. Er hatte es wieder an sich genommen, ehe sie ins Haus gegangen waren, und Michael hatte sich jeden Versuch, es zurückzubekommen, gleich gespart; schließlich kannte er seinen Vater gut genug. Aber er mußte das Buch haben, nicht nur, um seine Erinnerungen aufzufrischen, die noch immer unvollständig waren und nur in Bruchstücken zurückkehrten, sondern auch um herauszubekommen, wieviel *sein Vater* wußte und – vor allem – wieviel er davon *glaubte.*

Er verstand das alles nicht. Er erinnerte sich an den ersten Teil ihrer unterirdischen Odyssee und an einige wenige andere Dinge: Namen und deren Bedeutung, den Umstand, daß Hendryk eine Schwester hatte, und daran, daß man Irrlichter nicht mit Wasser in Berührung bringen durfte. Es war, als wäre dort, wo in seinem Kopf die Erinnerung an jene Woche sein sollte, ein schwarzer, bodenloser See, aus dem nur hier und da ein Stück seiner Erinnerung herausragte, Teile des Ganzen, die allenfalls erahnen ließen, wie es wirklich aussah. Nach manchen dieser Teile konnte er greifen und sie ein kleines Stückchen weiter ans Licht ziehen, aber es

war mühsam, in ihm schien eine Kraft zu wirken, die es mit aller Macht zu verhindern trachtete. Und dieses unheimliche Phänomen beschränkte sich keineswegs auf die Woche unter der Erde, selbst die Erinnerungen an den vergangenen Abend erschienen ihm unscharf, als lägen die Ereignisse Monate oder Jahre zurück und nicht bloß zwölf Stunden. Heute morgen hatte er in der Garage etwas gehört und einen winzigen Moment lang gewußt, was dieses Geräusch bedeutete, aber dieses Wissen war sofort wieder fort gewesen, und sogar jetzt gelang es ihm einfach nicht, den Gedanken länger als eine Sekunde festzuhalten, bevor er ihm entglitt und wie ein glitschiger Fisch wieder in den Tiefen des schwarzen Sees hinter seiner Stirn verschwand. Es war verwirrend, und es machte ihm angst, denn es war etwas, das er noch nie zuvor erlebt hatte und wofür er keine Erklärung fand.
Er trat vom Fenster zurück und sah sich unschlüssig und beinahe hilflos in seinem Zimmer um, als gäbe es irgendwo in den Regalen und Schränken einen versteckten Hinweis, aber da war nichts, und schließlich gab er es mit einem Seufzer auf und wandte sich zur Tür, um sein Zimmer zu verlassen und hinunterzugehen. Er hatte immer noch keine plausible Erklärung parat, falls seine Eltern Fragen stellten – was sie *garantiert* tun würden. Er würde improvisieren müssen und schlimmstenfalls eben die Wahrheit sagen, auch wenn er sich damit mit ziemlicher Sicherheit gehörigen Ärger einhandelte, denn sie würden ihm diese verrückte Geschichte wohl kaum glauben. Der Umstand, daß ihn seine Erinnerungen bisher so genarrt hatten, führte zu einem weiteren beunruhigenden Gedanken: nämlich dem, daß das, woran er sich jetzt zu erinnern glaubte, möglicherweise genau so falsch war wie das, woran er sich ein Jahr lang erinnert hatte.
Michael schüttelte die Vorstellung mit aller Macht ab. Entschlossen streckte er die Hand nach der Türklinke aus – und verharrte mitten in der Bewegung.
In seiner rechten Hosentasche hatte sich etwas bewegt. Mi-

chael blickte verblüfft an sich herab und glaubte, den Jeansstoff über seiner Hüfte ganz leicht zucken zu sehen, spürte aber diesmal nichts und war auch nicht mehr ganz sicher, ob es nicht bloß Einbildung gewesen war. Seine Nerven begannen ihm allmählich üble Streiche zu spielen. Vielleicht, dachte er mit einer sonderbaren, fast unheimlichen Ruhe, verlor er den Verstand. Das Feuer gestern abend mochte ein ganz normales Feuer gewesen sein, Wolf war vielleicht nur ein überheblicher, eingebildeter alter Mann, und der Wagen dort unten hatte vielleicht nur gebrannt, weil irgendwo drei oder vier Meter unter der Straße etwas explodiert war. Schließlich vermochte heutzutage niemand mehr genau zu sagen, was alles in die Kanalisation und die Abwasserrohre eingeleitet wurde.

Aber wenn das so war, wer war dann Hendryk? Und wieso hatte er gewußt, daß Sonnenlicht lebensgefährlich für den Jungen war?

Nein, er dachte auch diesen Gedanken vorsichtshalber nicht zu Ende! Außerdem fiel ihm jetzt ein, daß in seiner Hosentasche tatsächlich etwas war: der Gegenstand, den Hendryk ihm zugesteckt hatte. Vielleicht hatte jene geheimnisvolle Macht, die noch immer emsig dabei war, sein Gedächtnis auszulöschen, auch dafür gesorgt, daß er dieses Ding vergaß. Aber jetzt glitt seine Hand in die Tasche und zog es hervor. Was er in den Fingern hielt, das wäre jedem anderen wie ein grauer, handtellergroßer Stein vorgekommen, und auch Michael hielt es im allerersten Moment dafür. Dann weiteten sich seine Augen ungläubig, als er begriff, *was* Hendryk ihm da zugesteckt hatte. Hastig trat er einen Schritt von der Tür zurück und drehte sich dabei ganz instinktiv so herum, daß sein Körper den Stein vor den Sonnenstrahlen schützte, die durch das Fenster hereinfielen. Ein paar Sekunden lang stand er unschlüssig da, dann ging er, noch immer mit seinem eigenen Schatten das Ding abschirmend, zu seinem Schreibtisch, zog die Schublade auf und legte es hinein. Behutsam schloß er sie, ging zum Fenster und ließ die Jalousien wieder herunter. Es wurde nicht völlig dunkel im Zimmer, aber Michael hoffte, daß das graue Zwielicht, das nun anstelle der Morgensonne hier drinnen herrschte, nicht zu hell sein werde. Zitternd vor Aufregung ging er zum Tisch zurück, zog die Schublade auf und nahm seinen Fund wieder heraus.

Das Ding sah tatsächlich aus wie ein Stück grauer, poröser Basalt, doch nun, da Michael wußte, was er vor sich hatte, erkannte er mit jeder Sekunde mehr Einzelheiten. Der vermeintliche Stein war länglich, und mit ein wenig Phantasie konnte man die Umrisse eines winzigen menschlichen Körpers erkennen, wenn auch grob und bloß angedeutet, so als wäre es ein Rohling, aus dem ein Künstler eine winzige Gestalt hatte formen wollen, ohne über den ersten Arbeitsgang hinauszukommen. Das genaue Gegenteil war der Fall. Die Sonne hatte das Irrlicht verbrannt und seine Haut zu grauem Stein werden lassen, aber Michael wußte, wie unglaublich zäh diese winzigen Geschöpfe waren. Mit etwas Glück konnte er es vielleicht wieder zum Leben erwecken. Mit ein wenig Glück und *sehr viel Vorsicht*, hieß das, denn er verspürte wenig Lust, dabei sein Zimmer oder auch gleich das ganze Haus in Brand zu setzen. Aber er mußte es auf jeden Fall versuchen. Nicht nur, weil ein echtes, lebendes Irrlicht ein Beweis für seine Geschichte gewesen wäre, den selbst sein Vater als solchen würde akzeptieren müssen, sondern auch, weil ihm das Geschöpf einfach leid tat. Von allen Bewohnern des Unterlandes waren die Irrlichter vielleicht die unschuldigsten, possierliche kleine Geschöpfe, die nichts als Lachen und Spielen im Kopf hatten und niemandem etwas zuleide taten – solange er nicht den Fehler beging, sie naß zu machen.

Und damit fingen die Probleme auch schon an. Wenn überhaupt, so war die einzige Möglichkeit, das Irrlicht zu retten, die, es mit Wasser in Berührung zu bringen. Aber Michael

erinnerte sich noch zu gut an das, was mit Wolfs Haus geschehen war. Er mußte vorsichtig sein, sehr vorsichtig.
Behutsam legte er das Irrlicht in die Schublade zurück, schob diese zu und verließ sein Zimmer. Auf dem Flur blieb er einen Moment stehen und lauschte. Seine Eltern saßen in der Küche und unterhielten sich. Er konnte die Worte nicht verstehen, aber der Tonfall der Unterhaltung machte ihm klar, daß es eine hitzige Diskussion sein mußte, vielleicht sogar ein Streit. Es kam selten vor, aber es *kam* vor, daß seine Eltern sich stritten, und er hatte schon recht früh die Erfahrung gemacht, daß es in diesem Fall besser war, sich herauszuhalten, wollte er sich nicht plötzlich zwischen den Fronten finden und von beiden Seiten unter Beschuß genommen werden. Außerdem war es ihm im Moment ganz recht, daß seine Eltern abgelenkt waren. Auf Zehenspitzen schlich er ins Bad, nahm einen Waschlappen aus dem Regal und hielt ihn unter den Wasserhahn. Er feuchtete ihn an, wrang ihn aber sofort wieder aus, und zwar so gründlich, daß auch nicht mehr der winzigste Tropfen hervorkam. Der Stoff war nicht mehr richtig naß, allenfalls noch feucht, als er in sein Zimmer ging, die Tür hinter sich zumachte – und ganz gegen seine sonstigen Gewohnheiten den Schlüssel herumdrehte – und abermals an den Schreibtisch trat.
Mit übertriebener Sorgfalt wischte er sich die Hände an Hemd und Hose ab, zog die Schublade auf und nahm das Irrlicht heraus. Seine Finger zitterten, als er mit der linken Hand den Waschlappen auseinanderfaltete und das winzige versteinerte Geschöpf mit der anderen hineinlegte.
Ein ganz leises Zischen war zu hören. Kleine hellblaue Funken stoben auf und tanzten einen Moment lang wie betrunkene Glühwürmchen über dem Tisch, ehe sie wieder erloschen. Aber es war wohl nur ein Wassertropfen gewesen, der trotz aller Vorsicht in dem Waschlappen zurückgeblieben war, denn das Zischen wiederholte sich nicht, und es stiegen auch keine weiteren Funken mehr hoch. Michael blickte

einige Sekunden lang unschlüssig auf das Irrlicht herab, dann stand er auf, trat an das Regal neben dem Bett und nahm eine Blechdose heraus, in der er allerlei Krimskrams aufbewahrte. Er schüttete den Inhalt auf das Bett, trug die Dose zum Schreibtisch und legte den Waschlappen mit dem darin eingewickelten Irrlicht hinein. Das Blech war allerhöchstens einen Millimeter dick, aber im Augenblick war das alles, was er an Vorsichtsmaßnahmen ergreifen konnte. Jetzt mußte er warten, zehn Minuten, vielleicht eine Viertelstunde, und dann, wenn es nötig war, die Waschlappenprozedur wiederholen.

Jemand drückte die Türklinke herunter, ließ sie wieder los und klopfte dann. »Michael?« drang die Stimme seines Vaters durch die Tür.

Michael machte erschrocken den Deckel der Blechdose zu. Für einen Moment drohte er in Panik zu geraten und wußte nicht, was er tun sollte. Dann riß er hastig die Schreibtischschublade auf und legte die Schachtel hinein. Die Blechdose war ein bißchen zu hoch, die Schublade weigerte sich, zuzugehen, und Michael half mit dem Knie nach. Die Lade ächzte protestierend und ging dann mit einem plötzlichen Ruck zu, der Michael klarmachte, daß es nicht leicht sein würde, sie wieder herauszuziehen.

Sein Vater klopfte ein zweites Mal, und als er diesmal seinen Namen rief, hörte Michael deutlich die Ungeduld in seiner Stimme. Er beeilte sich, zur Tür zu gehen und den Schlüssel herumzudrehen.

»Was ist los?« fragte sein Vater. »Wieso schließt du dich ein?«

Michaels Antwort bestand nur aus einem hilflosen Lächeln und einem ebenso hilflosen Achselzucken, und zu seiner Überraschung akzeptierte sein Vater das. Zwar trat er einen Schritt ins Zimmer hinein, sah sich rasch und sehr aufmerksam um, und runzelte die Stirn, als er die geschlossenen Jalousien und die Unordnung auf Michaels Bett entdeckte, aber er ging nicht darauf ein, sondern drehte sich nur um und gab Michael mit einer Geste zu verstehen, daß er ihm folgen solle. Michael unterdrückte den Impuls, zum Schreibtisch zurückzublicken, sondern trat wortlos hinter seinem Vater auf den Korridor hinaus. Sie gingen die Treppe hinunter und in die Küche, wo der Tisch zu einem zweiten Frühstück gedeckt war. Mutter erwartete sie bereits, und Michael ahnte, daß das Gespräch alles andere als erfreulich werden würde, als er ihren Gesichtsausdruck sah. Sonderbarerweise wurden unangenehme Dinge bei ihnen immer in der Küche besprochen. Niemals im Wohnzimmer, im Garten oder in Vaters Arbeitszimmer, sondern immer nur hier und an diesem Tisch.

»Setz dich, Michael«, sagte sein Vater. »Wir müssen miteinander reden.«

Michael gehorchte wortlos. Voll Unbehagen bemerkte er, daß auf dem Tisch nicht nur Kaffeetassen und die üblichen Frühstücksutensilien standen. Vor dem Platz seines Vaters lag das grüne Ringbuch, daneben ein Notizblock, auf dem etwas in Vaters nahezu unleserlicher Handschrift gekritzelt war.

Er erwartete, daß sein Vater sich ebenfalls setzen werde, aber statt dessen verließ er noch einmal die Küche, ging mit schnellen Schritten über den Flur ins Wohnzimmer und kam gleich zurück. In der rechten Hand hielt er ein Buch. Michael runzelte verwirrt die Stirn, als er den Einband erkannte. Es war nichts anderes als »Unterland«, Henry Wolfs Roman, der im Augenblick die Bestsellerlisten stürmte. Sein Vater legte das Buch neben Michaels Tagebuch, setzte sich nun doch und blickte ihn auf eine Art an, die klarmachte, daß er erwartete, Michael werde das Gespräch eröffnen.

Michael schwieg. Solange er nicht wußte, wieviel sein Vater bereits herausgefunden hatte, war das immer noch das beste.

»Also gut«, sagte Vater schließlich mit einem Stirnrunzeln. »Dann fange eben ich an. Ich nehme an, du hast dieses Buch gelesen.« Er legte die flache Hand auf »Unterland«, und als

Michael nickte, deutete er mit einer Kopfbewegung auf den grünen Ringbuchordner und fuhr fort: »*Das da* kennst du bestimmt. Schließlich hast du es selbst geschrieben. Ich habe gar nicht gewußt, daß du über solche Talente verfügst. An Stil und Orthographie müßtest du noch ein bißchen arbeiten, aber die Geschichte ist wirklich phantastisch. Wann hast du sie geschrieben? In der Woche, in der du angeblich in den Katakomben herumgeirrt bist?«

Michael nickte, und als er dabei in das Gesicht seiner Mutter sah, begriff er, daß er soeben einen *gewaltigen* Fehler begangen hatte. Er vermochte noch nicht zu sagen, welchen, aber er spürte sehr deutlich, daß es einer gewesen war.

»Das ist wirklich erstaunlich«, fuhr Vater kopfschüttelnd fort und nahm einen Schluck Kaffee. »Weißt du, ich halte nicht viel von phantastischen Geschichten und diesem ganzen Science-fiction-Kram. Aber ›Unterland‹ habe ich gelesen – sogar zweimal, wenn ich es recht bedenke.

Michael blickte auf. »Zweimal?«

Sein Vater nickte. »Einmal«, er ließ die Hand demonstrativ wieder auf den Einband des Romanes fallen, »vor drei Monaten, als dein Freund es mir geschenkt hat, und ein zweites Mal heute morgen.« Seine Hand hob sich, glitt in einem dramatischen Halbkreis über den Tisch und berührte jetzt den fleckigen Einband des Ringbuches. »Wenn ich es nicht besser wüßte, dann müßte ich glauben, daß du dir die Mühe gemacht hast, die ganze Geschichte noch einmal mit deinen Worten nachzuerzählen.«

Michael begriff endlich, *welchen* Fehler er gemacht hatte, und hätte sich am liebsten geohrfeigt. Sein Vater hatte ihm die einzig wirklich überzeugende Ausrede praktisch auf dem Silbertablett serviert, aber er war einfach zu blind gewesen, sie zu sehen. Er hätte nur ganz genau das zu behaupten brauchen: daß er, inspiriert durch »Unterland«, eine eigene, ganz ähnliche Geschichte geschrieben habe. Eine halbe Sekunde lang überlegte er, ob er es nicht auch jetzt noch behaupten

solle. Aber es war zu spät. Die nächsten Worte seines Vaters machten das ganz deutlich.
»Aber das hast du nicht«, sagte er. »*Du* hast diese Geschichte geschrieben?«
»Unsinn«, antworte Michael leise und mit wenig Überzeugung. »Ich meine ... warum sollte ich so etwas tun?«
»Eine gute Frage«, antwortete sein Vater. »Beantworte du sie mir.«
Michael lächelte nervös. »Aber ich kann so etwas gar nicht«, sagte er. »Ich meine ... ich habe überhaupt kein Talent zum Geschichtenerzählen.«
»Genau das dachte ich bis heute morgen auch«, sagte sein Vater ruhig und ohne die Spur eines Lächelns. »Ich habe mich getäuscht. Weißt du, ich verstehe zwar nicht viel von Literatur oder Dramaturgie, aber man müßte schon blind sein, um nicht zu erkennen, daß das, was in deinem Tagebuch steht – übrigens in *deiner* Handschrift und mit *deinen* typischen Fehlern –, die ursprüngliche Geschichte ist. ›Unterland‹ ist routinierter geschrieben, gekonnter und viel spannender und in einigen Passagen auch anders als deine Geschichte. Eben genau das, was man erwarten würde, wenn man einem Profi wie Wolf deine Aufzeichnungen gibt und ihm sagt: Mach etwas daraus. Hast du es ihm gesagt?«
Michael schwieg. Er wußte plötzlich nicht mehr, wohin mit seinem Blick, schaute hierhin und dorthin, aus dem Fenster, aus der Tür, ins Gesicht seiner Mutter und schließlich auf seine eigenen Hände hinab.
»Nicht, daß ich die ganze Geschichte verstehen würde«, fuhr sein Vater fort. »Was hat er dir versprochen, wenn du niemandem sagst, wie dieses Buch wirklich entstanden ist?«
»Nichts«, antwortete Michael. »Es ... es war ganz anders ... wirklich. Es war mehr ... Ich meine, Wolf hat nicht ...« Er begann zu stottern und brach schließlich wieder ab.
»Zumindest wird mir jetzt klar, warum dieser Angeber so um deine Freundschaft bemüht war«, fuhr sein Vater fort. »Ich

an seiner Stelle hätte Alpträume bei der Vorstellung, daß herauskommen könnte, daß sein Bestseller in Wirklichkeit von einem fünfzehnjährigen Jungen geschrieben worden ist, der in der Schule in Deutsch niemals über eine Drei hinausgekommen ist. So ganz nebenbei: Hast du auch nur eine ungefähre Vorstellung davon, wieviel Geld er damit verdient hat?«
Michael antworte auf die gleiche Weise wie zuvor, nämlich gar nicht, aber sein Vater schien das bereits erwartet zu haben, denn er redete weiter: »Es geht mir nicht um das Geld, bitte, versteh mich nicht falsch. Ich verstehe einfach nicht, warum du die ganze Zeit über geschwiegen hast. Hat er dich erpreßt? Dich bedroht?«
Irgendwie spürte Michael, daß sie nun beim eigentlichen Thema ihrer Unterhaltung angekommen waren. Es ging seinem Vater tatsächlich nicht um Geld oder den Ruhm, der seiner Meinung nach zumindest zum Teil Michael zugestanden hätte. Worauf er hinauswollte, das war etwas völlig anderes.
»Warum vertraust du uns nicht?« fragte seine Mutter. Es waren die ersten Worte, die sie sprach, seit Michael hereingekommen war, und als er sich zu ihr umwandte, gewahrte er einen Ausdruck auf ihrem Gesicht, den er im ersten Moment nicht verstand. Es war nicht das forschende Mißtrauen, das ihm der Vater entgegenbrachte, sondern etwas wie unterdrückter Schmerz, fast Verzweiflung. Warum?
»Ich verstehe nicht, was du meinst«, sagte er.
Seine Mutter wollte antworten, aber sein Vater kam ihr zuvor. »Na gut, dann muß ich eben deutlicher werden«, sagte er. »Um es ganz klar zu machen: Wir glauben nicht mehr, daß ihr damals tatsächlich eine ganze Woche lang durch die Katakomben geirrt seid.«
»Aber ... aber wo sollten wir denn sonst gewesen sein?« fragte Michael hilflos.
»Woher soll ich das wissen?« erwiderte sein Vater achselzuk-

kend. »Vielleicht dort, wo auch dieser Junge gewesen ist, den du gestern abend gefunden hast.«
»Hendryk?«
»Das ist wohl sein Name«, antwortete sein Vater nickend. »Ja.«
»Ich weiß nicht, wo er herkommt oder wo er sich aufgehalten hat«, log Michael.
»Das weiß bisher niemand genau«, sagte sein Vater. »Aber weißt du, ich habe mit den Ärzten gesprochen, die ihn behandelt haben. Schon heute morgen, vor deinem kleinen Abenteuer. Sie haben zwar auch kein Wort aus ihm herausbekommen, aber sie konnten mir zumindest sagen, daß er über lange, lange Zeit in einem Raum gewesen sein muß, in dem es kein Sonnenlicht gab. Etwa in einem Verlies. Oder in einem Kellergewölbe. Unter einem Swimming-pool. Warst du damals auch dort?«
»Nein!« antwortete Michael, zu schnell und entschieden zu laut. »Ich habe bis gestern abend nicht einmal gewußt, daß es diesen Raum gibt.«
Sein Vater setzte zu einer ärgerlichen Antwort an, doch diesmal war er es, der von Michaels Mutter unterbrochen wurde.
»Laß ihn«, sagte sie. »Wir reden später darüber, in aller Ruhe. Im Moment ist vielleicht alles einfach zu viel.«
»Er hat ein ganzes Jahr Zeit gehabt, um –«
»Jetzt nicht«, sagte Michaels Mutter, nicht einmal sehr laut, aber plötzlich so scharf, daß sein Vater nicht weitersprach, sondern sie nur mit einer Mischung aus Betroffenheit und Zorn ansah. Aber die Betroffenheit überwog. Vielleicht sah auch er ein, daß Michael im Augenblick sowieso nicht antworten würde, ganz egal, wie laut oder heftig er wurde. Er hob mit einem Ruck den Arm und schaute auf die Uhr. »Ich muß noch einmal weg«, sagte er. »Ich denke, daß ich in zwei, spätestens drei Stunden wieder hier bin. Und danach reden wir. So lange hast du Zeit, darüber nachzudenken, ob du

nicht doch lieber deinen Eltern vertrauen solltest als diesem Strolch.«
Er stand auf, nahm Wolfs Roman und Michaels Tagebuch und schob scharrend seinen Stuhl zurück. »Falls es dir bei deiner Entscheidung hilft«, sagte er, »kann ich dir verraten, daß er sowieso dran ist. Die Polizei interessiert sich brennend für die Frage, woher dieser Junge gekommen ist und wie lange Wolf ihn schon in diesem Loch gefangengehalten hat. Früher oder später kriegen sie die Wahrheit ja doch heraus. Und ich glaube, eher früher.«
»Haben sie ihn denn gefunden?« fragte Michael.
»Noch nicht«, antwortete Vater schon im Hinausgehen. »Aber das ist nur eine Frage der Zeit.«
Michael wußte es besser. Dort, wo Wolf jetzt war, würde ihn keine Polizei der Welt finden. Dabei wünschte Wolf sich im Moment vermutlich nichts sehnlicher als eine Zelle in einem Gefängnis, in der er sicher und gut bewacht den Rest seines Lebens verbringen konnte. Michael sagte nichts mehr, sondern wartete mit gesenktem Blick, bis sein Vater die Küche und einen Augenblick später das Haus verlassen hatte. Dann stand er auf.
»Ich . . . gehe wieder in mein Zimmer«, sagte er.
»Tu das«, antwortete seine Mutter. »Aber du mußt es nicht.«
Michael sah sie fragend an.
»Du kannst mit mir reden«, fuhr sie fort. »Ich meine . . . falls es dir peinlich oder unangenehm ist. Du kannst es auch aufschreiben, falls es dir lieber ist.«
Michael war verwirrt. Er begann allmählich zu ahnen, was die geheimnisvollen Andeutungen seiner Eltern zu bedeuten hatten. Der Gedanke war im ersten Moment so absurd, daß er beinahe gelacht hätte.
»Ich bin hier unten, falls du mich brauchst«, sagte seine Mutter.
Mit einem Male empfand er eine tiefe, warme Dankbarkeit. So absurd – oder zumindest falsch – der Verdacht seiner El-

tern auch war, so spürte er doch, daß Mutters Worte ehrlich gemeint waren und er ihr vorbehaltlos und ohne die mindeste Furcht vor einer Bestrafung oder einem Vorwurf alles hätte anvertrauen können. Und für einen ganz kurzen Moment war er nahe daran, es zu tun. Vielleicht war der einzige Grund, aus dem er es schließlich bei einem angedeuteten Lächeln beließ und wortlos aus der Küche ging, der, daß er ihr die Wahrheit einfach nicht sagen konnte. Sie hätte ihm nicht geglaubt und sich durch seine vermeintliche Lüge zutiefst verletzt gefühlt.

Als er die Treppe hinaufstieg, packte ihn die Wut. *Wunderbar!* Nicht nur, daß er weiter denn je von der Lösung dieser Rätsel entfernt zu sein schien, verdächtigten zu allem Überfluß seine Eltern Wolf jetzt auch noch, ein Kidnapper und Sittenstrolch zu sein – und ihn, Michael, irgend etwas getan oder zugelassen zu haben. Dieser Tag ist bisher wirklich ein voller Erfolg gewesen! dachte er sarkastisch.

Und es sollte noch besser kommen.

Als er in sein Zimmer trat und die Tür hinter sich zumachte, fiel ihm sofort unangenehm die Dunkelheit auf, die hier herrschte. Er glaubte sogar die Erklärung dafür zu kennen. Dunkelheit und Zwielicht würden ihn vermutlich für immer an das Unterland und an die Schrecken der vergangenen Nacht und des heutigen Morgens erinnern. Der Gedanke machte ihn zornig, denn er gab ihm das Gefühl, um etwas betrogen worden zu sein. Er trat ans Fenster und zog mit einer fast trotzigen Bewegung die Jalousien hoch. Auf der Straße vor dem Haus drängten sich noch immer die Schaulustigen. Der Feuerwehrwagen war fort, und auch zwei der drei Streifenwagen waren wieder abgefahren. Das Autowrack war mit einer Absprerrung umgeben worden, und zwei uniformierte Polizisten scheuchten unentwegt die Neugierigen zurück, die sich zu nah an diese Barriere wagten, während zwei andere Männer sich an dem ausgeglühten Wrack zu schaffen machten, fotografierten oder dies und jenes aufhoben und es

in kleine mitgebrachte Plastikbeutel stopften. Michael verstand nicht, was diese Leute zu finden hofften. Ja, er *wußte,* daß dieses Autowrack den Rest eines normalen Brandes darstellte. Aber von diesen Leuten dort unten wußte das niemand. Und *so* aufregend war der Anblick eines ausgebrannten Pkws nun auch wieder nicht.
Er wollte sich schon wieder vom Fenster abwenden, als sein Blick an einer Gestalt hängenblieb, die ein wenig abseits von den anderen stand. Etwas an ihr war merkwürdig. Der Mann – wenn es ein Mann war – war sehr groß und trug einen schwarzen Mantel, der seine Gestalt fast bis zu den Knöcheln verhüllte. Die rechte Hand hatte er in der Tasche vergraben, und Michael konnte sehen, daß die linke einen schwarzen Lederhandschuh trug. Auf dem Kopf trug er einen breitkrempigen dunklen Hut, dazu eine weder der Jahreszeit noch der Witterung entsprechende Sonnenbrille, und zu allem Überfluß hatte er den Mantelkragen hochgeschlagen, so daß von seinem Gesicht so gut wie nichts zu erkennen war. Aber vielleicht, dachte Michael schaudernd, *versteckt* er sich gar nicht, sondern *schützt* sich.
Und als hätte der Mann in dem schwarzen Mantel seine Gedanken gelesen oder seinen Blick gespürt, hob er in diesem Moment den Kopf und schaute genau in seine Richtung. Obwohl er mindestens dreißig Meter entfernt war und Michael hinter der Fensterscheibe, noch dazu in einem halbdunklen Zimmer ganz bestimmt nicht sehen konnte, war Michael doch sicher, den Blick dunkler, aufmerksamer Augen zu spüren, die ihn hinter dem schwarzen Glas der Sonnenbrille forschend, vielleicht auch feindselig anstarrten. Der Eindruck war so intensiv, daß er beinahe ein körperliches Gefühl des Berührtwerdens hatte.
Michael starrte den Fremden einen Moment lang mit klopfendem Herzen an, dann drehte er sich um, stürmte aus dem Zimmer und polterte die Treppe hinunter. Seine Mutter kam aus der Küche und sah ihn fragend und erschrocken an, aber

er ignorierte sie einfach, rannte an ihr vorbei und riß die Haustür auf. Mutter rief laut und in eindeutig befehlendem Ton seinen Namen, aber Michael reagierte nicht darauf, lief im Gegenteil schneller durch den Vorgarten und auf die Straße hinaus.
Ob nun Zufall oder nicht, der Mann in dem schwarzen Mantel hatte sich umgedreht und ging mit gesenktem Kopf und nunmehr beide Hände in den Taschen vergraben langsam die Straße hinunter. Michael rannte hinter ihm her, passierte den ausgebrannten Wagen und die Menge und holte rasch zu ihm auf. Er war vielleicht noch zehn Schritte hinter ihm, als der Mann die Straßenkreuzung erreichte und nach links abbog. Damit hatte er ihn! Es war eine Sackgasse, die nach kaum zwanzig Metern vor einer Mauer endete.
Michael griff noch einmal schneller aus, rannte um die Ecke – und blieb verblüfft stehen.
Der Mann war verschwunden.
Michael war höchstens zehn Meter hinter ihm gewesen, und es gab hier rechts und links nur glatte Ziegel- und Zementmauern, keine Tür, keinen Durchlaß, kein Versteck. Und dennoch: der Mann war wie vom Erdboden verschwunden.
Aber vielleicht stimmte das nicht, vielleicht war er nicht *vom,* sondern *in den* Erdboden verschwunden. Es gab zwar hier keinen Kanaldeckel oder irgendeinen anderen Abstieg in die Unterwelt, aber für die Menschen des Unterlandes waren massive Wände manchmal nicht ganz so massiv wie für die Bewohner der Oberwelt. Michael blieb lange stehen und starrte ins Leere, als könnte er den Mann wieder herbeizwingen. Zumindest wußte er jetzt, daß seine erste Vermutung ihn nicht getäuscht hatte und der Mann in dem schwarzen Mantel alles andere war als ein Neugieriger, den das Feuer angelockt hatte. Michael war jetzt sogar überzeugt, daß er den ausgebrannten Wagen nicht einmal eines Blickes gewürdigt, sondern die ganze Zeit über nur das Haus beobachtet hatte.

Schließlich ging er zum Haus zurück. Seine Mutter wartete in der offenen Haustür auf ihn.
»Was war los?« fragte sie besorgt.
Michael schüttelte den Kopf. »Nichts«, sagte er. Er wollte an seiner Mutter vorbeigehen, aber sie hielt ihn am Arm zurück und sah ihm forschend ins Gesicht.
»Dafür hattest du es aber verdammt eilig«, sagte sie. »Nun red schon.«
»Nichts«, sagte Michael noch einmal und machte sich mit sanfter Gewalt aus dem Griff seiner Mutter los. »Ich dachte, ich hätte jemanden gesehen, den ich kenne, aber ich habe mich geirrt.«
»Jemanden?« hakte seine Mutter nach. »Vielleicht diesen Wolf?«
»Nein«, antwortete Michael. »Ich sagte doch, ich habe mich getäuscht.«
Natürlich gab sich seine Mutter mit dieser Ausrede nicht zufrieden, und Michael wußte, daß zu den unangenehmen Punkten, über die sein Vater später mit ihm reden wollte, nun ein weiterer hinzugekommen war. Noch dazu durch seine eigene Schuld. Er lächelte seiner Mutter zu, schob ihre Hand, die sich fast unbemerkt schon wieder in einer vertraulichen Geste auf seinen Arm gelegt hatte, ein zweites Mal beiseite und ging wieder die Treppe hinauf.
Das erste, was ihm auffiel, nachdem er sein Zimmer betreten hatte, war ein leiser, aber durchdringender Brandgeruch. Michael blieb wie versteinert stehen, dann war er mit einem Satz beim Schreibtisch, riß die Schublade auf und griff nach der Blechdose.
Mit einem Schmerzensschrei zog er die Finger wieder zurück. Das Metall war glühendheiß. Der Brandgeruch war jetzt deutlicher zu spüren, denn er kam genau aus dieser Schublade. Michael brauchte eine Sekunde, um sich zu beruhigen, dann stürmte er zum Bett, riß die Decke herunter und versuchte ein zweites Mal, die Schachtel aus der Schublade

herauszunehmen, wobei er seine Finger diesmal mit dem dikken Wollstoff schützte. Es gelang ihm, dafür würde er sich später eine gute Ausrede einfallen lassen müssen, wieso seine Decke an einigen Stellen angesengt war. Vorsichtig hob er die Blechdose hoch – sie war zu leicht! –, drehte sie um und war von neuem überrascht. Sie hatte keinen Boden mehr. In dem silberfarbenen Blech gähnte ein Loch mit ausgefransten Rändern, und ein gleich großes grinste ihm vom Boden der Schublade entgegen. Von dem angefeuchteten Waschlappen, der sich in der Schachtel befunden hatte, waren nur noch einige verschmorte Reste übriggeblieben. Das Irrlicht war verschwunden.

Michael ließ Decke und Blechschachtel achtlos fallen, drehte sich mehrmals um die eigene Achse und suchte mit erschrokken aufgerissenen Augen das Zimmer ab. Er hätte sich in diesem Moment nicht gewundert, es bereits in hellen Flammen stehen zu sehen, aber es war wie immer, nirgends war etwas verbrannt oder versengt, und von dem Irrlicht war keine Spur zu entdecken.

Er bückte sich unter den Schreibtisch, um auch dort nachzusehen, dann ging er rasch zum Fenster und ließ die Jalousien herunter. Wieder machte das Sonnenlicht trübgrauem Zwielicht Platz, das aber noch immer viel zu hell war. Michael überlegte einen Augenblick, dann hob er die Decke vom Boden auf, kletterte in einer fast halsbrecherischen Aktion auf den Heizkörper und klemmte sie in den oberen Fensterspalt. Es wurde fast ganz dunkel im Zimmer.

Vorsichtig stieg er von seiner improvisierten Leiter und sah sich abermals um. Er konnte so gut wie nichts sehen, aber er wußte, daß seine Augen einige Sekunden brauchen würden, sich den veränderten Lichtverhältnissen anzupassen. Er schloß die Augen, zählte in Gedanken langsam bis zehn und hob die Lider wieder. Und tatsächlich – jetzt *sah* er etwas. Aus dem Spalt der nur angelehnten Tür seines Kleiderschrankes drang ein blasser, bläulicher Schimmer, den er wahrscheinlich auch bei völliger Dunkelheit übersehen hätte, hätte er nicht bewußt danach gesucht. Als er langsam auf den Schrank zuging, glaubte er etwas zu hören: ein leises Wimmern und Wehklagen, es klang wie das Piepsen einer verletzten Maus, die mit menschlicher Stimme zu sprechen versuchte. Er ließ sich vor dem Schrank in die Hocke nieder und öffnete behutsam die Tür.

Das Irrlicht saß in der hintersten Ecke des Schrankes, die Knie dicht an den Körper gezogen und mit den Armen umschlossen, das Gesicht in der Armbeuge vergraben, und wimmerte leise vor sich hin. Michael empfand plötzlich tiefes Mitleid mit dem winzigen Geschöpf, denn er konnte nur zu gut verstehen, was es in diesem Moment, völlig alleingelassen und hilflos in einer Welt, die ihm ebenso fremd sein mußte, wie das Unterland Michael, empfinden mochte. Nach ein paar Sekunden hob es das winzige Gesichtchen und sah zu Michael auf.

»Du mußt keine Angst haben«, sagte er. »Ich bin ein Freund.«

Das Irrlicht biß sich auf die Lippen und blickte ihn aus großen, vor Furcht und Schrecken dunklen Augen an. Michael sah, in welch erbärmlichem Zustand es sich befand. Es hatte seine steinerne Hülle gesprengt, aber nicht zur Gänze. Schultern und Oberarme und auch große Teile des schlanken Körpers waren von einer grauen, an vernarbte Haut erinnernde Schicht bedeckt, die filigranen Flügel hingen zerknittert und schlaff herab, fast entzweigerissen vom Gewicht des grauen Steins. Der Anblick brach ihm fast das Herz, und beinahe ohne daß er sich selbst der Bewegung bewußt war, streckte er die Hand aus, nahm das Irrlicht auf und trug es zu seinem Bett.

Er hätte Wasser holen und es anfeuchten können, aber wenn schon diese wenigen Tropfen, die noch in dem Waschlappen gewesen waren, ausgereicht hatten, es zu solcher Glut zu entfachen, daß es sich durch die Blechdose und das Holz seines

Schreibtisches brennen konnte, was würde geschehen, wenn er es wirklich *naß* machte?
Dann hatte er eine Idee. Behutsam nahm er das Irrlicht in beide Hände, brachte es ganz dicht vor sein Gesicht und hauchte es an.
Das Irrlicht begann zu zittern. Die blaßblaue Glut seines Körpers flammte für einen Moment stärker auf, wie eine Kerzenflamme, die von einem Windzug getroffen wird, und in dem borkigen grauen Panzer, der seinen Körper da und dort noch umschloß, erschienen mikroskopisch feine Risse, in denen es hellblau loderte. Durch seinen Erfolg ermutigt, verstärkte Michael seine Anstrengungen, und tatsächlich hatte er Erfolg. Selbst seine Atemluft schien genug Feuchtigkeit zu enthalten, um das Wesen nach und nach wieder völlig zum Leben zu erwecken. Die winzigen Risse in dem grauen Panzer wurden breiter und länger, verästelten sich und vereinten sich zu größeren, leuchtenden Spalten. Es dauerte lange, fünf oder vielleicht auch zehn Minuten, aber unter Michaels regelmäßig hauchenden Atemzügen begann das Leben vollends in den Körper des kleinen Geschöpfes zurückzukehren.
Schließlich legte er es behutsam wieder aus der Hand, trat einen halben Schritt zurück und ging in die Hocke, so daß sich sein Gesicht unmittelbar über dem Irrlicht befand. Seine Hände brannten, er konnte die Wärme spüren, die von dem Körper des kleinen Wesens ausging. Er hatte jetzt keine Angst mehr vor ihm. Ganz im Gegenteil: Fast ohne daß er selbst es merkte, stahl sich ein Lächeln auf seine Züge, und er mußte gegen den Impuls ankämpfen, das Irrlicht zu streicheln, wie man eine kleine Katze oder einen jungen Hund streichelte. Er tat es nur deshalb nicht, weil er Angst hatte, sich zu verbrennen.
»Alles in Ordnung?« fragte er.
Das Irrlicht machte eine Bewegung, die er mit einigem guten Willen als Nicken auslegen konnte, wälzte sich mühsam auf

die Seite, setzte sich dann auf und versuchte seine Flügel zu entfalten.
Und erst in diesem Moment erkannte Michael sein Gesicht.
»Dwiezel?« fragte er ungläubig. »Bist du ... Dwiezel?! Aber wie kommst du hierher? Was suchst du hier?«
Das Irrlicht schüttelte ein paarmal heftig den Kopf, ganz wie ein Mensch, der versuchte, mit einer Benommenheit fertig zu werden, reckte die Schultern, wobei sich seine durchsichtigen Flügel knisternd entfalteten, und stand schließlich auf. »Das wüßte ich selbst gerne«, piepste es. »Ich muß wohl eins mit dem Holzhammer bekommen haben, daß ich mich freiwillig meldete, mit diesem Verrückten zu gehen. Und das alles nur, um ein paar von euch großen Tölpeln Kopf und Kragen zu retten.«
»Wovon redest du überhaupt?« fragte Michael verwirrt. »Was ist bei euch unten geschehen? Bist du mit Hendryk gekommen?«
»Muß wohl so sein«, maulte Dwiezel. »Der Kerl hat mich so lange blödgequatscht, bis ich schließlich ja gesagt habe, wahrscheinlich nur, um meine Ruhe zu haben. Aber es war keine besonders gute Idee, wenn du mich fragst.«
»Bitte, Dwiezel!« sagte Michael. »Es ist wichtig! Wieso seid ihr hier?«
Das Irrlicht zog eine Grimasse, setzte sich mit untergeschlagenen Beinen auf Michaels Kopfkissen und begann darauf zu wippen, was ihm zu gefallen schien, denn es stieß ein leises, helles Lachen aus und schlug mit den flachen Händen auf die weiche Unterlage neben sich.
»Bitte, Dwiezel!« sagte Michael in beinahe flehendem Ton. Das schlimme an Irrlichtern war, daß sie die wohl verspieltesten Geschöpfe waren. Sie waren weder dumm noch vergeßlich, aber wenn sie irgend etwas Neues entdeckten, das sie interessierte oder ihnen Freude bereitete, dann vergaßen sie darüber alles andere, selbst wenn es um ihr Leben ging. »Du mußt mir erzählen, was passiert ist! Ich habe mit Hendryk

gesprochen, aber er konnte nicht viel sagen. Was ist los? Wieso seid ihr hier oben?«

»Ich sagte doch, um ein paar von euch Tölpeln zu retten«, antwortete Dwiezel kichernd, schlug einen Purzelbaum auf dem Kissen und versuchte sich aus der gleichen Bewegung heraus in die Luft zu schwingen. Aber seine Kraft reichte noch nicht. Es kam nur einige Zentimeter weit und landete dann auf dem Bauch. »He!« sagte es lachend. »Das macht Spaß! Ihr habt tolle Spielzeuge hier oben. Das muß man euch lassen.«

Michael unterdrückte ein Seufzen. »Bitte, Dwiezel«, sagte Michael noch eimal. »Versuch nur eine Sekunde ernst zu sein, es ist wichtig.«

Tatsächlich richtete das Irrlicht sich auf, sah ihn einen Moment lang mit großem Ernst an – und begann dann wieder zu lachen und auf dem Kopfkissen auf und ab zu hüpfen wie ein Kind auf einem Trampolin. »Die Sekunde ist um«, sagte es. »Hast du noch mehr von diesen tollen Spielzeugen?«

Michael zählte in Gedanken langsam bis drei, dann sagte er: »Jede Menge sogar. Aber wir haben noch etwas hier oben, was du nicht kennst.«

Dwiezel hörte auf, auf seinem Kissen herumzuspringen, und sah ihn erwartungsvoll an. »Und was?«

»Eine wunderschöne Sonne«, sagte Michael ruhig. »Du glaubst nicht, wie hell und warm sie ist.« Er deutete in die Richtung, in der sich das Fenster in der Dunkelheit verbarg. »Ich muß nur die Decke herunternehmen, und du kannst es mit eigenen Augen sehen. Möchtest du das vielleicht?«

Das Irrlicht riß Mund und Augen auf. »Das würdest du tun?« fragte es.

Michael nickte.

»Ganz sicher?« vergewisserte sich Dwiezel.

»Ganz sicher«, bestätigte Michael. Natürlich würde er es *nicht* tun, denn damit würde er das Irrlicht auf der Stelle umbringen.

Und Dwiezel mußte das wohl ebensogut wissen wie er. Trotzdem schienen ihm seine Worte klarzumachen, wie ernst die Situation war, denn er alberte nicht weiter herum, brachte sogar ein Kunststück fertig, das Irrlichtern normalerweise sehr schwerfällt: er blieb sekundenlang völlig regungslos stehen und zog nicht einmal eine Grimasse. »Also, genau weiß ich es auch nicht«, sagte er schließlich, und diesmal glaubte ihm Michael. »Ich weiß nur, daß unter den großen Tölpeln eine ziemliche Aufregung ist. Irgendwas muß passiert sein. Etwas Schlimmes. Und sie sind durcheinandergelaufen und haben geschrien und gekämpft –«

»Gekämpft?!« entfuhr es Michael erschrocken.

»Gekämpft«, bestätigte Dwiezel mit einem Kopfnicken. Da dieses etwas heftiger ausfiel, als er wohl beabsichtigt hatte, begann das ganze Kissen, auf dem er saß, zu wippen, und Dwiezel fand sofort Gefallen an der Bewegung und wiegte sich kichernd vor und zurück, zog dann aber mit einem erschrockenen Laut den Kopf zwischen die Schultern, als ihn ein drohender Blick Michaels traf. »Gekämpft«, sagte er noch einmal. »Ich weiß nicht, wer gegen wen oder warum. Aber es gab viel Streit und viele Schreie. Und sie haben Angst. Alle haben sie Angst. Meine Brüder und ich auch, weil wir nicht verstehen, was los ist.«

Dieses letzte Eingeständnis versetzte Michael am meisten in Erstaunen, denn er hatte bisher nicht gewußt, daß es überhaupt etwas gab, wovor die Irrlichter Angst hatten. Sie waren weder unverwundbar noch unsterblich, wie er ja gerade mit eigenen Augen gesehen hatte, aber doch so zähe kleine Burschen, daß ihnen im Grunde niemals wirklich etwas zustieß. Und dabei so nützlich und hilfsbereit, daß sie dort, wo sie herkamen, praktisch keine Feinde hatten. Mit einer Ausnahme vielleicht ...

»Also weißt du im Grunde genauso wenig wie ich, warum du überhaupt hier bist«, sagte Michael enttäuscht.

Dwiezel blickte schüchtern zu ihm hoch und zuckte mit den

winzigen Schultern. »Dein Freund wollte zu dir«, sagte er. »Ich weiß nicht, warum, aber er scheint zu glauben, daß du ihm helfen kannst. Und irgend jemand mußte ja mitkommen und auf ihn aufpassen.«

Michael konnte ein enttäuschtes Seufzen nicht unterdrücken. So groß seine Hoffnung gewesen war, von Dwiezel endlich mehr zu erfahren, so groß war nun seine Enttäuschung. Genaugenommen war er so schlau wie zuvor. Daß sich die Dinge im Unteren Land drastisch verändert hatten, hatte er schon gestern abend den wenigen Worten entnommen, die Hendryk hatte sagen können. Aber er wußte, wie sinnlos es war, weiter in das Irrlicht zu dringen. Dwiezel hätte es ihm gesagt, hätte er mehr gewußt. Die kleinen Burschen kümmerten sich wenig um die Angelegenheiten der Menschen und der anderen Wesen im Unterland, so wie diese sich wenig um die Irrlichter kümmerten. Manchmal brauchte die eine Seite die andere, aber das war selten genug der Fall, und das Unterland war groß genug, allen darin Lebenden hinlänglich Platz zu bieten.

Er stand auf und wollte sich abwenden, als Dwiezel ihn noch einmal zurückrief. »Halt!« sagte das Irrlicht. »Eines fällt mir noch ein.«

Michael fuhr wie elektrisiert herum und beugte sich tief zu dem Irrlicht herab. »Ja?«

»Das Ding«, sagte das Irrlicht.

Michael blickte ihn verständnislos an.

Dwiezel machte eine ungeduldige Bewegung und krauste die Stirn. »Das grüne Ding mit den dünnen weißen Dingern, auf die du mit dem schmalen schwarzen Ding ganz kleine blaue Dinger gemacht hast.«

Michael versuchte die Bedeutung dieses komplizierten Satzgebildes zu entschlüsseln, und plötzlich begriff er, was Dwiezel meinte. »Mein Tagebuch!« sagte er. »Was ist damit?«

»Er hat es extra deinetwegen mitgebracht«, erklärte Dwiezel aufgeregt. »Er sagt, wenn es ihm aus irgendeinem Grund nicht gelingen sollte, selbst mit dir zu reden, dann würden dir die Dinge darin helfen, dich zu erinnern. Du weißt schon, die ganz kleinen blauen Dinger, die du mit dem schmalen schwarzen Ding –«

»– auf die dünnen weißen Dinger gemalt habe, ich weiß, ich weiß«, sagte Michael. Trotz des Ernstes der Situation unterdrückte er nur noch mit Mühe ein Lächeln.

Natürlich! Warum war er nicht gleich von selbst darauf gekommen! Schon der bloße Anblick des Tagebuches hatte ja ausgereicht, die bisher sorgsam verschlossene Tür in seinen Gedanken aufzusprengen. Er mußte es nur lesen, um sich wieder an alles zu erinnern, was damals geschehen war. Und vermutlich würde dann alles, was gestern und heute geschehen war, ebenfalls einen Sinn ergeben. Er mußte dieses Tagebuch wieder in seine Hand bekommen!

Aber dieser Gedanke war leichter gefaßt, als in die Tat umgesetzt. Um ganz ehrlich zu sein, hatte er nicht die Spur einer Idee, wie er es bewerkstelligen sollte.

Er stand auf, ging zum Fenster und zog die Decke ein winziges Stück zur Seite, sehr vorsichtig, um nicht mehr Sonnenlicht, als unbedingt nötig, ins Zimmer zu lassen. Das Bild auf der Straße hatte sich kaum verändert. Die Neugierigen waren noch immer da, ebenso die Polizisten, doch gerade in diesem Moment erschien ein gelblackierter Abschleppwagen an der Kreuzung am unteren Ende der Straße. Von dem geheimnisvollen Beobachter, den Michael verfolgt hatte, war keine Spur zu sehen. Aber er wußte, daß er noch da war, irgendwo und unsichtbar und lauernd wie ein Raubtier, das geduldig auf eine Gelegenheit wartete, seine Beute zu schlagen. Wenn er wenigstens gewußt hätte, wer die geheimnisvollen Fremden waren, die ihn beobachteten – und die zweifellos auch für die Katastrophe vom vergangenen Abend verantwortlich waren. Dwiezel hatte behauptet, Hendryk und er seien allein hier heraufgekommen, aber das konnte ja nicht stimmen. War es möglich, das Anson und seine Leute nach seinem und

Wolfs Weggang aus dem Unterland endgültig die Macht an sich gerissen hatten? Und wenn – warum kamen sie dann hier herauf? Nichts von alldem ergab irgendeinen Sinn.

Seufzend schloß er seinen improvisierten Vorhang wieder, wandte sich um und stellte erstaunt fest, daß Dwiezel sich wieder angstvoll in einer Ecke zusammengekauert hatte. Sein winziges Gesicht hatte sich zu einer Grimasse verzerrt, und seine Augen waren dunkel vor Furcht.

»Was hast du?« fragte Michael.

»Das Licht«, wimmerte Dwiezel. »Laß es nicht herein.«

»Keine Sorge«, sagte Michael. Er lächelte, aber er empfand dabei keinerlei Freude. Etwas Furchtbares geschah jetzt in diesem Moment, und er wußte nicht einmal, was. Geschweige denn, was er dagegen tun konnte.

»Ist es . . . immer da?« fragte Dwiezel.

»Was?« fragte Michael.

»Das Licht. Es tut mir weh.«

»Keine Sorge«, wiederholte Michael. »Es ist nicht immer da. Ich passe schon auf dich auf.«

Das war natürlich leichter gesagt als getan. Er würde in seinem Zimmer schwerlich eine Verdunklung aufrechterhalten können, ohne seinen Eltern eine vernünftige Erklärung dafür zu geben. Und bei der momentanen Laune seines Vaters war es mehr als zweifelhaft, daß dieser sie akzeptierte, ganz egal, wie phantasievoll sie war. Er würde sich etwas einfallen lassen müssen, um zu verhindern, daß Dwiezel entdeckt oder gar getötet wurde.

Als wäre dieser Gedanke ein Stichwort, auf den ein an diesem Tage besonders übellauniges Schicksal nur gewartet hatte, klopfte es genau in diesem Augenblick an seiner Tür. Michael fuhr erschrocken zusammen. Was sollte er tun? Dann, als es zum zweiten Mal klopfte, diesmal schon weitaus ungeduldiger, reagierte er endlich und tat das erstbeste, was ihm einfiel – er streckte die Hand aus, ergriff das Irrlicht und stopfte es sich kurzerhand unter das Hemd. Im ersten Moment tat es furchtbar weh. Er hatte das Gefühl, sich eine heiße Bratpfanne auf den Bauch gedrückt zu haben. Dann schien Dwiezel zu spüren, daß er ihm Schmerzen zufügte, und setzte sein Glühen auf ein Minimum herab. Er fühlte sich noch immer heiß an, aber es war jetzt nicht mehr so schlimm, so daß Michael es aushalten konnte. Hastig knöpfte er sein Hemd wieder zu, versetzte dem Irrlicht einen Schubs, der es von der verbrannten Stelle auf seinem Bauch wegbeförderte, und spürte, wie der kleine Kerl wie eine unter seinem Hemd herumkrabblende Maus von sich aus noch ein Stück weiterkroch und es sich irgendwo in seinem Rücken gemütlich machte.

Keine Sekunde zu spät, denn in diesem Moment wurde die Klinke heruntergedrückt und die Tür mit einem ungeduldigen Ruck aufgerissen. Sein Vater erschien in der Öffnung, ein schwarzer, großer Schatten gegen den hellerleuchteten Korridor draußen. Seltsam, dachte Michael, ich habe gar nicht gemerkt, daß er zurückgekommen ist.

Sein Vater stand eine Sekunde lang reglos da, dann tastete er nach dem Lichtschalter, betätigte ihn und sah sich mit verblüfftem Gesicht in Michaels Zimmer um. »Was ist denn hier los?« polterte er los. »Hast du jetzt völlig den Verstand verloren?«

Er wartete Michaels Antwort nicht ab, sondern war mit wenigen raschen Schritten beim Fenster, riß die Decke herunter und schleuderte sie achtlos auf das Bett. Kopfschüttelnd wandte er sich wieder an Michael. »Was soll das?«

Michael zog es vor, nicht darauf zu antworten, sondern murmelte irgend etwas, was er selbst nicht verstand, und senkte, perfekt den Zerknirschten spielend, den Blick. Dabei achtete er sorgsam darauf, seinem Vater immer das Gesicht zuzuwenden, denn Dwiezel saß keineswegs still unter seinem Hemd, sondern bewegte sich nervös. Jetzt fehlte gerade noch, daß sein Vater *das* sah!

»Du . . . du bist schon zurück?« sagte er schließlich. Eine

ziemlich überflüssige Frage – aber die einzige, die ihm einfiel.
Sein Vater nahm das Stichwort denn auch prompt auf. »Natürlich nicht«, antwortete er spöttisch. »Du redest nur mit meinem Geist – oder was hast du gedacht?«
Er wedelte ungeduldig mit der Hand, als Michael antworten wollte, und beendete die Geste, indem er auf die Tür deutete. »Lassen wir das jetzt. Du kannst später hier aufräumen. Deine Mutter und ich müssen mit dir reden.«
Ganz plötzlich war in seiner Stimme ein Ernst, der Michael beunruhigt aufsehen ließ. Trotz manch harter Worte, die manchmal zwischen ihnen fielen, verstanden sie sich normalerweise ausgezeichnet – was möglicherweise einer der Gründe war, warum seine heutige Nervosität und Gereiztheit Michael besonders erschreckten. Der feierliche Ernst, in dem er dieses »Wir müssen mit dir reden« vorbrachte, erschreckte Michael zutiefst. Ohne daß es eines weiteren Wortes bedurft hätte, begriff er, daß es sich nicht nur um eine Fortsetzung der unterbrochenen Diskussion von vorhin handeln werde. Für einen Moment vergaß er sogar fast seine übrigen Sorgen. Gottlob jedoch nicht so weit, daß er seinem Vater etwa den Rücken zugedreht hätte.
Dieser wiederholte seine auffordernde Geste, wartete noch einmal eine halbe Sekunde, zuckte schließlich mit den Schultern und ging voraus. Als er das Zimmer verließ, streifte sein Blick die offenstehende Schublade, und Michael spürte ganz deutlich, daß er das verkohlte Loch in ihrem Boden sehr wohl zur Kenntnis nahm. Aber was er ihm zu sagen hatte, mußte wohl wirklich *sehr wichtig* sein, denn er runzelte nur die Stirn und verlor kein Wort darüber.
Zwei Schritte hinter seinem Vater ging Michael die Treppe ins Erdgeschoß hinab. Dwiezel bewegte sich unruhig unter seinem Hemd, und die verbrannte Stelle auf seinem Bauch tat so weh, daß es ihm fast die Tränen in die Augen trieb. Er wußte, daß er so unmöglich mit seinen Eltern reden konnte.

Und Dwiezel wurde mit jeder Sekunde unruhiger. Hier unten war es hell. Vermutlich spürte er das Sonnenlicht selbst durch den Stoff seines Hemdes hindurch. Es mußte ihm ebensolche Schmerzen bereiten wie Michael vorhin die erste Berührung des Irrlichts.
Statt seinem Vater in die Küche zu folgen, schwenkte er nach links und öffnete die Tür der Gäste-Toilette, des einzigen Raumes im ganzen Haus, der kein Fenster besaß. »Ich komme sofort nach«, sagte er und schloß die Tür, ehe sein Vater Gelegenheit fand, ihm einen Blick nachzuwerfen. Hastig verriegelte er die Tür, riß das Hemd aus der Hose und spürte, wie Dwiezel darunter hervorglitt. Das Irrlicht prallte mit einem hörbaren Laut auf den Fliesen auf, blieb einen Moment benommen hocken und schwang sich dann auf heftig schwirrenden Flügeln wieder in die Höhe. Michael konnte gerade noch mit beiden Händen zugreifen und es festhalten, ehe es sich im Waschbecken neben der Tür niederlassen konnte. Das Porzellan war naß. Unvorstellbar, was geschehen wäre, wäre Dwiezel damit in Berührung gekommen. Selbst die Luftfeuchtigkeit hier drinnen reichte schon aus, das Irrlicht wie einen winzigen lodernden Stern glühen zu lassen.
»Hör mal zu«, sagte Michael hastig. »Ich kann dich nicht mitnehmen. Du mußt hierbleiben. Aber niemand darf dich sehen, ist das klar?«
Dwiezel nickte, stellte sich auf Michaels Handfläche auf die Zehenspitzen und begann plötzlich zu kichern, als er sein Abbild in dem Spiegel über dem Becken erblickte. Er zog eine Grimasse, blies die Backen auf und streckte sich selbst die Zunge heraus.
»Dwiezel, bitte«, sagte Michael, »es ist wichtig! Vielleicht lebenswichtig! Wenn sie dich entdecken, werden sie dich herausholen, und dann bringen sie dich ins Licht. Niemand hier weiß, wie gefährlich das für dich ist!«
Das schien zu wirken. Dwiezel hörte auf, seinem Spiegelbild

abwechselnd die Zunge herauszustrecken und eine lange Nase zu drehen, und sah Michael durch den Spiegel hinweg betroffen an. »Das würden sie tun?« fragte er. »So gemein sind sie?«

»Das hat nichts mit gemein zu tun«, antwortete Michael. »Niemand hier weiß etwas über euch. So etwas wie dich ... gibt es hier nicht. Nicht einmal etwas Ähnliches.«

»Ich habe keine Lust, allein hier zu bleiben«, maulte Dwiezel.

»Aber du mußt«, sagte Michael. »Nicht lange, das verspreche ich. Ich lasse mir etwas einfallen.« Beinahe verzweifelt sah er sich in dem winzigen, bis unter die Decke gefliesten Raum um. Dwiezel war zwar klein, aber es gab hier absolut kein Versteck, das auch nur annähernd sicher gewesen wäre. Wäre er kein Irrlicht mit seinem besonderen Verhältnis zu Wasser gewesen, dann hätte er ihn im Spülkasten über der Toilette untergebracht, aber das verbot sich von selbst, denn ebensogut hätte er das Haus mit Benzin übergießen und anstecken können. Schließlich blieb sein Blick an dem kleinen Lüftungsgitter hoch oben in der Wand hängen. Kurz entschlossen klappte er den Toilettendeckel herunter, kletterte hinauf und löste das Plastikgitter mit einem heftigen Ruck aus der Wand. Dahinter kam ein rechteckiges, von Spinnweben und Staub erfülltes Loch zum Vorschein.

»Warte hier«, sagte er, »und rühr dich nicht vom Fleck!«

Dwiezel schwang sich gehorsam in den Lüftungsschacht hinauf, sah sich mißmutig um und schüttelte dann den Kopf. »Hier gefällt es mir nicht«, sagte er. »Es ist schmutzig.«

»Ja, aber dunkel«, erwiderte Michael. »Keine Widerrede mehr. Du bleibst hier, bis ich dich hole – ganz egal, was passiert.«

Das Irrlicht stemmte herausfordernd die winzigen Fäuste in die Hüften, blickte eine Sekunde lang auf Michael herab und legte dann den Kopf in den Nacken, um nach oben zu blinzeln. »Wohin geht es da?« fragte es.

»Nach draußen«, antwortete Michael. »Ins Freie. Ins *Helle.*«

»Oh«, sagte Dwiezel und wurde ein bißchen blaß.
»Oh«, bestätigte Michael. »Wenn du mir nicht glaubst, kannst du es gerne ausprobieren.« Und damit befestigte er das Plastikgitter notdürftig vor der Öffnung, kletterte von der Toilette herunter und verließ den Raum.
Sein Vater wartete draußen auf dem Flur auf ihn. Er maß ihn mit einem schrägen Blick. »Führst du jetzt schon Selbstgespräche?« fragte er.
Michael zuckte unglücklich mit den Schultern und rettete sich – wieder einmal – in ein verlegenes Grinsen. Offensichtlich hatte er nicht ganz so leise gesprochen, wie er geglaubt hatte.
Sie gingen ins Wohnzimmer, und Michael erlebte die nächste unangenehme Überraschung des Tages. Seine Eltern waren nicht allein. Er hatte nicht nur nicht gemerkt, daß sein Vater zurückgekommen war, sondern auch nicht, daß er Besuch mitgebracht hatte. Auf der Couch saßen zwei Herren mittleren Alters, die recht finster dreinsahen, ein dritter stand am Fenster und schaute interessiert dem Abschleppwagen zu, der gerade in diesem Moment das ausgebrannte Auto an den Haken nahm.
Michael musterte die beiden Männer auf der Couch genauer. Einer von ihnen hatte schmutzige Hände, den Mantel des anderen verunzierte ein langer, schmieriger Streifen. Er war jetzt fast sicher, daß es dieselben waren, die vorhin draußen das Autowrack untersucht hatten.
»Hallo«, sagte Michael, was die im Moment fröhlichste Begrüßung darstellte, zu der er sich aufraffen konnte, aber die beiden Männer auf der Couch und seinen Vater zu einem mißbilligenden Stirnrunzeln veranlaßte. Aber keiner von ihnen verlor ein Wort darüber. Vater deutete nur auf einen freien Stuhl auf der anderen Seite des Tisches und nahm Platz, nachdem auch der Mann am Fenster seinen Beobachtungsposten aufgegeben und sich auf die Couch gesetzt hatte.
»Die beiden Herren hier«, begann er und deutete auf die

zwei Männer neben sich, »sind von der Polizei. Aber das hast du dir wahrscheinlich ja schon gedacht.«
Michael nickte. Fragend sah er den dritten, etwas jüngeren Mann an, der bei seinem Eintreten am Fenster gestanden hatte. Dieser lächelte zurück, machte aber keine Anstalten, sich vorzustellen, und auch sein Vater schien dies im Moment noch nicht für nötig zu halten. Er sah nicht aus wie ein Polizist, fand Michael – auch wenn er nicht hätte sagen können, wie ein Polizist denn nun eigentlich aussehen sollte.
»Es geht um Wolf«, begann sein Vater nach Sekunden unbehaglichen Schweigens, während welcher er bezeichnende Blicke mit den beiden Kriminalbeamten getauscht hatte. »Und auch um diesen Jungen.«
»Hendryk?« Es hatte wohl nicht mehr viel Sinn, zu leugnen, daß er seinen Namen kannte.
»Hendryk.« Sein Vater nickte. »Ja. Leider war er bisher nicht in der Lage, viel über sich zu erzählen. Genaugenommen noch gar nichts. Aber diese beiden Herren interessieren sich wirklich sehr für ihn. Und ich denke, daß du ihnen helfen kannst.«
»Ich bin nicht sicher«, sagte Michael. »Viel mehr als seinen Namen weiß ich auch nicht.«
»Oh, da bin ich anderer Meinung«, mischte sich einer der beiden Polizisten ein. »Und vielleicht kann ich dir da helfen. Immerhin wissen wir, daß er sehr lange in diesem Verlies gefangen gewesen sein muß, vielleicht jahrelang. Er ist sehr, sehr lange nicht mit Sonnenlicht in Berührung gekommen, und er war total erschöpft und unterernährt. Ich nehme an, es ist dasselbe Verlies, in dem du damals auch gewesen bist.«
»Nein«, widersprach Michael vielleicht etwas zu heftig, um es glaubhaft klingen zu lassen. »Ich meine . . . wie . . . wie kommen Sie darauf?«
»Nun, das liegt doch auf der Hand.« Der Polizist beugte sich vor, faltete die Hände auf der Tischplatte und blickte eine Sekunde lang seine aneinandergepreßten Daumen an, als

hielte er darin die Antwort auf alle Fragen fest. »Damals hat euch jeder die Geschichte geglaubt – das mit der Kanalisation, durch die ihr angeblich eine Woche lang geirrt seid, ehe man euch gefunden hat. Oder sagen wir – fast jeder. Aber jetzt sieht die Sache ein bißchen anders aus. Ich will es dir leichter machen. Ich sage dir einfach, wie ich es sehe, und wenn ich recht habe, dann brauchst du einfach nur zu nikken.« Er sah Michael fragend an, bekam aber keine Antwort, so daß er nach einigen Sekunden von sich aus fortfuhr: »Wir vermuten, daß dieser saubere Herr den Jungen dort seit Jahren gefangengehalten hat. Ich habe nicht die leiseste Ahnung, warum, aber es spricht einiges dafür. Und ich nehme an, daß er dir dasselbe Schicksal zugedacht hat. Irgendwie hast du es geschafft, ihm die Suppe zu versalzen, aber umgekehrt hat er es irgendwie geschafft, dich mit etwas so unter Druck zu setzen, daß du nichts verrätst.«

»Nein«, sagte Michael, und der Polizist lächelte so zufrieden, als hätte er ebenso deutlich hörbar *ja* gesagt, und fuhr mit seiner vollkommen abwegigen, aber durchaus einleuchtend klingenden Theorie fort:

»Ich kann dich gut verstehen, weißt du? Das Problem heute ist, daß durch all diese Videos und Kriminalfilme und Romane und Geschichten die meisten Leute die Polizei für so etwas wie ihren natürlichen Feind halten. Dabei sind wir das genaue Gegenteil, zumindest für die, die sich nichts zuschulden kommen lassen. Wir wollen dir helfen, weißt du? Und wir werden es tun, ob mit oder ohne deine Unterstützung. Was immer dieser Wolf dir angedroht hat, er kann dir nichts tun, solange du uns oder wenigstens deinen Eltern vertraust.«

Michael warf einen fast erschrockenen Blick ins Gesicht seines Vaters, sah aber darin nur einen deutlichen Ausdruck von Unverständnis und eine ganz leichte Spur von Ärger. Offensichtlich hatte er nichts von dem gesagt, was der Beamte mit seiner Bemerkung anzudeuten versuchte.

»Ich weiß nicht, worauf Sie hinauswollen«, sagte er. »Aber

damals ist wirklich nur das passiert, was ich vor einem Jahr schon jedem erzählt habe.«

Das Gesicht des Polizeibeamten verfinsterte sich, und Michael spürte ganz deutlich, daß er jetzt wahrscheinlich explodiert wäre, hätte er nicht auf der Couch im Wohnzimmer seiner Eltern, sondern hinter dem Schreibtisch in seinem Büro gesessen. So aber beherrschte er sich, wenn auch nur mit Mühe. »Natürlich«, sagte er in bissigem Ton. »Ihr seid in diesen unbekannten Teil der Katakomben gestürzt und eine Woche lang herumgeirrt, bis man euch gefunden hat, und das war alles, nicht wahr?«

»Ganz genau«, sagte Michael.

»Klar doch«, fuhr der Polizist nun in eindeutig hämischem Tonfall fort. »Und ein Jahr später finden wir einen Jungen, der offensichtlich jahrelang unter unmenschlichen Bedingungen gefangengehalten worden ist, und du kennst nicht nur seinen Namen –«

»Den hat er mir gestern abend genannt«, sagte Michael, aber der Polizeibeamte fuhr unbeeindruckt fort.

»– sondern rennst auch noch mitten in der Nacht aus dem Haus, um ihn im Krankenhaus zu besuchen, und weißt dann sogar besser als wir alle, wo du ihn zu finden hast, als er nicht mehr da ist. Für wie dämlich hältst du uns eigentlich, Kleiner?«

Diesmal wurde Michael der Notwendigkeit enthoben, sich eine weitere Ausrede einfallen zu lassen, denn sein Vater mischte sich in ruhigem, aber sehr entschiedenem Ton ein. »Bitte, Herr Kommissar, mäßigen Sie sich ein wenig. Meine Frau und ich sind derselben Meinung wie Sie, aber ich glaube nicht, daß wir in diesem Ton irgendwie weiterkommen.«

Michael warf seinem Vater einen dankbaren Blick zu, auf den dieser allerdings nicht so reagierte, wie er es sich gewünscht hätte. Er war für einen Moment nicht sicher, ob er ihn nun wirklich verteidigte, einfach weil er sein Sohn war,

oder vielleicht eher, weil er diesen Ton in seinem Haus nicht duldete.
Tatsächlich änderte der Polizeibeamte seine Taktik. Er schüttelte den Kopf, seufzte tief und beredt und zündete sich dann, nach einem fragenden Blick, den Michaels Vater mit einem Nicken beantwortete, eine filterlose Zigarette an. »Es ist immer dasselbe«, sagte er in fast weinerlichem Ton. »Unsere Arbeit wäre sehr viel leichter, wenn nicht jedermann darum bemüht wäre, uns nach Kräften dabei zu behindern.« Er nahm einen tiefen Zug aus seiner Zigarette und blinzelte Michael durch die blauen Rauchschwaden hinweg an.
»Das mit dem verbrannten Auto war ja wohl auch kein Zufall«, sagte er plötzlich.
In Michael begann ein ganzes Dutzend Alarmglocken auf einmal zu bimmeln. »Wieso?« fragte er vorsichtig.
»Weil du ein bißchen zu neugierig warst für meinen Geschmack«, lautete die Antwort. »Ich meine, ein wenig Neugierde ist verständlich, gerade in deinem Alter, aber man hat mir erzählt, daß man dich fast mit Gewalt davon wegreißen mußte. Kanntest du den, der in dem Wagen gesessen hat?«
»Wie kommen Sie darauf?« erkundigte sich Michael vorsichtig.
Der Mann zuckte mit den Achseln und schnippte seine Asche zielsicher zwei Zentimeter neben den Aschenbecher auf den Tisch. Michaels Vater runzelte die Stirn, sagte aber nichts dazu. Auch der Polizist machte keine Anstalten, fortzufahren.
»Das müßten Ihre Leute doch am besten wissen«, sagte Michael schließlich.
»Unsere Leute? Was für Leute?«
»Die, die in dem anderen Wagen gesessen und unser Haus beobachtet haben«, antwortete Michael. Er sah das Erstaunen in den Gesichtern der beiden Beamten und fügte triumphierend hinzu: »Ich habe sie bemerkt.«

»Dann hast du mehr gemerkt als wir«, sagte der Polizist. »Ich habe niemanden hergeschickt. Warum sollte ich?«
»Aber, wenn –«
»Moment mal«, unterbrach ihn der andere Polizist, der bisher kein Wort gesagt hatte. »Du meinst, hier hätten Leute in einem Wagen gesessen und euer Haus beobachtet?«
Michael hätte sich am liebsten auf die Zunge gebissen. Jedenfalls war er im Moment dabei, sich mit jedem Wort, das er sagte, tiefer in Widersprüche und Unwahrheiten zu verstrikken. Das beste, überlegte er, wäre, gar nichts mehr zu sagen. Aber dazu war es entschieden zu spät. »Ja«, gestand er nach einigen Sekunden. »Er stand gar nicht weit von dem anderen Wagen entfernt. Dem, der ausgebrannt ist. Ich dachte, es wären zwei Zivilbeamte, die das Haus beobachten.«
»Waren sie nicht«, antwortete der erste Beamte nun wieder. »Aber wie kommst du darauf? Wenn du glaubst, daß wir dich beobachten lassen, dann mußt du doch irgendeinen Grund zu dieser Annahme haben. Ich meine, selbst du solltest wissen, daß wir nicht zwei Beamte abstellen, weil uns langweilig ist – oder?«
Und so ging es weiter, eine ganze Stunde lang, in der die beiden Beamten Michael abwechselnd mit Fragen bombardierten und er diese mehr oder weniger geschickt beantwortete – um ehrlich zu sein, eher weniger. Den beiden schienen die Fragen nicht auszugehen. Sie kannten keine Erschöpfung, kein Aufgeben und erst recht kein Erbarmen. Michael hingegen schwirrte schon nach einer halben Stunde so der Kopf, daß er kaum noch wußte, was er vor fünf Minuten gesagt hatte, und nur zu oft genau das Gegenteil davon behauptete, wenn einer der beiden eine Frage wiederholte. Und wer weiß, vielleicht wäre er irgendwann einfach zusammengebrochen und hätte die Wahrheit erzählt – obgleich ihm das natürlich herzlich wenig genützt hätte.
Aber so weit kam es nicht. Schließlich wurde seinem Vater die Sache zu bunt, und er beendete das Verhör, indem er

eine entschiedene Geste machte und aufstand. »Ich glaube, das reicht für heute, meine Herren. Sie sehen ja selbst, daß Michael völlig mit den Nerven am Ende ist. Außerdem hat er in der vergangenen Nacht sehr wenig geschlafen – wie ich auch, ehrlich gesagt. Ich schlage vor, wir setzen die Unterhaltung ein andermal fort. Sie können ja gern in zwei oder drei Tagen noch einmal vorbeikommen, oder wir besuchen sie auf dem Präsidium.«

Die Gesichter der beiden Polizeibeamten verhießen nichts Gutes, aber sie sahen wohl ein, daß es wenig Sinn hatte, zu widersprechen. Nach einer knappen und mehr als kühlen Verabschiedung gingen sie. Auch der dritte Mann, der während der ganzen Zeit kein einziges Wort gesagt hatte, verabschiedete sich. Michael fiel auf, daß sowohl die Gestik als auch der Gesichtsausdruck seines Vaters sehr viel freundlicher wurden, als er diesem dritten Beamten – falls er überhaupt ein Polizist war – die Hand reichte und ihn zur Tür begleitete. Die beiden Männer hatten ihn so mit Fragen bombardiert, daß er den dritten beinahe vergessen hatte, aber er wurde sich jetzt im nachhinein dessen bewußt, daß dieser Mann ihn sehr genau beobachtet hatte und daß sein Vater mehr als einmal bezeichnende Blicke mit ihm getauscht hatte. Sonderbar.

Aber er stellte keine diesbezügliche Frage. Er war froh, daß es vorüber war. Er hatte keine sehr gute Figur abgegeben, dessen war er sich bewußt, und wahrscheinlich war die ganze Angelegenheit auch jetzt noch nicht vorüber. Zumindest sein Vater mußte nach dem Gespräch am Morgen und dem Zwischenfall bei Wolfs Haus sehr deutlich gespürt haben, daß er in mehr als einem Punkt gelogen oder doch zumindest einiges verschwiegen hatte. Michael wunderte sich fast ein wenig, daß er ihn nicht noch während des Verhörs auf diese Widersprüche angesprochen hatte, schob dies aber dem Umstand zu, daß seinem Vater die beiden Polizisten alles andere als sympathisch gewesen waren. Er wünschte sich nichts mehr, als jetzt aufstehen und gehen zu können, schon um nach Dwiezel sehen zu können, der noch immer hinter dem Lüftungsgitter in der Toilette gefangen war. Zumindest *hoffte* Michael, daß das Irrlicht noch dort saß und auf ihn wartete.

Sein Vater kam zurück. Eine ganze Weile blieb er einfach unter der Tür stehen und musterte ihn, und Michael konnte regelrecht sehen, wie es hinter seiner Stirn arbeitete. Aber zu seiner Überraschung führte er das Verhör nun nicht auf seine Weise fort, sondern lächelte plötzlich sogar, dann fuhr er sich erschöpft mit der Hand über das Kinn. »Ich glaube, jetzt haben wir alle eine kleine Pause verdient«, sagte er. »Deine Mutter und ich haben uns überlegt, ob wir heute abend gemeinsam mit dir irgendwo hin essen gehen. Hättest du Lust?«

In jeder anderen Situation hätte Michael begeistert ja gesagt. Es kam selten genug vor, daß seine Eltern ihn mitnahmen, wenn sie essen gingen, was allerdings hauptsächlich daran lag, daß dies meist zu einer Zeit stattfand, zu der er bereits längst im Bett lag und schlief oder es zumindest sollte. Jetzt jedoch weckte dieser unerwartete Vorschlag nur sein Mißtrauen. Er nickte, aber man sah ihm wohl die mangelnde Begeisterung an, denn sein Vater legte fragend die Stirn in Falten.

»Keine Lust?«

»Doch«, beeilte sich Michael zu versichern. »Es ist nur ... ich bin einfach durcheinander. Mir schwirrt der Kopf«.

»Mir auch«, sagte Vater seufzend.

Michael stand auf. Vielleicht wäre jetzt der Moment gewesen, Vater nach dem Tagebuch zu fragen, aber er brachte dazu einfach den Mut nicht auf, eher aus Angst, seinem Vater damit ein Stichwort zu geben, doch weiterzumachen. So lächelte er nur müde, ging an seinem Vater vorbei und steuerte die Toilettentür auf der anderen Seite des Flures an.

Aber Vater rief ihn noch einmal zurück. »Noch etwas«, sagte er.

Michael blieb stehen und drehte sich zögernd und schon wieder von einem Gefühl banger Erwartung erfüllt um. »Ja?«
»Weißt du, was in der Garage passiert ist?« erkundigte sich Vater.
Michael schüttelte den Kopf. »Nein«, sagte er ehrlich. »Was meinst du?«
Michaels Vater zuckte mit den Schultern und zog eine Grimasse. »Der Boden hat plötzlich Risse bekommen«, antwortete er. »Ich habe es vorhin bemerkt, als ich den Wagen hineinfahren wollte. Es sieht aus, als hätte jemand mit einem Hundert-Tonnen-Hammer draufgehauen.« Zwischen seinen Augenbrauen entstand eine steile Falte. »Den Heinis von der Baugesellschaft, die das Fundament gegossen haben, werde ich morgen was erzählen.«
Michael, froh, daß sich der Unmut seines Vaters zumindest vorläufig gegen die *Heinis von der Baugesellschaft* richtete, nickte noch einmal nervös und betrat dann rasch die Toilette. Sorgsam schloß er die Tür hinter sich ab, kletterte auf den Rand des Toilettenbeckens und entfernte das Plastikgitter vor dem Lüftungsschacht.
Der Raum dahinter war klein, von Staub und Spinnweben erfüllt, aber ansonsten völlig leer. Michael starrte fast eine Minute lang entsetzt in das dunkle Viereck.
Dwiezel war verschwunden.

Unterland

War es eine Stunde gewesen, zwei oder auch zehn, die sie durch die endlosen Gänge und Stollen des Labyrinths gelaufen waren? Michael wußte es nicht. Sein Zeitgefühl, das hier unten ohnehin nicht mehr so sein mochte, wie in der ihm bekannten und vertrauten Welt, hatte ihn vollends im Stich gelassen, während sie sich tiefer in den Leib der Erde hineinbewegten. Einer der schwarzen Giganten hatte Wolf, der zwar das Bewußtsein wiedererlangt hatte, auf seinem verletzten Fuß aber nicht laufen konnte, hochgehoben und ihn sich wie einen Kartoffelsack über die Schulter geworfen, und sehr bald danach hatten auch Michael endgültig die Kräfte verlassen, so daß auch er das weitaus größte Stück des Weges von einem solchen Ungeheuer getragen wurde. Im ersten Moment hatte er versucht, sich zu wehren, aber natürlich war das angesichts der weit über drei Meter großen Kreatur, die ihn packte und hochhob, einfach lächerlich gewesen. Michael war überrascht, wie sanft der Griff dieses Ungeheuers war, und nachdem er seinen ersten Schrecken und Widerwillen überwunden und begriffen hatte, daß der Titan ihn mit seinen schrecklichen Pranken nicht zermalmen würde, begann er es beinahe zu genießen, sich nicht weiter durch dieses von grauem Zwielicht erfüllte Labyrinth schleppen zu müssen.

Auch hinterher erinnerte er sich nie wieder wirklich an den Weg, den sie gegangen waren. Ihre Umgebung schien in einer beständigen Veränderung begriffen zu sein, selbst dann, wenn sie stillstanden. Wie schon einmal war es ihm, als bewegten sie sich nicht nur im Raum, sondern auch in der Zeit durch verschiedene Welten. Manchmal trugen die Titanen sie durch rohe, wie aus dem Fels herausgebissen wirkende Schächte, die sich wie Kriechgänge riesenhafter Würmer oder Schlangen wanden, manchmal schier endlose ge-

mauerte Treppen hinab, dann wieder durch halbrunde Tunnel, deren Wände und Decken aus kunstvoll gefügten Ziegelsteinen bestanden, oder durch Gänge aus zyklopischen Felsquadern, die man nach Michaels Dafürhalten nicht einmal mit einem Kran hätte bewegen können. Nur eines blieb immer gleich: es ging beständig abwärts.
Zwei- oder dreimal trafen sie auf kleine Gruppen anderer Menschen, die die gleichen schwarzen Mäntel und Schädelhelme wie ihre Bewacher trugen, einmal auch auf einen Mann in groben Baumwollhosen und einem weißen Leinenhemd, was hier unten seltsam unpassend wirkte, und einmal kamen sie an einer Tür vorbei, hinter der Michael mindestens ein Dutzend jener grünhäutigen, pupillenlosen Geschöpfe erblickte, wie Wolf und er eines im Gebeinhaus gesehen hatten. Er konnte nicht erkennen, womit sie beschäftigt waren, und ehrlich gesagt, er wollte es auch nicht wissen.
Kurz bevor ihre Reise zu Ende war, überquerten sie einen Fluß, der in einem gemauerten Bett so schnell dahinströmte, daß weiße Gischt an den Rändern stand und feiner Sprühregen die Luft erfüllte. Dahinter mündete der Weg in einen weiteren Tunnel, der jedoch nach einem Dutzend Schritte vor einem gewaltigen eisernen Tor endete, dessen Flügel mindestens je hundert Tonnen wiegen mußten. Trotz seiner Erschöpfung und Furcht richtete sich Michael ein wenig im Griff des schwarzhäutigen Riesen auf und starrte dieses Tor fassungslos an. Es bestand aus Eisen, daran war kein Zweifel, denn an mindestens einem Dutzend Stellen nistete Rost in großen, häßlich-braunen Flecken, und es mußte mindestens zehn Meter hoch und gut doppelt so breit sein. Als die Flügel langsam vor ihnen auseinanderschwangen, erkannte Michael, daß sie einen guten Meter dick waren. Sie bewegten sich lautlos und ohne daß einer ihrer Begleiter irgend etwas getan oder gesagt hätte.
Dahinter begann eine völlig neue Welt. Das Licht war nicht mehr grau, sondern hell und freundlich, fast wie das der

Sonne, nur mit einem deutlichen Stich ins Rötliche, und es war sehr viel wärmer hier als jenseits des Tores. Der Tunnel setzte sich noch ein gehöriges Stück weiter fort, aber man konnte sehen, daß er nicht in einen anderen Gang mündete, sondern sich zu einer gewaltigen Höhle weitete. Stimmengewirr und mannigfaltige andere Geräusche drangen an Michaels Ohr, und plötzlich sah er Dutzende von Menschen. Eine Anzahl mit langen, in gefährlichen Spitzen endenden Speeren bewaffneter Männer, die jedoch keine Helme trugen, hielt unmittelbar hinter dem Tor Wache. Andere bewegten sich zum Ende des Tunnelstückes hin, standen beieinander und schwatzten oder saßen an kleinen Tischen, um zu essen oder Karten zu spielen. Nicht weit entfernt entdeckte Michael das prasselnde Feuer einer Schmiede, über dem von zwei Männern mit gewaltigen Vorschlaghämmern rotglühendes Eisen geschmiedet wurde, während ein dritter mit einer ebenso gewaltigen Zange das Werkstück hielt und es im Takt der Hammerschläge drehte. Über einem anderen Feuer hing an einem eisernen Dreibein ein gewaltiger Topf, in dem wohl eine Suppe kochen mußte, denn daneben stand ein Mann, der mit einem gut meterlangen hölzernen Löffel ständig darin herumrührte. Es gab noch mehr zu sehen, viel mehr, aber Michael war zu verwirrt und aufgeregt, und es waren zu viele Eindrücke, um sie in der Kürze der Zeit aufzunehmen. All die verrückten Theorien über die Männer mit den unheimlichen Helmen, die er auf dem Weg hier herunter insgeheim aufgestellt und der Reihe nach wieder verworfen hatte, waren plötzlich nichts mehr wert. Es war auch keine Bande Verrückter, die hier hauste, und es waren auch keine Ganoven, die die Abgeschiedenheit der vergessenen Katakomben für ihre finsteren Geschäfte nutzten.
In raschem Tempo durchschritten sie das Tor, das hinter ihnen ebenso lautlos und wie von Geisterhand wieder zuschwang, wie es sich geöffnet hatte, und näherten sich dem Ende des Tunnelstückes. Die Männer, an denen sie vorüber-

kamen, hielten verblüfft in ihrer Arbeit oder ihren anderen Beschäftigungen inne und starrten Wolf und ihn aus großen Augen an, und mehr als einer deutete aufgeregt mit der Hand auf sie oder versuchte sich ihnen in den Weg zu stellen oder Wolf und ihn gar zu berühren, aber sie wurden allesamt von dem Mann mit dem Schädelhelm grob davongescheucht. Ein kleiner, häßlicher Hund lief ihnen ein kurzes Stück lang kläffend nach, bis er einen Fußtritt bekam und jaulend davonrannte.

Michael beobachtete alles das kaum. Wenn das etwa dreißig Meter lange Tunnelstück mit der Schmiede, der Kochstelle und all den anderen Dingen »phantastisch« gewesen war, so mußte für das, was er dahinter erblickte, eine neue Bezeichnung gefunden werden.

Und es gab eine. Sie hieß »Stadt«. Denn genau das war es, was die Höhle beherbergte. Eine Stadt, oder doch zumindest ein großes Dorf mit Dutzenden von Häusern, Hütten, Straßen, Schuppen, Toren, Mauern, einer kleinen Kirche – oder zumindest einem Gebäude mit einem spitzen Turm –, das er ganz automatisch als eine solche ansah – und sogar etwas, was einer mittelalterlichen Burg glich. Hunderte von Menschen bewegten sich zwischen diesen Gebäuden, es gab Männer, Frauen und spielende Kinder, aber auch Hunde und Katzen, hölzerne Karren mit großen Scheibenrädern, sogar eine Anzahl kleinwüchsiger Pferde oder Maultiere, die diese Gefährte zogen. Die Menschen waren bunt gekleidet, wenngleich zumeist in dunklen, gedeckten Farben, während sich die Stadt selbst in einem einheitlichen, matten Grau darbot, der Farbe des sie umgebenden Felsgesteines, aus dem das Baumaterial der Häuser wohl herausgebrochen war. Der Tunnel endete gut dreißig oder vierzig Meter hoch in der Höhlenwand, von wo aus eine gewaltige, aus dem gewachsenen Fels herausgeschlagene Treppe nach unten führte, so daß die Stadt wie eine winzige Spielzeuglandschaft unter ihnen ausgebreitet lag und sie sie fast zur Gänze überblicken konnten. Michael sah auch, daß dies nicht der einzige Zugang zu der großen Höhle war. Auf der anderen Seite der Stadt gab es weitere zwei oder drei Ausgänge, die zu anderen unterirdischen Welten zu führen schienen, und in einem von ihnen glaubte er es gar grün schimmern zu sehen. Eine verwirrende Vielfalt von Gerüchen und Geräuschen schlug ihnen entgegen, als sie nun die Treppe hinunterzusteigen begannen.

Ihre Ankunft blieb nicht unbemerkt. Unten, am Fuße der Treppe, die ohne ein weiteres Tor direkt in der Stadt endete, blieben die Menschen stehen und schauten neugierig und dann überrascht zu ihnen empor, und noch ehe sie auf halber Höhe waren, begann sich ein regelrechter Auflauf zu bilden. Die Nachricht von ihrer Ankunft mußte rasend schnell die Runde machen, denn von überall her strömten Menschen herbei. Einige liefen gar die Treppe herauf, um bis zu ihnen zu gelangen, teilten aber nur das Schicksal derer, die das vorhin in dem Gang versucht hatten. Der Mann mit dem Schädelhelm, später sollte Michael erfahren, daß sein Name Anson war, scheuchte sie grob beiseite und half auch schon einmal mit einem Stoß oder einem Fußtritt nach, wenn seine Worte nicht fruchteten.

Trotzdem kamen sie immer langsamer voran, denn auch wenn die Fäuste Ansons und seiner Begleiter sich durchaus Respekt verschafften, wurde die Menge der Neugierigen doch immer größer, so daß die Menschen einfach gegen sie gedrängt wurden, ob sie wollten oder nicht. Ohne die Kraft der schwarzhäutigen Giganten, die durch die Menge pflügten wie Eisbrecher durch dünne Schollen, wären sie vermutlich schon nach einem Dutzend Schritte hoffnungslos steckengeblieben.

Michael starrte die Menschen ringsum ebenso fassungslos an wie diese ihn. Es schien hier keine Ungeheuer zu geben wie draußen in den Katakomben, weder schwarze Drei-Meter-Riesen noch grünhäutige Ghoule, aber die menschliche Be-

völkerung dieser unterirdischen Stadt war erstaunlich genug. Sie waren ganz normale Menschen – und doch ...
Es begann schon mit ihrer Kleidung. Wie bei den Männern, von denen sie gefangengenommen worden waren, und den zwei Flüchtenden, die sie gesehen hatten, war sie ausnahmslos grob, Hosen und Wämser waren aus schwerem Leinen oder Baumwollstoff, die Hemden, größtenteils weiß – und schmutzig –, aus dem gleichen Material, dazu trugen sie schwere Schuhe oder Stiefel, einfache Stricke als Gürtel. Es war eine *altertümliche* Kleidung ohne Schmuck oder irgendwelchen Zierat, und diese ganze Stadt wirkte, als wäre sie geradewegs aus dem Mittelalter hierher versetzt worden. Fast alle Männer trugen Bärte und schulterlanges, nicht sehr sauber geschnittenes Haar, viele Leute hatten schlechte oder gar keine Zähne, und in nur zu vielen Gesichtern sah er die Spuren von Krankheit oder Entbehrung. Aber was ihn am meisten erschreckte, das war das, was er in den Augen all dieser Männer, Frauen und Kinder las. Er hatte Überraschung erwartet. Neugier, aber was er sah, das waren Furcht und Haß. Die ausgestreckten Hände, die auf sie deuteten oder nach ihnen zu greifen versuchten, sie waren nicht Ausdruck der Neugier. Plötzlich war er sicher, daß die immer größer werdende Menge Wolf und ihn einfach in Stücke gerissen hätte, wären ihre bewaffneten Begleiter und die schwarzen Giganten nicht gewesen. Doch nicht einmal diese schienen ganz sicher zu sein, daß ihre Autorität und der Respekt ihrer Fäuste und Waffen wirklich ausreichten, denn Michael spürte die wachsende Nervosität ihrer Bewacher.
So schnell es die immer noch anwachsende Menschenmenge zuließ, durchquerten sie die Stadt und näherten sich dem, was Michael auf den ersten Blick für eine kleine Burg gehalten hatte. Jetzt erkannte er, daß sie das nur zum Teil war. Es gab zwei klotzige viereckige Türme mit flachen Schieferdächern und einer Anzahl schmaler, an verengte Augenschlitze erinnernde Schießscharten, dazu eine ebenso wuchtige

Quermauer, die die Türme verband und in die ein halbrundes eisernes Tor eingelassen war, doch wo die dahinter liegenden Gebäude und die hintere Mauer hätten sein müssen, dort erhob sich nur der nackte Fels der Höhlenwand. Die *Burg* war an das jenseitige Ende der gewaltigen unterirdischen Kaverne angebaut und stellte vielleicht nur ein Tor zu einem weiteren Teil dieser verborgenen Welt dar.

Ihre Ankunft blieb nicht unbemerkt. Das riesige Eisentor schwang auf, als sie noch zwanzig oder dreißig Schritte davon entfernt waren, und eine ganze Anzahl bewaffneter Männer in schwarzen Fellmänteln strömte ihnen entgegen. Auf einen knappen Befehl ihres Anführers hin bildeten sie einen weiten Kreis, der die Neugierigen fernhielt, so daß sie das letzte Stück unbehelligt hinter sich bringen konnten.

Dennoch atmete Michael nicht erleichtert auf. So deutlich die Atmosphäre der Feindseligkeit – oder vielleicht auch nur der Furcht – in der Stadt auch gewesen war, so sehr sträubte sich alles in ihm, ins Innere dieser unheimlichen Burg zu gelangen. Das Gefühl wurde so deutlich, daß er sich instinktiv im Griff des schwarzen Riesen wand. Der Mann, der sie gefangengenommen hatte, bemerkte seine Gegenwehr und warf ihm einen raschen, fast spöttischen Blick zu. Dennoch spürte Michael, daß es auch ihm und seinen Leuten nicht sehr viel anders erging. Sie zeigten zwar keine Zeichen von Furcht oder auch nur Nervosität, aber das lag allenfalls daran, daß sie diese Umgebung kannten. Auch diese Männer schienen sich unbehaglich zu fühlen, kaum daß sie das gigantische Eisentor durchschritten hatten. Ihre Gesten und Bewegungen wirkten ein wenig gezwungener, die Gespräche verstummten, und die Männer warfen kleine, nervöse Blicke hierhin und dorthin.

Mit klopfendem Herzen sah er sich in dem riesigen, düsteren Hof um, in den sie kamen. Das Tor war ebenso massiv und schwer wie das, durch das sie die Stadt betreten hatten, bestand wie dieses aus Eisen, war aber nicht glatt, sondern mit fremdartigen Symbolen bedeckt, keinen Bildern oder Buchstaben, sondern völlig fremdartigen Zeichen, deren Bedeutung Michael nicht annähernd zu bestimmen wußte. Der Hof selbst, das sah er sofort, war nicht von diesen Männern hier erbaut worden. Es begann schon mit seiner Form. Sie war weder rechteckig noch rund, aber auch nicht ganz asymmetrisch, sondern schien einer ihm unbekannten Geometrie zu gehorchen. Eine Unzahl von Türen war in die Wände des zyklopischen Hofes eingelassen, und neben vielen entdeckte er die schon bekannten Teufelsstatuen auf großen schwarzen Steinsockeln. Die fremdartigen Zeichen, die er auf dem Tor gesehen hatte, wiederholten sich auch auf den Wänden, und hier und da glaubte er ein Bild zu erkennen, das in den Stein gemeißelt war. Aber er konnte nicht sagen, was es darstellte, denn wenn er genau hinzusehen versuchte, schien es sich seinem Blick zu entziehen.

Sie steuerten eine dieser Türen an, hinter der eine schmale, in steilen Windungen in die Tiefe führende Treppe begann. Es war die verrückteste Treppe, die er jemals zu Gesicht bekommen hatte. Keine Stufe war so hoch wie die andere, jede sah ein bißchen anders aus, und einige schienen in unmöglichen Winkeln gegeneinander geneigt zu sein. Aus dem Marschieren ihrer Begleiter wurde ein groteskes Hüpfen, Klettern und Springen, und selbst die riesenhaften schwarzen Geschöpfe, die Michael und Wolf trugen, hatten erhebliche Mühe, die Stufen hinunterzugehen.

Die Treppe war lang und endete nach einer kleinen Ewigkeit in einem niedrigen schmalen Gang. Das Geschöpf, das Michael trug, mußte so stark gebückt gehen, daß es ihn dabei gegen die Brust preßte und er kaum noch Luft bekam. Ein paarmal schleiften seine gewaltigen Schultern am rauhen Stein der Wände rechts und links, so daß Michael schon fürchtete, es könnte einfach steckenbleiben oder sich rücksichtslos weiterbewegen und ihn dabei aus Versehen zerquetschen.

Endlich erreichten sie ihr Ziel, eine kleine, nackte Zelle. Michael wurde grob auf den Boden gesetzt, und eine Sekunde später landete Wolf ebenso unsanft neben ihm auf dem nackten Stein. Michael fand kaum Zeit, seine Benommenheit abzuschütteln, als sich die beiden Kolosse auch schon wieder umdrehten und die Kammer verließen. Eine Sekunde später schob sich eine Tür aus rostigem Eisen vor die Öffnung, und er hörte das Einrasten eines schweren Riegels. Sie waren allein.

Verwirrt und zitternd vor Furcht und Erschöpfung sah er sich um. Nicht, daß es viel zu sehen gegeben hätte. Der Raum maß nicht ganz vier Meter im Quadrat, war etwa halb so hoch und hatte außer der Tür keine andere Öffnung. Die Wände waren kahl bis auf zwei wuchtige eiserne Ringe, die an der der Tür gegenüberliegenden Wand angebracht waren. Es gab nicht einmal einen Haufen Stroh oder sonst etwas, worauf sie sich hätten setzen können, nur den nackten, kalten Stein.

Wolf regte sich stöhnend neben ihm. Mit unsicheren Bewegungen setzte er sich auf, nahm beide Hände zu Hilfe, um das verletzte Bein in eine halbwegs bequeme Position zu bringen, und lehnte sich mit dem Rücken gegen die Wand. Sein Gesicht war aschfahl, und er zitterte am ganzen Körper.

»Na«, fragte Michael, »wieder wach?«

Wolf funkelte ihn zornig an. »Du gibst dir wohl alle nur erdenkliche Mühe, dir blöde Fragen auszudenken, oder?« schnauzte er ihn an.

Michael hatte nur freundlich sein wollen, aber er hielt Wolf die Schmerzen in seinem verletzten Bein zugute und schluckte die ärgerliche Antwort hinunter, die ihm auf der Zunge lag.

»Entschuldige«, sagte Wolf auch nach einer Weile, »ich bin wohl ein bißchen . . .«

»Ja«, pflichtete ihm Michael bei, als er nicht weitersprach, sondern ihn nur mit einem fast verlegenen Lächeln ansah,

»das sind wir beide.« Er sah sich demonstrativ in der leeren Kammer um. »Was . . . was ist das hier?«
Der Schriftsteller hob müde die Schultern. »Das weiß ich ebensowenig wie du«, sagte er und widersprach sich fast im gleichen Atemzug, indem er im Ton fassungslosen Erstaunens hinzufügte: »Großer Gott, es ist alles wahr!«
»Was *ist alles wahr?*« fragte Michael. Aufmerksam sah er Wolf ins Gesicht.
»Alles«, wiederholte Wolf. »Ich . . . ich habe es nicht geglaubt, natürlich nicht, es für alte Geschichten, Märchen gehalten.«
»Aha«, sagte Michael.
»Ich meine, wer hätte solchen verrückten Geschichten schon Glauben geschenkt?« fuhr Wolf fort. »Es gab da diese Legende, weißt du?«
»Nein, weiß ich nicht«, sagte Michael.
Wolf fuhr sich nervös mit der Zungenspitze über die Lippen und starrte ein paar Sekunden lang die verschlossene Eisentür an, als müsse er das nur lange genug tun, um sie irgendwie aufzubekommen. »Ich sagte dir ja schon gestern – war es gestern? –, daß ich gewisse Gerüchte gehört habe, was diese Katakomben angeht.« Er machte eine wegwerfende Handbewegung. »Aber es waren wirklich nur Gerüchte, weißt du? Ein paar Sätze in einem uralten Buch, das ich auf einer Auktion gefunden habe. Es hieß darin, daß die Katakomben unter der Stadt nur der kleinste Teil eines gewaltigen Systems von Höhlen und Tunneln seien und daß Menschen hier unten lebten. Das vergessene Volk.«
»Nennen sie sich so?« fragte Michael.
Wieder hob Wolf die Schultern. »So nannte sie der Verfasser des Buches. Aber wie gesagt, natürlich habe ich es nicht ernst genommen. Ich dachte, das wäre ein hübscher Stoff für eine Geschichte, und bin nur in die Katakomben gegangen, um mich ein bißchen umzusehen. Das mußt du mir glauben.«
Michael war nicht ganz sicher, ob er ihm wirklich glauben

sollte. Auch nach diesem Eingeständnis war ihm Wolf keinen Deut sympathischer geworden. Obwohl er natürlich genau wußte, daß es nichts, aber auch gar nichts an dem geändert hätte, was ihnen zugestoßen war, gab er seinem Schweigen irgendwie doch die Schuld daran.

»Was stand noch in dem Buch?« fragte er.

Wolf schüttelte heftig den Kopf. »Nichts. Dummes Zeug.«

»Ich verstehe«, sagte Michael kühl. »Ebenso dummes Zeug wie die Geschichte von unterirdischen Höhlen und einem Volk, das darin lebt, nicht wahr?«

»Nein«, behauptete Wolf. »Der Rest gehört wirklich ins Reich der Märchen. Ich meine, auch die Geschichte von den Katakomben und dem vergessenen Volk stand nicht so klar und ausdrücklich drin. Ich habe Monate gebraucht, um sie aus diesem Wust von Unsinn und Aberglauben herauszulesen.«

»Wer, um alles in der Welt, sind diese Leute – und vor allem die anderen?« fügte Michael hinzu.

Wolf überging die Bemerkung. »Es ist wirklich phantastisch«, sagte er. »Eine ganze Stadt unter der Erde, mit Hunderten von Menschen, wenn nicht Tausenden. Wie lange mögen sie schon hier leben? Wie sind sie hierhergekommen, und was tun sie hier?«

»Warum haben Sie sie nicht gefragt?« sagte Michael spöttisch. Wolfs plötzliche wissenschaftliche Neugier machte ihn fast zornig.

Wolf nahm den ärgerlichen Unterton in seiner Stimme gar nicht zur Kenntnis. »Sie müssen seit Jahrhunderten unentdeckt hier unten leben, ist dir das klar?« fuhr er aufgeregt fort. »Vielleicht schon länger. Hast du ihre Stadt gesehen? Und ihre Kleider?«

»Nein«, antwortete Michael. »Ich habe ein kleines Schläfchen gehalten. Habe ich irgend etwas verpaßt?«

Diesmal raffte sich Wolf wenigstens zu einem flüchtigen Lächeln auf. »Das alles könnte direkt aus dem Mittelalter stammen«, sagte er. »Zehntes oder zwölftes Jahrhundert, kaum später. Weißt du, was das bedeutet? Wenn ich mich nicht täusche, dann heißt das nichts anderes, als daß es diese Menschen seit mindestens achthundert Jahren hier unten gibt! Das ist phantastisch! Einfach unglaublich! Das wird die größte wissenschaftliche Sensation seit der Entdeckung Amerikas!«

»Ja«, murmelte Michael spöttisch. »Vorausgesetzt, wir bekommen noch Gelegenheit, irgend jemandem davon zu erzählen.«

Wolf blinzelte. Für einen Moment sah er sehr erschrocken aus, aber dann konnte Michael regelrecht sehen, wie er den Gedanken einfach abschüttelte wie etwas, das völlig abwegig war. »Unsinn!« sagte er. »Sie werden uns nichts tun.«

»Genau das Gefühl hatte ich auch«, stimmte ihm Michael spöttisch zu. »Man sagt diesen Naturvölkern ja nach, daß sie ganz besonders gastfreundlich sind.«

»Sie waren wahrscheinlich genauso erschrocken über unseren wie wir über ihren Anblick«, sagte Wolf. »Du wirst sehen, es wird sich alles aufklären. Ich bin sicher, daß sie gerade darüber beratschlagen, was sie tun sollen.«

»Ja«, sagte Michael und nickte heftig. »Uns aufhängen, vierteilen oder einfach hier unten verhungern lassen.«

Ein flüchtiger Schatten huschte über Wolfs Gesicht und verschwand sofort wieder. »Für einen Jungen deines Alters bist du ganz schön pessimistisch«, sagte er. »Sie werden uns nichts tun, da bin ich ganz sicher. Wir sind viel zu wertvoll für sie.«

»Wertvoll?«

»Wertvoll!« bestätigte Wolf. »Überleg doch mal. Weißt du, was wir für diese Leute sind? Dasselbe, was für uns Besucher aus dem Weltall wären! Besucher aus einer anderen Welt. Sie werden Tausende von Fragen an uns haben.«

»Wie kommen Sie darauf?« fragte Michael ruhig.

»Worauf?«

»Daß sie nichts von uns wissen«, sagte Michael. »Nur weil wir nichts von ihrer Welt wissen, bedeutet doch nicht, daß sie nichts über uns wissen. Vielleicht wollen sie in Ruhe gelassen werden. Ich meine, es muß einen Grund geben, warum bei uns noch nie jemand von ihnen gehört hat.«
»So gut wie nie gehört hat«, verbesserte ihn Wolf. »Immerhin muß irgendwann einmal bei uns jemand von dieser Stadt hier unten gewußt haben, sonst hätte ich kaum dieses Buch finden können.«
Es war kein wirklicher Streit, aber doch eine hitzige Diskussion, die so lange weiterging, bis beide es müde wurden und ihr Gespräch sich im Kreis zu drehen begann. Schließlich hockte jeder für sich in einer anderen Ecke der winzigen Kammer und hing seinen Gedanken nach. Michael gestand sich ein, daß er vermutlich ebenso übertrieben schwarz sah, wie Wolf die Situation übertrieben rosig einschätzte. Immerhin waren sie *hier*, in einer Gefängniszelle, denn um nichts anderes konnte es sich bei diesem kahlen, steinernen Würfel handeln, und nicht in einem Quartier, das man gerngesehenen Gästen zugewiesen hätte. Schließlich war da noch die Sache mit den beiden Männern gewesen, die von den bewaffneten Männern und den beiden Ungeheuern gejagt worden waren. Und irgend etwas sagte ihm, daß die Menschen hier unten vielleicht nicht ganz so erfreut über ihre Ankunft waren, wie Wolf es ihm und sich selbst so verzweifelt einzureden versuchte. Er hatte sich die feindseligen Blicke und den Haß in den Augen der Menschen draußen auf dem Platz ganz gewiß nicht eingebildet.
Aber Furcht oder nicht, nach einer Weile begann Michaels Körper, dem er in den letzten Tagen wirklich das Letzte abverlangt hatte, nachdrücklich sein Recht zu fordern. Er war sehr müde, und ein fast wohltuendes Gefühl von Schläfrigkeit und Schwere begann sich in seinen Gliedern und seinem Kopf breitzumachen. Diesmal wehrte er sich nicht dagegen, ließ sich im Gegenteil hineinfallen wie in eine warme,

schützende Umarmung und war schon nach Augenblicken eingeschlafen.
Er erwachte vom Geräusch der Tür. Sein Rücken und seine Beine taten erbärmlich weh, sein Hinterkopf, der im Schlaf gegen die Wand gesunken war, war wundgescheuert. Seine Gedanken bewegten sich träge, und im ersten Moment konnte er nicht richtig sehen. Die Tür war offen, blieb aber ein verschwommenes Rechteck aus grauer Helligkeit, vor der sich ein ebenfalls verschwommener, sehr kleiner Schatten bewegte. Zumindest war es keines der schwarzen Ungeheuer, das kam, um sie zu holen.
Es war auch kein Mann in einem Fellmantel. Michael blinzelte ein paarmal, die trüben Schleier vor seinen Augen verschwanden, und er erkannte, daß es sich um ein vielleicht zwölf- oder dreizehnjähriges Mädchen handelte. Sie war bleich und ein bißchen hohlwangig, wie alle Menschen, die er bisher hier unten gesehen hatte, trotzdem aber sehr hübsch. Ihr Haar hing bis weit über die Schultern herab, und sie trug ein einfaches Kleid aus grauem Leinenstoff, das fast bis auf ihre nackten Füße hinunterreichte. In den Händen trug sie ein hölzernes Tablett, auf dem sich ein Krug, zwei ebenfalls hölzerne Trinkbecher und ein halber Laib Brot befanden. Während sie das Tablett zwischen Wolf und ihn auf dem Boden absetzte – Michael entging keineswegs die scheuen, trotzdem aber neugierige Blicke, mit denen sie ihn und den Schriftsteller insgeheim musterte –, schaute er rasch zur Tür. Im ersten Moment sah er nichts, aber dann gewahrte er den Schatten eines Mannes, der draußen auf dem Gang stand. Für einen ganz kurzen Moment hatte er daran gedacht, die Gelegenheit zu nutzen und einen Fluchtversuch zu unternehmen, verwarf diesen Gedanken aber nun wieder. Vermutlich wäre es auch ohne den Wächter draußen auf dem Gang sinnlos gewesen. Selbst wenn sie aus dieser unheimlichen Burg herauskamen, das eiserne Tor vor der Stadt würden sie niemals überwinden.

Das Mädchen richtete sich auf und wandte sich um, zögerte aber ein wenig, und Michael ergriff die Gelegenheit, sich aufzusetzen und ihm zuzulächeln, so freundlich es ihm möglich war. »Hallo«, sagte er.

Das Mädchen lächelte ganz kurz zurück, aber es war sehr nervös, und in seinen Augen war das Flackern von Furcht und Mißtrauen zu sehen. Eine Sekunde lang begegneten sich ihre Blicke, dann drehte sie sich rasch um und wollte zur Tür gehen, aber Michael rief sie zurück. »Warte«, sagte er, »ich möchte mit dir reden.«

Tatsächlich blieb das Mädchen stehen und sah ihn wieder an, allerdings ohne sich zu ihm umzudrehen. »Das ist nicht erlaubt«, sagte sie. »Ich darf nicht mit den Gefangenen reden.«

»Sind wir das denn?« fragte Michael. »Gefangene?«

Das Mädchen nickte.

»Aber warum denn?« fragte Michael. »Wir haben nichts getan.«

»Das . . . das weiß ich nicht«, antwortete sie. Nervös blickte sie zur Tür und sah dann noch einmal zu ihm zurück, ging aber bereits langsam weiter.

»Sag mir wenigstens deinen Namen.«

Das Mädchen bewegte unsicher die Hände. »Ich . . . ich bin Lisa«, sagte sie. »Die Tochter der Eisenfrau. Ich darf nicht mit euch reden.«

Und damit lief sie schnell aus der Zelle. Michael blickte die Tür verblüfft an, die sich mit einem dumpfen Krachen wieder hinter ihr schloß.

»Eisenfrau?« sagte Michael.

Ein leises und spöttisches Lachen ließ ihn zu Wolf hinübersehen. Der Schriftsteller war bereits auf Händen und Knien zu dem Tablett gekrochen und goß etwas vom Inhalt des Kruges in die beiden Becher. Michael sah, daß es klares Wasser war.

»Das bestätigt meine Theorie«, sagte Wolf. »Eisenfrauen nannte man im Mittelalter die Frauen der Kerkermeister,

weißt du? Sie hatten die Aufgabe, den Gefangenen Essen zu bringen.«
Michael erhob sich, machte einen Schritt und setzte sich dann mit untergeschlagenen Beinen neben das Tablett. Er war hungrig und durstig, und auch wenn das Wasser schal war und das Brot so hart, daß er nur mit Mühe ein Stück davon abbrechen konnte, aß und trank er doch mit großem Appetit. Er hatte keine besondere Lust, den Streit von vorhin fortzusetzen, aber Wolf schien solcherlei Hemmungen nicht zu haben.
»Ich habe nachgedacht, während du geschlafen hast«, sagte er kauend und in beinahe fröhlichem Tonfall. »Ich glaube, ich weiß jetzt, wer diese Leute sind.«
»So?« fragte Michael. Gegen seinen Willen machten ihn Wolfs Worte neugierig.
Wolf nickte heftig und brach ein gewaltiges Stück von dem Brotlaib. Als er hineinbiß, knirschte es. »Erinnerst du dich, was ich dir über die Pestgrube erzählt habe und über die Toten im Mittelalter?«
Michael nickte stumm.
»Nun, sie haben nicht nur die Toten dort hinuntergeschafft«, fuhr Wolf fort. »Angeblich haben sie während der schlimmsten Zeit der Epidemien auch Kranke und Sterbende in die Gruben geworfen, und es gibt zumindest einen verbürgten Bericht, wonach während einer Belagerung eine ganze Zigeunersippe hineingejagt wurde, als die Lebensmittel knapp wurden.«
»Und Sie glauben, diese Menschen sind ihre Nachkommen?« fragte Michael zweifelnd. Schon die Ungeheuerlichkeit des Gedankens ließ ihn schaudern, obwohl er eigentlich nicht daran zweifelte, daß die Geschichte wahr war.
»Es wäre möglich«, antwortete Wolf mit vollem Mund. »Vielleicht sind einige von ihnen nicht gestorben oder waren gar nicht infiziert. Wenn wir den Weg hier herunter gefunden haben, dann konnten sie es auch. Und wenn diese Stadt

damals schon da war, oder wenigstens die Höhle . . « Wieder ein Achselzucken. »Es gab Zeiten, da muß dies hier im Vergleich zu so manchem Ort oben ein geradezu paradiesischer Platz gewesen sein. Aber das ist natürlich nur eine Theorie.«
Eine ziemlich verrückte noch dazu, dachte Michael. Wenn diese Menschen tatsächlich die Nachkommen von Männern und Frauen waren, die man ganz bewußt in die Unterwelt gejagt hatte, damit sie dort sterben sollten, dann waren sie vermutlich nicht besonders gut auf jemanden zu sprechen, der von oben kam. Aber das war achthundert oder tausend Jahre her. Falls sie überhaupt noch von diesen Zeiten wußten, dann allenfalls durch alte Legenden und Märchen.
»Und diese anderen Wesen?« fragte er. »Diese Riesen und die Irrlichter?«
Wolf zuckte hilflos mit den Schultern. »Ich weiß es nicht«, gestand er. »Vielleicht waren es einmal Menschen. Tausend Jahre sind eine lange Zeit, und wer weiß, welchen Einfluß diese Höhlen auf menschliche Wesen haben? Vielleicht haben sie schon immer hier unten gelebt, und die Menschen haben sich mit ihnen arrangiert.«
Sie beendeten ihr Mahl, und Michael hatte gerade den letzten Krümel seines Brotes mit einem Schluck Wasser hinuntergespült, als die Tür erneut geöffnet wurde. Aber es war nicht Lisa, die zurückkam, um das Tablett und den Krug zu holen, sondern der schwarzhaarige Mann, der sie gefangengenommen hatte. Weitere zwei Bewaffnete standen draußen auf dem Flur, betraten aber die Zelle nicht, sondern blickten Wolf und ihn nur mißtrauisch an und hatten die Hände demonstrativ auf den Griffen der klobigen Schwerter in ihren Gürteln liegen. Natürlich, dachte Michael spöttisch, waren ein alter Mann mit einem verstauchten Bein und ein halbverhungerter Junge, der kaum noch die Kraft hatte, sich auf den Füßen zu halten, Gegner, die man besser im Auge behielt.
»Mitkommen!« sagte der Fremde barsch.
Michael stand gehorsam auf. Aus den Augenwinkeln sah er,

wie Wolf dazu ansetzte, etwas zu sagen, aber dann traf ihn ein Blick aus den Augen des Dunkelhaarigen, und er verzichtete darauf.

Sie verließen die Kammer und wurden sofort von den beiden Männern in die Mitte genommen. Obwohl es völlig überflüssig war, versetzte einer Wolf, der ohnedies Mühe hatte zu gehen, einen Stoß, der ihn um ein Haar zu Boden geworfen hätte. Trotzdem versuchte Wolf daraufhin, sich schneller zu bewegen, was allerdings nur dazu führte, daß er immer öfter stolperte und ein paarmal gestürzt wäre, hätte Michael nicht rasch zugegriffen.

Der Weg zurück kam ihm viel länger vor als der hinunter, und nach einer Weile wurde ihm auch klar, daß das keine Einbildung war. Sie gingen eine andere Treppe hinauf als die, auf der sie herabgekommen waren, und als er nach einer Ewigkeit das erste Mal wieder Tageslicht – oder das, was man hier unten dafür hielt – erblickte, sah er, daß sie sich schon ein gutes Stück über den Dächern der Stadt befanden.

Ihr Ziel war ein hoher, halbrunder Saal, der in einem der klobigen Türme liegen mußte, die die Tormauer flankierten. Durch eine Anzahl sonderbar geformter glasloser Fenster, die ein unregelmäßiges Muster in den Wänden bildeten, konnte er fast die ganze Stadt überblicken und noch einen guten Teil der Höhle dahinter. Erst jetzt begriff er wirklich, wie *groß* diese unterirdische Welt war.

Seine Aufmerksamkeit wurde jedoch sofort von den sieben oder acht Männern in Anspruch genommen, die an einer gewaltigen steinernen Tafel vor der einzigen geraden Wand des Raumes saßen und Wolf und ihn betrachteten. Manche taten es einfach nur mit Neugier, manche mit Mißtrauen, der eine oder andere aber auch ganz unverhohlen feindselig. Eines aber war bei allen gleich – er erblickte in jedem Gesicht dieselbe tiefe Verwirrung und eine mehr oder weniger unterdrückte Furcht. Für wen um alles in der Welt hielten diese Leute sie?

Er mußte die Männer wohl ein wenig zu gradheraus gemustert haben, denn ihr Kerkermeister versetzte ihm einen derben Hieb mit der flachen Hand zwischen die Schulterblätter, der ihn vor Schmerz aufstöhnen ließ. »Was fällt dir ein, unseren Rat so anzustarren, Bursche?« fragte er. »Beuge das Haupt. Du hast ihnen Respekt zu zollen!«
Einer der Männer, ein weißhaariger Greis mit einem gütigen Gesicht und Augen, die trotz seines hohen Alters noch klar und wach waren, hob besänftigend die Hand. »Laß es gut sein, Anson«, sagte er. »Sie können nicht wissen, wer wir sind.« Eine Sekunde lang blickte er den Mann hinter Michael strafend an, dann erschien ein verzeihender Ausdruck auf seinem Gesicht, und er wandte sich Michael zu. »Das ist doch so, nicht wahr?« fragte er.
Michael nickte. Nach einer halben Sekunde fiel ihm ein, daß ihm das vielleicht wieder als Unhöflichkeit ausgelegt werden könnte, und er beeilte sich, Antwort zu geben. »Ja.«
»Ich bin Erlik«, fuhr der alte Mann fort, nachdem er Michael eine Sekunde lang forschend angesehen hatte. »Und wer seid ihr?«
»Mein Name ist Michael«, antwortete Michael. Ehe er weiterreden konnte, fiel ihm Wolf ins Wort.
»Mein Name ist Wolf«, sagte er. »Wir hatten einen Unfall. Wir wurden verschüttet und haben uns auf dem Weg zurück verirrt, und ich verlange –«
Erlik hob wieder die Hand, und obwohl die Bewegung ruhig war, fast nur angedeutet, lag doch eine solche Autorität darin, daß Wolf mitten im Wort verstummte und für einen Moment völlig ratlos aussah. »Im Moment redet der Knabe«, sagte Erlik ruhig. »Wenn ich mit Euch zu reden wünsche, Herr Wolf, werde ich es Euch wissen lassen.«
Er wandte sich wieder Michael zu. Trotz des Verweises, den er Wolf erteilt hatte, wirkte er kein bißchen ärgerlich. »So, du heißt also Michael«, fuhr er fort. »Ist dieser Mann dein Vater?«

»Nein«, antwortete Michael. »Wir sind uns ... mehr oder weniger zufällig begegnet.«
Auf Erliks Gesicht erschien ein Ausdruck, der ihm klarmachte, daß der alte Mann das fast unmerkliche Zögern in seiner Antwort sehr wohl bemerkt und wahrscheinlich auch richtig gedeutet hatte. Michael mahnte sich in Gedanken zur Vorsicht.
»Wie seid ihr hierhergekommen?« fragte Erlik. »Hat euch jemand den Weg verraten?«
Michael verneinte. »Es war so, wie Wolf gesagt hat«, antwortete er. »Wir waren in den Katakomben. Es gab einen ... einen Unfall. Wir sind in die Pestgrube gestürzt, und als wir versuchten, auf eigene Faust herauszukommen, haben wir uns verirrt.«
»Die Pestgrube?« mischte sich Anson ein. »Was wißt ihr von der Pestgrube?«
»Nichts.« Michael sah den dunkelhaarigen Krieger unsicher an. »Nicht mehr als alle anderen auch. Bis gestern morgen wußte ich nicht einmal, daß es sie gibt.«
»Schickt ihr immer noch Leute herunter, die euch im Wege sind oder deren Ansichten euch nicht passen?« fragte Anson feindselig.
Wieder hob Erlik die Hand. »Bitte, Anson.«
Michael entschied sich, die Frage zu ignorieren, schon deshalb, weil er nicht einmal ganz sicher war, ob er sie wirklich verstanden hatte. »Es war unsere eigene Schuld«, fuhr er fort. »Wir waren unvorsichtig. Das Gitter vor dem Loch muß wohl rostig gewesen sein. Als wir uns dagegen lehnten, brach es, und wir stürzten in die Tiefe. Danach haben wir versucht, einen anderen Weg nach oben zu finden, es aber nicht geschafft. Wir sind einen ganzen Tag durch die Katakomben geirrt, vielleicht sogar zwei. Ich weiß es nicht genau.«
»Der Junge lügt«, behauptet Anson. Diesmal ignorierte er Erliks Geste. »Er will uns erzählen, daß er den Weg ins Unterland zufällig gefunden hat? Lächerlich!«

»Nein«, mischte sich einer der anderen ein. Michael blickte zu ihm hinüber und sah, daß er noch älter sein mußte als Erlik, ein uralter, kahlköpfiger Greis mit einem Gesicht, das nur aus Falten und Runzeln bestand, trotzdem aber sehr freundlich wirkte und irgendwie gütig. »Er sagt die Wahrheit«, fuhr der alte Mann fort. »Du weißt, daß in meiner Gegenwart niemand lügen kann.«

»Weiß ich das?« fragte Anson. »Nun, zumindest weiß ich, daß dein Zauber nicht mehr so gut zu funktionieren scheint wie früher. Denn entweder dieser Junge lügt, und du merkst es nicht, oder er sagt die Wahrheit. Wenn er aber die Wahrheit sagt, dann wirkt der Schutz, den du uns versprochen hast, nicht mehr so, wie er es sollte.«

Erlik runzelte die Stirn, und auf den Gesichtern von zwei, drei anderen erschien ein betroffener, fast erschrockener Ausdruck.

Nur der alte Mann lächelte. »Vielleicht gibt es ja noch eine dritte Möglichkeit«, sagte er geheimnisvoll. Er tauschte einen Blick mit Erlik, der wohl so etwas wie das Oberhaupt des Rates sein mußte, zumindest aber sein Sprecher, und dieser gab Michael mit einem Zeichen zu verstehen, daß er weiterreden sollte.

»Wir sind immer weiter nach unten gegangen«, sagte Michael. »Ich meine: wir wollten es nicht, aber jeder Weg schien in die gleiche Richtung zu führen, ganz egal, wohin wir auch gingen.« Die Worte klangen selbst in seinen eigenen Ohren nicht sehr überzeugend, aber sie lösten nicht den Unglauben aus, den er erwartete. Erlik sah ihn weiter aufmerksam an, und in den Augen des Zauberers erschien etwas wie ein flüchtiges Lächeln. »Ich weiß nicht, wie lange wir unterwegs waren«, fuhr er fort. »Ich glaube, einen Tag, vielleicht aber auch zwei. Schließlich haben wir das Ungeheuer getroffen, und dann –« Er deutete mit einer Geste auf Anson, ohne ihn anzusehen. »– ihn. Wir sind weggelaufen, aber Wolf hatte sich verletzt, und dann haben wir den U-Bahn-

Schacht gesehen. Aber bevor wir ihn erreichen konnten, war er plötzlich verschwunden, und kurze Zeit später entdeckten wir das Klärbecken. Wir haben versucht hindurchzuschwimmen, aber ein Sog hat uns erfaßt und in die Tiefe gezerrt, und plötzlich waren wir irgendwie *unter* dem Wasser.«

Seine Erklärung mußte verworren und unglaubwürdig klingen. Aber wieder lachte niemand oder machte auch nur ein zweifelndes Gesicht. Lediglich Erlik wandte sich wieder an den Zauberer und fragte: »Sie sind durch den See gekommen? Ist das möglich?«

»Eigentlich nicht«, antworte der alte Mann. »Aber vielleicht wird sich eine Erklärung finden. Ich werde später in Ruhe mit dem Jungen reden.«

»Eine Erklärung«, knurrte Anson. »Ich kann sie Euch geben.« Er deutete anklagend mit zwei gespreizten Fingern gleichzeitig auf Michael und Wolf. »Die beiden da sind Spione. Sie sind geschickt worden, um uns auszuspionieren. Wenn wir sie laufenlassen, werden sie Soldaten herunterschicken, die uns alle töten oder in die Sklaverei verschleppen.«

Seine Worte lösten Unruhe unter den Männern aus, aber auch jetzt reagierte der Zauberer nur mit einem ganz leisen Lachen und einem spöttischen Kopfschütteln. »Selbst wenn du recht hättest, Anson – glaubst du, wenn sie uns Spione schicken und diese nicht zurückkehren, daß sie es dabei bewenden lassen würden?«

»Spione?« sagte Michael verstört. »Ich ... verstehe nicht, was er meint. Wir sind keine Spione. Da, wo wir herkommen, weiß niemand, daß es euch überhaupt gibt.«

»Der Junge lügt«, behauptete Anson. »Es ist so, wie ich schon seit Jahren sage. Sie wissen, daß wir hier sind, und sie werden kommen und uns vernichten, wenn wir nicht zuerst zuschlagen. Diese beiden da sind Beweis genug. Laßt mich eine Stunde mit ihnen allein, und ich hole die Wahrheit schon aus ihnen heraus.«

Ein eisiger Schauer lief über Michaels Rücken, als er in Ansons Gesicht blickte, Er war ziemlich sicher, daß der Mann nicht eine Stunde, sondern allerhöchstens fünf Minuten brauchen würde, um alles aus ihm herauszuholen, was er wollte, das Geständnis mit inbegriffen, daß er es gewesen war, der Präsident Kennedy erschossen hatte.
Gottlob war Anson eindeutig nicht derjenige, der in diesem Rat das Sagen hatte.
»Nicht so rasch, Anson«, sagte Erlik im Ton sanften, verstehenden Tadels. »Ich begreife deine Sorge, und sie ehrt dich, denn es ist deine Aufgabe, für unsere Sicherheit zu sorgen. Aber es gibt auch noch andere Mittel und Wege.« Er sah wieder Michael an. »Ich glaube dir«, sagte er. »Ich sehe, daß du die Wahrheit sagst, und ich sehe, daß du große Angst hast. Aber du mußt auch uns verstehen. Für uns steht sehr viel auf dem Spiel. Alles.«
Michael versuchte ehrlich, den Worten des Mannes zu glauben und seine Furcht im Zaum zu halten. Nach dem, was er von Anson erfahren hatte, schien Wolf mit seiner Theorie, was die Herkunft dieser Menschen anging, ziemlich ins Schwarze getroffen zu haben.
»Du sagst, daß niemand von uns weiß?« fuhr Erlik fort. »Es fällt mir schwer, das zu glauben, auch wenn ich es gerne möchte, und auch, wenn ich spüre, daß du nicht lügst.«
»Ich bin sicher, daß sie uns vergessen haben«, sagte der alte Zauberer. »Viel Zeit ist vergangen. Auch die obere Welt wird sich verändert haben.«
»Mehr, als ihr euch vorstellen könnt«, sagte Michael. »Ich weiß nicht, wer ihr seid und wie ihr hierher kommt, keiner von uns weiß das. Nicht einmal die Existenz dieser Höhlen ist bekannt. Wenn überhaupt jemand davon gewußt hat, dann ist es in Vergessenheit geraten.«
»Ja«, sagte Anson bissig. »Deshalb seid ihr ja auch hier, nicht wahr?«
»Aber das habe ich doch schon gesagt!« sagte Michael fast

verzweifelt. Es war zum Verrücktwerden! Anson schien ihm gar nicht zugehört zu haben. »Es war ein Unfall! Wir haben uns verirrt! Ich würde den Weg nicht einmal finden, wenn ich jahrelang danach suchen würde!«

Anson funkelte ihn mit Mordlust in den Augen an, und der Streit hätte vielleicht noch stundenlang so weitergehen können, hätte Erlik nicht eine ebenso besänftigende wie befehlende Geste gemacht und wäre aufgestanden. Michael war ein wenig überrascht. Hinter dem riesigen Tisch hatte der Mann alt und gebrechlich ausgesehen, und er war alt, aber keineswegs gebrechlich. Der weite, erdbraune Umhang, den er trug, verhüllte seine Gestalt fast völlig, aber Michael sah trotzdem, daß er früher einmal ein wahrer Riese gewesen sein mußte und auch heute noch von sehr kräftiger Statur war. »Das soll für den Anfang genügen«, sagte er. »Wir werden beraten, und bis es soweit ist, bleibt ihr unsere Gefangenen.« Er zögerte einen ganz kurzen Moment, dann wandte er sich direkt an Anson. »Bringt sie in unser Gästehaus. Versorgt sie gut, aber achtet darauf, daß sie mit niemandem reden und nicht fliehen können.«

»Dagegen protestiere ich!« sagte Anson laut. Zumindest zwei der übrigen Ratsmitglieder stimmten ihm mit einem Kopfnicken zu. »Die beiden sind Spione und gehören aufgehängt! Das Gästehaus? Warum quartieren wir sie nicht gleich im Königspalast ein?«

»Weil das Gästehaus bequemer und komfortabler ist als diese zugige Bruchbude«, sagte der Zauberer mit einem leisen Lachen. Anson wollte auffahren, aber der alte Mann fuhr fort: »Ich bin sicher, daß sie dort genau so sicher untergebracht sind wie im Kerker. Eure Armee wird doch wohl ausreichen, um auf einen alten Mann und ein Kind aufzupassen, oder?«

Ansons Augen sprühten vor Zorn, aber er widersprach nicht, sondern drehte sich plötzlich mit einem Ruck herum und stampfte beleidigt aus dem Saal.

»Reize ihn nicht zu sehr, Malik«, sagte Erlik. »Du weißt, wie gefährlich er sein kann.«
Der Zauberer nickte, aber das spöttische Lächeln blieb auf seinem Gesicht. »Ich werde auf mich achtgeben«, versprach er in einem Ton, der für eine Sekunde ein Lächeln auf Erliks Lippen erscheinen ließ. Aber Erlik sagte nichts mehr dazu, sondern drehte sich wieder zu Michael und Wolf um. »Geht«, sagte er mit einer Geste zur Tür. »Die Wachen werden euch zum Gästehaus begleiten. Und in eurem eigenen Interesse – tut, was sie euch sagen. Ihr werdet später erfahren, was mit euch geschehen wird.«
Michael hatte Mühe, seine Enttäuschung nicht allzu deutlich sichtbar werden zu lassen. Das kurze Gespräch mit Erlik und dem Rat hatte mehr Fragen aufgeworfen, als es beantwortet hatte, und auch wenn sie nun nicht wieder in die dunkle, kalte Kerkerzelle zurückmußten, blieben sie doch Gefangene, die einem ungewissen Schicksal entgegensahen. Aber er begriff auch, daß es wenig Sinn hatte, noch irgend etwas zu sagen. Trotz aller Freundlichkeit, die er ausstrahlte, war Erlik nicht jemand, mit dem man diskutieren konnte. Wenn er jemals einem Menschen gegenübergestanden hatte, der so etwas wie die Verkörperung der Autorität darstellte, dann Erlik. Und vermutlich war der einzige Zweck dieses Gespräches ohnehin der gewesen, Wolf und ihn zu sehen und sich einen ersten Eindruck zu verschaffen.
Ohne ein weiteres Wort verließen sie den Saal. Noch während sich die Türen hinter ihnen schlossen, hörte Michael, wie unter den Ratsmitgliedern eine heftige und alles andere als leise Diskussion ausbrach, aber er wagte es nicht, stehenzubleiben oder auch nur einen Blick zurückzuwerfen.
Sie wurden von vier Kriegern in schwarzen Mänteln erwartet, die sie wortlos zwischen sich nahmen. Anson war zwar nicht bei ihnen, doch die Blicke, mit denen die Männer Wolf und ihn musterten, sprachen Bände. Nicht nur der Anführer

der Soldaten schien der Meinung zu sein, daß der einzig vernünftige Platz für die beiden Fremden der Galgen wäre.

Unten im großen Hof erwartete sie eine weitere Abteilung Soldaten, die sich schützend um sie herum aufstellte, während das gewaltige Eisentor geöffnet wurde. Michael begriff mit einem Gefühl spürbarer Erleichterung, daß ihr neues Quartier nicht in diesem unheimlichen Gemäuer lag, sondern irgendwo draußen in der Stadt. Und obwohl dies bedeutete, sich wieder der feindseligen Menge draußen gegenüberzusehen, atmete er doch innerlich auf. Erst jetzt, als sie das riesige Gebäude wieder verließen, spürte er wirklich, wie feindselig und bedrückend die Atmosphäre in seinem Inneren gewesen war.

Und auch was die Feindseligkeit der Stadtbevölkerung anging, erlebte er eine angenehme Enttäuschung. Wahrscheinlich war sie noch immer so groß wie bei ihrer Ankunft, aber sie waren Stunden, möglicherweise einen ganzen Tag unten im Verlies gewesen. Natürlich wurden sie sofort wieder gesehen, und natürlich blieben die Leute auch jetzt wieder stehen, und es kamen auch wieder andere herbeigerannt, um sie neugierig oder auch feindselig zu begaffen, aber richtig gefährlich wurde es nicht. Nach kaum fünf Minuten, die sie in scharfem Tempo marschiert waren, erreichten sie ein zweistöckiges graues Gebäude, das die umliegenden Häuser um etliches überragte und von außen eher wie ein Kerker als ein Gästehaus aussah. Die Fenster waren klein und vergittert, die Tür bestand aus Eisen und war mit einem massiven Riegel gesichert.

Aber der trostlose Eindruck schwand sofort, als sie es betraten. Wände, Boden und Decke waren aus dem gleichen grauen Stein, aus dem alles hier gemacht war, aber statt nacktem Fels gab es hier Teppiche, Bilder und bunte Wandbehänge, die dem Gebäude im Verein mit den großen, auf einen geschlossenen Innenhof hinausführenden Fenstern, die

viel Licht hereinließen, einen durchaus freundlichen Anstrich gaben.
Nur zwei Soldaten folgten ihnen ins Haus, die anderen blieben draußen zurück, wohl um den Eingang zu bewachen, damit die zornige Menschenmenge nicht etwa einfach das Haus stürmte und die beiden vermeintlichen Spione herauszerrte, um Anson die Arbeit abzunehmen.
Von der großen Halle im Erdgeschoß führte eine breite, steinerne Treppe hinauf zu einer Galerie in der ersten Etage, von der zahlreiche Türen abgingen. Michael wurde zu einer dieser Türen dirigiert, doch als auch Wolf sich ihm anschließen wollte, schüttelte einer der beiden Soldaten den Kopf und machte eine ablehnende Geste.
»Können wir nicht zusammenbleiben?« fragte Michael.
Der Krieger schüttelte den Kopf, und eine Stimme hinter Michael sagte: »Tu lieber, was sie verlangen. Ansons Männer sind nicht unbedingt für ihre Geduld bekannt.«
Überrascht, eine Stimme zu hören, die ihm vertraut vorkam, drehte Michael sich um. Einige Schritte hinter ihm hatte sich eine Tür geöffnet, und niemand anders als das blonde Mädchen, das ihnen im Keller das Essen gebracht hatte, war herausgetreten. Sie trug jetzt ein helles Kleid, und ihr Gesicht zeigte nicht mehr Furcht und Unsicherheit, sondern einen Ausdruck des Zutrauens. Rasch kam sie auf ihn zu, öffnete die Tür, vor der sie stehengeblieben waren, und machte eine auffordernde Geste. Michael folgte ihr wortlos. Er hatte darum gebeten, mit Wolf zusammenbleiben zu dürfen, weil er in diesem Augenblick einfach nicht allein sein wollte. Aber wenn er die Wahl hatte, dann zog er ihre Gesellschaft der des Schriftstellers allemal vor. Er kannte sie zwar nicht, aber sie war ihm auf Anhieb um etliches sympathischer gewesen als Wolf.
Die beiden Krieger gingen weiter und führten Wolf zu einem anderen Raum, während Lisa die Tür schloß. Als sie es tat,

bemerkte Michael, daß die Tür keinen Riegel hatte, weder auf der Innen- noch auf der Außenseite. Neugierig sah er sich um. Das Zimmer war sehr groß und hell und hatte wie die Halle unten ein glasloses Fenster, das auf den ummauerten Hof hinausführte. Es war sehr einfach eingerichtet, aber dieser Eindruck mochte täuschen. Es gab ein großes, sauer bezogenes Bett, einen Tisch mit zwei Stühlen und einen Schrank mit kunstvoll geschnitzten Türen. Für die Menschen hier war es vielleicht ausgesprochen luxuriös, denn wenn er bedachte, daß sie ja praktisch eine Art Zeitreise gemacht und direkt im Mittelalter gelandet waren, konnte er seine Umgebung schlecht an seinen gewohnten Maßstäben messen.
Lisas nächste Worte bestätigten seine Vermutung denn auch.
»Das ist ein bißchen bequemer als die Zelle in Ansons Kerker, nicht wahr?« fragte sie, und Michael hörte deutlich den Stolz in ihrer Stimme. Er drehte sich zu ihr um, und sie fügte mit einem Lächeln hinzu: »Und das Essen ist auch besser, du wirst sehen. Bist du hungrig?«
Im Grunde war Michael das nicht. Die karge Mahlzeit, die Lisa ihnen vorhin gebracht hatte, hatte zwar keineswegs ausgereicht, seinen Hunger wirklich zu stillen, aber er war viel zu nervös und aufgeregt, um jetzt an Essen zu denken. Doch er ahnte, daß er das Mädchen enttäuschen würde, wenn er sein Angebot ablehnte, und nickte. Vermutlich würde der Appetit sowieso beim Essen kommen, wie man so schön sagte.
»Ich gehe gleich hinunter und bringe dir etwas«, sagte Lisa. »Meine Mutter hat bereits eine Mahlzeit für deinen Freund und dich gekocht.«
»Habt ihr gewußt, daß wir kommen?« fragte Michael überrascht.
»Ja«, antwortete das Mädchen. »Erlik war hier und hat schon alles vorbereiten lassen, weißt du? Er war eine Zeitlang nicht in der Stadt, sonst wäret ihr erst gar nicht im Kerker gelandet. Er war sehr aufgebracht, als er zurückkam und erfuhr,

was Anson getan hat.« Plötzlich wurde sie sehr ernst. »Ihr habt Glück gehabt«, sagte sie. »Mein Vater sagt, daß er nicht einmal überrascht gewesen wäre, hätte Anson euch auf der Stelle aufhängen lassen.«
Michael glaubte ihr aufs Wort. Aber er wollte sich jetzt nicht mit solch finsteren Gedanken beschäftigen. Zwar hatte er nach wie vor keine Ahnung, wer Anson und Erlik und der Zauberer und all diese anderen Menschen überhaupt waren, aber zumindest wußte er, daß Erlik es war, der Anson Befehle erteilte, und nicht umgekehrt.
»Gehört euch dieses Haus?« fragte er.
Lisa schüttelte heftig den Kopf und begann im Zimmer auf und ab zu gehen, ganz wie jemand, der einem Besucher stolz seinen Besitz zeigt. »Es ist das Gästehaus«, sagte sie. »Meine Eltern betreuen es. Aber die allermeiste Zeit steht es leer. Wir haben selten Besuch hier.«
»Sagtest du nicht, deine Mutter wäre die Eisenfrau?« erkundigte sich Michael.
»Ist sie auch«, bestätigte Lisa. »Und zugleich führt sie die Küche am Königshof, kümmert sich um die Wäsche, beaufsichtigt die Dienstmägde ...« Sie machte eine Handbewegung, die klarmachte, daß sie die Aufzählung nach Belieben fortsetzen könnte, und zuckte mit den Schultern. »Mein Vater beaufsichtig den Weinkeller, kümmert sich um die Hunde und führt die königlichen Bücher. Das kommt daher, weil unser Königshaus sehr klein ist, weißt du? Bei euch gibt es sicher viel größere Königreiche.«
»Bei uns gibt es überhaupt keine Könige mehr«, sagte Michael. »Oder sagen wir: fast keine.«
Lisa sah ihn ungläubig an. »Keinen König? Aber wer herrscht denn dann über euch?«
»Das ist gar nicht so einfach zu beantworten«, sagte Michael lächelnd. »Ich erzähle es dir später einmal.«
»Ich werde dir Löcher in den Bauch fragen, das verspreche ich dir«, sagte Lisa lachend. »Du mußt mir alles erzählen –

wo du herkommst, wie es dort oben ist, wie du lebst und was deine Leute tun.«
»Gerne«, antwortete Michael. »Falls ich noch so lange lebe, heißt das.«
Lisa machte eine wegwerfende Handbewegung. »Mach dir keine Sorgen«, sagte sie. »Ihr wart in Gefahr, solange Erlik nicht hier war und Anson tun und lassen konnte, was er wollte. Jetzt wird euch nichts mehr passieren.«
Michael war nicht so sicher. Die Feindseligkeit, die nicht nur Anson, sondern ein großer Teil der Menschen in dieser unglaublichen Stadt ihnen gegenüber empfand, war schließlich nicht zu übersehen gewesen.
»Wie kommt es, daß du nicht so bist?« fragte er.
»Nicht so bin?«
»Nicht so wie Anson und all die anderen«, erklärte Michael. »Als wir hier ankamen, da hatte ich Angst, daß sie uns lynchen würden.«
»Sie sind Narren«, sagte Lisa und machte ein verächtliches Gesicht. »Anson hat sie aufgehetzt. Er faselt seit Jahren von irgendeiner Gefahr, die uns droht, und von mächtigen Feinden, gegen die wir uns schützen müssen. Mein Vater sagt, daß er das nur tut, um die Angst unter den Menschen zu schüren, weil sie das einzige ist, auf dem seine Macht beruht. Aber nicht alle denken so wie er. Seit die Nachricht von eurer Ankunft die Runde gemacht hat, steht die ganze Stadt kopf. Und längst nicht alle sind solche Narren wie Anson und seine Männer.« Sie machte ein schuldbewußtes Gesicht. »Aber was rede ich? Du mußt ja halb verhungert sein. Mach es dir bequem, ich komme gleich mit dem Essen zurück.«
Ehe Michael noch ein Wort sagen konnte, stürmte sie aus dem Zimmer. Als sie die Tür öffnete, sah er, daß einer der beiden Krieger draußen auf der Galerie Aufstellung genommen hatte. Der Anblick erinnerte ihn wieder daran, daß er trotz allem ein Gefangener war.
Michael trat ans Fenster und schaute in den Hof hinab. Der

Anblick überraschte ihn ein wenig. Die vorherrschende Farbe in dieser Stadt war das schmutzige Grau der Steine, aus dem sie erbaut war. Michael konnte sich nicht erinnern, auf dem Weg hierher auch nur eine Spur von Grün gesehen zu haben, und auch vorhin, als er aus den Fenstern des Turmzimmers geschaut hatte, hatte er nur Grau und Schwarz und Braun in allen nur denkbaren Schattierungen gesehen. Im Inneren des gemauerten Gevierts unter ihm jedoch war ein kleiner, von Büschen und einer verschwenderischen Vielfalt bunt blühender Blumen erfüllter Garten angelegt. Es gab eine Bank, einen winzigen See mit einem noch winzigeren, künstlich angelegten Wasserfall und sogar einen Baum, wenn er auch klein war, irgendwie verkrüppelt wirkte und außerdem zu einer Sorte gehörte, die Michael noch nie zuvor gesehen hatte. Nach dem monotonen Grau, an das sich seine Augen in den letzten Tagen hatten gewöhnen müssen, labte er sich regelrecht am Anblick des winzigen Gärtchens. Und es machte ihm endgültig klar, wie sehr sich diese Welt von seiner Heimat unterschied. Dort, wo er herkam, hätte die Größe des Gartens nicht einmal einen Reihenhausbesitzer beeindruckt, für die Menschen hier stellte er wahrscheinlich ein Kleinod von unvorstellbarem Wert dar.
Mit einem Male hatte er das Gefühl, beobachtet zu werden. Michael schaute rasch nach rechts und links, und für eine Sekunde glaubte er ein Gesicht zu erkennen, das ihn aus einem der gegenüberliegenden Fenster aufmerksam ansah. Es verschwand fast augenblicklich, aber er war sicher, es sich nicht eingebildet zu haben.
Was hatte er anderes erwartet? Auch ohne Lisas Worte war ihm klar, daß Wolf und er für die Menschen hier eine Sensation darstellen mußten, ob diese ihnen nun feindselig oder freundlich gesonnen waren.
Trotzdem war ihm irgendwie die Freude daran vergangen, den Garten anzusehen. Er trat vom Fenster zurück, sah sich wieder einige Augenblicke unschlüssig im Zimmer um und

setzte sich schließlich auf einen der harten dreibeinigen Stühle. Lisa war noch nicht zurück, und da er eine ganze Weile am Fenster gestanden und hinausgesehen hatte, begann er eine leise Unruhe zu spüren. Er bewegte sich fast unbewußt auf seinem Stuhl, und etwas schlug schwer gegen seine Hüfte. Michael griff in die Jackentasche und spürte glattes, hartes Plastik. Als er es hervorzog, hielt er ein kleines, grün eingebundenes Ringbuch in der Hand. Sein Notizbuch. Er hatte es die ganze Zeit bei sich getragen, aber in der Aufregung über alles das, was seit ihrem Sturz in die Pestgrube geschehen war, einfach vergessen. Er klappte es auf und zog den Kugelschreiber aus der innen angebrachten Schlaufe. Das Ringbuch enthielt hundert Blatt kariertes Papier, noch unbenutzt und in eine dünne Cellophanhülle eingeschweißt. Eigentlich ohne daß er selbst genau wußte, warum, riß er das Cellophan auf, öffnete die Ringmechanik des Buches und fädelte die Blätter behutsam ein. Dann klickte er die Mine aus dem billigen Plastikkugelschreiber, senkte die Hand auf das Blatt und malte Lisas Namen in großen Druckbuchstaben in die obere linke Ecke. So richtig wußte er immer noch nicht, warum er das tat. Trotzdem hörte er nicht auf, sondern notierte darunter die Namen Anson, Erlik und Malik. Jetzt, als er diese Namen aufschrieb, fiel ihm die Ähnlichkeit der Namen des Königs und des Zauberers auf. Ob sie wohl miteinander verwandt waren?

Während er darüber nachdachte, wurde die Tür geöffnet und Lisa kam zurück. Sie balancierte ein großes Tablett auf ihrer Hand, das diesmal mit mehr beladen war als bloß mit einem Krug Wasser und einem Stück Brot und von dem ein verlokkender Duft aufstieg. Michael sprang hastig auf und wollte ihr helfen, aber sie schüttelte nur den Kopf und bedeutete ihm mit einer Geste, die Tür zu schließen. Während Michael es tat, stellte sie das Tablett auf den Tisch und begann die darauf gestapelten Teller, Schüsseln und Becher auf der

Tischplatte zu verteilen. Michael ging rasch zum Tisch zurück. Seine Vermutung von vorhin war richtig gewesen. Der Appetit kam nicht beim, sondern schon vor dem Essen. Wenn das, was Lisas Mutter gekocht hatte, auch nur halb so gut schmeckte, wie es roch, mußte sie eine wirklich hervorragende Köchin sein. Allein der Duft, der aus den vollen Schüsseln aufstieg, ließ ihm das Wasser im Munde zusammenlaufen.

Lisa lächelte ihm auffordernd zu und machte eine entsprechende Geste. Während er sich setzte und überlegte, was er zuerst probieren sollte – die Mahlzeit reichte aus, ein Dutzend hungriger Mägen satt zu bekommen, und bestand aus sechs oder sieben verschiedenen Gängen –, entdeckte sie sein Notizbuch, das immer noch aufgeschlagen auf dem Tisch lag.

»Was tust du da?« fragte sie.

Michael wurde ein wenig verlegen, als ihm bewußt wurde, daß er Lisas Namen viel größer und dicker geschrieben hatte als die der anderen und deutlich genug, daß sie ihn selbst von der gegenüberliegenden Seite des Tisches aus lesen konnte. »Nichts Besonderes«, sagte er ausweichend. »Ich dachte, ich mache mir ein paar Notizen, damit ich später nicht alles durcheinanderbringe, wenn man mich fragt, was ich erlebt habe.«

Diese Worte waren alles andere als klug, das begriff er im gleichen Moment, in dem er sie aussprach. Wäre es nicht Lisa gewesen, zu der er sie sagte, sondern Anson oder einer seiner Männer, dann hätten sie wahrscheinlich ausgereicht, ihn an den Galgen zu bringen. Michael fuhr zusammen und nahm sich nicht zum ersten Mal vor, in Zukunft besser auf das zu achten, was er sagte.

»Notizen?« fragte Lisa verwirrt. »Was soll das sein?«

Michael kostete vorsichtig an einer der Speisen, stellte fest, daß sie tatsächlich noch besser schmeckte, als sie roch, und griff herzhaft zu. »Notizen eben«, sagte er mit vollem Mund.

»Ich schreibe mir auf, was ich so sehe. Deinen Namen, den von Anson . . .«
»Schreiben?« Lisas Verwirrung wurde immer größer.
Michael hielt verblüfft mit Kauen inne, sah das Mädchen ungläubig an und schluckte dann den Bissen, den er gerade im Mund hatte, mit einiger Anstrengung hinunter. »Willst du mir weismachen, daß du nicht schreiben kannst?« fragte er.
»Schreiben?« Lisa sprach das Wort aus, als müsse sie tatsächlich darüber nachdenken, was es überhaupt bedeutete. Dann schüttelte sie den Kopf. »Ich glaube nicht.« Sie kam um den Tisch herum, beugte sich neugierig vor und betrachtete stirnrunzelnd und mit großer Konzentration die Worte, die Michael auf das Blatt geschrieben hatte. »Du malst ein Bild?« fragte sie. »Es sieht sehr seltsam aus.«
Michaels Verblüffung wuchs ins Unermeßliche. Lisa spielte ihm nichts vor, dazu war ihre Verwirrung zu deutlich.
»Willst du damit sagen, daß keiner von euch schreiben und lesen kann?« fragte er. Seine eigenen Worte kamen ihm irgendwie lächerlich vor. Aber ein einziger Blick in Lisas Gesicht machte ihm klar, daß es ganz genau so war.
»Was sollen diese Zeichen bedeuten?« fragte sie. »Ich habe so etwas noch nie gesehen.«
»Es sind Buchstaben«, antwortete Michael. »Worte.«
»Worte, die man sehen kann?« wunderte sich Lisa.
»Zeichen, die Worte bedeuten«, erwiderte Michael. Ihm war gar nicht mehr zum Lachen zumute. So absurd die Vorstellung ihm immer noch vorkam, daß diese Menschen hier unten weder schreiben noch lesen konnten und doch eine ganze Zivilisation aufgebaut hatten, so hilflos fühlte er sich plötzlich. Wie sollte er jemandem erklären, was Buchstaben und geschriebene Worte waren, der offensichtlich nicht einmal wußte, daß es so etwas wie Schreiben und Lesen überhaupt gab? Er versuchte es. »Es ist so ähnlich, wie du selbst gesagt hast«, sagte er. »Sie sind eine Art . . . eine Art kleiner Bilder, weißt du? Wenn man sie in einer bestimmten Reihen-

folge betrachtet, dann ergeben sie einen Sinn. Man kann Dinge aufschreiben und muß sie sich nicht mehr merken. Und jeder, der die Bedeutung dieser Bilder kennt, kann sie lesen.«

Das war die simpelste Erklärung für das Schreiben, die ihm in der Kürze der Zeit einfiel – aber so ganz schien Lisa es trotzdem nicht verstanden zu haben.

Michael legte Messer und Löffel zur Seite, langte nach dem Stift und hielt ihn demonstrativ in die Höhe. »Hier«, sagte er. »Sieh hin.«

Lisas Augen wurden groß vor Staunen, als er ihren Namen ein zweites Mal auf das Papier schrieb. »Siehst du?« sagte er. »Das bedeutet Lisa in unserer Schrift. Und jeder, der sie lesen kann, weiß jetzt, wie du heißt.« Er schrieb seinen eigenen Namen unter den des Mädchens. »Und das heißt Michael.«

Lisa betrachtete abwechselnd das Blatt, den Kugelschreiber und sein Gesicht, und ihr Erstaunen wurde immer größer. Es rührte Michael sonderbar, zu sehen, in welche Fassungslosigkeit das Mädchen der Anblick eines einfachen Kugelschreibers und eines weißen Blattes Papier stürzte, aber zugleich erinnerte es ihn auch nachhaltig daran, daß diese Welt vielleicht auf den ersten Blick gar nicht einmal so anders war als die, die er kannte.

»Man kann nicht nur Namen aufschreiben«, fuhr er fort, »sondern alles, was man sieht, was man sagt oder tut. Ich kann dieses ganze Gespräch hier aufmalen und noch nach Jahren nachlesen, was du gesagt hast. Und jeder andere, der das Blatt sieht, kann es auch.«

»Aha«, sagte Lisa in einem Tonfall, der Michael schon wieder lächeln ließ. »Das ist . . . eine Art Zauberei, nicht wahr?«

Michael wollte ganz automatisch antworten, daß es so etwas wie Zauberei nicht gäbe, entschied sich aber dann dagegen. Er war nicht sehr sicher, daß das für hier unten stimmte. Langsam schüttelte er den Kopf und schwenkte demonstrativ den Kugelschreiber hin und her. »Das hat nichts mit Magie

zu tun«, sagte er. »Schau her. In diesem Stift ist Tinte, und wenn ich ihn auf das Papier drücke, fließt sie heraus und schreibt die Buchstaben, die ich haben will.«
Er demonstrierte es dem Mädchen. Lisa blickte voller Faszination den Stift an, und Michael hielt ihn ihr hin und machte eine auffordernde Geste. »Versuch es selber«, sagte er.
Sie zögerte sichtlich, nach dem Stift zu greifen, fast als hätte sie Angst, ihn zu berühren. Aber dann überwand sie sich, nahm ihn entgegen und zeichnete eine dünne Schlangenlinie auf das Papier. Aus der Verwirrung und ganz leisen Furcht in ihrem Blick wurde Überraschung und nach einer Sekunde beinahe Begeisterung.
»Das *ist* Zauberei«, sagte sie, »ganz egal, was du behauptest.« Aber sie lachte dabei und malte eine zweite und dritte und vierte Linie auf das Blatt.
Michael betrachtete das Mädchen und das, was es tat, für einen Moment beinahe ehrfürchtig. Ganz instinktiv wollte er ihr den Stift schenken – es war ein billiges Plastikding, von dem er ein Dutzend oder mehr besaß –, aber dann streckte er statt dessen die Hand aus und nahm ihn behutsam wieder aus Lisas Fingern. Ein wertloses Plastikding war der Stift vielleicht *zu Hause.* Hier mochte er so kostbar sein wie ein Schatz; und so gefährlich wie eine giftige Schlange, wenn das Wissen um seine Existenz oder das, was man damit tun konnte, an die falschen Leute geriet.
Er schob den Stift in seine Schlaufe zurück, klappte das Buch zu und steckte es wieder in die Tasche seiner zerschlissenen Jeansjacke. Lisas Blick folgte der Bewegung mit unverhohlener Enttäuschung, aber da sie den Stift offensichtlich für etwas sehr Kostbares hielt, wagte sie es natürlich nicht, danach zu fragen. »Ihr müßt mächtige Zauberer sein, wenn ihr solche Dinge besitzt«, sagte sie. »Gibt es noch mehr Wunder dort, wo du herkommst?«
Michael nahm wieder das Besteck zur Hand und begann weiterzuessen. Einen kleinen Augenblick lang war er in Ver-

suchung zu nicken. Lisas offenkundige Bewunderung schmeichelte ihm, und die Verlockung war deutlich zu spüren, dieser Bewunderung noch mehr Nahrung zu geben. Aber er wußte, wie gefährlich es sein konnte.

»Eine Menge davon würde dir wahrscheinlich wie ein Wunder vorkommen«, sagte er mit einer Bewegung, die ebensogut ein Nicken wie ein Achselzucken sein konnte. »Aber wirkliche Wunder sind es eigentlich nicht.«

»Erzähl mir davon«, verlangte Lisa. Sie setzte sich auf einen anderen Stuhl an der gegenüberliegenden Seite des Tisches, stützte das Kinn auf die ineinander gefalteten Hände und sah ihn aus leuchtenden Augen an. »Erzähl mir alles von eurer Welt. Ich muß wissen, wie es dort oben ist. Wütet die Pest noch immer?«

Beinahe hätte Michael gelacht. »Die Pest?« Er schüttelte heftig den Kopf. »Nein. Schon lange nicht mehr. Wir haben andere Krankheiten, aber sie sind nicht so schlimm.«

»Und der Krieg?«

»Oh, der ist mehr als fünfzig Jahre ...« begann Michael, stutzte und sah Lisa fragend an. »Welcher Krieg?«

»Gegen die Muselmanen«, erwiderte Lisa. »Stehen die Türken noch immer vor der Stadt?«

»Die Türken?!« Diesmal lachte Michael wirklich. »Ich wußte gar nicht, daß wir einmal Krieg gegen sie geführt haben. Sie sind unsere Verbündeten. Unsere Freunde.«

»Eure Verbündeten?« wiederholte Lisa ungläubig. Dann machte sie ein sehr besorgtes Gesicht. »Dann müßt ihr wirklich gewaltige Feinde haben, wenn ihr euch mit ihnen zusammengetan habt.«

»Eigentlich nicht«, antwortete Michael. »Es gibt ...« Er schwieg ein paar Sekunden und fuhr dann in verändertem Tonfall fort: »Ich glaube, du machst dir ein völlig falsches Bild von der Welt dort oben. Ihr müßt schon seit sehr langer Zeit hier unten leben. Es hat sich sehr viel verändert, weißt du?«

»Nein«, antwortete Lisa, »sonst würde ich ja nicht fragen, oder?«
Michael sah sie eine halbe Sekunde lang verblüfft an, dann lachte er. Er hatte im Grunde keine Lust, von sich und seinem Zuhause zu erzählen, sondern wollte viel lieber Fragen stellen, aber Lisas Neugier war einfach unstillbar, und ein wenig schmeichelte es ihm natürlich doch, von seiner Heimat und all ihren Wundern und den Dingen, die es darin gab, zu erzählen. Also berichtete er von sich, seinen Eltern, seiner Heimatstadt, ihrem Haus, seinem Leben, der Schule – als er sie erwähnte, runzelte Lisa wieder die Stirn, und Michael begriff mit einem leisen Anflug von Neid, daß es so etwas wie Schule hier unten offensichtlich nicht gab – und von tausend anderen Dingen, von denen ihm erst viel, viel später klar wurde, daß Lisa kaum etwas davon wirklich verstehen konnte. Aber sie hing wie gebannt an seinen Lippen, stellte immer wieder Zwischenfragen und erwies sich als dankbare und aufmerksame Zuhörerin. Er redete sicherlich eine Stunde, wahrscheinlich länger, bis Lisa endlich – und auch jetzt noch mit sichtlichem Widerwillen – aufstand und das Geschirr wieder auf das Tablett zu räumen begann.
»Du mußt schon gehen?« fragte er.
»Ich hätte gar nicht so lange bleiben dürfen«, antwortete Lisa. »Eigentlich darf niemand mit euch sprechen, weißt du? Anson wird ziemlich wütend werden, wenn er erfährt, daß ich so lange bei dir war.«
»Du bekommst doch keinen Ärger?« fragte Michael erschrocken.
Lisa schüttelte heftig den Kopf. »Bestimmt nicht«, sagte sie. »Mach dir keine Sorgen. Aber ich muß meiner Mutter in der Küche helfen. Erlik und vielleicht auch der Zauberer werden später kommen, und es gibt viel vorzubereiten.«
Sie stand auf und bat Michael mit einem entsprechenden Blick, die Tür zu öffnen. »Du solltest dich hinlegen und ein bißchen schlafen«, sagte sie. »Du siehst müde aus. Erlik wird

viele Fragen an dich stellen. Vielleicht«, fügte sie mit einem leisen, schuldbewußten Lächeln hinzu, »mehr Fragen als ich.«
Michael ging zur Tür, öffnete sie und streifte den Posten, der noch immer davor stand, mit einem flüchtigen Blick. »Was ist mit Wolf?« fragte er, als Lisa an ihm vorbei auf den Gang hinaustrat. »Kann ich mit ihm reden?«
»Ich glaube nicht«, antwortete Lisa. »Aber du mußt dir keine Sorgen um ihn machen. Er ist gut aufgehoben. Hendryk kümmert sich um ihn.«
»Hendryk?«
»Mein Bruder«, sagte Lisa. »Du wirst ihn noch kennenlernen. Du hast ihn vorhin schon draußen am Fenster bemerkt. Er hat es mir erzählt.«
Das Gesicht, das er gesehen hatte. Also hatte er es sich doch nicht eingebildet.
Lisa entfernte sich rasch. Michael schaute ihr nach, während sie zur Treppe ging, aber dann begegnete er dem Blick des Wächters, und dieser war so finster, daß er es plötzlich sehr eilig hatte, zurückzutreten und die Tür zwischen sich und ihm zu schließen. Er fühlte sich tatsächlich ein wenig müde – eigentlich sogar mehr als nur *ein wenig.* Der Anblick des frisch bezogenen Bettes war plötzlich sehr verlockend. Vielleicht half es ja, dachte er, wenn er sich nur ein wenig hinlegte. Er mußte ja nicht sofort einschafen.
Es dauerte ungefähr fünf Sekunden, bis ihm die Augen zufielen und er in einen tiefen und zum ersten Mal seit langer Zeit wohltuenden Schlaf sank.

Der Überfall

An diesem Tag schien die Zeit auf sonderbare Weise in zweifacher Weise in Erscheinung zu treten: Einerseits kam es Michael vor, als stünde sie still, aber als es dunkel wurde, hatte er das Gefühl, sie wäre in rasendem Tempo vergangen.
Er hatte das Haus vom Keller bis zum Dachboden durchsucht, er hatte buchstäblich in jeden Winkel, jede Ecke, unter jeden Schrank, in jedes Möbelstück gesehen, jeden nur vorstellbaren Ort, an dem sich ein Wesen von der Größe des Irrlichtes verstecken konnte, durchstöbert, aber er hatte Dwiezel nicht wiedergefunden. Seine anfängliche Beunruhigung war rasch zu Furcht und bald darauf zu nackter Panik geworden, denn wenn Dwiezel tatsächlich nicht mehr im Haus war, dann bedeutete das für ihn das sichere Todesurteil. Seine Eltern hatten ihn zwar mehrere Male fragend angesehen, als er immer aufgeregter von Zimmer zu Zimmer lief und nach dem Irrlicht suchte, doch weder sein Vater noch seine Mutter hatten auch nur ein Wort über sein seltsames Benehmen verloren. Erst später wurde ihm klar, daß es einfach daran lag, daß sie viel zu sehr mit ihren eigenen Gedanken und Sorgen beschäftigt waren. Als es zu dämmern begann, zogen sie sich ins Schlafzimmer zurück, um sich für den Abend umzuziehen, aber sie blieben sehr lange dort, und als Michael an der Tür vorüberkam, hörte er ihre leisen Stimmen. Er konnte die Worte nicht verstehen und wollte es auch nicht, denn es hatte nie zu seinen Angewohnheiten gehört, seine Eltern oder sonst jemanden zu belauschen, aber er registrierte sehr wohl den Tonfall, in dem die Unterhaltung geführt wurde. Das gemeinsame Essen am Abend schien nicht etwas zu sein, worauf sie sich besonders freuten.
Michael freute sich auch nicht. Vielmehr hatte er den ganzen Tag nach einer Ausrede gesucht, die es ihm ermöglicht hätte, zu Hause zu bleiben. Es war nur noch eine Frage der Zeit,

bis seinem Vater die Sache endgültig zu bunt wurde und er ihn fragte, was, um alles in der Welt, er im ganzen Haus wie verrückt suchte. Irgend etwas sagte ihm, daß seine Eltern keine Ausrede mehr gelten lassen würden. Schließlich wollten sie nicht zusammen essen gehen, um einen angenehmen Abend zu verbringen oder Michael über die Aufregungen der vergangenen Nacht hinwegzutrösten, sondern weil sie, wie Vater ja sehr deutlich gesagt hatte, etwas *miteinander zu besprechen* hatten.

Trotzdem war er mit den Gedanken nicht bei dem bevorstehenden Abendessen, sondern bei Dwiezel. Zum wahrscheinlich fünfzehnten Mal an diesem Tag ging er die Kellertreppe hinunter, um ebenso viele Male jeden Zentimeter dort unten abzusuchen. Er war fast sicher, das Irrlicht auch diesmal nicht zu finden, aber der Gedanke, einfach in seinem Zimmer sitzen zu bleiben und die Hände in den Schoß zu legen oder gar mit seinen Eltern essen zu gehen, als wäre nichts geschehen, war ihm einfach unerträglich. Er hatte Dwiezel zwar sehr nachdrücklich auf die Gefahr aufmerksam gemacht, in die er sich begeben würde, wenn er nicht in dem Lüftungsschacht bliebe. Trotzdem gab er sich die Schuld. Das Irrlicht war in dieser ihm fremden und feindseligen Welt völlig hilflos. Er würde es sich nie verzeihen, wenn ihm etwas zustieß.

Er schaltete das Licht ein, sah sich in dem großen, pedantisch aufgeräumten Raum um und machte sich zum vierten oder fünften Mal daran, das Werkzeugregal seines Vaters zu inspizieren. Es war sehr groß und fast bis auf den letzten Zentimeter gefüllt, aber sein Vater war ein sehr ordentlicher Mensch, der nichts herumliegen ließ, sondern für jedes Schräubchen, jeden Nagel und jedes Teil kleine Kästchen aus verschiedenfarbigem Kunststoff angeschafft hatte. Michael hatte sich insgeheim oft über die Pedanterie seines Vaters lustig gemacht, aber jetzt dankte er dem Himmel dafür, denn die übertriebene Ordnung hier unten erleichterte ihm die Suche enorm.

Obwohl er es schon ein paarmal gemacht hatte, schob er neuerlich jeden Kasten zur Seite, blickte hinter jeden Karton und ließ sich schließlich auf Hände und Knie nieder, um auch unter das unterste Regalbrett zu sehen. Das Ergebnis war natürlich das gleiche wie bisher: nichts. Michael richtete sich enttäuscht wieder auf und nahm das nächste Regal in Angriff, mit dem gleichen Ergebnis. Als er an die Werkbank auf der anderen Seite des Kellers herantreten wollte, um seine Suche dort fortzusetzen, hörte er ein Geräusch.
Er blieb stehen. Sein Herz begann für einen Moment so laut zu klopfen, daß er fast meinte, es müsse den Laut übertönen, den er gehört hatte. Aber dann wiederholte er sich, und diesmal konnte er sogar die Richtung feststellen, aus der er kam. Es mußte hinter der Tür zum Heizungsraum sein.
Michael hatte natürlich auch dort schon nachgesehen, und er hätten diesen Platz bei seiner jetzigen Suche wahrscheinlich ausgeklammert, denn bis auf den Heizkessel gab es dort nichts, was auch nur einer Maus als Versteck dienen konnte. Aber plötzlich hatte er es sehr eilig. Mit zwei gewaltigen Schritten durchquerte er den Keller, öffnete die Eisentür zum Heizungsraum und tastete blind nach dem Lichtschalter. »Dwiezel?« rief er aufgeregt. »Bist du hier?«
Die Neonröhre unter der Decke erwachte nach einem kurzen Flackern und erfüllte die Kammer mit kaltem, fast schattenlosem Licht. Michael blinzelte, im allerersten Moment von der unerwarteten Helligkeit geblendet, schob die Tür weiter auf und sah sich rasch in der kleinen Kammer um. Der Heizkessel hockte groß und rot und leise vor sich hin summend vor ihm, der Rest der Kammer war leer. Michael warf einen Blick hinter die Tür, quetschte sich an dem großen, ziemlich heißen Kessel vorbei, um auch in den schmalen Winkel dahinter zu sehen, und schaute schließlich sogar zur Decke. Aber Dwiezel war nicht da. Vielleicht hatte er sich das Geräusch doch nur eingebildet, oder es war irgend etwas gewesen, das der Heizkörper verursacht hatte.

Enttäuscht ging er zur Tür. Das Geräusch wiederholte sich, viel deutlicher jetzt und *sehr viel lauter.*
Michael blieb stehen. Er hörte es ganz deutlich und plötzlich auch sehr laut: ein Kratzen und Schaben, fast wie das Kratzen einer Maus, die sich unter seinen Füßen durch den Boden grub. Aber es war zu laut dafür. Eine Maus, die einen solchen Lärm verursachen konnte, hätte groß wie ein Kalb sein und Krallen aus Stahl besitzen müssen.
Das Geräusch kam aus dem Boden unter seinen Füßen, und seine überreizte Phantasie schuf prompt die passenden Bilder dazu: riesige, dreifingrige Pranken mit eisenharten Nägeln, die sich durch Erde und Beton wühlten. Erschrocken senkte er den Blick – und gewahrte mit Entsetzen einen haarfeinen Riß, der durch den Zementboden lief. Vor ein paar Sekunden war dieser Riß bestimmt noch nicht da gewesen. Und plötzlich erinnerte er sich auch wieder an die Frage, die ihm sein Vater am Vormittag wegen der Kratzgeräusche in der Garage und der Risse im Garagenboden gestellt hatte.
Etwas polterte, und Michael konnte ganz deutlich spüren, wie das Fundament des Hauses zu zittern begann. Der Riß zwischen seinen Füßen verbreiterte sich und war plötzlich nicht mehr so fein wie ein Haar, sondern dick wie sein kleiner Finger, bekam Äste und Verzweigungen, und dann konnte er sehen, wie sich der Heizkessel ganz langsam wie ein leckes Schiff zur Seite neigte, als der Beton, auf dem er stand, sein Gewicht plötzlich nicht mehr tragen konnte.
Michael wartete nicht ab, bis der Kessel im Boden versank oder umfiel, sondern sprang mit einem Schrei aus dem Raum, knallte die Tür hinter sich zu und legte den Riegel vor, obwohl er wußte, wie wenig das nützen würde. Wenn es wirklich ein Troll war, der sich hier seinen Weg ins Freie grub, dann hätte er ebensogut auch nur ein Verbotsschild aufstellen können. Ein Troll würde die eiserne Tür zerfetzen, als bestünde sie aus Papier.
Michael rannte auf die Treppe zu. Sein Blick glitt angsterfüllt

über den Boden. Er glaubte zu spüren, wie er auch hier bereits zitterte, konnte aber noch keine Risse entdecken. Immer zwei Stufen auf einmal nehmend, raste er die Treppe hinauf. Er wollte schreien, seinen Eltern eine Warnung zurufen, aber seine Kehle war wie zugeschnürt.
Als er die Treppe zu zwei Drittel erstiegen hatte, klingelte es oben an der Tür, er hörte die Stimme seines Vaters, der irgend etwas murmelte, dann seine Schritte. Michael beeilte sich noch mehr, überwand die letzten Stufen mit einem einzigen gewaltigen Satz und glitt aus. Er konnte den Sturz im letzten Moment abfangen, schlug aber so unglücklich mit dem Knie auf die harten Fliesen der Diele, daß ihm der Schmerz die Tränen in die Augen trieb. Als sich sein Blick wieder klärte, war seine Mutter, die in der Wohnzimmertür stand, herumgefahren und sah mit einer Mischung aus Schrecken und Verwirrung zu ihm her. Sein Vater hatte die Haustür erreicht und öffnete sie.
»Nein!« schrie Michael. »Tu es nicht!« Das heißt, er *wollte* es schreien. Aber er brachte nur ein heiseres Krächzen heraus. Und es wäre auch zu spät gewesen, denn sein Vater hatte ihn mittlerweile zwar ebenfalls bemerkt und schaute stirnrunzelnd in seine Richtung, drückte aber zugleich die Türklinke herunter und öffnete die Haustür ein Stück weit.
Michael holte mit einem entsetzten Keuchen Atem, als er die beiden Männer sah, die davor standen. Sie waren groß, trugen schwarze, bis auf den Boden reichende Mäntel, deren Kragen hochgeschlagen waren, schwarze Handschuhe und Hüte und hatten trotz des Umstandes, daß es draußen bereits dunkel geworden war, große Sonnenbrillen aufgesetzt, die von ihren Gesichtern nur wenig erkennen ließen.
»Nein!« sagte Michael verzweifelt. »Laß sie nicht herein!«
Es war zu spät. Sein Vater mußte wohl spüren, daß Michaels Entsetzen echt war und er Grund dazu hatte, denn er versuchte noch, sich umzudrehen und die Tür wieder ins Schloß zu werfen, aber einer der beiden machte einen schnellen

Schritt, versetzte ihm einen Stoß vor die Brust, der ihn haltlos nach hinten und gegen die Wand taumeln ließ, der andere stieß die Tür mit einem Fußtritt vollends auf und war mit zwei raschen Schritten im Haus.
Michaels Mutter stieß einen halblauten Schrei aus, und Michael kam endlich auf die Füße. Alles ging unglaublich schnell und schien beinahe gleichzeitig zu geschehen, und trotzdem hatte Michael das furchtbare Gefühl, sich kaum bewegen zu können. Seine Glieder schienen an unsichtbaren Gummibändern zu hängen, die jede seiner Bewegungen zu einem grotesken Zeitlupentanz werden ließen, während die beiden Fremden sich mit nahezu unheimlicher Schnelligkeit bewegten. Der eine packte seinen Vater und warf ihn mit einem wuchtigen Ruck vollends zu Boden, der andere hatte Michael entdeckt und rannte auf ihn zu. Seine Hand glitt unter den Mantel. Es fiel Michael nicht sehr schwer, zu erraten, was er darunter trug.
So schnell er konnte, fuhr er herum und raste auf die ins Obergeschoß führende Treppe zu. Der Unterling war schon knapp hinter ihm, aber die Angst verlieh Michael schier übermenschliche Kräfte. Blitzschnell tauchte er unter den zupackenden Händen hindurch, nahm mit einem einzigen Satz die ersten vier Stufen und drehte sich um. Blind vor Furcht trat er zu. Sein Fuß traf den Mann vor die Brust. Die hastige Bewegung ließ Michael selbst das Gleichgewicht verlieren und rücklings auf die Treppe fallen, aber der Unterling, der gerade die erste Stufe erstiegen hatte, wurde zurückgeworfen und prallte mit rudernden Armen gegen die Garderobe. Der Spiegel zerbrach, und der Mann stürzte in einem Hagel von Glasscherben zu Boden. Michael rappelte sich hoch und rannte weiter, und auch sein Vater kam wieder auf die Füße. Er mußte seinen Schrecken überwunden haben, denn die Überraschung auf seinen Zügen war einem maßlosen Zorn gewichen. Mit einer Schnelligkeit und Kraft, die ihm der viel größere Angreifer vermutlich niemals zugetraut hätte, stürzte

er sich auf den Mann, der ihn niedergeschlagen hatte, packte ihn am Kragen und versuchte ihn aus der Tür zu stoßen. Der Unterling wehrte sich instinktiv, und für eine Sekunde entstand ein wildes Gerangel und Geschiebe, das komisch ausgesehen hätte, hätte Michael nicht genau gewußt, daß es dabei um Leben und Tod ging. Sein Vater war dem Angreifer nicht gewachsen, denn dieser war ein Krieger, der sein Leben lang nichts anderes getan hatte, als zu kämpfen, und kein verwöhnter Zivilisationsmensch, der einmal im Monat um den Block joggte und dann den Rest des Tages brauchte, um sich davon zu erholen. Trotzdem gelang es ihm vorerst, den Unterling wieder in Richtung Haustür zu drängen und beinahe ins Freie hinauszustoßen. Aber eben nur beinahe. Der Unterling bäumte sich mit einem zornigen Knurren auf, schlug die Arme seines Vaters zur Seite und griff dann hastig mit beiden Händen ans Gesicht, um seine Sonnenbrille geradezurücken. Und in diesem Moment hatte Michael eine Idee.

»Die Brille!« schrie er. »Schlag ihm die Brille herunter!«

Sein Vater dachte gottlob nicht über den Sinn dieses Ratschlages nach, sondern befolgte ihn. Er versetzte dem Unterling eine gewaltige Ohrfeige, die diesem vermutlich nicht einmal besonders weh tat, aber die Sonnenbrille von seiner Nase fegte.

Der Krieger stieß einen Schrei aus, taumelte nach hinten und riß beide Arme schützend vors Gesicht. Michaels Vater nutzte seine Chance, setzte ihm nach und stieß ihn beide Hände flach vor die Brust, so daß er weiter nach hinten und damit vollends aus der Haustür stolperte. Blitzschnell packte er die Tür, warf sie zu und drehte den Schlüssel herum.

Aber die Gefahr war noch nicht vorbei. Der zweite Unterling hatte sich wieder erhoben, und der einzige Grund, warum er für eine Sekunde unschlüssig dastand, war der, daß er sich nicht entscheiden konnte, wen er zuerst angreifen sollte.

Michaels Vater nahm ihm die Entscheidung ab, indem er sich

auf der Stelle umwandte, mit einem Satz im Wohnzimmer verschwand und zu seinem Schreibtisch stürzte.
Der Unterling grinste hämisch, drehte sich fast gemächlich herum und sah zu Michael hinauf. Seine Hand fuhr unter den Mantel, und als sie wieder zum Vorschein kam, hielt sie den Griff eines kurzen, beidseitig geschliffenen Schwertes umklammert. »Jetzt hab ich dich, Bürschchen«, sagte er. »Hast du wirklich geglaubt, davonzukommen?« Er schüttelte den Kopf und fuchtelte mit seinem Schwert in der Luft herum. »Wir hätten dich damals gleich aufhängen sollen, wie Anson es wollte. Aber das kann man ja nachholen.«
Michael blickte den Mann mit klopfendem Herzen an. Hinter dem hochgeschlagenen Mantelkragen und der dunklen Sonnenbrille konnte er nicht viel von seinem Gesicht sehen, glaubte aber einen der Männer in ihm wiederzuerkennen, die Wolf und ihn damals gefangengenommen hatten. Er machte einen zögernden Schritt rückwärts die Treppe hinauf und blieb sofort wieder stehen. Weglaufen hatte nur wenig Sinn – es gab nicht mehr viel, wohin er laufen konnte.
Der Krieger schien das wohl ebenso zu sehen, denn er schwang mit einem hämischen Grinsen sein Schwert und setzte den Fuß auf die erste Treppenstufe. In diesem Augenblick erschien Michaels Vater wieder in der Wohnzimmertür und sagte hart und in einem befehlenden Tonfall: *»Halt!«*
Tatsächlich blieb der Mann stehen, und auch Michael schaute überrascht auf seinen Vater hinab. In seinen Händen lag etwas Kleines, Schwarzes, das er drohend auf den Eindringling gerichtet hatte. Es war die Pistole, die er in der rechten oberen Schublade seines Schreibtisches verwahrte. Michael hatte sie mehr als einmal herausgenommen und mit der Faszination, die Waffen nun einmal auf fast alle Kinder – und auf die meisten Erwachsenen – ausüben, in den Händen gedreht. Sein Vater wähnte sie zwar sicher in der Schublade verschlossen, aber ein simples Bartschloß hatte wohl noch keinen Fünfzehnjährigen aufgehalten, der wirklich an etwas

heran wollte. Aus diesem Grund wußte Michael auch, daß es eine Gaspistole war, keine richtige Waffe. Sein Vater und seine Mutter wußten das natürlich auch, aber der Krieger konnte es nicht ahnen.

Dummerweise machte das keinen Unterschied, denn er kannte weder Gas- noch richtige Pistolen. Wahrscheinlich hätte er auch einen Flammenwerfer, der auf ihn zielte, nur eine Sekunde lang interessiert gemustert und wäre dann zur Tagesordnung übergegangen – die zweifellos darin bestand, Michael um einen Kopf kürzer zu machen.

Er machte einen weiteren Schritt die Treppe hinauf, und Michaels Vater sagte noch einmal: *»Halt!«* und richtete den Lauf der Gaspistole direkt auf sein Gesicht. Diesmal verschwendete der Angreifer nicht einmal Zeit für einen abfälligen Blick, sondern stürmte einfach weiter, so daß Michaels Vater sich nun gezwungen sah, seinen Bluff zuzugeben oder die Waffe abzufeuern und zu hoffen, daß die Gasladung auch auf eine Entfernung von sechs oder sieben Metern noch genug Wirkung zeigte, um den Angreifer auszuschalten, was Michael bezweifelte.

Aber er tat weder das eine noch das andere. Die Entscheidung wurde ihm abgenommen, denn in diesem Moment erschütterte ein gewaltiger Schlag die Haustür, und fast in der gleichen Sekunde hörte Michael, wie die Fenster im Wohnzimmer und in der Küche klirrend zerbarsten. Sein Vater zögerte, unsicher, ob er nun abdrücken oder sich der neuen Gefahr hinter seinem Rücken zuwenden sollte. Und da wurde auch schon die Haustür mit ungeheurem Bersten beinahe aus den Angeln gerissen, und ein ganzer Trupp von Ansons Kriegern quoll ins Haus. Gleichzeitig füllte sich das dunkle Wohnzimmer hinter seinem Rücken mit Schatten.

Nichts von alledem irritierte den Mann, der mit gezogenem Schwert weiter auf Michael zustürmte. Der Anblick riß Michael endgültig aus der Erstarrung. Er fuhr herum und raste auf allen vieren, sich mit den Händen auf den oberen Stufen abstützend, weiter die Treppe hinauf, keine Sekunde zu früh, denn das kurze Schwert des Kriegers hackte Holzspäne aus dem Geländer, jeweils genau dort, wo seine Hände gerade noch gelegen hatten. Unter sich hörte er seine Mutter schreien, dann entlud sich die Gaspistole mit einem peitschenden Knall, der in der Enge des Hausflurs wie ein Kanonenschuß klang. Michael blickte über die Schulter zurück und sah, daß einer der Krieger auf die Knie gefallen war und würgend und hustend beide Hände vor das Gesicht schlug. Seinem Vater blieb keine Zeit für einen zweiten Schuß. Zwei oder drei Männer warfen sich gleichzeitig auf ihn, entrangen ihm die Waffe, deren Bedeutung ihnen spätestens jetzt klargeworden sein mußte, weitere zwei ergriffen Michaels Mutter und hielten sie fest. Eine riesige Hand legte sich über ihren Mund und dämpfte ihre Schreie zu einem kaum noch hörbaren Stöhnen. Der Rest des kleinen Trupps, immer noch sieben oder acht Mann, wie Michael entsetzt registrierte, polterte die Treppe hinauf, um sich dem Verfolger anzuschließen.

Michael hatte mittlerweile den oberen Flur erreicht und warf sich blindlings nach rechts, eine Richtung, die ebenso gut oder schlecht war wie die andere, denn es gab zu beiden Seiten der Treppe nur zwei Türen und eine Stirnwand, in die kleine Sprossenfenster eingelassen waren. Im Laufen überschlug er seine Aussichten, eines der Fenster zu öffnen und hinauszuklettern, verwarf den Gedanken aber beinahe so rasch, wie er ihm kam. Davon abgesehen, daß die Verfolger ihm gar keine *Zeit* dafür lassen würden – wohin sollte er schon laufen? Hinter dem Fenster wartete ein Sprung von gut drei Metern auf ihn, der auf der einen Seite des Hauses auf harten Beton, auf der anderen inmitten eines stacheligen Rosenbeetes enden würde, und die Krieger hätten schon sträflich leichtsinnig sein müssen, hätten sie nicht mindestens einen Posten draußen gelassen, der ihn dann nur noch aufzusammeln brauchte.

Blindlings sprenge er die Schlafzimmertür seiner Eltern auf, stürmte hindurch und schmetterte sie hinter sich wieder zu. Es funktionierte nicht ganz. Einer der Verfolger war schon in der Türöffnung, so daß die Tür wuchtig gegen ihn prallte und ihn von den Füßen riß. Michael sah es zwar nicht, aber er hörte, wie der Mann zurücktaumelte und dabei gegen seine hinter ihm herandrängenden Genossen fiel, was eine oder zwei weitere kostbare Sekunden Zeitgewinn bedeutete. Mit zwei gewaltigen Sprüngen setzte Michael über das Doppelbett seiner Eltern hinweg, erreichte das Fenster und riß es auf. Nur wenig mehr als ein Meter darunter lag das flache Dach der Garage. Vielleicht konnte er auf diesem Weg entkommen.

Mit einer kraftvollen Bewegung stemmte er sich auf dem Fensterbrett in die Höhe – und sank enttäuscht wieder zurück. Auf der Straße vor dem Grundstück standen zwei Männer. Sie trugen Mäntel und Hüte, und ihre Haltung machte deutlich, daß sie interessiert zu ihm heraufblickten und darauf warteten, daß er ihnen in die Arme lief.

Michael fuhr herum. Vor der Tür war noch immer das Poltern und Rufen zu hören, aus dem Erdgeschoß drangen aufgeregte, zornige Stimmen herauf. Offensichtlich wehrten sich seine Eltern noch immer, obwohl die Übermacht erdrückend war.

Die Tür flog so wuchtig auf, daß sie gegen die Wand prallte und die Milchglasfüllung in einem Scherbenregen zu Boden ging. Einer von Ansons Kriegern trat herein. Er hatte Hut und Sonnenbrille verloren und blinzelte in das grelle Licht der Neonlampen, das ihn wahrscheinlilch halb blind machte. Aber eben nur halb. Immerhin konnte er Michael deutlich genug sehen, um sich mit vorgestreckten Armen und zusammengekniffenen Augen langsam, aber stetig auf ihn zuzutasten.

Und dieser Anblick brachte Michael auf eine Idee. Während der Krieger schon das halbe Zimmer durchquert hatte, riß er mit einer verzweifelten Bewegung die Nachttischschublade seines Vaters auf, warf sie dem Mann entgegen – sie traf, zeigte aber noch weniger Wirkung, als Michael ohnehin befürchtet hatte – und griff in die darunterliegende. Seine tastenden Finger stießen zuerst ins Leere, aber dann griffen sie Glas und hartes, geriffeltes Plastik, und er zog mit zitternden Händen die Taschenlampe seines Vaters heraus. Es war eine sehr große Lampe, beinahe schon ein Scheinwerfer, den man mit zwei Händen halten mußte und der ein Zimmer wie dieses taghell erleuchten konnte. Was sein Vater machte, machte er gründlich. In diesem Moment war Michael ihm unendlich dankbar für seinen Hang zur Übertreibung. Triumphierend schwenkte er die Lampe mit ausgestreckten Armen und richtete sie wie eine futuristische Strahlenwaffe aus einem Science-fiction-Film auf den Mann, der kaum noch drei Meter von ihm entfernt war, und schaltete sie ein.

Das Ergebnis übertraf selbst seine kühnsten Erwartungen. Der Krieger blieb stehen, aber er verhielt nicht einfach im Schritt, sondern prallte zurück, als wäre er gegen eine unsichtbare Mauer gelaufen. Sein Gesicht, das in weißes, hartes Licht getaucht war, verzerrte sich zu einer Grimasse des Schreckens und des Staunens, die im Bruchteil einer Sekunde zu einem Ausdruck unerträglicher Qual wurde. Mit einem gellenden Schrei warf er den Kopf zurück und schlug beide Hände vor die Augen, aber es war zu spät. Der Lichtstrahl, in dem sich selbst Michael einmal die Augen geblendet hatte, als er leichtsinnigerweise genau hineingeblickt hatte, mußte sich wie ein glühendes Messer in seine Netzhäute gebrannt haben, für die schon das normale Neonlicht hier im Haus unerträglich hell war. Wenn er schon nicht erblindet war, so würde er doch sehr, sehr lange Zeit nichts mehr sehen können. Und seinem Schrei und den verzweifelt um sich schlagenden Armen nach zu schließen, mußte es auch höllisch weh tun.

Er verschwendete nicht viel Zeit darauf, sich an seinem kur-

zen Sieg zu erfreuen, sondern schwenkte die Lampe herum und richtete sie auf die Tür. Diesmal war der Effekt noch dramatischer, denn hinter diesem einen hatten gleich drei weitere Männer versucht, sich hereinzudrängen, und Michaels improvisierte Strahlenpistole erwischte sie alle drei. Kreischend vor Schmerz und Angst taumelten die Männer zurück und stürzten in einem Knäuel aus Armen, Beinen und Leibern draußen zu Boden.
Michael stürmte mit zwei gewaltigen Schritten erneut über das Bett, rannte auf den Flur und bekam seine Lampe gerade noch rechtzeitig hoch, um einen fünften Krieger zu blenden, der dastand und fassungslos auf seine drei Kameraden hinabblickte, die sich auf dem Boden wälzten. Er trug noch seine Sonnenbrille, aber gegen das grelle Licht des Handscheinwerfers schien sie nicht sehr viel zu fruchten. Auch er fiel auf die Knie, riß sich die Brille vom Gesicht und schlug wimmernd die Handballen vor die Augen.
Michael rannte zur Treppe zurück. Aus dem Erdgeschoß drangen noch immer aufgeregte Rufe und Laute, und jetzt hörte er auch wieder das Knirschen und Poltern, das er vorhin unten im Keller vernommen hatte. Offensichtlich waren Ansons Männer auf Nummer Sicher gegangen und hatten das Haus nicht nur durch Fenster und Türen, sondern auch auf für sie vertrauteren Wegen gestürmt.
Er schaltete seine Lampe aus, ehe er den oberen Treppenabsatz erreichte, wo er von unten aus sichtbar war. Der dramatische Erfolg, mit dem er sie eingesetzt hatte, war nur der Überraschung zuzuschreiben und dem Umstand, daß diese Männer offensichtlich gar nicht wußten, daß es ein so intensives Licht überhaupt *gab.* Aber dort unten waren mindestens noch einmal acht oder zehn Krieger, und er durfte sich nicht im Ernst einbilden, sie alle mit seiner so improvisierten – und eigentlich lächerlichen – Waffe zu überwältigen.
Michael erreichte die Treppe fast gleichzeitig mit einem Krieger, der ihm geduckt entgegengestürmt kam und minde-

stens ebenso überrascht schien wie Michael. Er hob sein Schwert, aber Michael war trotzdem schneller. Er versetzte ihm einen Fußtritt vor die Brust, der ihn nach hinten kippen und kopfüber die Treppe wieder hinunterkugeln ließ.
Was er unter sich erblickte, war noch schlimmer, als er befürchtet hatte. Seine Eltern lagen am Boden und wurden festgehalten, seine Mutter von zwei, sein Vater gleich von vier der Angreifer, und weitere drei waren bereits wieder auf dem Weg zur Treppe und wichen jetzt mit grotesken Sprüngen ihren ihnen entgegenkugelnden Kollegen aus. Und das waren noch nicht einmal alle. Auch die Kellertür stand offen, und gerade in diesem Moment stürmte ein weiterer Mann im schwarzen Mantel heraus. Hinter ihm leuchtete düster-roter Feuerschein aus dem Keller. Offensichtlich hatte die Heizung ihren Geist nicht ganz klaglos aufgegeben. Ganz flüchtig schoß Michael durch den Kopf, daß sie vielleicht zusammen mit dem Haus in die Luft fliegen könnten, aber der Gedanke war zu abstrakt, um ihn länger als eine Sekunde zu beschäftigen. Wenn es passierte, dann passierte es eben. Und wahrscheinlich *wäre* es längst passiert, wenn es passiert wäre. Michael warf einen Blick über die Schulter zurück. Die vier Männer, die er draußen auf dem Flur geblendet hatte, kauerten noch immer wimmernd am Boden und preßten die Hände gegen die Augen, und für eine Sekunde verspürte er ein – wie ihm schien, in diesem Moment völlig absurdes – Gefühl von Schuld, als er daran dachte, daß sie vielleicht *nie wieder* würden sehen können. Aber auch dieser Gedanke hatte nur so lange Bestand, wie es dauerte, ihn zu denken. Er fuhr wieder herum, wollte seine Lampe wie eine Waffe heben und besann sich im allerletzten Moment eines Besseren. Er hatte nur diese eine einzige Chance! Wenn er sie verspielte, dann war es wahrscheinlich nicht nur um ihn, sondern auch um seine Eltern geschehen.
»Wartet!« sagte er laut.
Es war erstaunlich. Michael hatte selbst nicht wirklich damit

gerechnet, aber die drei Männer auf der Treppe blieben tatsächlich stehen und sahen ihn hinter ihren schwarzen Sonnenbrillen erwartungsvoll an. Vielleicht irritierte sie der Umstand, ihn vor sich zu sehen, während sie die Schreie ihrer Kameraden weiter oben im Haus hörten, vielleicht war es auch einfach nur der befehlende Ton, in dem er gesprochen hatte.

»Laßt sie los, und ich ergebe mich.« Michael deutete auf seine Eltern. »Sie haben nichts damit zu tun. Laßt sie gehen.«

Eine Sekunde lang geschah nichts, aber dann ereignete sich ein zweites kleines Wunder. Einer der Männer, die seinen Vater hielten, stand auf und machte eine entsprechende Geste an die anderen, und zu Michaels maßloser Erleichterung erhoben sie sich tatsächlich und ließen seinen Vater und seine Mutter los. Sofort wollte die beiden zueinander eilen, aber das ließen die Männer nicht zu. Sie sagten kein Wort, aber das Schweigen, mit dem sie Michael ansahen, war eindeutig genug. Nun war er an der Reihe, seinen Teil der Abmachung einzuhalten.

Mit klopfendem Herzen begann Michael die Treppe hinabzusteigen. Jede einzelne der fünfzehn Stufen kam ihm wie eine kleine Ewigkeit vor, und er fühlte nicht nur die feindseligen Blicke der schwarzgekleideten Männern, sondern auch und vor allem die entsetzten und verwirrten seiner Eltern auf sich gerichtet. Er hätte ihnen jetzt gern erklärt, was das alles hier zu bedeuten hatte, aber nun war es zu spät dafür.

Als er die Hälfte der Treppe hinter sich gebracht hatte, erscholl unten im Keller ein dumpfes, lang anhaltendes Bersten und Klirren und Krachen, und das flackernde rote Licht, das er gesehen hatte, wurde heller; gleichzeitig glaubte Michael einen Hauch trockener Hitze auf der Haut zu fühlen. Der Mann, der vor der Kellertreppe Aufstellung genommen hatte, brachte sich mit einem hastigen Sprung in Sicherheit, und keine Sekunde zu früh, denn im nächsten Moment züngelte eine gelbe Stichflamme aus der Tür und färbte die gegenüberliegende Wand schwarz, ehe sie erlosch. Das Zittern und Vibrieren des Hauses hörte nicht mehr auf, sondern wurde im Gegenteil stärker. Das ganze Haus schien zu schwanken wie bei einem Erdbeben. Glas begann zu klirren, irgendwo explodierte eine Glühbirne. Michael hatte natürlich keine Ahnung, was im Keller geschah – aber was immer es sein mochte, er erkannte die Chance, die sich ihm bot. Mit einem beherzten Sprung flankte er über das Treppengeländer, war plötzlich inmitten der Männer, die seine Eltern bewachten, und schaltete seine Lampe ein.

Die Wirkung war ebenso verheerend wie vorhin. Trotz ihrer schwarzen Sonnenbrillen schrien die Männer vor Schmerz und Entsetzen auf, schlugen die Hände vor die Gesichter, einige so heftig, daß ihre Brillen zerbrachen und Blut zwischen ihren Fingern hervorquoll, und taumelten zurück. Diesmal nicht alle. Zwei oder drei hatten die Gefahr begriffen und rasch die Köpfe gesenkt und die Arme vor die Augen gelegt, so daß Michaels Lichtstrahl sie nicht mehr blenden konnte. Andererseits waren sie aber auch so beinahe hilflos.

Michael schwenkte seine Lampe weiter, erwischte auch noch zwei oder drei Männer auf der Treppe, ehe der letzte endlich auf die Idee kam, wegzusehen, und sah, wie auch sein Vater die Gelegenheit ergriff und einen der Burschen vor sich packte, um ihn wuchtig gegen die übrigen zu schmettern. Auch seine Mutter bäumte sich plötzlich im Griff des Kriegers auf, kratzte nach seinen Augen und biß ihn so kräftig in die Hand, die er ihr noch immer auf den Mund preßte, um sie am Schreien zu hindern, daß er mit einem überraschten Keuchen losließ und einen Schritt zurücktaumelte. Trotz der dutzendfachen Überlegenheit der Krieger hatten Michael und seine Eltern plötzlich die Oberhand.

Ohne daß es eines Wortes der Verständigung bedurft hätte, wandten sie sich alle drei in Richtung Tür und stürmten los. Einer der Krieger versuchte ihnen, blind um sich tastend, den

Weg zu verstellen. Michaels Vater schlug ihn einfach nieder. Ein anderer hieb wie wild mit dem Schwert in der Luft herum, aber er tat es völlig blind und offensichtlich halb von Sinnen, so daß es ihnen nicht schwerfiel, den ungezielten Schlägen auszuweichen. Michaels Mutter erreichte als erste die Tür, eine Sekunde später gefolgt von seinem Vater. Und sicherlich hätte die Zeit auch für Michael gereicht, hätte er sich nicht noch einmal umgedreht, um zurückzublicken. Was er sah, war nicht das, was er erwartet hatte. Ansons Krieger stürmten zwar keuchend und schreiend hinter ihnen her, aber sie taten es nicht, weil sie sie verfolgten. Sie befanden sich plötzlich selbst auf der Flucht vor einem lodernden, grellen Etwas, das wie ein Dämon in einem Flammenmantel auf der Kellertreppe erschienen war und das Haus mit rotoranger Glut und höllischer Hitze erfüllte. Tief unter ihren Füßen erklang noch immer das Poltern und Dröhnen, aber zu diesen Geräuschen hatte sich jetzt ein anderer, viel schrecklicherer Laut gesellt: Es war ein Heulen und Wehklagen, das Brüllen eines unsichtbaren Sturmes, der direkt aus den tiefsten Tiefen der Hölle zu kommen schien. Michael hatte dieses Brüllen schon einmal gehört. Er wußte nicht, wann und wo, aber allein die Erinnerung daran war so lebendig, daß er mitten im Schritt stehenblieb und gar nicht merkte, wie zwei der fliehenden Unterlinge an ihm vorbeistolperten.
Sein Blick war wie hypnotisiert auf das lodernde *Ding* gerichtet. Der Türrahmen und ein Teil der Tapete ringsum hatten bereits Feuer gefangen, und auch aus dem Teppich stiegen grauer Rauch und ein Schauer winziger Funken empor. Er konnte immer noch nicht erkennen, wer oder was da wirklich hinter der Kellertür wütete – es war einfach ein Fleck von gleißender Helle, schrecklich für ihn, für die Unterlinge vermutlich noch unsagbar schrecklicher. Inmitten dieser wabernden Feuerhölle bewegte sich etwas, aber Michael konnte keine Einzelheiten erkennen, nur einen dunk-

len, hin und her tanzenden Umriß, der in jeder Sekunde anders zu sein schien. Ein Troll? dachte er entsetzt. Das war beinahe unmöglich. Diese Wesen waren zäh, aber nicht unsterblich, und nicht einmal sie hätten die unvorstellbare Hitze ausgehalten, die inmitten dieser tanzenden Flamme herrschen mußte. Dann bewegte sich die Gestalt, machte einen schweren, stampfenden Schritt in den Flur hinaus, Arme hoben sich, und Hände wie gewaltige Klappen, die durch einen Vorhang aus rotleuchtendem, kochendem Wasser griffen, reckten sich nach einem der Unterlinge, dem es bisher nicht gelungen war, das Haus zu verlassen. Der Krieger verharrte plötzlich mitten in der Bewegung. Eine Sekunde lang stand er steif da wie eine für alle Zeiten erstarrte Gestalt auf einer Fotografie, dann richtete er sich langsam auf, und auf seinem Gesicht erschien ein leerer, fast trancehafter Ausdruck. Mit Bewegungen, die die einer Marionette waren, so daß man spürte, daß sie nicht seinem eigenen Willen entsprachen, ging er ins Haus zurück – und genau auf die brennende Gestalt zu!

»Nein!« schrie Michael. »Tu es nicht!« Ob der Unterling seine Worte überhaupt hörte oder ob er vielleicht nicht fähig war, darauf zu reagieren – in diesem Moment machte er nicht einmal den Versuch einer Gegenwehr, sondern ging mit steifen, aber sehr schnellen Schritten weiter, erreichte die Gestalt – und verschmolz mit dem wabernden Licht. Sein Mantel und sein Haar flammten nicht etwa auf, wie Michael erwartet hatte, er stürzte auch nicht brennend zu Boden und verkohlte, sondern trat ganz langsam in den gleißenden Vorhang aus Helligkeit hinein, und mit jedem Stück, mit dem er sich in dieses unerträglich weiße Licht hineinbewegte, schien sein Körper ein wenig an Substanz zu verlieren, bis auch seine Gestalt nur mehr ein flacher Schatten ohne erkennbare Umrisse war.

Und dann war er ganz verschwunden.

Michael stand wie versteinert da. Das Licht trieb ihm die

Tränen in die Augen, und die Hitze war unerträglich, trotzdem war er unfähig, zurückzuweichen oder auch nur den Blick von der unfaßbaren Erscheinung zu wenden. Es war gräßlich, und doch war das Gräßliche nicht das, was er sah, nicht das furchtbare Schicksal des Unterlings, sondern das, was er *fühlte.* Von der Gestalt im Licht ging etwas Böses aus, etwas unvorstellbar Böses und etwas ebenso unvorstellbar *Altes.* Es war kein Mensch, kein Unterling, kein Ghoul oder Troll, keines von all den bizarren Wesen, von denen er gehört oder denen er im Unterland begegnet war, sondern etwas völlig anderes, völlig Fremdes und völlig Feindseliges. Etwas in ihm, kein Teil seines bewußten Denkens, sondern etwas viel, viel Älteres, Weiseres, krümmte sich wie ein getretener Wurm beim bloßen Anblick dieses *Dinges.* Was Anson hier aufgeboten hatte, um seiner habhaft zu werden, war ein Ungeheuer, so fremdartig und bizarr, daß sowohl seine Sinne als auch seine Phantasie einfach vor der Aufgabe kapitulierten, es zu beschreiben. Vielleicht war es gar nicht das Feuer, das ihn blendete. Vielleicht gab es Dinge, die nicht für menschliche Augen gemacht waren, die krank machten, vielleicht sogar töteten, wenn man sie zu genau aussah.
Michael war nicht der einzige, der stehengeblieben war. Gut die Hälfte der Unterlinge war dicht vor dem Haus, einige sogar gleich neben Michael zu Boden gesunken, und auch die Lichtgestalt hatte haltgemacht, nachdem sie den Unterling verschlungen hatte. Vermutlich wäre es ihr ein leichtes gewesen, sich auch Michael und einige von Ansons Kriegern zu holen, aber offenbar war ihr dieses eine Opfer genug. Sekunden, die eine Ewigkeit dauerten, stand sie reglos da, und er spürte den Blick dunkler, uralter Augen durch den Flammenvorhang hindurch auf sich ruhen. Dann, so langsam, wie sie gekommen war, drehte sich die furchtbare Gestalt um und ging zur Kellertreppe zurück, eine Spur aus brennenden Fußstapfen zurücklassend.
Michael hörte seine Mutter hinter sich schreien, und der

Laut riß ihn endgültig in die Wirklichkeit zurück. In einer einzigen, fließenden Bewegung fuhr er herum, hob die Lampe und schaltete sie ein. In der Dunkelheit hier draußen wirkte der Lichtstrahl noch ungleich heller und gleißender als im Haus, war nun fast wie ein Laserblitz aus einem Science-fiction-Film. Gleich drei von Ansons Kriegern, die das Pech hatte, direkt ins Licht zu blicken, stürzten kreischend hintenüber und verbargen die Gesichter zwischen den Armen, die anderen duckten sich hastig weg und hoben schützend die Hände. Aber zwei hatten seine Mutter und seinen Vater gepackt und hielten sie – offensichtlich mit geschlossenen Augen – fest. Seine Eltern wehrten sich nach Kräften und machten den Burschen gehörig zu schaffen, doch die beiden waren einfach zu stark. Michael begriff plötzlich, daß es fast zwei Dutzend Männer gewesen sein mußten, die Anson geschickt hatte, das Ungeheuer aus dem Keller noch gar nicht mitgerechnet. Weitere drei, vier Krieger stürzten sich auf seine Eltern und rissen sie zu Boden, und auch er wurde wieder attackiert. Es gelang ihm, weitere zwei Männer zu blenden und sich mit einem hastigen Sprung rückwärts in Sicherheit zu bringen, doch fast im gleichen Moment klammerte sich ein weiterer Krieger an seine Füße und versuchte ihn zu Fall zu bringen. Michael riß sich los, richtete die Lampe direkt auf das Gesicht des Mannes und registrierte mit einer Art grimmiger Befriedigung, wie er trotz der fest zusammengepreßten Lider schmerzhaft aufstöhnte und hastig davonzukriechen begann.
Trotzdem wußte er, daß es aussichtslos war. Jemand packte ihn von hinten und versuchte ihm die Lampe zu entringen. Michael trat dem Mann mit voller Kraft vors Schienbein, schwenkte seine Lampe in wilden, schnellen Kreisen und verschaffte sich so noch einmal Luft. Dann waren sie endgültig über ihm. Er wurde zu Boden geworfen. Ein Fußtritt traf seine Lampe. Michael hielt sie eisern fest, aber das Glas zerbrach klirrend, und das grelle Licht erlosch. Eine Sekunde

später traf ihn ein Fausthieb in den Nacken, der nicht einmal besonders weh tat, aber irgendeinen Nerv getroffen haben muß, denn Michael spürte, wie alle Kraft aus seinem Körper wich und er rasch auf die dunkle Klippe der Bewußtlosigkeit zuglitt. Alles drehte sich um ihn, alle Geräusche schienen plötzlich weit entfernt und sonderbar unwirklich. Er konnte hören, daß sich seine Eltern noch immer wehrten, daß in den umliegenden Häusern Türen aufgerissen wurden und Menschen auf die Straße rannten und aufgeregt zu rufen begannen, und weit, weit entfernt hörte er das Heulen einer Sirene. Offensichtlich hatte jemand die Polizei gerufen. Aber er wußte, daß sie zu spät kommen würde.

Michael wurde grob auf die Füße gerissen. Jemand sagte etwas. Er reagierte nicht sofort, und der Mann wiederholte seine Frage, wartete noch eine Sekunde und versetzte ihm dann eine schallende Ohrfeige. Michael sackte stöhnend in den Armen der beiden Männer zusammen, die ihn hielten, öffnete aber in einer verzweifelten Anstrengung die Augen und sah den Mann vor sich an, um nicht wieder geschlagen zu werden.

Es war der gleiche Krieger, der vorhin schon einmal auf ihn losgegangen war. Er hatte Hut und Sonnenbrille verloren, seine Augen waren rot unterlaufen und tränten ununterbrochen. »Du hast dich tapfer gewehrt, Bursche«, sagte er. »Aber nun ist es genug. Gib auf.«

Angesichts seiner Lage fand Michael diese Worte einigermaßen lächerlich. Trotzdem nickte er, und irgendwie fand er sogar die Kraft, den Kopf zu heben und dorthin zu sehen, wo die anderen Krieger seine Eltern festhielten. »Laßt sie in Ruhe«, bat er. »Sie haben nichts damit zu tun. Sie wissen von nichts.«

Seine Worte schienen den Mann ehrlich zu überraschen. Einen Augenblick lang blickte auch er in die gleiche Richtung wie Michael, dann wandte er sich wieder an ihn und runzelte die Stirn. Michael konnte sehen, wie er einige Sekunden lang angestrengt nachdachte. Danach zuckte er mit den Schultern. »Unsere Befehle sagen nichts über sie«, meinte er. »Wenn du mir dein Wort gibst, keinen Fluchtversuch mehr zu unternehmen, dann lassen wir sie am Leben.«

Michael konnte ihm sein Wort nicht mehr geben, denn er war einfach zu schwach zum Sprechen, aber er machte eine Bewegung, die man mit einigem guten Willen wohl als Zustimmung auslegen konnte, und dies schien dem Krieger zu genügen.

»In Ordnung«, sagte er laut und an die anderen Männer gewandt. »Fesselt sie, und dann laßt sie liegen.« Er wollte noch mehr sagen, stutzte aber dann plötzlich und legte lauschend den Kopf auf die Seite. Michael bemerkte erst jetzt, wie viele ihrer Nachbarn aus den Häusern gekommen waren, angelockt durch die Schreie und den Feuerschein. Aber natürlich wagte es niemand einzugreifen. Angesichts der kleinen Armee wild aussehender bewaffneter Männer konnte Michael dies auch niemandem verübeln. Doch auch das Heulen der Sirene war näher gekommen, und er hörte jetzt ganz deutlich, daß es mehr als ein Wagen war. Er schöpfte wieder Hoffnung.

»Eure Krieger kommen«, sagte der Mann mit grimmigem Lächeln. »Ich verstehe. Sie scheinen nicht sehr klug zu sein, wenn sie ihr Kommen mit einem solchen Lärm ankündigen. Oder stark genug, es sich leisten zu können.« Er machte eine wegwerfende Geste. »Egal. Es wird dir nichts mehr nützen. Schafft ihn in die Kutsche!« sagte er mit einer weit ausholenden Geste. »Und dann verschwindet. Wir treffen uns später. Und daß mir keiner zurückbleibt. Ihr wißt, was sie mit Gefangenen machen.«

Michael wurde über die Straße geschleift und in einen bereitstehenden Pkw gestoßen. Zwei Krieger nahmen rechts und links von ihm auf dem Rücksitz Platz, während der Anführer sich auf den Beifahrersitz fallen ließ und ungeduldig darauf

wartete, daß auch der Platz hinter dem Lenkrad besetzt würde.
»Was ist los?« fauchte er. »Wieso fahren wir nicht?«
»Wir wissen nicht, wie der Zauber dieser Kutsche funktioniert«, antwortete der Mann links von Michael. Es klang ziemlich nervös. »Der Meister hat nur Mirco das Geheimnis verraten.«
»Und?!« In der Stimme des Anführers klang nun deutlich eine Drohung mit. »Warum ist er nicht hier?«
»Er kann nichts sehen«, antwortete der Krieger. »Der Bursche hat ihn mit seinem Zauberlicht geblendet.«
Für zwei oder drei Sekunden breitete sich betretenes Schweigen im Wagen aus, und da das Heulen der Polizeisirenen bereits deutlich lauter zu werden begann, schöpfte Michael erneut Hoffnung. Dabei war er nicht einmal sicher, ob er sich wirklich wünschen sollte, daß die Polizei noch rechtzeitig einträfe, um sie aufzuhalten. Ansons Krieger würden sich kaum von zwei oder drei Streifenwagenbesatzungen beeindrucken lassen, sondern sie zweifellos auf der Stelle attakkieren. Und die Polizisten waren nicht mit Gaspistolen bewaffnet. Wenn es zu einem Kampf kam, würde es kaum mit ein paar geblendeten Augen und ein paar geprellten Rippen abgehen, sondern Tote geben.
Aber so weit kam es nicht. Nach ein paar Sekunden grunzte der Anführer der Krieger ärgerlich und kletterte umständlich über den Schalthebel hinweg auf den Fahrersitz. »So schwer kann es nicht sein«, murmelte er. »Ich habe zugesehen. Man muß nur an diesem Rad drehen, und die Kutsche fährt von selbst.« Entschlossen legte er beide Hände auf das Steuerrad, drehte es ein Stück nach links, und das Lenkradschloß rastete mit einem hörbaren Klacken ein.
»He!« sagte er überrascht. »Was ist jetzt los?«
»Ganz so einfach ist es eben doch nicht«, sagte Michael, obgleich ihm eine innere Stimme riet, besser die Klappe zu halten. Aber er hörte nicht auf sie, sondern fuhr im Gegenteil

und mit einem hörbaren Triumph in der Stimme fort: »Gebt auf. Ihr habt keine Chance. Die Pol . . . unsere Krieger«, verbesserte er sich, »werden euch nichts tun, das verspreche ich.«
»So?« Der Mann drehte mit einem zornigen Ruck den Kopf, kniff ein Auge zu und blickte ihn aus dem anderen, rot entzündeten drohend an. »Du hast die Kutsche verhext, wie? Aber das wird dir nichts nützen.«
»Das hat nichts mit Hexerei zu tun«, sagte Michael müde.
»Dann erkläre mir, wie der Zauber funktioniert«, verlangte der Krieger, »oder du wirst es bereuen.«
Michael wußte ganz genau, daß er sich in diesem Moment alles andere als klug verhielt, aber er war in einer Stimmung, in der ihm eigentlich schon alles egal war. Im Grunde spielte es auch keine Rolle, dachte er, ob sie ihn gleich hier oder erst später in ihrem Versteck umbrachten. Er sprach den Gedanken laut aus: »Was könnt ihr mir schon tun?« fragte er. »Mich umbringen?«
»Ganz genau«, antwortete der Krieger ernst. »Aber zuvor töten wir deine Eltern.«
Michael starrte ihn an. Er wußte nicht, ob der Mann bluffte oder es ernst meinte, wollte auch gar nicht darüber nachdenken. Die Worte erfüllten ihn mit einem solchen Entsetzen, daß er gar nicht mehr zu logischem Überlegen fähig war. »Also gut«, sagte er. »Ich verrate es euch. Wenn du mir dein Wort gibst, daß ihnen nichts geschieht.«
»Sie werden leben, wenn wir von hier wegkommen«, sagte der andere.
»Der Zündschlüssel«, begann Michael. »Du mußt den Schlüssel herumdrehen.« Er machte eine entsprechende Kopfbewegung. »Das kleine silberne Ding dort unten. Dreh es nach rechts.«
Der Mann beugte sich vor und zur Seite, griff mit beiden Händen nach dem Zündschlüssel und drehte so heftig daran, daß Michael nicht überrascht gewesen wäre, hätte er ihn ab-

gebrochen. Gottlob geschah es nicht. Statt dessen begann der Anlasser des Wagens zu drehen, und einen Augenblick später sprang der Motor an, begleitet von einem knirschenden, unangenehmen Geräusch, das immer heller und schriller wurde.

»Laß los!« sagte Michael erschrocken. »Sonst fliegt uns der Anlasser um die Ohren!«

Tatsächlich ließ der Krieger den Zündschlüssel los. Das Heulen verstummte, und der Motor lief jetzt ruhig. Mit einem triumphierenden Lachen griff der Mann erneut ins Lenkrad und begann wild daran zu kurbeln. Nichts geschah. Sein Gesicht verdüsterte sich. »Was ist jetzt schon wieder?« fragte er drohend. »Wenn das ein Trick ist, um uns hinzuhalten . . .«

Michael seufzte tief. Sollte er diesem Burschen vielleicht innerhalb von fünf Minuten das Autofahren beibringen? Wie es aussah, ja, wenn er das Leben seiner Eltern – und auch sein eigenes – retten wollte. Er wußte, wie aussichtslos dieses Vorhaben war, aber er versuchte es trotzdem. »Du mußte den Gang einlegen«, sagte er und erntete einen weiteren verständnislosen Blick. »Vor dir sind drei Pedale«, sagte er. »Tritt auf das linke. Jetzt schieb den Hebel nach vorne und nimm den Fuß ganz vorsichtig wieder zurück.«

Der Mann gehorchte. Er trat die Kupplung durch, legte den Gang mit einem hörbaren Knirschen ein und zog den Fuß ruckartig wieder zurück. Der Wagen reagierte mit einem Ruck – er machte einen mindestens drei Meter weiten Satz, der seine Insassen wild durcheinanderwirbelte und sie in die Polster zurückstürzen ließ, dann ging der Motor wieder aus.

»Vorsichtiger!« sagte Michael, nachdem er sich mühsam wieder hochgerappelt hatte. »Ich sagte, daß du den Fuß langsam zurückziehen sollst. Du bringst uns um, wenn du so weitermachst.«

Der Mann musterte ihn finster, startete den Motor aber wortlos neu und versuchte es noch einmal. Diesmal gelang es

ihm tatsächlich, den Wagen fünf oder sechs Meter rollen zu lassen, ehe er ihn abwürgte.
»Du willst mich hinhalten, Bursche«, sagte er drohend, »das solltest du dir überlegen!«
»Versuch es noch einmal«, sagt Michael niedergeschlagen. »Und gib vorsichtig Gas – das rechte Pedal.«
Der Krieger startete den Motor zum dritten Mal, legte den ersten Gang ein und fuhr los. Natürlich gab er nicht vorsichtig Gas, sondern trat das Pedal bis zum Boden durch, mit dem Ergebnis, daß der Wagen mit durchdrehenden Reifen losschoß. Erschrocken klammerte sich der Krieger an den erstbesten Halt, den er fand – das Lenkrad. Der Wagen raste weiter über die Straße und begann wild von links nach rechts zu schlingern, und der Motor heulte so schrill, als würde er jeden Moment einfach auseinanderfallen.
»Schalten!« rief Michael verzweifelt. »Tritt wieder das Pedal, dann in den zweiten Gang. Zieh den Hebel einfach zu dir heran!«
Warum hatten diese Wahnsinnigen nicht wenigstens einen Wagen mit Automatikgetriebe stehlen können? dachte er. Der Mann stellte sich nicht einmal so ungeschickt an, wenn man bedachte, daß er vor zwei Tagen vermutlich noch nicht einmal gewußt hatte, was ein Automobil war. Aber es war trotzdem aussichtslos. Auf diese Weise würden sie keine fünfhundert Meter weit kommen. Und das Geräusch der Polizeisirenen war nun schon ganz nah.
Der Wagen schoß schlingernd und mit quietschenden Reifen über die Straße, rammte eine Mülltonne, die scheppernd davonflog, schlitterte funkensprühend an zwei anderen geparkten Autos vorbei und schoß dann geradewegs auf einen Laternenpfahl zu. Im letzten Moment kurbelte der Krieger am Lenkrad und wich dem Hindernis aus, der Wagen drehte sich einmal um seine Achse, blieb quer auf der Straße stehen, und der Motor starb ab.
»Wir werden sterben!« wimmerte einer der Krieger. »Diese

Kutsche ist verhext! Ihr Zauber wird uns noch alle umbringen!«
»Sei still«, sagte der Anführer grob. Er versuchte den Motor zu starten, hatte aber vergessen, den Leerlauf einzulegen, so daß der Wagen nur einen hoppelnden Satz machte. In den Blicken, mit denen er Michael musterte, glitzerte pure Mordlust.
»Wenn dir das Leben deiner Eltern lieb ist, solltest du dir etwas einfallen lassen«, drohte er.
Michael war den Tränen nahe. »Ich versuche es ja«, sagte er verzweifelt. »Aber so leicht ist das eben nicht. Es dauert Wochen, das Autofahren zu lernen. Ich kann es dir nicht in zehn Sekunden beibringen.«
Erstaunlicherweise schien der Mann ihm sogar zu glauben. Ein paar Sekunden lang starrte er ihn durchdringend an, dann fragte er: »Kannst du diese Kutsche lenken?«
Michael hatte die Frage befürchtet. Natürlich hatte er unzählige Male neben seinem Vater gesessen, wenn sie im Wagen fuhren, und ein- oder zweimal hatte Vater ihn auf einsamen Nebenstraßen und weitab von anderen Menschen fahren lassen. Trotzdem bedeutete das natürlich nicht, daß Michael wirklich Auto fahren konnte. Anderseits – schlechter als der Krieger konnte er es kaum machen. Wortlos nickte er.
»Aber laß dir keine Dummheiten einfallen«, drohte der Krieger. Er kletterte wieder auf den Beifahrersitz, machte eine befehlende Geste zu Michael, den Platz hinter dem Steuer einzunehmen, und zog ein gewaltiges Messer unter dem Mantel hervor. »Wenn du irgend etwas versuchst, bist du der erste, der stirbt«, sagte er.
Michael stieg umständlich über den Sitz hinweg, ließ sich hinter das Steuer sinken und trat die Kupplung. Der Motor sprang sofort an. Michael schaltete das Licht ein, legte den ersten Gang ein und fuhr los. Es war ein sehr großer Wagen, ein schwerer, schon etwas betagter Mercedes ohne Servolenkung oder andere technische Hilfsmittel, so daß es seine

ganze Kraft kostete, den Wagen auf der engen Straße zu wenden. Nervös schaute er in den Rückspiegel. Sie waren zwei- oder dreihundert Meter vom Haus seiner Eltern entfernt. Überall in den umliegenden Häusern waren die Lichter angegangen, und Michael konnte zahlreiche Schatten auf der Straße sehen, ohne nun sagen zu können, ob es Ansons Krieger oder die herbeigelaufenen Nachbarn und Neugierigen waren. Aber er sah noch etwas, das ihn zutiefst erschreckte. Aus der Tür und den Fenstern im Erdgeschoß seines Elternhauses leckten Flammen. Roter Feuerschein erfüllte das Haus.

»Worauf wartest du?« fragte der Mann neben ihm und fuchtelte drohend mit seinem Messer herum.

Vorsichtig gab Michael Gas. Der Wagen setzte sich brummend in Bewegung. Es ging, aber es ging nicht sehr gut. Offensichtlich war Autofahren doch schwieriger, als es beim bloßen Zusehen den Anschein hatte, denn Michael fuhr zwar wesentlich besser als der andere, was aber lange nicht hieß, daß er *gut* fuhr. Der Wagen schaukelte und schlingerte wie ein Schiff auf stürmischer See, und er hatte alle Mühe, ihn in der Spur zu halten. Der Motor heulte protestierend, weil er immer wieder entweder zu früh oder zu spät schaltete, und ein paarmal wich er geparkten Wagen oder anderen Hindernissen nur im allerletzten Moment aus. Sie kamen zwar von der Stelle, aber Michael zweifelte nicht daran, daß der erste Streifenwagen, der sie sah, sie sofort anhalten würde. Trotzdem begann er nach einer Weile so etwas wie ein Gefühl für den Wagen zu entwickeln. Sie fuhren nun etwas ruhiger dahin, und wenn nichts Unvorhergesehenes geschah, würden sie ihr Ziel vielleicht sogar erreichen, ohne vorher einen anderen Wagen oder einen Laternenpfahl zu rammen.

»Wohin?« fragte Michael nach einer Weile.

Der Mann neben ihm starrte ihn mißtrauisch an. »Das geht dich nichts an«, sagte er. »Du wirst es schon früh genug merken.«

Michael zuckte mit den Schultern. »Meinetwegen«, antwortete er. »Nur kann ich euch schlecht irgendwohin fahren, wenn ich nicht weiß, wohin ihr wollt.«
Dieses Argument schien selbst seinem Entführer einzuleuchten, denn die Miene des Mannes verdüsterte sich zwar noch weiter, aber nach einigen Augenblicken knurrte er widerwillig: »Nach Westen.«
Michael überlegte kurz, dann entschied er sich, die Stadtautobahn zu nehmen, schon weil das Fahren dort viel problemloser und leichter war als in der Innenstadt. Er entdeckte ein Hinweisschild auf die Schnellstraße, betätigte den Blinker und wechselte die Fahrspur, wobei er um ein Haar einen Radfahrer überrollt hätte, der sich im letzten Moment mit einem verzweifelten Satz in Sicherheit brachte und wütend hinter ihnen her schimpfte und die Faust schüttelte. Die beiden Krieger auf dem Rücksitz drehten sich verblüfft herum und starrten ihn an, und auch der Mann neben ihm wirkte immer unsicherer und erstaunter.
Je mehr sie sich dem Stadtzentrum näherten, desto dichter wurde der Verkehr und desto öfter gab Michael den anderen Verkehrsteilnehmern allen Grund, ihn zornig anzuhupen oder Signale mit der Lichthupe zu geben. Mehr als ein Autofahrer, der sie überholte, tippte sich wütend an die Schläfe oder machte eine andere entsprechende Geste. Aber Michael blickte auch in verblüffte, erschrockene Gesichter, die einen fünfzehnjährigen Jungen hinter dem Steuer des großen Mercedes sitzen sahen, der offensichtlich drei erwachsene Männer durch die Stadt chauffierte. Eine weitere Gefahr, an die er bisher noch gar nicht gedacht hatte: Früher oder später würde irgendeiner dieser anderen Autofahrer an einem Telefon anhalten und die Polizei über seine Beobachtung benachrichtigen.
»Ihr habt sehr viele dieser Zauberkutschen«, sagte der Mann neben ihm. »So schwer kann es gar nicht sein, sie zu lenken, wenn alle es können.«

»Das hat nichts mit Zauberei zu tun«, sagte Michael. »Es ist . . . ein Wagen. So wie eure, nur moderner.«
»Nimm mich nicht auf den Arm, Kerl«, grollte der Mann. »Ein Wagen wird von Pferden gezogen.«
Michael gab es auf. Es war völlig sinnlos, diesen Männern etwas erklären zu wollen, das sie gar nicht verstehen konnten. Und er hatte im Moment auch wahrlich anderes im Kopf, als ihnen den Unterschied zwischen einem Automobil und einem Pferdewagen zu erklären. »Wohin bringt ihr mich?« fragte er. »Zu Anson?«
»Du sollst keine Fragen stellen, habe ich gesagt«, fuhr der Mann neben ihm ihn an. »Du wirst alles früh genug erfahren.«
»Aber warum?« fragte Michael. »Was ist bei euch geschehen? Wieso seid ihr hier?«
Der Mann antwortete nicht, aber sein Blick wurde noch finsterer. Michael hatte das Gefühl, daß es nicht wegen seines Zorns darüber war, daß er trotz des Verbotes weiterredete, sondern vielmehr mit seiner Frage zusammenhing. Irgend etwas Furchtbares mußte im Unterland geschehen sein. Allein die Tatsache, daß diese Männer hier waren, in einer für sie fremden und feindseligen Welt, bewies das schon.
Vor ihnen tauchte die Auffahrt der Stadtautobahn auf. Michael trat vorsichtig auf die Bremse, schaute in den Rückspiegel, um nicht wieder aus Versehen irgendeinen unschuldigen Radfahrer oder Fußgänger in Gefahr zu bringen, lenkte den Wagen nach rechts und beschleunigte dann. Die Tachometernadel kletterte von fünfzig auf sechzig, dann auf siebzig und schließlich achtzig Kilometer. Der Wagen rollte ruhig dahin. Michael, dessen Vater schnelle Autos liebte, war andere Geschwindigkeiten gewohnt und empfand die Fahrt eher als gemächliches Dahinrollen. Aber die drei Unterlinge wurden immer nervöser. Ihre Gesichter verloren deutlich an Farbe, und Michael konnte sehen, wie sich der Mann auf dem Sitz neben ihm immer mehr versteifte. Für ihn und die

beiden anderen war die Geschwindigkeit, mit der sie dahinfuhren, geradezu unvorstellbar. Er hatte beide Arme ausgestreckt und stützte sich mit den Händen am Armaturenbrett des Mercedes ab, während er die Füße gegen den Boden stemmte. Der Anblick eines erwachsenen Mannes, der bei dieser Geschwindigkeit nahe daran war, vor Angst loszuschreien, erschien Michael im allerersten Moment lächerlich – und dann brachte es ihn auf eine Idee.

Er gab ein wenig mehr Gas. Die Tachonadel erreichte die Neunzig-, dann die Hundert-Kilometer-Marke, und der Mann neben ihm sagte gepreßt und mit bebender Stimme: »Warum ... ist diese Kutsche ... so schnell?«

»Schnell?« Michael lächelte freundlich, griff mit der linken Hand nach dem Sicherheitsgurt, zog ihn sich quer über die Brust und ließ den Verschluß einrasten. »Aber wir sind doch nicht schnell«, sagte er. »*Das* ist schnell!«

Und damit trat er das Gaspedal bis zum Boden durch.

Der Motor heulte auf, der Wagen machte einen regelrechten Satz und erreichte schnell seine Höchstgeschwindigkeit. Die beiden Männer hinter ihm schrien vor Angst und Schrecken auf, schrumpften auf ihren Sitzen regelrecht ein. Das Gesicht des Anführers verlor auch noch das letzte bißchen Farbe, während der Blick seiner hervorquellenden Augen wie gebannt an der Landschaft draußen hing, die jetzt nur noch so an ihnen vorüberjagte. Sie fuhren hundertzwanzig, hundertdreißig, hundertvierzig ... Michael hielt das Gaspedal bis zum Boden durchgedrückt, aber mehr gab der altersschwache Wagen nicht her.

»Nicht so schnell«, wimmerte der Mann neben ihm. »Ich befehle dir, laß die Kutsche nicht so schnell fahren!«

»Ganz wie du willst«, sagte Michael. Er bremste. Aber er nahm nicht einfach nur ein bißchen Geschwindigkeit zurück. Sein linker Fuß trat die Kupplung durch. Mit einem brutalen Ruck riß er den Schalthebel vom vierten zurück in den zweiten Gang, bis das Getriebe knirschte und der Motor wie ein waidwund getroffenes Tier aufbrüllte, und gleichzeitig trat er mit dem anderen Fuß mit aller Kraft auf die Bremse. Die Reifen kreischten. Der Wagen sackte vorne herab, als hätte ihn der Fußtritt eines Elefanten getroffen, der Mann neben ihm schrie auf und wurde mit solcher Wucht gegen die Windschutzscheibe geschmettert, daß das Glas Sprünge bekam. Einer der beiden Krieger auf dem Rücksitz wurde über die Lehne des Beifahrersitzes geschleudert und knallte mit dem Kopf gegen das Wagendach, so daß er halb besinnungslos über seinem Anführer zusammenbrach, der andere flog wie ein lebendes Geschoß in Michaels Rücken. Auch Michael wurde mit solcher Wucht in die Gurte geschleudert, daß ihm der Atem wegblieb und er vor Schrecken fast das Lenkrad losgelassen hätte. Er spürte, wie der Wagen ausbrechen wollte, hielt das Steuer mit aller Kraft umklammert und trat weiter auf die Bremse. Schlingernd und mit kreischenden Reifen schoß der Mercedes noch dreißig, vierzig Meter weiter über die Autobahn, dann ließ Michael die Bremse für eine Sekunde los, riß das Lenkrad nach rechts und knallte den Mercedes in spitzem Winkel gegen die Leitplanke. Funken stoben, Metall zerriß kreischend, und plötzlich roch es durchdringend nach verbranntem Gummi und heißem Öl. Der Motor erstarb mit einem würgenden Laut, und Michael riß die Tür auf und öffnete gleichzeitig den Sicherheitsgurt. Mit einem gewaltigen Satz warf er sich ins Freie, fiel auf die Knie, sprang wieder hoch und verfing sich dabei in dem Sicherheitsgurt, den er mit aus dem Wagen gerissen hatte. Er stürzte zum zweiten Mal der Länge nach zu Boden, schürfte sich auf dem rauhen Asphalt die Hände und das Gesicht auf und hörte ein schrilles Hupen. Erschrocken hob er den Kopf und blickte direkt in ein Scheinwerferpaar, das sich mit entsetzlicher Schnelligkeit auf ihn zu bewegte!

Buchstäblich im allerletzten Moment rollte er sich zur Seite. Ein Wagen schoß mit kreischenden Bremsen an ihm vorüber, versuchte der offenstehenden Tür des Mercedes auszuweichen und schaffte es nicht ganz. Die Tür wurde mit einem schmetternden Schlag aus den Angeln gerissen und flog davon, während der andere Wagen sich halb um seine Achse drehte und zwanzig Meter entfernt endlich zum Stehen kam. Michael spürte, wie ihm die Sinne zu schwinden drohten. Alles drehte sich um ihn, und für einen Moment wurden die Geräusche und Lichter wieder unwirklich, als wären sie gar nicht mehr Teil der Realität, sondern eines Traumes, aus dem er gerade erwacht war. In seinen Gedanken begann sich ein dunkler, rasender Wirbel zu drehen, unsichtbar und so stark wie der, der ihn damals durch den See ins Unterland gesogen hatte.

Es war dieser Gedanke, der ihm noch einmal die Kraft gab, die Augen zu öffnen und sich in die Höhe zu stemmen. Im Wagen hinter ihm bewegten sich Schatten, er hörte ein leises, qualvolles Stöhnen, gleichzeitig registrierte er, wie der Fahrer des Wagens, der sie gerammt hatte, ausstieg und auf sie zuzulaufen begann. Auch andere Autos bremsten ab.

Michael zog sich an der verbeulten Karosserie des Mercedes in die Höhe, schüttelte die Benommenheit vollends ab und sah sich nach rechts und links um. Keine zehn Meter von ihm entfernt hielt ein weißer Golf, ein Mann und eine junge Frau sprangen heraus und eilten besorgt auf ihn zu, aber auch die Gestalten im Inneren des Mercedes wurden wieder lebendig. Offensichtlich hatte er sie nicht ganz so gründlich schachmatt gesetzt, wie er gehofft hatte. Und er hörte auch schon wieder das näher kommende Heulen einer Polizeisirene. Wie immer, wenn man die Polizei *nicht* brauchte, war sie besonders schnell zur Stelle.

Michael hätte in diesem Moment selbst nicht genau zu sagen gewußt, warum – aber noch bevor die herbeieilenden Helfer ihn ganz erreichten, fuhr er herum, rannte los und sprang mit einem beherzten Satz über die Leitplanke. Hinter ihm wurden überraschte Rufe laut, er hörte Schritte, als jemand versuchte, ihn zu verfolgen, es aber nach ein paar Augenblicken gleich wieder aufgab. Die Dunkelheit neben der Autobahn war fast vollkommen. Selbst Michael sah kaum die berühmte Hand vor Augen, und wer immer hinter ihm war, mußte wohl begriffen haben, wie sinnlos es wäre, ihn zu verfolgen. Trotzdem lief er noch schneller weiter, stolperte mit rudernden Armen die Böschung hinunter und fand sich plötzlich inmitten eines schmalen, aber nahezu undurchdringlichen Streifens aus Gebüsch, das die Böschung flankierte.

Zum ersten Mal nahm er sich Zeit, einen Moment Atem zu schöpfen und zurückzublicken. Über ihm hatte sicher ein Dutzend Autos angehalten. Ihre Scheinwerfer tauchten den demolierten Mercedes in helles Licht, und Michael konnte sehen, wie sich die Gestalten in seinem Inneren angstvoll zusammenkauerten. Gut. Das Licht, die Leute und zweifellos auch die Polizisten, die in wenigen Augenblicken hier sein mußten – es würde wohl ausreichen, die drei dort oben hinlänglich zu beschäftigen. Zumindest lange genug, bis Michael sich in Sicherheit gebracht hatte.

Mit einiger Mühe gelang es ihm, sich durch das Gebüsch zu kämpfen, hinter dem eine schmale, asphaltierte Straße lag. Michael blieb einen Moment stehen, um sich zu orientieren, dann wandte er sich auf gut Glück nach rechts und marschierte los. Erst jetzt spürte er so richtig, wie viele Schläge und Tritte er in der letzten Stunde abbekommen hatte. Nichts davon war schlimm, aber in ihrer Gesamtheit machten ihm all diese kleinen Blessuren doch zu schaffen, und der grausame Ruck, mit dem er zweimal in die Sicherheitsgurte des Wagens geschleudert worden war, hatte ihm gewissermaßen den Rest gegeben. Jeder einzelne Knochen tat ihm weh, jeder Schritt fiel ihm schwer, und er dachte voller Schaudern daran, daß er mindestens fünf oder sechs Kilometer von zu Hause entfernt war, ein Katzensprung für jemanden, der in einer Welt der Autos, Straßenbahnen, Busse und Fahrräder aufgewachsen war, aber ein gehöriges Stück für einen, der es zu Fuß zurückzulegen hatte. Mit einem leisen Gefühl der Verwirrung fragte er sich, warum er eigentlich davongelaufen war, und wenn er es schon getan hatte, warum er sich nicht wenigstens jetzt der Hauptstraße zuwandte, um einen Wagen anzuhalten oder das nächste Telefon zu suchen, von dem aus er die Polizei anrufen konnte. Er fand keine Antwort auf diese Frage, aber irgend etwas sagte ihm, daß er richtig reagiert hatte. Eines wußte er ganz genau: Worum immer es hier auch wirklich ging, es war ein Kampf, den er ganz allein durchstehen mußte.

Michael marschierte eine gute halbe Stunde lang durch Seitenstraßen und finstere Gassen, bis er sich allmählich wieder dem Stadtzentrum und damit belebteren, helleren Bereichen der Nacht näherte. Der Abend war noch nicht sehr weit fortgeschritten, so daß auf den Straßen noch ein reges Treiben herrschte, und obwohl sein Äußeres ein wenig mitgenommen war, war er doch nicht in einem Zustand, daß er sofort Aufsehen erregt hätte. Er mied größere Menschenansammlungen und wechselte auch ein paarmal die Straßenseite, um Leuten aus dem Weg zu gehen, hielt sich aber trotzdem, soweit es möglich war, im Licht. Die erleuchteten Schaufenster, die bunten Reklametafeln und Leuchtschilder erschienen ihm wie Inseln im dunklen Ozean der Nacht, die im Schutz und Sicherheit vor seinen Feinden gewährten, denn diese waren Geschöpfe der Dunkelheit, die die Helligkeit flohen. Eine weitere halbe Stunde verging auf diese Weise, aber schließlich war Michael mit seinen Kräften völlig am Ende. Und erst jetzt, als er einfach nicht mehr weiter konnte, kam er auf das im Grunde Nächstliegende. Er ging zum nächsten Taxistand, steuerte den ersten Wagen an und ließ sich mit einem erschöpften Seufzer in den Beifahrersitz fallen.

Der Fahrer ließ die Zeitung sinken, in der er bisher gelesen hatte, und sah ihn stirnrunzelnd an. Was er sah, schien ihn nicht unbedingt fröhlich zu stimmen, und Michael wurde sich des Umstandes bewußt, daß er wahrscheinlich wirklich alles andere als vertrauenerweckend aussah. Er war völlig erschöpft, seine Kleider waren zerrissen und verdreckt, und auf seiner Stirn und seiner rechten Wange klebte eingetrocknetes Blut.

»Was ist denn mit dir passiert?« fragte der Taxifahrer.

Michael zwang sich zu einem Grinsen. »Nichts«, sagte er. »Ich hatte eine kleine Meinungsverschiedenheit. Mit ein paar Rockern.«

»So?« fragte der Taxifahrer, kein bißchen weniger mißtrauisch als bisher. »Wer hat gewonnen?«

»Ich«, antwortete Michael. »Jedenfalls das Wettrennen am Schluß.«

Der Taxifahrer blinzelte, dann lachte er laut und herzhaft, warf die Zeitung hinter sich auf den Rücksitz und ließ den Motor an. »Wohin soll's denn gehen?« fragte er.

Michael nannte die Adresse und zog gleichzeitig einen zerknüllten Zwanziger aus der Hosentasche, sein letztes Taschengeld, das er eingesteckt und in den Aufregungen der letzten Tage ganz vergessen hatte. »Reicht das?«

»Eigentlich nicht«, antwortete der Taxifahrer. »Aber ich will mal nicht so sein. Du siehst nicht so aus, als hättest du große Lust, das letzte Stück zu laufen.«

Er fischte den Zwanziger aus Michaels Hand, steckte ihn achtlos ein und fuhr los, ohne das Taxameter eingeschaltet zu haben.

Während sie durch den abendlichen Verkehr glitten, begann sich Michael ein wenig zu entspannen. Zum ersten Mal seit Stunden machte sich wieder ein behutsames Gefühl der Erleichterung in ihm breit, und zum ersten Mal, seit seine verzweifelte Flucht begonnen hatte, fühlte er sich beinahe sicher. Vielleicht, weil dieser Wagen einfach ein Teil seiner vertrauten Welt war, auch wenn der Schutz, den er zu bieten schien, nicht wirklich existierte.

Aber die Erleichterung hielt nicht lange an. Als sie in die Straße einbogen, in der Michael wohnte, sah Michael das hektische Blinken gleich mehrerer Blaulichter. Drei oder vier Streifenwagen der Polizei, ein Krankenwagen und zwei große Feuerwehrlöschzüge blockierten die Straße vor seinem Elternhaus, und die Menge der Schaulustigen und Gaffer war mindestens dreimal so groß wie am Morgen, als der Wagen gebrannt hatte.

»Was ist denn da los?« murmelte der Taxifahrer. »Da scheint es zu brennen. Jemand, den du kennst?«

Michael biß sich auf die Lippen. Er schüttelte nur leicht den Kopf, machte eine vage Bewegung und deutete dann nach rechts. »Sie können hier anhalten«, sagte er. »Die letzten paar Meter gehe ich zu Fuß. Hier kann mir ja nichts mehr passieren.«

Der Taxifahrer sah ihn zweifelnd an, lenkte den Wagen aber gehorsam an den rechten Straßenrand und nickte noch einmal freundlich zum Abschied, als Michael ausstieg. Er wendete allerdings nicht, um zu seinem Stand zurückzufahren, sondern blieb, wo er war, und blickte neugierig nach vorne.

Michael näherte sich mit klopfendem Herzen seinem Elternhaus beziehungsweise dem, was davon übriggeblieben war. Ein dicker, schmerzhafter Kloß saß mit einem Male in seiner Kehle. Er hatte geahnt, was ihn erwarten würde, aber der Anblick traf ihn trotzdem so hart, als käme er völlig überraschend.

Das Haus war total niedergebrannt. Ein Teil des Erdgeschosses stand noch, aber es bestand nur noch aus verkohlten Wänden und rauchenden Trümmern, auf die die Feuerwehrleute noch immer dicke weiße Wasserstrahlen und Löschschaum herabregnen ließen. Ein ganzer Trupp Polizeibeamter riegelte das Grundstück in weitem Umkreis ab, und zwei oder drei Feuerwehrleute in dicken Jacken und mit Sauerstoffflaschen auf dem Rücken durchsuchten die verkohlten Trümmer.

Michael näherte sich dem Grundstück und ging zuletzt immer langsamer. Seine Augen füllten sich mit Tränen, und er versuchte vergeblich, sich einzureden, daß das nur an dem beißenden Rauch lag, der über der Straße hing. Er wußte, wie stolz seine Eltern auf dieses Haus gewesen waren. Es war vielleicht nicht einmal etwas Besonderes gewesen, ein ganz normales, nicht einmal sehr großes Eigenheim, aber sie hatten lange dafür gearbeitet und gespart, und sein Vater hatte jahrelang jede freie Minute damit zugebracht, es weiter auszubauen und ständig zu verschönern. Auch er spürte erst jetzt – wie so oft, wenn man etwas verloren hatte, zu spät –, wie sehr er doch an diesem Haus gehangen hatte, in dem er zwar nicht geboren, aber aufgewachsen war.

Langsam näherte er sich der Absperrkette der Polizei und blieb schließlich ganz stehen, als einer der Beamten ihn anhielt. »Du kannst hier nicht durch«, sagte er unfreundlich, »das siehst du doch.«

Michael überzeugte sich mit einem raschen Blick davon, daß keiner der Umstehenden einer seiner direkten Nachbarn war oder jemand, der ihn kannte, ehe er antwortete. »Ich muß aber durch«, sagte er. Er deutete wahllos auf ein Haus auf der anderen Straßenseite. »Ich wohne dort drüben.«

Der junge Polizeibeamte sah ihn eine Sekunde lang abschätzend an, dann zuckte er mit den Schultern. »Meinetwegen. Aber geh sofort weiter und steh niemandem im Weg rum.«

Michael machte einen Schritt und blieb wieder stehen. »Was ist denn hier passiert?« fragte er.

»Das siehst du doch«, antwortete der Polizist ungeduldig. »Es hat gebrannt.«

»Ist jemand zu Schaden gekommen?« fragte Michael. »Ich meine: ich kenne die Leute.«

Der Polizist schüttelte den Kopf. »Ich weiß nichts«, sagte er. »Ich bin nur für die Absperrung zuständig. Aber die Leute sind unverletzt, glaube ich. Man hat sie zwar ins Krankenhaus gebracht, aber nur zur Sicherheit.«

»Der Junge ist entführt worden«, sagte eine Stimme hinter ihnen. Michael drehte sich um und blickte den Mann, der diese Worte gesprochen hatte, mit gespieltem Erstaunen an. »Entführt?«

»Zwei oder drei Burschen haben ihn geschnappt und in ein Auto gezerrt. Angeblich irgendeine Mafia-Geschichte. Schlimm ist es heutzutage. Nicht einmal mehr in seinem eigenen Haus ist man sicher.«

»Mafia-Geschichte?« erwiderte Michael verblüfft.

Der Mann nickte heftig, und der Polizist sagte ärgerlich: »Reden Sie keinen Unsinn, Mann.«

»Aber es ist doch die Wahrheit!« verteidigte sich der andere. Ein besserwisserischer Ausdruck erschien auf seinem Gesicht. »Und einen oder zwei von den Ganoven hat es auch erwischt. Vorhin haben sie einen Toten aus dem Haus getragen. Ich habe es genau gesehen.«

Michael hatte genug gehört. Seine Eltern waren am Leben und in Sicherheit, und bevor die Diskussion sich noch mehr ausweiten und vielleicht für genug Aufsehen sorgen konnte, daß ihn doch noch irgend jemand erkannte, ging er rasch weiter. Aber er steuerte nicht das Haus an, auf das er gedeutet hatte, sondern wartete einen günstigen Moment ab und huschte dann mit einem schnellen Schritt von der Straße weg und in das dichte Gebüsch, das ihr Grundstück von dem des Nachbarn zur Rechten trennte. Vorsichtig und die Deckung des verfilzten Gestrüpps ausnutzend, schlich er zur Rückseite des Grundstücks und versuchte sich dann dem Haus zu nähern. Er mußte wirklich sehr vorsichtig sein, denn es lagen nicht nur überall schwelende Trümmerstücke herum, sondern es wimmelte auch hier von Polizisten und Feuerwehrleuten, aber die Dunkelheit und das dichte Gebüsch im hinteren Drittel des Gartens gaben ihm hinlänglich Deckung. Er näherte sich dem Haus, richtete sich hinter einem verkohlten Mauerstück auf, das noch vor einer Stunde die hintere Wand des Wohnzimmers gewesen war – und erstarrte vor Schreck. Nicht nur das Haus war zum größten Teil verschwunden. Die Kellerdecke war eingebrochen, und dort, wo der Hei-

zungsraum gewesen war, gähnte ein mindestens fünf Meter messendes Loch, aus dem flimmernde Hitze und schwarzer, übelriechender Qualm emporstiegen.
Michael starrte fassungslos in den Schacht, der sich plötzlich unter dem Haus aufgetan hatte. Noch im nachhinein durchfuhr ihn eisiger Schrecken, als er an den Heizkessel dachte, der vor seinen Augen langsam im Boden zu versinken begonnen hatte, und daran, daß er selbst genau dort gestanden hatte, wo jetzt dieser Abgrund gähnte.
Und dann, für einen winzigen Moment nur, wußte er, was geschehen war. Der Gedanke entglitt ihm wieder, noch bevor er ihn richtig zu fassen bekam. Das dort unten war keine von Ansons Kreaturen gewesen, sondern . . .
»Was machst du hier?«
Michael zuckte zusammen und hob erschrocken den Blick. Hinter ihm stand ein Feuerwehrmann mit Atemmaske und Helm, der gleichermaßen erschrocken und verärgert wirkte, so daß er erst gar nicht versuchte, sich auf eine Diskussion mit dem Mann einzulassen.
»Nichts«, sagte er rasch. »Ich war nur . . .«
»Neugierig, ich weiß«, sagte der Feuerwehrmann wütend. »Verdammt noch mal, als ob wir nicht genug zu tun hätten! Hier ist es gefährlich! Verschwinde!«
Was Michael nur zu gerne tat. Er lief in die gleiche Richtung davon, aus der er gekommen war. Sein Herz klopfte zum Zerspringen. Rasch durchquerte er den Garten, umging die Absperrung der Polizei in weitem Bogen und näherte sich dem Grundstück von der anderen Seite her. Er würde einfach noch einmal mit der gleichen ausgedachten Geschichte zu einem anderen Polizeibeamten gehen und herauszubekommen versuchen, in welches Krankenhaus sein Vater und seine Mutter gebracht worden waren.
Eine Gestalt vertrat ihm den Weg. Michael wich ihr ganz automatisch aus, sah hoch – und blieb überrascht stehen. »Wolf!« rief er verblüfft. »Was machen Sie denn –?«

Wolf machte eine erschrockene, beschwichtigende Handbewegung und legte den Zeigefinger über die Lippen. »Nicht so laut«, sagte er. »Ich habe dich gesucht. Gott sei Dank, daß ich dich gefunden habe.« Sein Blick streifte kurz das niedergebrannte Haus. »Ich hatte schon das Schlimmste befürchtet, als ich gesehen habe, was passiert ist.«
»So falsch haben Sie damit auch nicht gelegen«, antwortete Michael. Er war völlig verwirrt. Was um alle Welt tat *Wolf* hier? Er stellte die Frage noch einmal, aber er bekam auch jetzt keine Antwort. Wolf wiederholte nur seine erschrokkene Handbewegung und schüttelte heftig den Kopf. »Nicht hier«, sagte er. »Du bist in Gefahr. Ich übrigens auch. Wir müssen von hier verschwinden, und zwar schnell.«
Michael blickte ihn mit steigender Verwirrung an und rührte sich nicht von der Stelle. Henry Wolf war so ungefähr der letzte Mensch auf der Welt, den er hier zu sehen erwartete hatte. Er war überzeugt gewesen, er sei längst wieder in Ansons Kerker im Unterland. Aber Wolf befand sich nicht nur in Freiheit, sondern offensichtlich auch in bester Verfassung. Er trug einen maßgeschneiderten teuren Anzug und wirkte frisch und ausgeruht.
»Nun komm schon«, sagte er. »Hier kannst du sowieso nichts tun.«
Michael setzte sich zögernd in Bewegung. Er ging nicht halb so schnell, wie es Wolf offensichtlich recht gewesen wäre, und zwei- oder dreimal blieb er stehen und blickte wieder zum Haus zurück. Der Krankenwagen fuhr gerade mit eingeschaltetem Blaulicht, aber ohne Sirenengeheul davon, und am anderen Ende der Straße konnte Michael bereits einen neuen Rettungswagen herankommen sehen.
Wolf registrierte seinen fragenden Blick und beantwortete ihn unaufgefordert. »Zwei oder drei von den Burschen hat es erwischt. Aber soviel ich gehört habe, sind deine Eltern okay.«
Michael antwortete nicht. Wolfs überraschendes Auftauchen

verwirrte ihn immer mehr. Er fand einfach keine Erklärung dafür. Irgend etwas stimmte hier nicht.
Der Schriftsteller führte ihn bis zu jener Seitenstraße, in der er am Vormittag die Spur des Unterlings verloren hatte. Jetzt war dort ein großer, sechstüriger Mercedes mit abgedunkelten Scheiben geparkt, den er mit raschen Schritten ansteuerte. Michael folgte ihm, blieb aber in zwei Meter Entfernung stehen, als Wolf die Hand nach der hinteren Tür ausstreckte.
»Worauf wartest du?« fragte Wolf ungeduldig. »Wir müssen weg!«
»Ich will erst wissen, was hier los ist«, sagte Michael, machte aber trotzdem einen weiteren Schritt auf den Wagen zu. Wolf öffnete die Tür, aber nur einen Spalt breit, so daß Michael nicht ins Wageninnere sehen konnte. »Gerne«, sagte er. »Ich erzähle dir alles, aber erst, wenn wir weg sind. Oder möchtest du lieber hier warten, bis unsere Freunde zurückkommen?«
Das gab den Ausschlag. Die Möglichkeit, daß Anson oder seine Männer vielleicht noch ganz in der Nähe sein und nur darauf warten könnten, daß er zurückkäme, war ihm bisher noch gar nicht in den Sinn gekommen, obwohl sie nun wirklich naheliegend war. Mit einem raschen Schritt trat er an Wolf vorbei, bückte sich – und erstarrte. Der Wagen war nicht leer.
Seine Reaktion kam ein bißchen zu spät. Wolf war plötzlich hinter ihm, und ehe Michael auch nur wußte, wie ihm geschah, bekam er einen derben Stoß, der ihn weiter auf den Wagen zustolpern ließ. Gleichzeitig griffen kräftige Hände aus dem Wageninneren nach seinen Schultern, packten zu und zerrten ihn mit einem groben Ruck in den Mercedes. Michael schrie überrascht auf und versuchte sich zu wehren, aber es ging alles viel zu schnell. Die Tür wurde zugeschlagen, eine große, starke Hand legte sich über seinen Mund und erstickte seinen Schrei, und schon im nächsten Augenblick kletterte Wolf auf die mittlere Sitzbank des Mercedes.

Ein metallisches Klicken erscholl, dann wurde der Motor angelassen, und der Wagen fuhr los.

Michael riß sich mit der Kraft der Verzweiflung los, warf sich herum und zerrte verzweifelt am Türgriff. Die Tür rührte sich nicht, und im gleichen Moment wurde ihm klar, was das Geräusch, das er gehört hatte, bedeutete. Die Türen waren verriegelt.

»Gib auf, Junge«, sagte Wolf beinahe sanft. »Ich gebe zu, du hast dich verdammt tapfer gewehrt, aber jetzt ist es vorbei. Mach es für uns alle nicht schwerer, als es sowieso schon ist.«

Michael drehte sich langsam zu ihm um, schaute ihm ins Gesicht und wandte dann den Blick nach rechts. Neben ihm saß ein schwarzhaariger, schwarzbärtiger Riese in einem gewaltigen Fellmantel, der seine breitschultrige Statur noch massiger erscheinen ließ, als sie sowieso schon war.

»Anson ...«, flüsterte er fassungslos. Eine Sekunde lang saß er wie erstarrt da, dann schrie er abermals vor Schrecken auf, warf sich herum und begann wie verrückt an der verriegelten Tür zu zerren, bis Anson ihn grob am Arm packte und zurückriß.

»Tu ihm nicht weh«, sagte Wolf.

Und erst jetzt begriff Michael wirklich. Er verstand es nicht, aber er begriff es, noch bevor Anson seinen Arm losließ, demütig das Haupt senkte und zu Wolf gewendet sagte:

»Ja, Herr.«

Die Prüfung

Ganz wie Lisa gesagt hatte, erschienen Erlik und der greise Magier Marlik – der Erliks Bruder war, wie er später erfahren sollte, was allerdings nicht viel besagte, denn die Menschen im Unterland waren alle irgendwie miteinander verwandt – zum Essen, und wie er erwartet hatte, ging es dabei ganz und gar nicht in erster Linie darum, das zugegeben köstliche Mahl zu verspeisen, das Lisas Mutter zubereitet hatte, sondern darum, Michael endlos Fragen beantworten zu lassen. Erlik und sein Bruder blieben so freundlich und zuvorkommend, wie Michael sie im Turmzimmer kennengelernt hatte, aber bei aller Freundlichkeit, die sie an den Tag legten, waren sie doch auch sehr hartnäckig. Michael hörte bald auf, sich darüber zu wundern – und insgeheim auch ein bißchen zu ärgern –, was die beiden alles von ihm wissen wollten. Es waren gar nicht einmal so sehr die großen Dinge, das Was und Wie der Welt, in der Michael lebte, wer über wen herrschte, wer was tat und wer zu bestimmen und wer zu gehorchen hatte. Danach fragten sie auch, aber viel mehr schienen die Kleinigkeiten sie zu interessieren, die Banalitäten des täglichen Lebens, etwa in welchem Verhältnis er und seine Eltern zu ihren Nachbarn standen, wie man allgemein miteinander umging, wie man Fremde behandelte und so weiter. Nach einer Weile fiel ihm auf, daß im Grunde nur Erlik, dessen Bruder und er das Gespräch führten. Zwar waren natürlich auch Wolf und Lisas Familie anwesend, die allesamt gebannt zuhörten, was er zu berichten hatte, aber meistens wandte sich der König des Unterlands doch an ihn. Warum das so war, wußte er nicht genau zu sagen, aber er schloß aus einigen beiläufigen Bemerkungen, daß sie zuvor und offensichtlich lange schon mit Wolf gesprochen hatten. Trotzdem begann ihn das Verhör nach einer Weile zu ermüden. Er begann sich zu verhaspeln, Fragen falsch zu verstehen und sich sogar in kleine Widersprüche zu verstricken, die er aber allesamt sofort aufzuklären imstande war, ganz offensichtlich zu Erliks voller Zufriedenheit. Er war daher sehr froh, als der alte König ihm endlich zu verstehen gab, daß es für diesen Tag genug sei. Er betonte das *»für diesen Tag«*, und obwohl sich Michael nicht unbedingt auf ein weiteres Gespräch dieser Art freute, war ihm doch klar, daß noch eine Menge folgen würde.

Erlik und sein Bruder standen vom Tisch auf und verabschiedeten sich von Lisas Familie, aber als sie den Raum verlassen wollten, rief Michael sie noch einmal zurück.

»Was geschieht jetzt mit uns?«

Die Frage schien den König im ersten Moment zu verwirren. Dann lächelte er. »O ja«, sagte er, »das hätte ich beinahe vergessen. Ich habe es deinem Freund hier«, er deutete auf Wolf, »bereits gesagt. Ihr könnt euch frei bewegen, solange ihr gewisse Orte nicht betretet, die die Wachen euch zeigen werden. In eurem eigenen Interesse würde ich euch jedoch raten, die Stadt vorerst nicht zu verlassen. Zumindest nicht ohne Begleitung. Unsere Welt scheint zwar kleiner und einfacher zu sein als die eure, doch es gibt auch in ihr Gefahren.«

Michael war überrascht. »Frei bewegen?« wiederholte er. »Heißt das, daß wir keine ... Gefangenen mehr sind?«

»Ja«, antwortete Erlik mit einem verzeihenden Lächeln. »Warum sollten wir euch als Gefangene behandeln? Ich glaube nicht, daß ihr das seid, wofür Anson euch hält. Ich habe es eigentlich nie geglaubt. Davon abgesehen – ihr könntet das Unterland sowieso nicht verlassen, selbst wenn ihr es wolltet.«

»Aber ihr solltet es auch gar nicht versuchen«, fügte Marlik, ein wenig ernster als sein Bruder, aber ebenfalls lächelnd, hinzu. »Ich will keinen Hehl daraus machen, daß Anson mit unserer Entscheidung nicht einverstanden ist. Ihr habt ihn ja erlebt. Besser, ihr gebt ihm keinen Anlaß, die Stimmung weiter gegen euch zu schüren.« Sein Blick glitt für einen Moment prüfend über Lisas Gesicht, und Michael hatte das deutliche Gefühl, daß er ihr auf diese Weise eine lautlose Frage stellte und auf eine ebenso lautlose Art auch eine Antwort darauf bekam, dann wandte er sich wieder an Michael: »Mir scheint, daß du dich ganz gut mit Lisa verträgst. Warum bittest du sie nicht, dir hier alles zu zeigen? Ich bin sicher, daß sie es gern tut.«

»Sehr gern«, sagte Lisa mit leuchtenden Augen.

Michael war noch immer nicht sicher, ob er den Zauberer richtig verstanden hatte. »Ich kann . . . überall hingehen, wohin ich will, solange ich die Stadt nicht verlasse?«

Jetzt lachte Marlik leise. »Ja. Aber wie gesagt: tu besser nichts, von dem du nicht ganz sicher bist, daß du es auch darfst. Im Zweifel unterlasse es lieber oder frage Lisa.«

»Und was ist mit den Leuten, die uns gestern am liebsten am höchsten Turm der Stadt aufgehängt hätten?« mischte sich Wolf ein.

Ein Schatten huschte über Erliks Gesicht und verschwand sofort wieder. »Ich verstehe deinen Zorn«, sagte er, »aber er ist nicht ganz gerecht. Sie waren von Anson und seinen Reden aufgewiegelt. Aber euch wird nichts geschehen, keine Sorge. Wir haben bereits bekanntgegeben, daß ihr unter unserem Schutz steht, und niemand hier wird es wagen, diesen Befehl zu mißachten. Fremde sind für uns Freunde, solange sie sich nicht ausdrücklich als Feinde erweisen. Die Gastfreundschaft ist unser höchstes und wertvollstes Gut. Ist das bei euch nicht so?«

»Nicht . . . unbedingt«, antwortete Wolf zögernd. »Aber du hast natürlich recht: es sollte so sein. Entschuldige die Frage.«

Marlik lächelte als Antwort, und trotzdem war in seinen Augen etwas, was Michael frösteln ließ, eine Kälte, die eindeutig nicht in seinem Blick gewesen war, als er mit ihm geredet hatte. Er fragte sich, was er und Erlik zuvor mit Wolf besprochen hatten.

Die beiden Herrscher des Unterlandes gingen, und nach einer Minute verabschiedete sich auch Wolf unter einem Vorwand und zog sich auf sein Zimmer zurück. Während des gesamten Essens hatte er kaum ein Wort mit Michael gesprochen, sondern ihm nur dann und wann einen neidischen Blick, wie Michael ihn deutete, zugeworfen. Michael dachte an die kalte Ablehnung, die in Marliks Augen gewesen war, als er mit Wolf sprach, und wenn er nun noch die ungewöhnliche Schweigsamkeit des Schriftstellers bedachte, war er fast überzeugt, daß dessen Gespräch mit Marlik und Erlik bei weitem nicht so freundlich und sanft verlaufen war wie das Michaels. Anderseits war er froh, jetzt nicht mit Wolf reden zu müssen. Selbst wenn er davon absah, daß ihm der Schriftsteller noch immer nicht sympathischer geworden war, gab es im Moment wirklich interessantere Dinge, als sich sein Gejammere über ihr Schicksal oder, auf der anderen Seite, seine Begeisterungsausbrüche über ihren phantastischen Fund anzuhören.
Lisas Mutter begann den Tisch abzuräumen, während ihr Vater hinausging, um irgend etwas im Haus zu erledigen, so daß Michael mit dem Mädchen und ihrem jüngeren Bruder allein blieb. »Also?« fragte Lisa. In ihren Augen blitzte es unternehmungslustig. »Hast du Lust?«
»Lust? Wozu?« fragte Michael.
Lisa machte eine wedelnde Handbewegung. »Dich ein bißchen umzusehen. Du hast gehört, was Marlik gesagt hat. Ich soll dich herumführen und dir alles zeigen.«
Genaugenommen hatte er das nicht gesagt, dachte Michael, aber selbstverständlich nickte er. Er brannte vor Neugier, all die Wunder dieser unterirdischen Welt kennenzulernen. Wem an seiner Stelle wäre das wohl nicht so ergangen? Langsam stand er von seinem Stuhl auf, während Lisa mit einem Satz in die Höhe sprang und mit kleinen, ungeduldigen Schritten zur Tür hüpfte. Michael hatte das sichere Gefühl, daß es ihr weniger darum ging, ihn herumzuführen, als

vielmehr darum, ihm weitere Fragen zu stellen. Während des ganzen Gesprächs hatte sie wie gebannt an seinen Lippen gehangen und sich ein paarmal nur noch mit Mühe zurückgehalten, selbst eine Frage zu stellen. Auch ihr Bruder erhob sich hastig, was Michael klarmachte, daß er sie begleiten würde.

Michael hatte nichts dagegen. Aber er wurde nicht schlau aus Hendryk. Von allen hier war er der schweigsamste gewesen. Genaugenommen hatte er, mit Ausnahme eines gemurmelten Grußes, als er das Zimmer betrat, überhaupt nichts gesagt, sondern Michael nur ununterbrochen angestarrt, und das auf eine Art, die nicht nur reiner Neugier entsprang.

»Kommst du mit uns?« fragte Lisa.

Hendryk nickte heftig. »Natürlich«, sagte er. »Glaubst du etwa, ich lasse dich mit dem da allein?«

Michael verbiß sich die Bemerkung, die ihm auf den Lippen lag, aber Lisa war weniger zurückhaltend. »Das ist wieder mal typisch mein Bruder«, sagte sie spöttisch. Sie grinste Michael an. »Weißt du, ich glaube, er ist ziemlich enttäuscht, daß ihr nicht die menschenfressenden Ungeheuer seid, als die Anson euch geschildert hat. Er hätte zu gerne eine Heldentat vollbracht und uns alle vor dem sicheren Untergang bewahrt.«

Hendryk sagte nichts dazu, aber seine Augen sprühten Funken, und plötzlich stürmte er so wütend aus dem Raum, daß Michael hastig beiseite treten mußte, um nicht einfach über den Haufen gerannt zu werden. Lisa blickte ihm kopfschüttelnd nach.

»Nimm es ihm nicht übel«, sagte sie. »Er ist noch ein dummes Kind.«

Wenn man bedachte, daß sie nur um zwei Jahre älter war als ihr Bruder, klangen diese Worte einigermaßen seltsam, dachte Michael. Aber er hütete sich, das laut auszusprechen. Immerhin war zu befürchten, daß Lisa sich binnen kurzem als gehörige Nervensäge entpuppen mochte, trotz allem brauchte er hier unten dringend einen Freund

Sie verließen die Stube und Augenblicke später das Haus. Zu Michaels Überraschung begleitete Hendryk sie trotz der spöttischen Bemerkung seiner Schwester, und auch zwei der schwarzgekleideten Krieger schlossen sich ihnen an, folgten ihnen aber in gut zehn Schritt Abstand. Lisa bedachte die beiden mit einem feindseligen Blick, enthielt sich aber jeden Kommentars, und Michael war trotz allem beinahe froh, daß die beiden da waren. Auch er hatte die haßerfüllte Stimmung, die ihnen entgegengeschlagen war, als sie die Stadt das erste Mal betraten, keineswegs vergessen. Trotz Marliks Versicherung, daß das Wort des Königs Schutz genug sei, fühlte er sich ein wenig sicherer in Begleitung der beiden Soldaten.

Doch was Marlik gesagt hatte, schien der Wahrheit zu entsprechen. Zwar erregten sie Aufsehen, immer wieder blieben Menschen stehen, blickten ihnen nach oder begannen miteinander zu tuscheln, aber niemand belästigte sie, niemand sprach sie an, und von der feindseligen Stimmung war nichts mehr zu spüren. Ganz im Gegenteil, die wenigen Blicke, denen er direkt begegnete, waren durchaus freundlich, allenfalls ohne Parteinahme und neugierig, aber nicht von dem Mißtrauen erfüllt, das die Menschen dort, wo Michael herkam, Fremden im allgemeinen entgegenbrachten. Was hatte Marlik gesagt? Fremde sind für uns so lange Freunde, bis sie uns bewiesen haben, daß sie Feinde sind? Eigentlich hätte das überall so sein sollen, und trotzdem war es für Michael eigentlich eine neue Erfahrung.

Was Michael in den nächsten zwei oder drei Stunden, während der Lisa und ihr Bruder ihn durch die Stadt führten – die im übrigen keinen Namen hatte und auch keinen brauchte, denn es war die einzige Stadt hier unten –, sah und erlebte, das war so viel Neues und Wunderbares, daß er aus dem Staunen nicht mehr herauskam. Es war tatsächlich so, wie Wolf bei ihrem Gespräch im Kerker vermutet hatte: Diese Stadt und ihre Menschen schienen unmittelbar aus

dem frühen Mittelalter hierher versetzt worden zu sein. Und doch gab es einen Unterschied zu all den Filmen und Büchern, Bildern und Geschichten, die Michael gehört, gesehen und gelesen hatte. Es war kein düsteres Zeitalter. Die Leute waren freundlich und von allgemein heiterer Laune, und aus vielen Häusern, an denen sie vorüberkamen, drangen Lachen und fröhliche Stimmen. Zwar hatte Michael nach wie vor den Eindruck, daß die meisten Gesichter, wenn nicht alle, ein wenig blaß und irgendwie kränklich aussahen, aber bald begann er zu begreifen, daß das wohl hauptsächlich an dem sonderbaren Licht hier unten lag, bei dem er zwar ausgezeichnet sehen konnte, das aber trotzdem nicht annähernd so hell war wie das normale Tageslicht oben auf der Erde. Abgesehen davon und von einigen wenigen anderen Dingen, hätte diese Stadt aber ebensogut irgendwo auf der Erde liegen können. Es gab keinerlei Maschinen, keinerlei Technik. Die Häuser waren groß und aus schweren, quaderförmigen Felsbrocken erbaut, die Fenster hatten kein Glas, nur in den allerwenigsten Fällen Läden, und auch diese dienten nur der Zierde. Die Straßen waren mit grobem Kopfstein gepflastert, in den die eisenbeschlagenen Räder der großen Karren, die darauf fuhren, tiefe Spuren gegraben hatten.
Lisa und ihr Bruder führten ihn geduldig herum und beantworteten alle seine Fragen, stellten aber auch unentwegt selbst welche, die Michael beantwortete, so gut er konnte. Die Stadt war nicht sehr groß, hatte aber überraschend viele Einwohner. Michael war nie sehr gut im Schätzen gewesen, aber es mußten drei- oder viertausend sein, vielleicht auch noch viel mehr. Obwohl die Höhle, in der sie erbaut worden war, wahrlich titanische Dimensionen hatte, drängten sich die Häuser doch auf einem relativ kleinen Bereich vor der Felsenburg und waren schmal und dicht aneinandergebaut, wie es bei den mittelalterlichen Städten nun einmal der Fall gewesen war. Aber diese Enge hatte nichts Unbehagliches oder gar Bedrückendes an sich. Die Menschen dieser Stadt

schienen nichts dagegen zu haben, so dicht mit ihren Nachbarn zusammenzuleben, im Gegenteil, sie genossen es offenbar. Es war eine Erfahrung, die völlig neu für ihn war. Die Menschen hier betrachteten ihre Nachbarn nicht als ihre Feinde oder allenfalls als Fremde, mit denen man zurechtkam, solange man eine gewisse Distanz zu ihnen wahren konnte, vielmehr war es so, als wären alle diese Leute Mitglieder einer einzigen großen Familie. Natürlich, erklärte ihm Lisa auf eine entsprechende Frage, gebe es dann und wann Streitigkeiten oder Meinungsverschiedenheiten. Es gebe ein Gericht, es würden Zwistigkeiten ausgetragen und Urteile gesprochen, aber das käme schließlich in jeder Familie vor, oder nicht?

Nachdem sie die Stadt zweimal zur Gänze durchquert hatten, langten sie bei jener Treppe an, über die Michael und Wolf hereingekommen waren. Michael warf einen Blick nach oben, aber Lisa schüttelte nur den Kopf. »Besser nicht«, sagte sie.

»Ich verstehe«, sagte Michael. »Das ist einer der Orte, die ich nicht betreten darf.«

Lisa warf einen Blick zu den beiden Soldaten zurück, die ihnen noch immer folgten, ehe sie antwortete. »Ich bin nicht sicher«, sagte sie. »Aber es ist besser, wenn wir nicht hinaufsteigen. Dort oben leben Anson und seine Soldaten. Ich mag sie nicht.«

Michael beharrte nicht darauf. Im Gegenteil, er war fast froh, es nicht zu müssen. Was er beim ersten Mal dort oben gesehen hatte, hatte ihm durchaus gereicht.

»Sie leben nur dort oben?« fragte er. »In diesem Tunnel?«

Lisa machte eine Bewegung, die eine schwer zu deutende Mischung aus einem Nicken und einem Kopfschütteln war. »Dort und in der Burg«, antwortete sie. »Sie haben ein Quartier in der Stadt, aber meistens halten sie sich dort oben auf. Ich glaube, sie verachten uns.«

»Kannst du ihnen das verdenken?« fragte Hendryk.

Michael blickte überrascht auf, als er den scharfen Ton in Hendryks Stimme registrierte. Während ihrer Wanderung durch die Stadt war Hendryk ein wenig aufgetaut und hatte am Schluß sogar ganz ungezwungen mit ihm geredet, aber jetzt spürte er wieder deutlich die gleiche Feindseligkeit wie vorhin im Haus.

Hendryk fing seinen Blick auf und sah ihn an. »Guck nicht so«, sagte er ärgerlich. »Ich weiß ja nicht, wie das bei euch ist, aber ich kann es bald nicht mehr hören. Jeder macht sich einen Sport daraus, auf Anson und seine Krieger zu schimpfen. Dabei wären wir alle nicht mehr am Leben, wenn es sie nicht gäbe, das wissen alle ganz genau.«

»Stimmt das?« fragte Michael, an Lisa gewandt.

»Nein«, antwortete das Mädchen. »Natürlich nicht.«

»Ach?« fragte Hendryk spöttisch. »Und wer hat erst vor einem halben Jahr auf der Ratsversammlung vorgeschlagen, die Armee auf die Hälfte zu reduzieren und Anson bei der nächsten Wahl keinen Platz im Rat mehr zu geben?«

Lisa antwortete nicht gleich, sondern sah ihren Bruder nur feindselig an, und Michael spürte, wie sich sein schlechtes Gewissen regte. Offensichtlich hatte er einen wunden Punkt angesprochen, und er wollte nichts weniger, als einen Streit zwischen den beiden entfachen. Aber es war zu spät. Wahrscheinlich war es nicht das erste Mal, daß Lisa und ihr Bruder sich über dieses Thema nicht einig waren.

»Sie machen sich breit«, sagte Lisa. »Und sie nehmen sich immer mehr Freiheiten heraus, die ihnen nicht zustehen. Auch gibt es keinen Grund, so viele Soldaten zu haben.«

Hendryk deutete zornig auf Michael. »Warum sagst du das nicht seinen Leuten?« fragte er. »Ich bin sicher, sie werden dir zustimmen.«

Michael war ein bißchen enttäuscht. Er hatte geglaubt, Hendryk habe mittlerweile begriffen, daß er wirklich nicht ihr Feind sei, aber offensichtlich hatte der Junge sich bisher nur verstellt.

»Wir wissen dort oben nicht einmal, daß es euch gibt«, sagte er ärgerlich.
»Das glaube ich dir sogar«, entgegnete Hendryk mit einem zornigen Nicken. »Wenn ihr es wüßtet, wärt ihr bestimmt schon längst heruntergekommen, um uns umzubringen.«
»Aber das ist doch Unsinn«, sagte Michael.
»Natürlich! Der gleiche Unsinn, wegen dem wir überhaupt hier sind, nicht wahr?« erwiderte Hendryk höhnisch. »Wenn es damals nicht die Krieger gegeben hätte, wäre nicht einer von unseren Vorfahren am Leben geblieben.«
»Aber das ist unendlich lange her«, protestierte Lisa. »Ich glaube Michael. Warum sollten sie uns etwas tun wollen? Wenn sie das wollten, hätten sie das längst getan.«
»Wer sagt dir, daß sie nicht die ganze Zeit nach uns gesucht haben«, erwiderte ihr Bruder. Er schüttelte heftig den Kopf und schnitt Lisa damit das Wort ab, ehe sie etwas sagen konnte. »Vielleicht hast du ja recht, und dein neuer Freund da ist wirklich kein Spion. Vielleicht ist er wirklich so unwissend, wie er tut, aber ich glaube trotzdem, daß wir Anson und seine Krieger brauchen. Irgendwann werden sie uns entdecken. Wenn nicht heute, dann vielleicht in zehn Jahren oder auch erst in hundert oder tausend. Aber sie werden kommen, und dann werden alle, die heute noch lautstark verlangen, die Armee müsse reduziert oder am besten gleich abgeschafft werden, sehr froh sein, daß wir Männer haben, die mit Waffen umzugehen verstehen!«
Ein vages Gefühl von Trauer machte sich in Michael breit. Für einen kurzen Moment dachte er daran, Hendryk zu erklären, wie wehrlos Anson und seine mit Schwertern und Speeren bewaffneten Männer gewesen wären, hätten sich die Menschen der oberen Welt tatsächlich entschlossen, Krieg gegen das Unterland zu führen. Aber natürlich sagte er es nicht. Ganz davon abgesehen, daß Hendryk ihm wahrscheinlich nicht geglaubt hätte, wäre es ein billiger Triumph gewesen, der mehr geschadet als genützt hätte.

Nur um das Thema zu wechseln und den Streit, den er unbeabsichtigt entfacht hatte, wieder zu schlichten, deutete er zum anderen Ende der Höhle. Jetzt, da sie aus der Stadt heraus waren, konnte er die Tunneleingänge wieder deutlich erkennen. »Was ist dort drüben?« fragte er.
Hendryks Antwort bestand nur aus einem eisigen Blick, aber seine Schwester machte eine entsprechende Geste und drehte sich halb um. »Der Rest unserer Welt«, sagte sie. »Die anderen Höhlen.«
»Es gibt noch mehr?« fragte Michael.
Lisa lachte, als hätte er etwas sehr Dummes gesagt. Von ihrem Standpunkt aus hatte er das wahrscheinlich. »Diese hier ist die kleinste«, sagte sie. »Manche sind so groß, daß man tagelang hindurchlaufen kann, ohne an ihr Ende zu gelangen, und eine oder zwei sind nie erforscht worden, obwohl es versucht worden ist. Da drüben liegen die Felder und ein kleiner See. Wenn du willst, führe ich dich morgen hin. Heute ist es schon zu spät. Der Weg ist weit, und du wirst müde sein. Außerdem wird es bald Zeit, schlafen zu gehen.«
Michael hätte sich diese anderen Höhlen, von denen Lisa sprach, gerne angesehen – aber natürlich hatte sie recht. Sie waren mindestens zwei Stunden durch die Stadt gelaufen, und er begann müde zu werden. Der Weg zur anderen Seite der Höhle und zurück mußte genau so lang sein, und spätestens auf dem Rückweg würde er es bitter bereuen, wenn er darauf bestand, noch heute dorthin zu gehen. Aber Lisas Worte brachten ihn auf eine andere Frage, die ihn schon eine ganze Weile lang beschäftigt hatte.
»Wann wird es hier dunkel?« fragte er.
Lisa sah ihn verständnislos an. »Dunkel?«
Michael nickte. »Ja. Ich meine, wann geht die Sonne . . .« Er verstummte. Schließlich gab es hier keine Sonne. Wahrscheinlich hatte das Mädchen mit dem Wort überhaupt nichts anfangen können.
»Ich verstehe nicht ganz, was du meinst«, sagte Lisa verwirrt.

»Was soll das heißen: Wann wird es dunkel? Wieso sollte es dunkel werden?«
»Bei uns ist das so«, antwortete Michael. »Die Leute stehen morgens auf, wenn es hell wird, und legen sich schlafen, wenn der Tag endet.«
»Und es wird *dunkel?*« vergewisserte sich Lisa. Sie schauderte ein bißchen. »Du meinst, überall? Was für eine schreckliche Vorstellung!«
Michael fand die Vorstellung, ein Leben in diesem Zwielicht verbringen zu müssen, mindestens ebenso schrecklich. Daß er hier einigermaßen sehen konnte, lag nicht etwa daran, daß es wirklich hell war. Seine Augen hatten Zeit gehabt, sich an das blasse Dämmerlicht zu gewöhnen, das, objektiv betrachtet, vermutlich nicht einmal sehr viel heller war als das einer Vollmondnacht.
»Da stimmt etwas nicht«, sagte Hendryk plötzlich.
Michael hob den Blick und schaute in dieselbe Richtung wie der Junge, und er verstand sofort, was dieser meinte. Aus der Stadt näherte sich ihnen eine Gruppe von Ansons Kriegern, sechs, sieben Mann mit Schädelhelmen und gezückten Schwertern. Sie gingen sehr schnell, ohne wirklich zu rennen, und es bestand überhaupt kein Zweifel daran, daß sie ihr Ziel waren, genauer gesagt, wahrscheinlich Michael.
»Was bedeutet das?« fragte Lisa stirnrunzelnd. »Erlik hat uns sein Wort gegeben, daß er frei ist!«
Ihr Bruder schnaubte und streifte Michael mit einem verächtlichen Blick. »Vielleicht hat sein Freund die Gelegenheit benützt, sein wahres Gesicht zu zeigen«, sagte er.
Lisa wollte etwas entgegnen, aber die Männer waren bereits heran und begannen sie einzukreisen. Auch die Soldaten, die sie bisher schweigend in einiger Entfernung begleitet hatten, schlossen sich der Gruppe an. Schließlich trat einer von ihnen auf Michael zu, nahm den Helm ab und machte eine herrische Handbewegung. »Mitkommen!« befahl er.
Ganz automatisch wollte Michael gehorchen, aber Lisa ver-

trat ihm den Weg und baute sich herausfordernd vor dem Krieger auf. »Was soll das?!« sagte sie scharf. »Er steht unter Erliks Schutz, weißt du das nicht?«
»Ich wüßte nicht, was dich das angeht«, antwortete der Soldat unfreundlich, aber Lisas entschlossenes Auftreten schien ihn trotzdem beeindruckt zu haben, denn er fügte nach kurzem Zögern eine Erklärung hinzu: »Wir haben Befehl, seinen Freund und ihn ins Schloß zu bringen.«
»Befehl?« fragte Lisa. »Von wem?«
»Von Anson, unserem Herrn«, antwortete der Krieger. »Und jetzt geh aus dem Weg, bevor du dir einen Tritt einfängst.«
Lisa dachte nicht daran, ihm zu gehorchen. »Seit wann gilt Ansons Wort mehr als das Erliks? Wie ist dein Name? Du wirst dich für das zu verantworten haben, was du tust.«
Der Krieger lachte rauh, aber er wirkte ein ganz kleines bißchen unsicher. »Ich weiß nichts von Erliks Wort«, sagte er. »Ich habe Ansons Befehl auszuführen, und das ist alles. Aber wenn es dich beruhigt – ich habe strikte Anweisung, ihm kein Haar zu krümmen, sondern ihn nur zu Anson zu bringen. Das allerdings auf jeden Fall, ob er nun mitkommen will oder nicht.«
Michael verstand die unausgesprochene Drohung in diesen Worten, und Lisa wohl auch, denn sie trat nach kurzem Zögern mit einer trotzigen Bewegung zur Seite, schloß sich aber Michael sofort an, als dieser auf den Soldaten zuging.
»Ich komme mit«, sagte sie.
Der Krieger musterte sie finster, erhob aber keine Einwände, und als sie losgingen, da schloß sich auch Hendryk ihnen an, und der Mann sagte auch dazu nichts.
Michael war verwirrt und verspürte auch schon wieder ein vages Angstgefühl, aber eigentlich war er nicht sehr überrascht. Er hatte dem Schicksal, das sich nach allem so überraschend zum Guten gewendet zu haben schien, die ganze Zeit über irgendwie mißtraut, und es schien, als wäre dieses Mißtrauen berechtigt gewesen.

In raschem Tempo durchquerten sie die Stadt. Als sie sich der Burg näherten, spürte Michael abermals jenes beklemmende Gefühl, das ihn schon gestern angesichts des monströsen Bauwerks beschlichen hatte. Er hatte Lisa bisher nicht nach diesem Gebäude gefragt, denn es war so unheimlich und erfüllte ihn mit solcher Furcht, daß es ihm unangenehm war, auch nur darüber zu reden. Ihre Bewacher hatten ihnen nicht verboten, zu sprechen, aber sie gingen so schnell, daß eine Unterhaltung nur schwer möglich gewesen wäre. Lisa hätte ihm gar nicht geantwortet. Auch sie fühlte sich in der Nähe dieses Bauwerks nicht wohl. Um so mehr dankte Michael ihr dafür, daß sie trotzdem bei ihm blieb.

Sie betraten das Gebäude und den großen Hof hinter dem Tor, doch statt wieder nach unten und zum Verlies, wie Michael insgeheim befürchtet hatte, ging es hinauf in die Turmkammer. Der große Tisch vor der einzigen geraden Wand war jetzt unbesetzt, aber das Zimmer war nicht leer. Mehr als ein Dutzend Krieger hatten sich versammelt, unter ihnen Anson, und auch Wolf stand mit finsterem Gesicht und von zwei Soldaten flankiert an einem Platz direkt neben der Tür. Als er Michael sah, runzelte er die Stirn und bedachte ihn mit einem Blick, als wäre er allein schuld daran, daß sie jetzt wieder hier waren.

Michael kam nicht dazu, eine entsprechende Frage zu stellen, denn er hatte noch nicht einmal richtig den Mund aufgemacht, da fuhr ihn Anson auch bereits an, er solle schweigen. Michael zuckte erschrocken zusammen und starrte den hochgewachsenen Krieger an. Lisa war etwas weniger zurückhaltend. Herausfordernd baute sie sich vor Anson auf, stemmte kampflustig die Fäuste in die Hüften und funkelte ihn an. Daß sie dabei zu ihm aufsehen mußte, schien ihrem gerechten Zorn keinen Abbruch zu tun.

»Was geht hier vor?« fragte sie. »Was hat das zu bedeuten? Diese beiden sind unsere Gäste. Sie stehen unter unserem Schutz und damit unter dem des Königs.«

Dem Blick nach zu schließen, mit dem Anson das Mädchen maß, war er nicht ganz sicher, ob er über diese Unverschämtheit lachen oder in Zorn geraten sollte. Er entschied sich für keines von beidem, sondern herrschte statt dessen den Anführer der Krieger an, die Michael hergebracht hatten: »Was fällt dir ein, diese Kinder hierher zu bringen?«
Der Blick des Mannes wanderte unstet über den Boden, als suche er nach einer Ritze, in der er sich verkriechen könnte. »Sie ... sie hat darauf bestanden«, stammelte er, »und ich dachte –«
»Du bist nicht hier, um zu denken«, unterbrach ihn Anson, »sondern um Befehle auszuführen! Schaff mir diese Bälger vom Hals!«
Der Mann wandte sich gehorsam um und streckte die Hand nach Lisa aus, aber er führte die Bewegung nicht zu Ende, als ihn ein Blick aus ihren Augen traf, der mindestens ebenso zornig und drohend war wie der Ansons.
»Das wagt ihr nicht!« sagte sie. »Du weißt, wer meine Eltern sind, Anson!«
Der Kriegsherr des Unterlandes schürzte abfällig die Lippen. »Ja«, sagte er. »Noch ein paar Besserwisser mehr, die unsere Waffen am liebsten in Kochgeschirr und Malerpinsel umtauschen und uns statt in Rüstungen in Schürzen stecken würden. Und die wahrscheinlich am lautesten um Hilfe schreien, wenn sie feststellen, daß die Welt dort oben doch nicht von lauter Heiligen und Erzengeln bevölkert ist.« Er machte eine herrische Geste, als Lisa abermals auffahren wollte. »Schafft sie hinaus!«
Obwohl Lisa und auch ihr Bruder sich nach Kräften sträubten, wurden sie gepackt und von zwei Männern aus dem Raum geschleift, so daß Michael und Wolf allein mit den Kriegern zurückblieben. Anson entfernte sich, aber einige seiner Männer achteten streng darauf, daß sie nicht miteinander reden konnten, ja sich nicht einmal nahe genug kamen, um sich auf andere Weise zu verständigen. Was soll hier

nun geschehen? dachte Michael. Gut, er wußte, daß Anson nicht mit der Entscheidung des Königs einverstanden war, aber nach allem, was er bisher über das Unterland erfahren hatte, kam dieses Verhalten fast einem Aufstand gleich. Dabei hatten sie überhaupt nichts getan, um ihm Anlaß dazu zu geben.

Michael mußte nicht sehr lange über diese Frage nachdenken, denn es vergingen kaum fünf Minuten, ehe die Tür wieder geöffnet wurde und einige weitere Männer eintraten, diesmal keine Krieger. Er kannte sie, mit Ausnahme Erliks und seines Bruders waren es die gleichen, die er am Morgen hier oben angetroffen hatte. Der König des Unterlandes und sein Hofzauberer erschienen kurze Zeit später. Marlik, der den Raum als erster betrat und wortlos seinen Platz an der Tafel ansteuerte, sah sehr besorgt aus und irgendwie enttäuscht, während Erliks Gesicht völlig ausdruckslos blieb.

Ohne Umschweife trat Erlik auf Anson zu und fragte: »Was hat das zu bedeuten? Wer hat dir erlaubt, die beiden hierher zu bringen und eine Ratsversammlung einzuberufen?«

Erlik hatte ganz ruhig gesprochen, dabei aber waren sein Zorn und seine Entschlossenheit nicht zu übersehen. Anson wirkte kaum weniger zornig als der König. Aber er hatte sich nicht ganz so gut in der Gewalt, und als er antwortete, zitterte seine Stimme ein bißchen und verriet, daß er trotz der zur Schau gestellten Selbstsicherheit und Empörung auch Angst hatte.

»Ich habe es mir erlaubt, mein König«, sagte Anson in einem Tonfall, der die Worte *mein König* zu purem Hohn werden ließ. »Ich und die Gesetze unseres Landes. Sie geben mir das Recht dazu.«

Zum ersten Mal zeigte sich auf Erliks Gesicht eine Regung. Er runzelte die Stirn, schaute flüchtig, aber sehr aufmerksam zu Michael und Wolf hinüber und wandte sich dann wieder dem Krieger zu. »Ich hoffe für dich, daß du recht hast«, sagte er. »Also – was bedeutet das?«

»Das bedeutet, daß ich von Anfang an recht hatte«, sagte Anson zornig. »Sie *sind* Spione. Der Beweis ist erbracht!«
»Beweis? Was für ein Beweis?«
Anson deutete anklagend auf Wolf. »Er hat zu fliehen versucht«, sagte er. »Die Wachen haben ihn in der Nähe des Tores erwischt.«
Diesmal war der Blick, mit dem Erlik Wolf maß, sehr viel durchdringender. Und vielleicht nicht mehr ganz so freundlich wie das erste Mal. Aber dann schüttelte er den Kopf. »Ich habe ihnen erlaubt, sich frei zu bewegen«, sagte er. »Daß weißt du.«
Anson schob trotzig den Unterkiefer vor und richtete sich auf. »So?« fragte er hämisch. »Habt Ihr ihm auch erlaubt, einen Posten niederzuschlagen und sich dessen Waffen und Kleider zu bemächtigen?«
Michael und Erlik fuhren gleichzeitig herum und blickten Wolf an. Der Schriftsteller erwiderte ihre Blicke trotzig, machte aber keinen Versuch, sich zu verteidigen.
»Stimmt das?« fragte Erlik.
»Und wenn?« erwiderte Wolf. »Was haben Sie erwartet? Daß ich bis an mein Lebensende hierbleibe – als Ihr Gefangener, bis dieser Kerl da einen Vorwand findet, mir den Hals durchzuschneiden?«
Anson wollte auffahren, aber Erlik gebot ihm mit einer raschen Handbewegung Schweigen. »Nein«, sagte er. »Das gewiß nicht. Aber ich habe auch nicht erwartet, daß Ihr uns unsere Gastfreundschaft so vergeltet. Ist das dort, wo Ihr herkommt, üblich?«
Von Erliks Freundlichkeit war nicht mehr viel geblieben, fand Michael. Das verstand er. Auch er spürte eine tiefe, mit Enttäuschung gepaarte Verachtung für das, was Wolf getan hatte. Darüber hinaus begriff er es einfach nicht. Sicherlich wäre der Zeitpunkt gekommen, an dem sie ans Nachhausegehen oder – sollte es nicht anders möglich sein – auch an eine Flucht dachten. Aber warum schon nach einem Tag?

»Ihr hättet zu uns kommen und uns darum bitten können, gehen zu dürfen«, sagte Erlik, als Wolf auch nach einer geraumen Weile keine Anstalten machte, von sich aus weiterzusprechen.
»Oh, sicher«, erwiderte Wolf spöttisch. »Und das hätten Sie mir ganz bestimmt erlaubt, nicht wahr?«
»Vielleicht«, sagte Erlik.
Wolf lachte abfällig. »Ja. Wir haben gesehen, wie freundlich Sie Leute behandeln, die Ihr kleines Königreich verlassen wollen.«
Erlik tauschte einen fragenden Blick mit Anson.
»Die Ausgestoßenen«, sagte der Krieger. »Ihr erinnert Euch – wir stießen auf diese beiden, als wir sie jagten.«
Erlik runzelte vielsagend die Stirn, sagte aber nichts, sondern schüttelte nur traurig den Kopf und ging dann langsam um den Tisch herum, um auf seinem Stuhl in der Mitte der Tafel Platz zu nehmen. Auf einen Wink hin bewegte sich auch Anson zu seinem Sitz, und Erlik ließ noch einige Sekunden verstreichen, in denen er Wolf mit einer Mischung aus Trauer und Enttäuschung ansah. Dann ergriff er mit leicht veränderter, erhobener Stimme das Wort. »Nun gut. Anson, unser oberster Kriegsherr, hat diese Sitzung des Rates einberufen, um über das zu beraten, was einer unserer Gäste getan hat.« Er ließ seinen Blick langsam über jedes einzelne Gesicht in der Runde schweifen und fuhr dann fort: »Ich kann und will mich dieser Forderung nicht widersetzen. Was geschehen ist, ist ein schweres Verbrechen, das nach einer gerechten Strafe verlangt. Aber ich gebe auch zu bedenken, daß die Gastfreundschaft unser größtes und heiligstes Gut ist.«
»Das diese Fremden mit Füßen treten«, sagte Anson böse.
»Vielleicht aus Unwissenheit, vielleicht aus Furcht vor Dingen, die sie einfach nicht verstehen«, sagte Erlik. »Wird der Krieger es überleben?«
»Ja«, grollte Anson, »obwohl er schwer verletzt ist. Vielleicht wird er nie wieder eine Waffe führen können.«

»Was für ein Unsinn!« mischte sich Wolf ein. »Ich habe ihn kaum angerührt!«
»Er hat einen Stein genommen und ihm den Schädel damit eingeschlagen«, sagte Anson kalt. »Ich verlange, daß er dafür bezahlt. Und ich verlange, daß diese beiden endlich als das behandelt werden, was sie sind. Als Spione und die Vorhut einer Armee, die zweifellos bereits aufgestellt wird, um uns zu vernichten.«
»Aber das ist doch –« begann Wolf, wurde aber diesmal sofort von Erlik unterbrochen.
»Schweig!« donnerte der König. »Du hast gehört, was man dir vorwirft. Entspricht es der Wahrheit?«
»Ich wollte weg, das stimmt«, sagte Wolf trotzig. »Wenn ich den Krieger dabei schwerer verletzt habe, als ich wollte, so tut mir das leid. Ich will niemandem Schaden zufügen. Ich wollte einfach nach Hause, das ist alles.«
Erlik blickte ihn lange und nachdenklich an, dann schüttelte er traurig den Kopf. »Wenn ich dir nur glauben könnte«, sagte er. »Anson wirft dir vor, ein Spion zu sein.«
Wolf lachte höhnisch, aber es klang nicht ganz echt. »Wenn wir euch wirklich vernichten wollten, hätten wir es nicht nötig, *Spione* zu schicken«, sagte er verächtlich. »Glaubt ihr wirklich, eure lächerliche Armee könnte mich beeindrukken?«
»Da hört ihr es selbst«, sagte Anson beinahe triumphierend. »Er hat schon jetzt genug gesehen. Wahrscheinlich warten sie oben nur auf ein Zeichen von ihm, um loszuschlagen.«
Erlik hob besänftigend die Hand. »Bitte, Anson«, sagte er. »Ich verstehe deine Erregung, aber ein Unrecht wird nicht besser, wenn man es mit einem anderen Unrecht vergilt.«
»Seid Ihr so blind, oder wollt Ihr es nicht sehen?« fuhr Anson auf. »Diese beiden sind nicht, was sie zu sein behaupten!«
»Das wird sich herausstellen«, erwiderte Erlik, Ansons aufsässigen Ton ignorierend. »Dies ist meine Entscheidung: Die beiden werden vorerst als unsere Gäste in der Stadt bleiben,

aber es ist ihnen nicht mehr gestattet, ihr Quartier zu verlassen. Marlik und ich werden weiter mit ihnen reden und in dreißig Tagen, von heute an gerechnet, endgültig entscheiden, was mit ihnen zu geschehen hat.«
Anson starrte ihn verblüfft an. »Das nennt Ihr eine Ratssitzung?« stieß er hervor. »Ihr kommt hier herein, hört mir kaum zu und fällt dann eine Entscheidung?«
»Das ist mein gutes Recht«, erwiderte Erlik.
Anson ballte die Faust, als wollte er damit auf den Tisch schlagen, besann sich aber im letzten Moment eines Besseren. »Und es ist mein Recht, diese Entscheidung nicht anzunehmen«, sagte er. »Ihr mögt der König sein, ich aber bin der oberste Kriegsherr dieser Stadt, und als solcher verlange ich, daß wir nach dem alten Gesetz verfahren –«
»– das uns vorschreibt, jedem, der um Zuflucht bittet, diese auch zu gewähren«, vollendete der König mit einem Nicken den Satz.
»Ja, aber es erlaubt uns auch, ihre Redlichkeit zu prüfen«, fügte Anson hinzu. »Ich verlange, daß wir sie auf die Probe stellen. Jetzt!«
Das klang bedrohlich. Michael erschrak. Was, um alles in der Welt, meinte Anson mit auf die Probe stellen?
Auch Erlik und einige der anderen Ratsmitglieder sahen eindeutig erschrocken aus. »Die Prüfung?« wiederholte Erlik. »Anson, du weißt, daß wir sie nicht –«
»Ich bestehe darauf«, unterbrach ihn Anson. »Ihr könnt mir diese Bitte nicht verweigern. Nicht einmal der König kann das. Unsere Gesetze verlangen die Prüfung, und ich verlange, daß sie sie ablegen. Bestehen sie sie, beuge ich mich Eurer Entscheidung.«
»Gesetze?« Marlik runzelte vielsagend die Stirn. »Ein Gesetz, das mehr als fünfhundert Jahre alt ist –«
»– und uns in diesen mehr als fünfhundert Jahren gut beschützt hat«, fiel ihm Anson ins Wort. »Ich verlange ja nicht etwas, das zu verlangen mir nicht zusteht. Es ist meine Auf-

gabe, für die Sicherheit der Stadt und ihrer Menschen zu sorgen.«
Marlik und sein Bruder sahen sich betroffen an, und auch Michael begriff, daß sie den Krieger wohl unterschätzt hatten. Er hatte sich auf dieses Gespräch besser vorbereitet, als es der König erwartet haben mochte.
Die Spannung im Raum nahm zu. Aller Aufmerksamkeit richtete sich auf Erlik, und schließlich senkte der alte König in der Andeutung eines Nickens das Haupt.
»So sei es denn«, sagte er. »Ich sage ganz deutlich, daß mir diese Entscheidung nicht gefällt. Aber unsere Gesetze sind heilig, und auch ich kann sie nicht beugen. Also entscheide ich, daß Michael und Wolf auf die Probe gestellt werden, von nun an gerechnet in zwei Stunden. Bestehen sie, so sollen sie als vollwertige Mitglieder unserer Gemeinschaft anerkannt werden und nach ihrem Gutdünken bei uns leben.«
Er sagte nicht, was geschehen würde, wenn sie die Probe *nicht* bestanden, aber gerade daß er es nicht sagte, erschreckte Michael um so mehr.
Wieder wurde es sehr still im Raum. Die Aufmerksamkeit der Ratsmitglieder konzentrierte sich nun auf Michael und Wolf, und auch Anson starrte sie mit einem eindeutig triumphierenden Ausdruck im Gesicht an. Michael begann sich sehr sonderbar zu fühlen. Eigentlich hätte er Todesangst haben müssen, aber es war nicht der Fall. Er drehte sich um und sah Wolf an, aber er brachte es nicht einmal fertig, ihm zu zürnen. Wer weiß, vielleicht hätte er an seiner Stelle gehandelt wie er.
»Bringt sie fort«, befahl Erlik. »Bereitet sie vor!«
Sie wurden aus dem Raum und in ein ein Stockwerk tiefer gelegenes kleines Zimmer gebracht, das völlig leer war und nur einen Mauerspalt als Fensteröffnung hatte, durch den man kaum die Hand schieben konnte. Die beiden Männer, die sie begleiteten, ließen sie allein, aber Michael konnte hören, wie draußen ein schwerer Riegel vorgeschoben wurde.

Eine ganze Weile sagte keiner von ihnen ein Wort. Wolf stand mit finsterem Gesicht in einer Ecke und starrte vor sich hin, während Michael bei der Maueröffnung blieb und ins Freie schaute, in Wirklichkeit aber nicht wahrnahm, was er draußen sah. Er war so verwirrt und enttäuscht, daß ihm selbst das Denken schwerfiel. Schließlich wandte er sich um und sah Wolf an.
Der Schriftsteller preßte ärgerlich die Lippen aufeinander. »Nun sag es schon«, sagte er.
»Was?« fragte Michael deprimiert.
Wolfs Augen verengten sich zu schmalen Schlitzen. »Du hast nicht zufällig ein paar Vorwürfe auf Lager oder irgendwelche schlauen Sprüche?«
»Nein«, antwortete Michael, und es war ehrlich gemeint. »Sollte ich denn?«
Wolfs Antwort bestand in einem zornigen Schnauben, und im Grunde nur deshalb stellte Michael schließlich doch die Frage, auf die Wolf gewartet hatte.
»Warum haben Sie es getan?«
»Ich hatte meine Gründe«, sagte Wolf hart.
»Vor ein paar Stunden waren Sie noch begeistert«, warf Michael ein. Er spürte selbst, daß es wie ein Vorwurf klang, aber es war nicht so gemeint. Er hätte zornig sein müssen, denn es war gut möglich, daß Wolfs mißglückter Fluchtversuch sie beide das Leben kostete. Aber er brachte es nicht fertig.
»Dann habe ich meine Meinung eben geändert«, sagte Wolf patzig. »Du hast diesen Verrückten doch gehört! Glaubst du wirklich, er würde uns jemals hier weglassen? Sie hätten uns so oder so entweder umgebracht oder dafür gesorgt, daß wir bis an unser Lebensende in diesem Loch sitzen und verrotten.«
Michael blickte ihn mit wachsender Verwunderung an. War das wirklich derselbe Mann, der noch vor wenigen Stunden vor lauter Entdeckerfreude und Begeisterung überging?
Die Tür wurde wieder geöffnet, und die beiden Krieger, die

sie hereingebracht hatten, kamen zurück. Einer trug einen Stapel Kleider auf den Armen, der andere zwei lederne Gürtel, in denen jeweils ein Schwert und ein schlanker, beidseitig geschliffener Dolch steckten. Wortlos warfen die beiden ihre Last zwischen Michael und Wolf auf den Fußboden, wandten sich um und gingen wieder.

Wolf betrachtete die Ausrüstung mißmutig. »Ja«, knurrte er, »so ungefähr habe ich mir das gedacht.«

»Was?« fragte Michael. Er hatte zwar begriffen, daß man von ihnen erwartete, daß sie ihre Kleider gegen diese hier tauschten, konnte sich aber nicht den Zweck vorstellen, den das haben sollte.

»Ist dir immer noch nicht klar, was das für eine Prüfung ist, die Anson von uns erwartet?« fragte Wolf mit einem bösen Lachen. »Vielleicht ein Kampf auf Leben und Tod gegen einen seiner Männer. Oder« – er lachte, als wäre ihm plötzlich ein besonders komischer Scherz eingefallen – »sie lassen uns gegeneinander kämpfen, und der Sieger darf am Leben bleiben. Das wäre doch wirklich komisch, nicht wahr?«

Michael verstand nicht so recht, was Wolf an dieser Vorstellung komisch fand – aber er glaubte auch nicht, daß es so einfach sein werde. Einer solchen *Probe* hätte Erlik niemals zugestimmt.

Sie zogen sich bis auf die Unterwäsche aus und legten die Kleider an, die die Männer gebracht hatten. Michael registrierte mit einem Gefühl leiser Überraschung, wie bequem und angenehm sie trotz ihres groben Aussehens zu tragen waren. Der Gürtel mit den beiden Waffen war sehr schwer, und er konnte kaum damit gehen, ohne sich die lange Klinge ständig schmerzhaft gegen das Bein zu schlagen, aber auch daran würde er sich wohl gewöhnen. Er fragte sich lediglich, was sie mit diesen Waffen sollten. Hier unten mochten sie ganz normal sein, aber Wolf und er wußten ja nicht einmal, wie man ein Schwert anzufassen hatte, ohne daß man sich dabei einen Finger abschnitt.

Sie hatten sich kaum umgezogen, als sie auch schon abgeholt wurden. Wahrscheinlich hatte man sie von draußen beobachtet. Diesmal waren es gleich sechs Männer, die sie die Treppe hinunter und in den großen Hof begleiteten. Keiner von ihnen sagte ein Wort, aber zwei hatten ihre Waffen gezogen, wohl um zu verhindern, daß Michael und Wolf ihrerseits ihre Schwerter benutzten und einen weiteren Fluchtversuch unternahmen, und sei dieser noch so aussichtslos.

Das große Eisentor stand offen, und Michael konnte sehen, daß sich auf dem Platz vor der Burg nicht nur eine große Anzahl von Ansons Soldaten, sondern auch mehrere hundert Männer und Frauen aus der Stadt versammelt hatten. Neuigkeiten schienen sich hier wirklich schnell zu verbreiten. Michael entdeckte Erlik, Marlik und mehrere Ratsmitglieder in der Menge und schließlich sogar auch noch Lisa und ihre Familie, aber keiner von ihnen stand nahe genug, daß er mit ihnen reden konnte. Wahrscheinlich hätten die Krieger das auch gar nicht zugelassen.

Ansons Männer bildeten eine lebende Gasse, an deren Ende ein Wagen, vor den ein struppiges Muli gespannt war, auftauchte, kaum daß sie sie zur Hälfte durchschritten hatten. Die Soldaten ließen es sich nicht nehmen, Michael und Wolf mit einigen derben Stößen nachzuhelfen, als sie auf den Wagen kletterten.

Die Fahrt ging quer durch die Stadt. Diesmal bildeten die Unterlinge ein Spalier, das sie bis zu den Toren und auch noch ein gutes Stück darüber hinaus begleitete, ehe die Menge allmählich kleiner zu werden begann und sich zerstreute. Etliche Männer und Frauen allerdings, auch Lisa und ihre Familie, folgten dem Wagen und dem Trupp Bewaffneter, der ihn noch immer bewachte, in einiger Entfernung, und ganz anders als bei ihrer Ankunft war das, was Michael in den Gesichtern der Menschen las, nun nicht Furcht und Zorn, sondern ein Schrecken, der nicht ihnen, sondern wohl eher dem gelten mochte, was sie erwartete.

Michael sah dem Ende ihrer Fahrt mit immer größerem Unbehagen entgegen. Auf dem offenen Leiterwagen kam er sich vor wie eines der Opfer der Französischen Revolution auf dem Weg zum Schafott. Aber Erlik und selbst Anson hatten von einer *Prüfung* geredet. Doch zu welcher Art von *Prüfung* brauchte man ein Schwert?

Die Fahrt ging weiter. Da ihnen auch jetzt noch verboten war, zu reden, blieb Michael nichts anderes übrig, als sich die Zeit damit zu vertreiben, ihre Umgebung näher in Augenschein zu nehmen. Sie näherten sich einem der großen Felsentore, nach denen er gefragt und von denen Lisa gesagt hatte, daß sie das Land dahinter an einem der nächsten Tage besuchen würden.

Nachdem die Stadt hinter ihnen zurückgeblieben war, fuhren sie eine Weile durch steiniges, ödes Gelände, bis sie den Durchbruch erreichten: einen gewaltigen, von der Hand der Natur geschaffenen Torbogen, hoch wie ein Kirchturm und doppelt so breit, hinter dem sich eine weitere, von mildem, scheinbar aus dem Nichts kommenden Licht erfüllte Höhle erstreckte. Sie enthielt jedoch keine Stadt, sondern erstreckte sich weit und eben vor ihnen, und so weit das Auge reichte, sah man nichts als die sorgsam angelegten Rechtecke frisch gepflügter Felder, zwischen denen schmale Wege beinahe geometrische Muster bildeten. In großer Entfernung, so daß er es fast nur als rauchiges Schemen wahrnahm, erblickte er etwas, was vielleicht ein Wald sein mochte, eine grün und braun gemusterte Mauer, in die Schatten dunkle Bereiche hineinwoben. Der Anblick war vielleicht noch erstaunlicher als der der Stadt, die sie hier tief unter der Erde entdeckt hatten.

Auch Wolf riß ungläubig die Augen auf und sah sich mit wachsender Verblüffung um. »Aber das ist vollkommen unmöglich!« sagte er.

»Was?« fragte Michael und sah zu ihm auf.

Wolf machte eine nervöse Geste in die Runde. »Das alles

hier. Das ... das sind Pflanzen! Ganz normale Felder mit Weizen, Kartoffeln und Gemüse!«
»Natürlich sind sie das«, antwortete Michael verständnislos. »Von irgend etwas müssen sie doch leben, oder?«
»Aber verstehst du denn nicht?« Wolf schüttelte den Kopf. »Das geht gar nicht! Es gibt hier unten kein Sonnenlicht. Und Pflanzen brauchen Sonnenlicht, um zu wachsen.«
»Diese hier vielleicht nicht«, antwortete Michael, obwohl er selbst spürte, wie wenig überzeugend das klang.
Wolf nahm es gar nicht zur Kenntnis. »Das ist phantastisch«, murmelte er. »Was immer dieses Licht ist, es muß dem der Sonne sehr nahe kommen – oder es sind Pflanzen, zu deren Wachstum kein Chlorophyll nötig ist. Ich weiß nicht, welche Vorstellung mir unglaublicher erscheint.«
Michael sah den Schriftsteller eine ganze Weile nachdenklich an. »Ihre Sorgen möchte ich haben«, seufzte er schließlich.
In Wolfs Augen erschien ein spöttisches Glitzern. »Glaubst du, daß es uns etwas nützt, wenn ich die ganze Zeit über jammere und mir selbst leid tue?«
»Nein«, gab Michael verärgert zurück. »Es sei denn, Sie erklären mir, warum Sie uns das alles eingebrockt haben.«
Der Spott in Wolfs Blick erlosch. »Ich hatte meine Gründe«, sagte er gepreßt. »Außerdem kannst du sicher sein, daß das hier in ein oder zwei Tagen sowieso passiert wäre. Sieh dir diesen Anson doch an. Er lechzt ja geradezu nach unserem Blut.«
Michael sah wenig Sinn darin, den Streit fortzusetzen, und versank in dumpfes Brüten. Sie waren, nachdem sie das Felsentor passiert hatten, dicht an der Wand der riesigen Höhle entlanggefahren und steuerten nun einen weiteren, allerdings viel kleineren Durchgang an. Auch er hatte noch immer die Größe eines Eisenbahntunnels und endete nach hundert oder hundertfünfzig Metern vor einem gewaltigen zweiflügeligen Tor, das aus dem schon bekannten schwarzen Eisen bestand. Zwei von Ansons Männern öffneten es, allerdings mit

erheblicher Mühe. Die gewaltigen Angeln quietschten und kreischten, und von der Decke lösten sich kleine Steine und rote Fahnen aus Rost und Staub. Das Tor mußte wohl sehr lange Zeit nicht mehr geöffnet worden sein.
Sie rollten hindurch, blieben aber nach wenigen Metern stehen, denn der Tunnel mündete in eine weitere gigantische Höhle. Michael hatte das Gefühl, daß sie sich dem Ziel ihrer Fahrt näherten, und sah sich mit klopfendem Herzen um. Der Anblick war nach all den Wundern, auf die sie hier unten gestoßen waren, beinahe enttäuschend. Die Höhle war zwar riesig, aber eben nichts weiter als eine Höhle voll Schutt, Felstrümmern und bizarren Formen aus Stein, Kalk und erstarrter Lava. Ihre Größe war nicht zu schätzen, denn obgleich auch hier das unheimliche Zwielicht herrschte, war es doch weniger hell als in den anderen Teilen der unterirdischen Welt, so daß alles, was weiter als hundert Meter entfernt war, zu einem diffusen Grau wurde, das keine Einzelheiten mehr erkennen ließ.
Anson trat neben den Wagen und machte eine befehlende Geste abzusteigen. Nachdem Michael und Wolf gehorcht hatten, deutete er geradeaus tief in die Höhle hinein. »Ihr werdet dort hinübergehen«, sagte er. »Nach fünfhundert Schritten seht ihr zwei Tore. Geht durch das linke.«
»Und dann?« fragte Michael.
Anson musterte ihn auf eine Art, die er nicht zu deuten vermochte, die ihn aber schaudern ließ. »Dann wird sich herausstellen, ob ihr die Wahrheit sagt oder das seid, wofür ich euch halte«, antwortete er.
»Was erwartet uns hinter diesem Tor?« fragte Wolf.
»Der Tod, wenn ihr gelogen habt«, sagte Anson ernst. »Vielleicht Schlimmeres. Sagt ihr jedoch die Wahrheit, habt ihr nichts zu befürchten.«
Das war im Grunde immer noch keine Antwort, aber Michael wußte, daß sie mehr nicht erfahren würden. Anson wiederholte seine auffordernde Geste, aber Michael zögerte

noch immer loszugehen. »Was ist hinter dem anderen Tor?« fragte er.
Ein böses Lächeln erschien auf dem Gesicht des Kriegers. »Geh hindurch, und du findest es heraus«, sagte er. »Allerdings würde ich es dir nicht raten. Keiner, der es je getan hat, ist wieder herausgekommen.«
»Und das hier?« Wolf schlug mit der flachen Hand auf das Schwert an seiner Seite, daß es klatschte. »Wozu diese Waffen?«
Ansons Geduld schien erschöpft zu sein. Ein Schatten huschte über sein Gesicht, und seine Stimme klang merklich schärfer, als er antwortete. »Ihr solltet allmählich losgehen, wenn ihr nicht wollt, daß ihr die Schwerter rascher braucht, als ihr denkt«, sagte er drohend.
Wolf blickte ihn unsicher an, aber die Warnung in Ansons Stimme war nicht zu überhören gewesen. Vermutlich wartete er nur auf einen Anlaß, die Sache auf seine Weise zu beenden und kurzen Prozeß mit ihnen zu machen. Allein und ohne Zeugen, wie sie hier waren, hätte er das wahrscheinlich ohne Risiko gekonnt. Michael wunderte sich sogar ein wenig, daß er es nicht tat. Aber vielleicht hatte er sich doch in dem Krieger getäuscht.
Ohne ein weiteres Wort gingen sie los. Anson und seine Männer blieben, wo sie waren. Michael sah sie noch eine ganze Weile, bis sie schließlich mit dem grauen Zwielicht der Höhle verschmolzen.
Ein sonderbares Gefühl begann von ihm Besitz zu ergreifen, während er neben Wolf über den zerschrundenen Boden schritt. Ein wenig ähnelte es dem, das er in der Felsenburg gehabt hatte, wenn es auch längst nicht so intensiv war. Der gewaltige, von grauer Dämmerung erfüllte Steindom schien ihm nicht so leer zu sein, wie es aussah. Außer Felsen, Schutt und Staub war aber nichts zu entdecken.
Er hatte seine Schritte nicht gezählt, aber es mußten jetzt ungefähr fünfhundert sein, als das jenseitige Ende der Höhle

vor ihnen auftauchte. Sie sahen die beiden Tore, von denen Anson gesprochen hatte, sofort. Sie waren groß und, wie Michael erwartet hatte, aus schwarzem Eisen und über und über mit den ihm bereits bekannten unheimlichen Symbolen und Zeichen bedeckt.

»Das gefällt mir nicht«, sagte Wolf. Er blieb stehen. Sein Blick irrte unsicher zwischen den beiden gewaltigen Eisentoren hin und her. »Was ist, wenn Anson gelogen hat und das rechte Tor das richtige ist? Ich traue dem Kerl nicht.«

Auch Michaels Gedanken waren in die gleiche Richtung gegangen, aber er hatte rasch erkannt, wie wenig solche Überlegungen fruchteten. Möglicherweise *hatte* Anson ja gelogen, aber möglicherweise hatte er auch die Wahrheit gesagt und spekulierte gerade darauf, daß sie ihm nicht glaubten. Das eine war so vorstellbar wie das andere.

Da sie keine Möglichkeit hatten, die Wahrheit auf andere Weise herauszufinden, entschlossen sie sich nach einigen Sekunden in stummem Einvernehmen, zu tun, was Anson ihnen befohlen hatte, und gingen auf das linke Tor zu. Als sie näher kamen, erkannte Michael, wie unglaublich *alt* es sein mußte. Er war auch gar nicht mehr sicher, daß es wirklich aus Eisen bestand, wie er bisher angenommen hatte. Es war schwarz, aber es war ein Schwarz von einer Tiefe, wie sie ihm bisher noch nicht zu Gesicht gekommen war, so als sauge das Material das Licht auf wie ein ausgetrockneter Schwamm einen Wassertropfen. Zögernd hob er die Hand und berührte das Tor, und zu seiner Überraschung begann es sich schon unter dieser leisen Berührung zu bewegen, obwohl es Tonnen wiegen mußte. Er glaubte regelrecht zu fühlen, wie alt es war, älter, viel, viel älter als die Stadt und ihre Gebäude. Ganz plötzlich wußte er, daß dieses Tor und alles, was dahinter liegen mochte, schon hier gewesen war, lange bevor Menschen diese unterirdische Welt entdeckten und in Besitz nahmen.

Fast unbewußt senkte sich seine Hand und berührte den

Schwertgriff in seinem Gürtel. Sein logischer Verstand sagte ihm zwar, daß er mit dieser Waffe herzlich wenig anfangen konnte, aber es war trotzdem ein gutes Gefühl, nicht völlig wehrlos zu sein. Oder es sich wenigstens einreden zu können.

Hinter dem Tor erstreckte sich eine Halle von schwer zu schätzenden Ausmaßen. Sie war nicht sehr hoch, aber groß und nach den Regeln einer Geometrie erbaut, die nicht die der Menschen war. Alle Linien und Winkel schienen eine Winzigkeit jenseits des Möglichen zu liegen, alle Formen waren irgendwie falsch, ohne daß er hätte sagen können, warum. Unterschiedlich geformte, unterschiedlich dicke, aber allesamt mächtige Säulen stützten die niedrige Decke, und in den Wänden gab es mannsgroße Nischen, einige waren leer, in einigen standen schwarze Steinquader und in manchen die Michael mittlerweile schon sattsam bekannten Teufelsstatuen in unterschiedlichen Haltungen, wie mitten in der Bewegung zu Stein erstarrt.

Wolf deutete wortlos und sehr nervös auf eine weitere Tür, die auf der anderen Seite der Halle lag, den einzigen Ausgang aus dem düsteren Raum, den sie sehen konnten. Auch seine Hand hatte sich um den Schwertgriff gelegt. Sein Gesicht war bleich, die Augen groß und dunkel vor Furcht. Er mußte dasselbe fühlen wie Michael.

Ihre Schritte erzeugten ein unheimliches, vielfach gebrochenes Echo, aber zugleich schien dem Widerhall etwas zu fehlen. Die Geräusche klangen unecht, und nach ein paar Augenblicken begriff Michael auch, wieso. Es war, als bewegten sie sich tiefer und tiefer in eine Welt hinein, die Dimensionen hatte, die ihnen fremd waren, und der dafür einige der ihren fehlte.

Hinter der Tür begann ein gut drei Meter breiter und fast ebenso hoher Gang, der sich nach nur wenigen Schritten gabelte; nach links ging es in einen weiteren Tunnel, der nach ein paar Metern hinter einer Biegung verschwand, zur Rech-

ten erstreckte sich eine weitere, ebenfalls leere Halle. Michael wollte sich dorthin wenden, aber genau in diesem Moment hörte er einen spitzen, hellen Schrei, der aus dem Tunnel drang, und blieb wie erstarrt stehen.
Auch Wolf hatte den Schrei gehört und schaute unsicher in den Tunnel hinein. In seinem Gesicht arbeitete es. Aber er rührte sich nicht von der Stelle.
Nach ein paar Sekunden wiederholte sich der Schrei, und obwohl er nicht lauter war, als beim ersten Mal, hörte Michael ganz deutlich, daß es das Schreien eines Lebewesens war, das Todesangst ausstand.
Ohne auch nur noch eine Sekunde zu überlegen, rannte er los. Hinter ihm schrie Wolf überrascht auf und brüllte ihm nach, stehenzubleiben, aber Michael achtete nicht darauf, sondern raste in den Gang hinein, so schnell er konnte. Der Schrei wiederholte sich noch einmal und wurde dann zu einem dünnen, herzerweichenden Wimmern und Keuchen, das Michael noch schneller laufen ließ, bis er vor Entsetzen und Staunen wie versteinert mitten im Schritt stehenblieb, kaum daß er um die Gangbiegung war.
Auch dieser Tunnel führte in eine riesige Halle, aber diese war nicht ganz leer. Sie besaß zwar keinerlei Einrichtung, aber zwischen der Decke, dem Boden und einigen der gewaltigen Pfeiler spannte sich ein riesiges spinnennetzartiges Gewebe, das silbern leuchtete. Es befand sich kaum anderthalb Schritte hinter dem Eingang. Wäre Michael nicht so abrupt stehengeblieben, wäre er unweigerlich hineingelaufen und hätte sich in den dünnen Fäden hoffnungslos verfangen – ebenso hoffnungslos wie das kreischende, zappelnde Etwas, dessen Schreie es gewesen waren, die er gehört hatte.
Es war ein Irrlicht. Das winzige Geschöpf hing mit verdrehten Gliedern und vielfach geknickten Libellenflügeln in dem silbrigen Gespinst, schlug und trat wie wild um sich und verstrickte sich dabei nur noch mehr in die dünnen Fäden, die schier unzerreißbar schienen. Es hatte aufgehört zu schreien,

wimmerte aber jetzt zum Steinerweichen. »Hilf mir!« rief es mit einem dünnen, hellen Stimmchen. »Schnell! Ehe sie kommt!«
Michael hatte keine Ahnung, wer *sie* war – aber er war auch nicht besonders erpicht darauf, es herauszufinden. Instinktiv hob er die Hand und streckte sie nach dem Irrlicht aus, zog die Finger dann aber im letzten Moment wieder zurück. Etwas warnte ihn, das Netz zu berühren. Die Fäden waren zwar kaum so dick wie eine Stricknadel, aber wenn er bedachte, wie klebrig und fest schon die Fäden einer normalen Spinne waren, dann mußte dieses Gespinst hier die Festigkeit von Drahtseilen haben.
Das Irrlicht wimmerte noch immer, aber seine Bewegungen erlahmten bereits. Michael wagte es nicht, das Netz zu berühren, aber er konnte das bemitleidenswerte Geschöpf auch nicht einfach seinem Schicksal überlassen. Aus den Augenwinkeln glaubte er eine Bewegung wahrzunehmen. Etwas Großes, Dunkles glitt irgendwo über ihm heran, lautlos und sehr schnell. Schon der Anblick dieses Schattens reichte, ihm einen eisigen Schauer über den Rücken zu jagen, obwohl er es nicht wagte, ihn direkt anzusehen. Hastig machte er einen Schritt zurück, zog das Schwert aus dem Gürtel und schwang die Klinge mit aller Kraft.
Der geschliffene Stahl zerteilte das Netz, die Fäden zersprangen mit hellen, peitschenden Lauten wie dünne Drahtseile, und eines der Enden berührte seine Wange. Es brannte wie Feuer. Trotzdem holte Michael noch einmal aus, hieb eine zweite gewaltige Bresche in das Netz und schlug auch noch ein drittes Mal zu. Der Schatten raste immer schneller heran, und er glaubte ein wütendes Zischen zu hören.
Hinter ihm schrie Wolf auf, als er sah, was da über Michael auf wirbelnden Beinen heranraste.
Michael holte noch einmal mit aller Kraft aus, und dieser vierte Hieb reichte, das Irrlicht endgültig zu befreien. Mit einem quietschenden Schrei stürzte es aus dem Netz, fiel zu

Boden und sprang fast augenblicklich wieder in die Höhe. Obwohl seine Schwingen zerknittert und eingerissen waren, stieg es in steilem Winkel in die Luft, flog nur eine Handbreit an Michaels Gesicht vorbei und machte dann kehrt. Sein Körper leuchtete in einem unheimlichen inneren Feuer auf, und ehe Michael richtig begriff, was sich hier abspielte, schoß es schräg in die Höhe, blies die Wangen auf – und pustete dem heranrasenden Ungetüm eine lodernde Feuerwolke entgegen.
Michael erfuhr niemals, was es wirklich gewesen war, das sich da auf ihn hatte stürzen wollen. Das Ungeheuer verschwand in einer brodelnden Wolke aus Flammen und weißer, spritzender Glut. Alles, was Michael von ihm noch zu Gesicht bekam, war ein zuckender Schatten und ein Wirbel von verkohlten Gliedmaßen und schwelendem Fell. Nur ein paar Schritte entfernt stürzte es zu Boden und blieb brennend liegen, und die Hitze war so gewaltig, daß Michael die Hand vor das Gesicht hob und ein paar Schritte zurückwich.
»Nichts wie weg hier!« piepste das Irrlicht. »Vielleicht sind noch mehr von diesen Ekelpaketen da!«
Es setzte seine Worte sofort in die Tat um und verschwand wie ein zu groß geratener Leuchtkäfer in dem Gang, aus dem Michael und Wolf herausgekommen waren. Und auch sie beeilten sich, ihm zu folgen. Erst als sie wieder im Haupttunnel waren und der lodernde Feuerschein und der Gestank hinter ihnen zurückblieben, wagten sie es, anzuhalten. Michael blickte schaudernd zur Gangbiegung zurück.
»Hast du noch mehr solcher Scherze auf Lager?« fragte Wolf unfreundlich.
Michael sah ihn hilflos an, und Wolf fuhr in noch böserem Tonfall fort: »Wenn du das nächste Mal den Helden spielen willst, um irgendein Insekt zu retten, dann sag mir vorher Bescheid, damit ich mich in Sicherheit bringen kann.«
»Insekt!?« piepste eine dünne, erboste Stimme. »Wer ist hier ein Insekt, du großer Tölpel?« Das Irrlicht schoß mit wir-

belnden Flügeln auf Wolf zu, hielt kaum zehn Zentimeter vor seinem Gesicht in der Luft an und stemmte zornig die winzigen Fäuste in die Hüften. »Der Kleine da hat mir soeben das Leben gerettet, du Holzkopf!« sagte es. »Und wenn du noch einmal in diesem Ton mit ihm sprichst, dann mache ich dir Feuer unter den Hintern, ist das klar?«

Und das vermutlich im wahrsten Sinne des Wortes! dachte Michael und unterdrückte ein Grinsen. Zugleich war er erstaunt, ein Irrlicht tatsächlich reden zu hören. Bisher hatte er die winzigen leuchtenden Geschöpfe nicht für Wesen gehalten, die denken und reden konnten.

»Du ... du kannst ja sprechen!« sagte er völlig perplex.

»Na und? Du doch auch«, antwortete das Irrlicht. Es warf Wolf noch einen drohenden Blick zu, machte dann in der Luft kehrt und flatterte zu Michael hinüber. »Das war knapp«, sagte es mit hörbarer Erleichterung. »Ich hätte nicht gedacht, daß ich das eines Tages zu einem von euch großen Tölpeln sagen muß, aber vielen Dank.« Dabei vollführte es, wie ein Kolibri mit schlagenden Flügeln in der Luft stillstehend, einen so putzigen Knicks, daß Michael laut auflachte. Auf dem daumennagelgroßen Gesicht des Irrlichtes erschienen dunkle Gewitterwolken. »Was ist so komisch?« fragte es lauernd.

»Nichts«, sagte Michael hastig. »Wirklich. Ich war nur ...« Er holte tief Luft und begann von neuem. »Du hast recht, das war wirklich knapp. Was war das für eine Kreatur?«

»Das weißt du nicht?« fragte das Irrlicht verblüfft. »Wenn du dich hier unten herumtreibst, solltest du es aber wissen. Dabei fällt mir ein: Was tut ihr hier überhaupt? Ihr Großen kommt doch nie hierher.«

»Das ist eine lange Geschichte«, antwortete Michael ausweichend. »Sagen wir: wir sind nicht unbedingt freiwillig hier.«

»Da wärt ihr auch schön blöd«, erwiderte das Irrlicht. »Mein Name ist übrigens Dwiezel. Und wer bist du?«

»Michael«, antwortete Michael.

»Dämlicher Name«, sagte Dwiezel, grinste aber. Nach Wolfs Namen erkundigte es sich nicht.
»Wenn ihr lange genug miteinander gespielt habt, können wir dann vielleicht weiter?« fragte Wolf.
Dwiezel schnitt ihm eine Grimasse. »Gar keine schlechte Idee, Langer«, sagte es. »Kennst du denn den Weg hinaus?«
Wolf starrte das Irrlicht zornig an. Michael antwortete an seiner Stelle: »Nein. Kannst du ihn uns zeigen?«
»Hm«, machte Dwiezel. Er überlegte einen Moment, aber dann schüttelte er bedauernd den Kopf. »Ich fürchte, nein. Ich meine, natürlich kenne ich den Weg hier heraus, aber das ist keiner, den ihr gehen könntet.«
»Wieso?«
»Könnt ihr zufällig fliegen?« erwiderte Dwiezel. »Oder euch durch eine solche ...«, er breitete die Arme aus, wobei er mit Mühe und Not eine Spannweite von vielleicht zwanzig Zentimetern erreichte, »... Lücke quetschen? Nein, das könnt ihr nicht. Der einzige Weg hinaus, der für euch in Frage käme ...« Er schüttelte sich. »Nein, das würde ich euch nicht raten.«
»Aha«, sagte Wolf. »Im Klartext: du weißt es nicht.«
»Ich weiß es schon«, antwortete Dwiezel böse. »Aber diesen Weg könnt ihr nicht gehen. Und wenn ich einen Weg wüßte, den ihr gehen könnt«, fügte es hämisch hinzu, »dann würde ich ihn euch nicht verraten. Zumindest dir nicht.«
Wolf hob zornig die Hand, ließ den Arm dann aber wieder sinken und schürzte die Lippen. »Das ist mir doch zu blöd«, sagte er. »Wer bin ich denn, mich mit einem zu groß geratenen Leuchtkäfer zu streiten?«
»Eine gute Frage«, sagte Dwiezel. »Wer bist du eigentlich, ich meine, außer einem zu groß geratenen, unhöflichen Tölpel?«
»Ich fürchte, er hat nicht ganz unrecht«, sagte Michael bedauernd. »Wir müssen hier heraus.« Er deutete mit einer Kopfbewegung auf die andere Abzweigung. »Ist das der einzige Weg?«

»Ja«, antwortete Dwiezel. »Aber ich würde euch wirklich nicht raten, ihn zu nehmen.«
»Und die andere Höhle?«
»Oh, die führt nach draußen«, erwiderte Dwiezel in beiläufigem Ton. »Es sind auch nicht viele von diesen großen Ekelpaketen da. Ich schätze, höchstens drei oder vier Dutzend. Schick doch deinen Freund voraus. Wenn sein Mut ebenso groß ist wie sein Maul, schafft er das spielend.«
Es fiel Michael immer schwerer, ein Lachen zu unterdrükken. Aber bei aller Komik, die das Irrlicht an den Tag legte, war seine Warnung doch sehr deutlich. Michael war ziemlich sicher, daß sie nicht einmal mit dieser einen Kreatur fertig geworden wären. Sich ein paar Dutzend davon zu stellen ... unmöglich.
»Was tut ihr überhaupt hier?« fragte Dwiezel. »Ich meine, jeder in der Stadt weiß doch, daß es keinen Ausweg aus diesem Labyrinth gibt.«
»Wir sind nicht aus der Stadt«, antwortete Michael.
Dwiezel riß ungläubig die Augen auf. »Nicht aus der Stadt?« wiederholte er. »Soll das heißen, es gibt noch einen anderen Ort, an dem solche wie ihr leben?«
»Eine ganze Menge sogar«, antwortete Michael.
»Was ist jetzt?« drängte Wolf. Seine Ungeduld erschien Michael unpassend, aber er gestand sich auch widerwillig ein, daß Wolf vermutlich recht hatte. Sie mußten sehen, daß sie so schnell wie möglich hinauskamen. Vielleicht waren Dwiezel und das Wesen, vor dem sie es gerade gerettet hatten, ja nicht die einzigen Bewohner dieser Katakomben.
Mit der Gewißheit, einen Fehler zu begehen, wandte er sich mit einem lautlosen Seufzer um und folgte dem Schriftsteller. Dwiezel blickte ihnen kopfschüttelnd nach, sagte aber nichts mehr, sondern schwang sich in die Höhe und verschwand mit einem Funkenschauer in der Dämmerung.
Auch die nächste Halle unterschied sich kaum von den beiden, die sie bisher gesehen hatten. Es gab Säulen und Ni-

schen und die schon bekannten Statuen, zu Michaels Erleichterung aber weder ein Spinnennetz noch unangenehme Bewohner. Nur das Gefühl, nicht allein zu sein, wurde plötzlich wieder viel stärker.
Wolf zog sein Schwert. Schon die Art, wie er die Waffe hielt, machte deutlich, daß er damit ebensowenig umzugehen verstand wie Michael, ja die blankgezogene Klinge in seiner Hand ließ ihn auf sonderbare Weise fast noch hilfloser und verlorener erscheinen. »Irgend etwas stimmt hier nicht«, sagte er. »Ich fühle es.« Seine Stimme bebte, er bewegte sich weiter, ging jetzt aber viel langsamer, und seine ganze Haltung drückte Anspannung und Furcht aus. Vielleicht, dachte Michael, wäre es doch besser gewesen, auf die Warnung des Irrlichts zu hören. Aber selbst wenn sie es getan hätten – was hätte es schon genützt? Sie konnten dort draußen im Gang oder in der Eingangshalle nicht einfach darauf warten, daß ein Wunder geschah.
»Dort hinten!« sagte Wolf plötzlich. »Da ist etwas.«
Michael blieb stehen und starrte aus zusammengekniffenen Augen in die graue Dämmerung am jenseitigen Ende der Halle. Erst nach ein paar Sekunden erkannte auch er, was Wolf entdeckt hatte. Es war ein gewaltiger, tiefschwarzer Block aus Stein oder Eisen, dessen Form ihn an einen Altar erinnerte. Als sie näher kamen, fühlte Michael, daß er etwas ausstrahlte, den gleichen Odem des Fremden, Uralten, der diesen ganzen Hallen innewohnte. Dann begann sich etwas über ihm zu bewegen.
Im ersten Moment waren es nur ein paar winzige dunkelrote Funken, wie Glut, die aus dem Feuer stiebt. Nur daß das dazugehörige Feuer gar nicht da war und die Funken wie aus dem Nichts entstanden. Rasch wurden es mehr. Sie wirbelten, sie umtanzten einander, einem nicht klar erkennbaren Rhythmus folgend, und ihre Zahl wuchs unaufhörlich, bis in der Luft über dem schwarzen Stein eine brodelnde Wolke aus Millionen und Abermillionen winziger Fünkchen stand.

Ein heller, zischender Ton erfüllte die Luft, und Michael fühlte einen Hauch trockener, unangenehmer Wärme.
»Was ist das?« fragte Wolf verblüfft.
Natürlich bekam er keine Antwort. Michael starrte ebenso fasziniert und entsetzt wie er auf die unheimliche Erscheinung. Die Wolke aus tanzenden Funken stieg allmählich höher und glitt seitwärts von dem Altarstein weg. Sie begann sich zusammenzuziehen, dehnte sich wieder aus, zog sich wieder zusammen ... Es dauerte eine Weile, bis Michael begriff, woran ihn der Anblick erinnerte. Es war wie das Schlagen eines riesigen Herzens. Aber die Wolke veränderte unmerklich ihre Form. Mit jedem Zusammenziehen und Ausdehnen wurde sie ein wenig schlanker, bis es keine tanzende Kugel aus Glut mehr war, sondern einer mehr als mannsgroßen, sich rasend schnell drehenden Feuersäule glich, deren unteres Ende sich nur eine Handbreit über dem steinernen Boden fortbewegte. Und auf sie zu.
Michael wurde klar, daß die Bewegungen der Glutwolke keine zufälligen waren. Sie taumelte zwar wie betrunken hin und her, bewegte sich nach rechts und nach links und wieder zurück, aber auch dem Torkeln wohnte etwas Zielgerichtetes inne. Und dieses Ziel waren Wolf und er.
Zugleich hielt die unheimliche Veränderung der Feuerwolke weiter an, bis aus der lodernden Säule fast eine Gestalt geworden war, eine Gestalt ohne Körper, die in einen Mantel aus Myriaden von winzigen tanzenden Funken gehüllt war und mit schweren, stampfenden Schritten näher kam.
»Um Gottes willen!« schrie Wolf. »Zurück!«
Es war zu spät. Michael wollte sich zurückwerfen, aber er konnte sich nicht bewegen. Es war, als hielte ihn eine unsichtbare Macht mit stählernem Griff fest.
In diesem Moment erscholl hinter ihnen ein spitzer, entsetzter Schrei. Michael wandte den Kopf und erkannte eine schlanke, blondhaarige Mädchengestalt in einem wehenden Kleid, die mit gewaltigen Sätzen auf sie zu rannte.

»Lisa!«
»Nicht!« schrie sie verzweifelt. »Geht nicht dorthin!«
Michael wollte ihr eine Warnung zurufen, aber wie sein Körper schien auch seine Stimme gelähmt. Er brachte nur ein Krächzen hervor, das das Mädchen vermutlich nicht einmal hörte. Und sie hätte wohl auch nicht darauf reagiert. Mit gewaltigen Schritten hetzte sie auf Wolf und ihn zu, wobei sie ununterbrochen schrie, daß sie nicht weitergehen sollten. Sie hatte nun Wolf und ihn erreicht, aber sie blieb nicht stehen, sondern rannte weiter und warf sich dem Feuerdämon mit weit ausgebreiteten Armen entgegen, wie um sich schützend zwischen ihn und sie zu stellen. Das unheimliche Wesen hielt auch tatsächlich inne. Aber nur für einen kurzen Augenblick. Dann bewegte es sich weiter, mit stampfenden Schritten, unter denen die ganze Halle zu beben schien. Und diesmal war sein Ziel eindeutig das Mädchen!
Die Angst um Lisa setzte in Michael ungeheure Willenskräfte frei. Er schrie auf, zerrte sein Schwert aus dem Gürtel, sprengte die unsichtbaren Ketten, die ihn hielten. Mit einem gewaltigen Satz war er bei Lisa, warf sich nun seinerseits schützend zwischen sie und den Feuerdämon und ließ die Klinge niedersausen, mit ebensolcher, wenn nicht größerer Kraft als vorhin, als er das Spinnennetz zerteilt hatte. Das Schwert berührte den Körper des Unheimlichen – und glitt funkensprühend hindurch, ohne auf den mindesten fühlbaren Widerstand zu stoßen! Von der Wucht seines eigenen Schlages nach vorne gerissen, stolperte Michael dem Feuerdämon einen weiteren Schritt entgegen. Ein riesiger, aus Milliarden Funken bestehender Arm schlug nach ihm. Er wich dem Hieb aus, so daß ihn die Hand des Dämons nur streifte. Doch schon diese flüchtige Berührung reichte aus, ihn vor Schmerz aufschreien zu lassen. Er wich zurück, prallte gegen Lisa und riß sie mit sich zu Boden. Von seiner linken Schulter stieg Rauch auf, der Stoff seines Hemdes war angekohlt, und er roch sein eigenes verbranntes Haar.

Verzweifelt versuchte er, auf die Beine zu kommen, doch er war so unglücklich über Lisa gestürzt, daß sich ihre Glieder ineinander verheddert hatten und er abermals fiel.
Eine zweite Chance bekam er nicht. Ein düsteres, böses, rotes Licht hüllte ihn plötzlich ein. Ein Schwall erstickender Hitze schlug über ihm und dem Mädchen zusammen, Michael schlug mit einem gellenden Schrei die Arme vor das Gesicht, als sich der Feuerdämon über sie beugte. Er glaubte einen Schatten inmitten der tanzenden Flammen zu sehen, ein gewaltiges, verkrüppeltes Ding, fremd und bizarr, registrierte trotz seiner geschlossenen Augen, wie sich der Unheimliche weiter vorbeugte und die Arme ausbreitete, wie um ihn und Lisa in einer tödlichen Umarmung zu umfangen –
– und plötzlich war da noch ein anderes, helleres Feuer, ein stahlblau lodernder Funke, der rasend schnell herangeschossen kam und sich zwischen ihn und den Feuerdämon schob!
Es war Dwiezel. Das Irrlicht jagte mit einem schrillen Schrei heran, machte unmittelbar vor dem Gesicht des Unheimlichen in der Luft halt und begann wild mit den Armen zu gestikulieren. Dabei stieß es schrille, abgehackte Pfiffe aus, so hoch, daß sie in Michaels Ohren schmerzten. Und das Unglaubliche geschah. Der Feuerdämon erstarrte mitten in der Bewegung, blieb zwei oder drei Sekunden reglos stehen – und wich dann langsam, fast widerwillig, wieder zurück!
Ungläubig richtete sich Michael auf den Ellbogen auf und starrte abwechselnd das Irrlicht und seinen zehnmal größeren Gegner an und versuchte vergeblich zu begreifen, was er da sah. Ganz langsam, Schritt für Schritt, wich das Ungeheuer weiter vor dem winzigen Irrlicht zurück, und Dwiezel folgte ihm im gleichen Tempo, noch immer diese hohen, in den Ohren weh tuenden Pfiffe ausstoßend, von denen Michael jetzt nicht mehr ganz sicher war, ob es Angstschreie waren.
Schließlich hatte er den schwarzen Block, aus dem er hervorgekommen war, beinahe wieder erreicht und blieb stehen.

Dwiezel schwirrte noch einige Augenblicke lang vor seinem Gesicht herum, dann machte er kehrt und kam rasch auf Lisa und ihn zugeflogen. »Verschwindet von hier«, sagte er. »Und zwar schnell, ehe er es sich anders überlegt. Wir sind jetzt quitt!«
Er drehte noch eine Runde über Michael und dem Mädchen, vollführte dann eine scharfe Kehrtwendung und jagte so schnell davon, wie er gekommen war.
Michael erhob sich mühsam auf Hände und Knie, stand dann auf und warf einen unsicheren Blick zu dem Feuerwesen hinüber. Es stand noch immer vor dem schwarzen Altarblock, regte sich aber jetzt nicht mehr. Trotzdem spürte Michael, daß es sie aufmerksam beobachtete.
Mit einiger Mühe riß er seinen Blick von der unheimlichen Gestalt los, um Lisa auf die Beine zu helfen. Das Mädchen wirkte nicht weniger verstört als er.
»Das war . . . sehr tapfer von dir«, sagte sie. »Du hast mir das Leben gerettet.«
Seine Worte machten Michael verlegen, aber Wolf nahm ihm die Antwort ab. »Das war ziemlich dumm von ihm, würde ich sagen«, sagte er. »Wenn das Irrlicht nicht gekommen wäre, hätte dieses Ding euch beide umgebracht.«
Michael warf ihm einen ärgerlichen Blick zu. »Was hätten Sie an meiner Stelle getan?« fragte er scharf. »Zugesehen, wie es sie tötet?«
Wolf machte eine Bewegung, als wolle er seine Worte wie ein lästiges Insekt davonscheuchen. »Nichts wie raus hier«, sagte er, »bevor es sich dieses Ungeheuer noch anders überlegt.«
Zumindest in diesem Punkt stimmte Michael ihm uneingeschränkt zu. Hastig ergriff er Lisas Hand und zog sie hinter sich her, während sie mit weit ausgreifenden Schritten, ohne wirklich zu rennen, wieder zum Ausgang eilten. »Wie kommst du überhaupt hierher?« fragte er. »Was tust du hier?«
»Ich wollte euch warnen«, antwortete Lisa. Sie war noch im-

mer außer Atem und sah sich immer wieder nach dem Feuerdämon um. »Anson hat euch belogen. Die rechte Tür führt in die Halle der Prüfung.«
»Wußte ich's doch!« rief Wolf triumphierend.
Michael sparte es sich, darauf zu antworten, sondern verwendete seinen Atem lieber darauf, so schnell wie möglich zu gehen, wobei er Lisa noch immer hinter sich herzog. Sie erreichten die Tür und den Gang und nach wenigen Augenblicken wieder die Halle. Das große Eisentor stand jetzt offen, und als sie sich ihm näherten, löste sich eine gebeugte Gestalt aus dem Schatten daneben und begann heftig mit den Armen zu gestikulieren.
»Schnell!« rief sie. »Beeilt euch! Ich weiß nicht, wie lange mein Zauber euch schützen kann!«
Erst jetzt erkannte Michael den Mann. Es war Marlik, der alte Zauberer. Aber er wirkte plötzlich gar nicht mehr alt und gebrechlich. Er winkte weiter heftig mit beiden Armen, sah Michael und die beiden anderen aber nicht an. Sein Blick war starr auf einen Punkt hinter ihnen gerichtet, und irgendwie spürte Michael, daß sich seine Kräfte auf diesen Punkt konzentrierten. Sie rannten jetzt, wobei Wolf die Führung übernahm, weil Michael immer noch das Mädchen hinter sich herzerrte, das immer öfter stolperte und kaum noch die Kraft zu haben schien, einen Fuß vor den anderen zu setzen. Wolf erreichte ein gutes Stück vor ihnen die Tür. Er rannte hindurch, ohne anzuhalten, und als Michael, Lisa im Schlepptau, hinter ihm das Tor erreichte, sah er, daß Marlik nicht allein gekommen war. Sein Bruder Erlik wartete wenige Schritte vor dem Tor, und hinter ihm standen in dichtgeschlossener Kette Ansons schwarzgekleidete Krieger.
Der Anblick ließ Michael erschrocken stehenbleiben, aber Marlik fuhr fort, heftig mit beiden Händen zu gestikulieren. »Lauft weiter!« rief er. »Keine Angst, sie tun euch nichts. Beeilt euch. Etwas kommt! Ich fühle es!«
Diese Worte gaben den Ausschlag. Nichts, was sie ihm antun

konnten, konnte so schlimm sein wie eine weitere Begegnung mit dem Feuerdämon oder mit vielleicht noch schrecklicheren Wesen, die in dem Labyrinth hausen mochten. Michael rannte weiter und blieb erst stehen, als er zwanzig oder dreißig Schritte vom Eingang des Labyrinths entfernt war. Keuchend ließ er Lisas Hand los und drehte sich um.

Vielleicht war es noch nicht vorbei. Auch der Zauberer hatte sich einige Schritte von dem Tor entfernt, blieb jetzt aber wieder stehen und hob in einer dramatischen, beschwörenden Geste die Arme. Michael sah, wie sich die riesigen Torflügel zu bewegen begannen, als Marliks Magie sie zwang, sich zu schließen. Aber er sah auch, wie aus den Tiefen des Labyrinths etwas herankam, etwas Großes, Helloderndes.

Es war ein Wettlauf mit der Zeit, den Marlik gewann, so knapp gewann, wie es nur möglich war. Die Torflügel schlossen sich weiter, scheinbar mit quälender Langsamkeit, und auch das flammenumtoste Etwas raste weiter heran. Die Luft vor ihnen waberte vor Hitze, Michael konnte sehen, wie der Boden dort, wo es seine Füße hinsetzte, Risse bekam und zu glühen begann. Eine Sekunde bevor es da war, schlossen sich die Torflügel.

Die Versuchung

Wenigstens erinnerte er sich jetzt, woher er den Feuerdämon kannte, der ihr Haus niedergebrannt hatte – obwohl ihm diese Erinnerung nicht im mindesten dabei half, eine Antwort auf die Frage zu finden, wie Anson es bewerkstelligt haben mochte, ihn nicht nur in seine Dienste, sondern sogar mit hier herauf zu nehmen. Aber das war nur eine von unzähligen Fragen, die sich Michael stellte.
Er hatte eine Menge Zeit gehabt, darüber nachzudenken. Er wußte zwar nicht genau, wie lange er jetzt schon in diesem muffigen, fensterlosen Loch hockte, das sehr viel ungemütlicher und finsterer war als Ansons Kerker im Unterland, aber wenn seine innere Uhr auch nur noch halbwegs funktionierte, dann mußten es beinahe zwei Tage sein. Er hatte zweimal geschlafen und viermal zu essen bekommen, und es waren gerade diese Mahlzeiten gewesen, die ihm zumindest auf eine Frage die Antwort geliefert hatten. Drei der Mahlzeiten hatten aus Wasser und dem harten, salzig schmeckenden Brot bestanden, das die Bewohner des Unterlandes aßen, die vierte aber war etwas gewesen, das es in der verborgenen Welt unter der Welt mit Sicherheit nicht gab: nämlich eine Portion versalzener, pappiger Pommes frites und eine schon halb kalt gewordene Currywurst.
Anson hatte ihm die Augen verbunden, aber er hatte zumindest mitbekommen, daß sie noch eine geraume Weile mit dem Wagen gefahren und anschließend ein kurzes Stück über freies Gelände gegangen waren. Danach hatten sie ein Gebäude betreten und waren über zahllose Treppen und durch Gänge gelaufen, die manchmal so schmal waren, daß er mit den Schultern an beiden Seiten gegen die Wände stieß. Erst als sie hier unten angekommen waren, hatte Anson ihm die Augenbinde wieder abgenommen. Aber seine Hoffnung, mit ihm oder Wolf reden zu können, hatte sich nicht erfüllt.

Man hatte ihn einfach grob in das winzige Verlies gestoßen und die Tür verriegelt, und mit Ausnahme der beiden Männer, die ihm das Essen brachten, hatte er seither keinen Menschen mehr gesehen.
Ein Geräusch an der Tür riß ihn aus seinem dumpfen Brüten. Michael blinzelte in das ungewohnt helle Licht, das seinen an die Dunkelheit gewöhnten Augen im ersten Moment weh tat, und erwartete, eine neue Mahlzeit zu bekommen. Es war einer der beiden Männer, aber er brachte kein Tablett, sondern kam, um ihn abzuholen. Er sagte kein Wort, machte aber eine unmißverständliche befehlende Geste, nachdem er gebückt durch die Tür getreten war.
Michael stand unsicher auf. Nach nahezu achtundvierzig Stunden, die er gegen die nackte Steinwand gelehnt auf dem Boden gesessen hatte, bereitete ihm schon diese kleine Bewegung Mühe. Er humpelte an dem Mann vorbei auf den Gang hinaus, wo ihn der zweite Unterling erwartete. Fragend sah ihn Michael an. Der Mann machte eine Geste nach links, und Michael ging los. Die beiden Krieger machten sich nicht einmal mehr die Mühe, ihn in die Mitte zu nehmen. Es war auch nicht nötig. Michael fühlte sich so wackelig auf den Beinen, daß er froh war, überhaupt gehen zu können, ohne sich an den Wänden abstützen zu müssen. Schon der Gedanke an eine Flucht war völlig lächerlich. Um so aufmerksamer sah er sich um. Seine Überzeugung, nicht wieder ins Unterland gebracht worden zu sein, kam ein wenig ins Wanken. Der Gang war schmal, aber sehr hoch, die Wände, die uralt sein mußten, bestanden aus einem Gemisch aus rohen Ziegelsteinen und eher nachlässig behauenen Felsquadern. Überall zwischen den Ritzen begann der Mörtel hervorzurieseln oder war gar nicht mehr vorhanden. Es gab keinerlei Fenster oder Lampen, aber das Licht hier drinnen war nicht der graue Schein des Unterlandes, sondern ein rotes, flakkerndes Glühen, das aus einem Raum am Ende des Tunnels drang.

Als er durch die Tür trat, erlebte er eine Überraschung. Er hätte selbst nicht sagen können, was er erwartet hatte, wahrscheinlich nichts Bestimmtes – aber ganz bestimmt nicht das hier.
Das Zimmer war sehr groß, fast schon ein kleiner Saal. Der Boden bestand aus sorgsam gebohnertem Parkett, die Wände waren mit kostbaren Seidentapeten bespannt, auf denen große, goldgerahmte Bilder hingen, die allesamt irgendwelche Rittergestalten oder Feldherren zu zeigen schienen. Die Decke, die sich sicherlich vier oder fünf Meter über seinem Kopf befand, war mit Stuck verziert, und die wenigen Möbel hätten auf jeder Antiquitätenversteigerung sicherlich ein kleines Vermögen eingebracht. Es gab sogar ein Fenster, vor das aber ein Vorhang aus dunkelblauem Samt gezogen war, so daß er nicht nach draußen blicken konnte. Der flackernde rote Schein, den er gesehen hatte, war das Feuer eines gewaltigen Kamins, der fast die gesamte rechte Wand des Zimmers einnahm.
Wolf und Anson sowie ein dritter Unterling mit Sonnenbrille und schwarzem Hut saßen an einem zierlichen Tischchen vor dem Kamin und sahen ihm schweigend entgegen.
Michaels Gesicht verdüsterte sich augenblicklich, als er den Schriftsteller erkannte. Wolf wirkte blaß, was aber an dem flackernden roten Licht des Kaminfeuers liegen mochte, und in seinen Augen war ein Ausdruck, der Michael an den Blick eines gehetzten Tieres erinnerte, das sich auf der Flucht befand.
Als er Michael sah, versuchte er sich zu einem Lächeln zu zwingen. Michael ging langsam auf ihn zu, und als er nahe vor ihm war, sah er, daß Wolf die Hände im Schoß gefaltet und die Finger ineinander verkrampft hatte.
»Hallo Michael«, begrüßte Wolf ihn. Er machte eine Kopfbewegung. »Setz dich, ich habe bereits Bescheid gesagt, daß man dir etwas zu essen bringt. Du mußt hungrig und verdammt durstig sein.«

Michael starrte ihn schweigend an, und Wolf zuckte nach einer Sekunde mit den Achseln und wechselte das Thema. »Ich weiß zwar, daß es eine dumme Frage ist«, sagte er, »aber wie fühlst du dich?«
»Prächtig«, antwortete Michael wütend. »Ich habe selten in einem bequemeren Hotel übernachtet. Nur der Zimmerservice läßt ein wenig zu wünschen übrig.«
»Nun ja, deinen Humor hast du anscheinend noch nicht verloren«, sagte Wolf. Er blickte ihn auf eine irgendwie traurige Weise an und schien etwas sagen zu wollen, doch in diesem Moment wurde die Tür geöffnet und einer von Ansons Männern kam mit dem versprochenen Essen herein.
Michael lief das Wasser im Munde zusammen, als er es vor ihm auf dem kleinen Tischchen ablud. Noch vor einer Sekunde war er wild entschlossen gewesen, es Wolf einfach ins Gesicht zu schleudern, aber der verlockende Duft und der Hunger, der sich nun meldete, ließen ihn alle guten Vorsätze auf der Stelle vergessen. Nur anstandshalber ließ er noch einige Sekunden verstreichen, dann griff er zu und beschäftigte sich für eine ganze Weile mit nichts anderem als der Nahrungsaufnahme.
»Es tut mir leid, wenn du es ein bißchen unbequem hattest«, sagte Wolf. »Ich war leider ... anderweitig beschäftigt und konnte mich nicht um dich kümmern. Aber ich werde dafür sorgen, daß du besser untergebracht wirst.«
Michael sah auf. So verrückt es schien, Wolfs Bedauern war echt. Und in seinem Blick war etwas, das Michael verwirrte – und ein bißchen erschreckte. Trotzdem gab er sich keine Mühe, die Wut in seiner Stimme zu unterdrücken, als er mit vollem Mund antwortete: »Dasselbe wollte ich gerade zu Ihnen sagen. Ist das nicht komisch? Mir schwebte da ein gemütliches Einzelzimmer mit Waschbecken und Toilette und Gittern vor den Fenstern vor.«
Seine Worte mußten Wolf wirklich verletzen, denn sein Lächeln wirkte plötzlich traurig. Er seufzte. »Ich kann deinen

Zorn verstehen, mein Junge«, sagte er. »Aber wenn du mir zuhörst und mich erklären läßt, dann wirst du vielleicht auch mich verstehen.«
»O ja, sicher«, sagte Michael. »Sie hatten bestimmt einen triftigen Grund, meine Eltern überfallen und unser Haus niederbrennen zu lassen.«
»Was geschehen ist, tut mir leid«, antwortete Wolf. »Das mußt du mir glauben. Ich wollte nicht, daß es so weit kommt. Aber die Männer . . .« Er suchte einen Moment nach Worten. »Nun, dies ist eine vollkommen fremde Welt für sie. Sie waren einfach überfordert. Es war mein Fehler, das nicht vorher zu bedenken.«
Michael sagte nichts dazu. Daß Wolf ihm mit Worten überlegen war, hatte er schon mehr als einmal gemerkt. Letztlich waren Worte das, womit er sein Leben lang umgegangen war. Er wollte sich gar nicht auf eine Diskussion mit ihm einlassen.
»Deinen Eltern geht es gut«, fuhr Wolf nach einer Weile fort. »Ich habe mich erkundigt. Sie sind nicht verletzt. Und den entstandenen Schaden werde ich ihnen selbstverständlich ersetzen, sobald ich gewisse Dinge geklärt habe.«
»Gewisse Dinge?« Michael wurde hellhörig. »Ich nehme an, sie haben irgendwie mit mir zu tun.«
»In gewissem Sinne ja«, antwortete Wolf. »Du wirst sicher eine Menge Fragen haben. Aber jetzt ist nicht die Zeit und die Gelegenheit, sie zu beantworten. Ich kann leider nicht lange bleiben. Im Grunde bin ich nur gekommen, um nach dir zu sehen und mich davon zu überzeugen, daß du gut untergebracht bist.«
»Und vor allem sicher«, fügte Michael hinzu.
Wolf seufzte abermals. »Ich verstehe deine Verbitterung, Michael«, sagte er. »Aber sie hilft keinem von uns weiter. Ich bin nicht dein Feind, das mußt du mir glauben. Ganz im Gegenteil. Ich möchte, daß du und ich Freunde werden.«
»Wenn das stimmt, haben Sie eine sonderbare Art, darum zu bitten«, erwiderte Michael.

Für einen kurzen Moment, aber doch lange genug, daß Michael es sah und gewarnt war, den Bogen nicht zu überspannen, verzerrte sich Wolfs Gesicht vor Wut. Aber er hatte sich augenblicklich wieder in der Gewalt. »Damals, vor einem Jahr«, fuhr er mit einem Lächeln fort, »ist viel mehr geschehen, als du vielleicht ahnst. Woran erinnerst du dich?«

Im ersten Moment erschien Michael diese Frage sinnlos. Aber dann wurde ihm klar, daß Wolf ihm ganz unabsichtlich etwas sehr Wichtiges verraten hatte: nämlich, daß er, Wolf, sich nicht nur an alles erinnerte, was damals passiert war, sondern überdies wußte, daß das bei Michael nicht der Fall war.

»An ... eine Menge«, sagte Michael ausweichend. Er sah Wolf an, daß ihm diese Antwort nicht genügte, und fuhr fort: »An Hendryk, an Lisa, an Erlik und den Zauberer und ...«, er deutete mit dem Kopf hin zu Anson, »... an ihn. An unsere Begegnung mit dem Feuerwesen und anderem. So ziemlich an alles.«

»Das habe ich befürchtet«, sagte Wolf. Er registrierte Michaels Stirnrunzeln und verbesserte sich mit einem nervösen Lachen. »Entschuldige. Das war ungeschickt formuliert. Natürlich sollst du dich erinnern, sogar an alles. Aber es wäre mir lieber gewesen, wenn ich Gelegenheit gehabt hätte, dir meine Version der Geschichte zu erzählen. Ich fürchte, du hast damals nicht alles verstanden.«

»Oh, ich glaube, es reichte«, sagte Michael. Wieder machte er eine Kopfbewegung in Richtung Anson, der ihn während des ganzen Gesprächs mit steinerner Miene gemustert hatte. Sein Blick war nicht sehr freundlich, aber das war bei Anson nun wirklich nichts Besonderes. »Wie haben Sie es geschafft, sich mit ihm anzufreunden? Als wir uns das letzte Mal gesehen haben, hätte er ihnen am liebsten die Kehle durchgeschnitten?«

Wolf lachte laut und herzlich, aber nur einige Sekunden lang, dann wurde er übergangslos wieder ernst. »Das gehört

zu den Dingen, die ich dir im Moment noch nicht erzählen kann«, sagte er. »Ich bitte dich nur um eines: Hör mir einfach zu und nimm dir ein wenig Zeit, über das Gehörte nachzudenken. Ich werde morgen abend zurückkommen und mir deine Antwort holen. Einverstanden?«
»Dazu müßte ich erst einmal hören, worum es geht«, antwortete Michael.
»Ich möchte dir einen Vorschlag machen«, sagte Wolf. »Wir beide haben damals etwas Unglaubliches entdeckt. Etwas, was noch viel größer und gewaltiger ist, als du jetzt annehmen magst. Was ich dort unten gefunden habe, Michael, das kann uns alle unsere Wünsche erfüllen. Macht. Reichtum. Ewige Jugend. Ich weiß, daß diese Dinge dir im Moment vielleicht noch nicht so viel bedeuten, aber du bist alt genug, um zu verstehen, daß sie bald auch für dich sehr wichtig werden. Wenn wir zusammenhalten, können wir Unvorstellbares bewirken. Ich könnte es auch ohne dich. Aber ich will ehrlich zu dir sein: Es wäre sehr viel schwerer für mich allein.«
Michael blickte den Schriftsteller an. Wolfs Worte schienen überhaupt keinen Sinn zu ergeben. Sicher, sie hatten etwas Unglaubliches entdeckt. Das Unterland mit seinen Bewohnern war eine Entdeckung, gegen die die der großen Pyramiden in Ägypten nahezu verblaßte. Aber was faselte Wolf da von Macht und Einfluß und ewiger Jugend?
»Und was verlangen Sie dafür?« fragte er mißtrauisch.
»Nichts«, antwortete Wolf eine Spur zu schnell, als daß es wirklich überzeugend geklungen hätte. »Oder jedenfalls, fast nichts. Ich will, daß du meine Freundschaft annimmst. Ich weiß, daß das viel verlangt ist; vor allem nach dem, was passiert ist. Aber wenn dir dieses Wort zu groß erscheint, dann betrachte mich als Partner.«
»Partner wobei?«
Wolf lächelte. »Bei allem, was du willst. Ich weiß, das sagt dir wenig. Deshalb werde ich dir einen kleinen Vorgeschmack von dem geben, was dich erwartet, wenn du mein Angebot

annimmst.« Er beugte sich in seinem Sessel vor, hob die Hand, und ehe Michael auch nur wirklich begriff, was er vorhatte, berührten ihn die schmalen, zitternden Finger des Schriftstellers am Handgelenk.

Die Berührung war nicht sehr angenehm, Wolfs Haut war heiß und fühlte sich trocken an. Aber beinahe im gleichen Moment geschah etwas fast Unheimliches: Michael hatte sich alles andere als wohl gefühlt, als er heraufgebracht worden war. Die beiden Tage im finsteren Kerker hatten ihn fast alles an Kraft gekostet. Sein Rücken tat erbärmlich weh, denn er hatte auf dem nackten Boden schlafen müssen, und ihn fror so, daß auch das flackernde Kaminfeuer bisher nicht imstande gewesen war, ihn zu erwärmen. Er fühlte sich fiebrig, hatte Kopfschmerzen und einen widerwärtigen Geschmack im Mund, und wenn er sich zu schnell bewegte, wurde ihm schwindelig. Das alles war wie durch Zauberei von einer Sekunde auf die andere weg. Und nicht nur das. Auch die zahllosen kleinen Kratzer und Schrammen, die er bei seinen Abenteuern davongetragen hatte, schienen plötzlich verschwunden zu sein. Michael fühlte sich von einer neuen Kraft und Stärke durchströmt. Tatsächlich konnte er sich nicht erinnern, sich jemals im Leben so wohl gefühlt zu haben wie jetzt.

Fassungslos blickte er auf seine Hände. Ihr Zittern hatte aufgehört, und seine Haut hatte ihre unnatürliche Blässe verloren. Und tatsächlich waren auch seine Schrammen und Abschürfungen auf seinem Handrücken und den Knöcheln nicht mehr zu sehen.

»Wie . . . wie haben Sie das gemacht?« murmelte er.

Wolf lächelte, ließ sich zurücksinken und faltete die Hände wieder im Schoß. »Ich sagte dir doch, daß es nichts gibt, was ich nicht vollbringen kann«, antwortete er. »Oder zumindest fast nichts. Und das ist nur eine Kleinigkeit. Du weißt es noch nicht, Michael, aber du verfügst über die gleichen Kräfte wie ich. Wenn wir sie vereinen, dann könnten wir . . .«

Er suchte einen Moment nach Worten. »Wir könnten wahre Wunder vollbringen.«
»Aha«, sagte Michael verwirrt.
»Ich weiß, daß das alles ein bißchen viel ist«, sagte Wolf launig. »Auch mir erging es nicht anders, als ich es begriff. Deshalb erwarte ich jetzt auch keine Entscheidung von dir. Nur so viel: Ich zwinge dich zu nichts. Ich möchte, daß du aus freien Stücken zu mir kommst.«
»Und wenn ich es nicht tue?«
Wolf zuckte mit den Schultern. »Auch dann wird dir nichts geschehen. Aber ich kann dich nicht gehenlassen«.
»Ich verstehe«, antwortete Michael düster. »Mir wird zwar nichts passieren, aber ich werde in diesem dunklen Loch sitzen, bis ich schwarz werde, wie?«
»Keineswegs«, erwiderte Wolf. »Aber du wirst eine Weile hierbleiben müssen. Einige Wochen, vielleicht einen Monat. Ich gebe dir mein Wort, daß dir nichts zuleide getan wird und wir dich danach wieder freilassen.«
»Und das soll ich glauben?«
»Du hast keine andere Wahl«, antwortete Wolf. »Aber warum sollte ich dich belügen? Wenn es dein Tod wäre, den ich will, dann hätte ich das längst haben können.«
»Wenn Sie die Wahrheit sagen«, sagte Michael zögernd, »und ich tatsächlich über die gleichen Kräfte verfüge, wieso sollte ich sie dann nicht gegen Sie einsetzen?«
Wolf lachte herzhaft. »Tu es«, sagte er.
Michael war konsterniert. »Aber ...«
»Aber wie?« Wolf lachte noch einmal und ein bißchen lauter. »Siehst du«, sagte er. »Genau das ist es! Das, wovon ich rede, schlummert tief in dir, so tief, daß du es ohne fremde Hilfe niemals erwecken könntest. Und selbst wenn es dir gelänge! Ich hatte ein Jahr Zeit, zu lernen, wie ich damit umzugehen habe. Du würdest diesen Vorsprung nicht mehr einholen.«
»Und wenn doch, dann würden Sie etwas dagegen unternehmen«, vermutete Michael.

»Wenn du mich dazu zwingst.« Wolf nickte. »Aber bitte, bring nicht einen Ton in dieses Gespräch, den ich vermeiden wollte.« Er machte eine entsprechende Kopfbewegung. »Möchtest du noch etwas essen oder trinken?«
Michael lehnte ab, obwohl er noch immer hungrig war.
»Dann werde ich dich jetzt zurückbringen lassen«, sagte Wolf. »In einen anderen Raum, nicht mehr in das Verlies, in das diese Narren dich gesteckt haben. Er ist zwar nicht ganz so groß und luxuriös wie dieser hier, aber auf jeden Fall bequem genug.«
Michael stand auf. »Was ist mit den Trollen?« fragte er. »Das war doch Brokk, der Sie von der Party entführt hat, nicht wahr?«
»Mach dir keine Sorgen«, antwortete Wolf. »Es gibt nichts, wovor du Angst haben müßtest.«
Die Tür wurde wieder geöffnet, und zwei von Ansons Krieger kamen, um ihn abzuholen. Michael folgte ihnen widerspruchslos, aber kurz bevor sie das Zimmer verließen, drehte er sich noch einmal um und sah, daß der Schriftsteller in seinem Sessel nach vorne gesunken war und die Arme eng um den Körper geschlungen hatte, als wäre ihm trotz des prasselnden Kaminfeuers in seinem Rücken kalt. Und vielleicht gerade deswegen, weil er sich in diesem Moment so überaus wohl und kräftig fühlte, fiel ihm die unnatürliche Blässe Wolfs erneut auf. Sein Gesicht war beinahe grau, und nun, da er sich unbeobachtet fühlte, gab er sich auch keine Mühe mehr, sich zu beherrschen. Wolf war zweifellos krank. Das überraschte Michael um so mehr, als Wolf ihn mit einer flüchtigen Berührung seiner Hand von allen Schmerzen und jeder Müdigkeit befreit hatte.
Sie gingen wieder den Weg zurück, den sie gekommen waren, passierten aber die offenstehende Tür von Michaels bisherigem Quartier und gingen ein gutes Stück weiter, bis sie eine schmale, in fast halsbrecherisch steilem Winkel in die Tiefe führende Treppe erreichten. Unten war der Gang noch

enger. Michaels Schultern streiften rechts und links die Wände, und der Mann vor ihm mußte den Oberkörper seitwärts drehen, um nicht steckenzubleiben. Es war fast völlig dunkel. Nur hier und da brannte eine Fackel in einem metallenen Halter an der Wand, aber diese waren in so großen Abständen angebracht, daß er den Mann vor sich manchmal nur als Schemen in der Dunkelheit wahrnehmen konnte. Trotzdem dachte er nicht ernsthaft an eine Flucht. So ausgeruht und voll Kraft, wie er sich fühlte, hätte er sich durchaus zugetraut, den Mann vor sich einfach zu Boden zu stoßen und davonzurennen. Aber er hatte vermutlich keine Chance, allein einen Ausweg aus diesem Labyrinth zu finden. Zudem traute er Wolfs Freundlichkeit keine Sekunde lang. Wenn er jetzt einen Fluchtversuch unternahm, dann mochte es durchaus sein, daß Wolfs Großzügigkeit ins Gegenteil umschlug.

Die beiden Männer brachten ihn in eine Kammer, die auch nicht viel größer war als die, in der er die letzten beiden Tage verbracht hatte. Aber es gab ein Bett, einen Tisch und einen Stuhl, wenn auch alles sehr einfach war und eher zweckmäßig als bequem, und auf einer hölzernen Truhe neben der Tür stand ein Krug mit Wasser und daneben eine Schale, in der Brot und nicht mehr ganz frisches Obst lagen. In der Tür befand sich eine handgroße Klappe, die von innen zu öffnen war, und einer der beiden Männer erklärte ihm mit knappen Worten, daß er nur zu rufen brauche, wenn er irgend etwas wünsche, ehe er die Tür hinter ihm schloß und einen Riegel vorlegte.

Zutiefst verwirrt setzte sich Michael auf das Bett. Er war kein bißchen schlauer als vorher. Wären Anson und seine Krieger gekommen, um Wolf und ihn ins Unterland zurückzuholen, hätte er das noch verstanden. Aber so, wie die Lage sich jetzt darstellte, ergab nichts auch nur irgendeinen Sinn. Wieso sprach Anson Wolf plötzlich mit »Herr« an? Wieso war der Feuerdämon hier, ein Wesen, vor dem sich selbst die Menschen des Unterlandes fürchteten wie vor dem Teufel

selbst? Und was waren das für unglaubliche Dinge, die Wolf da erzählte?
Er saß da und zermarterte sich das Hirn, ohne auch nur eine einzige halbwegs vernünftige Antwort auf die tausend Fragen zu finden, die ihm durch den Kopf schossen. Wieviel Zeit wirklich verging, wurde ihm erst klar, als die Tür seiner Zelle geöffnet wurde und einer seiner Bewacher kam, um ihm etwas zu essen zu bringen. Sein Magen knurrte bereits wieder hörbar. Entweder war tatsächlich fast ein halber Tag vergangen, seit er mit Wolf geredet hatte – was ihm mehr als unwahrscheinlich erschien –, oder der unheimliche Zauber, mit dem Wolf seine Kräfte erneuert hatte, hielt nicht sehr lange an.
Im übrigen weigerte sich Michael immer noch, bei Wolf an Zauberei zu glauben. Es mußte eine andere Erklärung geben. Und vielleicht war sie sogar ganz simpel. Möglicherweise hatte Wolf ihn hypnotisiert oder irgend etwas in sein Essen mischen lassen, was seine Sinne verwirrte. Diese Antwort überzeugte Michael zwar auch nicht wirklich, aber sie erschien ihm noch immer glaubhafter als Begriffe wie Magie und Hexerei.
Noch realer jedenfalls war in diesem Moment der Hunger. Michael vertilgte die Portion, die ihm der Mann brachte, einen kaltgewordenen Hamburger, eine große Portion ebenfalls kalter, matschiger Pommes frites und eine lauwarme Cola in einem Pappbecher von McDonald's, der ihm endgültig bewies, daß er diesmal nicht in irgendein geheimnisvolles Land tief unter der Erde verschleppt worden war, und machte sich dann über die Obstschale her. Aber sein Magen, an die kleinen Portionen der vergangenen Tage gewöhnt, begann mit heftigen Schmerzen gegen die grobe Behandlung zu protestieren, so daß er einen Teil der Früchte liegenließ, um sich später daran gütlich zu tun.
Michael ging zum Bett zurück und setzte sich darauf, und nur einen Augenblick später wurde die Tür geöffnet, und der

Posten kam herein, um das Tablett zu holen. Wie üblich sagte er nichts, sondern warf Michael nur einen flüchtigen Blick zu, ehe er sich vorbeugte und die Hände nach dem Tablett ausstreckte. Und genau in diesem Augenblick schoß ein funkensprühender hellblauer Feuerball durch die Tür, traf ihn in den Nacken und klammerte sich mit winzigen Händchen an seinem schulterlangen Haar fest.
Der Mann schrie vor Überraschung und Schmerz auf, fuhr in die Höhe und versuchte mit den Händen nach dem glühenden Etwas in seinem Nacken zu greifen, aber Dwiezel versengte ihm die Finger mit einem zischenden Feuerstrahl, der Mann sprang abermals in die Höhe und verlor durch die hastige Bewegung endgültig die Balance. Schwer stürzte er auf den kleinen Tisch, der unter seinem Gewicht in Stücke brach, schlug mit der Stirn auf dem steinernen Boden auf und blieb benommen liegen. Das alles ging so schnell, daß Michael kaum richtig begriff, was er da sah.
Aus ungläubig aufgerissenen Augen starrte Michael den Krieger und den hellblau glühenden Winzling an, der sich jetzt zwischen den Schulterblättern des Mannes befand und unablässig auf und ab hüpfte, als wollte er die riesige Gestalt in den Boden stampfen. »Dwiezel!« sagte er fassungslos.
Das Irrlicht hörte auf, auf seinem halb bewußtlosen Gegner herumzutrampeln, und hob das Gesicht. »Natürlich Dwiezel«, äffte er Michaels erstaunten Tonfall nach. »Wen hast du denn erwartet?«
»Aber wie . . . wie kommst du denn hierher?« murmelte Michael.
»Das war schwer genug«, maulte Dwiezel. »Statt dich zu beschweren, könntest du mir lieber helfen, diesen großen Tölpel hier unschädlich zu machen.«
Tatsächlich begann sich der Krieger stöhnend zu bewegen. Er war nicht bewußtlos, wohl aber benommen, und Michael begriff, daß ihm möglicherweise nur noch wenige Sekunden blieben. Hastig sprang er auf, lief zur Tür und stürmte auf

den Gang hinaus. Mit einem raschen Blick überzeugte er sich davon, daß der zweite Posten nicht in der Nähe war, dann warf er die Tür ins Schloß und schob den schweren eisernen Riegel vor. Dwiezel kam summend und funkensprühend durch die vergitterte Klappe herausgeflogen, sauste ein Stück nach rechts und kehrte dann ungeduldig zurück.
»Schnell!« drängte er. »Es sind noch mehr von ihnen da. Und ich kann nicht alles allein tun!«
Michael warf noch einen Blick in die Zelle zurück. Der Mann hatte sich aufgesetzt, wirkte aber noch immer benommen. Das schwarze Fell seines Mantels war verbrannt, wo Dwiezel es berührt hatte, und auch das Haar in seinem Nakken war angesengt und hatte sich gekräuselt. Michael wußte nicht, ob er kräftig genug war, die Tür aufzusprengen – aber er konnte auf jeden Fall um Hilfe schreien.
»Kennst du den Weg hinaus?« fragte er.
»Sonst wäre ich ja kaum hier reingekommen, oder?« gab Dwiezel patzig zurück. »Schnell! Folge mir!«
Er rannte ein Stück weit den Weg zurück, den er mit seinen beiden Bewachern hier heruntergekommen war, dann ging es aber nicht die Treppe hinauf, sondern in einen schmalen Seitengang hinein, der weiter in die Tiefe führt. An der nächsten Abzweigung wandten sie sich nach links, dann nach rechts und wieder geradeaus. Dieses Labyrinth hier mochte in der Michael bekannten Welt liegen, aber es war kaum weniger verwirrend. Einmal kamen sie an einer Tür vorbei, die nur angelehnt war und durch deren Ritzen helles gelbes Licht fiel, aber Dwiezel bedeutete ihm hastig, sie zu ignorieren, und raste vor ihm weiter den Gang hinunter, so daß Michael Mühe hatte, nicht den Anschluß zu verlieren. Er wußte längst nicht mehr, wo sie waren. Das System aus schmalen, hohen Gängen und ebenso schmalen, steilen Treppen schien keinen Anfang und kein Ende zu haben, und Michael war nicht einmal mehr sicher, ob sie nicht im Kreis liefen. Aber schließlich gelangten sie in einen Raum. Boden und Decke

bestanden aus uraltem, rissigem Beton, und in einiger Entfernung konnte Michael das Summen elektrischer Maschinen hören. Eine zentimeterdicke Staubschicht auf dem Boden bewies, daß der Raum sehr selten betreten wurde. In einer Ecke neben der Tür stapelten sich Kartons und Abfälle, und auf der anderen Seite gab es eine rostige Feuerschutztür. Michael wollte sofort auf sie zueilen, aber Dwiezel begann wieder wild zu gestikulieren, umkreiste ihn einmal und deutete dann auf den Boden. Als Michaels Blick der Geste folgte, erkannte er eine rechteckige Klappe, die in den Zement eingelassen war.

Gehorsam ließ er sich auf die Knie nieder und zerrte daran. Im ersten Moment schien es aussichtslos, die Klappe rührte sich nicht, und das einzige Ergebnis seiner Bemühungen waren einige abgebrochene Fingernägel. Aber dann gab sie unter dem protestierenden Quietschen jahrzehntelang nicht mehr benutzter Scharniere nach, und darunter gewahrte Michael einen rechteckigen gemauerten Schacht, der in bodenlose Schwärze hinabführte. In eine der vier Wände des Schachtes waren rostige Trittstufen aus Eisen eingelassen.

»Da hinunter?« fragte er unsicher. Aus verständlichen Gründen war ihm alles, was nach unten führte, nicht besonders sympathisch.

Dwiezel nickte heftig. »Es sei denn, du willst hier warten, bis deine Freunde kommen«, sagte er. »Ich bin sicher, sie suchen bereits nach uns.« Und damit schwirrte er in die Tiefe.

Michael drehte sich vorsichtig um, tastete mit dem Fuß nach der obersten Stufe und begann dann langsam, aber trotzdem zügig in die Tiefe zu klettern. Als er tief genug stand, griff er nach oben und zog den Deckel zu. Er war schwerer, als er erwartet hatte, und krachte einfach herunter, so daß Michael schnell den Kopf zwischen die Schultern zog und um ein Haar den Halt auf den schmalen Stufen verloren hätte. Er blieb einen Moment lang reglos und an das rostige Eisen geklammert stehen, atmete dann hörbar aus und schaute nach unten. Dwiezel war ein Stück voraus, und sein bläuliches Licht erfüllte den Schacht ausreichend, so daß er erkennen konnte, daß dieser in Wahrheit nur fünf oder sechs Meter in die Tiefe führte. Was darunter lag, konnte er nicht genau sehen, aber er hörte das Rauschen von Wasser, und als er weiterkletterte, drang ihm ein schwacher, aber sehr unangenehmer Geruch in die Nase.

Der Schacht führte hinunter in die Kanalisation. Sie erreichten einen schmalen, nur anderthalb Meter hohen Stollen, der nach einem Dutzend Schritte in einen sehr viel größeren Tunnel mündete, doch schon bevor sie diesen betraten, wußte Michael, was sie sehen würden. Und er behielt recht. Der große Tunnel war halbrund, gut sieben oder acht Meter hoch und von einem rauschenden Strom öliger, übelriechender Abwässer erfüllt. Nur ein schmaler Steg führte an beiden Seiten des Kanals entlang, und er war so glitschig, daß Michael allein beim Gedanken, darauf gehen zu müssen, fast der Mut verließ. Aber er hatte keine andere Wahl. Und außerdem drängte ihn Dwiezel immer heftiger weiterzugehen.

Wenigstens wurde es nicht völlig dunkel. Dwiezels Licht, so schwach es auch sein mochte, reichte in der Finsternis hier unten gute zwanzig oder dreißig Schritte weit. Michael war allerdings bald nicht mehr sicher, ob er wirklich alles sehen wollte, was es hier unten zu sehen gab. Er erblickte eine Anzahl graubrauner Ratten, und einmal sah er eine Spinne, die fast so groß wie seine Faust zu sein schien und keinerlei Anstalten machte, den Weg freizugeben, bis Dwiezel funkensprühend und schimpfend auf sie zuflog und sie sich gemächlich umwandte und die Wand hinaufkletterte.

Gut zehn Minuten lang tastete sich Michael, den Rücken eng gegen die Wand gepreßt, auf dem schmalen Grat entlang, ehe der Kanal endlich in eine größere Halle mündete. Auch sie war von schäumenden, übelriechenden Abwässern erfüllt, aber der begehbare Weg war hier doch etwas breiter und vor

allem trockener, und nach einigen weiteren Schritten blieb Michael mit einem erschöpften Seufzen stehen.
»Was ist?« drängte Dwiezel. »Wir müssen weiter.«
»Gleich«, antwortete Michael. »Ich brauche ... eine kleine Pause.«
»Mit dir ist anscheinend nicht viel los, wie?« fragte Dwiezel spöttisch.
Michael warf ihm einen bösen Blick zu. »Doch«, antwortete er. »Aber es ist ziemlich anstrengend, auf einem Steg zu gehen, der kaum breiter ist als meine Füße. Schließlich kann ich nicht fliegen.«
»Selber schuld«, grinste Dwiezel. Er kam ein wenig näher, so daß er nun unmittelbar vor Michaels Gesicht in der Luft hing, und wurde wieder ernst. »Ich glaube, eine kleine Pause ist schon drin«, sagte er. »Aber nur eine kleine. Ich bin mir gar nicht sicher, ob sie uns nicht auch hier unten aufspüren können. Sie sind ziemlich hartnäckig.«
»Sag mir lieber, wie du mich gefunden hast«, sagte Michael. »Wo bist du die ganze Zeit über gewesen?«
Dwiezel legte den Kopf schräg und sah ihn an, als suche er in seinen Worten noch einen verborgenen Tadel. »Dich zu finden war das kleinere Problem«, antwortete er. »Aber ich konnte nicht eher kommen. Dein Freund war in der Nähe, und mit dem Burschen ist nicht gut Kirschen essen.«
»Wolf?« fragte Michael.
Dwiezel nickte.
»Er ist nicht mein Freund.«
»Nicht dein Freund?« wiederholte Dwiezel. »Dann frage ich mich, warum man dich ständig in seiner Nähe antrifft.« Er schüttelte den Kopf, als Michael antworten wollte. »Nein, wirklich – ich wäre eher gekommen, aber ich konnte nichts tun, solange er in der Nähe war. Er ist ziemlich mächtig.«
»Wieso?« fragte Michael.
»Keine Ahnung«, gestand Dwiezel. »Aber ich ... fühle es. Es ist besser, ihm nicht zu nahe zu kommen.«

»Da hast du vermutlich recht«, sagte Michael. »Ich habe mir große Sorgen um dich gemacht, ist dir das klar? Wo bist du gewesen?«
»Einmal da, einmal dort«, antwortete Dwiezel ausweichend. »Eure Welt ist wirklich komisch, weißt du das? Die meiste Zeit muß man sich irgendwo verstecken, weil dieses schreckliche Ding an der Decke hängt.«
»Diese Decke nennt man Himmel. Und es hängt nicht, sondern . . .«
»Was immer es ist, es ist nicht besonders lustig«, unterbrach ihn Dwiezel. »Wieso sorgt ihr nicht dafür, daß es verschwindet? Ich wäre um ein Haar gestorben.«
»Du hättest auf mich hören sollen und bleiben sollen, wo du warst«, sagte Michael.
»Wenn ich das getan hätte«, antwortete Dwiezel, »dann wäre ich jetzt nicht hier, um deinen Hals zu retten.«
Das war ein Argument, gegen das Michael nicht viel sagen konnte. Außerdem war jetzt wirklich nicht der Augenblick, sich darüber zu streiten. Seine Flucht war sicherlich längst bemerkt worden, und auch wenn Wolf nicht in der Nähe war, wie Dwiezel behauptete, würden seine Männer jetzt bereits überall nach ihm suchen.
Sie gingen weiter. Dwiezel übernahm jetzt nicht mehr die Führung, weil er sich hier ebensowenig auskannte wie Michael, aber ein Führer war im Grunde auch nicht nötig. Das System der Abwässerschächte und Kanalisationen war ebenso labyrinthisch und sicherlich auch ebenso gefährlich wie das Netzwerk der Katakomben, die ins Unterland hinabführten, aber Michael wußte auch, daß er hier nur seinen logischen Verstand einzusetzen brauchte, um den Weg ins Freie zu finden. Von der Halle zweigten sieben oder acht kleinere Gänge ab, und sie waren einen davon kaum zwanzig Schritte weit gegangen, als sie auf eine eiserne Leiter stießen, die in die Höhe führte. Dwiezel flog wie eine lebende Gaslaterne voraus, während Michael die Stufen emporkletterte.

Die Leiter führte tatsächlich zu einem Kanaldeckel in der Straße empor, aber dieser war so schwer, daß es Michael nicht gelang, ihn auch nur einen Zentimeter zu bewegen. Enttäuscht stieg er die Stufen wieder hinab und versuchte es bei einer anderen Leiter, auf die sie nach weiteren hundert oder hundertfünfzig Metern stießen; mit dem gleichen Ergebnis. Erst beim fünften Versuch gelang es Michael, den Kanaldeckel ein wenig anzuheben, indem er den Kopf einzog und die Schultern von unten dagegen preßte.
Es kostete ihn jedes bißchen Kraft, das er hatte, den zentnerschweren Eisendeckel von der Öffnung zu schieben und ins Freie zu kriechen. Erschöpft blieb er danach einige Sekunden im Rinnstein hocken, erst dann stemmte er sich hoch und strengte sich noch einmal mit aller Kraft an, den Deckel wieder zu schließen. Es war nicht nötig, irgendwelchen Verfolgern auch noch zu zeigen, auf welchem Wege sie entkommen waren. Außerdem konnte irgend jemand das Loch übersehen, hineinfallen und sich dort unten den Hals brechen.
Michael quetschte sich dabei so gewaltig die Finger, daß er vor Schmerz aufschrie und sich kerzengerade aufsetzte. Dwiezel kam mit einem erschrockenen Laut herbeigeflogen und erkundigte sich, was los sei. Aber Michael beachtete das Irrlicht gar nicht, sondern starrte aus tränenerfüllten Augen auf Daumen, Zeige- und Mittelfinger, die bereits anzuschwellen begannen.
»O verdammt«, stöhnte er. »Das tut weh! Es soll aufhören!«
Und der Schmerz hörte auf.
Michael war im ersten Moment so perplex, daß er einfach auf seine Hand starrte und keinen einzigen klaren Gedanken fassen konnte. Das Blut in seiner Hand pulsierte. Die Finger schwollen weiter an, der Eisendeckel hatte tiefe Abdrücke in seiner Haut hinterlassen. Die Nägel der drei Finger würden spätestens morgen früh in einem wunderschönen Dunkelblau leuchten. Unter dem Daumennagel quollen dunkelrote

Blutstropfen hervor. Michael wünschte sich, daß auch das aufhöre. Und das Blut versiegte.
Das nächste, was er sich wünschte, war, daß sämtliche Spuren seines Ungeschicks verschwänden, und er hatte den Gedanken noch nicht ganz zu Ende gedacht, als seine Finger auch schon wieder sauber und unversehrt waren wie zuvor. »Aber das ist doch unmöglich!« stammelte er fassungslos. »Das ... das grenzt ja an Zauberei!«
»Natürlich, und es ist auch Zauberei«, sagte Dwiezel. »Was hast du erwartet?«
Michael hörte gar nicht zu. Was hier geschah, war einfach zu phantastisch, um wahr zu sein, auch wenn er es mit eigenen Augen sah. Und plötzlich mußte er wieder an das denken, was Wolf gesagt hatte. Er begriff jetzt, wovon der Schriftsteller gesprochen hatte, und in dieses Begreifen mischten sich Unglauben und das Gefühl einer tiefen Ehrfurcht. Und sonderbarerweise auch einer Spur von Angst.
Eigentlich war es schon mehr als eine Spur. Welche verrückten Theorien er auch immer aufgestellt hatte, um das, was Wolfs Berührung bewirkt hatte, irgendwie zu erklären – keine von ihnen war plötzlich irgend etwas wert. Das hier hatte nichts mit Hypnose oder Sinnestäuschung oder irgendeiner geschickt angewandten Droge zu tun.
Unsicher stand er auf, blickte noch einmal auf seine Hand hinab und steckte sie dann beinahe hastig in seine Hosentasche, als müsse er sie verstecken.
»Was ist los mit dir?« fragte Dwiezel.
»Nichts«, antwortete Michael rasch. »Komm, verschwinden wir von hier.«
Sie marschierten los, ohne auf die Richtung zu achten, in die sie gingen. Michael sah sich um. Es war Nacht. Wäre es anders gewesen, hätte Dwiezel ihm wahrscheinlich nicht zu Hilfe kommen können. Sie befanden sich in einer ziemlich verlassenen Gegend. Die Straße erstreckte sich schnurgerade und menschenleer vor ihnen, und was er von den Häusern

im Licht der nur noch vereinzelt brennenden Straßenlaternen erkennen konnte, das war heruntergekommen und schäbig. Michael schätzte, daß sie schon gut fünf Minuten im Freien sein mußten, aber er hatte bisher nicht ein einziges Auto gehört, geschweige denn gesehen. Bei dem Gedanken überkam ihn siedendheiß der Gedanke, was geschehen wäre, hätte er auf einer belebteren Straße versucht, einen Kanaldeckel zu öffnen. Wahrscheinlich wäre er nicht bloß mit ein paar zerquetschten Fingern davongekommen.
Trotz der Dunkelheit wußte Michael nach einer Weile, wo sie waren. Sie hatten die richtige Richtung eingeschlagen. Vor ihnen erhellte das Lichtermeer der Stadt den Nachthimmel, und zur Linken gewahrte er hinter den dichten Baumkronen eines Wäldchens einen anderen, milderen Lichtschein. Sie waren in der Nähe des Schlosses. Sie befanden sich nicht auf einer der Straßen, die dorthin führten und auf denen tagtäglich die großen Reisebusse die Touristen hinbrachten, aber doch nicht sehr weit davon entfernt. Dafür waren sie um so weiter weg von seinem Zuhause. Ganz davon abgesehen, daß er schlecht in Dwiezels Begleitung in ein Taxi steigen konnte, würde er in dieser gottverlassenen Gegend, noch dazu mitten in der Nacht, schwerlich eines bekommen. Außerdem hatte er kein Geld mehr. Also blieb ihm nur die althergebrachte Methode – ein sehr langer und sicherlich sehr anstrengender Fußmarsch.
Erst als er an diesem Punkt seiner Überlegungen angekommen war, stellte er sich die Frage, wohin er überhaupt gehen wollte. Das Haus seiner Eltern war zerstört, und er konnte schlecht bei irgendeinem Nachbarn klingeln und um Unterkunft bitten. Wenn man es genau betrachtete, konnte er so gut wie gar nichts tun. Er war zwar frei, aber was sollte er mit dieser Freiheit anfangen?
Sie folgten eine gute halbe Stunde dem Asphaltband, ohne auf eine Menschenseele zu treffen. Das Lichtermeer der Stadt, das vor ihnen schimmerte und glänzte, schien in dieser

Zeit kein Stück näher gekommen zu sein, und die Straße blieb so einsam wie zuvor. Nur ein einziges Mal fuhr ein Wagen vorüber, bremste aber nicht ab, als sein Fahrer den einsamen Jungen sah, der mitten in der Nacht nur mit einem dünnen Hemd bekleidet auf der Straße ging. Michael war dem unbekannten Fahrer nicht einmal sehr böse. Er fror, fühlte sich einsam und verloren wie selten im Leben und ahnte, daß ihm die Verfolger bereits wieder auf der Spur waren. Trotzdem brauchte er diese Stille, um Ordnung in seine Gedanken zu bringen. Seine Erinnerungen waren zum größten Teil zurückgekehrt, und doch spürte er, daß da noch etwas fehlte, etwas sehr Wichtiges sogar, ohne das er nichts von dem, was mit oder vielleicht wegen ihm geschah, verstehen konnte. Dwiezel war, obwohl er sich Mühe gab, in dieser Hinsicht keine große Hilfe. Das Irrlicht plapperte zwar ununterbrochen, stellte Hunderte von Fragen und erzählte von sich aus dies und das, vermochte aber im Endeffekt nicht mehr zu sagen, als Michael schon wußte, nämlich daß sich die Dinge im Unterland geändert und die großen Tölpel eine Weile gegeneinander gekämpft hatten. Dwiezel wußte nicht einmal, welche Seite den Sieg davongetragen hatte, weil er nicht wußte, welche Seite nun welche Seite war. Obwohl er für Michael durchaus freundschaftliche Gefühle hegte, waren ihm die Belange der Menschen doch größtenteils so egal, wie all den anderen nichtmenschlichen Bewohnern der verborgenen Welt auch. So wie die Dinge lagen, gab es wohl nur zwei Möglichkeiten, Licht in das Dunkel zu bringen: Michael mußte sein Tagebuch in die Hände bekommen oder mit Hendryk sprechen. Am besten beides.
Sie näherten sich der Stadt, und nun begann Michael belebtere Straßen zu meiden. Er wußte nicht, wie spät es war. Seine Uhr war schon vor ein oder zwei Tagen stehengeblieben, aber er schätzte, daß es lange nach Mitternacht sein mußte, so daß auch die etwas gepflegteren Straßenzüge, die sie nun passierten, größtenteils menschenleer dalagen. Nach

einer weiteren halben Stunde erreichten sie einen Punkt, an dem er sich endgültig entscheiden mußte, wohin er sich wenden wollte. Das Haus seiner Eltern lag auf der andere Seite der Stadt, und auch wenn es niedergebrannt war, befand es sich doch wenigstens in einer Gegend, in der er sich auskannte und wo er schon irgendein Versteck für die Nacht finden würde. Auf der anderen Seite würden Ansons Häscher ihn natürlich dort zuallererst suchen. Wohin mochten wohl seine Eltern gegangen sein? Sie hatten keine Verwandten in der Stadt, nur einen Halbbruder seines Vaters, mit dem dieser sich nicht besonders gut stand und der selbst nur eine winzige Wohnung hatte, in der er zwei Logiergäste gar nicht aufnehmen konnte. Wahrscheinlich waren sie in ein Hotel gegangen, und da es davon in der Stadt viele gab, war es völlig sinnlos, aufs Geratewohl suchen zu wollen. Michael überlegte angestrengt. Wenn er in seiner Zeitrechnung nicht völlig durcheinandergekommen war, dann mußte heute Dienstag oder Mittwoch sein. Vorausgesetzt also, sein Vater hatte sich den Tag nicht freigenommen, würde er am nächsten Morgen pünktlich um acht Uhr am Schreibtisch sitzen. Man kannte Michael in der Firma, in der sein Vater arbeitete. Es wäre also kein Problem, eingelassen zu werden. Und dann? Selbst wenn ihm sein Vater Zeit für irgendwelche Erklärungen ließ – wessen sich Michael gar nicht sicher war –, war er damit keinen Schritt weiter. Nein, er mußte eine andere Lösung finden.

Das schlimme war vielleicht, daß er an einem Punkt angelangt war, an dem er absolut nichts tun konnte. Im Grunde konnte er nur abwarten, was seine Gegner taten, und dann versuchen, irgendwie darauf zu reagieren. Eine Taktik, die selbst mit dem unwahrscheinlichsten Glück der Welt auf Dauer nicht funktionieren konnte.

Vor ihnen war ein rötliches Licht. Michael bemerkte es eigentlich erst, als der Klang menschlicher Stimmen zu hören war. Er blieb stehen. Auch Dwiezel, der einige Schritte vor-

ausgeflogen war, machte kehrt und ging flatternd an seiner Seite nieder. »Deine Leute?« fragte er.
Michael zuckte mit den Schultern. Das Licht war Feuerschein, und etwas in den Stimmen gefiel ihm nicht, obwohl er keine Worte verstehen konnte. Trotzdem ging er nach kurzem Zögern weiter.
Er befand sich jetzt nicht mehr in einer Wohngegend, sondern in der Nähe des Flußhafens. Der Feuerschein fiel durch einen großen, offenen Torbogen auf die Straße. Dahinter lag ein alter Fabrikhof, der aber schon vor langer Zeit aufgegeben worden sein mußte, denn die meisten Fenster waren eingeschlagen, und überall lagen Trümmer und Schutt herum. Zwischen all diesem Unrat hielten sich ungefähr ein Dutzend Menschen auf, heruntergekommene, in schmuddelige Parkas oder zerrissene Mäntel gehüllte Männer und Frauen, die sich frierend um ein altes Ölfaß drängten, in dem ein Feuer loderte. Eine Wein- oder Schnapsflasche kreiste, und eine Frau mit strähnigem Haare, deren Alter Michael nicht schätzen konnte, denn ihr Gesicht starrte vor Schmutz, lachte ununterbrochen schrill, obwohl es gar keinen Grund dafür zu geben schien. Ein wenig abseits des Feuers hatten sich weitere sieben oder acht Gestalten in ihre Mäntel gewickelt und schliefen auf dem nackten Boden, mit Lumpen oder auch einfach nur Zeitungen zugedeckt.
Stadtstreicher, dachte Michael. Der etwas weniger feine Ausdruck wäre Penner gewesen. Er schrak unwillkürlich vor dem Dutzend wild aussehender Gestalten zurück, zumal die Weinflasche, die er sah, nicht die erste zu sein schien, denn er hörte betrunkenes Gelächter und laute, grölende Stimmen. Aber er fror in seinem dünnen Hemd erbärmlich, und das Feuer lockte mit seiner Wärme. Zögernd näherte er sich der Gruppe und blieb stehen, als man ihn entdeckte und sich die ersten Gesichter in seine Richtung wandten. Aber zu seiner Überraschung entdeckte er nichts von der erwarteten Feindseligkeit in ihren Blicken. Eine gehörige Portion Miß-

trauen, sicher, aber nichts, wovor er Angst hätte haben müssen. Also faßte er sich ein Herz und ging weiter.

Die Gespräche verstummten nach und nach, als Michael sich dem Feuer näherte. Die Frau mit dem schmutzigen Gesicht lachte weiter, offensichtlich war sie so betrunken, daß sie gar nicht mehr mitbekam, was rings um sie herum geschah. Michael ging mit klopfendem Herzen weiter und wartete darauf, daß man ihn anredete, aber als das nicht geschah, trat er ganz dicht an das Ölfaß heran und hielt die Hände so nah an die Flammen, als es gerade noch ging. Die Wärme tat unglaublich wohl. Er spürte erst jetzt, wie kalt es wirklich war. Er war bis auf die Knochen durchgefroren, und sein Rücken und seine Beine taten von dem mehr als einstündigen Marsch hierher ziemlich weh.

»Wer bist du denn?« fragte ein Mann in einer zerschlissenen grünen Bundeswehrjacke.

Michael wandte sich zu ihm um und versuchte zu lächeln. »Mein Name ist Michael«, antwortete er.

»Bist du von zu Hause abgehauen?«

Michael machte eine Bewegung, die sowohl ein Kopfschütteln als auch ein Nicken oder ein Achselzucken sein konnte, und lächelte erneut, und dem anderen schien das Antwort genug zu sein. Aber einer der anderen Penner sagte in ärgerlichem Ton: »Er soll abhauen. Der hetzt uns nur die Polizei auf den Hals. Wir können hier keinen Ärger brauchen.«

»Ich mache Ihnen keinen Ärger«, sagte Michael. »Ich möchte mich nur einen Moment aufwärmen, das ist alles.«

»Verschwinde bloß!« fuhr der Penner fort, machte aber keine Anstalten, seinen Worten irgendwie Nachdruck zu verleihen, sondern ließ sich wieder zurücksinken und nahm einen gewaltigen Schluck aus der Flasche.

Der, der Michael zuerst angesprochen hatte, lächelte. »Mach dir nichts draus«, sagte er. »Der ist immer so. Aber er meint es nicht so. Was war los? Ärger mit deinen Eltern?«

»So ungefähr«, sagte Michael ausweichend. »Aber ich will

Ihnen wirklich nicht zur Last fallen. Ich will mich nur ein bißchen aufwärmen, dann gehe ich weiter.«
Der Mann in der grünen Jacke nickte. »Ist verdammt kalt«, sagte er. »Vor allem, wenn man es nicht gewohnt ist.« Er überlegte eine Sekunde, dann griff er unter seine Jacke und zog eine kleine Metallflasche hervor, die irgendwann einmal glatt und silbern gewesen sein mochte, jetzt aber völlig zerschrammt und verbeult war. »Da!« sagte er, während er Michael die Flasche hinhielt. »Nimm einen Schluck davon. Es schmeckt zwar scheußlich, aber es wärmt.«
Michael konnte sich gut vorstellen, was die Flasche enthielt, und es gab nicht sehr viel, was er im Moment weniger mochte, als einen Schluck daraus zu trinken. Aber der Mann war auf seine einfache Art sehr freundlich zu ihm, und er wollte ihn nicht enttäuschen. Also griff er nach der Flasche, schraubte den Deckel ab und tat so, als trinke er. Schon die paar Tropfen, die seine Lippen benetzten, brannten wie Feuer, und er mußte mit aller Macht ein Husten unterdrükken. Trotzdem zwang er sich zu einem Lächeln, als er den Verschluß wieder auf die Flasche schraubte und sie ihrem Besitzer zurückgab.
»Vielen Dank«, sagte er.
Der andere mußte sein kleines Theaterspiel wohl durchschaut haben, denn er grinste und offenbarte Michael dabei eine Reihe gelber, zum Teil schon angefaulter Zähne, sagte aber nichts, sondern steckte die Flasche wieder ein und machte dann eine einladende Geste auf den Platz an seiner Seite. Nach kurzem Zögern setzte sich Michael tatsächlich. Er wäre lieber am Feuer geblieben, denn die Kälte saß tief in seinen Knochen, aber die Nähe des Mannes und seine Freundlichkeit versprachen ihm eine andere Art von Wärme, die er im Moment vielleicht noch dringender brauchte. Seltsam, es war erst zwei oder drei Tage her, seit er so jäh aus seinem geschützten, friedlichen Leben herausgerissen worden war, und doch kam es ihm bereits so vor, als wäre dies

Teil eines völlig anderen Lebens gewesen, das Jahre zurücklag. Zögernd nahm er Platz. Der alte Mann roch nach kaltem Zigarettenrauch, nach billigem Wein und Schweiß, und sein Gesicht war fast so schmutzig wie das der Frau, aber das störte Michael plötzlich gar nicht mehr. Auf eine sonderbare Weise fühlte er sich zu dem Mann hingezogen, auch wenn er sich durchaus darüber im klaren war, daß das wohl einzig daran lag, daß er endlich wieder unter Menschen war, die nicht seine Feide waren und deren Absichten klar erkennbar und ohne Heimtücke zu sein schienen.

»Bist du ganz allein?« fragte der Penner. Michael antwortete erst, nachdem er einen raschen Blick in die Runde geworfen hatte. Dwiezel war nirgendwo zu sehen. Wahrscheinlich hatte er sich irgendwo versteckt und beobachtete jetzt Michael.

»Ja«, sagte er.

»Und wo willst du jetzt hin?« fragte der Alte weiter.

Michael antwortete nur mit einem Achselzucken, zugleich empfand er ein tiefes Gefühl von Dankbarkeit, daß der andere nicht fragte, woher er käme oder was passiert sei.

»Ich verstehe«, sagte der alte Mann müde. Er nahm einen kleinen Schluck aus seiner Flasche, die er anschließend wieder sorgsam verschraubte und unter seinem Parka verschwinden ließ, blickte eine Weile an Michael vorbei ins Feuer und sagte dann, noch immer ohne ihn anzusehen. »Es geht mich nichts an, wo du herkommst und weshalb du abgehauen bist. Aber stell es dir nicht so leicht vor.«

»Was?« fragte Michael.

Der Alte machte eine zitternde Geste in die Runde. »Das hier. Du siehst doch, wie es hier zugeht. Ich meine, ich kann gut verstehen, wenn einer eines Tages die Schnauze voll hat und einfach alles hinschmeißt und wegrennt. Ich hab das auch gemacht. Weißt du, als ich so alt war wie du, da habe ich auch von der großen Freiheit geträumt. Davon, daß keiner da ist, der einem sagt, was man zu tun oder zu lassen hat.

Überall hingehen zu können, wo man will. Aber ich bin nicht sicher, daß es diesen Preis wert ist.«
Michael schwieg dazu. Der alte Mann hatte natürlich ganz falsche Vorstellungen, was seine Motive und Ziele anging. Wie hätte er den wahren Grund seines Hierseins auch wissen können? Aber er meinte es ehrlich, und irgendwie spürte Michael, daß er vielleicht schon lange auf jemanden wie ihn gewartet hatte, einen Jungen, der den gleichen Fehler zu begehen im Begriffe war, den er selbst vor einem halben Menschenleben oder länger gemacht hatte und den er nun warnen konnte.
Also sagte er: »Ich ... weiß noch nicht, was ich tun will.« Was im übrigen der Wahrheit entsprach.
»Was immer es ist, überlege es dir sehr gut«, fuhr der alte Mann fort. »Es gibt wenig, was schlimmer sein könnte als das hier, weißt du? Bleib einfach eine Weile hier am Feuer sitzen und sieh dich um, und wenn du einen guten Rat von mir annehmen willst, dann geh anschließend nach Hause.« Er machte eine Kopfbewegung zur Straße hin. »Hinter der nächsten Kreuzung ist eine Telefonzelle. Du kannst von da aus deine Leute anrufen und dich abholen lassen, ehe du dir noch eine Lungenentzündung einhandelst.«
»Das kann ich nicht«, antwortete Michael.
Der andere verstand seine Worte abermals falsch, denn er musterte ihn ein paar Sekunden lang, nickte dann verstehend und grub einige Münzen aus der Jackentasche aus. »Wenn du kein Geld zum Telefonieren hast, dafür reicht es gerade noch«, sagte er. Als Michael zögerte, nach den paar armseligen Münzen in seiner Hand zu greifen, machte er eine auffordernde Kopfbewegung. »Bedien dich ruhig. Ich werde schon nicht verhungern.«
Michael zögerte noch eine Sekunde, aber dann gab er sich einen Ruck, nahm sich ausreichend Münzen für zwei Telefongespräche und ließ sie mit einem dankbaren Lächeln in der Hosentasche verschwinden. »Kann ich ... noch ein biß-

chen hierbleiben und mich aufwärmen?« fragte er schüchtern.
»So lange du willst«, antwortete sein Wohltäter. Er schien noch mehr sagen zu wollen, doch plötzlich hielt er überrascht und, wie es Michael schien, auch beunruhigt inne. Er legte den Kopf schräg und lauschte, und als Michael dasselbe tat, hörte auch er ein Geräusch: ein tiefes Brummen, das noch weit entfernt zu sein schien, aber schnell näher kam. Auch einige der anderen hatten ihre Gespräche unterbrochen und blickten zur Straße hin, und der Ausdruck war auf allen Gesichtern der gleiche: Überraschung, Schrecken und auch etwas wie Angst.
»Was ist los?« fragte er beunruhigt.
Der Alte antwortete nicht, sondern machte eine abwehrende Handbewegung. Das Brummen und Dröhnen wurde lauter, und nach einigen weiteren Sekunden erkannte Michael das Geräusch. Es war das Dröhnen schwerer Motorräder, die sich näherten.
»Was bedeutet das?« fragte er alarmiert.
»Nichts«, antwortete der Alte. »Das geht dich nichts an. Verschwinde lieber, ehe du in etwas hineingezogen wirst.«
Michael sah sich mit wachsender Beunruhigung um. Der Motorenlärm kam jetzt sehr schnell näher, und auf der Straße erschienen bereits die ersten tastenden Lichtfinger der Scheinwerfer. Die Aufregung unter den Pennern wurde immer größer. Einige sprangen in die Höhe, zwei oder drei liefen rasch davon, um sich irgendwo in der Dunkelheit des Hofes zu verbergen, andere schüttelten die Schläfer wach oder sahen sich einfach mit nackter Angst um. Aber selbst wenn er vorgehabt hätte, dem Rat des alten Penners zu folgen, wäre es zu spät gewesen, denn in diesem Moment bog die erste einer ganzen Kette schwerer Maschinen in die Toreinfahrt ein und rollte auf den Hof.
Michael konnte die Furcht der Männer und Frauen ein wenig besser verstehen, als er die Motorräder sah. Die meisten

waren wirklich große Maschinen, chromblitzende Monster mit hochgezogenen Lenkern und weit zurückgelegten Sätteln, viele waren bunt bemalt, mit Totenköpfen, Phantasiebildern, aber auch Hakenkreuzen und SS-Runen, und so wie die Motorräder selbst, boten auch ihre Fahrer einen bizarren, bedrohlichen Anblick. Es waren allesamt kräftige, bärtige Männer mit langem Haar und Sonnenbrillen, die entweder gar keine oder alte Wehrmachtshelme trugen, und über ihre schwarzen Lederkombis hatten sie Jeanswesten gezogen. Die Maschinen rollten schnell und in fast militärisch-präziser Ausrichtung auf den Hof und bildeten einen Halbkreis um das Feuer und die Stadtstreicher, bevor ihre Fahrer die Motoren abstellten und abstiegen. Die Lichter ließen sie brennen, so daß Michael und die anderen geblendet waren und nur noch Schatten erkennen konnten.

Unter den Pennern hob ein angstvolles Murmeln an, als einer der Rocker, wahrscheinlich ihr Anführer, mit langsamen Schritten auf sie zukam. Mit einer übertrieben pantomimischen Geste nahm er seine Sonnenbrille ab – Michael fragte sich, warum er mitten in der Nacht überhaupt eine trug –, sah sich mit einem stirnrunzelnden Blick auf dem Fabrikhof um und wandte sich schließlich an den Mann, der Michael vorhin so unfreundlich aufgefordert hatte zu verschwinden.

»Ihr seid ja immer noch hier«, sagte er. »Ich dachte, wir hätten euch das letzte Mal klargemacht, daß das hier unser Revier ist. Aber vielleicht waren wir ja nicht deutlich genug?«

Die Drohung in seiner Stimme war nicht zu überhören. Die Stadtstreicher zogen sich angstvoll ein wenig weiter auf das brennende Ölfaß zu zurück. Einzig der Mann, den der Rokker direkt angesprochen hatte, blieb tapfer stehen und versuchte, dessen Blick standzuhalten. »Ihr ... ihr habt hier gar nichts zu sagen«, sagte er laut, aber mit einem Zittern in der Stimme, das ihm den beabsichtigten Effekt gründlich verdarb. »Dieser Hof gehört uns genauso wie euch.«

»Ach?« fragte der Rocker lauernd. Grinsend wandte er sich zu seinen Leuten um und fuhr mit erhobener Stimme fort: »Habt ihr das gehört? Er meint, daß wir hier nichts zu bestimmen hätten.«
Ein rauhes Gelächter antwortete ihm, und Michael hörte das Knarren von feuchtem Leder und das Klirren von Metall, als die Front der Rocker ein Stück näher rückte. »Vielleicht hat er ja recht«, fuhr der Anführer fort. »Wer weiß, vielleicht gehört ja wirklich alles jedem, und wir sollten eine einzige große Familie bilden und uns gegenseitig lieben, wie?«
Diesmal war das Gelächter noch lauter und hielt länger an. Aber als der Rocker sich wieder umdrehte, war auf seinem Gesicht keine Spur von Heiterkeit mehr zu sehen. »Aber weißt du was, Alter?« fragte er. »Ich mag keine Verbrüderungen.« Und damit versetzte er dem viel kleineren und schmächtigeren Mann warnungslos einen Boxhieb in den Leib.
Der Mann krümmte sich, fiel auf die Knie und rang keuchend nach Luft. Die Rocker kommentierten das mit einem meckernden Gelächter.
»Ich hoffe, das war jetzt deutlich genug, oder?« fuhr der Anführer fort. Er versetzte dem vor ihm knienden einen Stoß mit der Stiefelspitze, der ihn vollends zu Boden schleuderte, und kam näher. In seinen Augen blitzte es kampflustig. »Aber nur, um sicherzugehen, daß wir uns diesmal verstanden haben, werden wir euch doch noch einen kleinen Denkzettel verpassen«, fuhr er fort. Warnungslos packte er sich den am nächsten Stehenden, zog ihn am Kragen zu sich heran und versetzte ihm eine Ohrfeige, die ihn meterweit zurücktaumeln und zu Boden stürzen ließ.
»Das reicht jetzt!« hörte sich Michael zu seiner eigenen Überraschung sagen. Mit einem raschen Schritt trat er zwischen die Stadtstreicher und den Rocker, hob abwehrend die Hand und blickte dem dunkelhaarigen Riesen fest in die Augen.

Der Rocker war perplex: Er maß Michael mit einem langen Blick von Kopf bis Fuß und schüttelte ein paarmal den Kopf. »Nanu?« fragte er dann. »Wen haben wir denn da?«

»Laßt die Leute in Ruhe«, fuhr Michael fort. »Sie haben euch nichts getan. Wieso kommt ihr hierher und fangt Streit mit ihnen an? Die Stadt ist doch wirklich groß genug.«

Die Worte kamen fast ohne sein Zutun über seine Lippen, ja beinahe gegen seinen Willen. Aber er konnte nicht aufhören zu sprechen, sosehr er es auch wollte und sosehr ihm klar war, daß er auf dem besten Wege war, sich um Kopf und Kragen zu reden.

Der Rocker hatte seine Verblüffung mittlerweile halbwegs überwunden. Auf seinem Gesicht erschien ein breites, hämisches Grinsen. »Hört euch den Kleinen an, Jungs!« rief er. »Da haben wir ja einen richtigen kleinen Gandhi unter uns entdeckt, wie?« Sein Lächeln erlosch übergangslos. Mit einem einzigen schnellen Schritt war er bei Michael, packte ihn am Kragen und riß ihn ohne sichtbare Anstrengung in die Höhe. Michael griff instinktiv nach seinen Handgelenken und versuchte seinen Griff zu sprengen. Natürlich reichte seine Kraft nicht. Der Rocker schien es nicht einmal zu bemerken.

»Bist wohl verrückt geworden, Kleiner?« herrschte er ihn an. »Wenn du eine Tracht Prügel willst, dann geh in den Kindergarten und schlag dich mit deinesgleichen.« Er stieß Michael grob von sich.

Michael taumelte zwei Schritte zurück, stürzte zu Boden und war sofort wieder auf den Füßen. Und es war ihm noch immer, als wäre er nicht Herr seines eigenen Tuns. Beinahe entsetzt registrierte er, wie er abermals auf den Rocker zulief und sich mit schützend ausgebreiteten Armen zwischen ihn und die Reihe seiner Opfer stellte.

Der Rocker mußte ebenso verblüfft sein wie er, denn er stand eine volle Sekunde lang einfach da und starrte ihn an. Dann verdunkelte Zorn sein Gesicht.

»Das reicht jetzt«, sagte er. »Normalerweise vergreife ich mich nicht an Kindern, aber wenn du es nicht anders willst – bitte.«

Michael sah den Schlag nicht einmal kommen. Eine Faust, die ungefähr so groß und so schwer sein mußte wie die Eisenkugel eines Abbruchunternehmers, explodierte in seinem Magen, und das nächste, woran er sich erinnerte, war, daß er keuchend nach Atem ringend auf dem Rücken lag und den Geschmack seines eigenen Blutes im Mund spürte. Es bedurfte zweier Ansätze, um sich in eine sitzende Position hochzustemmen, und dann vergingen noch einmal Sekunden, ehe es ihm gelang, wieder Luft zu holen.

Er mußte wohl tatsächlich einige Augenblicke ohne Bewußtsein gewesen sein, denn das Bild hatte sich vollkommen geändert. Die Stadtstreicher versuchten zu fliehen, wurden aber von den Rockern rasch eingeholt und wieder zurückgetrieben, und drei oder vier von ihnen lagen bereits am Boden. Offensichtlich hatten die Männer tatsächlich vor, ihnen eine Lektion zu erteilen, wie ihr Anführer es ausgedrückt hatte. Der armselige Haufen hatte natürlich keine Chance gegen diese Schlägertypen.

Der Anblick schien irgend etwas in Michael zum Zerbrechen zu bringen. Von einer Sekunde auf die andere waren seine Angst und seine Schmerzen vergessen, er spürte nur noch einen wilden, unbezwingbaren Zorn gegen die Männer, deren einziges Vergnügen offenbar darin bestand, Furcht und Terror zu verbreiten. Mit einem Satz sprang er auf, warf sich mitten unter die Kämpfenden und packte den erstbesten Rocker, den er zu fassen bekam. Beinahe ohne Anstrengung riß er ihn herum, ergriff ihn am Gürtel und am Kragen, stemmte ihn einfach in die Höhe und warf ihn drei, vier Meter weit durch die Luft, bis er gegen zwei seiner Kameraden prallte und auch sie mit sich zu Boden riß.

Noch ehe die beiden wirklich stürzten, hatte Michael bereits den nächsten Rocker von seinem Opfer weggezerrt und ver-

setzte ihm einen Schlag, der ihm auf der Stelle die Besinnung raubte. Ein dritter Rocker stürmte auf ihn zu, das Gesicht vor Wut verzerrt und eine gut meterlange Fahrradkette schwingend. Michael versuchte nicht einmal, dem Schlag auszuweichen, sondern fing die Kette mit der linken Hand ab, versetzte dem Burschen mit der anderen einen Fausthieb, daß er seine Rippen knirschen hören konnte.
Mittlerweile hatten auch die übrigen Rocker bemerkt, daß hier irgend etwas nicht so war, wie es sein sollte. Einer nach dem anderen ließen sie von ihren Opfern ab und wandten sich verblüfft zu Michael um. Zwei oder drei versuchten noch, sich auf ihn zu stürzen, aber er schleuderte sie einfach zu Boden, und die übrigen wichen, wohl eher verblüfft als vor Angst, vor ihm zurück und starrten ihn aus großen Augen an.
»So!« sagte Michael laut und noch immer von dieser unheimlichen Kraft und Entschlossenheit erfüllt, die ihn selbst am allermeisten überraschte. »Das reicht jetzt wirklich. Verschwindet von hier, bevor ich wirklich wütend werde!«
Möglicherweise war es einfach die Unverschämtheit dieser Worte, denn trotz allem sah sich Michael noch immer einer fast dutzendfachen Übermacht gegenüber, und zudem waren die meisten Rocker mit Ketten, Stöcken oder auch Messern bewaffnet, aber einige von ihnen wichen tatsächlich ein paar Schritte zurück, bis ihr Anführer mit einer herrischen Geste die Hand hob und Michael entgegentrat. Seine Augen flammten vor Zorn, aber Michael las auch Verblüffung darin, Vorsicht – und eine Heimtücke, die ihn warnte. »He!« sagte er. »Das war gar nicht schlecht, Kleiner. Wie hast du das gemacht?« Er lachte nervös. Offensichtlich fand er seine Selbstbeherrschung nur mühsam wieder, hatte aber auch Angst, vor seinen Leuten das Gesicht zu verlieren.
»Das werde ich dir gerne noch einmal zeigen, wenn du mit deinen Typen nicht auf der Stelle von hier verschwindest«, sagte Michael.

Die Lippen des Rocker-Chefs wurden zu einem dünnen, blutleeren Strich. Er machte einen halben Schritt und blieb wieder stehen, als Michael drohend die Hand hob. »Bist du verrückt geworden?« sagte er. »Bis jetzt war es Spaß, aber du kannst es gern auch auf die harte Tour haben.« Plötzlich lag in seiner Hand ein Messer, und seine Bewegung war so schnell, daß Michael unter normalen Umständen wohl keine Chance gehabt hätte, sie auch nur zu sehen, geschweige denn, ihr auszuweichen. Aber die Umstände waren nicht normal. Seine Arme und Beinen schienen zu reagieren, ohne daß es dazu eines Befehls seines Gehirns bedurft hätte. Mit einer fast spielerischen Bewegung wich er dem Messer aus, packte den Arm des Rockers und verdrehte ihn mit einem kurzen, harten Ruck. Er hörte ein furchtbares Knirschen, in das sich ein gellender Schmerzensschrei mischte, und wußte im gleichen Moment, daß das Gelenk gebrochen war.
Der Rocker brach wimmernd in die Knie, umklammerte seine rechte Hand mit der linken und krümmte sich vor Schmerz. »Packt ihn!« schrie er. »Bringt die kleine Ratte um!«
Nur zwei seiner Leute versuchten, dem Befehl nachzukommen. Michael ließ den ersten über sein ausgestrecktes Bein stolpern und versetzte ihm einen Schlag in den Nacken, der ihn der Länge nach zwei Meter weit über den Boden schlittern ließ, der zweite brach seinen Angriff im allerletzten Moment ab und brachte sich mit einem fast grotesken Sprung in Sicherheit, als Michael drohend auf ihn zutrat.
»Habt ihr nicht verstanden, was ich gesagt habe?« rief er. »Verschwindet, ehe es euch allen so ergeht wie eurem Chef!« Für eine einzige, schreckliche Sekunde sah es beinahe so aus, als würden die Rocker doch noch einmal Mut fassen und sich gemeinsam auf ihn stürzen wollen, und Michael war gar nicht sicher, daß er mit dieser Übermacht fertig würde. Aber dann drehte sich der erste um und lief zu seinem Motorrad, und das war das Zeichen zur allgemeinen Flucht. So schnell

sie konnten, rannten die Männer zu ihren Maschinen, wobei nicht wenige humpelten oder von ihren Kameraden gestützt werden mußten, und nach kaum einer Minute war der Spuk vorbei, die letzte Maschine mit aufbrüllendem Motor vom Hof gerollt und verschwunden.

Michael drehte sich langsam zu den Stadtstreichern um. In den Gesichtern war noch immer Furcht und Entsetzen zu lesen, aber die gleiche fassungslose Verblüffung, die auch Michael selbst empfand. Sekundenlang sagte niemand ein Wort. Eine fast unheimliche Stille breitete sich auf dem verlassenen Fabrikhof aus. Schließlich war es der alte Mann, der so freundlich zu ihm gewesen war, der als erster das Schweigen brach.

»Wie ... wie hast du das gemacht?« fragte er kopfschüttelnd.

Michael zuckte mit den Schultern und versuchte sich in ein verlegenes Lächeln zu retten, aber er spürte selbst, daß es nicht sehr überzeugend wirkte. »Das war nur Glück«, sagte er. »Ich kenne ein paar Tricks, und im übrigen habe ich einfach geblufft. Sie sind darauf hereingefallen.« Das klang ungefähr so überzeugend, als hätte er behauptet, in Wirklichkeit ein Besucher vom Mars zu sein, der sich nur als fünfzehnjähriger Junge verkleidet habe, um unerkannt unter den Menschen leben zu können. Die Wahrheit war, daß er es einfach nicht wußte. Er wußte nicht, wie er es gemacht hatte, er wußte nicht einmal, warum er es gemacht hatte. Michael war kein Schwächling und auch kein Feigling, das hatte er in so mancher Schulhofprügelei bewiesen, bei der sich seine Gegner blutige Nasen oder blaue Augen geholt hatten. Aber das ...

Im Grunde nur, um nicht auf die Frage antworten zu müssen und den fassungslosen Blicken der Männer und Frauen auszuweichen, ging er auf eine Frau zu, die verletzt am Boden hockte und sich das blutende Gesicht hielt. Als er die Hand nach ihr ausstreckte, zuckte sie zurück, aber Michael ergriff einfach ihren Arm, drückte ihn mit sanfter Gewalt herunter

und betrachtete ihr Gesicht. Ihr linkes Auge war zugeschwollen, und sie blutete heftig aus Mund und Nase.
»O verdammt«, murmelte er. »Warum haben sie das nur getan?«
Die Frau blickte ihn aus großen Augen an. Sie schien etwas sagen zu wollen, brachte aber nur ein hilfsloses Schluchzen zustande, und das Empfinden von Mitleid in Michael wurde schier übermächtig. »Ich wünschte, ich könnte etwas für Sie tun«, sagte er.
Und wieder, ohne daß er selbst wirklich wußte, warum er es tat, hob er den Arm und berührte das Gesicht der Frau mit den Fingerspitzen.
Das Blut versiegte, ihr geschwollenes Auge öffnete sich, und auch die kleinen Kratzer und Prellungen auf ihrer Wange waren plötzlich verschwunden. Anstelle von Schmerz und Furcht machte sich ein Ausdruck abgrundtiefer Verblüffung auf ihren Zügen breit. Ihre Augen weiteten sich, während sie ungläubig die Hände an das Gesicht hob, es mit den Fingerspitzen abtastete und dann auch auf ihre Hände niedersah, die plötzlich ebenso unversehrt waren wie ihr Gesicht. Michael lächelte ihr aufmunternd zu, stand auf und kniete neben einem Mann nieder, der halb auf der Seite lag und seinen offensichtlich gebrochenen Arm an den Leib preßte. Beinahe flüchtig strich er mit den Fingerspitzen darüber, und das Wunder wiederholte sich.
Und so ging es weiter. Michael heilte die aufgeschlagenen Knie eines anderen Mannes, berührte die Lippen eines dritten, dem ein Rocker zwei Zähne ausgeschlagen hatte, und schloß die heftig blutende Platzwunde an der Stirn eines vierten. Und mit einer Sicherheit, als hätte er sein Lebtag lang nichts anderes getan, ging er von einer Gestalt zur nächsten und heilte alle Wunden und Verletzungen, die ihnen zugefügt worden waren. Und nicht nur das. Eine alte Frau hatte einen häßlichen, eiternden Ausschlag auf den Händen, der ebenso schwand wie der trockene Husten eines Mannes.

Erst jetzt begriff er wirklich, was er tat.
Es war sehr still geworden, stiller noch als vorhin. Michael stand eine ganze Weile reglos da, blickte ungläubig auf seine Hände und versuchte zu begreifen, was hier vorging. Dann sah er auf, blickte in die Gesichter der Menschen, die einen Kreis um ihn bildeten – und las darin nicht nur Erstaunen und Überraschung.
Es war Angst, die ihn aus den Gesichtern dieser Männer und Frauen entgegenblickte. Eine Angst, fast ebenso groß wie die vor den Rockern, und ganz eindeutig Angst vor ihm.
»Ich ... weiß nicht, wie ich ...« stammelte er, brach ab und sah sich hilflos um. Der freundliche Alte wich einen Schritt vor ihm zurück, als Michael auf ihn zuging. Und die Frau, die er als erste geheilt hatte, stieß einen leisen Schrei aus und verschwand mit hastigen Schritten in der Dunkelheit.
»Wirklich«, sagte Michael, »das müßt ihr mir glauben. Ich ... ich weiß nicht, was passiert ist. Ich ...«
Er sprach nicht weiter, als ihm klar wurde, wie sinnlos jedes Wort war. Die Leute wichen weiter vor ihm zurück, nicht alle liefen vor ihm davon wie diese Frau, aber plötzlich spürte Michael, daß etwas zwischen ihnen war, das er zwar nicht mit dem Verstand begriff, aber sehr wohl spürte.
Fast instinktiv wich er plötzlich vor den anderen zurück, bis er gegen das brennende Ölfaß stieß und stehenblieb. Verstört wandte er sich um und blickte in die lodernden Flammen.
Und etwas Unheimliches geschah. Für einen Augenblick war es ihm, als formten sich in den orangerotweiß flackernden Flammen die Züge eines menschlichen Gesichtes. Wolfs Gesicht. Und zugleich schien das Prasseln und Knistern der Flammen zu einer Stimme zu werden, die lautlos wispernd in seine Gedanken sprach.
»Nun, Michael«, fragte Wolf. *»Verstehst du nun, was ich gemeint habe? Das alles und noch viel mehr liegt in deiner Macht. Du kannst Unrecht verhindern und Schmerzen lindern. Du kannst Krankheiten heilen und Böses ungeschehen machen. Und*

das ist erst der Anfang! Komm zurück zu mir, und ich lehre dich, Wunder zu tun.«

Natürlich war Wolfs Gesicht nicht wirklich dort im Feuer. Und natürlich war es nicht wirklich seine Stimme, die er hörte. Und doch war Michael in diesem Moment sicher, daß der Schriftsteller ihm auf diesem Wege eine Botschaft zukommen ließ.

Mit einem nur halb unterdrückten Schrei auf den Lippen fuhr Michael wieder herum und schaute in die Reihe bleicher Gesichter. Noch einige andere waren vor ihm geflohen und hatten sich irgendwo in der Dunkelheit verborgen. Auf den Zügen der anderen ging eine Veränderung vor sich, die ihm angst machte. Der Mann, dessen gebrochenen Arm er geheilt hatte, trat zögernd auf ihn zu, blieb stehen, machte noch einen Schritt – und dann ließ er sich auf die Knie nieder und blickte aus leuchtenden Augen zu ihm auf.

»Ein Wunder«, stammelte er. »Du ... du kannst Wunder vollbringen. Du mußt ein Heiliger sein!«

»Nein«, murmelte Michael. »Das ... das will ich nicht. Steh auf!«

Der Mann reagierte nicht, einer der anderen stammelte ebenfalls etwas von Wundertaten, und plötzlich bewegten sich weitere zwei, drei, vier Männer und Frauen auf ihn zu und streckten die Hände nach ihm aus, um ihn zu berühren. Michael drehte sich auf der Stelle um und rannte über den Hof davon, so schnell er konnte.

Hinter ihm wurden enttäuschte Rufe laut, er hörte, wie ein paar versuchten, ihm nachzulaufen. Ohne noch einmal einen Blick zurückzuwerfen, rannte er durch den Torbogen auf die Straße hinaus und lief immer schneller, bis zuerst die Schritte, kurz darauf auch die Stimmen und Rufe hinter ihm zurückblieben und schließlich verklangen. Aber auch dann hielt er nicht an, sondern lief weiter, bis er einfach nicht mehr konnte und in einen langsameren Trab fiel.

Erst jetzt wagte er es wieder, sich umzusehen. Die Straße

hinter ihm war leer. Offensichtlich hatten sie die Verfolgung aufgegeben. Aber das Gefühl der Angst und Verwirrung war nicht schwächer geworden. Das also war es, wovon Wolf gesprochen hatte. Und erst jetzt wußte er, was Wolf gemeint hatte, als er sagte, daß Michael noch nicht verstehen könne, wovon er rede. Wie hätte er es auch glauben sollen? Er konnte Wunder tun! So unglaublich ihm der Gedanke selbst jetzt noch erschien: es *war* Zauberei. Er hatte durch die bloße Kraft seines Willens ein Dutzend Männer besiegt, von denen jeder einzelne zehnmal so stark war wie er, und er hatte durch Handauflegen Wunden und Krankheiten geheilt. Das sonderbare war nur, daß er es gar nicht wollte. Das Wissen um seine neu erworbenen Fähigkeiten erfüllte ihn nicht mit Stolz oder Zufriedenheit, sondern mit nichts anderem als Angst. Sein Gefühl sagte ihm, daß er mit diesem Vermögen nichts Gutes bewirken konnte. Es war etwas Unnatürliches, etwas, das allen Gesetzen der Schöpfung zuwiderlief.

Ein Summen und flackerndes blaues Licht kündigten Dwiezels Rückkehr an. Das Irrlicht umkreiste ihn zwei- oder dreimal und flog dann neben ihm und im gleichen Tempo wie er weiter. »Warum läufst du plötzlich so schnell?« fragte es. »Ich glaube nicht, daß sie dir etwas tun wollten.«

Hast du . . . hast du gesehen, was passiert ist?« fragte Michael fassungslos.

Dwiezel nickte. »Klar habe ich es gesehen«, antwortete er. »Ich hätte gar nicht gedacht, daß du dich so gut zur Wehr setzen kannst.«

»Ich auch nicht«, sagte Michael. »Was . . . was war das?«

Dwiezel legte die winzige Stirn in Falten. »Woher soll ich das wissen, wenn nicht einmal du es weißt?« fragte er. »Außerdem . . . wovon redest du überhaupt?«

Michael gab es auf. Dwiezel hatte keine Ahnung, wie und nach welchen Gesetzmäßigkeiten Michaels Welt funktionierte. Also konnte er auch nicht von ihm erwarten, daß er begriff, welch unglaubliches Wunder er gerade vollbracht hatte. Er begriff es ja selbst nicht. Gleichzeitig spürte er, daß die Stimme im Feuer die Wahrheit gesagt hatte. Was er soeben getan hatte, war erst der Anfang gewesen. Irgend etwas war in ihm, eine Macht, die mit jeder Sekunde weiter wuchs. Aber er war nicht ganz sicher, daß es eine Kraft war, die dem Guten diente. Vielleicht lag es daran, daß Wolf es war, der sie ihm gegeben hatte. Er traute ihm noch immer nicht, und da war noch zu vieles, das einfach keinen Sinn ergab.

Aber die Verlockung war da. Wer hätte sie nicht gespürt, die Versuchung, diese neue, unglaubliche Kraft zu erproben, zu beherrschen und einzusetzen. Und trotz aller Zweifel, trotz aller Angst, trotz aller Verwirrung wäre Michael der Versuchung wahrscheinlich erlegen, wäre nicht die Katze gewesen!

Es war fast eine Stunde später, in der sie sich weiter dem Viertel näherten, in dem Michael wohnte, wobei sie das belebte Stadtzentrum umgingen. Michael schritt dahin wie in einem Traum, in seinem Kopf jagte ein Gedanke den anderen, bis er schließlich zu keiner klaren Überlegung mehr fähig schien. Eine Zeitlang war er sogar fest davon überzeugt, tatsächlich nur zu träumen und in Wahrheit noch immer auf dem Bett in Wolfs Gefängniszelle zu liegen.

Aber es war kein Traum, und er fand abrupt in die Wirklichkeit zurück, als vor ihm ein grelles Scheinwerferpaar auftauchte und eine Sekunde später Bremsen quietschten und er einen dumpfen Knall hörte, gefolgt von einem Kreischen und Miauen, dem ein leiser Anprall folgte. Der Wagen bremste kurz ab, dann gab der Fahrer Gas und raste mit quietschenden Reifen davon. Hastig rannte Michael los, erreichte nach einigen Augenblicken die Stelle, an der der Wagen abgebremst hatte, und sah sofort, was passiert war. Es war eine Katze, ein kleines, schwarz-weiß getigertes Tier, das der Wagen wohl in voller Fahrt erfaßt und in den Rinnstein geschleudert haben mußte. Seine Glieder waren völlig verdreht, das Fell färbte sich vor Michaels Augen rot. Er kniete neben dem zerschmetterten Körper nieder und streckte die

Hände danach aus. Die Katze war tot. Vermutlich hatte sie nicht einmal mehr den Aufprall gespürt. So, wie sie dalag, sah es aus, als wäre jeder einzelne Knochen in ihrem Körper gebrochen. Trotzdem nahm Michael sie behutsam auf, trat einen Schritt von der Straße weg und bettete den winzigen Körper in der Armbeuge, während er mit der anderen Hand das blutgetränkte Fell zwischen den Ohren der Katze streichelte. Seine Augen füllten sich mit Tränen, und er machte auch gar keinen Versuch, dagegen anzukämpfen.

»Armes kleines Ding«, flüsterte er. »Ich wollte, ich könnte irgend etwas für dich tun.«

Er hatte die Worte noch nicht ganz ausgesprochen, als er sie auch schon bereute.

Die Katze öffnete die Augen. Ihre dunklen, zu schmalen Schlitzen zusammengezogenen Pupillen musterten Michael, und sie stieß ein klägliches Miauen aus.

»O nein!« flüsterte Michael. »Um Gottes willen – nein!«

So schnell er es konnte, ohne sie fallen zu lassen, setzte er die Katze auf den Boden, wich zwei, drei, vier Schritte zurück und wischte sich immer wieder die Hände an den Hosenbeinen ab. Die Katze war eindeutig tot gewesen. Sie miaute abermals, stand unsicher auf und versuchte auf Michael zuzugehen, fiel aber sofort wieder auf die Seite. Michaels Berührung hatte ausgereicht, den Tod zu vertreiben, aber ihr Körper schien zu schlimm verletzt zu sein, um völlig geheilt zu werden. Es war einfach *nicht richtig.*

»Nein«, flüsterte Michael noch einmal. »Nicht das! Das darf nicht sein!«

Fast als hätte sie die Worte verstanden, stemmte sich die Katze abermals in die Höhe und schleppte sich, die Hinterläufe und den Schwanz hinter sich herschleifend, auf ihn zu. Auf dem Gehweg blieb eine dunkle Blutspur zurück, und das Miauen und Wimmern des Tieres bohrte sich wie ein glühender Pfeil in Michaels Herz. Langsam, immer wieder innehaltend und mit schnellen Atemzügen Luft schöpfend, schleppte sich die

Katze weiter auf ihn zu. In ihren Augen war ein Schmerz, der nicht körperlich war, ein Vorwurf, der den normalen Blick eines Tieres bei weitem überstieg, und Michael wußte, was es bedeutete. Ganz instinktiv hatte er geglaubt, das Richtige zu tun, indem er das Tier dem Tod wieder entriß. Aber er hatte diesem Tier nichts gegeben, sondern ihm etwas genommen, das einzige Recht, das jede Kreatur auf der Welt hatte und das niemand ihr streitig machen durfte, nämlich das Recht zu sterben, wenn es an der Zeit war.

Jetzt erst, in diesem Moment, begriff er wirklich, was es war, das Wolf ihm gegeben hatte. Er besaß Macht über Leben und Tod. Aus tränenerfüllten Augen starrte er die wimmernde Katze an, die noch immer versuchte, sich mit den Vorderpfoten an ihm hochzuziehen und ihn dabei auf jene schreckliche Weise anblickte. Er wußte, was er zu tun hatte. Er wollte es nicht. Er hätte alles darum gegeben, es nicht tun zu müssen. Zitternd kniete er vor der Katze nieder und streckte die Hände aus, aber er brachte es nicht über sich, die Bewegung zu Ende zu führen. Die Katze miaute kläglich. Zu dem Schmerz und dem Vorwurf in ihrem Blick gesellte sich etwas anderes, ein Flehen, nein, Fordern, das verzweifelte Betteln um den Tod, den er ihr vorenthalten hatte.

Aber es dauerte Minuten, bis er endlich die Kraft dazu fand.

Michael erfuhr niemals, ob und auf welche Weise Anson dafür, daß er ihn und Wolf bei der Prüfung betrogen hatte, zur Rechenschaft gezogen wurde. Vermutlich erging es ihm so, wie es auch in Michaels Welt einem Mann in seiner Position ergangen wäre, nämlich daß ihm gar nichts passierte. Er sah ihn zwei Tage lang nicht wieder, aber als sie sich begegneten, da gab sich Anson Mühe, wenn schon nicht freundlich, so doch höflich zu Wolf und ihm zu sein. Sie würden niemals Freunde werden, und Anson machte auch keinen Hehl daraus, daß er sie – und insbesondere Wolf – nicht mochte. Aber er gab sich wenigstens Mühe, den Schein zu wahren, und beugte sich nun widerspruchslos Erliks Entscheidung.
Was den Zauberer anging, so hatte dieser seine Schwäche schon auf dem Rückweg zur Stadt überwunden und war bald wieder guter Dinge, sogar fröhlich und ein wenig aufgeregt, wenn Michael den Grund dieser Aufregung auch erst verstehen sollte, als er das erste Mal allein und länger mit Marlik sprach. Zuvor jedoch, am Abend des Tages, an dem die Prüfung stattgefunden hatte, kamen Erlik und drei andere Mitglieder des Rates zu ihnen, um ihnen ihre endgültige Entscheidung mitzuteilen.
Michael, Wolf und Lisas Familie saßen beim Essen zusammen, als der König mit seinem Gefolge erschien. Lisas Eltern wollten aufspringen, aber Erlik bedeutete ihnen mit einer flüchtigen Geste sitzen zu bleiben, nickte grüßend in die Runde und zog sich einen Stuhl heran. Die drei Ratsmitglieder blieben stehen und sahen Wolf und ihn die ganze Zeit über an, während Erlik mit ihm sprach. In ihren Blicken waren jetzt keine Feindschaft oder Mißtrauen mehr.
»Wie fühlst du dich?« eröffnete Erlik das Gespräch zu Michael gewendet.
»Ganz gut«, antwortete Michael wahrheitsgemäß. Der Schlaf

hatte gutgetan, und irgendwie hatte er gleich bei Erliks Eintreten gespürt, daß der König gute Nachrichten brachte. Aus einem plötzlichen Bedürfnis heraus fügte er hinzu: »Aber das haben wir wahrscheinlich nur Lisa zu verdanken. Ohne sie wäre es vielleicht übel ausgegangen.«

Nicht, daß das unbedingt die Wahrheit war. Genaugenommen war Lisas Eindringen in das verbotene Labyrinth höchst leichtsinnig und sogar ein bißchen dumm gewesen, und sie hätte absolut nichts für sie tun können. Trotzdem hatte er auf dem Rückweg erfahren, daß sie und ihr Bruder ihnen heimlich gefolgt waren und auf diese Weise erkannt hatten, daß Anson sie täuschte. Hendryk war es dann gewesen, der zurückgelaufen war und den Zauberer und die anderen geholt hatte.

Erlik musterte das Mädchen mit einem langen, durchdringenden Blick, so daß Lisa leicht errötete und auf ihren Teller sah. Dann lächelte er. »Ja, das war sehr tapfer von dir«, sagte er. »Wenn auch nicht unbedingt klug.«

Lisa zuckte zusammen, ihr Lächeln wirkte plötzlich nervös, und Erlik beeilte sich, in besänftigendem Ton hinzuzufügen: »Aber es ist ja gut ausgegangen. Ihr seid alle noch am Leben, und ihr habt die Prüfung bestanden.«

»Was war das für ein Geschöpf?« fragte Wolf.

Erlik zuckte mit den Schultern. »Das weiß niemand. Keiner, der diese Hallen betreten hat, hat sie lebend wieder verlassen.«

»Und was hätte uns hinter der anderen Tür erwartet?« fuhr Wolf fort.

Erneut zuckte Erlik mit den Schultern. »Auch das weiß niemand«, sagte er.

Wolf blickte ihn überrascht an, und der König machte eine vage Handbewegung. »Es ist die Halle der Prüfungen. Wer immer auch hineingeht und Böses gegen uns im Schilde führt, kommt nicht wieder heraus. Und die, die herausgekommen sind, sprechen nicht darüber, was sie erlebt haben.«

Wolf runzelte die Stirn. Er sah ziemlich verwirrt aus, aber auch alles andere als zufrieden.

»Ich weiß, das klingt sonderbar, aber so sind nun einmal unsere Gesetze, und sie haben uns Jahrhunderte lang gut gedient«, sagte Erlik.

Der Zweifel in Wolfs Blick wich nicht. »Darf ich ehrlich sein?« fragte er.

Erlik nickte.

»Das erinnert mich an etwas«, sagte Wolf, »an Dinge, die gottlob lange Zeit zurückliegen. Vielleicht kennt ihr es ja sogar. Es wurde während der Zeit der Inquisition angewandt? Man nannte es die Hexenprobe.«

Erliks Blick wurde um mehrere Grade kühler, aber auf seinem Gesicht zeigte sich keine Reaktion. »Und was soll das sein?«

Wolf lächelte selbstgefällig und legte beide Hände flach nebeneinander auf den Tisch. »Nun, es war ein ganz simples System. Wurde eine Frau verdächtigt, eine Hexe zu sein, so band man ihr Hände und Füße zusammen und warf sie ins Wasser. Schwamm sie obenauf, so war bewiesen, daß sie mit dem Teufel im Bunde war, und man brachte sie um. Ging sie unter, war das der Beweis, daß sie unschuldig war – nur leider ertrank sie dabei.«

»Ich verstehe«, sagte Erlik kühl. »Ihr meint, daß die, die nicht wieder herauskommen, schon allein deshalb schuldig sind, weil sie nicht mehr herauskommen. Aber so einfach ist es nicht. Die Magie dieses Ortes läßt sich nicht belügen.«

»Magie?« Wolf zog die Augenbrauen zusammen. Er sagte nichts mehr, aber sein Stirnrunzeln sagte genug.

»Ihr glaubt nicht an Zauberei«, sagte Erlik.

»Nicht ... unbedingt«, erwiderte Wolf vorsichtig. »Ich denke, daß es eine Menge Dinge gibt, die wir nicht verstehen und die uns wie Zauberei vorkommen. Aber ich glaube nicht wirklich daran, nein.«

»Vielleicht ändert Ihr Eure Meinung, wenn Ihr mit meinem Bruder gesprochen habt«, sagte Erlik mit einem undeutbaren Lächeln. Dann nahm sein Gesicht einen irgendwie offiziellen

Ausdruck an, und auch seine Stimme änderte sich fast unmerklich. »Aber nun laßt uns zu dem eigentlichen Grund meines Besuches kommen«, sagte er. »Wir haben beraten, und wir haben entschieden, was mit euch zu geschehen hat. Ihr habt die Prüfung abgelegt und damit dem Gesetz Genüge getan, wenn auch vielleicht nicht so, wie es vorgesehen war. Aber Lisa hat mir erzählt, was du getan hast, Michael, und so weiß ich, daß du selbstlos dein eigenes Leben aufs Spiel gesetzt hast, um das ihre zu retten. Deshalb ist der Rat einstimmig zu der Entscheidung gelangt, euch als gleichberechtigte Mitglieder unserer Gemeinschaft aufzunehmen. Von heute an dürft ihr euch frei und ungehindert überall bewegen und tun, was immer ihr wollt, so lange ihr keinen anderen dabei schädigt oder über die Maßen belästigt. Ihr könnt in diesem Haus wohnen, solange ihr wollt, doch es gibt einige Häuser in der Stadt, die nicht bewohnt sind, und es steht euch frei, euch eines davon auszusuchen, gemeinsam oder auch jeder für sich. Wir werden mit euch reden und eine Aufgabe finden, die euren Fähigkeiten entspricht und euch Freude bereitet.«

Michael blickte den König verwirrt an. Etwas in dessen Worten störte ihn, und eine Sekunde später sprach Wolf es aus.

»Das ist sehr freundlich von Ihnen«, sagte er. »Aber ich fürchte, so lange werden wir nicht bleiben können. Wir sind schon jetzt viel länger hier, als gut ist. Was mich angeht, würde ich gerne bleiben, einige Monate oder vielleicht auch Jahre. Aber man wird uns vermissen. Wir müssen wieder nach Hause.«

Erlik schwieg einige Sekunden. Ein unbestimmter Ausdruck von Trauer erschien auf Lisas Gesicht, und auch in der Stimme des Königs schwang eine hörbare Spur von Bedauern mit, als er weitersprach.

»Es tut mir leid«, sagte er. »Ich dachte, ihr wüßtet es.«

»Sie dachten, wir wüßten *was?*« fragte Wolf schneidend scharf.

Erlik machte eine Geste mit beiden Armen. »Das hier ist jetzt euer neues Zuhause«, sagte er. »Es gibt nicht viele Gesetze bei uns, denn wir brauchen sie nicht. Aber es gibt eine Regel, die niemals gebrochen werden darf, solange Menschen hier unten leben.«

Wolf starrte ihn an. Seine Augen wurden zu schmalen Schlitzen. »Und sie besagt, daß niemand, der euer Land je betreten hat, es wieder verlassen darf.«

Erlik nickte.

»Aber wir können nicht bleiben!« sagte Michael. Aufgeregt deutete er auf Wolf. »Er hat völlig recht. Ich würde gerne hierbleiben und eine Weile bei euch leben, aber es geht nicht. Man wird uns vermissen. Sie suchen bestimmt schon jetzt nach uns.«

»Das Gesetz darf nicht gebrochen werden«, sagte Erlik bedauernd. »Bitte, versteh das. Es ist die einzige Regel, die niemals gebrochen werden darf. Sie allein ist der Grund, warum wir all die Jahrhunderte sicher und unentdeckt hier unten gelebt haben. Ließen wir euch gehen, würde das unseren Untergang bedeuten.«

Etwas wie Verzweiflung machte sich in Michael breit. In seiner Stimme war beinahe Panik, als er antwortete: »Wenn wir nicht zurückkommen, werden sie uns suchen. Die Dinge haben sich geändert, seit ihr hier heruntergekommen seid. Ich meine ... ein Menschenleben gilt heute sehr viel mehr als damals. Sie werden nicht aufhören, uns zu suchen. Und sie werden uns finden, früher oder später.«

»Das wird nicht geschehen«, sagte Erlik mit einem bedauernden Lächeln. »Niemand findet den Weg hierher.«

»Wir haben ihn auch gefunden«, sagte Wolf.

Erlik machte eine abwehrende Geste. »Das war etwas anderes«, sagte er. »Der Zauber, der uns vor Entdeckung schützt, mag einmal versagt haben. Aber das wird nicht wieder geschehen. Sie mögen euch suchen, aber niemand wird euch finden.« Er wandte sich wieder an Michael, und ein Ausdruck ehrlich empfundenen Mitleids trat in sein Gesicht. »Ich verstehe deine Gefühle«, sagte er. »Deine Eltern sind dort oben, deine Freunde und alle, die du kennst und liebst. Es tut weh, ich weiß. Aber du mußt auch uns verstehen. Ließen wir euch gehen, müßten wir von diesem Tage an ständig in der Furcht leben, entdeckt zu werden.«

»Und was wäre so schlimm daran?« fragte Wolf. »Ich will Ihnen nicht zu nahe treten, Erlik, aber Sie machen sich keine Vorstellung davon, wie sehr sich die Welt in den letzten tausend Jahren verändert hat. Es gibt dort oben nichts mehr, wovor ihr euch fürchten müßtet. Eher im Gegenteil. Unsere Welt ist für euch voller Wunder und unglaublicher Dinge.«

»Das mag sein«, erwiderte Erlik. »Doch wir brauchen keine Wunder. Wir haben hier alles, was wir brauchen, und alles, was wir wollen. In eurer Welt zu leben ist für uns so schwer wie für euch, es in der unseren zu tun.«

»Und trotzdem zwingt ihr uns dazu«, hakte Wolf ein.

Erlik schüttelte bedauernd den Kopf. »Vielleicht muß ich euch erklären, wie unsere Vorfahren hierherkamen, damit ihr versteht, warum wir nur hier leben können und wollen«, sagte er. »Bei unserem ersten Gespräch habt ihr mir erzählt, daß ihr durch die Pestgrube gegangen seid, um den Weg in die Katakomben zu nehmen.«

»Gegangen ist vielleicht nicht der richtige Ausdruck«, sagte Wolf, »aber so ungefähr stimmt es.«

»Also existieren sie noch heute.«

»Die Pestgruben?« Wolf nickte und schüttelte gleich darauf den Kopf. »Es gibt sie noch, ja, aber nur als ein Überbleibsel. Eine Sehenswürdigkeit. Wir werfen unsere Toten schon lange nicht mehr in leerstehende Katakomben, um sie da verrotten zu lassen.«

Michael erschrak ein wenig, und auch Erlik entging der verletzende Unterton in Wolfs Worten keineswegs. Aber er reagierte nicht darauf, und so fuhr Wolf nach zwei oder drei Sekunden fort. »Die Welt hat sich verändert, Erlik. Die Zeit ist nicht stehengeblieben. Wir heilen heute solche Krankheiten, und in den wenigen Fällen, in denen wir nicht heilen können, versorgen wir die Kranken und geben uns Mühe, ihnen ihre letzten Tage und Wochen so angenehm wie möglich zu bereiten. Die Pest ist seit fünfhundert Jahren besiegt.«

»Es war nicht die Pest, vor der wir geflohen sind«, erwiderte Erlik. »Es war das Leben dort oben, die Welt, die euch so verlockend und voller Wunder erscheint. Keiner von uns hat sie erlebt, wir wurden hier unten geboren, aber sie lebt in unseren Erinnerungen und in den Geschichten, die wir von unseren Eltern gehört haben, und diese wiederum von ihren. Unsere Vorfahren waren Männer und Frauen, die die dort oben nicht haben wollten.«

Wolf nickte. »Hendryk hat mir ein bißchen davon erzählt. Ich weiß. Zigeuner, fahrendes Volk, Schausteller . . .«

». . . oder auch einfach Unzufriedene, die sich der Obrigkeit nicht beugen und Ungerechtigkeiten nicht mehr hinnehmen wollten. Man jagte sie in die Katakomben, damit sie dort unten sterben sollten. Die meisten starben auch, von tausend überlebte nur einer, doch dieser eine fand den Weg hier herab, und er ging zurück und holte seine Freunde und die von seiner Familie, die noch am Leben waren, nach. Damals waren wir Flüchtlinge, Menschen ohne Hab und Gut, ohne Hoffnung oder Aussicht auf irgendeine andere Zukunft als einen grausamen Tod, und auch die meisten von denen, die den Weg hier herab fanden, starben bald, denn diese Welt war auf ihre Art so hart und tödlich wie die, aus der sie geflohen waren. Aber einige überlebten, und sie schufen mit ihrer Hände Arbeit all das, was ihr dort draußen gesehen habt. Und nach und nach kamen andere, die den Weg fanden oder geholt wurden. Während der ersten hundert Jahre war dies hier eine Zuflucht für alle, die die Welt dort oben nicht mehr haben wollte oder die ihrerseits die Welt nicht mehr wollten. Und das ist es all die Jahre hindurch geblieben, weil wir diese eine Regel beachtet haben: daß niemand, der den Weg hier-

her gefunden hat, je wieder zurück kann. Ich weiß, was ihr darüber denkt.« Er lächelte. »Ich weiß auch, daß ihr euch jetzt vielleicht zum Schein fügen und schon morgen beginnen werdet, Fluchtpläne zu schmieden, denn das ist nur natürlich, und noch jeder, der herkam, hat das getan. Wir werden euch nicht daran hindern. Auch euer erster Fluchtversuch war zum Scheitern verurteilt. Nicht wegen Anson und seiner Krieger. Sie hätten sich einen Spaß daraus gemacht, euch zu jagen und vermutlich zu töten, und doch wäre es gar nicht nötig gewesen. Versteht bitte: Es ist nicht nur so, daß unsere Gesetze es verbieten, euch gehen zu lassen. Selbst wenn wir es wollten – es führt kein Weg hinauf.«
»Was für ein Unsinn«, sagte Wolf zornig. »Es führt ein Weg hier herunter, oder?«
»Das ist richtig«, antwortete Erlik. »Doch es ist ein besonderer Weg. Er führt nur in eine Richtung. Vielleicht könntet ihr fliehen und die Stadt verlassen, und wenn Anson und seine Krieger überhaupt noch einen Sinn haben, dann den, die, die es versuchen wollen, daran zu hindern, denn alles, was ihr dort draußen finden würdet, wäre ein langsamer und qualvoller Tod. Ihr würdet euch verirren und verhungern oder verdursten.«
»Es käme auf den Versuch an«, murmelte Wolf.
»Ein Versuch, den ihr mit dem Leben bezahlen würdet«, sagte Erlik ernst und stand auf. »Nun, ich habe gesagt, was zu sagen war, und der Rest liegt bei euch. Ich könnte es euch befehlen, aber ich tue es nicht, sondern bitte euch, über das nachzudenken, was ich gesagt habe. Nehmt euch ein wenig Zeit, unsere Welt und uns kennenzulernen, und urteilt erst dann.«
Der König und die anderen drei Ratsmitglieder gingen. Michael saß da wie gelähmt. Vor Augenblicken noch hatte alles so gut ausgesehen, aber jetzt begriff er, wie naiv er gewesen war, auch nur eine Sekunde lang anzunehmen, daß mit ihrem Abenteuer in der verbotenen Halle alles vorbei sei. Er

hatte wirklich geglaubt, Erlik und die anderen wären mit einer *guten* Nachricht gekommen. Es war ein Urteil gewesen, das sie gebracht hatten! Ein Urteil, das ihm doppelt grausam vorkam, denn sie hatten nichts getan. Nichts, außer im falschen Moment am falschen Ort zu sein.

Er merkte erst beim dritten Mal, daß Lisa ihn anredete. Mühsam blickte er auf, sah ihr einen Moment lang ins Gesicht und spürte, wie heiße Tränen in seinen Augen aufstiegen. Ohne ein weiteres Wort sprang er auf und rannte aus dem Zimmer. Er hörte, wie Lisa seinen Namen rief, ebenfalls aufstand, um ihm nachzulaufen, und der Vater sie mit einem knappen Befehl zurückhielt.

Blindlings wandte er sich auf dem Flur nach links, lief auf die Treppe zu und bog dann kurz davor wieder ab, um in den kleinen Innenhof des Hauses zu gelangen. Plötzlich hatte er das Gefühl, hier drinnen ersticken zu müssen. Er stürmte ins Freie und fand sich inmitten von Gebüsch und blühenden bunten Blumen wieder. Aber es wurde nicht besser. Die Wände, die ihn an vier Seiten einschlossen, erschienen ihm plötzlich wie die eines Gefängnisses, ein Gefängnis ohne Schlösser und Riegel, das trotzdem vollkommen ausbruchsicher war, und der steinerne Himmel über ihm, so weit er auch entfernt sein mochte, schien ihn mit seinem Gewicht erdrücken zu wollen.

Eine tiefe, mit einem Gefühl beinahe körperlich schmerzender Hilflosigkeit gepaarte Verzweiflung machte sich in Michael breit, eine Verzweiflung, die ihm um so schlimmer erschien, da es niemanden gab, dem er die Schuld an seiner Lage zuschreiben konnte, nicht einmal Wolf, wenn man es richtig betrachtete. Nein, *so* hatte er sich sein Abenteuer in dieser Welt wirklich nicht vorgestellt. Wie sollte er hier leben? Was sollte er hier tun? Das Unterland mit all seinen Wundern und scheinbar unmöglichen Dingen, das ihm vor Augenblicken noch so groß und phantastisch vorgekommen war, erschien ihm mit einem Mal winzig und arm, und das

Leben der Menschen hier unten, auf das er beinahe mit Neid geblickt hatte, trostlos. Dies hier war ein Ort, den man besuchen und an dem man eine Weile bleiben konnte, aber keiner, um da zu *leben!*

Michael wußte nicht, wie lange er so dagestanden und aus brennenden Augen ins Leere gestarrt hatte, als er das Geräusch von Schritten vernahm und Lisa und Hendryk erblickte, die langsam auf ihn zukamen. Hendryks Blick war kühl, fast glaubte er Verachtung in seinen Augen zu erkennen, als der Junge die Tränen sah, die über sein Gesicht liefen, Lisa aber zeigte ehrlich empfundenes Mitleid. Langsam trat sie auf ihn zu und legte ihm in einer vertraulichen Geste den Arm um die Schulter.

»Es tut mir wirklich leid, Michael«, sagte sie. »Ich weiß, wir hätten es euch sagen sollen, aber . . .«

Michael lächelte traurig und deutete ein Kopfschütteln an. »Schon gut«, sagte er leise. »Du kannst nichts dafür.«

»Du wirst sehen, wenn du dich erst einmal an alles hier gewöhnt hast, wird es dir hier bestimmt gefallen«, sagte Lisa. Es war ein schwacher und noch dazu unzulänglicher Versuch, ihn zu trösten. Er schüttelte nach einigen Sekunden den Kopf und streifte ihren Arm vorsichtig ab. »Das glaube ich nicht«, sagte er.

Auch Lisas Augen schimmerten plötzlich feucht. Aber sie beherrschte sich. »Gefällt es dir hier denn gar nicht?« fragte sie. »Und . . .« sie zögerte, magst du mich nicht wenigstens ein bißchen?«

»Doch«, sagte Michael. »Aber das ist es nicht. Ich . . . ich gehöre nicht hierher. Dort oben sind meine Familie, all meine Freunde und alles, was ich kenne. Ich kann hier nicht leben.«

»Aber du wirst es müssen«, sagte Hendryk. »Ich weiß, es klingt billig, aber wir wollen dir wirklich helfen. Lisa und ich werden dir alles zeigen und alle Fragen beantworten, die du hast. Es gibt eine Menge interessanter Dinge hier, du wirst sehen. Und interessante Leute«, fügte er augenzwinkernd und mit einem nur angedeuteten Kopfnicken in Richtung auf seine Schwester hinzu.

Wären die Umstände andere gewesen, hätte Michael jetzt sicher gelächelt oder wäre verlegen geworden, wahrscheinlich beides, so aber sah er den blonden Jungen nur einen Herzschlag lang voller Trauer an und drehte sich dann um, um tiefer in den Garten hineinzugehen. Es waren, da der Garten nicht groß war, nur wenige Schritte, die er überhaupt gehen konnte, aber Lisa und ihr Bruder respektierten seinen Wunsch, allein zu sein. Sie gingen zwar nicht ins Haus zurück, blieben aber, wo sie waren, und sahen schweigend und voller Mitleid zu Michael hinüber.

Doch auch der schlimmste Schmerz läßt irgendwann einmal nach, und nach einer Weile regte sich in Michael anstelle seiner Verzweiflung etwas anderes: Trotz. Ein fast kindischer Trotz gegen Erliks Entscheidung, gegen das Schicksal und jede Wahrscheinlichkeit. Wie hatte Erlik selbst gesagt? Ihr werdet anfangen, Fluchtpläne zu schmieden. Ja, dachte Michael, da hatte Erlik verdammt recht! Er *würde* damit anfangen, und er würde nicht damit aufhören, wie Erlik prophezeit hatte, sondern eine Möglichkeit finden, hier herauszukommen.

Erliks Behauptung, daß das unmöglich sei, störte ihn wenig. Er hatte auch behauptet, daß es unmöglich sei, hier herunterzukommen, und er hatte auch gesagt, daß noch nie ein Mensch lebend aus den verbotenen Hallen zurückgekehrt wäre. Beides stimmte nicht, wieso also sollte er ihn nicht auch in seiner dritten Behauptung eines Besseren belehren können? Natürlich mußte er vorsichtig sein. Erliks Worte waren kein Spott gewesen oder Hohn. Er hatte das nicht nur gesagt, um Wolf und Michael von Anfang an jede Hoffnung zu nehmen, sondern weil es seine feste Überzeugung war. Und ein bißchen sollte es wohl auch als Warnung dienen. Nun gut, dachte Michael. Er würde die Warnung beherzigen und um so vorsichtiger sein, wenn er seine Flucht aus diesem

Gefängnis, das von seinen Bewohnern für eine Art Paradies gehalten wurde, vorbereitete.
Etwas von seinen Gedanken mußte wohl deutlich auf seinem Gesicht abzulesen gewesen sein, denn als er sich zu Hendryk und seiner Schwester umdrehte, zog Lisa überrascht und ein wenig alarmiert die Augenbrauen zusammen, während auf Hendryks Lippen ein dünnes, abfälliges Lächeln erschien. Michael nahm es ihm nicht einmal übel. Im Grunde war es ihm nur recht, wenn alle glaubten, daß er ja doch keine Chance hatte.
»Vielleicht habt ihr recht«, sagte er. »Es nützt nicht viel, wenn ich hier herumstehe und mit dem Schicksal hadere. Ihr wollt mir alles zeigen? Warum fangen wir nicht gleich damit an?«
Lisa wollte antworten, doch ihr Bruder war schneller. »Nicht heute«, sagte er. »Marlik ist gekommen, schon vor einer Weile. Er möchte mit dir reden.«
»Warum hast du das nicht gleich gesagt?« fragte Michael.
»Weil er uns befohlen hat, dich nicht zu stören, sondern abzuwarten, bis du soweit bist«, antwortete Hendryk. Er machte eine einladende Geste auf das Haus hin. »Er will alles über die verbotenen Hallen wissen. Wie es darin aussieht, was ihr erlebt habt . . . alles eben.«
»Gerne«, antwortete Michael. »Aber hast du es ihm noch nicht erzählt?«
Die Frage galt Lisa, die heftig mit dem Kopf nickte. »Das habe ich, aber Marliks Wißbegier ist unstillbar. Und ihr wart länger drinnen als ich. Außerdem«, gestand sie mit einem verlegenen Lächeln, »habe ich kaum etwas mitbekommen. Um ehrlich zu sein: ich hatte viel zuviel Angst.«
»Ich auch«, sagte Michael. Er zwang sich zu einem Lächeln, ging mit forschen Schritten an den beiden vorbei und zur Tür – und prallte mit einem erschrockenen Aufschrei zurück.
Die Tür war geöffnet worden, gerade als er die Hand nach der Klinke ausstrecken wollte, aber es war nicht Marlik, der

in der Öffnung erschien, sondern ein mehr als drei Meter hoher Koloß von der Farbe der Nacht, der sich tief bücken mußte, um überhaupt herausschauen zu können. Seine schuppigen Schultern scharrten mit einem Geräusch am Stein, das klang, als kratze ein Fingernagel über eine Schiefertafel, und tiefschwarze Augen starrten Michael ins Gesicht.

»Keine Sorge!« sagte Hendryk rasch. Mit einem Sprung war er neben Michael und legte ihm beruhigend die Hand auf die Schulter. »Das ist nur Brokk. Er tut dir nichts.«

Michael glaubte dem Jungen, aber das änderte nichts daran, daß er vorerst wie gelähmt war. Er erinnerte sich noch zu gut daran, wie diese schwarzen Ungeheuer Wolf und ihn durch die Gänge des Labyrinths gejagt hatten. Seit er in der namenlosen Stadt war, hatte er keines dieser Geschöpfe mehr gesehen.

»Brokk?« flüsterte er. »Es . . . es hat einen Namen?«

Hendryk lachte. »Natürlich hat er einen Namen. Und du solltest vorsichtig mit dem sein, was du sagst. Er versteht nämlich jedes Wort. Daß sie nicht reden können, heißt nicht, daß sie taub sind. Ganz im Gegenteil – Trolle haben ein viel feineres Gehör als Menschen.«

»Trolle?« Michael warf dem Jungen einen ungläubigen Blick zu. »Hast du Trolle gesagt?«

»Natürlich habe ich das gesagt«, antwortete Hendryk. »Brokk ist ein Troll, was denn sonst?«

»Natürlich«, sagte Michael. »Was für eine dumme Frage. Was denn sonst?«

Hendryk lachte wieder. Dann wandte er sich an den Troll, der noch immer gebückt dastand und abwechselnd ihn und Michael aus seinen furchtbaren schwarzen Augen ansah. »Nimm es ihm nicht übel, Brokk. Er ist fremd hier. Er kann nicht wissen, wer ihr seid. Vielleicht ist es das beste, wenn du wieder gehst.«

Das Wesen reagierte mit keiner Miene auf Hendryks Worte,

und Michael war auch nicht sicher, ob es überhaupt fähig war, die Miene zu verziehen. Jetzt, im hellen Licht dieser Höhle, konnte er den schwarzen Giganten viel genauer betrachten als in der grauen Dämmerung in den Gängen. So wie sein gigantischer Leib nur entfernt menschenähnlich war, sah auch sein Gesicht nur entfernt einem menschlichen Gesicht ähnlich. Er hatte Augen, die Michael unter einer wulstigen, vernarbten Stirn anblickten, eine breite, buckelige Nase und ein gewaltiges Maul – Mund konnte man dazu beim besten Willen nicht mehr sagen –, aber sein Gesicht sah aus wie aus hartem Granit herausgeschlagen. Michael war nicht sicher, ob der Leib des Trolls aus Fleisch und Blut bestand, so absurd ihm dieser Gedanke auch vorkam. Nach ein paar Sekunden drehte sich der Troll schwerfällig um und ging ins Haus zurück, wobei er aus Unachtsamkeit am Türrahmen anstieß und dabei einen Stein aus der Türfüllung herausbrach, ohne es auch nur zu merken.
Hendryk sah ihm kopfschüttelnd nach, hob den herausgebrochenen Stein auf und versuchte vergeblich, ihn wieder an seinen Platz zu setzen. »Es ist immer dasselbe mit diesen Trollen«, murmelte er. »Sie sind so groß und stark, daß sie überhaupt nicht wissen, welchen Schaden sie anrichten können, ohne es zu wollen. Und dabei ist Brokk noch einer der zivilisiertesten unter ihnen. Du solltest einmal die anderen erleben.«
»Es gibt noch mehr von ihnen hier?« fragte Michael.
»Hier in der Stadt nur wenige«, sagte Lisa. »Sie leben im Labyrinth. Aber manchmal rufen wir sie, wenn eine besonders schwere Arbeit zu erledigen ist. Sie sind sehr hilfsbereit.«
Michael blickte sie ungläubig an, und Lisa nickte ein paarmal, um ihre Worte zu bekräftigen. »Ich weiß, sie sehen nicht so aus, aber die meisten sind ganz nette Kerle. Du bist nicht der einzige, dem sie unheimlich sind. Auch vielen von uns geht es so. Mein Vater sagt, das liegt nur daran, daß sie so groß und still sind.«

Das mochte stimmen. Aber vielleicht lag es auch daran, daß sie einem ganz aus Versehen sämtliche Knochen im Leib brechen konnten, wenn sie einen bloß anrempelten. Zuerst der Ghoul, dann die Irrlichter und schließlich Trolle. Erliks Behauptung, daß niemand von dieser unterirdischen Welt wisse, geriet mit jeder Minute mehr ins Wanken. Offensichtlich war das Geheimnis des Unterlandes zumindest für eine Weile nicht ganz so gut gehütet gewesen, wie Erlik zu glauben schien.

Sie gingen wieder ins Haus und zurück in das Zimmer, in dem sie vorhin mit Erlik gesprochen hatten. Wolf und Lisas Eltern waren nicht mehr da, an ihrer Stelle saß nun der alte Zauberer an der langen Tafel. Er hatte etwas vor sich liegen. Michael erkannte sogleich sein grünes Ringbuch, und es durchfuhr ihn ein eisiger Schreck.

Marlik unterbrach seine Lektüre, und ein erfreutes Lächeln breitete sich auf seinen Zügen aus, als er Michael sah. »Komm näher, Michael«, sagte er. »Lisa und ihr Bruder haben dir gesagt, daß ich mit dir reden möchte?«

Michael nickte stumm. Hendryk und Lisa waren draußen auf dem Flur stehengeblieben und machten keine Anstalten nachzukommen. Aus irgendeinem Grund war ihm der Gedanke, allein mit Marlik zu sein, nicht sehr angenehm. Aber gerade, als er Lisa bitten wollte, doch hereinzukommen, schloß sie die Tür.

»Du brauchst keine Angst zu haben«, sagte Marlik. »Mein Bruder hat dir gesagt, wie unser Urteil ausgefallen ist?«

Michael nickte.

»Es gibt nichts mehr, was du fürchten müßtest«, fuhr Marlik fort. »Ich möchte nur ein wenig mit dir reden. Das ist dir doch recht? Ich kann auch später wiederkommen, wenn du möchtest. Morgen oder in einigen Tagen.«

Michael schüttelte den Kopf und näherte sich zögernd dem Tisch. Obwohl er es nicht wollte, blieb sein Blick wie gebannt an dem Ringbuch vor dem Zauberer hängen. Warum, zum Teufel, hatte er überhaupt angefangen, ein *Tagebuch* zu führen? Das hatte er vorher noch nie getan. Wenn Marlik begriff, daß er sich bemüht hatte, jede Einzelheit dessen, was sie auf dem Weg hier herab und später erlebt hatten, zu notieren, dann mochte es sehr wohl sein, daß die Freundlichkeit der Unterlinge wieder spürbar abkühlte. Erst danach fiel ihm ein, daß die Menschen hier unten nicht einmal wußten, was die Worte Lesen und Schreiben überhaupt bedeuteten.

Er setzte sich. Natürlich hatte Marlik seinen Blick und wohl auch seine Bestürzung bemerkt. Er lächelte wieder, schob das Buch halb über den Tisch zu Michael hin, führte die Bewegung aber nicht ganz zu Ende. »Das gehört dir, nicht wahr?« fragte er. »Keine Sorge, ich wollte es dir nicht wegnehmen, ich habe es nur betrachtet. Es interessiert mich.«

Michael griff nach dem Buch, aber er ahnte, daß er Marliks Mißtrauen nur noch mehr Nahrung geben würde, wenn er es zu hastig zumachte und weglegte, und so warf er nur einen flüchtigen Blick darauf und tat dann so, als wäre es ganz unwichtig.

»Lisa hat mir erzählt, was es ist«, begann Marlik. »Sie sagte, daß diese kleinen Zeichen, die du auf das Papier gemalt hast, Worte seien. Stimmt das?«

»Ja«, antwortete Michael. »Man nennt es schreiben.«

»Erklär es mir«, verlangte Marlik.

»Das ist nicht so leicht«, antwortete Michael ausweichend. »Jedes Zeichen hat eine andere Bedeutung, aber wenn man sie alle kennt, dann kann man mit ihrer Hilfe Botschaften übermitteln, an andere oder auch an sich selbst.«

»Ich verstehe«, sagte Marlik. »Um sich zu erinnern. Ihr bewahrt auf diesem Wege eure Geschichten und Erinnerungen auf, nicht wahr?«

Michael nickte verblüfft. Es erstaunte ihn, wie schnell Marlik den Sinn von geschriebenen Worten begriffen hatte.

»Das muß eines der Dinge sein, die verlorengegangen sind in all den Jahrhunderten«, sagte Marlik. Ein leises Bedauern schwang in seinen Worten mit. »Beherrschen viele bei euch diese Kunst?«

»Alle«, antwortete Michael und schränkte seine Behauptung nach einem Augenblick ein. »Jedenfalls fast alle. Mehr oder weniger gut.«

»Das hieße, man könnte die Erinnerungen jedes einzelnen Menschen aufbewahren, für alle Zeiten. Alle Geschichten, alles, was je geschehen ist, jeden Gedanken.« Er schüttelte den Kopf. »Unvorstellbar.«

»Aber es ist so«, sagte Michael. »Und es wird getan. Es gibt . . . Bücher. Unzählige Bücher.« Und dann hörte er sich zu seiner eigenen Überraschung etwas sagen, was er ganz und gar nicht sagen wollte. »Wolf hat die Legenden über eure Stadt in einem alten Buch gefunden. Jemand hat sie aufgeschrieben, vor vielen hundert Jahren.«

»Und jetzt werden die Worte jenes seit vielen hundert Jahren gestorbenen Menschen wieder lebendig und bedrohen unsere Sicherheit«, sagte Marlik.

Michael hätte sich am liebsten geohrfeigt. Warum hatte er das nur gesagt? Zum ersten Mal kam ihm der Verdacht, daß Marlik ihn vielleicht nicht nur gerufen hatte, um mit ihm zu plaudern. »Nein«, sagte er hastig. »So ist es nicht.«

Marlik legte fragend den Kopf auf die Seite. »Aber du hast es selbst gesagt.«

»Das stimmt.« Michael wand sich. »Aber trotzdem . . . ich meine . . . es . . . es war ein sehr altes Buch, verstehen Sie? Ein Buch mit . . . Geschichten.«

»Den Geschichten des Unterlandes und der Menschen, die dorthin flohen.«

»Nein!« Michael schüttelte fast verzweifelt den Kopf. »So ist es nicht. Ich meine . . . keine richtigen Geschichten.«

»Gibt es einen Unterschied zwischen Geschichten und richtigen Geschichten?« fragte Marlik lächelnd.

Michael unterdrückte ein Stöhnen. Wieso war es nur so schwer, etwas so Banales zu erklären? »Ja«, sagte er. »Es gibt

Geschichten, die wirklich passiert sind, und solche, die sich jemand nur ausgedacht hat.«

»Du meinst, Geschichten, die nicht wirklich sind?« vergewisserte sich Marlik. »Dinge, die nicht geschehen sind. Welchen Sinn sollte das haben?«

»Zeitvertreib«, antwortete Michael. »Man schreibt sie auf und liest sie, um sich daran zu erfreuen. Um Abenteuer zu erleben, die man nicht wirklich erleben kann. Und meistens ist die Welt in diesen Geschichten auch einfacher als die wirkliche.«

»Zeitvertreib ...« Der Zauberer wiederholte das Wort auf eine sehr sonderbare Art. »Wenn ich dich richtig verstehe, dann tut ihr Dinge, nur um sie zu tun. Dinge, die keinen Sinn haben.«

»Keinen praktischen Sinn«, verbesserte ihn Michael. Er sah Marlik an, daß dieser überhaupt nicht verstand, und versuchte es auf einem anderen Wege. »Unsere Welt ist völlig anders als eure, Marlik«, sagte er. »Die Menschen dort haben viel Zeit. Sie arbeiten wie ihr, aber sie müssen es nicht von morgens bis abends tun, sondern nur für einen Teil des Tages. In der übrigen Zeit können sie tun, was sie wollen.«

»Das ist bei uns nicht anders«, erwiderte Marlik, der plötzlich Mühe zu haben schien, ernst zu bleiben. »Aber ich glaube, ich verstehe, was du meinst. Eure Welt ist arm an Abenteuern. Und so erlebt ihr sie in diesen sprechenden Zeichen, nicht in Wirklichkeit.«

»So ungefähr«, sagte Michael.

»Und ich nehme an, sie enden zumeist auch gut«, fuhr der Magier fort.

»Meistens ja«, bestätigte Michael.

»Eure Welt muß noch viel phantastischer sein, als ich sie mir vorgestellt habe. Du mußt mir davon erzählen. Aber nicht jetzt. Ich bin hier, um mit dir über die verbotenen Hallen zu reden. Es ist sehr wichtig, und ich werde dir später erklären, warum. Macht es dir etwas aus, darüber zu reden?«

Warum sollte es ihm etwas ausmachen? Michael schüttelte den Kopf. »Nein. Aber ich fürchte, ich kann Ihnen nicht viel sagen. Wir ... sind nur ein kleines Stück weit hineingegangen, ehe wir auf dieses ...« Er suchte einen Moment lang vergebens nach Worten.
»Den Dämon«, sagte Marlik.
Dämonen hatte Michael bisher nur aus Gruselgeschichten und Horrorfilmen gekannt, und die meisten waren eher lächerlich als bedrohlich gewesen. Aber hier unten hatte dieses Wort eine völlig neue Bedeutung gewonnen. Da war nichts Lächerliches mehr daran, hier war er in einer Welt, in der es Trolle, Ghoule, Irrlichter und andere unglaubliche Dinge gab, wieso also nicht auch Dämonen? »Der Dämon, ja«, bestätigte er. »Aber ich weiß nicht, was es war. Ich konnte es nicht genau erkennen. Es ging alles viel zu schnell, und, ehrlich gesagt, ich hatte viel zuviel Angst, um genau hinzusehen. Ich weiß auch nicht, warum er uns nicht getötet hat. Es war Dwiezel, der uns geretttet hat, nehme ich an.«
»Dwiezel?«
»Das Irrlicht«, sagte Michael.
Einige Sekunden lang sah Marlik ihn schweigend an, dann faltete er die Hände auf der Tischplatte und nickte. »Ja, Lisa erwähnte es. Du hast Freundschaft mit einem Irrlicht geschlossen? Das ist höchst selten.«
»Er hatte sich in einem Spinnennetz verfangen«, antwortete Michael. »Ich habe ihn befreit.«
»Und er hat seine Schulden zurückgezahlt«, fügte Marlik hinzu. »Ja, so sind sie. Friedliche kleine Kerle, aber unglaublich verspielt. Es gelingt einem Menschen selten, Freundschaft mit ihnen zu schließen. Aber wenn, dann hält sie meistens ein Leben lang.«
Er schwieg einige Sekunden, und Michael fand Gelegenheit, die Frage zu stellen, die ihm von allen am meisten auf der Seele brannte.
»Dieses Wesen«, sagte er, »dieser Dämon – was ist das?«

Marlik seufzte, fuhr sich mit der linken Hand über den Bart und machte dann eine komplizierte Geste mit den Fingern, deren Bedeutung Michael nicht verstand. »Ich wollte, ich wüßte es«, sagte er. »Ihr drei seid die ersten Menschen, die es gesehen haben und lebend zurückgekehrt sind und von diesem Treffen berichtet haben. Niemand hier hat gewußt, was sich in der verbotenen Halle befindet. Ich habe immer befürchtet, daß noch einer von ihnen existiert, aber erst euer Bericht bestätigt meine Befürchtungen.«
»Sie wissen es nicht?« fragte Michael zweifelnd. »Ein so schreckliches Wesen lebt ganz in eurer Nähe, und ihr wißt nicht einmal etwas davon?«
»Es ist so«, bestätigte Marlik nickend. »Vielleicht wollten wir es nicht wissen. Niemand betritt ohne triftigen Grund die Höhle, in der die Halle der Prüfungen und die verbotenen Katakomben liegen. Es gibt Legenden, weißt du? Sie sind nicht aufgezeichnet wie bei euch, aber lebendig. Und man spürt auch seine Nähe. Es ist etwas Böses, was dort haust, aber ich glaube nicht, daß es uns schaden will. Wir betreten sein Reich nicht und der Dämon nicht das unsere, und solange wir denken können, hat dieses gegenseitige Einvernehmen funktioniert.«
Michael mußte plötzlich an die Teufelsstatuen denken, die er überall im oberen Teil des Labyrinths, aber auch in den verbotenen Hallen gesehen hatte.
»Vielleicht ist es das letzte der alten Wesen«, fuhr Marlik versonnen und mehr im Selbstgespräch als zu Michael gewendet fort. »Und wer weiß . . . wenn es wirklich das Irrlicht war, das euch gerettet hat, so lag die Antwort auf so viele Fragen vielleicht die ganze Zeit über offen vor uns, und wir haben sie nur nicht gesehen. Ich muß versuchen, mit einem der Irrlichter zu reden. Es wäre faszinierend, mit einem von *ihnen* sprechen zu können.«
»Alte Wesen?« fragte Michael. »Was meinen Sie damit?«
»Die, die vor uns hier waren«, antwortete Marlik. »Wir sind

nicht die ersten, die diese Höhlen bewohnen. Vor uns waren andere hier. Wir wissen nicht, wer sie waren. Wir wissen nicht einmal, wie sie ausgesehen haben oder warum sie verschwanden. Die Stadt, die du hier siehst, wurde von unseren Vorfahren erbaut, doch sie errichteten sie auf den Ruinen einer viel älteren Stadt.«

»Die Burg ist ein Teil davon«, vermutete Michael.

Marlik sah ihn überrascht an, dann nickte er. »Ja. Woher weißt du das?«

»Ich habe es gespürt«, antwortete Michael. »Irgend etwas an diesem Gebäude ist . . . böse.«

Marlik lächelte. »Fremd«, verbesserte er ihn. »Nicht böse. Wer immer sie waren, ich glaube nicht, daß man sie mit Worten wie gut oder böse beschreiben kann. Es waren keine Menschen wie wir, soviel haben wir zumindest herausgefunden. Vielleicht waren es überhaupt keine Menschen, vielleicht nicht einmal lebende Wesen in dem Sinn, in dem wir dieses Wort benutzen. Aber wer immer sie waren, sie sind verschwunden, lange bevor unsere Vorfahren hierherkamen. Wenn das Geschöpf in der verbotenen Halle tatsächlich einer von ihnen ist, so muß es der letzte sein. Du mußt mir alles darüber erzählen, jede Kleinigkeit, an die du dich erinnerst.«

Und das tat Michael dann auch. Er erinnerte sich sogar an Dinge, die er in dem Moment, da sie geschahen, gar nicht bewußt wahrgenommen hatte. Er redete fast eine Stunde, ohne daß Marlik ihn auch nur ein einziges Mal unterbrach, und als er endete, fühlte er sich erschöpft und ausgelaugt.

Marliks Wissensdurst schien gestillt, wenigstens für den Moment. Er bedankte sich bei Michael, stand auf und sagte im Hinausgehen, daß er sich freuen würde, wenn Michael ihn bald in seinem Quartier in der Burg besuche. Michael versprach, es zu tun, obwohl ihm bei dem Gedanken, jenes düstere Gebäude zu betreten, noch immer nicht wohl war. Trotzdem dachte er nun schon anders über die Felsenburg.

Jetzt, da er ihr Geheimnis kannte, erschien sie ihm nicht mehr ganz so schrecklich und düster.
Er begleitete den Zauberer hinaus, und als er die Tür hinter ihm schließen wollte, kamen ihm Lisa und ihr Bruder entgegen. Beide wirkten fröhlich und aufgeregt, und Michael mußte schon wieder Fragen beantworten, denn Lisa wollte jede Kleinigkeit wissen, über die er mit dem Zauberer gesprochen hatte. Michael war nicht mehr danach, Fragen zu beantworten, aber er tat es trotzdem, und als er damit fertig war, rückte Hendryk mit dem Vorschlag heraus, Michael ein weiteres Wunder des Unterlandes zu zeigen. Da Michael vorhin so erstaunt über den Anblick des Trolls gewesen sei, läge es doch auf der Hand, ihm alles zu erklären, was mit den riesigen Wesen zu tun habe. Die Höhle, in der die meisten von ihnen lebten, sei gar nicht weit entfernt, und wenn sie einen Wagen nähmen, konnten sie es gut hin und wieder zurück schaffen, ehe Zeit zum Essen wäre. Michael war ein bißchen verwirrt, hatte Hendryk nicht vor einer Stunde erst gesagt, daß er es mit einer weiteren Führung gar nicht so eilig habe? Hendryk und Lisa wollten ihn offenbar aufmuntern, ihn auf andere Gedanken bringen. Als ob das so einfach gewesen wäre.
Andererseits, dachte er, warum eigentlich nicht? Es war vielleicht klug, Hendryks Redseligkeit auszunutzen. Alles, was ihm irgendwie helfen konnte, einen Weg hier heraus zu finden, war wichtig. Außerdem war er tatsächlich neugierig. Also stimmte er zu, und Hendryk ging, um den Wagen zu holen und die Maultiere anzuspannen. Pferde gab es hier unten nicht. Sie hätten den beschwerlichen Weg durch die Labyrinthe wohl auch kaum bewältigen können. Es war ohnehin ein Rätsel, wie die Mulis hier herabgekommen waren.
»Hat Marlik auch mit Wolf gesprochen?« wandte er sich an Lisa.
Das Mädchen nickte. »Ja, bevor er uns schickte, dich zu holen. Aber nicht sehr lange. Und er sah nachher nicht sehr zu-

frieden aus.« Sie sah ihn mit einem nachdenklichen Blick an. »Wer ist er eigentlich?«

»Wolf?«

Lisa nickte. »Er ist mir irgendwie unheimlich.«

»Mir auch«, gestand Michael nach kurzem Überlegen. »Ich weiß nicht, wer er ist. Wir sind uns zufällig begegnet, bevor wir herunterkamen. Ich glaube nicht, daß ich ihn mag.«

»Du glaubst?«

Michael zuckte mit den Schultern. »Ich hatte nicht viel Zeit, mir *darüber* Gedanken zu machen«, sagte er. »Aber ich mag ihn nicht. Und ich glaube, er mich auch nicht.«

»Marlik traut ihm nicht«, sagte Lisa plötzlich.

»Bist du sicher? Erlik hat heute morgen gesagt, *daß* er uns traut.«

»Das ist ja gerade das eigenartige«, murmelte Lisa. »Niemand kann Marlik belügen. Er ist ein Zauberer, vergiß das nicht. Hätte dein Freund die Unwahrheit gesagt, er würde es sofort erkannt haben. Und trotzdem traut er ihm nicht.«

»Ein Zauberer . . .«, wiederholte Michael. Das Wort erfüllte ihn noch immer mit einem sonderbaren Schaudern. Wie so vieles hatte es hier unten eine völlig andere Bedeutung als dort, wo er herkam. »Er ist ein richtiger Zauberer, nicht wahr?«

Lisa blickte ihn verständnislos an. »Natürlich ist er ein richtiger Zauberer«, antwortete sie. »Was sonst?«

»Ja, was sonst.« Michael lächelte säuerlich. »Entschuldige die dumme Frage.« Lisas Blick wurde eher noch verwirrter, und nur, um überhaupt etwas zu sagen und die aufkommende Peinlichkeit des Moments zu überspielen, wandte er sich in die Richtung, in der Hendryk verschwunden war, und fragte: »Hat er sich ein wenig beruhigt?«

»Wie meinst du das?« erwiderte Lisa.

»Gestern hast du mir gesagt, daß er mir auch nicht traut.«

»Ach, das!« Lisa hob in einer wegwerfenden Bewegung die Hand. »Jungs!« sagte sie, als wäre dieses Wort Erklärung genug für alle Dummenheiten der Welt. »Er hat es nicht so gemeint. Ich glaube, er kam sich einfach wichtig vor, den Mißtrauischen zu spielen.«

Sie lachten beide.

»Ist Hendryk dein einziger Bruder«, fragte Michael, »oder hast du noch andere Geschwister?«

Ein Schatten huschte über Lisas Gesicht, und in ihren Augen erschien ein Ausdruck unbestimmter Trauer. »Ich hatte noch einen anderen Bruder«, sagte sie.

»Du hattest?« Die innere Stimme begann ihm zuzuflüstern, daß er jetzt besser die Klappe hielte und nicht noch Salz auf die offene Wunde streute. Trotzdem fügte er hinzu: »Was ist passiert? Ist er gestorben?«

Wieder vergingen Sekunden, ehe Lisa antwortete. »Nein. Er ist ... nicht mehr bei uns.« Der Schmerz, den ihr die Erinnerung bereitete, war so deutlich zu sehen, daß Michael sich in Gedanken bereits Vorwürfe machte, überhaupt gefragt zu haben. Doch nach einigen Augenblicken fuhr sie von selbst fort: »Die Ghoule haben ihn entführt.«

»Die Ghoule? Aber ihr habt mir gesagt, daß sie harmlos sind.«

»Normalerweise stimmt das auch.« Lisas Blick ging an Michael vorbei und war auf einen Punkt im Leeren gerichtet. »Sie tun niemandem etwas zuleide, solange man ihnen nicht zu nahe kommt oder sie reizt. Und selbst dann versuchen sie zu fliehen. Aber in diesem Fall war es anders.«

Sie lächelte auf eine unbestimmt traurige Weise, dann machte sie auf dem Absatz kehrt und ging einige Schritte weg, um dann stehenzubleiben und weiter ins Nichts zu starren. Michael fühlte sich sehr verlegen. Instinktiv wollte er ihr folgen und ein Wort des Trostes sprechen, vielleicht auch nur um Verzeihung bitten, aber diesmal war das Gefühl, damit einen weiteren Fehler zu begehen und alles schlimmer zu machen, noch stärker, und er unterließ es.

Er vernahm ein leises Räuspern hinter sich, und als er sich

umdrehte, blickte er in Hendryks Gesicht. Der Junge mußte lautlos wie eine Katze herangekommen sein, denn Michael hatte es nicht einmal bemerkt. Er fragte sich, wie lange er wohl schon dagestanden und zugehört haben mochte.
Hendryks Worte beantworteten die unausgesprochene Frage. »Mach dir keine Vorwürfe«, sagte er, den Ausdruck auf Michaels Gesicht richtig deutend.
»Du kannst es nicht wissen – aber sie glaubt, daß es ihre Schuld gewesen ist.«
Michael blickte überrascht zu Lisa hinüber und dann wieder in Hendryks Gesicht. »Wieso?«
»Es ist mehr als zehn Jahre her«, antwortete Hendryk mit einer wegwerfenden Geste, die Stimme fast zu einem Flüstern gesenkt, damit Lisa die Worte nicht hören könnte. »Die beiden waren Zwillinge. Sie haben draußen gespielt, in einer der Höhlen, und sind dabei versehentlich in das Gebiet der Ghoule vorgedrungen. Niemand weiß, was wirklich passiert ist. Lisa war noch zu klein, um etwas erzählen zu können. Aber ich denke, sie haben Markus mitgenommen und sie übersehen.«
»Markus?«
»Unser Bruder.« Hendryk sprach zwar leise, aber doch ganz ruhig. Offensichtlich bereitete ihm die Erinnerung keinen Schmerz. Und warum auch? Er konnte sich kaum an seinen verschollenen Bruder erinnern, war damals allerhöchstens zwei Jahre alt gewesen. »Jedenfalls konnte sie entkommen und Markus nicht«, fuhr Hendryk fort. »Sie hat es sich nie verziehen. – Wenn du willst, können wir los«, fuhr Hendryk lauter und in verändertem Ton fort. »Wir sollten uns ein bißchen beeilen. Der Weg ist ziemlich weit.«
Alle drei verließen das Haus und kletterten auf den kleinen, von zwei Maultieren gezogenen Wagen. Hendryk nahm auf dem Kutschbock Platz, während Michael und Lisa es sich hinten im Wagen gemütlich machten. Sie fuhren aus der Stadt auf dem gleichen Weg hinaus, den sie gestern genom-

men hatten. Die Fahrt dauerte eine gute halbe Stunde. Sie verließen die Stadthöhle und durchquerten den großen angrenzenden Raum mit den Feldern, wandten sich aber nicht in die gleiche Richtung wie gestern, sondern in die entgegengesetzte. Eine Weile näherten sie sich dem dunklen Schatten vor dem steinernen Horizont, der sich beim Näherkommen tatsächlich als Waldstück erwies, wenn auch die Bäume und das Gebüsch, das Michael erblickte, mit nichts Ähnlichkeit hatten, das er aus der oberen Welt kannte. Nun aber wichen sie im rechten Winkel von ihrem bisherigen Kurs ab und fuhren direkt auf die Seitenwand der riesigen Grotte zu. Das letzte Stück des Weges, gute zwei oder drei Kilometer, wie Michael schätzte, mußten sie zu Fuß zurücklegen, wobei der Weg immer schwieriger und am Ende beinahe unpassierbar wurde.

Schließlich erreichten sie einen nur knapp drei Meter hohen, aber mindestens dreimal so breiten Durchgang, hinter dem ein unregelmäßig geformter Stollen begann. Michael fühlte sich ein bißchen unbehaglich, als er hinter Hendryk und seiner Schwester die steile steinerne Böschung hinaufkletterte. Auf der anderen Seite bewegten sich die beiden mit solcher Sicherheit und Selbstverständlichkeit weiter, daß er sich zumindest einzureden versuchte, daß hier keine Gefahr bestehe. Trotzdem verschwand seine Nervosität nicht ganz, so daß er, nachdem er Hendryk endlich wieder eingeholt hatte, eine entsprechende Frage stellte, allerdings so leise, daß Lisa es nicht hörte.

Hendryk lachte und machte eine wegwerfende Handbewegung. »Keine Sorge. Wir sind hier vollkommen sicher. Das hier ist das Gebiet der Trolle, und die Ghoule und sie sind nicht unbedingt Freunde, aber, wie gesagt, sie sind harmlos, widerliche Kreaturen mit sehr unappetitlichen Eßgewohnheiten, doch im Grunde nichts als große, häßliche Feiglinge. Sie würden uns nicht einmal angreifen, wenn wir ihnen einen Grund gäben.«

Auch das beruhigte Michael nicht ganz. Aber er sagte nichts mehr, und bald gab es genug zu sehen und zu entdecken, so daß er schließlich ganz auf seine Furcht vergaß.

Der Tunnel, gewunden wie der Kriechgang eines zu groß geratenen Wurmes, führte schräg nach unten, und immer wieder zweigten Gänge ab, die manchmal in große, unregelmäßig geformte Höhlen mündeten. Sie sahen keine Trolle, aber Michael glaubte die Nähe der riesigen, finsteren Wesen irgendwie zu fühlen. Sie hörten Geräusche, ein unheimliches Scharren und Kratzen, das direkt aus dem Fels zu kommen schien, manchmal ein dumpfes Poltern oder klopfende, gleichmäßige und sehr schwere Schläge. Er stellte eine entsprechende Frage an Hendryk.

»Niemand weiß genau, was sie hier treiben«, sagte Hendryk. »Wir kümmern uns nicht um sie, und sie lassen uns in Ruhe, weißt du? Manchmal helfen sie uns. Niemand weiß so richtig, warum eigentlich. Vielleicht sind sie einfach nur freundlich.«

Es fiel Michael einigermaßen schwer, das zu glauben. Von allen Attributen, die ihm einfielen, paßte freundlich wohl am allerwenigsten auf die über drei Meter großen Kolosse. Friedfertig, hilfsbereit, gehorsam – das ja. Aber *freundlich?*

Schließlich erreichten sie eine Höhle, in der sich etliche Trolle aufhielten. Einige saßen auf dem Boden, andere hatten sich auf dem nackten Fels zusammengerollt und schliefen, wobei sie so laut schnarchten, daß es in der Höhle richtig dröhnte, wieder andere standen einfach reglos da oder waren mit nicht erkennbaren Dingen beschäftigt.

Michael wollte einen Schritt in die Höhle machen, aber Lisa hielt ihn mit einer Handbewegung zurück. »Lieber nicht«, sagte sie.

Sie erklärte es nicht weiter, und Michael fragte auch nicht. Vorhin, als Hendryk behauptet hatte, daß die Bewohner des Unterlandes sich nicht um die Belange der Trolle kümmerten, war ihm das ein wenig unglaubhaft vorgekommen.

Es erschien ihm schon sonderbar, daß Menschen fast ein Jahrtausend lang hier lebten, ohne etwas über das andere Volk zu wissen, mit dem sie ihren Lebensraum teilten. Jetzt verstand er das. Die Welt der Trolle war möglicherweise keine feindselige, aber sie war so *anders,* daß der Mensch davor zurückschreckte, mit ihr in Kontakt zu treten.
»Was tun sie?« fragte er, die Stimme unwillkürlich zu einem Flüstern senkend.
Wieder zuckte Lisa mit den Achseln, und Hendryk antwortete: »Das weiß niemand so genau. Manchmal stehen sie wochenlang wie Statuen da, dann wieder sind sie ganz hektisch mit irgend etwas beschäftigt. Aber das ist schon in Ordnung. Vielleicht ist es nicht gut, alles zu wissen.« Er blickte noch einen Moment mit geneigtem Kopf in die Höhle hinein, dann gab er sich einen sichtbaren Ruck und drehte sich um. »Komm«, sagte er. »Wir wollen dir noch etwas zeigen.«
Sie gingen ungefähr zehn Minuten im Stollen weiter, dann blieb Hendryk vor einer hohen, halbrunden Öffnung auf der linken Seite stehen, deutete darauf und machte zugleich mit der anderen Hand eine Geste, nicht zu nahe hinzugehen. Michael gehorchte, beugte sich aber neugierig vor, um einen Blick in den Raum zu werfen. Was er sah, erfüllte ihn mit einer gewissen Verwirrung. Auf der anderen Seite des Durchganges gab es absolut nichts Gefährliches oder auch nur Sonderbares, der Anblick war im Gegenteil höchst banal: Er erblickte die ersten vier oder fünf Stufen einer breiten, nach unten führenden Wendeltreppe.
»Was ist das?«
»Die Himmelstreppe«, antwortete Hendryk. Er lächelte. »Jedenfalls nennen wir sie so. Hat Marlik dir von Wulfgar erzählt?«
»Nein«, sagte Michael. »Wer ist das?«
»Er war der erste Zauberer. Er war es, der das Unterland entdeckte und die anderen nachholte. Er muß ein sehr mächtiger Zauberer gewesen sein, denn er war der einzige, dem es

je gelungen ist, Macht über die Trolle zu erringen. In der ersten Zeit waren sie nicht unsere Freunde, mußt du wissen. Aber es gelang Wulfgar, sie mit einem Zauber zu belegen, der sie nicht nur friedlich machte, sondern sie auch alles tun ließ, was er von ihnen verlangte. Er befahl ihnen, eine Treppe zu bauen.« Er deutete auf die Stufen. »Niemand weiß mehr, warum eigentlich. Vielleicht suchte er einen besser gangbaren Weg, das Unterland zu verlassen oder zu betreten.«

»Aber diese Treppe führt nach unten«, warf Michael ein.

»Ich weiß.« Hendryk nickte und lächelte flüchtig. »Wulfgar muß wohl irgend etwas falsch gemacht haben. Vielleicht suchte er auch nach etwas anderem, wir wissen es nicht mehr. Auf jeden Fall begannen die Trolle zu graben, ganz wie er es ihnen befohlen hatte. Und das tun sie noch heute.«

»Wie bitte?« Michael riß ungläubig die Augen auf.

Hendryk nickte ein paarmal. Sein Gesichtsausdruck machte deutlich, wie sehr er sich über Michaels Staunen amüsierte. »Der Zauber zwang sie, zu graben«, sagte er. »Dann starb Wulfgar, aber die Trolle sind sehr langlebig. Vielleicht sterben sie nie. Wie dem auch immer sei – sie graben noch heute. Niemand weiß, wie lang diese Treppe mittlerweile ist. Ein paarmal haben Männer von uns versucht, das herauszubekommen, und stiegen hinunter, aber sie machten nach Tagen kehrt, ohne auf ihr Ende gestoßen zu sein.«

Er grinste, aber Michael fand die Vorstellung alles andere als komisch. Der Gedanke an eine Treppe, die Kilometer um Kilometer weit ins Innere der Erde hinabführte und vielleicht gar kein Ende hatte, erfüllte ihn mit Furcht.

»Wieso nennt ihr sie Himmelstreppe?« fragte Michael. »Sie führt nach unten.«

»Ja«, sagte Lisa sehr ernst. »Wohin denn sonst?«

Michael deutete mit dem Daumen zur Decke. »Also, ich dachte immer, der Himmel wäre oben und die Hölle unten.«

»Was für ein Unsinn!« rief Hendryk. »Natürlich ist es genau

umgekehrt. Die Hölle ist über uns!« Er fuhr zusammen und schwieg. »Entschuldige«, sagte er dann. Er glaubte wohl, Michael beleidigt zu haben, als er sagte, die Hölle sei *oben* – dort, wo er herkam.

»Wir sollten langsam zurückgehen«, sagte Lisa. »Es wird Zeit, und wir haben noch einen weiten Weg vor uns.«

Ihr Bruder stimmte ihr bei, und auch Michael widersprach nicht. Sein Unbehagen meldete sich wieder. Hendryks Geschichte von der Himmelstreppe hatte etwas in ihm zu neuem Leben erweckt, wie eine längst vergessene Erinnerung an etwas sehr Unangenehmes.

Sie fuhren in die Stadt zurück. Wie Lisa gesagt hatte, war es tatsächlich recht spät geworden, auch wenn es Michael immer noch ein Rätsel war, wie man hier unten wissen konnte, ob es spät oder früh war; schließlich gab es keinen Morgen oder Abend, keinen Unterschied zwischen Tag und Nacht, sondern nur dieses ewig gleichbleibende blasse Licht. Lisas Mutter hatte das Essen bereits vorbereitet, als sie ins Haus kamen. Wolf erschien an diesem Abend nicht bei Tisch, wofür Michael fast dankbar war. Spätestens seit Wolfs Gespräch mit Erlik heute morgen war ihm klargeworden, daß ihn seine Menschenkenntnis nicht getäuscht hatte, Wolf und er würden niemals Freunde werden können.

Nach dem Essen unterhielt er sich noch eine Weile mit Lisas Eltern und berichtete, was sie erlebt hatten. Danach ging er in sein Zimmer hinauf und beschäftigte sich noch eine gute halbe Stunde damit, die Ereignisse des Tages in seinem Ringbuch festzuhalten. Aber er war auch dann noch nicht müde, und da es hier keine festen Zeiten zu geben schien – oder wenn doch, dann hatte Michael das System dahinter noch nicht durchschaut –, nach denen die Menschen zu Bett gingen oder aufstanden, verließ er sein Zimmer noch einmal. Es war sehr still im Haus. Offensichtlich war doch schon Schlafenszeit, aber Michael hatte wenig Lust, sich auf sein Bett zu legen und stundenlang die Decke anzustarren, und so verließ

er das Haus und wandte sich in eine x-beliebige Richtung. Wie das Haus war auch die Stadt sehr ruhig. Es waren noch einige Menschen auf den Straßen, aber längst nicht so viele wie sonst, und über allem hatte sich eine fühlbare, friedliche Stille ausgebreitet. Das also mußte es sein, was die Menschen hier unten unter dem Wort *Nacht* verstanden. Michael wanderte eine Weile ziellos durch die fast menschenleeren Straßen, aber dann begann er sich zu langweilen und machte kehrt, um zu Lisas Haus zurückzugehen.
Auf halbem Wege begegnete er Marlik. Der Zauberer saß im Schrägsitz auf einem struppigen Muli, das so alt zu sein schien wie sein Reiter, und bot einen nahezu komischen Anblick. Als er Michael sah, hob er freundlich die Hand, versetzte seinem Tier einen Klaps auf das Hinterteil, der es stehenbleiben ließ, und stieg umständlich von seinem Rücken.
»Du bist noch wach?« fragte er. »Es ist schon spät.«
Michael hob verlegen die Schultern. »Das kann sein«, sagte er. »Aber ich wußte es nicht. Es ist . . .«
Marlik lächelte verständnisvoll. »Dort, wo du herkommst, wird es dunkel, wenn es Schlafenszeit ist«, sagte er.
Michael sah ihn überrascht an. »Sie wissen das?«
Marlik nichte. »Wir haben zwar keine sprechenden Bilder wie ihr, doch es gibt auch hier Wege, Erinnerungen aufzubewahren«, sagte er geheimnisvoll. »Es wird nicht lange dauern, und du wirst einfach spüren, wenn die Zeit für gewisse Dinge gekommen ist. Du wirst sehen, du gewöhnst dich daran.« Er schwieg eine Sekunde und zog dann die Augenbrauen zusammen. »Aber wenn du sowieso noch wach bist – hättest du Lust, mich zu begleiten? Ich zeige dir mein Labor.«
Warum nicht? dachte Michael. Daß der Zauberer das Wort »Labor« benutzte, überraschte ihn ein bißchen, denn es schien ihm ein sehr moderner Ausdruck für eine Welt wie diese zu sein. Aber als er Marliks Laboratorium dann betrat, nachdem er dem Magier, der wieder auf den Rücken seines klapprigen Mulis geklettert war, in die Felsenburg und den

von ihm bewohnten Teil gefolgt war, begriff er, daß dieses Labor mit dem, was Michael unter diesem Begriff verstand, nur entfernt etwas zu tun hatte.
Michael kam aus dem Staunen nicht heraus. Marliks *Laboratorium* bestand aus drei oder vier großen Räumen, die dem Zauberer zugleich als Wohnräume dienten, denn in einer Ecke gab es einen kleinen Herd, neben dem sich schmutziges Geschirr und Töpfe fast bis unter die Decke stapelten. Die Wände waren voll von Regalen, auf denen Töpfe, Tiegel, Glas- und Metallbehälter und zahllose andere Dinge lagen, dazu gab es schier endlose Reihen kleiner hölzerner Schalen, in denen alle möglichen Pflanzen aufbewahrt wurden. Auf großen hölzernen Tischen standen roh gefertigte, trotzdem aber kompliziert aussehende Apparaturen. Michael hatte das Gefühl, so etwas schon einmal gesehen zu haben. Und dann fiel es ihm ein. Marliks Laboratorium sah tatsächlich so aus, wie man sich die Experimentierstube eines mittelalterlichen Alchimisten vorstellte. Der Gedanke überraschte ihn um so mehr, als er plötzlich wieder an Dwiezel denken mußte und an das, was Wolf ganz am Anfang über die Ghoule erzählt hatte. Er stellte eine entsprechende Frage an Marlik, aber dieser lachte nicht, sondern hörte ihm mit ernsthaftem Gesichtsausdruck zu und dachte eine ganze Weile über seine Worte nach, ehe er antwortete.
»Das ist sehr erstaunlich, was du da erzählst«, sagte er. »Aber vielleicht ist es so, daß gewisse Dinge einfach nur so sein können, wie sie sind, und nicht anders.«
Nun, dachte Michael, das war *eine* Erklärung dafür, daß hier unten ein Labor so aussah. Aber es konnte auch noch andere geben. Unter anderem die, daß das Wissen derer im Unterland über die Welt oben nicht annähernd so vergessen und verlorengegangen war, wie dessen Bewohner, aber auch er und Wolf bisher geglaubt hatten. Das sprach er nicht laut aus, aber Marliks Überlegungen schienen wohl in die gleiche Richtung zu gehen, denn er wirkte etwas nervös und be-

drückt. Schließlich gab er sich einen sichtbaren Ruck und begann auf alle Fragen Michaels geduldig zu antworten. Fast jede der Antworten versetzte Michael in Erstaunen. Er hatte bisher von Marliks wirklichen Aufgaben nur nebelhafte Vorstellungen, wenn überhaupt welche, gehabt. Ein Zauberer – was bedeutete das eigentlich? Marlik war jedenfalls kein Zauberer, der den ganzen Tag über meditierte oder irgendwelche Beschwörungsformeln von sich gab. Ganz im Gegenteil, Michael begriff nach und nach, daß der alte Mann für das Unterland höchst wichtig war, denn er war nicht nur ein Zauberer, sondern zugleich auch Architekt, Arzt, Gelehrter und natürlich so etwas wie der Berater des Königs. Viele der Gläser und Schalen, die die Regale des Labors füllten, enthielten heilende Kräuter oder Pflanzenextrakte, die Schmerzen linderten und Verletzungen heilten. Überhaupt schien Marlik sehr wenig mit Zauberei im Sinne zu haben. Als Michael eine entsprechende Frage stellte, lächelte er und sagte geheimnisvoll, daß sie darüber später irgendwann einmal reden würden, falls ihn das wirklich interessiere.

Länger als eine Stunde zeigte ihm Marlik sein Labor und beantwortete Fragen, und schließlich begann Michael müde zu werden. Er mußte es nicht aussprechen, denn gerade als er überlegte, wie er es auf möglichst höfliche Art bewerkstelligen könnte, sich zu verabschieden und zu gehen, sagte Marlik von sich aus, daß es nun an der Zeit wäre.

»Wenn du willst«, sagte er, »kannst du mich morgen wieder besuchen. Obwohl Hendryk und Lisa die besten Fremdenführer sind, die du dir wünschen kannst. Sie werden dir alles zeigen, was es zu sehen gibt.«

Er begleitete Michael hinaus, doch kurz bevor sie das Laboratorium verließen, hörte Michael aus einem der Nebenräume ein dumpfes Poltern, dann das Klirren von Glas und ein dünnes, wütendes Stimmchen, das lautstark vor sich hin schimpfte, ohne daß er die Worte verstehen konnte. Marlik blieb stehen, runzelte die Stirn und drehte sich dann abrupt

herum. »Warte hier einen Moment«, sagte er. »Ich bin gleich zurück.«
Er verschwand mit raschen Schritten hinter der Tür. Michael konnte hören, wie er etwas sagte und die andere, hellere Stimme in zornigem Tonfall antwortete, und obwohl er nicht sicher war, daß Marlik damit einverstanden gewesen wäre, folgte er dem Zauberer nach einigen Augenblicken in den benachbarten Raum.
Marlik stand mit dem Rücken zu ihm über einen niedrigen Tisch gebeugt und machte mit der linken Hand komplizierte Gesten in der Luft. Vor ihm auf dem Tisch stand ein großer gläserner Kasten, der fast wie ein Aquarium aussah. In seinem Inneren hockte ein winziges geflügeltes Etwas, das in hellrotem, flackerndem Licht leuchtete und wütend mit beiden Armen gestikulierte.
»Dwiezel?« fragte Michael erstaunt. Er trat einen Schritt näher. Marlik wandte sich rasch um, und tatsächlich huschte ein ärgerlicher Ausdruck über sein Gesicht, aber er sagte nichts, sondern wandte sich wieder an das Irrlicht in dem Glaskasten.
Es war tatsächlich Dwiezel. Michael erkannte den leuchtenden Winzling fast sofort wieder, denn seine Flügel waren zerknittert und eingerissen und auf seinem kleinen Gesicht erschien ein erfreuter Ausdruck, als er Michael erblickte.
»Hallo, Michael«, rief er. »Gut, daß du da bist.« Er deutete anklagend auf Marlik. »Vielleicht sagst du diesem großen Tölpel da, daß er mich gefälligst freilassen soll. Mir gefällt es hier nicht. Es war nicht vereinbart, daß ich hier Wurzeln schlagen soll!«
Marlik seufzte tief. »Es dauert nicht mehr lange«, sagte er. »Ein kleines bißchen Geduld kann man ja wohl –«
»Man kann überhaupt nichts!«, unterbrach ihn Dwiezel. »Ich hätte gar nicht mitkommen sollen. Du hast nicht gesagt, daß du mich in ein Glas sperren willst wie einen Fisch.«
»Wieso halten Sie ihn gefangen?« fragte Michael.

»Er ist nicht gefangen«, widersprach Marlik. »Aber du hast ja gesehen, was sie anrichten können, sogar ohne es zu wollen. Wenn ich ihn frei herumfliegen ließe, könnte es sein, daß er mir das ganze Laboratorium in Schutt und Asche legt.«
»Das könnte auch sein, wenn du mich nicht bald wieder *frei herumfliegen* läßt«, fügte Dwiezel drohend hinzu.
»Lassen Sie ihn frei«, verlangte Michael. »Er hat uns das Leben gerettet.«
»Das weiß ich«, sagte Marlik, und in seine Stimme schlich sich eine hörbare Spur von Unwillen. »Gerade deshalb will ich ja mit ihm reden. Du kannst es wahrscheinlich jetzt noch nicht verstehen, aber es ist sehr wichtig, daß ich mit ihm spreche.«
Michael konnte durchaus verstehen, was Marlik meinte. Dessen Erstaunen, als er erfahren hatte, daß das Irrlicht in der Lage war, mit dem Feuerdämon zu reden, war ihm schon am Morgen aufgefallen. Um so unangenehmer war es ihm jetzt, Dwiezel in diesem gläsernen Gefängnis zu sehen, denn irgendwie gab er sich die Schuld daran. »Ich bin sicher, daß er alle Ihre Fragen beantwortet«, sagte er, »auch ohne, daß Sie ihn einsperren.« Er wandte sich mit einem fragenden Blick an Dwiezel. »Versprichst du, wiederzukommen und hier nichts anzuzünden oder sonst einen Unsinn zu machen?«
Dwiezel begann ärgerlich auf den Zehenspitzen zu wippen. »Verdient hat er es nicht«, sagte er. »Aber meinetwegen, ja. Ich komme morgen zurück, und dann können wir reden. Falls der alte Knacker überhaupt versteht, was ich ihm zu sagen habe.«
Michael lächelte flüchtig. Dwiezels Manieren ließen tatsächlich zu wünschen übrig. Aber seine Unverschämtheit war von einer Art, die eher zum Lachen reizte, als daß es einen ärgerte.
Marlik schüttelte wortlos den Kopf, zuckte dann mit den Achseln und schnippte mit den Fingern. Und von einer Se-

kunde auf die andere öffnete sich der gläserne Behälter, Dwiezel schoß funkensprühend heraus, zog zwei Kreise unter der Decke, ehe er zur Tür flog und verschwand. Michael starrte den plötzlich offenstehenden Glaskasten aus aufgerissenen Augen an. Es war das erste Mal – vielleicht abgesehen von ihrem Erlebnis in den verbotenen Hallen –, daß er Marlik tatsächlich *zaubern* sah, und auch wenn das, was er getan hatte, im Grunde nur eine Kleinigkeit gewesen war, erfüllte es ihn doch mit fassungslosem Staunen.
Für Marlik schien es etwas ganz Selbstverständliches zu sein, denn er verlor kein Wort darüber, sondern drehte sich um und deutete zur Tür. Sein Blick und seine Stimme waren merklich kühler. »Du solltest jetzt wirklich gehen«, sagte er.
»Es tut mir leid«, begann Michael, »wenn ich Sie –«
Marlik unterbrach ihn. »Dir braucht nichts leid zu tun. Ich habe kein Recht, ihn einzusperren. Manchmal schießt man in seiner Begeisterung über das Ziel hinaus, weißt du?«
Die Situation wurde Michael immer unangenehmer. In letzter Zeit schien er ein gewisses Talent dafür zu entwickeln, Leuten Unbehagen zu bereiten, die es eigentlich nur gut mit ihm meinten. Gehorsam wandte er sich zur Tür und wollte gehen, aber in diesem Moment blieb sein Blick an etwas hängen, das auf einem Regal gleich neben der Tür stand. Der Anblick fesselte ihn derart, daß er mitten in der Bewegung stehenblieb.
»Was ist das?« fragte er. Seine Stimme zitterte. Ein Frösteln lief über seinen Rücken, und plötzlich war das Unbehagen, das dieses ganze Gebäude ausstrahlte, wieder da. Auf dem Regal befand sich ein flaches silbernes Tablett, auf dem ein faustgroßer Kristall lag. Er hatte Eiform und war zu Tausenden von gleichförmigen Facetten geschliffen, so daß er das Licht brach und so in einen schimmernden Mantel von regenbogenfarbener Helligkeit gehüllt zu sein schien.
»Faß es nicht an!« sagte Marlik fast erschrocken, als Michael die Hand danach ausstrecken wollte.

Michael zog gehorsam die Hand zurück und sah den Zauberer an. »Was ist das?« fragte er noch einmal.
»Wulfgars Zauberstein«, antwortete Marlik mit sichtlichem Unbehagen.
Wulfgar. Es war das zweite Mal, daß Michael diesen Namen hörte, und das zweite Mal, daß er das Gefühl hatte, sich dabei an etwas zu erinnern. Vielleicht nur eine Bemerkung, die irgend jemand gemacht hatte, eine Winzigkeit, die er gesehen und der er keine Bedeutung beigemessen hatte.
»Es heißt, daß dieser Stein ihm seine Zauberkraft verlieh«, fuhr Marlik nach einigen Augenblicken unaufgefordert fort. Sein Blick streifte den Kristall nur, als erfülle es selbst ihn mit Unbehagen, ihn direkt anzusehen.
»Niemand weiß genau, was es wirklich ist. Ich persönlich glaube nicht, daß er wirkliche Zauberkräfte besitzt.«
Michael mußte sich zwingen, den Stein wieder anzusehen. Auch ihm erging es nicht anders als Marlik, es war ihm irgendwie unangenehm, in das schimmernde Licht des Kristalls zu blicken. Der Kristall strahlte irgend etwas aus, so etwas wie – schwarzes Licht, das gar nicht wirklich sichtbar war.
»Wer war dieser Wulfgar?« fragte er, ohne den Blick vom Zauberkristall zu lösen.
»Der erste Zauberer«, antwortete Marlik. »Und der Entdekker des Unterlandes. Er war es, der alle anderen hierher brachte und die Gefahren dieses Ortes bannte, so daß wir hier leben konnten. Angeblich hat er es mit der Hilfe dieses Steines getan, aber ich persönlich halte das für eine Legende. Ich habe mich lange Zeit mit dem Kristall beschäftigt, weißt du? Und alles, was ich herausgefunden habe, ist, daß er mir immer weniger gefällt. Mit ihm *ist* irgend etwas, aber nicht einmal ich kann sagen, was.«
»Warum heben Sie ihn dann auf?« fragte Michael. »Sie sollten ihn wegwerfen.«
Marlik machte eine nicht zu deutende Handbewegung. »Ir-

gendwann einmal werde ich sein Geheimnis vielleicht ergründen. Auch wenn das vor mir schon viele Zauberer vergeblich versucht haben. Ich glaube, daß er noch aus der alten Welt stammt. Ein Gegenstand, der jenen Wesen gehörte, die vor uns hier unten gelebt haben. Vielleicht ist er gefährlich. Auf jeden Fall ist es besser, ihn nicht zu berühren.« Er kratzte sich am Kopf und legte das Gesicht in Falten. »Vielleicht sollte ich ihn nicht so offen hier herumliegen lassen«, fügte er hinzu.

»Erzählen Sie mir von Wulfgar?« bat Michael, als sie hinausgingen.

»Ein andermal«, antwortete Marlik. »Es ist eine lange Geschichte, und nicht alles davon ist gut. Trotzdem werde ich sie dir natürlich erzählen, wenn du es willst.«

»Was meinen Sie, wenn Sie sagen, nicht alles davon sei gut?«

Marlik zuckte mit den Schultern. Er sah Michael nicht an. »Er war kein guter Mensch«, sagte er. »Man könnte vielleicht sogar sagen, daß er ein ausgesprochen schlechter Mensch war.«

Michael wunderte sich ein bißchen über diese Antwort. »War er nicht derjenige, der euch alle hier heruntergebracht hat?« fragte er.

»Sicher«, antwortete Marlik. »Was ein Mann tut, zählt, nicht, was er will. Ohne ihn wäre keiner von uns hier, das ist richtig, aber richtig ist auch, daß er ein Verbrecher war. Ein Räuber und Mörder, der auf der Flucht vor der Gerechtigkeit hierherkam. Daß er dabei das Unterland entdeckte und anderen den Weg in eine neues Leben wies, zeigt nur, daß das Schicksal gerechter ist, als die Menschen es meistens sind. Ich werde dir seine Geschichte erzählen, wenn du das nächste Mal kommst.«

Die Entscheidung

Vielleicht eine Stunde bevor es hell wurde, erreichte Michael die Straße, in der ihr Haus gestanden hatte. Er hatte sich letztlich dorthin gewandt, weil ihm einfach kein anderer Ort einfiel, wohin er gehen konnte. Wie sich herausstellte, war dieser Entschluß wohl richtig gewesen, denn er erlebte eine Überraschung, als er sich dem Grundstück näherte. Er hatte es verlassen und möglicherweise abgesperrt vorzufinden erwartet. Es war abgesperrt, aber alles andere als verlassen. Rings um das niedergebrannte Haus war in aller Eile ein zwei Meter hoher Drahtzaun errichtet worden, an dem große, in unübersehbarem Rot gehaltene Warnschilder hingen, die das Betreten verboten. Auf dem Gelände selbst aber entdeckte Michael sieben oder acht Männer, die im Licht großer Scheinwerfer hantierten und durcheinanderliefen. Über der Stelle, an der das Haus gestanden hatte, war eine kompliziert aussehende Konstruktion aus Stahlstreben und Trägern errichtet worden, an der ein großer Drahtkorb hing. Und gerade als Michael sich dem Grundstück näherte, wurde dieser Korb an einem Seil langsam in die Tiefe gelassen. Im Korb befanden sich zwei Männer. Sie trugen weiße Overalls und auf dem Kopf fast unheimlich wirkende Helme mit einer gewölbten Glasscheibe vor dem Gesicht. Sie sahen aus wie Astronauten. In den Händen hielten sie große Metallkästen, bei denen es sich wohl um irgendwelche Meßgeräte zu handeln schien.

»Was um alles in der Welt geht da vor?« murmelte Michael. Es war keine Frage gewesen, die eine Antwort heischte, aber Dwiezel hatte sie gehört. »Wenn du willst, sehe ich nach«, sagte er, aber Michael schüttelte hastig den Kopf. Daß das Irrlicht bisher noch von niemandem gesehen worden war, grenzte ohnehin an ein Wunder.

»Sie könnten dich entdecken«, sagte er.

»Na und?« erwiderte Dwiezel. »Glaubst du, ich habe Angst?«
»Nein«, sagte Michael. »Aber darum geht es nicht. Es ist besser, wenn niemand dich sieht.« Was ihn auf eine andere Frage brachte, deren Beantwortung mit jeder Minute drängender wurde. Nachdenklich sah er das kleine Geschöpf an. »Wir müssen ein Versteck für dich finden«, sagte er. »Es wird bald hell.«
»Kein Problem«, erwiderte Dwiezel. »Was glaubst du, habe ich die letzten beiden Tage gemacht? Ich kenne ein hübsches dunkles Fleckchen ganz in der Nähe, an dem wir uns verbergen können, bis dieses ekelhafte Ding da oben wieder untergeht.« Er zeigte nach oben, wo in weniger als einer Stunde die Sonne erscheinen würde.
Michael schüttelte den Kopf. »Dazu habe ich keine Zeit. Du wirst dich verstecken, und wir treffen uns heute abend wieder. Ich muß mich ... um eine Menge Dinge kümmern.«
Der Vorschlag gefiel Dwiezel nicht, aber er versuchte nicht, Michael von seinem Entschluß abzubringen. »Wie du willst«, sagte er. »Ich muß mich allmählich auf den Weg machen. Glaubst du, ich kann dich allein lassen, ohne daß du sofort wieder in Schwierigkeiten gerätst?«
»Ich kann es ja mal versuchen«, antwortete Michael.
Dwiezel blickte ihn höchst zweifelnd an, aber dann machte er ohne ein weiteres Wort auf der Stelle kehrt und verschwand in der Dunkelheit.
Michael blieb noch einige Augenblicke stehen, ehe er langsam weiterging und sich auf der anderen Straßenseite, die Schatten der Häuser als Deckung nutzend, weiter dem Grundstück näherte. Der Anblick des Metallgestelles und der Männer, die die Winde bedienten oder daneben standen und aufgeregt miteinander redeten, erfüllte ihn mit immer größerem Unbehagen, ja sogar mit Schrecken. Was den Zweck dieser Vorrichtung anging, so bestand darüber kaum ein Zweifel. Michael hatte den bodenlosen Schacht, der sich unter dem Haus aufgetan hatte, mit eigenen Augen gesehen.

Aber warum hatten sich die Männer, die hinabstiegen, um ihn zu erforschen, so vermummt? Michael hatte Anzüge wie diese bisher höchstens im Fernsehen zu Gesicht bekommen, und eigentlich waren es keine Kleidungsstücke, die man trug, um eine *Höhle* zu erforschen.
Ziemlich ratlos blieb er eine Weile stehen und betrachtete das Treiben auf dem gegenüberliegenden Grundstück, als er plötzlich Schritte hinter sich hörte und dann eine Stimme, die in überraschtem Tonfall seinen Namen aussprach.
Michael drehte sich erschrocken herum und erkannte jemanden in Morgenmantel und Hausschuhen, der hinter ihm ins Freie getreten war. Michael war so in seine Gedanken vertieft gewesen, daß er es nicht einmal bemerkt hatte. Er kannte den Mann. Es war Herr Marker, mit dem seine Eltern hie und da redeten und der auch zu ihm immer nett gewesen war. Er sah ziemlich verschlafen aus und trug in der rechten Hand eine Plastiktüte mit Abfällen, die er wohl zur Mülltonne hatte bringen wollen.
»Was tust du denn hier?« fragte er erstaunt. »Wo um alles in der Welt bist du gewesen? Weißt du, daß die halbe Stadt nach dir sucht?«
»Jetzt nicht mehr«, antwortete Michael reaktionsschnell. »Ich ... muß wohl den Kopf verloren haben, als das Feuer ausbrach. Ich bin einfach weggelaufen und ...« Er sprach nicht weiter, sondern rettete sich in ein verlegenes Grinsen. Sein Reaktion schien wohl genau das zu sein, womit Marker gerechnet hatte. Jedenfalls nickte er verständnisvoll, sah einen Moment lang fast hilflos auf die Kunststofftüte in seiner Hand und sagte dann: »Warte einen Moment. Ich bringe nur den Kram hier weg, und dann gehen wir erst einmal rein. Du bist ja völlig durchgefroren.«
Er eilte zum Müllcontainer, und Michaels Gedanken überschlugen sich inzwischen. Natürlich war es kein Problem, einfach wegzulaufen, aber damit würde er Markers Mißtrauen nur neue Nahrung geben – ganz davon abgesehen,

daß er tatsächlich bis auf die Knochen durchgefroren und völlig übermüdet und erschöpft war. Der Gedanke, sich zumindest einige Augenblicke in einem warmen, gemütlichen Zimmer ausruhen zu können, erschien ihm verlockend. Außerdem würde er sich früher oder später ohnehin irgend jemandem anvertrauen müssen. Vielleicht konnte Marker ihm ja wenigstens sagen, wo er seine Eltern fände. Also wartete er, bis der Nachbar zurückkam, und folgte ihm dann ins Haus und zwei Treppen hinauf in seine Wohnung.
Marker war, wie er wußte, Junggeselle, und somit mußte er wenigstens nur die neugierigen Fragen *eines* Menschen beantworten. In den ersten Minuten jedoch stellte Marker gar keine Fragen. Er bugsierte ihn mit sanfter Gewalt in die Küche, drückte ihn auf einen Stuhl und begann dann rasch und mit der beiläufigen Routine eines Menschen, der so etwas schon seit vielen Jahren tat, den Frühstückstisch zu decken. Michael langte auch kräftig zu, denn seit seiner Flucht aus Wolfs Kerker hatte er nichts mehr gegessen und getrunken und spürte erst jetzt, wie hungrig er wirklich war. Marker selbst trank nur eine Tasse Kaffee, beobachtete ihn aber ununterbrochen und wartete, bis er seinen ärgsten Hunger gestillt hatte.
»So, und jetzt erzähle«, begann er, nachdem Michael fertig war. »Was ist da drüben bei euch passiert? Es hat den ganzen Tag von Polizei und irgendwelchen ganz offiziell aussehenden Leuten nur so gewimmelt, und Reporter waren gleich Hunderte hier, glaube ich. Habt ihr in aller Stille in eurem Keller einen Atomreaktor gebaut oder so etwas?«
Natürlich sollte das ein Scherz sein, aber Michael blickte Marker mit solchem Schrecken an, daß dieser verlegen die Händen ausbreitete und in entschuldigendem Tonfall fortfuhr: »Das war natürlich nur ein Witz«, sagte er. »Aber mal im Ernst: Was ist denn eigentlich los?«
»Das weiß ich nicht«, sagte Michael so überzeugend wie möglich. »Ich bin auch noch völlig durcheinander. Ich kann

mich an gar nichts richtig erinnern. Plötzlich hat es angefangen zu brennen, und das nächste, was ich weiß, ist, daß ich am anderen Ende der Stadt war und die Leute mich verwirrt ansahen.«

»So wie du aussiehst, ist das kein Wunder«, sagte Marker kopfschüttelnd und trank wieder einen Schluck Kaffee. »Du kannst von Glück sagen, wenn du dir keine Lungenentzündung holst.«

»Ich hatte auch nicht vor, zu Fuß zu gehen«, erwiderte Michael. »Aber es ist ja alles gutgegangen. Wissen Sie, in welchem Hotel meine Eltern jetzt sind?«

Er hatte die Frage ganz beiläufig gestellt, war aber trotzdem beinahe überrascht, daß es klappte.

»Kein Hotel«, sagte Marker. »Ich habe mit deinem Vater gesprochen, gestern. Er sagte mir, daß er zu seinem Bruder gezogen ist, bis er eine bessere Lösung findet. Wenn du willst, fahre ich dich hin.« Er schüttelte mit einer Bewegung den Ärmel seines Morgenrocks hoch und sah auf die Uhr. »Ich muß sowieso bald zur Arbeit, und es ist kein großer Umweg.«

»Das wäre sehr nett«, antwortete Michael. »Aber ich möchte Ihnen keine Umstände –«

Marker unterbrach ihn mit einer Geste. »Das sind keine Umstände«, sagte er. »Im Gegenteil, ich freue mich, dir helfen zu können. Außerdem ist dein Vater fast krank vor Sorge. Er ist überall herumgelaufen und hat allen Bescheid gesagt, daß sie sich um dich kümmern sollen, wenn du auftauchst. Weißt du zufällig die Telefonnummer deines Onkels? Wir könnten vorher anrufen.«

Michael wußte sie nicht auswendig, aber es war kein Problem, die Nummer aus dem Telefonbuch herauszusuchen. Marker wählte und ließ mindestens zehn- oder zwölfmal klingeln, aber es wurde nicht abgehoben. Schließlich legte er achselzuckend wieder auf. »Na ja, das macht auch nichts«, sagte er. »Dann fahren wir eben gleich hin.« Er machte eine

Kopfbewegung zur Schlafzimmertür. »Ich ziehe mich nur eben an. Warum wartest du nicht in der Küche und trinkst noch eine Tasse Tee? Ich kann es ja noch einmal versuchen, wenn ich zurückkomme.«

Michael stimmte mit einem Kopfnicken zu und ging in die Küche zurück. Marker schloß die Tür, und Michael trat ans Fenster und blickte auf die Straße hinunter. Auf dem Grundstück gegenüber ging das hektische Treiben weiter. Der Korb mit seinen beiden vermummten Insassen wurden soeben in die Höhe gezogen, und die Männer kletterten umständlich ins Freie. Ein Wagen kam, hielt an und entließ weitere zwei Männer, die sich denen auf dem abgesperrten Gelände hinzugesellten. Michael fragte sich, was dort drüben vorging. War es möglich, daß der Schacht unter ihrem Haus ins Unterland hinabreichte? Wenn ja, dann bedeutete das das sichere Ende der verborgenen Welt; zumindest in ihrer bisherigen Form. Irgendwie glaubte er nicht daran. Anson mochte ein Lügner und Verräter sein, aber er war nicht dumm. Er würde nicht die Existenz seiner Welt aufs Spiel setzen, indem er denen, vor denen er sie zu beschützen versuchte, praktisch den Weg zeigte. Aber was immer dort drüben vor sich ging, es mußte etwas wirklich *Bedeutsames* sein. Durch die geschlossene Tür drangen Schritte, dann hörte er Markers Stimme, die etwas murmelte, was er nicht verstand. Er wandte sich vom Fenster ab, öffnete die Tür und sah Marker mit dem Telefonhörer in der Hand dastehen. Als Marker ihn erblickte, fuhr er sichtlich erschrocken zusammen und legte den Hörer hastig auf die Gabel zurück. Michael sah ihn fragend an.

»Ich habe noch einmal versucht, deinen Onkel zu erreichen«, sagte Marker. »Aber entweder ist er wirklich nicht da, oder er hat einen sehr tiefen Schlaf.«

Irgend etwas stimmt da nicht, dachte Michael. Er hatte ganz deutlich gehört, daß Marker mit irgend jemandem geredet hatte. Er fragte sich, mit wem. Die Vorstellung, daß er Selbstgespräche führte oder mit dem Freizeichen sprach, erschien ihm nicht sehr glaubhaft. Wenn es tatsächlich so war, daß die halbe Stadt nach ihm suchte, wie er behauptet hatte, dann benahm Marker sich eigentlich seltsam. Er hatte kaum eine Frage gestellt, sondern Michaels wenig überzeugende Geschichte kommentarlos hingenommen, ja nicht einmal darauf bestanden, zumindest die Behörden zu informieren, die doch angeblich so fieberhaft nach Michael suchten. Irgend etwas war hier nicht so, wie es zu sein schien.

»Also ich bin soweit«, sagte Marker. »Wenn du willst, können wir fahren.«

Sie verließen die Wohnung. Auf der Straße holte Marker die Wagenschlüssel aus der Manteltasche und bedeutete Michael mit einer Geste, zu warten, bis er den Wagen aus der Garage geholt habe. Michael wich wieder in den Schatten des Hauses zurück und vertrieb sich die Zeit, indem er dem Treiben auf der anderen Straßenseite zusah. Ein Wagen kam. Mehrere Männer stiegen aus und gesellten sich zu der Gruppe auf dem Grundstück. Ein weiterer Scheinwerfer wurde auf einem großen metallenen Dreibein so aufgestellt, daß sein Licht in den Schacht fiel. Dann geschah etwas.

Wie vor zwei Tagen unten im Keller spürte Michael es, bevor es wirklich passierte. Ein vibrierendes Stöhnen schien aus dem Boden zu kommen, tief, tief aus dem Leib der Erde, etwas wie das Grollen eines gewaltigen Raubtieres, das im Aufwachen begriffen war. Eine Sekunde später zitterte die Erde wirklich, und aus dem Schacht, aber auch aus dem Boden unmittelbar unter Michaels Füßen drang ein dumpfes, nicht enden wollendes Poltern und Krachen und Dröhnen. Eine gewaltige Staubwolke quoll aus dem Schacht, und die Männer auf dem abgesperrten Grundstück begannen plötzlich wild durcheinanderzulaufen und zu rufen. Das Krachen und Poltern hielt an, die Staubwolke über dem Schacht wurde immer dichter und größer. Obwohl er nur etwa dreißig Meter entfernt war, konnte Michael die Männer drüben nur

noch wie durch einen dichten grauen Schleier sehen. Einige von ihnen suchten ihr Heil in der Flucht, andere näherten sich dem Schacht und begannen verzweifelt in die Tiefe zu schreien, während zwei zu der Winde sprangen, an der der Korb in die Tiefe gelassen worden war, und das Seil hektisch einzuholen begannen. Wenige Sekunden später hob sich der Drahtkorb mit seinen zwei vermummten Insassen über den Rand des Schachtes, und nur Sekunden darauf brach der gesamte Schacht mit ungeheurem Dröhnen und Bersten in sich zusammen. Die beiden Männer in den Schutzanzügen brachten sich mit einem verzweifelten Sprung in Sicherheit, als die gesamte Konstruktion, an der der Korb hing, ins Wanken geriet und sich in einer fast grotesk langsamen Bewegung zur Seite und nach vorne legte, um schließlich in die Tiefe zu stürzen und von den nachrutschenden Gesteinsmassen zermalmt und verschüttet zu werden.
Überall in den Häusern an der Straße gingen die Lichter an. Fenster wurden aufgerissen, Türen geöffnet, und neugierige Gesichter wandten sich dem Ort der Katastrophe zu. Auch Michael vergaß für einen Moment alle Vorsicht und trat auf die Straße hinaus, um sich dem Grundstück zu nähern. Das gesamte Gelände war eingebrochen und bildete einen runden, gut zwanzig Meter weiten Krater, in den noch immer Gestein und Erdreich hinabrieselten. Die Männer, die das Gelände noch nicht verlassen hatten, brachten sich jetzt mit hastigen Sprüngen in Sicherheit, wobei sie zum Teil einfach über den Gitterzaun kletterten und sich gar nicht die Mühe machten, zum Tor zu laufen. Der Staub quoll immer dichter heran, und Michael blieb hustend stehen, weil ihm die Tränen in die Augen schossen und er kaum noch atmen konnte. Als er sich umdrehte, gewahrte er eine Gestallt, die auf der anderen Straßenseite stand und zu ihm herüberblickte. Im allerersten Moment dachte er, es wäre Marker, der den Lärm gehört hatte und zurückgekommen war, aber dann erkannte er seinen Irrtum.

Es war Wolf.
Hoch aufgerichtet und mit halberhobenen Armen, die Hände wie in einer beschwörenden Geste gegen das Grundstück ausgestreckt, stand er da, und trotz des noch schwachen Lichtes und der dichten Staubwolken, die ihn umgaben, konnte Michael für einen Moment den Ausdruck auf seinem Gesicht deutlich erkennen. Es war Zufriedenheit. Ein böser Triumph, der seine Augen wie unter einem unheimlichen inneren Feuer aufglühen ließ. Der Schacht war nicht durch einen Zufall eingestürzt. Plötzlich wurde Michael klar, daß er soeben Zeuge des Wirkens der unheimlichen Kräfte Wolfs geworden war, der gleichen Kräfte, über die angeblich auch er verfügte und die er in der Nacht schon mehrere Male eingesetzt hatte. Sie beschränkten sich keineswegs darauf, Wunden zu schließen und Krankheiten zu heilen. Und ebenso plötzlich begriff Michael, daß Wolf nicht seinetwegen gekommen war.
Hastig wich er rückwärts gehend vor Wolf zurück und suchte in dem noch immer in dichten Schwaden über der Straße liegenden Staub Schutz. Er bezweifelte, daß Wolf auf seine normalen menschlichen Sinne angewiesen war, um ihn zu entdecken.
Michael umging den Ort der Katastrophe in weitem Bogen und schlug die Richtung ein, in der er Markers Garage wußte. Der Nachbar kam ihm auf halbem Wege entgegen, zu Fuß, die Autoschlüssel in der Hand und einen Ausdruck von Schrecken und Überraschung auf dem Gesicht. »Was ist los?« rief er. »Was ist passiert? Was bedeutet dieser Lärm?«
»Ein Unfall auf unserem Grundstück«, antwortete Michael. »Ich glaube, jemand ist von einem Gerüst gefallen. Irgend etwas muß zusammengebrochen sein.«
Das war eine sehr freie Auslegung der Wahrheit, aber auch das einzige, was ihm im Moment einfiel, wenn er verhindern wollte, daß Marker zurücklief. Und ihm war im Moment sehr daran gelegen, in dessen Wagen zu steigen und davonzufahren.

Marker sah ihn zweifelnd an und blickte dann für endlose Sekunden dorthin, wo noch immer graue Staubwolken das Grundstück seiner Eltern verbargen. Das Poltern und Krachen hatte endlich aufgehört, aber die Straße hallte wider von aufgeregten Rufen und Schreien, und immer mehr Lichter gingen in den umliegenden Häusern an. Marker mußte schon sehr blind und leichtgläubig sein, wenn er ihm diese Geschichte abkaufte.

Aber das eigentlich Unmögliche geschah doch. Nach einigen weiteren Sekunden zuckte er mit den Schultern und drehte sich wieder um. »Und du bist sicher, daß nicht mehr passiert ist?« fragte er.

»Ich glaube nicht«, erwiderte Michael. »Und selbst wenn, können wir dort doch nichts tun.«

Marker warf ihm einen Blick zu, der mehr sagte als alle Worte, schwieg aber und begann wieder auf die Garage zuzugehen. Er hatte das Tor schon geöffnet. Wortlos stiegen sie ein, und Marker lenkte seinen weißen Golf auf die Straße hinaus und fuhr los, ohne auch nur das Garagentor zu schließen. Auch das wunderte Michael ein wenig. Er kannte Marker nicht sehr gut, wußte aber, daß er ein sehr ordentlicher und gewissenhafter Mensch war. Aber er war auch viel zu verwirrt, um dieser Beobachtung im Moment irgendeine tiefere Bedeutung beizumessen.

Als sie die Kreuzung am Ende der Straße erreichten und abbogen, kam ihnen ein Feuerwehrwagen mit heulender Sirene entgegen. Marker lenkte den Wagen an den rechten Straßenrand, um ihn passieren zu lassen, und ganz kurz fiel Michael der angespannte Ausdruck auf seinem Gesicht auf. Als der Wagen einfach an ihnen vorüberbrauste, ohne abzubremsen, wirkte er für einen Moment beinahe überrascht.

Und endlich begriff Michael. »Mit wem haben Sie vorhin telefoniert?« fragte er, als Marker weiterfuhr.

»Telefoniert?« Marker sah ertappt und regelrecht hilflos drein, dann zuckte er mit den Schultern und zauberte eine

Grimasse auf sein Gesicht, die er wohl für ein Lächeln hielt. »Mit deinem Onkel, das habe ich dir doch gesagt. Aber er war nicht da.«

»Sicher«, sagte Michael nickend. »Und dann haben Sie sich eine Weile mit dem Freizeichen unterhalten, nicht wahr? Ich habe gehört, daß Sie mit jemandem geredet haben.«

Marker streifte ihn mit einem Blick, machte ein finsteres Gesicht und sagte gar nichts. Er fuhr ein wenig schneller, und Michael sah, wie übertrieben fest seine Hände das Lenkrad umklammerten. Er war richtiggehend nervös.

»Halten Sie an!« verlangte Michael.

»Warum sollte ich das tun?« erwiderte Marker, machte aber keine Anstalten, langsamer zu fahren, sondern gab im Gegenteil noch ein wenig mehr Gas. »Ich habe es ein bißchen eilig, weißt du? Es ist zwar noch früh, aber die Strecke bis zu deinem Onkel ist weit, und wenn ich mich nicht beeile, komme ich in den Berufsverkehr und dann zu spät zur Arbeit.«

»Sie brauchen mich nicht dorthin zu fahren«, erwiderte Michael. »Ich steige hier aus.« Er streckte die Hand nach dem Türgriff aus, um seine Worte sofort in die Tat umzusetzen, und Marker sog erschrocken die Luft zwischen den Zähnen ein.

»Bist du verrückt?« rief er. »Du wirst dir sämtliche Knochen brechen!«

Michael ignorierte die Warnung und öffnete die Tür. Es war nicht leicht, sie gegen den Fahrtwind aufzudrücken, aber es gelang ihm. Allerdings nur so lange, bis Marker sich mit einem ärgerlichen Knurren zur Seite beugte und die Tür wieder zuschlug. »Was soll der Unsinn?« schnappte er. »Du führst dich ja auf, als wolle ich dich entführen!«

Das Heulen einer weiteren Sirene drang von draußen herein. Marker fuhr zusammen, als hätte er einen elektrischen Schlag bekommen, preßte die Lippen aufeinander und ließ den Wagen etwas langsamer rollen. Sein Blick huschte unstet

über die Straße vor ihm. Er suchte etwas, dachte Michael. Und er glaubte auch zu wissen, was.
Mit einer Bewegung, die zu schnell war, als daß Marker sie noch rechtzeitig bemerken, geschweige denn verhindern konnte, streckte er den Arm aus, drehte den Zündschlüssel des VW herum und zog ihn ab. Der Motor erstarb auf der Stelle, und Marker kurbelte erschrocken am Lenkrad, mit dem Ergebnis, daß das Lenkradschloß mit einem hörbaren Klacken einrastete und der VW sich mit kreischenden Reifen querstellte. Noch bevor es Marker gelungen war, den Wagen wieder unter Kontrolle zu bekommen, riß Michael abermals die Tür auf und sprang ins Freie.
Er kam nicht sehr gut auf. Statt den Aufprall mit einer eleganten Rolle zu mildern, wie er vorgehabt hatte, schlitterte er über den rauhen Asphalt und riß sich Hände und Knie blutig. Es tat ziemlich weh, aber darauf achtete er in diesem Moment nicht. Hastig rappelte er sich wieder hoch und warf einen Blick über die Schulter.
Marker hatte den Wagen endlich zum Stehen gebracht und stieg aus. »Michael!« schrie er. »Bleib hier! Was hast du vor?«
Das Heulen der Sirene war näher gekommen, und am Ende der Straße konnte Michael jetzt gleich zwei Wagen erkennen, die mit flackernden Blaulichtern herbeirasten. Einer war ein Streifenwagen der Polizei, wie er erwartet hatte, und dahinter kam ein großer, rot-weiß lackierter Krankenwagen. Bei dem Tempo, mit dem sie einherfuhren, würden sie in spätestens zehn Sekunden hier sein.
Michael hatte nicht vor, so lange zu warten. Er drehte sich um, sprang mit Riesensätzen über die Straße und auf den gegenüberliegenden Bordstein und tauchte im Schatten einer Toreinfahrt unter. Dahinter lag ein schmaler Innenhof, der an drei Seiten von glatten Wänden umschlossen war und auf dem sich Mülltonnen und leere Pappkartons stapelten. Es gab eine Tür, aber sie war verschlossen und rührte sich nicht, so verzweifelt Michael auch daran rüttelte.

Das Heulen der Sirenen war mittlerweile ganz nahe. Michael hörte das Quietschen von Bremsen, dann wurden Türen aufgerissen, und Markers Stimme schrie irgend etwas. Augenblicke später näherten sich die schnellen Schritte von mindestens zwei Männern der Einfahrt.

Michael sah sich mit wachsender Verzweiflung um. Die Mauern waren entschieden zu hoch, als daß er sie überklettern konnte, und mit Ausnahme des Tores, durch das er selbst hereingekommen war, gab es keinen anderen Ausgang. Eine Sekunde lang spielte er mit dem Gedanken, einfach in eine der Mülltonnen zu steigen und sich darin zu verstecken, aber dann wurde ihm klar, wie albern das war. Die Männer, die dort herankamen, würden selbstverständlich jeden Winkel hier durchsuchen, wenn sie feststellten, daß er nicht da war.

In Ermangelung eines anderen Verstecks preßt er sich eng in den Schatten neben dem Tor und blickte mit angehaltenem Atem auf die Straße hinaus. Es waren zwei Polizeibeamte in grünen Uniformen, die herbeigerannt kamen. Sie mußten ihn einfach sehen. Aber das durfte nicht geschehen. Michael hatte keine Ahnung, warum die Polizei nach ihm suchte, zumindest nicht auf *diese* Art, aber er wußte einfach, daß es wichtig war, ihnen nicht in die Hände zu fallen, unvorstellbar wichtig, nicht nur für ihn. Sie *durften* ihn einfach nicht sehen!

Die beiden Polizisten hatten die Einfahrt mittlerweile erreicht und liefen hindurch. Einer von ihnen rannte so dicht an Michael vorbei, daß er nur die Hand hätte auszustrecken brauchen, um ihn zu berühren, der andere blieb stehen, sah sich verblüfft um und schüttelte ein paarmal den Kopf.

Im ersten Moment begriff Michael gar nicht richtig. Aber dann, schlagartig, wurde ihm klar, daß die beiden Männer ihn wirklich nicht sahen. Alle beide schauten sich aufmerksam und sehr genau im Hof um, rüttelten an der verschlossenen Tür, blickten hinter die Kartons und sahen auch, wie er

erwartet hatte, in die Mülltonnen, und schließlich kletterte einer von ihnen mit Hilfe seines Kollegen an der Wand hinauf und warf einen Blick auf die andere Seite der Mauer.
»Dort drüben ist er jedenfalls nicht«, sagte er, nachdem er wieder auf den Boden herabgesprungen war. »Ich verstehe das nicht. Er kann sich doch nicht in Luft aufgelöst haben.«
»Vielleicht hat der Mann sich getäuscht«, antwortete sein Kollege. »Vielleicht ist er in eines der anderen Häuser gerannt oder die Straße hinunter.« Er machte eine Kopfbewegung. »Komm zurück in den Wagen. Wir müssen Bescheid geben, daß sie die ganze Gegend hier abriegeln.«
Michael blickte den beiden verblüfft nach. Auch als sie den Hof verließen, gingen sie nahe an ihm vorbei, und der jüngere der beiden schaute sogar genau in seine Richtung. Aber er sah ihn nicht.
Michael hob langsam die Hand und drehte sie vor den Augen, um sich davon zu überzeugen, daß sie noch da war. Sie sah aus wie immer. Aber für die beiden Polizisten war er unsichtbar. Jetzt spürte er wieder den brennenden Schmerz der Abschürfungen, die er sich bei seinem Sprung aus dem Wagen zugezogen hatte. Ganz instinktiv dachte er daran, daß der Schmerz aufhören sollte, und vor seinen Augen schlossen sich die Wunden, und das Blut versiegte. Das also war die Erklärung! Seine *Zauberkräfte* beschränkten sich nicht darauf, Verletzungen zu heilen. Er hatte sich gewünscht, von den beiden Polizisten nicht gesehen zu werden, und sie hatten ihn nicht gesehen.
Von der Straße drangen erregte Stimmen in sein Versteck. Eine davon gehörte Marker. Michael löste sich vorsichtig aus dem Schatten und sah, wie Marker von zwei Männern, die die roten Jacken der Ambulanz anhatten, unsanft an den Armen gepackt und in den Rettungswagen gezerrt wurde. Hinter den offenstehenden Türen des Wagens wartete ein dritter, der aber nicht auf die gleiche Weise gekleidet war wie seine beiden Kollegen, sondern einen weißen, völlig ge-

schlossenen Anzug trug, der denen der Männer glich, die mit dem Drahtkorb in den Schacht hinabgefahren waren. Ohne auf Markers immer lauter werdende Proteste zu achten, zerrten ihn die beiden in den Wagen, wo ihn der dritte in Empfang nahm und ihm sofort eine Spritze an den Arm setzte.

Was um alles in der Welt ging hier vor?

Der Krankenwagen fuhr wieder los, kaum daß sich die Türen geschlossen hatten, mit eingeschaltetem Blaulicht zwar, aber ohne Sirene und jetzt etwas langsamer, aber der Polizeiwagen stand weiter da, und Michael konnte sehen, wie einer der beiden Beamten aufgeregt in das Mikrofon seines Funkgerätes sprach. In ein paar Minuten würde es hier vermutlich von Polizisten nur so wimmeln. Er wollte sich lieber nicht darauf verlassen, daß seine Zauberkräfte ihn schützten. Also ging er mit schnellen Schritten, aber ohne zu rennen, davon. Seine Verwirrung wuchs immer mehr. Daß er tatsächlich in der Lage war zu *zaubern,* ganz wie Wolf es ihm gesagt hatte, beruhigte ihn keineswegs. Er hatte mehr und mehr das Gefühl, daß die unheimlichen Kräfte, über die er plötzlich verfügte, am Ende nichts Gutes bewirken konnten. Trotzdem überlegte er ernsthaft, ob sie ihm vielleicht helfen würden, aus seiner ausweglosen Situation herauszukommen. Er versuchte es. Er wünschte sich ganz fest, seine Eltern wären hier oder er bei ihnen, aber nichts geschah. Weder tauchten Vater und Mutter aus dem Nichts auf, noch fand er sich plötzlich an einem anderen Ort. Offensichtlich waren auch seinen Zauberkräften Grenzen gesetzt. Michael war fast erleichtert, daß es so war.

Auf der anderen Seite stellte ihn diese Erkenntnis vor ein neues Problem. Er wußte noch immer nicht, wohin er sich wenden sollte, und die Worte, die er bei den beiden Polizisten aufgeschnappt hatte, hatten ihm klargemacht, daß er nicht einfach in der Stadt herumspazieren konnte, als wäre nichts geschehen. Vermutlich suchte jeder Polizeibeamte der

Stadt nach ihm. Wenn er auch nicht wußte, warum überhaupt.

Zwei Straßen weiter fand er eine Telefonzelle und rief bei seinem Onkel an, dessen Nummer er aus dem Buch heraussuchte. Er hatte zwar kein Geld, aber es reichte völlig, daß er sich wünschte, das Telefon würde auch so funktionieren, und Augenblicke später hörte er das Freizeichen. Es läutete nur zweimal, dann wurde abgenommen, und er hörte die Stimme seines Onkels.

»Michael!« rief er erstaunt, nachdem Michael sich gemeldet hatte. »Wo, um alles in der Welt, bist du? Weißt du überhaupt, daß wir alle wie verrückt nach dir suchen?«

Und ob er das wußte! Aber er hatte sich mittlerweile wieder gut genug in der Gewalt, um ganz ruhig zu antworten. »Deshalb rufe ich ja an«, sagte er. »Ich bin zu unserem Haus zurückgegangen, aber dort konnte mir niemand sagen, wo Vater und Mutter sind. Sind sie bei dir?«

»Nein«, antwortete sein Onkel. »Dein Vater ist ins Hotel gezogen, wenigstens fürs erste. In den ›Adler‹ im Stadtzentrum. Und deine Mutter . . .« Er zögerte hörbar. »Weißt du's denn nicht?«

»Weiß ich *was* nicht?« fragte Michael beunruhigt. »Was ist los? Was ist ihr passiert?«

»Nichts Schlimmes«, antwortete sein Onkel eine Spur zu schnell, »sie wurde verletzt, und sie wollen sie wohl noch ein paar Tage dort behalten, nur zur Beobachtung.« Er lachte gezwungen. »Du weißt ja, wie diese Krankenhäuser sind. Sie nutzen jede Gelegenheit aus, um ihre Betten zu belegen. Soll ich dich abholen? Ich kann in zwanzig Minuten mit dem Wagen da sein.«

Nach dem, was ihm das letzte Mal passiert war, als jemand ihm ein so freundliches Angebot machte, war Michael nicht mehr besonders versessen darauf, in irgend jemandes Wagen zu fahren. »Das ist nicht nötig«, sagte er. »Ich habe genug Geld für ein Taxi. Im ›Adler‹, hast du gesagt?«

»Ja. Wenn du gleich hinfährst, kannst du deinen Vater noch erwischen, bevor er zur Arbeit geht.«
Michael bedankte sich und hängte ein, ehe sein Onkel noch etwas sagen konnte. Dann verließ er die Telefonzelle. Natürlich hatte er nicht vor, zum Hotel Adler zu gehen. Selbst wenn sein Vater wirklich dort wohnte, würde ihn wahrscheinlich eine Hundertschaft Polizei dort erwarten. Und aus demselben Grund konnte er auch nicht ins Büro gehen und versuchen, dort mit ihm zu reden, jedenfalls nicht mehr nach diesem Gespräch. Also wandte er sich in die andere Richtung und machte sich auf den Weg ins Krankenhaus. Die Worte seines Onkels hatten ihn mehr als beunruhigt. Er hatte ja mit eigenen Augen gesehen, daß seine Mutter *nicht* verletzt worden war, jedenfalls nicht schlimm. Was also war danach passiert? Hatten Ansons Männer ihr Wort gebrochen und doch versucht, seine Eltern zu töten? Michael traute es ihnen zu, aber irgendwie glaubte er nicht, daß die Sache so einfach war.
Er brauchte eine halbe Stunde, um das Krankenhaus zu erreichen. Aufgrund seiner bisherigen Erfahrungen wagte er es nicht, einfach durch den Haupteingang zu spazieren und am Empfang nach seiner Mutter zu fragen. Anderseits war das Krankenhaus riesig groß. Er konnte schlecht von Zimmer zu Zimmer gehen und jede Tür öffnen und hineinschauen. Also blieb ihm nichts anderes übrig, als seine neu erworbenen Kräfte noch einmal auf die Probe zu stellen. Er wünschte sich intensiv zu erfahren, in welchem Zimmer seine Mutter lag.
Nichts geschah. Michael versuchte es noch einmal, aber das Ergebnis war das gleiche. Weder erklang eine Stimme aus dem Nichts, um ihm die Zimmernummer zu sagen, noch erschien sie in flammenden Lettern am Himmel oder tauchte plötzlich in seinem Kopf auf.
Enttäuscht blickte er zu den geschlossenen Glastüren der Klinik hinüber. Er hatte im Gebüsch auf der gegenüberlie-

genden Straßenseite Schutz gesucht, und es war immer noch nicht richtig hell, so daß man ihn sicher nicht sehen konnte. Aber er war mißtrauisch. Er betrachtete prüfend die Wagen, die vor der Klinik standen, suchte nach irgendeinem verräterischen Hinweis. Er entdeckte nichts, aber in diesem Moment wurden die Türen des Krankenhauses geöffnet, eine Schwester trat heraus, ein Bündel mit Papieren unter den Arm geklemmt und eine Dose Cola in der rechten Hand, aus der sie im Gehen trank. Sie war dabei nicht sehr geschickt, so daß ihre Last verrutschte. Zugleich kam eine plötzliche Windböe auf, und Michael mußte ein Lachen unterdrücken, als die Schwester plötzlich in einer Wolke aus wirbelnden Papierfetzen dastand und mit einem erschrockenen Schrei versuchte, sie alle zugleich zu fassen zu bekommen. Es gelang ihr recht gut, aber eines der Blätter wurde vom Wind davongewirbelt, tanzte quer über die Straße und fiel genau vor Michaels Füßen zu Boden. Er bückte sich danach und las den Namen seiner Mutter ganz oben auf der Seite. Darunter war die Abteilung und die Zimmernummer angegeben, in der sie untergebracht war. Der Rest bestand aus unverständlichen lateinischen Fachausdrücken, die Michael rein gar nichts sagten.

Also funktionierte es doch, dachte er. Offensichtlich versuchten die Kräfte, die ihm dienstbar waren, einen möglichst unauffälligen Weg zu finden, seine Befehle auszuführen. Flüchtig fragte er sich, was wohl geschehen würde, wenn er Wolf einfach zum Teufel und Anson samt seiner Bande zurück in ihre unterirdischen Höhlen wünschte. Vermutlich nichts.

Er faltete das Blatt sorgsam zusammen und steckte es ein. Er mußte sich noch einige Augenblicke gedulden, denn die Krankenschwester war emsig beschäftigt, ihre Papiere einzusammeln, wobei sie offensichtlich gar nicht bemerkte, daß eines der Blätter fehlte, und brauchte mehrere Minuten, bevor sie ihren Weg fortsetzen konnte. Jetzt trat Michael aus

seinem Versteck, überquerte die Straße und näherte sich dem Eingang. Er wünschte sich mit aller Insbrust, von niemandem angesprochen oder erkannt zu werden, und tatsächlich sahen die beiden Krankenschwestern, die an ihrem Platz hinter dem Empfang neben der Tür saßen, nicht einmal von ihrer Arbeit auf, als er an ihnen vorüberging. Sein Herz klopfte zum Zerspringen, als er in den Fahrstuhl trat und den Knopf für die achte Etage drückte.
Der Lift setzte sich summend in Bewegung, und da Michael sich gewünscht hatte, allein zu bleiben, hielt er auch unterwegs nicht an, um irgend jemanden zusteigen zu lassen. Unbehelligt erreichte er das achte, oberste Stockwerk des Krankenhauses und stieg aus. Zimmer fünfhundertvier, wie es auf dem Blatt gestanden hatte, lag auf der rechten Seite des Flurs, wie ihm der Wegweiser an der dem Lift gegenüberliegenden Wand verriet. Aber er konnte nicht einfach hingehen. Nach wenigen Schritten stieß er an eine geschlossene Milchglastür, die keine Klinke, sondern nur einen Klingelknopf hatte, und blieb verblüfft stehen. Neben der Tür war ein großes Schild an der Wand angebracht, auf dem *Isolierstation. Betreten nur nach Aufforderung und in Schutzkleidern* zu lesen stand. Isolierstation? dachte Michael verstört. Was bedeutete das jetzt wieder?
Ganz automatisch streckte er die Hand nach dem Klingelknopf aus und zog sie dann wieder zurück. Er wollte sein Glück lieber nicht auf die Probe stellen. Außerdem hatte er andere Möglichkeiten, diese lächerliche Tür zu überwinden. Er befahl ihr, sich zu öffnen, und im gleichen Augenblick hörte er ein leises Klicken, die Tür schwang, wie von Geisterhand bewegt, vor ihm auf, und Michael trat hindurch.
Der Flur, der dahinter lag, war dunkel und still. Hinter einer Tür ganz am Ende des Korridors drang mildes gelbes Licht, und er hörte leise Stimmen, aber ansonsten machte die Station ganz den Eindruck, als wäre sie verlassen. Die Zimmer lagen hinter großen gläsernen Scheiben, deren Türen eben-

falls keine Griffe hatten, und die meisten Türen standen offen, und die Zimmer waren tatsächlich leer. Michaels Unruhe wuchs. Was bedeutete das alles?
Auf Zehenspitzen näherte er sich dem Zimmer am Ende des Ganges, aus dem die Stimmen drangen, und blieb schließlich zwei Schritte davor stehen. Die Stimmen waren jetzt deutlicher zu hören, und wenn er sich konzentrierte, konnte er sogar verstehen, was gesprochen wurde. Eine der beiden Stimmen erkannte er. Es war die seines Vaters.
»Und Sie sind ganz sicher?« sagte er gerade.
»So sicher, wie man es zu diesem Zeitpunkt sein kann«, antwortete die andere Stimme. Sie war dunkel und voll und sprach in einem sehr beruhigenden Tonfall, der Michael sagte, daß es sich wohl um die Stimme eines Arztes handelte, der es gewohnt war, beunruhigte Verwandte und Freunde zu trösten. »Sie sind früh genug gekommen«, fuhr der Mann fort. »Die Behandlung ist langwierig und auch alles andere als angenehm, da will ich Ihnen gar nichts vormachen. Aber Ihre Frau wird wieder gesund, das kann ich Ihnen versprechen.«
»Ich weiß«, antwortete Michaels Vater. »Aber ich kann Ihnen auch nicht mehr sagen als das, was ich Ihnen schon gesagt habe.«
»Und Sie haben sich alles noch einmal genau durch den Kopf gehen lassen?« hörte man wieder die Stimme des Arztes. »Keine Auslandsreisen in letzter Zeit, kein Besuch aus dem Ausland, keine exotischen Tiere?«
»Nichts von alledem«, antwortete Michaels Vater.
»Die Geschichte wird immer rätselhafter«, murmelte der Arzt. »Es gab ein paar Fälle in den letzten Jahren, aber nicht in diesem Land. Nicht einmal auf diesem Kontinent. Wenn wir hier in Südamerika wären oder irgendwo im tiefsten Afrika oder Asien, würde ich es ja noch verstehen. Aber das . . .«
Michael begriff immer weniger, worüber sein Vater und der

Arzt überhaupt redeten. Er verstand nur so viel, daß seine Mutter offensichtlich nicht deshalb hier war, weil einer von Ansons Männern sie verletzt hatte. Er war so in Gedanken versunken, daß er gar nicht registrierte, wie sein Vater aufstand und sich der Tür näherte.

Als er es begriff, war es zu spät. Sein Vater trat auf den Gang hinaus und hielt mitten im Schritt an. Seine Augen weiteten sich verblüfft, und auf seinem Gesicht erschien ein Ausdruck des Schreckens, der Überraschung und zugleich der Erleichterung.

Aber er reagierte völlig anders, als Michael erwartet hatte. Überraschend schnell hatte er sich wieder in der Gewalt, drehte sich noch einmal zu dem Mann im Zimmer hinter ihm um und sagte: »Ich danke Ihnen, Herr Doktor. Es wird allmählich Zeit für mich, zur Arbeit zu fahren. Ich schaue heute nachmittag noch einmal vorbei, und Sie können mich ja jederzeit telefonisch erreichen.«

Zugleich machte er eine Handbewegung zu Michael, und diesmal reagierte Michael sofort. Rasch und möglichst leise wich er rückwärts gehend in eines der leerstehenden Zimmer zurück. Sein Vater wechselte noch ein paar Worte mit dem Arzt und folgte ihm nach.

Der gespielte Ausdruck des Gleichmuts verschwand von seinen Zügen, als er zu Michael ins Zimmer trat. »Großer Gott, Michael, was tust du hier?« fragte er. Seine Stimme war ein heiseres, angsterfülltes Flüstern. »Du mußt verschwinden, auf der Stelle!«

»Was ist passiert?« gab Michael zurück. »Was ist mit Mutter? Ist sie krank?«

»Ja«, antwortete sein Vater. »Aber sie wird wieder gesund, keine Angst.« Er schaute nervös auf den Gang hinaus. »Hat dich jemand bemerkt?«

Michael schüttelte den Kopf.

»Gut«, fuhr sein Vater fort. »Ich gehe jetzt zum Wagen. Er steht auf dem Parkplatz auf der anderer Straßenseite. Wir treffen uns dort. Und paß auf, daß dich niemand sieht. Ich erkläre dir alles später.«

Damit wandte er sich um, trat auf den Korridor hinaus und ging mit gemessenen Schritten zur Tür. Michael wartete einen günstigen Moment ab, der kam, als im Nebenzimmer das Telefon klingelte und der Arzt abnahm und mit gedämpfter Stimme zu reden begann. Rasch und ebenso unentdeckt, wie er gekommen war, verließ er die Isolierstation wieder. Er hätte viel darum gegeben, wenigstens einen Blick ins Zimmer seiner Mutter zu werfen, aber wie bei allen anderen hier gab es keine Klinke an der Tür, und Michael wollte nicht riskieren, im letzten Moment doch noch entdeckt zu werden. So ging er zum Aufzug, betrat ihn und drückte den Knopf fürs Erdgeschoß.

Die Türen schlossen sich, und der Lift setzte sich fast lautlos in Bewegung. Die roten Leuchtziffern über der Tür wechselten von acht auf sieben, dann auf sechs, auf fünf – und dann verschwand die Schrift ganz.

Michael wollte seinen Augen nicht trauen. Der Aufzug bewegte sich weiter, das konnte er genau spüren, aber die Leuchtanzeige über der Tür war erloschen. Und ganz plötzlich hatte er das unheimliche Gefühl, nicht mehr allein zu sein.

Was natürlich Unsinn war. Die Kabine maß kaum anderthalb mal zwei Meter. Und trotzdem ... Mit klopfendem Herzen drehte sich Michael um und blickte in den großen Spiegel, der die Rückwand der Kabine bildete. Er sah nicht sein eigenes Spiegelbild, wie er erwartet hatte. Es war auch nicht das Spiegelbild der Liftkabine. Aus dem Spiegel schien ein Fenster geworden zu sein, durch das er in einen großen, mit barocken Möbeln eingerichteten Raum blickte, in dem beherrschend ein riesiger Kamin stand.

Er war nicht einmal sehr überrascht. Wolf, der in einem der schweren Sessel vor dem Kaminfeuer saß, blickte ihn an. Er saß einfach da, schaute Michael mit einem sonderbaren,

nichts Gutes verheißenden Gesichtsausdruck an und wartete offensichtlich darauf, daß Michael etwas sagte oder tat.
»Haben Sie mich die ganze Zeit über beobachtet?« fragte Michael schließlich.
»Nicht die ganze Zeit«, sagte Wolf. »Aber doch die meiste Zeit über, ja.«
»Dann war meine Flucht also ...«
»... geplant«, bestätigte Wolf mit einem Kopfnicken. »Oder sagen wir so: Ich hätte sie verhindern können, wenn ich es gewollt hätte. Aber ich wollte es nicht. Ich dachte mir, daß du auf diese Weise viel schneller begreifst, was ich dir erklären will.«
Michael wurde zornig. »War das alles nur Theater?« fragte er. »Ich meine, die Stadtstreicher, die Rocker ... Gehörte das alles zu Ihrem Plan?«
»Diese Penner?« Wolf verzog angewidert die Miene, was Michael beinahe noch mehr abstieß als der Ton, in dem er die Frage gestellt hatte. »Nein, das war ein glücklicher Zufall. Aber ich nehme an, es hat dir geholfen, zu verstehen, was ich gemeint habe.«
»Sie meinen diese ...« Michael suchte einen Moment lang nach einem anderen Wort, fand aber keines. »... Zauberkräfte?« Wolf nickte, und Michael fügte hinzu: »Ich will sie nicht.«
»Ja, ich habe mir gedacht, daß du so reagierst.« Wolf wirkte beinahe traurig, aber tatsächlich kein bißchen überrascht. »Ich verstehe dich, aber du solltest trotzdem nicht den Fehler begehen, vorschnell zu urteilen. Was du jetzt erlebst, das verwirrt dich. Und wahrscheinlich erschreckt es dich auch und macht dir Angst. Nicht einmal ganz zu Unrecht, denn die Kraft, über die du verfügst, ist gewaltig. Falsch eingesetzt, kann sie zu einer großen Gefahr werden, nicht nur für andere, sondern auch für dich. Aber es liegt allein in deiner Macht, was du damit tust. Du kannst sie zum Bösen nutzen, aber auch zum Guten. Du kannst sie sogar ...« er legte eine

Kunstpause ein und lächelte ganz dünn ». . . gegen mich verwenden, wenn du das möchtest. Obwohl das sinnlos wäre, denn ich beherrsche bereits, was du gerade erst zu entdecken beginnst.«

»Hören Sie auf!« sagte Michael und schlug die Hände vor die Ohren.

Aber Wolf hörte nicht auf, sondern beugte sich im Gegenteil vor und fuhr ein wenig lauter und mit eindringlicher Stimme fort: »Überlege nur, was du in dieser Nacht getan hast. Wie sehr du diesen Menschen geholfen hast, nicht nur, indem du ihre Verletzungen geheilt hast. Du hast ihnen sehr viel Wichtigeres gegeben. Sie haben zum ersten Mal wieder Vertrauen zu einem Fremden gefaßt und Vertrauen zu sich selbst. Bedenke doch, was du damit anfangen könntest. An diesem Ort. Wie viele Menschen leben in dieser Klinik, die keine Hoffnung mehr haben, die Schmerzen leiden, die wissen, daß sie sterben müssen. Du könntest sie alle heilen. Vielleicht nicht wirklich alle, aber doch die meisten.«

»Hören Sie auf!« rief Michael noch einmal. Er wußte, daß Wolf die Wahrheit sagte. Aber ebenso sicher, wie er wußte, daß Wolf ihn in diesem Moment nicht belog, wußte er auch, daß diese Fähigkeiten kein Geschenk waren und daß er einen Preis dafür würde bezahlen müssen. Einen Preis, der vielleicht nicht einmal von ihm allein verlangt werden würde. Für einen Moment war Michael fast bereit, es zu tun. Seine Kraft einzusetzen und sie gegen die Gestalt hinter den Spiegel zu richten, nur damit Wolf endlich aufhörte, mit dieser einschmeichelnden, lockenden Stimme zu reden. Zugleich aber spürte er, daß es genau das war, wozu Wolf ihn bringen wollte. Diese unheimliche Magie hatte etwas von einem süchtig machenden Gift an sich, und mit jedem Mal, da er sich ihrer bediente, würde es ihm schwerer fallen, darauf zu verzichten.

»Du mußt dich jetzt entscheiden, Michael«, sagte Wolf. »Wenn du diesen Aufzug verläßt, wirst du zu mir zurückkehren. Als mein Verbündeter oder als mein Gefangener. Aber zurückkehren wirst du.«

»Niemals!« erwiderte Michael entschlossen. »Eher sterbe ich!«

Er meinte es ernst, aber Wolf sah ihn nur kopfschüttelnd an und lachte leise. »Mein Junge«, sagte er, »das hier ist die Wirklichkeit, kein schlechter Roman oder Film. Große Worte klingen meistens gar nicht so groß, wenn man sie ausspricht. Und eine Entscheidung wie die, die du gerade getroffen hast, läßt sich nicht so ohne weiteres wieder rückgängig machen, weißt du?«

Er lachte erneut, und dieses Lachen brachte Michael fast zur Raserei. Mit einem Wutschrei hob er beide Arme und ließ die Fäuste auf den Spiegel niedersausen. Es klirrte. Das Glas zerbarst, und ein langer, gezackter Riß spaltete Wolfs Gesicht in der Mitte. Sein Lächeln sah plötzlich aus wie das eines häßlichen Clowns, aber es war ganz und gar nichts Komisches an diesem Clown, sondern er war eine böse Karikatur, und als er aufstand, spiegelte sich sein Körper in verschiedenen, gegeneinander versetzten Teilen in den Splittern des Spiegels, so daß er Michael für einen Moment wie ein bizarres Ungeheuer mit zu vielen Armen und Beinen und langen, vielfingrigen Krallenhänden vorkam. Und so wie sein Spiegelbild war auch seine Stimme zerbrochen, ein lang nachhallender, unheimlicher Klang, der kaum noch Ähnlichkeit mit der Stimme eines Menschen hatte.

»Nun gut, du hast dich entschieden«, sagte er. »Es tut mir leid, aber du läßt mir keine andere Wahl.«

Irgend etwas geschah. Es war nicht zu sehen oder zu hören, aber Michael konnte spüren, wie sich auf der anderen Seite des Spiegels, dort, wo Wolf *wirklich* war, etwas Unsichtbares, Finsteres und unvorstellbar Mächtiges zusammenballte wie eine Entladung ungeheurer negativer Energien, das auf ihn zuraste. Voller Verzweiflung schrie er auf und schlug abermals die Fäuste in den Spiegel, ohne darauf zu achten, daß er

sich dabei die Hände zerschnitt, und diesmal war das Klirren und Krachen so laut, daß es in den Ohren weh tat und in der winzigen Kabine widerhallte. Der Spiegel zerbarst endgültig und regnete in Scherben zu Boden, und während das geschah, sah er etwas absolut Grauenerregendes. Hinter Wolfs Gestalt erschien ein Schatten. Er war riesig und nicht der Schatten eines Menschen, sondern einer Kreatur, die sich rasend schnell und lautlos auf den Spiegel zubewegte. Michael wußte, daß sie ihn erreichen würde, wenn sie den Spiegel erreichte, denn die Grenzen der Wirklichkeit galten nicht für dieses Ding. Mit einem keuchenden Schrei prallte er zurück und stieß gegen die Kabinentür, während die Spiegelscherben absurd langsam, als hätte etwas die Zeit angehalten, aus dem Rahmen fielen und zu Boden regneten.
Das Ungeheuer erreichte ihn nicht. Der Spiegel war zusammengebrochen, um den Bruchteil einer Sekunde eher, als das Monstrum ihn durchschreiten konnte, und für einen Moment glaubte Michael ein lautloses, ungeheuer zorniges Brüllen zu hören. Mit dem Zerbrechen der letzten Spiegelscherbe auf dem Boden erlosch das Gebrüll, aber Michael glaubte die Nähe des Unsichtbaren noch immer zu fühlen. Die Temperaturen in der Liftkabine waren schlagartig gesunken. Eine dünne Rauhreifschicht überzog die Metallwände, und sein Atem erschien als grauer Dampf vor seinem Gesicht.
Michael atmete erleichtert auf. Er spürte, daß die Gefahr vorüber war, aber er wußte auch, wie knapp es gewesen war. Wolf meinte es wirklich ernst. Ein Menschenleben schien ihm nicht viel zu gelten, ebensowenig wie sein eigenes Wort, denn schließlich hatte er Michael ja versichert, ihm nichts zuleide zu tun, auch wenn er sich gegen ihn entscheiden sollte. Nach einer Weile begann die Kälte wieder zu weichen, Michael löste sich von seinem Platz an der Tür und trat dichter an den zerbrochenen Spiegel heran. Vor sich sah er nur die nackte Metallwand der Liftkabine, kein magisches Tor mehr, durch das Wolf und seine Häscher ihn er-

reichen konnten. Auch dessen Zauberkräften waren also Grenzen gesetzt.

Michael wandte sich wieder der Tür zu und blickte zur Leuchtanzeige hoch. Sie war wieder angegangen, der Lift bewegte sich weiter. Die roten Digitalziffern wechselten von der Drei zur Zwei, dann zur Eins, zum E, dem K für den Keller – und weiter.

Michaels Gefühl der Erleichterung verschwand wieder. Der Lift glitt weiter in die Tiefe. Auf der Leuchtanzeige war jetzt eine Zwei mit einem Minuszeichen davor zu sehen, dann eine Drei, eine Vier. Die Fahrt schien kein Ende zu nehmen. Wenn er der Anzeige der Liftkabine glauben konnte, dann befand er sich jetzt schon acht Etagen unter der Erde, dann neun und zehn. So viele Kellergeschosse konnte das Haus gar nicht haben! Und es ging immer schneller. Bald war die Anzeige über der Tür zweistellig, die Zahl wuchs unaufhörlich und mit jeder Sekunde rascher. Als der Lift nach geraumer Zeit endlich anhielt, grinste Michael von dem schmalen Leuchtdisplay eine Neunundneunzig mit einem Minuszeichen davor an.

Ein lähmendes Gefühl der Ohnmacht machte sich in Michael breit. Er hatte nicht einmal wirklich Angst. Teilnahmslos nahm er zur Kenntnis, daß sein Optimismus ein bißchen verfrüht gewesen war. Er hatte Wolf abermals unterschätzt.

Als die Lifttüren auseinanderglitten, gähnte Michael ein finsterer, unregelmäßig geformter Tunnel entgegen, kein unterirdisch gemauerter Gang, keine befestigte Katakombe, sondern einfach ein Loch in der Erde, aus dessen Wänden Wasser tropfte und hie und da dürre graue Wurzelstränge ragten. Ein muffiger, feuchter Geruch nach Moder und Verfall hing in der Luft. Von weit her drang ein unheimliches Brausen und Heulen an sein Ohr, das er erst nach einigen Augenblicken als das Geräusch des Windes identifizierte, der sich irgendwo brach, und er glaubte leise schnatternde Stimmen zu vernehmen. Nicht die Stimmen von Menschen.

Alles in ihm sträubte sich, den Aufzug zu verlassen. Denn auch wenn die winzige rechteckige Kabine ihm mit Sicherheit keinen Schutz bieten würde, so war sie doch ein letztes Stück Realität, ein winziger Ausschnitt der Wirklichkeit, den er mit in diese unheimliche, magische Welt unter der Erde gebracht hatte. Er hatte das Gefühl, allen Schrecken und Gefahren, die in der Dunkelheit auf ihn lauern mochten, schutzlos ausgeliefert zu sein, wenn er die Kabine verließ.

Wider besseres Wissen trat er noch einmal an die Anzeigetafel heran und drückte zuerst den Knopf für das Erdgeschoß, dann, als nichts geschah, alle Knöpfe auf einmal und mehrmals hintereinander. Das Ergebnis war dasselbe wie zuvor. Aber noch gab Michael nicht auf. Er konzentrierte sich, befahl dem Lift mit aller geistiger Kraft, sich wieder in Bewegung zu setzen und nach oben zu fahren, doch diesmal versagte sein Zauber.

Was hatte er eigentlich erwartet? Daß die Magie, die Wolf ihm geschenkt hatte, sich gegen diesen wenden würde? Wolf hatte ihm ja selbst gesagt, daß er ihm auf *diesem* Gebiet überlegen sei. Vermutlich würde der Aufzug jahrelang hier unten stehen, solange er ihn nicht verließ.

Also wandte er sich mit klopfendem Herzen um, machte einen Schritt aus der Tür heraus, sofort darauf gefaßt, zurückzuspringen, falls sie sich etwa hinter ihm schließen sollte, und noch einen Schritt, als das nicht geschah.

Feuchtigkeit und Kälte schlugen ihm entgegen. Seine Füße erzeugten patschende Geräusche auf dem nassen Boden, und der Lehm, auf dem er ging, schien sich an seinen Schuhen festzusaugen. Das Schnattern und Kichern, das er gehört hatte, wurde allmählich lauter. Seine Augen begannen sich an das Zwielicht hier unten zu gewöhnen, so daß er bald weiter als nur einige Schritte weit sehen konnte.

Der Stollen führte in unzähligen Windungen mal aufwärts, dann wiederum in so steilem Winkel abwärts, daß Michael

sich an den Wänden festhalten mußte, um nicht zu stürzen, bis er in eine viel größere Höhle mündete.
Michael blieb erschrocken stehen. Der Raum war so groß, daß er sein jenseitiges Ende nicht erkennen konnte. Aber er war keineswegs leer. Auf bizarre Weise erinnerte ihn der Anblick an die Pestgrube unter der Kathedrale, wenngleich *diese* Halle mindestens hundertmal so groß sein mußte. Ihr Boden war ebenfalls in nicht zu bestimmender Höhe mit gebleichtem Gebein bedeckt, und zur Rechten, nicht sehr weit entfernt, türmte sich ein ganzer Berg weißer Totenschädel, Arm- und Beinknochen, Rippen und andere Gebeine bis fast unter die Decke. Und an oder auf diesem Knochenberg, und nicht nur dort, sondern überall in der Höhle, mal einzeln, mal in kleinen Gruppen, saßen grüne Scheußlichkeiten, die diese Knochen verzehrten. Es war ein scheußlicher Anblick. Die Ghoule griffen wahllos nach den Knochen, brachen sie mit ihren schrecklichen Händen in kleine Stücke und schoben diese dann in die Münder, wo sie von ihren gewaltigen Gebissen krachend zermalmt wurden.
Entweder er hatte in seinem Schrecken einen Laut von sich gegeben, ohne es selbst zu merken, oder aber die Ghoule spürten seine Nähe – auf jeden Fall hörten fünf oder sechs der grünhäutigen Wesen plötzlich mit dem blasphemischen Mahl auf und wandten ihm die Gesichter zu. Pupillenlose Augen, die wie geronnenes Eiweiß aussahen, starrten ihn voller Haß und Gier an, und noch während Michael reglos dastand, erhoben sich zwei der ihm am nächsten hockenden Ungeheuer und bewegten sich mit wiegenden, unbeholfen wirkenden und doch raschen Schritten auf ihn zu. Zwar hatten ihm sowohl Hendryk als auch Lisa versichert, daß die Ghoule normalerweise nicht gefährlich seien. Er selbst hatte erlebt, wie eines der Ungeheuer vor ihm geflohen war. Aber *diese* Bestien hier schienen kein bißchen Angst vor ihm zu haben. Die Ghoule mochten sich normalerweise von Aas und Knochen ernähren, aber sie mochten auch hin und wieder

einem Stück lebenden Fleisch nicht abgeneigt sein, wenn es sich anbot.

Mit einem gellenden Schrei drehte er sich um und rannte in den Gang zurück, aus dem er gekommen war. Die beiden Ghoule ließen ein enttäuschtes Knurren hören, und Michael vernahm das Platschen schwerer Füße auf dem nassen Boden hinter sich. Er wagte es nicht, auch nur einen Blick zu seinen Verfolgern zurückzuwerfen, aber er spürte, daß sie rasch aufholten.

Der Gedanke an das, was ihm geschehen würde, wenn sie ihn einholten, verlieh ihm neue Kraft. Er griff schneller aus, ließ auch noch die letzte Vorsicht fahren und rannte mit weiten Sprüngen vor den Ghoulen her, zurück zum Aufzug. Für einen kurzen, schrecklichen Augenblick glaubte er zu sehen, wie sich die Kabinentüren vor ihm schlossen, als er sie fast erreicht hatte. Aber es war nur ein böser Streich, den seine Phantasie ihm spielte. Der Aufzug war da, wie er ihn zurückgelassen hatte. Mit einem erleichterten Keuchen stürzte Michael durch die Tür, prallte unsanft gegen die Rückwand und drückte mit beiden Händen auf die Taste T, die die Tür schloß. Er hatte kaum damit zu rechnen gewagt, aber das Wunder geschah: die Lifttüren begannen sich gehorsam aufeinander zuzubewegen, und obwohl es eine Bewegung von quälender Langsamkeit war, schlossen sie sich doch einen Augenblick eher, als seine Verfolger ihn erreichten. Eine Sekunde später erzitterte der Aufzug unter kraftvollen, wütenden Faustschlägen. In der massiven Metalltür entstand eine Beule, dann noch eine und noch eine, aber noch hielt sie stand. Die Ghoule hörten nicht auf, wütend gegen die Tür zu hämmern. *Warum wehrst du dich nicht?* flüsterte ihm eine Stimme zu. *Du kannst es.*

Michael fuhr erschrocken herum. Wo der zerborstene Spiegel gewesen war, glaubte er nun eine Wand aus grauem Nebel zu erkennen, einen unheimlichen, von Schlieren und Bewegung erfüllten Dunst, in dem manchmal etwas zu erscheinen schien, das Wolfs Gesicht sein mochte. Vielleicht war es auch nicht wirklich da, sondern nur ein Geschöpf seiner eigenen Furcht. Aber ob nun Wolfs Antlitz auf magischem Wege in diesem Nebel erschien oder er es nur sah, weil er ihn zu sehen *erwartete* – für einige Sekunden blickte er in Wolfs dunkle Augen, und die unheimliche Geisterstimme in seinem Inneren fuhr fort: *Wehr dich! Vernichte sie. Ein einziger Gedanke reicht!*

Wie um diesen Worten noch mehr Nachdruck zu verleihen, wurde das Hämmern und Dröhnen gegen die Tür noch lauter, und Michael sah, daß die beiden Türhälften schon ganz verzogen waren. Ein schwammiger, von grüner Schuppenhaut bedeckter Finger zwängte sich durch den Türspalt. Für einen Moment war die Verlockung übermächtig, das zu tun, was Wolf von ihm verlangte.

Und trotzdem brachte er es nicht über sich. Irgend etwas sagte ihm, daß dieser Sieg zu teuer erkauft, der Preis, den er zahlen müßte, wenn er seine geheimnisvollen Kräfte dazu benützte zu *töten*, zu hoch wäre.

Statt zu tun, was die flüsternde Stimme in seinen Gedanken riet, konzentrierte er sich mit aller Macht darauf, dem Aufzug zu befehlen, sich wieder nach oben in Bewegung zu setzen. Er hatte es schon einmal versucht, und es hatte nicht funktioniert, aber es war alles, was er noch tun konnte.

Du enttäuscht mich, Michael, fuhr die Stimme in seinen Gedanken fort. Es war noch immer ein halblautes, einschmeichelndes Flüstern, aber Michael glaubte auch etwas anderes herauszuhören, nicht die Enttäuschung, von der Wolf sprach, sondern maßlosen Zorn. *Ich habe dich nicht für einen solchen Narren gehalten. Ich gebe dir eine allerletzte Chance. Bitte mich darum, und ich werde dir helfen, wenn du selbst es nicht tun willst.*

Die Kabine erzitterte unter immer heftiger werdenden Fausthieben. Dem ersten Finger gesellte sich ein zweiter hinzu, dann ein dritter, die schließlich zu einer ganzen Hand wurden, die die Tür langsam, aber unerbittlich auseinanderzuzwingen begann. Ein einzelnes, pupillenloses Auge starrte voll Gier zu Michael herein, die furchtbaren Zähne darunter mahlten. Langsam drückte der Ghoul die Türhälften weiter auseinander. Noch war die Öffnung nicht groß genug, um seinen massigen Körper hindurchzulassen, aber er grapschte mit seiner riesigen schwammigen Hand nach Michael, und in der Enge der Kabine gelang es diesem nur mit Müh und Not, ihr auszuweichen. Hinter dem häßlichen, aufgedunsenen Gesicht des ersten Ghoules tauchte das eines zweiten, dann eines dritten auf.

Nun gut, fuhr Wolfs Stimme fort. *Du hast deine Entscheidung getroffen, wie ich sehe. Ich hoffe, du bedauerst sie nicht.*

Ein rauchiger Arm, der nur aus Schatten und Gestalt gewordener Schwärze bestand, griff aus dem Nichts nach Michael, berührte ihn – und er konnte spüren, wie die unheimliche Macht in seinem Inneren verlosch. Von einer Sekunde auf die andere war die Zauberkraft, die ihm seit dem vergangenen Abend zur Verfügung gestanden hatte, nicht mehr da. Wolfs Geschenk war gar kein Geschenk, sondern nur geliehen gewesen, und er hatte es ihm wieder genommen, so mühelos, wie er es ihm gegeben hatte. Und im gleichen Moment erlosch auch die geistige Verbindung zwischen ihnen. Das letzte, was Michael von Wolf zu hören glaubte, war ein dunkles, böses Lachen, das rasch leiser wurde und verklang.

Die Hand des Ghoules griff ein zweites Mal nach ihm. Michael spürte eine weiche, schwammige, unbeschreiblich widerwärtige Berührung, prallte mit einem entsetzten Keuchen zurück und drückte sich in den hintersten Winkel der Liftkabine, um noch einmal dem tödlichen Griff zu entgehen. Ihm blieben nur noch Sekunden.

Plötzlich erklang ein schrilles, wütendes Pfeifen. Michael sah auf und erblickte einen hellblau leuchtenden Funken, der aus der Tiefe des morastigen Ganges herangerast kam wie ein winziger flammenspeiender Meteor. Er bewegte sich nicht geradlinig, sondern in flachen Kurven fort, wie ein Stein, der auf dem Wasser hüpft, und bei jeder dieser Kurven traf er einen der geifernden Unholde und versengte ihn mit seinem Feuer. Aus dem gierigen Schnattern der Ghoule wurde ein Chor gellender Angst- und Schreckensschreie, während sie sich umwandten und die Flucht ergriffen – bis auf den einen, der zu Michael hereindrängte. Vielleicht hatte er in seiner Gier die Gefahr, die ihm drohte, noch gar nicht bemerkt. Mit kräftigen Rucken stemmte er die Lifttüren weiter auf, trat mit einem raschen Schritt ganz zu Michael herein und breitete die Arme aus. Ein Flackern böser Vorfreude erschien in seinen Augen, und er begann vor Gier zu sabbern.

Eine Sekunde später stieß er ein markerschütterndes Gebrüll aus, taumelte rücklings wieder aus der Kabine hinaus und griff mit beiden Händen nach oben, um den winzigen, in blauem Feuer glühenden Quälgeist loszuwerden, der in seinem Nacken hockte und ihm Kopf und Schultern ansengte. Dwiezel wich dem Griff der riesigen Pranken mit einer eleganten Bewegung aus, kurvte um den Ghoul herum und schwebte plötzlich direkt vor seinem Gesicht in der Luft. Michael erwartete, daß er ihn jetzt mit seinem Feueratem versengen würde, aber er breitete nur die Ärmchen aus, wedelte damit drohend vor dem Gesicht des Ghouls herum und stieß einen schrillen Pfiff aus. Das genügte, um auch das letzte Ungeheuer in die Flucht zu schlagen. Mit schnellen, grotesk aussehenden Sprüngen folgte es seinen Kameraden und verschwand nach Augenblicken in der Dunkelheit.

Michael atmete erleichtert auf. Erst jetzt, da die Gefahr vorüber war, spürte er die Angst, die er ausgestanden hatte. Er mußte sich an die Kabinenwand lehnen und brachte kaum noch die Kraft auf, den Kopf zu heben und Dwiezel ein dankbares Lächeln zu schenken.

»Jetzt hast du mir zum zweiten Mal das Leben gerettet«, sagte er. »Danke.«

Dwiezel summte zu ihm herein und grinste über das ganze

Gesicht. »Stimmt«, sagte er. »Damit bin ich eins im Vorteil. Ich hoffe, du vergißt es nicht.«
Trotz seiner Schwäche und der Tatsache, daß ihm die Knie zitterten, so daß er sich kaum noch auf den Beinen halten konnte, mußte Michael nun doch lächeln.
»Das war wirklich Rettung in allerletzter Sekunde«, sagte er. Dwiezel runzelte in übertrieben geschauspielerter Verblüffung die Stirn. »Wie, bitte?« fragte er empört. »Auch noch meckern? Ich glaube, dir kann man auch nichts recht machen, wie?«
Michael zog es vor, gar nicht darauf zu antworten. »Wo kommst du überhaupt her?« fragte er. »Ich dachte, du wolltest dich den Tag über irgendwo verstecken.«
»Wollte ich auch«, sagte Dwiezel. »Aber wie du ja gerade selbst gesehen hast, kann man dich keine Minute aus den Augen lassen, ohne daß du irgendeine Dummheit anstellst.« Er wurde übergangslos ernst. »Ich konnte nicht eher kommen. Es war gar nicht so leicht, einen Weg zu finden, ohne von diesem ekelhaften Ding an der Decke eurer Wohnhöhle erwischt zu werden.«
Michael warf Dwiezel einen letzten dankbaren Blick zu und trat an die Schalttafel neben der demolierten Tür. Auch sie war nicht ganz ohne Blessuren davongekommen. Eines der kleinen Lämpchen war zerbrochen, und hinter dem verzogenen Blech ragten die abgerissenen Enden dünner bunter Drähte hervor. Ohne große Hoffnung drückte Michael auf den mit E bezeichneten Knopf. Ein Klicken war zu hören, dann erzitterte die Liftkabine für eine Sekunde unter seinen Füßen und kam wieder zur Ruhe. Weiter nichts.
Obwohl er damit gerechnet hatte, spürte er eine so tiefe Enttäuschung, daß er hörbar aufstöhnte.
»Was ist los?« fragte Dwiezel und setzte sich federleicht auf seine Schulter. »Der Krempel funktioniert wohl nicht, wie?«
Michael schüttelte traurig den Kopf. »Ich fürchte, nein.« Er versuchte es noch einmal und auch ein drittes Mal, ehe er

sich endgültig eingestand, daß der Aufzug seinen Geist aufgegeben hatte und sie auf diesem Weg nicht mehr herauskommen würden. Er warf einen Blick auf die Tür. Sie hatte sich wohl geschlossen, als er den Knopf das erste Mal gedrückt hatte, bot aber einen desolaten Anblick.

»Du denkst doch nicht etwa das, was ich denke, daß du es denkst?« fragte Dwiezel. Offensichtlich hatte er Michaels Gedanken erraten.

»Weißt du einen anderen Weg hier heraus?« fragte Michael.

»Da können wir jedenfalls nicht raus«, antwortete das Irrlicht bestimmt. »Die ganze Bande lungert wahrscheinlich schon dort draußen herum und wartet nur darauf, uns in die Finger zu bekommen.«

»Aber ich dachte . . .«

»Du dachtest, daß ich es ganz allein mit ihnen aufnehmen könnte?« Dwiezel machte eine flatternde Bewegung mit beiden Armen. »Wofür hältst du mich? Ich habe sie erschreckt, und ich würde wahrscheinlich auch mit zwei oder drei von diesen Widerlingen fertig werden. Aber bestimmt nicht mit zwanzig oder dreißig.« Er deutete auf die Schalttafel. »Versuch es noch einmal.«

Michael gehorchte, aber das Ergebnis war das erwartete, nämlich keines. »Sinnlos«, sagte er. »Er rührt sich nicht. Er ist kaputt.«

»Dann reparier ihn!« verlangte Dwiezel.

»Das kann ich nicht«, gestand Michael. Nach einem tiefen Seufzer fügte er hinzu: »Sieht so aus, als säßen wir in der Falle.«

Dwiezels Lächeln erlosch für ein paar Sekunden. Sehr ernst und durchdringend sah ihm das Irrlicht ins Gesicht, dann seufzte es, richtete sich auf Michaels Schulter auf und erhob sich flatternd in die Luft. »Muß man denn tatsächlich alles selbst machen?« stöhnte es. »Also gut, ich will sehen, was ich tun kann.« Es deutete mit einer Kopfbewegung auf die Tür. »Mach auf.«

Michael streckte gehorsam die Hand nach dem Knopf aus. Die Tür quietschte erbärmlich, öffnete sich aber fast sofort, und Michael schrak heftig zusammen, als er direkt in ein breitflächiges grünes Gesicht mit weißen Augen blickte. Dwiezel schoß funkensprühend auf den Ghoul zu, jagte im letzten Moment in die Höhe und dicht über den haarlosen Schädel hinweg und verschwand in der Tiefe des Ganges. Michael schlug ein zweites Mal mit der Faust auf den Knopf, der die Tür schloß.

Der Ghoul war erschrocken vor Dwiezel zurückgewichen, und sein Schrecken währte auch noch ein oder zwei Sekunden, dann drang in sein dumpfes Gehirn die Erkenntnis, daß er noch am Leben und die schon entkommen geglaubte Beute zum Greifen nahe vor ihm war. Mit einem Knurren bewegte er sich wieder auf den Lift zu. Da schlossen sich die Türen wieder.

Michael atmete erleichtert auf und sank an der Wand herab in die Hocke. Die Ghoule begannen nun wieder gegen die Tür zu hämmern. Er hatte einen solchen Grad der Erschöpfung erreicht, daß er sogar zu matt war, um noch wirkliche Angst zu empfinden. Reglos hockte er da, während die Ghoule von außen gegen die Tür trommelten, und wartete darauf, daß irgend etwas geschehe.

Das einzige, was geschah, war, daß das Hämmern und Trommeln gegen die Tür weiterging. Michael war jetzt sicher, daß die Tür dem wütenden Ansturm nicht mehr lange standhalten würde, und sah teilnahmslos dem entgegen, was die Ghoule mit ihm tun würden. Ob sie ihn töten würden, wie sie Lisas und Hendryks Bruder getötet hatten? Aus irgendeinem Grund wollte er noch immer nicht daran glauben. Die Ghoule waren schreckliche und durch und durch widerwärtige Kreaturen, aber keine Mörder. Sie waren bestenfalls Aasfresser, und was wichtiger war: sie hatten die *Mentalität* von Aasfressern. Selbst ein so winziger Gegner wie Dwiezel hatte ausgereicht, ein halbes Dutzend von ihnen in die Flucht zu schlagen. Ein kräftiger Junge wie Michael, der sich entsprechend zur Wehr setzen konnte, war sicher kein Opfer, wie sie es normalerweise bevorzugten. Andererseits hatte er ja von Lisa selbst erfahren, daß es Ausnahmen von dieser Regel gab.

Plötzlich hörte das Hämmern gegen die Tür auf. Von draußen drang weiter Lärm herein, aber es war jetzt nicht mehr nur das gierige Schnattern und Geifern der Ghoule, sondern ein dumpfes Poltern und Krachen, dazwischen ein Knurren wie von einem wilden Löwen, der sich von der Kette gerissen hatte. Das Getöse hielt eine ganze Weile an, dann trat mit beinahe erschreckender Plötzlichkeit Ruhe ein. Allerdings nur für eine Sekunde, dann erzitterte die Liftkabine unter einem weiteren Schlag. Michael sprang erschrocken auf.

»Mach auf!« drang eine dünne Stimme durch das verbeulte Blech. »Ich bin's, Dwiezel!«

Michael atmete erleichtert auf und drückte den Türknopf. Nichts geschah. Der kleine Elektromotor heulte ein paar Sekunden lang schrill und immer schriller auf und verstummte dann.

»Worauf wartest du?« fragte Dwiezel. »Mach endlich auf!«

»Es geht nicht«, rief Michael zurück. »Es funktioniert nicht mehr!«

Dwiezel antwortete nicht, aber eine Sekunde später traf ein ungeheurer Schlag die Tür und sprengte sie halb aus dem Rahmen. In der zerfransten Öffnung erschien eine gewaltige dreifingrige Faust, die schwarz und wie aus Stein gehauen aussah. Mit einer fast spielerischen Bewegung schlossen sich die Finger um den rechten Türflügel, rissen ihn vollends ab und schleuderten ihn achtlos in den Gang hinaus. Ein riesiges Gesicht mit schwarzen, grundlosen Augen blickte zu Michael herein.

»Brokk!« keuchte Michael entsetzt. *Es war der Troll!* Brokk war gekommen, um ihn zu holen!

Vor dem Antlitz des Trolls erschienen ein kleiner hellblauer

Umriß und schwirrende Flügel. »Nur keine Angst!« rief Dwiezel. »Das ist Brokk. Er tut dir nichts.«
»Ich ... ich weiß, daß das Brokk ist«, antwortete Michael. Er zitterte am ganzen Leib. »Aber wieso ... ich meine ... er steht doch ... er gehört doch zu ihnen!«
Dwiezel runzelte die Stirn, blickte eine Sekunde lang in Brokks steinernes Gesicht und dann wieder in das Michaels. »Wer sagt das?« fragte er.
»Nun, ich dachte ... weil ... er ist doch ... er und ...« Er hörte auf, sinnloses Zeug zu stammeln und blickte den Troll und das Irrlicht abwechselnd und mit immer größer werdender Verblüffung an. »Gehört er nicht?«
Dwiezel lachte. »Ganz bestimmt nicht«, sagte er. »Es gibt überhaupt keinen Grund, Angst vor ihm zu haben.« Er flatterte weiter auf Michael zu, und nach einer Sekunde des Zögerns folgte ihm Brokk. Die ganze Liftkabine ächzte und schwankte, als sich der riesige Troll durch die Tür schob, und Michael konnte hören, wie die Drahtseile, an denen sie aufgehängt war, bedrohlich zu schwanken begannen.
»Also, was ist?« fuhr Dwiezel weiter fort, als Michael von sich aus nichts sagte, sondern den Troll nur mit in den Nakken gelegtem Kopf und offenem Mund anstarrte. »Hast du das Ding mittlerweile repariert?«
»Das kann ich nicht«, antwortete Michael. »Ich bin kein Mechaniker.«
»Papperlapapp!« sagte Dwiezel und begann mit beiden Armen in der Luft zu gestikulieren, wobei ein Schauer winziger hellblauer Funken auf Michaels Kopf und Schultern herabregnete. »Ich bin auch kein Krieger und habe die Ghoule verjagt. Ich bin auch kein Dolmetscher und habe Brokk geholt. Und ich bin auch kein Kindermädchen und passe die ganze Zeit auf dich auf, oder?« Eine Sekunde lang wartete er vergebens auf eine Antwort, dann fügte er in resignierendem Ton hinzu: »Du hast also noch immer keine Idee, wie du hier rauskommst?«

»Nein«, gestand Michael. »Ich dachte ... vielleicht auf dem Weg, auf dem –«
»– wir hergekommen sind?« beendete Dwiezel den Satz und schüttelte den Kopf. »Keine Chance«, sagte er. »Den Weg, den wir genommen haben, kannst du nicht gehen.«
»Vielleicht können wir am Seil hochklettern«, sagte Michael. Er machte eine Geste zur Kabinendecke. »Es gibt eine Klappe dort oben. Wenn Brokk mich hochhebt, kann ich versuchen, sie aufzu –«
Er sprach nicht weiter, denn Brokk löste das Problem auf seine Art. Er richtete sich zu seiner vollen Größe auf und schlug mit dem Handrücken gegen das Dach der Liftkabine, und nicht nur die Klappe, sondern gleich auch der Rahmen und ein Stück des Kabinendaches flogen davon.
Darüber kam ein dunkler, unregelmäßig geformter Schacht zum Vorschein. Die Tragseile der Liftkabine verschwanden senkrecht in der Höhe.
»Und daran willst du hochklettern?« fragte Dwiezel spöttisch.
Michael nickte unsicher. »Wenn du keine bessere Idee hast ...« murmelte er. »Ich kann schließlich nicht hierbleiben.«
Dwiezel seufzte. »Also gut«, sagte er. »Dann spielen wir eben noch einmal Kindermädchen.« Er deutete auf den Troll. »Halt dich an ihm fest!«
Abermals kam Brokk ihm zuvor. Einer seiner riesigen Arme umschlang Michael, vorsichtig und doch mit großer Kraft, während er mit der anderen Hand nach oben griff, sich mit drei Fingern und dem Daumen einfach in die Felswand des Schachtes oberhalb der Kabine krallte und geschickt wie ein zu groß geratener Affe am Stein in die Höhe zu klettern begann. Dwiezel flog ihnen voraus und erhellte mit seinem blaßblauen Licht den Weg.
Michael blickte ein paarmal in die Tiefe zurück, während der Troll mit langsamen, aber sehr sicheren Bewegungen nach

oben stieg. Die Liftkabine verschwand schon bald in der Dunkelheit unter ihnen, und der Schacht, in dem sie nach oben kletterten, war schier endlos. Schließlich erreichten sie eine Abzweigung. Es war eine unregelmäßig geformte Röhre, fünf oder sechs Meter im Durchmesser, die im rechten Winkel in den Liftschacht mündete und in die sich der Troll mit einem erleichterten Knurren hineinzog. Selbst Brokks ungeheuerlichen Kräften schienen Grenzen gesetzt zu sein, denn Michael spürte deutlich, daß die riesige Kreatur vor Erschöpfung zitterte, als sie vorsichtig einen Schritt in die Tunnelöffnung machte und ihn dann zu Boden setzte.

»Mit klopfendem Herzen sah er sich um. »Wo sind wir?« fragte er. »Gehört das zum Unterland?«

»Manchmal«, antwortete Dwiezel geheimnisvoll. »Es ist nicht mehr weit bis zu deiner Wohnhöhle. Aber von hier aus mußt du laufen. Brokk kann nicht bei uns bleiben.«

Als wären diese Worte ein Befehl gewesen, wandte der Troll sich wieder um, ging zum Ende des Tunnels zurück und begann – diesmal beide Arme benutzend – rasch wieder in die Tiefe zu klettern. Michael sah ihm nach, bis die Schwärze im Inneren des Schachtes ihn verschlungen hatte, erst dann fiel ihm ein, daß er sich nicht einmal bedankt hatte.

Mit einem fragenden Blick wandte er sich an Dwiezel. »Wer bist du eigentlich?«

Dwiezel zog eine Grimasse. »Manchmal frage ich mich das selbst«, antwortete er. »Im Moment so etwas wie dein Kindermädchen, glaube ich.« Er machte eine ungeduldige Geste, als Michael etwas sagen wollte. »Also was willst du? Hier rumstehen und dumme Fragen stellen oder nach Hause gehen?«

Nach Hause ... Die Worte berührten Michael seltsam. Strenggenommen hatte er kein Zuhause mehr. Das Haus, in dem er den Großteil seines Lebens verbracht hatte, war zerstört, seine Mutter litt an einer geheimnisvollen Krankheit, und sein Vater benahm sich nicht mehr so, wie er sich bisher

benommen hatte. Michaels ganzes Leben schien von einem Tag auf den anderen aus den Fugen geraten zu sein, und dieser Gedanke erfüllte ihn mit einer solchen Trauer, daß ihm nicht einmal mehr Dwiezels Versuche, ihn aufzuheitern, wirklichen Trost spenden konnten. Das Irrlicht schien zu spüren, was in Michael vorging, denn es scherzte und alberte die ganze Zeit über herum, während sie sich nebeneinander durch den stockfinsteren, nur von Dwiezels blassem, flakkerndem blauen Licht erhellten Gang bewegten.
Nach einer Weile endete der Gang an einer Stelle, an der vor langer Zeit einmal die Decke eingebrochen sein mußte. Eine gewaltige Schutt- und Geröllhalde verwehrte ihnen den Weg, und der einzige Durchgang, den es gab, war so eng, daß sich Michael schon beim Gedanken, sich durch diesen Schlitz zu zwängen, sämtliche Haare sträubten. Aber Dwiezel ließ ihm gar nicht Zeit, irgendwelche Einwände vorzubringen, sondern verschwand mit schwirrenden Flügeln in dem Felsspalt, so daß Michael ihm folgen mußte, ob er wollte oder nicht.
Der Spalt war sogar noch enger, als er befürchtet hatte. Er paßte zwar hinein, blieb entgegen seiner Befürchtung nicht stecken, aber er zerschrammte sich Gesicht, Hände und Knie, und ein paarmal wurde es so eng, daß er nicht einmal mehr Platz zum Atemholen hatte. Als sich der Gang endlich wieder verbreiterte, sank er erschöpft auf die Knie und rang minutenlang nach Atem.
Seine Hände brannten wie Feuer. Sie waren blutig, und er spürte, wie es ihm auch warm über das Gesicht lief. Ganz automatisch befahl er den Wunden, sich zu schließen, und dem Blut, zu verschwinden, aber nichts davon geschah.
Michael hob verblüfft die rechte Hand dicht vor das Gesicht und konzentrierte sich auf einen dünnen, sehr langen Kratzer, der von der Wurzel seines Zeigefingers fast bist zum Gelenk lief und aus dem winzig kleine, schimmernde Bluttröpfchen quollen. Mit aller Macht versuchte er, sich seine Hand unversehrt und heil vorzustellen. Der Kratzer blieb, wo er

war, und mit ihm alle anderen. Seine Zauberkräfte waren dahin.
»Was ist?« fragte Dwiezel. »Worauf wartest du?«
»Nichts«, sagte Michael und stand auf. Alles, was er spürte, war eine tiefe Erleichterung. »Ich wollte nur einen Moment ausruhen.«
»Dazu hast du später noch genug Zeit«, sagte Dwiezel unwillig. »Komm! Wir haben noch ein schönes Stück Weg vor uns.«
Länger als eine halbe Stunde marschierten sie durch ein Labyrinth von Gängen und Stollen, bis Michael das erste Mal wieder ein Zeichen menschlicher Anwesenheit entdeckte. Hinter einer eingebrochenen Felswand gelangten sie in ein rundes, gut drei Meter weites Rohr aus Beton, dessen Boden knietief mit einer schlammigen, zähen Flüssigkeit gefüllt war, von der ein erbärmlicher Gestank ausging. Sie waren wieder in der Kanalisation.
Michael unterdrückte seinen Ekel, trat mit zusammengebissenen Zähnen in die stinkende Brühe und sah Dwiezel fragend an. »Wohin?«
»Das kommt darauf an, wo du hinwillst«, antwortete Dwiezel. »Ich habe ein hübsches dunkles Plätzchen gefunden, in dem wir abwarten können, bis deine Wohnhöhle wieder bewohnbar ist.«
Damit meinte er offensichtlich die Nacht. Der Gedanke war verlockend, denn jetzt, da er wieder nur noch er selbst war und über nichts als seine eigenen menschlichen Kräfte verfügte, spürte er mit doppelter Wucht die Müdigkeit, die Erschöpfung und jeden Schritt, den er seit dem vergangenen Abend getan hatte. Trotzdem schüttelte er den Kopf. »Ich muß zurück zum Krankenhaus«, sagte er. »Mein Vater wartet auf mich, und ich muß unbedingt mit ihm reden.«
»Das ist vielleicht keine so gute Idee«, sagte Dwiezel, aber Michael beharrte auf seinem Wunsch, und das Irrlicht deutete nach rechts. »Gut. Folge mir.«

So schnell, daß Michael in seinem Zustand alle Mühe hatte, nah an ihm dranzubleiben, bewegte er sich durch das Abwasserrohr, bis sie eine Abzweigung erreichten, die in einen anderen, größeren Kanal mündete. Wieder ging es nach rechts, an der nächsten Abzweigung nach links und dann sicherlich einen Kilometer oder weiter geradeaus. Michael fragte sich, wie Dwiezel sich hier unten orientierte. Er mochte zwar ein Wesen sein, das in Höhlen und Gängen zu Hause war, aber diese Welt war ihm so fremd, wie es seine heimatlichen Labyrinthe für Michael gewesen waren. Trotzdem schien das Irrlicht seinen Weg mit traumwandlerischer Sicherheit zu finden.

Plötzlich blieb Michael stehen. Dwiezel flatterte noch ein Stück voraus und kam dann zurück. »Was ist los?« fragte er. »Worauf wartest du?«

Michaels Blick war auf einen Punkt nur einen halben Meter vor ihm gerichtet. Auf dem schmalen Betonstreifen, der den Abwasserkanal hier flankierte, hockte eine häßliche fette Spinne, die fast so groß war wie eine Kinderhand. Sie machte keine Anstalten, den Weg freizugeben, sondern schien Michael im Gegenteil mit ihren winzigen Knopfaugen trotzig anzusehen. Michael überwand seinen Widerwillen und hob den Fuß, um die Spinne zu zertreten.

»He!« schrie Dwiezel. »Was soll denn das?«

Michael erstarrte mitten in der Bewegung. Die Spinne glotzte ihn noch eine weitere Sekunde lang an, drehte sich dann um und verschwand auf wirbelnden Beinen in der Dunkelheit, als hätte sie, zwar mit einiger Verspätung, dann dafür aber um so deutlicher begriffen, in welcher Gefahr sie gewesen war. Dwiezel flatterte dicht vor Michaels Gesicht herum und stemmte zornig die winzigen Fäustchen in die Hüfte.

»Bist du verrückt geworden?« fragte er. »Warum wolltest du sie umbringen?«

»Weil ... weil ...« Michael suchte vergeblich nach Worten.

»Es war eine Spinne«, sagte er schließlich. »Sie war ekelhaft. Und so häßlich.«
»Ach«, sagte Dwiezel. »Und das reicht, um sie umzubringen, wie? Na, da kann ich ja vielleicht von Glück sagen, daß ich hübsch bin.«
Michael blickte das Irrlicht betroffen an. Plötzlich schämte er sich dessen, was zu tun er gerade im Begriff gewesen war. Dabei liebte er Tiere. Er hätte niemals einem Tier ein Haar gekrümmt, sei es nun Hund, Katze oder Vogel. Außer, wenn es sich um eine Spinne handelte. Dwiezels Worte machten ihn betroffen. Und sie verhalfen ihm zu der Erkenntnis, daß niemand das Recht hatte, ein anderes Lebewesen zu töten, nur weil es in seinen Augen häßlich war.
Schweigsam ging er weiter. Der Weg führte noch an einigen anderen Abzweigungen vorbei, dann hielt Dwiezel an und deutete nach oben. Nur ein kurzes Stück vor Michael führte eine rostige Eisenleiter zu einem Kanaldeckel hinauf. Darüber war weißes Neonlicht zu erkennen. »Wir sind da«, sagte er. »Wenn du unbedingt da rauf willst, dann beeil dich. Ich warte hier auf dich.«
»Das ist nicht nötig«, erwiderte Michael, aber Dwiezel hatte sich offenbar entschlossen, endgültig das Kommando zu übernehmen, denn er ließ seine Worte gar nicht gelten.
»Ich bleibe besser in deiner Nähe«, sagte er. »Das ist sicherer. Und außerdem auch einfacher, als dich jedesmal erst umständlich suchen zu müssen, wenn du wieder einmal in Schwierigkeiten bist.«
Michael stieg die Leiter hinauf, stemmte sich mit Nacken und Schultern gegen den Deckel und hob ihn ächzend an. Wie er erwartet hatte, fand er sich nicht unter freiem Himmel wieder, sondern in einem niedrigen Raum mit betoniertem Boden, von dessen vier Wänden drei mit hohen, allesamt verschlossenen Stahlschränken verstellt waren. In der vierten Wand befand sich eine grüngestrichene Metalltür, die nur angelehnt war. Michael schob den Deckel wieder auf die

Öffnung, ging zur Tür, öffnete sie ein wenig und spähte vorsichtig hinaus.
Dahinter lag ein weiterer Kellerraum. Auch er war von einfachen Neonröhren erhellt, aber nicht ganz so schmucklos wie dieser. Der Boden war gefliest, und direkt in der Wand, auf die sein Blick fiel, befanden sich die offenstehenden Türen eines Aufzugschachtes. Etwas stimmte da nicht, aber es dauerte einige Sekunden, bis Michael auffiel, was es war. In dem rechteckigen Schacht befand sich keine Liftkabine, aber er war auch nicht leer. Drei straff gespannte Stahlseile zogen sich aus der Höhe des Schachtes bis zum Boden herab und verschwanden einfach im nackten Beton. Offensichtlich hatten sie einen gewaltigen Bogen geschlagen und waren fast genau zu der Stelle zurückgekehrt, an der Wolf seinen Zauber über den Aufzug geworfen hatte. Die Belegschaft des Krankenhauses würde ihre liebe Mühe haben, sich zu erklären, wie eine komplette Liftkabine abhanden gekommen war, überlegte Michael spöttisch. Erst nach einigen Augenblicken wurde ihm klar, daß das vielleicht nicht so lustig war, wie es im allerersten Moment den Anschein hatte. Daß ein ganzer Aufzug einfach verschwand, indem er seine Halteseile hinter sich durch den massiven Fußboden zog, war schlichtweg unmöglich. Wahrscheinlich würde es ein gewaltiges Aufhebens darum geben. Und das war im Moment so ziemlich das letzte, was er gebrauchen konnte.
Aber er hatte im Moment andere Sorgen. Er hatte keine Ahnung, wie lange sein Ausflug in die Unterwelt gedauert hatte, aber er mußte sich beeilen, wenn er überhaupt noch eine Chance haben wollte, seinen Vater oben auf dem Parkplatz anzutreffen. Entschlossen öffnete er die Tür, trat auf den Kellerflur hinaus – und zog sich hastig zurück, als am Ende des Korridors eine andere Tür geöffnet wurde. In seiner augenblicklichen Lage konnte er es sich nicht leisten, von irgendwelchen Patienten oder Krankenhausangestellten gesehen zu werden. Selbst, wenn sie nicht nach ihm suchten –

was nach seinem Erlebnis mit Marker und den Polizeibeamten gar nicht mehr so sicher war –, gehörte der Anblick eines völlig abgerissenen Jungen, der blutige Hände und ein zerschundes Gesicht hatte und noch dazu nach den Abwässern einer ganzen Stadt stank, gewiß nicht zu dem, was man im Keller einer hypermodernen Klinik wie dieser erwartete.
Mit angehaltenem Atem preßte er sich an die Wand neben der Tür und lauschte auf den Korridor hinaus. Es waren die Schritte von zwei, drei Männern, die schnell näher kamen – und dann abrupt anhielten. Offensichtlich hatten sie den Lichtschacht erreicht.
Obwohl er wußte, wie gefährlich es war, war Michaels Neugier für einen Moment stärker als seine Vorsicht. Behutsam schob er den Kopf um die Ecke und spähte zu den drei Gestalten, die tatsächlich vor dem Liftschacht stehengeblieben waren. In der nächsten Sekunde war er sehr froh, so vorsichtig gewesen zu sein. Die Mäntel der Männer waren nicht weiß und hatten keine Namensschildchen auf der Brust, sondern schwarz, knöchellang und bestanden aus struppigem Fell. Es waren Ansons Krieger. Sie waren hier, um ihn zu suchen.
»Er muß irgendwo in der Nähe sein«, sagte einer der Männer in diesem Moment. Wie seine beiden Kameraden starrte er konzentriert in den Liftschacht, aber ohne überrascht zu sein.
»Der Meister hätte ihn längst aufgespürt, wenn es so wäre«, sagte einer seiner Kameraden. »Wahrscheinlich haben ihn die Ghoule erwischt und aufgefressen.«
»Sie werden *dich* zum Fraß vorgeworfen bekommen, wenn du nicht tust, was man dir befiehlt«, erwiderte der andere herrisch. Er machte eine Handbewegung. »Sucht ihn. Er muß hier irgendwo sein. Ihr werdet ihn finden, und wenn ihr jeden Stein umdrehen müßt.«
Michael hatte genug gehört. Schnell, aber so leise er konnte, huschte er zu dem Kanaldeckel in der Mitte des Raumes zu-

rück, hob ihn an und kletterte wieder in die Tiefe. Dwiezel wartete auf ihn. Er schien überhaupt nicht überrascht zu sein, Michael schon nach wenigen Augenblicken wiederzusehen.

»Nun?« fragte er.

Michael warf einen unsicheren Blick in die Höhe, dann erschien die Andeutung eines verlegenen Lächelns auf seinen Zügen.

»Wie ist das mit dem sicheren Plätzchen, von dem du gesprochen hast?« fragte er.

Hendryk und vor allem Lisa wurden nicht müde, nicht nur alle seine Fragen zu beantworten, sondern ihn auch kreuz und quer durch ihre Welt zu führen und ihm alles zu zeigen, was es zu zeigen gab, und das war eine Menge. Er lernte einige Freunde der Familie kennen, und nachdem er seine Scheu überwunden hatte, zeigte sich auch Brokk immer öfter in ihrer Nähe. Wie Michael erfuhr, war der Troll der einzige seiner Art, der hier in der Stadt bei den Menschen lebte, statt draußen in den Höhlen bei seinesgleichen. Niemand wußte, warum das so war, aber im Grunde fragte auch niemand danach. Brokk war hier, er war gutmütig und hilfsbereit, und seine ungeheuren Körperkräfte waren oft von großem Nutzen. Überhaupt schien dies einer der großen Unterschiede zwischen dieser und der Michael bekannten Welt zu sein: die Menschen stellten weniger Fragen. Nur zu oft erntete er einen unverständlichen Blick oder ein Achselzucken, wenn er fragte, warum dieses oder jenes so sei oder wie dies oder das funktioniere.

Und noch etwas geschah, was Marlik ihm prophezeit hatte: Obwohl er immer noch keinen sichtbaren Unterschied zwischen Tag und Nacht ausmachen konnte, begann sich sein Körper ganz allmählich an den Wach- und Schlafrhythmus seiner Umgebung zu gewöhnen. Wenn sich Stille über die Stadt senkte, dann begann auch er müde zu werden, und schon am dritten oder vierten Tag wachte er von selbst auf, ohne geweckt werden zu müssen, wenn es Zeit dazu war. Er notierte alles und auch die Gedanken, die er sich darüber machte, getreulich in seinem Buch, das er jetzt ganz offen mit sich führte, denn wie ihm Marlik und auch alle anderen versichert hatten, hatte niemand etwas dagegen, wenn er das Erlebte in sprechenden Bildern – wie sie die Buchstaben nach wie vor nannten – niederschrieb.

Natürlich wußte Michael auch, warum das so war. Niemand glaubte, daß er jemals etwas damit würde anfangen können. Bisher hatten es alle, Michael eingeschlossen, fast ängstlich vermieden, die Sprache auf das Thema zu bringen, aber es war doch klar, daß Wolf und er weiter als Gefangene hier unten leben würden. Nicht als Gefangene dieser Menschen, nicht einmal als Gefangene Ansons und seiner Krieger, sondern einfach als Gefangene dieser Stadt und der Höhlenwelt, aus der es keinen Ausweg gab. Der einzige Weg hinaus führte durch das Gebiet der schwarzen Krieger, und die Treppe zu ihrer Wohnhöhle hinaufzugehen, hatte Michael bisher nicht gewagt, obwohl er fast sicher war, daß man ihm nicht einmal das verwehrt hätte. Es schien hier keine Geheimnisse zu geben, so wenig, wie irgend etwas von vornherein verboten war. Auch das war ein weiterer, höchst angenehmer Unterschied zu Michaels bisherigem Leben: Im Unterland war alles, was nicht ausdrücklich verboten war, erlaubt, nicht alles verboten, was nicht ausdrücklich erlaubt war.

Die größte Überraschung aber bescherte ihm Wolf. Michael sah ihn anderthalb Tage lang nicht, und er hatte einfach vorausgesetzt, ihn übelster Laune und finstere Gedanken wälzend anzutreffen. Aber das genaue Gegenteil war der Fall. Als Wolf plötzlich wieder zum gemeinsamen Abendessen bei Tisch erschien, sprühte er geradezu vor guter Laune und Witz, scherzte, machte lockere Bemerkungen und trug überhaupt zur allgemeinen Anhebung der Stimmung bei. Dieser plötzliche Sinneswandel überraschte Michael nicht nur, er weckte auch ein ganz kleines bißchen sein Mißtrauen. Aber in dieses Mißtrauen mischte sich auch der Gedanke, daß er Wolf vermutlich bitter Unrecht getan hatte. Auch er war alles andere als glücklich gewesen, als Erlik ihm mitteilte, daß er den Rest seines Lebens hier unten zu verbringen haben werde. Jeder hatte eben seine Art, mit schlechten Nachrichten fertig zu werden.

Wolf erzählte, daß er in den letzten beiden Tagen viel herumgekommen sei und viel Neues und Aufregendes entdeckt und gesehen habe, und mit einer entsprechenden Geste und einem Augenzwinkern in Michaels Richtung fügte er hinzu, daß es Michael doch sicherlich ebenso ergangen sei und sie ihre Erfahrungen unbedingt austauschen müßten. Außerdem erklärte er, daß er für den Abend eine Einladung in Marliks Alchimistenlabor angenommen hätte und ob Michael nicht Lust hätte, ihn zu begleiten und das Allerheiligste des Zauberers kennenzulernen. Michael wollte Wolf nicht enttäuschen, und so nickte er nur und behielt für sich, daß er das, wohin eingeladen zu sein Wolf sichtlich stolz war, schon vor zwei Tagen gesehen und festgestellt hatte, daß es im Grunde nur ein mit Plunder und allerlei Kräutern und Essenzen vollgestopfter Raum in einem alten Gemäuer war. Außerdem freute er sich tatsächlich darauf, Marlik wiederzusehen.
Nach dem Hauptgang servierte Lisas Mutter eine süße, schmackhafte Mehlspeise, bei der alle kräftig zugriffen – alle bis auf Wolf, der mit einem Kopfschütteln und einer Geste, die andeutete, daß er so satt war, daß er beim nächsten Bissen würde platzen müssen, ablehnte und sich erhob. Michael wollte ebenfalls aufstehen, aber Wolf winkte ab.
»Iß nur in Ruhe zu Ende«, sagte er. »Ich habe noch ein paar Dinge vorzubereiten, bevor wir zu Marlik gehen. Ich muß ihn so vieles fragen, daß es besser ist, wenn ich es mir vorher notiere.«
Das klang überzeugend, und außerdem roch die Mehlspeise einfach zu verlockend, als daß Michael widerstehen konnte. Wolf verließ das Zimmer, und Michael verbrachte die nächsten zehn Minuten damit, gleich drei Portionen des Strudels in sich hineinzuschaufeln, und er hätte wahrscheinlich sogar noch eine vierte genommen, wären ihm nicht die spöttischen Blicke Lisas und ihrer Familie aufgefallen. Also lehnte er mit einem verlegenen Lächeln ab, als Lisas Mutter ihm wieder etwas anbot, und schob seinen Stuhl zurück.

»Gehst du jetzt zum Zauberer?« fragte Lisa. »Ich würde gerne mitkommen – wenn du nichts dagegen hast.«
Michael schüttelte den Kopf. »Ich weiß nicht, ob Marlik etwas dagegen hat. Ich nicht. Warum sollte ich?«
»Marlik hat gerne Besuch«, sagte Lisas Mutter. Mit einem Blinzeln in Michaels Richtung fügte sie hinzu: »Nimm sie ruhig mit. Aber achte darauf, daß es nicht zu spät wird. Wir müssen morgen früh raus. Es wird ein anstrengender Tag, und wir sollten alle ausgeschlafen sein.«
Michael erinnerte sich, daß Hendryk ihm gestern erzählt hatte, daß die ganze Familie – wie übrigens fast jeder Einwohner der namenlosen Stadt – in den nächsten Tagen auf die Felder hinaus müsse, um die Saat auszubringen. Es gab hier unten keine Bauern, die nichts anderes taten, als die Felder zu bestellen oder das Vieh – von dem es übrigens so gut wie gar keines gab – zu hüten. Die Aufgaben wurden reihum verteilt und erledigt, und wenn Großes zu tun war, wie etwa ein Feld einzusäen oder abzuernten, dann packte jeder, der dazu in der Lage war, zu: ein System, das seit Jahrhunderten reibungslos funktionierte. Aber das Blinzeln von Lisas Mutter bedeutete noch mehr. Sie mochte ihn offensichtlich, und Michael war ganz sicher, daß weder sie noch ihr Mann etwas dagegen hätten, wenn Lisa und er gute Freunde oder auf die Dauer sogar noch etwas mehr würden. Michael erging es im übrigen nicht sehr viel anders, auch wenn er dieses Gefühl zu verdrängen suchte. Lisa hier zurückzulassen würde ihm wahrscheinlich schwerfallen, wenn sich einmal die Gelegenheit zur Flucht ergeben sollte.
Er stand auf und verließ das Zimmer. Mit raschen Schritten eilte er die Treppe hinauf, um den Schriftsteller zu holen.
Wolfs Zimmer lag am Ende des Ganges. Als Michael an seinem eigenen Zimmer vorüberkam, fiel ihm auf, daß die Tür offenstand. Er blieb stehen. Seltsam, er war ganz sicher, die Tür hinter sich geschlossen zu haben, als er zum Essen ging, und außer ihm, Wolf und Lisas Familie war niemand im

Haus. Erst recht niemand, der sein Zimmer betreten würde, ohne ihn um Erlaubnis zu fragen.
Von einem unguten Gefühl getrieben, trat er ein und sah sich um. Im allerersten Moment entdeckte er nichts Besonderes, aber dann fiel sein Blick auf etwas, was nicht mehr so war wie vorher. Und als er ein zweites Mal zu der kleinen Kommode neben seinem Bett blickte, wußte er auch, was es war. Sein Notizbuch. Es lag noch immer da, aber nicht mehr so, wie er es liegengelassen hatte. Michael war alles andere als ein Pedant, aber er hatte, eigentlich mehr aus Spielerei, das Buch genau parallel zur Kante des Tischchens ausgerichtet. Jetzt lag es schräg, und der Kugelschreiber, den er an die ersten Seiten geklemmt hatte, war herausgerutscht. Stirnrunzelnd trat Michael näher, klappte das Buch auf und ließ die Seiten durch seine Finger gleiten. Nichts fehlte, und doch war er ganz sicher, daß irgend jemand dieses Buch zur Hand genommen und durchgeblättert hatte. Wolf? Wenn ja, warum? Michael hatte rein gar nichts dagegen, daß Wolf seine Notizen las. Er fragte sich nur, warum er es heimlich tat.
Das Gefühl, nicht mehr allein zu sein, ließ ihn aufblicken und sich umdrehen. Wolf war in der Tür erschienen. Sein Blick war auf das Buch in Michaels Händen gerichtet, und er wirkte nicht nur schuldbewußt, sondern regelrecht erschrokken. Dann begann er verlegen zu lächeln. »Du hast es gemerkt«, sagte er.
»Sie haben darin gelesen?« fragte Michael.
Wolf zuckte mit den Schultern. »Ich gestehe es, ja«, sagte er.
»Warum?«
»Ich kann Geschriebenem nun einmal nicht widerstehen, wenn ich es sehe«, antwortete Wolf. »Muß wohl so eine Art Berufskrankheit sein. Ich hoffe, du bist mir nicht böse.«
Michael schüttelte den Kopf und legte das Buch achtlos zur Seite. »Nein«, sagte er. »Aber sie hätten mich fragen können.«
»Das stimmt«, erwiderte Wolf zerknirscht. »Wie gesagt, es tut

mir leid. Ich verspreche, daß es nicht wieder vorkommen wird. Können wir gehen?«
Sie verließen das Zimmer und Augenblicke später, nachdem sich ihnen Lisa und auch Hendryk angeschlossen hatten, auch das Haus und machten sich auf den Weg zur Felsenburg. Es war spät, aber noch nicht so spät, daß die Straßen leer gewesen wären. Wolf schien keine Eile zu haben, zu seiner Verabredung mit Marlik zu gelangen, denn er blieb immer wieder stehen, stellte eine Frage an Hendryk oder Lisa oder betrachtete interessiert irgendein Detail an einem Haus, ein Stück des Straßenpflasters oder einfach den steinernen Himmel über ihnen. Im übrigen erwies er sich als geradezu brillanter Unterhalter. Er scherzte, war witzig und gab sich im übrigen so unterhaltsam, daß Michael doch wieder etwas wie Sympathie für ihn zu empfinden begann. Vermutlich tat er Wolf wirklich Unrecht. Sicher, was er getan hatte, war nicht in Ordnung gewesen, aber jeder hatte das Recht, Fehler zu begehen, und Michael hatte mittlerweile das Gefühl, daß Wolf seinen Fluchtversuch – oder zumindest die Art und Weise, wie er ihn unternommen hatte – ehrlich bedauerte. Er nahm sich vor, ihm zumindest eine Chance zu geben.
»Ihr geht also morgen auf die Felder?« wandte sich Wolf nach einer Weile an Hendryk, der neben ihm ging, während seine Schwester auf der anderen Seite neben Michael einherschritt.
Hendryk nickte. »Ja. Wir freuen uns schon darauf. Es macht Spaß. Es ist harte Arbeit, die sicher bis spät in die Nacht hinein dauern wird, aber es ist eine Abwechslung.«
»Was pflanzt ihr?« fragte Wolf.
Hendryk sah ihn verblüfft an. »Kartoffeln, Getreide, Obst . . . Pflanzt ihr bei euch etwas anderes?«
Wolf lachte. »Meistens nicht«, sagte er. »Was meinst du – ob jemand etwas dagegen hätte, wenn ich mich euch anschließe?«
Hendryk schüttelte den Kopf, und Michael war nun ehrlich

verblüfft. Daß Wolf sich freiwillig anbot, bei der Feldarbeit zu helfen, war so ungefähr das letzte, womit er gerechnet hatte.

Wolfs nächste Worte erklärten diesen Umstand dann aber auch sofort. »Weißt du, das interessiert mich«, sagte er.

»Was?« fragte Hendryk, der Mühe hatte, den spöttischen Ton zu vermeiden. »Wie man Samen in die Erde gibt?«

Wolf schüttelte den Kopf. »Wieso es funktioniert«, sagte er.

»Das verstehe ich nicht.« Hendryk runzelte die Stirn.

»Und ich verstehe nicht, wieso hier unten bei euch Pflanzen wachsen können«, gab Wolf mit einem Nicken zurück. »Weißt du, es gibt Naturgesetze. Pflanzen können nicht ohne Sonnenlicht gedeihen. Wenn es hier unten bei euch aber doch so ist, dann muß das einen Grund haben.«

»Das ist Marliks Magie«, sagte Lisa. »Seine Zauberkräfte ermöglichen es uns, hier unten zu leben, so wie sie uns die ganze Zeit über geschützt haben.«

Wolf schenkte ihr ein gutmütiges, zugleich aber leicht überhebliches Lächeln und schüttelte den Kopf. »O nein«, sagte er, »so einfach ist das nicht, fürchte ich. Weißt du, auch wenn vieles von dem, was ich bisher mit eigenen Augen gesehen habe, dafür zu sprechen scheint, kann ich doch noch immer nicht wirklich an *Magie* glauben. Es muß einen anderen Grund haben. Irgend etwas, was wir alle nicht verstehen und was uns deshalb wie Zauberei vorkommt.«

»Und wo ist der Unterschied?« fragte Lisa. »Ich meine: spielt es eine Rolle, ob irgend etwas wirklich Zauberei *ist* oder nur das Wirken von Kräften, die uns so *vorkommen?*«

Über diesen Satz schien Wolf eine Weile nachdenken zu müssen. Dann lachte er, schenkte Lisa einen anerkennenden Blick und machte eine Geste, die andeutete, daß er das Thema für erledigt hielt.

Sie hatten die Felsenburg ohnehin fast erreicht. Die beiden in schwarze Fellmäntel gehüllten Wächter vor der Tür musterten sie mit finsteren Blicken, traten aber wortlos beiseite. Of-

fensichtlich hatte Marlik bereits Bescheid gegeben, sie durchzulassen.
Wie bei den vorigen Malen, wenn er diesen unheimlichen Bau betreten hatte, hatte Michael das Gefühl, eine unsichtbare Grenze zu durchschreiten, hinter der es merklich kühler und düsterer war als auf der anderen Seite. Jedesmal, wenn er ein Zeugnis der alten Wesen sah, kam es ihm fremdartig, bizarr und irgendwie bedrohlicher vor. Offensichtlich schien er immer empfindsamer für den Odem des Fremden und Feindseligen zu werden, den die Zeugnisse des Alten Volkes ausstrahlten.
Auch Lisa wurde unruhig, während sie den großen Hof durchschritten. Ihr Gesicht wirkte ein bißchen blaß. Michael beobachtete sie aufmerksam, und ihm fiel auf, daß ihr Blick eine ganze Weile auf einer der Dämonenstatuen hängenblieb, die in Nischen an den Wänden aufgereiht waren.
»Unheimlich, nicht?« fragte er.
Lisa nickte. »Sie machen mir Angst«, sagte sie. »Seltsam. Bis jetzt war das nicht so.«
»Mich haben sie vom ersten Augenblick an erschreckt«, sagte Michael. »Ich frage mich, was für ein Volk es gewesen sein mag, das *solche* Götzen angebetet hat.«
Lisa pflichtete ihm mit einem nervösen Nicken bei, und Michael spürte, daß es wohl besser war, jetzt das Thema zu wechseln. Sie gingen die Treppe hinauf, die zu Marliks Räumen führte. Der Zauberer erwartete sie bereits. Er begrüßte Michael und Lisa freundlich, und Wolf bestürmte ihn sofort mit Dutzenden von Fragen. Michael und die beiden anderen Kinder hörten der Unterhaltung eine ganze Weile recht interessiert zu, aber bald wurde es ihnen doch zu langweilig, und so fragte Lisa den Zauberer, ob er etwas dagegen hätte, wenn sie Michael ein bißchen herumführte. Er gestattete es ihnen unter der Bedingung, daß sie die von ihm bewohnte Etage des Turmes nicht verließen.
Hendryk blieb bei dem Zauberer und Wolf zurück, während

Lisa Michael mit einer entsprechenden Geste und einer geheimnisvollen Andeutung, ihm etwas ganz Besonderes zeigen zu wollen, zum Mitkommen aufforderte und das Laboratorium verließ. Sie wandte sich, Marliks Mahnung offenbar zum Trotz, der Treppe zu, und bevor Michael eine entsprechende Bemerkung machen konnte, begann sie mit raschen Sprüngen die Treppe nach oben zu laufen, und er folgte ihr. Marliks Räume befanden sich im obersten Stockwerk des Turmes, direkt unter der Spitze, die von einer nicht ganz rechteckigen Plattform gebildet wurde, welche von einer ebenfalls nicht ganz symmetrischen Brustwehr umgeben war. Die Wesen, für die diese Zinnenmauer geschaffen worden war, mußten ein gutes Stück größer gewesen sein als Menschen, denn Michael mußte sich auf die Zehenspitzen stellen, um überhaupt einen Blick darüber werfen zu können. Lisa beobachtete ihn eine Sekunde lang amüsiert, dann schüttelte sie den Kopf und sprang mit einer kraftvollen Bewegung auf die Brustwehr hinauf. Michael wußte, daß sie nun von ihm erwartete, dasselbe zu tun, aber er zögerte einige Sekunden. Die Mauer war gute anderthalb, wenn nicht sogar zwei Meter dick, und die beiden Zinnen, zwischen denen Lisa stand, hatten mindestens dieselbe Höhe, so daß sie wie in einem gemauerten Tunnel ohne Decke dastand. Aber auf der anderen Seite gähnte das Nichts, ein mindestens dreißig oder auch vierzig Meter tiefer Sturz in eine senkrechte Tiefe, und Michael fiel mit plötzlichem Schrecken wieder ein, daß er nicht schwindelfrei war. Aber dann registrierte er Lisas fragenden und auch ein bißchen ungeduldigen Blick und wollte nicht als Feigling vor ihr dastehen. Also zog er sich zu ihr hoch und erhob sich mit klopfendem Herzen. Obwohl er wußte, daß es nicht so war, hatte er im ersten Moment das Gefühl, den Boden unter seinen Füßen schwanken und die ganze Welt sich um ihn herum drehen zu sehen. Der Wind, der ihm unten noch sanft vorgekommen war, schien plötzlich zum Sturm anzuwachsen und an ihm zu zerren, und schon der erste Blick in die Tiefe reichte, ein heftiges Schwindelgefühl in seinem Kopf hervorzurufen. Instinktiv streckte er die Hände aus und preßte sich schutzsuchend an den rauhen Stein der Zinne. Lisa sah ihn fragend an, machte aber keine entsprechende Bemerkung und ließ sich mit keiner Miene oder Geste anmerken, daß ihr Michaels sonderbares Verhalten aufgefallen war. Sie bestand nicht einmal darauf, daß er näher zu ihr herantrat.

»Also?« fragte Michael. »Was wolltest du mir zeigen?« Seine Stimme zitterte stärker, als ihm lieb war, und er spürte, wie nervös das Lächeln war, das er auf sein Gesicht zwang.

Lisa drehte sich um, trat mit einem selbstverständlichen Schritt so nahe an die Kante der Wehrmauer, daß Michael schon beim bloßen Anblick übel wurde, und machte eine weit ausholende Geste. »Das hier«, sagte sie. »Das ist der einzige Ort, von dem aus man die ganze Stadt und alles andere überblicken kann.«

Schon Michaels revoltierender Magen sorgte dafür, daß sich seine Begeisterung in Grenzen hielt. Trotzdem bewegte er sich ein Stück weiter auf Lisa zu, blieb aber weit hinter ihr stehen und sah, mehr aus einem Gefühl des Pflichtbewußtseins als aus wirklicher Begeisterung heraus, in die Tiefe. Die Stadt lag winzig unter ihnen, wie eine Ansammlung kleiner Spielzeughäuser, zwischen denen sich winzigkleine Gestalten bewegten. Und es war seltsam: Obwohl er noch immer Angst hatte, wurde ihm in diesem Moment hoch über den Dächern der namenlosen Stadt und dem Boden des Unterlandes zum ersten Mal wirklich klar, *wie* phantastisch und unglaublich das war, was Wolf und er entdeckt hatten. Es war ja nicht bloß eine vergessene Siedlung in irgendeinem Winkel der Welt. Ganz plötzlich war ihm, als begriffe er zum ersten Mal wirklich, daß er sich hier in einer Welt der Kobolde, Irrlichter und Trolle befand, in der die Menschen nur eine von mehreren, vielleicht gleichberechtigten Völker darstellten.

Lisa schien zu spüren, was in ihm vorging, denn als sie weitersprach, war in ihre Augen ein sonderbarer Glanz getreten, und ihre Stimme war hörbar von etwas durchdrungen, das Michael an sein eigenes Gefühl erinnerte. Vielleicht ging es jedem, der hier heraufkam, so wie ihm. »Das ist phantastisch, nicht?« fragte sie.

Er nickte. Er wollte irgend etwas sagen, aber ihm fielen einfach keine passenden Worte ein.

»Man kann von hier oben jeden Winkel des Unterlandes sehen«, fuhr Lisa fort. »Dort hinten ist das Tor, durch das ihr hereingekommen seid, siehst du?« Sie begleitete ihre Worte mit einer Geste, und Michaels Blick folgte ihr gehorsam, obwohl Lisas Hand schon wieder weiterwanderte und sie fortfuhr: »Und dort drüben ist der Eingang zu den Feldern. Von hier aus sieht es gar nicht so weit aus, nicht wahr?«

Wieder nickte Michael, ohne etwas zu sagen, und Lisa wirkte auf eine ihm nicht ganz verständliche Weise enttäuscht, als hätte sie darauf gewartet, daß er etwas Bestimmtes sagte oder eine ganz bestimmte Frage stellte. »Weißt du, was das unheimliche ist?« fuhr sie fort, als er immer noch keine Anstalten machte, einen Laut von sich zu geben.

Michael schüttelte den Kopf.

»Man kann von hier aus jeden Winkel des Unterlandes sehen«, erklärte Lisa in einem Ton, der ihm nun endgültig klarmachte, daß sie ihn auf etwas Besonderes hinweisen wollte.

»Und?« fragte er.

Lisa legte eine dramatische Pause ein, bevor sie weitersprach. »Aber man kann nicht von jedem Punkt des Unterlandes den Turm sehen«, sagte sie. »Und eigentlich müßte man das, nicht wahr?«

Es dauerte einmal Sekunden, ehe Michael wirklich begriff, was sie meinte. Die Höhle war gigantisch. Ihr Durchmesser mußte viele Kilometer betragen, und ihr Boden war nicht eben, es gab Hügel und schmale Täler, Senken und Anhöhen, regelrechte Schluchten und kleine felsige Berge, und es

war im Grunde wirklich unmöglich, von hier oben aus *jeden* Flecken dieses unterirdischen Landes einsehen zu können. Und doch war es so. Michael versuchte erst gar nicht, eine Erklärung für das Unmögliche zu finden. Es war wohl ein weiteres Wirken der uralten Magie.
»War das . . . schon immer so?« fragte er zögernd.
Lisa nickte. »Ja. Jedenfalls erzählen es sich die Alten so. Am Anfang gab es diese Stadt nicht, weißt du? Nur diese Burg und ein paar Ruinen der alten Wesen, in denen die ersten, die hier herunterkamen, wohnten, ehe sie damit begannen, die Stadt zu bauen.«
»Das war Wulfgar, nicht wahr?« fragte Michael.
Lisa wirkte ziemlich überrascht. »Du hast von ihm gehört?«
»Marlik hat seinen Namen erwähnt«, bestätigte Michael.
Zwischen Lisas Augen entstand eine steile, senkrechte Falte. »Das ist seltsam. Er hat uns verboten, dir oder deinem Freund von Wulfgar zu erzählen. Er muß großes Vertrauen zu dir gefaßt haben, wenn er es doch getan hat.«
»Wieso sprecht ihr nicht über diesen Wulfgar?« fragte Michael. »Ich meine, wenn er der Gründer eurer Stadt war, dann müßtet ihr ihn verehren. Aber ich habe eher das Gefühl, daß ihr euch –«
»– daß wir uns seiner schämen?« Lisa wirkte traurig. Sie nickte, um ihre eigene Frage zu beantworten. »Ja. Er war der erste, der hierherkam und anderen den Weg zeigte, aber wir sind nicht stolz auf ihn.«
»Was hat er getan?« fragte Michael.
»Er hat einen schlimmen Verrat begangen«, erwiderte Lisa. »Ich darf nicht darüber reden.«
»Aber Marlik hat doch selbst –«
»Wenn Marlik es tut, dann ist das seine Sache«, sagte Lisa in einem Ton, der Michael klarmachte, daß sie kein weiteres Wort über dieses Thema verlieren würde. »Du kannst ihn fragen. Vielleicht erzählt er es dir. Ich darf es nicht, und ich will es auch nicht.«

Michael versuchte nicht mehr zu erfahren. Es war nicht bloß Marliks Verbot, weshalb sie nichts sagen wollte. Vielmehr spürte Michael ganz deutlich, daß es ihr unangenehm war, über das Thema zu sprechen. Der Moment war einfach zu schön und zu kostbar, um ihn mit dummen Fragen zu verderben. Er war sicher, daß er früher oder später erfahren würde, welches finstere Geheimnis den Gründer des Unterlands und der namenlosen Stadt umgab.

Sie blieben lange auf der Turmplattform. Lisa zeigte ihm alles, was es zu sehen gab, deutete hierhin und dorthin, erklärte dieses und jenes und wies ihm mindestens ein Dutzend Orte, an die sie ihn in den nächsten Tagen führen würde, weil dort irgend etwas Besonderes zu sehen oder zu erleben wäre. Michael mußte seine Meinung, daß das Leben hier unten armselig sei, revidieren. Verglichen mit seiner Heimat, war das Unterland klein, aber es gab hier unzählige Wunder und phantastische Dinge, nur daß sie hier eben auf engem Raum zusammengedrängt waren.

Sie wären sicher noch länger geblieben, wäre nicht schließlich Hendryk aufgetaucht und hätte sie aufgefordert, wieder hinunterzusteigen. Sie folgten ihm zu Marliks Laboratorium, wo sie gerade noch zurechtkamen, um zu sehen, wie sich Wolf von dem alten Zauberer verabschiedete. Wolf lächelte, war fröhlich und voller Witz wie den ganzen Tag über schon, und auch Marlik machte einen fast heiteren Eindruck. Trotzdem spürte Michael bei Marlik eine gewisse Anspannung, und ein ganz leichtes, noch nicht völlig beseitigtes Mißtrauen in seinem Blick. Auch das verwirrte ihn. Lisa hatte ihm erzählt, daß es Teil von Marliks Magie sei, daß man ihn nicht belügen könne. Aber wenn Marlik eine Lüge sofort erkannte, wieso mißtraute er Wolf dann noch? Marlik war kein Mann, der selber log oder mit seiner Meinung hinter dem Berg hielt. Hätte Wolf ihn in irgendeinem Punkt belogen, so hätte er ihm dies auf den Kopf zugesagt und nicht gute Miene zum bösen Spiel gemacht. War Wolfs plötzlicher

Stimmungsumschwung jedoch nicht geschauspielert, sondern echt, dann gab es keinen Grund mehr, mißtrauisch zu sein. Es war verwirrend. Und ein bißchen beunruhigend.
Sie verabschiedeten sich von dem Magier, und Michael versprach, am nächsten Tag noch einmal vorbeizuschauen. Er war nicht dazugekommen, Marlik nach Dwiezel und dem Ergebnis seiner Forschung zu fragen.
Sie gingen die Treppe hinunter und durch den Hof, doch kurz bevor sie das Tor durchschritten, blieb Wolf stehen und schlug sich mit der flachen Hand auf die Stirn. »Ich Esel!« sagte er und schüttelte den Kopf. »Ich habe das Wichtigste vergessen!«
»Was ist los?« fragte Michael.
Wolf grinste ein bißchen verlegen und drehte sich mit einem Schulterzucken um. »Nichts«, sagte er, »geht nur schon einmal vor. Ihr wißt ja: was man nicht im Kopf hat, das hat man eben in den Beinen. Wie viele Stufen sind es bis oben, habt ihr gesagt?«
Hendryk lachte, und auch Michael mußte schmunzeln. Es waren tatsächlich *sehr viele* Stufen bis hinauf zu Marliks Laboratorium. Vor allem dann, wenn man sie zweimal hintereinander steigen mußte.
»Wir warten hier«, sagte er.
Aber Wolf winkte ab. »Das ist nicht nötig«, rief er zurück, ohne sich zu ihnen umzudrehen. »Es ist schon ziemlich spät, und wir alle haben morgen einen schweren Tag vor uns. Geht vor. Es dauert nicht lange.«
Michael sah ihm zweifelnd nach, aber dann zuckte er mit den Schultern und ging mit Lisa und ihrem Bruder weiter. Es war tatsächlich spät geworden. Auf dem großen Platz vor der Festung rührte sich nichts mehr, und auch die Straßen waren verlassen. Nach den Begriffen des Unterlands war es wohl schon spät am Abend, wenn nicht Nacht, und er fühlte eine fast bleierne Müdigkeit. Da er vorhatte, Lisa und Hendryk am nächsten Morgen zu ihrer Arbeit auf den Feldern zu be-

gleiten, würde er wahrscheinlich jede Minute, die er sich jetzt noch zwang wachzubleiben, am nächsten Tag bitter bereuen. So machten sie sich auf den Heimweg, gingen aber etwas langsamer als nötig. Trotzdem hatten sie das Haus, in dem Lisas Eltern wohnten, beinahe wieder erreicht, als Wolf sie einholte.

Er war ein wenig außer Atem. Auf seiner Stirn glänzte Schweiß, und Michael sah, daß seine Hände leicht zitterten. Wahrscheinlich war er den größten Teil der Strecke gerannt, um sie einzuholen.

»Was war denn so Wichtiges, das Sie vergessen haben?« erkundigte sich Michael.

Wolf griff in die rechte Jackentasche und zog ein schmales, silberfarbenes Kästchen heraus, das Michael erst auf den zweiten Blick als das kleine Diktiergerät erkannte, das er ihm damals in den Pestgruben gezeigt hatte. Er hatte ganz vergessen, daß Wolf es besaß.

»Das hier«, antwortete er. »Ich habe es Marlik gezeigt, und er kam vor lauter Staunen gar nicht mehr richtig zu sich.« Er lachte leise. »Irgendwie ist es auch nicht einzusehen, daß immer *wir* die Überraschten sein sollen, oder?« fragte er augenzwinkernd.

»Was ist das?« fragte Hendryk.

Michael wollte antworten, aber Wolf steckte das Gerät bereits wieder ein und machte eine abwehrende Geste. »Ich erkläre es euch morgen«, sagte er. »Das ist unsere Art von Zauber, weißt du? Aber es ist zu kompliziert, um es mit drei Worten zu erklären, und ich bin ziemlich müde. Ihr doch auch!«

Später wurde Michael klar, daß Wolfs letzte Worte wie ein Befehl gewesen waren. Er hatte sie kaum ausgesprochen, da senkte sich eine bleierne Müdigkeit über Michaels Glieder, und er hatte plötzlich Mühe, die Augen offenzuhalten. Auch Lisa fielen die Augen zu, und Hendryk gähnte hinter vorgehaltener Hand und rang sich ein mattes Nicken ab. »Das

stimmt«, sagte er. »Wir haben morgen wirklich noch Zeit genug.«
Sie betraten das Haus, und jeder ging ohne ein weiteres Wort auf sein Zimmer. Michaels Müdigkeit wurde schlimmer. Während der letzten Meter hatte er fast das Gefühl, es nicht mehr schaffen zu können. Er fiel mit weit ausgebreiteten Armen auf sein Bett und schlief ein, noch ehe sein Gesicht das Kissen wirklich berührte.
Ein unsanftes Rütteln an der Schulter weckte ihn wieder. Michael wußte nicht, wie lange er geschlafen hatte, aber es konnten kaum mehr als zehn Minuten gewesen sein. Mit einem unverständlichen Murmeln drehte er sich auf die Seite und versuchte die Hand abzuschütteln, die noch immer an seiner Schulter zerrte.
Eine Sekunde später wurde er derb in die Höhe gerissen. Mit einem Schrei öffnete er die Augen, sah eine riesige dunkle Gestalt vor sich und erhielt auch schon eine fürchterliche Ohrfeige, die ihn sofort wieder auf das Bett hinabschleuderte. Eine Hand packte ihn abermals an der Schulter und zerrte ihn brutal in die Höhe. Er versuchte instinktiv, schützend die Hände vor das Gesicht zu heben, aber seine Arme wurden einfach beiseite geschlagen.
»Hört auf!«
Die Stimme war nicht einmal sehr laut, aber so scharf, daß die fremde Hand Michaels Schulter losließ. Er wich instinktiv ein kleines Stück zurück und zog den Kopf ein, ehe er es wagte, den Blick zu heben und zu der Gestalt emporzublinzeln, die ihn so unsanft aus dem Schlaf gerissen hatte.
Es war einer von Ansons Kriegern. Ein großer, bärtiger Mann, dessen dunkle Augen Michael haßerfüllt anstarrten. Er stand breitbeinig vor ihm, hatte die rechte Hand zur Faust geballt und die linke zum Zupacken bereit erhoben, schien aber für einen Moment unschlüssig zu sein.
»Sofort aufhören!« fuhr die Stimme fort. »Es gibt keinen Grund, ihn zu schlagen.«

Erst jetzt erkannte er sie. Es war Erliks Stimme. Der König des Unterlands stand in der Tür seines Zimmers und schien ebenso zornig zu sein wie der Krieger, der Michael geschlagen hatte. Hinter ihm bewegten sich weitere Gestalten, und erst jetzt merkte Michael, daß sich außer Erlik und dem Krieger noch weitere Personen in seinem Zimmer aufhielten. Ein zweiter Soldat durchwühlte grob seine Sachen, die er einfach aus dem Schrank herausriß und achtlos hinter sich auf den Boden warf, und Anson selbst stand mit vor der Brust verschränkten Armen vor dem Fenster und sah abwechselnd ihn und Erlik an.

»Was ... was ist passiert?« fragte Michael verwirrt. Er verstand überhaupt nichts mehr. Sein Gesicht brannte wie Feuer, wo ihn der Schlag getroffen hatte, und er war noch immer so müde, daß er alle Mühe hatte, die Augen zu öffnen.

»Lüg uns nicht auch noch an, Bursche!« sagte Anson zornig. Seine Augen blitzten. Er nahm die Hände herunter, und obwohl er rein gar nichts anderes tat, sah er für einen Moment unglaublich bedrohlich und wild aus. »Du weißt genau, weshalb wir hier sind!«

Noch bevor Michael irgend etwas darauf antworten konnte, wurden draußen auf dem Flur aufgeregte Stimmen laut, und einen Augenblick später drängten sich Lisas Vater und Hendryk an Erlik vorbei in den Raum. Hendryk eilte sofort auf Michael zu, blieb dann aber auf halbem Weg stehen und sah sich mit hilflosen Blicken um, während sein Vater sich an den König wandte: »Was ist hier los?« fragte er. »Was hat das zu bedeuten? Wieso dringt Ihr einfach in unser Haus ein?«

»Warum fragst du das nicht deinen *Gast?*« fragte Anson böse. »Sein Freund ist geflohen. Er hat den Zauberer niedergeschlagen und eine Wache getötet.«

Michael erschrak bis ins Mark. »Wolf?« murmelte er. »Aber wie ... ich meine, wann ...«

»Das fragst du auch noch?« unterbrach ihn Anson zornig.

»Du warst doch dabei! Und lüg mich nicht an und behaupte, es wäre nicht so gewesen! Ein Dutzend Männer hat gesehen, wie ihr in Marliks Turmkammer hinaufgegangen seid.«
»Das stimmt«, mischte sich Hendryk ein. Er sprach ganz ruhig. Wenn er Angst vor dem Krieger hatte, dann ließ er sie sich nicht anmerken. »Wir waren alle dabei. Meine Schwester und ich auch. Marlik war bester Gesundheit und guter Dinge, als wir ihn verließen.«
Anson schwieg eine Sekunde. In seinen Augen erschien ein Ausdruck, den Michael nicht zu deuten vermochte, Zorn, Ärger über den Widerspruch, aber auch Verwirrung.
»Mein Sohn sagt die Wahrheit«, sagte nun auch sein Vater. »Sie sind zusammen weggegangen, gleich nach dem Abendessen. Und zusammen zurückgekommen. Wollt Ihr behaupten, daß Lisa und er ebenfalls lügen?«
»Das weiß ich nicht«, sagte Anson.
»Wolf ist noch einmal zurückgegangen«, sagte Hendryk plötzlich.
Anson legte den Kopf schräg und sah ihn fragend an, und auch aller anderer Aufmerksamkeit konzentrierte sich plötzlich auf den Jungen. »Er hatte etwas vergessen«, fuhr Hendryk mit einem heftigen Nicken fort und sah Michael an. »Etwas, was er *seine Art von Magie* nannte. Er ist zurückgelaufen, um es zu holen.«
Anson preßte ärgerlich die Lippen aufeinander, aber er sagte nichts mehr. In seinem Gesicht arbeitete es, und seine Hände waren zu Fäusten geballt.
»Ihr seht, Michael trifft keine Schuld«, fuhr Hendryks Vater in sehr kühlem Ton fort. »Es besteht also kein Grund, die Gastfreundschaft meines Hauses länger zu verletzen und mit der Waffe in der Hand hierzubleiben, Anson.«
»Ich glaube ihm nicht«, sagte Anson. Er sprach nicht sehr laut, und seine Stimme klang eher trotzig als überzeugt.
»Wollt Ihr sagen, daß Hendryk lügt?« fragte Hendryks Vater leise.

»Nein«, sagte der Kriegsherr des Unterlands nach sekundenlangem Überlegen. Unsicher irrte sein Blick zwischen Michaels, Hendryks, seines Vaters und Erliks Gesichtern hin und her. »Ich glaube, daß er die Wahrheit sagt. Aber das bedeutet nicht, daß es auch die Wahrheit *ist*. Ihr habt selbst gehört, daß er über Wolf von *seiner* Magie gesprochen hat. Vielleicht hat er einen Zauber über eure Kinder und auch diesen Jungen geworfen, der sie die Wahrheit nicht erkennen läßt.«
»Aber das ist doch Unsinn!« warf Michael ein. »Wolf kann doch gar nicht zaubern!«
Anson würdigte ihn keiner Antwort. Er machte eine befehlende Geste zu einem seiner Krieger, dann auf Michael. »Der Junge kommt mit«, sagte er. »Behandelt ihn gut, aber achtet darauf, daß er nicht fliehen kann.«
Der Krieger trat hinter Michael und legte eine große, sehr starke Hand auf seine Schulter. Michael warf Erlik einen hilfesuchenden Blick zu, aber der König sah ihn nur traurig an. Er war mit Ansons Vorgehen nicht einverstanden, das war deutlich zu erkennen. Aber er konnte wohl auch nichts dagegen tun. Was jetzt und hier geschah, das war Sache der Krieger, nicht mehr der Könige.
Sie verließen das Zimmer. Auch draußen auf dem Flur und in Wolfs Raum, dessen Tür offenstand, wimmelte es von Ansons Männern, und eine zweite, fast noch größere Gruppe erwartete sie draußen vor dem Haus. Mittlerweile waren auch Lisa und ihre Mutter herbeigekommen. Anson versuchte das Mädchen davonzuscheuchen, aber sie reagierte nicht auf seine Worte und seine zornigen Gesten, sondern trat an Michaels Seite und ergriff seine Hand.
»Was ist passiert?« fragte sie erschrocken.
Michael zuckte mit den Schultern. »Ich weiß es nicht«, sagte er. »Anson behauptet, Wolf hätte Marlik überfallen.«
Lisa zog ungläubig die Augenbrauen hoch. »Den Zauberer? Aber wann soll denn das ...« Sie brach ab, zögerte einen

Moment und nickte dann leicht. »Als er noch einmal zurückgegangen ist, ich verstehe.«
»Aber warum sollte er denn das tun?« murmelte Michael hilflos.
»Weil er das Unterland verlassen will.« Es war nicht Lisa, die auf seine Frage antwortete, sondern Erlik. Michael hatte gar nicht bemerkt, daß der alte König ihm gefolgt und unmittelbar hinter ihm stehengeblieben war. »Er hat nichts von alldem verstanden, was mein Bruder und ich ihm zu sagen versucht haben. Ich habe mit Marlik gesprochen.«
»Wie geht es ihm?« fragte Michael.
Erlik hob beruhigend die Hand. »Ihm ist nichts passiert, keine Angst«, sagte er. »Der alte Knabe hat einen harten Schädel. Aber Wolf hat ihn gezwungen, ihm den Zauber zu verraten, der das Tor öffnet . . .« Es war deutlich zu sehen, daß er noch mehr sagen wollte, aber dann besann er sich und führte den Satz anders zu Ende: ». . . und das ist schlimm genug.«
»Er wird nicht entkommen«, sagte Anson grimmig. »Wenn ihn die Ghoule nicht erwischen, dann tun wir es. Und diesmal wird er die Strafe erhalten, die Verrätern an unserem Volk zusteht.«
In Erliks Augen trat ein Ausdruck unbestimmter Trauer, aber er sagte nichts, sondern wandte sich kopfschüttelnd ab und ging zum Haus zurück. Aber so kurz das Duell der Blicke zwischen ihm und Anson gewesen war, so hatte Michael doch begriffen, daß er soeben Zeuge einer weiteren Kraftprobe zwischen dem König und dem obersten Kriegsherrn des Unterlandes geworden war. Und diesmal stand der Sieger dieser Auseinandersetzung fest. Michael bedauerte das zutiefst. Nicht nur, weil Männer des Krieges niemals über Männer der Politik triumphieren sollten, sondern auch – und im Grunde noch viel mehr – weil er wußte, daß letztendlich Wolf die Schuld an dieser Entwicklung trug. Daß es zwischen Erlik und einigen Mitgliedern des Rates auf der einen

und Anson und einigen anderen Ältesten auf der anderen Seite vielleicht schon seit Jahren einen Machtkampf gab, das hate Michael längst begriffen. Aber er hatte plötzlich das Gefühl, daß Wolf, ob nun mit Absicht oder nicht, eine Entscheidung herbeigeführt hatte. Möglicherweise hatte er Anson mit seinem neuerlichen Fluchtversuch einen Gefallen getan. Und egal, wie er ausging und welches Schicksal Wolf und vielleicht auch Michael treffen mochte, das Leben in der namenlosen Stadt unter der Erde würde wahrscheinlich nie wieder dasselbe sein wie zuvor.

Eine Anzahl Maultiere wurde herbeigeführt. Sie waren gesattelt und gezäumt wie Pferde, und es waren auch ausnehmend große, schlanke Tiere, die tatsächlich mehr wie Pferde als wie Maulesel aussahen und hier wohl die Stelle von Schlachtrössern einnahmen. Michael staunte, wie viele es waren, ein, zwei, schließlich beinahe drei Dutzend, in deren Sättel sich die Männer in den schwarzen Mänteln einer nach dem anderen schwangen. Schließlich machte Anson eine befehlende Geste, und der Krieger, der Michael bewachte, bugsierte auch ihn zu einem der herbeigebrachten Tiere. Michael hatte zwar in seinem Leben noch nicht auf dem Rücken eines Pferdes gesessen, aber jetzt war nicht der Moment, darüber zu diskutieren. So rasch er konnte und ohne die spöttischen Blicke der Männer zu beachten, die sich ganz offen über sein Ungeschick amüsierten, kletterte er in den Sattel und hielt sich mit aller Kraft an der struppigen Mähne des Tieres fest. Lisa und ihr Bruder wollten ihm auch jetzt folgen, aber diesmal jagte Anson sie mit einer herrischen Geste zurück, und es war kein König mehr da, der ihn in seine Schranken weisen konnte. Lisa protestierte lautstark, aber die Krieger nahmen keine Rücksicht mehr darauf. Auf eine befehlende Geste Ansons hin wandte sich der ganze Trupp um und setzte sich stadtauswärts in Bewegung.

Obwohl nach den Begriffen des Unterlandes tiefste Nacht herrschte, erschienen mehr und mehr neugierige Gesichter in den Fenstern, als sich die kleine Armee auf die Treppe zubewegte. Die Hufschläge der Maultiere hallten laut in den engen Gassen wider, und etliche Leute traten auf die Straße hinaus, um dem unerwarteten Aufmarsch nachzublicken. Michael las die allgemeine Verwirrung in ihren Gesichtern, aber auch Furcht, die diesmal allerdings nicht ihm galt, und auch nicht Anson oder einem seiner Männer, sondern dem Umstand, daß so viele Bewaffnete mitten in der Nacht durch die Stadt zogen. Vielleicht war es das erste Mal, daß sie so etwas erlebten.

Michael fragte sich, wie sie das Tor erreichen würden, hinter dem der Eingang zum Labyrinth lag. Die Antwort darauf bekam er sofort. Die Maultiere hatten keine besondere Mühe, die Stufen der Treppe zu ersteigen. Woran ein Pferd gescheitert wäre, das vollbrachten sie ohne ersichtliche Anstrengung, Michael allerdings mußte sich mit aller Gewalt am Sattel festklammern, um nicht von dem wild schaukelnden Rücken des Mulis zu fallen.

Oben im Tunnel angekommen, erlebte er eine weitere unangenehme Überraschung. Ein Trupp Krieger, fast schon eine kleine Armee, die mindestens hundert, wenn nicht mehr Köpfe zählte, wartete auf sie, und wie Anson und seine Reiter waren diese Männer bis an die Zähne bewaffnet und zeigten einen Ausdruck grimmiger Entschlossenheit. Haßerfüllte Blicke folgten Michael, und mehr als eine Faust wurde in seine Richtung geschüttelt. Vor ein paar Augenblicken hätte er es nicht für möglich gehalten, aber er war plötzlich beinahe froh, daß Anson in seiner Nähe war, denn er hatte das Gefühl, daß nur noch dessen Anwesenheit die Männer daran hinderte, sich auf ihn zu stürzen.

Der Trupp bewegte sich bis auf zwanzig oder dreißig Schritt an das riesige Eisentor heran und hielt dann an. Anson drehte sich im Sattel herum und bedeutete Michael mit einer Geste abzusteigen. Als Michael es getan hatte, sprang auch er vom Rücken seines Tieres und kam mit federnden Schritten auf ihn zu. »Du bleibst hier«, sagte er. »Du wirst hier warten, bis sie mit deinem Freund zurück sind. Versuche nicht zu fliehen oder sonst irgendeinen Unsinn zu machen. Wenn du vernünftig bist, geschieht dir nichts. Wenn du einen Fluchtversuch unternimmst, stirbst du.«

»Ich habe nichts mit Wolfs Flucht zu tun«, versicherte ihm Michael. »Das müssen Sie mir glauben.«

»Das wird sich zeigen«, erwiderte Anson kühl. »Was deinen Freund angeht, so hat er sein Urteil selbst gesprochen. Dir wird ein fairer Prozeß gemacht werden, darauf hast du mein Wort. Wenn sich herausstellt, daß du tatsächlich unschuldig bist, hast du nichts zu befürchten. Aber so lange bleibst du unser Gefangener.«

Michael widersprach nicht. Im Grunde war das, was Anson ihm zusicherte, mehr, als man sich bei ihm erhoffen konnte. Aber Anson hatte ihn schon einmal belogen.

Zwei Krieger nahmen ihn in die Mitte und führten ihn ein Stück in den Tunnel hinein, während sich alle anderen Ansons Armee anschlossen. Das riesige Eisentor wurde geöffnet, und die Reiter verschwanden einer nach dem anderen in der Öffnung, gefolgt von den Fußtruppen. Als sich die gewaltigen Torflügel wieder hinter ihnen schlossen, waren außer Michael nur noch die beiden Männer, die ihn bewachten, im Tunnel. Michael schätzte, daß es insgesamt an die zweihundert Mann sein mußten, die nun Jagd auf Wolf machten. Der Schriftsteller hatte keine Chance. Abgesehen davon, daß Ansons Krieger sich hier viel besser auskannten als er, waren einige von ihnen beritten, und zweifellos würden sie sich draußen mit einer großen Anzahl von Trollen und möglicherweise auch mit anderen Wesen vereinigen, um die Verfolgung gemeinsam aufzunehmen. Michael hatte nicht vergessen, unter welchen Umständen er Ansons Krieger das erste Mal gesehen hatte.

Da seine Bewacher nichts dagegen einzuwenden hatten, bewegte er sich ein paar Schritte den Gang hinab und setzte sich auf einen flachen Felsen. Zum ersten Mal, seit er so unsanft aus dem Schlaf gerissen worden war, fand er überhaupt Gelegenheit, einen klaren Gedanken zu fassen. Er verstand einfach nicht, warum Wolf das getan hatte. Sicher, auch er hatte nicht vorgehabt, Erliks Urteil so einfach hinzunehmen, und auch er wäre bei der ersten sich bietenden Gelegenheit geflohen. Aber dieses Unternehmen war einfach dumm. Er hätte Wolf zumindest ein bißchen mehr Überlegung bei der Vorbereitung seiner Flucht zugetraut.

Wieder überkam ihn Müdigkeit, und angesichts seiner Lage erschien ihm diese Müdigkeit so sonderbar, daß er jetzt fast sicher war, daß es damit irgendeine Bewandtnis hatte. Natürlich war der Gedanke geradezu absurd – aber Michael mußte mehr und mehr an Wolfs seltsames Lächeln denken, als dieser ihnen augenzwinkernd gesagt hatte, dies sei *seine* Art von Magie.

Ob er nun wirklich eingeschlafen war oder ob er einfach in Gedanken versunken dagesessen hatte – das nächste, was er bewußt wahrnahm, waren eine hektische Bewegung in seinem Rücken und ein polternder Laut, der vom stadtwärts gelegenen Ende des Tunnels her bis an sein Ohr drang.

Die beiden Männer, die zu seiner Überwachung abgestellt waren, hatten sich erhoben und die Hände auf die Schwertgriffe an ihren Gürteln gelegt, und auch Michael blickte aufmerksam zum erleuchteten Ende des Stollens hin. Er sah nichts, aber das Poltern und Scharren wiederholte sich, und dann hörte er ganz deutlich Marliks Stimme.

»Kommt hierher!« hörte man den alten Magier sagen. *»Ich befehle es!«*

Die beiden Krieger tauschten einen verwirrten Blick. Marliks Stimme war ganz deutlich gewesen, und es gab keinen Zweifel daran, daß es tatsächlich die Stimme des alten Zauberers war, aber von ihm selbst war nichts zu sehen. Trotzdem gehorchten sie. Einer von ihnen machte eine warnende Geste in Michaels Richtung, dann setzten sich beide rasch in Bewe-

gung und gingen dorthin, von wo Marliks Stimme in diesem Moment zum zweiten Mal erscholl.
»Kommt hierher! Ich befehle es!«
Etwas an dieser Stimme war seltsam. Michael wußte nicht gleich, was es war, aber dann fiel ihm auf, daß der Zauberer nicht nur genau den gleichen Wortlaut benutzte wie beim ersten Mal, sondern auch dieselbe Betonung. Und um seine letzten Zweifel zu zerstreuen, erscholl die Stimme zum dritten Mal: »Kommt hierher! Ich befehle es!«
Die beiden Männer bewegten sich zwar gehorsam weiter, doch auch sie schienen zu spüren, daß hier irgend etwas nicht stimmte, denn sie gingen langsamer, und ihre Hände entfernten sich nicht von den Schwertgriffen.
Aber all ihre Vorsicht nutzte ihnen nichts. Die beiden hatten das Ende des Tunnels fast erreicht, als Marliks Stimme zum vierten Mal und wieder mit genau der gleichen Wortwahl und Betonung erscholl, und noch während sie auf die aus dem Nichts zu kommen scheinenden Worte lauschten, löste sich eine schlanke Gestalt aus den Schatten der Felsen und stürzte sich auf den einen. Ein überraschter, jäh abbrechender Schrei erscholl, dann ein dumpfer Aufprall, als der Mann reglos zu Boden stürzte. Michael konnte aus der Entfernung nicht genau erkennen, was vor sich ging, aber er sah zumindest, daß sich der Angreifer nach seinem Opfer bückte und rasch dessen Schwert aus dem Gürtel zog, noch während der zweite Krieger damit beschäftigt war, die Überraschung zu überwinden und seine eigene Waffe zu ziehen. Augenblicke später entbrannte am Ende des Tunnels ein wütender Kampf. Funken sprühten, Metall prallte klirrend auf Metall, als die beiden Gegner ihre Waffen kreuzten. Wer immer der Angreifer war, er schien ein wahrer Meister der Fechtkunst zu sein, denn der Krieger hatte nicht die geringste Chance. Mit kraftvollen, schnellen Schlägen trieb er ihn vor sich her, bis der Mann mit dem Rücken gegen die Wand stand und sich nur noch verzweifelt gegen die auf ihn niederprasselnden

Hiebe wehrte. Michael sprang auf und rannte los, aber das Ende des Kampfes kam, noch ehe er die Hälfte der Strecke hinter sich gebracht hatte. Ein wuchtiger Hieb schmetterte dem Krieger die Waffe aus der Hand, und eine Sekunde später durchbohrte ihn das Schwert des Angreifers. Mit einem seufzenden Laut glitt er an der Wand zu Boden. Seine Hände waren auf die Wunde in seiner Brust gepreßt, als versuche er, das Leben zurückzuhalten, das in einem roten, breiten Strom aus seinem Körper sprudelte. Aber es gelang ihm nicht. Er war tot, bevor er den Boden erreichte.

Michael blieb wie vom Donner gerührt stehen, als er endlich nahe genug war, um den Angreifer zu erkennen.

Es war Wolf. Der Schriftsteller stand über sein Opfer gebeugt da, hatte den Kopf gedreht, um zu Michael herüberzublicken, und auf seinem Gesicht breitete sich ein Ausdruck bösen Triumphes aus, während er die blutige Klinge seiner Waffe am Mantel seines Opfers abwischte.

»Wolf!« sagte Michael fassungslos. »Aber warum . . . wie –«

»Manchmal bin ich doch noch für eine Überraschung gut, nicht wahr?« sagte Wolf in hämischem Ton. »Diese Narren haben geglaubt, daß ich nur mit Worten kämpfen kann. Aber das stimmt nicht ganz. Ich war in meiner Studienzeit ein ganz passabler Fechter. Und so groß ist der Unterschied zwischen einem Florett und einem Schwert gar nicht.«

Michael starrte ihn fassungslos an. »Wieso sind Sie hier?« fragte er leise. »Ich dachte, Sie –«

»Du dachtest, daß ich dort draußen bin?« Wolf deutete mit dem Kopf auf das geschlossene Eisentor und lachte laut. »Genau das solltest du denken, mein Kleiner! Genau wie all diese anderen Narren, die mich jetzt dort draußen suchen. Nun, von mir aus können sie dort herumsuchen, bis sie schwarz sind.« Er bückte sich nach dem Toten, löste dessen Schwertgurt von seinen Hüften und band ihn sich selbst um.

»Warum haben Sie ihn umgebracht?« fragte Michael.

»Was für eine dumme Frage«, antwortete Wolf abfällig. »Denkst du etwa, er hätte uns freiwillig gehen lassen?«
»Es hätte gereicht, ihn niederzuschlagen«, antwortete Michael.
Wolf fiel ihm scharf ins Wort: »Sicher, damit er nach einer halben Stunde wach wird und uns die ganze Bande auf den Hals hetzt, wie?« Er schüttelte den Kopf. »Nein! Es tut mir leid, aber die beiden mußten sterben.«
»Dann hat Anson die Wahrheit gesagt«, murmelte Michael. »Sie haben Marlik überfallen und einen Wächter getötet.«
»Der alte Narr wollte mir gewisse Dinge nicht freiwillig sagen, die ich nun einmal unbedingt wissen mußte«, erwiderte Wolf kalt. »Und der Wächter . . .« Er zuckte mit den Schultern. »Nun, Soldaten sind zum Sterben da, nicht wahr?«
Der Zynismus in Wolfs Stimme war schrecklich. Wolf starrte ihn sekundenlang durchdringend an und wartete offensichtlich auf eine Reaktion, und als diese nicht erfolgte, zuckte er abfällig mit den Schultern, drehte sich um und ging zu der Stelle hinüber, wo er dem ersten Wächter aufgelauert hatte. Er bückte sich zwischen den Felsen, und als er sich wieder aufrichtete, hielt er das kleine silberfarbene Kästchen in der Hand. Mit einem spöttischen Grinsen drückte er einen Knopf auf dessen Oberseite, und Marliks Stimme erscholl zum fünften Mal aus dem kleinen Lautsprecher: »Kommt hierher! Ich befehle es!«
»Also das war es, was Sie bei Marlik vergessen hatten«, flüsterte Michael. »Sie haben ihn gezwungen, diese Worte auf Band zu sprechen.«
Wolf grinste, schaltete sein Diktiergerät aus und steckte es ein. »Unter anderem, ja«, sagte er. »Was ist jetzt? Willst du weiter hier herumstehen und mir Vorwürfe machen, oder kommst du mit?«
Michael blickte ihn verständnislos an. »Mitkommen?«
Wolf machte eine Handbewegung zum Ende des Tunnels. »Was denkst du, warum ich hier bin, du Trottel?« fragte er

wütend. »Um mich von dir zu verabschieden? Ich hätte dich gleich mitgenommen, aber diese Kerle haben leider schneller Lunte gerochen, als ich gehofft hatte. Also mußte ich auf eine Gelegenheit warten, dich irgendwie rauszuhauen. Wofür du mir wenigstens ein bißchen dankbar sein könntest«, fügte er in übertrieben vorwurfsvollem Ton hinzu.
»Aber die suchen uns überall dort draußen«, sagte Michael.
»Genau das sollen sie ja«, erwiderte Wolf nun mit hörbarer Ungeduld. »Es gibt einen anderen Weg hier heraus.«
»Einen anderen Weg?«
Wolf verdrehte die Augen. »Was denkst du, was ich die ganze Zeit über gemacht habe, während du dich mit diesem Mädchen und ihrem Bruder amüsiert hast?« sagte er. »Ich habe Augen und Ohren offengehalten. Marlik ist ein fähiger Mann – auf seine Weise, das will ich gerne zugeben. Aber auch er weiß nicht alles. Und er leidet an dem gleichen Fehler, den alle hier haben: er ist zu vertrauensselig.«
Zumindest was Wolfs Person anging, stimmte Michael dem hunderprozentig zu.
»Also ich gehe jetzt«, sagte Wolf. »Meinetwegen bleib hier und versuche dir eine Geschichte auszudenken, die diese beiden Toten erklärt. Aber mach mir keine Vorwürfe, wenn sie dir nicht glauben.«
Michael hatte niemals zuvor einen Menschen getroffen, der so kalt und teilnahmslos über den Tod anderer Menschen zu reden imstande war wie Wolf. Er fragte sich, wie er jemals Vertrauen zu ihm hatte fassen können.
Und was vielleicht das allerschlimmste war: Wolf hatte recht. Michael mußte mit ihm gehen, ob er wollte oder nicht. Wenn er hier blieb und Anson und seine Männer zurückkamen und ihn mit den beiden erschlagenen Kriegern vorfanden, dann war es um ihn geschehen.
Ohne ein weiteres Wort trat er neben Wolf, und sie verließen den Gang. Gefährlich wurde es, als sie ins Freie hinaustraten und die gewaltige Treppe zur Stadt hinunterzusteigen began-

nen, denn sie waren jetzt völlig schutzlos, jeder dort unten, der zufällig in ihre Richtung sah, mußte sie sehen und erkennen. Doch was Michael kaum zu hoffen gewagt hatte, trat ein: Sie erreichten das Ende der Treppe völlig unbehelligt, und Wolf deutete nach rechts, zum Ausgang der Stadt hin. Das Wunder, das sie bisher geschützt hatte, hielt an. Obgleich Ansons Heereszug fast alle Einwohner der namenlosen Stadt aus dem Schlaf gerissen haben mußte, lagen die Straßen nun wie ausgestorben vor ihnen. Niemand bemerkte sie. In den schmalen Gassen herrschte eine geradezu unnatürliche Stille. Wolf schien sich über diesen Umstand nicht im geringsten zu wundern. Er bewegte sich schnell und völlig ungezwungen dahin, als wäre er ganz sicher, daß keiner sie bemerkte. Schließlich stellte Michael eine entsprechende Frage, bekam aber nur ein geheimnisvolles Lächeln zur Antwort und die Bemerkung, daß er ihm doch seine kleinen Geheimnisse lassen und im übrigen zufrieden sein solle, daß es so sei.
Sie verließen die Stadt. Gut fünf Minuten lang wanderten sie zwischen den zerklüfteten Felsen des Höhlenbodens dahin, dann erreichten sie eine Stelle, wo aufgetürmte Steine eine Art natürlichen Schutzwall bildeten. Dahinter fand Michael den Beweis, daß Wolfs Flucht wohl doch besser geplant war, als er bisher angenommen hatte. Angebunden an einen steinernen Pfeiler, warteten zwei gesattelte und gezäumte Mulis auf sie. An den Sattelgurten hingen Wasserflaschen und große Leinenbeutel, in denen sich wahrscheinlich Lebensmittel befanden. Wolf band die Tiere los, stieg auf und wartete mit sichtlicher Ungeduld darauf, daß Michael es ihm gleichtat. Anders als Ansons Krieger zuvor amüsierte er sich kein bißchen über Michaels Ungeschick, sondern griff nach einigen Sekunden ungeduldig zu und zog ihn grob auf den Rükken des Maultieres hinauf.
»Kannst du reiten?« fragte er überflüssigerweise. Michael schüttelte den Kopf, und Wolf sagte spöttisch: »Na, dann ist jetzt die beste Gelegenheit, es zu lernen.«

Das war nicht nur so dahingesagt, wie Michael wenige Augenblicke später klar wurde. Wolf meinte es bitterernst, denn er sprengte los, ohne die geringste Rücksicht auf Michael zu nehmen, und sein Maultier entwickelte eine erstaunliche Schnelligkeit. Michael hatte alle Mühe, auch nur halbwegs mit ihm Schritt zu halten, und es wäre ihm sicherlich nicht gelungen, hätte Wolf nicht doch von Zeit zu Zeit angehalten und mit sichtlicher Ungeduld auf ihn gewartet.
»Wohin reiten wir?« fragte er, nachdem sie die Stadthöhle zu mehr als der Hälfte durchquert hatten. Vor ihnen lag der Durchgang zu jenem Felsendom, in dem die Unterlinge ihre Felder halten.
»Das wirst du schon früh genug merken«, antwortete Wolf unfreundlich. Dann, anscheinend aus einer Laune heraus, fügte er doch hinzu: »Obwohl du es eigentlich wissen müßtest. Schließlich hast ja du mich auf die Idee gebracht.«
»Ich?«
»Du!« Wolf nickte mehrmals. »Besser gesagt, dein Tagebuch.«
»Dann haben Sie es deshalb gelesen?«
Wolf zog eine Grimasse. »Was für ein Unsinn!« sagte er. »Wie kann ich es aus einem Grund lesen, der mir erst während des Lesens überhaupt klargeworden ist? Aber in einem hast du natürlich recht: Es interessierte mich, zu erfahren, was du alles entdeckt hattest. Und ich muß sagen, es hat sich gelohnt.«
»Sie hätten mich fragen können«, sagte Michael.
»O ja, sicher«, erwiderte Wolf spöttisch. »Und ich bin sicher, du hättest mir geantwortet. Nimm es mir nicht übel – oder meinetwegen tu es doch, das ist egal –, aber ich hielt es für besser, dich über meine wahren Ziele im unklaren zu lassen.«
»Sie haben mir nicht getraut«, sagte Michael.
»Keine Sekunde lang«, bestätigte Wolf. »Hätte ich es getan, wären wir jetzt nicht hier, oder?«
Michael sagte nichts mehr. Mit Wolf zu diskutieren war völ-

lig sinnlos. Außerdem hatte er in mindestens einer Hinsicht recht: Sie *waren* hier, und wenn Wolf tatsächlich einen zweiten Ausgang aus dem Unterland entdeckt hatte, dann hatten sie vielleicht sogar eine gute Chance, tatsächlich nach Hause zu kommen. Michael schämte sich dieses Gedankens fast, aber er war nun einmal in seinem Kopf und ließ sich nicht wieder vertreiben.

Als hätte Wolf geahnt, was hinter seiner Stirn vorging, sagte er plötzlich: »Du brauchst dir keine Vorwürfe zu machen. Wenn es dich erleichtert, dann gib mir die ganze Schuld an allem, was passiert ist. Mich stört es nicht. Du konntest gar nichts daran ändern.«

Michael starrte ihn an. Irgendwie schien es, als machten Wolfs Worte alles nur noch schlimmer. Aber er konnte das Gefühl nicht begründen, und so ritten sie schweigend und in düsteres Brüten versunken nebeneinander her, bis sie den Ausgang der Höhle erreichten.

Nun wandten sie sich nach rechts, wie vor drei Tagen, als Lisa und Hendryk Michael in die Welt der Trolle geführt hatten. Tatsächlich schien genau das Wolfs Ziel zu sein. Sie näherten sich dem Waldstück am jenseitigen Ende der Höhle und bogen dann genau wie vor drei Tagen im rechten Winkel vom Wege ab, bis sie die Geröllhalde erreichten, die sie damals hinaufgestiegen waren. Wolf hielt sein Muli an, sprang aus dem Sattel und lud sich mit einer überraschend kraftvollen Bewegung die Wasserflaschen und Lebensmittelbeutel auf die Schulter. Michael war total verwirrt. Wollte Wolf etwa durch die Höhlen der *Trolle* flüchten? Das war doch Wahnsinn. Diese unheimlichen Wesen standen auf Ansons Seite. Wenn sie sie schon nicht selbst ergriffen oder gar auf der Stelle töteten, dann würden sie sie zumindest an die schwarzen Krieger verraten.

»Worauf wartest du?« fragte Wolf. »Nimm deine Sachen und komm mit. Du kennst den Weg besser als ich. Du gehst voraus.«

»Aber das geht nicht«, antwortete Michael. »Dort oben leben die Trolle. Sie werden uns –«
»Nichts werden sie«, unterbrach ihn Wolf herrisch. »Ich habe dir schon einmal gesagt, ich habe gewisse Vorkehrungen getroffen. Sie werden uns nichts tun. Sie werden uns nicht einmal sehen.«
Widerwillig kletterte Michael von seinem Muli, lud sich das Gepäck auf die Schultern und begann die Geröllhalde hinaufzuklettern. Ein Haufen kleiner Steine und Felsbrocken löste sich unter seinen Schritten, und einmal donnerte eine ganze Steinlawine hinter ihnen hinab. Allein der Lärm mußte kilometerweit zu hören sein. Michael war felsenfest davon überzeugt, daß schon im nächsten Moment die Gestalt eines Trolls vor ihnen emporwachsen müßte. Aber es schien tatsächlich so zu sein, wie Wolf prophezeit hatte: Die riesigen Geschöpfe nahmen sie gar nicht zur Kenntnis.
Sie bewegten sich eine Zeitlang durch die labyrinthischen Stollen und Höhlen der Trollwelt und kamen an mehreren Durchgängen vorbei, hinter denen Michael kleine Gruppen der schwarzen Giganten sah. Einige blickten sogar direkt in ihre Richtung, aber keiner reagierte. Es war wie vorhin, als sie durch die namenlose Stadt gegangen waren: Sie schienen unsichtbar zu sein.
»Und wohin jetzt?« fragte Michael, nachdem sie eine geraume Weile durch die von grauem Licht erfüllten Stollen gegangen waren.
Wolf blieb stehen und sah sich unschlüssig um. »Ich fürchte, jetzt mußt du mich führen«, sagte er. »Du warst nicht besonders präzise in deinen Aufzeichnungen. Eigentlich hätten wir sie schon vor der letzten Gangkreuzung finden müssen.«
»Sie?«
»Die Treppe«, sagte Wolf.
Michael erschrak. »Die Himmelstreppe?« fragte er ungläubig. »Aber das kann nicht Ihr Ernst sein?«
»Und ob es das ist«, erwiderte Wolf mit einem Grinsen, das

nach einer Sekunde schlagartig erlosch. »Sie führt doch hinaus, oder? Und keiner von diesen Verrückten setzt seinen Fuß darauf.«

»Aber sie führt nach *unten!*« protestierte Michael.

Wolf machte nur eine zornige Handbewegung, als wolle er Michaels Worte wie einen lästigen Mückenschwarm aus der Luft fegen. »Das wird sich zeigen«, sagte er. »Bring mich hin. Du mußt ja nicht mitkommen, wenn du nicht willst. Ich jedenfalls werde es versuchen.«

Michael sah ein, daß es sinnlos war, sich mit ihm zu streiten, und ging weiter. Er war nicht einmal sicher, ob er die Treppe wiederfand. Er hatte ja keinen Grund gehabt, sich den Weg besonders einzuprägen, und jeder Gang schien hier auszusehen wie der andere. Mehr auf sein Glück vertrauend als aus wirklicher Überzeugung heraus, bog er an der nächsten Abzweigung nach links ab. Aber das Glück blieb ihm treu. Nach einem knappen Dutzend Schritte erreichten sie tatsächlich den Eingang des Treppenschachtes, den die Trolle seit einem Jahrtausend tiefer in die Erde hineintrieben.

Michael blieb stehen. »Was ist, wenn dort unten Trolle sind?« fragte er. »Hendryk hat gesagt, daß sie immer noch dort arbeiten.«

»Das will ich hoffen«, sagte Wolf. Er wechselte seine Last von der rechten auf die linke Schulter und winkte ungeduldig mit der nun freien Hand. »So, jetzt mußt du dich endgültig entscheiden. Du kannst mit mir kommen, oder du kannst zurückgehen und darauf hoffen, daß es dir gelingt, sie von deiner Unschuld zu überzeugen.« Er wurde plötzlich sehr ernst. »Ich will dir die Wahrheit sagen: Wahrscheinlich *wird* es dir gelingen. Anson ist ein Hitzkopf, aber kein Narr. Und Marlik und die anderen werden zu deinen Gunsten aussagen. Deine Chancen stehen nicht schlecht, daß sie dich am Leben lassen. Aber du könntest nie wieder zurück. Nach dem, was heute passiert ist, werden sie besonders gut auf dich aufpassen – und nicht nur für ein paar Tage oder Wochen. Überleg es dir, und überleg es dir gut!« Er deutete auf den Treppenschacht. »Dort wartet vielleicht der Tod auf uns, aber vielleicht auch die Freiheit. Wie entscheidest du dich?«

Für einen Moment haßte er Wolf. Aber er hatte recht. Es gab Momente, in denen Entscheidungen getroffen werden mußten, ob sie einem gefielen oder nicht. Und jetzt war einer von diesen Momenten gekommen. Er würde keine zweite Chance mehr haben, dieses Land jemals wieder zu verlassen. Selbst wenn er am Leben und sogar in Freiheit blieb, würde Marlik mit seiner Magie dafür sorgen, daß ihm dieser Weg für immer verschlossen war.

»Also gut«, sagte er schweren Herzens. »Ich komme mit.«

Wolf lächelte. »Ich habe gewußt, daß du am Ende vernünftig sein würdest. Und jetzt komm. Wir haben keine Zeit mehr zu verlieren. Es sollte mich nicht wundern, wenn sie bald hier auftauchen würden.«

Hintereinander stiegen sie in den Treppenschacht ein. Ein warmer, unheimlicher Lufthauch schlug ihnen aus der Tiefe entgegen, und nachdem sich Michaels Augen erst einmal umgestellt hatten, stellte er fest, daß es auch hier nicht völlig dunkel war. Auf der Himmelstreppe herrschte das gleiche graue, unheimliche Zwielicht wie draußen in den Gängen des Labyrinths, nur daß es hier schwächer war, so daß man nur zwei oder drei Stufen weit sehen konnte und sich alles, was darunter lag, wie in der Tiefe eines trüben Sees aufzulösen schien. Die Treppe führte in engen Windungen in die Tiefe, und die Stufen waren gerade das kleine bißchen zu hoch, um wirklich bequem darauf gehen zu können. Obwohl der Weg abwärts führte, würde das Hinuntersteigen bald zur Qual werden, das wußte Michael. Die Wände waren nicht glatt, sondern zeigten Spuren der groben Werkzeuge, mit denen die Trolle sie bearbeitet hatten, und manchmal glaubte man tatsächlich ein dumpfes Hämmern und Klopfen aus der Tiefe heraufhallen zu hören. Aber es verschwand jedesmal, wenn Michael angestrengter lauschte. Wahrscheinlich war es nur

Einbildung. Wenn die Trolle tatsächlich seit einem Jahrtausend an dieser Treppe arbeiteten, dann mußten sie tief, unendlich tief unter ihnen sein. Michael fragte sich vergeblich, was Wolf dort unten zu finden hoffte. Dieser Weg führte möglicherweise aus dem Unterland hinaus, aber er ging nicht in die Richtung, in die sie sich wenden mußten, sondern in die genau entgegengesetzte. Hoffte er vielleicht, von dort aus eine Verbindung zu dem Labyrinth zu finden, das an die Oberfläche führte? Selbst wenn es so war, würden sie sich dort doch nur wieder verirren und wahrscheinlich genau den qualvollen Tod sterben, den Marlik ihnen prophezeit hatte.

»Was du in deinem Tagebuch geschrieben hast, ist sehr interessant«, sagte Wolf nach einer Weile.

Michael spürte, daß Wolf wahrscheinlich nur sprach, um das immer unangenehmer werdende Schweigen zu durchbrechen, das wie etwas Düsteres, Greifbares zwischen ihnen lag.

»So?«

»Über diese Treppe, meine ich«, sagte Wolf. »Ehrlich gesagt, im ersten Moment habe ich es nicht geglaubt. Aber es scheint die Wahrheit zu sein. Anscheinend folgen sie dem alten Befehl immer noch. Nach all diesen Jahren.«

»Beinahe tausend«, sagte Michael.

Aber Wolf schüttelte den Kopf. »Kaum.«

Michael sah ihn fragend an. Sie gingen jetzt nebeneinander, und ohne es zu merken, waren sie in den gleichen Schrittrhythmus gefallen, ein langsames, kräftezehrendes Beinahe-Humpeln, zu dem die hohen Stufen sie zwangen. Obwohl sie allerhöchstens zehn Minuten unterwegs waren, begann Michael die Anstrengung schon zu spüren. Wie würde es nach einer Stunde sein oder nach fünf oder zehn?

»Es ist ziemlich schwierig, konkrete Zahlen aus diesen Leuten herauszubekommen«, begann Wolf. »Wahrscheinlich liegt es daran, daß sie keine schriftlichen Überlieferungen haben. Im ersten Moment habe ich es zwar nicht geglaubt, aber sie scheinen die Fähigkeit des Lesens und Schreibens tatsächlich verloren zu haben. Und das ist eigentlich seltsam, denn damals beherrschten die Menschen diese Kunst durchaus. Aber ich habe eine Menge von Marlik und den anderen erfahren. Genug, um mir die Wahrheit zusammenreimen zu können. Weißt du, ich schätze, daß sie seit ungefähr fünfhundert Jahren hier unten leben.«

»Wie kommen Sie darauf?«

»Indem ich zwei und zwei zusammenzähle und dabei nicht auf Mittwoch komme wie diese Trottel«, erwiderte Wolf überheblich. »Erinnere dich, was du selbst in dein Tagebuch geschrieben hast. Es war während der Zeit der letzten großen Belagerung. Ich nehme an, daß am Ende die Lebensmittel knapp wurden, so daß sich die Verteidiger oben darüber Gedanken machten, was sie tun könnten, um weniger hungrige Mäuler stopfen zu müssen. Wahrscheinlich haben sie alle, die ihnen nicht in den Kram paßten, einfach in die Katakomben gejagt, damit sie dort verhungern sollten, Zigeuner, fahrendes Volk, Schausteller, Diebe, verurteilte Mörder und Räuber ...« Er zuckte mit den Schultern. »Oder einfach nur ein paar arme Hunde, die das Pech hatten, im falschen Moment das Falsche gesagt zu haben. Damals war man nicht besonders wählerisch, weißt du? Ein Menschenleben war nicht viel wert.«

»Was Sie sicher gut nachempfinden können«, sagte Michael. Die Worte taten ihm im selben Moment schon wieder leid, nicht weil er Wolf nicht verletzen wollte, sondern weil er es im Moment einfach für besser hielt, ihn nicht übermäßig zu reizen.

Aber Wolf reagierte nicht so, wie er erwartete hatte, sondern lächelte im Gegenteil. »Nicht schlecht«, sagte er. »Wenn du einmal erwachsen bist, wirst du sicher ein guter Redner werden. Du hast jetzt schon eine scharfe Zunge. Aber paß auf, daß du dich nicht selbst daran schneidest.«

Michael verstand die Warnung und nahm sich vor, in Zukunft besser auf das zu achten, was er sagte.

»So oder so«, fuhr Wolf fort, »ich komme auf ungefähr fünfhundert Jahre. Ich habe auch mit einigen Leuten über ihre Vorfahren gesprochen, weißt du? Sie können zwar nicht schreiben, aber dafür überliefern sie ihre Geschichten mündlich, wie es die Menschen früher getan haben. Es sind zehn oder zwölf Generationen vergangen, seit die ersten hierherkamen.«

Gegen seinen Willen schlugen Wolfs Worte Michael in ihren Bann. Da war so vieles, was er noch nicht verstand und was Wolf zumindest zu ahnen schien. »Aber wie konnten sie hier unten überhaupt leben?« fragte er. »Woher kommen all diese sonderbaren Lebewesen und das Licht, und wieso wachsen hier Pflanzen?«

»Sie waren schon immer hier«, antwortete Wolf. Michael blickte ihn ungläubig an, und Wolf nickte ein paarmal. »Glaubst du, es ist Zufall, daß sie diese großen Ungeheuer *Trolle* nennen? Und die Irrlichter. Es gibt Dutzende von Legenden und Sagen, in denen sie vorkommen. Und es stimmt alles genau.«

»Also so kam es mir nicht vor«, antwortete Michael. »Wenn ich an Dwiezel denke, dann –«

»Dann denk bloß daran, was man sich über Irrlichter erzählt«, unterbrach ihn Wolf in belehrendem Ton. »Sie erscheinen nur nachts, und man sieht sie meistens in sumpfigem Gelände oder in der Nähe von Flüssen, nicht wahr? Ich raube dir ungern deine Illusionen, aber ich glaube, ich kenne die Erklärung. Offensichtlich verirrt sich ab und zu eines dieser Geschöpfe an die Oberwelt. Und irgendwie scheinen ihre Körper auf Feuchtigkeit zu reagieren. Ich nehme an, es gibt eine einfache chemische Erklärung, auch wenn es mir immer ein Rätsel bleiben wird, wie ein Lebewesen mit *dieser* Körperchemie überhaupt existieren kann. Aber ein Geschöpf wie dein Freund Dwiezel muß wie ein Scheinwerfer leuchten, wenn er über einem feuchten Sumpf fliegt oder in der Nähe eines Flusses. Und natürlich führt er jeden, der ihm zu fol-

gen versucht, in die Irre, denn er will ja hierher zurückkehren.«
»Und die Trolle und die Ghoule und alles andere?«
Wolf zuckte mit den Schultern. »Ich weiß auch nicht alles«, sagte er. »Aber ich fürchte, wir müssen uns allmählich an den Gedanken gewöhnen, daß die Welt nicht so ist, wie wir sie bisher gesehen haben. Offensichtlich ist an den alten Märchen und Mythen doch mehr dran, als ich bisher geglaubt habe.«
Michael versank in nachdenkliches Schweigen. Wolfs Worte klangen einleuchtend, aber zugleich erschreckten sie ihn. Denn wenn er recht hatte, dann konnte das bedeuten, daß nicht nur die Geschichten von Trollen und Irrlichtern wahr waren, sondern alle anderen auch, die Legenden über Hexen und Zauberer, die Geschichten von Drachen und Riesen und Zwergen und Kobolden ...
»Aber wenn es so ist«, sagte er, »wieso hat es dann noch niemand gemerkt?«
»Wer sagt dir denn das?« erwiderte Wolf. »Woher glaubst du wohl, stammen all die alten Geschichten und Mythen? Vielleicht sind es keine Märchen gewesen. Vielleicht sollten sie niemals welche sein. Möglicherweise sind *wir* es, die die alten Geschichten falsch gedeutet haben, weil wir sie uns nicht erklären konnten oder weil wir keine *Beweise* dafür hatten. Ich denke, ich werde eine Menge zu erzählen haben, wenn wir erst wieder oben sind. Und sehr viele Leute werden sehr viele ihrer Meinungen ändern müssen.«
Michael erschrak. »Sie wollen ihnen davon erzählen?« fragte er.
Wolf blickte ihn mit schräg gehaltenem Kopf an. »Warum denn nicht?«
»Aber das dürfen Sie nicht!« erwiderte Michael. »Das ... würde ihr Ende bedeuten.«
»Was für ein Unsinn«, sagte Wolf ruhig. »Im Gegenteil. Sie könnten endlich wieder nach oben gehen und dort leben, wo

es Sonnenlicht und Blumen und genug Luft zum Atmen gibt. Hast du dir nie gewünscht, mit deiner kleinen Freundin an einem schönen Sommertag über eine Wiese tollen zu können?«

Natürlich hatte Michael sich das gewünscht, auch wenn er diesen Wunsch nicht so klar formuliert hatte. Aber zugleich wußte er, daß es einfach nicht geschehen durfte. Das Unterland mit seinen Menschen und Fabelwesen war etwas Einmaliges, etwas ganz Besonderes, das unter allen Umständen erhalten bleiben mußte. Das Leben dort mochte Wolf und ihm nicht besonders lebenswert und verlockend erscheinen, aber sie hatten nicht das Recht, diesen Menschen ihren Begriff von Glück aufzuzwingen.

»Ich werde das nicht zulassen«, sagte er.

Wolf lächelte. »So?« fragte er. »Wirst du nicht? Und wie willst du mich daran hindern?«

»Das weiß ich nicht«, gab Michael ehrlich zu, »aber ich werde es versuchen. Ich werde einfach behaupten, daß alles nicht wahr ist.« Daß wir die ganze Zeit über in irgendwelchen unterirdischen Höhlen herumgeirrt und am Schluß halb verrückt vor Angst und Durst gewesen sind. Und daß Sie sich alles nur ausgedacht haben.«

Wolf lachte. »Ja, das traue ich dir durchaus zu«, sagte er. »Möglicherweise werden sie dir sogar glauben. Wir werden sehen.«

Michael wollte noch etwas sagen, aber Wolf hob abwehrend die Hand. »Warum streiten wir uns nicht darüber, sobald wir hier heraus sind?« sagte er. »*Falls* wir hier herauskommen.«

Ihr Gespräch war beendet, und Michael hatte keine Lust, es wiederaufzunehmen. Die Bewohner des Unterlandes würden sich zu schützen wissen, davon war er überzeugt. Sie hatten fünfhundert Jahre lang verhindert, daß ihr Geheimnis entdeckt wurde, und sie würden es auch weiter verhindern.

Während sie miteinander geredet hatten, hatte ihre Umgebung sich unmerklich zu verändern begonnen. Es war Mi-

chael nicht sofort aufgefallen, aber die Stufen waren jetzt breiter, dafür nicht mehr ganz so hoch, und die Treppe führte auch nicht mehr in so steilem Winkel in die Tiefe, so daß ihnen das Gehen ein wenig leichterfiel.
Eine weitere halbe Stunde – Michael schätzte die Zeit, indem er die Treppenstufen zählte und für jede eine Sekunde rechnete – quälten sie sich weiter die Himmelstreppe hinab, dann blieb Wolf stehen, ließ sich mit einem erschöpften Seufzer auf eine Stufe sinken und verkündete, daß es Zeit für eine Pause sei. Michael hatte nichts dagegen einzuwenden. Seine Glieder fühlten sich an, als wären sie mit Blei gefüllt, und sein Rücken und seine Beine schmerzten fast unerträglich.
»Warum schläfst du nicht ein bißchen«, fragte Wolf. »Keine Sorge, das können wir uns schon leisten. Selbst wenn sie uns folgen – unser Vorsprung ist groß genug.«
Und wieder breitete sich Müdigkeit wie etwas Stoffliches in Michael aus. Allerspätestens jetzt begriff er, daß seine Müdigkeit nicht natürlichen Ursprungs war, so wenig, wie sie es am Abend in Lisas Haus oder danach im Stollen gewesen war. Dieses Wissen half gerade so viel, daß er den Moment, in dem er in die Arme des Schlafes sank, um ein wenig hinauszuzögern imstande war.
Und doch – etwas war anders. Er fiel nicht in einen bleiernen Schlaf, sondern fand sich in einer wirren Traumwelt wieder, in einem Chaos aus Bildern und Farben und Umrissen, die keinerlei Sinn ergaben. Er erkannte überhaupt nur zwei Dinge darin: Das eine war Lisas Gesicht, das immer wieder auftauchte und ihm zuflüsterte, er sei in großer Gefahr und müsse aufwachen. Das andere war Marliks Stimme. Er sah den Magier nicht, aber er hörte seine Stimme ganz deutlich, obwohl sie in einer Sprache redete, die er nicht verstand und die er noch nie zuvor gehört hatte. Außerdem klang sie monoton. Es waren stets die gleichen unheimlichen Laute, die die körperlose Stimme des Zauberers wiederholte.
Dann erwachte er schlagartig und gerade noch im richtigen

Augenblick, um zu sehen, wie Wolf mit einer fast erschrokkenen Bewegung sein Diktiergerät ausschaltete und es in der Tasche verschwinden lassen wollte, es aber dann doch nicht tat, als ihm klar wurde, daß es zu spät war.

»Also so haben Sie es gemacht«, murmelte Michael. Er starrte das kleine Kästchen an. Wieso war er nicht von selbst darauf gekommen?

Wolf grinste verlegen und hob die Schultern. »Ertappt«, sagte er wie jemand, der bei einem üblen Streich ertappt worden ist, ohne daß es ihm im geringsten leid tut. »Ich gebe es zu.«

»Aber wieso hat Marlik ihnen die Zaubersprüche verraten?« fragte Michael. Er war nun ganz wach, und irgendwie spürte er, daß Wolfs Zauber, der ohnehin nur geliehen war, nun keine Macht mehr über ihn hatte. Offensichtlich war es eine Magie, die nur wirkte, solange man sich ihrer nicht bewußt war.

»Weil er ein alter Narr ist und noch dazu ein Angeber«, antwortete Wolf grinsend. Er schwenkte triumphierend das kleine Kassettengerät. »Weißt du, der alte Fuchs hat mich durchschaut und hat es mir gesagt, als ich mit ihm gesprochen habe. Ich dachte schon, es wäre alles zu Ende, aber dann hat er einen Fehler gemacht.« Er senkte die Stimme ein wenig. »Weißt du, Leute, die sich zu sicher fühlen, neigen dazu, Fehler zu machen. Er wußte, daß ich mit der festen Absicht zu ihm gekommen war, ihm das Geheimnis um das Tor und den Weg nach oben nötigenfalls mit Gewalt zu entreißen. Aber er erklärte mir, daß das unmöglich sei, nicht nur, weil die entsprechenden Zaubersprüche kompliziert und schwer zu erlernen wären, sondern weil sie nur von ihm und mit seiner Stimme aufgesagt werden müßten, wenn sie wirken sollten.« Er kicherte. »Schließlich konnte er nicht ahnen, daß ich das da in der Tasche hatte. Es lebe die Technik!«

Michael fühlte sich hin und her gerissen zwischen Zorn und einer widerwilligen Art von Bewunderung, die er der Heimtücke Wolfs nicht ganz absprechen konnte. Wolfs Geschichte klang noch immer nicht ganz überzeugend. Sie war die Wahrheit, sicher, aber Michael spürte auch, daß der andere ihm nicht *alles* erzählt hatte. Höchstwahrscheinlich hatte er doch Gewalt angewandt, um die entsprechenden Zauberformeln aus dem Magier herauszubekommen. Wolf schien ganz der Mensch zu sein, der keinen besonderen Vorwand brauchte, um grob zu werden.

Wolf hob das Diktiergerät wieder, ließ das Band bis zu einer bestimmten Stelle zurücklaufen und nahm dann den Finger vom Schalter. Aus dem winzigen Lautsprecher erklang Marliks Stimme. Es waren unbekannte Laute, Worte einer Sprache, die untergegangen sein mochte und die so düster war und voller Fremdartigkeit, daß Michael ein Schaudern nicht unterdrücken konnte. Es waren keine Worte, die von Menschen erdacht oder für menschliche Kehlen geeignet zu sein schienen. So zu sprechen mußte große Schmerzen verursachen. Wahrscheinlich entsprachen Wolfs Worte nur insofern der Wahrheit, als der alte Zauberer der einzige Mensch war, der diese Laute in der richtigen Reihenfolge und mit der richtigen Betonung zu bilden vermochte. Jeder andere hätte Monate oder Jahre gebraucht, sie zu erlernen, falls es ihm überhaupt je gelang.

»Und was bewirkt dieser Spruch?« fragte Michael.

»Nun, zum einen, daß wir nicht verfolgt werden, und wenn doch, daß sie unsere Spur verlieren«, antwortete Wolf. »Zum anderen . . .« Er sah sich aufmerksam nach rechts und links um, warf dann einen Blick nach oben und schließlich in die Tiefe des Treppenschachtes und zuckte endlich mit den Schultern. »Nun, wir werden sehen. Auf, auf, du hast lange genug ausgeruht! Wir haben noch einen langen Weg vor uns.«

Sie gingen weiter. Michael spürte jetzt zwar immer noch die Anstrengung, die es ihn gekostet hatte, die mittlerweile sicher schon mehr als tausend, vielleicht auch zweitausend Trep-

penstufen hinunterzusteigen, aber es war nicht mehr diese unheimliche Müdigkeit.
»Bis jetzt passiert nichts«, sagte Michael, nachdem sie gute zehn Minuten schweigend den Abstieg fortgesetzt hatten.
Wolf maß ihn im Gehen mit einem finsteren Blick, zog das Diktiergerät wieder aus der Tasche und ließ den Zauberspruch erneut vom Band ertönen. »Es wird eine Weile dauern«, sagte er. »Immerhin ist es kein Rezept für Eierkuchen.«
Oder man konnte Zaubersprüche eben doch nicht so einfach auf Tonband aufnehmen.
Michael hütete sich, es laut auszusprechen.
Als schließlich doch etwas geschah, da passierte es so unmerklich, daß Michael die Veränderung im ersten Moment nicht einmal bewußt wurde. Er war im Gegenteil sogar sicher, daß rein gar nichts geschehen war. Und trotzdem: Plötzlich führte die Treppe nicht mehr in die Tiefe, sondern *nach oben!*
Er blieb stehen, sah sich um und starrte dann Wolf an. »Aber das ist doch ... unmöglich!« hauchte er.
Wolf antwortete nicht. Auf seinem Gesicht war das gleiche Erstaunen, aber auch das deutliche Erschrecken zu sehen, das auch Michael fühlte. Dabei hätte er gar nicht erstaunt sein dürfen, dachte Michael. Schließlich hatte er nicht nur sein, sondern auch Michaels Leben darauf verwettet, daß der Zauberspruch funktioniere.
Mit Ausnahme ihres Abenteuers in den verbotenen Hallen war dies das erste Mal, daß Michael unmittelbar Zeuge des Wirkens echter *Magie* wurde. Mit Ausnahme der Bewohner des Unterlands waren Wolf und er vielleicht seit einem halben Jahrtausend die ersten Menschen, die das Wirken von Kräften spürten, die vielleicht älter waren als die Menschheit. So ganz nebenbei erschwerte das ihr weiteres Vorankommen gehörig, denn war es schon schlimm genug gewesen, diese Treppe *hinunter*zugehen, so wurde das Hinaufsteigen schon nach kurzem zur Qual. Michael widerstand der Versuchung,

Wolf zu fragen, ob er auf seinem Kassettenrecorder vielleicht auch dafür einen passenden Zauberspruch parat hätte. Selbst wenn es so gewesen wäre, wäre er lieber den Rest der Strecke auf Händen und Füßen gekrochen, als ausgerechnet *Wolf* um Hilfe zu bitten. Sie stiegen eine Stunde weiter, bis Michael einfach nicht mehr konnte ud sich wortlos auf eine Stufe sinken ließ. Wolf erhob keine Einwände, sondern setzte sich neben ihn. Er wirkte ebenfalls erschöpft. Von seinem anfänglichen Optimismus war nicht mehr viel zu sehen. Vermutlich hatten sie nicht viel Grund dazu. Gut, die gestohlenen Zaubersprüche hatten ihre Wirkung getan, aber Michael war sich durchaus dessen bewußt, daß sie sich etwa in der Lage von Neandertalern befanden, die ein Waffenlager der Bundeswehr aufgebrochen hatten und jetzt mit ihrem erbeuteten Spielzeug herumexperimentierten. Der Teufel mochte wissen, was geschah, wenn sie den falschen Spruch anwandten. Oder wenn Marlik vielleicht gar nicht so dumm war, wie Wolf es ihm unterstellte, und ihm vielleicht ganz absichtlich ein paar kleine Überraschungen auf Band gesprochen hatte.

Er verscheuchte den Gedanken. Ihre Lage war unerquicklich genug. Da erhob sich zum Beispiel die Frage, wie *lang* diese Treppe war. Möglich, daß sie nur dieselbe Strecke hinaufzusteigen brauchten, die sie heruntergestiegen waren, möglich aber auch, daß vor ihnen viele Tausende von Stufen lagen. Immerhin arbeiteten die Trolle seit einem halben Jahrtausend an diesem Schacht, und er hatte mit eigenen Augen gesehen, mit welch spielerischer Leichtigkeit die schwarzen Giganten Felsen zermalmten.

Sie rasteten fast eine halbe Stunde, dann gingen sie weiter. In der ersten Zeit unterhielten sie sich noch ein wenig, aber ihre Gespräche versiegten rasch und verstummten schließlich ganz. Sie brauchten alle Kraft für den weiteren Aufstieg.

Die Treppe nahm kein Ende. Stufe reihte sich an Stufe, und jede schien ein ganz kleines bißchen höher zu sein als die

vorhergehende, jeder neue Schritt ein winziges bißchen mehr Mühe zu bereiten. Eine Stunde verging, an die sie eine neue Rast anschlossen, es folgten eine weitere Stunde und neuerlich eine Pause. Nach und nach verschob sich das Verhältnis zwischen Steigen und Rasten. Bald stiegen sie eine halbe Stunde und ruhten eine ganze aus, schließlich schüttelte Michael nur müde den Kopf, als Wolf ihn mit einer entsprechenden Geste aufforderte, aufzustehen und weiterzugehen. »Ich kann nicht mehr«, sagte er. »Ganz egal, was passiert, ich rühre mich hier nicht mehr weg.«
Zu seiner Überraschung widersprach Wolf nicht. Er sah ihn bloß traurig an, zuckte mit den Schultern, ließ sich ebenfalls zu Boden sinken und lehnte den Kopf gegen den kalten Stein. »Wahrscheinlich hast du recht«, sagte er. »Wir sollten ein bißchen schlafen. Morgen früh sind wir vielleicht wieder bei Kräften.«
Morgen früh ... Die Worte klangen in Michaels Ohren wie ein böser Spott. Was bisher ein ganz normaler Begriff gewesen war, den er unzählige Male gedacht und ausgesprochen hatte, ohne wirklich darüber *nachzudenken*, das erschien ihm plötzlich als etwas unendlich Fernes, Unerreichbares. Sicherlich war es nur seine Angst, die ihn dies glauben ließ, und doch war er plötzlich felsenfest davon überzeugt, daß es für sie kein Morgen mehr geben würde. Hier war kein Ort, an dem man schlafen sollte. Wie müde er auch war, seine Furcht davor, hier einzuschlafen und zu erblicken, was auf der anderen Seite des Schlafes auf ihn warten mochte, war größer als seine Erschöpfung. Wolf staunte nicht schlecht, als Michael sich wankend erhob und ohne ein Wort weiterging.
Aber er folgte ihm. Für eine ganze Weile war es Michael, der die Führung übernahm, bis seine neugewonnenen Kräfte zu versiegen begannen und er langsam zurückfiel. Aber er blieb nicht stehen. Wolf sah ihn ein paarmal fragend an, aber Michael schüttelte immer nur den Kopf und deutete in die graue Dämmerung über ihnen.

Schließlich hatte er keine Kraft mehr. Er marschierte trotzdem weiter. Irgendwie schien er sich in eine Art Roboter verwandelt zu haben, der gar nicht mehr anders konnte, als immer wieder einen Fuß vor den anderen zu setzen, sich immer noch eine und noch eine und noch eine Stufe weiter in die Höhe zu quälen. Wolf mußte ihn fast gewaltsam zum Anhalten zwingen.
Zumindest blieben ihm die Alpträume erspart. Als er erwachte, hatte er das Gefühl, die Augen gerade erst zugemacht zu haben und müder zu sein als vorher. Aber das war in einer Situation wie dieser vermutlich normal. Seine innere Uhr sagte ihm, daß er viele Stunden sehr tief geschlafen hatte. Außerdem verspürte er heftigen Hunger und Durst.
Sie stärkten sich mit den mitgebrachten Vorräten und setzten schließlich ihren Weg fort. Sie hielten es wie am vorigen Tag: eine Stunde Treppensteigen, eine halbe Stunde Rast, wobei sich auch diesmal das Verhältnis unmerklich zu verschieben begann.
Die erste Unterbrechung der ewigen Monotonie dieser Welt, die nur aus Treppenstufen und grauem Licht zu bestehen schien, ergab sich zwischen der dritten und vierten Pause. Wolf hatte plötzlich die Hand gehoben und Michael bedeutet stehenzubleiben. Michael hatte nicht gehorcht, ihm aber zumindest eine Stufe Vorsprung gelassen, während sie sich dem näherten, was Wolf entdeckt hatte.
Es war nicht gefährlich, wohl aber unheimlich und erschrekkend. Verteilt über ein halbes Dutzend Stufen lag das Skelett eines Trolls. Nachdem Michael erst einmal seinen natürlichen Widerwillen überwunden und sich gezwungen hatte, die gebleichten Knochen näher in Augenschein zu nehmen, stellte er verblüfft fest, wie ähnlich sie, mit Ausnahme des Schädels und sah man von der enormen Größe ab, doch dem eines Menschen waren. Der Schädel glich eher dem eines Gorillas, war aber ebenfalls viel größer. Er hatte Schädel wie diese hier unten schon zu Dutzenden gesehen: als bizarre

Helme, die Ansons Krieger trugen. Michael fragte sich, wie sich Brokk und seine Brüder wohl fühlen mochten, wenn sie Wesen halfen, die die ausgehöhlten Totenköpfe ihrer Vorfahren als Kopfbedeckung trugen.
»Also sind sie nicht unsterblich«, murmelte Wolf. Er hatte sich nach einem der Knochen gebückt, hob ihn hoch, drehte ihn einen Moment nachdenklich in der Hand und ließ ihn dann achtlos wieder fallen. Dies wiederholte er drei- oder viermal, bis er schließlich einen gut anderthalb Meter langen Schenkelknochen gefunden hatte, den er Michael reichte.
»Was soll ich damit?« fragte Michael.
»Immerhin ist es eine gute Waffe«, sagte Wolf. »Es kann sein, daß du eine brauchst. Und du kannst ihn auch als Stock benützen.«
Michael war fast empört. Egal, was passierte, er würde nicht kämpfen. Weder gegen die Trolle noch gegen Ansons Männer oder sonst jemanden. Es war schon zuviel Gewalt geschehen und zuviel Blut geflossen. Auf der anderen Seite hatte Wolf durchaus recht – über ihnen mochten noch Tausende von Stufen liegen, und der Knochen würde als Wanderstab gute Dienste tun. Also zwang er sich, seinen Widerwillen zu unterdrücken, und nahm den Knochen fest in die rechte Hand.
Nach einer Weile setzten sie ihren Aufstieg fort. Pause folgte auf Pause, Stufe auf Stufe und Stunde auf Stunde, und irgendwann ging auch dieser Tag zu Ende. Michael vermutete, daß sie nicht im entferntesten einen ganzen Tag unterwegs waren. Wahrscheinlich hatten sie höchstens acht Stunden geschafft, vielleicht sogar weniger, bis sie sich zum zweiten Mal zum Schlafen auf den nackten Stein legten, und vermutlich dauerte dieser Schlaf sehr viel länger als die Zeit des Wachens vorher.
Der dritte Tag ihrer Flucht begann, wie die beiden anderen geendet hatten: mit endlosem Treppensteigen. Sie sprachen kein einziges Wort mehr miteinander, sondern schleppten

sich schweigend und in stummer Qual aufwärts. Michael fiel wieder in eine Art von Trance, in der er sich seines Körpers und seiner Umgebung kaum mehr bewußt war. Seine Gedanken schweiften ab, wandelten auf Pfaden, auf denen er ihnen nicht zu folgen vermochte, oder wurden einfach albern. Er versuchte sich vorzustellen, wie man später, nach ihrer Rückkehr an die Oberfläche, diese Treppe als Touristenattraktion vermarktete. Man könnte Expeditionen in die Tiefe organisieren, in Abständen kleine Zeltlager errichten, in denen sich die Treppensteiger ausruhen konnten. Dann wieder überfiel ihn die furchtbare Vorstellung, daß diese Treppe kein Ende habe und sie auf ihr emporsteigen konnten, ohne jemals wirklich von der Stelle zu kommen.
Als sie das Ende erreichten, merkte er es nicht einmal. Er hob den rechten Fuß, um ihn auf die nächste Stufe zu setzen, aber da war keine mehr, so daß er stolperte und der Länge nach hinfiel. Er war viel zu schwach und erschöpft, um noch reagieren zu können. Er mußte sich bei diesem Sturz wohl verletzt haben, denn er spürte, wie irgend etwas warm und klebrig über sein Gesicht rann, aber er fühlte keinen Schmerz, auch keine Erleichterung, sondern eigentlich gar nichts. Vor seinen Augen war nur eine graue Unendlichkeit. Da waren keine Treppenstufen mehr, aber er sah sie trotzdem, und obwohl er lang ausgestreckt auf felsigem Boden lag, hatte er zugleich das Gefühl, sich immer noch weiterzubewegen, in kräftezehrenden Rucken immer weiter in die Höhe zu steigen. Ein ähnliches Gefühl hatte er nur ein einziges Mal im Leben gehabt. Es war vor drei oder vier Jahren gewesen, als er mit seinen Eltern in den Urlaub gefahren war. Sein Vater, der stets mit irgendwelchen unglaublich wichtigen Terminen zu kämpfen hatte, war den ganzen Weg von Griechenland zurück in einem durchgefahren, annähernd sechsunddreißig Stunden, in denen sie nur angehalten hatten, um zu tanken oder auf die Toilette zu gehen, und als sie endlich aus dem Wagen stiegen, da hatte er das Gefühl gehabt,

trotzdem noch weiterzufahren und überhaupt nie mehr damit aufhören zu können.
Es verging viel Zeit, bis er sich dazu aufraffte, den Kopf zu heben und die Augen zu öffnen.
Sie befanden sich in einer langgestreckten, sehr großen Höhle mit unregelmäßig geformter Decke, von der bizarre Steingewächse herabhingen. Irgendwo, sehr weit weg, war ein regelmäßiges, helles Klopfen zu hören, das Tropfen von Wasser. Neben ihm bewegte sich etwas. Wolf. Er hörte, wie Wolf etwas sagte, aber seine Worte schienen keinen Sinn zu ergeben. Sie hatten es geschafft. Der Gedanke stand ganz deutlich und klar in seinem Bewußtsein, aber er empfand weder Erleichterung noch Freude, sondern eigentlich gar nichts.
Schließlich war es Wolf, der sich als erster in eine halb sitzende Position hochstemmte und Michael mit sanfter Gewalt ebenfalls in die Höhe zerrte. Michael wollte seine Hand wegschieben. Er wollte sich nicht mehr bewegen. Ganz egal, was geschah, er würde einfach hier liegenbleiben und sich ausruhen.
»Wir müssen weiter«, sagte Wolf. »Reiß dich zusammen! Wir haben es geschafft! Du willst doch nicht im letzten Moment schlappmachen, oder?«
»Nur fünf Minuten«, flehte Michael. »Bitte!«
Aber Wolf schüttelte den Kopf. »Wir haben keine Zeit«, sagte er. »Irgend etwas verfolgt uns. Ich habe es schon eine ganze Weile gemerkt, aber nichts gesagt, um dich nicht zu beunruhigen. Hörst du nichts?«
Michael schloß gehorsam die Augen und lauschte, hörte aber nichts außer dem schnellen Schlagen seines eigenen Herzens und dem Rauschen seines Blutes in den Ohren. Aber dann . . . etwas wie ein Tappen. Ein schweres, klatschendes Gehen, wie das Geräusch zu großer, feuchter Füße auf dem Stein.
»Trolle?« fragte er erschrocken.

Wolf zuckte mit den Achseln und schüttelte gleichzeitig den Kopf. »Ich glaube nicht«, sagte er. »Der Spruch, den ich angewandt habe, schützt uns vor Trollen. Wäre es nicht so, hätten sie uns schon nach fünf Minuten ergriffen.«
Interessant, dachte Michael matt. Vielleicht wäre es ganz nett gewesen, wenn er ihm das gleich am Anfang gesagt hätte. Aber was hätte das schon geändert?
Wolf stand taumelnd auf und half Michael, sich ebenfalls aufzurichten. Mit Ausnahme der Treppe, über die sie die Höhle betreten hatten, gab es nur noch einen anderen Ausgang. Sie wankten darauf zu, gingen durch die Öffnung und fanden sich plötzlich in einer Umgebung wieder, die Michael vage bekannt vorkam. Natürlich wußte er nicht, ob er wirklich schon einmal in diesem Gang gewesen war, aber doch in einem Gang *wie* diesem. Die Wände bestanden nur zum Teil aus rohem Fels, ansonsten aus uralten, mürbe gewordenen Ziegelsteinen. An zahlreichen Stellen war die Decke eingebrochen, so daß sie immer wieder über Schutthalden und Felstrümmer klettern mußten, aber diese Anstrengungen machten Michael plötzlich gar nichts mehr aus. Es schien, als hätten sie es tatsächlich geschafft. Sie waren in jenem Labyrinth, das zwischen dem Unterland und der oberen Welt lag. Und selbst wenn der Weg die Treppe herauf auch nur halb so weit gewesen war, wie es Michael vorkam, dann konnten sie von der Freiheit nicht mehr weit entfernt sein.
Nach einer Weile blieb Wolf wieder stehen und lauschte. Michael tat es ihm gleich, und diesmal hörte er sofort, was Wolf so beunruhigte: Schritte näherten sich, schnell und unregelmäßig und zu schwer und feucht, um von menschlichen Füßen herzurühren.
»Ghoule!« sagte Wolf plötzlich. »Verdammtes, widerliches Pack. Das sind Ghoule! *Lauf!*«
Das letzte Wort hatte er geschrien und rannte auch schon los. Michael versuchte mit ihm Schritt zu halten, aber er fiel doch rasch zurück. Wolf sprang mit gewaltigen Sätzen vor

ihm durch den Gang, aber Michaels Beine weigerten sich einfach, sich so schnell zu bewegen, wie er es ihnen befahl. Ein paarmal sah er sich im Laufen um, und als er es das dritte oder vierte Mal tat, da sah er tatsächlich hinter sich eine der grünhäutigen Gestalten. Sie lief mit fast grotesk erscheinenden Sprüngen hinter ihm her. Zwar hatten ihm nicht nur Lisa, sondern auch alle anderen, die er danach gefragt hatte, mehr als einmal versichert, daß die Ghoule im Grunde harmlos und sehr feige Geschöpfe seien, aber das war entweder nicht wahr, oder dieser Ghoul hier bildete eine Ausnahme von dieser Regel. Michaels Anblick jedenfalls stachelte ihn nur zu größerer Eile an, und trotz der Entfernung glaubte Michael ein gieriges Funkeln in den schrecklich weißen Augen zu sehen. Seine viel zu großen Hände hoben sich und griffen in kaum mehr beherrschter Gier in seine Richtung.
Der Anblick erfüllte ihn mit solcher Angst, daß er noch einmal neue Kräfte in sich mobilisierte. Für ein paar Augenblicke schloß er sogar zu Wolf auf, aber es war nur ein letztes verzweifeltes Aufflackern; seine Energien versiegten, und schon nach wenigen Schritten schleppte Michael sich wieder mühsam dahin. Vermutlich hätte er den Anschluß an Wolf vollends verloren, hätte dieser nicht einen Fehler gemacht und wäre in einen Seitengang gestürmt, wohl in der Hoffnung, ihren schrecklichen Verfolger in die Irre führen zu können.
Es war ein fataler Irrtum. Michael hörte einen überraschten Schrei, und als er um die gleiche Ecke bog, sah er, daß der Gang nach fünfzehn oder zwanzig Metern vor einer fugenlosen Wand aus gewachsenem Felsgestein endete. Abrupt blieb er stehen und sah sich nach dem Ghoul um. Das Wesen war noch ein gutes Stück hinter ihnen, aber Michael wußte, daß keiner von ihnen jetzt noch die Kraft hatte, ihm davonzulaufen.
Wolf war weitergerannt, bis er die Wand erreichte und trommelte nun ein paar Sekunden lang in sinnloser Wut mit den

Fäusten dagegen. Als Michael neben ihm ankam, nahm er die Hände herunter, sah sich gehetzt um und blickte dann in Michaels Gesicht. »Sieht so aus, als wäre es das gewesen«, sagte er schwer atmend. »Wir werden wohl kämpfen müssen.«

Allein die Vorstellung war lächerlich. Der Ghoul war zwar ein gutes Stück kleiner als Michael, aber kaum weniger muskulös als ein Troll. Und Michael hatte ja selbst gesehen, was die fürchterlichen Gebisse dieser Wesen anzurichten vermochten. Die einzige Waffe, die sie besaßen, war der Trollknochen, den Michael als Gehstock benützte, und gegen ein Wesen wie dieses war er wahrscheinlich so hilfreich, daß man ebensogut auch die Finger hätte kreuzen können, um den Dämon zu verscheuchen.

»Vielleicht haben wir noch eine Chance!« sagte Wolf plötzlich. Hastig griff er in die Jackentasche, zerrte sein Diktiergerät heraus und drückte auf eine der Tasten.

Michael warf einen Blick zurück. Auch der Ghoul hatte den Seitengang erreicht, war aber für einen Moment stehengeblieben. Er wußte, daß ihm seine Opfer nun nicht mehr entkommen konnten.

Wolf drückte die Play-Taste, und Marliks Stimme begann düstere Worte und Laute zu deklamieren, allerdings nur eine Sekunde lang, dann schüttelte Wolf den Kopf und ließ das Band weiterlaufen. »Irgendwo auf diesem verfluchten Band ist ein Spruch gegen Trolle, Ghoule und anderes Kroppzeug«, sagte er. »Ich muß ihn nur finden.«

Indessen bewegte sich der Ghoul wieder. Er rannte jetzt nicht mehr, ging aber auch nicht langsam. Michael schätzte, daß ihnen noch zehn oder fünfzehn Sekunden blieben, bis das schreckliche Wesen sie erreicht hatte. Mit klopfendem Herzen sah er dem grüngeschuppten Ungeheuer entgegen und umklammerte seine Waffe fester. Wolf hielt das Bandgerät abermals an und ließ Marliks Stimme erklingen. Diesmal konnte Michael spüren, wie irgend etwas geschah. Der Boden unter ihren Füßen schien sacht zu vibrieren, und er hatte das Gefühl, daß sich in ihrer unmittelbaren Nähe gewaltige Kräfte gegeneinander verschoben. Das war aber auch alles. Und es hielt den Vormarsch des Ghoules nicht im mindesten auf.

Wolf fluchte, ließ das Band abermals ein Stück weiterlaufen und drückte immer nervöser auf die verschiedenen Knöpfe des Gerätes. Marliks Stimme sagte einen halben Zauberspruch auf, ein Teil der Wand neben ihnen veränderte plötzlich seine Farbe und schimmerte für ein paar Augenblicke in einem hellen, strahlenden Grün, das so intensiv war, daß es fast in den Augen weh tat. Den Ghoul irritierte das nicht besonders. Er humpelte näher und war jetzt noch drei Meter von Michael entfernt. Vor Gier rann ihm der Speichel über das Kinn, und seine Hände öffneten und schlossen sich wie Hummerscheren und mit einem ebensolchen Geräusch, wie diese es verursachen mochten.

»Ich habe es!« rief Wolf triumphierend. Mit einem Satz war er an Michael vorbei, streckte den Arm aus und hielt dem Ghoul das Kassettengerät entgegen, wie ein mittelalterlicher Exorzist, der mit dem Kreuz den Teufel zu bannen sucht. Marliks Stimme erklang, und überall auf den Wänden rings um sie erschienen winzige, vielfarbige Sterne und Punkte, die für Sekunden einen schwerelosen Tanz begannen. Der Ghoul blieb stehen, betrachtete das Schauspiel aus seinen unergründlichen weißen Augen, hob fast gemächlich die Hand – und entriß Wolf das Diktiergerät.

Wolf heulte vor Schrecken und Enttäuschung auf und wich zurück, während Michael seine Keule fester packte, um damit zuzuschlagen. Er rechnete sich keine großen Chancen aus, aber er war fest entschlossen, sein Leben so teuer wie möglich zu verkaufen.

Der Ghoul machte noch immer keine Anstalten anzugreifen. Offensichtlich höchst interessiert musterte er das kleine Kassettengerät in seiner Pranke, aus dem immer noch Marliks

Stimme drang, die jetzt einen anderen, ebenso geheimnisvollen und ganz offensichtlich ebenso nutzlosen Zauberspruch deklamierte – und dann hob er es kurzerhand zum Gesicht und zerbiß es in zwei Teile. Marliks Stimme verstummte mit einem elektronischen Jaulen, und ein paar winzige blaue Funken stoben aus dem Gerät. Der Ghoul kaute ein paarmal, stopfte sich auch noch den Rest des Recorders zwischen die Kiefer und zermalmte sie mit seinen schrecklichen Zähnen.
»Tu etwas!« kreischte Wolf. »Schlag zu!«
Michael raffte all seinen Mut zusammen, schwang den Trollknochen hoch über den Kopf – und der Ghoul entriß ihm seine Waffe mit einer fast beiläufigen Bewegung, betrachtete sie eine Sekunde lang interessiert und brach sie dann ohne sichtbare Anstrengung in zwei unterschiedlich große Teile. Den kleineren stopfte er sich sofort ins Maul und begann genüßlich darauf herumzukauen, den anderen, weitaus größeren, klemmte er sich unter den linken Arm, wie es ein Mensch mit einer Aktentasche oder einem Regenschirm getan hätte, warf Michael und Wolf noch einen unergründlichen Blick zu und drehte sich dann um und schlurfte gemächlich davon.
Wolfs Augen wurden groß vor Erstaunen. »Was ... was ist«, stammelte er und brach wieder ab, und auch Michael konnte nichts sagen.
»Aber wieso hat er uns nicht ... umgebracht?« hauchte Wolf schließlich fassungslos.
»Weil er das gar nicht vorhatte«, sagte Michael. Seine eigenen Worte überraschten ihn beinahe. Es war, als begriffe er, was er da sagte, erst, als er es selbst aussprach. »Sie jagen keine lebende Beute«, murmelte er. »Er wollte nur den Knochen, verstehen Sie?«
Wolf starrte ihn an, und ganz allmählich begannen sich Fassungslosigkeit, Erleichterung und eine fast hysterische Heiterkeit auf seinem Gesicht auszubreiten. Klatschend schlug er sich mit der linken Hand vor die Stirn. »O ich Narr!« sagte

er. »Natürlich! Warum bin ich denn nicht von selbst darauf gekommen? Sie wittern Aas und totes Gebein über Kilometer hinweg, selbst durch dicken Fels! Er muß den Knochen gerochen haben.«
»Es war Ihre Idee, ihn mitzunehmen«, verteidigte sich Michael.
Aber Wolf machte nur eine wegwerfende Geste. »Ich sage ja gar nicht, daß es deine Schuld ist«, sagte er. »Ich hätte daran denken sollen. Anscheinend werde ich langsam alt.« Er zuckte mit den Schultern und lachte nervös. »Na ja, das ist ja gerade noch einmal gutgegangen.«
»Da bin ich nicht so sicher«, sagte Michael. »Immerhin hat er Ihr Diktiergerät gefressen. Was ist, wenn wir es noch einmal brauchen?«
»Kaum«, antwortete Wolf. »Der Weg ist nicht mehr weit. In einer Stunde, höchstens zwei sind wir in Sicherheit.«
Michael fragte sich verblüfft, woher Wolf die Überzeugung nahm, aber der Schriftsteller gab ihm keine Gelegenheit, eine entsprechende Frage zu stellen, sondern setzte sich bereits wieder in Bewegung.
Die Aufregung und der damit verbundene Adrenalinschub hatten Michaels Müdigkeit vertrieben. Sie würde wiederkommen, aber wenn Wolf recht hatte und vor ihnen tatsächlich nur noch eine Stunde lag, dann würden sie es irgendwie schaffen, das wußte er.
Und er behielt recht. Hinterher konnte er sich an das letzte Stück Weg ebensowenig erinnern wie an den letzten Tag, den sie auf der Himmelstreppe verbracht hatten. Ein Gang glich dem anderen, eine Kreuzung sah aus wie die nächste, und ein paarmal mußten sie klettern, um Trümmerberge oder andere Hindernisse zu überwinden. Aber immer dann, wenn er glaubte, seine Kräfte müßten ihn nun endgültig verlassen, fand er irgendwo in sich noch einmal ein letztes Quentchen Kraft, dessen er sich bedienen konnte. Schließlich betraten sie eine gewaltige, von grauem Licht erfüllte

Höhle, deren Decke nicht aus Fels bestand, sondern aus etwas Schwarzem, Glattem, das das Licht reflektierte wie geschmolzener Teer. Es war merklich kühler hier drin, und in der Luft lag ein feuchter Hauch.
Sie waren wieder in dem Raum unter dem See, durch den sie damals gestürzt waren. Die Decke, die drei oder vier Meter über ihren Köpfen hing, bestand nicht aus Stein oder irgendeinem anderen festen Material, sondern aus Wasser, das von einer unbegreiflichen Magie dort oben gehalten wurde und auf dessen Oberfläche sich manchmal sogar kleine Wellen bewegten, genau wie bei einem richtigen See, nur daß dieser hier verkehrt herum hing. Aber wie sollten sie ihn erreichen? Selbst wenn es ihnen irgendwie gelang, die unsichtbare Wand zu durchstoßen, die das Wasser am Herabstürzen hinderte, sah Michael einfach keine Möglichkeit, nach oben zu gelangen. Es war lächerlich. Sie hatten das Unmögliche geschafft und waren aus dem Unterland entkommen, und nun sollten sie an albernen drei oder vier Metern scheitern.
»Keine Sorge, das schaffen wir auch noch«, sagte Wolf in diesem Moment. »Es muß einen Weg geben.« Er sah sich aus eng zusammengekniffenen Augen um und deutete dann mit der Hand auf einen Punkt ganz am anderen Ende der Höhle, weit mehr als hundert Meter entfernt. »Dort drüben! Siehst du die Felsen? Sie reichen bis fast ans Wasser heran. Wenn wir hinaufklettern, können wir es vielleicht mit einem Sprung schaffen.«
Michaels Blick folgte der Geste, aber er sah nicht, was Wolf offenbar entdeckt hatte. Er glaubte auch nicht, daß es so einfach sein würde. Wenn der Sprung fehlschlug, würden sie auf den Felsen zurückstürzen, und selbst wenn sie ins Wasser eintauchten – er hatte den gewaltigen Sog nicht vergessen, der sie damals in die Tiefe gezerrt hatte. Trotzdem widersprach er nicht, sondern setzte sich gehorsam in Bewegung, als Wolf losging und ihm bedeutete, ihm zu folgen.
Nach einer Weile kam der Felsen, den Wolf entdeckt hatte,

in Sicht, und Michael mußte zugeben, daß der zackige Pfeiler tatsächlich bis fast an die Wasseroberfläche – nein, eigentlich Wasser*unterfläche* – heranreichte. Wenn sie darauf standen und die Arme ausstreckten, mußten sie sie berühren können. Er glaubte immer noch nicht, daß sie eine echte Chance hatten.
Sie waren zwanzig oder dreißig Schritt von dem Felspfeiler entfernt, als ein zorniger Schrei ertönte. Im gleichen Moment war das schwere Stampfen zahlreicher Schritte zu hören. Michael sah sich erschrocken um und erkannte, daß Anson und eine große Schar seiner Krieger hinter ihnen waren. Er und Wolf hatten einen gehörigen Vorsprung, aber die Krieger liefen sehr schnell und schienen frisch, ausgeruht und im Vollbesitz ihrer Kräfte.
Wolf ergriff Michaels Hand und rannte los. Er zerrte ihn einfach mit sich, bis sie den Felsen erreichten, dann packte er ihn mit erstaunlicher Kraft um die Hüften und hob ihn in die Höhe. Michael krallte instinktiv Finger und Zehen in den rauhen Fels und fand tatsächlich irgendwo Halt, und beinahe zu seiner eigenen Überraschung setzten sich seine Arme und Beine wie von selbst in Bewegung. Hinter ihm begann auch Wolf in die Höhe zu klettern. Anson und seine Krieger kamen indes rasch näher.
Es war ein Wettlauf mit der Zeit. Michael hatte diesen Ausdruck Dutzende Male gehört und gelesen, aber jetzt begriff er zum allersten Mal, was er wirklich bedeutete, nämlich, daß sich ihre Verfolger stets ein winziges bißchen schneller zu bewegen schienen als sie selber. Trotzdem kletterte er verbissen weiter, erreichte schließlich die schmale Spitze der Felsnadel und richtete sich mit weit ausgebreiteten Armen auf. Für einen Moment wurde ihm schwindlig. Der Boden der Höhle lag nur vier Meter unter ihm, aber er bestand aus betonharter Lava, ein Sturz darauf war mit Sicherheit nicht ohne schwere Verletzung zu überstehen. Die Wasseroberfläche lag zum Greifen nahe über ihm.

»Schnell!« schrie Wolf mit schnappender Stimme. »Spring!«
Michael sprang nicht, sondern streckte behutsam und mit klopfendem Herzen die Hand aus. Jeden Moment rechnete er damit, gegen einen unsichtbaren Widerstand zu stoßen, aber nichts dergleichen geschah. Seine Finger erreichten das Wasser und tauchten ohne fühlbaren Widerstand darin ein, und alles, was er spürte, waren Kälte und Feuchtigkeit.
»Worauf wartest du?« kreischte Wolf. *»Spring endlich!«*
Und Michael sprang. Im Grunde verdiente die Bewegung das Wort nicht. Er hatte nicht die Kraft, mehr zu tun als einen unbeholfenen Hüpfer, der seine Füße keine zwanzig Zentimeter von der Felsnadel hob. Und doch reichte es. Im gleichen Moment, in dem er den Kontakt zu dem Fels unter seinen Schuhsohlen verlor, schien sich die Welt auf den Kopf zu stellen, war oben plötzlich unten und unten oben. Michael sprang nicht ins Wasser, er *stürzte* in den schwarzen See hinauf und tauchte mit einem gewaltigen Klatschen darin ein. Instinktiv begann er zu kraulen. Sein Gefühl und sein Gleichgewichtssinn sagten ihm, daß er sich umdrehen und *nach oben* schwimmen sollte, aber oben war hier nicht oben, und so zog er sich mit verzweifelten, kraftvollen Bewegungen immer tiefer und tiefer in das schwarze Wasser hinein, bis sich das Wunder wiederholte. Für den Bruchteil einer Sekunde konnte er spüren, wie die Welt umkippte und abermals oben zu unten und unten zu oben wurde, und diesmal gab er seinen Instinkten nach. Mit aller Gewalt griff er aus, ignorierte das wütende Pochen in seinen Lungen, die nach Luft schrien, und schoß der Oberfläche regelrecht entgegen. Er durchbrach sie in einer gewaltigen Wolke aus Gischt und weißem Schaum und stürzte zurück. Abermals ging er unter, kämpfte sich wieder an die Oberfläche und rang die aufkommende Panik nieder. Für ein paar Augenblicke tat er nichts, außer wassertretend auf der Stelle zu stehen und keuchend Atem zu holen. Das Wasser war so eisig, daß ihn die Kälte beinahe lähmte.

Einen Augenblick später tauchte Wolf neben ihm auf. Er rang ebenso keuchend nach Luft wie Michael, dann trafen sich ihre Blicke, und Wolf hob heftig gestikulierend die linke Hand. *»Schwimm!«* schrie er. *»Sie sind hinter uns!«*
Mit einer nun wirklich letzten verzweifelten Anstrengung paddelte Michael los. Das Ufer war nur fünf oder sechs Meter entfernt, aber er hätte es nicht geschafft, hätte Wolf ihm auf dem letzten Stück nicht unter die Arme gegriffen und ihn wie einen Ertrinkenden einfach mit sich gezogen. Dann zerrte er ihn auf das gemauerte Ufer des Sammelbeckens hinauf, als sie dieses erreicht hatten.
Michael kämpfte gegen eine Bewußtlosigkeit an. Alles drehte sich um ihn herum, verschwamm und wurde grau. Aber er registrierte, daß sie wieder dort waren, wo der zweite Teil ihrer Odyssee begonnen hatte: in einem Teil der städtischen Kanalisation, genauer gesagt am Ufer eines unterirdischen Sammelbeckens. Der vergitterte Eingang, zu dem sie damals hatten hinschwimmen wollen, lag direkt vor ihnen, und Michael konnte sehen, daß das Rohr dahinter nur knappe zehn oder fünfzehn Meter lang war und dann vor dem vermutlich schönsten Anblick endete, den er jemals in seinem Leben gesehen zu haben glaubte: einem halben Dutzend Treppenstufen aus Beton, die vor einer geschlossenen Tür endeten.
»Ich bin sofort zurück«, sagte Wolf. Er ließ ihn los, stand auf und trat an das Eisengitter heran. Der Kette von Wundern, der sie ihre Errettung zu verdanken schienen, gesellte sich ein weiteres hinzu: Das Gitter gab schon unter der ersten, nicht einmal sonderlich heftigen Anstrengung Wolfs nach und löste sich quietschend aus seinen schon vor einem halben Jahrhundert verrosteten Scharnieren. Der entstehende Spalt war nicht sehr groß, trotzdem aber groß genug, daß sie sich hindurchquetschen konnten.
Michael atmete hörbar auf. Eine unendlich tiefe Erleichterung überkam ihn, und zusammen damit breitete sich eine Müdigkeit in seinen Gliedern aus, der er nun nichts mehr

entgegenzusetzen hatte und auch nicht wollte. Sie hatten es geschafft! Sie waren gerettet! Sie waren wieder genau da, wo es begonnen hatte! Für einen Moment fragte sich Michael, ob alles, was zwischen ihrem Sprung in das Becken und diesem Moment gelegen hatte, nicht vielleicht nur eine Vision gewesen war, ein böser Alptraum, der ihn befallen hatte, als er in der Tiefe des Beckens zu ertrinken drohte.

Die Vorstellung war verlockend, so daß Michael sich nicht nur nicht dagegen wehrte, sondern sie sogar glauben wollte – aber es war leider nicht wahr.

Die Wirklichkeit holte sie ein und tat es in Form eines halben Dutzends dunkelhaariger Köpfe, die plötzlich durch die Wasseroberfläche brachen, fast genau dort, wo auch Wolf und er aufgetaucht waren.

»Bleibt stehen!« brüllte Anson. Er hatte als erster die Wasseroberfläche durchbrochen. »Gebt auf! Ihr könnt nicht entkommen! Wenn ihr aufgebt, lasse ich euch am Leben!«

Michael hätte vor Enttäuschung am liebsten laut aufgeschrien. Die Rettung war so nahe gewesen! Ein paar Schritte nur bis in den Tunnel, dann die Treppe hinauf, und hinter der Tür, das wußte er einfach, würden sie wieder in die wirkliche Welt hineintreten.

»O nein«, sagte Wolf grimmig. »So leicht kriegt ihr mich nicht. Jetzt nicht mehr!«

Michael war außerstande, irgend etwas zu tun. Er lag einfach da, blickte die rasch näher kommenden Krieger an und dann Wolf. Dieser hatte sich am Ufer des Sammelbeckens aufgerichtet und in einer dramatischen Geste die Arme gehoben.

»Du hattest deine Chance, Anson!« rief Wolf. »Jetzt bin ich an der Reihe!«

In den Zorn auf Ansons Gesicht mischte sich eine erste Spur von vagem Erschrecken, als er zu begreifen begann, daß Wolfs Worte weder der Verzweiflung entsprangen noch eine leere Drohung waren.

Es war wie vorhin, unten, als sie dem Ghoul gegenübergestanden hatten. Nichts Sichtbares geschah, aber erneut war es, als bewegten sich in ihrer Nähe gewaltige Kräfte, als wäre ein ungeheuerliches, unsichtbares Tier für einen Moment aus dem Schlaf erwacht und hätte sich geregt, um dann wieder zu erstarren.

Eine Sekunde lang geschah nichts. Anson und seine Krieger hatten das Ufer fast erreicht, der erste streckte bereits die Hand nach dem rissigen Beton der Einfassung aus. Doch plötzlich lief ein Zittern durch die Wasseroberfläche. Eine Million winziger Wellen zerbrach das Licht, das sich bisher schwarz auf dem Sammelbecken gespiegelt hatte, und dann entstand genau in seiner Mitte ein Strudel, der sich mit rasender Geschwindigkeit drehte und ebenso rasend schnell wuchs. Ansons Männer schrien auf, als sie von dem Sog erfaßt und mit unvorstellbarer Gewalt wieder vom Ufer fortgezerrt wurden, und Michael begriff, was hier geschah, als es beinahe vorbei war. Der Strudel wurde zu einem Loch in der Mitte des Sees, durch das das Wasser mit ungeheurem Getöse in die Tiefe stürzte. Der See hatte plötzlich keinen Boden mehr. Der Zauber, der das Wasser in all den Jahrhunderten daran gehindert hatte, in die darunterliegende Höhle zu stürzen, war erloschen. Schreiend und hilflos um sich schlagend verschwanden Anson und seine Männer in der brodelnden Gischt, und Michael sah, wie sie unten auf dem harten Fels aufschlugen und von dem Wasser davongespült wurden wie Blätter, die in eine Sturmflut geraten waren.

Danach kehrte Ruhe ein. Michael starrte aus geweiteten Augen auf den kochenden See hinab, dessen Oberfläche plötzlich acht oder zehn Meter unter ihnen lag. Und dann geschah etwas, was fast noch schrecklicher war. Vor seinen Augen begann die Höhle zu verschwinden. Ein milchiger Schleier erhob sich vor Michaels Gesichtsfeld, und einen winzigen Augenblick lang war er beinahe blind.

Als er wieder sehen konnte, war die unterirdische Höhle verschwunden, und kaum einen halben Meter unter ihm lag wieder die reglos glitzernde Wasserfläche des Sammelbekkens, unberührt und unversehrt wie eh und je. Ansons Männer und die darunterliegende Höhle waren verschwunden wie ein Spuk.

»Aber das ist doch . . . das ist doch nicht möglich«, murmelte Michael. »Was ist . . . was ist passiert?«

Hilflos sah er Wolf an, aber auch der Schriftsteller zuckte nur mit den Schultern. »Ich weiß es nicht«, sagte er. »Das mußt du mir glauben. Ich habe es einfach getan, ohne zu wissen, warum.«

»Dann war das alles nur ein Traum?« fragte Michael. »Es war alles nicht wahr?«

Wolf schwieg einen Moment. »Vielleicht«, sagte er dann. »Aber vielleicht ist es auch so, daß es nicht nur eine Wirklichkeit gibt.«

»Nicht nur *eine* Wirklichkeit? Was soll das heißen?«

»Wenn ich das wüßte, wäre ich wahrscheinlich der weiseste Mensch auf dieser Welt«, erwiderte Wolf. »Vielleicht gibt es verschiedene Realitäten, weißt du?« Er schwieg einen Moment, dann ließ er sich mit untergeschlagenen Beinen neben Michael am Ufer des Wasserbeckens nieder und blickte auf die schwarz spiegelnde Fläche vor ihnen hinab. »Ich habe lange darüber nachgedacht, als wir dort unten waren«, sagte er. »Weißt du, ich bin mittlerweile fast sicher, daß es so ist. Die Himmelstreppe hat mich darauf gebracht, und was gerade passiert ist, bestärkt mich noch in dieser Vermutung. Ja, ich glaube, es gibt verschiedene Wirklichkeiten, die gleichzeitig und nebeneinander existieren, ohne daß die eine etwas von der anderen weiß.« Er lachte. Der Laut hallte vielfach gebrochen von der hohen Decke des Wasserreservoires zurück und klang plötzlich wie ein böses, diabolisches Mekkern. »Das Unterland liegt nicht so einfach *unter* uns«, fuhr er fort. »Ich bin sogar sicher, daß man ein tiefes Loch bohren und es genau durch Marliks Zauberkammer treiben könnte, ohne auf mehr als massiven Fels zu stoßen. Und trotzdem, es

ist da. Es sind verschiedene Wirklichkeiten, die sich nur manchmal berühren.« Er sah Michael nachdenklich an, und für einen ganz kurzen Moment erblickte Michael auf seinem Gesicht ein Lächeln, das wirklich echt und überzeugend war, und für die gleiche kurze Zeitspanne empfand er fast so etwas wie wirkliche Sympathie für den Mann.
»Aber nun komm«, sagte Wolf. »Wir haben später noch viel, viel Zeit, um uns darüber zu unterhalten und nachzudenken. Jetzt müssen wir erst einmal hier hinaus.«
Er half Michael aufzustehen und stützte ihn wie ein Vater seinen verletzten Sohn, als sie sich auf die Treppe am Ende des Betonrohres zubewegten. Die Tür, zu der sie hinaufführte, war nicht verschlossen, und als Wolf sie öffnete, da hörte Michael einen Laut, wie er ihn niemals zuvor im Leben süßer empfunden hatte: das Quietschen großer eiserner Räder auf Schienen, danach ganz leise, aber doch zu vernehmen, ein dunkles Murren und Summen, wie das Geräusch eines Bienenschwarmes. Mildes weißes Licht schlug ihnen entgegen, und Michael hob automatisch die Hand vor die Augen.
»Die U-Bahn!« sagte Wolf. »Wir haben es geschafft, Junge! Halte durch! Noch ein paar Minuten, und wir sind draußen.«
Michael war zu schwach, um zu antworten. Ohne Wolfs Hilfe wäre er gestürzt, und trotzdem überzog ein glückliches, unendlich befreites Lächeln sein Gesicht, während sie sich Schritt für Schritt, der eine sich auf den anderen stützend, auf das Ende des Tunnels zubewegten. Es war der U-Bahnhof, den sie schon einmal fast erreicht hatten.
Sie hatten es geschafft! Diesmal hatten sie es wirklich geschafft, und nichts und niemand würde sie jetzt noch aufhalten –
Inmitten des Lichtes erschien eine Gestalt. Sie stand einfach da, tatsächlich wie aus dem Nichts, ein alter, grauhaariger, gebeugter Mann in einem bodenlangen Mantel, dessen dunkle Augen sie voll Schmerz und Trauer musterten.

»Marlik!« flüsterte Michael entsetzt.
Der alte Magier sah ihn einen Moment lang traurig an, dann machte er einen Schritt auf Wolf und ihn zu und blieb wieder stehen. Seine Gestalt war körperlos, das sah Michael jetzt. Er war nur so etwas wie ein Schatten, eine Vision, die zwischen ihnen und dem Bild am Ende des Tunnels erschienen war.
»Was willst du?« fragte Wolf. »Geh aus dem Weg! Du kannst uns nicht mehr aufhalten!«
Marlik sah auch Wolf auf diese sonderbar traurige und kein bißchen zornige Weise an, dann lächelte er bitter und machte eine nicht zu deutende Geste mit beiden Händen. »Das habe ich nicht vor«, sagte er. »Also habt ihr es am Ende doch geschafft, mich zu überlisten. Ich gebe zu, daß ich es nicht für möglich gehalten habe, aber euer Zauber war dem meinen überlegen. Niemals zuvor ist es einem Menschen gelungen, aus dem Unterland zu entkommen.«
»Irgendwann ist immer das erste Mal«, sagte Wolf kalt. »Gib den Weg frei!«
Marlik rührte sich nicht. Sein Blick war fest auf Wolfs Gesicht gerichtet, aber Wolf hielt den grauen Augen des alten Mannes stand.
»Was willst du?« fragte Wolf. »Versuche nicht, uns aufzuhalten. Wenn du es versuchst, vernichte ich dich.«
»Und vielleicht könntest du es sogar«, sagte Marlik. »Ich bin alt. Mein Zauber verliert seine Kraft, ganz wie Anson es gesagt hat. Ich wollte es nicht eingestehen, aber er hatte recht. Ich fürchte sogar, er hat mit allem recht, was er über euch gesagt hat. Er hat mir prophezeit, daß ihr fliehen werdet, und ihr seid geflohen. Und er hat mir prophezeit, daß ihr unserer Welt den Untergang bringen werdet.«
»Das werden wir nicht«, sagte Michael. »Bitte, Marlik! Wir wollen nur nach Hause, sonst nichts.«
Das Gesicht des alten Magiers wandte sich Michael zu, und ein gütiges Lächeln erschien auf den faltigen Zügen. »Was dich angeht, so glaube ich, daß du die Wahrheit sagst«, sagte

er. »Aber deinem Freund ist nicht zu trauen. Er würde sich nie mit dem zufriedengeben, was er erreicht hat. Ich kann euch nicht gehen lassen.«
»Dann versuch uns aufzuhalten, und du stirbst genau so wie Anson und der Rest der Bande!« sagte Wolf zornig.
»Auch das liegt nicht mehr in meiner Macht«, sagte Marlik. »Aber es gibt noch etwas, was ich tun kann. Es ist der letzte Zauber, mein mächtigster Fluch und auf seine Art schlimmer als der Tod. Aber ich muß es tun, um das Weiterleben unserer Welt zu sichern. Also werde ich euch mit dem Zauber des Vergessens belegen.«
Wolf lachte, ließ Michael los und machte einen blitzschnellen Schritt auf die schattenhafte Gestalt zu. Seine Hand schoß, zur Faust geballt, vor und traf Marliks Gesicht. Sie bewegte sich einfach hindurch, als hätte er tatsächlich nur nach einem Schatten geschlagen, und Wolf stolperte mit einem überraschten Ausruf zurück und blickte verdattert zuerst seine Hand, dann die Gestalt des alten Magiers an.
»Ihr werdet vergessen, was ihr erlebt habt«, sagte Marlik. »Ihr werdet vergessen, daß wir uns je getroffen haben. Ihr werdet vergessen, daß es uns gibt und je gegeben hat, und ihr werdet alles vergessen, was irgendwie mit uns in Zusammenhang steht. Dies ist der Fluch, den ich, Marlik, der zweite Zauberer des Unterlandes, über euch verhänge.«
Damit verschwand er. Seine Gestalt zerfloß so rasch und lautlos zu nichts, wie sie erschienen war, und Michael und Wolf waren wieder allein.
Wolf lachte unsicher. »Was für ein Humbug«, sagte er. »Mach dir bloß keine Sorgen. Dieser alte Esel macht sich nur wichtig. Wahrscheinlich hat er das ganze Theater nur inszeniert, um sich vor seinem Bruder und den anderen zu rechtfertigen. Wir sind hier nicht mehr in seinem Gebiet, sein Zauber hat hier keine Macht über uns.«
Michael wollte ihm nur zu gerne glauben. Tatsächlich spürte er nichts. Er erinnerte sich noch immer an jeden Moment,

den sie in der Welt tief unter der Erde zugebracht hatten, an jedes Gespräch mit Lisa und ihrem Bruder – war sein Name Henry gewesen? Oder Harry? Das hatte er vergessen, aber es spielte nun wahrlich keine Rolle – an jede Stunde in der Stadt tief unter der Erde, die . . . er hatte ihren Namen vergessen. Nein, das stimmte nicht. Sie hatte keinen Namen. Aber viel schlimmer, er hatte vergessen, wie sie aussah. Was für eine Stadt überhaupt? Was waren das für Erinnerungen? Hatte er einen Alptraum gehabt?

Es war, als senke sich in seinem Kopf ein schwerer stählerner Vorhang herab, langsam, aber unerbittlich und unaufhaltsam. Er spürte, wie seine Erinnerungen an die Geschehnisse der letzten Tage Stück für Stück aus seinem Kopf verschwanden und in einen schwarzen, sich immer schneller drehenden Strudel hinabgerissen wurden, er wollte es nicht, er stemmte sich mit verzweifelter Kraft gegen diesen Sog, denn diese Erinnerungen waren unvorstellbar kostbar, ein Teil seines Lebens, der ihm nun genommen wurde. Sein allerletzter Gedanke war, daß er plötzlich wußte, was Marlik gemeint hatte, als er sagte, auf gewisse Weise sei dieser Fluch schlimmer als der Tod, dann hatte er selbst den Namen des Magiers vergessen und einen Augenblick später, daß es jemals einen Magier gegeben hatte.

Wolf griff unter seine Schultern und fing ihn auf, als er vor Schwäche zu wanken begann, und dann waren plötzlich Stimmen da, Schritte, aufgeregte Rufe und erschrockene und besorgte Gesichter, die sich über ihn beugten. Und dann war gar nichts mehr.

Und hier endeten Michaels Erinnerungen an seine Zeit in jener phantastischen, märchenhaften Welt. Der ersten stürmischen Wiedersehensfreude mit seinen Eltern war eine Zeit gefolgt, die ihn zutiefst verwirrt und auch verändert zurückließ. Man hatte Wolf und ihn ins Krankenhaus gebracht und zwei Tage dort behalten, dann aber entlassen, denn mit Ausnahme einer tiefen Erschöpfung und zahlreicher winziger Schrammen und Kratzer war keiner von ihnen ernsthaft verletzt oder krank gewesen. Aber damit waren die Aufregungen natürlich längst nicht vorbei. Ganz im Gegenteil, sie hatten erst begonnen. Michael hatte wochenlang dem Ansturm neugieriger Reporter und Journalisten standhalten müssen, hatte Tausende von Fragen von Hunderten von Männern und Frauen beantwortet. Wie sich herausstellte, hatte man sein und Wolfs Verschwinden tatsächlich erst nach Stunden bemerkt, aber die Suchmannschaften, die danach aufgebrochen waren, hatten keine Spur von ihnen entdeckt. Selbstverständlich waren sie in die Pestgrube hinabgestiegen, hatten aber weder das Loch in ihrem Boden noch die darunterliegende Halle, geschweige denn das Labyrinth gefunden. Michael hatte immer wieder erklären müssen, wie und vor allem warum sie aus den Katakomben unter dem Dom in das Labyrinth der städtischen Kanalisation geraten waren. Eine wirklich *überzeugende* Erklärung dafür hatte er nicht geben können. Er erinnerte sich nur daran, daß sie abgestürzt waren, schon nach kurzem Umherirren Licht gesehen und menschliche Stimmen gehört und sich auf den Weg in diese Richtung gemacht hatten. Irgendwie mußten sie dann doch in die Irre geraten sein, denn danach folgten nicht der Aufstieg hinauf ins Licht, sondern sieben endlose Tage in der Dunkelheit und Kälte der Kanalisation, in denen sie nach und nach die Hoffnung zu verlieren begannen, jemals den Ausgang aus diesem von Menschenhand geschaffenen Irrgarten zu finden. Im nachhinein kam es ihm erstaunlich vor, daß man Wolf und ihm diese Geschichte auch nur eine Sekunde lang geglaubt hatte. Vielleicht hatte man das auch gar nicht, aber es war die einzige Geschichte, die er erzählen konnte, denn es war das, woran er sich erinnerte oder zu erinnern *glaubte* – denn Marliks Zauber des Vergessens hatte Michaels wirkliche Erinnerungen ausgelöscht und durch die einer wochenlangen Odyssee in der Kanalisation ersetzt. Bei Wolf aber hatte dieser Zauber nicht funktioniert.

»Was hat bei ihm nicht funktioniert?« piepste Dwiezel neben ihm.

Michael fuhr aus seinen Gedanken hoch, drehte den Kopf und blickte in das winzige Gesichtchen des Irrlichtes, das kaum eine Handbreit neben ihm schwebte. Offensichtlich hatte er den letzten Satz – und vielleicht nicht nur diesen – laut ausgesprochen.

»Marliks Zauber«, sagte er. »Er hat uns die Erinnerung an eure Welt genommen, nachdem er uns nicht zurückholen konnte, weißt du?«

»Nee«, sagte Dwiezel kopfschüttelnd. »Woher denn? Du meinst, du hast gar nicht mehr gewußt, daß du bei uns warst?«

»Nicht wirklich«, antwortete Michael. Er sprach sehr langsam. Es fiel ihm schwer, Ordnung in seine Gedanken zu bringen, und er war müde, denn Dwiezel hatte ihn fast den ganzen Tag lang durch endlose Gänge, Stollen und Schächte geführt, ehe er ihm endlich eine kurze Rast gestattete.

»Was also?« fragte Dwiezel. »Nicht oder nicht wirklich?«

Warum muß das Irrlicht eigentlich alles wörtlich nehmen? dachte Michael verärgert. Aber er ließ sich nichts anmerken, sondern versuchte seine Worte zu erklären: »Ich glaube, irgendwie habe ich die ganze Zeit über gespürt, daß da doch noch etwas war. Aber mich zu erinnern begonnen habe ich erst, als ich dich und deine Brüder wiedersah. Offensichtlich wirkte Marliks Zauber nur, so lange ich nicht durch irgend etwas daran erinnert wurde.«

Auch das war nicht die ganze Erklärung. Hätte es nur eines solchen Anstoßes bedurft, dann hätte er sich nach spätestens einem Dreivierteljahr an alles erinnern müssen, denn Wolfs Roman beschrieb ihre Reise ins Unterland und die Abenteuer, die sie dort erlebt hatten, bis ins letzte Detail. Trotzdem waren Michaels Erinnerungen erst zurückgekehrt, als er Hendryk wiedersah, und danach las, was er in seinem Tagebuch notiert hatte.

»Aber jetzt weißt du wieder alles?« vergewisserte sich Dwiezel.

Michael nickte. »Bis auf das, was danach passiert ist«, sagte er. »Ich verstehe das nicht ganz. Wenn Anson unsere Flucht und Wolfs Verrat tatsächlich zum Anlaß genommen hat, die Macht im Unterland an sich zu reißen, wieso hat er dann fast ein Jahr lang damit gewartet?«

»Das weiß ich nicht«, sagte Dwiezel. »Wir kümmern uns wenig um das, was die großen Tölpel miteinander zu schaffen haben.«

»Immerhin bist du hier«, erinnerte Michael.

»Ich habe versprochen, Hendryk zu dir zu bringen, das stimmt«, erwiderte Dwiezel. »Und normalerweise halte ich meine Versprechen. Du nicht?«

»Doch«, antwortete Michael. Mit einem verlegenen Lächeln schränkte er ein: »Jedenfalls meistens.« Er sah auf seine Armbanduhr. Es war nach sieben. Draußen mußte es zu dämmern begonnen haben. »Ich glaube, wir können jetzt weiter«, sagte er. »Bis wir oben sind, ist die Sonne untergegangen.«

Schon bei der Erwähnung des Wortes *Sonne* zog Dwiezel eine Grimasse, aber er widersprach nicht, sondern schwang sich mit einer flatternden Bewegung höher in die Luft hinauf und flog funkensprühend vor Michael her. Er hatte ihm nicht gesagt, *wohin* er ihn bringe, er wäre wohl nicht in der

Lage gewesen, einen bestimmten Punkt der Stadt zu beschreiben, aber er hatte versprochen, ihn dorthin zu bringen, wo *die großen Tölpel Hendryk gefangenhielten,* wie er es ausdrückte. Einen Anhaltspunkt hatte Michael: Er war mindestens acht oder neun Stunden in scharfem Tempo gelaufen, und sie mußten sich daher am anderen Ende der Stadt befinden.

Michael schickte ein Stoßgebet zum Himmel, daß das Irrlicht sich nicht täuschen möge. Dwiezel hatte zwar behauptet, Hendryk ebenso sicher auffinden zu können, wie er auch schon ihn zweimal aufgespürt hatte, und Michael glaubte ihm das, aber er wußte auch, daß sie nur noch diese eine Chance hatten. Er mußte mit Hendryk reden, wenn er erfahren wollte, was im Unterland geschehen war. Es mußte etwas Furchtbares sein. Sein Gefühl sagte ihm, daß es längst nicht nur um Anson ging, der vielleicht die Macht an sich gerissen hatte.

»Dort vorne.« Dwiezel deutete auf eine Biegung, die fünf oder sechs Schritte entfernt war. An der Wand dahinter konnte Michael rostige Trittstufen erkennen, die in die Höhe führten. Er ging ein wenig schneller, blieb vor der Leiter stehen und legte den Kopf in den Nacken. Vier oder fünf Meter über ihm durchbrach ein Kreis aus winzigen runden Löchern das gleichförmige Grau der Decke: ein Kanaldeckel, der ins Freie führte. Das Licht, das durch die Löcher drang, war blaß und grau. Die Sonne mußte bereits untergegangen sein, aber es war noch nicht völlig dunkel. Michael fieberte innerlich danach, nach oben zu steigen und mit seiner Suche nach Hendryk zu beginnen, aber er zwang sich zur Geduld. Er konnte nicht riskieren, daß Dwiezel irgend etwas zustieß. Ohne das Irrlicht war er hilflos, würde Hendryk nicht finden, geschweige denn eine Gelegenheit haben, mit ihm zu reden. Eine ganz klare Vorstellung davon, wie er es mit Dwiezels Hilfe schaffen wollte, hatte er auch in diesem Moment noch nicht.

Ungeduldig wartete er also, bis das Licht über dem Kanaldeckel blasser wurde und es schließlich ganz finster war. Es dauerte wahrscheinlich nur zehn Minuten, aber für Michael verging eine Ewigkeit, ehe er es endlich wagte, die eiserne Leiter hinaufzusteigen. Dicht unter dem Kanaldeckel hielt er an und lauschte. Seine Phantasie quälte ihn mit der Vorstellung eines Lastwagens – oder besser gleich eines fünfzig Tonnen schweren Sattelschleppers –, der genau in dem Augenblick die Straße herbeigefahren kommen werde, da er den Kanaldeckel hochstemmte, aber er hörte nichts. Trotzdem ließ er noch einmal Sekunden verstreichen, ehe er sich endlich überwand, mit Nacken und Schultern den schweren Deckel hochstemmte und ihn ächzend ganz zur Seite hob.
Gottlob blieb die Wirklichkeit diesmal hinter seiner Phantasie zurück. Die Straße, auf der er sich wiederfand, war dunkel und menschenleer. Es gab keine Straßenlaternen, nicht einmal Häuser. Nur zur Linken, ein ganzes Stück entfernt und abgeschirmt von einer dichten Wand aus Buschwerk und Bäumen, schimmerte ein blasses gelbes Licht.
Michael schloß den Kanaldeckel wieder, trat rasch von der Fahrbahn herunter und sah Dwiezel fragend an. »Und jetzt?«
Dwiezel deutete dorthin, wo das Licht über den Baumwipfeln zu sehen war. »Dort. Er ist dort hinten, das spüre ich genau.«
Als sie weitergingen, sah Michael, daß von der nicht sehr breiten Straße ein schmaler Weg abzweigte, der sich zwanzig oder dreißig Meter weiter im Unterholz verlor. Er war asphaltiert, verdiente aber nicht die Bezeichnung Straße. Die ganze Sache gefiel Michael mit jeder Sekunde weniger. Offensichtlich waren sie nicht in die Richtung gegangen, die er vermutet hatte, sondern genau entgegengesetzt. Sie befanden sich nicht mehr in der Stadt, sondern kilometerweit außerhalb. Wohin Michael auch blickte, sah er nichts als Dunkelheit und Bäume. Warum sollte man Hendryk in ein einsames Haus auf dem Land gebracht haben?
Sie erreichten die Stelle, wo der asphaltierte Weg im Unter-

holz verschwand, und Dwiezel wollte ohne anzuhalten weiterfliegen. Michael rief ihn zurück, bedeutete ihm mit einer Geste, still zu sein und sein Licht so weit wie möglich zu dämpfen, und suchte sich den Weg direkt durch das Gestrüpp zwei oder drei Meter neben dem Weg. In der fast völligen Dunkelheit war es beinahe unmöglich, auch nur einen Schritt zu tun, ohne irgendwo hängenzubleiben oder sich an einer Wurzel zu verfangen. Trotzdem widerstand er der Versuchung, auf dem Weg zu gehen. Es war besser, er nahm ein paar Kratzer in Kauf, als sich plötzlich einem Empfangskomitee gegenüberzusehen.

Der Gedanke brachte Michael abermals zu Bewußtsein, wie verzweifelt seine Lage war. Es waren mittlerweile nicht nur Ansons schwarze Krieger, vor denen er floh, sondern er mußte sich plötzlich vor Menschen verstecken, die eigentlich seine Freunde sein sollten. Und das Schlimmste war, daß er immer noch nicht verstand, warum.

Nach wenigen Minuten erreichten sie das andere Ende des Waldes, und Michael sah, daß das Haus auf dem Land gar kein Haus auf dem Land war, sondern ein sehr großer, aus fünf oder sechs mehrstöckigen weißen Gebäuden bestehender Gutshof. Bei Tageslicht bot er wahrscheinlich einen prachtvollen Anblick, und selbst jetzt sah er beeindruckend aus. Das Gut war angelegt wie eine Festung, zumindest von seiner Konstruktion her war es das wohl auch, wie es viele große Güter im Mittelalter gewesen waren. Aber der romantische Anblick wurde von zwei Dingen gründlich gestört: das eine war ein drei Meter hohes, von gefährlichen Spitzen gekröntes Gitter, das das gesamte Gut umgab, das andere war eine Anzahl großer, auf metallenen Masten errichteter Flutlichtscheinwerfer, die jeden Quadratzentimeter zwischen dem Waldrand und dem Hof in fast taghelles Licht tauchten. Vielleicht war es gar keine Festung, dachte er. Je länger er hinsah, desto mehr erinnerte ihn der Anblick eigentlich an ein Gefängnis.

Er wich wieder in den Wald zurück. Wo es so viel Licht gab, da lag die Vermutung nahe, daß es auch Augen gab, die in diesem Licht etwas sehen wollten.

»Gibt es keinen anderen Weg?« wandte er sich an Dwiezel.

»Was gefällt dir an diesem nicht?« wollte das Irrlicht wissen.

»Das Licht«, sagte Michael.

Dwiezel machte eine wegwerfende Geste. »Mich stört es nicht. Wenn du Angst um mich hast, dann ist das unnötig. *Diese* Art von Helligkeit macht mir nichts aus.«

»Aber mir«, sagte Michael. »Sie müssen doch einen Kanal haben oder wenigstens einen Brunnen.«

»Haben sie«, bestätigte Dwiezel. »Kannst du an einem Seil hochklettern, das fünfzigmal so lang ist wie du?«

Michael verzichtete darauf, sich über dieses Thema zu verbreiten. »Da komme ich niemals durch«, sagte er niedergeschlagen. »Jedenfalls nicht unbemerkt. Die haben bestimmt einen Grund für diese Festbeleuchtung. Wahrscheinlich gibt es irgendwo einen Nachtwächter, der seine Runden dreht, oder sie haben sogar Videokameras.«

Dwiezel drehte eine funkensprühende Spirale um einen Baum und kam zurück. »Ich weiß zwar nicht genau, wovon du redest«, sagte er, »aber wenn dich nur das Licht stört: das kann ich abschalten.«

Michael dachte einen Moment lang angestrengt über die Worte des Irrlichts nach. Er zweifelte nicht daran, daß Dwiezel das Licht irgendwie würde löschen können, aber das würde Aufsehen erregen. Wie es aussah, konnte er seinen ursprünglichen Plan, sich in aller Heimlichkeit zu Hendryk zu schleichen, sowieso vergessen.

»Also gut«, sagte er schweren Herzens. »Aber mach es unauffällig, bitte.«

Dwiezel flog ohne ein weiteres Wort davon, und Michael ließ sich im Schutz eines blühenden Busches auf die Knie nieder und spähte angestrengt zum Hof hinüber.

Er überlegte, worum es sich bei dem großen Gebäude wohl

handeln mochte. Wäre der drei Meter hohe Gitterzaun nicht gewesen, hätte er tatsächlich auf einen großen Gutshof oder ein luxuriöses Ferienhotel getippt; vielleicht auch auf so etwas wie eine Jugendherberge oder eine Mischung von alledem. Aber die Gitter und die Scheinwerfer, die einen gut fünf Meter breiten Streifen rings um das gesamte Gebäude bis auf den letzten Fußbreit ausleuchteten, waren eindeutig. Für ein Gefängnis allerdings schien ihm der Bau entschieden zu prachtvoll. Was also war es? Wohin hatte man Hendryk gebracht, und warum?

Er dachte eine ganze Weile über diese und andere Fragen nach, ohne den Antworten näher zu kommen, als daß er ein paar abenteuerliche Vermutungen anstellte, die wahrscheinlich kilometerweit an der Wirklichkeit vorbeigingen. Allmählich begann er nun doch ungeduldig zu werden. Dwiezel war nun schon fünf Minuten lang fort, aber die Lichter brannten unverändert weiter. Auch ansonsten tat sich dort drüben rein gar nichts – aber dann gewahrte er doch eine Bewegung. Sie war so schnell und kurz, daß er im ersten Moment nicht einmal ganz sicher war. Behutsam richtete er sich ein wenig hinter seiner Deckung auf und spähte aus zusammengekniffenen Augen dorthin, wo er die Bewegung wahrzunehmen geglaubt hatte. Dann sah er es wieder. An einem der Masten, an denen die großen Flutlichtscheinwerfer befestigt waren, hing ein zweiter, viel kleinerer Kasten, der sich sacht hin und her bewegte. Michael spürte einen sanften Schrecken, gleichzeitig beglückwünschte er sich selbst in Gedanken dafür, so vorsichtig gewesen zu sein und Dwiezel vorausgeschickt zu haben. Bei dem kleinen Kästchen konnte es sich um nichts anderes handeln als eine Videokamera, von denen es vermutlich eine ganze Reihe gab.

Er zog sich ein Stück tiefer in das Gebüsch zurück, sah sich sichernd nach rechts und links um – und erstarrte vor Schrecken.

Er war nicht mehr allein. Keine fünf Meter neben ihm stand

eine große Gestalt, nur als flacher Schatten vor dem Nachthimmel zu erkennen, aber trotzdem eindeutig zu identifizieren. Die Schultern schienen ein wenig zu breit, die Umrisse irgendwie struppig. Es mußte einer von Ansons Kriegern sein, und er hatte ihn nicht einmal kommen gehört.
Behutsam, mit angehaltenem Atem und beinahe Millimeter für Millimeter ließ sich Michael auf Hände und Knie nieder und kroch tiefer in den Schutz des Unterholzes. Er verursachte dabei so gut wie kein Geräusch, und trotzdem hatte er das Gefühl, einen Heidenlärm zu machen. Der Mann dort drüben mußte ihn einfach hören, wenn er nicht taub war, und er brauchte nur den Kopf zu drehen und mußte ihn sehen, wenn er nicht blind war.
Aber er wurde nicht entdeckt. Bald befand er sich im sicheren Schutz eines verfilzten Dornenbusches, und die Gestalt stand noch immer reglos und völlig starr da und blickte zum Hof hinüber. Wenn er bisher noch Zweifel daran gehabt hatte, ob Hendryk sich wirklich in dem Gebäude hinter dem Gitterzaun befand, dann war er jetzt sicher. Er war nur nicht mehr sicher, ob sie noch rechtzeitig gekommen waren. Offensichtlich war Dwiezel nicht der einzige, der seine eigenen Mittel und Wege hatte, den Aufenthaltsort Hendryks herauszufinden. Wolfs Schergen waren ihm dicht auf den Fersen.
Michaels Gedanken rasten. Er mußte irgend etwas tun, den Mann dort irgendwie ablenken, wollte er aus seinem Versteck heraus. Einfach aufzuspringen und davonzulaufen, was sein allererster Gedanke gewesen war, kam nicht in Frage. Der Krieger war zehnmal so stark wie er und wahrscheinlich sogar schneller, denn vermutlich war er nicht den ganzen Tag durch die Kanalisation gelaufen und hundemüde und zum Umfallen erschöpft wie Michael.
Als hätte er seine Gedanken gelesen, drehte der Schatten in diesem Moment den Kopf und begann mit langsamen, unsicheren Schritten auf ihn zuzugehen.
Michael erschrak bis ins Mark. Er konnte ihn doch nicht ge-

sehen haben! Und er war sicher, nicht das mindeste Geräusch verursacht zu haben. Trotzdem bewegte sich der Mann weiter auf ihn zu, nicht in direkter Linie, sondern manchmal stehenbleibend, manchmal ein Stück nach rechts ausweichend, dann wieder nach links – aber sein Zickzackkurs führte ihn doch direkt auf Michaels Versteck zu. Michael konnte hören, wie er schnüffelnd die Luft einsog wie ein Hund, der Witterung aufgenommen hatte.
In diesem Augenblick ging das Licht aus. Die großen Scheinwerfer erloschen alle zugleich, und die plötzliche, unerwartete Dunkelheit war wie ein Schock. Der Krieger fuhr erschrocken zusammen und wirbelte herum, und Michael reagierte blitzschnell und beinahe ohne zu denken oder im ersten Moment selbst zu wissen, was er da tat. Mit einer einzigen federnden Bewegung war er auf den Füßen und aus seinem Versteck heraus, und ehe der Mann, der jetzt höchstens noch drei Meter von ihm entfernt war, richtig begriff, was geschah, war er auch schon aus dem Wald heraus und hetzte mit riesigen Sprüngen auf den Gitterzaun zu. Hinter ihm erscholl ein Keuchen und dann ein überraschter Schrei, aber Michael achtete nicht darauf. Er verschwendete nicht einmal Zeit, einen Blick über die Schulter zurückzuwerfen, sondern rannte geduckt auf das Gitter los, beschleunigte seine Schritte auf den letzten zwei Metern sogar noch einmal und sprang mit weit vorgestreckten Armen in die Höhe. Der Aufprall war hart und tat weh, aber Michael klammerte sich instinktiv an die Eisenstäbe, biß die Zähne zusammen und kletterte rasch in die Höhe. Mit einer Geschicklichkeit, die er sich selbst kaum zugetraut hätte, schwang er sich über den Zaun und sprang auf der anderen Seite in die Tiefe.
Er kam nicht sehr gut auf. Er strauchelte, stürzte nach vorne und schlug einen Purzelbaum, der seinem Sturz trotzdem die Wucht nahm. Sofort war er wieder auf den Füßen und rannte auf den großen Torbogen zu, der auf den Innenhof des Gutes führte. Erst als er ihn erreicht hatte und sicher in seinem

Schlagschatten stand, wagte er es, stehenzubleiben und zurückzublicken.
Sein Verfolger hatte das Gitter mittlerweile erreicht und kletterte, ohne zu zögern, daran in die Höhe, genau so geschickt und wesentlich schneller, als Michael es getan hatte. Trotzdem erreichte er den oberen Rand des Gitterzaunes nicht.
Michael fiel erst jetzt auf, daß nicht nur die Flutlichtscheinwerfer, sondern alle Lichter auf dem Hof erloschen waren. Dwiezel mußte die gesamte Stromversorgung des Gebäudes lahmgelegt haben. Aber wie es bei Gebäuden dieser Größe vielleicht nicht einmal ganz unüblich war, gab es wohl so etwas wie einen Notstromgenerator, der sich nach ein paar Sekunden automatisch einschaltete. Zwar flammten die Scheinwerfer nicht wieder auf, aber die restliche Beleuchtung des Hofes erwachte nach Sekunden flackernd wieder zum Leben – und im gleichen Moment stieß der Mann am Zaun einen halb überraschten, halb schmerzerfüllten Schrei aus und stürzte rücklings in die Tiefe.
Michael traute seinen Augen nicht. Der Mann war zwar auf den Rücken gefallen, hatte sich aber beinahe sofort wieder aufgerichtet. Trotzdem wirkte er irgendwie benommen, wie er dasaß und abwechselnd seine Hände, die er mit gespreizten Fingern vor das Gesicht hielt, und den Zaun anstarrte. Und dann begriff Michael. Das Gitter mußte elektrisch geladen sein. Was zum Teufel war das hier? Ein ausbruchsicheres Gefängnis der Luxusklasse?
Hinter ihm erklang ein leises Summen, und als er sich umdrehte, sah er Dwiezel, der sein Licht zwar zu einem matten blauen Glühen gedämpft hatte, in der völligen Dunkelheit des Torbogens jedoch trotzdem deutlich sichtbar war.
»Worauf wartest du?« fragte das Irrlicht.
Michael antwortete nicht laut, sondern machte eine entsprechende Geste hinter sich, und Dwiezel vollführte einen kleinen erschrockenen Hüpfer in der Luft, als er die Gestalt des schwarzen Kriegers auf der anderen Seite des Zauns ge-

wahrte. »Ups!« sagte er. »Die sind ja schneller, als ich dachte.«
»Hast du etwa gewußt, daß sie hier sind?«
»Wenn ich Hendryk finden kann, dann kann es dein Freund auch«, erwiderte Dwiezel in abfälligem Ton. »Was hast du erwartet?«
»Wolf ist nicht mein Freund«, sagte Michael automatisch, aber das nahm Dwiezel schon gar nicht mehr zur Kenntnis. »Was ist jetzt?« fragte er. »Willst du hier warten, bis er über den Zaun geklettert ist oder noch mehr von ihnen kommen, oder wollen wir Hendryk suchen?«
Ohne noch länger zu zögern, löste sich Michael von seinem Platz und folgte dem Irrlicht. Sie traten in den Hof, der noch größer war, als es von außen den Anschein gehabt hatte. Zwar konnte Michael nur wenig sehen, denn obwohl hinter zahlreichen Fenstern Licht brannte, war der Hof sehr dunkel, aber er erkannte zumindest, daß das Gebäude einen sehr gepflegten und tatsächlich fast luxuriösen Eindruck machte. Allerdings fielen ihm auch hier die Gitter an den Fenstern auf und außerdem, daß sämtliche Türen einen äußerst massiven Eindruck machten. Sonderbar. Und mehr als beunruhigend.
Zugleich hatte er ein Gefühl, das er sich nun schon gar nicht erklären konnte, nämlich, diesen Ort zu *kennen.* Aber das war völlig unmöglich. Er war sicher, noch nie in seinem Leben hiergewesen zu sein. Einen Ort wie diesen vergaß man nicht, wenn man ihn einmal gesehen hatte.
»Wo ist Hendryk?« flüsterte er.
Dwiezel gestikulierte in die Dunkelheit hinein. »Irgendwo dort. Genau weiß ich es auch nicht. Aber wir werden ihn schon finden, keine Angst.«
Angst, daß sie Hendryk nicht finden würden, hatte Michael auch nicht. Aber es war ihm nun klar, daß ihnen viel weniger Zeit blieb, als er bisher angenommen hatte. Der elektrisch geladene Zaun dort draußen würde Ansons Männer mit Si-

cherheit nicht lange aufhalten, zumal die Spannung – wie Michael ja selbst gesehen hatte – nicht allzu hoch war. Sie galt wohl nur der Abschreckung, denn natürlich durfte niemand einfach eine Todesfalle errichten und darauf warten, daß jemand hineinlief.

Dwiezel stieß plötzlich einen leisen Pfiff aus und verschwand funkensprühend in der Dunkelheit, und eine Sekunde später duckte sich auch Michael hastig in einen Schatten, denn auf der anderen Seite des Hofes war eine Tür aufgegangen, zwei, drei Männer traten ins Freie.

Michael wartete mit klopfendem Herzen in der Dunkelheit, bis sie an ihm vorübergegangen waren. Er konnte die Männer nur als Schatten erkennen, aber er hörte ihre leisen Stimmen und sah, daß einer von ihnen so etwas wie einen Werkzeugkasten mit sich schleppte. Vermutlich wollten sie draußen bei den Scheinwerfern nach dem Rechten sehen.

Aber so gefährlich der Moment war, er erleichterte ihr Vorhaben, denn die Männer hatten die Tür nicht geschlossen, durch die sie ins Freie getreten waren. Michael wartete, bis sie außer Sicht waren, dann richtete er sich auf und lief geduckt und sehr schnell auf die Tür zu. Mit angehaltenem Atem preßte er sich neben der Tür gegen die Wand und lauschte ein paar Sekunden. Nichts. Aus dem Haus drangen leise, unidentifizierbare Laute, aber keine Stimmen oder Schritte, jedenfalls nicht aus unmittelbarer Nähe. Vorsichtig warf er einen Blick durch den Türspalt und sah in einen schmalen, von weißem Neonlicht erhellten Korridor, der nach einem knappen Dutzend Schritte vor einer Treppe endete und von dem zahlreiche Türen abgingen. Er konnte ihn zwar nicht zur Gänze überblicken, aber wenn er kein Risiko einging, würde er vermutlich auch morgen früh noch hier stehen. Michael nahm all seinen Mut zusammen, schob die Tür mit spitzen Fingern ein wenig weiter auf und schlüpfte hindurch. Dwiezel folgte ihm.

Der Flur war tatsächlich leer. Hinter einer der Türen erklangen Musik und die gedämpften Stimmen aus einem Radio oder Fernseher, aber zu sehen war niemand.

Fragend sah er Dwiezel an. Das Irrlicht schaute sich einen Moment unschlüssig um und wies dann mit beiden Armen zugleich auf die Treppe, die nach oben führte. Sie gingen hinauf.

Ein langer, sehr sauberer, aber auch sehr kahler Flur empfing sie. Die Türen, von denen es eine große Anzahl gab, hatten kleine Oberlichter, hinter denen es jedoch ausnahmslos dunkel war. Trotzdem rechnete Michael jeden Moment damit, daß eine davon aufging und er sich plötzlich jemandem gegenübersah, der sofort Zeter und Mordio schreien würde. Doch zumindest vorläufig blieb ihm das Glück hold. Von Dwiezel geleitet, durchquerte er den Flur bis zu einer weiteren Treppe, die in die zweite Etage hinaufführte. Ab da wurde es entschieden komplizierter.

Auch dieser Flur war lang, hell beleuchtet und hatte zahlreiche Türen, aber eine davon stand offen, und hinter ihr herrschte keine Dunkelheit. Ganz im Gegenteil, Michael konnte Stimmen hören und leise Musik.

Unschlüssig sah er sich um und begann auf seiner Unterlippe herumzukauen. Dwiezel war wieder ein kleines Stück vorausgeflogen, machte dann aber kehrt und kam mit fragendem Gesichtsausdruck wieder zurück. Michael deutete ihm rasch, still zu sein, und zeigte mit der anderen Hand auf die offenstehende Tür. Offensichtlich verstand Dwiezel sofort, was er meinte. Er nickte, machte ein nachdenkliches Gesicht und verschwand dann lautlos und einen Schweif winziger blauer Funken hinter sich herziehend nach oben. Michael entdeckte erst nach ein paar Sekunden das kleine Gitter, das dort die Wand durchbrach. Es war nicht das einzige seiner Art. Offensichtlich verfügte das Gebäude über eine Klimaanlage.

Was hatte Dwiezel vor?

Nun, er würde es nicht herausbekommen, wenn er weiter

hier stand und darauf wartete, daß etwas geschah. Auf Zehenspitzen und alle Sinne zum Zerreißen angespannt, näherte er sich der Tür und spähte vorsichtig in den Raum. Es war ein kleines, nüchtern eingerichtetes Büro, das gerade Platz für einen Aktenschrank und einen metallenen Schreibtisch samt Stuhl bot. Auf dem Schreibtisch standen zwei kleine Monitore und ein tragbarer Fernseher, und auf dem dazugehörigen Stuhl saß ein Mann in weißen Turnschuhen, gleichfarbigem Hemd und Hose, was ihn fast wie einen Bademeister wirken ließ, der offenbar konzentriert das Geschehen auf dem Fernsehschirm verfolgte. Einer der beiden Monitore zeigte den Innenhof des Gutes, auf dem anderen war der Bereich vor dem Tor zu sehen; allerdings nur schattenhaft, denn das Licht brannte immer noch nicht. Immerhin gewahrte Michael Bewegung. Die Männer, die er beobachtet hatte, waren offensichtlich dabei, die Scheinwerfer zu reparieren. Jedenfalls versuchten sie es. Michael hatte keine Ahnung, ob es ihnen gelingen würde, denn er wußte ja immer noch nicht, was Dwiezel überhaupt getan hatte.

Auf dem Fernseher lief ein Zeichentrickfilm, dessen bunte Bilder die Konzentration des Mannes offensichtlich völlig in Anspruch nahmen. Wahrscheinlich war das auch der einzige Grund, warum er unbehelligt bis hierher gekommen war, dacht Michael schaudernd, denn der andere Monitor zeigte den Innenhof so klar, daß sich nicht einmal eine Maus unbemerkt hätte nähern können.

Dann sah er auf dem anderen Monitor noch etwas, das ihm neuerlich eisigen Schrecken einjagte. Hinter den drei Gestalten, die sich an einem der Scheinwerfermasten zu schaffen machten, waren Schatten aufgetaucht. Obwohl sie keine fünf Meter mehr von ihnen entfernt sein konnten, schienen die Männer sie nicht zu bemerken. Vielleicht waren sie zu sehr in ihre Arbeit vertieft. Oder sie kamen erst gar nicht auf die Idee, daß es irgend jemandem gelungen sein könnte, den elektrisch geladenen Zaun zu überwinden. Michael wußte

nur zu gut, was diese Schatten bedeuteten. Ihre Zeit war wirklich knapp. Wo, um alles in der Welt blieb Dwiezel?
Der Mann hinter dem Schreibtisch lachte. Auf dem Bildschirm war eine kleine Elfe zu sehen, die in einem verzauberten Wald mit einem Einhorn spielte, und obwohl es sich eindeutig um einen Kinderfilm handelte, schien er sich köstlich zu amüsieren. Auf dem einen Monitor war etwas zu sehen, was ihn wahrscheinlich weniger amüsiert hätte: Die Schatten hatten seine drei Kollegen vor dem Haus beinahe erreicht, aber er bemerkte es noch immer nicht.
Plötzlich erscholl ein helles Klappern, das Gitter der Klimaanlage löste sich von seinem Platz unter der Decke und stürzte zu Boden. Der Mann zuckte erschrocken zusammen, hob den Kopf – und riß ungläubig Mund und Augen auf.
Keine zwei Meter von ihm entfernt schwebte Dwiezel in der Luft. Das kleine Irrlicht grinste ihn fröhlich an. Der Wächter blinzelte, fuhr sich mit dem Handrücken über die Augen, drehte rasch den Kopf und warf einen Blick auf seinen Bildschirm, auf dem Dwiezels gezeichnetes Ebenbild noch immer seine Kreise zog, und starrte dann wieder das Irrlicht an. Dwiezel grinste noch breiter, drehte ihm eine lange Nase und streckte die Zunge heraus, und der Wächter sprang mit einem keuchenden Schrei so heftig in die Höhe, daß sein Stuhl umfiel.
»Wenn ich du wäre, würde ich jetzt abhauen«, sagte Dwiezel fröhlich.
Michael verdrehte die Augen. War das etwa das, was das Irrlicht unter dem Begriff *unauffällig* verstand?
Der Mann im weißen Anzug war Schritt für Schritt zurückgewichen, bis er mit dem Rücken gegen die Wand gepreßt dastand, und starrte noch immer abwechselnd den Zeichentrickfilm im Fernsehen und das Irrlicht an. In diesem Moment geschah etwas, womit auch Michael nicht gerechnet hatte. Dwiezel flog gemächlich näher, dann folgte sein Blick dem des Wächters, und plötzlich wurden seine Augen groß

und rund vor Staunen. »Heda!« piepste er. »Was machst du denn hier?«
»Nein!« stöhnte Michael. Dann ließ er alle Vorsicht fahren und schrie so laut er konnte: *»Nein! Tu es nicht!«*
Aber es war zu spät.
Dwiezel machte mit einer eleganten Schleife in der Luft kehrt, flog auf den kleinen Fernseher zu – und prallte so heftig gegen den Bildschirm, daß er einen halben Meter zurücktaumelte, ehe er sein Gleichgewicht wiederfand.
Der Wächter starrte ihn noch immer mit schreckensbleichem Gesicht an. Er schien Michaels Schrei nicht einmal gehört zu haben.
Dwiezel schüttelte ein paarmal benommen den Kopf, flog wieder auf den Fernseher zu, diesmal allerdings weitaus langsamer, und betrachtete die gezeichnete Elfe einige Sekunden lang nachdenklich. Dann nickte er, als hätte er ein Problem in Gedanken erwogen und wäre zu einem Ergebnis gekommen, umkreiste den Fernseher und senkte sich auf seine Rückseite nieder. Michael konnte ihn nicht mehr sehen, aber was geschah, war auch so sehr deutlich. Ein häßliches Zischen erklang, Funken stoben auf, und plötzlich roch es im Zimmer durchdringend nach verschmortem Plastik. Eine Sekunde später hatte sich das Irrlicht seinen Weg ins Innere des Gerätes gebrannt, wo es seine vermeintliche Schwester vermutete, und eine weitere Sekunde später tat es einen gewaltigen Knall, und der Fernseher explodierte in einem Blitz und einer Wolke aus fliegendem Glas und Kunststoffsplittern. Rauch quoll auf, und der Wächter duckte erschrocken den Kopf zwischen die Arme. Trotzdem reagierte er erstaunlich schnell. Wenn auch erstaunlich falsch.
Was von seinem Fernseher übriggeblieben war, hatte sich in mehreren großen und etlichen tausend kleinen Trümmerstücken über das gesamte Büro verteilt. Einige davon brannten, und der Mann tat das, was man bei einem Feuer nun einmal tut – er versuchte es zu löschen. Ganz instinktiv griff er

nach der Kaffeetasse, die dort stand, wo er bisher gesessen hatte, und goß ihren Inhalt in die schwelenden Überreste des Fernsehers.

Hätte er Benzin genommen, wäre das Ergebnis kaum schlimmer gewesen. Eine zwei Meter hohe Stichflamme schoß hoch und färbte die Decke schwarz, und ein lichterloh glühender Dwiezel erhob sich schimpfend aus den Flammen und stürzte sich mit wild rudernden Armen auf den unglücklichen Wächter.

Das war endgültig zuviel. Der Mann ließ seinen Kaffeebecher fallen, wirbelte auf der Stelle herum und rannte wie der Blitz aus dem Raum. Michael mußte sich mit einem hastigen Sprung in Sicherheit bringen, und diesmal mußte der Wächter ihn einfach gesehen haben, aber er stürmte trotzdem, immer noch schreiend, weiter und war nach einem Augenblick auf der Treppe verschwunden.

»Bravo«, sagte Michael böse. »Das war wirklich eine Meisterleistung. Herzlichen Glückwunsch und vielen Dank, Dwiezel.«

Sein Ton schien dem Irrlicht gar nicht aufzufallen. »Gern geschehen«, sagte es. »Aber jetzt sollten wir uns ein bißchen beeilen. Folge mir.«

Er schoß aus dem Zimmer und wandte sich nach links, und Michael hatte plötzlich alle Mühe, mit ihm Schritt zu halten, so schnell raste er den Flur hinunter. Vor der letzten Tür auf der linken Seite hielt er an und gestikulierte wild mit beiden Armen. »Er ist hier drinnen.«

Michael drückte die Klinke hinunter und rüttelte ein paar Sekunden lang wild daran, ehe er begriff, daß sie abgeschlossen war. Fluchend nahm er Anlauf und warf sich dann mit aller Gewalt mit der Schulter gegen die Tür.

Eine Sekunde später fand er sich wieder in zwei Meter Entfernung von der Tür auf dem Hinterteil sitzend auf dem Flur wieder, seine Schulter klopfte, als hätte jemand mit einem Vorschlaghammer daraufgeschlagen, und die Tür war völlig

unbeschädigt. »O verdammt«, murmelte er. »Ganz so einfach ist das offensichtlich doch nicht.« Er rappelte sich auf, blickte die Tür eine Sekunde lang feindselig an und wollte dann herumfahren. »Der Schlüssel«, sagte er. »Ich muß den Schlüsselbund finden. Wahrscheinlich ist er im Büro.«
Aber Dwiezel hielt ihn zurück. »Warte«, sagte er. »Ich mache auf.«
»Nein!« rief Michael beinahe verzweifelt. »Tu es –«
Das *nicht* sprach er schon nicht mehr aus, denn es war zu spät. Dwiezel flammte wie ein winziger brennender Meteor auf, stieß in schrägem Winkel auf das Schloß herab und berührte es kurz. Das Metall begann zu glühen und wie weichgewordenes Wachs zu Boden zu tropfen. Michael seufzte lautlos in sich hinein. Er nahm sich vor, bei nächster Gelegenheit einmal ein längeres Gespräch mit Dwiezel über die Worte »unauffällig«, »still« und »leise« zu führen.
Vorsichtig näherte er sich der Tür, streckte die Hand nach dem Griff aus und zog sie wieder zurück. Das Metall war heiß. Aber eigentlich gab es jetzt keinen Grund mehr, auf irgend etwas Rücksicht zu nehmen. Er warf einen hastigen Blick nach links, zum Ende des Flures hin, dann nahm er all seine Kraft zusammen und versetzte der Tür einen wuchtigen Tritt. Diesmal hatte er Erfolg. Die Tür flog auf und prallte drinnen krachend gegen die Wand.
Das Zimmer war dunkel, aber Michael hörte Geräusche. Hastig sprang er durch die Tür, tastete im Dunkeln nach dem Lichtschalter – und hob erschrocken die andere Hand vor die Augen, als die Neonlampe über der Tür aufflammte.
Vor ihm stand Hendryk. Aber er stand nicht einfach nur da, sondern hielt ein abgebrochenes Stuhlbein wie einen Knüppel in der Hand und holte bereits zum Schlag aus.
»Nicht!« schrie Michael. »Ich bin's! Michael!«
Hendryk erstarrte. Ungläubig starrte er Michael an. »Michael?« murmelte er. »Was tust du denn hier? Wie kommst –«

»Nicht jetzt«, sagte Michael. »Wir müssen raus hier! Schnell! Sie sind gleich hier!«
»Wer ist gleich –« begann Hendryk, kam aber wieder nicht dazu, zu Ende zu sprechen, denn Michael packte ihn einfach am Arm und zerrte ihn mit sich aus dem Zimmer. Hendryk trug nur einen gestreiften Schlafanzug und Hausschuhe, aber sie hatten jetzt keine Zeit mehr, seine Sachen zu holen.
Vielleicht war es sowieso schon zu spät. Hinter mehr als einer Tür auf dem Flur war Licht angegangen, und der Raum schwirrte plötzlich von aufgeregten Stimmen und Geräuschen, die aus den Zimmern drangen. Michael war plötzlich sehr froh, daß die Türen allesamt verschlossen zu sein schienen, denn viele Klinken bewegten sich, als sie heruntergedrückt und an ihnen gerüttelt wurde. Er rannte noch schneller, wobei er Hendryk, der immer noch völlig benommen und überrascht zu sein schien, einfach mit sich zerrte, erreichte die Treppe und rannte, immer zwei, manchmal sogar drei Stufen auf einmal nehmend und Hendryk immer noch im Schlepptau, hinunter.
Sie erreichten die erste Etage und durchquerten auch die Hälfte dieses Korridors, dann war seine Glückssträhne endlich und endgültig zu Ende. Hinter ihnen erscholl ein Schrei, und als Michael einen Blick über die Schulter zurück warf, sah er die weißgekleidete Gestalt des Wächters, der vorhin vor Dwiezel geflohen war. Er war nicht allein. In seiner Begleitung befanden sich weitere zwei weißgekleidete und ausnehmend kräftig aussehende junge Männer sowie ein etwas älterer Mann in einem grauen Straßenanzug. »Da sind sie!« schrie der Wächter. »Sehen Sie! Es ist da! Ich habe nicht gelogen!«
Offensichtlich meinte er Dwiezel, der dicht hinter Michael und Hendryk flog.
Die drei anderen mußten das Irrlicht im gleichen Moment entdeckt haben, denn auch auf ihren Gesichtern erschien ein Ausdruck maßloser Verblüffung. Leider war ihre Verblüf-

fung nicht so groß, daß sie stehenblieben. Sie rannten im Gegenteil sogar schneller, und Michael registrierte entsetzt, daß ihr Vorsprung rasch schmolz. Als sie die nach unten führende Treppe erreichten, lagen zwischen ihnen und den Verfolgern allerhöchstens noch zwölf oder fünfzehn Schritte.

Aber offensichtlich war das dem Schicksal noch nicht genug. Michael und Hendryk polterten nebeneinander die Treppe hinab, wobei sie jetzt so schnell liefen, daß es eigentlich nur noch eine Frage der Zeit war, daß sie eine Stufe verfehlten und stürzten, und als sie ungefähr die Hälfte der Treppe zurückgelegt hatten, da erschienen auch vor ihnen drei Gestalten.

Michael blieb entsetzt stehen. Hendryk taumelte noch eine Stufe weiter, klammerte sich dann mit einem erschrockenen Schrei am Treppengeländer fest und hielt ebenfalls an.

Die Männer vor ihnen trugen kein Weiß, sondern schwere zottige Mäntel aus Fell, ihre Gesichter waren grob und bärtig, und in der Hand des einen lag ein fast meterlanges Schwert.

Auch die vier Männer, die sie verfolgten, waren überrascht stehengeblieben. Eine Sekunde lang rührte sich keiner von ihnen, dann trat der Mann im Straßenanzug – vielleicht der Leiter dieser Institution, von der Michael immer noch nicht richtig wußte, was sie nun eigentlich darstellte – mit zornigem Gesicht vor und musterte die drei neuen Eindringlinge scharf. »Wer sind Sie?« fragte er in herrischem, befehlsgewohntem Ton. »Was tun Sie hier, und wie kommen Sie hier herein?«

Die drei würdigten ihn keiner Antwort. Auf einen Wink des Mannes mit dem Schwert bewegten sich die beiden anderen Krieger schnell auf Hendryk und Michael zu. Diese wichen vor ihnen zurück, aber es gab nicht mehr viel Platz, um auszuweichen. Nach ein paar Sekunden schon hatten sie die Männer über sich erreicht und mußten wieder stehenbleiben,

Derjenige, den Dwiezel vorhin fast zu Tode erschreckt hatte, streckte ganz automatisch die Hand aus, um nach Hendryk zu greifen, zog die Finger aber dann hastig wieder zurück, als Dwiezel funkensprühend über Hendryks Kopf erschien und ihn finster anstarrte.

»Ich habe gefragt, wer Sie sind und was Sie hier zu suchen haben!« wiederholte der Mann im grauen Anzug. »Wenn Sie nicht sofort antworten, rufe ich die Polizei.«

Seine Drohung imponierte den dreien nicht im mindesten. Auch der Mann mit dem Schwert setzte sich jetzt in Bewegung, die beiden anderen waren schon fast heran.

»Also gut, dann rufen wir eben die Polizei und regeln die Angelegenheit so«, fuhr der Graugekleidete fort. Gleichzeitig gab er seinen Begleitern einen Wink. Zu Michaels Erleichterung versuchten sie erst gar nicht, die beiden Krieger aufzuhalten, sondern zogen sich im Gegenteil schnell die Treppe hinauf zurück, und Hendryk und auch er folgten ihnen.

Wahrscheinlich war es immer noch besser, sich mit diesen Männern auseinanderzusetzen als mit Ansons Häschern. Nach seiner letzten Begegnung mit Wolf war er gar nicht mehr sicher, daß die Männer den Befehl hatten, ihn lebend zurückzubringen. Sie ereichten den Treppenabsatz. Die beiden Krieger waren jetzt zwei Meter vor ihnen, zögerten aber aus irgendeinem Grund nun doch, Hendryk und ihn einfach zu packen. Vermutlich lasen sie die Entschlossenheit in den Gesichtern der drei jungen Männer, die zwar unbewaffnet waren, aber einen alles andere als schwächlichen Eindruck machten. Dazu kam, daß sich plötzlich auf dem Flur eine weitere Tür öffnete und weitere zwei muskulöse Burschen in weißen Bademeisterkleidern heraustraten. Was sie sahen, mußte sie vollkommen verwirren, aber offensichtlich hatten sie gelernt, auf Situationen wie diese sofort zu reagieren. Wortlos stellten sie sich neben ihre drei Kollegen, so daß Wolfs Krieger sich

plötzlich fünf ernst zu nehmenden Gegnern gegenübersahen.
»Jemand soll die Polizei rufen!« sagte der Graugekleidete laut. »Sofort!«
Es war eine absurde Situation. Die fünf Wächter auf der einen und die drei hochgewachsenen Krieger auf der anderen Seite standen sich schweigend und verbissen gegenüber, und offensichtlich versuchte jede Seite, die Entschlossenheit und Gefährlichkeit der anderen abzuschätzen; und ebenso offensichtlich gefiel keiner das Ergebnis, zu dem sie kam. Trotzdem fürchtete Michael, daß das Personal keine besonders gute Chance hatte, wenn es wirklich zum Kampf kam, denn die Krieger würden rücksichtslos von ihren Waffen Gebrauch machen.
Es war Dwiezel, der die Entscheidung herbeiführte. Mit einem schrillen Pfiff sauste er zwischen Michael und Hendryk funkensprühend auf die drei schwarzgekleideten Krieger zu. Auch die beiden anderen Männern zogen nun erschrocken ihre Waffen unter den Mänteln hervor, aber sie begriffen zu spät, daß es genau das war, worauf Dwiezel gewartet hatte. Er attackierte keineswegs sie. Wie vorhin, als er das Schloß zerstört hatte, glühte sein winziger Körper in einem grellen Licht auf, dann berührte er in einem blitzschnellen, dreifach unterbrochenen Sprung hintereinander die Schwerter der Männer, und auch deren Klingen wurden plötzlich glühendheiß und begannen dunkelrot zu schimmern. Schreiend ließen die Krieger ihre Waffen fallen.
Offensichtlich war das der Moment, auf den der Graue gewartet hatte. »Packt sie!« rief er. »Überwältigt die Burschen. Die Polizei muß gleich hier sein!«
Was genau im einzelnen geschah, vermochte Michael hinterher gar nicht mehr zu sagen. Er spürte sich wo gepackt und aus dem Weg gestoßen, und schon in der nächsten Sekunde war auf dem Korridor die schönste Keilerei im Gange, die er jemals gesehen hatte. Die Wächter stürzten sich mit vereinten

Kräften auf ihre drei Kontrahenten ud versuchten sie zu Boden zu ringen, aber sie hatten es nicht mit gewöhnlichen Einbrechern zu tun, sondern mit Männern, die ihr Leben lang nichts anderes getan hatten, als zu kämpfen. Schon nach einer Sekunde krümmte sich der erste Wächter am Boden und preßte die Hand gegen seine blutende Nase, einen Moment später prallte ein zweiter wie ein lebendes Geschoß gegen den Grauen und riß ihn mit sich zu Boden.
Trotzdem stand der Ausgang des Kampfes noch keineswegs fest, denn die Zahl der Verteidiger wuchs beständig. Von der nach oben führenden Treppe her stürmten weitere zwei, drei, vier Männer herbei, und auch unten im Haus wurde nun Lärm laut. Michael glaubte noch immer, die drei Krieger würden ganz allein mit all diesen Männern fertig werden, aber sie würden Zeit dafür brauchen, und vielleicht verschaffte ihnen das den Vorsprung, den sie brauchten.
»Weg hier!« schrie er. »Schnell!«
Erneut packte er Hendryk am Arm und zog ihn mit sich. Sie rannten zum zweiten Mal die Treppe hinunter. Auf halbem Wege kamen ihnen zwei Männer entgegen, aber Michael gestikulierte nur wild mit der freien Hand, deutete nach oben und schrie: »Dort! Sie schlagen sich! Schnell!«, und die beiden beachteten Hendryk und ihn gar nicht mehr, sondern hetzten die Stufen hinauf, um ihren Kollegen zu Hilfe zu eilen.
Sie erreichten das Erdgeschoß und den Ausgang unbehelligt, während der Lärm des Kampfes über ihnen immer noch weiter und weiter anschwoll.
Hinter beinahe allen Fenstern war mittlerweile Licht angegangen, als sie auf den Hof hinausstürmten. Zu dem wütenden Gebrüll und Gepolter des Kampfes gesellte sich ein immer lauter werdendes Rufen und Schreien und Lärmen, das zu einem wahren Chor anschwoll, während sie den Hof überquerten, und unter der Toreinfahrt kam ihnen ein benommen aussehender Mann mit blutüberströmtem Gesicht

entgegengewankt. Als er Michael und Hendryk sah, blieb er stehen, aber Michaels Trick funktionierte auch diesmal. Er deutete mit einer nur zum geringsten Teil geschauspielerten Angst hinter sich und schrie irgend etwas von Kämpfen und Einbrechern, und der Mann rannte schnell und ohne sie weiter zu beachten an ihnen vorbei.

Aber noch hatten sie es nicht geschafft. Michael mußte feststellen, daß die Scheinwerfer wieder in Betrieb waren, als sie aus dem Tor stürmten. Und vermutlich stand auch das Gitter noch unter Strom.

Er sah jetzt, wie es den drei Kriegern gelungen war, die Barriere zu überwinden. Auf eine höchst simple Weise. Sie hatten einfach draußen im Wald einen kleinen Baum abgehackt und ihn schräg von außen gegen den Gitterzaun gelehnt, so daß sie hinübersteigen konnte, ohne mit dem Metall in Berührung zu kommen. Dummerweise gab es hier drinnen keine Bäume, die sie ausreißen konnten, um auf die gleiche Weise zu entkommen.

Verzweiflung und Zorn machten sich in Michael breit. Waren sie wirklich so weit gekommen, um jetzt von einem lächerlichen Gitter aufgehalten zu werden? Für einen Moment war er fast bereit, einfach darüberzuklettern.

Wieder war es Dwiezel, der ihm die Entscheidung abnahm. Er flog einfach an ihm vorbei, berührte kurz das Tor, und ein gewaltiges blaues elektrisches Knistern und Zischen lief über die Gitterstäbe. In der Luft lag plötzlich ein verbrannter Geruch, und die Scheinwerfer, die gerade erst repariert worden waren, erloschen zum zweiten Mal.

Michael war zwar noch nicht sicher, ob der Strom ganz ausgefallen sei, aber er fand es auf eine höchst simple Methode heraus. Indem er es ausprobierte. Mit zusammengebissenen Zähnen und auf einen schmerzhaften Schlag gefaßt, griff er nach den schmiedeeisernen Stäben, schloß die Augen – und stellte erleichtert fest, daß er nichts anderes fühlte als kaltes Eisen. Rasch kletterte er am Zaun in die Höhe, schwang sich

darüber hinweg und stieg auf der anderen Seite wieder hinunter. Dwiezel paßte bequem zwischen den Gitterstäben hindurch, und auch für Hendryk stellte das Hindernis keine große Schwierigkeit dar.
Die Schwierigkeiten begannen erst, als er neben Michael angekommen war.
Er holte tief Luft, als Michael eine Bewegung am Waldrand wahrnahm. Auch Hendryk hatte es gesehen.
Vor dem Hintergrund des Buschwerks nur als schwarze Schatten zu erkennen, waren weitere drei Männer aus dem Unterholz getreten. Die Umrisse von zweien waren so deutlich zu erkennen, daß Michael sofort wußte, mit wem sie es zu tun hatten. Ansons Krieger. Der dritte war kleiner, schlanker, und als er nach einer Sekunde aus dem Schatten des Waldes heraus ins Mondlicht trat, da fuhr Michael zum zweiten Mal erschrocken zusammen. Es war niemand anderer als Wolf selbst.
Der Schriftsteller musterte Hendryk und ihn abwechselnd und auf eine abschätzige, zugleich jedoch beinahe anerkennende Art, dann breitete sich ein hämisches Lächeln auf seinen Zügen aus. »Donnerwetter!« sagte er. »Ich muß gestehen, du überrascht mich immer wieder, Michael. Ich hätte nicht gedacht, daß ihr es schafft. Warum hast du mir nicht vorher gesagt, was du vorhast? Du hättest uns allen eine Menge Aufregung und den armen Kerlen dort drinnen jede Menge blutige Nasen und ausgeschlagene Zähne erspart.« Er lachte und deutete mit einer Kopfbewegung auf den Hof, von dem noch immer das entfernte Getöse des Kampfes zu hören war. »Ich habe wirklich die richtige Entscheidung getroffen, dich zu meinem Verbündeten zu erwählen.«
»Ich bin nicht Ihr Verbündeter«, sagte Michael.
Wolf machte eine wegwerfende Bewegung. »Das kommt noch«, sagte er. »Keine Sorge. Und auch keine Angst, daß ich dir irgend etwas übelnehme. Aber ich denke, jetzt hast du dir selbst gegenüber wirklich zur Genüge bewiesen, daß du

in der Lage bist, dich zu wehren. Also mach uns allen nicht noch mehr Schwierigkeiten, als du es ohnehin schon getan hast.« Er streckte fordernd die Hand aus. »Ihr kommt mit mir!«

»Niemals!« sagte Michael. »Verschwinden Sie, oder –«

»Oder?« fragte Wolf lauernd, als er nicht weitersprach. Zugleich machte er eine kaum sichtbare Bewegung mit der linken Hand. Die beiden Krieger, die bisher hinter ihm gestanden hatten, traten zu beiden Seiten auseinander und zogen gleichzeitig ihre Waffen.

»Begehe keinen Fehler, Junge«, sagte Wolf ernst. »Ich möchte niemandem weh tun, aber ich habe einfach keine Zeit mehr für Spielereien.«

Die beiden Männer zogen ihre Schwerter, und das Schimmern des Mondlichts auf dem blanken Stahl brachte Michael auf eine Idee.

»Dwiezel!« sagte er. »Jetzt!«

Wolf fuhr erschrocken zusammen, und das Irrlicht stieß wieder seinen schrillen, fast in den Ohren schmerzenden Schrei aus und raste auf den rechten der beiden Krieger zu, wobei es in jeder Sekunde heller und heller glühte.

Es erreichte ihn nicht. Wolf machte eine blitzschnelle Bewegung mit der rechten Hand, eine wedelnde Geste, als suche man ein lästiges Insekt vor dem Gesicht aus der Luft zu fegen, und im gleichen Moment erschien Dwiezel tatsächlich von einer unsichtbaren Faust getroffen und hilflos davongewirbelt zu werden. Kreischend und sich immer wieder in der Luft überschlagend, segelte er an Michael vorbei und prallte hinter ihm gegen einen der Gitterstäbe, um hilflos daran zu Boden zu rutschen.

»Nein!« schrie Michael entsetzt. Mit einem Schrei sank er neben dem Irrlicht auf die Knie und streckte die Hände nach ihm aus. Dwiezel glühte nur noch ganz schwach. Er war noch am Leben, denn er bewegte sich, aber er gab leise, wimmernde Schmerzlaute von sich, und einer seiner Flügel war geknickt und eingerissen. Michael wagte es nicht, ihn zu berühren.

»Allmählich ist meine Geduld erschöpft«, sagte Wolf. »Ihr könnt freiwillig mit uns kommen oder an Händen und Füßen gefesselt wie –«

Er brach ab. In den Lärm, der vom Hof herüberdrang, hatte sich ein anderes Geräusch gemischt, noch sehr weit entfernt und dünn, aber näher kommend: das Heulen einer Sirene. Offensichtlich hatte der Direktor tatsächlich die Polizei rufen lassen, und ausnahmsweise reagierten sie einmal schnell. Offensichtlich schien Wolf zu dem gleichen Schluß gelangt zu sein, denn er versuchte nicht mehr, mit Michael oder Hendryk zu verhandeln, sondern gab den beiden Männern einen Wink. »Packt sie«, sagte er. »Haltet sie fest. Und paßt vor allem auf den Jungen auf. Er ist gefährlich.«

Michael fühlte sich von starken Händen gepackt und grob von Dwiezel weggerissen, und auch Hendryk widerfuhr die gleiche Behandlung. Er wehrte sich zwar verzweifelt, hatte aber gegen die Kräfte des Kriegers keine Chance.

»Nehmen Sie wenigstens Dwiezel mit!« bat Michael verzweifelt. »Sie können ihn nicht einfach hier liegenlassen!«

Wolf machte eine wegwerfende Handbewegung. »Er kann schon ganz gut auf sich selbst aufpassen«, sagte er. »Keine Angst, dem kleinen Mistkäfer passiert nichts.«

In raschem Tempo wurden sie in Richtung Wald gestoßen. Das Heulen der Polizeisirene war bereits nahe, aber Michael glaubte nicht mehr, daß sie rechtzeitig eintreffen würden. Und selbst wenn – was sollten die Polizeibeamten schon gegen Wolfs Zauberkräfte ausrichten? Die Mühelosigkeit, mit der Wolf das Irrlicht zu Boden gefegt hatte, ohne es auch nur zu berühren, hatte Michael zutiefst erschüttert. Was war mit diesem Mann geschehen? Was waren das nur für unglaubliche Kräfte, über die er plötzlich gebot?

Als sie in das Wäldchen kamen, senkte sich die Dunkelheit wie eine Decke über sie. Vielleicht wäre dies die letzte

Chance gewesen, noch einmal einen Fluchtversuch zu unternehmen, aber sein Bewacher mußte seine Gedanken erraten haben, denn sein Griff verstärkte sich. Rasch näherten sie sich dem jenseitigen Ende des schmalen Waldstückes, wo Michael im Dunkeln den Lack eines halb zwischen den Büschen geparkten Wagens schimmern sah.
»Beeilt euch«, sagte Wolf. »Sie müssen gleich hier sein, und ich habe keine Lust, mich auch noch mit der Polizei herumzuschlagen.« Offenbar hatte er nicht vor, auf seine drei anderen Männer zu warten. Wahrscheinlich war es ihm egal, ob sie gefangen oder gar getötet wurden.
Die beiden Krieger stießen Hendryk und Michael vor sich her, während Wolf mit schnellen Schritten vorauseilte und dabei den Wagenschlüssel aus der Tasche zog. Als er neben dem Wagen stehenblieb, um die Tür zu öffnen, löste sich ein Schatten aus dem Dickicht. Michael sah, wie Wolf erschrokken zusammenzuckte und herumfahren wollte, doch er brachte die Bewegung nicht mehr ganz zu Ende. Ein dumpfer Schlag, Wolf taumelte zurück und gegen seinen Wagen, dann sank er kraftlos in die Knie und kippte zur Seite.
Alles ging unglaublich schnell. Die Gestalt, die Wolf angegriffen hatte, wirbelte herum und bewegte sich auf sie zu. Der Krieger, der Michael hielt, versetzte ihm einen Stoß, der ihn haltlos zur Seite und in die Arme des zweiten Mannes stolpern ließ, zerrte sein Schwert unter dem Mantel hervor.
Auch der Angreifer war bewaffnet, allerdings nicht mit einem Schwert. Michael sah etwas Klobiges in seinen Händen, plötzlich ertönte ein Zischen, und eine weiße, brodelnde Wolke hüllte Kopf und Schultern des Kriegers ein. Der Mann ließ mit einem Schrei seine Waffe fallen und stolperte hustend und verzweifelt um Atem würgend zurück, während sich der Angreifer dem dritten Krieger zuwandte.
Dieser zögerte einen winzigen Moment, kam dann zu einem Entschluß und ließ sowohl Michael als auch Hendryk los, um seine Waffe zu ziehen. Die beiden Jungen warfen sich in-

stinktiv zur Seite, der Soldat packte sein Schwert mit beiden Händen und holte zu einem furchtbaren Hieb aus, der dem Angreifer sicher den Kopf von den Schultern getrennt hätte, hätte er getroffen.

Wieder ertönte dieses sonderbare Zischen, und eine Sekunde später hockte auch der zweite Krieger nach Atem ringend auf dem Boden und krümmte sich. Eine schimmernde weiße Wolke umgab ihn, und auch in seinem Haar und im Fell seines Mantels glitzerte es weiß.

Verblüfft richtete sich Michael auf und sah die Gestalt an, die so plötzlich aus dem Wald herausgebrochen war. Erst dann erkannte er das Gesicht.

Er hätte kaum verblüffter sein können, wäre es Marlik selbst gewesen. »Aber wieso . . .« murmelte er fassungslos.

»Jetzt nicht!« schnitt ihm sein Vater erregt das Wort ab. »Komm mit, schnell.« Er drehte sich um, warf den kleinen Feuerlöscher, mit dem er die beiden Männer ausgeschaltet und offensichtlich auch Wolf niedergeschlagen hatte, achtlos zu Boden und gab Michael hastig ein Zeichen, ihm zu folgen.

Michael sprang auf, machte einen Schritt und blieb wieder stehen. Auch Hendryk hatte sich erhoben, rührte sich aber nicht von der Stelle, sondern blickte Michaels Vater verwirrt und mißtrauisch an.

»Du kannst ihm trauen«, sagte Michael hastig. »Wirklich. Schnell, komm mit.«

Seine Worte nahmen Hendryk das Mißtrauen nicht wirklich, das konnte er sehen. Trotzdem zögerte Hendryk jetzt nur noch kurz, dann schloß er sich ihm an. Gemeinsam liefen sie hinter Michaels Vater her, der mit weit ausgreifenden Schritten an Wolfs Wagen vorüberstürmte und plötzlich einen Haken nach rechts schlug. Als Michael und Hendryk ihm folgten, sahen sie den zweiten, nur wenige Meter hinter Wolfs Auto abgestellten Wagen. Sein Vater riß die hintere Tür auf und machte eine ungeduldige Geste, warf sich dann hinter das Steuer und ließ den Motor an, noch bevor Michael und Hendryk zu ihm hineingekletttert waren. Das Heulen der Polizeisirene war jetzt nahe. Vermutlich blieben ihnen nur noch Sekunden.

Trotzdem fuhren sie nicht sofort los, denn als sein Vater den Gang einlegte und Gas geben wollte, erschien ein taumelnder, zu groß geratener Leuchtkäfer vor der Windschutzscheibe und gestikulierte wild mit beiden Armen. »Wartet auf mich!« piepste ein dünnes Stimmchen.

Michaels Vater riß verblüfft die Augen auf, während Michael sich bereits zur Seite beugte und die Tür aufstieß. »Er gehört zu uns«, sagte er. »Keine Angst.«

Dwiezel summte herein, und Michaels Vater fuhr los, noch ehe er die Tür wieder richtig geschlossen hatte. Im ersten Moment gab er zuviel Gas. Unter den Reifen des Mercedes stoben kleine Schlamm- und Dreckfontänen auf, aber der Wagen rührte sich nicht von der Stelle. Dafür war das Heulen der Polizeisirenen jetzt ganz nahe.

Und wahrscheinlich war es gut so, denn Vater hatte kaum den Fuß vom Gas genommen, damit sich die Räder nicht zu tief in den Boden wühlten, als auch schon ein grelles Scheinwerferpaar vor ihnen auf dem Weg erschien, überstrahlt von einem flackernden, zuckenden Blaulicht. Instinktiv duckten sie sich alle hinter die Sitze, als das Licht der Scheinwerfer über den Wagen strich. Aber es war auch genau so schnell vorüber, und wenn die Polizeibeamten sie bemerkt hatten, so beachteten sie sie im Moment nicht, der Wagen schoß mit unverminderter Geschwindigkeit an ihnen vorbei und war eine Sekunde später im Wald verschwunden. Von weit her war das Heulen einer zweiten Sirene zu hören. Vermutlich würde es in zwei Minuten hier von Polizei nur so wimmeln.

»Jetzt aber nichts wie weg«, sagte Michaels Vater. Zum zweiten Mal legte er den Gang ein und gab nur sehr viel vorsichtiger Gas. Diesmal löste sich der schwere Wagen gehorsam

von der Stelle, rumpelte auf den asphaltierten Weg hinauf und begann dann schneller zu rollen.
Michael war völlig verwirrt. Sein Vater hatte kein Licht eingeschaltet, damit der Wagen nicht gesehen wurde, so daß er sich für den Moment ganz darauf konzentrieren mußte, im Dunkeln nicht von der Straße abzukommen, aber Michael sah trotzdem, daß er ihm und Hendryk – und vor allem Dwiezel, der sich zwischen sie auf den Sitz gehockt hatte und total erschöpft zu sein schien – durch den Rückspiegel immer wieder besorgte und verwunderte Blicke zuwarf.
»Wie . . . wie kommst du hierher?« fragte er verwirrt.
»Nachdem du im Krankenhaus nicht aufgetaucht bist, habe ich mir gedacht, daß ich dich hier treffen werde«, antwortete sein Vater.
»Aber wieso?«
Vater machte eine Kopfbewegung zu Hendryk. »Seinetwegen.«
»Seinetwegen?« wiederholte Michael völlig verwirrt. Er verstand rein gar nichts mehr. »Woher wußtest du . . . ich meine, woher wußtest du, daß er hier ist und daß ich . . .«
Sein Vater unterbrach ihn mit einer Geste. »Das ist eine lange Geschichte«, sagte er. »Wir reden später darüber. Jetzt müssen wir erst einmal hier weg. Seid ihr unverletzt?«
»Ja«, antwortete Michael.
Vater sah Hendryk an. Der Junge nickte. Dann blickte er auf Dwiezel hinab. Das Irrlicht hockte mit leerem Blick zwischen ihnen und machte einen benommenen Eindruck. Der geknickte Flügel hing traurig herab, und der Winzling zitterte am ganzen Leib. Aber es war zumindest äußerlich an ihm keine schwere Verletzung zu entdecken.
Sie hatten die Hauptstraße erreicht. In einiger Entfernung war schon wieder Blaulicht zu sehen, aber Michael schätzte, daß es noch ein oder zwei Minuten dauern würde, bis der Wagen heran war. Sein Vater schaltete das Licht ein, lenkte den Mercedes auf die Hauptstraße hinaus und gab Gas – zu

Michaels Entsetzen genau in die Richtung, aus der der Streifenwagen kam.
Mit angehaltenem Atem warteten sie. Der Polizeiwagen näherte sich ihnen rasch, aber wie vorhin nahmen die Männer darin überhaupt keine Notiz von ihnen. Trotzdem duckten Hendryk und er sich auch diesmal wieder hinter die Rücksitze, bis der Streifenwagen mit heulender Sirene an ihnen vorübergerast war und seine Rücklichter in der Nacht hinter ihnen verschwanden.
»Das wäre geschafft«, sagte sein Vater. »Das war verdammt knapp.«
»Knapp!?« Michael hätte fast gelacht. »Wenn du eine Sekunde später gekommen wärst, wäre es aus gewesen.« Dann fügte er etwas hinzu, was er schon die ganze Zeit hatte sagen wollen: »Das war toll, wie du die drei überrumpelt hast.«
Sein Vater warf ihm durch den Rückspiegel einen schrägen Blick zu, und Michael wurde sich plötzlich bewußt, was er damit meinte, nämlich: Das hätte ich dir niemals zugetraut. Aber Vater schien es ihm nicht übelzunehmen. Im Gegenteil. Er grinste plötzlich wie ein Schuljunge und sagte: »Es ist doch gut, daß ich ein so umsichtiger Autofahrer bin und immer einen Feuerlöscher im Wagen habe, nicht wahr?« Dann zog er eine Grimasse, löste die rechte Hand vom Lenkrad und schüttelte sie ein paarmal. »Trotzdem – ich werde langsam zu alt für solche Spielchen.«
»Meinetwegen hätte er ihm den Schädel einschlagen können«, sagte Hendryk düster.
Vater warf Hendryk einen seltsamen Blick zu, sagte aber nichts.
»So, und jetzt erzähle mir, wie du hierherkommst«, verlangte Michael. »Woher hast du denn gewußt, daß ich hier sein werde?«
»Ich habe es gehofft, nicht gewußt«, korrigierte ihn sein Vater. »Aber eigentlich war ich ziemlich sicher.« Wieder schaute er Hendryk durch den Rückspiegel an. Ein sonder-

barer Ausdruck trat in seine Augen, den Michael nicht zu deuten vermochte. »Du bist Hendryk, nicht wahr?« fragte er. Hendryk erwiderte seinen Blick mit unverhohlenem Mißtrauen. »Sie kennen meinen Namen?«
Vater lächelte. »Oh, ich weiß alles über dich. Jedenfalls eine Menge.«
»Woher?« fragte Hendryk.
»Aus Michaels Tagebuch«, antwortete Vater. »Sag bloß, er hat dir nicht erzählt, daß er alles über dich und deine Schwester und alle anderen aufgeschrieben hat?«
»Doch«, antwortete Hendryk. Sein Blick löste sich vom Spiegel und suchte den Michaels. Ein stummer Vorwurf lag darin.
»Du kannst ihm trauen«, sagte Michael noch einmal. »Er ist mein Vater.«
»A ja, und er weiß über alles Bescheid«, sagte Hendryk. Es klang nicht sehr freundlich. »Und wer außer ihm noch?«
»Niemand«, sagte Vater rasch, ehe Michael antworten konnte. »Wenn es dich beruhigt –« Er öffnete das Handschuhfach und warf Michael ein kleines grünes Ringbuch zu. »Hier ist das Buch. Niemand außer mir hat es gelesen.«
»Du hast es noch?« fragte Michael erstaunt.
Vater nickte. »Es war im Wagen, als das Haus ...« Er brach ab. Ein Schatten verdüsterte sein Gesicht und auch Michaels euphorische Stimmung wurde etwas gedämpft. Und so dauerte es eine geraume Weile, bis ihm aufging, was die Worte seines Vaters *wirklich* bedeuteten.
»Moment mal«, sagte er. Die Fassungslosigkeit in seiner Stimme wurde mit jedem Wort, das er sprach, größer. »Wenn du das hier gelesen hast und deswegen hierhergekommen bist ...« Er schluckte ein paarmal, sah Hendryk und dann seinen Vater an und fuhr beinahe krächzend fort: »... soll das heißen, du hast diese Geschichte *geglaubt?*«
»Jedes Wort«, antwortete sein Vater. »Von der ersten Minute an.«

Michael starrte seinen Vater an und versuchte vergeblich, irgendeinen klaren Gedanken zu fassen. »Aber ... aber wieso?« stammelte er schließlich.
»Weil ich die Geschichte schon vorher kannte«, antwortete sein Vater. Er griff zum zweiten Mal ins Handschuhfach und warf Michael ein zweites Buch zu. Noch bevor er es auffing, erkannte er den Schutzumschlag. Es war »Unterland«, Wolfs Roman.
»Dieser verdammte Narr«, sagte Vater. »Er konnte der Verlockung einfach nicht widerstehen, aber ich hätte nicht gedacht, daß er so weit geht. Wir werden etwas gegen ihn unternehmen müssen.«
»Was ist das?« fragte Hendryk und beugte sich neugierig vor. Michael wollte das Buch instinktiv vor ihm verbergen, aber dann fiel ihm ein, daß Hendryk ja nicht lesen konnte. Schweigend reichte er Hendryk das Buch und sah einen Moment zu, wie er es hilflos in den Händen hin und her drehte, ein paar Augenblicke lang darin blätterte und es schließlich wieder sinken ließ. Er beantwortete Hendryks Frage wohlweislich nicht.
»Aber es gibt noch einen anderen Grund«, sagte sein Vater plötzlich. Etwas in seiner Stimme hatte sich verändert.
»Welchen?«
»Ich ...« Wieder stockte Vater, schwieg endlose Sekunden lang und zuckte dann mit den Schultern. »Nicht hier«, sagte er. »Ich erzähle dir alles. Deine Mutter und ich wollten es schon vor drei Tagen tun, aber du weißt ja, was passiert ist. Jetzt müssen wir erst einmal von der Straße herunter. Ich bin nicht sicher, daß sie uns nicht doch bemerkt haben. Wenn sie eine Fahndungsmeldung nach einem weißen Mercedes mit einem Erwachsenen und zwei Halbwüchsigen herausgegeben haben, sind wir in Schwierigkeiten.« Er überlegte einen Moment, dann machte er eine entsprechende Kopfbewegung. »Auf der Ablage hinten liegt eine Tasche«, sagte er. »Zieht euch um.«

Michael griff hinter sich, fand tatsächlich eine große Reisetasche und darin frisch gewaschene und sorgsam zusammengelegte Jeans, dazu Hemden und sogar ein paar Schuhe. »Woher wußtest du, daß wir –«
»– daß du die letzten beiden Tage offensichtlich in der städtischen Kläranlage geschlafen hast?« fragte sein Vater grinsend und zog demonstrativ die Luft durch die Nase ein. »Das wußte ich nicht. Aber ich dachte mir, daß dein Freund frische Kleider braucht. Und vorsichtshalber habe ich ein bißchen mehr mitgebracht.«
»Du warst wirklich auf alles vorbereitet, wie?« fragte Michael.
»Man tut, was man kann«, antwortete sein Vater ausweichend.
Michael wollte eine weitere Frage stellen, aber sein Vater hob abwehrend die Hand und deutete dann nach rechts. In einiger Entfernung sahen sie Lichter in der Nacht.
»Die Autobahn«, sagte er. »Wir sind ganz in der Nähe einer Raststätte. Dort können wir reden. Es ist besser, wenn wir für zwei oder drei Stunden von der Straße verschwinden.«
Möglicherweise – wahrscheinlich sogar – hatte er damit recht, und trotzdem spürte Michael ganz genau, daß der einzige Grund für diesen Vorschlag der war, daß sein Vater noch einmal Zeit gewinnen wollte. Was immer er ihm zu sagen hatte, mußte sehr wichtig sein. Oder sehr unangenehm. Ein Schrecken durchfuhr ihn.
»Ist etwas mit Mutter?« fragte er. »Ist ihr etwas passiert?«
»Keine Sorge«, antwortete Vater. »Ihr geht es gut. In ein paar Wochen ist sie wieder völlig gesund und wird entlassen.«
»Aber was ist denn mit ihr?«
Aber sein Vater schüttelte nur den Kopf. »Später«, sagte er.

Und dabei blieb es, bis sie die Autobahn erreicht hatten und Vater den Wagen eine Viertelstunde später auf den Parkplatz der Raststätte lenkte. Sie hatten sich mittlerweile umgezogen, obwohl das in der Enge des Wagens gar nicht so leicht gewesen war, und Michael hatte seine eigenen, völlig verdreckten Kleider sowie Hendryks Schlafanzug in eine Plastiktüte gestopft, die ihm sein Vater reichte. Er hatte sie einfach aus dem Fenster werfen wollen, aber Vater verbot ihm das. Nicht nur deshalb, wie er sagte, weil Müll nicht auf die Straße gehöre, sondern auch weil die Polizei den Beutel mit den Kleidern finden und daraus die richtigen Schlüsse ziehen könnte.

Als sie aus dem Wagen stiegen, ergab sich eine weitere Schwierigkeit. Michael wollte Dwiezel nicht zurücklassen. Das Irrlicht hatte sich zwar mittlerweile ein wenig erholt, wirkte aber immer noch benommen und antwortete manchmal erst auf die zweite oder dritte Frage, die man ihm stellte. Dwiezel war schon so unberechenbar genug, in seinem jetzigen Zustand mochte er weiß Gott was anstellen, wenn er unbeaufsichtigt blieb.

»Das ist ein Problem«, sagte sein Vater seufzend. Er hatte sich im Fahrersitz herumgedreht und betrachtete das Irrlicht stirnrunzelnd. Dann lächelte er flüchtig. »Ein drolliger Kerl«, sagte er. »Stammt er aus dem Unterland?«

Michael nickte, während Hendryk Vater schon wieder voller Mißtrauen anblickte, und auch Michael war irgendwie verwirrt. Sein Vater schien überrascht, erstaunt – aber nicht in dem Maße, in dem er es hätte sein sollen. Über ein solches Geschöpf zu lesen, war eine Sache, an seine Existenz zu glauben, eine andere. Und eine *völlig andere,* es plötzlich vor sich zu sehen. Michael hatte die Reaktion von Menschen, die ein echtes Irrlicht erblickten, zu oft erlebt, um die zahme Über-

raschung seines Vaters glaubhaft zu finden. Nein. Irgend etwas stimmte hier nicht.
»Wir nehmen ihn mit«, sagte Vater schließlich. »Aber wir können ihn schlecht im Lokal zwischen uns auf den Tisch setzen.« Er deutete auf die mittlerweile leere Reisetasche. »Tu ihn da hinein. Und paß auf, daß ihn niemand sieht.«
Er stieg aus. Michael legte Dwiezel behutsam auf den Boden der Reisetasche, flüsterte ihm zu, daß er sich um keinen Preis rühren sollte, und zog den Reißverschluß zu. Zu seiner Erleichterung protestierte Dwiezel nicht.
Nebeneinander gingen sie auf die hellerleuchtete Raststätte zu. Sie sprachen kein Wort, aber sowohl Michael als auch sein Vater behielten Hendryk aufmerksam im Auge. Der Junge blickte sich aus großen Augen um, und in seinem Gesicht waren Faszination und Staunen zu lesen. Was für Michael und seinen Vater ganz normal war, nämlich eine nächtliche Autobahnraststätte mit ihren geparkten Wagen, ihren Besuchern und Angestellten, das war für ihn eine neue, bizarre Welt, eine Welt, die vermutlich für ihn noch viel phantastischer und unglaublicher war als das Unterland für Michael. Für Hendryk eröffnete sich hier eine Welt voller Dinge, die er nie zuvor gesehen, von deren Existenz er nie zuvor gewußt hatte. Schon ein Automobil mußte für ihn an Zauberei grenzen. Plötzlich wurde Michael sich der Gefahr bewußt, die das in sich barg.
»Wenn wir jetzt dort hineingehen«, sagte er leise und deutete mit einer Kopfbewegung auf die Raststätte, »dann tu nichts, ohne mich vorher zu fragen. Mach einfach das, was ich auch tue. Ganz egal, wie komisch es dir vorkommen mag.«
Hendryk nickte. Die Bewegung war nur angedeutet. Er war viel zu sehr damit beschäftigt zu staunen. »Was ist das?« fragte er mit einer Stimme, die beinahe ehrfurchtsvoll klang. »Der Palast eines Königs?«
Beinahe hätte Michael gelacht. Erst dann wurde ihm klar, wie gewaltig dem Jungen der Chrom- und Glasbau der Rast-

stätte vorkommen mußte, ihm, der doch aus einer Welt stammte, die man an einem einzigen Tag von einem Ende bis zum anderen durchwandern konnte. »Nein«, sagt er. »Ein Gasthaus.«

Hendryk blickte ihn an. »Ein Gasthaus? Du nimmst mich auf den Arm?«

»Nein«, sagte Michael. »Bitte stell jetzt keine Fragen mehr. Ich zeige dir später alles, was du willst, aber im Moment dürfen wir nicht auffallen.«

Sie betraten die Raststätte. Trotz der fortgeschrittenen Stunde herrschte noch reger Betrieb, so daß sich Vater eine Weile suchend umsah, bis er einen Platz am anderen Ende des Raumes entdeckte, auf den er deutete. Sie gingen hin und setzten sich. Michael stellte die Tasche mit Dwiezel vorsichtig zwischen seinen Füßen auf dem Boden ab, während sein Vater zur Theke eilte. Hendryk sah sich auch hier drinnen mit kaum weniger großem Erstaunen um. »Ein Gasthaus?« sagte er kopfschüttelnd. »All das nur, damit die Leute essen und trinken können?«

»Bei uns ist eben alles etwas größer«, antwortete Michael und kam sich plötzlich wie ein Angeber vor. Schließlich bedeutete »größer« nicht automatisch auch »besser«. »Es gibt sehr viel mehr Menschen bei uns als bei euch«, sagte er. »Das habe ich dir ja erzählt.«

Aber Hendryk hatte ihm wohl nicht geglaubt. »Aber so viele«, murmelte er. »Wenn . . . wenn ihr ein solches Gasthaus bauen müßt, dann muß euer Volk nach . . .« Er suchte vergeblich nach Worten ». . . nach Zehntausenden zählen«, beendete er schließlich den Satz.

»Eher nach Millionen«, erwiderte Michael. Hendryk reagierte nicht, und Michael wurde klar, daß ihm diese Zahl nichts sagte.

Vater kam zurück, ein Tablett mit einer Kanne Kaffee und zwei Tassen Kakao tragend. Hendryk griff dankbar nach seiner Tasse und nippte vorsichtig daran, dann, als er den Ge-

schmack erkannte, leerte er sie fast in einem einzigen Zug. Michael mußte grinsen. Sein Vater hatte ganz automatisch Kakao geholt, weil Michael diesen immer zum Frühstück trank, wenn auch nicht ganz freiwillig.
»Ich bin froh, daß dir nichts passiert ist«, begann sein Vater das Gespräch. »Als ich hörte, was im Krankenhaus geschehen war, hatte ich mir schon die größten Sorgen gemacht.«
»Geschehen?« fragte Michael. »Was denn?«
Vater blickte ihn überrascht an. »Du weißt es nicht?«
»Nein«, erwiderte Michael kopfschüttelnd. »Das heißt, ich weiß, was *mir* passiert ist, aber –«
»Der Aufzug ist verschwunden«, sagte Vater. Michael erinnerte sich wieder des Aufzugschachtes und der Kabel, die einfach in den Boden hineinführten. Er hatte es total vergessen.
Sein Vater kicherte plötzlich. »Du hättest die Gesichter sehen sollen«, sagte er. »Ich schätze, sie sitzen noch da und zermartern sich die Köpfe darüber, was mit ihrer kostbaren Liftkabine passiert sein mag. Ach, übrigens – was *ist* denn damit passiert?«
Die Frage kam in so beiläufigem Tonfall, daß Michael sie fast beantwortet hätte. Statt dessen besann er sich im letzten Moment und sagte ausweichend: »Das ist eine lange Geschichte. Ich erzähle sie dir später.«
Die Worte waren nicht einmal böse gemeint, aber sein Vater schien sie etwas anders aufzufassen. Einen Moment lang sah er betroffen drein, dann zuckte er mit den Achseln, nahm einen Schluck Kaffee und sagte sehr leise: »Wahrscheinlich hast du recht. Ich kann nicht von dir verlangen, mir zu vertrauen, wenn ich selbst dir kein Vertrauen entgegenbringe.«
Es wäre nun an Michael gewesen, den Irrtum seines Vaters aufzuklären, aber aus irgendeinem Grund tat er es nicht. Wieder trank sein Vater Kaffee, langsam, mit über die Maßen umständlichen Bewegungen, dann zündete er sich ebenso umständlich und langsam eine Zigarette an – Hen-

dryks Augen quollen dabei vor Unglauben fast aus den Höhlen, als er das sah –, legte sie bedächtig vor sich in den Aschenbecher, und nahm sie wieder zur Hand. Alles nur, um Zeit zu gewinnen. Was, um alles in der Welt, gab es so Schreckliches zu berichten?

»Ich weiß, ich hätte es längst tun sollen«, begann Vater. Er sah Michael nicht an, hielt den Blick weiter gesenkt. »Aber es ist so verdammt schwer. Ich weiß nicht, wo ich anfangen soll.«

»Vielleicht damit, woher du wirklich wußtest, wo ich sein würde«, schlug Michael vor.

Vater nickte. »Warum nicht?« Ein weiterer Zug aus seiner Zigarette, eine weitere Sekunde Zeitgewinn. »Also gut«, sagte er. »Du hast mich gefragt, woher ich das Waisenhaus kenne. Ich kenne es in der Tat. Ich war schon einmal dort.«

»Waisenhaus?« fragte Michael. »Mir kam das eher vor wie ein Gefängnis.«

»In gewissem Sinne ist es das auch«, sagte sein Vater. »Es ist eine von diesen modernen Strafanstalten, die eher der Resozialisierung als der Bestrafung dienen, weißt du? Es sind nur Jugendliche dort. Aber zugleich haben sie auch einen Trakt, in dem sie obdach- oder heimatlose Kinder aufnehmen. Manchmal jedenfalls. Und sie haben die modernste medizinische Einrichtung im ganzen Land. Deshalb hat man Hendryk dorthin gebracht.«

»Und das wußtest du?«

»Ich habe es im Krankenhaus gehört, als ich deine Mutter besuchte«, erwiderte Vater. »Aber ich wußte es auch schon vorher.«

»Und wieso?«

»Weil . . .« Er schwieg eine Sekunde, biß sich auf die Unterlippe und starrte an Michael vorbei ins Leere. Seinem Gesicht war deutlich anzusehen, wie unendlich schwer es ihm fiel, weiterzusprechen. »Weil wir dich damals auch dort abgeholt haben«, sagte er schließlich.

Der Schrecken blieb aus. Im allerersten Moment glaubte er einfach nicht, was er gehört hatte, und dann spürte er nur ein Gefühl der Überraschung, plötzlich schien vieles, längst nicht alles, aber doch eine Menge, einen Sinn zu ergeben. Trotzdem fragte er: »Mich?«

»Wie gesagt«, antwortete sein Vater und begann mit kleinen, nervösen Bewegungen mit seiner Zigarette zu spielen. »Deine Mutter und ich wollten es dir sagen, an jenem Abend, als wir überfallen wurden. Du erinnerst dich, daß wir mit dir essen gehen wollten?«

Natürlich erinnerte sich Michael. Und ganz plötzlich begriff er auch, warum sie hier in dieser Raststätte waren. Nicht, weil sein Vater glaubte, hier sicherer vor der Polizei zu sein als in irgendeinem Hotelzimmer oder im Wagen auf der Straße, sondern aus dem gleichen Grund, aus dem er und Mutter ihm damals dieses Geständnis in irgendeinem Restaurant hatten machen wollen. Sein Vater war in diesen Dingen nie sehr geschickt gewesen. Zwar gehörten große Aussprachen oder Familienstreitigkeiten nicht unbedingt zur täglichen Routine, aber Michael hatte beides doch schon ein- oder zweimal miterlebt und wußte, wie verlegen um Worte sein normalerweise redegewandter Vater in Augenblicken war, in denen es um ihn oder seine Familie ging. Er hatte diesen Ort ganz bewußt gewählt, um seinen Lärm, sein Licht und seine Menschen als Schutz zu gebrauchen.

»Wir wollten es dir auch vorher schon ein paarmal sagen, aber die Gelegenheit hat sich nie ergeben«, fuhr Vater fort. »Es tut mir leid, daß es unter diesen Umständen geschehen muß, das mußt du mir glauben. Aber die Wahrheit ist, daß ...« Er atmete tief ein, und zum erstenmal während dieses Gespräches sah er Michael fest in die Augen. »Daß du nicht unser Sohn bist, Michael.«

Michael erschrak noch immer nicht. Vielleicht war die Ungeheuerlichkeit dieser Nachricht einfach zu groß, um sie jetzt schon in ihrer ganzen Tragweite zu erfassen, vielleicht aber war es auch so, daß er es geahnt hatte, irgendwie gespürt, auf einer sehr tiefen, seinem bewußten Denken entzogenen Ebene seiner Erinnerung. Er schwieg.

»Deine Mutter und ich haben uns immer Kinder gewünscht«, fuhr Vater fort, den Blick wieder ins Leere gerichtet. »Aber wir konnten keine bekommen. Wir waren bei allen Ärzten, haben alles versucht, und schließlich, vor ungefähr fünfzehn Jahren, entschlossen wir uns, ein Kind zu adoptieren.«

»Mich«, ergänzte Michael. Langsam, ganz allmählich nur, grauer Tinte gleich, die sich unmerklich auf einem Stück Löschpapier auszubreiten beginnt, dehnte sich doch etwas in ihm aus, immer noch kein Erschrecken, sondern etwas anderes, völlig Neues.

»Ja, aber nicht sofort«, sagte Vater. Er drückte seine kaum angerauchte Zigarette im Aschenbecher aus, starrte einen Moment in die Funken und zündete sich eine neue an. »Weißt du, wir wollten nicht irgendein Kind. Es ist kein Problem, ein Kind zu adoptieren. Es gibt genug elternlose Jungen und Mädchen, und wenn man gesund ist und einen einwandfreien Leumund hat, machen die Behörden keine Schwierigkeiten. Aber wir wollten ein Kind, das wir lieben konnten wie ein eigenes, und so haben wir uns auf die Suche gemacht.«

»Und worauf habt ihr geachtet?« fragte Michael bitter. »Mußte es besonders gut aussehen oder besonders kräftig sein?« Seine Worte erschreckten ihn.

»Wir haben auf ein Kind gewartet, das wir beide wollten«, sagte Vater. »Es ist schwer mit Worten zu erklären, aber ... als wir dich schließlich fanden, da wußten wir es sofort. Du warst damals vier oder fünf Jahre alt, eigentlich viel älter, als wir wollten. Aber als wir in dieses Waisenhaus kamen und dich sahen, wußten sowohl deine Mutter als auch ich auf der Stelle, daß du der Richtige warst. Wir haben dich sofort mitgenommen.« Ein flüchtiges Lächeln huschte über seine Lippen. »Du kennst deine Mutter. Wenn sie sich einmal etwas in den Kopf gesetzt hat, dann erreicht sie es auch, ganz egal wie. Sie hat dem Direktor des Waisenhauses erklärt, was er mit seinen Vorschriften und Papieren machen könnte, und sich einfach geweigert, ohne dich wegzugehen.«

»Ihr hättet es mir sagen müssen«, sagte Michael.

»Ich weiß«, sagte sein Vater. Er klang sehr taurig. »Aber das ist sehr schwer. Es ... es fällt mir auch jetzt schwer, darüber zu reden. Ich wollte, ich hätte es bei einer anderen Gelegenheit getan, aber das habe ich nun einmal nicht. Es tut mir leid.«

»Und wer ...« fragte Michael schleppend, »... sind meine richtigen Eltern? Sind sie tot? Oder wollten sie mich einfach nicht haben?«

Vater sog an seiner Zigarette, hustete und rieb sich dann mit Daumen und Mittelfinger über die Augen. »Verdammter Qualm«, sagte er. »Man sollte nicht rauchen, wenn man es nicht kann.« Aber das war sicherlich nur eine Ausrede. Es war nicht der Zigarettenrauch, der ihm die Tränen in die Augen trieb. Er löschte die Zigarette, trank wieder einen Schluck Kaffee und blickte sekundenlang aus dem Fenster, ehe er fortfuhr.

»Hast du schon einmal den Namen Kaspar Hauser gehört?« fragte er, statt Michaels Frage zu beantworten.

»Kaspar Hauser? Wer soll das sein?«

Vater seufzte. »Manchmal frage ich mich, was sie euch heutzutage in der Schule beibringen«, sagte er, änderte dann sofort aber wieder seinen Ton und beantwortete Michaels Frage. »Er war ein Findelkind«, sagte er. »Vielleicht das berühmteste Findelkind überhaupt. Er tauchte achtzehnhundertachtundzwanzig in der Nähe von Nürnberg auf. Er muß fünfzehn oder sechzehn Jahre alt gewesen sein, so genau weiß das niemand. Er war völlig verstört, konnte nicht lesen und schreiben und hatte anscheinend eine panische Angst vor Menschen.«

»Interessant«, sagte Michael. »Und was habe ich damit zu tun?«
»Nach und nach fand man natürlich doch Zugang zu ihm«, fuhr sein Vater leise fort. »Und die Geschichte, die er allmählich erzählte, war so erstaunlich, daß er bald zu einer Art Sehenswürdigkeit wurde. Weißt du, offensichtlich war er in einer völlig isolierten Umgebung aufgewachsen. Er kannte keine Tiere, keine Pflanzen, und in der ersten Zeit soll er sehr extrem auf Sonnenlicht reagiert haben. Er wußte nicht einmal, was ein Fenster ist.«
Das ungute Gefühl in Michael wurde stärker. Fragend sah er seinen Vater an.
»Die allgemeine Auffassung war schließlich die, daß es sich um den unehelichen Sohn irgendeines Adeligen handele, der aus dem Weg geräumt werden sollte. Man vermutete, daß man ihn schon als Kleinkind in ein Kellerverlies gesperrt und all die Zeit über gefangengehalten habe. Ich glaube das nicht.«
»Sondern?« fragte Michael. Seine Stimme zitterte, plötzlich hatte er doch Angst.
»Das, wovon er berichtete, mußte natürlich von den Menschen damals für ein Verlies gehalten werden«, sagte sein Vater. »Aber woran erinnert dich diese Beschreibung: eine Welt aus Stein, in der es kein Sonnenlicht, keinen Unterschied zwischen Tag und Nacht und keinen Himmel gibt? Ein Junge, der sich an nichts erinnert, der weder lesen noch schreiben kann, der nicht einmal weiß, was Gras ist, der nie mehr als zwanzig oder dreißig Menschen auf einmal gesehen hat, so daß er in Panik gerät, als er das erste Mal eine große Menschenmenge sieht. Und der beinahe stirbt, als er das erste Mal ungeschützt in die Sonne geht?«
Langsam, als koste ihn die Bewegung unendliche Mühe, wandte Michael den Kopf und sah Hendryk an. »So wie du«, murmelte er.
Und sein Vater fügte noch leiser hinzu: »Und du, Michael.«

Michael fuhr mit einem Ruck herum.
»Das war der Grund, warum sie dich damals dorthin gebracht haben, statt in ein normales Waisenhaus«, fuhr Vater fort. »Die Ärzte hielten es für eine Allergie oder eine unbekannte Krankheit. Deine Haut reagierte extrem empfindlich auf Sonnenlicht. Als man dich fand, wärest du fast gestorben. Die Ärzte haben ein kleines Wunder vollbracht, dich überhaupt am Leben zu erhalten. Es dauerte zwei Jahre, bis du soweit warst, ohne eine zentimeterdicke Schutzschicht aus Creme und Sonnenöl ins Freie zu gehen.«
»Du ... du meinst, daß ...« stammelte Michael.
»Ich glaube, daß dieser Kaspar Hauser aus dem Unterland kam«, sagte sein Vater sehr langsam und jedes Wort betonend. »Genau wie dein Freund Hendryk und genau wie du.«
»Wie?« machte Hendryk. Es war das erste Mal, daß er überhaupt etwas sagte, aber in diesem einen Wort klangen ein solcher Unglaube, ein solches Entsetzen mit, daß Michaels Vater Hendryk erschrocken ansah.
»Weißt du, was ... was du da sagst?« flüsterte er.
Vater nickte.
»Du hast das Tagebuch gelesen«, sagte Michael.
»Das ist es ja gerade, was mich auf die Idee gebracht hat«, erwiderte Vater. »Nach allem, was du erlebt hast, gibt es nur diese eine Erklärung. Du konntest Ansons Prüfungen nur überleben, weil du eben kein Fremder warst. Der Dämon in den verbotenen Hallen hätte dich getötet, wäre es anders gewesen.«
»Das meine ich nicht«, sagte Michael. Jetzt war er es, dem es unendlich schwerfiel, weiterzusprechen. »Wie alt war ich, als man mich fand?«
Vater hob die Schultern. »Zweieinhalb, vielleicht drei Jahre. Vielleicht auch vier. Das ist schwer zu sagen.«
Michael schloß die Augen. Alles drehte sich um ihn, was er gehört hatte, war einfach zu viel, um es auf einmal zu verar-

beiten. »Wenn ... wenn das stimmt«, flüsterte er, »dann ... dann heißt das ja ...«
Er brach ab, öffnete die Augen wieder und wandte sich zu Hendryk um. Er erkannte, daß Hendryk noch nicht begriffen hatte.
»Weißt du, was das bedeutet?« fragte er.
Hendryk schüttelte den Kopf. »Nein.«
»Es gibt nur diese eine Erklärung«, sagte Michael. »Ich bin dein Bruder, Hendryk.«
Es wurde sehr still. Und es war eine Stille, die gar nicht so sehr um sie herum, als vielmehr *in* Michael zu herrschen schien. Er wußte gar nicht, wie lange er reglos und mit leerem Blick dagesessen und abwechselnd Hendryk und seinen Vater angeschaut hatte, ohne einen von beiden wirklich zu sehen. Michael fühlte sich wie betäubt. Er wartete noch immer darauf, Schmerz zu empfinden, Unglauben, Entsetzen, Zorn oder Trauer, aber er fühlte nichts von alledem. Die wenigen Worte, die er selbst ausgesprochen hatte, hatten sein bisheriges Leben und alles, was er über sich selbst zu wissen glaubte, bis in die Grundfesten erschüttert. Er war nicht der, der er selbst bisher zu sein geglaubt hatte, und dasselbe galt für seinen Vater, seine Mutter.
Er hätte innerlich so aufgewühlt sein müssen. Dabei fühlte er in sich nichts als eine Ruhe. Er wußte, daß der Schock kommen würde, doch zumindest im Augenblick fühlte er nichts. Er mußte sich im Gegenteil zusammenreißen, um *überhaupt* noch etwas zu denken und das Gespräch irgendwie fortzuführen.
Sein Körper reagierte wohl nicht ganz so gelassen auf die Neuigkeit wie seine Gedanken, denn seine Finger zitterten so heftig, daß er beide Hände brauchte, um seine Tasse zu heben und einen Schluck von dem mittlerweile kalt gewordenen Kakao zu nehmen. Er registrierte den Geschmack nicht einmal.
»Warum habt ihr es mir nicht gesagt?« flüsterte er schließlich.

Er sah, wie sein Vater wie unter einem elektrischen Schlag zusammenzuckte.
»Ich wollte es ja«, verteidigte dieser sich. »Aber es ...« Er schwieg ein paar Sekunden, dann zuckte er mit den Schultern und setzte von neuem an: »Glaub mir, ich mache mir genug Vorwürfe, es nicht getan zu haben. Du hast recht, aber es wird nicht besser dadurch.«
»Mein ... *Bruder?*« murmelte nun auch Hendryk. Die Neuigkeit mußte ihn ebenso wie Michael überrascht haben, aber er nahm sie nicht halb so gelassen hin. Seine Stimme zitterte, sein ohnehin blasses Gesicht war noch bleicher geworden.
»Das ist nicht gesagt«, sagte Michaels Vater, ehe er selbst antworten konnte. »Es *könnte* sein, aber einen Beweis dafür werden wir wohl nie erbringen können.«
Weder Michael noch Hendryk sagten etwas darauf. Die Welt unter der Erde war einfach zu klein, die Zahl ihrer Bewohner zu begrenzt, als daß Michael sich irren konnte.
»Dann haben die Ghoule dich nicht getötet, sondern ... nach oben gebracht«, sagte Hendryk verwirrt. »Aber warum?«
»Vielleicht gab es keinen Grund«, sagte Vater. Er gab sich Mühe, äußerlich gelassen zu erscheinen, das sah man ihm deutlich an. Obwohl er selbst erst vor einem Augenblick erklärt hatte, wie wenig Sinn es hätte, sich jetzt in Vorwürfen zu ergehen, hatte er wohl das Bedürfnis, sich zu verteidigen. »Sie scheinen nicht besonders intelligent zu sein«, fuhr er fort. »Wahrscheinlich sind sie wirklich nur Tiere, die zufällig ein bißchen menschenähnlich aussehen. Ich nehme an, sie haben ihn einfach mitgenommen und dann zurückgelassen, als sie nichts mit ihm anfangen konnten. Daß das hier oben geschah und er gefunden wurde, hat ihm das Leben gerettet.«
Hendryk sah Vater durchdringend an. »Sie verstehen eine Menge davon, nicht?«
»Kein bißchen«, sagte Vater mit einem nervösen Lächeln. »Aber ich habe Michaels Tagebuch gelesen und mir so meine

Gedanken gemacht. Außerdem ist Michael nicht der erste Mensch, der einen Ghoul zu Gesicht bekommen hat. Wäre es anders, könnte es keine Geschichten über sie geben.«
»Ich möchte gehen«, sagte Michael plötzlich. All diese Menschen hier, ihre Stimmen, das Lachen, die leise Musik im Hintergrund – das alles war ihm plötzlich unerträglich. Er hatte das Gefühl, einfach losschreien zu müssen, wenn er nicht schnell hier herauskäme.
Sein Vater warf einen Blick auf die Armbanduhr und schüttelte den Kopf. »Noch nicht«, sagte er. »Es ist noch zu früh.«
»Zu früh wozu?«
»Wir brauchen ein Versteck«, antwortete Vater. »Einen Ort, an dem wir nicht auffallen. So wie die Dinge liegen, können wir nicht in ein Hotel oder eine Pension gehen.«
»Was ist mit Onkel Hans?« fragte Michael.
Sein Vater nickte. »Genau dorthin fahren wir«, sagte er. »Aber noch nicht jetzt. Er hat sich zwar bereit erklärt, mich für ein paar Tage bei sich wohnen zu lassen, aber ich weiß nicht, wie er reagiert, wenn wir plötzlich zu dritt dort auftauchen.«
Die Worte erinnerten Michael wieder einmal daran, daß sein Vater und dessen Bruder sich nicht sonderlich gut verstanden. Eigentlich waren sie nur Halbbrüder. Michael erinnerte sich, daß sein Vater einmal nebenbei erwähnt hatte, daß auch er ein Waisenkind sei, das adoptiert worden war.
»Er muß für ein paar Tage verreisen«, fuhr Vater fort. »Soviel ich weiß, nimmt er den ersten Zug morgen früh. Da er ein sehr vorsichtiger Mensch ist und immer eine Verspätung einkalkuliert, schätze ich, daß er die Wohnung spätestens um vier Uhr verlassen wird. Aber wenn wir schon jetzt losfahren, kommen wir viel zu früh an. Wir müßten im Wagen vor dem Haus warten, bis er weg ist, und da finde ich diesen Ort hier schon bequemer. Und weniger auffällig.« Er wandte sich an Hendryk. »Warum erzählst du uns nicht den Rest der Geschichte, solange wir hierbleiben müssen?«

»Welchen Rest?« wollte Hendryk wissen, begann dann aber doch zu berichten. »Eure Flucht hat für große Aufregung gesorgt«, sagte er mit einem traurigen Blick in Michaels Richtung. »Und eine Menge Ärger. Anson verlor ein halbes Dutzend seiner besten Krieger, und er selbst wurde ziemlich schlimm verletzt. Eine Weile war es nicht einmal sicher, ob er überleben würde. Und als er schließlich wieder gesund war, da wurde alles noch viel schlimmer. Er behauptete, daß Erlik ein unfähiger König und Marlik zu alt geworden seien, um noch zuverlässig für unseren Schutz zu sorgen. Es gab viel Streit im Rat. Ich weiß nicht genau, was geschah, denn ich war bei den Sitzungen ja nicht dabei, aber hinterher hat sich dann viel geändert.«
»Was hat sich geändert?« fragte Michael.
»Das ist schwer zu sagen.« Hendryks Gesicht verdüsterte sich. »Niemand hat es je ausgesprochen, weißt du, aber der wahre Herr über uns ist jetzt Anson. Seine Krieger kontrollieren die Stadt, und wir müssen hohe Abgaben und Frondienste leisten. Sie haben viele neue Waffen geschmiedet, und alle jungen Männer müssen ein Jahr in seinem Heer Dienst tun, ob sie wollen oder nicht. Abends dürfen wir die Häuser nicht mehr verlassen, und wer es trotzdem tut und aufgegriffen wird, der hat mit schweren Strafen zu rechnen.«
Michael konnte sich lebhaft vorstellen, wie Anson die Gunst der Stunde und vor allem Wolfs Verrat ausgenutzt hatte, um die Machtverhältnisse im Unterland nach seinen Vorstellungen zu ändern. Genaugenommen hatte Wolf ihm einen Gefallen getan, als er das zweite Mal floh.
»Aber das ist nicht alles«, sagte Hendryk plötzlich.
»Was ist noch passiert?« fragte Michael mit zitternder Stimme.
Hendryk schwieg und sah Michael an, aber sein Blick schien durch Michael hindurch ins Leere zu gehen. Michael konnte sehen, wie allein die Erinnerung ihm Qualen bereitete. »Das weiß niemand genau«, sagte er. »Es begann nicht lange nach

eurer Flucht. Zuerst ganz unmerklich, weißt du? Niemandem ist irgend etwas aufgefallen, erst hinterher, als wir anfingen, darüber nachzudenken. Irgend etwas geschieht mit unserer Welt. Die Pflanzen wachsen nicht mehr richtig, das Licht wird schwächer, und alle Menschen und Tiere beginnen sich irgendwie zu . . . verändern.«
»Verändern? Wie meinst du das?«
Hendryk zuckte mit den Schultern. »Alles wird schwerer«, sagte er nach einer neuerlichen Pause, in der er sichtbar nach den richtigen Worten gesucht hatte. »Es gibt jetzt oft Streit, und . . . und man sieht kaum noch jemanden lachen. Sie sprechen viel von Krieg und von Tod, und manchmal reicht der kleinste Anlaß, daß sie einander an die Kehlen gehen.«
»So ist das nun mal in einer Diktatur«, sagte Vater. »Menschen, denen man die Freiheit nimmt, verlernen manchmal auch das Lachen.«
Aber Hendryk schüttelte den Kopf. »Nein, das ist es nicht«, sagte er. »Jedenfalls nicht nur. Anfangs haben wir das auch gedacht, aber es ist mehr. Marlik sagt, daß das Leben aus dem Unterland weicht.«
»Weiß er denn keinen Rat?« fragte Michael.
»Er ist so hilflos wie wir«, antwortete Hendryk. »Seine Zaubersprüche beginnen ihre Wirkung zu verlieren, und er sagt, er könne spüren, wie sich irgend etwas unserer Stadt nähert.«
»Irgend etwas? Was?«
Hendryk schüttelte den Kopf. »Das weiß er nicht. Aber er sagt, es sei etwas Böses. Etwas, was uns alle vernichten wird. Aber selbst wenn es diese Geister, von denen er spricht, nicht gibt, wird unsere Welt untergehen. Die Ernten auf den Feldern sind schlecht, und man meint, kaum noch genug Luft zu bekommen. Und die Trolle sind fortgezogen.«
»Aber Brokk –«
»Er ist der einzige«, unterbrach ihn Hendryk. »Aus irgendeinem Grund ist er geblieben. Aber alle anderen sind weg. Eines Tages waren ihre Höhlen verwaist, und niemand weiß,

wohin sie gegangen sind oder warum sie weggegangen sind. Ich glaube, unsere Zeit läuft ab.«
Michaels Augen füllten sich plötzlich mit Tränen. Er versuchte sich einzureden, daß Hendryk log oder sich einfach nur irrte. Das Unterland durfte nicht sterben. Es war ein Wunder, das größte und vielleicht das einzige Wunder auf dieser ganzen Welt, und es *durfte* einfach nicht untergehen!
»Seid ihr deshalb hergekommen?« fragte Vater. »Um einen neuen Ort zu suchen, an dem ihr leben könnt?«
Hendryk schüttelte den Kopf. »Wir können hier nicht leben«, sagte er. »Eure Sonne würde uns töten, und selbst wenn nicht . . .« Wieder starrte er einen Moment ins Leere. »Nein, ich glaube nicht, daß wir hier existieren könnten.«
»Wieso seid ihr dann hier?«
Hendryk wandte sich direkt an Michael. »Marlik hat mich geschickt, um euch zu warnen«, sagte er.
»Warnen? Wovor?«
Hendryk griff nach seiner Tasse, stellte fest, daß sie leer war, und Michaels Vater holte eine neue, ehe der Junge weitersprach. »Vor zwei Wochen hielt Anson eine flammende Rede auf dem Marktplatz. Das hat er in den letzten Monaten oft getan, um allen in Erinnerung zu rufen, in welcher Gefahr wir doch alle schwebten und wie wichtig er und seine Männer für unser aller Sicherheit seien. Diesmal jedoch war es anders. Er erklärte unumwunden, daß das Unterland im Sterben liege, und behauptete, das wäre eure Schuld, deine und Wolfs und vor allem der Männer, die euch geschickt haben.«
»Aber das ist doch Unsinn«, sagte Michael, obwohl er nicht ganz davon überzeugt war, daß Anson wirklich irrte.
»Natürlich ist es Unsinn«, sagte Hendryk. »Aber du mußt unsere Situation verstehen. Viele haben Angst. Seit dem Tag, an dem ihr geflohen seid, ist unsere Welt nicht mehr, was sie vorher war. Sie war ein Schutz, ein Hort, in dem wir uns für alle Zeiten sicher und geborgen wähnten, und plötzlich ist sie zu etwas geworden, das uns angst macht. So fiel es Anson

nicht schwer, die meisten von uns für sein Vorhaben zu begeistern.«
»Was für ein Vorhaben?« fragte Michael bange.
Hendryk senkte den Blick. »Den Krieg«, sagte er.
»Krieg?!« Michael riß die Augen auf. »Aber gegen wen denn?«
»Gegen uns«, sagte sein Vater ruhig. »Das ist doch so, nicht wahr?«
Hendryk nickte stumm, und Michael wandte sich völlig verstört an seinen Vater. »Woher weißt du das?«
»Das war nicht schwer zu erraten«, antwortete sein Vater mit einem flüchtigen, sehr traurigen Lächeln. »Ich kenne diesen Anson nicht, doch was ich über ihn gelesen und gehört habe, sagt mir genug. Männer wie er sind alle gleich, zu allen Zeiten und bei allen Völkern. Sie sind nur so lange stark, solange sie etwas haben, mit dem sie den Menschen, über die sie herrschen, angst machen können. Einen Feind, eine Gefahr, und seien sie nur erdacht. Die Menschen im Unterland glauben Anson und seine Krieger zu brauchen, und deshalb lassen sie es zu, daß er sie beherrscht. Aber wenn dieser Glaube auch nur für eine Sekunde ins Wanken gerät, dann ist es um Ansons Macht geschehen, ganz gleich, wie viele Krieger er hat und wie viele Waffen. Also braucht er einen Feind. Und wer würde sich besser dafür anbieten als wir – nach dem, was Wolf getan hat?«
»Aber das ist doch Wahnsinn«, sagte Michael. »Sie sind nur ein paar Hundert Mann, die mit Schwertern und Pfeil und Bogen bewaffnet sind.«
»Immerhin fast fünfhundert«, korrigierte ihn Hendryk, und er tat es in einem Tonfall, in dem hörbar Stolz mitschwang. »Anson befehligt eine gewaltige Armee.«
»Ah ja«, sagte Michael. »Bei Gelegenheit werde ich dir einmal erklären, was ein einziger Hubschrauber oder ein paar Panzer mit eurer gewaltigen Armee anstellen würden.«
Hendryks Blick widerspiegelte vollkommenes Unverständ-

nis, und Michaels Vater mischte sich mit einer beruhigenden Geste ein und sagte: »Das ist jetzt nicht wichtig. Aber in einem hat Michael recht: Eure Waffen nützen euch hier nichts. Selbst wenn sie besser wären als unsere, wir sind einfach zu viele.«

Diesmal widersprach Hendryk nicht. Er sah sich nur einige Augenblicke in dem Restaurant um, dann wanderte sein Blick zum Fenster, wo die Autobahn und dahinter das gewaltige Lichtermeer der Stadt zu sehen waren.

»Nach seiner Rede« fuhr er fort, »kam es zu einem heftigen Streit zwischen ihm und Erlik und dessen Bruder. Die Stadt zerfiel endgültig in zwei Lager, und schließlich ließ Anson alle, die nicht seiner Meinung waren, einfach verhaften und ins Verlies werfen. Ich konnte entkommen, aber unsere Eltern und Lisa wurden gefangengenommen, wie auch fast alle anderen. Nur einigen wenigen gelang es, sich in die Katakomben zurückzuziehen, aber Ansons Krieger machten Jagd auf uns. Am Ende hätten sie uns sicher alle überwältigt, wäre nicht plötzlich Marlik erschienen und hätte uns geholfen.«

»Davon wird Anson wenig begeistert sein«, sagte Vater.

Hendryk lächelte. »Keine Sorge. Er wagt es nicht, ihm etwas anzutun. Nicht einmal er. Marlik ist zu wichtig für uns. Sein Zauber ist nicht mehr so stark wie früher, aber er ist doch das einzige, was uns noch am Leben erhält. Er brachte die Männer in ein Versteck, in dem sie sicher vor Ansons Verfolgung waren, und mich schickte er hierher, um dich zu suchen. Anson war bereits mit vierzig seiner besten Krieger aufgebrochen, und ich war nicht sicher, ob ich noch zurechtkommen würde. Brokk und ein paar Irrlichter begleiteten mich.«

»Aber du bist nicht nur deshalb hier, um uns vor diesem Verrückten zu warnen«, vermutete Vater.

Wieder sah Michael ihn überrascht an, und wieder vergingen ein paar Sekunden, ehe Hendryk schließlich zögernd nickte. »Nein«, gestand er. »Marlik gab mir dein Buch, weil er hoffte, daß sein Inhalt dir dabei helfen würde, den Zauber

des Vergessens zu brechen, und er hat mir aufgetragen, dir folgendes zu sagen: Wolf muß zurückgeben, was er gestohlen hat. Tut er es nicht, dann ist das Unterland mit allen seinen Bewohnern dem Untergang geweiht. Und es ist nicht mehr viel Zeit. Vielleicht ist es sogar schon zu spät«, fügte er ganz leise hinzu.
»Zurückgeben, was er gestohlen hat«, wiederholte Michael. »Aber was meint er damit? Was hat Wolf gestohlen?«
»Das weiß ich nicht«, antwortete Hendryk. »Ich glaube, auch Marlik weiß es nicht genau. Aber irgend etwas ist fort, seit er bei uns gewesen ist. Etwas, ohne das wir nicht leben können. Wir müssen ihn finden und mit ihm reden.«
»Ich fürchte, das hat wenig Sinn«, warf Michaels Vater ein. »Wolf ist nicht einer, mit dem man reden kann.«
»Dann müssen wir ihn eben zwingen«, sagte Hendryk entschlossen. »Er ist nur ein alter Mann. Michael und ich sind stark, und auch wenn Sie uns nicht helfen, so haben wir immer noch Brokk, der auf unserer Seite steht.«
Michael und sein Vater tauschten einen überraschten Blick. »Aber ... aber hast du uns denn nicht verstanden?« fragte Michael verstört.
»Verstanden? Was?«
»Der Mann, der uns vor dem Heim überwältigt hat«, sagte Michael. Er blickte Hendryk an und wartete auf irgendeine Reaktion in seinem Gesicht, und erst dann, als sie nicht kam, begriff er, daß Hendryk Wolf überhaupt nicht erkannt hatte. Offensichtlich hatte er bis zu diesem Moment geglaubt, es einzig mit Ansons Kriegern zu tun zu haben.
»Das war ... *Wolf?*« fragte Hendryk.
Michael nickte wortlos.
»Aber das ist unmöglich«, sagte Hendryk ungläubig. »Die beiden Krieger waren ... waren Ansons Männer. Ich kenne sie genau.«
»Sie gehorchen jetzt Wolfs Befehlen«, sagte Michael.
»Das glaube ich nicht«, erwiderte Hendryk. »Das kann nicht

sein. Anson ist heraufgekommen, um Wolf zu töten! Er hat geschworen, seinen Kopf zurückzubringen und als Trophäe auf dem höchsten Turm der Felsenburg aufzustellen.«

»Und trotzdem ist es so«, sagte Michael. »Nachdem Brokk Wolf weggetragen hat, habe ich ihn eine Weile nicht gesehen. Aber als er wieder auftauchte, da gehorchten Ansons Männer ihm. Und Anson selbst auch.«

»Aber das ist doch unmöglich!« protestierte Hendryk. »Er hat geschworen, ihn zu töten, und wenn es sein eigenes Leben kosten würde!«

Er hatte so laut gesprochen, daß sich einige der Gäste an den Nebentischen überrascht zu ihnen umdrehten, und sowohl Michael als auch sein Vater warfen ihm einen erschrockenen Blick zu. Hendryk senkte schuldbewußt die Augen und sprach leiser, aber in genauso erregtem Ton: »Ich traue Anson nicht über den Weg, aber ich weiß, daß er seine Worte ernst gemeint hat. Glaubt mir, er hätte sich lieben beide Hände abhacken lassen, als auch nur noch einmal mit Wolf zu reden. Geschweige denn, ihm zu *gehorchen!*«

»Wenn das wahr ist«, sagte Vater, »muß er wirklich etwas sehr Wertvolles bei euch gestohlen haben.«

Michael begriff, daß sein Vater recht haben mußte. Jetzt kam es ihm richtig lächerlich vor, daß er geglaubt hatte, sie wären Ansons Kriegern damals durch pures Glück entkommen oder durch ein paar alberne Zaubersprüche, die Wolf auf Tonband aufgenommen hatte. Nein – es gab tatsächlich nur diese eine Erklärung: Wolf hatte irgend etwas aus dem Unterland mitgenommen, das sie gleichermaßen beschützt hatte, wie es ihm jetzt seine unheimlichen Kräfte verlieh.

Plötzlich fuhr sein Vater leicht zusammen und drehte mit einem Ruck den Kopf.

»Was hast du?« fragte Michael erschrocken.

Vater antwortete nicht gleich. Er blickte aufmerksam zum anderen Ende des Lokals, wo auf einem hölzernen Regal fast unter der Decke des Raumes ein kleiner Fernseher aufgestellt

war. Das Gerät lief, und nach einem Augenblick erkannte Michael auch den Film, der gesendet wurde. Es war der Zeichentrickstreifen, der vorhin gelaufen war, als Dwiezel und er Hendryk befreit hatten. Offensichtlich handelte es sich um einen jener neuen Privatsender, die ihr Programm zwei- oder auch dreimal täglich zeitversetzt wiederholten.
»Nichts«, sagte Vater schließlich. Er schüttelte auf eine Art den Kopf, die wenig überzeugend wirkte. »Ich dachte, ich ... ich hätte etwas gesehen. Aber ich muß mich getäuscht –«
Wieder brach er ab. Aus seiner Verwirrung wurde ein sachtes Erschrecken. »Wo ist euer kleiner Freund?« fragte er.
Michael schaute unter den Tisch, wo er die Reisetasche abgestellt hatte. Sie stand unberührt da, und er wollte seinen Vater schon beruhigen, als ihm ein ganz leichter Brandgeruch auffiel. Plötzlich selbst erschrocken, beugte er sich hastig unter den Tisch und zog den Reißverschluß der Tasche auf.
Sie war leer. In der seinem Vater zugewandten Seite gähnte ein faustgroßes Loch mit verschmorten Rändern.
»Er ... er ist weg!« stammelte Michael.
Auf der anderen Seite des Raumes stieß jemand einen überraschten Ruf aus, und Michael fuhr so erschrocken in die Höhe, daß er mit dem Hinterkopf gegen die Tischkante krachte und die Tassen und das Besteck darauf zu klirren begannen. Allerdings achtete niemand darauf, denn in diesem Moment erscholl ein weiterer Ruf, und als Michael sich stöhnend aufrichtete und die Hand gegen den schmerzenden Hinterkopf preßte, blickten auch sein Vater und Hendryk wie gebannt in die Richtung, aus der der Ruf kam.
Es war natürlich Dwiezel, der für die allgemeine Aufregung sorgte. Michael schrie auf, denn er ahnte, was als nächstes geschehen würde.
Dwiezel fegte funkensprühend auf den Fernseher zu, und diesmal beging er nicht mehr den Fehler, gegen die Bildröhre zu prallen, sondern näherte sich dem Gerät gleich von der

Rückseite. Nur einen Augenblick später geschah genau das, was Michael befürchtet hatte: Der Fernseher explodierte mit einem furchtbaren Knall, Glassplitter und glühende Trümmerstücke regneten auf die Gäste nieder, die erschrocken aufsprangen oder die Köpfe einzogen.
Eine der Kellnerinnen begann hysterisch zu kreischen, irgendwo zerbrach klirrend Glas, und schon im nächsten Moment brach in dem Lokal eine regelrechte Panik aus.
Auch Hendryk und Michaels Vater waren aufgesprungen. Hendryk wollte hinüberlaufen, um sich um Dwiezel zu kümmern, aber Michael hielt ihn mit einer instinktiven Bewegung fest, und wieder war es Vater, der angesichts der überraschenden Entwicklung erstaunlich kaltblütig blieb und die richtige Entscheidung traf.
»Raus hier«, sagte er leise, aber in sehr entschlossenem Ton. »Wir verschwinden, ehe jemand merkt, daß wir etwas damit zu tun haben.«
Hendryk starrte noch immer fassungslos den brennenden Fernseher an, aber er schien viel zu benommen zu sein, um sich gegen den Befehl zu sträuben. Michael ergriff ihn mit sanfter Gewalt am Arm und schob ihn auf den Ausgang zu, wo sich mittlerweile ein regelrechter Menschenauflauf gebildet hatte. Gottlob schien niemand ernsthaft verletzt worden zu sein, und bei der Tür artete das Gedränge nicht weiter aus, denn das Lokal war angesichts der vorgerückten Stunde zwar gut besucht, aber keineswegs vollbesetzt gewesen. Michael handelte sich ein paar Knüffe ein, seine mittlerweile schon erstaunlich große Sammlung von Kratzern und Prellungen wuchs um einige weitere an, aber nach ein paar Augenblikken waren sie draußen und liefen hinter Michaels Vater zum Wagen. Sie bewegten sich schnell, rannten aber nicht, um kein Aufsehen zu machen.
Als Michaels Vater losfahren wollte, beugte sich Hendryk vor und legte ihm die Hand auf den Arm. »Wir müssen auf Dwiezel warten«, sagte er.

Vater streifte die Hand mit sanfter Gewalt ab und schüttelte den Kopf, und Michael sagte: »Er kann schon ganz gut auf sich selbst aufpassen. Keine Sorge. Er wird uns finden, da bin ich sicher.«

Das war sogar eher der Fall, als er erwartet hatte. Sie waren ein paar Meter weit gefahren und Vater wollte den Wagen soeben auf die Beschleunigungsspur lenken, als ein flackernder Funke neben dem Wagen in der Luft erschien. Michaels Vater begann ungehemmt und mit einem erstaunlichen Vokabular zu fluchen, aber Michael kurbelte rasch das Fenster herunter und duckte sich, als Dwiezel auf taumeligem Kurs zu ihnen hereinkam.

»Wenn das jemand gesehen hat und sich unsere Nummer aufschreibt, sind wir geliefert«, sagte Vater.

Dwiezel ließ sich zwischen Hendryk und Michael auf den Sitz niedersinken, wobei er einen handgroßem Fleck in die Polsterung brannte, schüttelte ein paarmal den Kopf und begann sich dann mit spitzen Fingern eine Anzahl mikroskopisch feiner Glassplitter aus dem Haar zu zupfen. »Eingebildetes Volk!« schimpfte er. »Jetzt reicht es aber! Der nächste kann sehen, wer ihn rausholt! Ich jedenfalls nicht! Nicht einmal danke hat er gesagt.«

Es verging eine Weile, bis Michael der Sinn dieser Worte klar wurde. Ganz offensichtlich hatte Dwiezel die Elfe für echt gehalten, und da mußte er wohl angenommen haben, es mit einem seiner Brüder zu tun zu haben, den jemand gefangen und in den Fernseher gesperrt hatte.

Nicht halb so ärgerlich, wie er es vorgehabt hatte, sagte er: »Weißt du, Dwiezel, du solltest mich das nächste Mal lieber fragen, bevor du irgend etwas tust.«

»Wieso?« fragte Dwiezel und blickte Michael schräg von unten her an.

»Es war nicht echt«, sagte Michael. »Ich meine, die Elfe war nicht wirklich eine Elfe.«

»Quatsch, Elfe!« unterbrach ihn Dwiezel. »Elfen sind größer,

das weiß doch jeder. Außerdem tragen sie nicht so bescheuerte spitze Hüte.«
»Das war überhaupt nichts«, sagte Michael geduldig. »Was man im Fernsehen sieht, das ist meistens ...« Er stockte, suchte vergeblich nach den richtigen Worten, während Dwiezel ihn weiter mit Blicken durchbohrte. Wie, um alles in der Welt, sollte er einem Geschöpf wie Dwiezel mit wenigen Worten erklären, was *Fernsehen* war?
»Es war nur ein Bild«, sagte er schließlich. »Ein Bild, das jemand gezeichnet hat.«
»Es hat sich bewegt«, widersprach Dwiezel.
»Das tun unsere Bilder manchmal«, sagte Michael. »Manchmal tun sie sogar noch viel unglaublichere Dinge. Aber nichts davon passiert wirklich.«
Dwiezel blinzelte, kratzte sich am Kopf und seufzte ein paarmal tief. »Eure Welt ist total verrückt«, sagte er. »Und ihr seid es auch.«
Michael war ein wenig erstaunt, daß sein Vater die ganze Zeit über nichts sagte, und als er den Kopf hob und für eine Sekunde dem Blick seines Vaters im Spiegel begegnete, da las er in dessen Augen überhaupt keinen Zorn, sondern eine nur mühsam unterdrückte Heiterkeit.
Sie fuhren weiter auf die Stadt zu. Vater hatte auf den ersten Kilometern gehörig Gas gegeben, wohl um möglichst rasch möglichst viel Wegstrecke zwischen sie und die Raststätte zu legen, aber jetzt nahm er wieder die Geschwindigkeit zurück und lenkte den Wagen auf die rechte Spur. Die Uhr auf dem Armaturenbrett verriet ihnen, daß sie noch viel zu früh dran waren. Und spätestens seit dem Zwischenfall in der Raststätte war Michael genau wie sein Vater der Meinung, daß es besser war, dem Onkel nicht zu begegnen. Geschweige denn irgendeinem anderen Menschen.

Monster in der U-Bahn

Das Zimmer war dunkel und still, und Michael erwachte zum ersten Mal seit langer, langer Zeit ausgeruht und wirklich frisch. Nicht einmal so sehr deshalb, weil er lange und tief geschlafen hatte, sondern wohl deswegen, weil er zum ersten Mal in dem Bewußtsein eingeschlafen war, an einem sicheren Ort zu sein, keine Gefahr fürchten zu müssen, wenn er die Augen schloß, und sich in der Gegenwart von Freunden und Verbündeten zu befinden.
Obwohl sie sich auf dem Weg hierher wirklich Zeit gelassen hatten, war sein Vater auf Nummer Sicher gegangen und noch fast eine Stunde lang kreuz und quer durch die Stadt gefahren, ehe er es schließlich gewagt hatte, den Wagen in einer kleinen Gasse unweit des Apartmenthauses abzustellen, in dem sein Bruder wohnte. Nicht unmittelbar davor, denn sie konnten, wie er meinte, nicht hundertprozentig sicher sein, wirklich unerkannt weggekommen zu sein.
Michael hatte von alldem kaum noch etwas mitbekommen. Er war nicht einmal ganz sicher, ob er den Weg hinauf ins Apartment seines Onkels tatsächlich aus eigener Kraft geschafft oder ob sein Vater ihn nicht vielleicht die letzten Stufen getragen hatte. Er erinnerte sich nicht, wie er in die Wohnung, geschweige denn in dieses Bett gekommen war.
Nach einer geraumen Weile erst öffnete er die Augen und sah sich in seiner neuen Umgebung um. Wäre es nach ihm gegangen, dann hätte er noch sehr lange mit geschlossenen Augen reglos dagelegen und einfach ein Gefühl genossen, das er vielleicht zum ersten Mal im Leben als wertvoll einzuschätzen imstande war: das Gefühl des Friedens. Er wurde nicht gejagt, er befand sich nicht in Gefahr, er mußte vor niemandem davonlaufen und sich nicht verstecken. Vielleicht erging es den meisten Menschen so, dachte er, daß sie das, was sie besaßen, immer erst dann wirklich zu schätzen wuß-

ten, wenn es in Gefahr war oder sie es bereits verloren hatten. Was ihn geweckt hatte, war das intensive Empfinden gewesen, nicht mehr allein zu sein. Auf einem Stuhl neben dem Bett saß ein Schatten, und obwohl Michael nur einen Umriß erkennen konnte, spürte er, daß es sein Vater war.

»Habe ich dich geweckt?« drang die Stimme seines Vaters in sein Bewußtsein. »Das wollte ich nicht.«

Michael schüttelte den Kopf. »Schon gut. Was ... wie lange sitzt du schon hier?«

»Eine Weile«, antwortete sein Vater. »Aber wenn du müde bist, dann schlaf ruhig weiter.«

Michael war in der Tat alles andere als ausgeruht. Vermutlich würde er Wochen, wenn nicht Monate brauchen, um sich von diesem haarsträubenden Abenteuer wirklich zu erholen – falls es irgendwann einmal zu Ende ging. Trotzdem richtete er sich nach kurzem Zögern im Bett auf, schlug die Decke zurück und zog die Knie an den Körper, um sie mit den Armen zu umschlingen. »Wie spät ist es?«

Der Schatten bewegte sich. Etwas raschelte, als sein Vater auf die Armbanduhr sah. »Gleich halb sieben.«

»Oh«, sagte Michael. »Dann habe ich ja nur zwei Stunden –«

Sein Vater lachte leise. »Entschuldige«, sagte er. »Ich habe mich falsch ausgedrückt. Es ist gleich achtzehn Uhr dreißig, und du hast den ganzen Tag geschlafen.«

Nun erschrak Michael doch. »Den ganzen Tag!?« wiederholte er erschrocken und machte Anstalten, sofort vom Bett aufzuspringen.

Aber sein Vater machte eine besänftigende Geste und schüttelte zugleich den Kopf. »Das macht gar nichts«, sagte er. »Wir haben alle ein bißchen Schlaf gebraucht. Dein Freund ...« Er verbesserte sich, und obwohl er sich Mühe gab, sich zu beherrschen, spürte Michael, wie schwer es ihm fiel, das Wort auszusprechen. »Dein *Bruder* ist schon eine ganze Weile wach. Er hatte ja nicht viel mehr zu tun, als zu schlafen – dort, wo er war.«

»Er ist schon wach?« Michael schwang die Beine vom Bett und wollte nun doch aufstehen, aber wieder hielt ihn sein Vater mit einer nun doch etwas energischeren Geste zurück.
»Warte«, sagte er. »Ich möchte mit dir reden. Allein.«
Etwas an der Art, wie er diese Worte sagte, beunruhigte Michael. Er schwieg, sah seinen Vater aber gespannt an.
»Ich nehme an, du hattest ein bißchen Zeit, über das nachzudenken, was ich dir erzählt habe«, begann sein Vater nach einigen Sekunden.
»Über Mutter und dich?«
Sein Vater nickte leicht. »Wenn du uns noch so nennen willst, ja.«
Michael hörte die Furcht in diesen Worten, und auch er verspürte einen schmerzhaften Stich in der Brust. Natürlich *hatte* er über alles nachgedacht, was sein Vater in der Raststätte erzählt hatte. Aber die Antwort auf das, was sein Vater ihn fragte, ohne die Frage wirklich auszusprechen, kam so schnell und überzeugend, daß auch Michael spürte, daß es die reine Wahrheit war. »Was für ein Unsinn«, sagte er. »Natürlich bleibt ihr das.«
Sein Vater antwortete nicht, ließ nicht einmal ein Seufzen oder irgendein anderes Geräusch hören, und trotzdem spürte Michael die unendliche Erleichterung, die er bei diesen Worten empfand. Hatte er etwa erwartet, daß Michael ihm jetzt Vorwürfe machte oder ihm und seiner Mutter gar seine Liebe aufkündigte? Wenn, dann mußte er seinen Adoptivsohn wirklich schlecht kennen. Natürlich war es ein Schock, trotzdem würden seine Eltern immer seine Eltern bleiben. Es spielte gar keine Rolle, daß sie nicht seine leiblichen Eltern waren. Wichtig war allein, daß Michael sein gesamtes Leben bei ihnen verbracht hatte, zumindest den Teil davon, an den er sich erinnerte und der wichtig war. Er hatte ihre Liebe bekommen, ihre Fürsorge und Zärtlichkeit, und *das* war es, was zählte, nicht der Zufall der Geburt.
Er hatte auch über Hendryk nachgedacht. Der Junge war

ihm von Anfang an sympathisch gewesen, und obwohl sie doch nicht einmal eine ganze Woche miteinander verbracht hatten, hatten sie sich als Freunde getrennt. Hendryk war ihm sympathisch, er mochte ihn – aber irgendwie betrachtete er ihn nicht als *Bruder*. Vielleicht würde das noch kommen.

»Ich bin sehr erleichtert, daß du das sagst«, sagte sein Vater schließlich. »Ich hatte große Angst vor diesem Moment, weißt du?«

»Warum?«

»Weil ...« Sein Vater suchte einen Moment nach Worten und fand wohl keine, denn er zuckte nur mit den Schultern. Endlose Sekunden verstrichen, bevor er weitersprach. »Ich weiß es nicht«, gestand er. »Vielleicht habe ich mir eingebildet, daß sich irgend etwas ... zwischen uns verändern würde, wenn du die Wahrheit wüßtest.«

»Ihr hättet es mir eher sagen sollen«, sagte Michael leise. »Aber was sollte sich ändern?«

Erwachsene waren manchmal komisch, dachte er, selbst wenn es die eigenen Eltern waren. Was glaubte sein Vater, daß er jetzt tun würde? Ihm Vorwürfe machen, weil sie damals ein elternloses, schwerkrankes Kind aus einem Waisenhaus herausgeholt hatten? Die Tatsache, daß er nicht ihr wirklicher Sohn war, machte das Geschenk der Liebe kein bißchen weniger wertvoll. Ganz im Gegenteil. Niemand hatte sie gezwungen, ihn zu nehmen. Das Kind fremder Leute anzunehmen und aufzuziehen wie ein eigenes gehörte sicher zu den selbstlosesten Dingen, die ein Mensch in seinem Leben überhaupt tun konnte.

»Es ist alles in Ordnung«, sagte er leise, aber mit fester Stimme. »Nichts hat sich geändert.«

»Gut.« Die Stimmung seines Vaters schlug jählings um. »Dann sollten wir zu Hendryk hinausgehen und überlegen, wie wir diesem größenwahnsinnigen Schreiberling gehörig auf die Finger klopfen.«

Diesmal war es Michael, der seinen Vater zurückhielt. »Warte«, sagte er.
Sein Vater, der bereits aufgestanden und einen Schritt auf die Tür zu gemacht hatte, blieb noch einmal stehen und drehte sich um. »Ja?«
»Du mußt das nicht tun«, sagte Michael. Seine Worte überraschten ihn selbst, aber zugleich spürte er, daß er es sagen mußte – auch wenn er sich, ehrlich gesagt, ein ganz kleines bißchen albern dabei vorkam.
»Ich muß *was* nicht tun?« fragte sein Vater.
»Wolf ist kein größenwahnsinniger Schreiberling«, sagte Michael ernst. »Das heißt, vielleicht ist er es, aber darüber hinaus ist er auch sehr gefährlich. Er hat Ansons Männer auf seiner Seite, und ich glaube, daß seine Zauberkraft mittlerweile fast so groß ist wie die Marliks. Wenn nicht größer. Ich weiß, daß du uns helfen willst, aber das hier ist nicht dein Kampf, weißt du? Ich bin dir nicht böse, wenn du dich heraushältst.«
Sein Vater starrte ihn fassungslos an und begann dann schallend zu lachen.
»Was ist daran so komisch?« fragte Michael beleidigt.
»O, nichts«, antwortete sein Vater, noch immer vor Lachen glucksend. »Ich mußte nur gerade daran denken, daß es eigentlich umgekehrt sein sollte, weißt du? Daß der Vater seinem Sohn erklärt, daß die Sache gefährlich werden könnte und er sich besser heraushält. Es sei denn, der Sohn ist fünfunddreißig und sieht wie Arnold Schwarzenegger aus und der Vater geht auf die Siebzig zu und hat bereits silberweißes Haar. Aber das trifft bei uns ja nicht ganz zu, oder?«
»Mmh«, knurrte Michael. Er mocht es nicht, wenn sein Vater solche Anspielungen machte. Michael war zwar nicht unbedingt eine Bohnenstange, daber doch alles andere als *kräftig.* Sein Vater, der sein Leben lang Sport betrieben und bis auf eine Zigarette dann und wann keine Laster hatte, hatte nie einen Hehl daraus gemacht, daß ihm die etwas eigen-

artige Einstellung seines einzigen Sohnes zu Sport im besonderen und zu körperlicher Aktivität im allgemeinen nicht besonders gefielen. In den letzten Tagen hatte Michael schon mehrfach Gelegenheit gehabt, es nachhaltig zu bedauern, sich nicht mehr um seine körperliche Leistungsfähigkeit gekümmert zu haben. Auf der anderen Seite war dies aber nicht ein Kampf, den man mit *Muskelkraft* gewinnen konnte.
Sein Vater schien zu spüren, daß seine Antwort Michael verletzt hatte, denn er fuhr in ernsterem Tonfall fort: »Außerdem täuscht du dich, wenn du glaubst, es geht mich nichts an. Diese Leute haben mein Haus niedergebrannt. Sie hätten mich um ein Haar umgebracht, und deine Mutter liegt im Krankenhaus und wird sicher noch Wochen dort verbringen. Außerdem sucht die halbe Stadt nach dir, ihre andere Hälfte wahrscheinlich mittlerweile nach Hendryk. Die Behörden sind nicht blöd. Vielleicht haben wir noch eine kurze Gnadenfrist, aber früher oder später werden sie sich zusammenreimen, wer euch bei der Flucht aus dem Waisenhaus geholfen hat. Ich kann mich da gar nicht raushalten, weißt du?«
Er verließ das Zimmer, ohne Michael Gelegenheit zu einer Erwiderung zu lassen, und Michael folgte ihm nach kurzem Zögern. So einleuchtend die Worte seines Vaters klangen, sie hatten ihn nicht völlig überzeugt. Bei jedem anderen hätte er sie vielleicht geglaubt, aber sein Vater war kein Verfechter alttestamentarischer Rache, und von dem biblischen »Auge um Auge« hielt er schon gar nichts. Darüber hinaus hatte er sich zwar bei dem Kampf im Wald ganz wacker geschlagen, aber ihn sich mit dem Schwert in der Hand gegen Ansons Krieger kämpfend vorzustellen, wollte Michael einfach nicht gelingen. Nein – warum auch immer sein Vater Wolf ganz für sich allein den Krieg erklärt zu haben schien, dafür mußte es noch einen anderen Grund geben.
Ihm fiel ein, daß er schon wieder die Gelegenheit verpaßt hatte, seinen Vater zu fragen, warum Mutter überhaupt im Krankenhaus lag, und er eilte rasch hinter ihm her, um das

Versäumte nachzuholen. Aber er kam auch diesmal nicht dazu, denn als er das Wohnzimmer betrat, da bot sich ihm ein Anblick, der ihn überrascht stehenbleiben ließ.
Dabei war daran eigentlich nichts Besonderes. Auch hier waren die Vorhänge zugezogen, aber sämtliche Lampen brannten, und der große Fernseher in der Ecke neben dem Fenster lief. Hendryk saß gebannt nach vorne gebeugt auf einem Stuhl und verfolgte mit ganzer Konzentration die bunten Bilder, die über die Mattscheibe flimmerten.
»Das tut er schon, seit er wach ist«, sagte Michaels Vater.
Michael konnte das gut verstehen. Bilder, die sich bewegten, mußten für Hendryk ein reiner Wunder sein. Aber zugleich kam ihm der Anblick in diesem Moment vollkommen absurd vor. Sie hatten weiß Gott Wichtigeres zu tun, als *fernzusehen!*
»Wo ist Dwiezel?« fragte er.
»Im Bad.« Sein Vater machte eine entsprechende Geste.
»Im Bad?! fragte Michael entsetzt.
Der Blick seines Vaters war fragend auf ihn gerichtet. »Warum nicht? Es ist der einzige Raum ohne Fenster, und Hendryk hat mir erzählt, daß Sonnenlicht ihn tötet.«
»Aber weißt du denn nicht, was passiert, wenn er *naß* wird?« fragte Michael erschrocken, wartete die Antwort seines Vaters erst gar nicht ab, sondern rannte mit weit ausgreifenden Schritten in den Flur und riß die Badezimmertür auf.
Die Katastrophe war nicht eingetreten. Das Licht unter der Decke brannte, und Dwiezel saß, die Beine herabbaumeln lassend, auf der Ablage über dem Waschbecken und schnitt seinem Ebenbild im Spiegel Grimassen. Als er Michael sah, stieß er einen erfreuten Ruf aus und flog auf ihn zu.
Michael streckte die Hand aus, und das Irrlicht ließ sich darauf nieder. »Gut, daß du kommst«, sagte Dwiezel. »Ich bin vor Langeweile fast gestorben. Dieser große Tölpel hat mich einfach hier eingesperrt.«
Mit dem *großen Tölpel* meinte er offensichtlich Vater. Michael überging die Bemerkung.

»Ich nehme dich mit nach draußen«, sagte Michael. »Aber nur unter einer Bedingung. Du versprichst, nichts zu verbrennen, in die Luft zu sprengen oder anzuzünden. Einverstanden?«
Tatsächlich schien Dwiezel sekundenlang über diesen Vorschlag nachdenken zu müssen, dann nickte er. »Na gut«, knurrte er. »Wenn es sein muß.«
Sie verließen das Badezimmer. Als sie den Wohnraum betraten, hatte Michaels Vater es plötzlich sehr eilig, nach der Fernbedienung zu greifen und den Fernseher auszuschalten. Michael lächelte flüchtig, während Hendryk einen enttäuschten Laut hören ließ.
»Schalten Sie wieder ein«, verlangte er. »Es war gerade so spannend.«
Aber Vater schüttelte nur den Kopf. »Jetzt nicht«, sagte er. Nach einer entsprechenden Geste auf Dwiezel, zu der er sich jedes Kommentares enthielt, fuhr er fort: »Wir haben Wichtigeres zu tun. Jetzt, wo Michael wach ist, müssen wir darüber reden, wie es weitergeht.«
Hendryk war sehr enttäuscht, warf dem Fernseher noch einen entsagungsvollen Blick zu und stand auf. Alle drei gingen in die Küche, wo Vater schon vor Stunden ein reichlich verspätetes Frühstück vorbereitet hatte, und setzten sich.
»Wir müssen Kriegsrat halten«, begann Vater. Michael grinste, wurde aber sofort wieder ernst, und sein Vater fuhr fort: »So komisch ist das nicht, fürchte ich. Letzte Nacht haben wir bloß Glück gehabt. Aber das wird nicht ewig so bleiben.«
»Aber wir sind doch hier in Sicherheit«, widersprach Michael. »Wolf weiß nichts von dieser Wohnung. Ich habe niemals über Onkel Hans geredet, und –«
»Er wird uns finden«, mischte sich Dwiezel ein.
Michael sah ihn zweifelnd an. Das Irrlicht zog eine funkensprühende Runde unter der Decke und nahm dann mitten auf dem Tisch Platz. »Er wird uns finden«, wiederholte er, »und das wahrscheinlich eher, als ihr glaubt.«

»Wieso?« fragte Vater stirnrunzelnd.
Dwiezel deutete nacheinander auf Michael und Hendryk. »Ich habe ihn gefunden und auch ihn, ohne zu wissen, wo sie waren«, sagte er. »Warum sollte das Wolf nicht gelingen? Er ist ein mächtiger Zauberer.«
Michael wollte widersprechen, schon um Dwiezels Worten etwas von ihrem Schrecken zu nehmen, aber sein Vater brachte ihn mit einer bestimmenden Geste zum Schweigen. »Ich fürchte, dein kleiner Freund hat recht«, sagte er. »Es fällt mir zwar immer noch schwer, an Zauberei und Magie zu glauben, aber wie die Dinge liegen, sollten wir Wolfs Fähigkeiten lieber ernst nehmen. Sie werden uns aufspüren, vielleicht noch nicht heute, vielleicht nicht einmal morgen, aber wir können nicht ewig vor ihnen davonrennen.«
»Und was sollen wir tun?« fragte Michael.
Sein Vater zuckte mit den Schultern. »Das weiß ich auch nicht«, gestand er. »Aber eines weiß ich genau: Wir müssen irgend etwas unternehmen. Wenn wir uns immer nur darauf beschränken, darauf zu warten, daß *sie* etwas tun, um dann darauf zu reagieren, werden wir irgendwann einmal zu spät reagieren, glaub mir. Man kann keinen Kampf gewinnen, wenn man immer nur davonläuft und darauf wartet, daß der andere einen Fehler macht. Wir müssen herausfinden, wo sich Wolf und Anson verstecken. Und vor allem müssen wir herausfinden, was sie eigentlich *wollen.*« Er wandte sich direkt an Michael. »Denk nach, Michael. Du warst im Labor des Zauberers. Was immer Wolf dort entdeckt hat, mußt auch du gesehen haben.«
»Wieso?« wunderte sich Michael.
»Weil ich fast sicher bin, daß er es von dir weiß«, antwortete Vater. »Zumindest indirekt. Er war nur dieses eine Mal dort, aber ich schätze ihn nicht als einen Mann, der ganz impulsiv handelt. So präzise, wie er vorgegangen ist, muß er sehr genaue Vorstellungen von dem gehabt haben, was er dort wollte. Du hast mir erzählt, daß er dein Tagebuch gelesen

hat. Ich nehme an, er hat in deinen Aufzeichnungen etwas gefunden, was ihn überhaupt erst auf die Idee brachte, Marlik zu überfallen.«

»Aber was denn?« fragte Michael.

Ganz sicher barg Marliks Labor Dinge von großem Wert und großer magischer Macht. Das Problem war wahrscheinlich gar nicht einmal gewesen, sie zu finden und zu stehlen, sondern vielmehr, sie überhaupt zu *erkennen.*

»Nein«, sagte er enttäuscht, nachdem er konzentriert nachgedacht hatte. »Ich weiß es einfach –« Für den Bruchteil einer Sekunde wußte er es doch. Für einen winzigen Moment glaubte er es vor sich zu sehen, aber das Bild entschlüpfte ihm zu rasch, als daß er es festhalten konnte. »Ich weiß es nicht«, sagte er leise.

Sein Vater war enttäuscht, gab sich aber Mühe, es sich nicht anmerken zu lassen. »Dann müssen wir versuchen, sein Versteck aufzuspüren und ihn dort zu stellen«, sagte er.

Hendryk riß die Augen auf. »Sie wollen ihn *angreifen?*«

»Hast du eine bessere Idee?« Der Vater lächelte gequält. »Nicht, daß es mir selbst gefällt. Aber ich sehe keinen anderen Weg. Daß wir ihn suchen, statt vor ihm davonzulaufen, ist wahrscheinlich das allerletzte, womit er rechnet. Und außerdem läuft uns die Zeit davon.«

»Wieso?« fragte Hendryk.

»Du hast es selbst gesagt«, antwortete Vater. »Etwas Furchtbares geschieht dort unten bei euch. Ich weiß so wenig wie du, aber es kann kein Zufall sein, daß diese Veränderung begann, nachdem Wolf bei euch war. Euer Zauber hat euch fünfhundert Jahre lang sicher geschützt. Jetzt erlischt er, und zugleich beginnt ein ganz normaler Mensch hier oben bei uns Zauberkräfte zu entwickeln. Glaubst du wirklich, das eine hätte nichts mit dem anderen zu tun?«

Hendryk sagte nichts dazu, aber seine Gedanken spiegelten sich deutlich in seinem Gesicht. »Unser Zauber erlischt«, sagte er nach einer Weile. »Wolf hat ihn uns gestohlen.«

»Vielleicht«, erwiderte Vater, »vielleicht auch nicht. Das wird sich zeigen. So oder so müssen wir ihn finden, denn selbst wenn er nicht die Schuld an dem trägt, was bei euch geschieht, hat er vielleicht die Macht, es aufzuhalten. Ich bin sicher, daß wir ihn aufspüren können. Anson und seine Männer sind zu auffällig, um sich lange verstecken zu können. Und wenn nicht sie, dann werden einige der anderen Wesen Aufsehen erregen, die sie begleiten.

»Die Ghoule sind schon da«, sagte Hendryk.

Offensichtlich war das für ihn etwas völlig Selbstverständliches, denn es vergingen Sekunden, bis er überhaupt registrierte, daß sowohl Michael als auch sein Vater ihn mit offenem Mund anstarrten.

»Was?« fragte Michael ungläubig.

»Ich sagte, die Ghoule sind schon hier.« Hendryk deutete heftig in Richtung Wohnzimmer. »Der kleine Mann in dem Kasten mit den bunten Bildern hat es gesagt.«

»Was hat er gesagt?« hakte Vater nach. »Bitte erinnere dich, es ist wichtig!«

Hendryk legte die Stirn in Falten. »Ich habe gar nicht richtig hingehört«, gestand er. »Wen interessiert schon ein schmutziger Ghoul? Er hat nicht Ghoul gesagt, aber die Beschreibung paßt. Er hat . . . irgend etwas von . . . von Ungeheuern erzählt«, fuhr Hendryk schleppend fort. Sein Ton wurde fragend. »Und *Marsmenschen?*«

Michael wollte loslachen, aber sein Vater machte eine hastige Handbewegung und schob den Jackenärmel zurück, um auf die Uhr zu blicken. »Fast sieben«, sagte er. »In fünf Minuten gibt es Nachrichten. Vielleicht wiederholen sie die Meldung.« Er sprang auf und rannte ins Wohnzimmer hinüber, um den Fernseher einzuschalten, und sowohl Michael als auch Hendryk und nach einer Sekunde auch Dwiezel folgten ihm. Michael warf dem Irrlicht einen fast beschwörenden Blick zu, als sein Vater den Apparat einschaltete und die Mattscheibe sich mit flimmernden Farben füllte, aber zu sei-

ner Erleichterung beherrschte sich Dwiezel diesmal. Vielleicht schlug ihn der Anblick der sich bewegenden farbigen Bilder ebenso in seinen Bann wie Hendryk.
Vater schaltete rasch die Kanäle durch, bis er die lokale Fernsehstation gefunden hatte. Die Werbung lief. Michael hatte Fernsehreklame nie besonders gemocht, aber sie war ihm noch nie so überflüssig und vor allem so *lang* vorgekommen wie jetzt. Die einzelnen Spots schienen Stunden zu dauern. Endlich war der Werbeblock zu Ende, und der Sender brachte Weltnachrichten, dann lokale Berichte. Als Michael schon glaubte, die Zeit wäre vollkommen stehengeblieben und der Ansager auf dem Bildschirm würde jedes Wort einzeln und umständlich buchstabieren und nach jedem Satz ein kleines Schläfchen einlegen, da erschien in der oberen linken Bildschirmecke eine Schlagzeile, die ihn wie elektrisiert zusammenfahren ließ.
Marsmenschen in der U-Bahn gelandet?
Michael war plötzlich so aufgeregt, daß er gar nicht richtig mitbekam, was der Sprecher sagte. Immerhin verstand er soviel, daß in der U-Bahn-Station am geschlossenen Nordbahnhof seit Tagen angeblich sonderbare grünhäutige Wesen beobachtet worden wären, die nicht ganz anderthalb Meter groß seien und riesige Hände, Plattfüße und unheimliche weiße Augen hätten. Tatsächlich hatte Michael nie zuvor eine treffendere Beschreibung eines Ghouls gehört. Der Nachrichtensprecher erzählte die Neuigkeit mit einem Grinsen und gab sich auch ansonsten gar keine Mühe zu verheimlichen, was er davon hielte. Schließlich erklärte er, daß sich in den nächsten Tagen eine offizielle Untersuchungskommission um die Zwischenfälle kümmern werde, und gab seinen Zuschauern den Rat, noch einmal H. G. Wells' »Krieg der Welten« zu lesen und sich vielleicht mit ein paar gebrauchten Taschentüchern voller Grippebakterien auszurüsten, sollten sie diese U-Bahn-Strecke befahren müssen.
Vater schaltete den Fernseher aus, doch sowohl Michael als

auch Hendryk blieben noch sekundenlang reglos stehen und starrten die grau gewordene Mattscheibe an. Michael hatte Mühe, seine Angst zu unterdrücken. Seit seiner letzten Begegnung mit den Ghoulen hielt er diese Wesen für nicht mehr ganz so harmlos und feige. Zu jedem anderen Zeitpunkt hätte er über diese Meldung gelacht, aber jetzt jagte sie ihm einen eisigen Schauer über den Rücken. Aber was wollten sie hier?

»Nun?« fragte Michaels Vater.

Hendryk nickte, und nach einigen Sekunden tat Michael dasselbe. »Er hat recht«, sagte er. »Es sind Ghoule.«

Sein Vater wirkte jedoch kein bißchen beunruhigt, sondern im Gegenteil eher erfreut. »Nun, dann haben wir wenigstens eine Spur«, sagte er.

»Sie haben nichts mit Wolf zu tun«, sagte Hendryk.

Den Vater schien das gar nicht zu stören. »Wolf ist nicht dumm«, sagte er mit einer Geste auf den Fernseher. »Er wird diese Nachrichten genauso hören wie wir. Und er kann es sich gar nicht leisten, *nicht* nach dem Rechten zu sehen. Ich glaube, daß es ihm im Moment vor allem darauf ankommt, unnötiges Aufsehen zu vermeiden. Seine Macht ist noch nicht gefestigt. Vielleicht kommt er nicht selbst, aber er wird ganz bestimmt einen seiner Männer schicken, um sich um die Ghoule zu kümmern. Außerdem ist das die einzige Spur, die wir haben.«

Offensichtlich begriff Hendryk erst jetzt, worauf Vater hinauswollte. »Sie ... Sie wollen doch nicht etwa *dorthin*«, krächzte er.

»Natürlich will ich das«, erwiderte Vater ungerührt. »Ihr könnt gern hierbleiben. Wenn ich ehrlich sein soll, es ist mir sogar viel lieber, wenn ihr mich nicht begleitet.«

»Das kommt überhaupt nicht in Frage«, sagte Michael impulsiv.

Vater seufzte. »Das habe ich befürchtet«, sagt er. »Aber vielleicht hast du recht. Möglicherweise ist es besser, wenn wir zusammenbleiben.« Er wandte sich wieder zu Hendryk um. »Gibt es irgend etwas, was die Ghoule besonders fürchten?« Hendryk schüttelte den Kopf, aber dann sagte er doch: »Licht. Licht und vor allem Feuer.«

»Leider kann ich nicht einfach irgendwo ein paar Flammenwerfer kaufen«, erwiderte Vater mit einem flüchtigen Lächeln, »aber Licht sollte aufzutreiben sein. Also los!«

Sie verließen die Wohnung. Michael, Hendryk und das Irrlicht warteten im Hausflur, bis Vater den Wagen geholt und vor der Tür angehalten hatte, dann überquerten sie ohne sichtbare Hast den Gehsteig und stiegen ein, wobei Dwiezel sich unter Michaels Jacke verkrochen hatte. Die Strecke zum Nordbahnhof war nicht sehr weit, aber Vater machte einen kleinen Umweg, um an einer Tankstelle drei starke Taschenlampen samt einem gehörigen Vorrat an Batterien zu erstehen. Es waren sehr große Lampen, beinahe schon kleine Scheinwerfer, und nach der verheerenden Wirkung, die schon eine viel kleinere Lampe bei dem Kampf in Michaels Haus auf Ansons Männer gehabt hatte, fühlte sich Michael damit tatsächlich schon ein wenig sicherer.

Sie brauchten eine halbe Stunde, um die U-Bahn-Station zu erreichen. Der Nordbahnhof, dem sie ihren Namen verdankte, war schon vor Jahren geschlossen worden, die dazugehörige U-Bahn-Station jedoch nicht. Vater parkte den Wagen in einiger Entfernung und stieg erst einmal allein aus, um nach dem Rechten zu sehen, kehrte jedoch schon nach wenigen Augenblicken zurück und erklärte, daß die Luft rein sei. Tatsächlich war es sehr still, für Michaels Geschmack beinahe ein wenig *zu* still. Der riesige, aufgegebene Komplex des Bahnhofes lag finster wie ein von Menschenhand erschaffenes Gebirge vor ihnen, und weit und breit war nicht die mindeste Spur menschlichen Lebens zu entdecken. Bedachte man die Uhrzeit und den Umstand, daß sie sich unmittelbar über einem U-Bahnhof befanden, dessen einziger Zweck es war, Menschen ein- und aussteigen zu lassen, war

die Stille sogar schon beinahe unheimlich. Und als sie die breite Treppe zur Station hinunterliefen, verstand Michael auch, warum das so war.
Am unteren Ende der Treppe versperrte ihnen ein Metallgitter den Weg. Ein großes, in leuchtendroten Buchstaben gemaltes Schild erklärte, daß die Station wegen dringender Renovierungsarbeiten für einige Tage geschlossen sei, und bat die Fahrgäste um Verständnis.
Vaters Gesicht verdüsterte sich, während er den Strahl seiner Taschenlampe über das Schild gleiten ließ. »Renovierungsarbeiten«, knurrte er. »Wer zum Teufel soll das glauben?«
»Was soll es denn sonst sein?« erkundigte sich Michael.
Vater zuckte ärgerlich mit den Schultern, aber er kam nicht dazu zu antworten, denn in diesem Moment hörten sie über sich Schritte. Hastig schaltete Michaels Vater die Lampe aus und ließ sie unter dem Mantel verschwinden, und er hatte es kaum getan, als ein Schatten am oberen Ende der Treppe erschien und er sich plötzlich selbst im Zentrum eines grellen Lichtstrahles befand. Blinzelnd hob er die Hand vor das Gesicht, und die Gestalt über ihnen senkte die Lampe ein wenig und ließ ihren Lichtstrahl prüfend über Michaels und Hendryks Gesichter gleiten. Hendryk fuhr zusammen. Michael sah, wie sich sein Gesicht vor Schmerz verzerrte, als ihn das grelle Licht traf, aber er reagierte gottlob rasch genug und drehte sich herum, ehe dem Mann dort oben seine übertrieben Reaktion auffallen konnte.
»Können wir Ihnen helfen?« drang eine Stimme zu ihnen herab.
Vater antwortete nicht gleich, sondern lief in schnellen Schritten die Treppe wieder hinauf, und Michael und Hendryk schlossen sich ihm an. Michael spürte, wie sich Dwiezel unruhig zu bewegen begann, und flüsterte ihm erschrocken zu, ja still zu sein und sich nicht zu rühren.
Als sie sich wieder auf ebener Erde befanden, sahen sie sich zwei uniformierten Polizisten gegenüber. Beide waren sehr

jung, aber Michael beging trotzdem nicht den Fehler, sie zu unterschätzen. Er glaubte keine Sekunde lang daran, daß sie durch einen reinen Zufall ausgerechnet hier und ausgerechnet jetzt aufgetaucht waren.

»Die Station ist für ein paar Tage geschlossen«, erklärte derjenige, der die Lampe in der Hand hielt. »Dringende Instandhaltungsarbeiten, Sie verstehen?«

»Das ist aber ärgerlich«, antwortete Vater. »Wir müssen in die Stadt, und wir haben es sehr eilig. Meine Frau trifft in zwanzig Minuten am Hauptbahnhof ein, und die Jungs und ich hatten ihr versprochen, sie abzuholen.«

»Das tut mir leid«, sagte der Polizist. »Die nächste Station ist nur zwei Kilometer entfernt. Die Züge halten im Moment gar nicht hier.« Seine Stimme klang sehr freundlich. Offensichtlich glaubte er Vaters Geschichte und fühlte tatsächlich mit ihnen.

Der zweite Beamte jedoch, der ein Stück abseits stand, musterte ihn, Michael und vor allem Hendryk mit unverhohlenem Mißtrauen. Wenn es überhaupt noch eines Beweises bedurft hätte, daß die beiden nicht zufällig auf einem Streifgang hier vorbeigekommen waren, dachte Michael, dann war es dieser Blick. Er sagte nichts, aber Michael war überzeugt, daß er den Zwischenfall sofort über Funk weitermelden würde, sobald sie außer Sicht waren.

»Nun ja, da kann man nichts machen. Vielen Dank jedenfalls«, sagte Vater. Er drehte sich um und machte eine entsprechende Geste. »Kommt, ihr zwei. Beeilen wir uns.«

Sie gingen in die Richtung davon, in die der Polizeibeamte gedeutet hatte, bewegten sich aber nur so weit, bis sie hinter der nächsten Straßenbiegung und damit außer Sichtweite der beiden waren. Dann blieb Vater stehen, gebot ihnen mit einer Geste, sich nicht zu rühren, und ging ein paar Schritte zurück, um vorsichtig um die Ecke zu spähen.

»Sie kommen uns nicht nach«, sagte er. »Aber das bedeutet nichts. Da unten stimmt wirklich etwas nicht. Sie sperren

keine U-Bahn-Station, nur weil irgend jemand hysterisch geworden ist.«
»Und wenn wir die beiden einfach überwältigen?« schlug Hendryk vor.
Vater lächelte. »Ich glaube nicht, daß ich das schaffe. Außerdem: So läuft das bei uns nicht. Man kann hier nicht einfach Leute niederschlagen. Zudem würde ihr Verschwinden auffallen, und wir hätten in fünf Minuten die ganze Meute auf dem Hals.«
»Und wenn wir wirklich tun, was er vorgeschlagen hat?« fragte Michael. »Wenn es wirklich nur zwei Kilometer sind, könnten wir zu Fuß durch den U-Bahn-Tunnel zurückkommen.«
»Aber sicher«, entgegnete Vater sarkastisch. »Sie werden in aller Ruhe zusehen, wie wir drei in den U-Bahn-Schacht steigen und über die Gleise marschieren, wie?« Er schüttelte entschieden den Kopf. »Außerdem bin ich nicht sicher, daß sie uns die Geschichte abgekauft haben. Der eine hat mich so komisch angesehen. Wenn wir Pech haben, erwarten sie uns dort bereits.«
Er schwieg eine Weile, dann deutete er auf den Bahnhof. »Versuchen wir es dort.«
Sie näherten sich dem dunklen, leerstehenden Bahnhofsgebäude von der Rückseite her. Das bedeutete zwar einen gewaltigen Umweg, der sie gute zwanzig Minuten kostete, aber sowohl Michael als auch sein Vater argwöhnten, und das wohl nicht einmal zu Unrecht, daß sich die beiden Polizeibeamten vielleicht noch in der Nähe befanden oder auch nicht allein gewesen waren. Und ihre Vorsicht erwies sich als keineswegs übertrieben. Als sie sich den geschlossenen Drahtglastüren näherten, stieß der Vater plötzlich einen gedämpften, warnenden Ruf aus und wich blitzschnell ein paar Schritte zurück, und nur einen Augenblick später erschien tatsächlich jemand in einer grünen Uniform an der Ecke des Gebäudes. Hastig zogen sie sich in die Schatten zurück und

warteten, daß der Polizist weiterginge. Ihre Geduld wurde auf eine harte Probe gestellt. Der Mann hatte es nicht sonderlich eilig und überprüfte pedantisch jede Tür und jedes Fenster, das sich in seiner Reichweite befand. Zwar kam er nicht in ihre Nähe, aber sein Streifengang versetzte Michaels Abenteuerlust doch einen gehörigen Dämpfer. Schon daß er hier alles überprüfte, bewies, daß tatsächlich etwas nicht stimmte, und außerdem demonstrierte er ihnen, daß das Gebäude verschlossen war. Michael war wohl mittlerweile so weit, daß er kaum noch Hemmungen gehabt hätte, ein Fenster einzuschlagen oder eine Tür aufzubrechen, aber der Mann würde garantiert zurückkommen und dann merken, daß jemand in die Bahnhofshalle eingedrungen war.

»Und was tun wir jetzt?« fragte Michael, nachdem der Polizist endlich seine Runde fortsetzte und hinter der jenseitigen Ecke des Gebäudes verschwunden war.

Sein Vater zuckte unglücklich mit den Schultern. »Das weiß ich auch nicht«, gestand er. »Wir könnten versuchen, ein Fenster einzuschlagen, aber dann ist es nur noch eine Frage der Zeit, bis sie merken, daß wir hier sind.«

Prima, dachte Michael. Ihr Abenteuer fing wirklich gut an. Genaugenommen hatte es bereits aufgehört, ehe es richtig begonnen hatte. Sie waren –

Und dann fiel es ihm wie Schuppen von den Augen, so plötzlich, daß er sich klatschend mit der flachen Hand vor die Stirn schlug und murmelte: »Ich bin doch ein Trottel.«

Hendryk sah ihn fragend an, und auf den Lippen seines Vaters erschien ein dünnes Lächeln. »Prinzipiell würde ich dir nicht widersprechen«, sagte er, »aber was meinst du im einzelnen damit?«

»Wir haben doch den besten Pfadfinder dabei, den man sich nur wünschen kann«, antwortete Michael, knöpfte seine Jacke auf und zog einen reichlich zerzaust aussehenden Dwiezel hervor. Das Irrlicht atmete hörbar auf, reckte Schultern, Arme und Flügel und sah Michael vorwurfsvoll an.

»Das wurde aber auch Zeit«, sagte Dwiezel.
»Wir brauchen deine Hilfe«, sagte Michael.
»Ach?« Dwiezel zog eine Grimasse. »Erst sperrst du mich stundenlang ein, daß ich kaum Luft bekomme, und wenn du nicht weiterweißt, dann brauchst du plötzlich meine Hilfe, wie?«
»Bitte, Dwiezel«, sagte Michael ungeduldig. »Wir haben keine Zeit für so etwas.« Er deutete auf den Bahnhof. »Wir müssen in dieses Gebäude. Aber unauffällig.«
Dwiezel wandte den Kopf und betrachtete den riesigen altmodischen Bau einen Moment lang nachdenklich. »Wenn ihr fliegen könntet, wäre es kein Problem«, sagte er. Michael entging der hämische Unterton in seiner Stimme keineswegs, aber er zog es vor, ihn zu überhören. »Aber ich kann euch die Tür aufmachen, wenn das alles ist.«
Michael hatte schon mehr als einmal gesehen, wie wenig Widerstand Schlösser dem Irrlicht entgegenzusetzen vermochten. Trotzdem schüttelte er den Kopf. »Niemand darf es merken«, sagte er. »Du mußt einen Weg unter der Erde finden.«
Irgendwie schien dieser Vorschlag das Irrlicht nicht sehr zu begeistern, denn es zog abermals eine Grimasse. Dann aber schwang es sich wortlos in die Luft, schwenkte nach links und war schon nach Augenblicken in der Dunkelheit verschwunden.
Nicht einmal eine Minute verging, dann kehrte Dwiezel zurück und gestikulierte heftig mit beiden Armen, ihm zu folgen. Sie gehorchten und fanden sich nach kaum zwei Dutzend Schritten genau dort wieder, wo Michael es erwartet hatte: vor einem Kanaldeckel. Michaels Vater blickte ihn und das Irrlicht sehr zweifelnd an, sagte aber nichts, sondern griff im Gegenteil mit zu, als Michael sich wortlos vorbeugte und den schweren Eisendeckel hochzustemmen versuchte.
Selbst zu dritt gelang es ihnen kaum. Wie alles in diesem Stadtviertel stammte auch der Kanaldeckel noch aus dem vo-

rigen Jahrhundert und war viel größer und schwerer als die modernen Einrichtungen im Zentrum. Dazu kam, daß er wahrscheinlich seit fünfzig Jahren nicht mehr bewegt worden war. Nur mit äußerster Mühe gelang es ihnen, ihn anzuheben und so weit zur Seite zu schieben, daß sich Hendryk, Michael und am Schluß der Vater durch den entstandenen Spalt quetschen konnten. Während der Vater, mit zusammengebissenen Zähnen auf der nach unten führenden Leiter stehend, versuchte, den Deckel wieder in seine Position zu schieben, schaltete Michael seine Lampe ein und ließ den Strahl in die Tiefe fallen.

Mittlerweile hatte der Anblick, der sich ihm bot, bereits etwas Vertrautes an sich, zugleich aber unterschied sich dieser Kanalisationsschacht von allen anderen, die er bisher gesehen hatte. Er war uralt. Die Wände waren von einer zentimeterdicken Schicht aus Staub und Schmutz bedeckt, die hart wie Beton geworden war. Die eiserne Leiter ächzte hörbar unter dem Gewicht der drei Menschen. Zwei ihrer Sprossen waren herausgebrochen, und eine dritte gab unter Michaels Gewicht nach, so daß er sich festklammern mußte, um nicht abzurutschen und zu fallen. Ein muffiger Geruch schlug ihnen entgegen, der viel intensiver war als in jenen Bereichen der Kanalisation, die er bisher kennengelernt hatte. Und dort, wo auf dem Boden der großen Röhren schlammige braune Flüsse entlanggeströmt waren, sah er hier nur eine braune, hart zusammengebackene Schicht.

Sie traten von der Leiter zurück, bis auch der Vater zu ihnen herabgeklettert war, dann sah Michael das Irrlicht fragend an.

Dwiezel deutete nach links. »Dort entlang. Folgt mir.«

Auch der Vater und Hendryk schalteten ihre Lampen ein, Hendryk die seine allerdings sehr widerwillig und mit einem Gesichtsausdruck, der Unbehagen und sogar Schmerz verriet. Er hatte die Augen zu schmalen Schlitzen verengt. Trotzdem tränten sie. Die Zeit, die er bereits in der oberen

Welt verbracht hatte, reichte offensichtlich noch nicht, ihn völlig an ein so starkes Licht zu gewöhnen. Vielleicht würde das nie der Fall sein.

Der Kanal machte ein paarmal Krümmungen nach rechts oder links, und Michael verlor schon bald hoffnungslos die Orientierung. Allerdings kam ihm der Weg ziemlich weit vor. In der Luftlinie konnte die Entfernung von dem Einstieg, den sie benutzt hatten, bis zum Bahnhof allerhöchstens hundert Meter betragen haben, und er schätzte, daß sie mittlerweile mindestens die drei- oder vierfache Strecke zurückgelegt hatten. Dann blieb er plötzlich stehen und kam sich ein zweites Mal – und diesmal wirklich zu Recht – ziemlich dumm vor.

»Was hast du?« fragte Hendryk.

»Nichts«, sagte Michael säuerlich. »Außer daß ich offensichtlich wirklich vergessen habe, mein Gehirn mitzubringen.« Er deutete nach vorne. Auch Dwiezel hatte angehalten und kam jetzt langsam zurückgeflogen. »Ich frage mich, warum wir zum Bahnhof gehen. Genausogut hätte Dwiezel uns auch gleich in die U-Bahn-Station bringen können.«

»Endlich gibst zu zu, daß ihr großen Tölpel wirklich nur große Tölpel seid«, sagte das Irrlicht. »Aber nimm es nicht so schwer. Schließlich hast du ja mich. Wir sind gleich da.«

»Im Bahnhof?«

Dwiezel vollführte eine komplette Pirouette in der Luft. »Nein. An diesem Ort, zu dem ihr zuerst wolltet. Dorthin, wo die Ghoule sind.«

»In der U-Bahn-Station?« vergewisserte sich Michael.

»Wenn ihr es so nennt.« Dwiezel wandte sich wieder um und flog weiter.

Sie folgten ihm. Sie gelangten an eine gemauerte, gut drei Meter hohe Röhre, an deren Ende sich eine kurze Treppe mit einer Tür befand, was Michael an jenen Ort erinnerte, an dem Wolf und er damals in die Welt der Menschen zurückgekommen waren. Die Tür war verschlossen, doch diesmal

erhob niemand Einwände, als Dwiezel vorschlug, sie auf seine Weise zu öffnen.
Auf der anderen Seite erwartete sie eine Überraschung. Und sie war alles andere als angenehm. Der U-Bahnhof war keineswegs wegen Renovierungsarbeiten geschlossen, aber das hatten sie erwartet. Was keiner von ihnen erwartet hatte, war jedoch, daß er taghell erleuchtet war und daß sich auf dem weiß gefliesten Bahnsteig mit den mächtigen Säulen und der abgeschalteten Rolltreppe am anderen Ende mindestens zwei Dutzend Polizeibeamte und Männer in blauen Drillichanzügen aufhielten. Der Raum hallte wider von Stimmen, und in der Tiefe des U-Bahn-Schachtes am anderen Ende war das Licht großer Scheinwerferstrahlen zu sehen. Auch auf den Schienen selbst hielten sich zahlreiche Männer in Arbeitsanzügen auf, und zwischen all diesen Beamten und Arbeitern entdeckte Michael auch einige Gestalten in dunklen Maßanzügen. Und noch etwas fiel ihm auf, allerdings erst, als sein Vater ihn am Arm berührte und ihn mit einer entsprechenden Geste darauf aufmerksam machte: nämlich, daß nicht wenige der Polizisten schwer bewaffnet waren. Sie trugen Helme, große durchsichtige Kunststoffschilde, und in ihren Halftern waren Maschinenpistolen, nicht die kleinen Dienstrevolver, die zu ihrer normalen Ausrüstung gehörten.
»Massenhysterie, wie?« knurrte sein Vater spöttisch. Er deutete auf einen dunkelhaarigen Mann in einem grauen Anzug. »Siehst du den Mann da?«
Michael nickte. »Wer ist das?«
»Seinen Namen kenne ich auch nicht«, antwortete sein Vater. »Aber ich habe ihn schon ein paarmal im Fernsehen gesehen. Irgendein hohes Tier von der Stadtverwaltung. Irgend etwas geht hier vor. Etwas verdammt Großes.«
Michael beobachtete die Szene aus ihrem Versteck heraus weiter mit großem Interesse – und einer immer größer werdenden Enttäuschung. Er hatte nicht wirklich erwartet, den Bahnhof leer vorzufinden, aber dieses Massenaufgebot

machte jeden Gedanken daran, sich in den Schacht hineinzuschleichen und nach den Ghoulen zu suchen, von vornherein lächerlich. Es grenzte schon an ein Wunder, daß sie ungesehen so weit gekommen waren.
Und dann sah er etwas, was ihn für ein paar Sekunden schlichtweg an seinem klaren Verstand zweifeln ließ. Die Rolltreppe am anderen Ende der Halle hatte sich in Bewegung gesetzt, aber die drei Gestalten, die auf den geriffelten Metallstufen an ihrem oberen Ende erschienen und langsam herabglitten, trugen weder das dunkle Grün der Polizei noch blauen Drillich oder Maßanzüge. Zwei von ihnen waren sehr groß und breitschultrig, trugen schwarze Fellmäntel und bizarre Helme auf den Köpfen, die sie wie Ungeheuer aus einer fremden Welt erscheinen ließen, der dritte war kleiner, beinahe kahlköpfig und in einen wie Seide schimmernden buntbestickten Umhang gehüllt, der inmitten dieser so normalen Umgebung eigentlich lächerlich hätte wirken müssen, es aber ganz und gar nicht tat. Ganz im Gegenteil sah dieser Mann in diesem Mantel vielmehr wie ein mächtiger, furchteinflößender Zauberer aus.
»Wolf!« sagte der Vater überrascht. »Was, um alles in der Welt, tut der denn hier?«
Wolf und seine beiden Begleiter glitten langsam die Rolltreppe herab. Noch bevor sie ihr Ende erreicht hatten, wandte sich der grauhaarige Mann, auf den Vater vorhin gedeutet hatte, vom Bahnsteig ab und ging langsam auf ihn zu. Trotz der großen Entfernung konnte Michael sein Gesicht deutlich erkennen, und er las nicht die mindeste Spur von Überraschung darauf. Eigentlich, dachte er, war darauf überhaupt keine Gefühlsregung zu erkennen. Es war sonderbar – auch alle anderen schienen keine besondere Notiz von Wolf und den beiden Kriegern zu nehmen. Es war, als wäre deren Anblick für diese Männer das normalste von der Welt.
Als sie die Rolltreppe verließen, nahmen die beiden ihre Helme ab, und Michael sah, daß es niemand anders als An-

son und der Mann waren, der ihn damals aus dem Haus seiner Eltern entführt hatte. Auch auf ihren Gesichtern war jene sonderbare Leere zu sehen, und Michael begann allmählich zu ahnen, was hier wirklich vorging. Nicht, daß es dadurch auch nur im geringsten weniger erschreckend oder unheimlich geworden wäre. Ganz im Gegenteil.
Er spürte, wie Hendryk neben ihm zu zittern begann, und drehte sich erschrocken zu ihm um. Auf dem Gesicht seines Bruders lag ein Ausdruck von solchem Zorn, ja beinahe Haß, daß Michael hastig flüsterte: »Beruhige dich. Wir können jetzt nichts tun. Wenn sie uns entdecken, ist es aus.«
Er war nicht einmal sicher, daß Hendryk die Worte überhaupt hörte. Hendryks Hände hatten sich zu Fäusten geballt, und er sah ganz so aus, als ob es nur noch eines winzigen Anlasses bedürfte, damit er sich einfach auf Wolf stürzte, ganz egal, was danach geschah. Michael konnte ihn sogar verstehen. Immerhin sah sich Hendryk dem Mann gegenüber, dem er die Schuld an allem Unglück gab, das seine Familie, seine Freunde und seine ganze Welt getroffen hatte. Um so wichtiger war es, daß er jetzt die Nerven behielt.
Und tatsächlich beruhigte sich Hendryk nach ein paar Augenblicken wieder. »Also, so ist das«, flüsterte er.
Michael verstand nicht gleich. Und noch viel weniger verstand er den Blick, mit dem Hendryk ihn plötzlich maß und in dem Haß und eine unendlich tiefe Enttäuschung und Verachtung zu lesen waren.
»Ihr habt ihn zu uns geschickt, damit er uns ausspioniert.«
Ein Schlag ins Gesicht hätte Michael kaum überraschender treffen können. »Das ... das meinst du doch nicht ernst?« murmelte er fassungslos.
Hendryk deutete anklagend auf Wolf und die Männer in seiner Nähe. »Das ist der Beweis«, sagte er. »Das sind doch eure Krieger, oder? Und dein Vater hat es gerade selbst gesagt – der Mann dort vorne gehört zu eurem Rat. Ist das hier die Armee, die ihr aufstellt, um sie zu uns zu schicken?«

Michael war zu verblüfft und fassungslos, um antworten zu können. Es war sein Vater, der nach einigen Augenblicken den Kopf schüttelte und Hendryk sanft an der Schulter berührte. Hendryk schlug die Hand zur Seite und wich einen Schritt zurück.

»Ich verstehe dich, Junge«, sagte Vater ruhig. »Aber es ist nicht so, wie es aussieht.«

»So?« fragte Hendryk böse. »Wie ist es denn dann?«

Vater hob die Schultern. »Das weiß ich nicht«, sagte er. »Ich verstehe das noch viel weniger als ihr. Aber Wolfs Macht muß ungeheuer sein. Was immer er getan hat, alle diese Männer hier scheinen ihm . . . zu gehorchen.« Er blickte zu Wolf und den anderen hinüber, dann fügte er viel leiser, fast nur an sich selbst gerichtet, hinzu: »Wir müssen näher heran. Ich muß hören, was sie reden.«

Aber das war leichter gesagt als getan. Zwischen ihrem Versteck und Wolf lagen nicht nur gut fünfzig Meter, sondern befanden sich auch mindestens ebenso viele Männer. Wäre dies ein normaler U-Bahnhof gewesen, dann hätten sie vielleicht darauf hoffen können, Schutz in der Menschenmenge zu finden, aber zwischen diesen Uniformierten oder in Arbeitsanzüge gekleideten Männern mußten sie sofort auffallen. Ganz davon abgesehen, daß Michael sicher war, daß Wolf ihre Nähe spüren würde.

Sein Vater berührte ihn am Arm und deutete nach links, und als Michael in die Richtung schaute, in die er zeigte, sah er, daß dort vier Arbeiter gerade eine Pause einlegten. Sie hatten sich auf eine Kiste gesetzt, ihre Thermosflaschen aufgeschraubt und die mitgebrachten Butterbrote ausgepackt und sowohl ihre Schutzhelme als auch ihr Werkzeug achtlos zur Seite gelegt. Nach kurzem Zögern nickte Michael. Es war riskant, aber sie *mußten* herausbekommen, was hier eigentlich vor sich ging. Außerdem war das Risiko vielleicht nicht ganz so groß, wie es auf den ersten Blick schien. Jetzt, da er wußte, worauf er zu achten hatte, fiel ihm das sonderbare

Verhalten der Männer auf dem Bahnsteig immer mehr auf. Obwohl sie rasch und präzise ihrer Arbeit nachgingen oder wie die vier dort vorne ihre Mahlzeiten verspeisten, erinnerten ihre Bewegungen doch mehr an die von Puppen oder Maschinen als an die von Menschen.
Vorsichtig lösten sie sich aus dem Schatten und huschten zum Bahnsteig. Die Geleise lagen gut einen Meter tiefer, so daß ihnen die Bahnsteigkante zusätzlich Schutz bot, und tatsächlich bemerkten die vier Männer nichts von ihrer Annäherung. Es gab noch einen gefährlichen Moment, als Vater rasch über die Bahnsteigkante langte und drei der leuchtendgelben Schutzhelme an sich nahm, von denen er zwei an Michael und Hendryk weiterreichte, während er sich den dritten selbst aufsetzte, doch wie Michael erwartete hatte, nahmen die Männer keinerlei Notiz von ihnen. Trotzdem war Michael ganz und gar nicht sicher, daß sie tatsächlich einfach an Wolf vorbeispazieren und ihn belauschen konnten, ohne aufzufallen.
Es kam auch nicht dazu. Sie bewegten sich mit gesenktem Blick und den Eindruck erweckend, mit irgend etwas Wichtigem beschäftigt zu sein, auf Wolf und seine drei Gesprächspartner zu, aber sie hatten noch nicht ein Drittel der Strecke zurückgelegt, als etwas offensichtlich nicht nur für sie, sondern auch für Wolf und alle anderen völlig Unerwartetes geschah.
Aus dem U-Bahn-Tunnel am anderen Ende des Bahnhofes drang ein Schrei, eine Sekunde später folgten ein zweiter und dritter und gleich darauf ein ganzer Chor erschrockener Rufe. Die Lichtstrahlen, die die Dunkelheit durchbrachen, begannen einen wilden Tanz aufzuführen, und nur einen Augenblick später erschien ein schreiender, wild mit den Armen gestikulierender Mann auf den Geleisen, gefolgt von einem weiteren und noch einem und noch einem, bis es eine ganze Gruppe von Arbeitern war, die in heller Panik aus dem U-Bahn-Tunnel hervorstürzten.

Hinter ihnen kam ein grünes, geschupptes Ungeheuer herbeigewatschelt. Es war nur so groß wie ein Kind, aber unglaublich massig, und es hatte schrecklich weiße Augen ohne Pupillen, die angstvoll in das grelle Neonlicht blinzelten.
Während die Männer weiter vor ihm blindlings über die Geleise davonstürzten oder hastig auf den höhergelegenen Bahnsteig flohen, blieb der Ghoul verwirrt stehen und drehte den Kopf nach rechts und links. Was er sah, mußte ihn ebenso erschrecken wie sein Anblick umgekehrt die Männer. Auch die Polizisten und Arbeiter an der Bahnsteigkante waren überrascht herumgefahren, und Michael sah, wie sich mehr als eine Waffe auf die schuppige grüne Gestalt richtete. Der einzige, der nicht überrascht zu sein schien, war Wolf. Ruhig trat er an die Bahnsteigkante heran, blickte auf den Ghoul hinab und machte dann eine Handbewegung zu Anson, ohne sich zu diesem umzudrehen. Der Kriegsherr des Unterlands trat mit einem raschen Schritt neben ihn, griff unter seinen Mantel und zog einen langen Dolch hervor. Noch ehe Michael wirklich begriff, was er vorhatte, hob er den Arm, holte aus und schleuderte die Waffe mit aller Kraft. Der Dolch traf den Ghoul in den Hals. Das Wesen taumelte mit einem gurgelnden Schrei zurück, fiel auf die Knie und schlug beide Hände vor die Kehle. Langsam sank es nach vorn, stürzte aufs Gesicht und lag dann still.
Aber es war noch nicht vorbei. In der Tunnelöffnung erschienen ein zweiter und dritter Ghoul. Als sie ihren toten Kameraden erblickten, blieben sie erschrocken stehen und hoben die Köpfe. Einer hob eine mißgestaltete Hand vor die Augen, und Michael begriff, daß sie in der für sie ungewohnten Helligkeit vermutlich nur Schemen wahrnahmen.
Dafür sahen die Männer sie um so deutlicher. Anson wollte wieder unter seinen Mantel greifen, aber Wolf schüttelte den Kopf und machte eine befehlende Geste zu einem der Polizisten. Der Mann trat neben ihn, legte seinen Schild aus der Hand und nahm die Maschinenpistole von der Schulter.

»Er . . . er bringt sie um!« flüsterte Hendryk entsetzt.
Das letzte Wort ging im Krachen der Salve unter. Die Schüsse hätten die Ghoule zweifellos getötet, aber der Mann hatte schlecht gezielt. Die Kugeln schlugen Funken aus den Schienen vor den Füßen der Ghoule, die beiden Wesen prallten erschrocken zurück und rannten mit tolpatschigen Schritten wieder in den Tunnel hinein. Der Polizist hob seine Waffe ein wenig und schickte ihnen eine zweite Salve nach, aber sie waren bereits in der Dunkelheit verschwunden, und Michael konnte nicht sehen, ob die Kugeln ihre Ziele getroffen hatten.
Die beiden Ghoule waren kaum in der Dunkelheit verschwunden, da erschien in der Schwärze des Tunnels hinter ihnen ein rundes, blendendweißes Licht, und im gleichen Moment spürte Michael, wie der Schienenstrang unter seinen Füßen zu vibrieren begann. Ein ratternder Laut klang auf und wurde rasend schnell lauter, und schon in der nächsten Sekunde sah Michael, daß ein U-Bahn-Triebwagen auf sie zuraste!
Die Männer, die sich noch auf den Geleisen befanden, flohen in heller Panik auf den Bahnsteig, und auch die anderen begannen erschrocken durcheinanderzurufen und -zulaufen. Wolf schrie irgend etwas und versuchte offensichtlich, wieder für Ruhe zu sorgen, doch nicht einmal seine Macht reichte aus, die Panik niederzukämpfen, die sich in der Station ausbreitete.
Der Anblick war auch einfach zu bizarr. Der Zug raste vollbesetzt aus dem Tunnel heran und durch den Bahnhof hindurch, ohne seine Geschwindigkeit im mindesten zurückzunehmen. Aber hinter seinen Fenstern waren keine Menschen. Dutzende von Ghoulen drängten sich in dem hellerleuchteten Wagen, und auch im Führerhaus stand eins der grüngeschuppten Ungeheuer und hämmerte mit seinen unförmigen Händen auf die Kontrollhebel des Zuges, ohne irgend etwas an der rasenden Fahrt ändern zu können.

Der Triebwagen dröhnte vorüber. Noch ehe er sie ganz passiert hatte, zerrissen die ersten Schüsse die Luft. Michael blickte entsetzt auf und sah, daß etliche der Polizeibeamten ihre Waffen gehoben hatten und auf den U-Bahn-Zug feuerten – offensichtlich auf Wolfs Befehl hin, der mit ausgestreckten Armen auf den Wagen deutete. Die Kugeln zerschmetterten die Scheiben, stanzten kleine runde Löcher in das Blech des Wagens und richtete wohl auch drinnen gewaltige Verheerung an, denn er sah, wie die Ghoule entsetzt zurücktaumelten und einige von ihnen zu Boden gingen. Trotzdem war der Wagen viel zu schnell vorbei und begann bereits im jenseitigen Tunnel zu verschwinden, als daß die Salven wirklich großen Schaden hätten anrichten können. Ganz plötzlich wurde ihm klar, daß die Ghoule gewußt haben mußten, was sie erwartete, und die Amokfahrt mit diesem Zug ihren letzten verzweifelten Versuch darstellte, aus der Falle zu entkommen.
Hätten sie es einzig mit den Männern und ihren Maschinenpistolen zu tun gehabt, so wäre es ihnen sicher auch gelungen. Aber ihr wirklicher Gegner war viel schlimmer. Und er kannte kein Erbarmen.
Als Wolf sah, daß seine Opfer ihm zu entkommen drohten, sprang er mit einer wütenden Bewegung an die Bahnsteigkante, stieß einen Polizisten, der ihm im Weg stand, einfach auf die Geleise hinab und streckte beide Arme aus. Seine Hände waren geöffnet, die Finger weit gespreizt, und dann ... Michael *spürte* es mehr, als er es sah, aber das Gefühl war schrecklich. Wolfs Finger schlossen sich zu Fäusten, und im gleichen Moment schien eine andere, unsichtbare, tausendmal größere und stärkere Hand nach dem U-Bahn-Wagen zu greifen. Ein ungeheures Bersten und Krachen erscholl, als der Wagen, schon fast zur Gänze im Tunnel verschwunden, gegen ein unsichtbares Hindernis prallte und aus den Schienen geworfen wurde. Funken und Flammen stoben empor, Glas zerbarst klirrend, und Michael hörte das furcht-

bare Kreischen von Metall, das von unsichtbaren Gewalten zermalmt wurde. Der Wagen war nun fast in der Dunkelheit des Stollens verschwunden, so daß er nicht mehr sah, was geschah, aber er war auch beinahe froh darüber. Welche Kräfte auch immer Wolf entfesselt haben mochte, sie packten den Triebwagen und zermalmten ihn in Sekunden so mühelos, wie ein zorniges Kind eine Spielzeugeisenbahn zerbrochen hätte.

Fassungslos starrte er in den Tunnel, in dem sich rein gar nichts mehr rührte, dann wandte er ganz langsam den Kopt – und begegnete Wolfs Blick.

Der Mann in dem bestickten Zaubermantel erbleichte. Unglauben, Schrecken, für eine Sekunde vielleicht sogar so etwas wie Furcht, vor allem aber ein maßloser Zorn verzerrten sein Gesicht. Aus hervorquellenden Augen starrte er Michael und die beiden anderen an, und dann hob er wieder die Hand und spreizte die Finger!

»Weg hier!« brüllte Michael. Die Angst verlieh ihm schier übermenschliche Kräfte. Mit einem einzigen Satz war er auf den Füßen und zerrte noch in der gleichen Bewegung auch Hendryk und seinen Vater in die Höhe, wirbelte herum und raste mit Riesensätzen davon, auf den U-Bahn-Tunnel und den zerstörten Wagen zu.

»Bleibt stehen!« schrie Wolf hinter ihnen. Ein einzelner Schuß fiel. Die Kugel flog weit an ihnen vorüber und schlug Funken aus dem Wrack des U-Bahn-Wagens, und dem ersten Schuß folgte kein zweiter. Dafür konnte Michael spüren, wie hinter ihnen ... *irgend etwas* heranraste. Etwas Riesiges, Körperloses von unvorstellbarer Macht. Er rannte noch schneller, spürte, daß sie es nicht schaffen würden, und warf sich instinktiv zu Boden, die beiden anderen mit sich reißend. Den Bruchteil einer Sekunde darauf raste etwas wie ein Wirbelwind über sie hinweg und traf zwanzig Meter weiter entfernt die Wand des U-Bahn-Schachtes. Die Schienen wurden in die Höhe gerissen und zerfetzt wie dünnes Stan-

niol, und die Wand erbebte wie unter einem Hammerschlag. Zu Staub zermahlener Stein spritzte in alle Richtungen, ein Teil der Decke brach ein und stürzte polternd auf den zertrümmerten Wagen.
»Ihr sollt stehenbleiben!« schrie Wolf mit einer schrillen, fast schon hysterischen Stimme. »Das ist die allerletzte Warnung!«
Natürlich blieben Michael und die beiden anderen nicht stehen, sondern sprangen im Gegenteil hastig auf und rannten nur noch schneller und im Zickzack weiter. Michael warf einen Blick über die Schulter zurück und sah, daß fast ein Dutzend Männer die Verfolgung aufgenommen hatten. Wolf selbst stand reglos auf dem Bahnsteig und starrte ihnen nach. Er machte keine Anstalten, seinen furchtbaren Zauber zum dritten Mal einzusetzen. Vielleicht hatte er Angst, seine eigenen Leute zu verletzen, wahrscheinlicher aber war, daß er die ungeheuren Mächte nicht nach Belieben entfesseln konnte. Vermutlich kostete es auch ihn große Anstrengung, sich ihrer zu bedienen.
Aber auch so sah es nicht gut aus für sie. Der Stollen vor ihnen war von dem aus den Schienen gesprungenen Wagen und von Tonnen herabgestürzten Gesteins und Erdreichs blockiert, und die Verfolger näherten sich ihnen sehr schnell. Noch versuchte niemand, auf sie zu schießen, aber Michael war gar nicht sicher, daß das auch so bleiben würde, wenn ihre Verfolger begriffen, daß sie ihnen zu entkommen drohten.
Sein Vater deutete plötzlich nach rechts. Michael erkannte in den grauen Staubnebeln eine schmale, halb aus den Angeln gerissene Tür, hinter der die ersten Stufen einer Treppe sichtbar waren. Er korrigierte seinen Kurs ein wenig und rannte mit Riesensätzen darauf zu, wobei er Hendryk immer noch am Arm gepackt hielt und einfach mit sich zerrte.
Sie erreichten die Tür und warfen sich hindurch. Sein Vater versuchte eine Sekunde lang, sie zu schließen, sah dann aber

ein, daß es sinnlos war, und rannte hinter ihnen her. Die Treppe war sehr schmal und steil und führte mindestens fünfzig Stufen weit in die Höhe, und sie hatten noch nicht einmal die Hälfte davon hinter sich gebracht, als auch schon die ersten Verfolger unter ihnen auftauchten.
»Stehenbleiben!« schrie eine zornige Stimme. Beinahe gleichzeitig krachte ein Schuß. Die Kugel klatschte in die Decke und heulte funkensprühend davon. Offensichtlich war dieser erste Schuß nur als Warnung gedacht. Doch statt anzuhalten, rannten Michael und die beiden anderen nur noch schneller weiter und erreichten tatsächlich die zweite Tür am oberen Ende der Treppe. Sie stießen sie auf und fanden sich in einem kleinen, mit uralten Möbeln und Kisten vollgestopften Raum wieder.
Michaels Vater fuhr auf dem Absatz herum und versetzte der Tür einen kräftigen Fußtritt. Mit einem Knall flog sie zu, und fast in der gleichen Sekunde ertönte auf der anderen Seite ein dumpfer Schlag. Ein überraschter Schrei folgte und danach ein lang anhaltendes Poltern und Lärmen.
»Weiter!« Vater deutete auf eine Tür am anderen Ende des Raumes. Sie eilten hin, mußten aber diesmal feststellen, daß ihre Glückssträhne wohl zu Ende war, denn sie war abgeschlossen. Eine Sekunde lang rüttelte Michael vergeblich an der Klinke, dann machte sein Vater eine befehlende Geste, ihm zu folgen, ergriff eine der hintereinander aufgereihten Bänke und bedeutete Michael und Hendryk, ihm zu helfen. Mit vereinten Kräften hoben sie das altmodische schwere Möbelstück an und benutzten es als improvisierte Ramme, um die Tür aufzubrechen.
Es gelang ihnen, aber Vater schüttelte abermals den Kopf, als sie ins Freie stürzen wollten. Hastig lief er zurück zur anderen Tür und begann, Kisten und Möbelstücke davor aufzustapeln, um sie zu verbarrikadieren. Michael und Hendryk halfen ihm dabei, obwohl Michael sicher war, daß *dieses* Hindernis Wolf nicht aufhalten würde.

Als sie den Raum endlich verließen, fanden sie sich in einer großen, völlig leeren Halle wieder, die von grauem Zwielicht erfüllt war. Die Treppe hatte sie zum alten Bahnhof hinaufgeführt. Sein Vater sah sich einen Moment um, dann deutete er wortlos nach links, wo das trübe Mondlicht durch die geschlossenen Glastüren des ehemaligen Haupteingangs fiel.
»Wo ist Dwiezel?« fragte Hendryk plötzlich.
Michael sah sich erschrocken um. Von dem kleinen Irrlicht war nichts zu sehen, und erst jetzt fiel ihm auf, daß er es auch während ihrer verzweifelten Flucht die Treppe hinauf und zuvor im U-Bahn-Tunnel nicht gesehen hatte.
»Ihm wird schon nichts passiert sein«, sagte Vater. »Wahrscheinlich ist er in den Tunnel geflohen. Schnell jetzt!«
Die durchquerten die Halle und erreichten nach ein paar Sekunden die Tür. Auch sie war verschlossen, und Michael gab die Idee, einfach die Scheibe einzuschlagen, gleich wieder auf. Die Scheiben der Türen waren aus Drahtglas. Man hätte schon einen Vorschlaghammer gebraucht, um ein Loch hineinzuschlagen.
»Suchen wir ein Fenster.« Vater sah sich um und deutete dann auf einen kleinen Anbau zwanzig Meter entfernt. Vielleicht hatte er früher einmal Büros oder kleine Geschäfte enthalten. Jetzt stand er leer wie alles hier. Aber durch die offenstehenden Türen konnte Michael erkennen, daß es darin eine Anzahl hoher Fenster gab. Sie eilten darauf zu, aber noch bevor sie die halbe Strecke hinter sich gebracht hatten, flog keine fünf Meter von ihnen entfernt eine andere Tür auf, und Anson stand vor ihnen. Mit einem wütenden Schrei und ohne eine Sekunde zu zögern, riß er die Arme in die Höhe und stürzte sich auf Michaels Vater. Der hob seinerseits die Hände, wohl um sein Gesicht zu schützen, aber Anson rannte ihn einfach über den Haufen. Vater taumelte zurück, verlor das Gleichgewicht und krallte sich ganz instinktiv in Ansons Fellmantel. Im Fallen riß er Anson mit sich zu Boden. Der Kriegsherr des Unterlandes stieß einen über-

raschten Laut aus, als er plötzlich nach vorne gerissen wurde und dann schwer zu Boden fiel. Sofort versuchte er sich wieder aufzurichten, aber da war Michaels Vater, der den Schwung seines eigenen Sturzes ausgenutzt hatte, um wieder auf die Füße zu kommen, bereits über ihm, beugte sich blitzschnell hinab und riß ihm das Schwert aus dem Gürtel. Einen Augenblick später schlug er ihm den Knauf der Waffe so wuchtig auf die Stirn, daß Anson mit einem Seufzer die Augen verdrehte und zurückfiel. Diesmal rührte er sich nicht mehr.

»Lauft!« schrie Vater. »Ich versuche sie aufzuhalten!«

Doch es war zu spät. In der Tür, durch die Anson gekommen war, erschien der zweite Krieger, und einen Augenblick später trat Wolf selbst hervor, gefolgt von einem halben Dutzend bewaffneter Männer. Michaels Vater warf sich ihnen todesmutig entgegen und schwang das erbeutete Schwert, aber der Kampf endete, wie Michael befürchtet hatte. Sein Vater vermochte mit dieser Waffe nicht umzugehen, seine Gegner aber waren wahre Meister des Schwertkampfes. Mit einer fast spielerischen Bewegung zog der Krieger seine eigene Klinge und schmetterte sie so wuchtig gegen Vaters ungeschickt geführtes Schwert, daß es ihm aus den Händen gerissen wurde und in hohem Bogen davonflog. Vater schrie auf und umklammerte mit schmerzverzerrtem Gesicht seine geprellte Hand, und der Krieger machte einen Schritt, hob sein Schwert und setzte die Spitze der Klinge gegen seine Kehle.

»Nein!« schrie Michael entsetzt. Wolf machte eine blitzartige Handbewegung, und der Krieger erstarrte. Seine Waffe senkte sich nicht, aber er führte den tödlichen Stoß nicht aus.

»Nein?« wiederholte Wolf lauernd. »Was soll das heißen?«

»Tun Sie ihm nichts«, sagte Michael.

»Warum sollte ich nicht?« fragte Wolf höhnisch. »Ich sehe hier niemanden, der mich daran hindern könnte. Und ich habe dich oft genug gewarnt.«

Michael mußte gegen Tränen des Zorns ankämpfen. Aber

seine Stimme war ganz ruhig und fest, als er antwortete. »Sie haben gewonnen. Ich gebe auf. Lassen Sie Hendryk und meinen Vater gehen, und ich tue alles, was Sie verlangen.«
Wolf schwieg. Er sah ihn lange und nachdenklich an, sein Mißtrauen war noch nicht ganz beseitigt. Aber schließlich nickte er und gab dem Krieger ein Zeichen, die Waffe herunterzunehmen. »Was deinen Vater angeht«, sagte er, »er kann gehen. Hendryk bleibt hier.«
»Aber –« begann Michael, wurde aber sofort von Wolf unterbrochen.
»Ich gebe dir mein Wort, daß ihm nichts passiert. Er bleibt für eine Weile mein Gefangener. Das ist alles. Und wenn es dich beruhigt: Er ist bei mir in weitaus besseren Händen als dort, wo er bisher gewesen ist. Diese Narren hätten ihn aus lauter Unwissenheit wahrscheinlich umgebracht.«
»Was haben Sie vor?« fragte Vater. »Wenn Sie dem Jungen etwas tun, dann –«
»Dann?« unterbrach ihn Wolf höhnisch. »Hören Sie auf, den Helden zu spielen. Wenn der Junge da nicht wäre, wären Sie jetzt schon tot. Aber ich kann Sie beruhigen. Ihrem Sohn geschieht nichts. Ich werde ihm kein Haar krümmen. Ganz im Gegenteil. Er wird nur eine Weile bei mir bleiben, das ist alles.«
»Wenn Sie ihm auch nur die kleinste Kleinigkeit antun«, sagte Vater drohend, »dann –«
Wieder unterbrach ihn Wolf. »Was dann?« fragte er. »Werden Sie mich umbringen? Werden Sie mich verfolgen bis ans Ende der Welt, wenn es sein muß?« Er schüttelte den Kopf und lachte laut. »Ich habe dumme Sprüche wie diese ein paarmal zu oft selbst geschrieben, um sie noch ernst nehmen zu können, wissen Sie? So was funktioniert vielleicht in Büchern, aber selten in der Wirklichkeit.«
Die Wand hinter ihm brach mit einem Knall auseinander. Ein paar seiner Begleiter wurden von den wirbelnden Trümmerstücken getroffen und zu Boden geschleudert, die ande-

ren stolperten mit erschrockenen Rufen zurück, als in der gewaltsam geschaffenen Öffnung ein gigantisches schwarzes Ungeheuer erschien, das sich mit einem urgewaltigen Brüllen vorwarf. Riesige, unmenschlich starke Hände packten zu, schleuderten zwei, drei Männer wie Stoffpuppen davon und fegten einen dritten zu Boden, der immerhin reaktionsschnell genug gewesen war, seine Waffe heben zu wollen.
Auch Wolf war herumgefahren und riß ungläubig die Augen auf, als er den Troll erblickte. Er reagierte eine Winzigkeit schneller als seine Begleiter. Michael sah, wie sich seine Hände öffneten und er die Arme wieder in jene schrecklich beschwörende Geste heben wollte, aber da war Brokk bereits heran, packte ihn und schleuderte ihn so wuchtig davon, daß er mindestens fünf Meter weit durch die Luft flog.
»Brokk!« rief Michael fassungslos. »Wo kommst du denn her?«
Hinter dem Troll erschien ein kleines glühendes Etwas in der Luft. »Du kannst dich wirklich beim Schicksal bedanken, daß du mich hast!« piepste Dwiezel. »Wenn ich nicht auf die Idee gekommen wäre, Hilfe zu holen, dann wäre es jetzt endgültig um euch geschehen.«
Das entsprach zwar der Wahrheit, aber die Gefahr war trotzdem noch nicht vorüber. Brokk schleuderte mit einer zornigen Bewegung auch die letzten Männer zu Boden, die sich noch in unmittelbarer Umgebung aufhielten, aber wie zum Ausgleich wurde in diesem Moment die Tür aufgestoßen, durch die sie vorhin selbst hereingekommen waren, und ein gutes Dutzend Bewaffneter stürmte in die Bahnhofshalle. Zu allem Überfluß richtete sich auch Wolf in diesem Moment schon wieder auf, benommen, aber doch keineswegs bewegungsunfähig.
»Schnappt sie euch!« schrie er. »Erschießt sie! Sie dürfen nicht lebend entkommen!«
Michael, sein Vater und Hendryk wollten entsetzt davonstürmen. Aber wieder war Brokk schneller. Mit einem einzigen

gewaltigen Schritt holte er sie ein, riß Michael, seinen Vater und Hendryk zugleich von den Füßen und preßte sie an seine riesige Brust, daß sie kaum noch Luft bekamen. Jeder seiner Schritte brachte sie dem Ausgang gute zwei Meter näher.

»*Schießt!*« schrie Wolf.

Diesmal gehorchten die Männer sofort. Die erste Salve verfehlte sie und zertrümmerte die Glasscheiben vor ihnen, aber schon die zweite traf ihr Ziel. Brokk war wohl zu groß, um auf diese kurze Distanz verfehlt zu werden. Michael konnte spüren, wie die Kugeln gegen den gepanzerten Rücken des Trolls schlugen und davon abprallten. Das gewaltige Wesen taumelte unter der furchtbaren Wucht der Geschosse, rannte aber in ungebremstem Tempo weiter und drehte im allerletzten Moment den Oberkörper, um mit der Schulter gegen die große Eisentür zu prallen. Mit einem ungeheuren Krachen und Klirren wurde sie halb aus den Angeln gerissen, und der Troll stolperte ins Freie hinaus. Wieder fielen Schüsse. Michael sah, wie rechts und links von ihnen Funken aus dem Asphalt schlugen, gleichzeitig traf eine weitere MP-Salve den Rücken des gewaltigen Wesens und ließ es taumeln. Trotzdem wurde Brokk nicht langsamer, sondern rannte nur noch schneller weiter. Seine Schritte wirkten plump und ungelenk, aber er war schneller, als jeder Mensch zu rennen imstande gewesen wäre. Nach wenigen Sekunden nur waren sie bereits fünfzig Meter vom Eingang des Bahnhofs entfernt.

»Nach links!« Vater deutete heftig gestikulierend in die gleiche Richtung. »Zum Wagen! Schnell!«

Brokk schlug die angegebene Richtung ein. Michael drehte und wand sich unter seinem Griff, bis er genug Luft hatte, um einen Blick zum Bahnhof zurückzuwerfen. Unter der zerborstenen Tür waren Gestalten erschienen, aber sie machten keinen Versuch, sie zu verfolgen. Auch das Schießen hatte aufgehört. Vermutlich hatte Wolf begriffen, daß er dem Troll damit nicht beikommen konnte – oder er hatte einfach

Angst, zuviel Aufsehen zu erregen. Selbst in einer relativ menschenleeren Gegend wie dieser waren Salven aus Maschinenpistolen wohl nicht gerade die geeignete Methode, keine Aufmerksamkeit zu erregen.
Endlich hatten sie die Straßenkreuzung erreicht, und der Bahnhof geriet außer Sicht. Brokk wurde etwas langsamer, aber schließlich tauchte der Wagen vor ihnen auf. Auf ein entsprechendes Zeichen Dwiezels setzte der Troll seine drei Lasten behutsam ab und trat einen Schritt zurück.
Alle Knochen im Leib taten Michael weh, so fest hatte Brokk zugegriffen. Doch das Gefühl der Erleichterung drängte den Schmerz zurück. »Danke«, sagte er. »Das war wirklich Rettung in letzter Sekunde, Brokk.«
Er trat auf den Troll zu und erschrak. Der schwarze Koloß taumelte. Er stand noch aufrecht, aber schon diese kleine Anstrengung schien ihm alle seine Kräfte abzuverlangen. Sein Gesicht war vor Schmerz verzerrt.
»Brokk!« sagte er erschrocken. »Was hast du?«
Er machte einen weiteren Schritt auf den Troll zu und wich zwei oder drei Meter zurück, als Brokk immer stärker zu wanken begann und schließlich auf die Knie fiel. Langsam sank er nach vorne, fing seinen Sturz noch einmal mit ausgestreckten Händen ab und hockte sekundenlang zitternd da. Er hob den Kopf, was ihn unendliche Mühe zu kosten schien, und sah Michael an, als ob er etwas sagen wolle.
Nach einer letzten Sekunde, in der er Michael weiter voll Schmerz und Trauer angesehen hatte, fiel er nach vorne. Seine Augen schlossen sich. Und Michael wußte, daß er sie nie wieder öffnen würde.
Fassungslos blickte er auf den reglos daliegenden Troll. Brokks Rücken war von blutenden Wunden übersät. Plötzlich glaubte er noch einmal die dumpfen Schläge zu spüren, die Brokks Körper erschüttert hatten. Er war fest davon überzeugt gewesen, daß Kugeln diesem gigantischen Wesen nichts anzuhaben vermochten, aber das war ein Irrtum gewe-

sen. Trotz seiner unvorstellbaren Kraft war Brokk letzten Endes doch nichts anderes als ein verwundbares Wesen. Er hatte sein Leben gegeben, um das Michaels und der beiden anderen zu retten.

Tränen füllten Michaels Augen, und er versuchte nicht dagegen anzukämpfen, sondern ließ ihnen freien Lauf. Erst nach einer ganzen Weile trat sein Vater neben ihn, berührte ihn an der Schulter und führte ihn mit sanfter Gewalt zum Wagen.

Der Schwarze Tod

Mitternacht war vorüber, als sie in die Wohnung am anderen Ende der Stadt zurückkehrten. Michael fühlte sich noch immer wie betäubt. Er hatte den Schmerz über Brokks Tod noch nicht überwunden, und trotz seiner Trauer wunderte er sich fast ein bißchen über sich selbst. Schließlich hatte er ja Brokk kaum gekannt. Trotzdem ging ihn der Tod des gutmütigen Gigangen nahe. Brokks Tod bedeutete auch einen Schock für ihn, denn bis zu jenem schrecklichen Moment vor dem Bahnhof hatte er den Troll schlichtweg für unverwundbar gehalten. Und das schlimmste war vielleicht, daß es nicht einmal Wolfs Magie gewesen war, die ihn getötet hatte, sondern eine ganz normale Waffe, wie es sie zu Tausenden gab und wie sie Wolf und seinen Männern sicher in unbegrenzter Zahl zur Verfügung standen. Plötzlich mußte er wieder an ihr Gespräch in der Raststätte denken und an den absurden Stolz, den er für einen Moment gefühlt hatte, als er Hendryk etwas von Kampfhubschraubern und Panzern erzählte. Es kam ihm vor, als hätte er Brokks Ende damit heraufbeschworen.
Auch die anderen waren sehr still. Auf dem Weg hierher hatten sie kaum ein Wort miteinander gewechselt. Michaels Vater schaltete als erstes den Fernseher ein und suchte den lokalen Sender. Dann eilte er eine ganze Weile zwischen Bade- und Schlafzimmer hin und her, plünderte Onkel Hans' Hausapotheke und als nächstes seinen Kleiderschrank. Da Vaters Halbbruder nicht besonders groß war, paßten den beiden Jungen seine Hemden und Hosen einigermaßen. Auf einer Modenschau hätten sie damit keine Chance gehabt, aber mit umgekrempelten Ärmeln und fest zugezogenen Gürteln ging es. Zumindest waren die Kleider nicht so auffällig wie ihre eigenen verdreckten und zerrissenen Sachen.
Keiner von ihnen war ernsthaft verletzt worden, aber sie hat-

ten eine Anzahl Schrammen und kleinerer Blessuren davongetragen, so daß Vater fast eine halbe Stunde damit beschäftigt war, Pflaster und Verbände anzulegen. Er war während dieser Zeit sehr ruhig. Er konzentrierte sich sogar weitaus mehr auf seine Tätigkeit, als nötig gewesen wäre, und Michael begriff, daß er verzweifelt nach irgend etwas suchte, um seine Hände und vor allem seine Gedanken beschäftigt zu halten. Aber schließlich gab es keine Wunden mehr zu verbinden und Pflaster zu kleben. Er stand auf, räumte die Hausapotheke wieder fort und ging in die Küche, um sich einen Kaffee zu holen. Als er zurückkam, war die volle Stunde erreicht, und das Fernsehen brachte lokale Nachrichten. Es handelte sich um eine fast wörtliche Wiederholung der Sendung vom Abend, in der sie von den angeblichen Marsmenschen in der U-Bahn erfahren hatten, nur daß *diese* Meldung jetzt fehlte und daß auch von den anschließenden dramatischen Ereignissen in der U-Bahn unter dem aufgegebenen Bahnhof kein Wort erwähnt wurde. Vielleicht war es einfach noch zu früh. Aber Michael war fast sicher, daß auch später nichts davon in den Nachrichten kommen würde. Sie hatten ja mit eigenen Augen gesehen, über welche Macht und welchen Einfluß Wolf bereits verfügte. Und das war etwas, was Michael nun überhaupt nicht mehr verstand. Was immer auch Wolf vorhatte, er hätte kaum weniger auffällig vorgehen können, als er es im Moment tat.
Sein Vater mußte wohl in ähnlicher Richtung nachdenken, und er sprach es laut aus: »Was hat dieser Kerl eigentlich vor?« murmelte er. »Will er die ganze Stadt erobern? Oder gleich die ganze Welt?«
Michael war nicht einmal sicher, ob Wolf das nicht gekonnt hätte. Aber er glaubte es nicht. Wolf *wollte* Macht, sicher, Macht über ihn, Macht über Hendryk und Anson, Macht über das Unterland und viele andere Menschen. Zweifellos war er in gewisser Weise verrückt, aber ebenso stand außer Zweifel, daß er auch sehr klug war. Zauberkräfte oder nicht,

er mußte wissen, daß er nicht einfach eine ganze Stadt oder gar ein ganzes Land erobern konnte. Weder er noch seine Männer waren unverwundbar, und das letzte, was er sich wünschen konnte, war ein jahre- oder jahrzehntelanger Krieg gegen Menschen, die sich nicht unterdrücken lassen wollten. Genau das aber würde geschehen, wenn er versuchte, offen nach der Macht zu greifen. Michael wurde das Gefühl nicht los, daß das, was Wolf in der U-Bahn getan hatte, nicht viel mehr als ein Akt reiner Verzweiflung gewesen war.

»Ich verstehe einfach nicht, daß er die Ghoule getötet hat«, sagte er.

Sein Vater schaltete den Fernseher aus und wandte sich mit einem fragenden Blick an Hendryk. »Sagtest du nicht, daß sie eure Feinde sind?«

Hendryk nickte, schüttelte aber dann den Kopf. »Sie sind nichts als dumme Tiere«, sagte er. »Wir jagen sie davon, wenn sie uns zu nahe kommen, aber wir töten sie nicht. Das ist den Aufwand gar nicht wert. Außerdem gibt es keinen Grund dafür. Sie tun niemandem etwas, solange man sie nicht reizt oder in die Enge treibt.«

»Warum sind sie dann hier?« fragte Michael. »Und warum geht Wolf ein solches Risiko ein, um sie zu vernichten?«

»Ich glaube, die Antwort auf deine zweite Frage weiß ich«, sagte Vater. Er griff nach seiner Kaffeetasse, trank aber nicht, sondern blickte in die schwarze Flüssigkeit, während er leiser und mit langsamer Stimme fortfuhr: »Nach allem, was ich von dir und Hendryk gehört und in deinem Tagebuch gelesen habe, bin ich sicher, daß Wolf irgend etwas vorhat. Irgend etwas sehr, sehr Wichtiges. Und etwas, bei dem er auf gar keinen Fall gestört werden darf. Er hat schon jetzt für viel zuviel Aufregung gesorgt. Eine Menge Leute haben begonnen, nachzudenken und Fragen zu stellen. Er muß ebenso wie wir die Meldung im Fernsehen gesehen haben und ist wahrscheinlich in Panik geraten. Wenn die Ghoule

ganz offen hier oben aufgetaucht wären, wäre sein Geheimnis nicht mehr lange ein Geheimnis geblieben.«
»Aber ich verstehe nicht, was sie hier wollen«, sagte Hendryk kopfschüttelnd. »Es müssen Dutzende gewesen sein. So viele habe ich noch nie auf einmal gesehen.«
»Vielleicht sind sie geflohen«, sagte Vater.
»Geflohen?« wiederholte Hendryk stirnrunzelnd.
»Aber wovor denn?« fragte Michael.
Sein Vater hob die Schultern. »Das weiß ich nicht«, sagte er. »Aber du, Hendryk, hast erzählt, daß etwas in eurer Welt geschieht. Vielleicht ist es schlimmer geworden, vielleicht ist es eine Gefahr, die nicht nur dich und deine Leute bedroht, sondern alles Leben dort unten. Auch bei uns spüren die Tiere manchmal ganz instinktiv eine Gefahr und reagieren darauf, lange bevor die Menschen sie auch nur bemerken.«
Hendryk blickte ihn erschrocken an. Wenn Vater recht hatte und die Ghoule wirklich aus dem Unterland und den Katakomben flohen, dann mußte es dort unten viel schlimmer geworden sein, seit er seine Heimat verlassen hatte.
»Wir müssen herausfinden, was Wolf plant«, sagte Vater. »Und zwar schnell. Der Bursche macht Ernst.« Er sah Michael durchdringend an. »Überlege noch einmal genau, was er damals zu dir gesagt hat. Du solltest nur eine Weile bei ihm bleiben – eine Woche oder zwei, nicht wahr? Und vorhin hat er dasselbe von Hendryk gesagt. Aber warum?« Er stand auf und begann unruhig im Zimmer auf und ab zu gehen. »Was ist in einer Woche oder zwei?«
Natürlich wußte niemand die Antwort darauf. Michael richtete einen fragenden Blick auf Hendryk, bekam aber nur ein Achselzucken als Antwort und sah schließlich Dwiezel an. Aber auch das Irrlicht schüttelte nur den Kopf.
Der Vater durchquerte das Zimmer und blieb vor einem Kalender stehen, der an der Wand hing. Sein ausgestreckter Zeigefinger berührte das Kästchen mit dem heutigen Datum und glitt dann tageweise weiter.

»Die Walpurgisnacht!« sagte er plötzlich.
Sowohl Michael als auch Hendryk sahen ihn fragend an. Vater drehte sich um und deutete aufgeregt mit der Hand auf den Kalender. »In zehn Tagen ist die Walpurgisnacht.«
»Und?« fragte Michael. Er verstand nicht, was das Ganze mit Wolf zu tun haben sollte.
»Was ist das?« fragte Hendryk.
»Eine Legende«, antwortete Vater. »Vor zwei Tagen hätte ich es noch für ein Ammenmärchen gehalten, aber jetzt . . .« Er überlegte einen Moment und fuhr dann in etwas ruhigerem, erklärendem Ton fort: »Es heißt, daß in der Walpurgisnacht die Hexen zum Blocksberg fliegen, um sich dort mit dem Teufel zu treffen.«
»Hexen?« wiederholte Michael verdattert. »Walpurgisnacht? Teufel? Aber was hat das alles mit Wolf zu tun?«
Sein Vater machte eine wedelnde Handbewegung. »Ich behaupte ja nicht, daß sich in dieser Nacht wirklich ein paar alte Weiber auf Reisigbesen schwingen und durch die Lüfte fliegen«, sagte er ganz ernst. »Aber wir sollten uns an den Gedanken gewöhnen, daß an den meisten alten Legenden sehr viel mehr Wahres dran ist, als wir bisher geglaubt haben. Das kann kein Zufall sein. Ich nehme an, es ist ein Tag von großer magischer Bedeutung. Irgend etwas geschieht in dieser Nacht, auf das Wolf wartet.«
»Wo ist dieser Blocksberg?« fragte Hendryk, der die Bedeutung von Vaters Worten offensichtlich viel rascher erfaßt hatte als Michael.
»Gar nicht einmal so weit von hier«, antwortete Vater. »Mit dem Wagen würden wir ihn in wenigen Stunden erreichen. Aber so lange können wir nicht mehr warten. Es sind noch zehn Tage bis dahin, und Wolf wird inzwischen kaum die Hände in den Schoß legen.«
Michael sah seinen Vater hilflos an. Die Geschichte wurde immer verrückter. Zuerst das Unterland mit seinen vergessenen Bewohnern, den Trollen und Ghoulen und Irrlichtern,

und plötzlich ging es um Hexen und Teufel! Aber dann erinnerte er sich der vielen Teufelsfiguren, die er auf dem Weg in die versunkene Welt und auch dort selbst gesehen hatte.
»Wir müssen ihn finden«, sagte Vater. »Wenn wir überhaupt eine Chance haben wollen, dann einzig dadurch, daß wir überraschend zuschlagen und ihn in seinem eigenen Versteck angreifen. Denk noch einmal nach, Michael. Du warst dort. Du mußt irgend etwas gesehen haben.«
Als ob Michael das nicht schon getan hätte! Aber da war nichts gewesen. Nichts außer endlosen Gängen und Treppen, die von rotem Licht und Hitze erfüllt gewesen waren, und diesem einen kostbar eingerichteten Zimmer.
»Warum fragen wir nicht einfach Dwiezel?« fragte Hendryk.
Michael blickte ihn verdattert an und kam sich für einen Moment ziemlich dumm vor, nicht von selbst darauf gekommen zu sein, denn schließlich hatte das Irrlicht ihn ja dort aufgespürt und mußte wissen, an welchem Ort er gefangengehalten worden war.
Aber noch bevor er eine entsprechende Bemerkung machen konnte, schüttelte Vater bedauernd den Kopf. »Das habe ich bereits getan«, sagte er. »Aber er muß sich irren.«
Dwiezel warf ihm einen ärgerlichen Blick zu, sagte aber nichts.
»Wieso?« fragte Hendryk.
»Weil es unmöglich ist. Wenn euer kleiner Freund da recht hätte, dann hätten sich Wolf und seine Männer draußen im Schloß versteckt. Und das kann nicht sein.«
»Aber wieso nicht?« wunderte sich Hendryk. »Wenn es ein Schloß ist, ist es sicher groß genug, um vierzig Männern Unterschlupf zu bieten.« Offensichtlich setzte er den Begriff »Schloß« mit der finsteren, nur aus Katakomben und Gewölben bestehenden Burg des Unterlandes gleich.
»Sogar groß genug, um vierhundert zu verbergen«, sagte Vater. »Trotzdem ist es unmöglich. Dieses Schloß ist eine Sehenswürdigkeit, weißt du?«

Hendryk verstand überhaupt nichts.
»Nun, es ist ein sehr berühmtes Schloß«, versuchte es Vater auf eine andere Weise. »Menschen kommen von weither, um es sich anzusehen. Jeden Tag kommen Tausende, wenn nicht gar Zehntausende. Und nachts wird es sehr gut bewacht. Es gibt kostbare Bilder und Schätze dort. Niemand könnte eindringen, ohne aufzufallen.«
»Auch kein Zauberer?« fragte Hendryk.
»Auch kein Zauberer«, sagte Vater überzeugt. »Wolf kann vielleicht einem Menschen seinen Willen aufzwingen, aber keiner Maschine. Es gibt Alarmanlagen dort, Videokameras, Lichtschranken, Bewegungsmelder ...« Er machte eine Geste, um anzudeuten, daß er die Aufzählung vermutlich noch nach Belieben fortsetzen könnte, aber da Hendryk alle diese Dinge ohnehin nichts sagten, tat er es nicht. »Nein«, sagte er noch einmal überzeugt, »das Schloß ist ...« Plötzlich stockte er. Sekundenlang starrte er zwischen Hendryk und Michael hindurch ins Leere, dann breitete sich ein verblüffter Ausdruck auf seinen Zügen aus. »Wartet«, sagte er nachdenklich. »Vielleicht habt ihr doch recht.«
»Ach?« sagte Dwiezel spitz.
Vater beachtete ihn gar nicht. »Was hast du gesagt?« wandte er sich an Michael. »Die Gänge waren schmal, und es war heiß und stickig dort?«
Michael nickte.
»Wie sah es dort aus?« Vater war plötzlich sehr aufgeregt. »Denk genau nach. War es schmutzig dort? Alles voller Ruß und Staub, und es roch verbrannt?«
Wieder nickte Michael. »Woher weißt du das?« fragte er.
Sein Vater zog eine Grimasse, atmete tief ein und beugte sich zu Dwiezel hinab. »Tut mir leid Kleiner«, sagte er, »du hattest recht. Sie *sind* im Schloß.«
»Aber gerade hast du behauptet, daß es unmöglich ist«, sagte Michael.
»Ist es auch. Jedenfalls dann, wenn man sich in irgendeinem

Zimmer verstecken will. Es gibt keinen einzigen Korridor dort, der nicht elektronisch überwacht wird. Sobald man auch nur die Nase aus einer Tür steckt, geht irgendwo eine Sirene los. Aber es gibt einen Bereich, der nicht überwacht wird.«

Nun, dachte Michael, was das anging, so konnte Vater sogar recht haben. Sie waren über keinen Korridor gegangen, zumindest keinen, der in ein *Schloß* gepaßt hatte. Schon eher in ein Bergwerk oder einen Heizungskeller.

»Du hast doch vor zwei Jahren eine Führung durch das Schloß mitgemacht«, sagte sein Vater. »Erinnerst du dich, was der Fremdenführer über das Heizungssystem erzählt hat?«

Michael sah seinen Vater verblüfft an. Natürlich! Wieso war er nicht von selbst darauf gekommen!? Der Mann hatte damals eine Menge Zeit und sehr viele Worte darauf verwendet, seinen Gästen voller Stolz zu erklären, daß das Heizsystem des Schlosses zur damaligen Zeit wohl das modernste der Welt gewesen sein müßte. In beinah jedem Zimmer gab es große, aus Porzellan und feinster Keramik geformte Öfen, die jedoch nicht auf herkömmliche Weise befeuert wurden, so daß beständig Hausdiener und Mägde mit Kohlen, Holz und Ruß- und Aschenbehältern durch die Zimmer gehen mußten. Die Kamine wurden von der Rückseite beheizt, wozu die Architekten des Schlosses eine große Anzahl schmaler, von den Zimmern aus direkt nicht einsehbar und auch nicht betretbarer Gänge hatten anlegen lassen, die im Inneren des riesigen Gebäudes ein eigenes System bildeten, fast wie ein Haus in einem Haus, wobei das eine mit dem anderen kaum eine Verbindung hatte. Gänge, die so schmal waren, daß man in ihnen nur hintereinander gehen konnte, niemals Tageslicht, nur der rote, unheimliche Schein der Feuer, eine Luft, die vermutlich so schlecht und verbraucht gewesen war, daß das Atmen zur Qual wurde, und die unerträgliche Hitze Hunderter offener Feuerstellen, die von einer

ganzen Armee Bediensteter ununterbrochen betreut wurden.
»Ein besseres Versteck können sie sich gar nicht wünschen«, murmelte Michael. »Anson und seine Männer müssen sich dort wie zu Hause fühlen.«
»Ja, und vor allem sehr sicher«, fügte sein Vater hinzu. »Es gibt eigentlich gar keinen Zugang mehr zu den Heizungsschächten. Vor ein paar Jahren ist ein Kind hineingeraten und hat sich verirrt. Es hat fast zehn Stunden gedauert, bis man es wiedergefunden hat. Danach haben sie die meisten Türen zugemauert.«
»Das heißt, er hat wohl praktisch vor unserer Nase gesessen.«
»Na, dann nichts wie los«, sagte Hendryk und sprang auf. Michael und sein Vater sahen ihn beide gleichermaßen verblüfft an.
»Was hast du vor?« fragte Michael.
»Warum noch warten?« erwiderte Hendryk. »Jetzt, da wir wissen, wo er ist!«
»Das hat keinen Sinn«, sagte der Vater. »Wir sind alle total erschöpft. Außerdem brauchen wir einen Plan. Du hast selbst gesehen, was passiert, wenn man blindlings losläuft.«
»Aber damit würde er niemals rechnen!« protestierte Hendryk. »Jetzt ist der günstigste Moment!«
»Es ist zu spät«, beharrte der Vater. Er deutete demonstrativ auf die Uhr. »In ein paar Stunden wird es hell. Wenn schon nicht Wolf selbst, so fürchten doch ganz bestimmt eure Krieger das Sonnenlicht. Solange es Tag ist, sind wir hier in Sicherheit. Davon abgesehen, habe ich noch keine Vorstellung, wie wir überhaupt in das Schloß hineinkommen sollen.«
»Ich kann euch führen«, sagte Dwiezel. Auch er war aufgesprungen und wirkte mit einem Male sehr unruhig.
»Das glaube ich dir gerne, aber es wäre zu gefährlich«, entgegnete Vater. »Wolf weiß, daß du auf unserer Seite stehst. Und er ist kein Narr. Er hat mit Sicherheit Wachen auf dem Weg durch die Kanalisation aufgestellt oder irgendeine Falle, in die wir hineintappen würden.« Er schüttelte den Kopf.

»Jetzt übereilt zu handeln wäre genauso falsch, wie gar nichts zu tun, glaubt mir. Wir bleiben heute nacht hier. Bis morgen abends sind wir alle ausgeruht, und ich habe vielleicht eine Idee, wie wir ungesehen ins Schloß hineinkommen.«
Nach seinen bisherigen Hinweisen, wie knapp ihre Zeit doch sei, kamen Michael die Worte des Vaters ein wenig unlogisch vor. Zugleich aber wußte er natürlich, daß der Vater zumindest in einem Punkt recht hatte: Die Ereignisse des Abends waren an keinem von ihnen körperlich spurlos vorübergegangen. Sie brauchten dringend eine Erholungspause – und noch dringender einen Plan. Zugleich aber wehrte sich alles in ihm gegen den Gedanken, einfach hierzubleiben und nichts zu tun. Denn auch Hendryk hatte in einem Punkt recht: Ihre Chancen, Wolf zu überrumpeln, würden nie wieder so gut sein wie jetzt. Vermutlich war Wolf noch nicht einmal in sein Versteck zurückgekehrt. Und das allerletzte, worauf er gefaßt war, war vermutlich, dort schon von ihnen erwartet zu werden.
Er wollte gerade eine entsprechende Bemerkung machen, als sein Vater plötzlich die Hand hob und ihm gebot, still zu sein. Lauschend legte er den Kopf auf die Seite, dann ging er zum Fenster und zog den Vorhang einen winzigen Spalt weit, gerade weit genug, um hindurchzuspähen, zur Seite.
Michael sah nicht, was sein Vater sah, aber er las deutlich in seinem Gesicht. Was immer er sah, es mußte ihn zutiefst erschrecken.
»Was ist?« fragte er alarmiert.
Wieder hob sein Vater die Hand. Er blickte weiter gebannt auf die Straße hinaus. »Verdammt«, murmelte er. »Die haben mir jetzt gerade noch gefehlt.«
Ohne seine Worte irgendwie zu erklären, trat er vom Fenster zurück, eilte mit raschen Schritten zur Tür und warf einen Blick durch den Spion.
Michael stand auf, ging zum Fenster und spähte durch den Vorhangspalt. Er entdeckte allerings nichts Auffälliges. Er

hatte erwartet, draußen schon wieder Wolfs Häscher zu sehen, Krieger in schwarzen Mänteln, vielleicht auch Polizeibeamte, die das Haus umstellten. Aber das einzige, was er sah, waren zwei geparkte Wagen, die direkt unter dem Halteverbotsschild auf der gegenüberliegenden Straßenseite standen. Ein Stück weiter stand ein drittes, größeres Automobil. Im allerersten Moment hielt Michael es für einen gewöhnlichen Kleinlaster, dann fiel ihm das Blaulicht auf dem Dach auf und die auffällige rot-weiße Lackierung. Ein Krankenwagen.

Vater kam von der Tür zurück. »Holt eure Sachen und zieht euch an«, sagte er. »Schnell. Wir müssen weg!«

»Aber wieso denn?« fragte Michael.

Hendryk reagierte ein wenig schneller. Wortlos wandte er sich um und lief ins Schlafzimmer zurück, und als Michael ihm folgen wollte, deutete er ihm mit einer abwehrenden Bewegung, daß er seine Schuhe und Jacke mitbringen würde.

Vater trat wieder ans Fenster, sah auf die Straße hinaus und winkte Michael schließlich heran. »Siehst du die beiden Wagen dort unten?«

Michael nickte.

»Und den anderen, dort hinten?«

»Den Krankenwagen?«

»Das ist kein Krankenwagen«, sagte Vater ernst. »Jedenfalls kein gewöhnlicher.« Seine Miene verdüsterte sich. »Ich begreife nicht, wie sie auf diese Wohnung gekommen sind. Niemand weiß etwas von Hans. Er hat nicht einmal den gleichen Namen wie ich!«

»Aber was ist denn überhaupt los?« fragte Michael verständnislos. Und plötzlich fiel ihm der Vorfall mit Herrn Marker ein. Auch da war es ein Krankenwagen gewesen, der als erster eingetroffen war, und er hatte nicht begriffen, warum sie den Mann so grob gepackt und weggeschleppt hatten.

Plötzlich schien alles einen Sinn zu ergeben. Es fiel ihm schwer, den Gedanken auszusprechen, und so war seine

Stimme leise und schleppend. »Es hat ... etwas mit Mutter zu tun, nicht wahr?« fragte er. »Und damit, warum sie immer noch im Krankenhaus ist.«
Sein Vater wandte sich vom Fenster weg, sah ihn erschrocken an und schwieg.
»Deshalb ... deshalb haben sie auch Marker mitgenommen, und deshalb haben sie das ganze Gelände um unser Haus abgesperrt und Männer in den Schacht hinuntergeschickt«, stieß Michael nach. Er verstand es noch immer nicht ganz.
»Nicht mit deiner Mutter«, korrigierte ihn Vater. Er wich seinem Blick aus. »Sie suchen dich. Und deinen Bruder. Und mittlerweile vermutlich jeden, von dem sie glauben, daß er irgendwie mit euch zusammengekommen ist.«
»Was ist es?« fragte Michael.
Sein Vater antwortete immer noch nicht, aber Hendryk, der mittlerweile wieder hereingekommen und zwei Schritte hinter ihnen stehengeblieben war, sagte ganz ruhig: »Sie hat die *Krankheit,* nicht wahr?«
Vater sah ihn einen Moment lang aus blicklosen Augen an, dann wandte er sich wieder zum Fenster und sah auf die Straße hinab. »Ja«, sagte er.
»Was ... meint er damit?« fragte Michael. Es fiel ihm plötzlich schwer, überhaupt zu reden. Er wußte die Antwort, aber er wagte es einfach nicht, es auszusprechen.
»Der Grund, aus dem die Menschen damals ins Unterland flohen«, sagte Vater. Er flüsterte nur noch. »Die Pest.«
Michael starrte ihn an. »Aber das ... das ist doch unmöglich!« stammelte er in jenem ungläubigen Ton, in dem man wider besseres Wissen etwas ableugnet, das einfach zu schrecklich ist, um sein zu dürfen. »Ich meine ... die Pest gibt es doch schon seit Jahrhunderten nicht mehr und –«
»Ab und zu treten noch ein paar Fälle auf«, sagte Vater. »Irgendwo in Indien oder Afrika. Aber das ist nicht einmal der Grund, aus dem sie alle so aufgeregt sind. Sie wissen, wo sich deine Mutter infiziert hat. Der Arzt, mit dem ich im Kran-

kenhaus gesprochen habe, wollte wohl nur sichergehen.« Er sah Michael an. »Die Männer, die uns überfallen haben . . .«
Michael nickte. »Ja?«
»Deine Mutter hat einen von ihnen in die Hand gebissen, damit er sie losließ«, fuhr Vater fort. »Dabei muß sie sich angesteckt haben.«
»Angesteckt? Aber wie . . .« Michael stockte. Und plötzlich begriff er, warum Wolf damals so Hals über Kopf aus dem Unterland zu fliehen versucht hatte und warum man Hendryk an einen sicheren Ort gebracht hatte und jetzt die ganze Stadt fieberhaft nach ihm suchte. Die Pest . . . Schon das Wort ließ ihn schaudern. Es war eine Krankheit, die seit Jahrhunderten gebannt war, und vermutlich gab es überall auf der Welt Krankheiten, die gefährlicher, schlimmer und vor allem verbreiteter waren als sie. Michael hatte in der Schule gelernt, daß die großen Pestepidemien des Mittelalters vielleicht die größte Gefahr gewesen waren, die der menschlichen Rasse jemals gedroht hatten. Immerhin war ein Viertel der gesamten Menschheit daran gestorben, und es war im Grunde nur Glück gewesen, daß der Schwarze Tod nicht alle dahingerafft hatte. Allein der Gedanke, daß diese Krankheit hier und jetzt in einer so großen Stadt wie dieser wieder ausbrechen könnte, mußte zu einer Panik geführt haben.
»Wenn sie die Krankheit hat«, sagte Hendryk leise, »dann wird sie sterben.«
»Das wird sie nicht«, widersprach Vater. Er lächelte Hendryk traurig zu. »Unsere Ärzte vermögen viel, Hendryk. Sie wird wieder gesund. Aber sie haben große Angst davor, daß sie nicht die einzige bleibt. Als unser Haus niederbrannte, fanden zwei von Ansons Männer dabei den Tod. Sie haben die Leichen untersucht und festgestellt, daß auch diese beiden Männer das hatten, was du die *Krankheit* nennst.«
»Aber das kann nicht sein«, widersprach Hendryk. »Es gibt keinen Schutz vor der Krankheit. Wer sie bekommt, der stirbt daran.«

»Bei euch nicht«, antwortete Vater. »Ich vermute, daß ihr alle sie habt. Sie kann euch nichts mehr ausmachen, denn eure Körper haben sich daran gewöhnt. Aber ihr könnt andere anstecken. Ein Husten reicht oder eine winzige offene Wunde, die ihr nicht einmal bemerkt.« Er wandte sich an Michael. »Ich nehme an, daß auch du die Erreger in dir trägst. Wahrscheinlich bist du so immun dagegen wie Hendryk und alle anderen Menschen des Unterlandes, aber sie würden dich trotzdem einsperren.«
»Und vermutlich bis an mein Lebensende nicht wieder herauslassen«, murmelte Michael.
Sein Vater nickte. »Vermutlich.«
»Aber dann ... dann bist auch du in Gefahr«, sagte Michael.
»Kaum«, antwortete Vater. »Ich lebe seit über zehn Jahren mit dir zusammen, ohne daß bisher etwas passiert ist. Aber ich bin kein Arzt.« Er zuckte mit den Schultern. »Gleichwie. Die Inkubationszeit beträgt vier oder fünf Tage. Bis dahin müssen wir Wolf gestellt und unschädlich gemacht haben. Danach kann ich mich immer noch behandeln lassen.«
Er schaute wieder aus dem Fenster. »Sie kommen«, sagte er. »Wir müssen verschwinden. Schnell!«
Sie verließen die Wohnung. Michael wollte sich zum Aufzug wenden, aber Vater schüttelte nur den Kopf und deutete in die entgegengesetzte Richtung. Sie gingen ins Treppenhaus, aber sie hatten kaum die nächste Etage erreicht, als unten im Erdgeschoß der Klang einer Tür und dann die Schritte mehrerer Personen zu hören waren. Hastig wandten sie sich um und liefen die Treppe wieder hinauf, schnell, aber vorsichtig, um kein verräterisches Geräusch zu machen. Diesmal gingen sie an der vierten Etage, in der Onkel Hans' Apartment lag, vorbei, durchquerten auch die fünfte und sechste und traten schließlich auf das flache Dach des Gebäudes hinaus. Vater gebot ihnen mit einer Geste, zurückzubleiben, und eilte selbst geduckt zum Rand des Daches. Nach wenigen Augenblicken kam er zurück. Er machte ein besorgtes Gesicht. »Es

sieht so aus, als hätten sie das ganze Haus umstellt«, sagte er. »Wir müssen irgendwie von diesem Dach runter.« Er sah sich suchend um. Das Dach des Hauses zur Linken lag ein gutes Stück tiefer als dieses und war überdies nicht flach, sondern schräg und mit Ziegeln gedeckt. Auf der anderen Seite gähnte ein sieben Etagen tiefer Abgrund.

»Sieht so aus, als hätten wir keine große Auswahl«, sagte Vater besorgt. Er sah Hendryk an. »Kannst du klettern?«

Hendryk musterte das spitze Dach des benachbarten Hauses mit unverhohlener Angst. Das Gebäude war nicht nur höher als jedes Haus, das er zuvor im Leben gesehen hatte, das Dach fiel auch in einem viel steileren Winkel ab als die Dächer in seiner Heimat, und überhaupt hatte es wohl in der Umgebung, in der er aufgewachsen war, wenig Gelegenheit gegeben, das Balancieren auf Dachfirsten zu üben. Trotzdem nickte er.

Die größte Schwierigkeit empfing sie gleich am Anfang. Es erwies sich nämlich als fast unmöglich, vom höhergelegenen Flachdach des Hauses auf das benachbarte Gebäude hinabzusteigen. Die Wand war glatt und fugenlos, es gab weder Fenster noch eine Feuerleiter. Schließlich fanden sie ein in einem rostigen Eisenrohr verlaufendes Kabel, vielleicht eine Antenne oder der Blitzableiter, das an der Hauswand hinab- und kaum einen halben Meter am Dach des anderen Gebäudes vorbeiführte.

Mit klopfendem Herzen begann Michael den Abstieg. Hinterher versuchte er sich einzureden, daß es eigentlich gar nicht so schwer gewesen war, aber während er die knapp fünf Meter in die Tiefe kletterte, starb er innerlich tausend Tode. Und als er endlich das Dach erreicht hatte und auf dem unsicheren Untergrund nach Halt suchte, da wurde er fast verrückt vor Sorge, als er Hendryk beim Hinunterklettern zusah und feststellen mußte, daß dieser sich in der Tat noch ungeschickter anstellte, als er befürchtet hatte.

Dafür überraschte ihn sein Vater um so mehr. Michael hatte

erwartet, daß auch er sich ziemlich schwertun würde, aber er kletterte so schnell und geschickt wie ein großer Affe an dem Kabel herab und war nicht einmal außer Atem, als er schließlich neben ihnen anlangte. Und ebenso sicher und rasch ging er an ihnen vorbei, eilte auf eines der Dachfenster zu und brach es ohne sichtliche Anstrengung und sogar beinahe lautlos auf. Michael kam aus dem Staunen nicht mehr heraus. Er hatte gedacht, seinen Vater so gut zu kennen wie sonst keinen anderen Menschen auf der Welt, aber offensichtlich hatte der doch noch die eine oder andere Überraschung auf Lager.

Sie fanden sich auf einem staubigen Dachboden wieder, der so mit Gerümpel vollgestopft war, daß sie ununterbrochen irgendwo anstießen oder über etwas stolperten und es an ein weiteres Wunder grenzte, daß der Lärm, den sie dabei verursachten, nicht sämtliche Hausbewohner aus dem Schlaf riß. Ohne Hendryk hätten sie es vermutlich gar nicht geschafft. Dessen Augen waren offensichtlich viel empfindlicher als die Michaels oder seines Vaters, denn obwohl Michael rein gar nichts sah, fand Hendryk doch mit fast traumwandlerischer Sicherheit den Weg zum Ausgang. Die Tür war abgeschlossen, hielt aber ihren gemeinsamen Anstrengungen nicht lange stand.

Dahinter erwartete sie ein altmodischer Hausflur mit hoher Decke und einer knarrenden Holztreppe. Sie wagten es nicht, das Licht einzuschalten, aus Angst, daß es draußen auf der Straße gesehen würde. Es war ohnehin nur eine Frage der Zeit, bis man feststellte, daß das Apartment leer war, und anfing, auch die benachbarten Gebäude abzusuchen. Immerhin erreichten sie unbehelligt das Erdgeschoß.

Die Haustür war geschlossen, aber es gab ein schmales vergittertes Fenster daneben, durch das sie auf die Straße hinaussehen konnten. Der Anblick übertraf Michaels schlimmste Befürchtungen. Zwar wimmelte die Straße draußen keineswegs von Polizei, denn offensichtlich versuchten die

Männer ihre Aktion so unauffällig wie nur möglich durchzuführen, aber jetzt, da er wußte, wonach er zu suchen hatte, entdeckte er doch beinahe auf Anhieb ein gutes halbes Dutzend Wagen, die ein wenig zu zufällig genau so geparkt waren, daß ihre Insassen jeden Meter der Straße überblicken und nötigenfalls sofort blockieren konnten. Vor dem Eingang des gegenüberliegenden Hauses stand ein Mann in einem dunklen Mantel, der in regelmäßigen Abständen die Hand zum Mund hob. Offensichtlich sprach er in ein Funkgerät. Und wahrscheinlich war das noch nicht einmal alles. Er konnte von hier aus ja nur einen kleinen Teil der Straße überblicken.

»Sehr viel erreicht haben wir nicht«, sagte Hendryk mißmutig. »Wir sitzen immer noch in der Falle.«

Michael hätte ihm gerne widersprochen, aber Hendryk hatte nur zu recht. Wenn sie das Gebäude durch die Haustür verließen, würden sie sofort auffallen, und auch den Gedanken an den Hinterausgang verwarf er rasch wieder. Wahrscheinlich wurde jeder nur denkbare Ausgang beobachtet. Dabei lag die Rettung so nahe. Kaum zehn Meter entfernt gewahrte Michael einen Kanaldeckel, und dort unten, dessen war er sicher, würden sie jeden normalen Verfolger mit Leichtigkeit abschütteln können.

»Ich könnte sie ablenken«, schlug Dwiezel vor.

Der Gedanke gefiel Michael nicht, aber sowohl Hendryk als auch sein Vater schienen ernsthaft darüber nachzudenken, und schließlich zuckte Vater mit den Schultern und machte eine Kopfbewegung nach draußen. »Wenn wir es bis zur Ecke schaffen, haben wir vielleicht eine Chance«, sagte er. »Wahrscheinlich haben sie den Wagen längst gefunden, aber in der nächsten Straße ist ein Taxistand.«

Dwiezel blickte Michael fragend an. Michael überlegte noch eine ganze Weile, aber schließlich nickte er, wenn auch schweren Herzens. »Also gut«, sagte er. »Aber paß auf dich auf.«

Das Irrlicht machte eine wegwerfende Handbewegung. Es flatterte zur Tür, machte aber dann noch einmal kehrt und kam zu Michael zurück. »Damit du hinterher nicht wieder rummeckerst«, sagte es. »Soll ich diesmal wieder still, leise und unauffällig sein?«

»Im Gegenteil«, sagte Michael grinsend. »Tob dich ruhig richtig aus. Und sei vor allem vorsichtig.«

»Bin ich doch immer«, behauptete Dwiezel, machte auf der Stelle kehrt und flitzte zur Tür. Vielleicht ein bißchen zu schnell, denn Vater hatte zwar bereits die Hand nach der Klinke ausgestreckt, die Tür aber noch nicht geöffnet, so daß Dwiezel mit voller Wucht gegen das Holz prallte und zurücktaumelte. »Meistens jedenfalls«, sagte er, nachdem er sich wieder gefangen hatte.

Die Zeit schien stehenzubleiben. Seit Dwiezel das Haus verlassen hatte, war sicherlich noch nicht einmal eine Minute vergangen, aber Michael kam es bereits vor wie eine Ewigkeit. Auch Hendryk und sein Vater wurden immer nervöser. Während sie warteten, daß irgend etwas passierte, kam Michael erneut zu Bewußtsein, wie sehr sich sein Vater verändert hatte. Er hatte seinen Vater bisher als geduldigen, stets überlegenden und im Zweifelsfalle eher zögerlichen Menschen gekannt, als einen Mann, der, wie man so schön sagte, mit beiden Beinen fest auf dem Boden stand und nichts für phantastische Geschichten oder gar Märchen übrig hatte. Michael konnte sich nicht erinnern, ihn jemals einen Roman lesen gesehen zu haben. Und er hätte noch vor einem Tag die bloße Vorstellung als lächerlich abgetan, daß sein Vater mit leeren Händen auf einen bewaffneten Krieger losging, ihm das Schwert entrang und ihn damit niederschlug. Er wußte, daß Menschen in außergewöhnlichen Situationen oft zu außergewöhnlichen Dingen fähig waren, aber diese Veränderung war geradezu unheimlich. War der Mann, der gerade vor seinen Augen eine senkrechte Wand hinabgeklettert und mit traumwandlerischer Sicherheit über einen Dachfirst balanciert war, wirklich derselbe, der noch vor einer Woche Michaels Bitte, den Führerschein für ein Mofa machen zu dürfen, zum Anlaß genommen hatte, ihm einen halbstündigen Vortrag über die Gefahr von Motorrädern und ähnlichem zu halten? Schon allein seine Entschlossenheit, es ganz allein mit Wolf und seinen immerhin fast vierzig Kriegern aufzunehmen, widersprach allem, was er jemals über seinen Vater zu wissen geglaubt hatte.

Aber was hatte er eigentlich wirklich gewußt? Seine Eltern hatten ihm in einem wichtigen Punkt nicht die Wahrheit gesagt, und jetzt fragte er sich, ob es vielleicht noch mehr gab, was er nicht wußte.

»Achtung jetzt«, sagte sein Vater. »Ich glaube, da tut sich etwas.«

Michael wurde aus seinen Gedanken gerissen und blickte aus dem Fenster. Tatsächlich war am anderen Ende der Straße Aufregung entstanden. Er konnte nicht genau sehen, was dort vorging, aber die Türen einiger Wagen hatten sich geöffnet, Männer stiegen aus, und die Strahlen von zwei oder drei Taschenlampen durchdrangen die Dunkelheit. Eine Sekunde später glomm in der Nacht ein winziger gelber Funke auf, der rasend schnell zu einer Flamme und dann zu einer lodernden, mindestens fünf Meter hohen Feuersäule wurde. Schreie durchdrangen die Nacht, Männer begannen durcheinanderzurennen, Autotüren wurden aufgerissen – kurz, es war ganz genau die Art von Rummel, den sie brauchten.

Ohne ein weiteres Wort riß Vater die Tür auf und stürmte ins Freie. Die beiden Jungen folgten ihm. Zwar konnten sie nicht ganz sicher sein, nicht trotzdem gesehen zu werden, aber dieses Risiko mußten sie eben eingehen.

Während die Stichflamme allmählich in sich zusammensank, das Feuer an ihrem Fuß sich aber gleichzeitig ausbreitete, wandten sie sich nach links und rannten auf die nächste Straßenkreuzung zu, so schnell sie konnten. Der Weg betrug

keine zwanzig Meter, aber Michael hatte trotzdem das Gefühl, eine Ewigkeit dafür zu brauchen.
Kurz bevor er hinter seinem Vater und Hendryk um die Ecke bog, warf er noch einen Blick zurück. Am anderen Ende der Straße hatte ein Wagen Feuer gefangen. Soweit Michael erkennen konnte, schien niemand verletzt zu sein, aber das Auto brannte lichterloh. Sämtliche Scheiben waren geplatzt, und meterhohe Flammen züngelten aus seinem Inneren. Von überall her rannten Leute auf den brennenden Wagen zu, und auch aus dem Apartmenthaus, aus dem sie geflohen waren, stürmten zwei oder drei Gestalten hervor. Von ihrer Flucht schien tatsächlich niemand etwas bemerkt zu haben.
Aber vielleicht schien das auch nur so. Sie waren noch zehn Meter von der Straßenkreuzung entfernt, als vor ihnen ein grelles Scheinwerferpaar auftauchte, und Michael hätte das zuckende Blaulicht darüber nicht einmal sehen müssen, um zu wissen, worum es sich handelte.
Sein Vater fluchte ungehemmt, wandte sich auf der Stelle um und wollte zurücklaufen, machte aber nur einen einzigen Schritt, ehe er abrupt wieder stehenblieb. Als Michael sich umdrehte, sah er, daß auch hinter ihnen ein Wagen aufgetaucht war. Er fuhr langsam und mit abgeblendeten Scheinwerfern, so daß sie ihn nicht bemerkt hatten, aber jetzt wurden die Lichter aufgeblendet, und Michael blinzelte in die grelle Helligkeit. Hendryk schlug beide Hände vors Gesicht und stöhnte. Sein Vater fluchte erneut, dann schrie er: »Lauft weg! Ich versuche sie aufzuhalten!«
Vielleicht wäre es ihnen sogar gelungen. Die Straße war so breit, daß die zwei Wagen sie unmöglich blockieren konnten. Aber Hendryk rührte sich nicht von der Stelle. Er stand da, den Kopf zwischen die Schultern gezogen und beide Arme schützend vor das Gesicht geschlagen. Der grelle Lichtkegel schien ihn zu lähmen. Michael war mit einem Satz bei ihm und wollte ihn mit sich ziehen, aber Hendryk schlug seine

Hand einfach beseite und krümmte sich unter dem Licht, als bereite es ihm körperliche Schmerzen. Hinter ihnen kreischten Bremsen, Autotüren wurden aufgerissen, und er hörte, wie jemand etwas rief. Zugleich hielt auch der vermeintliche Krankenwagen vor ihnen an, und zwei Gestalten in weißen Anzügen sprangen ins Freie.

Einer der beiden stürzte sich auf Hendryk, der andere machte Anstalten, Michael zu packen. Aber in diesem Moment war sein Vater heran. Er packte die beiden Männer zugleich mit jeweils nur einer Hand bei den Jackenaufschlägen, riß sie von Hendryk und seinem Sohn fort und warf sie mit erstaunlicher Kraft gegen den Wagen, daß es nur so dröhnte. Einer der beiden fiel zu Boden und blieb um Luft ringend liegen, der andere stand einfach da und starrte ihn aus ungläubig aufgerissenen Augen an.

»Lauft weg!« schrie Vater erneut.

Aber es war zu spät. Hinter ihnen rief jemand: »Stehenbleiben!«, und bevor sie Gelegenheit fanden, auf den Befehl zu reagieren, fiel ein Schuß. Michaels Vater schrie auf, griff sich an die Schulter, taumelte gegen den Krankenwagen und sank stöhnend neben dem Mann in die Knie, den er gerade niedergeschlagen hatte. Michael ließ Hendryk los und war mit einem Satz bei ihm.

Der Vater krümmte sich vor Schmerz. Zwischen den Fingern, die er gegen den linken Oberarm preßte, lief dunkles Blut hervor, und sein Blick war verschleiert. Er versuchte aufzustehen, hatte aber offensichtlich nicht mehr die Kraft dazu, denn er sank schwer zurück.

Eine grobe Hand packte Michael an der Schulter und riß ihn in die Höhe. Ganz automatisch versuchte er sie beiseite zu schlagen, aber der einzige Erfolg war, daß die Hand nun nach seinem Arm griff und diesen mit einem Ruck verdrehte, so daß er seinen Widerstand mit einem Schmerzenslaut aufgab.

Der Mann, der ihn gepackt hatte, trug die grüne Uniform

eines Polizeibeamten. Aber sein Blick war sonderbar leer, und sein Gesicht glich einer Maske. Er zerrte Michael in die Höhe, stieß ihn grob auf den Wagen zu und um ihn herum, und erst jetzt fiel Michael auf, daß auch auf den Gesichtern aller anderen jener leere, unheimliche Ausdruck lag. Sie bewegten sich schnell und präzise, aber ihre Bewegungen glichen eher denen von Maschinen als von lebenden Menschen. Genauso war es bei den Männern in der U-Bahn gewesen.
Als sie auf der Rückseite des Wagens angelangt waren, wurden die Türen aufgestoßen. Michael sah, daß er tatsächlich wie ein Krankenwagen eingerichtet war, nur im Inneren mehr Platz hatte und viel mehr Apparaturen und technische Gerätschaften enthielt. Ein Mann in weißer Krankenhauskleidung sprang heraus, und Michael erwartete, gepackt und in den Wagen gezerrt zu werden, genau wie Marker damals. Aber der Mann sah ihn nur flüchtig an und deutete dann auf Hendryk, der im Griff eines zweiten Polizeibeamten zappelte und sich ebensowenig daraus zu befreien vermochte wie Michael. Schnell und übertrieben grob wurde Hendryk in den Wagen geworfen, und nur einen Augenblick später brachten weitere zwei Männer Michaels Vater. Sie mußten ihn stützen, denn er schien nur noch halb bei Bewußtsein zu sein, aber sie nahmen sehr wenig Rücksicht auf seine Verletzung.
Nun war Michael sicher, als Dritter an der Reihe zu sein, aber der Mann schüttelte wieder den Kopf, stieg wortlos ein und schloß die Türen hinter sich. Einen Augenblick später begann sich das Blaulicht auf dem Dach des Wagens zu drehen, und sie fuhren davon.
Und nach einer weiteren Sekunde wurde Michael losgelassen.
Völlig verwirrt drehte er sich um und sah den Polizisten an. In den Augen des jungen Mannes war noch immer kein Erkennen. Michael war sogar sicher, daß der Mann gar nicht wußte, wo er war oder was er tat. Wortlos und mit steifen, roboterhaften Bewegungen drehte er sich um und ging zu sei-

nem Streifenwagen zurück, und einen Augenblick später wandten sich auch alle übrigen Männer von Michael ab und gingen.
Alle, bis auf einen. Die Gestalt hatte bisher im Schatten eines Hauses gestanden und schweigend zugesehen, so daß Michael sie gar nicht bemerkt hatte. Aber er erkannte sie, noch bevor sie ins Licht hinaustrat und zu einem Körper wurde oder er ihre Stimme hörte. Es war Wolf.
»Also ehrlich«, sagte Wolf kopfschüttelnd und in seinem schon gewohnten hämischen Tonfall. »Allmählich weiß ich wirklich nicht mehr, ob ich dich bewundern oder dir gehörig den Hintern versohlen soll, junger Mann.«
Michael trat ihm zornig entgegen, blieb aber sofort wieder stehen, als Wolf die Hand hob und ihm spöttisch mit dem Zeigefinger drohte. »Tu lieber nichts, was du bedauern müßtest«, sagte er. »Ich bin zwar ein geduldiger Mensch, aber auch meine Geduld hat Grenzen, weißt du. Und im Augenblick sind sie ziemlich eng gezogen.«
Er kam seinerseits näher. Im schwachen Dämmerlicht erkannte Michael, daß die rechte Hälfte seines Gesichtes unförmig angeschwollen und grün und blau verfärbt war. Brokks Hieb muß ihn doch härter getroffen haben.
»Was wollen Sie?« fragte er.
»Aber das weißt du doch genau«, antwortete Wolf. »Dich.«
Michael nickte. »Sicher«, sagte er. »Das ist ja logisch. Deswegen lassen Sie mich ja auch laufen, nicht wahr?«
»Ganz genau«, bestätigte Wolf. »Ich könnte dich zwingen, mich zu begleiten. Genaugenommen hätte ich das von Anfang an gekonnt. Aber das will ich nicht. Auch wenn du es mir jetzt vermutlich noch weniger glaubst als bisher, aber mir ist wirklich daran gelegen, daß du freiwillig zu mir kommst.«
»Niemals«, sagte Michael entschlossen.
Wolf drohte ihm abermals mit dem Finger und lächelte sein häßliches Lächeln. »Man sollte niemals nie sagen«, sagte er. »Das Wort ist so schrecklich endgültig, weißt du?

Im Grunde gibt es nur eine endgültige Sache, und das ist der Tod.«

War das jetzt wieder eine neue verhohlene Drohung, oder hörte Wolf sich einfach selbst gerne reden? Michael wußte es nicht, und er fand auch keine Gelegenheit, weiter über diese Frage nachzudenken, denn Wolf fuhr fort: »Ich gebe dir ein letztes Mal Gelegenheit, dich zu entscheiden. Und ich rate dir, es dir diesmal wirklich gut zu überlegen. Du willst deinen Vater und deinen Freund doch lebend und unverletzt wiedersehen, oder? Also schlage ich dir ein Geschäft vor – mit dem du übrigens schon einmal einverstanden warst, wenn ich mich richtig erinnere. Ihr beider Leben gegen deine Freundschaft.«

Er hustete und fuhr nach sekundenlangem Schweigen fort: »Und versuch bitte keine Tricks mehr. Diesmal wird niemand auftauchen, um dich im letzten Moment zu retten.«

»Und Sie glauben wirklich, meine *Freundschaft*« – er betonte das Wort so, daß es wie das genaue Gegenteil von dem klang, was es bedeutete – »könnte man erzwingen?« fragte Michael.

»Manchmal schon«, antwortete Wolf ernst. »Und wenn nicht, so reicht es vielleicht schon, wenn du aufhörst, dich gegen mich zu stellen. Aber versuche nicht, mich zu belügen. Ich würde es merken.« Er hustete wieder. Er fuhr sich mit der Hand über die Stirn, und Michael bemerkte erst jetzt, daß sie von Schweiß bedeckt war und daß seine Finger zitterten. Und als wäre ihm sein Blick unangenehm, wich Wolf einen Schritt zurück und wurde dadurch wieder zu einem schwarzen, flachen Schatten.

»Ich werde dich nicht mehr jagen«, sagte Wolf. »Ich werde nicht mehr versuchen, dich zu irgend etwas zu zwingen, Michael. Die Entscheidung liegt jetzt ganz allein bei dir. Wenn du sie getroffen hast, dann komm zu mir. Du weißt, wo du mich findest.«

Und noch bevor Michael antworten konnte, trat er vollends in den Schatten zurück und war eine Sekunde später verschwunden. Vielleicht war er auch nie wirklich dagewesen.

Michael starrte die Stelle, wo er gestanden hatte, noch lange an. Er fühlte sich unendlich einsam und zugleich zornig und niedergeschlagen. Es war das dritte Mal, daß er sich dem Zauberer zum Kampf gestellt hatte, und er hatte zum dritten Mal verloren. Er fragte sich, ob Wolf vielleicht nur ein Spiel mit ihm spielte, ihm ganz bewußt zuerst das Gefühl gab, eine Chance zu haben, nur um die Schlinge dann langsam, aber unbarmherzig zuzuziehen.
Nach einer Weile drangen Lärm und aufgeregte Stimmen in seine Gedanken. Michael fand mühsam in die Wirklichkeit zurück und sah sich um. Er war allein. Von dem Taxistand, der ihr Ziel gewesen war, näherten sich im Laufschritt einige Gestalten, doch Wolfs Verbündete waren allesamt verschwunden. Wäre nicht der Lärm und der Feuerschein gewesen, er hätte alles für einen üblen Traum halten können.
Er ging wieder zur Ecke zurück. Der Wagen brannte noch immer lichterloh, und es erschien ihm ein wenig sonderbar, daß es wirklich das winzige Irrlicht gewesen sein sollte, das dieses Höllenfeuer entfacht hatte. Die Schaulustigen hatten sich aus der unmittelbaren Nähe des Brandes zurückgezogen, und Michael spürte selbst hier noch einen warmen Hauch, den der Wind herantrug. So klein und unscheinbar Dwiezel auch sein mochte, er war doch ein mächtiger Verbündeter, mit dem sich Michael unter normalen Umständen unbesiegbar gefühlt hätte. Jetzt war er nicht sicher, ob Wolf nicht auch mit Dwiezel ein Spiel spielte. Vielleicht war es sowieso schon zu spät, und es gab überhaupt nichts mehr, was Wolf noch aufhalten konnte.
Als wäre der Gedanke an das Irrlicht das Stichwort gewesen, erschien Dwiezel in diesem Moment neben ihm in der Luft und sah ihn traurig an. Ein einziger Blick in sein Gesicht genügte Michael, um zu wissen, daß er nichts erklären mußte. Das Irrlicht wußte, was geschehen war.
»Es tut mir leid«, sagte Dwiezel.
Michael lächelte traurig.

»Was wirst du jetzt tun?« erkundigte sich Dwiezel, als Michael nicht antwortete.
Michael drehte sich um und begann mit langsamen Schritten die Straße hinunterzugehen. Dwiezel folgte ihm. »Was kann ich schon tun?« fragte er müde. »Ich werde zu ihm gehen und tun, was er verlangt. Er hat gewonnen.«
»Dann sind deine Leute im Unterland verloren«, sagte Dwiezel.
Deine Leute im Unterland. Wie sonderbar das klang. Zugleich klang es auch irgendwie falsch in Michaels Ohren. Dwiezels Worte entsprachen sicherlich der Wahrheit, aber Michael hatte sich einfach noch nicht an den Gedanken gewöhnt, daß die Menschen in der vergessenen Welt seine Familie und, wie Dwiezel es ausgedrück hatte, *seine* Leute waren. Er fühlte sich entwurzelt und hilflos, weder zu der einen noch zu der anderen Seite gehörend, sondern völlig in einem Universum, das nur noch aus Feinden und Gefahr zu bestehen schien. War *das* wirklich das große Abenteuer, von dem er insgeheim immer geträumt hatte? Er wünschte sich im Augenblick nichts mehr, als die Augen aufzuschlagen und sich in seinem Bett zu finden und festzustellen, daß es wirklich nur ein Traum gewesen war.
»Wenn es so ist, dann kann ich auch nichts mehr dagegen tun«, antwortete er mit einiger Verspätung auf Dwiezels Worte. »Wenn ich mich weiter gegen Wolf stelle, dann wird er Hendryk töten und vielleicht auch meinem Vater.«
»Vielleicht«, sagte Dwiezel. »Aber vielleicht ist das, was sie und alle anderen Menschen erwartet, wenn er gewinnt, noch viel schlimmer als der Tod.«
Auch daran hatte Michael schon gedacht. Es war zum Verzweifeln. »Aber ich habe keine andere Wahl«, sagte er. »Vielleicht kann ich Wolf irgendwie aufhalten, sobald er Hendryk und Vater erst einmal freigelassen hat.«
»Du weißt genau, daß du das nicht kannst«, sagte Dwiezel ernst. Plötzlich war auch das Irrlicht sehr traurig. »Also willst

du das Leben Hunderter Unschuldiger opfern, um das von zweien zu retten.«
»Nein!« widersprach Michael heftig. Er blieb stehen. »Das will ich ganz bestimmt nicht. Aber ich habe keine Wahl. Was soll ich denn tun? Zusehen, wie er meinen Vater und meinen Bruder umbringt?«
Dwiezel sagte nichts dazu. Er flog langsam weiter, und Michael folgte ihm.
»Wir könnten noch einmal versuchen, ihn zu überrumpeln«, schlug das Irrlicht nach einer Weile vor. Es klang nicht so, als wäre es von seinen eigenen Worten sehr überzeugt.
»O ja, sicher«, sagte Michael spöttisch. »Nur du und ich, wie? Wir beide sind schon eine gewaltige Streitmacht. Ich wette, daß er jetzt in seinem Versteck sitzt und bereits vor Angst mit den Knien schlottert.«
»Ich könnte Hilfe holen.«
Michael blieb abermals stehen. Ein eisiger Schrecken durchfuhr ihn. »Nein!« sagte er heftig. »Das will ich nicht!«
»Aber ich habe Freunde, die –«
»Als du das letzte Mal Hilfe geholt hast«, unterbrach ihn Michael, »da ist Brokk gestorben. Ich will nicht, daß noch mehr sterben, nur weil sie mir helfen wollen.«
»Brokk war sehr tapfer«, sagte Dwiezel traurig. »Aber es war nicht dein Fehler. Wenn einer schuld war, dann ich. Aber diesen Fehler wiederhole ich nicht. Die, von denen ich rede, brauchen eure Waffen nicht zu fürchten. Sowenig wie Wolfs Magie.« Er schwieg und fuhr dann mit leiser, sehr ernster Stimme fort: »Ich bin nicht einmal sicher, ob es richtig ist, sie um Hilfe zu bitten. Sie würden dir nicht gefallen. Sie zu holen hieße den Teufel mit dem Beelzebub auszutreiben.«
»Nein«, wiederholte Michael entschieden. »Die Sache geht jetzt nur noch mich und Wolf etwas an. Ich weiß, daß du es gut meinst, Dwiezel, aber es hat keinen Sinn. Ich will nicht, daß noch mehr Unschuldige zu Schaden kommen. Ich will auch nicht, daß du mich begleitest.«

»Und wie willst du mich daran hindern?« wollte Dwiezel wissen.
»Gar nicht«, antwortete Michael. »Ich weiß, daß ich es nicht kann. Ich bitte dich zu gehen. Laß mich allein. Kehre in deine Heimat zurück. Erzähle den Menschen dort unten, was hier passiert ist. Vielleicht nützt es ihnen. Vielleicht können sie Wolf aufhalten, wenn es schon mir nicht gelingt.«
»Du bist völlig verrückt«, sagte Dwiezel.
Michael lächelte traurig. »Vielleicht«, sagte er. »Vielleicht braucht man einen Verrückten, um einen Verrückten aufzuhalten, weißt du? Geh, bitte.«
Es fiel ihm unendlich schwer, die beiden letzten Worte auszusprechen. Er wollte nicht wirklich, daß Dwiezel ihn allein ließ. Wenn das Irrlicht ging, dann war er seines letzten Verbündeten, seines letzten *Freundes* beraubt, und er brauchte einen Freund in diesen Momenten dringender als je zuvor. Trotzdem forderte er Dwiezel noch einmal und noch nachdrücklicher auf, ihn allein zu lassen, denn wenn er vor etwas mehr Angst hatte als davor, Wolf ganz allein gegenüberzutreten, dann davor, daß vielleicht auch noch Dwiezel zu Schaden kommen könnte.
Das Irrlicht sah ihn schweigend und voller Trauer an, schließlich wandte es sich um und flog davon. Michael sah ihm nach, bis es zu einem winzigen Funken in der Nacht geworden war und dann ganz verschwand. Seine Augen füllten sich mit Tränen. Jetzt war er endgültig allein. Die Einsamkeit schien ihn einzuhüllen wie eine erstickende Decke aus Blei, die seine Bewegungen lähmte und es ihm unmöglich machte, zu atmen. So stand er lange Zeit da, niedergeschlagen, reglos und zu keinem klaren Gedanken oder Gefühl fähig. Er begriff wohl, daß er sich nun genau da befand, wo Wolf ihn haben wollte. Wenn dieses grausame Spiel, das der Zauberer mit ihm und den anderen trieb, überhaupt einen Sinn gehabt hatte, dann wohl den, ihm allen Mut zu nehmen und seinen Willen zu brechen. Er wollte nicht mehr kämpfen. Er hatte es

versucht, er hatte alles gegeben, was er geben konnte, und er wußte, daß er, wenn er sich weiter gegen das Unausweichliche auflehnte, dafür nicht nur mit seinem eigenen, sondern vielleicht auch mit den Leben jener Menschen würde bezahlen müssen, die ihm auf der Welt am meisten bedeuteten.
Trotzdem schien es, als hätte er mit dieser vollkommenen Niederlage zugleich auch etwas gewonnen, denn er hatte plötzlich keine Angst mehr. Es gab nichts mehr, was er fürchten konnte. Wolf hatte ihm alles genommen, was er ihm nehmen konnte, hatte ihm alles angetan, was er ihm antun konnte, und seine Waffen waren verbraucht.
Als er weitergehen wollte, gewahrte er eine Bewegung. Er blieb stehen und drehte sich um. Ein gutes Stück hinter ihm hatte ein Wagen angehalten. Es war ein riesiger sechstüriger nachtschwarzer Mercedes, und es war nicht das erste Mal, daß Michael ihn sah. Er hatte diesen Wagen schon einmal beobachtet, an jenem Tag vor dem Haus seiner Eltern, an dem alles begonnen hatte. Und er wußte auch, daß es kein Zufall war, daß er ausgerechnet jetzt erschien. Hätte sich diese Geschichte hundert oder zweihundert Jahre früher zugetragen, dachte er, dann wäre es wahrscheinlich eine sechsspännige Kutsche mit schwarzen Pferden gewesen, die lautlos aus dem Nichts auftauchte.
Michael zögerte noch eine allerletzte Sekunde, dann trat er vom Bürgersteig herunter und ging mit festen Schritten auf den Wagen zu. Die hintere Tür wurde geöffnet, als er ihn fast erreicht hatte, und Michael stieg ein.

Die Fahrt durch die Nacht war wie eine Fahrt durch eine fremde, bizarre und unheimliche Welt. Die Stadt, die an den getönten Scheiben des Wagens vorüberzog, kam ihm seltsam verändert und falsch vor; alle Farben waren gedämpft, die Bewegungen der Menschen und Autos wirkten ruckartig und unecht, als betrachte er einen Film, der nicht mit der richtigen Geschwindigkeit ablief, alle Lichter waren entweder eine Spur zu grell oder eine Spur zu matt. Es war Wolfs Magie, die er spürte, der Atem einer uralten, längst vergessen geglaubten Zeit, der etwas in seine Welt gebracht hatte, das nicht hierhergehörte. Und es beschränkte sich nicht nur auf die Welt außerhalb des Wagens. Wolf mußte sich sehr sicher fühlen, denn er versuchte jetzt kaum noch, das Wirken seiner unheimlichen Kräfte zu tarnen. Der Wagen hatte keinen Fahrer. Wo er sein sollte, da war nur etwas wie ein Schatten, und auch der war nicht wirklich, sondern nur ein vager Eindruck von Bewegung, der immer wieder dann verschwand, wenn Michael genauer hinzusehen versuchte. Das Lenkrad und der Schalthebel bewegten sich nicht, und Michael konnte nicht einmal genau sagen, ob der Motor lief oder ob das Rauschen, das er hörte, nur das Geräusch des Windes war, der an der Karosserie vorbeistrich.

Er konnte auch nicht sagen, wie lange die Fahrt dauerte. Der Wagen glitt beinahe lautlos durch die Stadt, allmählich wichen die Lichter und Leuchtreklamen der City den still in der Nacht daliegenden Straßen der Vorstädte, bis sie sich endlich dem Schloß näherten.

Hier war die Veränderung unübersehbar. Der riesige, hinter einem schmiedeeisernen Prachtgitter liegende Gebäudekomplex war normalerweise die ganze Nacht über in fast taghelles Licht getaucht. Jetzt aber waren die großen Flutlichtscheinwerfer abgeschaltet, die Fenster lagen dunkel da, und das

Gartentor, das sonst nach Ende der offiziellen Besuchszeit sorgsam verschlossen wurde, schwang wie von Geisterhand bewegt auf, als sich der Wagen näherte.
Sie fuhren bis vor den Haupteingang, dann hielt der Wagen an, und die Tür sprang auf. Michael stieg aus. Ein kühler Windhauch traf ihn und ließ ihn frösteln, aber es war nicht nur ein Kälteschauer. Aufmerksam sah er sich um. Er war allein. Nirgendwo eine Bewegung, nirgendwo die mindeste Spur menschlichen oder irgendwelchen anderen Lebens. Und trotzdem: irgend etwas war hier. Er spürte es. Es war das gleiche Gefühl, das er im Inneren des Wagens gehabt hatte, nur sehr viel stärker und unangenehmer. Als er langsam auf die Treppe zum Haupteingang zuzugehen begann, hatte er das Gefühl, als streife unsichtbarer Altweibersommer seine Haut.
Wie die Tür des Wagens wie von Geisterhand bewegt, so schwang auch das gewaltige Tor des Schlosses nach innen, als er sich ihm näherte. Der große geflieste Saal mit der gewaltigen Treppe dahinter war nicht völlig dunkel. Durch die Fenster fiel graues Sternenlicht, und über zwei Türen brannten kleine Lämpchen – inmitten dieser jahrhundertealten Umgebung ein Anblick, der Michael noch nie so falsch und deplaciert vorgekommen war wie jetzt.
Unschlüssig sah er sich um. Der Wagen hatte ihn zum Schloß gebracht, ganz wie er vermutet hatte, aber das Gebäude war ungeheuer weitläufig. Er konnte schlecht auf gut Glück einen Raum nach dem anderen absuchen und darauf hoffen, Wolf irgendwo zu finden. Aus irgendeinem Grund schreckte er auch davor zurück, einfach zu rufen.
Aber er mußte nicht lange warten. Nach einigen Augenblikken begann sich die Tür hinter ihm wieder zu schließen, und kaum war der dumpfe, lang nachhallende – Klang vorbei, da hörte er das Geräusch von Schritten, die die Treppe herunterkamen. Sie waren langsam und unregelmäßig, als ob der, der da kam, humpelte oder ein Bein nachzog, und es dauerte

quälend lange, bis in der grauen Dämmerung über ihm ein Schatten erschien, der endlich zum vertrauten Umriß wurde. Es war Anson. Er hatte seinen Fellmantel ausgezogen und trug nur noch Stiefel, die schwarzen Leinenhosen und das Kettenhemd. Und er humpelte tatsächlich. Auf seiner Stirn prangte eine blutunterlaufende Beule, und er hielt den linken Arm auf so sonderbare Weise angewinkelt, als bereite es ihm Schmerzen, ihn einfach hängenzulassen. Der Kampf im Bahnhof war also auch an ihm nicht spurlos vorübergegangen.

Der Kriegsherr des Unterlands sagte kein Wort, sondern bewegte sich langsam und schweigend auf ihn zu, hob dann den gesunden Arm und machte eine befehlende Geste, ihm zu folgen. Ebenso mühsam, wie er die Treppe heruntergekommen war, ging er sie wieder hinauf. Sie durchquerten einen Saal, an dessen Wänden Dutzende von überlebensgroßen Ölgemälden hingen, dann einen zweiten, etwas kleineren Raum, in dem mehrere Rüstungen und als besonderes Prunkstück ein komplett aufgezäumtes Schlachtroß standen. Michael sah auch, wovon sein Vater gesprochen hatte – nämlich die winzigen roten Augen der Videokameras und Alarmsensoren, die hier tatsächlich jeden Fußbreit Boden überwachten. Zugleich aber begriff er auch den Irrtum seines Vaters. Wahrscheinlich war es Wolf sehr wohl möglich gewesen, auch diese technischen Gerätschaften mit seiner Zauberkraft zu beeinflussen. Und selbst wenn sie Alarm gaben – die, denen dieser Alarm galt, würden nicht darauf reagieren.

Schließlich kamen sie in einen kleinen Raum, in dem Anson von dem mit einem abgetretenen roten Teppich markierten Weg, den täglich die Besucherscharen nahmen, abwich und die hölzerne Wandvertäfelung mit der Hand berührte. Ein leises Klicken war zu hören, und ein türgroßes Stück der Täfelung glitt zur Seite. Dahinter kam rotes Licht zum Vorschein. Ein Schwall stickiger, warmer, verbrauchter Luft schlug Michael entgegen, als er auf eine befehlende Geste

Ansons hin an diesem vorbei und in den Gang hinter der Tür trat.
Es war tatsächlich so, wie Vater vermutet hatte. Vor ihm lag einer der schmalen, sehr hohen Korridore, durch die er damals zusammen mit Dwiezel geflohen war, ein Teil des Labyrinthes aus Geheimgängen und Stollen, das das Schloß durchzog. Brandgeruch hing in der Luft, und Fußboden, Wände und Decke waren mit einer fast zentimeterdicken Rußschicht bedeckt.
Anson schloß die Geheimtür hinter sich wieder und deutete nach links. Michael setzte sich gehorsam in Bewegung. Sie gingen eine geraume Weile den Gang entlang, dann eine steile Treppe nach unten, wieder durch einen Korridor und wieder über eine Treppe. Michael verlor abermals die Orientierung, aber diesmal hatte er gar nicht erst versucht, sich den Weg zu merken. Er hatte nicht vor, noch einmal zu fliehen oder sich irgendwie zu wehren.
Schließlich machte Anson ein Zeichen, stehenzubleiben. Michael gehorchte. Anson ging an ihm vorbei und öffnete eine niedrige, mit schweren rostigen Nägeln beschlagene Tür, in der eine kleine vergitterte Klappe angebracht war. Doch erst als Michael an ihm vorbei und in den dahinterliegenden Raum trat, erkannte er ihn. Es war das kleine Verlies, in dem er schon einmal gewesen war. Überrascht drehte er sich zu Anson herum.
»Wo ist Wolf?« fragte er. »Ich will zu ihm.«
»Jetzt nicht«, antwortete Anson. Es waren die ersten Worte, die er sprach, und seine Stimme kam Michael sonderbar flach und ausdruckslos vor. Überhaupt wirkte er gar nicht mehr wie der energische, eher unbeherrschte Kriegsherr des Unterlands, als den Michael ihn kennengelernt hatte.
Eigentlich hätte er zornig auf Michael sein müssen, denn er verdankte keinem anderen als ihm seine sicher sehr schmerzhaften Verletzungen. Aber sein Gesicht war reglos und starr wie eine Maske.

»Aber ich muß zu ihm!« widersprach Michael. »Er hat mir sein Wort gegeben, meinen Vater und Hendryk freizulassen, wenn ich herkomme.«
»Jetzt nicht«, wiederholte Anson. Es hörte sich an wie eine Tonbandstimme. Anson wollte sich umdrehen und die Kammer verlassen, aber Michael griff blitzschnell zu und hielt ihn am Arm zurück. Ansons Gesicht zuckte vor Schmerz zusammen. Er riß seinen Arm los, reagierte aber sonst nicht auf die grobe Behandlung. Der Anson, den Michael kannte, hätte spätestens das zum Anlaß genommen, ihn niederzuschlagen.
»Bitte, ich muß ihn sprechen«, sagte Michael. »Ich bin hier! Ich habe alles getan, was er verlangt. Jetzt muß er sein Wort halten!«
»Er ist nicht hier«, antwortete Anson. »Ich habe Befehl, dich hierherzubringen und zu bewachen, mehr weiß ich nicht.«
»Aber ihr werdet sie freilassen?« fragte Michael. »Wolf wird sein Wort halten, oder?«
»Davon weiß ich nichts«, antwortete Anson. »Du bleibst hier. Versuche nicht zu fliehen.« Und damit wandte er sich endgültig um und ging mit raschen, aber sonderbar steifen Schritten aus dem Raum.
Michael warf sich mit einem halb verzweifelten, halb zornigen Aufschrei gegen die Tür, aber es war zu spät. Mit einem dumpfen Knall fiel sie ins Schloß, und er hörte, wie draußen ein schwerer Riegel vorgeschoben wurde. »Bleib hier!« schrie er. »Du mußt Wolf holen, hörst du? Er hat mir sein Wort gegeben!«
Aber Anson schien ihn gar nicht zu hören. Mit schleppenden Schritten ging er davon. Michael schrie hinter ihm her und hämmerte verzweifelt mit beiden Fäusten gegen die Tür, selbst dann noch, als das unregelmäßige Tappen von Ansons Schritten längst verklungen war.
Schließlich trat er erschöpft von der Tür zurück. Seine Verzweiflung und sein Zorn verrauchten so schnell wieder, wie sie ihn überkommen hatten. Wolf hatte ihn belogen – aber

hätte er damit nicht rechnen müssen? Hatte er ihn nicht von Anfang an immer nur belogen und ihn im Grunde nur benutzt, um seine Pläne zu verwirklichen? Wieso war er eigentlich so naiv gewesen, auch nur eine Sekunde zu glauben, daß er ausgerechnet *jetzt* die Wahrheit sagen würde?
Niedergeschlagen ließ er sich auf die Bettkante sinken, stützte das Gesicht auf die Fäuste und versuchte Klarheit in seine Gedanken zu bringen. Er war nicht einmal besonders enttäuscht. Er hatte einen weiteren Fehler gemacht, aber es blieb ihm ohnedies keine andere Wahl, als abzuwarten, bis Wolf ihn zu sich rufen ließ.
Die Zeit verstrich, und bald wurde Michael müde, so daß er sich auf das unbequeme Bett sinken ließ und die Augen schloß. Er schlief, und als er erwachte, spürte er, daß viel Zeit vergangen war. Es mußte spät am Nachmittag des nächsten Tages sein, vielleicht sogar schon wieder Abend. Auf dem Schemel neben seinem Bett standen ein Krug mit Wasser und eine hölzerne Schale mit Obst und Brot.
Der Tag verstrich, ohne daß irgend etwas geschah, und schließlich schlief Michael ein zweites Mal ein und fand nach seinem Erwachen eine neue Mahlzeit neben sich. Und auch dieser Tag ging vorüber. Michael wußte nicht, ob sein Schlafrhythmus dem Zeitablauf jenseits der Mauern seines Gefängnisses entsprach, doch nach seiner Berechnung war es am Abend des mittlerweile vierten Tages seiner Gefangenschaft, als Anson endlich zurückkam. Er hatte seine Schritte schon eine Weile zuvor gehört und erwartete ihn bereits vor der Tür. Der Krieger humpelte noch immer leicht, aber sein Arm schien geheilt zu sein, zumindest bewegte er ihn ganz normal.
»Der Herr will dich jetzt sehen«, sagte er.
Michael verließ gehorsam seine Zelle, blieb aber draußen auf dem Gang noch einmal stehen und sah Anson aufmerksam ins Gesicht. Er gewahrte darauf wieder die gleiche puppenhafte Starre, und auch in seinen Augen war nichts als diese

schreckliche Leere. Irgend etwas sagte ihm, daß es vollkommen sinnlos war, und trotzdem versuchte er, zu dem wirklichen Anson durchzudringen, der irgendwo unter dieser Schicht des Vergessens existieren mußte.
»Mit dem Herrn meist du Wolf, nicht wahr?« fragte er.
Anson nickte wortlos und machte eine Geste weiterzugehen. Michael tat, was er von ihm verlangte, löste den Blick jedoch nicht von seinem Gesicht.
»Wolf ist dein Feind, weißt du das denn nicht?«
»Er ist unser Herr«, sagte Anson mit monotoner Stimme.
»Aber das ist nicht wahr«, entgegnete Michael. »Ich weiß nicht, was er mit euch getan hat, aber du mußt dich dagegen wehren. Hörst du, Anson? Er wird euch alle vernichten. Er trägt die Schuld an dem, was mit dem Unterland geschieht!«
»Ich weiß«, sagte Anson.
»Und trotzdem gehorchst du ihm?« fragte Michael. »Kämpfe dagegen an, Anson! Du glaubst, ihm gehorchen zu müssen, aber das stimmt nicht! Du kannst dich wehren! Ich weiß, daß du es kannst! Du bist ein Krieger, der das Kämpfen gelernt hat, und er ist nur ein verlogener alter Mann mit ein paar gestohlenen Zaubertricks!«
Für einen Moment schien es tatsächlich, als hätten seine Worte etwas bewirkt. In der furchtbaren Leere in Ansons Blick glomm ein Funke auf, etwas wie Erschrecken, aber auch ein flüchtiger Schatten jener unbezwingbaren Kraft, die diesen Mann einst beseelt hatte. Doch dann senkte sich der Schleier wieder über seine Augen, und Anson sagte: »Er ist der Herr. Wir müssen ihm gehorchen.«
Michael gab auf. Wolfs Macht über diesen Mann war einfach zu groß. Außerdem hatte er beinahe Angst davor, Erfolg zu haben. Denn selbst wenn es ihm gelang, Anson aufzuwecken, würde Wolf es merken. Und vielleicht würden sein Vater und Hendryk dafür bezahlen müssen.
Sie durchquerten das Labyrinth in umgekehrter Richtung und betraten schließlich wieder das Kaminzimmer, in dem er

schon einmal mit Wolf geredet hatte. Obwohl längst nicht der größte und prachtvollste Raum in diesem Gebäude, schien Wolf ihn sich doch als sein privates Gemach ausgesucht zu haben.

Wolf stand mit dem Rücken zur Tür vor dem Kamin, als Michael eintrat. Er trug wieder den schwarzen, buntbestickten Mantel, in dem er ihn in der U-Bahn-Station gesehen hatte, und obwohl es sehr warm im Zimmer war, brannte im Kamin ein mächtiges Feuer, und Michael sah, daß Wolf die Hände über den Flammen aneinanderrieb, als friere er. Seine Haltung war gebeugt und ein wenig verkrampft.

Er mußte sie kommen gehört haben, aber es verstrich trotzdem fast eine Minute, bis er sich aufrichtete und langsam zu ihnen umdrehte.

Michael erschrak, als er in Wolfs Gesicht sah. Der Schriftsteller wirkte sehr krank, und er sah unendlich müde aus. Seine Augen waren trüb und hatten jeden Glanz verloren. Seine Züge waren eingefallen und schmal, der Mund zu einem dünnen, fast blutleeren Strich zusammengepreßt, und im flackernden Widerschein der Flammen im Kamin wirkte seine Haut beinahe grau. Unter dem seidenen Umhang zitterte sein Körper sichtbar, und obgleich er die Hände ineinander verschränkte, konnte er auch deren Zittern nicht ganz unterdrücken. Die Schwellung in seinem Gesicht war zwar zurückgegangen, doch über seinem linken Auge war eine fingernagelgroße, fast schwarze Beule zurückgeblieben.

Und dann wußte Michael, was er hatte.

Vor lauter Überraschung machte er einen Schritt zurück, so daß Anson, der hinter ihm stand, instinktiv zugriff und ihn an den Schultern festhielt. »Sie haben die *Krankheit!*« sagte er entsetzt. »Das also ist es! Sie haben sich –«

Wolf unterbrach ihn mit einer herrischen Geste. »Schweig!« sagte er. Seine Stimme war dünn und schwach. In seinen Augen war ein Flackern, das nichts anderes war als Angst

und Michaels Vermutung Gewißheit werden ließ. »Was mit mir ist, braucht dich nicht zu kümmern.«
»Aber Sie sind krank!« wiederholte Michael. Er streifte Ansons Hände ab und trat einen Schritt auf Wolf zu. »Sie müssen zu einem Arzt! Sie müssen –«
Wieder unterbrach ihn Wolf. »Deine Sorge rührt mich zu Tränen«, sagte er hämisch. »Aber sie ist unbegründet. Ich bin durchaus in der Lage, mir selbst zu helfen.«
»Das ist nicht wahr!« widersprach Michael. »Und Sie wissen es! Sehen Sie sich an! Wenn Sie nicht zu einem Arzt gehen, sind Sie in ein paar Tagen tot.«
Seltsamerweise schienen seine Worte Wolf eher zu amüsieren. Der Zorn verschwand aus seinem Blick und machte einem spöttischen Lächeln Platz. »Keine Sorge, mein Junge«, sagte er. »Es gibt nichts, was ich noch fürchten müßte. Im Moment fehlt mir nur die Zeit, mich um diese lästige Kleinigkeit zu kümmern, aber schon in wenigen Tagen werde ich Gelegenheit dazu finden.« Er hustete, krümmte sich für einen Moment und richtete sich mit einem nur noch mühsam unterdrückten Stöhnen wieder auf. »Doch ich habe dich nicht rufen lassen, um mit dir über meinen Gesundheitszustand zu diskutieren«, fuhr er fort. Er hustete wieder, fuhr sich mit dem Handrücken über den Mund und schlurfte schließlich mit kleinen, mühsamen Schritten zu einem der Sessel, um sich erschöpft hineinfallen zu lassen. Er deutete mit einer Handbewegung auf den Krieger, der hinter Michael stand.
»Anson sagte mir, daß du schon in der gleichen Nacht gekommen bist«, begann er. »Es tut mir leid, daß ich nicht da war, um dich zu begrüßen und mein Wort einzulösen, aber es freut mich auch, daß du so schnell und so richtig entschieden hast.«
»Ich weiß nicht, ob es richtig war«, antwortete Michael. »Wir hatten eine Abmachung getroffen. Ich habe meinen Teil eingehalten, Sie aber nicht.«

»Ich sagte bereits, es tut mir leid«, erwiderte Wolf leicht verärgert. »Hendryk und dein Vater werden noch heute auf freien Fuß gesetzt, darauf gebe ich dir mein Wort.«
»Nicht noch heute«, sagte Michael kopfschüttelnd. »Jetzt!«
»Wolf lachte ganz leise. »Du hast einen starken Willen, nicht? Und du weißt, was du verlangen kannst und was nicht. Das schätze ich an dir. Keine Sorge – ich lasse die beiden laufen – sobald ich sicher bin, daß du es wirklich ehrlich meinst.«
»Wenn Sie wirklich ein so mächtiger Zauberer sind, wie Sie behaupten«, sagte Michael böse, »dann sollten Sie es eigentlich wissen. Ich bin hier. Sie können mit mir machen, was Sie wollen – sobald Sie Ihr Versprechen eingelöst haben.«
Wolf lachte, wollte sich mit beiden Händen aus dem Sessel in die Höhe stemmen und schaffte es erst beim dritten Versuch. Weit nach vorne gebeugt wie ein alter, gebrechlicher Mann und mit langsamen Schritten schlurfte er zum Kamin zurück und nahm eine kleine, goldverzierte Kiste vom gemauerten Sims. »Nur einen kleinen Moment noch«, sagte er, während er damit zum Tisch zurückschlurfte. »Noch einen Augenblick, und ich weiß, ob du die Wahrheit sagst oder mich belügst.«
Er setzte sich wieder und machte eine Handbewegung zu Michael, näher zu kommen und auf einem der anderen Stühle Platz zu nehmen. Michael gehorchte, und Wolf stellte das Kistchen mit zitternden Händen auf den Tisch und klappte den Deckel hoch.
Neugierig beugte sich Michael vor. Seine Augen wurden groß, als er sah, was in dem mit blauem Samt ausgeschlagenen Inneren des Kistchens lag.
»Das also ist es!« flüsterte er.
Wolfs Augen leuchteten auf. »Ja, das ist es«, sagte er. »Marlik, dieser alte Narr, hielt es für wertlos. Aber ich wußte gleich, was es war, schon als ich in deinem Tagebuch davon las. Und als ich ihn vor mir sah, da war ich sicher.«

Michael hörte kaum hin. Sein Blick hing wie gebannt an dem faustgroßen, matt schimmernden Kristall, der in dem Behälter lag. Es war Wulfgars Zauberstein, den er in Marliks Laboratorium gesehen hatte. Aber er hatte sich verändert. Aus dem unscheinbaren, fast schon schäbig aussehenden Stein war ein in allen Regenbogenfarben schimmernder Diamant geworden, dessen zahllose Facetten in einem geheimnisvollen, fast lebendig wirkenden Feuer leuchteten. Michael glaubte die unvorstellbare Macht, die diesem so harmlos aussehenden Stein innewohnte, regelrecht *sehen* zu können.

»Mein Gott«, flüsterte er und löste mühsam den Blick von dem Kistchen, um Wolf anzusehen. »Wissen Sie, was Sie getan haben?«

»O ja«, antwortete Wolf. Seine Stimme bebte vor Stolz. »Mein ganzes Leben lang habe ich davon geträumt. Solange ich denken kann, habe ich danach gesucht. Und ohne deine Hilfe hätte ich ihn vielleicht nie gefunden.«

»Sie . . . sie haben das Unterland zum Untergang verurteilt!« sagte Michael stockend. »Marlik hielt diesen Stein für wertlos. Er wußte nicht, welcher Art seine Macht war, aber er wußte sehr wohl, *daß* er eine hatte.«

»Dieser Tor wußte überhaupt nichts«, schnitt ihm Wolf das Wort ab. Anklagend deutete er auf die Kiste. »Er hat dieses Juwel wie einen Kieselstein in ein Regal geworfen und vergessen. Ich aber habe seine Macht sofort erkannt. Was hast du erwartet? Daß ich ihn dort liegenlasse?«

»Aber dieser Stein ist es, der die Bewohner des Unterlands am Leben erhält!« Michael schrie jetzt beinahe. »Begreifen Sie das denn nicht? Es ist *seine* Magie, die das Leben dort unten überhaupt erst möglich macht.«

»Humbug«, sagte Wolf.

»Aber es ist wahr! Hendryk hat es mir erzählt, und auch Anson und die anderen müssen es Ihnen gesagt haben. Das Unterland stirbt. Verstehen Sie doch! Erinnern Sie sich! Sie haben mir damals selbst gesagt, daß dort unten eigentlich gar nichts leben dürfte. *Das da* ist der Grund, aus dem es doch so war. Ohne diesen Stein ist das Unterland nichts als ein Loch in der Erde, ohne Licht, ohne Luft und ohne Leben. Sie müssen ihn zurückgeben, oder alle dort unten werden sterben!«

Aber seine Worte verfehlten auch diesmal die beabsichtigte Wirkung. Wolf schürzte nur die Lippen und machte eine rasche, abfällige Bewegung. »Und wenn«, sagte er. »Dinge kommen und vergehen. Menschen werden geboren und sterben, und ebenso geht es Städten und Völkern. Vielleicht sterben sie, vielleicht auch nicht. Das macht keinen Unterschied. Es war sowieso nur geliehene Zeit. Hätten sie diesen Stein nicht gehabt, wären sie schon vor fünfhundert Jahren gestorben.«

Michael starrte ihn fassungslos an. In Wolfs Stimme war plötzlich eine Kälte, und das schlimme war, daß Michael genau spürte, daß Wolf seine Worte wirklich so meinte. Er empfand nichts dabei, das Unterland zum Tode zu verurteilen.

»Das entsetzt dich, nicht?« fragte Wolf mit einem kalten Lächeln. »Du bist schockiert, vermutlich hältst du mich jetzt für ein Ungeheuer. Das ist dein gutes Recht. Ich nehme es dir nicht übel. Du bist jung, und in deinem Alter darf man so denken. Irgendwann einmal wirst du begreifen, daß es nur das eigene Leben ist, das zählt, und sonst gar nichts.«

»Nicht um diesen Preis«, sagte Michael.

»Papperlapapp«, sagte Wolf und machte eine wegwerfende Handbewegung. »Kulturen sind untergegangen und werden untergehen, solange es Menschen gibt. Ganze Völker sind verschwunden, die nach Millionen zählten. Was macht's da aus, ob diese paar Narren leben oder nicht? Soweit man das, was sie Leben nennen, überhaupt so nennen kann. Ich werde ewig leben. Ich vermag schon jetzt Dinge zu tun, die kein anderer Mensch vollbringt, und meine Macht wird noch wachsen. Mit deiner Hilfe.«

Michael sah ihn fragend an, und er konnte sehen, wie Wolf für einen Moment mit sich selbst rang.

»Also gut«, sagte er schließlich. »Du wirst es so oder so herausfinden, dann kann ich es dir genausogut sagen. Ich brauche dich. Ich habe das Geheimnis dieses Steines ergründet, soweit es mir möglich war, doch es gibt Dinge, die ich nicht zu tun vermag. Du kannst es.«

»Ich?« fragte Michael zweifelnd. »Wieso?«

»Weil du einer von ihnen bist«, sagte Wolf. Er lächelte, als er Michaels Überraschung bemerkte. »Oh, ich habe es gewußt. Schon lange, bevor wir uns damals trafen. Ich habe lange nach jemandem wie dir gesucht, und ich habe dich lange beobachtet, bis ich sicher war, daß du auch der Richtige bist.« Er deutete wieder auf den Stein. »Du wirst die Kraft, die in diesem Kristall wohnt, ungleich leichter und perfekter beherrschen als ich, denn dir ist angeboren, was ich mir mühsam erarbeiten muß.«

»Wenn das stimmt, dann ist es vielleicht nicht sehr klug von Ihnen, es mir zu verraten«, sagte Michael.

Aber Wolf lachte nur. »Ich bin vielleicht ein alter Mann, mein Junge«, sagte er, »aber ich bin nicht dumm. Ich wußte, daß du das sagen wirst, und habe entsprechende Vorsorge getroffen. Warum sonst, glaubst du wohl, hat es ein Jahr gedauert, bis ich soweit war? Wenn du diesen Stein berührst, gehörst du mir. Es ist nicht etwa so, daß du seine Macht nicht benutzen könntest, um mich zu vernichten. Nur – du wirst es nicht wollen. Du siehst«, schloß er mit einem leisen, meckernden Lachen, das unvermittelt in ein Husten überging, »ich bin ganz ehrlich zu dir.«

»Und wenn ich es nicht tue?« fragte Michael.

»Dann ändert das auch nichts«, antwortete Wolf. »Alles wird ein wenig schwieriger für mich werden, es wird ein wenig länger dauern, und ich werde seine letzten Geheimnisse vielleicht nie ergründen. O ja, und dein Vater und dieser Junge, an dem dir so viel zu liegen scheint, werden tot sein.«

»Und ich vermutlich auch«, sagte Michael.
Wolf blickte ihn mit offenkundiger Verblüffung an. »Wie kommst du auf diese Idee?« fragte er. »Du enttäuscht mich, mein Junge. Welchen Sinn hätte eine Rache, wenn der, den sie trifft, nicht mehr am Leben ist, um sie zu spüren? O nein! Du wirst leben! Ganz im Gegenteil, ich verspreche dir, daß du sehr lange leben wirst – und daß du nicht eine Minute vergessen wirst, daß diese beiden anderen sterben mußten, weil du es so wolltest.«
»Sie ... Sie Ungeheuer«, flüsterte Michael.
Wolf lächelte. »Stimmt.«
»Was haben Sie eigentlich vor?« fuhr Michael fort. »Wollen Sie die ganze Welt beherrschen? Wollen Sie allen Menschen Ihren Willen aufzwingen?«
»Die ganze Welt!« Wolf schnaubte. »Wen interessiert die ganze Welt? Ich bin weder größenwahnsinnig noch so närrisch, wie du glaubst. Ich gebe zu, daß ich – nicht zuletzt durch deine Schuld – zu gewissen drastischen Maßnahmen gezwungen war. Aber das wird sich nicht wiederholen. Diese Art von Macht ist es nicht, die mich interessiert. Ich werde noch hier sein, wenn diese Stadt längst zu Staub zerfallen und ihr Name vergessen ist, und ich werde Dinge sehen und tun, von denen kein Mensch auch nur zu träumen wagt. Und nun –« er streckte die Hand aus und deutete befehlend auf den Stein »– berühre ihn.«
Michael rührte sich nicht. Er wußte, daß Wolf seine Worte ernst meinte. Er hatte keine Sekunde gezögert, die Existenz des Unterlands aufs Spiel zu setzen, indem er sich dieses Steines bemächtigte, und er würde ebensowenig zögern, das Leben von Hendryk und von Michaels Vater auszulöschen, um seine Drohung wahrzumachen. Er spürte die finstere Macht, die in dem Stein gefangen war, die gleiche Macht, über die er schon einmal verfügt hatte, jetzt nur unendlich viel stärker und unendlich viel böser. Aber da war noch eine andere Angst in ihm, die Angst nämlich, genauso zu werden wie

Wolf. Er glaubte dem Schriftsteller sogar, daß es nicht die Gier nach Macht oder Reichtum gewesen war, die ihn zu seinem Tun veranlaßt hatte. Aber er spürte auch, daß Wolf sich dessen gar nicht bewußt war, daß er einen entsetzlichen Preis für die Zauberkräfte bezahlen mußte, die ihm der Kristall verlieh. Er hatte ihm seine Menschlichkeit genommen. Wolf hatte kein Gewissen mehr, die einzigen Gefühle, zu denen er überhaupt noch fähig war, waren Selbstsucht und Haß. Nein, so wollte er nicht werden, um keinen Preis! Er wollte lieber sterben, als so zu werden wie Wolf. Wäre es hier nur um sein Leben gegangen, er hätte gewußt, welche Entscheidung er treffen mußte.
Aber es ging nicht nur um sein Leben, und so streckte er schließlich zitternd die Hand aus und berührte den funkelnden Kristall mit den Fingerspitzen.
Im gleichen Moment, in dem er es tat, war es, als explodiere eine schwarze Sonne hinter seiner Stirn. Es war wie ein Strom reiner, alles hinwegfegender Energie, einer brüllenden Flutwelle gleich, der nichts standhalten konnte und die jedes Gefühl, jeden Gedanken, jedes bißchen freien Willen, ja selbst seine Persönlichkeit einfach davonspülte wie die Wassermassen, die einen Staudamm durchbrachen, einen dünnen, trockenen Ast mit sich gerissen hätten. Er fühlte die Macht dieses magischen Gegenstandes, zugleich aber war sie nicht einfach nur da, sie stand ihm zu Diensten, wartete darauf, daß er ihr befahl zu tun, was immer er wollte. Plötzlich wußte er, daß es nichts, rein gar nichts mehr gab, was er nicht zu tun imstande war. Ein Gedanke, der bloße Wunsch – und alles würde geschehen nach seinem Willen. Doch als er es versuchte, als er das erste Mal nach dieser Kraft greifen wollte, da konnte er es nicht. Es war genauso, wie Wolf ihm prophezeit hatte: er *wollte* es nicht. Er saß da, reglos, die Hand auf dem Kristall, von dem ein geheimnisvolles, pulsierendes Leuchten ausging, das in seinen Fingern verschwand, und war nicht in der Lage, irgend etwas zu tun.

Überrascht und erschrocken sah er Wolf an, und er hätte das böse Lächeln in seinen Augen nicht einmal zu sehen brauchen, um zu wissen, daß der Zauberer gewonnen hatte. Dabei war es nicht einmal so, daß Wolf seinen Willen beherrschte oder ihn zu irgend etwas zwang. Seine Macht über ihn war viel subtilerer Natur. Es war wie vorhin, als er mit Anson gesprochen hatte. Michael war sich in jeder Sekunde des Umstandes bewußt, daß Wolf sein Feind war. Er wußte, daß dieser Mann für alles stand, was er fürchtete und haßte, und daß er die Macht des Zauberkristalles mißbrauchen würde, um Unheil und Leid über andere zu bringen. Aber dieses Wissen nützte ihm nichts. Er wollte Wolf noch immer bekämpfen, wollte die Macht des Zaubersteines mehr denn je *gegen* ihn wenden – aber er tat es nicht.
»Was ... was geschieht mit mir?« fragte er mit zitternder Stimme.
Wolfs Lächeln wurde eine Spur deutlicher. »Nichts, was du zu fürchten bräuchtest«, sagte er. »Es erschreckt dich, aber du wirst dich daran gewöhnen. Und es wird nicht lange dauern, bis du es zu genießen beginnst, glaube mir. Macht korrumpiert, mein Junge.«
Er stand auf und befahl Michael mit einer Geste, die Hand zurückzuziehen. Michael gehorchte. Das lodernde Feuer im Inneren des Steines sank wieder zu einem milden Glühen herab, aber dieses andere, unsichtbare schwarze Feuer war noch immer in Michael, und es brannte so heiß und verzehrend wie zuvor. Er begriff, daß er den Stein nun nicht mehr körperlich zu berühren brauchte, um mit ihm verbunden zu sein. Ein Teil der schwarzen Seele des Kristalls war in ihn übergegangen, und vielleicht hatte er dafür mit einem Teil *seiner* Seele bezahlt, die nun in dem Stein gefangen war.
Wolf beugte sich mühsam vor, klappte das Kästchen zu und nahm es in beide Hände. Dann richtete er sich wieder auf und nickte Anson zu. »Laß die beiden holen«, sagte er.
Anson verschwand durch die Geheimtür, durch die sie ge-

kommen waren, und auch Michael und Wolf verließen das Kaminzimmer, allerdings auf einem anderen Weg. »Ich weiß nun, daß du die Wahrheit gesagt hast«, sagte Wolf, während sie einen breiten, hohen Flur entlanggingen und schließlich eine Treppe hinauf, über die sie in einen riesigen Saal gelangten. »Es ist gut, daß du dein Wort gehalten hast. Du wirst sehen, daß auch ich meinen Teil des Versprechens einlöse.«
Michael hatte Mühe, Wolfs Worten zu folgen. Er fühlte sich auf eine zugleich faszinierende und erschreckende Weise berauscht, kam sich vor, wie ein unbeteiligter Zuschauer, der alles sah und hörte und registrierte, was um ihn herum und mit ihm geschah, den dies alles aber im Grunde nichts mehr anging. In ihm war plötzlich etwas Fremdes, Dunkles, das zuvor nicht dagewesen war.
Sie durchquerten den Raum und betraten einen zweiten, etwas kleineren Saal, dessen Wände fast zur Gänze von hohen Spiegeln bedeckt waren. Im ersten Augenblick dachte Michael, wieder in einem Raum voller Statuen zu sein, aber dann erkannte er seinen Irrtum. Die dunklen Statuen, die in zwei Reihen dastanden und ein schweigendes Spalier für Wolf und ihn bildeten, waren lebendig. Es waren Ansons Krieger, mehr als drei Dutzend hochgewachsener Männer in mächtigen Fellmänteln und mit den Helmen der weißen Knochenköpfe von den Ghoulen. Anson selbst stand am Ende dieser lebenden Gasse, und neben ihm standen Hendryk und Michaels Vater. Es war dunkel, so daß Michael sie nur als Schatten erkennen konnte, aber er sah zumindest, daß sein Vater den linken Arm in einer Schlinge trug und daß Hendryks Hände zusammengebunden waren. Als die beiden ihn erblickten, fuhr sein Vater überrascht zusammen, und Hendryk wollte einen Schritt in seine Richtung machen, aber Anson streckte rasch den Arm aus und zerrte ihn grob zurück.
Langsam schritten sie auf die drei Gestalten am Ende des Spaliers zu. Wolf ging mit kleinen, mühsamen Schritten neben ihm, und in der Dunkelheit des Spiegelsaales kam er ihm

vor wie der Hohepriester einer finsteren Gottheit, der ein Opfer zum Altar geleitete. Die Entwicklung, die begonnen hatte, als er den Stein berührte, war noch nicht abgeschlossen.

Auf dem Gesicht seines Vaters erschien ein Ausdruck unendlicher Erleichterung, als sie näher kamen und er sah, daß Michael unverletzt war. »Michael!« sagte er. »Gott sei Dank, dir ist nichts passiert! Was hat er mit –« Er brach mitten im Wort ab. Die Erleichterung auf seinem Antlitz schlug in Schrecken um, und Michael begriff, daß er jetzt wohl jene furchtbare Leere in Michaels Gesicht bemerkte, wie sie auf den Gesichtern Ansons und all den anderen Männer hier zu sehen war. Was Wolf getan hatte, das begriff Michael plötzlich, war noch viel schlimmer. Es war nicht einfach nur so, daß er einen Opfern den freien Willen raubte und sie zu Marionetten machte. Das allein wäre entsetzlich genug gewesen, aber er hatte etwas Schlimmeres getan. Er hatte ihn und alle anderen hier zu Gefangenen in ihren eigenen Körpern gemacht, die hilflos mit ansehen mußten, wie ihre Hände Dinge taten, die sie nicht wollten, ihre Stimmen Worte sagten, die nicht ihrem Willen entsprechen. Und das war vielleicht das Schlimmste, was man einem lebenden Wesen überhaupt antun konnte.

»Großer Gott, Michael«, flüsterte sein Vater. »Was hat er mit dir getan?«

»Nichts, was nicht seinem freien Willen entspräche«, antwortete Wolf an seiner Stelle. »Ihr Sohn war sehr viel klüger als Sie. Er hat eingesehen, daß er verloren hat. Und darüber hinaus hat er Ihnen und diesem Jungen da das Leben gerettet.« Er machte eine entsprechende Kopfbewegung. »Ihr seid frei. Anson wird euch zum Ausgang bringen. Ihr könnt gehen.«

Michaels Vater schien die Worte gar nicht zu hören. Voller ungläubigem Entsetzen sah er Michael an. »Was hat er mit dir getan, Michael?« fragte er noch einmal. »Antworte mir! Was ist mit dir geschehen?!«

»Ich sagte, ihr könnt gehen«, wiederholt Wolf, nun schon in hörbar ungeduldigem Ton. »Sie sollten lieber tun, was ich sage, bevor ich anfange, meine eigene Großzügigkeit zu bedauern.«

Die Drohung war ernst gemeint, aber Michael wußte trotzdem, daß er sie nicht wahrmachen würde. Sie hatten einen Handel abgeschlossen, und ebenso wie er mußte sich auch Wolf daran halten.

»Ich rühre mich hier nicht von der Stelle, bevor ich nicht weiß, was Sie mit meinem Sohn getan haben«, sagte der Vater.

Wolf starrte ihn an, und Michael konnte deutlich spüren, wie unter der nur noch mühsam aufrechterhaltenen Maske von Selbstbeherrschung etwas heranwuchs, etwas Böses. »Mir ist nichts passiert«, sagte er hastig. »Tu, was er sagt. Er hat versprochen, euch nichts zu tun, und er wird sein Wort halten.«

Sein Vater schnaubte abfällig. »Du weißt ja nicht einmal, was du da sagst«, behauptete er.

Das war nicht ganz die Wahrheit. Michael wußte sehr wohl, was er da sagte – nur war es nicht das, was er eigentlich sagen wollte. Und trotzdem hörte er sich zu seinem eigenen Entsetzen antworten: »Bitte, geht jetzt. Beide! Mir wird nichts passieren.«

»Da hören Sie es!« sagte Wolf. »Und jetzt sollten Sie endlich tun, was man Ihnen rät, bevor ich endgültig die Geduld verliere.« Er begleitete seine Worte mit einer herrischen Geste, woraufhin zwei der Krieger sich aus dem Spalier lösten und Michaels Vater und Hendryk grob bei den Schultern ergriffen und davonstießen. Sie stolperten durch den Raum auf den Ausgang zu und hatten ihn fast erreicht, als Wolf plötzlich sichtbar zusammenfuhr und erschrocken den Kopf hob. Auch Anson wirkte mit einem Male sehr aufmerksam, und Michael konnte spüren, wie sich im Bruchteil einer Sekunde eine fühlbare Spannung unter den Kriegern ausbreitet. Die

beiden, die Hendryk und Vater zur Tür geleiteten, blieben abrupt stehen.
»Was ist das?« fragte Wolf. Seine Stimme klang ganz leise und alarmiert.
Auch Michael fühlte etwas. Er vermochte nicht zu sagen, was es war, aber es war sehr deutlich zu spüren. Die Macht in seinem Inneren regte sich, und sie tat es nicht aus eigenem Antrieb, sondern als würde sie auf . . . auf irgend etwas antworten, reagieren.
»Was ist das?« fragte Wolf noch einmal. »Anson! Was geht hier vor?«
Der Kriegsherr des Unterlands hob langsam die Schultern. Sein Blick glitt nervös durch den Raum, suchte nach irgend etwas. »Ich weiß es nicht«, antwortete er, und zum ersten Mal seit langer Zeit glaubte Michael so etwas wie ein mitschwingendes Gefühl in seiner Stimme zu vernehmen. Kein gutes Gefühl. »Irgend etwas . . . ist hier. Es ist, als –«
Einer der großen Spiegel an der Wand zerbarst mit einem schmetternden Krachen. Ein ganzer Hagel scharfkantiger Splitter und Trümmerstücke regnete auf die Krieger davor herab, die sich mit hastigen Sprüngen in Sicherheit brachten, und inmitten dieses schimmernden Wasserfalles aus Licht und zerborstenem Glas erschien plötzlich ein winziger, flakkernder roter Funke.
»Dwiezel!« rief Hendryk erstaunt.
Es war tatsächlich das Irrlicht. Immer heller und heller glühend, schoß es wie ein winziger angreifender Raubvogel auf den am nächsten stehenden Krieger herab, versengte die Schulterpartie seines Mantels und schwang sich blitzartig wieder in die Luft. *»Attacke!«* brüllte es. *»Schnappt sie euch, Jungs!«*
Aus dem zerborstenen Spiegel schon ein weiteres Irrlicht, dann ein drittes, viertes, fünftes . . . Binnen Sekunden waren Dutzende der winzigen geflügelten Wesen im Raum, die sich wie ein Scharm zorniger, außer Rand und Band geratener

Leuchtkäfer auf die Krieger herabstürzten. Die Männer stoben in heller Panik auseinander. Keiner von ihnen versuchte sich zur Wahr zu setzten. Verzweifelt rannten sie hin und her und versuchten ihre Gesichter zu schützen, und noch immer quollen mehr und mehr Irrlichter aus dem Spiegel. Sekunden vergingen, und der Raum schien sich in ein Chaos aus Feuer und tanzendem Licht verwandelt zu haben, das von den Spiegeln noch zusätzlich reflektiert wurde. Der Mantel eines Kriegers hatte Feuer gefangen. Schreiend riß der Mann ihn sich vom Leib und taumelte zurück, als er gleich von zwei Irrlichtern attackiert wurde, die ihr möglichstes taten, um die Temperatur unter seinem Kettenhemd ein wenig anzuheben.

Auch Hendryk und Michaels Vater waren aus ihrer Erstarrung erwacht. Hendryk zerrte wie wild an seinen Handfesseln, während Vater sich auf dem Absatz herumdrehte, einen Krieger, der ihm im Weg stand, grob beiseite stieß und mit gewaltigen Sätzen auf Michael zurannte.

Michael selbst stand noch immer völlig reglos da. Obwohl gerade erst ein paar Sekunden vergangen waren, hatte sich der Spiegelraum in einen lärmenden, von zuckendem roten Licht und hektischer Bewegung erfüllten Hexenkessel verwandelt. Aber er war einfach nicht fähig, darauf zu reagieren. Wie gelähmt stand er da und rührte sich auch nicht, als eines der Irrlichter so dicht an ihm vorbeischoß, daß er die Hitze wie die Berührung einer glühenden Hand auf seinem Gesicht fühlte.

»Michael!« schrie sein Vater mit überschnappender Stimme. *»Komm zu mir!«*

Neben Michael drehte sich Wolf mit einer schlangengleichen Bewegung um. In den ersten Augenblicken war er völlig überrascht gewesen und fast ebenso erstarrt wie Michael, aber nun verzerrte ein Ausdruck maßloser Wut sein Gesicht. Mit einem Ruck hob er die Hand und streckte sie gegen Vater aus, und Michael konnte fühlen, wie jene furchtbare

Macht wieder erwachte, deren Wirken sie schon einmal miterlebt hatten. Sein Vater wurde von einer unsichtbaren Faust getroffen, von den Füßen gerissen und davongeschleudert, so daß er gegen einen der flüchtenden Krieger prallte und zusammen mit ihm zu Boden ging.

Aber Wolf war keineswegs zufrieden. »Bleibt hier, ihr Feiglinge!« schrie er. »Kämpft! Kämpft gegen sie! Es sind nur Irrlichter!«

Sein Befehl tat augenblicklich seine Wirkung. Weitere zwei Krieger waren zu Boden gegangen und wälzten sich schreiend auf den Fliesen, um die Flammen zu ersticken, die aus ihren Mäntel schlugen, aber die anderen, die bisher in kopfloser Panik durcheinandergerannt waren, zogen ihre Waffen. Ungeachtet des tödlichen Feuers, mit dem die Irrlichter sie überschütteten, hieben sie mit den Schwertern nach den winzigen geflügelten Wesen, und Michael sah voller Entsetzen, daß einige der Hiebe sehr wohl ihre Ziele trafen. Ein Irrlicht taumelte mit zerfetzten Flügeln zu Boden und wäre einen Moment später von einem riesigen Stiefel zermalmt worden, hätten sich nicht weitere zwei Irrlichter dem Mann entgegengeworfen und einen schützenden Vorhang aus Flammen zwischen ihn und ihren Kameraden errichtet. Ein anderes wurde mitten in der Luft von einem Schwerthieb getroffen und gegen die Wand geschleudert, wo es reglos zu Boden sackte. Trotzdem hätten sich Ansons Krieger wahrscheinlich nicht lange halten können, denn die Irrlichter waren ihnen nicht nur an Zahl weit überlegen, sie verfügten auch über Waffen, die ungleich gefährlicher waren als ihre Schwerter.

Aber da war immer noch Wolf, und nachdem der Magier seine Verblüffung einmal überwunden hatte, besann er sich wieder auf seine Zauberkräfte. Mit einem zornigen Schritt trat er an Michael vorbei, hob den Arm, zielte mit dem ausgestreckten Zeigefinger auf eines der Irrlichter, und das Wesen wurde mitten im Flug von einer unsichtbaren Gewalt getroffen und wirbelte taumelnd und vor Schmerz schreiend davon. Wolf stieß einen triumphierenden Laut aus, zielte auf ein zweites Irrlicht und fegte es ebenso mühelos aus der Luft wie das erste. Michael stand noch immer wie teilnahmslos da und sah dem schrecklichen Geschehen zu, ohne irgend etwas dagegen tun zu können.

Mittlerweile war sein Vater wieder auf die Füße gekommen. Er hatte den verletzten Arm aus der Schlinge gezogen und lief erneut auf Michael zu, rief jetzt jedoch nicht mehr seinen Namen, um Wolf nicht auf sich aufmerksam zu machen. Ein Krieger versuchte sich ihm entgegenzuwerfen. Vater wich ihm mit einer blitzschnellen Bewegung aus, streckte das Bein vor und half mit einem kräftigen Schubs nach, als der Mann prompt darüber stolperte. Der Krieger fiel zu Boden. Das Schwert entglitt seinen Händen und rutschte klappernd ein Stück weit über die Fliesen davon, und noch ehe der Mann sich von seiner Überraschung erholt hatte, hatte Vater sich bereits nach der Waffe gebückt und sie aufgehoben. Ein zweiter Krieger attackierte ihn mit gezücktem Schwert. Michaels Vater parierte den Hieb, indem er, seine eigene Waffe mit beiden Händen führend, schräg nach oben stieß, und zu Michaels grenzenlosem Erstaunen war es der Krieger, dem die Klinge aus der Hand geschleudert wurde. Einen Augenblick später streckte Vater ihn mit einem Schwerthieb nieder und rannte weiter.

Inzwischen hatte sich Hendryk von seinen Fesseln befreit und rannte in fast grotesk aussehenden Sprüngen zwischen Ansons Kriegern hindurch, um zu Michael zu gelangen. Die Männer waren zwar vollauf damit beschäftigt, sich vor dem Feuer der Irrlichter in Sicherheit zu bringen oder mit ihren Schwertern nach ihnen zu schlagen, aber sie bemerkten Hendryk trotzdem. Es glich einem Wunder, daß es ihm immer wieder im letzten Augenblick gelang, einer zupackenden Hand oder einem herabsausenden Schwert auszuweichen.

Wolf schien noch nichts von alledem bemerkt zu haben. Mit wutverzerrtem Gesicht stand er da und schleuderte seine unsichtbare Macht gegen die Irrlichter. Fünf oder sechs der kleinen Wesen lagen bereits reglos auf dem Boden, und gerade in diesem Moment traf seine Zauberkraft ein weiteres Irrlicht und schmetterte es mit solcher Wucht gegen den Spiegel, daß dieser klirrend zersprang.

Aber auch er war nicht gegen die Angriffe der kleinen Geschöpfe gefeit. Dwiezels Brüder schienen erkannt zu haben, wer ihr gefährlichster Gegner war, und trotz seiner furchtbaren Macht stürzten sich immer gleich zwei oder drei auf ihn. Irgend etwas schützte Wolf. Ihre Flammen erreichten ihn nicht, und auch sie selbst prallten wie von einer unsichtbaren Wand zurück, kurz bevor sie ihn erreichen konnten. Aber dieser Schutz verlangte seinen Preis. Wolfs Gesicht verzerrte sich vor Anstrengung, er wich Schritt für Schritt vor den winzigen Angreifern zurück. Sein Mantel war an einer Stelle angesengt.

Endlich hatte der Vater Michael erreicht. Fast beiläufig fegte er einen Krieger von den Füßen, der sich ihm im letzten Moment in den Weg stellen wollte, dann packt er Michael an der Schulter und riß ihn grob herum.

»Michael!« rief er. »Komm endlich! Was ist los mit dir? Wir müssen weg von hier!«

Michael blickte ihn an, aber es war ihm noch immer unmöglich, sich zu rühren. Auch als sein Vater ein zweites Mal seinen Namen schrie und ihn an der Schulter rüttelte, reagierte er nicht.

»Verdammt noch mal, Michael!« schrie sein Vater nun fast verzweifelt. »Wach endlich auf. Wir müssen raus hier!«

Über Vaters linker Schulter erschien ein rotoranger Funke.

»Er kann dich nicht hören«, rief Dwiezel. »Es ist die alte Magie, die ihn lähmt! Du mußt ihn hier herausschaffen! Wenn er aus Wolfs Nähe ist, wacht er vielleicht auf!«

Sein Vater sah das Irrlicht eine halbe Sekunde lang zweifelnd an, dann schob er das Schwert mit einem Ruck unter seinen Gürtel und griff entschlossen mit beiden Händen zu. Mi-

chael stolperte willenlos vor ihm her, als er ihn hastig in Richtung Ausgang stieß.
Jetzt begriff auch Wolf, was geschah. Mit einem zornigen Schrei fuhr er herum, und Michael konnte spüren, wie seine magische Macht zu nie gekannter Wut aufflammte. Ein Dutzend Irrlichter wurde zugleich zurückgeschleudert, und eine unsichtbare Woge purer Kraft schien durch den Raum zu rasen, fegte Freund und Feind gleichermaßen von den Füßen und zur Seite und näherte sich ihnen mit ungeheurer Geschwindigkeit. Sie war tausendmal stärker als die Kraft, die die Irrlichter getroffen hatte, ja selbst stärker als die, die den Wagen in der U-Bahn zerstört hatte.
Michael wußte selbst nicht, was er tat, aber er reagierte ganz instinktiv. Irgend etwas in ihm erwachte, etwas Dunkles, unvorstellbar Starkes, und stellte sich Wolfs Magie entgegen und hielt sie auf.
Das ganze Gebäude schien in seinen Grundfesten zu erbeben. Ein ungeheures Dröhnen und Krachen ertönte, und für eine Sekunde schien es, als hätte sich die Luft zwischen ihnen und Wolf in eine Mauer aus Glas verwandelt.
Wolf taumelte zurück. Ein Ausdruck fassungsloser Verblüffung machte sich auf seinen Zügen breit. Er wankte, schien für eine Sekunde Mühe zu haben, das Kästchen mit dem Zauberstein zu halten. Fassungslos starrte er Michael an. Nicht nur die meisten seiner Krieger, sondern auch Hendryk und Michaels Vater wurden zu Boden gerissen. Hendryk richtete sich hastig wieder auf und schüttelte ein paarmal benommen den Kopf, und sein Vater blickte Michael ebenso erschrocken und entsetzt an wie Wolf, und für einen ganz kurzen Moment glaubte Michael in seinen Augen sogar so etwas wie Angst zu erkennen. Er selbst stand noch immer reglos und wie unbeteiligt da. Er wußte, daß er es gewesen war, der Wolfs Zauberkraft jene andere Kraft entgegengeworfen hatte, aber zugleich kam es ihm vor, als wäre es ein anderer gewesen, einer, der nur zufällig mit ihm den gleichen

Körper teilte, auf dessen Handlungen er aber nicht den geringsten Einfluß hatte.
»Bravo«, sagte Wolf ruhig. Michael drehte sich langsam um und sah, daß der Schrecken auf seinem Gesicht einem zufriedenen Lächeln gewichen war. »Ich gebe zu, ich habe dich unterschätzt«, fuhr Wolf fort. »Du bist in der Tat noch viel talentierter, als ich dachte.« Michael schwieg, und eine fast unheimliche Stille herrschte in dem großen Saal. Der Kampf stockte, die meisten Krieger waren beim Aufeinanderprall der beiden Gewalten von den Füßen gerissen worden und richteten sich gerade mühsam wieder auf, und auch die Irrlichter hatten sich erschrocken zurückgezogen und bildeten einen flimmernden Baldachin über Michael und den beiden anderen. Von der Decke rieselte Kalk, und eine große Anzahl Spiegel war zerbrochen, ein gezackter, fast handbreiter Riß durchzog den Boden, und auch das Glas der meisten Fenster war zersplittert. Aber es war nur eine Atempause, das wußten sie alle.
Wolfs Hände strichen beinahe liebkosend über das kleine Holzkästchen mit dem Zauberstein, und Michael konnte fühlen, wie er neue Kraft aus dem magischen Kristall gewann. Verzweifelt versuchter nun auch er, die furchtbare Gewalt ein zweites Mal zu entfesseln, aber es gelang ihm nicht. Beim ersten Mal war es wie ein blinder Reflex gewesen, bei dem die schiere Todesangst ihm die Kraft dazu geliefert hatte, aber nun, da er sich dieser Magie noch einmal und bewußt bedienen wollte, versagte sie ihm den Gehorsam.
Wolf lächelte böse. Er mußte Michaels Anstrengung spüren. »Versuch es ruhig«, sagte er. »Kämpfe gegen mich, wenn du es kannst. Die Kraft dazu hast du, das weiß ich.« Er lachte meckernd. »Aber du willst es nicht, nicht wahr?« Plötzlich machte er einen Schritt auf Michael zu, und sein Gesicht wurde zu einer Grimasse. »Du willst eine Kostprobe deiner eigenen Kraft? Nun, du kannst sie haben.« Mit einer befehlenden Geste deutete er auf Hendryk. »Töte ihn!«

Michael schrie innerlich auf. Er wollte es nicht. Mit einer verzweifelten Anstrengung versuchte er sich gegen Wolfs schrecklichen Befehl zu wehren, und doch drehte er sich kaum eine Sekunde später langsam zu Hendryk herum und sah ihm fest in die Augen.

Hendryks Gesicht verlor alle Farbe. Stolpernd wich er zwei oder drei Schritte vor Michael zurück, bis er mit dem Rükken gegen einen Spiegel stieß. »Nein«, stammelte er. »Tu das nicht, Michael.«

Doch Michael spürte, wie das finstere, körperlose Etwas in ihm sich wieder regte. Es war wie ein Raubtier, das jedesmal, da er es freiließ, schwerer zu bändigen war.

»Michael, nein!« sagte sein Vater beschwörend. »Tu es nicht!«

»Töte ihn!« sagte Wolf noch einmal.

Michael trat einen Schritt auf Hendryk zu, hob die Arme, und seine Hände öffneten sich zu der gleichen, zupackenden Bewegung, die er auch an Wolf beobachtet hatte.

Plötzlich wurde es unnatürlich hell. Eine Woge blutroten, flackernden Lichtes überflutete den Raum. Hinter ihm schrie Wolf ungläubig auf, und im gleichen Moment spürte Michael, wie sich das körperlose Etwas in ihm zurückzog und sich krümmte wie unter Schmerzen. Er taumelte, ließ die Hände sinken und wäre um ein Haar auf die Knie gefallen.

Das rote Licht wurde noch intensiver. In den Spiegeln hinter Wolf und seinen Kriegern erschienen Flammen. Es war kein wirkliches Feuer, sondern nur dessen Spiegelbild, aber es tauchte den Saal in ein so grausam helles Licht, daß Michael geblendet die Hand vor die Augen hob. Zugleich breitete sich eine so furchtbare Hitze im Saal aus, daß er kaum noch atmen konnte.

Wolf wich taumelnd mit einem krächzenden Schrei vor den in greller Glut lodernden Spiegeln zurück und hob ebenfalls schützend die linke Hand vor das Gesicht. Die andere um-

klammerte das kleine Kästchen mit dem Stein, doch Michael spürte, daß auch dessen Zauberkraft mit einem Mal versagte. Die Hitze nahm weiter zu. Wolf und seine Krieger hatten sich längst an die gegenüberliegende Wand zurückgezogen, und auch Michael und die beiden anderen wichen zurück.
Inmitten der Flammen erschien eine Gestalt. Es war kein wirklicher Körper, sondern ein lodernder Umriß, der nur aus Feuer und nicht aus fester Materie bestand, aber er wuchs rasch und trat aus der Tiefe des Spiegels hinaus in die Wirklichkeit. Als er es tat, flammten die Spiegel noch einmal in greller Weißglut auf. Ein dünnes Band aus unerträglich intensivem Licht spannte sich für eine winzige Sekunde von jedem einzelnen im Saal zu der Feuergestalt und erlosch dann. Zugleich erloschen die Spiegel. Die Flammen verschwanden, und in den verkohlten Rahmen verblieben zerborstene Flächen aus zu bizarren Formen erstarrtem, geschwärztem Glas.
Es war der Feuerdämon, jenes schreckliche Wesen, dem Michael schon zweimal begegnet war, einmal in den verbotenen Hallen des Unterlands, das zweite Mal am Abend in ihrem Haus, als Ansons Männer es überfielen. Lodernd und riesig stand er da, eine Gestalt ohne Körper, nur aus Feuer geboren, und obwohl er kein Gesicht hatte, konnte Michael den Blick seiner schrecklichen Augen spüren. Neben ihm stieß sein Vater ein leises, qualvolles Stöhnen aus, und Michael wußte, daß nun auch er von diesen furchtbaren Augen bis auf den Grund seiner Seele durchleuchtet wurde.
Dann setzte sich der Feuerdämon langsam in Bewegung. Seine Schritte hinterließen kleine brennende Seen aus geschmolzenem Stein auf den Fliesen.
Wolf stieß einen gellenden Schrei aus. er trat zurück, prallte gegen die Wand und starrte der näherkommenden Gestalt aus hervorquellenden Augen entgegen. Michael spürte, wie er seine Zauberkräfte zu entfesseln versuchte und wie sie an dem Dämon abprallten wie eine Streichholzflamme, mit der man einen Eisberg zu schmelzen versuchte.

»Greift ihn an!« schrie er. »Vernichtet ihn! Ich befehle es euch!«

Tatsächlich setzten sich einige seiner Krieger in Bewegung, machten wenig zögernde Schritte, ehe sie wieder stehenblieben. So gewaltig Wolfs Macht auch sein mochte, es gab doch etwas, was stärker war: die Angst vor diesem Geschöpf, die größer war als die Angst vor dem Tod. Nur ein einziger zog sein Schwert und versuchte den Feuerdämon anzugreifen.

Der rotglühende Dämon blieb stehen. Der Krieger sprang mit einem Schrei auf ihn zu und schwang seine Klinge zu einem kraftvollen, beidhändig geführten Schlag, aber noch bevor er die Bewegung halb ausgeführt hatte, streckte der Feuerdämon plötzlich die Arme aus, packte ihn und riß ihn zu sich heran. Für die Dauer einer Sekunde wehte ein grauenhafter Schrei durch den Raum. Der Körper des Kriegers schien von innen heraus zu glühen, wurde plötzlich gleich dem Dämonen zu einem wabernden, nur noch aus Licht bestehenden Umriß – und verschwand. Nichts blieb zurück.

Aber so kurz die Unterbrechung gewesen war, sie hatte Wolf gereicht, den Kasten zu öffnen und den Zauberstein in beide Hände zu nehmen. Der Kristall flammte auf. Für einen Moment erstrahlte sein Inneres unter einem Feuer, das genau so heiß und hell war wie das des Dämons, und diesmal konnte Michael wirklich *sehen,* wie die Kraft gleich einem Strom pulsierender Energie in den Körper des Zauberers floß.

Aber es war nicht der Feuerdämon, gegen den er seine neu gewonnenen Kräfte richtete. Zu Michaels Entsetzen riß er den Stein mit beiden Händen über den Kopf und schrie mit weit schallender Stimme: *»Vernichtet ihn!«*

Diesmal war sein Befehl zu stark, als daß die Krieger sich ihm widersetzen konnten. Sie zogen ihre Schwerter und stürzten sich auf den Feuerdämon, und tatsächlich schien ihnen plötzlich etwas zumindest einen gewissen Schutz vor den Kräften ihres Gegners zu gewähren. Der Feuerdämon streckte die Arme aus und berührte die beiden ersten Angreifer. Beide stürzten zu Boden, der eine mit lichterloh brennendem Mantel, dessen Flammen er, indem er sich hastig hin und her wälzte, rasch ersticken konnte, der andere lag völlig reglos da, und grauer Rauch stieg von seinem Körper auf. Aber die beiden vergingen nicht mehr wie ihr Kamerad, und die anderen setzten ihre Attacke unbeeindruckt fort. Ihre Schwerter zuckten auf den Feuerdämon nieder. Sie glitten durch den flammenden Körper hindurch, ohne sichtbaren Schaden anzurichten, und doch mußte das Feuerwesen irgend etwas spüren, denn sein Vormarsch wurde langsamer. Ein weiterer Krieger stürzte getroffen zu Boden, aber die anderen stachen und schlugen verbissen weiter auf ihren Gegner ein – und plötzlich sah Michael, daß ihre Schwerter glühende Spuren hinter sich herzogen, wenn sie den Körper des Wesens durchdrangen, und daß der Feuerdämon unter jedem Hieb zusammenzuzucken schien.

Wolf schrie triumphierend auf. »Vernichtet ihn! Schickt ihn zurück zur Hölle, aus der er gekommen ist!« Der Kristall in seinen Händen loderte wie eine winzige Sonne.

Der Feuerdämon wankte. Seine wirbelnden Arme trafen einen weiteren Krieger und schleuderten ihn zu Boden, doch im gleichen Moment wurde er von einem halben Dutzend Hiebe getroffen und taumelte zurück.

Es waren die Irrlichter, die den Kampf schließlich entschieden. Dwiezel stieß plötzlich einen schrillen Pfiff aus, und der glühende Baldachin wurde zu einer Wolke aus durcheinanderwirbelnden Funken, die sich in die Luft schwangen und dann alle gemeinsam auf Wolf niederstießen.

Der Magier taumelte. Aus seinem triumphierenden Schrei wurde ein irrsinniges Kreischen. Zwei, drei, vier Irrlichter zugleich wurden von einer unsichtbaren Gewalt getroffen und davongewirbelt, aber die anderen senkten sich unaufhaltsam auf ihn nieder. Und das war selbst für seine Kräfte zu viel. Er fiel gegen die Wand, der Zauberstein entglitt seinen Fingern, stürzte zu Boden und hüpfte mit einem gläsernen

Laut davon. Das unheimliche Feuer in seinem Inneren erlosch.
Im gleichen Augenblick war es, als würde eine unsichtbare Fessel von Michaels Geist gelöscht. Wolfs Bann erlosch von einer Sekunde auf die andere. Michael taumelte zurück wie unter einem Hieb. Die Erleichterung war so tief, daß er Mühe hatte, sich auf den Beinen zu halten. Zugleich aber begriff er, daß die Gefahr noch nicht vorüber war. Und er wußte instinktiv, was er tun mußte.
Ohne auf den entsetzten Schrei seines Vaters zu achten, rannte er zwischen Wolf und den Irrlichtern auf der einen und dem Feuerdämon und dessen Widersachern auf der anderen Seite hindurch – und riß den Zauberstein an sich.
Nichts geschah. Er hatte ganz instinktiv gehandelt, hatte aber erwartet, wieder die finstere, verlockende Macht des Kristalls zu spüren, doch was in seinen Händen lag, das war nichts als Stein. Blitzschnell richtete er sich wieder auf, rannte mit Riesensprüngen zu Hendryk und seinem Vater zurück. Als er sie erreichte, hatte sich das Geschehen hinter ihm gewandelt.
Ohne Wolfs Hilfe waren die Krieger dem Dämon hilflos ausgeliefert. Und er wütete gnadenlos unter ihnen. Seine Arme zeichneten flammende Bahnen aus Tod und Feuer in die Luft, und jeder seiner Hiebe streckte zwei oder drei Krieger zugleich nieder. Die wenigen, die sein Toben bisher überstanden hatten, suchten ihr Heil in der Flucht, aber das Ungeheuer setzte ihnen erbarmungslos nach und vernichtete einen nach dem anderen.
»Mein Gott«, flüsterte Michael erschüttert.
»Ich habe dir gesagt, daß er dir nicht gefallen wird«, sagte eine Stimme neben ihm.
Michael blickte auf und bemerkte erst jetzt, daß sich Dwiezel als einziges Irrlicht dem Angriff auf Wolf nicht angeschlossen hatte, sondern zwischen seinem Vater und Hendryk in der Luft schwebte. Plötzlich erschrak er sichtlich, und als Michaels Blick dem seinen folgte, sah er, daß der Feuerdä-

mon den letzten Krieger niedergestreckt und sich umgedreht hatte. Dann begann er mit langsamen, stampfenden Schritten direkt auf ihn und die beiden anderen zuzugehen.
»O verdammt«, murmelte Dwiezel. »Ich glaube, ihr gefällt ihm auch nicht. Weg hier!«
Wie der Blitz schwang er sich in die Höhe und flog davon, und auch Michael und die beiden anderen erwachten aus ihrer Erstarrung. Mit gewaltigen Sätzen rannten sie auf den Ausgang zu. Vater stieß die Tür mit der Schulter auf, ohne sich erst die Mühe zu machen, die Klinke herunterzudrükken, und sie stolperten hintereinander in den nächsten Raum. Der kostbare Teppich, über den sie rannten, fing hinter ihnen Feuer, als der Dämon ihnen folgte, die Seidentapeten an den Wänden rollten sich geschwärzt zusammen, und die Luft war plötzlich so heiß, daß jeder Atemzug weh tat.
Michael warf einen Blick über die Schulter zurück. Der Dämon folgte ihnen weiter. Sie stürmten durch die nächste Tür, einen langen, fensterlosen Korridor entlang – und dann prallte sein Vater mit einem enttäuschten Aufschrei zurück. Die Tür am Ende des Korridors war versperrt. Verzweifelt warf er sich mit der Schulter dagegen, aber sie hielt stand. Er fiel mit schmerzverzerrtem Gesicht auf ein Knie – und die Zeit für einen zweiten Versuch blieb ihm nicht mehr.
Der Dämon war heran. Michael war diesem Wesen schon einmal so nahe gewesen wie jetzt, und doch war es diesmal etwas anders. Er spürte den Zorn des Geschöpfes und die unvorstellbare Kraft, die dieser Zorn gebar. Und plötzlich verstand er dieses phantastische Geschöpf, dem er gegenüberstand, spürte, daß dieses Wesen keine Gnade, kein Mitleid und kein Erbarmen kannte. Es bestand aus purem Zorn, und es existierte nur aus dem einen Grund, um zu zerstören.
Und dann tat er etwas, was er selbst nicht verstand. Ganz plötzlich hatte er keine Angst mehr. Und er richtete sich auf, sah dem rotglühenden Ungeheuer fest entgegen – und machte einen Schritt auf es zu.

Hinter ihm schrien sein Vater und Hendryk entsetzt auf, aber Michael hörte es nicht. Ruhig starrte er in die flammende Fläche, die dort war, wo das Gesicht des Dämons sein mußte, und das Unglaubliche geschah. Die Bestie blieb stehen. Ihre Arme, die sich schon zur tödlichen Umarmung geöffnet hatten, sanken wieder herunter, die Faust aus alles vernichtendem Haß, die sich über Michael geballt hatte, verharrte. Selbst die Zeit schien stehenzubleiben. Michael blickte den Feuerdämon an, und das Ungeheuer erwiderte seinen Blick aus unsichtbaren glühenden Augen. Und dann, langsam, zögernd, beinahe widerwillig, wich der Feuerdämon vor ihm zurück. Erst nur einen Schritt, dann einen zweiten – und schließlich drehte er sich um und ging langsam in die Richtung zurück, aus der er gekommen war.
Michael spürte, wie ihm die Sinne schwanden. Er hatte nicht mehr die Kraft zu stehen. Langsam sank er auf die Knie und wäre umgesunken, wäre sein Vater nicht rasch hinzugesprungen und hätte ihn gehalten. Alles begann vor seinen Augen zu verschwimmen. Selbst das Gesicht seines Vaters war nur noch eine weiße Fläche, und er hatte Mühe, dessen Worte zu verstehen.
»Wie ... wie hast du das ... was hast du getan?« murmelte sein Vater fassungslos. »Wieso hat er uns nicht getötet?«
Irgendwie fand Michael noch einmal die Kraft, zu sprechen, bevor ihm die Sinne schwanden, vielleicht weil er fühlte, wie unendlich wichtig es war. »Ich habe ihm etwas versprochen«, sagte er. »Und ich muß mein Wort halten, oder er wird zurückkommen.«
»Und was?« fragte sein Vater. Michael blickte in das Gesicht über ihm und erkannte, daß der Vater die Antwort wußte. Trotzdem sprach er sie laut aus.
»Der Kristall«, sagte er. Seine Hand sank kraftlos zu Boden, der Zauberstein entglitt seinen Fingern. Er hatte nicht einmal mehr die Kraft, ihn festzuhalten. »Ich habe versprochen, ihn zurückzubringen.«

Es war sehr still geworden. Aus dem benachbarten Spiegelsaal drang dann und wann ein leises Klirren, das Prasseln der Flammen und von Zeit zu Zeit ein Stöhnen oder eine gedämpfte Stimme, und doch schienen alle diese Laute die unheimliche Stille, die sich nach Michaels letzten Worten in dem schmalen Korridor ausgebreitet hatte, nich beeinträchtigen zu können. Diese Ruhe schien sich wie ein unsichtbares Gewicht im Raum verteilt zu haben und sie alle niederzudrücken. Hendryk und auch sein Vater sahen Michael mit ungläubigem Staunen an. Hendryks Staunen beruhte wohl auf dem Umstand, daß er zum ersten Mal im Leben dem Feuerdämon gegenübergestanden hatte, und darauf, daß sie alle diese Begegnungen nicht nur überlebt, sondern daß Michael mit diesem unvorstellbaren Wesen sogar *geredet* hatte. Das Staunen seines Vaters war von gänzlich anderer Art, und obwohl es tief und echt war, spürte Michael auch, daß er seinen wahren Grund vielleicht noch nicht einmal ahnte.
Er versuchte aufzustehen. Beim ersten Mal reichten seine Kräfte nicht aus, so daß sein Vater ihm helfen mußte, aber dann streifte er die stützende Hand vorsichtig ab und stand aus eigener Kraft. Er fühlte sich immer noch benommen. Die unheimliche Lähmung, mit der Wolfs Zauber ihn geschlagen hatte, war verflogen, doch es war, als hätte das danach Erlebte ihn so erschüttert, daß er nur mühsam in die Wirklichkeit zurückfand.
»Du . . . du hast wirklich mit ihm . . . gesprochen?« murmelte Hendryk.
Michael sah ihn nur an und nickte. Es schien ihm, als wären Worte einfach nicht genug, um das, was zwischen ihm und dem Feuerdämon gewesen war, auch nur annähernd zu beschreiben. Er hatte nicht wirklich mit ihm *gesprochen.* Es war eine völlig andere, uralte Art der Kommunikation gewesen,

die er einfach nicht beschreiben konnte. Er hätte nicht sagen können, was der Feuerdämon zu ihm gesagt und was er geantwortet hatte. Er hatte ihm ein Versprechen gegeben, das Versprechen, den Zauberkristall wieder an seinen alten Platz zurückzubringen. Aber da war noch mehr gewesen. Michael wußte nicht, was, aber er wußte mit unerschütterlicher Sicherheit, daß er es wissen würde, wenn es soweit war.

»Dann gehst du mit uns zurück ins Unterland?« fragte Hendryk.

»Das muß ich«, antwortete Michael. »Und zwar bald. Wir haben nicht mehr viel Zeit.« In jenen endlosen Sekunden, in denen der Geist des Feuerdämons seine Seele berührte, da hatte er gespürt, daß sich die Zeit des Unterlands endgültig dem Ende zuneigte. Vielleicht war es sogar schon zu spät.

»Aber der Weg ist versperrt«, sagte Hendryk. »Brock hat den Tunnel, durch den wir zu euch heraufkamen, hinter uns zerstört, damit niemand ihn findet.«

»Ich kann euch führen«, sagte Dwiezel.

Bevor Michael oder Hendryk darauf antworten konnten, mischte sich Michaels Vater ein. »Im Augenblick gehen wir nirgendwohin«, sagte er. »Außer raus von hier. Und wir sollten uns ein bißchen damit beeilen.« Er machte eine entsprechende Geste und legte den Kopf schräg, und Michael begriff, was er damit sagen wollte und lauschte ebenfalls. Tatsächlich hörte er nach einigen Augenblicken ein ganz dünnes, leises Heulen, das sich in das Geräusch der Flammen gemischt hatte, vielleicht schon seit einer Weile, ohne daß es ihnen aufgefallen war. Fragend sah er seinen Vater an.

»Die Polizei oder vielleicht die Feuerwehr«, sagte Vater. »Jemand muß Alarm gegeben haben. Jetzt, wo Wolf nicht mehr da ist, reagieren sie auch darauf.« Er streckte die Hand nach dem Türgriff aus und drückte ihn herunter, aber das Ergebnis war das gleiche wie zuvor. Die Tür rührte sich nicht. Ohne besondere Enttäuschung drehte er sich um und deutete

in die Richtung, aus der sie gekommen waren. »Versuchen wir es dort«, sagte er. »Wahrscheinlich ist es so oder so besser, wenn wir das Schloß nicht auf dem Weg verlassen, auf dem wir gekommen sind.«
Der große Saal bot einen Anblick der Verheerung. Fast alle Spiegel waren zerborsten, der geflieste Boden war dutzendfach gerissen, so daß Michael sich wunderte, daß er nicht ganz eingebrochen und in die darunterliegende Etage gestürzt war. Die meisten Fenster waren zerbrochen, und die Flammen hatten in den schweren Brokatvorhängen und den Seidentapeten reichlich Nahrung gefunden, so daß ihnen die Hitze wie eine erstickende Woge entgegenschlug. Die Männer in den Wagen, die da mit heulenden Sirenen herangefahren kamen, würden sich beeilen müssen, wollten sie verhindern, daß große Teile oder gar das ganze Schloß ein Raub der Flammen wurde. Der Feuerdämon war verschwunden; und mit ihm die allermeisten von Ansons Kriegern. Von den fast vierzig Männern, mit denen Anson aus dem Unterland heraufgekommen war, entdeckte Michael gerade noch sechs, die verwirrt und benommen dastanden oder -hockten. Er hatte befürchtet, den Raum voller toter oder sterbender Männer zu sehen, aber diese sechs schienen beinahe unverletzt.
Sein Vater war stehengeblieben, und Michael sah, daß sich seine Hand zu dem Schwert hinstahl, das er noch immer im Gürtel trug. Rasch machte er eine beruhigende Geste. »Nein«, sagte er, »das ist nicht nötig. Sie sind nicht mehr unsere Feinde.«
Sein Vater sah ihn überrascht und ein wenig ungläubig an, zog die Hand aber gehorsam wieder zurück. Trotzdem versteifte sich seine Haltung sichtbar, als sich einer der Krieger umwandte und langsam auf sie zukam.
Doch es war, wie Michael gesagt hatte. Im Gesicht des Kriegers war keine Feindschaft mehr. Nur eine unendlich tiefe, erschrockene Verwirrung. Wolfs Macht über ihn und seine

Kameraden war ebenso erloschen wie die, die er über Michael gehabt hatte.
Suchend sah sich Michael um, konnte jedoch weder Wolf noch Anson unter den Überlebenden erkennen.
»Was . . . ist geschehen?« fragte der Krieger verstört. Er sah Michael an, dann Michaels Vater und schließlich Hendryk. »Du bist hier. Was ist geschehen? Wo ist Anson?«
»Ihr erinnert Euch an nichts?« fragte Michael.
Der Krieger schüttelte den Kopf, dann blickte er für einige Sekunden an Michael vorbei ins Leere, und ein neuer Schrecken machte sich in der Tiefe seiner Augen breit. »Doch«, murmelte er. »Aber es ist . . .« Er hob in einer Geste der Hilflosigkeit die Hände. »Was haben wir getan? Wieso –«
»Jetzt nicht«, unterbrach ihn Michaels Vater. »Wir können später darüber reden, aber wir müssen weg. Das beste wird sein, ihr kommt mit uns.« Er unterstrich seine Worte mit einer beinahe befehlenden Geste und wandte sich aus der gleichen Bewegung heraus zu Dwiezel um. »Kannst du uns hier herausbringen?« fragte er. »Möglichst auf einem Weg, auf dem uns niemand sieht?«
»Ja«, antwortete Dwiezel. »Folgt mir.«
Michael, die beiden anderen und schließlich auch die sechs Krieger schlossen sich dem kleinen Irrlicht an, als es vorausflog. Sie gingen in das Kaminzimmer zurück, in dem Michael mit Wolf gesprochen hatte, und einer der Männer öffnete die Geheimtür in der Wand, ohne daß es dazu eines besonderen Befehles bedurfte.
Angeführt von Dwiezel, betraten die Männer und auch Hendryk einer nach dem anderen den Geheimgang, aber Michael wartete, bis sein Vater als letzter durch die Tür getreten war und sie hinter sich schloß. Dann ging er absichtlich ein wenig langsamer, so daß sie einige Schritte hinter den anderen zurückblieben.
»Wie geht es deinem Arm?« fragte er.

Sein Vater berührte mit der rechten Hand den linken, verletzten Arm und beeilte sich, ihn in die Schlinge zurückzulegen, aber er tat es auf eine Art, als hätte er seine Verwundung ganz vergessen und als wäre es ihm irgendwie unangenehm, daß Michael dieses Versäumnis aufgefallen war. »Es ist nur ein Kratzer«, sagt er mit einem nervösen Lächeln. »Ein Streifschuß, weißt du? Aber ich kann dir sagen, es tut verdammt weh.« Er sah im Gehen auf Michael herab. »Aber was beschwere ich mich? Ich glaube, du hast mehr mitgemacht als ich. Du hast dich sehr tapfer verhalten, weißt du das?«

Michael nickte. »Du aber auch«, sagte er. Mit einer Kopfbewegung auf das Schwert in Vaters Gürtel fügte er hinzu. »Ich wußte gar nicht, daß du damit umgehen kannst.«

»Ich auch nicht«, antwortete Vater. Mit einem leisen Lachen fügte er hinzu: »Daß ich es nicht ganz verlernt habe.«

Michael legte fragend den Kopf schräg.

»Ich habe während meines Studiums ein bißchen Fechten gelernt«, fuhr sein Vater fort. »Aber das ist sehr lange her. Vielleicht ist es wie mit dem Radfahren – wenn man es einmal gelernt hat, vergißt man es nie wieder.«

»Während deines Studiums . . .« wiederholte Michael nachdenklich. »Seltsam – die gleiche Geschichte hat mir Wolf auch erzählt.«

»Und was ist seltsam daran?« Vater klang ein gaz kleines bißchen verärgert, fand er. »An vielen Universitäten wird das Fechten gelehrt. Heute vielleicht nicht mehr, aber zu meiner Zeit war es gang und gäbe.«

»So?« sagte Michael.

Die Worte seines Vaters klangen überzeugend. Aber zum einen gelang es ihm einfach nicht, sich seinen Vater, auch als zwanzig oder dreißig Jahre jünger und ungestümer als Kommilitone von Burschenschaften vorzustellen, die abends Bierlieder sangen und deren höchstes Ziel es war, sich gegenseitig Blessuren und Schmisse beizubringen. Sein Vater war der mit

Abstand friedliebendste Mensch, den er kannte. Er erinnerte sich, seine Mutter einmal im Scherz sagen gehört zu haben, daß es ihm wahrscheinlich schon widerstrebte, ein Messer in die Hand zu nehmen, um sein Fleisch zu schneiden. Und da war noch etwas. Sicherlich war es richtig, daß es bei beinahe jedem Menschen einen Punkt gab, jenseins dessen er anfing, sich zu wehren. Aber sein Vater hatte viel mehr getan. Er war plötzlich zu einem *Kämpfer* geworden, nicht einfach zu einem Mann, der sich verzweifelt zur Wehr setzte, sondern zu einem Krieger, dem körperliche Gewalt alles andere als fremd war und der ganz instinktiv das Richtige tat.

Sein Vater sah ihn nachdenklich an. Michaels plötzliche Schweigsamkeit war ihm keineswegs entgangen. »Du siehst aus, als würdest du es mir übelnehmen, daß ich mich gewehrt habe«, sagte er.

Michael schüttelte den Kopf. »Nein«, antwortete er. »Ich war nur ... überrascht, das ist alles. Ich habe gar nicht gewußt, daß du fähig bist, solche Dinge zu tun.«

»Ich verstehe.« Ein leiser, aber hörbarer Unterton von Bitternis hatte sich in die Worte seines Vaters geschlichen. »Du hast mich für einen Feigling gehalten.«

»Nicht für einen Feigling«, verbesserte ihn Michael. »Aber für einen Menschen, der Gewalt verabscheut.«

»Das tu ich auch«, sagte sein Vater ernst. »Aber ich war nicht immer so.«

Michael sah ihn nur fragend an, und nach einigen Augenblicken fuhr sein Vater von sich aus, und ohne ihn dabei anzusehen, fort.

»Ich war früher anders. Vielleicht sogar ein bißchen so wie Wolf. Aber dann ist etwas geschehen, was mich begreifen ließ, daß Gewalt niemals eine Lösung ist. Am Ende richtet sie sich immer gegen den, der sie ausübt.«

»Was ist passiert?« fragte Michael.

Sein Vater lächelte traurig. »Ich werde es dir erzählen«, sagte er, »aber nicht jetzt.«

»Du hast niemals etwas davon gesagt«, murmelte Michael.
»Manchmal tut man Dinge, auf die man nicht sehr stolz ist«, erwiderte sein Vater. »Und manchmal versucht man, sie einfach zu vergessen. Aber ich werde es dir irgendwann einmal erzählen. Das verspreche ich dir.«
Michael spürte, wie unangenehm seinem Vater das Gespräch war, und so beließ er es im Moment dabei. Sie gingen wieder ein wenig schneller, um zu den anderen aufzuschließen. Hendryk, der bemerkt hatte, daß Michael und sein Vater ein Stück zurückgeblieben waren, blickte sie fragend an. Aber er schien zu begreifen, daß das, was die beiden beredet hatten, nur sie anging, und war taktvoll genug, sie nicht darauf anzusprechen. Sie legten den Rest des Weges schweigend zurück, bis sie sich wieder in jenem Kellerraum befanden, in dem Michael schon einmal gewesen war, als Dwiezel ihn aus Wolfs Gefangenschaft befreit hatte. Wie damals stiegen sie durch eine metallene Klappe in die Kanalisation hinab, aber Michael war fast sicher, daß Dwiezel sich jetzt in die andere Richtung wandte. Damals waren sie nach links gegangen, wo das Abwasserrohr nach einigen Dutzend Schritten in den größeren Tunnel der Kanalisation mündete, der ihn schließlich ins Freie geführt hatte. Jetzt wandte er sich nach rechts.
Michael blieb stehen. »Das ist nicht der richtige Weg«, sagte er.
Dwiezel war bereits ein Stück vorausgeflogen. Jetzt machte er kehrt und kam zurück. »Ist es doch«, erwiderte das Irrlicht. »Du hast gesagt, du willst wieder ins Unterland.« Er zeigte mit beiden Händen hinter sich. »Und dieser Weg führt dort entlang.«
»Nicht so eilig«, mischte sich Vater ein. »Er hat zwar versprochen, den Stein zurückzubringen, aber niemand hat gesagt, daß wir es sofort tun. Wir brauchen eine Pause, um neue Kräfte zu sammeln . . .«
Dwiezel schnitt ihm mit einer ärgerlichen Geste das Wort ab. »Dazu ist keine Zeit. Wenn ihr noch lange herumstehen und

palavern wollt, könnt ihr es auch gleich bleibenlassen. Der Weg ist weit, und jede Minute zählt.«

»Aber –« protestierte Vater erneut.

Doch diesmal war es Michael, der ihm ins Wort fiel. »Dwiezel hat recht«, sagte er. »Ich muß den Zauberstein zurückbringen. Ohne ihn wird alles Leben dort unten erlöschen.«

Er zog den Kristall aus der Tasche und drehte ihn in den Fingern. Dabei lauschte er in sich hinein, aber er fühlte nichts. Von der ungeheuren Macht, die der Kristall ausgestrahlt hatte, schien nichts mehr geblieben zu sein. Und trotzdem wußte er, daß sie noch da war. Er mußte ihn zurückbringen. Vielleicht kostete jede Minute, die sie hier verloren, das Leben eines Menschen aus dem Unterland.

»Dwiezel hat recht«, sagte er noch einmal. Er sah seinen Vater fest an. »Aber ich verspreche dir zurückzukommen. Ich werde Marlik den Stein geben und wiederkommen. Ich weiß nicht, wie lange es dauert, aber mir wird nichts passieren. Dwiezel und die anderen passen schon auf mich auf.«

Sein Vater blickte ihn an, als zweifle er an seinem Verstand.

»Wovon redest du eigentlich?« fragte er.

»Davon, daß ich mit Hendryk und den Kriegern zurückgehe«, begann Michael.

Sein Vater unterbrach ihn. »Es muß heißen: daß *wir* zurückgehen«, sagt er.

»Aber du –«

»Du glaubst doch nicht wirklich, daß ich dich allein dort hingehen lasse?« schnitt ihm sein Vater das Wort ab, ruhig, aber trotzdem in so entschiedenem Ton, daß Michael klar wurde, wie sinnlos jeder Widerspruch war. »Ich begleite euch. Ich werde dich ganz bestimmt nicht allein dort hinuntergehen lassen. Und so ganz nebenbei –« Er lachte leise. »Ihr bildet euch doch nicht ein, daß ich mir *das* entgehen lasse?«

Michael tauschte einen überraschten Blick mit Hendryk, aber sein Bruder zuckte nur mit den Schultern. Auch die

Krieger, die ebenfalls stehengeblieben waren und ihrer Unterhaltung neugierig folgten, erhoben – beinahe zu seiner Überraschung – keinerlei Einwände. Und warum eigentlich auch nicht? überlegte er. Wäre er an der Stelle seines Vaters gewesen, hätte er nicht anders reagiert.

Trotzdem versuchte er es noch einmal. »Es ist zu gefährlich«, sagte er. »Du weißt, daß sie dort unten alle die *Krankheit* haben. Du würdest dich anstecken.«

»Kaum«, erwiderte sein Vater. Plötzlich trat ein Ton in seine Stimme, den Michael haßte, denn es war genau jener Ton, in dem man mit einem dummen kleinen Kind redete, das irgend etwas ganz Offensichtliches nicht begreifen wollte. »Ich lebe seit mehr als zehn Jahren mit dir zusammen, junger Mann. Und ich habe dich – mit Verlaub gesagt – oft genug gesundgepflegt, um mich, weiß Gott, anzustecken, wenn das möglich gewesen wäre. Offensichtlich bin ich genau so immun dagegen wie du. Frag mich nicht, warum. Ich bin kein Arzt. Vielleicht ist es einfach deshalb so, weil ich so lange mit dir zusammen war.«

»Aber –«

»Kein Aber mehr!« sagte sein Vater entschieden. »Ich werde den Teufel tun und dich allein dort hintergehen lassen. Und damit basta. Wenn du oder deine Freunde wirklich nicht wollen, daß ich mitkommen, dann bleibst auch du hier.« Er deutete auf Hendryk. »Dein Bruder kann den Stein ebensogut zurückbringen wie du.«

Michael resignierte. Vermutlich hatte sein Vater recht. Und wenn er in *diesem* Ton redete, dann stand sein Entschluß fest, und es gab nichts mehr, was ihn davon abbringen konnte. So brachen sie ohne eine weitere Diskussion auf.

Der Weg durch die Kanalisation war lang und ermüdend, und er war neben allem anderen auch *langweilig*, so daß Michael bald schon allein aus diesem Grund sein Ende herbeizusehnen begann. Zugleich hatte er insgeheim – auch wenn er das nicht laut und nicht einmal sich selbst gegenüber wirk-

lich zuzugeben bereit war – Angst vor dem, was ihn an seinem Ende erwarten mochte. Was würden sie finden? Eine sterbende Welt, in der Pflanzen und Menschen und Tiere zugrunde gingen, eine Welt ohne Licht, ohne Luft und ohne Wärme? Vielleicht kamen sie ja schon zu spät. Immerhin hatte Wolf den Stein ein volles Jahr in seinem Besitz gehabt.
Er schien nicht der einzige zu sein, dessen Gedanken sich auf solch düsteren Pfaden bewegten. Auch Hendryk war sehr schweigsam, und von den sechs Kriegern, die sie begleiteten, sprach kaum einer ein Wort.
Am meisten überraschte Michael vielleicht, wie selbstverständlich und rasch diese Männer, die schließlich aus keinem anderen Grund hier heraufgekommen waren, als einen Krieg gegen ihn und seine Welt zu führen, ihn nun als Führer akzeptiert hatten. Zudem war er nicht einmal ein Erwachsener, sondern ein Junge, der erst an der Schwelle zum Erwachsenwerden stand. Und doch hatte keiner von ihnen auch nur einmal einen Einwand erhoben, ja sich nicht einmal mit einem Blick oder einer verräterischen Miene widersetzt.
Ihr Weg schien endlos zu dauern. Ein paarmal glaubte Michael, eine vertraute Abzweigung, einen bekannten Tunnel zu erkennen, aber er war nie sicher. Das Labyrinth der Kanalisation war gigantisch, fast wie eine zweite Stadt unter der Stadt, und im Grunde sah hier eine Stelle aus wie die andere.
Als sie schließlich den Weg zum Unterland betraten, da geschah es so selbstverständlich und rasch, daß Michael es im ersten Moment nicht einmal merkte. Der mit Schimmel und Fäulnis übersäte Boden, der sie bisher umgeben hatte, war plötzlich feuchtglitzerndem Fels und schwarzem Basalt gewichen, und in der Luft lag nicht mehr der Gestank der Abwässer, sondern nur noch das schwere Aroma der Erde. Michael versuchte vergeblich, sich zu erinnern, wann sie die Kanalisation verlassen und diesen Teil des Labyrinths betreten hatten. Es gelang ihm nicht.
Aber er erkannte seine Umgebung nun tatsächlich wieder,

und dann blieb er verblüfft stehen und blickte auf den schwarzen Torbogen, der die Wand des Stollens keine zwanzig Schritte von ihnen entfernt durchbrach.

»Das ist die Treppe!« sagte er überrascht. »Die Himmelstreppe!«

Dwiezel nickte ein paarmal hintereinander. »Es ist der kürzeste Weg«, bestätigte er. »Den, den meine Brüder und ich gegangen sind, könnt ihr nicht gehen.«

Michael ging zögernd weiter. Dwiezel hatte sicherlich recht. Der Weg über die Treppe – zumal sie sie, anders als Wolf und er vor einem Jahr, *hinab*gehen konnten, statt sich mühsam, Stufe für Stufe nach oben zu quälen – war sicherlich kürzer und auf jeden Fall weniger anstrengend als der durch das Labyrinth. Aber es verwirrte ihn zutiefst, diese Treppe überhaupt wiederzusehen. Sie hatte aus dem Unterland *nach unten* geführt, und er hatte bisher angenommen, daß der Zauber, mit dem Wolf sie umgekehrt hatte, hinter ihnen wieder erloschen sei.

Einer hinter dem anderen betraten sie den Treppenschacht, und bereits hier, noch so weit vom Unterland entfernt, fiel Michael die erste Veränderung auf. Das Licht war erloschen. Der graue Schimmer, der Wolf und ihn auf dem Weg hinauf begleitet hatte, war fort, und die Treppe war nichts als ein finsteres Loch, in dem schon die nächste Stufe nicht mehr sichtbar war. Sie konnten trotzdem sehen, denn Dwiezel ließ seinen Körper in gelbem Licht aufglühen und flog wie eine lebende Lampe vor ihnen her, aber es war ein unheimliches, ängstigendes Licht, und Michael hatte plötzlich gar nicht mehr das Gefühl, sich in vertrauter Umgebung zu befinden. In dem flackernden gelben Licht schienen die Gestalten der Männer zu finsteren Dämonen zu werden, und ihre Schritte hallten unheimlich verzerrt von den nicht sichtbaren Wänden wider.

Nach einer Stunde rasteten sie. Es war eine kurze, ungeduldige Pause, und sie legten sie nicht ein, weil sie müde waren,

sondern weil sie wußten, wie weit der noch vor ihnen liegende Weg war und wie sehr sie mit ihren Kräften haushalten mußten. Danach marschierten sie weiter, Stufe um Stufe hinab in die Tiefe, Schritt um Schritt weiter hinein in eine Welt, die nicht mehr die ihre war, und nach einer weiteren Stunde hielten sie abermals an. So ging es weiter, bis ihre Kräfte schließlich tatsächlich nachzulassen begannen und sie sich auf dem harten Stein ausstreckten, um zu schlafen.
Michaels Hoffnung, die Treppe könnte durch einen geheimnisvolen Zauber jetzt kürzer sein als auf dem Weg hinauf, erfüllte sich nicht. Sie marschierten einen weiteren Tag in die Tiefe und hatten ihr Ziel immer noch nicht erreicht, so daß sie eine zweite Pause einlegen mußten und ein zweites Mal schliefen.
Nach der dritten oder vierten Rast am folgenden Tag sprach Hendryk endlich das aus, was sie wohl alle bewegte. »Hört denn diese Treppe überhaupt nie auf?« fragte er erschöpft.
Michael wollte antworten, doch sein Vater kam ihm zuvor. »Sei froh, daß sie da ist«, sagte er. »Nach allem, was ich in Michaels Tagebuch gelesen habe, ist der andere Weg viel länger und gefährlicher.«
»Aber sie dürfte gar nicht hier sein«, maulte Hendryk. »So lange ich mich erinnern kann, hat sie stets weiter nach unten geführt. Und plötzlich führt sie hinauf zu eurer Welt.«
»Ja«, sagte Vater. Nach einigen Sekunden fügte er leise hinzu: »Und vielleicht ist das der einzige Grund, aus dem sie erbaut wurde.«
Die Worte berührten etwas in Michael. Für einen winzigen Moment hatte er wieder das Gefühl, die Antwort auf eine Frage gefunden zu haben, die ihn die ganze Zeit über gequält hatte. Und wieder entschlüpfte ihm der Gedanke, als er danach greifen wollte, und zurück blieb nur eine tiefe Verwirrung.
Sie sprachen nicht, bis sie – nach weiteren fünf oder sechs Etappen, die sie sich verbissen Stufe um Stufe weiter in die

Tiefe gekämpft hatten – endlich das Ende der Himmelstreppe erreichten. Die Himmelstreppe hatte sie wieder in die Welt der Trolle geführt. Wie auf der Treppe selbst herrschte auch hier vollkommene Finsternis. Das graue Licht des Unterlands war einer fast stofflichen Schwärze gewichen, die selbst Dwiezels Leuchten nicht wirklich zu vertreiben imstande war. Ganz wie Hendryk berichtet hatte, waren die Trolle verschwunden. Die endlosen Gänge und Höhlen waren verwaist, aber sie waren nicht still. Und sie waren nicht leer. Ein unheimliches Heulen und Wimmern lag in der Luft, ein Geräusch wie Wind, der sich weit entfernt an harten Kanten und Vorsprüngen brach. Und irgend etwas war hier. Michael fühlte den Blick unsichtbarer Augen auf sich ruhen. Immer wieder hatte er das Gefühl, eine Bewegung wahrzunehmen, ein Huschen und Schleichen in der Dunkelheit jenseits des gelben Lichtes, mit dem Dwiezel ihnen den Weg wies, und einmal war er sicher, Schritte zu hören. Nicht die Schritte von Menschen, aber auch nicht die von Trollen oder Ghoulen.

Schließlich erreichten sie den Ausgang aus den Höhlen der Trolle. Und Michaels schlimmste Befürchtungen wurden wahr.

Der Anblick war so furchtbar, daß sie alle wie erstarrt unter dem Höhleneingang stehenblieben und auf das verheerte Land unter sich hinabblickten. In der gewaltigen Höhle, die einst die Felder und den grünen Schatten eines Waldes am Horizont überwölbt hatte, herrschte noch immer das graue Zwielicht, das den ewigen Tag des Unterlands bestimmte. Aber es gab kein Grün mehr. Keine Pflanzen. Kein Leben. Wo sich die fruchtbaren Felder erstreckt hatten, da sah Michael nun nichts anderes als eine staubige, von Schutt und Felsen bedeckte Ebene, auf der nur noch hie und da ein kümmerlicher Grashalm, ein verdorrter Busch oder eine geknickte Ähre dem Untergang zu trotzen versuchte. Der grüne Streifen am Horizont war braun geworden. Ein unan-

genehmer warmer Wind schlug ihnen entgegen, ein Wind, der grauen Staub mit sich brachte, ein Gemisch fremdartiger, aber allesamt unangenehmer Gerüche. Und das Echo unheimlicher Laute. Schreie. Etwas wie ein Stöhnen. Das Wimmern und Wehklagen verlorener Seelen.
»O nein«, flüsterte Hendryk neben ihm. Michael wandte den Kopf und sah, daß sein Gesicht alle Farbe verloren hatte. Er zitterte und kämpfte nur noch mit Mühe gegen die Tränen an. »Wir sind zu spät gekommen.«
»Das ist nicht gesagt«, antwortete Michael. »Vielleicht ... vielleicht ist es nur hier so schlimm. Ich meine ... Marlik wird all seine Kraft brauchen, um die Stadt am Leben zu erhalten.«
Er hörte selbst, wie wenig überzeugend seine Worte klangen. Und im Grunde glaubte er selbst nicht daran. Was er nicht zu befürchten gewagt hatte, das lag nun vor ihm. Das Unterland starb. Die fruchtbare Höhle war zu einer Mondlandschaft geworden, in der nichts mehr existierte außer Felsen und Staub.
Hendryk wollte etwas erwidern, aber plötzlich fuhr er zusammen und starrte auf einen Punkt hinter Michael. Dieser drehte sich um und schaute in die gleiche Richtung, konnte aber nichts sehen außer grauen Fels und tanzende Staubwirbel darüber.
»Was ist?« fragte er erschrocken.
Hendryk blickte noch einige Sekunden lang konzentriert auf die Ebene hinaus, dann schüttelte er den Kopf. »Nichts«, sagte er. »Ich dachte, ich hätte etwas gesehen, aber ich muß mich getäuscht haben.«
Sie gingen weiter. Obwohl sie Angst vor dem hatten, was sie erwarten mochte, wurden ihre Schritte immer schneller, je weiter sie sich dem Durchgang zur großen Höhle näherten. Und die letzten zwei- oder dreihundert Meter legten sie tatsächlich im Laufschritt zurück.
Im allerersten Moment war Michael erleichtert. Die Stadt lag

im grauen Zwielicht da, unversehrt und unverändert, wie er sie in Erinnerung hatte, und er sah über die große Entfernung hinweg sogar Bewegung zwischen den Häusern. Aber der Erleichterung folgte ein nur um so tieferes Erschrecken, als ihm klar wurde, daß der Tod seine Hand auch nach diesem Teil des Unterlands ausgestreckt hatte. Auch hier gab es keine anderen Farben mehr als Schwarz und Grau. Über den Felsen lag grauer Staub wie körniger Nebel, und die Luft war trüb. Es war zu warm und zu trocken, und auch hier herrschte jener unangenehme, an Tod und Verfall gemahnende Geruch. Die einzige Bewegung, die er außerhalb der Stadt wahrnahm, war die kleiner tanzender Staubfahnen, die sich manchmal zwischen den Felsen erhoben und vom Wind auseinandergewirbelt wurden. Die einzigen Laute, die er hörte, waren ihre eigenen Atemzüge und jenes dünne, unheimliche Wimmern und Wehklagen, das aus keiner bestimmten Richtung zu kommen schien.

Sie standen lange da und blickten zur Stadt hinüber. So eilig sie es alle gehabt hatten, das letzte Stück des Weges zurückzulegen, so groß war nun ihre Furcht weiterzugehen.

Zu spät, dachte Michael bitter. Sie waren zu spät gekommen. Vielleicht nur um wenige Tage, vielleicht tatsächlich nur um jene Zeit, die er in Wolfs Verlies gesessen und auf die Rückkehr des Zauberers gewartet hatte. Dort drüben in der Stadt mochte es noch Leben geben, aber plötzlich wollte er einfach weglaufen, zu groß war seine Angst, die Stadt zu betreten und vielleicht erkennen zu müssen, daß sie gerade noch zurechtgekommen waren, um dem Sterben ihrer letzten Bewohner zuzusehen.

Aber natürlich machte er nicht kehrt, sondern ging nach einigen Augenblicken weiter, und die anderen folgten ihm. Hendryk und sein Vater gingen dicht neben ihm, und auch die Krieger waren enger zusammengerückt, als suchten sie instinktiv die Nähe der anderen, um sich in der Gemein-

schaft vor der Feindseligkeit dieser Welt, die nicht länger ihre Heimat war, zu schützen.
Sie konnten sich der Stadt nicht auf geradem Wege nähern, der felsige Boden zwang sie immer wieder zu Umwegen, und sie befanden sich gerade in einem kurzen, aber sehr tief eingeschnittenen Hohlweg, dessen Wände sich zu beiden Seiten um mehr als einen Meter über ihre Köpfe erhoben, als plötzlich etwas durch die Luft flog und mit einem lauten Knall auf dem Stein neben dem Mann an der Spitze abprallte. Noch ehe dieser seiner Überraschung überwunden hatte, kam ein zweites Wurfgeschoß herangeflogen und traf ihn diesmal direkt an der Stirn. Stöhnend taumelte er zurück und sank halb bewußtlos zu Boden.
Und plötzlich waren die Wände des Grabens voller Gestalten. Ein Hagel von Steinen prasselte auf sie herab, und kaum eine Sekunde später stürzte sich ein ganzes Dutzend Männer auf die Krieger, die nicht einmal Zeit gefunden hatten, ihre Waffen zu ziehen, sondern sich erschrocken unter dem Steinhagel duckten.
Auch Michael sah einen Schatten auf sich zufliegen und wurde von den Füßen gerissen. Eine riesige Hand legte sich auf sein Gesicht und schnürte ihm den Atem ab, eine andere packte seine wild gestikulierenden Arme und versuchte sie festzuhalten, während sich gleichzeitig ein Knie in seinen Leib bohrte und ihn am Boden festnagelte. Er bekam nicht einmal Luft, um zu schreien.
Einen Augenblick später spürte er, wie ein heftiger Schlag durch den Körper des Mannes ging, der auf ihm hockte. Der erstickende Griff lockerte sich, dann kippte der Angreifer reglos zur Seite und blieb liegen. Sein Gesicht war blutüberströmt, und über Michael stand plötzlich sein Vater, der das Schwert gezogen hatte und es mit beiden Händen führte.
Aber schon war ein neuer Angreifer heran. Sein Vater hob mit einem erschrockenen Laut das Schwert über den Kopf, um einen Hieb aufzufangen, der mit solcher Wucht die

Schwertklinge traf, daß er zurückstolperte. Auch der Angreifer taumelte, von der Wucht seines eigenen Schlages zurückgeworfen, hob seine Waffe, einen mehr als meterlangen Knüppel, durch dessen Ende eine Anzahl spitzer Nägel getrieben war, aber sofort zu einem zweiten Schlag. Vater parierte auch diesen, aber Michael sah, wie sein Gesicht sich vor Schmerz verzerrte, so furchtbar war die Wucht des Hiebes, den er mit seinem Schwert abfing. Ihm blieb keine andere Wahl, als zurückzuschlagen und den Mann zu verletzen oder womöglich sogar zu töten, wollte er nicht selbst getroffen werden.

»Nein!« schrie Michael. »Hört auf!«

Natürlich hörte der Angreifer *nicht* auf, aber Michaels Schrei lenkte ihn für den Bruchteil einer Sekunde ab. Und diese winzige Zeitspanne reichte seinem Vater. Mit einem blitzschnellen Schwerthieb prellte er dem Angreifer die Waffe aus der Hand, sprang auf ihn zu und rammte ihm das stumpfe Ende des Schwertes in den Leib. Der Bursche krümmte sich, fiel nach Atem ringend auf die Knie und stürzte dann ganz zu Boden, als Vater ihm wuchtig die Faust in den Nacken schlug.

Endlich kam auch Michael wieder auf die Beine. Rings um sie herum tobte ein wütendes Handgemenge. Die Angreifer waren den Kriegern zahlenmäßig um mehr als das Doppelte überlegen, aber sie waren keine Krieger, und ihre Waffen waren nur Knüppel, Stuhlbeine oder selbstgebastelte Keulen. Der Überfall hatte Ansons Männer überrascht, doch nachdem sie ihren ersten Schrecken überwunden hatten, setzten sie sich nun erfolgreich zur Wehr.

Michael erkannte jetzt, mit wem sie es zu tun hatten – es waren Männer aus der Stadt, keine Krieger, und obwohl sie mit Entschlossenheit und Wut wettzumachen versuchten, was ihnen an Ausbildung und Geschicklichkeit abging, zahlten sie für ihren Mut doch einen furchtbaren Preis. Zwei von ihnen lagen bereits schwer verwundet oder gar tot am Boden, und die Männer in den schwarzen Mänteln trieben die anderen mit erbarmungslosen Schwerthieben vor sich her. Schon stürzte ein dritter, und es konnte nur noch Augenblicke dauern, bis auch der letzte den tödlichen Klingen zum Opfer gefallen war.

»Hört auf!« rief Michael noch einmal. Tatsächlich kam der Kampf ins Stocken. Die Krieger, aber auch die Männer aus der Stadt sahen ihn erstaunt an, doch dann machte irgendeiner eine hastige Bewegung, und das Handgemenge begann von neuem. Michael schrie noch einmal mit ganzer Kraft, daß sie aufhören sollten, aber seine Worte gingen im Getöse des Kampfes unter.

Es war Hendryk, der es schließlich beendete. Ohne auf seine eigene Sicherheit zu achten, warf er sich mit weit ausgebreiteten Armen zwischen die Kämpfenden. Einer der Angreifer konnte seinen Hieb nicht mehr ganz bremsen. Sein Knüppel traf Hendryks Schulter und warf ihn in die Knie, aber Hendryk kam sofort wieder hoch und riß in einer beschwörenden Bewegung die Arme empor. »Aufhören!« schrie er, so laut er konnte. »Seid ihr von Sinnen? Wir sind es!«

Diesmal wichen die beiden Parteien tatsächlich voreinander zurück. Auf den Gesichtern der Männer aus der Stadt breitete sich Verblüffung aus, aber auch Mißtrauen, und auch Ansons Krieger blieben aufmerksam und gespannt.

Hendryk drehte sich mühsam zu dem knappen Dutzend mit Knüppeln und Stöcken Bewaffneten um. »Habt ihr den Verstand verloren?« rief er. Der Hieb, der ihn getroffen hatte, schien ihm große Schmerzen zu bereiten. »Wieso überfallt ihr uns? Erkennt ihr mich denn nicht?«

Einer der Männer trat vor. Es war ein junger, drahtiger Bursche, an dessen Gesicht sich Michael erinnerte, ohne seinen Namen zu wissen. Er sah Hendryk prüfend an, als müsse er sich sehr genau davon überzeugen, daß das, was er zu sehen glaubte, auch wirklich das war, was er sah. »Du?« murmelte er.

»Wen hast du erwartet?« gab Hendryk gepreßt zurück. »Natürlich bin ich es. Und jetzt antworte endlich: Wieso habt ihr uns angegriffen?«
Der Junge deutete auf die schwarzgekleideten Männer hinter Hendryk. »Wir haben *sie* angegriffen, nicht dich. Was tust du bei diesen Männern? Sie gehören zu Ansons Kriegern!«
»Nicht mehr«, antwortete Hendryk. »Anson ist tot. Diese da sind alle, die übriggeblieben sind. Sie stehen auf unserer Seite. Und jetzt rede endlich! Was geht hier vor?«
Der junge Mann sah ihn durchdringend an, und Michael erkannte in welchem Zwiespalt er sich befand. Er *wollte* ihm glauben, aber er brachte es nicht ganz fertig. Dann löste sich sein Blick von Hendryks Gesicht und fiel auf Michael, und ein neuer Schrecken und neuer Zorn erschien in seinen Augen.
»Du!« stieß er hervor. Er hob den Knüppel, und sofort packten auch die Krieger ihre Schwerter wieder fester.
»Aufhören!« sagte Hendryk scharf. Mit einem raschen Schritt trat er zwischen Michael und die anderen. »Was soll das?!« herrschte er ihn an. »Michael hat mich begleitet. Ohne ihn wäre ich gar nicht hier. Keiner von uns wäre noch am Leben, wenn er nicht wäre!«
»Das glaube ich nicht«, entgegnete der andere. »Das ist der Bursche, der damals hier war. Er und der andere –«
»Er ist es, aber ihr täuscht euch in ihm«, sagte Hendryk. »Was Wolf angeht, hast du recht. Aber Michael hat immer auf unserer Seite gestanden. Wolf hat ihn genauso belogen und ausgenutzt wie uns. Wir sind zurückgekommen, um zu helfen.«
»Das ist nicht wahr«, sagte der andere. Seine Stimme klang jetzt nicht mehr zornig, sondern eher verwirrt. »Vielleicht hat er dich verzaubert. Vielleicht ist er nur zurückgekommen, um zu sehen, ob seine böse Saat aufgegangen ist. Und wer ist der da?«
»Das ist mein Vater«, antwortete Michael, ehe Hendryk et-

was sagen konnte. Obwohl sein Herz vor Furcht klopfte, trat Michael an Hendryk vorbei und auf den hochgewachsenen Jungen zu. »Hendryk sagt die Wahrheit«, sagte er. »Wir haben Wolf besiegt und sind zurückgekommen, um euch zu helfen.«

»Du lügst!« erwiderte der andere zornig. Wieder hob er seinen Knüppel, aber Michael spürte irgendwie, daß er nicht zuschlagen würde.

»Ich sage die Wahrheit«, fuhr er fort. »Und ich kann es beweisen. Hier.« Er griff in seine Tasche und zog den Zauberstein hervor. Und im gleichen Moment, in dem die Männer ihn sahen, verschwand die Feindseligkeit endgültig von ihren Gesichtern. Ihre Augen wurden groß vor Staunen und wohl auch vor Schreck, und einer oder zwei ließen ihre Waffen fallen.

»Das ist der Kristall«, murmelte der Junge. »Das ... das ist Wulfgars Zauberstein!« Er streckte die Hand aus, wie um danach zu greifen, führte die Bewegung aber nicht zu Ende. Ungläubig starrte er erst Michael, dann seinen Vater, schließlich Hendryk und am Ende wieder Michael an.

»Du bringst ihn zurück?«

»Ich hoffe, es ist noch nicht zu spät«, sagte Michael. »Was ist hier geschehen?« Er machte eine weit ausholende Geste mit der Hand. »Was ist mit eurem Land passiert? Was geht hier vor?«

»Es stirbt«, antwortete der andere sehr leise, sehr ernst und sehr traurig. »Das Land stirbt, und wir mit ihm. Manche sind schon tot. Die meisten sind krank, und die es noch nicht sind, werden es bald sein.

»Das werden sie nicht«, widersprach Hendryk heftig. Er deutete auf den Kristall in Michaels Hand. »Wir bringen Wulfgars Stein zurück. Mit seiner Hilfe wird Marlik den Zauber erneuern, der uns am Leben erhält.«

Der andere sah ihn traurig an, dann schüttelte er nur müde den Kopf. »Es ist zu spät«, sagte er. »Selbst wenn die Felder wieder fruchtbar werden und die Quellen wieder fließen, würde das nichts mehr ändern.«

»Was soll das?« herrschte ihn Hendryk an. »Rede nicht so einen Unsinn!«

»Marlik hat es gesagt«, sagte der junge Mann. »Und jeder kann es sehen. Es gehen schlimme Dinge vor, Dinge, die wir nicht verstehen, aber gegen die wir hilflos sind.«

»Schlimme Dinge ...« Hendryk wiederholte die Worte nachdenklich, dann gab er sich einen Ruck. »Wieso habt ihr uns angegriffen?« fragte er.

Der andere deutete auf die Krieger, die mittlerweile in einer Reihe hinter Hendryk und Michael Aufstellung genommen hatten. »Ihretwegen«, sagte er. Plötzlich war in seiner Stimme wieder der alte Zorn. Auch wenn er Hendryk glaubte, daß diese Männer auf ihrer Seite standen, schien doch ihr bloßer Anblick auszureichen, ihn jede Vernunft vergessen zu lassen.

»Du meinst, wegen der anderen Krieger«, sagte Michael vorsichtig.

»Ja. Aber ich traue auch ihnen nicht. Selbst wenn sie euch geholfen haben – sie bleiben Krieger.«

Michael mußte plötzlich an das denken, was Hendryk ihm über die Veränderungen im Unterland erzählt hatte. Es hatte eine Zeit gegeben, in der die Männer in den schwarzen Fellmänteln der einzige Garant für die Sicherheit dieser Welt gewesen waren. Aber diese Zeit war vorbei. Heute waren sie die Feinde dieser Menschen.

»Was haben sie getan?« fragte Hendryk.

»Was Anson ihnen befohlen hat«, erwiderte der andere haßerfüllt. »Nachdem er aufgebrochen war, wurde alles noch schlimmer. Niemand durfte ohne Erlaubnis sein Haus mehr verlassen, niemand durfte es wagen, Kritik an ihnen zu äußern oder auch nur laut auszusprechen, was er wirklich dachte. Am Ende fingen sie an, aus den Familien derer, die ihnen zu laut widersprachen, Geiseln zu nehmen. Und

schließlich haben wir es nicht mehr ausgehalten und sie davongejagt.«
Hendryk sah ihn zweifelnd an.
»Es ist wahr«, sagte der andere. »Es war nicht leicht. Viele sind getötet worden, noch mehr verletzt, aber am Ende haben wir gesiegt. Wir haben sie aus der Stadt gejagt.«
»Wo sind sie jetzt?« fragte Hendryk.
Der Junge machte eine flatternde Handbewegung in die Richtung, aus der sie gekommen waren. »Irgendwo in den Katakomben. Sie haben sich in den Höhlen verkrochen. Wir hätten sie gesucht und gejagt, aber sie haben Gefangene mitgenommen und gedroht, sie zu töten, wenn wir ihnen zu nahe kommen.«
»Gefangene?« Hendryk erschrak. »Was ist mit meiner Schwester? Wo ist Lisa?«
Der andere schwieg einen Moment. Michael konnte die Antwort auf Hendryk Frage in seinem Gesicht lesen, ehe er sie laut aussprach.
»Sie haben sie mitgenommen«, sagte er. »Es tut mir leid. Aber ich glaube nicht, daß sie ihr etwas tun«, fügte er schnell hinzu. »Die Geiseln sind ihr einziges Pfand. Wir würden sie jagen, bis wir auch den letzten von ihnen gestellt und getötet haben würden, wenn sie ihnen etwas zuleide täten. Und das wissen sie.«
Obwohl Michael nur eine Woche hier unten verbracht hatte, hatte er doch gesehen, daß die Bewohner der namenlosen Stadt, ja selbst die meisten von Ansons Kriegern die wohl friedlichsten Menschen waren, denen er jemals begegnet war. Jetzt stand er Männern gegenüber, die von Haß verzehrt waren. Und auch das war Teil der schrecklichen Veränderung, die mit dem Unterland vor sich ging.
Hendryk fing sich mit erstaunlicher Schnelligkeit wieder. »Also gut«, sagte er. »Wir haben später noch Zeit genug, um zu überlegen, was wir tun. Jetzt müssen wir in die Stadt und Marlik den Kristall übergeben. Ihr werdet uns füh-

ren – schon damit wir nicht in einen weiteren Hinterhalt laufen.«
Er wollte sich unverzüglich in Bewegung setzen, aber der Junge hob erschrocken die Hand. »Nein«, sagte er, »diesen Weg können wir nicht nehmen. Dort sind die Ungeheuer?«
Hendryk riß die Augen auf. »Ungeheuer?« wiederholte er. »Was für Ungeheuer?«
»Schreckliche Dämonen«, antwortete der andere. »Sie tauchten auf, als du fort warst. Zuerst waren es nur wenige, aber es werden immer mehr. Sie zerstören alles, was sie finden. Sie würden uns töten. Es gibt keine Gegenwehr gegen sie.«
Eine Weile herrschte betroffenes Schweigen. »Also gut«, sagte Hendryk schließlich. »Dann zeig uns den Weg.«
Sie gingen bis zum Ende des Hohlweges, wichen dann aber in fast rechtem Winkel vom direkten Kurs auf die Straße ab. Es gelang Michael nicht, irgendein System in dem scheinbar willkürlichen Zickzackkurs zu entdecken, den ihr Führer nahm, und wahrscheinlich gab es auch keines; es war kein wirklicher Weg, auf dem sie gingen, sondern einfach eine Route, die sie jede von der Natur und dem Zufall geschaffene Deckung ausnutzen ließ. Sie bewegten sich durch Gräben, schlichen im Schatten gewaltiger Felsen dahin oder liefen schnell und geduckt über kahle Flächen. Einmal krochen sie auf einen entsprechenden Befehl hin sogar ein Stück auf Händen und Knien, obwohl Michael nirgends irgendeine Gefahr entdecken konnte. Es dauerte lange, und ihr Führer wurde auf dem letzten Stück des Weges immer nervöser. Trotzdem sahen sie keines der Ungeheuer, von denen er gesprochen hatte, bis sie die Stadt schließlich erreichten.
Die Straßen der namenlosen Stadt lagen so still und reglos vor ihnen, wie Michael sie nur während der Nacht erlebt hatte. Ein unheimliches Schweigen hatte sich zwischen den Häusern ausgebreitet, und selbst das Heulen des Windes war nicht mehr zu hören. Nirgend regte sich etwas. Die Fenster und Türen der meisten Häuser standen offen, aber obwohl

sie rasch daran vorübergingen, spürte Michael einfach, daß sie leer waren. Flüchtig erinnerte er sich der Bewegung, die er von weitem in den Straßen wahrzunehmen geglaubt hatte, und er war jetzt gar nicht mehr sicher, ob es wirklich Menschen gewesen waren.
Sie näherten sich dem großen Platz im Herzen der Stadt, und kurz bevor sie ihn erreichten, sah Michael den ersten Dämon.
Um ein Haar hatte er laut aufgeschrien und sie damit alle verraten. Ihr Führer wich mit einem raschen Schritt in den Schatten eines Hauses zurück, und auch die anderen suchten hastig Deckung. Michael aber blieb einfach stehen und hätte sich wahrscheinlich auch weiterhin nicht wegbewegt, hätte ihn sein Vater nicht blitzschnell am Arm ergriffen und mit sich durch eine offenstehende Tür gezerrt.
Michael starrte das mehr als zwei Meter große Ungeheuer auf der anderen Seite der Straße fassungslos an. Auch er wußte nicht, was es für ein Wesen war, dem sie da gegenüberstanden – aber es war nicht das erste Mal, daß er es sah. Von weitem und auf den ersten Blick hin hätte man es für einen Menschen halten können. Aber diese Ähnlichkeit beschränkte sich im Grunde nur darauf, daß es einen Leib, einen Kopf und zwei Arme hatte und aufrecht auf zwei Beinen ging. Das Geschöpf war viel muskulöser, als es ein Mensch jemals hätte sein können, dabei aber trotzdem von drahtigem, fast schlankem Wuchs. Seine Haut war rot; nicht von jenem leicht rötlichen Braun, wie es zum Beispiel die Haut eines Indianers gewesen wäre, sondern von einer kräftigen, leuchtenden Farbe, die an frisches Blut oder flüssige Lava erinnerte, und sie schimmerte wie poliertes Metall oder Seide. Sein Gesicht ähnelte dem eines Menschen, aber aus seiner Stirn, direkt über den Augen, wuchsen zwei kurze, gebogene Hörner. Die Hände endeten in furchbaren Krallen, und sie hatten einen zusätzlichen Daumen auf der anderen Seite der Hand, dessen Nagel zu einer rasiermesserscharfen

Klinge geformt war. Das Wesen besaß einen langen, muskulösen Schweif, der in einer schuppigen Quaste endete, mit dem es vermutlich tödliche Schläge auszuteilen imstande war, und es hatte keine Füße, sondern gespaltene Hufe.

Ein Zweifel war gar nicht möglich. Michael sah sich dem Teufel gegenüber.

Oder zumindest *einem* Teufel. Der Gedanke war so unvorstellbar, daß er sich selbst jetzt, als er das Wesen mit eigenen Augen sah, noch immer weigerte, ihn zu akzeptieren, aber es gab keine andere Erklärung: Was er sah, war eine der Dämonenstatuen, die ihm auf dem Weg hier herunter, aber auch in den verbotenen Hallen und drüben in der Felsenburg aufgefallen waren. Diese hier war nicht länger Stein, sondern zum Leben erwacht.

Und mit ihr wahrscheinlich auch alle anderen, dachte Michael entsetzt.»Was ist das?« fragte Vater noch einmal.

Michael antwortete immer noch nicht, aber der Junge, der sie hierhergeführt hatte, kam zurück. Er bewegte sich schnell und geschickt und nutzte dabei jeden Schatten als Deckung aus, so daß das Ungeheuer ihn nicht bemerkte.

»Ich verstehe das nicht«, flüsterte er. »Sie sind noch nie so weit in der Stadt aufgetaucht.« In seinem Gesicht spiegelte sich die Angst. »Heute morgen haben wir ein paar auf den Feldern gesehen, aber bisher haben sie die Nähe der Stadt gemieden. Sie greifen nur einzelne Menschen an, allenfalls kleine Gruppen von zwei oder drei.«

Michael blickte ihn entsetzt an. »Sie greifen euch an?« fragte er ungläubig.

Der andere nickte und hob zugleich die Schultern. »Manchmal«, sagte er. »Niemand weiß, wann oder warum. Manchmal fliehen sie, wenn sie uns sehen, manchmal bleiben sie einfach stehen. Aber ein paarmal haben sie auch angegriffen und ein paar von uns verschleppt. Aber sie haben sich bisher nie hierhergewagt«, wiederholte er.

Zumindest das schien sich drastisch geändert zu haben, denn

er hatte noch nicht ganz zu Ende gesprochen, da entdeckte Michael einen zweiten und fast unmittelbar darauf einen dritten Dämon, die vom anderen Ende des Platzes herankamen. Sie bewegten sich sehr schnell, aber auf eine eigentümliche Weise ungelenk, was sie langsamer erscheinen ließ, als sie in Wirklichkeit waren. Einer von ihnen war mit einem langen metallenen Speer, der in gleich zwei Spitzen endete, bewaffnet. In der Tat erinnerte der Anblick Michael an die vielen Abbildungen, die er in alten Büchern gelesen hatte: der gehörnte Teufel mit Schwanz und Pferdefuß, der mit der Mistforke in der Hand Jagd auf arme Seelen macht. Das Bild der drei Dämonen erzeugte in Michael eine Art Urangst, die so alt war wie die menschliche Rasse und stärker als jede Vernunft und Logik.

Vorsichtig wichen sie ein Stück in die Straße zurück, und nach einer Weile folgten auch Hendryk und die anderen nach. Obwohl den Dämonen die Bewegung so vieler Menschen kaum entgangen sein konnte, reagierten sie nicht darauf. Es schien tatsächlich so zu sein, wie ihr Führer behauptet hatte: sie waren völlig unberechenbar in ihren Reaktionen.

»Was tun wir jetzt?« wandte sich Hendryk an ihren Führer.

Der Junge zuckte hilflos mit den Schultern. »Wir müssen zur Burg«, sagte er. »Aber auf diesem Wege können wir es nicht mehr.«

»Dann umgehen wir den Platz«, bestimmte Hendryk. »Vielleicht gibt es auf der anderen Seite ein Durchkommen.«

Michael sah sich nach Dwiezel um. Das Irrlicht hatte schon so oft geholfen, vielleicht fand es auch jetzt einen Weg, auf dem die Dämonen sie nicht bemerkten. Aber Dwiezel war nicht da. Sosehr er sich auch bemühte, er konnte das kleine Irrlicht nirgends entdecken. Vielleicht hatte es beim Anblick der Ungeheuer die Flucht ergriffen, wahrscheinlicher aber war, daß es nun, da es sein Versprechen eingelöst hatte, sie zurückzubringen, wieder seiner eigenen Wege ging.

Sie taten, was Hendryk vorgeschlagen hatte. In weitem Bogen umgingen sie den großen Platz und versuchten sich der Felsenburg aus einer anderen Richtung zu nähern. Aber auch dieser Versuch scheiterte schon nach kurzer Zeit. Die drei Dämonen, die sie gesehen hatte, waren nicht die einzigen. Es mußten sich Dutzende, wenn nicht Hunderte der blut- und lavafarbigen Ungeheuer in den verlassenen Straßen der Stadt aufhalten. Und die Art, wie sie sich in der Stadt verteilt hatten, schien keine zufällige zu sein. Auf welchem Weg sie es auch versuchten, es gelang ihnen nicht, sich der Burg zu nähern. Jedesmal stießen sie irgendwann auf eines oder auch gleich mehrere der roten Ungeheuer, und schließlich kam es, wie es kommen mußte. Michael, der gerade die Spitze übernommen hatte, ohne es zu wollen oder zu merken, trat ein wenig rasch aus einer Nebenstraße heraus – und sah sich warnungslos einem Dämon gegenüber!

Das Ungeheuer stand keine zwei Meter vor ihm.

Michael stand eine Sekunde wie gelähmt da, als ihn der Blick aus den furchtbaren Augen der Kreatur traf. Wie bei den Ghoulen und den Trollen hatten diese Augen keine Pupillen, und sie leuchteten in einem hellen, orangefarbenen Rot, als wäre der Schädel mit flüssiger Glut gefüllt. Ein trockener, warmer Hauch ging von dem Wesen aus, und Michael nahm einen Geruch wahr, der ihm nicht gänzlich fremd war. Dann erkannt er, daß es nach Schwefel roch. Der Dämon streckte den Arm aus, und Michael erwachte endlich aus seiner Erstarrung. Einen gellenden Schrei auf den Lippen, taumelte er zurück und prallte gegen Hendryk, der hinter ihm aus der Gasse getreten und ebenso überrascht stehengeblieben war. Beide wären gestürzt, wären sie nicht gegen die Wand geprallt. Der Dämon streckte die krallenbewehrte Hand nach Michael aus. Ein tiefes, drohendes Knurren kam aus seiner Brust.

Michael versuchte der zupackenden Klaue auszuweichen, aber das Ungeheuer war unglaublich gewandt. Seine Bewe-

gungen waren rasch, während Michael an unsichtbaren Gummibändern zu hängen schien.
Hendryk warf sich todesmutig zwischen ihn und das Ungeheuer, aber der Dämon fegte ihn einfach zur Seite. Immerhin verfehlte seine Klaue Michael, prallte gegen die Wand und hinterließ zentimetertiefe Furchen im Stein.
Michael stolperte mit einem Schrei zurück und zog den Kopf ein. Er entging auch einem zweiten Hieb, aber die Kralle des Ungeheuers streifte ihn an der Schulter, und schon diese flüchtige Berührung reichte, ihn aus dem Stand zu heben und hilflos zu Boden zu werfen. Irgendwie gelang es ihm, die Arme hochzureißen und so dem Sturz die ärgste Wucht zu nehmen. Schnell wälzte er sich auf den Rücken und versuchte hochzukommen, aber die Zeit reichte einfach nicht aus. Das Ungeheuer war bereits heran. Der zweizinkige Spieß zielte auf sein Gesicht, und Michael konnte sehen, wie sich die gewaltigen Muskeln unter der roten Haut zum tödlichen Stoß spannten. In einer letzten hilflosen Abwehrgeste hob er die Arme und schützte sein Gesicht.
Plötzlich erschien ein Schatten über ihm, eine riesige Gestalt in einem struppigen schwarzen Mantel, die sich breitbeinig über ihm aufbaute und den Spieß des Dämons mit einem Schwerthieb zur Seite schmetterte. Das Ungeheuer wankte, und der Krieger setzte sofort nach und brachte ihm eine tiefe, heftig blutende Wunde an der Schulter bei.
Aber so leicht war der Dämon nicht zu besiegen. Mit einem wütenden Knurren richtete er sich auf und stieß nun mit einem Speer nach dem Krieger, der alle Mühe hatte, den gefährlichen Stößen zu entgehen. Ein zweiter und dritter Krieger erschienen und sprangen ihrem Kameraden bei, aber selbst zu dritt gelang es ihnen lediglich, den Vormarsch des Ungeheuers zu stoppen, nicht, es zu besiegen. Erst als auch die drei anderen Krieger herbeigerannt kamen, begann es langsam zurückzuweichen. Es war mehrmals getroffen worden und blutete aus zahlreichen Wunden, aber diese Verlet-

zungen schienen es weder zu behindern noch seiner Kräfte zu berauben.
Am Ende erwies sich die Übermacht doch als zu gewaltig. Einer der Krieger brachte einen Stich an, der die Brust des Dämons durchbohrte, und das Ungeheuer stieß einen krächzenden Schrei aus, ließ seinen Speer fallen und brach dann langsam in die Knie. Einen Augenblick später kippte es zur Seite und lag dann still.
Michael stand umständlich auf, während die Krieger, das tote Ungeheuer keine Sekunde aus den Augen lassend, als fürchteten sie selbst jetzt noch, daß es erneut zu dämonischem Leben erwachte, vor der Teufelsgestalt zurückwichen. Sein Vater trat neben ihn und erkundigte sich besorgt nach seinem Befinden, aber Michael schüttelte nur den Kopf, ohne ihn anzusehen. Wie hypnotisiert starrte er den Dämon an. Was ihn am meisten erschreckte, war nicht sein Aussehen, sondern sein Blut. Es war rot wie das eines Menschen. Aus irgendeinem Grunde erschreckte ihn das.
Plötzlich ging eine unheimliche Veränderung mit der Teufelsgestalt vor sich. Zuerst dachte Michael, daß sie sich tatsächlich wieder bewege, und auch die Krieger blieben erschrocken stehen und erhoben ihre Waffen wieder. Aber dann sahen sie, daß es nur Täuschung gewesen war, ausgelöst durch die Tatsache, daß der Körper des Dämons seine rote Farbe zu verlieren begann. Der Strom von Blut aus einem Dutzend Wunden versiegte, und gleichzeitig verwandelte sich das Geschöpf wieder in das zurück, was es gewesen war. Und nur Augenblicke, nachdem die unheimliche Veränderung begonnen hatte, lag vor ihnen die lebensgroße steinerne Statue eines toten Dämons. Selbst das Blut, das sich auf den Boden ergossen hatte und an den Schwertern der Krieger klebte, war zu grauem Staub geworden.
»Puh!« sagten Hendryk neben ihm. »Das war knapp.«
Michael drehte sich besorgt herum. »Ist dir etwas passiert?« fragte er.

Hendryk schüttelte den Kopf. »Nein. Aber wenn wir drei oder vier von ihnen begegnet wären, wäre die Sache anders ausgegangen.«
Hendryk hatte es kaum ausgesprochen, als am Ende der Gasse die rote Höllengestalten von weiteren drei Dämonen auftauchten! Die Krieger hoben ihre Waffen und zogen sich hastig ein paar Schritte zurück, und auch das Dutzend Männer in ihrer Begleitung griff wieder nach seinen Knüppeln und improvisierten Keulen. Michael wußte, wie sinnlos ein Kampf war. Sie hatten mit Müh und Not eines dieser Ungeheuer besiegt – und selbst das wahrscheinlich nur, weil es nicht mit so heftigem Widerstand gerechnet hatte. »Zurück!« rief er. »Lauft!«
Diese Aufforderung wäre vielleicht gar nicht mehr nötig gewesen, denn bis auf Hendryk, seinen Vater und ihn selbst hatten sich bereits alle umgedreht und rannten mit weit ausgreifenden Schritten zurück. Aber sie kamen nicht weit. Plötzlich erschienen auch am anderen Ende der Straße zwei gehörnte Gestalten, und die Männer blieben wieder stehen.
Sie saßen in der Falle. Die Straße war so schmal, daß die beiden Dämonen sie leicht aufhalten konnten, und selbst wenn es ihnen gelang, sie in Schach zu halten, wären bis dahin die anderen heran, die zwar nicht rannten, sich ihnen aber mit schnellen Schritten näherten.
»Ins Haus!« sagte Hendryk. Er deutete mit dem ausgestreckten Arm auf eine offenstehende Tür. »Es gibt einen Hinterausgang. Vielleicht entkommen wir ihnen so.«
Hintereinander stürmten sie durch die schmale Tür. Hendryk rannte voraus, denn er schien sich hier auszukennen. Sie durchquerten einen kleinen, behaglich eingerichteten Wohnraum, der wie der Rest des Gebäudes leer war, stürmten durch einen kurzen Korridor und eine verlassene Küche, und fanden sich tatsächlich auf einem winzigen ummauerten Innenhof wieder. Hendryk rannte, ohne zu zögern, weiter und auf eine Tür auf der gegenüberliegenden Seite zu. Sie

rannten hindurch, durchquerten das Haus in umgekehrter Richtung und gelangten schließlich in eine weitere schmale Gasse. Sie war leer – aber blieb es nicht lange.
Kaum hatte der letzte Mann das Haus verlassen, da erschien auch am Ende dieser Straße eine Gestalt in der Farbe der Hölle. Als der Dämon sie sah, hob er seinen Spieß und stieß einen schrillen, weithin hörbaren Ruf aus.
Die wilde Flucht ging weiter. Sie rannten bis zum Ende der Straße, sahen auf der rechten Seite zwei Dämonen auftauchen und wandten sich in die entgegengesetzte Richtung. Auch die nächste Straßenkreuzung war versperrt. Aus gleich drei Richtungen näherten sich ihnen Gestalten mit Spießen und gewaltigen Keulen, so daß sie abermals Schutz in einem Haus suchten und es auf der Rückseite wieder verließen.
Diesmal waren sie allein, aber Michael hörte die schrillen, trällernden Schreie der Dämonen, offensichtlich Laute, mit denen sie sich verständigten. Sie schienen aus allen Richtungen zugleich zu kommen. Und vor allem: sie kamen *näher*.
Und es war ihnen tatsächlich nur eine winzige Atempause gegönnt. Schon tauchten die nächsten Ungeheuer auf, und die verzweifelte Flucht ging weiter.
Die Stadt schien von den zum Leben erwachten Statuen zu wimmeln, und wahrscheinlich machten sie jetzt alle gemeinsam Jagd auf sie. Im Laufen sah er sich um und entdeckte schon wieder einen Dämon hinter sich. Das Wesen rannte nicht, aber es bewegte sich mit großen, weit ausgreifenden Schritten weiter, und was er und seine Begleiter ihnen an Schnelligkeit vielleicht überlegen waren, das machten die Dämonen an Zahl und Kraft hundertmal wieder wett.
Schließlich kam es so, wie Michael befürchtet hatte. Verfolgt von fünf oder sechs der gehörnten Bestien, stürmten sie blindlings in eine Seitenstraße – und sahen sich einer unübersteigbaren, zwei Stockwerke hohen Wand gegenüber!
Michael blieb mit einem enttäuschten Laut stehen, wandte sich um und wollte zurückrennen. Aber es war zu spät. Die

Dämonen hatten den Eingang der Gasse erreicht. Es waren fünf, und dahinter konnte Michael zwei oder vielleicht auch weitere drei heraneilen sehen. Sie saßen in der Falle!
Auch ihre Verfolger schienen dies zu begreifen, denn sie hielten für einen Moment an und warteten, bis die anderen nachgekommen waren. Während sich Michael und die übrigen Schritt für Schritt zurückzogen, bis sie dichtgedrängt vor der Mauer am Ende der Gasse standen, betrachteten die Ungeheuer sie abschätzend aus ihren schrecklichen glühenden Augen. Offensichtlich waren sie nicht dumm. Sie wußten, daß sie ihren Gegnern überlegen waren, schienen aber auch die Gefahr zu spüren, die von deren Waffen ausging. Insbesondere die sechs Krieger hatten sich vor Michael und den anderen zu einer Kette aufgereiht und ihre Schwerter gezogen. Michael konnte ihre Angst sehen, spürte aber zugleich auch ihre Entschlossenheit.
»Das war's wohl«, flüsterte Michaels Vater. Er zog ebenfalls sein Schwert. »Verdammt, ich hätte nicht gedacht, daß es nach all der Zeit *so* zu Ende gehen würde.«
Michael verstand den Sinn dieser Worte nicht ganz, aber sein Vater sagte nichts mehr, trat entschlossen vor und nahm einen Platz in der Reihe der Krieger ein.
Ganz langsam rückten die Dämonen näher. Ihre Zahl war auf acht angewachsen, und alle waren sie bewaffnet; die meisten mit den großen, zweizinkigen Forken, einer auch mit einer schrecklichen Keule und ein anderer mit einem Schwert, dessen Klinge gezahnt war wie die eines Sägemessers. Sie kamen sehr langsam näher, noch fünf Schriftt trennten sie von den Kriegern, dann vier, drei – und plötzlich blieben sie wieder stehen. Zwei oder drei wandten den Kopf und blickten zum Ende der Gasse zurück, und als Michael in die gleiche Richtung sah, gewahrte er weitere zwei gehörnte Gestalten, die sich von dort näherten. Aber sie gingen nicht langsam, sondern *rannten.* Blitzartig wurde Michael klar, daß sie *flohen.*

Hinter ihnen sprengte ein Trupp von sicherlich einem Dutzend Reitern heran. Die Männer saßen auf den großen, knorrigen Maultieren, die hier unten die Stelle von Pferden einnahmen, waren mit Schilden, Speeren und Schwertern bewaffnet, und drei oder vier von ihnen hielten große Bögen in den Händen, mit denen sie auf die Dämonen schossen. Die meisten Pfeile verfehlten ihr Ziel, aber eines der flüchtenden Ungeheuer wurde doch getroffen und zu Boden geschleudert. Die Verletzung konnte nicht schwer sein. Der Dämon riß den Pfeil aus seinem Arm und sprang wieder auf, doch in diesem Moment waren die Reiter heran und ritten ihn einfach über den Haufen. Der Dämon verschwand mit einem Schrei unter den wirbelnden Hufen der Mulis, und nur eine Sekunde später schwirrte eine zweite Salve von – diesmal besser gezielten – Pfeilen von dem Bogen und tötete auch den zweiten Dämon.

»Jetzt!« schrie Michaels Vater. *»Greift an!«* Er riß sein Schwert hoch über den Kopf und stürmte los, und die sechs Krieger folgten seinem Beispiel. Mit dem Mut der Verzweiflung warfen sie sich auf die gigantischen roten Ungeheuer, die die Gasse vor ihnen blockierten, und der ungestüme Angriff ließ die Dämonen tatsächlich zurückweichen. Das plötzliche Auftauchen der neuen Gegner schien die Ungeheuer völlig verwirrt zu haben. Im ersten Moment machten sie nicht einmal den Versuchen, sich zu wehren, so daß zwei von ihnen bereits tödlich getroffen am Boden lagen, ehe die anderen auch nur an Widerstand dachten. Insbesondere Michaels Vater wütete wie ein Berserker. Ein Dämon fiel unter einem gewaltigen Schwerthieb, der einen menschlichen Gegner vermutlich in zwei Hälften gespalten hätte, und noch bevor er ganz zu Boden stürzte, fuhr Michaels Vater herum und trieb einen anderen mit so wütenden Hieben und Stößen vor sich her, daß das Ungeheuer all seine Kraft und Geschicklichkeit aufwenden mußte, um nicht ebenfalls getroffen zu werden.

Mittlerweile hatten auch die ersten Reiter den Kampfplatz erreicht. Die Männer warfen ihre Bögen fort und stachen mit ihren Speeren und Schwertern auf die Dämonen ein. Die Ungeheuer wehrten sich verzweifelt. Ein Maultier, von einem Krallenhieb getroffen, der seine ganze Flanke aufgerissen hatte, bäumte sich mit einem schrillen Kreischen auf und warf seinen Reiter ab, ein anderer Reiter wurde von einer Lanze durchbohrt und aus dem Sattel geworfen. Aber die Übermacht war zu groß. Der Kampf dauerte nur einige Augenblicke. Einer nach dem anderen sanken die Dämonen zu Boden, und was Michael schon einmal beobachtet hatte, wiederholte sich: im Tod erlosch der unheimliche Zauber, der aus steinernen Figuren lebende Wesen gemacht hatte.
Michael sah sich nach seinem Vater um. Er entdeckte ihn auf der anderen Seite der Gasse, erschöpft auf den Griff seines Schwertes gestützt und aus einem üblen Schnitt an der Schläfe blutend, ansonsten aber offenbar unverletzt. Und noch ehe er zu ihm gehen konnte, hörte er, wie jemand überrascht seinen Namen rief. Er hob den Blick – und riß erstaunt die Augen auf. Er hatte den Reiter, der den Trupp anführte, nicht erkannt. Alles war ja viel zu schnell gegangen. Aber jetzt sah er, daß es Erlik war, der greise König des Unterlands. Er trug ein schwarzes Kettenhemd, Bein- und Armschienen und einen wuchtigen Helm, und in der rechten Hand hielt er ein Schwert, auf dessen Klinge grauer Staub glitzerte.
»Du?« murmelte Erlik. Michael hier zu sehen war wohl das allerletzte, was er erwartet hatte.
Michael trat einen Schritt auf ihn zu. »Ich bin zurückgekommen, um –« begann er, aber Erlik hatte seine Überraschung bereits überwunden und unterbrach ihn mit einer hastigen Geste.
»Jetzt nicht!« sagte er. »Hörst du?«
Er machte eine entsprechende Bewegung, und jetzt hörte

Michael den Chor schriller, trällernder Pfiffe und Rufe, der sich rasch näherte.
»Sie kommen«, fuhr Erlik fort. »Schnell!«
Die Reihe der Reiter teilte sich, und Michael sah erst jetzt, daß die Männer mehr als ein Dutzend gesattelter, aber reiterloser Mulis mitgebracht hatten. »Steigt auf!« sagte Erlik hastig. »Sie müssen gleich hier sein. Wir können sie nicht aufhalten. Es sind zu viele!«
So rasch sie konnten, rannten sie zu den Maultieren und stiegen in die Sättel. Michael stellte sich nicht besonders geschickt dabei an, aber die Angst glich aus, was ihm an Behendigkeit fehlte, und er saß noch nicht ganz im Sattel, da griff einer der Reiter nach dem Zaumzeug seines Mulis und riß es grob herum, so daß er um ein Haar gleich wieder abgeworfen worden wäre. Sie sprengten los. Als sie auf die Hauptstraße hinausritten, tauchten zwei Dämonen vor ihnen auf, aber das kleine Heer, dem sich diese jäh gegenübersahen, schien sie zu erschrecken. Hastig zogen sie sich wieder zurück und ließen sie passieren. Michael sah, wie einer mit dem Speer nach den vorübergehenden Reiter zu stoßen versuchte, dabei aber kein Glück hatte, dann galoppierten sie zwischen den Häusern hervor und auf den Marktplatz hinaus.
Der Platz war voller Dämonen. Es mußten weit über hundert sein, die sich aus allen Richtungen näherten, und sie bewegten sich unglaublich schnell. Die Mulis griffen noch rascher aus, als spürten sie die tödliche Gefahr, in der ihre Reiter und auch sie schwebten, aber der Kreis aus roten, gehörnten Gestalten zog sich mit entsetzlicher Schnelligkeit zusammen, und Michael begriff, daß sie es nicht schaffen würden. Die Männer ritten die ersten zwei oder drei Dämonen, die sich ihnen in den Weg zu stellen versuchten, einfach nieder, aber von überallher stürmten weitere Ungeheuer auf sie zu.
Dann plötzlich öffnete sich das Tor der Felsenburg, und eine ganze Armee bewaffneter Gestalten strömte ins Freie. Hinter den Zinnen des riesigen Gebäudes erschienen Bogenschüt-

zen. Pfeile und Speere senkten sich wie schwarzer tödlicher Regen auf die Dämonen nieder, und wieder kam der Vormarsch der Ungeheuer ins Stocken.
»*Weiter!*« schrie Erlik.
Noch einmal spornten sie ihre Mulis an, und das Wunder, mit dem Michael kaum noch zu rechnen gewagt hatte, geschah. Die Männer, die ihnen zu Hilfe gekommen waren, bildeten eine lebende Gasse, durch die sie hindurchsprengten und aus der den Dämonen ein solcher Wald von Speerspitzen und Schwertern entgegenstarrte, daß sie es nicht wagten anzugreifen. Augenblicke später sprengten sie durch das große Tor hinein in die Felsenburg und waren in Sicherheit.

Michael war so erschöpft, daß ihm jemand dabei helfen mußte, vom Rücken des Mulis zu steigen. Er zitterte am ganzen Leib, und das Gefühl, in Sicherheit und der Gefahr entronnen zu sein, wollte sich nicht einstellen. Er bemerkte gar nicht richtig, daß ihm jemand ansprach, ein paarmal dieselbe Frage stellte und dann mit einem Achselzucken aufgab und davonging. Der große Hof hallte wider vom Lärm und von den aufgeregten Stimmen der Männer, vom Schnauben der Mulis und vom nervösen Getrappel der harten Hufe auf dem Boden. Von draußen drang das Getöse der Schlacht herein, aber die Männer zogen sich nun, da ihr König und die anderen sich in Sicherheit befanden, wieder in die Burg zurück, woraufhin sich das riesige Tor mit einem dumpfen Knall wieder schloß.
Michael fand erst wieder zu sich selbst zurück, als jemand ein paarmal seinen Namen aussprach. Müde hob er den Kopf und blickte in Erliks Gesicht. Der König des Unterlands hatte den Helm abgenommen und das Schwert wieder in den Gürtel geschoben. Der Blick, mit dem er Michael ansah, war sonderbar. Überraschung spiegelte sich darin, Unglauben, Erleichterung – aber auch ein deutliches Mißtrauen, und noch etwas, was Michael beinahe angst machte. Trotzdem war seine erste Frage: »Bist du verletzt?«
Michael schüttelte den Kopf. »Nein«, sagte er. »Das war Rettung in letzter Sekunde! Wenn Sie nicht zufällig gekommen wären –«
»Das war kein Zufall«, unterbrach ihn Erlik. »Wir haben vom Turm aus gesehen, was geschah, und sind sofort losgeritten. Wieso bist du zurückgekommen?«
Diese Frage kam so direkt, daß Michael sie im ersten Moment gar nicht beantwortete, sondern Erlik nur verwirrt ansah. Der König war nicht allein gekommen. Rechts und links

von ihm standen zwei der Männer, die ihn auch draußen begleitet hatten, und *sie* hatten ihre Waffen nicht eingesteckt. In ihren Gesichtern war sehr viel weniger Überraschung zu sehen als in dem des Königs, dafür viel mehr Mißtrauen, Zorn und auch Haß.

»Brauchst du Zeit, um dir eine passende Ausrede einfallen zu lassen?« fragte Erlik kalt, als Michael auch nach ein paar Sekunden nicht antwortete.

»Nein«, antwortete Michael. »Ich bin hier, um euch zu helfen.«

Erlik sah ihn nur an, aber der Mann zu seiner Rechten sagte zornig: »Danke. Ich glaube nicht, daß wir noch mehr von deiner Hilfe brauchen. Als du das letzte Mal hier warst, hast du schon mehr als genug getan.«

Die Worte taten weh, um so mehr, als zumindest ein Kern von Wahrheit darin enthalten war. Immerhin, er *hatte* Wolf geholfen, hierherzukommen und auch wieder zu fliehen, und ohne ihn wäre es diesem niemals möglich gewesen, den Zauberstein zu stehlen.

»Aber ich bin wirklich zurückgekommen, um euch zu helfen«, sagte er. »Ich wußte ja nicht, was passiert war. Ich ... ich hatte alles vergessen. Erst als Hendryk erschien und mir das Tagebuch gab, fing ich wieder an, mich zu erinnern. Wäre es anders gewesen, wäre ich viel früher gekommen.«

»So?« fragte Erlik leise. »Und du glaubst, das reicht?« Erlik schüttelte müde den Kopf, und als er weitersprach, war seine Stimme leiser und klang traurig. »Ich habe dir einmal geglaubt, Michael. Ich habe dir vertraut, und du siehst, was danach geschehen ist. Woher soll ich wissen, daß du nicht auch jetzt nur gekommen bist, um neues Unglück über uns zu bringen – Vielleicht sogar, ohne es selbst zu wissen oder zu wollen?«

Michael wollte antworten, aber in diesem Moment erscholl eine andere Stimme.

»Der Junge sagt die Wahrheit.«

Hinter ihm stand Marlik. Der Zauberer blickte seinen Bruder und dessen Begleiter durchdringend an, dann sagte er noch einmal: »Er sagt die Wahrheit, glaubt mir«, und wandte sich schließlich an Michael. Er lächelte, es war ein Lächeln, so traurig und voller Bitterkeit wie das seines Bruders, dem aber der Vorwurf und der mühsam zurückgehaltene Zorn, den er in Erliks Augen gelesen hatte, fehlte.
»Du bist also tatsächlich zurückgekommen«, sagte er. »Ich hätte nicht gewagt, es wirklich zu hoffen. Aber du bist hier.« Er schwieg eine Sekunde, und etwas in seinem Blick änderte sich. Es dauerte einen Moment, bis Michael begriff, daß er plötzlich Angst hatte weiterzusprechen. Vielleicht weil er befürchtete, eine Antwort zu hören, die auch seine letzte verzweifelte Hoffnung zunichte machte. »Hast du getan, worum ich dich bitten ließ?«
Statt zu antworten, griff Michael in die Tasche und zog den Kristall hervor. Marliks Augen leuchteten auf, aber auf seinem Gesicht zeigte sich keine Regung. Dafür erscholl hinter Michael ein überraschter Ruf.
»Der Stein!« sagte Erlik. »Das . . . das ist Wulfgars Zauberstein!«
Plötzlich wurde es sehr still. Die Worte des Königs waren in weitem Umkreis gehört worden, und jedes Gespräch verstummte. Obwohl Michaels Blick weiter fest auf Marliks Gesicht geheftet blieb, spürte er doch voller Unbehagen, wie sich plötzlich aller Aufmerksamkeit auf ihn konzentrierte.
»Ich habe ihn zurückgebracht«, sagte er. Er streckte Marlik die Hand mit dem Kristall entgegen, aber der Zauberer machte keine Anstalten, ihn zu nehmen.
»Vielleicht wird jetzt alles wieder gut«, fuhr Michael fort.
Marlik schwieg noch immer. Irgend etwas ging in seinem Blick vor, das Michael nicht verstand und das ihn verwirrte. Er hatte nicht damit gerechnet, daß ihm der Zauberer vor Freude um den Hals fallen würde, aber er hatte doch Er-

leichterung erwartet. Marlik sah jedoch eher beunruhigt aus, beinahe enttäuscht – und immer noch so traurig wie zuvor.
»Und ... der andere?« fragte er schließlich. »Wolf?«
»Er ist tot.« Es war sein Vater, der auf die Frage antwortete. Zusammen mit Hendryk war er herangekommen, hatte aber bisher nichts gesagt, sondern schweigend zugehört, während Michael mit dem Zauberer sprach. Jetzt trat er einen Schritt vor und deutete ungeduldig auf den Kristall. »Und jetzt nimm dieses Ding und versuche, das Schlimmste zu verhindern. Vielleicht ist es noch nicht zu spät.«
Marlik machte immer noch keine Anstalten, nach dem Kristall zu greifen. Er sah auf, blickte Michaels Vater für die Dauer eines Atemzuges nachdenklich an und fragte: »Wer sind Sie?«
»Das ist mein Vater«, sagte Michael.
Zum ersten Mal sah er eine Spur von Überraschung in Marliks Augen. »Dein Vater?«
»Ja«, antwortete Michael und schüttelte den Kopf. »Oder nein, eigentlich nicht ... Das ist eine komplizierte Geschichte. Er ist es, aber er ist es auch wieder nicht. Ich erkläre es dir, aber nicht jetzt. Vater hat recht: vielleicht ist es noch nicht zu spät. Jetzt, wo der Stein wieder hier ist, können wir eure Welt vielleicht retten.«
Noch einmal sah Marlik ihn auf diese sonderbar beunruhigende Weise an, dann gab er sich einen sichtbaren Ruck. »Vielleicht habt ihr recht«, sagte er und wandte sich um. »Folgt mir.«
Sie durchquerten den großen Hof und näherten sich der Treppe, und während sie es taten, sah Michael sich zum ersten Mal aufmerksam um. Außer den Reitern, die Erlik begleitet hatten, und den Männern, die zu ihrem Schutz herausgekommen waren, hielt sich noch eine große Anzahl weiterer Menschen hier auf – nicht nur Männer, sondern auch Frauen und sogar einige ältere Kinder, die ausnahmslos bewaffnet waren. Wie es schien, hatte sich die gesamte Bevölke-

rung des Unterlands in die Felsenburg zurückgezogen. Und er entdeckte noch etwas, was ihn im Moment aber eher erleichterte als erschreckte: Die Dämonenstatuen waren verschwunden. In den Nischen, in denen sie gestanden hatten, befanden sich jetzt nur noch die leeren steinernen Sockel.
Zusammen mir Erlik und dessen beiden Begleitern gingen sie die Treppe hinauf und betraten Marliks Laboratorium. Der Raum hatte sich verändert. Er wirkte noch chaotischer und unaufgeräumter als damals, als Michael hiergewesen war, und man sah, daß der Zauberer lange Zeit offensichtich sehr beschäftigt gewesen war.
Marlik führte ihn in den kleinen Nebenraum, wo er den Zauberstein damals zum ersten Mal gesehen hatte. Mit einer entsprechenden Geste deutete er auf das Regal, auf dem der Kristall damals gelegen hatte, und Michael legte den Stein an seinen Platz zurück. Ganz instinktiv wartete er darauf, daß etwas geschehe oder Marlik irgend etwas täte, aber der Zauberer nickte nur und wollte sich dann umwenden, um das Zimmer wieder zu verlassen.
»Aber wollen Sie denn ... nichts tun?« murmelte Michael verwirrt.
Marlik blieb stehen. »Aber was denn?« fragte er.
»Nun, Sie ...« Michael suchte nach Worten. »Ich ... ich dachte, Sie würden ...«
»Was?« unterbrach ihn Marlik. Er klang sehr traurig. »Die Hand auf den Stein legen und einen Zauberspruch aufsagen, damit alles wieder so ist, wie es war?« Er schüttelte den Kopf. »So funktioniert die Magie nicht, Michael. Und selbst wenn es ginge, ich wüßte nicht, wie ich es tun sollte. Erinnerst du dich, was ich dir über diesen Stein erzählt habe?«
Michael nickte.
»Es ist ein Gegenstand von gewaltiger magischer Macht« fuhr Marlik fort. »Aber niemand kennt die wahre Natur dieser Macht. Sowenig, wie ich weiß, was aus unserer Welt hier genommen wurde, als Wolf ihn fortnahm, sowenig weiß ich,

wie ich es zurückbringen kann. Niemand hat je das Geheimnis dieses Steines ergründet. Es gab nur einen einzigen Menschen, der um seine Zauberkraft wußte, und der hat das Geheimnis mit in sein Grab genommen.«
Michael war enttäuscht. Aber was hatte er erwartet? Daß er den Zauberstein einfach nur zurückzubringen brauche, um alles ungeschehen zu machen? Daß Marlik nur mit den Fingern schnippen und einen Zauberspruch aufsagen müsse, um das Leben wieder ins Unterland zurückkehren zu lassen?
»Vielleicht ... reicht es ja, wenn er einfach hier ist«, murmelte er.
»Ja, vielleicht«, sagte Marlik. »Aber vielleicht ist es auch schon zu spät?«
»Soll das heißen, daß alles umsonst war, was wir getan haben?« fragte Michaels Vater.
»Nichts, was Menschen aus Hoffnung tun, ist umsonst«, erwiderte Marlik. »Ich werde versuchen, die Magie dieses Steines zu ergründen, doch ich weiß nicht, ob es mir gelingt oder ob die Zeit reicht.« Er warf dem Stein einen letzten nachdenklichen Blick zu, dann drehte er sich vollends zu Michael und seinem Vater um und deutete auf die Tür. »Gehen wir nach nebenan, dort redet es sich besser. Ihr müßt uns erzählen, was geschehen ist. Was Wolf getan hat, und wie es euch gelungen ist, ihn zu besiegen.«
Hendryk, die beiden Krieger und der König warteten im Nebenzimmer auf sie. Hendryk hatte offensichtlich schon begonnen, von ihren Abenteuern zu erzählen, und Erlik und die beiden anderen lauschten ihm gespannt. Aber er brach sofort ab, als sie hereinkamen, und auch Erlik wandte seine Aufmerksamkeit nun Michael zu.
»Hendryk hat mir bereits erzählt, was wirklich geschehen ist«, sagte Erlik. »Was ich vorhin unten in der Halle gesagt habe, tut mir leid. Aber du mußt das verstehen.«
»Das tue ich«, sagte Michael, und die Worte klangen so ehrlich und überzeugt, daß Erlik das Thema damit offensichtlich

für erledigt betrachtete, zumindest für den Moment. Mit einem Lächeln deutete er auf den großen Tisch am Fenster, ging voran und nahm auf dem Stuhl an seinem Kopfende Platz. Die anderen folgten ihm und setzten sich ebenfalls, und nach einem letzten ermunternden Nicken des Königs begann Michael zu erzählen.

Er brauchte lange und gab sich Mühe, nicht die winzigste Kleinigkeit auszulassen. Er beschönigte nichts und erzählte auch Dinge, die ihm unangenehm waren, und sowohl Erlik als auch sein Bruder unterbrachen ihn kein einziges Mal, tauschten aber mehrmals erstaunte oder auch erschrockene Blicke, vor allem als Michael von Wolf berichtete und von den Zauberkräften, über die er verfügt hatte. Es wurde sehr still, als er endlich mit seinem Bericht zu Ende gekommen war, und es blieb auch so eine ganze Weile lang.

»Also bist du einer von uns«, sagte Erlik schließlich in das immer unangenehmer werdende Schweigen hinein.

Michael fuhr sich nachdenklich mit dem Handrücken über das Kinn. *Einer von uns.* Wie das klang. Er hatte bisher kaum Zeit gefunden, wirklich über diese Frage nachzudenken. »Ich bin hier geboren, das stimmt«, begann er vorsichtig. »Aber ob ich hierhergehöre . . .« Er hob den Blick, sah den König und danach den alten Zauberer an. »Ich weiß es nicht«, gestand er.

Erlik wirkte ein bißchen enttäuscht, aber sein Bruder schien genau das erwartet zu haben.

»Vielleicht gehöre ich nirgendwohin«, sagte Michael leise.

Die Worte klangen so bitter und so voller Trauer, daß Marlik die Hand ausstreckte und die seine ergriff. Michael gab sich Mühe, nicht zurückzuschrecken. Die Berührung war im ersten Moment beinahe unangenehm, denn Marliks Haut war trocken und so rauh wie Sandpapier. Aber zugleich überkam ihn ein Gefühl des Trostes und der Geborgenheit, so daß er dem alten König ein dankbares Lächeln zuwarf.

»Was ist hier unten passiert, seit Michael fortgegangen ist?«

fragte sein Vater. Er räusperte sich verlegen. Offensichtlich hatte er die Frage nur gestellt, weil er spürte, daß das Gespräch ins Stocken zu geraten drohte.
Marlik zog seine Hand zurück, und Erlik richtete sich ein wenig auf.
»Viel«, sagte Erlik, »und nichts davon war gut.« Er deutete auf Hendryk. »Hendryk hat euch ja schon das meiste erzählt. Aber nach seinem Weggang wurde es noch schlimmer. Ansons Männer terrorisierten uns, bis wir es nicht mehr aushielten und selbst zur Waffe griffen. Doch auch danach wurde es nicht besser. Sie zogen sich in die Katakomben zurück, und von dort aus griffen sie uns an, wo immer sie eine Gelegenheit dazu fanden.«
»Was ist mit Lisa?« mischte sich Hendryk ein. »Und mit meinen Eltern?«
»Deine Eltern sind hier bei uns in Sicherheit«, sagte Erlik. »Deine Schwester ist bei ihnen. Sie halten sie und einige andere als Geiseln.« Er hob beruhigend die Hand, als Hendryk auffahren wollte. »Keine Sorge. Sie werden ihr nichts zuleide tun. Welchen Wert hat eine Geisel, wenn man sie tötet?«
Bei der Erwähnung von Hendryks Eltern – die ja genaugenommen auch die seinen waren – beschlich Michael ein eigenartiges Gefühl. Er versucht einen Blick mit Hendryk zu tauschen, der ihm signalisieren sollte, daß er zumindest im Moment noch nicht über dieses Thema reden wolle. Logisch betrachtet, war es dafür natürlich viel zu spät. Er selbst hatte ja soeben die ganze Geschichte erzählt und dabei auch das, was sein Vater ihm über das Geheimnis seiner Herkunft verraten hatte, nicht ausgelassen. Trotzdem waren alle taktvoll genug, so zu tun, als wüßten sie von nichts. Obwohl Michael sich für den Gedanken fast schämte, hatte er einfach Angst davor, Hendryks Eltern gegenüberzutreten, jetzt, da er wußte, wer sie wirklich waren.
Eine Bewegung am Fenster ließ ihn aufsehen. Dwiezel kam hereingeflattert. Das kleine Irrlicht zog einen Kreis über

ihren Köpfen, setzte sich auf die Kante eines Regalbrettes und ließ die Beine herabbaumeln. Es sagte nichts, und außer Michael schenkte ihm auch niemand mehr als einen flüchtigen Blick. Der Anblick eines Irrlichts war hier nichts Besonderes, nicht mehr, als es in Michaels Heimat der eines Vogels gewesen wäre.
Erlik räusperte sich. »Ansons Krieger sind nicht einmal unser schlimmstes Problem«, sagte er, das Gespräch wieder in seine ursprünglichen Bahnen zurücklenkend. »Was sie getan haben, ist schlecht, aber wir dürfen sie nicht verurteilen. Vielleicht können sie nicht anders. Sie sind Krieger, die niemals gelernt haben, anders zu denken, als so, wie sie es nun einmal tun.« Er schüttelte traurig den Kopf und seufzte. »Ich bin sogar sicher, daß sie ihre Befehle vergessen und uns zu Hilfe eilen würden, wenn sie wüßten, was hier geschieht.«
»Sie wollen mir doch nicht im Ernst erzählen, daß sie dort draußen in ihren Höhlen hocken und keine Ahnung von dem haben, was hier bei euch vorgeht«, mischte sich Michaels Vater ein. Sein spöttischer Ton ließ auch jede Spur von Respekt vermissen, was ihm einen strafenden Blick des Bewaffneten neben Erlik einbrachte.
Der alte König aber nickte nur, und ein verzeihendes Lächeln breitete sich für eine Sekunde auf seinen faltigen Zügen aus. »Aber vielleicht ist es genau so«, sagte er. »Es ist erst wenige Stunden her, daß die Dämonen hier bei uns in der Stadt aufgetaucht sind, bisher haben wir sie nur selten zu Gesicht bekommen, stets nur draußen in den Höhlen, weit fort von unseren Mauern. Erst heute morgen erschienen die ersten Ungeheuer in unseren Straßen. Die Menschen flohen hierher in die Burg, dem einzig sicheren Platz in der Stadt. Im Augenblick sind wir hier in Sicherheit, denn die Mauern dieses Gebäudes sind fest, seine Tore stark. Aber wenn sie uns angreifen, weiß ich nicht, wie lange wir uns halten können.« Er breitete die Hände auf dem Tisch aus. »Wir haben Waffen, aber wir sind keine Krieger.«

Dieser Einschätzung konnte Michael nur beipflichten. Er erinnerte sich gut an den kurzen Kampf am Morgen. Das Dutzend junger Männer hatte keine sehr gute Figur gegen Ansons Krieger gemacht.

»Vielleicht liegen die Dinge jetzt anders«, sagte der Mann neben Erlik plötzlich. Sein Blick richtete sich auf Michael.

»Was meinst du damit, Jan?« fragte Marlik.

Der mit Jan Angesprochene schwieg noch ein paar Sekunden und sah dabei unverwandt Michael an. »Habt ihr vergessen, was der Junge gerade erzählt hat?« fragte er. »Er verfügt über Zauberkräfte. Zumindest weiß er, wie die Magie von Wulgars Zauberstein zu nutzen ist.«

»Niemals!« sagte Michael impulsiv. Die Worte des Mannes hatten ihn bis ins Innerste erschreckt. Er hatte offenbar zu scharf weitergesprochen, denn Jan sah ihn ärgerlich an. In etwas gemäßigterem, aber immer noch sehr entschlossenem Ton fuhr er fort: »Außerdem wüßte ich gar nicht, was ich tun sollte. Ich verstehe nichts von Zauberei.«

»Was du vorhin erzählt hast, hörte sich anders an«, sagte Jan.

»Aber das war nicht ich!« protestierte Michael. »Das war immer nur Wolf, versteht doch! Ich war nur ...« Er suchte nach Worten. »Nur ein Werkzeug für ihn. Er hat mich benützt, das ist alles. Ich könnte nichts mit dem Kristall anfangen. In meinen Händen ist er nur ein wertloser Stein. Und selbst wenn ich seine Magie entfesseln könnte, würde ich damit nur Schaden anrichten!«

Er war nicht einmal sicher, ob das die Wahrheit war. Wolf hatte ihn nicht von ungefähr ausgesucht. Vielleicht – wenn er Zeit genug hätte und kundige Hilfe, zum Beispiel von Marlik – würde es ihm tatsächlich gelingen, die Geheimnisse des Steines zu ergründen. Aber er hatte weder genug Zeit, noch würde Marlik ihm dabei helfen, die finsteren Kräfte jener uralten Magie zu entfesseln.

Aber das war nicht einmal das entscheidende. Wichtig war etwas ganz anderes: Er wußte, daß die Magie dieses Steines auf keinen Fall als *Waffe* mißbraucht werden durfte. Sie vermochte zu zerstören, das hatte er ja bei Wolf mehr als einmal gesehen. Aber er wußte auch, daß, wenn er sich ihrer bediente, er der zerstörerischen Magie des Kristalls nie wieder Herr werden würde. Vielleicht würde sie die Dämonen vernichten, aber sie würde auch ihn verzehren, ihn zu einem seelenlosen Etwas machen, und vielleicht nicht nur ihn, sondern alle hier.

»Du hast es ja noch nicht einmal versucht«, sagte Jan vorwurfsvoll.

»Und das werde ich auch nicht«, antwortete Michael. »Diese Magie ist gefährlich, Jan.«

Marlik lächelte zustimmend, aber Jan wurde zornig. »Oh, wie *edel!*« sagte er böse. »Aber du machst es dir ein bißchen leicht, mein Junge! Du hast Angst, daß die Magie des Steines uns schaden könnte?« Er lachte hart. »Gut! Dann tu nichts, und in ein paar Tagen oder schon Stunden sind wir hier alle tot. Dann kannst du ganz sicher sein, daß unser Seelenheil keinen Schaden nimmt!«

»Genug!« sagte Marlik scharf. »Ich will nichts mehr davon hören! Michael hat ganz recht. Die Magie des Steines würde sich gegen uns selbst wenden, wenn wir versuchten, sie als Waffe zu mißbrauchen. Wir werden einen anderen Weg finden, der Gefahr Herr zu werden.«

Jan schien auch diesmal widersprechen zu wollen, aber in diesem Moment erscholl draußen vor der Tür ein lautstarkes Poltern, und einen Augenblick später stürzte ein Mann zu ihnen herein. Sein Atem ging schnell und schwer, so daß er Mühe hatte, überhaupt zu sprechen. Er mußte die Treppe heraufgerannt sein.

»Sie kommen!« stieß er atemlos hervor. »Sie sind da, Herr!«

»Wer kommt?« fragte Erlik. Er stand auf und machte zugleich eine beruhigende Geste mit der Hand. »Beruhige dich erst einmal, und dann berichte.«

Aber der Mann beruhigte sich nicht. »Die Dämonen!«

keuchte er. »Sie sammeln sich zum Angriff! Es sind Hunderte.« Er wies mit einer zitternden Hand auf das Fenster, und Michael stürzte zusammen mit den anderen hin.
Es war genau so, wie der Mann gesagt hatte. Der große Platz vor der Felsenburg wimmelte von Dämonen, die sich in einer gewaltigen, ungeordneten Menge vor dem Burgtor zusammengefunden hatten, und aus den Straßen der Stadt strömten immer noch weitere herbei. Es war schon jetzt eine gewaltige Armee, und sie wuchs noch immer an.
»Großer Gott!« murmelte Michaels Vater. »Was haben sie vor? Warum tun sie das?«
»Sie sammeln sich zum Angriff«, sagte Jan düster. »Das ist das Ende.«
Er trat vom Fenster zurück und sah Michael an, und für eine Sekunde war ein Ausdruck von solcher Bitterkeit und solchem Vorwurf in seinen Augen, daß Michael seinem Blick nicht länger standhielt, sondern verlegen wegschaute. Aber Jan sagte nichts, sondern drehte sich nach einer Sekunde mit einem Ruck um und stürmte hinter dem Krieger, der die Botschaft überbracht hatte, aus dem Raum. Die anderen folgten ihm, aber als auch Michaels Vater das Zimmer verlassen wollte, da verwehrte ihm Erlik mit einer Handbewgung den Weg.
»Sie müssen das nicht tun«, sagte er ernst. »Das ist nicht Ihr Kampf.«
»Aber natürlich«, antwortete Vater spöttisch. »Gut, daß Sie mich daran erinnern. Ich hätte es beinahe vergessen. Dann können Michael und ich ja gehen, oder? Ich meine, ich brauche euren gehörnten Freunden da draußen ja nur zu sagen, daß wir nichts mit alledem hier zu tun haben, und sie werden uns ganz bestimmt unserer Wege gehen lassen.«
Erlik lachte. Es klang ein bißchen amüsiert, aber er nahm die Hand herunter und gab den Weg frei, und schließlich blieben er und Michael allein zurück. Auch Erlik wandte sich nun zum Gehen. Michael folgte ihm, blieb aber unter der

Tür noch einmal stehen. Er hatte plötzlich das intensive Gefühl, angestarrt zu werden. Und er hatte sich nicht getäuscht. Es war Dwiezel. Das Irrlicht hatte bis jetzt schweigend dagesessen und zugehört, und es hatte sich auch ansonsten so still verhalten, daß sie alle es beinahe vergessen hatten.
»Du hättest dein Versprechen halten sollen«, sagte Dwiezel.
Sein Versprechen halten? Was meinte das Irrlicht damit? Er hatte doch getan, was er dem Feuerdämon versprochen hatte, und den Kristall zurückgebracht! Aber als er Dwiezel antworten wollte, da hatte sich das Irrlicht bereits in die Höhe geschwungen und flog an ihm vorbei auf den Gang hinaus. Michael rannte ein paar Schritte hinter ihm her, aber das Irrlicht war viel schneller als er, und schließlich gab er es wieder auf. Rasch lief er weiter die Treppe hinab und langte schließlich im großen Hof an.
Die Szene, die sich ihm bot, ließ ihn erschrocken innehalten. Der große Hof hatte sich weiter gefüllt, ging fast über vor Menschen – Männer, Frauen, Alte und Junge. Und fast alle waren sie bewaffnet. Nicht nur die Erwachsenen oder Halbwüchsigen in Michaels Alter hatten sich mit Knüppeln, Messern oder selbstgebastelten Hieb- und Stichwaffen bewaffnet, auch die ganz Alten und die Kinder, die kaum dazu in der Lage schienen. Es war ein Anblick, der Michael auf sonderbare Weise berührte. Diese Menschen hier waren keine Krieger, schon wie die meisten ihre Waffen hielten, machte deutlich, daß sie das Kriegshandwerk nicht erlernt hatten. Michael blickte in kein einziges Gesicht, das nicht bleich gewesen wäre vor Furcht. Zugleich spürte er, wie entschlossen diese Menschen waren, ihr Leben bis zum letzten zu verteidigen, gegen einen Feind, der ihnen überlegen war und von dem sie nicht einmal wußten, *warum* er sie angriff.
Jemand rief seinen Namen, und als Michael sich umsah, erblickte er seinen Vater, der sich auf die Zehenspitzen gestellt hatte und ihm über die Köpfe der anderen hinweg mit erhobenem Arm zuwinkte. Michael erwiderte die Geste, dann

bahnte er sich einen Weg durch die Menge. Sein Vater, Erlik und einige andere Männer standen heftig diskutierend am Tor, als er sie endlich erreichte. Er verstand die Worte nicht, aber ihren Gesten nach zu schließen, schien sich das Gespräch am Rande eines Streites zu bewegen, so daß er im letzten Moment wieder stehenblieb.

Hendryk trat auf ihn zu. »Sie sind sich nicht einig, was sie tun sollen«, sagte er. »Dein Vater und ein paar von den anderen sind dafür, einen Ausfall zu versuchen und sie anzugreifen. Aber Erlik will noch abwarten. Er ist nicht überzeugt, daß sie uns wirklich angreifen.«

Michael sah sich einen Moment unschlüssig um, dann gewahrte er ein schmales Fenster, vier oder fünf Meter hoch in der Wand, zu dem eine Anzahl steinerner Stufen emporführte. Dicht gefolgt von Hendryk, lief er hinauf und schaute ins Freie. Er mußte sich dazu auf die Zehenspitzen stellen und weit nach vorn beugen, obwohl er alles andere als klein war. Aber diese Festung war weder von noch für Menschen gebaut. Alles hier war gerade eine Spur zu groß, um es wirklich bequem und ohne Einschränkungen benützen zu können.

Die Zahl der Dämonen war weiter angestiegen, seit sie Marliks Turmkammer verlassen hatten. Die Heerscharen der Hölle schienen sich versammelt zu haben, eine Armee hornköpfiger, geschweifter, ziegenfüßiger Teufelsgestalten, die auf der anderen Seite des Platzes eine undurchdringliche Mauer bildeten. Aus irgendeinem Grund zögerten sie noch, zum endgültigen Sturm auf die Burg anzusetzen.

»Warum tun sie das?« murmelte Hendryk. Seine Stimme bebte. »Wir haben ihnen doch nichts getan! Was sind das für Ungeheuer?«

Michael hatte das Gefühl, die Antwort auf all diese Fragen zu kennen. Wenn er sie nicht laut aussprach, dann lag das wohl weniger daran, daß er es nicht konnte, sondern vielmehr daran, daß er es nicht *wollte.*

Und dann begann der Angriff. Michael spürte es eine halbe Sekunde, ehe sich die Schlachtreihe der Dämonen wie auf ein Kommando in Bewegung setzte.

»Sie kommen!«

Der Schrei gellte vom oberen Ende der Treppe durch den Hof und wurde von einem Dutzend Stimmen aufgenommen und weitergegeben, und schon nach einem Moment erzitterte die ganze Burg unter einem Chor angsterfüllter Schreie und Rufe.

Die Dämonen näherten sich schnell. Von den Zinnen der Burg hoch über Michaels Kopf flogen ihnen Pfeile, Speere und andere Wurfgeschosse entgegen. Nur die wenigsten trafen ihr Ziel, und auch diese vermochten den Ansturm der Dämonen nicht aufzuhalten, ja nicht einmal zu verlangsamen. Wo eines der Ungeheuer fiel, nahm sofort ein anderes seinen Platz ein.

»He, ihr da oben!« schrie eine Stimme. Michael drehte sich um und blickte ins Gesicht eines Mannes, der vom Fuße der Treppe unwillig zu ihnen heraufwinkte. »Was tut ihr da oben? Kommt sofort herunter! Wollt ihr umgebracht werden?«

Tatsächlich war seine Sorge nicht ganz unbegründet. Die ersten Dämonen hatten das Tor erreicht und begannen mit ihren Waffen, aber auch mit bloßen Fäusten dagegen zu schlagen, so daß die ganze Burg zu vibrieren begann. Einige hatten auch sofort damit begonnen, an der Burgmauer emporzuklettern, und trotz ihrer Größe und ihrer scheinbaren Schwerfälligkeit stellten sie sich dabei erstaunlich geschickt an.

Michael und Hendryk wichen rasch zurück und räumten den Platz vor dem Fenster für zwei Männer, die mit langen Speeren dafür sorgten, daß sich keines der Ungeheuer der Öffnung zu sehr näherte.

Obgleich bisher kaum einer der hier Eingeschlossenen einen der Dämonen zu Gesicht bekommen hatte, begann sich in

der Halle bereits Panik auszubreiten. Die Menschen rannten kopflos durcheinander, und Michael und Hendryk mußten sich dicht an der Wand halten, um nicht getrennt oder gar niedergetrampelt zu werden. Sie versuchten die Stelle vorne am Tor zu erreichen, an der sich Michaels Vater, Erlik und die anderen versammelt hatten, aber es erwies sich als fast unmöglich. Das Tor erbebte unter dem immer heftigeren Ansturm der Dämonen, und jedesmal wenn einer der dumpfen Schläge ertönte, ging wie als Echo ein Chor von Schreien und eine heftige Bewegung durch die Menge. Die Menschen zogen sich in panischer Furcht vom Tor zurück, und Hendryk und Michael wurden gegen ihren Willen mitgezerrt und mußten sich mühsam Meter für Meter vorwärtskämpfen, um gleich darauf wieder zurückgeschoben zu werden.
Als sie das Tor beinahe erreicht hatten, erscholl über ihnen ein gellender Schrei. Michael schaute in die Höhe und sah, wie sich einer der Gehörnten durch das Fenster hereinschob, an dem Hendryk und er gerade gestanden hatten. Es war ein selbstmörderisches Unternehmen und endete so, wie es enden mußte: Der Angreifer wurde gleich von drei Speeren durchbohrt und nach draußen zurückgestoßen.
Trotzdem war die Wirkung, die sein Auftauchen hatte, verheerend. Es hatte den Menschen ringsum endgültig klargemacht, daß sie auch hier drinnen nicht sicher waren. Die Panik, die die ganze Zeit auf den Ausbruch gewartet hatte, verwandelte die Halle nun endgültig in einen Hexenkessel. Wahrscheinlich gab es schon jetzt Dutzende von Verletzten, wenn nicht gar Tote.
»Hört mir zu!«
Die Stimme seines Vaters war so laut, daß sie die Angstschreie übertönte. Die meisten blieben stehen und schauten zum Tor. Michaels Vater war auf einen der leeren Sockel gestiegen, auf denen bisher die Teufelsstatuen gestanden hatten, und hatte beide Arme in die Höhe gerissen. Aller Aufmerksamkeit konzentrierte sich plötzlich auf ihn. So hatte Mi-

chael seinen Vater noch nie gesehen. Er strahlte eine Autorität aus, die fast körperlich zu spüren war.
»Hört mir zu!« rief er noch einmal. »Ihr dürft nicht in Panik geraten, oder wir sind alle verloren! Die Männer und älteren Jungen zu mir! Die anderen ziehen sich zurück! Schützt die Kinder! Wenn sie durchbrechen, dann versucht nicht, euch zu verstecken oder zu kämpfen, sondern sucht einen Weg ins Freie!«
Und tatsächlich *gehorchten* die Menschen. Die meisten Männer bewegten sich wieder auf das Tor zu, während sich die Frauen, Kinder und Alten in den hinteren Teil des Hofes zurückzogen, genau wie er es befohlen hatte. Es war unglaublich, beinahe absurd, aber alle diese Menschen hatten seinen Vater nicht nur von einem Moment auf den anderen akzeptiert, als wäre er einer der Ihren, sie schienen ihn ganz selbstverständlich als ihren *Führer* anzuerkennen, genau so, wie die Männer es auch vorhin getan hatten, als er den Angriff auf die Dämonen draußen in der Stadt angeführt hatte!
»Das Tor wird nicht halten«, sagte Hendryk gepreßt. »Sie kommen herein.«
Michael hatte das gewaltige eiserne Tor bisher für so gut wie unzerstörbar gehalten, aber nun mußte er zugeben, daß Hendryk vermutlich recht hatte. Das Tor erzitterte unter immer heftigeren Schlägen. Vielleicht würde das Tor selbst sogar halten, doch die Wand, in die die gewaltigen stählernen Angeln eingelassen waren, zeigte bereits die ersten Risse. Es war nur noch eine Frage der Zeit, bis das Tor brechen und die Dämonen eindringen würden.
Er bemerkte ein rotes Licht und erkannte Dwiezel, der dicht über den Köpfen der Menge kreiste. Michael winkte ihm zu, aber das Irrlicht schien ihn nicht zu bemerken. Es blieb in seiner Nähe, kam aber nie nahe genug, daß er es ansprechen konnte. Und Michael hatte das sichere Gefühl, daß das Absicht war – auch wenn er sich den Grund nicht denken konnte.

Endlich hatten sie das Tor erreicht. Michaels Vater war damit beschäftigt, Befehle zu erteilen und Männer hin und her zu schicken. Er entdeckte Marlik in einigen Schritten Entfernung und ging auf ihn zu. Der alte Magier wirkte bedrückt. Auf seinem Gesicht war keine Furcht zu erkennen, aber eine tiefe Trauer und Verbitterung. »So also endet es?« flüsterte er. »Das darf nicht sein. Nicht . . . nicht *so!*«
Michael verstand, was Marlik meinte. Der Zauberer fürchtete nicht den Tod. Nicht den seinen, nicht einmal den all der anderen hier. Was ihn entsetzte, war, *wie* es zu Ende gehen mußte. Es war einfach nicht richtig. Auch Michael fühlte dasselbe, ohne dieses Gefühl begründen zu können.
»Vielleicht sollte ich es doch versuchen«, sagte er leise.
Marlik sah ihn fragend an.
»Der Stein«, sagte Michael. »Vielleicht . . . vielleicht kann ich seine Kraft doch irgendwie nutzen, um . . . euch zu retten.«
»Selbst wenn – es wäre dein Untergang«, sagte Marlik.
»Ich weiß«, antwortete Michael sehr leise, aber auch sehr, sehr ernst. »Aber was zählt ein Leben gegen das vieler Hunderter?«
Marlik lächelte. »Du meinst das ernst, nicht wahr?« sagte er. »Du bist ein erstaunlicher Junge. Du bist kaum alt genug, den Wert deines eigenen Lebens einzuschätzen, und doch bist du bereit, es zu opfern, um uns zu retten.« Er schüttelte den Kopf. »Aber es wäre sinnlos. Die Macht des Steines würde sich gegen dich selbst wenden. Und selbst wenn es dir gelänge, die Dämonen zu vertreiben, würde hinterher alles nur noch schlimmer werden, glaube mir.«
»Aber was kann denn schlimmer sein als der Tod?« fragte Michael.
Marlik kam nicht dazu, zu antworten, denn in diesem Augenblick erzitterte das Tor unter einem besonders heftigen Schlag, und eine Sekunde später löste sich ein tonnenschwerer Felsbrocken aus der Wand und stürzte polternd zu Boden. Ein gewaltiger Riß spaltete die Mauer auf ganzer Länge.

»Das Tor!« schrie eine schrille, vor Panik beinahe überschnappende Stimme. *»Es fällt!«*
Und genau das geschah. Das Tor erbebte unter einem weiteren fürchterlichen Schlag, und die Angeln brachen endgültig aus der Wand. Es war, wie Michael befürchtet hatte: Das Tor kippte unter ungeheurem Dröhnen um! Die ganze Festung erbebte, als es auf dem Boden aufschlug und dabei in zwei Teile zerbrach.
Die Hölle selbst schien loszubrechen. Die Menschen hatten sich vor dem umstürzenden Tor in Sicherheit gebracht, aber es gab nicht mehr viel, wohin sie fliehen konnten. Und durch die Türöffnung quoll eine brüllende Dämonenhorde herein! Michael war von der flüchtenden Menschenmenge mitgerissen und von Hendryk und dem Zauberer getrennt worden, aber wie durch ein Wunder auf den Füßen geblieben. Dwiezel schwebte einen Meter über seinem Kopf, tat aber noch immer so, als sehe er ihn nicht. Michael hatte alle Hände voll damit zu tun, nicht doch noch umgerissen zu werden. Gleichzeitig versuchte er – vergeblich – wieder zu den beiden anderen zurückzukommen. Vom Tor her hatte eine panische Flucht eingesetzt. Und wer nicht vor den Dämonen floh, der wurde von der kreischenden Meute gnadenlos zurückgetrieben und niedergemacht. Den Menschen blieb nicht einmal Zeit, sich zu einem geordneten Widerstand zu formieren. Es war, wie Erlik gesagt hatte: sie waren keine Krieger. Nur ein kleines Häufchen unter Führung von Erlik und Michaels Vater leistete verbissen Widerstand, aber die Übermacht war einfach zu gewaltig. Der einzige Grund, aus dem die Dämonen die Verteidiger nicht schon in der ersten Sekunde überrannten, war wohl der, daß sie einfach nicht schnell genug durch die Toröffnung hereinkamen und sich dabei gegenseitig behinderten.
Immerhin mußten es schon Dutzende sein, die hereingedrängt waren, und ihre Zahl wuchs mit jeder Sekunde. Ihre Speere wüteten furchtbar unter den Verteidigern, und dies-

mal war es nicht wie bei dem Kampf in der Stadt, das Zahlenverhältnis war genau umgekehrt, und die Verteidiger sanken einer nach dem anderen getroffen zu Boden. Es konnte nur noch Augenblicke dauern, bis auch der letzte Widerstand gebrochen war, und was dann geschah, das wagte sich Michael nicht vorzustellen. Hastig sah er sich nach seinem Vater um, entdeckte ihn irgendwo zwischen den Kämpfenden und versuchte zu ihm zu gelangen. Er wußte, daß er es nicht schaffen würde.

Doch es kam anders. Mit einem Mal geriet der Vormarsch der Dämonen ins Stocken. Durch das Tor strömten immer noch mehr und mehr der roten Ungeheuer herein, aber es waren jetzt längst nicht mehr so viele, und ihrem Angriff fehlte der anfängliche Schwung. Dabei nahm der Lärm, der von draußen in die Burg drang, eher noch zu.

Auf dem Platz vor dem Tor wimmelte es noch immer von Dämonen – aber was Michael im ersten Moment für einen Sturm auf die Festung hielt, das entpuppte sich jetzt als – Flucht! Hinter den Dämonen waren Reiter erschienen, große, bewaffnete Gestalten in struppigem Schwarz, die auf knochigen Maultieren ritten und auf den Köpfen weiße Alptraummasken als Helme trugen. Auf breiter Front sprengten sie heran, wobei sie die Dämonen mit Lanzen und Schwertern vor sich hertrieben und alles niederritten, was ihnen nicht schnell genug aus dem Weg gin.

»Die Krieger!« schrie irgend jemand. *»Die Krieger sind zurück! Sie kommen uns zu Hilfe!«*

Es waren tatsächlich Ansons Krieger, und nicht nur einige wenige, sondern das ganze verschwundene Heer, das zurückgekehrt war. Michael schätzte allein die Zahl der Reiter auf hundert, und hinter diesen näherte sich noch einmal die doppelte, wenn nicht dreifache Menge von Kriegern zu Fuß. Selbst jetzt entsprach ihre Zahl allenfalls der der Dämonen, aber sie waren so überraschend aufgetaucht und ihr Vormarsch hatte einen so ungeheuren Schwung, daß die Ab-

wehrreihen ihrer gehörnten Gegner einfach durchbrochen wurden.
Und das Geschehen draußen hatte auch auf das im Inneren der Burg Einfluß – sei es, daß das plötzliche Auftauchen der Krieger den eingedrungenen Dämonen allen Mut nahm, sei es, daß es den Verteidigern noch einmal neuen Mut gab. Der Angriff der Gehörnten verlor von einem Augenblick auf den anderen jeden Schwung und brach schließlich ganz zusammen, und im Gegenzug wandten sich die Männer, die bisher in einer kopflosen Flucht begriffen gewesen waren, noch einmal um und warfen sich dem Feind entgegen. Aus Jägern wurden Gejagte. Mit dem Mut der Verzweiflung attackierten die Verteidiger die geschweiften Teufelsgestalten, und diesmal waren es meist die Dämonen, die auf der Strecke blieben, wenn es zum Zweikampf kam. Viele der Verteidiger mußten ihren Mut mit dem Leben bezahlen, aber die Dämonen wurden zurückgetrieben, und die meisten von ihnen blieben tot und zu Stein erstarrt zurück, während sich der kümmerliche Haufen der Überlebenden schließlich ins Freie rettete.
Doch auch dort erwartete sie das fast sichere Ende. Von den Zinnen der Burg regnete es Pfeile und Steine auf sie herab, und die, die auch diesen Geschossen irgendwie entgingen, sahen sich plötzlich den Speerspitzen und Schwertern der Reiter gegenüber, deren vorderste Linie das Tor schon fast erreicht hatte.
Michael hatte es endlich geschafft, sich an die Seite seines Vaters vorzukämpfen, und er registrierte voller Erleichterung, daß dieser bis auf ein paar Kratzer und Schrammen unverletzt geblieben war. Auch sein Vater schien erleichtert, als er ihn erblickte, aber er nahm sich nicht Zeit, auch nur ein Wort mit ihm zu wechseln, sondern riß sein Schwert in die Höhe und rief mit laut schallender Stimme: *»Folgt mir! Wir müssen ihnen helfen!«*
Beinahe in der gleichen Sekunde stürmte er auch schon los,

und seine Begeisterung riß die anderen mit. Vielleicht war es auch einfach nur der befehlende Klang seiner Stimme, der nichts anderes zuzulassen schien, als ihm zu gehorchen. Selbst Michael wollte sich ihm ganz automatisch anschließen und hätte es wohl auch getan, hätte sich nicht plötzlich eine Hand auf seine Schulter gelegt und ihn sanft, zugleich aber mit erstaunlicher Kraft zurückgehalten.
Zornig fuhr er herum und hob den Arm, um die Hand beiseite zu schlagen. Aber er tat es nicht, denn es war Marlik, der ihn zurückgehalten hatte. Und ihm wurde auch im gleichen Augenblick klar, daß der Zauberer recht hatte. Es gab nicht viel, was er da draußen tun konnte. Er hatte ja nicht einmal eine Waffe.
Fast alle anderen jedoch hatten sich seinem Vater angeschlossen und verfolgten die flüchtenden Dämonen. Die Ungeheuer wurden mehr und mehr in die Enge getrieben. Aus der Burg heraus bedrängte sie Vaters Gruppe, und aus der entgegengesetzten Richtung sprengten die Reiter heran, die mit ihren angelegten Lanzen eine Formation bildeten, der selbst die furchterregenden Dämonen nicht viel entgegenzusetzen hatten.
Doch Michael sah auch etwas, was den meisten anderen bisher offenbar verborgen geblieben war – mit Ausnahme seines Vaters vielleicht. Möglicherweise war das sogar der Grund, aus dem er die Männer zu diesem eigentlich ganz sinnlosen Ausfall veranlaßte.
Der Ausgang der Schlacht stand keineswegs schon fest. Das jähe Erscheinen der Krieger hatte die Dämonen völlig überrascht, und die Reiterei hatte ihr Heer auseinandergesprengt, so daß die nachfolgenden fast unbehelligt durch die Bresche stürmen konnten, die plötzlich in der Armee der Ungeheuer klaffte.
Aber ihre Zahl war der der Krieger noch immer überlegen, und sie begannen sich bereits wieder zu formieren. Die Lücke, durch die die Männer in den schwarzen Mänteln

stürmten, war bereits wieder schmaler geworden, und aus den Straßen der Stadt strömten immer noch mehr und mehr gehörnte Gestalten herbei.
Auch Marlik hatte die gefährliche Entwicklung bemerkt. Seine Stirn umwölbte sich. »Das gefällt mir nicht«, sagte er besorgt. »Sie werden es nicht schaffen. Es sind einfach zu viele!«
Und als wären seine Worte gehört worden, begann sich das Kriegsglück in diesem Moment zu wenden. Die Reiter drängten noch immer vorwärts und wurden eher noch schneller als langsamer, aber die übrigen wurden immer heftiger von den Dämonen bedrängt. Ihr Vormarsch kam ins Stocken, und nur einen Augenblick später waren aus Angreifern wieder Verteidiger geworden. Die Männer sahen sich plötzlich von einer gewaltigen Anzahl roter Ungeheuer umzingelt, die sie von allen Seiten zugleich angriffen. Michael erkannte voller Entsetzen, daß sich im Inneren dieses tödlichen Kreises nicht nur Krieger befanden. Inmitten der Bewaffneten waren auch Männer und Frauen aus der Stadt zu sehen – die Geiseln, von denen Marlik und der König gesprochen hatte. Michael wurde bang, denn irgendwo inmitten dieses Hexenkessels mußte auch Lisa sein.
Auch die Reiter hatten die neue Gefahr bemerkt und brachen ihren Vormarsch auf die Burg hastig wieder ab, um ihren in Bedrängnis geratenen Kameraden zu Hilfe zu eilen. Mit wütenden Schwerthieben und Lanzenstößen trieben sie die Dämonen vor sich her. Die Reihen der roten Ungeheuer teilten sich erneut vor den heranstürmenden Kriegern. Als sie die Falle erkannten, war es zu spät. Die Lücke in der Armee der Ungeheuer schloß sich hinter ihnen wieder, und mit einem Mal sah sich Ansons Schar von Hunderten speer- und schwertschwingenden Dämonen bedrängt.
»Das ist das Ende«, flüsterte Marlik.
Die Männer aus der Burg versuchten nun, den Eingeschlossenen zu Hilfe zu eilen, aber diesmal wichen die Dämonen

nicht vor ihnen zurück, der Ring um Ansons Männer begann sich langsam, aber stetig zusammenzuziehen.
Plötzlich schrie Hendryk gellend auf. *»Lisa!«* rief er. »Da ist Lisa! Seht doch!«
Er deutete mit dem ausgestreckten Arm auf die Eingeschlossenen. Michael selbst vermochte nichts zu erkennen, aber er zweifelte nicht daran, daß Hendryk seine Schwester tatsächlich gesehen hatte.
»Wir müssen zu ihr!« schrie Hendryk. »Ich muß ihr helfen!«
Er wollte losrennen, aber Marlik griff schnell zu und hielt ihn fest, und obwohl sich Hendryk mit aller Kraft wehrte, bereitet es dem alten Zauberer keine sichtbare Mühe, ihn zu halten.
»Laß mich los!« schrie Hendryk mit schriller Stimmer. »Ich muß zu ihr! Ich muß ihr helfen!«
»Sei vernünftig«, sagte Marlik. »Du kannst nichts für sie tun!«
»Aber sie werden sie umbringen!« wimmerte Hendryk. »Sie werden sie alle umbringen, Marlik!«
Und damit hatte er vermutlich recht. Der Ring aus roten, gehörnten Angreifern hatte sich weiter zusammengezogen. Noch hielten die Verteidiger die Dämonen mit ihren Speeren auf Distanz, aber es konnte nicht mehr lange dauern, bis sie allein durch die Übermacht erdrückt wurden.
Doch es kam auch diesmal anders.
Plötzlich mischte sich ein helles, ratterndes Peitschen und Krachen in den Lärm der Schlacht. Winzige grelle Stichflammen züngelten den Angreifern entgegen, mit einem Male schien ein halbes Dutzend von ihnen wie von unsichtbaren Fausthieben getroffen zu werden und sank zu Boden. Marlik riß ungläubig die Augen auf, und auch Hendryk hörte plötzlich auf, sich in seinem Griff zu winden, und starrte fassungslos, aber auch ein wenig erschrocken zum Kampfplatz hinüber.
Zwei einzelne berittene Gestalten waren außerhalb des Rin-

ges der Angreifer aufgetaucht. Der eine trug einen weit fallenden schwarzen Mantel, zu dem auch eine Kapuze gehörte, die er tief in die Stirn gezogen hatte, so daß sein Gesicht nicht zu erkennen war. Dafür erkannte Michael den zweiten Reiter um so deutlicher.
»Anson!« murmelte Marlik überrascht. »Aber ihr habt doch gesagt, er seit tot!«
»Das haben wir auch gedacht«, antwortete Hendryk, und Michael fügte leise hinzu: »Wolf und er waren verschwunden, nachdem die Irrlichter sie angegriffen hatten.«
»Die Irrlichter?« Marlik schüttelte den Kopf, dann sah er zu Dwiezel hoch, der noch immer über ihnen kreiste, nun aber wenigstens zu ihnen herabsah.
»So, das habt ihr gedacht?« sagte Dwiezel und bewies damit, daß er sehr wohl hörte, was unter ihm gesprochen wurde. Aus seiner Stimme waren Spott und Verachtung herauszuhören. »Wir töten niemanden«, fuhr er fort, »das überlassen wir euch Großen. Ihr könnt das viel besser.«
Michael kam nicht dazu, etwas zu erwidern, denn die Dämonen hatten ihre Überraschung bereits wieder überwunden und setzten zu einem neuen Sturm an. Anson und sein Begleiter – Michael zweifelte keine Sekunde daran, daß es kein anderer als Wolf war – warfen sich ihnen entgegen. In ihren Händen lagen kleine Gegenstände, die über die große Entfernung nicht genau zu erkennen waren. Aber Michael wußte nur zu gut, worum es sich handelte. Wieder erscholl das ratternde Krachen und Peitschen, und es war, als fege eine unsichtbare Sense durch die Front der Dämonen. Die Unheimlichen stürzten gleich zu Dutzenden zu Boden, und die, die das erste Vorüberschreiten des unsichtbaren Todes überstanden hatten, wandten sich um und suchten ihr Heil in panischer Flucht.
Anson und Wolf ließen ihnen nicht die mindeste Chance. Anson machte eine befehlende Geste, plötzlich erschienen auch in den Händen der vier Reiter rechts und links von ihm

und Wolf kleine schwarze Dinger aus Stahl, und eine Sekunde später übertönte das Krachen einer dritten Salve den Lärm der Schlacht.
Die Wirkung war entsetzlich. Schon die ersten beiden Salven hatten Dutzenden von Dämonen das Leben gekostet, aber diese dritte fegte die Gehörnten reihenweise zu Boden. Und obwohl die Ungeheuer jetzt in wilder Panik die Flucht ergriffen, feuerten die Krieger weiter auf sie. Über die Entfernung hinweg sah es aus, als zuckten die orangefarbenen Mündungsflammen direkt aus ihren Händen.
»Großer Gott!« flüsterte Marlik entsetzt. »Was ist das?«
»Mein Vater würde sagen: unsere Art von Magie«, antwortete Michael leise und ohne den Zauberer dabei anzusehen.
»Eure *Magie?*«
»Es sind Waffen aus unserer Welt«, sagte Michael. »Anson und Wolf müssen sie mitgebracht haben.«
Die Schüsse fielen jetzt nicht mehr so rasch aufeinander. Viele Dämonen hatten sich zur Flucht gewandt oder waren tot. Der Platz war von reglosen roten Gestalten bedeckt, und für einen Moment empfand Michael Erleichterung, ja fast so etwas wie Triumph. Doch dann kamen ihm Zweifel.
Was Wolf und Anson taten, das war auf seine Art so falsch und vielleicht auch gefährlich, wie es Michaels Vorschlag gewesen war, die Kraft des Zaubersteins doch zu nutzen. Auch wenn diese modernen Waffen nichts mit wirklicher Magie zu tun hatten, so stellte doch allein ihre Anwesenheit hier einen Frevel dar, von dem Michael einfach wußte, daß er nicht ungesühnt bleiben würde.
Doch zumindest für den Moment brachten sie die Entscheidung. Die Dämonen wandten sich endgültig zur Flucht. Auch die, die sich gar nicht in der Reichweite der Waffen befanden, drehten sich um und verschwanden in den Straßen der Stadt. Es dauerte nur Minuten, bis auch das letzte Ungeheuer verschwunden war und das Heer seinen Weg auf die Burg fortsetzte.

Michael sah den beiden Gestalten an seiner Spitze mit klopfendem Herzen entgegen. Er war nicht der einzige, dem nach dem ersten Augenblick der Erleichterung wieder bange wurde. Überall ringsum ließen die Männer ihre Waffen sinken, aber auf vielen Gesichtern breitete sich ein fast erschrockener Ausdruck aus, als sie Anson erkannten. Das Auftauchen des Heeres bedeutete zwar die Rettung vor den Dämonen, keineswegs aber das Ende der Gefahr.
»Da ist Lisa!« rief Hendryk plötzlich. Er rannte los, und diesmal versuchte Marlik nicht mehr, ihn zurückzuhalten.
Auch Michael hatte das Mädchen inmitten der schwarzgekleideten Gestalten entdeckt, und Lisa hatte ihn und ihren Bruder wohl auch gesehen, denn sie begann zu laufen und winkte gleichzeitig mit beiden Armen. Vor dem eingestürzten Tor entstand abermals Gedränge, so daß Michael nicht so schnell von der Stelle kam, wie er wollte, und Hendryk seine Schwester lange vor ihm erreichte. Die beiden fielen sich in die Arme und drückten sich kurz, aber heftig, dann begann Hendryk sofort und unter eifrigem Gestikulieren zu erzählen. Michael war zu weit weg, um seine Worte zu verstehen, aber er las deutlich auf Lisas Gesicht. Offensichtlich versuchte Hendryk in wenigen Sätzen zu sagen, was geschehen war, und als Lisa den Kopf wandte und in seine Richtung sah, las er einen Ausdruck ungläubigen Erstaunens auf ihren Zügen.
Fast ohne sein Zutun wurden seine Schritte langsamer. Und nach ein paar Augenblicken blieb er ganz stehen, denn in der Menge vor ihm waren zwei Gestalten aufgetaucht, deren Anblick ihm für einen Moment angst machte.
Es waren Lisas Eltern. Nein, nicht *Lisas* Eltern – *ihre* Eltern. Der schweigsame Mann dort vorne und seine liebe Frau, die er beide in jener einen Woche so sehr ins Herz geschlossen hatte, waren nicht nur Hendryks und Lisas, sondern auch seine Eltern. Und trotzdem hatte er Angst davor, ihnen gegenüberzutreten und ihnen mit diesem neuen Wissen in die

Augen zu sehen. Der Moment dazu war so falsch, wie er es nur sein konnte, aber es hinauszuzögern würde es nur schlimmer machen.
Michael gewann noch einige Sekunden, als die beiden ihre schon verloren geglaubte Tochter in die Arme schlossen und heftig an sich drückten, und als er schließlich weiterging, da las er in ihren Gesichtern, daß sie die Wahrheit noch nicht wußten. Warum hatte Marlik ihm nicht wenigstens diese Bürde abgenommen?
Jeder Schritt kostete ihn eine Kraft, als schleppe er Zentnergewichte mit sich. Und als er schließlich vor Lisa und ihren Eltern anhielt und etwas sagen wollte, da konnte er es nicht. Seine Kehle war wie zugeschnürt, und da waren einfach keine Worte, die er sprechen konnte.
Schließlich war es nicht er, sondern Lisa, die das Schweigen brach. »Michael?« murmelte sie. Sie sah ihn aus großen Augen an. »Du ... du bist wirklich ... zurückgekommen.«
Michael nickte nur. Er brachte immer noch kein Wort hervor.
»Ich wußte es«, fuhr Lisa fort. »Ich wußte die ganze Zeit, daß du kein Verräter bist.« Sie tauschte einen hilflosen Blick mit Hendryk. »Ist .. ist das wahr, was Hendryk sagt?« murmelte sie verstört. »Bist du wirklich ...«
»Er ist unser Bruder«, sagte Hendryk.
Michael sah aus den Augenwinkeln, wie Lisas Vater wie unter einem plötzlichen Schmerz zusammenzuckte und das Gesicht seiner Frau jede Farbe verlor. Aber er bemühte sich krampfhaft, sie nicht anzusehen, sondern hielt seinen Blick fest auf Lisa gerichtet. »Ja«, sagte er mühsam. »Das stimmt.«
»Aber ... aber wie kann das sein?« stammelte Lisa. In ihrem Gesicht führten Erschütterung und Schrecken, Unglauben und eine ganz allmählich aufkommende Freude einen lautlosen Kampf. »Damals ... ich meine ... die Ghoule .. «
»Sie haben mich nicht getötet«, unterbrach sie Michael. »Sie haben mich verschleppt und dort oben in der anderen Welt

liegengelassen. Ich wäre gestorben, aber jemand hat mich gefunden, und ich wuchs bei meinen Eltern ...« Er brach verstört ab. Die Worte wollten einfach nicht mehr über seine Lippen. Was immer er sagen konnte, schien falsch. Seine Eltern waren nicht seine Eltern, aber sie anders zu bezeichnen, brachte er nicht über sich, zugleich standen seine *wirklichen* Eltern vor ihm und blickten ihn stumm und fassungslos an, und er wußte auch, wie weh es ihnen tun mußte, wenn er von jenen fremden Menschen, die ihn anstelle eines eigenen Kindes angenommen und aufgezogen hatten, als von seinem Vater und seiner Mutter sprach.

»Sie haben mich aufgenommen und wie ihr eigenes Kind behandelt«, sagte er schließlich.

»Dann ... dann sind wir tatsächlich ... dann bist du wirklich unser Bruder?«

Plötzlich empfand Michael fast Zorn, Zorn auf ein Schicksal, das für diesen Moment, der vielleicht der kostbarste seines Lebens war, keinen anderen Ort hatte finden können als ein Schlachtfeld, keinen anderen Zeitpunkt als den, zu dem er hier als einer erschienen war, der allen diesen Menschen möglicherweise den Untergang brachte.

Aber er kam nicht dazu, irgend etwas davon auszusprechen, denn in diesem Augenblick hörte er hinter sich aufgeregte Stimmen, und als er den Blick wandte, sah er Anson in Begleitung eines halben Dutzends seiner Krieger auf sich zukommen. Neben ihm schritt die Gestalt in dem schwarzen Mantel. Michael konnte das Gesicht unter der Kapuze immer noch nicht erkennen, aber er war jetzt ganz sicher, daß es Wolf war.

»Was für eine rührende Szene«, sagte Anson hämisch. »Bitte verzeiht, wenn ich sie so roh unterbreche, aber wir haben miteinander zu reden.«

»Warum tust du das?« fragte Marlik vorwurfsvoll. Sowohl er als auch sein Bruder waren unbemerkt hinter Michael getreten, und aus einiger Entfernung sah er auch seinen Vater

herbeieilen. »Warum gönnst du ihm nicht wenigstens diesen einen Moment?« fuhr Marlik fort. »Es ist vielleicht der –«
Anson unterbrach ihn mit einer zornigen Handbewegung. »Ja, ja, der verlorene Sohn ist heimgekehrt, ich weiß«, sagte er böse. »Aber dazu ist keine Zeit, alter Mann.« Er blieb zwei Schritte vor Michael stehen und streckte in einer herrischen Geste die Hand aus. »Der Stein! Gib ihn heraus!«
Michael schwieg. Reglos blickte er Anson an, und es war Anson, nicht er, der schließlich den Blick senkte und das stumme Duell verlor. Doch dann hob er mit einem Ruck den Kopf und wiederholte: »Den Stein!«
»Ich habe ihn nicht«, sagte Michael. »Und selbst wenn ich ihn hätte, würde ich ihn nicht dir –«
Anson versetzte ihm eine schallende Ohrfeige. Die Wucht des Schlages ließ Michael einen Schritt zurücktaumeln, der Schmerz trieb ihm die Tränen in die Augen. Er preßt die Hand gegen die brennende Wange, gab aber keinen Laut von sich und sah Anson nur trotzig ins Gesicht.
»Hör endlich auf, dich aufzuspielen«, herrschte ihn Anson an. »Du hast wirklich genug Schaden angerichtet, du dummes Kind! Gib den Stein heraus, oder ich zwinge dich dazu.« Er hob die Hand, vielleicht um Michael abermals zu schlagen, doch in diesem Moment trat Erlik mit einem raschen Schritt zwischen sie. »Das reicht«, sagte er, nicht einmal sehr laut, aber in so scharfem Ton, daß Anson den Arm sinken ließ und ganz automatisch einen Schritt zurückwich. »Wir alle sind dir zu großem Dank verpflichtet, denn du hast uns gerettet. Aber das gibt dir nicht das Recht, diesen Jungen so zu behandeln. Er hat sein Leben riskiert, um uns zu helfen.«
»Oh, wie rührend«, sagte Anson. Er lachte, aber es klang nicht echt. »Aber ich muß darauf bestehen, den Stein zu bekommen. Er gehört uns, nicht diesem Jungen.«
»Wenn überhaupt jemandem, dann gehört er unserem Volk«, sagte Erlik. »Was erdreistest du dich? Muß ich dich daran erinnern, daß ich dein König bin?«

»Nein«, sagte Anson ruhig, »das seid Ihr nicht – nicht mehr.« Der Spott verschwand aus seiner Stimme und machte einem Bedauern Platz, das ehrlich klang. »Ich respektiere Euch, Erlik, um Eures hohen Alters willen und wegen dem, was Ihr für unser Volk getan habt. Aber ich kann Euch nicht länger als meinen Herrn anerkennen.«
Erlik sah ihn sehr ruhig an. Er wirkte nicht erschrocken, nicht zornig, ja nicht einmal wirklich überrascht. Er mußte gewußt haben, was Anson sagen würde.
»Es tut mir leid«, sagte er, »aber dann läßt du mir keine andere Wahl. Ich spreche dir alle deine Ämter ab. Du bist nicht länger unser Kriegsherr. Ich befehle dir, dein Schwert niederzulegen und in dein Quartier zu gehen, bis der Rat der Stadt über dein weiteres Schicksal entschieden hat.«
Hätte ein anderer solche Worte gesprochen, in dieser Situation und nach allem, was geschehen war, dann hätten sie vielleicht lächerlich geklungen. Aus Erliks Mund jedoch waren sie ein Befehl, der Befehl eines Königs. Obwohl er nicht sehr laut gesprochen hatte, war er doch in weitem Umkreis gehört worden. Es wurde still. Michael registrierte, wie sein Vater neben ihn trat und wie sich einige der Männer in Ansons und Erliks unmittelbarer Nähe anspannten. Hände krochen zu den Gürteln, in denen Schwerter oder Dolche steckten, oder schlossen sich fester um Knüppel und selbstgebastelte Waffen.
»Du widersetzt dich deinem König?« fragte Erlik schließlich. Es klang noch immer ein bißchen zornig. In seiner Stimme waren nur Trauer und vielleicht eine Spur von Enttäuschung. »Du würdest die Waffe gegen dein eigenes Volk erheben? Gegen die, die du mit deinem Leben zu beschützen geschworen hast?«
»Nur, wenn du mich dazu zwingst!« antwortete Anson. Er klang unsicher. Sein Blick glitt immer öfter zu dem Gesicht unter der Kapuze, und nicht nur Michael konnte den furchtbaren Kampf spüren, der hinter seiner Stirn tobte.

»Sei vernünftig, Anson, ich flehe dich an!« mischte sich nun auch Marlik ein. »Wenn schon an nichts anderes, so denke doch wenigstens an die Gefahr, in der wir alle schweben! Die Dämonen werden zurückkommen! Wie sollen wir gegen sie bestehen, wenn wir uns gegenseitig bekämpfen?«
Die Worte waren wohl ein letzter verzweifelter Versuch gewesen, Anson doch noch einmal umzustimmen, und damit vielleicht Wolfs bösen Zauber zu brechen, aber sie bewirkten das genaue Gegenteil. Anson wandte mit einem heftigen Ruck den Kopf, und ein häßliches Lächeln huschte über seine Züge.
»Mach dir um sie keine Sorgen, mein lieber Marlik«, sagte er verächtlich. »Die Welt dort oben, in der ich gewesen bin, ist voller Gefahren und Schrecken und noch schlimmer, als wir alle gedacht haben. Aber sie hat auch ein paar sehr nützliche Gegenstände hervorgebracht. *Damit* werden wir alle Dämonen der Welt besiegen, ganz gleich, wie stark und wie viele sie auch sein mögen.«
Er griff unter seinen Mantel und zog eine der kleinen Maschinenpistolen hervor, mit denen er und Wolf die Schlacht vorhin entschieden hatten. Michael sah, daß in seinem Gürtel noch mindestens ein Dutzend Reservemagazine steckten. Wolf und er hatten gut vorgesorgt.
Der Zauberer musterte die Waffe mit einer Mischung aus Trauer und leiser Neugier. Dann schüttelte er den Kopf. »Du hast nichts verstanden, Anson«, sagte er leise. »In all den Jahren nicht. Glaubst du denn wirklich, du könntest sie *damit* besiegen? Und wenn du hundert solcher Waffen hättest, würden sie nicht reichen.«
»Ich kann tausend davon bekommen«, sagte Anson herausfordernd. »Und andere, mächtigere Dinge! Dinge, von denen du nicht einmal zu träumen wagst, alter Mann! Dinge, mit denen ich diese Welt verändern werde! Die Zeit der Magie ist vorüber. Wir werden eine neue Zeit in diese Welt bringen. Wir werden unsere Feinde besiegen, und das Unterland

wird nur noch uns gehören. Ich werde den Menschen hier das Paradies *geben,* das du ihnen stets nur *versprochen* hast!« Marlik setzte zu einer Antwort an, aber plötzlich konnte Michael regelrecht sehen, wie Ansons Geduld zu Ende war. Er schwenkte die Waffe mit beiden Händen herum und berührte den Abzug. In der großen Halle klang das Krachen der Salve hundertmal lauter, als Michael erwartet hatte. Grelle Stichflammen züngelten aus dem Lauf der Waffe, und dicht vor Marliks Füßen explodierten Funken auf dem Stein. Die Geschosse heulten als Querschläger davon und prallten gegen Wände und Decke, mehrere aber trafen auch die Umstehenden, und plötzlich erschütterte ein hundertstimmiger Chor von Schmerz- und Entsetzensschreien die Burg. Die Menschen wichen in panischer Furcht zurück, aber einige hoben auch ihre Waffen, und im Gegenzug griffen auch Ansons Krieger wieder zu ihren Schwertern und Lanzen. Eine Winzigkeit noch, ein falsches Wort, eine unbedachte Bewegung von irgend jemandem, das spürte Michael, und es würde zu einem unvorstellbaren Blutbad kommen.

»Hört auf!« rief er.

Er trat mit einem schnellen Schritt vor, überwand seine Furcht und stellte sich schützend vor Marlik. Sein Herz hämmerte vor Angst, als er sah, daß der Lauf der Maschinenpistole nun direkt auf ihn gerichtet war, aber er kämpfte tapfer dagegen an und sagte noch einmal: »Hör auf, Anson. Du hast gewonnen.«

Anson preßte mißtrauisch die Augen zusammen. Michael sah ihm ein paar Sekunden lang ernst an, dann drehte er sich halb zu Marlik um und sagte: »Gib ihm den Stein. Es ist sinnlos.«

Marlik schwieg, aber Erlik sagte leise: »Also ist es einer unseres eigenen Volkes, der uns den Untergang bringt.« Er seufzte tief, starrte einen Moment lang ins Leere und wandte sich dann an seinen Bruder. »Tu, was Michael gesagt hat. Hole den Kristall.«

Der Zauberer zögerte. Michael fürchtete schon, er werde sich dem Befehl seines Bruders widersetzen, aber dann wandte er sich mit einer abrupten Bewegung ab und stürmte davon.

»Das ist sehr vernünftig von dir, Erlik«, sagte Anson. »Ich bin froh, daß du die richtige Entscheidung getroffen hast.«

»Die richtige Entscheidung?« Erlik lächelte bitter. »Du hast noch immer nichts verstanden, Anson. Es ist nicht diese Waffe, die ich fürchte. Sie wird dir nichts nützen, sowenig wie die Magie des Zaubersteins. Aber ich will nicht, daß unsere Brüder und Schwestern das Blut ihres eigenen Volkes vergießen.«

Anson wirkte betroffen. Beinahe hilflos wandte er den Blick, sah Wolf an, und irgend etwas geschah, denn als er den Kopf wieder zurückwandte, war auf seinem Gesicht wieder die bekannte Überheblichkeit und Verachtung zu sehen.

Michael versuchte Wolfs Gesicht unter der Kapuze zu erkennen. Wolf benahm sich nicht wie sonst. Er hatte kein einziges Wort gesprochen, seit sie die Festung betreten hatten, sondern Anson das Reden überlassen, und er bewegte sich kaum, und wenn er es tat, dann sehr langsam, als bereite ihm jeder Schritt Schmerzen oder große Überwindung.

Michael registrierte aus den Augenwinkeln eine Bewegung, und als er vorsichtig den Kopf wandte, sah er, daß sein Vater ihm insgeheim ein Zeichen zu geben versuchte.

Während Anson und Erlik weiter miteinander redeten, begann Michael unauffällig zurückzuweichen und trat schließlich an die Seite seines Vaters. Auch Hendryk, Lisa und deren Eltern hatten sich zu ihm gesellt, und Lisa wollte ihn sofort ansprechen, aber Vater machte eine hastige, Aufmerksamkeit heischende Geste.

»Hört mir zu«, sagte er in gehetztem Flüsterton. »Stellt keine Fragen, hört einfach nur zu. Es ist sehr wichtig. Wenn es zum Schlimmsten kommt und die Burg fällt, dann müßt ihr Michael folgen. Er wird euch hinausbringen. Das Leben dort

oben ist hart und sicher gefährlich für euch, aber ihr könnt es schaffen.«
»Was hast du vor?« fragte Michael erschrocken, aber sein Vater brachte ihn mit einer beinahe herrischen Geste zum Schweigen. »Versprich mir, daß du sie hinausbringst«, sagte er.
Michael nickte. »Das werde ich –«, sagte er. »Aber –«
Sein Vater gab ihm keine Gelegenheit, zu Ende zu reden, sondern tat zwei schnelle Schritte, die ihn an Erliks Seite brachten. Anson verstummte mitten im Wort und fuhr ganz leicht zusammen. Ein überraschter Ausdruck trat in sein Gesicht. Er schien Michaels Vater erst jetzt entdeckt zu haben. »Welche Überraschung«, sagte er, und obwohl er sich bemühte, es spöttisch klingen zu lassen, war doch klar, daß er tatsächlich überrascht war. Er legte den Kopf schräg und richtete die kleine, tödliche Waffe auf Michaels Vater. »Ich hätte nicht damit gerechnet, dich hier unten wiederzusehen. Was bist du? Besonders tapfer oder besonders dumm?«
Michael behielt Wolf im Auge. Ihm war aufgefallen, daß Wolf genau wie Anson überrascht zusammenfuhr, als er seinen Vater erblickte. Er war sogar einen halben Schritt zurückgewichen.
»Du bist wirklich ein tapferer Mann«, sagte Michaels Vater spöttisch. Er deutete mit einer Kopfbewegung auf Ansons Waffe. »Mit diesem Ding da in der Hand ist das allerdings kein Kunststück. Warum legst du es nicht weg und versuchst es *damit?*« Seine Hand fiel klatschend auf den Schwertgriff in seinem Gürtel. »Oder fehlt dir dazu der Mut?«
Anson starrte ihn haßerfüllt an. In seinem Gesicht arbeitete es. Michael bemerkte voller Entsetzen, daß sich sein Finger dem Abzug der Maschinenpistole näherte und ihn fast berührte, aber dann zog er die Hand doch wieder zurück und senkte sogar die Waffe. Für einen Moment sah es wirklich so aus, als würde er die Herausforderung annehmen und tun, wozu Michaels Vater ihn offensichtlich provozieren wollte.

Doch dann bewegte Wolf die Hand unter seinem Mantel, und im gleichen Moment schüttelte Anson den Kopf.
»O nein«, sagte er. »Ich könnte es. Aber jetzt ist nicht die Zeit für solche Spielereien.«
»Du bist ein erbärmlicher Feigling!« sagte Vater. »Ich fordere dich heraus, Anson. Hier, vor aller Augen, fordere ich dich zum Zweikampf!«
Michael erschrak bis ins Mark. War sein Vater verrückt geworden? Zwar hatte er sich während der Schlacht gegen die Dämonen und auch vorhin in der Stadt erstaunlich gut gehalten, aber Michael und Hendryk hatten ihm genug über Anson erzählt. Er mußte wissen, daß Anson der beste Schwertkämpfer im ganzen Unterland war, vielleicht der beste, den es jemals gegeben hatte. Sich mit ihm messen zu wollen war reiner Selbstmord!
Aber Anson lachte nur. »Ich nehme deine Herausforderung nicht an«, sagte er. »Und du solltest froh darüber sein, denn damit schenke ich dir das Leben. Und ich will sogar ein übriges tun. Ich biete dir an, in meine Dienste zu treten, wenn alles vorbei ist. Du bist ein Hitzkopf, aber du scheinst ein kluger Mann zu sein und tapfer dazu.«
»Ich diene keinem Feigling«, antwortete Vater.
Diesmal blitzte es kurz und zornig in Ansons Augen auf, aber er beherrschte sich noch immer. Vielleicht war es Wolf, der nicht zuließ, daß Ansons wahre Gefühle Macht über sein Handeln erlangten.
Bevor Anson es sich anders überlegen konnte, kehrte Marlik zurück. Vier Krieger begleiteten ihn, und er hielt den Zauberkristall in den Händen. Ein matter Glanz ging von dem Stein aus, längst nicht so stark wie damals, als Wolf ihn besessen hatte, aber er war kein lebloser Kristall mehr, und als Michael in Marliks Gesicht blickte und den Ausdruck darin sah, wußte er, daß der Magier in einem Akt reiner Verzweiflung versucht hatte, sich nun selbst der Zauberkräfte des Steines zu bedienen.

Auch Anson schien dies erkannt zu haben, aber er lachte nur. »Gib dir keine Mühe, alter Mann«, sagte er verächtlich. »Was immer du vorhast, wird dir nicht gelingen. Nur ein wirklicher Magier vermag die Kräfte dieses Steines zu beherrschen. Und das bist du nie gewesen.«
Marlik blieb zwei Schritte vor ihm stehen und streckte ihm die Hand mit dem Stein entgegen, versuchte es aber ein allerletztes Mal. »Tu es nicht, Anson!« sagte er beschwörend. »Die Kraft dieses Steines ist böse, und sie kann nur Böses hervorbringen. Niemand vermag sie zu beherrschen. Nur Wulfgar allein kannte sein Geheimnis, und du weißt, welchen Preis er dafür bezahlt hat.«
Tatsächlich zögerte Anson noch einmal, aber dann schüttelte er seine Bedenken mit eine zornigen Bewegung ab, riß Marlik den Stein aus der Hand und drehte sich zu Wolf um.
Wolf trat ihm langsam entgegen. Er hob die Hände, die in schwarzen Handschuhen steckten, und streckte sie nach dem Stein aus. Michael sah, daß seine Hände zitterten. Er führte die Bewegung auch nicht zu Ende, sondern griff statt dessen nach oben und streifte die Kapuze seines schwarzen Mantels zurück.
Wolfs Gesicht hatte sich auf schreckliche Weise verändert. Der Mann schien viele Jahrzehnte gealtert zu sein. Seine Haut war grau, die Augen lagen so tief in den Höhlen, daß sie wie schwarze Löcher in einem nur von trockener Haut überzogenen Totenschädel wirkten. Wolfs Lippen waren rissig und entzündet, und seine Stirn, seine Wangen und der faltige Hals waren über und über von fingernagelgroßen blauschwarzen Geschwüren bedeckt.
Marlik erstarrte. »Er hat die *Krankheit!*« stieß er hervor.
Das plötzliche Auftauchen einer Horde bewaffneter Dämonen in der Halle hätte nicht schlimmer wirken können. Die Menschen wichen vor Wolf zurück, Schreie gellten durch die Halle. Der dichtgeschlossene Kreis, den die Männer und Frauen um sie gebildet hatten, weitete sich schnell, das Wort

pflanzte sich in der Menge fort, bis es wie ein einziger Schrei aus Hunderten von Kehlen in der Burg widerhallte: die *Krankheit.*

Auch Marlik und sein Bruder waren einige Schritte zurückgewichen. Sie blickten Wolf entsetzt an, und dieses Entsetzen war ungleich größer als die Furcht, die sie beim Anblick des Dämonenheeres empfunden hatten. »Das ist das Ende«, flüsterte Erlik. »Wir werden alle sterben.«

»Nein«, sagte Michaels Vater. Er hob beruhigend die Hand und fuhr mit lauterer Stimme fort, so daß seine Worte auch im weiteren Umkreis zu vernehmen waren: »Er kann euch nicht anstecken.«

»Aber es ist der *Schwarze Tod!*« entgegnete Erlik. »Der Tod, vor dem wir damals hierher geflohen sind!«

»Er kann euch nichts mehr anhaben, glaubt mir«, sagte Vater fast beschwörend. »Ihr seid längst immun dagegen. Für die Menschen unserer Welt ist die Seuche so gefährlich wie eh und je, aber euch vermag sie keinen Schaden mehr zuzufügen.«

Erlik blickte ihn ungläubig an. Michael sah, daß er an seine Worte glauben *wollte,* es aber nicht konnte. Seit die Vorväter dieser Menschen vor fünfhundert Jahren hierher geflohen waren, war die Krankheit das, was sie am meisten fürchteten. Sie waren aus einer Welt geflüchtet, in der die Krankheit zu einer Bedrohung für ihre ganze Rasse geworden war, und die Eltern hatten diese Angst an ihre Kinder und Kindeskinder weitervererbt. Sie saß zu tief, um mit ein paar Worten beseitigt zu werden.

»Er sagt die Wahrheit«, mischte sich nun auch Michael ein. »Wenn ihr mir nicht glaubt, dann fragt Hendryk oder Anson. Keinem von euch kann diese Krankheit gefährlich werden.« Er deutete auf Wolf. »Seht ihn doch an. Er ist der beste Beweis dafür! Er hat sich damals bei euch angesteckt, vor einem Jahr. Er hat die Krankheit mit hinauf in unsere Welt gebracht.«

»Und er wird auch hier keine Heilung finden«, fügte sein Vater leiser hinzu.
Wolf blickte ihn durchdringend aus seinen fiebrig glänzenden Augen an. Er wollte etwas sagen, aber er hatte sichtlich nicht mehr die Kraft dazu. Mühsam streckte er ein zweites Mal die Arme nach dem Stein in Ansons Händen aus, und diesmal ergriff er ihn.
Als seine Finger den Kristall berührten, begann im Inneren des Steines ein mattes rotes Licht zu pulsieren. Das Leuchten nahm zu und wurde zu einem raschen Flackern. Und etwas von diesem Licht floß in Wolfs Finger. Wolf entfesselte die magischen Kräfte des Steines, saugte sie in sich auf wie ein trockener Schwamm das Wasser. Ein erschrockenes, ungläubiges Raunen ging durch die Menge.
Die Veränderung, die mit Wolf vor sich ging, war geradezu unheimlich. Es war, als liefe die Zeit vor ihren Augen rückwärts. Wolfs Gesicht gewann seine Farbe zurück, der fiebrige Glanz seiner Augen erlosch, seine gesamte Gestalt schien sich zu recken und ein wenig zu wachsen. Es dauerte keine Minute, und aus dem uralten, todkranken Mann wurde wieder der Wolf, wie Michael und alle anderen ihn kannten. Auch die schwarzen Geschwüre auf seinem Gesicht und seinem Hals schienen kleiner zu werden. Aber sie verschwanden nicht ganz.
Wolf schloß mit einem unendlich tiefen Seufzen die Augen. Er wankte und wäre beinahe gestürzt, aber nicht aus Schwäche, sondern aus Erleichterung, und Michael ahnte plötzlich, wie nahe er dem Tod bereits gewesen sein mußte.
»Das wird ihnen nichts nützen«, sagte Michaels Vater.
Wolf öffnete die Augen und drehte sich langsam zu ihnen um. Seine Hände hielten den Stein umklammert, aus dem noch immer Ströme pulsierender roter Energie in seinen Körper flossen. In seinen Augen flackerte ein anderes rotes Licht, das auf die finstere Magie des Steins antwortete. »Sie sind ein Narr«, sagte er. »Wie Anson gesagt hat – ein tapferer

Mann, aber ein Narr. Es gibt nichts, was diese Magie nicht zu tun vermag. Wenn Sie mir nicht glauben, fragen Sie Ihren Sohn.« Mit einem bösen Lächeln wandte er sich an Michael. »Ich habe dir gesagt, daß wir uns wiedersehen, mein Junge. Du hast es mir wirklich nicht leichtgemacht, aber ich nehme es dir nicht übel. Im Gegenteil.« Er lachte häßlich. »Ich glaube, ich wäre enttäuscht gewesen, wenn du dich nicht mit aller Kraft gewehrt hättest.«

Sein Blick löste sich von Michaels Gesicht, glitt über das Hendryks und seiner Schwester und blieb schließlich an einem Punkt irgendwo über Michael hängen. Michael hob den Kopf und sah, daß Dwiezel einen Meter über ihnen schwebte.

»Und mein kleiner Freund ist auch wieder da«, fuhr Wolf fort. Er lächelte, aber seine Stimme hatte einen bösen, unheilverkündenden Klang. »Mit dieser kleinen Wanze und seinen Freunden befasse ich mich später«, sagte er. »Aber jetzt gibt es Wichtigeres zu tun.« Er wandte sich wieder an Michael. »Es ist jetzt endgültig vorbei. Meine Geduld ist erschöpft. Ich habe dir damals oben im Schloß eine Frage gestellt, und ich stelle sie dir noch ein einziges Mal: Wofür entscheidest du dich – für dein Leben und das deiner Freunde und deiner Familie oder für euren Tod?«

Michael sah ihn an, und er spürte, wie bitterernst es Wolf war. Aber er konnte die Entscheidung noch immer nicht treffen – und mußte es auch nicht.

Vom Tor her drangen aufgeregte Rufe zu ihnen. Anson blickte alarmiert in die Richtung, aus der die Rufe kamen, und auch Wolf schien für einen Moment abgelenkt. In der gleichen Sekunde durchschnitt ein Entsetzensschrei das gebannte Schweigen, daß sich nach seinen Worten ausgebreitet hatte.

»Sie kommen!«

Michael blickte erschrocken zum Tor, und eine eisige Hand schien nach seinem Herzen zu greifen und es zusammenzudrücken. Selbst über die Köpfe der Männer hinweg konnte er die ungeheure Masse riesiger roter Gestalten erkennen, die sich auf der anderen Seite des Platzes zu sammeln begannen. Die Dämonen kamen zurück. Und diesmal ging ihre Zahl in die Hunderte.

»Michael!« schrie sein Vater. *»Jetzt!«*

Michael reagierte ganz instinktiv. Mit einer blitzschnellen Bewegung warf er sich vor, prallte gegen Wolf und riß ihn mit sich zu Boden. Der Zauberstein entglitt Wolfs Fingern und flog in hohem Bogen davon. Und im gleichen Augenblick stürzte sich sein Vater auf Anson.

Alles geschah gleichzeitig und so rasend schnell, daß Michael nicht einmal die Zeit fand, etwas wie Angst zu empfinden. Sein Vater flog regelrecht auf Anson zu. Der Kriegsherr des Unterlands riß seine Waffe in die Höhe, aber seine Abwehrbewegung kam eine Winzigkeit zu spät. Michaels Vater warf sich mitten im Sprung zur Seite, sein ausgestrecktes Bein traf Ansons Arm und schmetterte ihm die Waffe aus der Hand, gleichzeitig versuchte Wolf in die Höhe zu kommen und nach dem Stein zu greifen, aber Michael klammerte sich mit aller Gewalt an ihm fest und zerrte ihn wieder zu Boden. Wolf wehrte sich mit der Kraft der Verzweiflung. Seine ausgestreckten Hände waren nur noch Zentimeter von dem Stein entfernt, dessen rotes Glühen bereits wieder zu erlöschen begann, und Michaels Kraft reichte einfach nicht aus, sie aufzuhalten. Noch ein Stückchen, und er hatte den Stein erreicht. Michael wußte, daß es dann nicht nur um ihn, sondern um sie alle geschehen wäre. Wolf würde ihnen keine weitere Chance geben. Er versuchte noch einmal, Wolf zurückzureißen, spürte, daß er es nicht schaffte – und ließ ihn los. Mit der Kraft der Verzweiflung warf er sich nach vorn und griff nach dem Zauberkristall. Seine Finger schlossen sich darum, bevor Wolf ihn berühren konnte.

Es war, als hätte er weißglühendes Eisen berührt. Ein unerträglicher Schmerz lief durch seine Arme und explodierte in

seinem Kopf, und für eine Sekunde schien die Welt in einem Chaos aus Flammen, Licht und Pein zu versinken. Er hörte, wie Wolf neben ihm aufheulte, wie die Macht des Kristalls erneut erwachte und nach seiner Seele griff. Er wollte ihn loslassen, aber er konnte es nicht. Ein schwarzer Orkan fegte durch seine Seele, und zum ersten Mal erkannte er die wahre Natur dieser Magie. Es war die Essenz des Bösen, etwas, das so unendlich fremd und zerstörerisch war, daß Worte nicht ausreichten, es zu beschreiben. Er begriff, daß er einen Fehler gemacht hatte. Marliks Warnung war nur zu berechtigt gewesen. Es war unmöglich, diese Gewalten zum Guten einzusetzen. Etwas Ungeheuerliches, Körperloses raste auf ihn zu, griff nach seinem Geist – und erlosch.
Es ging so schnell, daß Michael reglos dalag und verblüfft den Kristall in seinen Händen ansah, der ganz plötzlich wieder zu einem unansehnlichen grauen Etwas geworden war. Er verstand nicht, was geschehen war, und noch viel weniger, warum es geschehen war. Er hatte das Erwachen jener finsteren Magie gespürt, und dann, urplötzlich, hatte sie sich wieder zurückgezogen.
Das Klirren von Stahl weckte ihn aus seiner Starre. So furchtbar die Berührung des Kristalls gewesen war, sie konnte nur Sekunden gewährt haben, denn der Kampf zwischen Anson und seinem Vater war noch nicht vorbei. Es war Anson nicht gelungen, seiner Waffe wieder habhaft zu werden, aber er hatte sein Schwert gezogen, und auch in den Händen seines Vaters lag eine mächtige, beidseitig geschliffene Klinge. Und er führte sie mit einer Kraft und Geschicklichkeit, die nicht nur Michael verblüffte.
Auch Anson schien völlig überrascht zu sein, denn er wurde von den Schwerthieben seines Gegners zurückgetrieben und ließ beinahe seine Waffe fallen. Vielleicht hatte er sich eine Spur zu sehr darauf verlassen, der beste Schwertkämpfer weit und breit zu sein, überwand nun aber seine Überraschung sehr schnell wieder. Mit einem zornigen Knurren wich er

einen weiteren Schritt zurück, suchte breitbeinig nach festem Stand und schwang seine Klinge dann zu einem beidhändig geführten mächtigen Hieb, der jeden anderen Gegner wohl einfach von den Füßen gefegt hätte. Michaels Vater jedoch parierte den Schlag so wuchtig, daß Anson seinen festen Stand verlor, war mit einem blitzschnellen Schritt hinter ihm und trat ihm in die Kniekehlen. Anson stieß einen überraschten Schrei aus und fiel auf die Knie, hob aber gleichzeitig seine Waffe über den Kopf und fing damit den nachgesetzten Schwertstoß ab. Im nächsten Augenblick war er wieder auf den Beinen, und wieder stoben Funken auf, als die Klingen der beiden Männer aufeinanderprallten.

Der Kampf tobte mit verbissener Wut, es war ein Duell zweier fast ebenbürtiger Gegner, das wie jedes ernste Duell nicht lange dauern konnte. Anson war deutlich stärker als Michaels Vater, vielleicht sogar eine Spur schneller, aber sein Gegner war geschickter und wußte die wütenden Schwerthiebe und -stöße des Angreifers immer wieder im letzten Moment zu parieren oder mit eigenen Angriffen zu beantworten. Schließlich war es wohl Ansons Ungestüm, das die Entscheidung brachte. Anson sprang mit einem gellenden Schrei vor und schwang seine Klinge zu einem fürchterlichen Hieb, in den er all seine Kraft legte und der das Schwert seines Gegners zerschmettern sollte. Aber Michaels Vater tauchte im letzten Moment unter dem Hieb durch, sein eigenes Schwert traf Ansons Brust, zerriß sein Kettenhemd und fügte ihm einen tiefen, heftig blutenden Schnitt zu. Die Wunde war nicht tödlich, vielleicht nicht einmal sehr schwer, aber Anson krümmte sich und taumelte einen Schritt zurück. Und diese winzige Blöße reichte aus. Michaels Vater setzte nach, schlug Anson die Waffe aus der Hand und schleuderte ihn mit einem Fußtritt zu Boden. Anson stürzte hilflos auf den Rücken, und im nächsten Moment stand sein Gegner über ihm und setzte ihm das Schwert an die Kehle.

Aber er stach nicht zu. Eine Sekunde lang stand er völlig reglos da. Jeder Muskel in seinem Körper war bis zum Zerreißen gespannt, und Michael sah, daß auf seinem Gesicht ein Sturm einander widerstreitender Gefühle tobte. Es wäre ihm ein leichtes gewesen, Anson zu töten, und nicht nur Anson selbst, sondern auch alle anderen warteten darauf, daß er es täte. Statt dessen richtete er sich plötzlich wieder auf, bewegte das Schwert nur ein winziges Stückchen zur Seite, so daß es Ansons Hals ritzte und ein einzelner Blutstropfen wie eine rote Träne über seine Haut rann.

»Nein«, sagte er. »Ich werde es nicht tun.« Er machte einen Schritt zur Seite und zog das Schwert vollends zurück.

Anson starrte ihn fassungslos an. Ganz langsam und ohne den Blick auch nur für eine Sekunde von seinem Gesicht zu nehmen, richtete er sich auf die Ellbogen hoch. »Du ... du tötest mich nicht?« murmelte er.

»Es ist schon zuviel Blut geflossen«, sagte Michaels Vater. »Und es ist nicht deine Schuld. Du wußtest nicht, was du tust.« Er machte eine befehlende Geste, woraufhin zwei Männer herbeieilten und Anson auf die Füße halfen, ihn aber festhielten. Vater drehte sich zu Michael und Wolf um. »Alles in Ordnung?« fragte er.

Michael antwortee nicht, sondern starrte seinen Vater beinahe hilflos an. *Alles in Ordnung?* Nichts war in Ordnung! Er verstand einfach nicht mehr, was mit *seinem Vater* vorging. Er hatte es mit eigenen Augen gesehen, aber zugleich wußte er auch, daß es unmöglich war. Niemand konnte einen Mann wie Anson mit dem Schwert besiegen!

Sein Vater trat lächelnd auf ihn zu und streckte die freie Hand aus, aber Michael erhob sich aus eigener Kraft. Wolf lag wimmernd neben ihm, zusammengekrümmt und sich nur noch ganz schwach bewegend. Seine Haut war wieder grau geworden. Mit der erloschenen Magie des Kristalls war auch die geliehene Lebenskraft aus seinem Körper gewichen. Er sah Michael an, aber Michael war nicht einmal mehr sicher, ob er ihn überhaupt erkannte.

»Gib ihm den Stein«, sagte sein Vater.
Michael blickte Vater erschrocken an. »Aber –«
»Tu es«, unterbrach ihn sein Vater sanft, aber mit großem Nachdruck. »Er kann keinen Schaden mehr damit anrichten, aber es wird ihm vielleicht das Ende erleichtern.«
Michael spürte, wie Marlik und die anderen erschrocken die Luft anhielten, aber dann ließ er sich langsam neben Wolf auf die Knie sinken und tat, was sein Vater verlangt hatte.
Wolfs Hände zitterten so stark, daß Michael ihm helfen mußte, den Stein zu ergreifen. Im ersten Moment geschah nichts, doch nach einiger Zeit glomm im Herzen des Kristalls wieder ein mattes rotes Licht auf. Es wuchs nicht mehr zu einem Leuchten an wie vorhin, sondern blieb ein schwacher, pulsierender Schein, aber Wolfs Zittern schwand, und sein rasselnder Atem beruhigte sich. Das Leben kehrte noch einmal, wenn auch nur schwach, in seine Augen zurück, und als er zu Michael aufsah, da war etwas darin, das diesen allen Zorn und alle Verachtung vergessen ließ und ihn statt dessen mit einem Gefühl tiefen, ehrlich empfundenen Mitleids erfüllte. Wolf starb, und obwohl er ganz allein die Schuld an seinem Tod trug, empfand Michael doch ein tiefes Bedauern.
»Es ... tut mir leid«, sagte Wolf. Er brachte nur ein Flüstern zustande, das außer Michael niemand hörte. »Ich ... wollte das alles nicht. Ich wollte doch nur ... leben. Glaubst du mir?«
Michael nickte. Er fühlte, daß Wolf die Wahrheit sagte. Er war heruntergekommen, um die Geheimnisse des Unterlands zu ergründen, vielleicht auch auf der Suche nach Macht und Reichtum, und alles, was danach geschehen war, war nicht allein seine Schuld. Es war die Magie des Steines gewesen, die Verlockung ewigen Lebens und unbegrenzter Macht, der er erlegen war und der auch kaum ein anderer hätte widerstehen können. Und jetzt, in den letzten Augenblicken seines Lebens, bedauerte er ehrlich, was er getan hatte, es war Michael nicht mehr möglich, ihn zu verurteilen.

»Es tut mir so leid«, fuhr Wolf mit leiser werdender, brechender Stimme fort. »Bitte sag allen, daß es mir leid tut.«
»Das werde ich«, versprach Michael. Aber Wolf hörte es nicht mehr. Er war tot. Seine Hände öffneten sich, der Stein entglitt seinen Fingern und rollte ein Stück weit davon, und Michael bückte sich nicht mehr danach, sondern stand nach einem Augenblick schweigend auf und wandte sich ab.
Für lange Zeit wurde es sehr still. Niemand sprach, niemand rührte sich. Obwohl dieser Mann der größte Feind dieser Menschen gewesen war, die größte Bedrohung, der sie sich seit einem halben Jahrtausend gegenübergesehen hatten, schien niemand Triumph oder Zufriedenheit über seinen Tod zu empfinden. Wolf war tot, und damit war der unheimliche Bann, den er über Anson und seine Krieger geworfen hatte, erloschen. Michael las auf dem Gesicht des Kriegsherrn nichts als Verwirrung und einen unendlich tiefen, schmerzhaften Schrecken, weil er endlich wieder Herr seines Willens war und begriff, was er getan hatte. Auch die anderen Krieger wirkten verstört, als wären sie aus einem betäubenden Schlaf erwacht und fänden sich nicht gleich in der Wirklichkeit zurecht.
Aber jenseits der Mauer, auf der anderen Seite des Platzes, marschierten immer noch mehr und mehr Dämonen auf, ein ungeheuerliches, unbesiegbares Heer, das sich zum letzten Sturm auf die Festung sammelte. Einige Männer griffen bereits wieder nach ihren Waffen und wandten sich dem Tor zu, wohl wissend, wie wenig sie diesem Feind entgegenzusetzen hatten, aber entschlossen, bis zum letzten zu kämpfen. Michael sah, wie Marlik sich umdrehte und die Hand nach der Maschinenpistole ausstreckte, die Anson fallen gelassen hatte. Er führte die Bewegung nicht zu Ende, sondern blieb halb gebückt stehen und sah zu Michaels Vater auf, als bedürfe es dessen Erlaubnis, die Waffe aufzuheben.
»Sie werden euch nichts nützen«, sagte Michaels Vater ernst. »Keine Waffe der Welt kann sie besiegen.«

»Ich weiß«, murmelte Marlik. Eine Sekunde lang blickte er die Waffe vor seinen Füßen traurig an, dann richtete er sich wieder auf, ohne sie berührt zu haben, und schaute durch die Türöffnung.
»Dann ist das das Ende?« flüsterte er. »Dann war alles umsonst?«
»Nein«, antwortete Michaels Vater. »Sie sind gekommen, um sich zurückzuholen, was ihnen gehört. Sie werden gehen, wenn ihr es ihnen gebt.«
Marlik verstand offensichtlich ebensowenig wie Michael und alle anderen, was diese Worte bedeuteten, aber sein Bruder Erlik sah Michaels Vater einen Moment lang mit einem sonderbaren Lächeln an, dann drehte er sich um und wollte sich nach dem Zauberstein bücken.
»Tu es nicht«, sagte Vater ruhig.
Erlik verhielt mitten in der Bewegung.
»Es wäre dein Tod«, fuhr Vater fort. »Er muß an jenen Ort zurückgebracht werden, von dem er geholt worden ist. Und er muß von dem zurückgebracht werden, der ihn gestohlen hat.«
»Es war Wulfgar, der diesen Stein hierherbrachte«, sagte Marlik.
»Und nur er allein kann ihn zurückbringen«, fügte Michaels Vater hinzu.
Und endlich begriff Michael die ganze Wahrheit. Voller Trauer blickte er auf den Toten zu seinen Füßen hinab, und er erinnerte sich an Marliks Worte: *Wulfgar allein kann die Macht dieses Steines entfesseln.*
Er war nicht einmal sehr überrascht. Irgendwie hatte er es die ganze Zeit über geahnt. Es konnte kein Zufall sein, daß Wolf soviel über diese vergessene Welt und über die Magie des Steines wußte. Aber wenn Wolf Wulfgar gewesen war, dann war alles verloren.
»Aber er ist tot«, sagte er leise.
»Nein«, antwortete sein Vater. »Das ist er nicht.«

Es dauerte Sekunden, bis Michael begriff, was er da gehört hatte. Langsam drehte er sich um und sah seinen Vater an. Seine Gedanken schienen sich plötzlich zu weigern, in der gewohnten Schnelligkeit zu fließen. Die Worte kamen stokkend über seine Lippen, und er begriff ihren Sinn erst, als er sie aussprach. »Aber wenn ... wenn Wulfgar hier ist«, murmelte er, »und wenn Wolf es nicht war ... dann ... dann ...«

»Ich bin Wulfgar«, sagte sein Vater. »Ja.«

Michael hatte das Gefühl, den Boden unter den Füßen zu verlieren. »Du?« murmelte er. »Aber wie ...«

»Ich habe lange auf diesen Tag gewartet«, fuhr sein Vater fort. Er sprach leise, und es klang sehr traurig. »Viel zu lange. Es tut mir leid, daß ich es dir nicht früher sagen konnte. Aber nun ist es vorbei, und es ist gut so.«

Michael weigerte sich noch immer zu glauben, was er hörte.

»Ich bin Wulfgar«, sagte sein Vater noch einmal, und obwohl er jetzt laut sprach und Hunderte von Augenpaaren gebannt an seinen Lippen hingen, waren die Worte doch einzig und allein für Michael bestimmt. »Und nur ich oder jemand von meinem Blut kann diesen Stein zurückbringen und wiedergutmachen, was geschehen ist.«

»Jemand von deinem Blut? Aber wer ...« Michael brach ab und schaute verwirrt zur Seite. Hendryk, Lisa und ihre hinter ihnen stehenden Eltern starrten ihn und seinen Vater an.

Michaels Vater war seinem Blick gefolgt. Er lächelte. »Du bist mein Sohn«, sagte er. »Wolf hatte das erkannt. Und er erkannte auch, daß die Macht des Steines dir gehorchen würde, wie sie mir gehorchte. Er allein wäre niemals in der Lage gewesen, sie zu beherrschen.«

»Aber ... aber du hast mir doch selbst erzählt, daß ...« begann Michael und brach hilflos wieder ab. »Dann ... dann bin ich nicht ihr Bruder?«

»Doch«, antwortete sein Vater. »Ich habe die Wahrheit gesagt. Ich bin dein Vater, aber du bist zugleich ein Kind dieser

Welt. Ich war oft hier. Immer auf der Suche nach einem Weg, für meine Tat zu büßen, wiedergutzumachen, was geschehen war. Aber mir fehlte der Mut.« Er wandte sich direkt an Lisas Mutter. »Du weißt es nicht«, sagte er. »Ich kam in Gestalt deines Mannes zu dir, damals, und so wurde das Kind, das geboren wurde, zu meinem Erben. Ich war es, der die Ghoule schickte, um es zu holen.«

»Aber . . . aber wenn das alles stimmt«, sagte Michael stokkend, »warum hast du das alles zugelassen? Warum hast du den Stein nicht schon damals zurückgebracht?«

»Weil auch ich nur ein Mensch bin und die Angst kenne«, antwortete sein Vater traurig. »Weil ich mich fürchtete: vor dem, was ich tun mußte. Aber nun ist es vorbei.« Er deutete zum Tor. Das Dämonenheer war weiter angewachsen, aber die Front der roten Ungeheuer stand reglos da. Michael spürte den Blick Tausender rotglühender Augen auf sich ruhen.

»Sie werden dich töten«, sagte er ganz leise.

»Ich weiß«, antwortete sein Vater.

»Und wenn das nicht reicht?« fuhr Michael fort, ohne den Blick von der höllischen Heerschar dort draußen zu nehmen. »Wenn sie sich nicht zufriedengeben mit deinem Opfer, sondern Rache wollen?«

»Das werden sie nicht.« Es war nicht sein Vater, der antwortete, sondern eine andere, fremde und Michael zugleich sonderbar vertraut erscheinende Stimme. Überrascht drehte er sich um.

Hinter ihm stand Dwiezel. Und zugleich aber auch nicht. Es gab keinen Zweifel daran, daß das Wesen, das hinter Michael aufgetaucht war, Dwiezel war, doch tatsächlich sah er sich etwas vollkommen Fremdem, faszinierend Schönem gegenüber. Aus dem winzigen Irrlicht war ein gut zwei Meter großer, geflügelter Riese geworden. Er war sehr schlank, dennoch muskulös, und seine Haut war von einer leuchtendroten Farbe und glänzte wie geschmolzenes Metall. Die vier-

fach geteilten Flügel brachen gleich den schimmernden Schwingen einer riesigen Libelle das Licht in alle Regenbobenfarben. Und auch Dwiezels Gesicht war zugleich vertraut und vollkommen fremd. Michael erkannte die Züge des Irrlichts, doch sie waren auf eine unmöglich in Worte zu fassende Weise edel und mächtig. Und obwohl es ein Gesicht von vollkommener Zeitlosigkeit war, spürte Michael zugleich, daß er einem unvorstellbar alten Geschöpf gegenüberstand, einem Wesen, für das die Dauer eines Menschenlebens nicht mehr als ein Lidzucken war. Die Gestalt war *schön,* unbeschreiblich schön und edel, aber auf eine Art und Weise, die es einem unmöglich machte, sie länger als ein paar Sekunden lang anzusehen. Was es auch war, dem er gegenüberstand, Engel, Teufel, keines von beidem oder beides zugleich, er spürte, daß er zum ersten Mal dem wahren Herrscher dieser Welt gegenüberstand: dem Wesen, dem das Unterland gehörte und immer gehört hatte.
»Sie werden euch nichts tun«, fuhr Dwiezel fort. Er lächelte. Er mußte Michaels Schrecken sehen, denn er hob die Hand und machte einen halben Schritt auf ihn zu, blieb aber dann wieder stehen. Vielleicht spürte er, daß Michael es nicht ertragen hätte, von ihm berührt zu werden. »Sie sind gekommen, um zurückzuholen, was uns gehört. Gebt es ihnen, und sie werden wieder gehen.«
»Wer bist du?« hauchte Michael.
Dwiezel lächelte nur, und es war Michaels Vater, der antwortete. »Sie sind die wahren Herren über diese Welt«, sagte er. »Sie waren hier, bevor es Menschen gab, und sie werden hiersein, lange nachdem wir vergangen sind.«
Er sah Dwiezel an. Der geflügelte Riese erwiderte seinen Blick schweigend, aber Michael spürte deutlich, daß zwischen den beiden ein stummes Gespräch stattfand und daß sein Vater eine letzte Frage stellte, vielleicht eine letzte Bitte vorbrachte und Dwiezel sie ihm gewährte.
»Sie waren es, die mir damals das Leben retteten, als ich her-

abkam«, fuhr sein Vater fort. »Ich war verletzt und am Ende meiner Kräfte, und ich wäre gestorben wie alle anderen, die sich in diese Höhlen verirrten, hätten sie mich nicht gefunden und geheilt. Sie vertrauten mir, und sie verrieten mir alle ihre Geheimnisse und das Wissen um ihre Magie.« Er schwieg.

Michael fragte: »Und was geschah dann?«

Sein Vater senkte den Blick und fuhr mit ganz leiser, beinahe schon unhörbarer Stimme fort: »Ich habe sie betrogen. Sie vertrauten mir, denn Lüge und Betrug waren ihnen fremd, aber ich dachte an meine Familie und meine Freunde, die oben zurückgeblieben waren und den sicheren Tod erwarteten. Und so habe ich die Geheimnisse, die sie mir anvertrauten, mißbraucht, um den magischen Stein zu stehlen und seine Kraft gegen sie selbst zu verwenden. Ich stahl ihnen ihre Welt und sorgte dafür, daß die Magie des Steines von keinem anderen als mir selbst benutzt werden konnte.« Er hob den Kopf und sah Michael an. »Oder von jemandem, in dessen Adern mein Blut fließt. Als du vor einem Jahr hierherkamst, Michael, da berührtest du den Stein, und damit brach der Bann. Was Wolf getan hat, hat es nur ein wenig beschleunigt.«

Wieder blickte Michael Dwiezel an. Der geflügelte Riese erwiderte seinen Blick ruhig, und auf seinen Zügen lag noch immer dieses schaudern machende, verzeihende Lächeln.

»Ihr werdet uns ... nicht vertreiben?« fragte er mit klopfendem Herzen.

»Dazu besteht kein Grund«, antwortete Dwiezel. Er hob die Hand und machte eine weit ausholende Geste. »Unsere Welt ist groß, und wir sind nur noch wenige. Wir werden gemeinsam hier leben. Wir hätten es immer gekonnt. Wir waren hier, ehe ihr kamt, und wir werden noch hier sein, wenn ihr wieder fort seid, denn was für euch eine Ewigkeit ist, ist für uns nur ein Tag.«

»Und ihr wollt ... keine Rache?« fragte nun Anson.

»Dieses Wort ist uns fremd«, antwortete Dwiezel. »Wir wissen nicht, was Rache ist und welchen Sinn sie hat. Der Stein muß zurückgebracht werden, und einer von diesen beiden –« er deutete nacheinander auf Michael und seinen Vater – »muß es tun. Es gibt keinen Grund, Rache zu nehmen. Wir werden lernen, miteinander zu leben.«
Er sagte nichts von Freundschaft, und es war kein Zufall, daß er diese Worte wählte. Sie würden auch niemals wirklich miteinander leben können, dachte Michael, denn obwohl er weder Zorn noch Feindschaft in dem riesigen roten Wesen vor sich fühlte, spürte er doch das Fremde, Uralte, das Dwiezel umgab und das es möglich machte, sich lange in seiner Nähe aufzuhalten. Trotzdem würden sie es lernen müssen. Und es würde ihnen gelingen, denn es war die einzige Chance, die diese Welt und ihre Bewohner noch hatten.
Michaels Vater legte das Schwert auf den Boden, bückte sich statt dessen nach dem Stein und hob ihn auf. Er sah Dwiezel an, der rote Gigant nickte und drehte sich um, aber Michael warf sich mit einem Schrei seinem Vater in den Arm.
»Tu es nicht«, sagte er verzweifelt. »Es wäre dein Tod.«
Sein Vater schob seinen Arm mit sanfter Gewalt beiseite und lächelte traurig. »Der Tod«, wiederholte er. »Ja, das stimmt. Aber er schreckt mich nicht. Im Gegenteil. Ich habe fünfhundert Jahre gelebt, Michael.«
»Und das ist genug?« fragte Michael. Seine Stimme zitterte so stark, daß die Worte kaum zu verstehen waren.
»Zu lange«, verbesserte ihn sein Vater. »Zu lange. Seit es Menschen gibt, träumen sie vom ewigen Leben und der Unsterblichkeit, aber glaube mir, es ist gut, daß es immer ein Traum bleiben wird. Der Mensch ist für eine endliche Zeit bestimmt, nicht für die Ewigkeit. Die Unsterblichkeit ist kein Segen, sondern ein Fluch. Ich bin froh, daß es zu Ende ist.«
»Aber du –«, begann Michael, wurde aber sofort wieder von seinem Vater unterbrochen.
»Du kannst das jetzt noch nicht verstehen. Du wirst es be-

greifen, wenn du älter bist. Du hast Angst, und das ist verständlich, aber deine Furcht und auch dein Schmerz werden vergehen, und irgendwann wirst du verstehen, was ich meine.«

»Aber du kannst nicht gehen!« protestierte Michael verzweifelt. »Laß mich nicht allein!«

»Du bist nicht allein«, antwortete sein Vater. Er deutete auf Hendryk, dann auf Lisa und die anderen. »Du hast deine Familie, deine Freunde, die Menschen, zu denen du gehörst. Und du wirst sehr wichtig für sie sein. Jetzt, da euch der Zauber des Kristalls nicht mehr schützt, wird diese Welt nicht mehr auf ewig unentdeckt bleiben können. Ihr müßt lernen, wieder unter den Menschen dort oben zu leben, und es wird deine Aufgabe sein, all die anderen hierin zu unterrichten, denn du bist das erste Kind beider Welten.«

»Und was ist mit Mutter?« fragte Michael beinahe verzweifelt. »Du kannst sie nicht einfach im Stich lassen!«

Sein Vater zögerte. Einige Augenblicke lang sah er ihn nachdenklich an, dann drehte er sich zu Dwiezel um. Der rote Gigant war stehengeblieben und blickte schweigend und mit undeutbarem Ausdruck auf ihn herab.

»Erlaubst du mir, die Kraft des Kristalls ein letztes Mal zu benutzen?« fragte Vater.

Es war Dwiezel anzumerken, wie schwer es ihm fiel, die Entscheidung zu treffen. Aber schließlich nickte er.

Sein Vater hob den Stein ein wenig in die Höhe, umschloß ihn fest mit beiden Händen, und für ein paar Sekunden glühte wieder ein rotes, pulsierendes Licht in seinem Inneren auf, das erlosch, kaum daß es erschienen war.

»Alles wird sein, wie es war, bevor es begann«, sagte sein Vater leise. »Wenn du zurückkehrst, wird deine Mutter vergessen haben, was geschehen ist. Sie wird auch mich vergessen haben und nicht einmal mehr wissen, daß es mich gegeben hat. Du mußt gut für sie sorgen, hörst du?«

Michael nickte. Er konnte nicht mehr antworten. Seine

Augen füllten sich mit Tränen, und die Stimme versagte ihm den Dienst. Vielleicht war es jener magische Teil seines Erbes, von dem sein Vater erzählt und den er selbst gefühlt hatte, vielleicht lag es auch an Dwiezels Nähe oder an dem Zauber des Augenblickes, aber er wußte plötzlich, daß er sich keine Sorgen um seine Mutter zu machen brauchte. Für sie und alle anderen dort oben würde es so sein, als wäre alles das niemals geschehen. Für einen Moment wünschte er sich fast, daß auch seine Erinnerungen wieder erlöschten und auch für ihn alles das zu nichts anderem als einem Traum würde.
Sein Vater lächelte ihm noch einmal zu, hob die Hand und strich ihm übers Haar, dann drehte er sich um und trat an Dwiezels Seite. Die Menschenmenge teilte sich vor ihnen, und Wulfgar und der Herr des Unterlands schritten nebeneinander hinaus und auf das wartende Dämonenheer zu, um einen Fluch zu beenden, der fünfhundert Jahre alt war, und ein Versprechen einzulösen, das ebenso lange halten würde. Michael blickte ihnen nach, schweigend, reglos und voller Trauer, aber plötzlich ohne Bitterkeit oder Zorn und erfüllt von einem sonderbaren Gefühl. Hoffnung?
Ja, das mußte es wohl sein. Hoffnung und das Wissen, daß die Zeit, die vor ihm lag, aufregender und geheimnisvoller werden würde als alles, was er bisher erlebt hatte. Er sah Anson an, und zum ersten Mal, seit er ihn kannte, lächelte der Kriegsherr des Unterlands, und Michael erwiderte dieses Lächeln, denn was die beiden fühlten, war dasselbe: Ebenso, wie sie nicht länger Feinde waren, war Anson nicht länger der Kriegsherr dieser Welt, denn sie brauchte keine Soldaten mehr. Die Zeit des Krieges war vorbei. Aus Feinden würden – vielleicht – Freunde werden, und der Aufgaben, die vor ihnen lagen, waren viele und gewaltige. Er mußte zurückkehren in die Welt über dem steinernen Himmel und einen Weg finden, auch die Menschen hier unten eines Tages wieder hinauf ans Licht der Sonne zu führen. Die Zeit des Unter-

lands war vorbei, ganz wie Anson gesagt hatte, aber Michael wußte plötzlich, daß sie nicht mit Chaos und Tod, sondern auf eine andere, friedliche Weise zu Ende gehen würde. Vielleicht würde es noch einmal eine Generation dauern, vielleicht würde keiner von all denen hier jemals die Welt dort oben sehen, aus der ihre Vorfahren vor fünfhundert Jahren geflohen waren. Aber irgendwann, eines Tages, würde es soweit sein. Er würde dafür sorgen. Und er konnte es.

Denn das war es, was sein Vater *wirklich* gemeint hatte, als er von seinem Erbe sprach: Er war nicht nur der Erbe seiner Magie, sondern auch das erste Kind beider Welten.

Inhalt

Weitere phantastische Geschichten von

Wolfgang und Heike Hohlbein

DRACHENFEUER
ELFENTANZ
MIDGARD
DER GREIF
MÄRCHENMOND
MÄRCHENMONDS KINDER
SPIEGELZEIT

Die »Magier der Fantasy-Literatur«, wie Wolfgang und Heike Hohlbein bewundernd genannt werden, verschmelzen in ihren Romanen Märchenhaftigkeit, metaphysische Sinnsuche und erzählerische Spannung zu einem Zauberelixier. Hierin Altmeistern wie dem Mytheningenieur Tolkien, dem Märchenerzähler Ende und dem subtilen Horrorspezialisten Stephen King verwandt, knüpfen sie darüber hinaus an die Tradition deutscher Märchen mit Kobolden, Teufeln, schwarzen Engeln, Drachen und wundersamen Greife an …